Charles Baudelaire
Sämtliche Werke/Briefe

Band 5

Charles Baudelaire
Sämtliche Werke/Briefe

In acht Bänden

Herausgegeben von
Friedhelm Kemp und Claude Pichois
in Zusammenarbeit mit
Wolfgang Drost

Band 5

Zweitausendeins

Aufsätze zur Literatur und Kunst

1857-1860

Übersetzungen von Friedhelm Kemp und Bruno Streiff.
Kommentar von Wolfgang Drost, Friedhelm Kemp
und Ulrike Riechers.

Lizenzausgabe mit freundlicher Genehmigung
des Carl Hanser Verlages.

Herstellung der Lizenzausgabe:
Dieter Kohler & Bernd Leberfinger, Nördlingen.
Druck: Brönner & Daentler, Eichstätt.
Einband: G. Lachenmaier, Reutlingen.
Umschlag: Angelo Marabese.

Diese Ausgabe gibt es nur bei Zweitausendeins
im Versand (Postfach, D-60381 Frankfurt am Main) oder
in den Zweitausendeins-Läden in Berlin, Essen, Frankfurt, Freiburg,
Hamburg, Köln, München, Nürnberg, Saarbrücken, Stuttgart.

In der Schweiz über buch 2000,
Postfach 89, CH-8910 Affoltern a. A.

ISBN 3-86150-094-9

BRIEFE
1856-1860

AN ALPHONSE TOUSSENEL

[Paris,] Montag, 21. Januar 1856

Mein lieber Toussenel, ich möchte Ihnen unbedingt für das Geschenk danken, das Sie mir gemacht haben. Ich kannte den Wert Ihres Buches nicht, ich gestehe es in aller Einfalt und geradeheraus.

Vorgestern ist mir etwas Verdrießliches zugestoßen, ein nicht leicht zu verwindender Schlag, – schwer genug, um mich am Denken zu hindern, – derart, daß ich eine wichtige Arbeit unterbrochen habe. – Um eine Zerstreuung verlegen, griff ich heute morgen – in aller Frühe – nach Ihrem Buch. Es nahm meine Aufmerksamkeit gefangen, es rückte mich zurecht und gab mir meine Ruhe wieder, – wie es jede gute Lektüre jederzeit tun wird.

Schon seit langem werfe ich fast jedes Buch angewidert fort. – Es ist auch schon sehr lange her, daß ich etwas derart *durchaus Unterrichtendes und Unterhaltsames* gelesen habe. – Das Kapitel über den Falken und die Vögel, die für den Menschen jagen, ist für sich allein schon ein Werk.

Das Buch enthält Aussprüche, die den Aussprüchen der großen Meister gleichen, Aufschreie der Wahrheit, – unwiderstehliche philosophische Töne, wie etwa: *Jedes Tier ist eine Sphinx,* und anläßlich der Analogie: *welche süße Geruhsamkeit findet der Geist im Schutz einer so fruchtbaren und so einfachen Lehre, für die nichts ein Geheimnis ist in den Werken Gottes!*

Es enthält noch manche andere philosophisch bewegende Dinge: das Wohlgefallen am Leben in freier Luft, die Hochachtung für das Rittertum und die Damen, usw. …

Und fest steht, daß Sie ein Dichter sind. Seit langem schon behaupte ich, daß der Dichter eine *überlegene* Intelligenz besitzt, daß er *die Intelligenz* par excellence ist, – und daß *die Einbildungskraft* das *wissenschaftlichste* Vermögen des Menschen ist, weil sie allein *die das Universum durchwaltende Analogie,* oder das, was eine mystische Religion die *Entsprechung* nennt, versteht. Wenn ich dies aber drucken lassen will, heißt es, ich sei ein Narr, – und vor allem in mich selbst vernarrt, – und ich haßte die Pedanten nur deshalb, weil meine Erziehung verpfuscht sei. – Soviel jedoch ist einigermaßen sicher: daß ich einen philosophischen Kopf besitze, der mich, was wahr ist, klar erkennen läßt, sogar in der Zoologie, obgleich ich weder Jäger noch Naturforscher bin. – Zumindest erhebe ich diesen Anspruch; – tun Sie nicht wie meine schlechten Freunde, und lachen Sie nicht.

Und nun – da ich mich Ihnen gegenüber auf weiter ausgreifende Überlegungen eingelassen habe, und in größerer Vertraulichkeit, als ich mir erlaubt hätte, wenn Ihr Buch mir nicht soviel Sympathie einflößte, – lassen Sie mich alles sagen.

Was ist der *unendliche Fortschritt?* Was ist das für eine *Gesellschaft,* die keine aristokratische wäre? Das ist, scheint mir, überhaupt keine Gesellschaft. Was ist der *von Natur* gute Mensch? Wo hat man ihn je gesehen? Der von Natur gute Mensch wäre ein *Monstrum,* das heißt ein *Gott.* – Sie erraten schon, welche Art Ideen mir ein Ärgernis ist, genauer: welche Art Ideen aller niedergeschriebenen Vernunft ein Ärgernis ist, seit ihren ersten Spuren auf der Oberfläche dieser Erde. – Reine *Donquichotterie* einer schönen Seele. –

Und ein Mann wie Sie! gefällt sich im Vorbeigehn, wie ein simpler Redakteur des *Siècle,* in Schmähreden auf *de Maistre,* das große Genie unserer Zeit, – ein Seher! – Und schließlich der lockere Konversationston, und Argotworte, die ein schönes Buch immer zugrunde richten.

Ein Gedanke will mir, seit ich dieses Buch zu lesen begonnen habe, nicht aus dem Kopf, – daß Sie ein Geist sind, der sich in eine Sekte verirrt hat. Was schließlich schulden Sie *Fourier?* Nichts, oder doch nur sehr wenig. – Auch ohne Fourier wären Sie alles gewesen, was Sie sind. Der *vernünftige Mensch* hat nicht gewartet, daß Fourier auf Erden erschiene, um zu verstehen, daß die Natur ein *Wort* ist, eine Allegorie, ein Model, ein *Abguß,* wenn Sie wollen. Wir wissen das, und nicht Fourier hat uns das beigebracht; – wir wissen es durch uns selbst, und durch die Dichter.

Sämtliche Häresien, auf die ich hier angespielt habe, sind, alles in allem, nur die Folge der einen großen modernen Häresie, der *künstlichen* Lehre, welche die natürliche verdrängt hat, – ich meine die Abschaffung der Idee der *Erbsünde.*

Ihr Buch weckt in mir sehr viele schlummernde Gedanken, – und was die *Erbsünde* betrifft, und die *Form als ein Abbild der Idee,* so habe ich mir schon oft gedacht, die schädlichen und abstoßenden Tiere seien vielleicht nur die Belebung, Verkörperung, Ausgeburt ins stoffliche Leben, der *bösen Gedanken* des Menschen. Hat doch die ganze *Natur* an der Erbsünde teil.
Halten Sie mir meine Kühnheit und meine Zwanglosigkeit zugute, und sehen Sie in mir

Ihren sehr ergebenen Ch. Baudelaire.

AN CHARLES ASSELINEAU

[Paris,] Donnerstag, 13. März 1856

Mein lieber Freund, da Sie Träume unterhaltsam finden, so sei hier einer niedergeschrieben, der Ihnen gewiß nicht mißfallen wird. Es ist 5 Uhr morgens, er ist also noch ganz warm. Bedenken Sie, daß dies nur eine der tausend Arten von Träumen ist, die mir zusetzen, und ich brauche Ihnen nicht zu sagen, daß ihre einzigartige Ausgefallenheit, ihr Grundzug, daß sie nämlich durchaus nichts gemein haben mit meinen Beschäftigungen oder meinen persönlichen Widerfahrnissen, mich immer zu dem Glauben verführen wollte, sie seien eine gleichsam hieroglyphische Sprache, zu der mir der Schlüssel fehlt.
Es war (in meinem Traum) 2 oder 3 Uhr morgens, und ich ging allein in den Straßen spazieren. Begegnet mir *Castille,* der, glaube ich, Verschiedenes zu erledigen hatte, und ich sagte ihm, daß ich ihn begleiten wolle, und daß, wenn er mich mitnähme, dies mich in den Stand setzte, auch meinerseits etwas zu erledigen. Wir nehmen also einen Wagen. Ich hielt mich für *verpflichtet,* der Inhaberin eines großen Bordells eines meiner Bücher, das eben erschienen war, zum Geschenk zu machen. Wie ich einen Blick auf mein Buch warf, das ich in Händen hielt, *entdeckte ich,* das es ein obszönes Buch war, was mir *die Notwendigkeit* erklärte, dieses Buch dieser Frau zum Geschenk zu machen. Darüber hinaus jedoch war diese Notwendigkeit in meinem Geist eigentlich ein Vorwand, um mich

in jenem Haus im Vorbeigehen mit einem der Mädchen einzulassen, was bedeutete, daß ich, ohne die Notwendigkeit der Überreichung dieses Buches, es nicht gewagt hätte, ein solches Haus aufzusuchen. Von alledem sage ich *Castille* nichts, ich lasse den Wagen vor der Türe jenes Hauses halten, Castille bleibt allein im Wagen zurück, und ich entferne mich mit der festen Absicht, ihn nicht lange warten zu lassen. Kaum habe ich geschellt und bin eingetreten, da bemerke ich, daß mir der Schwanz zum aufgeknöpften Hosenschlitz heraushängt, und ich halte es für indezent, mich in einem derartigen Zustand an einem solchen Ort zu präsentieren. Als ich ferner spüre, daß ich sehr nasse Füße habe, gewahre ich, daß sie *nackt* sind, und daß ich mit ihnen unterhalb der Treppe in eine Pfütze geraten bin. Macht nichts! sage ich mir, ich werde sie mir waschen, ehe ich mich zu dem Mädchen lege, und ehe ich das Haus wieder verlasse. – Ich steige die Treppe hinauf. – Von da ab ist von dem Buch nicht mehr die Rede. –
Ich befinde mich in weiten Galerien, die untereinander zusammenhängen, – schlecht beleuchtet, – sie haben etwas Trübes und Welkes an sich, – wie die alten Cafés, die ehemaligen Lesekabinette, oder die Spielhäuser niederer Sorte. Hie und da in diesen weiten Galerien sitzt eines der Mädchen; sie plaudern mit Männern, unter denen ich einige Gymnasiasten bemerke. – Ich bin sehr bekümmert und sehr schüchtern; ich fürchte, man möchte meine Füße sehen. Ich blicke hinunter und sehe, daß an *einem* ein Schuh sitzt. – Etwas später sehe ich, daß nun beide beschuht sind.
Auffällig ist der Wandschmuck dieser weiten Galerien: die verschiedenartigsten Zeichnungen, – gerahmt. – Nicht alle mit obszönen Darstellungen. – Man sieht sogar Bauwerke und ägyptische Figuren. Da meine Schüchternheit unaufhörlich zunimmt, und ich keines der Mädchen anzusprechen wage, unterhalte ich mich damit, sämtliche Zeichnungen sorgfältig in Augenschein zu nehmen. In einem abgelegenen Teil einer dieser Galerien entdecke ich eine sehr seltsame Folge. In einer Menge kleiner Rahmen erblicke ich Zeichnungen, Miniaturen, photographische Abzüge. Dargestellt sind bunte Vögel mit glänzendem Gefieder, deren Auge *lebendig* ist. Manchmal *ist nur ein halber Vogel abgebildet.* – Das ergibt mitunter Darstellungen von sehr bizarren, monströsen

Wesen, fast *amorph,* wie *Aerolithen.* Jede Zeichnung trägt in einer Ecke eine Anmerkung. – *Das Mädchen Soundso, Alter ... Jahre, hat in dem und dem Jahr diesen Fötus zur Welt gebracht;* – und andere verwandte Anmerkungen.

Mir fällt dabei ein, daß diese Art Zeichnungen sehr wenig danach angetan ist, einen zur Liebe zu verlocken.

Dann geht mir Folgendes durch den Kopf: Nur eine einzige Zeitung in der Welt, und zwar *Le Siècle,* kann dumm genug sein, ein Bordell zu eröffnen und gleichzeitig eine Art medizinisches Museum darin unterzubringen. – In der Tat, sage ich mir plötzlich, in dieses Bordell hat das *Siècle* Kapitalien investiert, und das medizinische Museum erklärt sich aus seiner Manie für den *Fortschritt, die Wissenschaft, die Verbreitung der Aufklärung.* Dann stellt sich die Überlegung ein, daß die moderne Dummheit und Albernheit geheimnisvollerweise doch auch Nutzen stiften, und daß, was zum Bösen ins Werk gesetzt wurde, aus einer Art Geistesmechanik zum Guten ausschlägt.

Ich bewundere in mir selbst die Schlüssigkeit meiner philosophischen Erwägungen.

Doch unter all diesen Wesen ist eines, das gelebt hat. Es ist ein Monstrum, das in diesem Haus geboren wurde, und das dort ewig auf einem Sockel hockt. Obwohl es lebt, gehört es doch dem Museum an. Es ist nicht häßlich. Sein Gesicht ist sogar hübsch, sehr gebräunt, ein orientalischer Teint. Vieles an ihm ist rosa oder grün. Es kauert auf seinem Sockel, aber in einer seltsamen, gewundenen Haltung. Außerdem ist da etwas Schwärzliches, das sich in mehrfachen Windungen um seine Glieder schlingt, wie eine dicke Schlange. Ich frage es, was das sei, und es antwortet, dies sei ein monströser Auswuchs seines Kopfes, etwas Elastisches wie aus Kautschuk, und so lang, so lang, daß dieser Auswuchs, wenn es sich ihn wie einen Zopf um den Kopf winde, viel zu schwer und ganz unmöglich zu tragen sei, – daß es deshalb genötigt sei, ihn sich um die Glieder zu winden, was auch eine bessere Wirkung tue. Ich plaudere lange mit dem Monstrum. Es erzählt mir seine Sorgen und Kümmernisse. Seit mehreren Jahren schon ist es genötigt, sich in diesem Saal aufzuhalten, auf diesem Sockel, als Kuriosität für die Besucher. Das Verdrießlichste von allem aber ist die

Stunde des Nachtmahls. Da es ein lebendes Wesen ist, muß es dieses mit den Mädchen des Etablissements zusammen einnehmen, – schwankend schleppt es sich mit seinem Kautschukanhänger bis in den Speisesaal, – und dort muß es von seinem Auswuchs umwickelt dasitzen, oder diesen wie einen Pack Stricke neben sich auf einen Stuhl legen, denn ließe es ihn am Boden schleifen, so würde er ihm den Kopf nach hinten ziehen. Klein und gedrungen, wie es ist, hat man ihm überdies seinen Platz neben einem großen und gutgewachsenen Mädchen angewiesen. – Alle diese Erklärungen werden übrigens ohne Bitterkeit vorgebracht. – Ich wage nicht, es zu berühren, – aber es interessiert mich.
In diesem Augenblick, – (und das ist nicht mehr geträumt) macht meine Frau ein Geräusch mit einem Möbel in ihrem Zimmer, was mich aufweckt. Ich erwache müde, zerschlagen, zerwalkt, an Rükken, Beinen und Hüften. – Ich vermute, daß ich in der gewundenen Haltung des Monstrums geschlafen habe. – Ich weiß nicht, ob dies alles Ihnen so merkwürdig vorkommt wie mir. Der gute *Minot* hätte wohl beträchtliche Mühe, eine moralische Nutzanwendung daraus zu ziehen.
Ganz der Ihre.

Ch. Baudelaire

AN MADAME AUPICK

[Paris,] Dienstag, 22. Juli 1856

Seit einiger Zeit wohne ich *quai Voltaire, Hôtel Voltaire,* und wenn Sie mich dort hätten besuchen wollen, hätten Sie mich sehr glücklich gemacht; aber ich weiß, daß mir dies versagt bleibt. – Es geht mir einigermaßen schlecht, wie es mir immer gehen wird. Um alle meine Beschwerden zu vermindern, versuche ich, regelmäßig zu arbeiten. Wenn mir das gelingt, werde ich der Stolzeste und *Ruhigste* aller Menschen sein; ich werde gerettet sein. – Unterdessen kommen mein dritter und mein zweiter Band gemeinsam voran. Der dritte wird abgeschlossen sein, wenn derjenige, welcher den *Moniteur* leitet, zurückkommt.

Ich glaube, ich bin ein wenig brouilliert mit Ancelle, – und, um die Wahrheit zu sagen, das ist mir sogar ein Bedürfnis. Ich bin dieses Umgangs müde, er demütigt mich; seit Jahren graut mir vor dem Weg nach Neuilly, auf dem ich jeden Kieselstein kenne und beschreiben könnte. Eines ist gewiß: ich gehe nicht mehr dorthin. Ich glaube sogar, ich werde dort, außer morgen früh, und mit Ihrer Genehmigung, – keinen Heller mehr annehmen. –
Gestern gab es eine heftige Auseinandersetzung zwischen uns, – einer Nichtigkeit wegen. – *Der Direktor des* Moniteur *ist in Cauterets, Michel Lévy an ich weiß nicht welchem anderen Ort in den Pyrenäen, – und Geld am Horizont!* – Ich war der Meinung, ich könnte mir was erlauben, und ohne weiteres rund hundert Francs von ihm fordern (bedenken Sie bitte, daß ich nicht im Hotel esse, weil dieses Hotel zu teuer ist, und daß ich außerdem morgen früh ein kleines Paket mit Büchern aus New York erwarte). Die Auseinandersetzung, wie gesagt, war heftig, und ich glaube, sie hat mich von der Schwäche geheilt, mit der ich einen gewissen Ton ertragen habe, den ich in meiner Umgebung niemals dulden werde. Ich weiß, Ihrer Meinung nach lege ich allzu großen Wert auf meine Würde; wer Geld brauche, sei stets im Unrecht. Aber ich leide, und ich bitte Sie, mir ein kurzes Wort für ihn zu geben, daß ich ihm in aller Frühe durch einen Boten zustellen lassen werde. Diese 100 Francs – darüber gehe ich *Ihnen* gegenüber hiermit eine förmliche Verpflichtung ein – werden ihm, oder Ihnen, durch mich zurückerstattet, sehr bald schon, in acht Tagen vielleicht. Wenn die Person, die ich Ihnen schicke, Sie zu Hause antrifft, bitte, geben Sie ihr diesen Brief für Ancelle nur in einem Kuvert mit meinem Namen, damit sie (diese von mir geschickte Person) die Verwendung dieses Briefes nicht errät.
Es gäbe freilich etwas unendlich viel Einfacheres, um das Sie zu bitten ich jedoch nicht wage: wenn nämlich Sie diese 100 Francs für den Augenblick entbehren könnten. Ich schriebe dann mit der Post an Ancelle, daß er sie Ihnen sofort erstatte.
In drei oder vier Tagen schreibe ich Ihnen, doch das wird, gottlob!, ein ganz anderer Brief sein. Denn dies alles ist beschämend für mich.
Ancelle gebärdet sich als Opfer, ich erwecke den Anschein, als

spielte ich mich als Märtyrer auf. – Die einzig mögliche Lösung wäre, scheint mir, niemals einen Groschen zu nehmen, oder im Falle der Not, wie diesmal, das Geld zu erstatten, sobald ich eine Einnahme habe.
Ich vergaß, Ihnen zu sagen, daß ich wieder in der *Revue des Deux Mondes* erscheinen werde, mit etwas sehr Ausgesuchtem und sehr Bizarrem: – entweder einem Roman über das *Ideal der ehelichen Liebe*, – oder einem Roman, in dem die *Heiligkeit* der Todesstrafe gerechtfertigt und erklärt werden soll.
Ich umarme Sie.

Charles

Sollten Sie die Güte haben, mich zu besuchen, so lassen Sie mich vorher die Stunde wissen.

Quai Voltaire, Hôtel Voltaire.

Ich habe mich in meinen unglückseligen Berechnungen geirrt, ich hatte nicht bedacht, daß ich in einem wesentlich kleineren Schriftgrad gedruckt werden würde, so daß anstelle von 2500 meine Hoffnung, leider! auf ein Maximum von 1900 zusammengeschrumpft ist.

AN MADAME AUPICK

[Paris,] Donnerstag, 11. September 1856

Meine liebe Mutter, ich bitte Sie, mir keinen Antwortbrief mehr zu schreiben wie den letzten, den Sie mir geschickt haben. Ich habe in der letzten Zeit allzu viele Qualen, Demütigungen, ja sogar Schmerzen ertragen, – es erübrigt sich, daß auch Sie Ihren Anteil dazu entrichten. Vor einigen Tagen – zehn Tagen etwa – habe ich Ihnen schreiben wollen, um Sie, da Ancelle abwesend war und sich im Süden herumtrieb, zu bitten, mir ein wenig Geld zu schicken, gleichviel welchen Betrag, der es mir erlaubt hätte, Paris zu verlassen, mich zu zerstreuen, die Zeit totzuschlagen; aber ich hätte Ihnen eine Erklärung geben müssen, und ich werde Ihnen sogleich sagen, warum ich es nicht getan habe. Nur, da die Zeit verstrichen ist und das Mißgeschick, das mir widerfahren ist, meine Kräfte derart gebrochen hat, daß ich zu jeder Arbeit außerstande bin, so geht es diesmal nicht mehr um Vergnügen, oder Zerstreuung, sondern um Bedürfnisse, und zwar ein dringendes Bedürfnis. Um mich zu betäuben, habe ich mich wieder an die Arbeit gemacht. Aber Sie wissen ja, wie entnervend es ist, sich mit Rohlingen zu zanken und auseinanderzusetzen; nun wird aber Ancelle vielleicht erst in acht oder zehn Tagen zurück sein, und dieser Mensch, der Mensch, bei dem ich wohne, schikaniert mich über die Maßen um eine Lappalie von zweihundert Francs und etwas. Michel Lévy schiebt von Tag zu Tag die Unterzeichnung unseres dritten Vertrages auf die lange Bank; mein Tisch ist übersät mit unkorrigierten Fahnen, das ist nicht der rechte Augenblick, ihn um Geld anzugehen. Dieser Mensch will sein Geld morgen. Bedenken Sie wohl, daß ich ihn mit weniger besänftigen könnte, mit 100 Francs oder 150 Francs; aber ich habe es mir nun einmal in den Kopf gesetzt, mich des Übrigen zu bedienen, um Sie zu besuchen, nicht für lange, ein oder zwei Tage, und nicht bei Ihnen, seien Sie unbesorgt. Ich suchte einfach ein Hotel auf; sie kämen, mich zu umarmen, und ich ginge wieder. Da ich im übrigen ein gehöriges Stück Arbeit vor mir habe, wäre eine längere Abwesenheit unangebracht. Ich müßte augenscheinlich Ancelle um Geld ersuchen, sobald er zurück ist. Sollten Sie mir welches schicken, so ließe ich ihn, als Gegenleistung, unbehelligt, und unterrichtete ihn von dem Unternommenen.

Wie ich Ihnen bereits sagte, habe ich Ihnen nicht geschrieben, obwohl es mich heftig drängte und ich Sie um diese Zeit noch in Paris glaubte, weil die Erklärungen, die ich Ihnen zu machen gehabt hätte, Ihnen offenkundig Freude bereitet hätten, eine Art mütterlicher Freude, die zu ertragen ich nicht imstande gewesen wäre. Man muß mir angesehen haben, wie es um mich stand, denn als Michel Lévy mich in diesem Zustand, bald der Niedergeschlagenheit, bald der Wut, sah, hat er keine Frage gestellt, mich in Ruhe gelassen, und mich nicht einmal mehr zur Arbeit gedrängt. Meine Liaison mit Jeanne, eine vierzehnjährige Liaison, ist aufgelöst. Ich habe alles nur Menschenmögliche getan, um diesen

Bruch zu verhindern. Jeanne hat mir wieder und wieder entgegengehalten, ich hätte einen unausstehlichen Charakter, und außerdem würde ich selber ihr eines Tages Dank wissen für diesen Entschluß. Ein schönes Beispiel für die plumpe bürgerliche Weisheit der Frauen! Ich meinesteils weiß, daß, was auch an angenehmen Abenteuern, Vergnügungen, Geld oder befriedigter Eitelkeit mir zuteil werden sollte, ich dieser Frau immer nachtrauern werde. Damit mein Schmerz, den Sie vielleicht nicht recht begreifen werden, Ihnen nicht allzu kindisch vorkommt, will ich Ihnen gestehen, daß ich auf dieses Haupt alle meine Hoffnungen gesetzt hatte, wie ein Spieler; diese Frau war meine einzige Zerstreuung, mein einziges Vergnügen, mein einziger Kamerad, und trotz aller inneren Erschütterungen einer stürmischen Verbindung war mir die Vorstellung einer irreparablen Trennung niemals klar ins Bewußtsein gedrungen. Jetzt noch, obwohl ich ganz ruhig bin, überfällt mich beim Anblick eines schönen Gegenstandes, einer schönen Landschaft, von irgendetwas Angenehmem unversehens der Gedanke: Warum ist sie nicht bei mir, um dies mit mir zu bewundern, es mit mir zu kaufen? Sie sehen, ich verhehle meine Wunden nicht. Es bedurfte sehr langer Zeit, das dürfen Sie mir glauben, so heftig war die Erschütterung, bis ich begriff, daß vielleicht die Arbeit mir Vergnügungen verschaffte, und daß ich schließlich Pflichten zu erfüllen hatte. Vor meinem Geist stand ein ewiges »Wozu?«, gar nicht zu reden von einem dunklen Schleier vor den Augen und einem ewigen Brausen in den Ohren. – Das hat recht lang gedauert, aber endlich ist es vorbei. Als man mir mit aller Deutlichkeit zu verstehen gab, daß es wirklich *irreparabel* sei, überfiel mich eine namenlose Wut: zehn Tage lang fand ich keinen Schlaf, bei ständigem Erbrechen; ich mußte mich verstecken, weil ich unaufhörlich weinte. Meine fixe Idee war freilich eine egoistische Idee: vor mir sah ich eine unendliche Reihe von Jahren ohne Familie, ohne Freunde, ohne Freundin, Jahre immer der Einsamkeit und der Zufälle, – und nichts für das Herz. Trost war nicht einmal in meinem Stolz zu finden. Denn alles dieses ist mir durch eigene Schuld widerfahren; ich habe verbraucht und mißbraucht; ich habe an Martern Gefallen gefunden, und bin selber gemartert worden. Dann überfiel mich ein abergläubischer Schrecken, ich stellte mir vor, Sie wären krank. Ich habe zu Ihnen geschickt; ich erfuhr, daß Sie verreist wären und daß es Ihnen gut ginge; wenigstens sagte man so, doch, bitte, bestätigen Sie es mir, wenn Sie mir schreiben.

Wozu in diesem Bericht fortfahren, der Ihnen vielleicht nur wunderlich vorkommt? Ich hätte niemals geglaubt, ein seelischer Schmerz könnte derartige körperliche Torturen erzeugen, und vierzehn Tage später könnte man seinen Geschäften wie ein anderer Mensch nachgehen. So bin ich denn endlich allein, sehr allein, für immer, das ist mehr als wahrscheinlich. – Denn ich kann, *in moralischer Hinsicht,* mein Vertrauen in kein Geschöpf mehr setzen, *nicht einmal in mich selbst;* meine Beschäftigung fortan wird allein dem gelten, was mir Geld einbringt und meine Eitelkeit befriedigt, und die Literatur wird mein einziges Vergnügen sein.

Ich habe Ancelle vor seiner Abreise nicht aufsuchen können. Ich wußte, daß er durch Bordeaux käme, und ich habe ihm *postlagernd* geschrieben. Ich sagte ihm nur, daß ich ihn vielleicht nach seiner Rückkehr bitten würde, dieser Unglücklichen zu helfen, der ich nur Schulden hinterlasse, und daß ich mir alles in allem, da ich mich in Zukunft nur um mich allein zu kümmern hätte, diese trübselige Verschwendung wohl erlauben könnte. Seine Antwort erschien mir ablehnend. Nun, das hat keine Eile und soll ein andermal verhandelt werden.

Der zweite Band und der dritte Band von Poe werden fast gleichzeitig erscheinen.

Antworten Sie mir rasch; denn Sie werden verstehen, daß ich Ihnen keineswegs nur einer schnöden Geldfrage wegen, wie sehr sie mir auch zusetzt, geschrieben habe. Um das Unglück voll zu machen, scheint der Notar, der Ancelles Nachfolger ist, ebenfalls in den Süden gereist zu sein. Noch immer geht die Arbeit nur in der Zerstreuung vonstatten, und ich langweile mich zu Tode. Es gibt noch immer Augenblicke, wo mir alles wie leer erscheint.

Ich umarme Sie von ganzem Herzen.

Charles

Hôtel Voltaire, quai Voltaire

[Paris,] 4. November 1856

Meine liebe Mutter, ich möchte diesen Tag nicht hingehen lassen, ohne Ihnen durch ein paar Zeilen zu zeigen, daß ich Sie niemals vergesse. – Ein paar Zeilen nur; – denn Sie kennen ja meine Saumseligkeiten, die dann dazu führen, daß ich mich später zu überstürzten Arbeiten gezwungen sehe. – Und in diesem Fall bin ich gerade. – Sie können übrigens, glaube ich, augenblicklich volles Vertrauen in mein Schicksal haben. – Die Befürchtungen, denen Sie Ausdruck verliehen haben, sind eitel. – Die Geldangelegenheiten sind zwar schwer zu entwirren, aber die seelische Gesundheit, auf die es vor allem ankommt, ist ausgezeichnet. – Der Vorfall, der mich zuerst so sehr niedergeschlagen hatte, eine kindische Unerheblichkeit für Leute ohne Einbildungskraft, doch eine Katastrophe für mich, hat mir im nachhinein eine unersättliche Lebenslust eingeflößt. – Ich schreibe gerade das zweite Vorwort, das heißt *den Vortext der Nouvelles Histoires extraordinaires,* die Sie in einigen Tagen erhalten werden. Den dritten Band werden Sie Tag für Tag lesen, da Sie ja den *Moniteur* erhalten.

Erlauben Sie mir, ein wenig, nur ein ganz klein wenig, über Ihren immer wiederkehrenden Wunsch zu lachen, Sie sähen mich gerne als einen, der *wie alle Welt* wäre, der Ihrer alten Freunde würdig wäre, die Sie mir wohlgefällig aufzählen? Ach! Sie wissen nur allzu gut, daß dies nicht mein Fall ist, und daß mir ein anderes Los bestimmt ist. Warum ermuntern Sie mich nicht ein wenig zur Heirat, wie alle Mamas?

Um Ihnen gegenüber ganz aufrichtig zu sein: der Gedanke an jenes Mädchen hat mich niemals verlassen, aber ich bin das Handwerk des Lebens so sehr gewöhnt, das nur aus Lüge und eitlen Versprechen besteht, daß ich mich außerstande fühle, noch einmal den gleichen unentwirrbaren Verstrickungen des Herzens zu verfallen. – Das arme Kind ist jetzt krank, und ich habe mich geweigert, sie aufzusuchen. – Lange Zeit hat sie mich wie die Pest gemieden, denn sie kennt mein gräßliches Temperament, das nur aus List und Gewalt besteht. – Ich weiß, daß sie Paris verlassen muß, und das kann mir nur recht sein; doch gestehe ich, daß Traurigkeit

mich überfällt, wenn ich denke, es könnte sie fern von mir der Tod ereilen.
So wie es jetzt um mich steht, kurz und bündig: ich habe einen höllischen Durst nach Genuß, Ruhm und Macht. Dahinein mischt sich, ich muß es gestehen, des öfteren, wenn auch nicht oft genug – nicht wahr, meine liebe Mutter? – der Wunsch, Ihnen zu gefallen.
Hüten Sie sich deshalb, mir in Zukunft solche lästigen Leute zu schicken, wie jenen Amtsdiener des Senats, den *Tony,* der eine betrügerische Schuldschrift erworben hat und der sich drei ganze Stunden bei mir häuslich eingerichtet hat, mit einem unaufhörlichen Domestikengeschwätz, und den ich zuletzt nur durch meine Brutalität aus der Fassung gebracht habe.
Ich umarme Sie von ganzem Herzen.

Charles

Ein paar Worte über Ihr Befinden, bitte!

AN CHARLES ASSELINEAU

[Paris,] 4. November 1856

Mein lieber Freund, gestern abend war ich zu Ihnen gegangen; ich wollte Ihnen ein paar Zigarren bringen, als ein üppiges Rauchopfer zu Ehren unseres großen Schutzheiligen; doch nun habe ich den ganzen Rauch alleine aufsteigen lassen, und die einzige Belustigung bei Ihnen bestand in einem Streit mit Ihrem Hausmeister.
Haben Sie doch heute früh die Seelengröße, *einen* Franc in ein paar Strümpfe zu stecken, die Strümpfe in ein Taschentuch zu wickeln, das Taschentuch in ein Hemd, und das Ganze diesem Boten zu übergeben. – Wenn ich das alles nicht meiner Wäscherin gebe, so lassen Sie es durch ihre Haushälterin wieder abholen (den Boten nicht miteinbegriffen).
Ganz der Ihre.

Ch. Baudelaire

AN AUGUSTE POULET-MALASSIS

[Paris,] Dienstag, 9. Dezember 1856

Mein lieber Freund,

Nichts könnte gescheiter und weiser sein als Ihr Brief. Das sind tatsächlich fast Michels Bedingungen, vor seinen Bänden zu einem Franc und zu sechstausend Exemplaren. Bei Ihnen allerdings werde ich anständig und elegant herauskommen.

Ich kann Ihnen jetzt gestehen, wieviel Vergnügen Ihr Brief mir gemacht hat. Ich war schließlich so weit gekommen, – verargen Sie mir dies nicht zu sehr, – Ihr Zaudern für ein wirkliches Mißtrauen gegen meine Begabung zu nehmen. Außerdem hatte ich mich selber in eine verteufelte Klemme gebracht. In einem Anfall von Mißmut hatte ich Michel gegenüber eines Tages damit geprahlt, ich könnte auf Sie zählen.

Und die Anweisungen selber (vor allem die in Höhe von 200 Francs) kommen wie der Messias. Denn nach Ihrer Abfahrt wollte es mein Pech, daß der *Moniteur* sich entschloß, vor allem die Abrechnungen für das eben ablaufende Jahr zu bereinigen, so daß *Arthur Gordon Pym* nicht vor dem 15. Januar bezahlt wird. Die erste Nummer erscheint unwiderruflich den 8. Sie ahnen, was für Ängste ich ausgestanden habe, – und Sie ersehen daraus, daß ich Gründe hatte, zufrieden zu sein.

Es ist mir sehr recht, daß Sie nicht vor dem *Februar* beginnen wollen und daß wir mit der Poesie beginnen werden. So bleibt mir der ganze Januar, um die drei oder vier unveröffentlichten Stücke des Prosabandes da oder dort unterzubringen, um etwas Geld herauszuschlagen, und gleichzeitig können wir gemeinsam das Material der *Fleurs du Mal* ordnen, – *gemeinsam*, verstehen Sie, denn das ist eine wichtige Angelegenheit. Wir müssen einen Band zusammenstellen, der nur Gutes enthält: wenig Stoff, der nach viel aussieht, und der ins Auge sticht. Ich habe sehr lachen müssen über die von Ihnen erwähnte *Popularität*. Keine Popularität, ich weiß es, doch ein schöner allgemeiner Verriß, der neugierig macht; und dann werden wir einige Artikel in den ausländischen Zeitschriften bekommen.

Ich weiß nicht, ob Sie über die beiden Bücher einen gemeinsamen Vertrag abschließen wollen, doch ob es nun einer sein wird oder zwei getrennte; falls Sie für den Titel des Prosabandes nicht einfach Platz lassen, so setzen Sie *Miroir de l'art, Cabinet esthétique* ein, was Ihnen gerade einfällt. Wir werden das dann, nach Ihrem Gutdünken, abändern, wenn Sie den Titel beim Ministerium anmelden.

Die Art Vertrag, um die ich Sie gebeten habe und die Sie mir ausgestellt haben, zeichnet sich dadurch aus, daß Sie dabei schwerlich einen Verlust erleiden, und daß, falls das Buch eine Neuauflage erlebt, die künftige Beteiligung des Autors am Erlös sichergestellt ist.

Also: zwei Bände, *tausend Exemplare,* fünf Sous pro Band auf ewige Zeiten.

Sehen Sie auch den Fall vor, daß Malassis nicht binnen Jahresfrist (?) einen Neudruck herausbringt und Baudelaire infolgedessen über die Rechte frei verfügen kann. Mit Ihren Anweisungen schikken Sie mir bitte Ihren oder Ihre unterzeichneten Verträge; Sie erhalten dann die zweite Ausfertigung mit meiner Unterschrift zurück.

Geben Sie mir doch in Ihrem Brief einen Rat für die Auszahlung der ersten Anweisung (200).

Ich weiß nicht, welcher Anteil Ihrem Schwager an Ihrer Entscheidung zukommt, oder ob er überhaupt daran beteiligt ist. Versichern Sie ihn jedenfalls meiner Freundschaft, falls er Ihrem Ermessen nach empfänglich sein sollte für den Teufelspomp der Etikette.

Ein weiteres Mißgeschick: meine endgültige Wohnung ist erst ab 15. Januar beziehbar. Sie werden mich also hier wiederfinden, und ich bleibe, bis zum 15. Januar, an das Hotel dieses Elenden gefesselt, den die Herren Havin und Léon Plée für einen großen Dichter halten.

Legen Sie doch für mich alles auf die Seite, was Sie von und über Laclos aufstöbern können.

Sie werden dies hier morgen, *Mittwoch,* vormittags erhalten; ich wäre glücklich, wenn Ihre Sendung am *Donnerstagvormittag* in meinen Händen wäre.

Wenn ich nicht fürchtete, Sie könnten es mir als Manie oder Un-

verschämtheit anrechnen, so würde ich noch einige kleine Beträge erwähnen, die ich Ihnen schulde. Aber Sie zu ärgern, bleibt ja Zeit genug, wenn Sie nach Paris kommen.
Der Ihrige.

Charles Baudelaire

Sollten Sie Seiner Gnaden, Herrn Asinarius, begegnen, so heilen Sie ihn von seinen groben abergläubischen Vorstellungen hinsichtlich meiner Person.

AN MADAME AUPICK

[Paris,] Montag, 9. Februar 1857

Meine liebe Mutter, Punkt drei Uhr traf Ihr Brief bei mir ein, und ich antworte Ihnen umgehend.

Auf eine grundsätzliche Weigerung Ihrerseits, sich auf dies alles einzulassen, war ich eigentlich gefaßt; ich bin also nicht allzu bestürzt darüber. Gott möge mich mit einer Eingebung begnaden, wie ich morgen früh zu den 500 Francs komme, die ich heute morgen nötig hatte!

Es war gänzlich überflüssig, an Ancelle zu schreiben; Sie wissen ja, daß er zu dumm ist, um von sich aus alleine einen vernünftigen Schritt zu unternehmen; so konnte ich, ohne Ihre Einwilligung, nicht mehr zu ihm schicken. Der arme Mann ist mein vollständiger Ruin gewesen, ohne es zu wissen, der Ruin meines Vermögens und der Ruin meiner Zeit. Er wird sich niemals bewußt sein, welche ungeheure Wiedergutmachung er mir schuldet.

Ihnen, meine liebe Mutter, will ich gestehen, daß ich von Ihrem Brief nichts, aber auch gar nichts, verstanden habe, es sei denn, daß da einiges in Ordnung zu bringen ist, – was mir ja kein Geheimnis ist. – *Ich lebe in einer entsetzlichen Einsamkeit, und in unaufhörlichen Ängsten, und Sie schicken mir Beleidigungen.* – Das ist wahrhaftig zu viel. – Man sagt in aller Ruhe nein, und geht zu anderem über.

Das höchst Unterhaltsame dabei ist, daß ich nicht etwa einen

Dienst von der Art wie den erbetenen erwartete (ich spürte wohl, daß Ihnen dies alles unverständlich sein würde, ich möchte wetten, daß meine Briefe für Sie ebenso unverständlich sind wie die Ihren für mich), ich erwartete, sage ich, einige anerkennende, oder zumindest beglückwünschende Worte über meinen Mut und meine Tatkraft, nach so vielen Demütigungen, so vielen Kränkungen, so vielen Ungerechtigkeiten, die mich zu einem Märtyrer, dem wunderlichsten Märtyrer von ganz Paris vielleicht, gemacht haben. Ich erwartete auch einige Worte der Zärtlichkeit und der Ermutigung. Nichts von dem, nichts. – Wahrhaftig, um alles mit einem Wort zu sagen, es ist mir unmöglich, es war mir immer unmöglich, zu begreifen, wovon Ihr Gehirn sich ernährte, unmöglich, zu erraten, in was für einer Atmosphäre Sie lebten. Sie legen bisweilen bei geringfügigen Anlässen eine derartige Störrigkeit an den Tag, daß ich, weit entfernt, darüber in Zorn geraten, mir in solchen Augenblicken gänzlich entwaffnet vorkomme, und voller Bereitschaft, Ihnen alles zu vergeben.

Ich weiß, wie sehr diese letzten Zeilen Sie verletzen werden; Sie werden sie nicht begreifen, Sie werden sich beleidigt glauben. Und dennoch schwöre ich Ihnen, daß ich Ihre Zuneigung kenne, daß ich weiß, wie sehr Sie mir ergeben sind und welche enorme Schuld an Erkenntlichkeit ich Ihnen gegenüber abzutragen habe. Aber, großer Gott! wie unbeholfen ist Ihre Zuneigung, und wie gefährlich!

Von Zeit zu Zeit muß die Wahrheit doch heraus, und es ist wahrhaftig zu hart, in den schwierigsten Augenblicken des Lebens ganze Packen von Schmähungen (ja, es sind Schmähungen) zu erhalten.

Ferner, wenn man das Unglück gehabt hat, Schulden zu machen, so wachsen sie unaufhörlich, und alle Ausgaben nehmen zu, ohne daß irgendetwas dieser bedauernswerten Entwicklung Einhalt gebieten könnte. Das ist eine banale Wahrheit, die allen Unglücklichen, die Schulden gemacht haben, bekannt ist. Und ich fühle, daß ich, so lange diese nicht restlos beglichen sind, in einer Hölle leben werden. Ihnen verdanke ich das, und ich liebe Sie darum nicht weniger.

Ich flehe Sie an, falls Sie in diesem Brief einige Bitterkeit finden sollten, das Ihnen Mögliche zu tun, um sie mir nachzusehen; das

wird Ihnen nicht schwerfallen, wenn Sie bedenken, was ich in dieser Lage leide, die schon so lange andauert.
Ich will Ancelle nicht sehen. Alles Geschäftliche zwischen uns wird sich durch Briefe erledigen lassen. So brauchen Sie ihm nicht den Rücken zu stärken, da er keinen Angriffen ausgesetzt sein wird. Sie werden nur allzu gut verstehen, daß dieser Dummkopf *meine Zeit und meine Nerven allzusehr beansprucht* hat, als daß ich, was mir davon bleibt, nicht schonen wollte.
Und um den Anfang zu machen, werde ich ihm einfach schreiben, daß ich – *fest entschlossen,* ihm dieses Jahr *1500 Francs zu überlassen,* in Anbetracht dessen, daß ich 430 Francs von ihm erhalten habe, plus 120 Francs, die er für mich bezahlt hat, – ihn mir zu sagen bitte, *in welchem Monat und an welchem Tag* es ihm gefällig sein wird, mir den verbleibenden Rest zu schicken; – und *er wird mir nicht anworten, wie das seine Gewohnheit ist.*
Ich umarme Sie von ganzem Herzen, und bitte Sie, mir zu sagen, an welchem Tag Sie mich besuchen werden.
Die 50 Francs (!) sind mütterlich, aber die Taschentücher sind ein Geniestreich.

Charles

AN MADAME AUPICK

[Paris,] 3. Juni 1857

Meine liebe Mutter, ich erwartete Valère mit einer gewissen Ungeduld (nicht als wollte ich dies als Entschuldigung dafür anführen, daß ich Ihnen noch nicht geschrieben habe); Sie wissen, warum ich ihn erwartete. Ich weiß, wie sehr Sie begreiflicherweise die Schulden beunruhigen, daß ich mich lebhaft für das Ergebnis des Verkaufs interessierte. Endlich kam Valère heute morgen: das ganze Mobiliar wurde für 25 000 Francs verkauft. Valère sagt, der Gesamterlös (das heißt einschließlich der Pferde, des Geschirrs und der Wagen) belaufe sich auf 32 000 Francs. Meiner Vorstellung nach war das ein angemessener Betrag, der ungefähr dem nahekommt, was Sie wünschten, und der hinreichen wird, um Sie von all diesen unwürdigen und unerträglichen materiellen Einzelheiten zu entlasten. Sagen Sie mir unumwunden, ob dem so ist, und ob Sie sich wirklich erleichtert fühlen. – Sie haben mir, vor einiger Zeit, ein sehr kränkendes Kompliment über die Veränderung in meinem Betragen Ihnen gegenüber gemacht, was beweist, daß Sie mich, obwohl Sie Mutter sind, nur sehr unzulänglich kennen. Der Verkauf, Ihre (augenblicklichen) Schulden, Ihre Gesundheit, Ihre Vereinsamung, an allem nehme ich Anteil; das Große oder Wichtige, das Alltägliche und Kleine, alles liegt mir am Herzen, glauben Sie es mir; nicht aus kindlicher Ergebenheit, sondern aus leidenschaftlicher Zuneigung.

Ich will Ihnen in wenigen Zeilen Rechenschaft ablegen über mein Betragen und meine Gefühle seit dem Tode meines Stiefvaters; Sie werden in diesen wenigen Zeilen die Erklärung für mein Verhalten bei diesem großen Unglück und gleichzeitig für meine künftige Aufführung finden: – dieses Ereignis war für mich etwas Feierliches, etwas wie eine Aufforderung zur Ordnung. Ich habe Sie bisweilen sehr hart behandelt, und sehr unehrenhaft, meine arme Mutter; aber ich durfte schließlich annehmen, daß jemand um Ihr Glück besorgt war, – und der erste Gedanke, der mir bei diesem Tode kam, war der, daß diese Aufgabe hinfort natürlicherweise mir zufallen würde. Alles, was ich mir herausgenommen habe, Nachlässigkeit, Egoismus, heftige Grobheiten, ohne die es bei einem Leben im Durcheinander und in der Vereinsamung nicht abgeht, daß alles ist mir nun untersagt. – Alles, was nur menschenmöglich ist, um Ihnen ein andersartiges, neues Glück für den letzten Teil Ihres Lebens zu schaffen, *wird getan werden.* – Das ist alles in allem nicht so schwierig, da Sie an dem Gelingen all meiner Pläne so lebhaften Anteil nehmen. Indem ich für mich arbeite, werde ich für Sie arbeiten.

Um meine Schulden und um meine Berühmtheit, um die ich mich bisher nur so lässig bemüht habe, und die hinfort so schmerzhaft zu erlangen sein wird, *machen Sie sich keine allzu großen Sorgen.* Vorausgesetzt, man tut jeden Tag ein wenig dessen, was zu tun ist, so finden alle menschlichen Schwierigkeiten eine natürliche Lösung. Ich bitte Sie nur um eines *(für mich):* daß Sie alles aufbieten, um gesund zu bleiben und lange zu leben, so lange, wie es Ihnen nur irgend möglich ist.

Valère war sehr liebenswürdig; er hat sogar einem Gedanken Ausdruck gegeben, den ich von seiten eines Domestiken nicht erwartet hätte; er sagte: »*Es muß Ihre Mutter sehr hart getroffen und sehr betrübt haben, daß sie nun alleine dorthin zurückkehrt; ich weiß jedoch, daß es ihr gut geht.*«

Er ist ganz verwundert über die ungeheure Menge von Sachen, die nach *Honfleur* zu schaffen Sie ihn beauftragt haben (ein großer vollbeladener Wagen); er glaubt, Sie wüßten gar nicht, wo Sie das alles unterbringen sollten.

Alle Tage habe ich den *Moniteur* durchforscht. Nichts bis heute. Das macht mich ganz ungeduldig. Wieso wird eine vom Staatsrat beschlossene Maßnahme dem Kaiser nicht schneller zur Unterschrift zugeleitet? Ist dabei vielleicht ordnungsgemäß ein besonderer Weg einzuhalten? Doch mir scheint, man hätte das Inkrafttreten beschleunigen können.

Ich komme soeben vom Buchbinder. Ich bin gewiß, Sie werden zufrieden sein. Alles ist gänzlich *gebleicht*. Die eingerissenen Blätter werden, so gut es geht, geflickt; doch Sie werden erstaunt sein über die Kunst, mit der man ein schon verloren geglaubtes Buch VERJÜNGEN kann. Er benötigt noch zehn Tage, um alles wieder zusammenzubinden und den Einband zu richten.

Leben Sie wohl, liebe Mutter, antworten Sie mir *auf das allergenaueste,* und glauben Sie mir, daß ich Ihnen bedingungslos gehöre und daß ich nur Ihnen gehöre.

Ich denke, nächste Woche werde ich Ihnen etwas von mir schicken können.

Charles

Wiederholen Sie mir doch, was Sie mir bezüglich des Grabes gesagt haben. Ich werde alles genau nach Ihren Wünschen erledigen. Soeben erfahre ich, daß das Dekret nicht im *Moniteur* erschienen war, sondern daß man es in das *Bulletin des lois* eingerückt hatte, unter dem Datum des *25. Mai 1857*. – Verwundert hat mich die Orthographie Ihres Namens: *Archenbaut*.

[Paris,] 27. Juli 1857

Meine liebe Mutter, Sie dürfen mir meine Verspätungen niemals zur Last legen, vor allem nicht in dem gegenwärtigen Fall.
Verlangen Sie doch in Ihrem Lesekabinett in Honfleur die Nummer des *Moniteur* vom *Dienstag, dem 14. Juli,* Sie werden mich dort mit prächtigen Lobeserhebungen bedacht sehen; haben Sie diese gelesen, so vergegenwärtigen Sie sich, daß Monsieur *Abbatucci* sich zu Monsieur *Fould* begeben hat, um ihn wegen dieses Artikels zur Rede zu stellen: *Warum loben Sie ein Werk, das ich verfolgen lassen möchte?* und Sie werden begreifen, daß ich der Anlaß eines Konfliktes zwischen drei Ministern bin.
Monsieur *Fould* sieht sich verpflichtet, mich zu verteidigen. Wird er mich opfern? Darum geht es.
Monsieur *Billault* ist so wütend, daß er dem *Pays* verboten hat, von mir zu sprechen. *Das ist durchaus ungesetzlich;* denn ich bin nicht verurteilt, ich bin nur angeklagt. – Ich werde den Text des Artikels erhalten, dessen Drucklegung Monsieur Billault ungesetzlicherweise verhindert; ich werde bei einem mir befreundeten Drucker Fahnenabzüge davon herstellen lassen; einen davon werde ich Monsieur *Fould* schicken, einen Monsieur *Pietri,* einen an den *Untersuchungsrichter*, einen an meinen *Verteidiger* (ich habe noch keinen), und einen an Monsieur *Billault* selber.
Ich habe für mich: Monsieur *Fould,* Monsieur *Sainte-Beuve,* und Monsieur *Mérimée* (der nicht nur ein berühmter Schriftsteller ist, sondern auch der einzige, der die Literatur im Senat vertritt), Monsieur *Pietri,* eine sehr einflußreiche Persönlichkeit und, wie Monsieur *Mérimée*, ein intimer Freund des Kaisers.
Mir fehlt noch eine Frau; es gäbe vielleicht Mittel und Wege, die Prinzessin Mathilde in dieser Angelegenheit zu bemühen; aber ich zerbreche mir vergeblich den Kopf, wie das zu bewerkstelligen wäre.
Ich bin vor dem Untersuchungsrichter erschienen. Meine Vernehmung hat drei Stunden gedauert. Ich hatte es übrigens mit einem sehr liebenswürdigen Justizbeamten zu tun.
Ihr Exemplar ist gebunden; ich werde einen Weg finden, es Ihnen

gefahrlos zukommen zu lassen (denn die Beschlagnahme hat stattgefunden). Das gleiche gilt für Ihr Meßbuch, dessen Einband ich der Post nicht anvertrauen kann. Machen Sie sich keine Sorge. Der Buchbinder hat bereits Geld von mir bekommen. –

Ich war gesonnen, dies alles vor Ihnen zu verbergen; aber das wäre, offen gestanden, doch recht absurd gewesen. – Regen Sie sich nicht unnötig auf, wie Sie das immer tun; auch habe ich einen kräftigen Buckel. – Monsieur Émon gegenüber lassen Sie bitte nichts verlauten.

Sie werden begreifen, daß nun vorzüglich die Fahrt nach Honfleur verschoben werden muß. – Außerdem muß ich, ungeachtet der Zeit, die diese Affäre mir wegfrißt, vier Bücher abschließen: den dritten *Band Edgar Poe,* die *Poèmes nocturnes* (von mir), die *Curiosités esthétiques* (von mir), und den *Mangeur d'opium* (die Übersetzung eines Werkes von *De Quincey*). Darüber hinaus werde ich, ehe das Jahr zu Ende geht, in Honfleur mein Drama und einen Roman abschließen müssen.

Alle Welt drängt mich, bei der Verhandlung nicht den Mund aufzutun, so sehr fürchtet man, ich könnte einem meiner Zornanfälle nachgeben.

Man rät mir auch, einen berühmten Rechtsanwalt zu nehmen, einen, der zum *Staatsministerium* gute Beziehungen unterhält, *Monsieur Chaix d'Est-Ange* zum Beispiel.

Ich schließe Sie fest in meine Arme, und bitte Sie, in diesem Skandal (der in Paris erhebliche Aufregung verursacht) nur so etwas wie den Grundstein zu meinem künftigen Vermögen zu erblicken.

Charles

Ich brauche Ihnen nicht zu sagen, daß das Buch weiter verkauft wird, nur heimlich, und zum Doppelten des gewöhnlichen Preises.

AN MADAME AUPICK

[Paris,] 30. Dezember 1857

Gewiß, ich habe allen Grund, mich über mich selbst zu beklagen, und ich bin sehr bestürzt und beunruhigt über diesen Zustand. Wäre eine Ortsveränderung angezeigt, ich weiß es nicht. Ist es die kranke Physis, die Geist und Willen vermindert, oder ist es die geistige Feigheit, die den Körper ermüdet, ich weiß es nicht. Doch ich verspüre eine ungeheure Mutlosigkeit, eine unerträgliche Empfindung der Einsamkeit, eine dauernde Furcht vor einem unbestimmten Unglück, ein gänzliches Mißtrauen in meine Kräfte, ein völliges Fehlen von Wünschen und Begierden, ein Unvermögen, an irgendetwas Vergnügen zu finden. Der wunderliche Erfolg meines Buches und die Gehässigkeiten, die es erregt hat, haben mich kurze Zeit beschäftigt, und als das vorbei war, bin ich wieder zurückgesunken. Wie Sie sehen, meine liebe Mutter, eine ziemlich bedenkliche Geistesverfassung für einen Menschen, dessen Beruf darin besteht, Fiktionen hervorzubringen und einzukleiden. – Ich frage mich ohne Unterlaß: wozu dies? wozu das? Die wahre Gemütsverfassung des Spleen. – Wenn ich mir freilich zurückrufe, daß ich ähnlichen Zuständen bereits unterworfen war und daß ich sie überwunden habe, so könnte ich geneigt sein, mich nicht allzu sehr zu beunruhigen; aber ich erinnere mich auch nicht, jemals so tief gesunken zu sein und mich so lange im Lebensüberdruß hingeschleppt zu haben. Nehmen Sie hinzu die ständige Verzweiflung über meine Armut, das Hinundhergezerrtwerden und die Arbeitsunterbrechungen durch die alten Schulden *(seien Sie unbesorgt, dies ist kein Notschrei, der es auf Ihre Schwachheit abgesehen hat. So weit ist es noch nicht,* AUS MEHREREN GRÜNDEN, deren gewichtigster diese Schwachheit und Trägheit ist, die ich selber eingestehe), den beleidigenden, abstoßenden Widerspruch zwischen meiner geistigen Würde und diesem unsicheren und elenden Leben, und schließlich, um alles zu sagen, seltsame Erstickungsanfälle, Magen- und Darmstörungen, die seit einem Monat andauern. Alles, was ich esse, würgt mich oder löst Krämpfe aus. Wenn das Seelische die Physis heilen kann, so wird eine harte, fortgesetzte Arbeit mich heilen, aber dazu bedarf es einer Willensanstrengung, und eben der Wille ist geschwächt; – ein Circulus vitiosus.

Angenommen, der ganze wohlausgenützte Januar genügte mir, um alles das abzuschließen, was nur in Paris abgeschlossen werden kann, und ich käme im Februar zu Ihnen, um dort an neuen Sachen zu arbeiten, fände ich wohl, wenn auch nicht in Honfleur, so doch zumindest in Le Havre, einen Fechtlehrer? Wenn ich den Fechtunterricht wieder aufnähme, so würde ich damit der Notwendigkeit körperlicher Übungen genügen; – und vielleicht fände ich auch, nicht in Honfleur, doch in Le Havre, eine Badeanstalt, wo man sich mit Duschen und kalten Güssen behandeln könnte?
Ich will Ihnen in aller Kürze sagen, was mich verhindert hat, nicht, dorthin zu kommen (das war nun einmal nicht zu machen), sondern Ihnen zu antworten. Ich fürchtete gleichzeitig, Sie zu betrüben und nicht verstanden zu werden. Beim Tode meines Stiefvaters sagten Sie mir anderntags, ich sei ein Schandfleck der Familie, und Sie verböten mir (noch ehe eine dahingehende Bitte mir überhaupt in den Sinn gekommen war), mir jemals einfallen zu lassen, bei Ihnen leben zu wollen. Dann nötigten Sie mich Monsieur Émon gegenüber zu demütigenden Zuvorkommenheiten. Lassen Sie mir die Gerechtigkeit widerfahren, meine liebe Mutter, daß ich dies mit der Ergebenheit und der Sanftmut ertragen habe, die Ihre beklagenswerte Lage mir auferlegte. – Später jedoch, nach Briefen, die nichts als grollende Vorwürfe und Bitterkeiten enthielten, nachdem Sie mir dieses verfluchte Buch vorgeworfen hatten, das alles in allem nur ein durchaus verteidigungswürdiges *Kunstwerk* ist, haben Sie mich aufgefordert, Sie zu besuchen, wobei Sie mir zu verstehen gaben, daß Monsieur Émons Abwesenheit meinen Aufenthalt in Honfleur ermögliche, *als ob Monsieur Émon berechtigt wäre, mir die Türe zu meiner Mutter zu verschließen oder zu öffnen,* endlich indem Sie mich aufs angelegentlichste ermahnten, in Honfleur nur ja keine Schulden zu machen, – das hat mich, weiß Gott, so sehr aus der Fassung gebracht, und derart verwirrt, daß ich wohl ungerecht geworden bin. Sie sehen, welche dauerhafte Spur jener Brief in meinem Gedächtnis hinterlassen hat. Ich wußte nicht, wozu ich mich entschließen, noch was ich antworten sollte; nachdem ich ihn gelesen hatte, bemächtigte sich meiner eine unbeschreibliche Erregung, und zuletzt, nach zwei Wochen, immer noch hin und her gerissen, beschloß ich, überhaupt nicht zu antworten.

Ich glaube wirklich, meine liebe Mutter, Sie haben meine unausstehliche Empfindlichkeit niemals erkannt.
– Wir sind nun beide sehr allein und sehr schwach, denn ich denke, mein Bruder zählt hier nicht. Wie, wenn wir versuchten, endlich einmal einer durch den andern glücklich zu sein?

Ich muß Sie von einer unangenehmen Kleinigkeit in Kenntnis setzen, und ich hätte sie gerne vor Ihnen verborgen gehalten, wenn sie nicht vermuten ließe, daß andere, ähnliche Versehen begangen wurden. Die sich wohl niemand anders als Monsieur Émon zur Ehre anrechnen dürfte. – Vor einigen Monaten entdeckte ich in der Passage des Panoramas ein Gemälde meines Vaters (eine liegende nackte Frau, der im Traum zwei nackte Gestalten erscheinen). Ich war gänzlich mittellos, nicht einmal eine Anzahlung hätte ich leisten können, und seither hat der unaufhörliche Wirbel der täglichen Nichtigkeiten mich abgehalten, der Sache nachzugehen. – Könnten Sie sich vorstellen, daß mehrere derartige Versehen vorgekommen sind? – Mein Vater war ein abscheulicher Künstler; aber all diese alten Dinge haben einen Wert für das Gemüt.
Leben Sie wohl, meine liebe Mutter; sagen Sie mir, wie es um Ihr Befinden steht, ob der Aufenthalt da unten Ihnen bekommt, und daß Ihnen daran gelegen ist, lange für mich zu leben.
Ich umarme Sie, und im Geiste sehe ich Sie diese Umarmung erwidern.

Charles

AN MADAME AUPICK

[Paris,] Montag, 11. Januar 1858

Meine liebe Mutter, Sie haben erraten, daß ich von allerlei Affären und Mühseligkeiten geplagt bin. Ich erzähle Ihnen niemals davon, weil Sie das unnötigerweise betrüben würde.
Außerdem, als bedürfte es noch einer weiteren Erschwerung, kann ich nur mit größter Mühe einen Fuß vor den andern setzen; das rechte Bein ist geschwollen, es läßt sich nicht beugen, und ein

höchst seltsamer Schmerz macht sich bemerkbar; die einen sagen, es sei ein Krampf, die andern eine Neuralgie.

Rezepte: ich habe sie sorgfältig aufgehoben, und werde mich ihrer bedienen. Im übrigen geht es dem Magen augenblicklich etwas besser, dank des Äthers, und das Opium hat die Koliken zum Verschwinden gebracht. Aber das Opium hat schreckliche Nachteile.

Komm sofort her, schreiben Sie? Aber Sie vergessen all die Manuskripte, die ich vorher abschließen muß, und alles, was hier noch zu zahlen ist. Außerdem gibt es, wie ich bereits erwähnte, Manuskripte, die dort unten nicht abgeschlossen werden können. Nähere diesbezügliche Erklärungen würden sehr weitschweifig ausfallen und überdies nichts fruchten.

Ich habe, nochmals gesagt, die feste Absicht, für einige Zeit nach Honfleur zu kommen; ich hoffe, daß dies Anfang Februar möglich sein wird. Ab Ende Januar werde ich damit beginnen, eines um das andere Pakete und Kisten an Sie zu expedieren, die meinen Kleinkram enthalten.

Ich muß sehr viel Geld verdienen, um mich von Paris losmachen zu können. Sie würden es nicht glauben, was ich an Zinsen, an Gerichtsgebühren, usw. zahle. Ich habe nicht Balzacs Mut, noch sein Genie, und ich stecke in all den Schwierigkeiten, die ihn so unglücklich gemacht haben.

Ich werde nur das Unerläßliche bezahlen, und im letzten Augenblick rechne ich damit, daß der Direktor der *Gaîté* mir einen Betrag von 1000 oder 1500 Francs auf mein begonnenes Drama vorschießen wird. Damit wären dann die restlichen Fragen zu lösen.

Ich habe einigen Freunden meine Absicht kundgetan, mich in Honfleur niederzulassen. Alle sagten, dies sei ein Geniestreich. *Das* Mittel in der Tat, sich aller Unrast und des nutzlosen Herumlaufens zu entledigen, und endlich fände ich jene Einsamkeit, die ich so sehr liebe. Ferner, wenn ich in Paris inmitten zahlloser und namenloser Bedrängnisse bei geringer Arbeit 5 oder 6 Tausend Francs verdiene, so darf ich hoffen, unter günstigen Bedingungen und in Ruhe bedeutend mehr zu verdienen.

Bleiben noch zwei schwer zu lösende Fragen. Ich muß häufig nach Paris fahren, die Direktoren der Zeitungen, der Zeitschriften und

Theater aufsuchen, eine Unzahl kleiner Angelegenheiten regeln; größere, häufig sich wiederholende Ausgaben, und ich glaube, die Eisenbahnbehörden sind mit Vergünstigungsbilletts leider sehr knauserig.
Zum andern werde ich Ihnen zumindest eine Ausgabe verursachen, meine Mahlzeiten, und wir müßten eine Vergütung dafür festsetzen.
Sie haben also nicht bemerkt, daß die *Fleurs du Mal* zwei Stücke enthalten, die Sie betreffen, oder die doch zumindest auf intime Einzelheiten unseres ehemaligen Lebens anspielen, auf jene Zeit der Witwenschaft, die bei mir so seltsame und traurige Erinnerungen hinterlassen hat, – das eine: *Je n'ai pas oublié, voisine de la ville* … (Neuilly), und das andere, unmittelbar darauf folgende: *La servante au grand cœur dont vous étiez jalouse* … (Mariette)? Ich habe diese Gedichte ohne Überschrift und ohne eindeutige Hinweise gelassen, weil es mir widerstrebt, intime Familienangelegenheiten zu prostituieren.
Ein gräßliches Gekrakel. Ich habe fast im Dunkeln geschrieben.
Auf bald.

Charles

AN ANTOINE JAQUOTOT

[Paris,] Samstag, 20. Februar 1858

Sehr geehrter Herr,

Endlich haben Entschlossenheit und Notwendigkeit über meine Scheu den Sieg davongetragen; vor vierzehn Tagen versicherten Sie mir, ich dürfe auf Ihre Vermittlung zählen, und ich habe diese vierzehn Tage verstreichen lassen, ohne von Ihrer freundlichen Erlaubnis Gebrauch zu machen. Das beweist Ihnen, welche Qualen es mir bereitet, meine vortreffliche Mutter zu betrüben.
Ich komme also auf unsere früheren Unterhaltungen zurück und resümiere in Kürze meine Lage. Als Monsieur Aupick starb, fühlte ich, daß ich hinfort eine weitere Verantwortung zu tragen hätte, eine schwere Verantwortung. Solange meine Mutter nicht allein

war, *war es mir erlaubt, zu meiner Unterhaltung zu leiden;* als sie aber alleine zurückblieb, hatte ich noch anderes zu tun, als mich mit meinen unaufhörlichen Schwierigkeiten zu beschäftigen, für meinen Namen, für die Ehre meines Namens Sorge zu tragen, – ich wurde damit der intime und, sozusagen, einzige Freund meiner Mutter. Das alles wurde mir bewußt, und – prüfen Sie, *ob meine Erinnerung mich täuscht,* – ich wählte Sie als Vermittler, weil Sie bei unserer Begegnung am Grabe meines Stiefvaters, inmitten der Menge, wo man mir, nebenbei bemerkt, nicht die Achtung und Sympathie entgegenbrachte, auf die ich, wie mir scheint, Anspruch habe, – weil Sie in einem völlig aufrichtigen und vertraulichen Ton zu mir sagten: *»Nun werden Sie, hoffe ich, zu Ihrer Mutter ziehen und ihr Leben teilen.«* – Leider kam es nicht dazu. Noch ehe ich mich zu dieser Frage geäußert hatte, erklärte meine Mutter, sie werde niemals mit mir zusammenleben. Ich hatte allerdings ein dahingehendes Angebot erwartet. Aber angesichts ihrer schrecklichen Gemütsverfassung hielt ich es für meine Pflicht, diese Demütigung ertragen und mich derart verkannt zu sehen. – Ich faßte einfach den Entschluß, abzuwarten, und meine Mutter niemals um eine finanzielle Hilfe anzugehen, – was übrigens, hinfort, nicht mehr als meine strikte Pflicht war.

Seither ist ein leichtes Gewölk zwischen mir und meiner Mutter aufgezogen, anläßlich meines Prozesses; ein so leichtes Gewölk, das sich kaum davon zu reden verlohnt.

Vor kurzem nun hat meine Mutter von sich aus den Wunsch geäußert, mich bei ihr zu haben. Sie werden sich denken können, mit welcher ungeheuren, aufrichtigen Freude ich diesen Vorschlag aufgenommen habe. – Ich habe sie nur gebeten, mir einen kleinen Aufschub zu gewähren, um einige begonnene Unternehmungen zu Ende zu führen, die ich in Honfleur nicht beenden könnte (was die Wahrheit ist), und in meinem Innern faßte ich den Entschluß, rasch viel Geld zu verdienen, um einige Schwierigkeiten aus der Welt zu schaffen, die mich in Paris zurückhielten (und die ich vor ihr verbarg, aus Rücksichtnahme, weil ich weiß, wie sehr sie sich bedauernswerterweise von gewissen Eindrücken beunruhigen läßt). – Die zu erledigenden Angelegenheiten sind fast abgeschlossen, die Geldschwierigkeiten sind ungelöst geblieben.

Vor zwanzig Tagen *(ich hatte den 1. Februar als Termin festgesetzt)* erhielt ich von meiner Mutter einen liebenswürdigen Brief, so liebenswürdig, daß er mich zu Tränen rührte – seit Jahren hatte ich keinen erhalten, der dem ähnlich gewesen wäre! – Sie erwarte mich, schrieb sie, und nun denken Sie das zusammen; meine Ungeduld und die Vorstellung, die ich mir von der ihren machte – und ermessen Sie, was ich erdulden mußte!
Nun die Tatsachen:
Ancelle ist ein vortrefflicher Freund, und ich habe allen Grund, mit ihm zufrieden zu sein, das heißt: mit seinem Herzen, freilich nicht mit seinem Geist. (Dies möge unter uns bleiben.) Gesetzt den Fall, ich bäte ihn in meinem eigenen Namen um das Vernünftigste von der Welt, er würde es mir unerschütterlich verweigern; bäte ich ihn jedoch im Namen meiner Mutter um etwas Aberwitziges, er würde einwilligen.
Eine sehr heikle Frage war noch zu lösen; unerachtet all meiner Scherereien verdiene ich ein wenig Geld. Ich wollte wissen, was ich meiner Mutter als jährliche, viermonatliche oder monatliche Unterstützung anbieten könnte. In Anbetracht meiner augenblicklichen Bedrängnis hat sie alles abgelehnt; *für den Augenblick* hat sie abgelehnt, und ich habe vollkommen begriffen, daß sie SEHR STOLZ wäre, später etwas Geld von mir anzunehmen, in ertragreicherer Zeit. Sie verstehen, wie das gemeint ist, nicht wahr?
Nun sehe ich mich gegenwärtig *moralisch* ermächtigt, mehrere Monatsraten, ja einen Jahresbetrag dessen, was mir zukommt, anzufordern, um mich *in einigen Tagen* in Honfleur niederzulassen. Ich bitte Sie demnach, sehr geehrter Herr, Ihre ganze Beredsamkeit aufzubieten, um meine Mutter dahingehend zu überzeugen, daß sie mich ermächtigt, mir *von Ancelle* auf einen Schlag *einen Jahresbetrag auszahlen zu lassen, der* SPÄTESTENS *in einem Jahr wieder hereinkommt, weil ich darüber hinaus keinen roten Heller von ihm nehmen werde und ich alle meine übrigen Einkünfte behalten würde,* bei einer Ersparnis von mindestens 6000 Francs unnützer Ausgaben.
Diese 2400 Francs werden in einigen Tagen, zehn Tage im Höchstfall, zur Zahlung all meiner Schulden verwendet, deretwegen ich mich in Honfleur nicht weiter behelligt sehen möchte, und

um unerläßliche Ausgaben zu bestreiten *(meine augenblickliche Unterkunft,* die ich lieber heut als morgen verlassen möchte, *Buchhändler, Buchbinder, Bucheinkäufe,* und *eine Menge anderer Einkäufe,* die einzeln aufzuführen sich erübrigt, schließlich *mein Rechtsanwalt,* dessen Honorar noch nicht bezahlt ist).

Ursprünglich hatte ich, wie gesagt, die Absicht, mehr zu fordern; doch ich will sehr bescheiden sein, ich möchte von dem mir Zustehenden nicht mehr als einen Jahresbetrag haben, und schließlich kann ich, noch vor meiner Abreise, einen zusätzlichen Betrag von einem meiner Verleger und von der *Revue contemporaine* erlangen.

Werde ich dergestalt endlich die schreckliche, einzige, die allein wichtige und bisher immer ungelöst gebliebene Frage lösen, die Frage, wie ich zu Arbeit und Ruhe komme? Meine Mutter, das sei hier angemerkt, hat niemals auch nur die blasseste Ahnung gehabt, welch ein Widerspruch klafft zwischen der Größe der Pläne und der verzweiflungsvollen Eingeengtheit meines Lebens.

Nun erheben sich zwei weitere schwerwiegende Fragen. Die erste und die quälendste ist folgende: Es sieht ja wirklich – denn ich will hier ganz offen reden – so aus, als wollte ich das empfindsame Herz meiner Mutter ausbeuten, als wollte ich *ihre Gefühle erpressen.* – Das ist der wahre Grund, warum ich so lange gezaudert habe, warum ich vierzehn Tage lang immer wieder zurückwich. Die Furcht, in meinem Betragen eines Mangels an höherem Anstand verdächtigt zu werden, war füglich danach angetan, mir Einhalt zu gebieten.

Dazu Folgendes: Obwohl es unzweifelhaft in meinem Interesse liegt, nach Honfleur zu gehen und dort zu bleiben – und dies so bald wie irgend möglich –, so treibt mich doch nicht nur mein Interesse dorthin. Selbst wenn ich dort keinerlei persönliche Vorteile fände, Geld, Ruhe, Arbeit, so WILL ich doch, verstehen Sie mich recht: *ich will mit meiner Mutter zusammenwohnen.*

Die zweite Frage, jene, die mir zu stellen Sie ein Recht haben, da Sie die Verantwortung für die Vermittlung übernehmen, ist folgende: – (und sie wirft ein ernstes Problem auf):

Sind Sie auch sicher, daß Sie in Honfleur bleiben werden? Sollte unversehens eine Verlegenheit, sollte eine Laune Sie nach Paris

zurückführen, müßte ich – ich, der ich Ihnen einen Dienst zu erweisen glaube, indem ich mich zu Ihrem Vermittler mache –, müßte ich mir nicht Vorwürfe machen, Ihre verwickelte Lage noch erschwert zu haben, da Sie später in Paris alle Verlegenheiten, denen Sie zu entkommen suchen, durch ein Darlehen noch vermehrt sehen werden?
Sie sehen, ich denke an alles.
Meine Antwort: – *Ich hasse Paris und das gräßliche Leben, das ich dort seit mehr als sechzehn Jahren führe, welches das einzige Hindernis ist, all meine Pläne zu verwirklichen. Ich bin so bedingungslos entschlossen, dort unten zu bleiben, einmal meiner Mutter zu Gefallen, doch auch in meinem eigenen Interesse, daß nichts in Zukunft mich veranlassen wird, wieder nach Paris zu ziehen; – selbst wenn alle meine Schulden bezahlt sein sollten* – was sehr bald der Fall sein wird, – *selbst, wenn eine Menge Vergnügungen der Eitelkeit und der Berühmtheit mich in Paris erwarten sollte,* – SELBST WENN ICH FÄHIG WERDEN SOLLTE, MIR EIN NEUES VERMÖGEN ZU SCHAFFEN (was, in Parenthese, absurd ist), – ENDLICH SOGAR, WENN ICH (was anzunehmen nicht minder absurd ist) BEI MEINER MUTTER, IN IHREM CHARAKTER SCHMERZHAFT MISSKLINGENDE NOTEN FÄNDE, DIE MIT EINER GÄNZLICH KINDLICHEN LIEBE ERTRAGEN ZU KÖNNEN, ICH GEWISS BIN. – Ich bliebe in meiner Zelle.
Ich habe dem, sehr geehrter Herr, nur wenig hinzuzufügen: – Ich bin entschlossen, dieses Leben der Zurückgezogenheit zu führen, das einer meiner Freunde führt, der hier ungenannt bleiben soll, und der in dem Zusammenleben mit seiner Mutter eine Geistesruhe gefunden hat, die genügte, um kürzlich ein sehr schönes Werk zu schaffen und mit einem Schlag berühmt zu werden.
Meine Mutter besitzt eine ausgeprägte Fähigkeit, die ich mit lautem Spott bedenke, und die ich im stillen bewundere. Die ORDNUNG, den Geist der Ordnung, der uns frei macht. Ich habe einigen Grund zu glauben, daß sie im näheren Umgang mich damit anstecken wird.
Ancelle hat eine andere Fähigkeit: die Unentschlossenheit, das Mißtrauen, das Ausflüchte-Suchen. Ich beziffere auf ungefähr HUNDERTFÜNFZIGTAUSEND FRANCS den Gesamtverlust, den er mir

verursacht hat, weil er nicht imstande war, mir rechtzeitig und mit Entschiedenheit aufzuhelfen. Ich wünsche deshalb, er möge mich nicht schikanieren, er möge nicht knausern, er möge mir dadurch, daß er mich der Freiheit beraubt, diese Summe nach meinem Gutdünken zu verwenden, kein Hindernis bereiten, mich baldigst in meine endgültige Zufluchtsstätte zurückzuziehen.
Sollte er, mißtrauisch, wie er ist, nicht glauben wollen, daß ich ein Jahr hindurch meine gesamten Einkünfte ihm überlassen würde, so würde ich die Klausel anbringen, daß ich ein DRITTEL davon beanspruchte, um unvorhergesehene Reisen damit zu bestreiten. Doch ICH WEISS, *daß ich ihm Alles überlassen würde.*
Und nun will ich Ihnen ganz offen gestehen, daß meine Ungeduld und mein Verlangen so groß sind, daß ich entschlossen bin, falls Sie mit Ihrer freundschaftlichen Mission nichts ausrichten, mit Hilfe eines Darlehens zu Wucherzinsen eine gewaltsame Lösung herbeizuführen. Das ist hart, das ist schwierig. Das wird kostspielig sein. Aber es wird mir gelingen, weil einem stets gelingt, was man mit Hartnäckigkeit will. Zerstören Sie für mich die Nötigung, diese Dummheit zu begehen.
Sehr geehrter Herr, erlauben Sie mir, der ich Sie um einen Dienst bitte, Ihnen einen kleinen Rat anzubieten. Dieser Brief ist, glaube ich, derart abgefaßt, daß meine Mutter ihn lesen dürfte, sie wird dort alles das erraten, was hier niederzuschreiben, ich keine Zeit fand. Ich ermächtige Sie deshalb, ihn zur Unterstützung der vorzüglichen Gründe beizulegen, die Ihr vorzüglicher Geist und Ihre Autorität als alter Freund der Familie Ihnen zu meinen Gunsten eingeben werden. Die Freundschaft, mit der Sie meiner Mutter verbunden sind, drängt Sie, scheint mir, meinem Projekt zum Erfolg zu verhelfen.
Seien Sie meiner aufrichtigen Erkenntlichkeit versichert, ungeachtet aller Dummheiten, die man Ihnen vermutlich über meine Person zugetragen hat, und die, wenn sie mich nicht gerade lachen machen *(an meinen guten Tagen)*, mich an meinen schlechten wütend machen. Ich bin jemand, der erwiesene Dienste niemals vergißt.
Übermitteln Sie Madame Jaquotot meine ergebensten Grüße.

Charles Baudelaire

[Paris,] Samstag, 27. Februar 1858 (morgens)

Drei Tage lebte ich in einer schönen Freude; das ist immerhin ein Gewinn, die Freude ist so selten. Und ich danke Dir dafür, von Herzen. Aber es war nur ein schöner Traum. – Ich habe meinen Plan, nach Honfleur zu ziehen, nicht aufgegeben. Mein Verlangen danach wird von Tag zu Tag wachsen. Aber ich gehe nur mit meinem Geld, und wenn es mir gelungen sein wird, mich selber aus der Affäre zu ziehen.

Ich bitte Dich inständig, meine liebe Mutter, ärgere Dich nicht. Ich komme mit Sicherheit, aber wann? Ich weiß es nicht. Ich werde alles Notwendige tun. – Heute morgen erreichte mich Dein schlimmer Brief; alles, was ich Dir gestern schrieb, der ganze Brief mit seinen ins Einzelne gehenden Erklärungen, ist damit hinfällig.

Ich bin demnach genötigt, den Bedrängnissen, in die ich geraten werde, schleunigst Abhilfe zu schaffen. Sie sind noch größer als vorher. Denn ich habe, wie ich Dir schon schrieb, für die kommende Woche mit mehreren Individuen ein Treffen vereinbart, und ich habe das Geld abgelehnt, das mir von anderer Seite angeboten wurde. Darüber könnte man den Kopf verlieren.

Doch so bedrohlich das alles ist, es ist noch nicht das Schlimmste. Ancelle, dem Du vermutlich bereits geschrieben hast, wird herkommen, um mir seine Hilfe anzudienern, und wenn er sieht, daß ich sein Geld ablehne, wird er mir wider meinen Willen zu Diensten sein wollen. Er wird mir mit seinem unerträglichen Geschwätz auf die Nerven gehen. Und ich habe ein solches Bedürfnis nach Ruhe. Er wird mit Gewalt bei mir eindringen, wird meine Angelegenheiten mit Gewalt erforschen, mir mit Gewalt den Bericht meiner Bedrängnisse entreißen wollen. Seinen Besuch mir vorzustellen, genügt, um mein Leiden in Zorn umschlagen zu lassen. Angesichts meiner hartnäckigen Weigerung wird er alles aufbieten, mich zu quälen, immer unter dem Vorwand, mir nützlich sein zu wollen. Ich muß in Paris bleiben, ich kann mich nicht davonmachen, um ihm zu entgehen, die Arznei wäre schlimmer als das Übel. Er wird sich mit Gewalt in meine Angelegenheiten drängen, wie er es bei der Verhandlung tat, anläßlich meines Pro-

zesses. Mit Gewalt knüpfte er Gespräche mit meinen Freunden an, die er überhaupt nicht kannte, so erpicht darauf ist er, Bekanntschaften zu machen und sich in alles einzumischen; und diese wiederum fragten mich, wer dieser große Herr sei, der mich so gut zu kennen schien. Ich verfolgte ihn mit unruhigen Blicken, immer in Furcht, er könnte mich kompromittieren oder lächerlich machen. – Ein hübsches Detail für einen Sittenschilderer, nicht wahr?
Deshalb bitte ich Dich hiermit flehentlich, wenn Du ihm noch nicht geschrieben hast, schreibe ihm gar nichts; wenn Du ihm geschrieben hast, schreibe ihm einen neuen Brief, des Inhalts, daß Dein Entschluß und unsere Abmachungen als null und nichtig gelten sollen. Ich will leben, und ich will nicht, daß diese Geißel Ancelle mir meine Zeit und meine Ruhe stiehlt! – *meine Ruhe!*
Ich will versuchen, mich durch Arbeit zu betäuben. Komme, was kommen mag! Ich werde Dich laufend über die Fortschritte meines Planes unterrichten, falls er Fortschritte machen sollte.
Bitte, meine liebe Mutter, zürne mir nicht, daß ich meine Hölle einer Vermittlung vorziehe, die immer mein Verderben war. Der Wucherer wäre die bessere Lösung gewesen; doch dazu ist es zu spät.
Ich hoffe, ich darf auf Dich zählen, daß Ancelle sich in nichts einmischt. *Meine Weigerung, sein Geld anzunehmen, gibt mir das Recht, seine Dienste abzulehnen.*
Ich bin niemals ernstlich mit ihm in Streit geraten, und ich habe ihn niemals beleidigt. Doch das könnte geschehen; ich wäre beschämt und verzweifelt darüber; aber das Unheil wäre geschehen.
Bedenke doch, daß, wenn ich nach Honfleur ginge, eine meiner größten Freuden die wäre, ihn loszusein.
Ich umarme Dich sehr zärtlich.

Charles

Du hattest auch nicht bedacht, daß er, vorausgesetzt, ich wäre mit seinem Anerbieten einverstanden, mich entsetzliche Zeitverluste kosten würde, und daß ich, um mich mit ihm zu verständigen, an die fünfzig Reisen unternehmen müßte.
Sieh doch, welch einen Katarakt von Verdrießlichkeiten Du durch Deine Art, mir gefällig sein zu wollen, auf mich herabbeschworen

hast. Ich habe Deinen Brief noch einmal gelesen, und ich habe begriffen, daß das Übel seinen Lauf nimmt, daß Ancelle heute früh um dieselbe Stunde wie ich einen Brief von Dir erhalten haben wird. Um den Hieb zu parieren, werde ich ihm unverzüglich schreiben, daß ich in Paris bleibe, und daß ich *kein Geld brauche.* Vielleicht läßt er mich dann in Ruhe.

Und nun erneuere ich Dir mein Versprechen, daß ich alles mir Mögliche tun werde, um so bald wie möglich bei Dir zu sein.

C. B.

Ich öffne meinen Brief ein drittes Mal, aus zwei Gründen. Ich weiß, Du wirst betrübt sein, wenn Du dieses liest: ich beschwöre Dich, zürne mir nicht, Ich weiß, was ich tue, ich weiß, daß meine Überlegungen richtig sind. Ich weiß, daß ich recht habe, die größten Qualen der Anstrengung vorzuziehen, die ein Besuch Ancelles für mich bedeuten würde.

Ich schwöre Dir, daß ich alles aufbieten werde, um nach Honfleur zu kommen und um seiner zu entraten. – Der Brief, den ich Dir hier schreibe, ist sehr aufrichtig und sehr entschieden. Dieses ganze ewige Hin und Her tut mir weh. Lassen wir es bei dem Geschehenen bewenden, und glaube mir, daß der Schmerz und die Erschütterung meinen guten Entschließungen keinen Abbruch tun.

AN MADAME AUPICK

[Paris,] Samstag, 27. Februar 1858 (gegen Mittag)

Ich schreibe dies unter dem Diktat von Monsieur Denneval, dem Inhaber des Hauses, wo ich wohne.

Vor zwei Tagen hat Monsieur Ancelle mich heimlich aufgesucht, und mir gesagt, daß Sie mich nicht bezahlen würden; sollten Sie mir sagen, daß Sie mich bezahlen würden, *so lögen Sie, wie Sie ihn selber unaufhörlich belügen; daß er Ihnen 500 Francs gegeben habe, die als Anzahlung für mich bestimmt gewesen wären* (niemals seit mehr als achtzehn Monaten habe ich von Monsieur Ancelle 500 Francs erhalten).

EMPFÄNGT MONSIEUR BAUDELAIRE KEINE FRAUEN? – Und eine Fülle niederträchtiger Fragen (KOMMT ER SPÄT NACH HAUSE? ... ETC. ...)

So ist Monsieur Ancelle ein elender Feigling, und während ich Dir heute morgen schrieb, um jegliche Intervention seinerseits abzuweisen, der Gefahr mich vermutend, trieb er bereits sein *gewohntes Unwesen.*

Er hat außerdem, wie üblich, verlauten lassen, er würde nichts zahlen, und ich würde auch nichts zahlen.

Ancelle ist ein Schuft, den ich OHRFEIGEN werde, VOR SEINER FRAU UND SEINEN KINDERN; ICH WERDE IHN *um 4 Uhr* OHRFEIGEN (es ist jetzt halb drei), und wenn ich ihn nicht antreffe, werde ich auf ihn warten. Ich schwöre, dies wird ein Ende nehmen, ein Ende mit Schrecken.

Charles

AN MADAME AUPICK

[Paris,] Samstag, 27. Februar 1858 (4 Uhr nachmittags)

Der Schrecken über die Folgen seiner Enthüllung hat den Hotelbesitzer noch einmal zu mir heraufgetrieben, um mich zu bitten, mich doch zu keiner Gewalttätigkeit hinreißen zu lassen (offensichtlich fürchtet er, die ihm geschuldete Summe nicht zu bekommen. Er weiß nicht, daß ich das mir zugedachte Geld abgewiesen habe.)

Ancelle soll, dem Vernehmen nach, als dieser Mann ihm erwiderte: »*Monsieur Baudelaire hat des öfteren sehr große Summen gezahlt*«, hinzugefügt haben: »*Bah! wie das? Monsieur Baudelaire hat noch niemals etwas bezahlt, und er hat auch nichts.*«

Dennoch gehe ich *heute nicht nach Neuilly.*

Ich bin bereit zu warten, ehe ich mich räche.

Hast Du ihm den Auftrag erteilt, Deinen Sohn zu verleumden und zu beschimpfen – Monsieur Ch. Baudelaire, dessen Name schließlich rein und unbeschädigt ist?

Ich verlange Entschuldigungen.

Ich verlange, daß er Abbitte leistet.
Ich verlange, daß ihm ein strenger Verweis erteilt wird.
Er hat überdies eine ganze Anzahl von Lügen von sich gegeben (unter anderem die von den 500 Francs).
Was für einem Halunken hast Du mich da ohne mein Wissen, ohne mich zu warnen, ausgeliefert?
Ich bin untröstlich, Dich derart zu quälen, aber mich verlangt nach Rache.

Charles

Wird mir keine *glanzvolle Genugtuung,* so werde ich Ancelle schlagen, ich werde seinen Sohn schlagen, und man wird es erleben, daß ein Vormund Monsieur Ch. Baudelaire vor Gericht wegen Schlägen und Verwundungen verklagt.

AN MADAME AUPICK

[Paris,] Samstag, 27. Feb[ruar 18]58
5 U[hr] nachmittags

Ich werde Dich morgen früh manches Briefporto kosten. Ich habe kein Geld heute.
Liebe Maman, Du mußt meine Lage recht verstehen. Wenn ich bedenke, daß ich auf beiden Ohren geschlafen habe!
Sei aufrichtig, hast Du diesen Schwachkopf beauftragt, hierherzukommen und hier den Spitzel zu spielen (*das war vorgestern,* und ich habe es eben erst erfahren), sich über meinen Lebenswandel zu informieren, ob ich außer Hauses schliefe, *sich hier mit den Dienstboten abzugeben, auf die Gefahr hin, sich selber lächerlich zu machen,* mich zu verleumden (mich, der siebenunddreißig Jahre alt ist, und der einen Namen hat, und der glücklich, seit langem glücklich wäre, wenn nicht ein Mißverständis all meine Pläne vereitelt hätte), und verlauten zu lasen (er, dem Du offensichtlich gesagt hast, er möge zahlen), daß ich nicht zahlen würde, und daß er nicht zahlen würde … etc. …?
Der Kummer, den ich Dir verursache, frißt mir das Herz ab. Ich

habe zu arbeiten, und nun muß ich mich nach Zeugen auf die Suche machen, für den Fall einer ernsten Auseinandersetzung zwischen mir und Ancelle, oder zwischen mir und seinem Sohn. Dafür ist der kleine Kerl groß genug. – Ich fordere nachdrückliche Entschuldigungen, ein Zeugnis ausdrücklichen Bedauerns; das soll vor zwei oder drei von mir ausgewählten Personen stattfinden. – Wenn das nicht stattfindet, gehe ich brutal vor. – Und was für Zeugen benötige ich! diskret und ergeben! Das *müssen* Leute sein, denen ich gestehen kann, daß *ich*, auf *unwillentliches* Betreiben meiner Mutter, von meinem Vormund beleidigt wurde, der hergekommen ist, um vor meiner Türe ein schändliches Gewerbe zu treiben. Und wenn ich bedenke, daß die Mehrzahl meiner Freunde verheiratet sind, Frau und Kind haben, und *sich einem so peinlichen Auftrag entziehen können!* Dennoch bin ich entschlossen, die Dinge auf die Spitze zu treiben, wie bei einem jener unheilvollen Wutanfälle, die alle zehn Jahre nur einmal in mir anwachsen. Das muß ein Ende haben. Läßt sich das begreifen, daß ich einen Dienst erbitte, daß dieser Dienst mir gewährt wird, daß dieser Dienst mir nicht erwiesen wird, und daß ich buchstäblich zu Boden geschlagen werde, und daß anstelle dieses Dienstes man mich verletzt, so tief und gründlich wie nur irgend möglich?
Nicht nur führte er eine niederträchtige, vulgäre Sprache, er hat noch Lügen dazugetan. Seit langem (Du weißt es, Du!) bezahle ich meine Ausgaben mit meiner Arbeit; was soll da diese prahlerische Behauptung, er habe mir 500 Francs ausgehändigt? Habe ich Ancelle jemals unter irgendeinem Vorwand 500 Francs entwunden? *Ist das überhaupt möglich?* Meine Einkünfte im letzten Jahr betrugen *11 000 Francs*, nur 3000 stammten von Ancelle, der Rest aus meiner Arbeit, oder es waren Beträge, die Freunde mir vorgestreckt hatten.
Dies alles ist unwürdig. *Ich verlange Entschuldigungen. Ich pfeife auf die 3000 Francs, die mir endlich meine Ruhe sichern sollten. Ich verlange Entschuldigungen.* Tränen der Wut stehen mir in den Augen, und meine Galle steigt an bis zum Erbrechen. Das muß ein Ende haben. *Fühlst Du Dich nicht selber beschimpft?* Hast Du oder hast Du nicht diesem Schmutzfinken den Auftrag erteilt, sich derart aufzuführen? Wo ist so was geboren? *wie ist es geboren?* Ist

es denn mein Los, lebenslang beschimpft zu werden? Ich will mich rächen, wenn ich nicht von ihm *eine hinreichende Genugtuung* erlange, *mir persönlich geleistet, vor drei Personen, deren eine Monsieur Jaquotot sein wird, weil er an dieser ganzen Angelegenheit beteiligt war.* Bei aller Leichtherzigkeit, und seinem Hang zum Vergnügen, erscheint er mir als ein verständiger Mensch. Zumindest weiß er, was sich schickt, und er hat es bewiesen in diesem wiederholten, doch durchaus liebenswürdigen Verhör, dem er mich unterzogen hat.
Arme liebe Maman, ich kenne Deine Nerven, Du wirst leiden. Aber wahrhaftig, und aufrichtig, ist es meine Schuld? *Ich habe nichts genommen, ich will nichts; was will man mir?* Was ich will, sind Entschuldigungen, und ich werde sie erzwingen.

Charles

AN MADAME AUPICK

[Paris,] Samstag, 6. März 1858

Endlich, meine arme Mutter, ist das große Geheimnis heraus. – Zuerst war es Ancelle, der mir die 3000 Francs vorstreckte. – Dann warst Du es. – Jetzt endlich ist es weder Du noch er, sondern ich bin es, der eine Rente verkauft, mit Ancelles Erlaubnis, und darum spielt er sich so auf, und hält uns alle zum Narren.
Du hast mich ihm ausgeliefert, und Du hast Deinen eigenen Willen ausgeliefert.
Ich schreibe ihm nichts. Ich werde ihn morgen vormittag aufsuchen. Ich werde mich zu beherrschen wissen. Ich werde darauf bestehen, daß das Geld bei Monsieur Jaquotot hinterlegt wird. – Dabei bleibe ich, unwiderruflich, und diesmal hoffe ich, wirst Du mich nicht im Stich lassen.
Ich schreibe dies bei Monsieur Jaquotot. Schlage Dir den Gedanken aus dem Kopf, man könnte ihn bewegen, Ancelle um die Erlaubnis zu bitten, sich als Vermittler einzuschalten. – Erwäge doch, daß Du nicht berechtigt bist, die schnöde Rolle, die Du mich spielen läßt, einem anderen Manne zuzumuten. Monsieur Jaquo-

tot stellt seine Ergebenheit in unseren Dienst, aber er hat diesem alten Narren nichts abzubitten.
Ich bleibe unerschütterlich bei allem, was ich gesagt habe, und bei meinen Forderungen.
Das Geld zu Monsieur Jaquotot, unter der Bedingung, daß ich Ancelle vorher besuche.
Doch wozu dieser Besuch? Was hat das für einen Sinn? Und hoffentlich entsteht daraus kein Unglück!
Ich umarme Dich.

Charles

AN HIPPOLYTE CARTIER DE VILLEMESSANT

[Paris,] 9. Juni 1858

Monsieur,

Der *Figaro* vom 6. Juni enthält einen Artikel *(»Les Hommes de demain«);* dort lese ich, *»ein gewisser Baudelaire soll, als er den Namen des Verfassers der* CONTEMPLATIONS *hörte, gesagt haben: – Hugo! wer ist das? Kennt man das … Hugo?«*
Herr Victor Hugo steht so hoch, daß er der Bewunderung der Herren XY nicht bedarf; aber ein Ausspruch, der im Munde irgendeines hergelaufenen Menschen ein Beweis der Dummheit wäre, wird eine unmögliche Ungeheuerlichkeit in dem meinen.
Etwas weiter vervollständigt der Verfasser des Artikels seine Unterstellung: *»der bewußte Baudelaire verbringt sein Leben damit, die Romantiker und die* JEUNES-FRANCE *zu schmähen. Man errät, was ihn zu dieser Untat veranlaßt: nichts anderes als der Hochmut des Jovard von einst, der den Baudelaire von heute dazu treibt, seine Lehrmeister zu verleugnen; aber es genügte doch, seine Fahne in die Tasche zu stecken; wozu sie bespucken?«*
In etwas einfacherem Französisch besagt dies: *Monsieur Charles Baudelaire ist ein Undankbarer, der die Meister seiner Jugend verleumdet.«* Mir scheint, ich mildere den Passus durch meine Übersetzung.

Ich vermute, Monsieur, der Verfasser dieses Artikels ist ein junger Mann, der noch nicht recht zu unterscheiden weiß, was erlaubt ist und was nicht. Er gibt vor, all meinem Tun und Lassen nachzuspüren; er muß das mit großer Zurückhaltung tun, denn er ist mir noch niemals zu Gesicht gekommen.

Der Nachdruck, mit dem der *Figaro* mich verfolgt, könnte gewisse böswillige Personen – oder über Ihren Charakter ebenso schlecht unterrichtete, wie Ihr Redakteur es über den meinen ist – auf den Gedanken bringen, diese Zeitung hoffe bei der Justiz an dem Tage große Nachsicht zu finden, an dem ich das Gericht, das mich verurteilt hat, bitten werde, mich zu schützen.

Seien Sie überzeugt, daß ich hinsichtlich der (rein literarischen) Kritik sehr liberale Ansichten habe, daß mir sogar die Willkür nicht mißfällt. Sollte demnach Ihre Zeitung Mittel und Wege finden, ihre Kritik bezüglich meiner noch weiter zu treiben (vorausgesetzt, sie behauptet nicht, ich sei eine ehrlose Seele), so wird mich dies als gleichmütigen Leser belustigen.

Ich mache mir, Monsieur, die Gelegenheit zunutze, um Ihren Lesern zu sagen, daß sämtliche Scherze über meine Ähnlichkeit mit den Schriftstellern einer Epoche, die niemand zu ersetzen instande war, mir berechtigterweise einige Eitelkeit eingeflößt haben, und daß mein Herz von Dankbarkeit und Liebe erfüllt ist für die ausgezeichneten Männer, die mich in ihre Freundschaft aufgenommen haben und meine Ratgeber waren, – jene, denen ich im Grunde alles verdanke, wie Ihr Mitarbeiter zu Recht feststellt.

Genehmigen Sie, Monsieur, die Versicherung meiner vorzüglichen Hochachtung.

Charles Baudelaire

AN SAINTE-BEUVE

[Paris,] 14. Juni 1858

Lieber Freund, soeben habe ich Ihre Arbeit über *Fanny* gelesen. Muß ich Ihnen sagen, wie bezaubernd das ist, und wie erstaunlich es ist, einen Geist, so strotzend von Gesundheit, einer herkulischen

Gesundheit, zu sehen, der gleichzeitig so zart, so subtil, so *femmelin* ist? (A propos *femmelin,* ich wollte Ihnen Folge leisten und das Werk des Stoikers lesen. Trotz des Respekts, den ich Ihrer Autorität schulde, bin ich doch ganz entschieden dagegen, daß man die Galanterie, die Ritterlichkeit, den Mystizismus, den Heroismus abschafft, kurz das Zuviel und den Überschuß, die doch, selbst in der Ehrbarkeit, das sind, was uns am meisten bezaubert.)

Ihnen muß man mit zynischer Offenheit begegnen; denn Sie sind allzu gewitzt, als daß die Verschlagenheit nicht gefährlich sein könnte. – Sei's drum! Aber Ihr Artikel hat mir eine schreckliche Eifersucht eingeflößt. – Es ist soviel von Loève-Veimars und von dem Dienst die Rede gewesen, den er der französischen Literatur erwiesen hat! Sollte ich denn keinen Wackeren finden, der ein gleiches von mir sagt?

Welcher Liebkosungen, mein so mächtiger Freund, bedürfte es, um Sie dazu zu bewegen? Dabei ist das, worum ich Sie bitte, keine Ungerechtigkeit. Haben Sie es mir nicht anfangs selber angeboten! Sind die *Aventures de Pym* nicht ein ausgezeichneter Vorwand für eine *allgemeine* Darstellung? Sie, der Sie es lieben, sich in allen Tiefen zu tummeln, wollen Sie keinen Ausflug in die Tiefen *Edgar Poes* unternehmen?

Sie ahnen, daß die Bitte um diesen Dienst in meinem Geist in Verbindung steht mit dem Besuch, den ich Monsieur Pelletier abstatten mußte. Wenn man über ein wenig Geld verfügt, und wenn man mit einer ehemaligen Geliebten diniert, vergißt man alles; aber es gibt Tage, an denen die Beleidigungen sämtlicher Dummköpfe einem zu Kopf steigen, und dann bestürmt man seinen alten Freund Sainte-Beuve.

Und eben in diesen Tagen hat man mich buchstäblich durch die Gosse geschleift, und (bedauern Sie mich, es ist das erste Mal, daß ich es an Würde habe fehlen lassen) ich war schwach genug, zu antworten.

Ich weiß, wie beschäftigt Sie sind, und wie beflissen, wie sehr Ihr Unterricht, alle Ihre Ämter und Verpflichtungen usw. Sie in Anspruch nehmen. Wenn man aber nicht mitunter das Wohlwollen, die Güte *ein wenig übertriebe,* wo bliebe der Held des Wohlwollens? Und wenn man von den anständigen Leuten nicht des Guten ein wenig zu viel sagte, wie wollte man sie über die Beleidigungen derjenigen hinwegtrösten, die von ihnen nur allzu viel Böses sagen wollen?

Ich schließe, wie gewöhnlich, mit der Versicherung, daß, was immer Sie beschließen werden, gut sein wird.

Ganz der Ihre. Ich liebe Sie noch mehr, als ich Ihre Bücher liebe.

Ch. Baudelaire

AN ERNEST FEYDEAU

[Paris,] Montag, 14. Juni 1858

Denselben Abend, an dem ich Ihr Buch erhielt, habe ich es gelesen, und ehe es Morgen wurde, hatte ich es ein zweites Mal gelesen. Das ist gewiß ein gutes Buch, kompakt, solid, dessen sämtliche Gliedmaßen hübsch beisammen sind, und das bleiben wird. Der Eindruck, den ich davon empfing, war so lebhaft, daß ich Ihnen sofort schrieb, und unbesorgt darum, ob das Vergnügen, Ihnen ein einziges Mal bei einem gemeinsamen Freund begegnet zu sein, mir ein Recht zu solcher Vertraulichkeit gab, fing ich einen Brief an voller Einfälle, die mir der Augenblick eingab, einen wahren Artikel, der sich leicht über vierzig Seiten hätte ergießen können, wenn ich nicht bei zehn innegehalten hätte, da es mir doch schicklicher und weniger zudringlich schien, Ihnen einfach zu danken für dieses *wahre Geschenk* und für all das Vergnügen, das Sie mir bereitet hatten. Und dann häuften sich die Tage, mit Sorgen über Sorgen, und ich verschob meine Pflicht von heute auf morgen.

Ich habe mein Exemplar verliehen, ich habe es zirkulieren lassen. Ich habe kindische, törichte, beißende Diskussionen gehört, und trotz der überwältigenden Dezenz Ihres Buches vernahm ich abermals den Aufschrei der verletzten Heuchelei. (Unter den Enthusiasten waren einige Personen, die sich danach erkundigten, *ob es eine Vorzugsausgabe, einige Exemplare auf besserem Papier gäbe.)*

Kurzum, Sie haben ein Recht, stolz zu sein. Sie verfügen über eine erstaunliche analytische Begabung. Und Sie verleihen der Analyse

einen *lyrischen* Schwung und Akzent, welcher der natürliche Tonfall des nervösen *Müßiggängers* ist, des einzigen Menschen, der in der Liebe wahrhaft Erfahrungen zu machen imstande ist.
Ich hatte von Ihnen nur einige reizende Gedichte in Prosa über die Jahreszeiten gelesen, und war keineswegs gefaßt auf eine derart kraftvolle Manifestation eines durchaus modernen Talents.
Ich habe das Buch zerlegt, ich habe seinen Aufbau untersucht, bis ich die Methode gefunden oder zu finden geglaubt habe, mit deren Hilfe Sie es geschaffen haben. Ich bin sicher, daß mir nichts entgangen ist, weder die Kunst der Gedankenführung noch die Kunst des Stils (die moderne Eleganz, die Pariser Landschaft, die Form des Leidens und die Form des Genusses bei dem Mann unserer Zeit).
Im Gegensatz zu denen, die Klage führen im Namen des verletzten Schamgefühls, bewundere ich die Dezenz des Ausdrucks, welche die Tiefe des Grauens noch erhöht, und diese vortreffliche Kunst, so vieles erraten zu lassen. – Es ist wahrhaftig unmöglich, die schrecklichen Wirkungen zweier kleiner kindischer und leichtfertiger Dinge besser zu zeigen: der *Liebe* und des *Ehebruchs*. Und die ungeheure Gutgläubigkeit des Geliebten, der sich für den Gatten hält, und natürlicherweise komisch wird wie die ernsthaften Tiere, ohne es zu wissen!
Aber wissen Sie auch, daß der Gatte, dieser feiste Herkules, der im Leben der Stärkere sein *will*, und es auch ist, wissen Sie, daß ihm die allmächtige Gnade des Erfolgs zufällt und daß manch einer ihn lieben und ihn im Geist dem *anderen* vorziehen wird?
Ich wüßte gerne, ob George Sand dieses kleine Buch gelesen hat, und welchen Schlag ihr das wohl versetzt hat.
– Ich merke, daß ich schon wieder in meinen *Artikel* hineingerate. Ich lasse es deshalb dabei bewenden, Sie zu bitten, die Versicherung meiner Sympathie zu genehmigen. Die Sie sich nicht herzlich genug vorstellen können.

Charles Baudelaire

AN AUGUSTE POULET-MALASSIS

[Honfleur,] Freitag, 29. April 1859

Mein lieber Freund,

Der *Théophile Gautier?* – Hier kommt das neue, zusätzliche Motto.
Sie haben den Artikel; es erübrigt sich also, ihn Ihnen zu schicken.
Setzen Sie den Text so locker wie möglich, damit die Broschüre doch nach etwas aussieht.
Und das Porträt?
Endlich habe ich das *Opium* abgeschlossen; es erscheint in Kürze. Auch das müssen wir unbedingt als Broschüre herausbringen: *L'Opium et le haschisch;* als Untertitel: *L'Idéal artificiel;* die Broschüre wird die fünf Bogen der *Revue contemporaine* umfassen, beinahe ein Buch. Wir sind *überzeugt, daß eine solche Broschüre sich verkaufen wird,* und außerdem entlasten wir dadurch die unglückseligen *Curiosités,* die somit im allgemeinen nur Artikel über die bildenden Künste enthalten werden, welche, um wiedergedruckt zu werden, nur noch das Erscheinen des *Salon de 1859* (der abgeschlossen ist und den ich heute abend oder morgen abliefern werde), die *Peintres espagnols* und die *Peintres idéalistes,* die ich im Mai schreiben werde, abwarten müssen.
Ich wäre glücklich, Ihre Ansicht über den *Gautier* zu erfahren. Vergessen Sie nicht, daß der Abdruck in *L'Artiste* Fehler enthält, und daß ich einmal Korrektur lesen muß (in Honfleur); wenn der Text gleich gesetzt würde, erledigte ich das in einer Stunde; ich habe ein wenig Muße vor mir.
In Paris habe ich Briefe von Ihnen gelesen, die etwas mutlos klangen. Wenn Sie den Mut sinken lassen, dann geraten Sie ernstlich in Gefahr. Ich möchte nicht, daß Sie einer solchen Geringfügigkeit wegen den Kopf verlieren. Und bedenken Sie, daß dies nicht nur die Sprache des Egoismus, sondern die der Freundschaft ist. Es gab doch einige Augenblicke, wo Ihre geschäftliche Lage ausnehmend gut war. Das könnte, sehr leicht, wieder eintreten.
Ich weiß nicht, wann ich das Vergnügen haben werde, nach Alençon zu gehen. Ich habe Ihnen jedoch einige große Neuigkeiten und

große Pläne zu erklären; aber das wird Zeit in Anspruch nehmen. Übermitteln Sie Ihrer Familie meine herzlichen Grüße.
Und in Ihrer Antwort, bitte, ein Wort über *Lamotte-Valois*.
Nun, als Postskript, etwas sehr Ernstes: ich bin hierher zurückgekehrt, um rasch einige Arbeiten zu erledigen und die Zeit aufzuholen, die ich in Paris durch ein schweres Unglück verloren habe.
Sie werden diesen Brief und dieses Papier Samstag, den 30., erhalten. Am 3. Mai muß ich dem Krankenhaus 120 Francs, und der Krankenpflegerin weitere 30 Francs zahlen. Ich kann nicht nach Paris gehen. Nutzen Sie den Samstagvormittag, um sich dieses Papier diskontieren zu lassen, zahlbar hier, bei meiner Mutter (wo die Annahme noch niemals verweigert wurde), und schicken Sie gleich *sonntags* 150 Francs (einen Hundert- und einen Fünfzigfrancsschein, oder eine Postanweisung) an Monsieur le directeur der Maison municipale de santé, 200, faubourg Saint-Denis. In Ihrem Brief schreiben Sie, daß Sie dieses Geld im Auftrag von Monsieur Baudelaire schicken für die Pension von Mademoiselle Jeanne Duval; 120 Francs seien für den Krankenhausaufenthalt, die restlichen 30 Francs müßten der Kranken selber für ihre Pflegerin ausgehändigt werden. Die Empfangsbestätigung sei Mademoiselle Duval auszuhändigen.
Auch wenn dies alles Ihnen nur lästige Laufereien verursacht, so zähle ich doch auf Ihre Freundschaft. Ich will nicht, daß man meine Paralytikerin vor die Türe setzt. Ihr vielleicht wäre das recht; ich aber will, daß man sie behält, bis man alles versucht hat, um sie zu heilen.
Selbstverständlich schicken Sie einen *eingeschriebenen* Brief. Geht der Brief sonntags ab, so trifft er in Paris am 2. ein, einen Tag vor dem Termin, an dem eine neuerliche Eintragung für einen Monat in das Krankenhausregister erfolgt.
Die Anweisung, die ich erst mit einer Laufzeit von einem Monat ausgeschrieben hatte, und die ich, nach Überprüfung meiner Einnahmen, auf zwei Monate verlängert habe, lautet auf 160 Francs. Es bleiben also 10 Francs für den Diskont. Den Rest schicken Sie mir dann mit einer kleinen Postanweisung nach *Honfleur* zurück.
A propos, meine Mutter hat mehr als 1035 Francs für den Wech-

sel bezahlt, aber ich erinnere mich nicht mehr, wie groß der Unterschied war. Vielen Dank für Ihre Modekupfer.

Ganz der Ihre. Ch. Baudelaire

Ich habe Ihnen noch sehr vieles zu sagen; aber ich habe heute zwanzig Briefe zu schreiben.

Antworten Sie mir morgen.

Können Sie sich vorstellen, daß dieser Trottel von Calonne laut aufgeschrien hat, als er *Le Voyage* las? Seit er sicher ist, daß die Zeitschrift nicht eingehen wird, ist er sehr *heikel* geworden und *Ultra-Chefredakteur.* Und er hat die Stirn, mir zuzusetzen, um neue Verse zu erhalten. *Er wird keine bekommen.* Er bekommt sein *Opium,* und ich habe ihm mein Wort gegeben, daß ich im Juni zwei Novellen *von einiger Länge* für ihn schreiben werde, die er *bar* bezahlen wird (in Anweisungen, oder in Geld), *und zwar an Sie, wohlverstanden.*

Neue *Fleurs du Mal* sind geschrieben. Um alles in die Luft zu sprengen, wie eine Gasexplosion bei einem Glaser. Aber diese Dame Calonne mag mir sagen, was sie will, sie werden anderswo landen als bei *ihr*!

Erbitte umgehende Antwort. – Bedauern Sie mich und lieben Sie mich, denn ich bin wütend, über alles, was mir zustößt, und alles, was ich lese, – und unzufrieden mit allem, was ich mache.

Da ich Ihnen Ungelegenheiten bereite, muß ich Sie auch ein wenig zum Lachen bringen. Erfahren Sie denn, daß ich, um mir das Gehirn zurechtzurücken, mich hingesetzt habe, um (seit fünfundzwanzig Jahren etwa zum ersten Mal) *Grandeur et décadence des Romains,* den *Discours sur l'histoire universelle,* und *Les Natchez* wieder zu lesen! Ich werde ein solcher Feind meines Jahrhunderts, daß mir *alles,* jede Zeile ohne Ausnahme, erhaben vorkam.

Tun Sie wie ich, jedes Mal, wenn Sie allzu niedergeschlagen sind.

. . . .

Dem, was ich eben hinsichtlich der *Curiosités* sagte, ist noch hinzuzufügen, daß wir mit *zwei* Bänden Gefahr laufen, ein Fiasco zu erleben und *verschmäht* und *vergessen* zu werden, während ein einziger Band mit Abhandlungen leicht verdaulich ist.

. . . .

Haben Sie die Lobrede gelesen, die das *vieux mauvais sujet* auf *Mirèio* geschrieben hat? Da es um Monsieur Mistral ging, hat er Sorge getragen, sich den unvermeidlichen Kalauer nicht zu verkneifen:

un nom beau comme un surnom!
un poète plein de souffle!

AN AUGUSTE POULET-MALASSIS

[Honfleur,] 1. Mai 1859

Als erstes danke ich Ihnen von ganzem Herzen für Ihre Pünktlichkeit und Ihre Gefälligkeit.

DER GAUTIER. Auf das Porträt möchte ich nicht verzichten. Entweder läßt de Broise die Frontispize, die er später benötigen wird, sofort abziehen, oder das Frontispiz wird dem der *Émaux et Camées* gleichen.

Aber wie verfährt man, um Probedrucke von Farbstichen herzustellen? Kann man die Partien, die man nicht reproduzieren will, nicht mit einem Fremdstoff abdecken (den man später wieder entfernt)? Es muß da ein Mittel geben, nur weiß ich darüber offensichtlich nicht Bescheid. Später lassen wir dann den Titel in bizarren Lettern setzen. Im ganzen zwei Druckvorgänge, wie für die roten und schwarzen Schmuckbeigaben.

Das Porträt ist eine Verkaufsgarantie.

Die beiden Mottos stehen antithetisch zueinander, und für mich steht fest, daß der pedantische Tugendbold Laprade den *Artiste* gelesen hatte. Ein sehr kleiner Grad könnte uns hier aus der Verlegenheit helfen. Die Idee, die beiden Mottos auf der Rückseite des Titelblatts zu bringen, hat manches für sich. Wann erhalte ich die Fahnen? Der Text in *L'Artiste* enthält Fehler.

OPIUM ET HASCHISCH. – Ein hübsches kleines Buch. Ich setze darauf, um wieder ein wenig in Umlauf zu kommen. Sie werden mit dem *Opium* zufrieden sein; das wird brillant und dramatisch sein. Im ganzen: achtzig Seiten der *Revue contemporaine*. Ich bin sicher, das verkauft sich.

Calonne wird sich nach Wunsch verhalten, ich weiß es, und es steht mir nicht frei, Ihnen zu sagen, warum. Ich denke beständig an Ihre 3000 Francs. Meine Lage ist folgende: ich schulde ihm immer noch seine 500 Francs, abzüglich des Entgelts für die *Danse macabre,* 45 Francs. – Sobald sein *Opium* (das ich eben wieder lese) abgeliefert ist, läuft eine Reihe von Beträgen für Sie an. Ich habe an Sie gedacht, als ich ihm das Versprechen abforderte, mir, falls ich ihm im *Juni* und *Juli* zwei umfangreiche *Novellen* liefere, diese, ob veröffentlicht oder nicht, unverzüglich in bar oder in Anweisungen zu bezahlen.
Halten Sie mich etwa für einen Undankbaren oder einen Dummkopf? Verse wird er keine mehr bekommen.
Sie sagen, Sie hätten meine Verse wieder gelesen. Sie hätten besser daran getan, die *Méthode de composition* von Edgar Poe *(Revue française)* wieder zu lesen.
Ihr Brief hat mich sehr geschmerzt. Ich sehe, daß Ihr wendiger Geist sämtlichen Temperaturschwankungen unterworfen ist. Wenn ich nach Alençon eilen könnte, ich käme sofort, nicht nur, um mich ein wenig zu vergnügen, sondern um Sie aufzurütteln. Da haben Sie sich nun ganz und gar auf politische Broschüren verlegt, und Sie vergessen, daß es in der menschlichen Natur liegt, jederzeit 5 Francs auszugeben, um einen Roman oder ein Theaterbillett zu kaufen. Ich danke Ihnen also keineswegs für die Ehre, die Sie ausnahmsweise meinen Büchern zu erweisen die Güte haben. *Meine Fleurs du Mal werden bleiben;* meine kritischen Artikel werden sich verkaufen, weniger rasch vielleicht als in besseren Zeiten, aber sie werden sich durchsetzen.
Selbst wenn der Krieg sich von Italien an den Rhein verlagern sollte, werden die Leute literarische Auseinandersetzungen und Romane lesen wollen; und dann vor allem, wenn alle Welt den Kopf verliert, bringt es was ein, und zwar sehr viel, ihn nicht zu verlieren. Ganz im Gegensatz zu Ihnen *stimmt diese Vernachlässigung der literarischen Dinge bei Ihnen mich (für Sie) bedenklich.*
Aus den achtzig Seiten der *Revue contemporaine* werden wir, wenn es sich tun läßt, zweihundertfünfzig machen.
Sie erzählen mir unaufhörlich von Ihren Schulden. Ich bin überzeugt, mit einiger Findigkeit müßte diese Frage sich lösen lassen.

Aber ich bin über Ihre geschäftlichen Angelegenheiten nicht genügend unterrichtet, um Ihnen einen Rat zu geben.
Schreiben Sie mir doch weniger traurige Briefe, wenn Sie können, und bleiben Sie immer liebenswürdig. Meine Empfehlungen an die Ihrigen.
Herr Mistral, Verfasser der *Mirèio,* ist ein Dialektdichter, den Adolphe Dumas als Wundertier vorführt. Das *mauvais sujet* hat bedauert, daß er kein wildes Tier ist. Es hat ihn geschmerzt, feststellen zu müssen, daß Herr Mistral, in seinen Kommentaren, den Beweis erbracht hat, daß er Französisch kann. Übrigens ist dieser Kauderwelsche das Gestirn des Augenblicks.
Ich erwarte ein Wort von Ihnen. Setzen Sie den Text mit breitem Durchschuß und großen Leerräumen.

Ch. Baudelaire

AN VICTOR HUGO

[Paris,] Freitag, [23.?] September 1859

Monsieur, ich bedarf dringendst Ihres Beistandes, und ich rufe Ihre Güte an. Vor einigen Monaten habe ich über meinen Freund Théophile Gautier einen ziemlich langen Artikel verfaßt, der unter den Dummköpfen ein solches Gelächter hervorgerufen hat, daß ich es für angebracht hielt, eine kleine Broschüre daraus zu machen, sei es auch nur, um zu beweisen, daß ich niemals etwas bereue. – Ich hatte die Leute von der Zeitung gebeten, Ihnen eine Nummer zu schicken. – Ich weiß nicht, ob Sie diese erhalten haben, aber durch unseren gemeinsamen Freund, Monsieur Paul Meurice, habe ich erfahren, daß Sie die Güte hatten, mir einen Brief zu schreiben, *dessen ich noch nicht habhaft werden konnte,* da der *Artiste* es für angebracht hielt, ihn an eine Adresse weiterzubefördern, wo ich schon seit langem nicht mehr wohne, statt ihn nach Honfleur, meinem wahren Wohnsitz, zu schicken, wo nichts verlorengeht. So kann ich unmöglich erraten, ob Ihr Brief sich unmittelbar auf den erwähnten Artikel bezog; jedenfalls habe ich seinen Verlust bitter bedauert. – Ein Brief von Ihnen, Monsieur,

den keiner von uns seit so langem von Ihnen erhalten hat, der mir nun zweimal zuteil geworden ist, vor nun schon fast zwanzig Jahren, – ist etwas so Angenehmes und Kostbares! – Ich bin Ihnen jedoch eine Erklärung schuldig, warum ich diese ungeheuerliche Unschicklichkeit begangen habe. Ihnen etwas Gedrucktes zu schicken, ohne einen Brief beizulegen, ein Zeichen der Ergebenheit, einen Beweis meiner Hochachtung und Anhänglichkeit. Einer der Dummköpfe, von denen ich sprach (ein allzu Geistreicher, der sich auf die Geistreichigkeit, ja geradezu -spitzigkeit verlegt hat), sagte mir: Wie, Sie haben die Unverschämtheit, Monsieur Hugo diesen Artikel schicken zu wollen! Merken Sie denn nicht, daß er danach angetan ist, ihm zu mißfallen! – Das ist nun weißgott eine Erzdummheit. Dennoch, Monsieur, obwohl ich weiß, daß das Genie natürlicherweise allen kritischen Verstand und alle Einsicht und alle notwendige Nachsicht umfaßt, fühlte ich mich eingeschüchtert, und wagte nicht, Ihnen zu schreiben.
Ich sehe mich deshalb veranlaßt, Ihnen nunmehr einige Erklärungen zu geben. Ich kenne Ihre Werke auswendig, und Ihre Vorreden zeigen mir, daß ich über Ihre von Ihnen allgemein dargelegte Theorie des Bündnisses zwischen Moral und Poesie hinausgegangen bin. Doch in einer Zeit, in der die Welt sich mit einem solchen Grauen von der Kunst abwendet, in der die Menschen, weil sie ausschließlich dem Nutzen nachtrachten, der Verblödung anheimfallen, glaube ich, es könnte so schlimm nicht sein, ein wenig in der Gegenrichtung zu übertreiben. Ich habe vielleicht zuviel verlangt. Es geschah nur, um ein Genug zu erhalten. Und mag schließlich ein wenig asiatischer Fatalismus sich in meine Überlegungen eingemischt haben, so glaube ich doch, auf Vergebung Anspruch zu haben. Die gräßliche Welt, in der wir leben, macht einen für die Einsamkeit empfänglich, und für den Glauben an das Verhängnis.
Vor allem wollte ich den Leser in Gedanken in jene wunderbare literarische Epoche versetzen, deren unbestreitbarer König Sie waren, und die in meinem Geist als eine köstliche Kindheitserinnerung fortlebt.
Was nun den Schriftsteller betrifft, von dem dieser Artikel handelt, und dessen Name meinen kritischen Betrachtungen als Vorwand

gedient hat, so darf ich Ihnen *im Vertrauen* gestehen, daß ich die Lücken seines erstaunlichen Geistes kenne. Wie oft, wenn er mir in den Sinn kam, war ich betrübt, sehen zu müssen, daß Gott seiner Großmut Grenzen gesetzt hatte. Ich habe nicht gelogen, ich bin ausgewichen, habe mich verstellt. Wenn ich aufgefordert würde, vor Gericht als Zeuge auszusagen, und mein Zeugnis könnte, falls es der unbedingten Wahrheit entspräche, einem von der Natur begünstigten und von meinem Herzen geliebten Wesen schaden, ich schwöre Ihnen, ich würde stolzen Mutes lügen; – weil die Gesetze tiefer stehen als das Gefühl, weil die Freundschaft, ihrer Natur nach, unfehlbar und unbeherrschbar ist. Aber Ihnen gegenüber scheint es mir absolut unnötig, zu lügen.
Ich bedarf Ihrer, ich bedarf einer Stimme, die mächtiger ist als die meine und die Théophile Gautiers, – Ihrer diktatorischen Stimme. Ich will beschützt sein. Ich werde ergeben abdrucken, was mir zu schreiben Sie geruhen werden. Erlegen Sie sich keinen Zwang auf, ich bitte Sie. Finden Sie in diesen Fahnen etwas tadelnswert, so seien Sie versichert, daß ich Ihren Tadel folgsam, doch ohne allzu große Beschämung, kundtun werde. Eine Kritik Ihrerseits, ist das nicht noch eine Liebkosung, weil es eine Ehre ist?
Die Verse, die ich diesem Brief beilege, haben mich seit langem beschäftigt. Das zweite Stück entstand *mit dem Vorsatz, Ihnen nachzueifern* (eine Überheblichkeit, über die Sie lachen mögen; ich lache selbst darüber), nachdem ich einige Stücke Ihrer Gedichtsammlungen wiedergelesen hatte, in denen ein so großmütiges Erbarmen sich mit einer so rührenden Vertraulichkeit mischt. In Gemäldegalerien sah ich bisweilen elende Sudler, welche die Werke der Meister kopierten. Diese Nachahmungen mochten ihnen gut oder schlecht geraten, bisweilen legten sie doch, ohne es zu wissen, etwas von ihrer eigenen hohen oder gemeinen Natur hinein. Das wird vielleicht (vielleicht!) meiner Kühnheit zur Entschuldigung dienen. Wenn die *Fleurs du Mal* wieder erscheinen, um dreimal soviel Texte vermehrt, als die Justiz unterdrückt hat, werde ich das Vergnügen haben, diesen Stücken den Namen des Dichters voranzustellen, dessen Werke mich soviel gelehrt und meiner Jugend so viele Freuden bereitet haben.
Ich erinnere mich, daß Sie mir, anläßlich jener Veröffentlichung,

ein seltsames Kompliment zukommen ließen über meine *Schmach,* die Sie eine *Auszeichnung* nannten. Ich verstand das damals nicht recht, weil ich noch die Beute des Zornes über den Verlust an Zeit und Geld war. Heute jedoch, Monsieur, verstehe ich *sehr wohl*, was Sie meinten. Meine *Schmach* ist mir eine leichte Last, und ich *weiß* hinfort, daß ich, in welcher Gattung von Literatur ich mich auch ergehen mag, ein Ungeheuer und ein Werwolf bleiben werde.

Die Amnestie brachte vor einiger Zeit Ihren Namen auf alle Lippen. Werden Sie mir verzeihen, daß ich *eine Viertelsekunde* lang besorgt war? In meiner Umgebung hieß es: Endlich, Victor Hugo wird heimkehren! – Diese Worte schienen mir dem Herzen dieser braven Leute zur Ehre zu gereichen, nicht aber ihrem Urteil. Dann kam Ihre Erklärung, die uns erleichtert hat. Ich wußte wohl, daß die Dichter den Napoleons nicht nachstehen, und daß Victor Hugo nicht weniger groß als Chateaubriand sein konnte.

Wie man mir berichtet, bewohnen Sie eine hochgelegene, poetische Behausung, die Ihrem Geist gleicht, und Sie fühlen sich glücklich im Tosen von Wind und Wasser. Sie werden niemals so glücklich sein, wie Sie groß sind. Es heißt auch, Sie bedauerten Ihr Fernsein und sehnten sich zurück. Das ist vielleicht falsch. Sollte es aber wahr sein, so würde ein Tag in unserem trübsinnigen, in unserem langweiligen Paris, in unserem Paris–New York, Ihnen genügen, um Sie von Grund auf zu heilen. Wäre ich hier nicht durch Pflichten gebunden, ich ginge davon ans Ende der Welt. – Leben Sie wohl, Monsieur; sollte mein Name jemals mit Wohlwollen in Ihrer glücklichen Familie ausgesprochen werden, so würde mich dies sehr glücklich machen.

Charles Baudelaire

Ich benötige die Korrekturabzüge nicht. – Ich werde mich noch einige Zeit in Paris aufhalten, Hôtel de Dieppe, rue Amsterdam.

AN AUGUSTE POULET-MALASSIS

[Paris,] Sonntagabend, 8. Januar 1860

Was ich Ihnen heute abend schreibe, ist des Schreibens wert.

Monsieur Méryon hat mir eine Karte geschickt, und wir haben uns getroffen. Er sagte zu mir: »Sie bewohnen ein Hotel, dessen Name Sie verlockt haben muß, der Beziehung wegen, in der er, nehme ich an, zu dem steht, was Sie lieben.« – Daraufhin habe ich den Umschlag seines Briefes angesehen. Dort stand: Hôtel de *Thèbes*, und der Brief hatte mich dennoch erreicht.

Auf einer seiner großen Platten hat er einen kleinen Ballon durch einen Raubvogelschwarm ersetzt, und als ich ihn darauf aufmerksam machte, daß es sich unwahrscheinlich ausnähme, so viele Adler an einen Pariser Himmel zu versetzen, erwiderte er, daß dies nicht ohne Grund geschehen sei, da *diese Leute* (die Regierung des Kaisers) des öftern Adler hätten aufsteigen lassen, um deren Voraussagen nach dem Ritus zu untersuchen, – und daß dies auch gedruckt in den Zeitungen gestanden hätte, sogar im *Moniteur*.

Ich muß sagen, daß er seine Hochachtung für alle Formen des Aberglaubens durchaus nicht verheimlicht, nur erklärt er sie schlecht, und er sieht überall Verschwörung.

Er machte mich darauf aufmerksam, daß auf einer anderen dieser Platten der Schlagschatten, den ein Mauerwerk des *Pont-Neuf* auf eine der Seitenmauern des Quais wirft, deutlich das Profil einer Sphinx zeigt, – und daß dies ohne jede Absicht seinerseits erfolgt sei, und daß er diese Merkwürdigkeit erst später bemerkt habe, als er sich erinnerte, daß diese Zeichnung kurze Zeit nach dem Staatsstreich entstanden sei. Der Prinz aber sei das gegenwärtige Wesen, das, durch seine Taten wie durch sein Gesicht, am meisten einer *Sphinx* gliche.

Er hat mich gefragt, ob ich die Novellen eines gewissen Edgar Poe gelesen hätte. Ich antwortete, daß ich Sie besser als jeder andere kennte, und daß dies seine Gründe hätte. Daraufhin fragte er mich, sehr nachdrücklich, ob ich an die Wirklichkeit dieses Edgar Poe glaube. Ich meinerseits fragte ihn natürlich, wem er denn all dessen Novellen zuschriebe. Er antwortete: *Einer Gesellschaft sehr geschickter, sehr mächtiger Literaten, die über alles auf dem laufenden sind.* Einer seiner Gründe war folgender: »*Die Rue* MORGUE. Ich habe eine Zeichnung von der *Morgue* gemacht. Ein *Orang-Utan.* Man hat mich oft mit einem Affen verglichen. Dieser Affe ermordet *zwei Frauen, Mutter und Tochter.* Auch ich habe seelisch *zwei Frauen* umgebracht, *Mutter und Tochter.* Ich habe den Roman immer als eine Anspielung auf die Unglücksfälle verstanden, die mir zugestoßen sind. Sie würden mir einen großen Gefallen tun, wenn Sie für mich den Zeitpunkt herausfinden könnten, an dem Edgar Poe (unter der Voraussetzung, daß ihm niemand dabei geholfen hat) diese Erzählung verfaßt hat, um zu erkunden, ob dieser Zeitpunkt mit dem zusammenfällt, was mir zugestoßen ist.«

Er hat mir mit Bewunderung von Michelets Buch über Jeanne d'Arc gesprochen; aber er ist überzeugt, daß dieses Buch nicht von Michelet ist.

Etwas, das ihn sehr intensiv beschäftigt, ist die Wissenschaft der Kabbala; doch er interpretiert sie auf eine wunderliche Weise, die einen Kabbalisten zum Lachen brächte.

Lachen Sie über dies alles nicht mit niederträchtigen Burschen. Um keinen Preis möchte ich einem Mann von Talent schaden ...

Nachdem er mich verlassen hatte, habe ich mich gefragt, warum ich, der ich, in Geist und Nerven, jederzeit alles Erforderliche hatte, um verrückt zu werden, es nicht geworden bin. Ich habe, allen Ernstes, dem Himmel die Danksagungen des Pharisäers entrichtet.

Guys und ich, wir sind völlig ausgesöhnt. Das ist ein reizender Mann, voller Geist, und kein Ignorant, wie alle Literaten.

AN PAUL DE MOLÈNES

[Paris,] Samstag, 12. Mai 1860

Lieber Freund,

Ich schicke Ihnen einen Dichter, der lanciert werden möchte; – das heißt, daß dieser Dichter, den der Zufall nötigt, Soldat zu werden,

gerne Ulan würde, um in Ihrer Nähe zu sein. Er ist ein Mann von großer Begabung, voller Munterkeit und Ergebung.
Es wäre ein Spaß, wenn er, ohne den Schriftsteller aufzugeben, allen Ernstes Soldat würde, doch dergleichen Dinge sind Mysterien. – Um nur vom gegenwärtigen Moment zu reden, so habe ich mich entsonnen, daß Sie ebenso viel Güte wie Geist besitzen, und darum empfehle ich Ihnen von ganzem Herzen Monsieur Albert Glatigny. – So wird er nicht einmal das Vergnügen haben, sein Buch selber durchzuackern. Denn der Unglückliche hatte ein Buch unter der Presse.
Ich habe Ihr *Sébastopol* gelesen. Das ist wahrhaft groß und überall voller Zartgefühl.
Ein neues Buch liegt vor, das ich Ihnen gerne schicken würde, aber der Binder kommt nicht zu Rande mit seiner Arbeit. Demnächst werde ich ein weiteres veröffentlichen, in dem von Ihnen die Rede sein wird; doch seien Sie unbesorgt, Sie erscheinen in guter Gesellschaft.
Ich bin noch für einige Tage in Paris, Hôtel de Dieppe, rue Amsterdam. Sollten Sie mir schreiben, und ich wäre schon abgereist, wird der Hotelbesitzer mir Ihren Brief nach Honfleur (Calvados) nachsenden, an die Adresse meiner Mutter, Madame Aupick.
Meine Bücher werden rasch hintereinander erscheinen; ich werde also binnen kurzem frei sein, mich etwas Neuem zu widmen, und Sie sollen dann auch Weiteres über den *Marquis du Ier Houzards* von mir hören.
Ich empfehle Ihnen meinen Dichter, der die Nummer 41 erwischt hat, und den Sie in etwa acht Tagen sehen werden, wenn man ihn nicht für dienstuntauglich erachtet; aber seine ganze Verfassung ist eher ein Zeichen des Gegenteils.
Adieu. Erinnern Sie sich, daß ich Sie schon sehr viel länger liebe, als Sie glauben, und übermitteln Sie Madame de Molènes mein sehr respektvolles Gedenken.

Ch. Baudelaire

SCHRIFTEN ZUR LITERATUR

MADAME BOVARY

von Gustave Flaubert

I

Als Kritiker sieht der Schriftsteller, der nach allen übrigen kommt, der säumige Schriftsteller, sich in einer Lage, welche mancherlei Vorteile bietet, die dem Propheten versagt waren, demjenigen, der den Erfolg verkündet, der ihn sozusagen kommandiert, mit der Autorität der Kühnheit und der Ergebenheit.
Gustave Flaubert bedarf der Ergebenheit nicht mehr, falls er ihrer jemals bedurft hat. Zahlreiche Künstler, darunter einige der vorzüglichsten und angesehensten, haben sein vortreffliches Buch gepriesen und bekränzt. So bleibt der Kritik nichts anderes, als auf einige vergessene Gesichtspunkte hinzuweisen, und etwas nachdrücklicher bei einigen Besonderheiten und Glanzstellen zu verweilen, die, meines Erachtens, nicht hinreichend gewürdigt und kommentiert wurden. Übrigens haftet dieser Stellung des Spätkömmlings, dem die öffentliche Meinung vorausgeeilt ist, wie ich bereits durchblicken ließ, ein paradoxer Reiz an. Freier, weil er wie der Nachzügler allein daherkommt, nimmt er sich aus wie einer, der, was schon verhandelt wurde, zusammenfaßt, und da er genötigt ist, sich der Heftigkeiten der Anklage wie der Verteidigung zu enthalten, ist er darauf angewiesen, sich einen neuen Weg zu bahnen, ohne anderen Anreiz als den der Liebe zum Schönen und zur Gerechtigkeit.

II

Da ich dieses strahlende und schreckliche Wort nun einmal ausgesprochen habe, sei es mir erlaubt – wie es mir zugleich behagt, – der französischen Justiz Dank zu sagen für das glänzende Beispiel der Unparteiischkeit und des guten Geschmacks, das sie bei dieser Gelegenheit gegeben hat. Von einem blinden und allzu heftigen Eifer für die Sittlichkeit bedrängt, von einer Gesinnung, die sich in einem Bereich tummelte, der ihr nicht zustand, – angesichts eines

Romans, der das Werk eines bis dahin unbekannten Schriftstellers war, – ein Roman, und was für ein Roman! der unparteiischste, der rechtschaffenste, – ein Feld, banal wie jedes andere, gepeitscht, durchtränkt, wie die Natur selber, von allen Winden und Ungewittern, – hat die Justiz sich, sage ich, rechtschaffen und unparteiisch erwiesen wie das Buch, das man als Schlachtopfer vor ihren Richterstuhl gezerrt hatte. Mehr noch: wenn nach den Erwägungen, die das Urteil begleiteten, eine Vermutung gestattet ist, so hätten die Richter, selbst gesetzt den Fall, sie hätten in diesem Buch etwas wirklich Tadelnswertes gefunden, es dennoch freigesprochen, zugunsten und in Anerkennung der SCHÖNHEIT, mit der es ausgestattet ist. Diese bemerkenswerte Sorge um die Schönheit bei Männern, deren Fähigkeiten nur für das Gerechte und das Wahre in Anspruch genommen werden, ist eines der bewegendsten Symptome, im Vergleich mit den brennenden Begierden dieser Gesellschaft, die jeder geistigen Liebe endgültig abgeschworen hat, und die, ihres *alten Eingeweides* uneingedenk, nur noch um ihren Wanst besorgt ist. Kurzum, man darf wohl sagen, daß dieses Urteil, seiner hohen poetischen Tendenz wegen, endgültig war; daß die Muse den Prozeß gewonnen hat und daß alle Schriftsteller, zumindest alle, die dieses Namens würdig sind, in der Person Gustave Flauberts freigesprochen wurden.

Sagen wir darum nicht, wie so viele andere mit einem leichten Anflug unbewußter Verstimmung behaupten, das Buch verdanke seine unendliche Beliebtheit dem Prozeß und dem Freispruch. Auch unbehelligt hätte das Buch die nämliche Neugier geweckt, es hätte das gleiche Erstaunen, die gleiche Erregung hervorgerufen. Übrigens war ihm seit langem die einmütige Zustimmung sämtlicher Gebildeten zuteil geworden. Schon unter seiner ersten Gestalt, in der *Revue de Paris*, wo unbesonnene Eingriffe seine Harmonie zerstört hatten, hatte es ein heftiges Interesse erregt. Die Lage Gustave Flauberts, der sich mit einem Male berühmt sah, war zugleich ausgezeichnet und schlecht; und die verschiedenen Gründe, die ihn in diese zweideutige Lage gebracht haben, über die seine Begabung in ihrer Rechtschaffenheit den Sieg davonzutragen verstanden hat, möchte ich in folgendem, so gut ich vermag, darlegen.

III

Ausgezeichnet; – denn seit Balzac nicht mehr ist, diese Wundererscheinung, die über unserem Land wie ein glorreiches Gewölk stehen wird, wie ein bizarrer unvergleichlicher Orient, wie eine Nordlichtröte, die über die Eiswüsten ihre feenhaften Lichter ergießt, – war jedes Interesse an dem Roman erlahmt und eingeschlafen. Erstaunliche Versuche waren freilich unternommen worden. Seit langem schon hatte in einer immer schäbiger werdenden Welt, Monsieur de Custine, berühmt durch *Aloys,* durch *Le Monde comme il est* und *Ethel,* – Monsieur de Custine, der Schöpfer des häßlichen jungen Mädchens, dieses Typus, um den Balzac ihn so sehr beneidete (man sehe den wahren *Mercadet*), dem Publikum *Romuald ou la Vocation,* ein Werk von erhabener Ungeschicklichkeit, geliefert, wo unnachahmliche Seiten den Leser veranlassen, ihm manche Längen und Unbeholfenheiten zugleich anzukreiden und zu vergeben. Doch Monsieur de Custine ist eine Abart des Genies, ein Genie, dessen Dandysmus sich bis zum Ideal der Nachlässigkeit erhebt. Diese aristokratische Gutgläubigkeit, diese romanhafte Glut, dieser offenherzige Spott, diese bedingungslose und nonchalante Persönlichkeit sind den Sinnen der großen Herde nicht zugänglich, und dieser köstliche Schriftsteller sah sich allem Unglück ausgeliefert, das seine Begabung verdiente.
D'Aurevilly hatte durch *Une Vieille Maîtresse* und durch *L'Ensorcelée* eine lebhafte Aufmerksamkeit erregt. Dieser Kult der Wahrheit, der hier mit einer so erschreckenden Inbrunst zum Ausdruck kam, konnte der Menge nur mißfallen. Als echter Katholik, der die Leidenschaft beschwört, um sie zu besiegen, singend, weinend und schreiend mitten im Sturm, wie Ajax auf einen trostlosen Felsen gebannt, und stets in einer Haltung, als spräche er zu seinem Rivalen – Mensch, Wetterstrahl, Gott oder Materie –: »Reiß mich fort, oder ich reiße dich fort!«, war auch d'Aurevilly außerstande, ein in Schlaf versunkenes Geschlecht aufzurütteln, dessen Augen verschlossen sind für die Wunder der Ausnahme.
Mit einem kindlich bezaubernden Gemüt hatte Champfleury im Pittoresken sein gelungenes Spiel getrieben, hatte seinen poetischen Kneifer (der poetischer ist, als er selber glaubt) auf die bur-

lesken und rührenden Wechselfälle des Familien- oder Straßenlebens gerichtet; doch aus Originalität oder Sehschwäche, vorsätzlich oder gezwungenermaßen, vernachlässigte er den Gemeinplatz, den Ort, wo die Menge sich trifft, das öffentliche Stelldichein der Beredsamkeit.

Nach diesen hat kürzlich erst Charles Barbara, eine strenge und logische Seele, auf die geistige Treibjagd versessen, einige unzweifelhaft vorzügliche Anstrengungen unternommen; er hat versucht (eine stets unwiderstehliche Versuchung!), außergewöhnliche Gemütszustände zu beschreiben und zu erhellen, und die unmittelbaren Folgen der falschen Einstellungen abzuleiten. Wenn ich hier nicht die ganze Sympathie bekunde, die der Verfasser der *Heloïse* und des *Assassinat du Pont-Rouge* mir einflößt, so unterbleibt dies nur deshalb, weil er nur beiläufig, als eine geschichtliche Anmerkung, in mein Thema gehört.

Paul Féval, am anderen Ende dieses Bereichs, ein ins Abenteuerliche verliebter Geist, bewundernswürdig begabt für das Groteske und das Schreckliche, hat sich, als ein verspäteter Streiter, hinter Frédéric Soulié und Eugène Sue eingereiht. Doch den so reichen Fähigkeiten des Verfassers der *Mystères de Londres* und des *Bossu* gelang es ebensowenig wie denen so vieler unvergleichlicher Geister, das leichte und plötzliche Wunder dieser armen kleinen Ehebrecherin aus der Provinz zustande zu bringen, deren ganze Geschichte, ohne dramatische Verwicklungen, aus nichts als Trübsinn, Überdruß, verseufzten Tagen und einigen Augenblicken fiebernden Rausches besteht, die sie einem Leben entriß, das im Selbstmord endet.

Daß diese Schriftsteller, die entweder Dickens nacheifern oder sich in einer Attitüde à la Byron oder à la Bulwer gefallen, allzu begabt vielleicht, allzu verächtlich, es nicht, wie etwa schon ein Paul de Kock, verstanden haben, die morsche Schwelle der Popularität zu bezwingen, der einzigen unter den schamlosen Schönen, die mit Gewalt erobert zu werden verlangt, dies ihnen zum Vorwurf zu machen – oder sie etwa deshalb zu loben –, ist nicht meine Sache; ebenso weiß ich Gustave Flaubert keinen Dank dafür, daß er auf den ersten Streich errungen hat, worum andere sich ihr Leben lang bemühen. Höchstens könnte ich darin einen zusätzlichen Beweis für seine Mächtigkeit erblicken, und es könnte mich verlocken, die Gründe darzulegen, die den Geist des Autors in diese eher als in jene Richtung gelenkt haben.

Wie ich jedoch bereits sagte, befindet der Neuankömmling sich in einer mißlichen Lage; aus einem leider! beklagenswert einfachen Grunde. Seit mehreren Jahren hatte die Anteilnahme, die das Publikum den geistigen Dingen widmet, in ungewöhnlichem Grade abgenommen; sein Budget an Begeisterung schmolz immer mehr dahin. Die letzten Jahre unter Louis-Philippe hatten die letzten Ausbrüche einer Gesinnung gesehen, die sich noch der Erregung durch die Spiele der Einbildungskraft hingab; danach jedoch fand der neue Romancier sich einer völlig verbrauchten Gesellschaft gegenüber, – ja mehr als verbraucht, – verdummt und fraßgierig, der nichts ein solcher Greuel war als die poetische Erfindung, und die nichts liebte außer dem Besitz.

Unter derartigen Bedingungen mußte ein reichgenährter Geist, voller Begeisterung für das Schöne, doch geschult als ein kräftiger Fechter, der sich auf Gunst und Ungunst der Umstände versteht, sich gesagt haben: »Was ist das sicherste Mittel, alle diese matten Seelen aufzuwühlen? Sie wissen ja nicht, was ihnen gefallen würde; wirklichen Abscheu empfinden sie nur vor der Größe; die naive, glühende Leidenschaft, der poetische Überschwang macht sie erröten und verletzt sie. – Seien wir denn gewöhnlich in der Wahl unseres Gegenstandes, da der Leser des 19. Jahrhunderts die Wahl eines zu hohen Gegenstandes als eine Zumutung empfindet. Und hüten wir uns sorglich, uns gehenzulassen und unsere eigene Sache zu vertreten. Mit Eiseskälte werden wir Leidenschaften und Abenteuer erzählen, an denen die Gemüter sich gemeinhin erhitzen; wir werden, wie es schulmäßig heißt, objektiv und unpersönlich sein.

Da man uns jedoch in letzter Zeit mit kindischem Schulgewäsch die Ohren vollgeschwätzt hat, da wir von einem gewissen literarischen Verfahren, *Realismus* genannt, vernommen haben – eine abscheuliche Beleidigung, allen sorgfältig Unterscheidenden ins Gesicht geschleudert, ein unbestimmtes und dehnbares Wort, das für die Menge nicht etwa eine neue Methode künstlerischer Schöpfung bezeichnet, sondern eine kleinliche Beschreibung des

Beiläufigen, – so wollen wir uns die Verwirrung der Geister und die allgemeine Dummheit zunutze machen. Wir werden einen banalen Grund mit einem nervigen, farbenprächtigen, subtilen und genauen Stil überziehen. Das trivialste aller Abenteuer soll uns dazu dienen, die heißesten Empfindungen, die heftigsten Erregungen hineinzulegen. Die feierlichsten, die entscheidendsten Worte werden aus den dümmsten Mündern hervorgehen.

Und wo gedeiht die Dummheit am besten, welches ist das Milieu der größten Beschränktheit, das die meisten Albernheiten hervorbringt, in dem es von intoleranten Dummköpfen nur so wimmelt?

Die Provinz.

Und wer sind dort die unerträglichsten Akteure?

Die kleinen Leute, die sich in kleinen Verrichtungen abzappeln, deren Ausübung ihre Ideen verfälscht.

Und was ist die verbrauchteste Angelegenheit, die meist prostituierte, die abgeleiertste Drehorgelweise?

Der Ehebruch.

»Meine *Heldin*«, hat sich der Dichter gesagt, »muß keineswegs eine Heldin sein. Wenn sie nur hübsch genug ist, an den Nerven leidet, ehrgeizig ist, von einer unbezähmbaren Sehnsucht nach dem Höheren geplagt ist, so wird sie interessant sein. Der *tour de force* wird übrigens um so nobler sein, und unsere Sünderin wird zumindest den – vergleichsweise seltenen – Vorzug haben, daß sie sich von den geschwätzigen Schönrednerinnen der uns vorausliegenden Epoche unterscheidet.

Um den Stil, um die malerische Anordnung, die Beschreibung der Örtlichkeiten brauche ich mich nicht zu sorgen; dies alles steht im Überfluß in meiner Gewalt; gestützt auf die Analyse und die Logik, werde ich vorgehen, und ich werde derart beweisen, daß alle Gegenstände unterschiedslos gut oder schlecht sind, je nach der Art, wie man sie behandelt, und daß die allergewöhnlichsten Sujets die vorzüglichsten werden können.«

Und damit war *Madame Bovary* geschaffen, – eine Wette, eine wahre Wette, eine Herausforderung, wie jedes Kunstwerk.

Um seinen Geniestreich zu vollenden, blieb dem Verfasser nur noch eines zu tun: sich (so weit wie möglich) seines Geschlechts zu entäußern und sich zur Frau zu machen. Dabei ist ihm ein wahres

Wunder gelungen; denn ungeachtet all seines komödiantischen Eifers konnte er doch nicht umhin, den Adern seines Geschöpfes ein männliches Blut einzuflößen, und so ist Madame Bovary, durch das, was ihr an Kraft, an Ehrgeiz und an der Fähigkeit zum Traum in so hohem Maße zu eigen ist, dennoch ein Mann geblieben. Wie Pallas Athene, die gewappnet dem Haupt des Zeus entsprang, hatte dieser bizarre Androgyn alle Verführungen einer männlichen Seele in dem reizenden Körper eines Weibes bewahrt.

IV

Mehrere Kritiker hatten gesagt: Dieses Werk, das wahrhaft schön ist durch die Genauigkeit und Lebhaftigkeit seiner Schilderungen, enthält keine einzige Gestalt, welche die Moral vertritt, durch welche das Gewissen des Verfassers sich ausspricht. Wo ist sie, die sprichwörtliche und legendäre Gestalt, der es aufgetragen ist, die Handlung zu erläutern und die Einsicht des Lesers zu lenken? Mit andern Worten, wo ist der Ankläger?

Das ist absurd! Die unausrottbare, unverbesserliche Vermengung der Funktionen und Gattungen! – Ein wahres Kunstwerk bedarf keines Anklägers. Die Logik des Werkes genügt allen Forderungen der Moral, und dem Leser obliegt es, seine Schlüsse aus dem Schluß zu ziehen.

Die Gestalt hingegen, die den innersten Kern der Handlung darstellt, ist unzweifelhaft die Ehebrecherin selber; sie allein, das entehrte Opfer, ist mit allen Reizen des Helden ausgestattet. – Ich sagte soeben, daß sie beinahe männlich sei, und daß der Verfasser sie (unbewußterweise vielleicht) mit allen männlichen Fähigkeiten ausgestattet habe.

Man richte seine Aufmerksamkeit auf folgendes:

1. Die Einbildungskraft, jene höchste und tyrannische Fähigkeit, die hier die Stelle des Herzens einnimmt, oder dessen, was man das Herz nennt, was gemeinhin jedes Denkvermögens ermangelt und was in der Frau wie in dem Tier gewöhnlich vorherrscht;

2. Plötzliche Kraft zum Handeln, Raschheit des Entschlusses, my-

stische Durchdringung von Überlegung und Leidenschaft, wie sie die zur Tat geschaffenen Männer kennzeichnet;
3. Unmäßiges Gefallen an der Verführung, an der Beherrschung und sogar an allen vulgären Mitteln der Verführung, bis hinab zum Charlatanismus des Kostüms, der Parfüms und der Pomade, – was alles sich in zwei Worten zusammenfassen läßt: Dandysmus, ausschließliche Herrschsucht.

Und dennoch gibt Madame Bovary sich hin; fortgerissen von den Trugschlüssen ihrer Einbildung, gibt sie sich, großartig, großmütig, auf eine ganz männliche Art, ein paar Mannsbildern hin, die nicht ihresgleichen sind, ebenso wie die Dichter sich gewissen Frauenzimmern ausliefern.

Ein weiterer Beweis für die völlig männliche Eigenschaft, die das rote Blut ihrer Adern speist, liegt darin, daß das, was diese Unglückliche ihrem Gatten verübelt, weniger die sichtbaren äußeren Mängel, sein in die Augen springendes Provinzlertum sind, als vielmehr dieses völlige Fehlen des Genies, diese geistige Minderwertigkeit, die bei der törichten Operation des Klumpfußes offenkundig wird.

Und in diesem Zusammenhang lese man die Seiten nach, die diese Episode enthalten, welche man so ungerecht als überflüssig bezeichnet hat, während sie doch dazu dient, den ganzen Charakter der Person ins hellste Licht zu setzen. – Ein lang verhaltener finsterer Zorn bemächtigt sich der ganzen Gattin Bovary; die Türen knallen; der verdutzte Gatte, der es nicht verstanden hat, seiner romanhaften Frau den geringsten geistigen Genuß zu verschaffen, sieht sich auf sein Zimmer verbannt; er büßt seine Untat ab, der schuldige Nichtswisser! und in ihrer Verzweiflung entfährt es Madame Bovary, gleich einer an einen unzulänglichen Hauptmann vermählten kleinen Lady Macbeth: »Ah! warum bin ich nicht *wenigstens* die Frau eines jener kahlköpfigen und altersgekrümmten Gelehrten, deren Augen hinter grünen Schutzbrillen immerfort auf die Archive der Wissenschaft gerichtet sind! Stolz könnte ich mich an seinem Arme wiegen; ich wäre doch wenigstens die Gefährtin eines Königs des Geistes; statt mit Sklavenbanden an diesen Dummkopf gekettet zu sein, der den Fuß eines Krüppels nicht zu richten versteht! oh!«

Diese Frau ist in Wahrheit sehr erhaben unter ihresgleichen, in ihrem dürftigen Milieu und angesichts ihres engen Horizonts;
4. Selbst in ihrer Klostererziehung finde ich den Beweis für Madame Bovarys zweideutiges Temperament.
Die braven Schwestern hatten in diesem jungen Mädchen eine erstaunliche Fähigkeit entdeckt, mit dem Leben fertig zu werden, es zu nutzen, seine Genüsse vorauszuahnen; – was alles dem Mann der Tat zugehört!
Doch das junge Mädchen berauschte sich an der köstlichen Buntheit der Kirchenfenster, an den orientalischen Farben, welche die reichgearbeiteten hohen Scheiben auf ihr Pensionatsgebetbuch warfen; ihre Brust schwoll von den Feiertönen der abendlichen Gottesdienste, und in einem Paradox, das nur den Nerven zur Ehre gereicht, vertauschte sie in ihrer Seele den wahren Gott mit dem Gott ihrer Phantasie, dem Gott der Zukunft und des Zufalls, einem Gott aus dem Album, mit Sporen und Schnurrbart; – und da haben wir den hysterischen Dichter.
Die Hysterie! Warum sollte dieses physiologische Mysterium nicht den Grund und Untergrund eines literarischen Werkes bilden? dieses Mysterium, das die Wissenschaft der Medizin noch nicht erhellt hat, und das, während es sich bei den Frauen durch die Empfindung manifestiert, als erstickten sie an einer aufsteigenden Kugel (um hier nur das wichtigste Symptom zu erwähnen), bei den nervösen Männern allerlei Schwächeanfälle hervorruft, sie jedoch auch zu jeglicher Überanstrengung befähigt?

V

Kurzum, diese Frau ist wirklich groß, sie ist vor allem bemitleidenswürdig, und trotz der systematischen Härte des Verfassers, der sich alle Mühe gegeben hat, von seinem Werke abwesend zu sein und sich in der Rolle eines Marionettenspielers zu zeigen, werden alle *intellektuellen* Frauen ihm Dank wissen, das Weibchen so hoch hinaufgehoben zu haben, so weit entfernt von dem bloßen Tier und so nahe dem idealen Mann, und ihm etwas von

jenem doppelten Charakterzug des Kalküls und der Träumerei mitgeteilt zu haben, welcher das vollkommene Wesen ausmacht.
Man sagt, Madame Bovary sei lächerlich. In der Tat, da hält sie eine Art Herrn – soll ich so weit gehen, ihn einen Landedelmann zu nennen? –, der Jagdwesten und kontrastreiche Kleidungsstücke trägt, für einen Helden von Walter Scott! und dann verliebt sie sich in einen kleinen Notariatsangestellten (der sich nicht einmal darauf versteht, für seine Geliebte eine gefährliche Tat zu begehen), und zuletzt jagt die arme Erschöpfte, die seltsame Pasiphae, die es in den engen Pferch eines Dorfes verschlagen hat, dem Ideal durch die Kneipen und Gastschenken der Präfektur nach: – was macht's? Sagen wir, gestehen wir es nur, sie ist ein Cäsar in Carpentras; sie jagt dem Ideal nach!
Ich werde gewiß nicht wie der Lycanthrope aufrührerischen Andenkens, dieser abgedankte Empörer, sagen: »Bleiben uns nicht, angesichts aller Platitüden und Torheiten unserer Gegenwart, das Zigarettenpapier und der Ehebruch?« Aber ich behaupte, daß, genaugenommen, unsere Welt, die doch von Christus herstammt, alles in allem sehr hart ist, und daß ihr keineswegs das Recht zusteht, den Stein auf die Ehebrecherin zu werfen; und daß einige Minotaurisierte mehr oder weniger die Drehgeschwindigkeit der Sphären nicht beschleunigen und die endgültige Zerstörung des Universums nicht um eine Sekunde früher herbeiführen werden. – Es ist an der Zeit, daß der wie eine Ansteckung sich ausbreitenden Heuchelei ein Ende gemacht wird, und daß es als lächerlich gilt, wenn bis zur Trivialität verkommene Männer und Frauen ein lautes Zetergeschrei erheben über einen unglücklichen Autor, der geruht hat, mit der Keuschheit eines Rhetors einen Schleier des Ruhmes über Nachttisch-Abenteuer zu werfen, die immer abstoßend und grotesk sind, solang die Poesie sie nicht mit dem opalenen Schimmer ihrer Lampe umspielt.
Wenn ich diesem analysierenden Hang nachgeben würde, käme ich mit *Madame Bovary* niemals an ein Ende; dieses durch und durch suggestive Buch könnte einem einen ganzen Band voller Beobachtungen eingeben. So beschränke ich mich denn für den Augenblick auf die Bemerkung, daß mehrere der wichtigsten Episoden von den Kritikern anfangs entweder vernachlässigt oder

getadelt wurden. Zum Beispiel: die Episode der mißglückten Operation des Klumpfußes, und die so bemerkenswerte, so trostlose, so wahrhaft *moderne*, wo die künftige Ehebrecherin, – denn sie steht erst am Beginn der abschüssigen Bahn, die Unglückliche! – sich an die Kirche um Beistand wendet, an die göttliche Mutter, an jene, die keine Entschuldigungen hat, um nicht immer bereit zu sein, an diese Pharmazie, wo keiner das Recht zu schlummern hat! Der gute Pfarrer Bournisien, der an nichts anderes denkt als an die Lausbuben seines Katechismusunterrichts, die zwischen den Bänken und Stühlen seiner Kirche herumturnen, antwortet in aller Einfalt: »Da Sie krank sind, Madame, und da Herr Bovary Arzt ist, *warum vertrauen Sie sich nicht Ihrem Gatten an?«*
Welche Frau, angesichts solcher Unzulänglichkeit, nähme diese Antwort des Geistlichen nicht für einen Freispruch, der sie ermächtigte, besinnungslos ihr Haupt in die wirbelnden Fluten des Ehebruchs zu tauchen, – und wer unter uns hat nicht, in einem unreiferen Alter und unter verstörenden Umständen, unweigerlich mit dem unzuständigen Priester Bekanntschaft gemacht?

VI

Da mir zwei Werke desselben Autors vorlagen (*Madame Bovary* und *Die Versuchung des heiligen Antonius,* dessen Bruchstücke noch nicht in ein Buch zusammengefaßt wurden), hatte ich ursprünglich die Absicht, eine Art Parallele zwischen den beiden zu ziehen. Ich wollte Gleichungen aufstellen und Bezüge nachweisen. Es wäre mir ein leichtes gewesen, unter dem feinmaschigen Gewebe von *Madame Bovary* die hohen *Fähigkeiten* der *Ironie* und des *Lyrismus* nachzuweisen, welche aus der *Versuchung des heiligen Antonius* so überdeutlich hervorleuchten. Hier hatte der Dichter sich nicht verkleidet, und seine *Bovary,* die sich der Versuchung durch alle Dämonen der Verblendung, der Häresie, durch alle Unzuchtsteufel der Materie ringsum ausgesetzt sieht, – kurzum, sein *heiliger Antonius,* erschöpft von allen Narrheiten, die uns umlagern, hätte bessere Argumente zu seiner Verteidigung vorgebracht als seine unscheinbare bürgerliche Erfindung. – In diesem

Werk, von dem der Autor uns bisher leider nur Fragmente geliefert hat, gibt es hinreißende Stücke; ich spreche nicht nur von dem prächtigen Gastmahl des Nebukadnezar, von der wunderbaren Erscheinung jener närrischen kleinen Königin von Saba, einer tanzenden Miniatur auf der Netzhaut eines Asketen, von der charlatanesken und emphatischen Vorführung des Apollonius von Tyana, hinter ihm sein Kornak, oder vielmehr sein Aushalter, der hirnlose Millionär, den er mit sich durch die Welt schleift; – ich möchte die Aufmerksamkeit des Lesers vor allem auf jene leidende, unterirdische und aufbegehrende Fähigkeit richten, die das ganze Werk durchzieht, diese finstere Gangader, die es erhellt, – und die als Führer durch dieses wimmelnde Pandämonium der Einsamkeit dient.

Es wäre mir, wie ich bereits sagte, ein leichtes gewesen zu zeigen, wie Gustave Flaubert in *Madame Bovary* die hohen lyrischen und ironischen Fähigkeiten, die in der *Versuchung* rückhaltlos zum Ausdruck kommen, vorsätzlich gedämpft hat, und daß dieses letztere Werk, die geheime Kammer seines Geistes, für den Dichter und den Philosophen offensichtlich das interessantere bleibt.

Vielleicht werde ich eines Tages das Vergnügen haben, dieses Geschäft zu besorgen.

LA DOUBLE VIE
von
Charles Asselineau

Unter diesem Titel: *Das Doppelleben,* stellen sich elf kleine Novellen vor. Die Bedeutung des Titels enthüllt sich glücklicherweise nach der Lektüre einiger der Stücke, aus denen dieser elegante und beredte Band sich zusammensetzt. Es gibt bei Buffon ein Kapitel, das den Titel trägt: *Homo duplex.* Seines genauen Inhalts entsinne ich mich nicht mehr, aber der kurze, geheimnisvolle, gedankenreiche Titel hat mich immer ins Träumen gestürzt, und jetzt noch, da ich mich anschicke, meinem Leser eine Vorstellung von dem Geist zu vermitteln, der Asselineaus Buch beseelt, tritt er mir plötzlich ins Gedächtnis wie eine Herausforderung und mit der Gewalt einer fixen Idee. Wer unter uns wäre kein *homo duplex?* Ich denke dabei an diejenigen, deren Geist von Jugend auf *touched with pensiveness* gewesen ist; immer doppelt, Tun und Erstreben, Traum und Wirklichkeit; eines immer dem andern abträglich, eines immer ins andere übergreifend und seines Anteils sich bemächtigend. Diese unternehmen weite Reisen am heimischen Herd, dessen sanften Zauber sie verkennen; und jene voller Undank für die Abenteuer, welche die Vorsehung ihnen zum Geschenk macht, hätscheln den Traum eines häuslichen Lebens, das ein Raum von wenigen Metern umschließt. Das unterwegs erloschene Streben, der in einer Herberge vergessene Traum, der Entwurf, dem ein Hindernis sich entgegenstellte, Unglück und Krankheit, die dem Erfolg entspringen wie die Giftpflanzen einem fetten und vernachlässigten Erdreich, das mit Ironie vermischte Bedauern, der Blick, den man hinter sich wirft, wie der des Landstreichers in einem Augenblick der Besinnung, der in jeder Minute den Stoff des idealen Lebens aufrauht und zerreißt: solches sind die Hauptbestandteile dieses köstlichen Buches, das, durch seine Lässigkeit, seine Ungezwungenheit, wie in guter Gesellschaft, und seine eindrucksvolle Aufrichtigkeit etwas vom Selbstgespräch an sich hat und vom intimen Brief, den man für ferne Gegenden dem Kasten anvertraut.

Die Mehrzahl der Erzählungen, die das Ganze ausmachen, sind Beispiele des menschlichen Unglücks, die dem Glück des Träumens gegenübergestellt werden.

So das *Cabaret des Sabliers,* das zwei junge Leute einige Meilen vor der Stadt regelmäßig aufsuchen, um sich über die Kümmernisse und Sorgen zu trösten, die ihnen die Stadt unerträglich machen; dort vergessen sie, über die von Flüssen durchzogene flache Landschaft hinblickend, das tosende Leben der Straßen und ihr beklemmendes Eingesperrtsein in einem verwüsteten Hause. So *L'Auberge:* ein Reisender, ein gebildeter Mann, flößt seiner Wirtin eine so lebhafte Zuneigung ein, daß sie ihm ihre Tochter zur Ehe anbietet, und unversehens bricht er auf, um in den Kreis zurückzukehren, wo sein Verhängnis ihn eingeschlossen hält. Auf dieses großmütige und arglose Angebot war der gebildete Reisende zuerst in ein unmenschliches Gelächter ausgebrochen, das den bei aller Spottsucht stets so engelgleichen guten Jean Paul gewiß empört hätte. Ich aber denke mir, dem nachdenklichen und philosophischen Reisenden wird, auf seinem Weg zurück in die Gewöhnung, sein böses Lachen vergangen sein; ein wenig Reue, ein leichtes Bedauern wird ihn überkommen haben, und mit dem trägen Seufzer des Skeptizismus, den immer ein leichtes Lächeln dämpft, wird er sich gesagt haben: »Alles in allem hatte die brave Wirtin vielleicht recht; die Elemente des menschlichen Glückes sind weniger zahlreich und bei weitem einfacher, als die Welt und ihre verkehrte Lehre uns glauben machen wollen.« – So *Les Promesses de Timothée,* ein abscheulicher Kampf zwischen dem Versprechenden und dem Betrogenen; der Versprechende, dieser Dieb von ganz besonderer Sorte, wird hier, wie ich versichern kann, in seiner ganzen Schändlichkeit vorgeführt, und ich weiß Asselineau großen Dank, daß er uns das Opfer zuletzt als durch einen übelbeleumdeten Menschen gerettet und mit dem Leben versöhnt zeigt. Dergleichen geschieht des öfteren, und der *Deus ex machina,* der einen glücklichen Ausgang herbeiführt, ist, öfter als man zugeben möchte, einer von denen, welche die Welt einen Taugenichts oder gar einen Strauchdieb nennt. *Mon cousin Don Quixote* ist eines der bemerkenswertesten Stücke und ganz danach angetan, die beiden großen Eigenschaften des Verfassers ins rechte Licht zu setzen:

sein Gefühl für das sittlich Schöne und die Ironie, die dem Anblick der Ungerechtigkeit und der Dummheit entspringt. Dieser *Cousin,* in dessen Kopf sich die Erziehungsprojekte drängen, der von der allgemeinen Beglückung des Menschengeschlechts träumt, dessen immer jugendliches Blut von einer verzehrenden Begeisterung für die Hellenen entflammt ist, dieser Despot des Heroismus, der seine Familie nach seinem Bilde formen will und formt, ist mehr als interessant, er ist rührend; er beschwingt die Seele, die sich ihrer tagtäglichen Feigheit mit Beschämung bewußt wird. Der Abstand zwischen diesem neuen Don Quichotte und der weltlichen Gesinnung erzielt unfehlbar die Wirkung einer ergreifenden Komik, obwohl, genaugenommen, das durch eine erhabene Schwäche verursachte Lachen fast immer dem Lachenden das Urteil spricht, und der übliche Sancho, der den hochherzigen Wahnsinnigen allenthalben umgibt, weckt die Verachtung nicht minder als der Sancho des Romans. – Mehr als eine alte Frau wird den *Roman d'une dévote* mit einem Lächeln, und vielleicht unter Tränen lesen: die Liebe einer Fünfzehnjährigen, ohne eine Freundin, der sie sich anvertrauen könnte, ohne Geständnisse, ohne Handlung, und dem, der ihr Gegenstand ist, auf ewig unbekannt, nichts als ein Selbstgespräch im Geiste des jungen Mädchens.

In einer zugleich subtilen und natürlichen Art erläutert *Le Mensonge* das Hauptanliegen des Buches, das man etwa nennen könnte: *Die Kunst, dem täglichen Leben zu entfliehen.* Die türkischen Edelleute bestellen bisweilen bei unseren Malern Dekorationen, welche reichgeschmückte Räume mit prächtigen Möbeln darstellen und dem Auge weite Aussichten vortäuschen. So expediert man an diese seltsamen Träumer einen herrlichen Salon auf einer Leinwand, die man wie ein Gemälde oder eine Landkarte zusammenrollt. Derart verfährt der Held der Erzählung *Le Mensonge,* und sein Fall ist sehr viel weniger selten, als man glauben sollte. Eine unaufhörliche Lüge schmückt und überkleidet sein Leben. In der Praxis des Alltagslebens ergeben sich daraus freilich einige Stöße und Unfälle; aber sein Glück muß man nun einmal bezahlen. Eines Tages jedoch, trotz aller Ungelegenheiten seines vorsätzlichen und systematischen Wahnsinns, bietet das Glück sich ihm an, das wahre Glück, und will ergriffen sein und ziert sich nicht; um es zu verdienen, müßte jedoch einer ganz kleinen Bedingung Genüge geschehen: er müßte eine Lüge eingestehen. Ein Erdichtetes einzureißen, sich zu verleugnen, eine ideale Zurüstung zu zerstören, selbst um den Preis eines echten Glückes, das ist ein unmögliches Opfer für unseren Träumer! So bleibt er denn arm und allein, doch sich selber treu, und läßt nicht ab, sein Leben mit den Hervorbringungen seines Gehirns auszuschmücken.

Asselineau besitzt die große Begabung, die Berechtigung des Absurden und des Unwahrscheinlichen einzusehen und glaubhaft darzustellen. Er erfaßt die seltsamen Überlegungen des Traumes und zeichnet sie nach, bisweilen mit strenger Genauigkeit. An solchen Stellen erreicht seine ungezwungene Art, ein ungeschöntes sauberes Protokoll, eine große poetische Wirkung. Als Beispiel zitiere ich einige Zeilen aus einer höchst merkwürdigen kurzen Novelle, *La Jambe*.

»Das Überraschende im Leben des Traumes liegt nicht so sehr darin, daß man sich in phantastische Gegenden versetzt sieht, wo alle Gewohnheiten durcheinander geraten, wo alle gängigen Vorstellungen in ihr Gegenteil verkehrt sind; wo oftmals sogar (was noch erschreckender ist) das Unmögliche sich mit dem Wirklichen vermengt. Sehr viel erstaunlicher noch erscheint mir die Zustimmung, mit der man diese Widersprüche hinnimmt, die Leichtigkeit, mit der man die haarsträubendsten Trugschlüsse als völlig natürlich gelten läßt, so daß man versucht sein könnte, an Fähigkeiten oder Wahrnehmungen einer besonderen Art zu glauben, die unserer Welt fremd sind.

Eines Tages träumt mir, in der großen Allee der Tuilerien, inmitten einer dichten Menge, wohnte ich der Hinrichtung eines Generals bei. Unter den Anwesenden herrscht ein scheues feierliches Schweigen.

Der General wird in einem Koffer herbeigebracht. Barhaupt verläßt er diesen alsbald, in großer Uniform, und psalmodiert mit leiser Stimme einen Trauergesang.

Plötzlich erblickt man ein Schlachtroß, gesattelt und geharnischt, wie es rechterhand auf der Terrasse zur Place Louis XV hin einhertanzt.

Ein Gendarm nähert sich dem Verurteilten und überreicht ihm

respektvoll ein geladenes Gewehr: der General legt an, schießt, und das Pferd bricht zusammen.
Die Menge verläuft sich, und auch ich selber ziehe mich zurück, in meinem Innern vollkommen überzeugt, *daß dies der Brauch war: wenn ein General zum Tode verurteilt war und sein Pferd erschien auf der Hinrichtungsstätte, und der General tötete es, so war er gerettet.*«
E. T. A Hoffmann hätte, in seiner ihm geläufigen Manier, die anomale Verfassung eines Geistes nicht besser beschrieben.
Die beiden wichtigsten Stücke, *La Seconde Vie* und *L'Enfer du musicien* sind dem Leitgedanken des Bandes getreu. Zu glauben, daß *wer will, der kann,* die übertreibende Versicherung des Sprichworts beim Wort zu nehmen, führt einen Träumer von Enttäuschung zu Enttäuschung, am Ende in den Selbstmord. Durch eine besondere Gnade, die ihm jenseits des Grabes zuteil wird, sieht er sich auf einen Schlag mit allen bisher so glühend beneideten und begehrten Fähigkeiten ausgestattet, und, ausgerüstet mit allem Genie, das ihm bei dieser zweiten Geburt verliehen wurde, kehrt er zur Erde zurück. Ein einziger Schmerz, ein einziges Hindernis waren nicht vorausgesehen worden, die ihm das Dasein bald unmöglich machen und ihn nötigen, seine Zuflucht abermals im Tode zu suchen: all die Unannehmlichkeiten nämlich, all die Unbequemlichkeiten, all die Mißverständnisse, die dem zwischen ihm und der irdischen Welt hinfort bestehenden Mißverhältnis entsprangen. Das Gleichgewicht und die Angemessenheit sind zerstört, und wie ein für sein ehemaliges Vaterland allzu kunstreicher Ovid kann er sagen:

Barbarus hic ego sum, quia non intelligor illis.

In *L'Enfer du musicien* schildert Asselineau den schrecklichen Fall einer Halluzination, wie er einem Musiker zustoßen könnte, wenn er verurteilt wäre, seine sämtlichen Kompositionen gleichzeitig, gut oder schlecht, auf sämtlichen Pianos der Welt gespielt zu hören. Er flieht von Stadt zu Stadt, dem Schlaf nachjagend wie einem verheißenen Land, bis er, im Wahnsinn der Verzweiflung, die andere Hälfte der Erdkugel erreicht, wo die Nacht, die hier statt des Tages herrscht, ihm endlich einige Erleichterung vergönnt. In diesem fernen Land hat er darüber hinaus die Liebe gefunden, die, wie eine kräftige Medizin, seine Fähigkeiten wieder in ihre Ordnung stellt und all seinen verstörten Organen den Frieden zurückgibt.

»Die Sünde des Stolzes ist durch die Liebe getilgt worden.«

Die Untersuchung eines Buches ist stets ein Gerüst ohne Fleisch. Für einen intelligenten Leser jedoch mag diese Untersuchung hinreichen, um ihn den Geist erraten zu lassen, der Asselineau bei seinen Nachforschungen beseelt. Man hat es oft nachgesprochen: *Der Stil verrät den Menschen;* aber könnte man nicht mit gleichem Recht sagen: *Die Wahl des Sujets verrät den Menschen?* Von dem Fleisch des Buches darf ich sagen, daß es gut, sanft, elastisch zu berühren ist; die Seele aber, die darin sitzt, verdient vor allem näher betrachtet zu werden. Dieses reizende, persönliche, über die Maßen persönliche kleine Buch gleicht einem winterlichen Selbstgespräch, das der Verfasser, die Füße auf den Feuerböcken, mit halber Stimme führt. Es hat allen Zauber des Selbstgesprächs, das Vertrauliche, die Aufrichtigkeit im Vertraulichen, bis zu jener weiblichen Nachlässigkeit, die zur Aufrichtigkeit gehört. Wer wollte behaupten, daß er jene Bücher mit unablässiger Liebe und Bewunderung liest, deren aufs äußerste angespannter Gedanke den Leser alle Augenblicke fürchten läßt, er könnte reißen, und der ihn deshalb sozusagen mit nervöser Erschütterung erfüllt? Dieses will gelesen werden, wie es geschrieben wurde, im Hausrock und die Füße zum Kaminfeuer ausgestreckt. Glücklich der Autor, der sich nicht scheut, sich im Negligé zu zeigen! Und trotz der ewigen Demütigung, die der Mensch empfindet, wenn er seine Beichte ablegt, glücklich der nachdenkliche Leser, der *homo duplex,* der sich darauf versteht, in dem Autor sein Spiegelbild zu erkennen, und sich nicht scheut, in den Ruf auszubrechen: *Thou art the man!* Dieser ist mein Beichtiger!

THÉOPHILE GAUTIER

> Obwohl wir keinem alten Weib einen Trunk gereicht haben, befinden wir uns doch in der Lage des jungen Mädchens in dem Märchen bei Perrault; wir können den Mund nicht auftun, ohne daß Goldstücke, Diamanten, Rubine und Perlen herausspringen; gerne würden wir von Zeit zu Zeit eine Kröte, eine Natter oder ein rotes Mäuslein ausspeien, und wäre es nur der Abwechslung zuliebe; aber das steht nun einmal nicht in unserer Macht.
>
> Théophile Gautier, *Caprices et Zigzags*

I

Ich kenne kein unbehaglicheres Gefühl als die Bewunderung. Die rechten Worte, sie auszudrücken, wollen sich nicht einstellen, und darin gleicht sie der Liebe. Wo soll man Ausdrücke finden, deren Farben kräftig genug und die mit hinreichender Zartheit abgestuft sind, um den Forderungen eines köstlichen Gefühls zu entsprechen? *Das Ansehen der Person ist eine Geißel in jedem Bereich*, lese ich in einem philosophischen Buch, das zufällig vor mir liegt; man glaube jedoch nicht, das nichtswürdige Ansehen der Person sei die Ursache meines Unbehagens: diese Verlegenheit entspringt allein der Furcht, von meinem Gegenstand nicht auf eine Weise zu reden, die seinem Rang angemessen wäre.

Es gibt Biographien, die leicht zu schreiben sind; diejenigen zum Beispiel der Männer, in deren Leben es von Ereignissen und Abenteuern nur so wimmelt; dort brauchen wir nur die Vorkommnisse mit ihren Daten zu verzeichnen und zu ordnen; – hier hingegen haben wir nichts von dieser materiellen Mannigfaltigkeit, welche die Aufgabe des Schriftstellers auf die eines Kompilators beschränkt. Nichts als eine geistige Unendlichkeit! Die Biographie eines Mannes, dessen dramatischste Abenteuer lautlos unter der

Wölbung seiner Hirnschale stattfinden, ist eine literarische Arbeit gänzlich anderer Art. Ein Gestirn wird mit gewissen Funktionen geboren und ein Mensch ebenfalls. Jeder von beiden erfüllt in Herrlichkeit oder Demut seine vorbestimmte Rolle. Wer könnte sich eine Biographie der Sonne vorstellen? Das ist, seit das Gestirn sein erstes Lebenszeichen gegeben hat, eine Geschichte voller Monotonie, voll Glanz und Größe.

Da ich im Grunde nur die Geschichte einer *fixen Idee* zu schreiben habe, die zu definieren und zu analysieren ich mir im übrigen vorgesetzt habe, so wäre es äußersten Falles fast unerheblich, ob ich meine Leser davon in Kenntnis setze oder nicht, daß Théophile Gautier im Jahre 1811 in Tarbes geboren wurde. Seit langen Jahren habe ich das Glück, sein Freund zu sein, und es ist mir gänzlich unbekannt, ob seine künftigen Begabungen sich schon im Knabenalter durch Erfolge auf der Schule bekundet haben, durch jene kindlichen Kränze, die zu erringen den *erhabenen Kindern* oft mißlingt, und die sie jedenfalls mit einer Menge garstiger Tröpfe zu teilen genötigt sind, denen ihr trübes Los abzulesen ist. Von diesen Unerheblichkeiten weiß ich überhaupt nichts. Théophile Gautier weiß vielleicht selber nichts mehr davon, und sollte er sich zufällig erinnern, so bin ich überzeugt, es wäre ihm nicht angenehm, wenn er jemand in diesem Plunder aus seiner Schulzeit stochern sähe. Es gibt keinen Menschen, der die majestätische Schamhaftigkeit des wahren *homme de lettres* weiter triebe als er, und der es mehr verabscheute, das auszubreiten, was nicht für das Publikum geschaffen, vorbereitet und ausgereift wurde, für die Erbauung der Seelen, die in das Schöne verliebt sind. Von ihm erwarte man niemals *Memoiren,* ebensowenig wie *vertrauliche Enthüllungen,* ebensowenig wie *Erinnerungen,* noch irgendetwas, das nicht seines erhabenen Amtes ist.

Was, recht erwogen, die Freude, die ich empfinde, von einer *fixen Idee* zu sprechen, noch erhöht, ist der Umstand, endlich einmal nach meinem Belieben von einem *unbekannten* Manne zu reden. Alle, die über die Irrtümer der Geschichte oder ihre verspäteten Richtigstellungen nachgedacht haben, werden verstehen, was mit dem Wort *unbekannt* in seiner Anwendung auf Théophile Gautier gemeint ist. Freilich erregen, seit vielen Jahren schon, seine Feuilletons Aufsehen in Paris und in der Provinz; es ist unbestreitbar, daß mancher Leser, der sich auf dem Felde der Literatur nichts entgehen lassen möchte, sein Urteil über die dramatischen Werke der letzten Woche mit Ungeduld erwartet; noch unbestreitbarer, daß seine Berichte über die *Salons,* diese so ausgewogenen Berichte voller Unbefangenheit und Hoheit, Orakel sind für alle die Verbannten, die nicht mit eigenen Augen urteilen und empfinden können. Für jede dieser verschiedenen Gruppen des Publikums ist Théophile Gautier ein unvergleichlicher und unentbehrlicher Kritiker; und dennoch bleibt er ein *Unbekannter.* Ich will meinen Gedanken erläutern.

Ich nehme an, Sie sind ein *Interner* in einem bürgerlichen *Salon* und nehmen dort, nach dem Diner, den Kaffee mit dem *Herrn* des Hauses, der *Dame* des Hauses und ihren *Demoiselles.* Welch abscheuliches und lächerliches Argot, dem die Feder sich ebenso entziehen, wie der Schriftsteller sich eines derartigen entnervenden Umgangs enthalten sollte! Bald plaudert man über Musik, über Malerei vielleicht, unfehlbar aber über Literatur. Auch Théophile Gautier kommt schließlich an die Reihe; sollten Sie jedoch, nachdem man ihm die üblichen Lobeskränze zuerkannt hat (»wie geistreich er ist! wie unterhaltend! wie gut er schreibt, und in welchem *flüssigen Stil!«* – der Preis des *flüssigen Stiles* wird unterschiedslos sämtlichen bekannten Schriftstellern zuerkannt, da das klare Wasser das klarste Symbol der Schönheit zu sein scheint für die Leute, die sich nicht aufs Nachdenken verlegt haben), – sollten Sie sich die Bemerkung gestatten, man übergehe sein Hauptverdienst, sein unbestreitbares und strahlendstes Verdienst, kurz, man vergesse zu sagen, daß er ein großer Dichter ist, so werden Sie ein lebhaftes Erstaunen sich auf allen Gesichtern malen sehen. »Ja, gewiß, er hat einen sehr poetischen Stil«, wird der Scharfsinnigste der ganzen Bande einräumen, nicht ahnend, daß von Rhythmen und Reimen die Rede ist. Alle Welt dort hat das Feuilleton vom letzten Montag gelesen, doch niemand, seit so vielen Jahren, hat Geld und Muße erübrigt für *Albertus, La Comédie de la Mort* und *España.* Das ist ein hartes Geständnis für einen Franzosen, und wenn ich nicht von einem Schriftsteller spräche, der so hoch steht, daß er jede Ungerechtigkeit gelassen hinnehmen kann, ich hätte es vermutlich vorgezogen, dieses Gebrechen unseres Publikums mit Stillschweigen zu übergehen. Aber so verhält es sich nun einmal. Es hat jedoch immer neue Auflagen gegeben, die leicht abgesetzt wurden. Wo mögen sie hingekommen sein? in welchen Schränken ruhen sie vergraben, diese wunderbaren Musterstücke der reinsten französischen Schönheit? Ich weiß es nicht; gewiß in irgendeiner geheimnisvollen Gegend, weitab vom Faubourg Saint-Germain oder der Chaussée d'Antin, um mich der Geographie der Herren *Chronisten* zu bequemen. Ich weiß wohl, daß es keinen Schriftsteller gibt, keinen Künstler mit einem Hang zur Träumerei, dessen Gedächtnis nicht mit diesen Wundern ausgestattet und geschmückt ist; den Weltleuten jedoch, eben denselben, die sich an den *Méditations* und den *Harmonies* berauscht oder sich zu berauschen vorgegeben haben, ist dieser neue Schatz des Genusses und der Schönheit unbekannt.

Ich sagte, dies sei ein recht peinliches Geständnis für ein französisches Herz; aber es genügt nicht, einen Sachverhalt festzustellen, man muß versuchen, ihn zu erklären. Es stimmt freilich, daß Lamartine und Victor Hugo sich längere Zeit eines Publikums erfreut haben, das den Spielen der Muse eine größere Neugier entgegenbrachte als jenes, das schon zu erschlaffen begann zu der Zeit, als Théophile Gautier endgültig ein berühmter Mann wurde. Seither hat dieses Publikum den rechtmäßigen Anteil an Zeit, den es den Vergnügungen des Geistes widmete, nach und nach eingeschränkt. Doch das wäre nur eine unzureichende Erklärung; denn, den Dichter, der den Gegenstand dieser Untersuchung bildet, einmal beiseite gesetzt, glaube ich feststellen zu müssen, daß das Publikum aus den Werken der Dichter mit Sorgfalt nur die Stücke herausgeklaubt hat, die mit einer Art politischer Vignette geziert (oder verunziert) waren, einer Würze, die der Natur seiner augenblicklichen Leidenschaften gemäß ist. Es kannte die *Ode à la Colonne,* die *Ode à l'Arc de Triomphe,* aber die geheimnisvollen, die verschatteten, die bezauberndsten Gedichte Victor Hugos sind ihm unbekannt. Oft hat es die *Jamben* Auguste Barbiers über die Juli-Tage zitiert, aber es hat nicht, mit dem Dichter, seinen *pianto* über das verwüstete Italien ergossen, und es hat ihn nicht begleitet auf seiner Reise zu dem *Lazarus* des Nordens.

Die Würze indessen, die Théophile Gautier seinen Werken beigibt, die, für die Liebhaber der Kunst, von der köstlichsten Wahl und ein glühendes Salz ist, übt auf den Gaumen der Menge nur eine schwache oder gar keine Wirkung aus. Muß man nicht, um wirklich populär zu werden, darin einwilligen, es zu verdienen, das heißt, muß man sich nicht, insgeheim durch ein klares Zugeständnis, eine geringfügige drastische Beigabe, ein wenig pöbelhaft aufführen? In der Literatur wie in der Moral ist der verfeinerte Geschmack ebenso gefährlich wie rühmlich. Adel isoliert uns.
Ich gestehe freimütig, daß ich nicht zu denen gehöre, die darin ein bedauernswertes Übel erblicken, und daß ich vielleicht die schlechte Laune gegen die armen *Philister* zu weit getrieben habe. Vorwürfe erheben, sich zum Gegner aufwerfen, und sogar Gerechtigkeit fordern, heißt das nicht, sich ein wenig *verphilistern*? Man vergißt jedesmal, daß wer der Menge Grobheiten sagt, selber zum Grobian wird. Von einem höheren Standpunkt aus erscheint jedes Verhängnis uns gerecht. Grüßen wir demnach vielmehr, mit allem Respekt und aller Begeisterung, die sie verdient, diese Aristokratie, die um sich Einsamkeit schafft. Übrigens sehen wir, daß diese Eigenschaft sich je nach dem Jahrhundert größerer oder geringerer Wertschätzung erfreut, und im Laufe der Zeiten glanzvolle Wiedergutmachungen stattfinden. Die Menschen sind so wunderlich, daß man alles von ihnen erwarten darf, sogar Recht und Billigkeit, obgleich es zutrifft, daß die Ungerechtigkeit ihnen weit natürlicher ist. Ließ ein politischer Schriftsteller nicht kürzlich verlauten, Théophile Gautiers Ruf sei doch wohl *überschätzt!*

II

Mein erstes Zusammentreffen mit diesem Schriftsteller, – um den die Welt uns beneiden wird, wie sie uns um Chateaubriand, Victor Hugo und Balzac beneidet, – steht mir gegenwärtig vor der Erinnerung. Ich hatte ihn aufgesucht, um ihm einen kleinen Versband im Namen zweier abwesender Freunde zu überreichen. Ich fand ihn, noch nicht so stattlich wie heute, doch bereits majestätisch, ungezwungen und anmutig in bequemer Kleidung. Was mir an seiner Art, mich zu empfangen, gleich auffiel, war das gänzliche Fehlen jener nur allzu verzeihlichen Trockenheit, wie sie allen Männern eignet, deren Stellung sie die Besucher zu fürchten gelehrt hat. Um dieses Entgegenkommen zu kennzeichnen, würde ich mich gerne des Wortes Bonhomie bedienen, wenn es nicht gar zu trivial wäre; es wäre in diesem Fall nur angebracht, wenn man es, nach Racines Rezept, durch ein schönes Adjektiv wie *asiatisch* oder *orientalisch* würzte und verstärkte, um ein zugleich einfaches, würdiges und geschmeidiges Naturell wiederzugeben. Auch die Unterhaltung (was für eine feierliche Angelegenheit ist doch die erste Unterhaltung mit einem berühmten Mann, der einem an Begabung noch weiter voraus ist als durch sein Alter!) hat am Grunde meines Geistes einen lebendigen Abdruck hinterlassen. Als er sah, daß ich einen Band mit Gedichten in der Hand hielt, erhellte ein reizendes Lächeln sein edles Gesicht; mit einer Art kindlicher Begehrlichkeit streckte er den Arm aus; denn es ist auffallend, wie leicht dieser Mann, der alles auszudrücken versteht und der mehr als jeder andere das Recht hätte, blasiert zu sein, der Neugier nachgibt und dem *Nicht-Ich* eine lebhafte Aufmerksamkeit entgegenbringt. Nachdem er den Band rasch durchblättert hatte, wies er mich darauf hin, daß die betreffenden Dichter sich allzuoft *freie*, das heißt unorthodoxe Sonette erlaubten und sich gerne der Regel des vierfachen Reimes entledigten. Dann fragte er mich, mit einem seltsam mißtrauischen Blick, und so als wollte er mich auf die Probe stellen, ob ich die Lektüre der Wörterbücher liebte. Er sagte das übrigens, wie er alles sagt, sehr ruhig, und mit dem Tonfall, dessen ein anderer sich bedient hätte, um sich zu erkundigen, ob ich Reiseschilderungen den Romanen vorzöge. Glücklicherweise hatte die Lexikomanie sich meiner schon sehr früh bemächtigt, und ich sah, daß meine Antwort mir Achtung eintrug. Eben hinsichtlich der Wörterbücher fügte er hinzu, daß *»der Schriftsteller, der nicht alles zu sagen wisse,* derjenige, den eine so seltsame, eine noch so subtile, so unvorhergesehene Idee, als fiele sie wie ein Stein vom Mond, *von den materiellen Mitteln, ihr Ausdruck zu verleihen, entblößt fände, kein Schriftsteller sei«*. Wir plauderten dann über die Hygiene, über die Rücksichten, die der *homme de lettres* seinem Körper schuldet, und über die

Verpflichtung zur Nüchternheit. Obgleich er, um seinen Gegenstand zu erläutern, wenn ich mich recht entsinne, das Leben der Tänzerinnen und der Rennpferde zum Vergleich heranzog, so erinnerte die Methode, mit der er sein Thema behandelte – die Nüchternheit als Beweis für die Achtung, die wir der Kunst und den poetischen Fähigkeiten schulden –, mich doch an das, was die Andachtsbücher von der Notwendigkeit sagen, unseren Körper als einen Tempel Gottes zu betrachten. Wir unterhielten uns ebenfalls über die große Dünkelhaftigkeit des Jahrhunderts und über die Narrheit des Fortschritts. In Büchern, die er seither veröffentlicht hat, habe ich einige der Formeln wiederentdeckt, die ihm als Resümee seiner Ansichten dienten; zum Beispiel folgende: »Es gibt drei Dinge, die ein zivilisierter Mensch niemals wird schaffen können: eine Vase, eine Waffe, einen Harnisch.« Es versteht sich, daß es dabei um die Schönheit und nicht um die Zweckmäßigkeit geht. – Ich sprach sehr lebhaft von der erstaunlichen Macht, die er im Närrischen und Grotesken an den Tag gelegt habe; auf dieses Kompliment jedoch erwiderte er in aller Unschuld, daß er den Witz und das Lachen im Grunde verabscheue, dieses Lachen, welches Gottes Geschöpf entstellt! »Es ist manchmal erlaubt, *geistreich* zu sein, wie der Weise auch einmal an einem Saufgelage teilnehmen mag, um den Dummköpfen zu beweisen, daß er ihresgleichen sein könnte; aber unerläßlich ist das nicht.« Denen, die diese von ihm vorgebrachte Ansicht verwundern könnte, ist es entgangen, daß er, da sein Geist ein kosmopolitischer Spiegel des Schönen ist, in dem infolgedessen das Mittelalter und die Renaissance sich sehr berechtigter- und großartigerweise abgespiegelt haben, sehr früh schon Wert darauf gelegt hat, mit den Griechen und der Schönheit der Antike Umgang zu pflegen; was so weit geht, daß es diejenigen seiner Bewunderer befremdet, die den wahren Schlüssel zum Gemach seines Geistes nicht besitzen. Diesbezüglich mag man *Mademoiselle de Maupin* befragen, mit der er im vollen Überschwang der Romantik als kraftvoller Verteidiger der griechischen Schönheit hervorgetreten ist.

Dies alles wurde klar und entschieden vorgebracht, doch ohne diktatorisches Gehabe, ohne Pedanterie, mit sehr viel Unterscheidungsvermögen, doch ohne überspitzte Wendungen. Dieser gesprächigen Beredsamkeit lauschend, die von unserem Jahrhundert und seinem heftigen Kauderwelsch so weit entfernt war, konnte ich nicht umhin, mich wie im Traum an die helle Geistigkeit der Antike erinnert zu fühlen; sie klang wie ein sokratisches Echo, das ein Wind von Osten vertraulich auf seinen Flügeln herbeigetragen hätte. Als ich aufbrach, fühlte ich mich erobert von so viel Vornehmheit und Sanftmut, bezwungen von jener geistigen Kraft, der die physische Kraft sozusagen als Symbol dient, um die wahre Lehre noch zu erläutern und sie durch ein neues Argument zu erhärten.

Wie viele Jahre mit wechselndem Gefieder haben seit diesem kleinen Fest meiner Jugend ihren Flügel geschwungen und zum gierigen Himmel hinauf ihren Flug genommen! Doch auch heute noch, zu dieser Stunde, kann ich seiner nicht ohne eine gewisse Rührung gedenken. Das dient mir als vortreffliche Entschuldigung bei denjenigen, die mich sehr vermessen gefunden und ein wenig für einen *Parvenu* gehalten haben mögen, als ich, gleich anfangs, so geradeheraus von meinem vertraulichen Umgang mit einem berühmten Manne sprach. Man wisse jedoch, daß, wenn einige unter uns sich Gautier gegenüber keinen Zwang auferlegen, dies darin seinen Grund hat, daß er, dies zulassend, es zu wünschen schien. Er findet ein unschuldiges Gefallen an einer herzlichen und vertraulichen Väterlichkeit. Auch dies ein Zug, durch den er jenen wackeren Berühmtheiten des Altertums gleicht, die gerne mit jungen Leuten umgingen und mit ihnen sich in bedachtsamen Gesprächen ergingen unter dichtbelaubten Zweigen, am Ufer der Flüsse oder in Bauten, die edel und einfach waren wie ihre Seele.

Dieses zwanglos entworfene Porträt bedürfte der Beihilfe eines Stechers. Glücklicherweise hat Théophile Gautier in verschiedenen Sammelbänden Funktionen übernommen, die sich meist auf die Künste und das Theater beziehen und die ihn zu einer der öffentlich bekanntesten Persönlichkeiten gemacht haben. Fast jedermann kennt sein langes, weichfallendes Haar, seine edle und gelassene Haltung und seinen Blick voll katzenhafter Verträumtheit.

III

Kein französischer Schriftsteller, dem der Ruhm seines Landes am Herzen liegt, kann ohne Stolz und Bedauern auf jene Epoche der fruchtbaren Krise zurückblicken, als die romantische Literatur sich so drängend entfaltete. Immer kraftvoll, doch gleichsam am Horizont hingelagert, schien Chateaubriand ein Athos, der lässig auf das Treiben der Ebene herabblickt; Victor Hugo, Sainte-Beuve, Alfred de Vigny hatten die seit Corneille erstorbene Poesie verjüngt, mehr noch, aus ihrem Totenschlaf wieder auferweckt. Denn André Chénier mit seiner weichlichen Antike à la Louis XVI war kein Symptom einer hinreichend kräftigen Erneuerung, und Alfred de Musset, ein weibliches Gemüt und ohne den Ernst einer Lehre, hätte zu jeder Zeit auftreten können und wäre immer nur ein Müßiggänger mit anmutigen Herzensergießungen gewesen. Alexandre Dumas brachte Schlag auf Schlag seine feurigen Dramen hervor, in denen der Vulkanausbruch mit der Gewandtheit eines geschickten Berieselungskünstlers herbeigeführt wurde. Welcher Eifer bei den Schriftstellern jener Zeit, und welche Neugier, welche Wärme bei dem Publikum! *O erloschener Glanz! O Sonnen, hinterm Himmelsrand versunken!* – Eine zweite Phase dieser modernen Bewegung der Literatur schenkte uns Balzac, das heißt den wahren Balzac, Auguste Barbier und Théophile Gautier. Denn, obwohl dieser erst nach der Veröffentlichung von *Mademoiselle de Maupin* ein Autor wurde, den jeder kannte, so gilt es doch festzuhalten, daß sein erster Gedichtband bereits mitten in den Wirren der Revolution von 1830 erschien. Erst 1832, wenn ich nicht irre, trat dann *Albertus* diesen Gedichten zur Seite. Wie lebhaft und reich der neue literarische Saft auch bis dahin hervorgequollen war, so muß man doch gestehen, daß etwas fehlte, oder zumindest nur sehr selten zu bemerken war, wie zum Beispiel in *Notre-Dame de Paris*, da Victor Hugo in der Tat durch die Zahl und das Ausmaß seiner Fähigkeiten eine Ausnahme bildete; ich meine das Lachen und das Gefühl für das Groteske. Die *Jeune-France* bewiesen alsbald, daß die Schule sich vervollständigte. Dieses Werk mag manchem noch so leicht erscheinen, es enthält doch große Verdienste. Außer der *beauté du diable*, das heißt dem bezaubernden Reiz und der Kühnheit der Jugend, enthält es das Lachen, und das allerbeste Lachen. In einer Epoche des Schwindels wählte ein Autor hier offensichtlich die Ironie und bewies damit, daß er auf diesen Schwindel nicht hereinfiel. Ein kräftiger gesunder Menschenverstand bewahrte ihn vor den *pastiches* und den Religionen, die gerade im Schwange waren. Mit einer zusätzlichen Nuance bewegte *Une Larme du Diable* sich in der gleichen Richtung einer reichen Jovialität fort. *Mademoiselle de Maupin* diente dann dazu, seine Stellung noch besser zu bestimmen. Viele Menschen haben von diesem Werk lange Zeit gesprochen, als befriedige es kindische Leidenschaften, als bezaubere es eher durch den Gegenstand als durch die kunstvolle Form, die es auszeichnet. Gewisse Personen müssen wahrhaftig von Leidenschaft überströmen, um sie derart überall anbringen zu können. Das ist die Muskate, die ihnen bei allem, was sie essen, als Würze dient. Durch seinen erstaunlichen Stil, durch seine makellose und erlesene, seine reine und blühende Schönheit war dieses Buch wirklich ein Ereignis. Als solches galt es Balzac, der daraufhin den Verfasser kennenlernen wollte. Nicht nur einen Stil, sondern mehr noch, einen eigenen Stil zu haben, war wohl eines der Hauptanliegen, wenn nicht das Hauptanliegen des Verfassers der *Peau de Chagrin* und der *Recherche de l'Absolu*. Trotz der Unbeholfenheiten und der Unübersichtlichkeit seiner Sätze war er immer einer der feinsten und am schwersten zu befriedigenden Kenner. Mit *Mademoiselle de Maupin* erschien in der Literatur der Dilettantismus, der, seines köstlichen und äußersten Charakters wegen, immer den besten Beweis für die in der Kunst unentbehrlichen Fähigkeiten liefert. Dieser Roman, diese Erzählung, dieses Gemälde, diese mit der Beharrlichkeit eines Malers fortgesetzte Träumerei, diese Art Hymnus auf die Schönheit hatte namentlich dieses große Ergebnis, daß er ein für allemal die Bedingung festlegte, der Kunstwerke ihre Entstehung verdanken, das heißt die ausschließliche Liebe zum Schönen, die *fixe Idee*.

Was ich in dieser Hinsicht vorzubringen habe (und ich werde mich kurz fassen), war zu anderen Zeiten allgemein bekannt. Dann wurde es verdunkelt, endgültig vergessen. Seltsame Ketzereien haben sich in die literarische Kritik eingeschlichen. Ich weiß nicht welches schwere Gewölk, aus Genf, aus Boston oder aus der Hölle aufgestiegen, hat die schönen Strahlen der Sonne der Ästhetik abgefangen. Die berüchtigtste Lehre von der unauflöslichen Vereinigung des Schönen, Wahren und Guten ist eine Erfindung der modernen Philosophaster (eine seltsame Ansteckung, wenn man den Wahnwitz definiert, verfällt man in seinen Jargon!). Die unterschiedlichen Gegenstände des geistigen Strebens erfordern Fähigkeiten, die ihnen von Ewigkeit her entsprechen; manchmal verlangt der Gegenstand nur eine einzige, manchmal alle zusammen, was nur sehr selten der Fall sein kann, und auch dann niemals in gleicher Menge oder im gleichen Grad. Hier ist jedoch die Feststellung angebracht, daß ein Gegenstand desto weniger edel und rein ist, je mehr Fähigkeiten er in Anspruch nimmt, daß er der Bastardisierung um so stärker zuneigt, je komplexer er ist. Das *Wahre* dient den Wissenschaften als Basis und Ziel; es wendet sich vor allem an den reinen Intellekt, Reinheit des Stiles wird hier willkommen sein, die *Schönheit* des Stiles jedoch darf hier als ein Element des Luxus gelten. Das *Gute* ist die Basis und das Ziel des sittlichen Trachtens. Das *Schöne* ist der einzige Ehrgeiz, das ausschließliche Ziel des Geschmacks. Obwohl das Wahre das Ziel der Historie ist, gibt es eine Muse der Geschichtsschreibung, um kundzutun, daß einige der dem Geschichtsschreiber notwendigen Fähigkeiten der Muse unterstehen. Der Roman ist eine jener komplexen Gattungen, wo ein mehr oder minder großer Anteil bald dem Wahren, bald dem Schönen eingeräumt werden kann. Der Anteil des Schönen in *Mademoiselle de Maupin* war außerordentlich. Der Autor war berechtigt, ihm diese Vorherrschaft einzuräumen. Dieser Roman ging nicht darauf aus, die Sitten oder auch die Leidenschaften einer Epoche zu schildern, sondern eine einzige Leidenschaft, von ganz besonderer, universeller und ewiger Art, unter deren Antrieb das ganze Buch sozusagen in dem gleichen Bett wie die Poesie fließt, ohne sich jedoch völlig mit ihr zu vermischen, da es der doppelten Beigabe des Rhythmus und des Reimes entbehrt. Dieses Ziel, diese Absicht, dieser Ehrgeiz war darauf gerichtet, in einem passenden Stil nicht die Raserei der Liebe, sondern die *Schönheit* der Liebe zu schildern, und die *Schönheit* der Gegenstände, die der Liebe würdig sind, mit einem Wort die

(von der Leidenschaft wohl unterschiedene) Begeisterung, welche die Schönheit hervorruft. Die gänzliche Vermengung der Gattungen und der Fähigkeiten ist wahrhaftig ein Gegenstand der höchsten Verwunderung für einen Geist, den die Mode des Irrtums nicht überwältigt hat. Wie jedes Handwerk ein anderes Werkzeug fordert, so verlangen die verschiedenen Gegenstände des geistigen Trachtens nach den ihnen entsprechenden Fähigkeiten. – Ich denke, es ist manchmal gestattet, sich selbst zu zitieren, vor allem um dem zu entkommen, daß man sich selbst paraphrasiert. Ich wiederhole demnach:
»... Es gibt noch eine andere Häresie, einen weitaus zählebigeren Irrtum, – ich meine die *Häresie der Belehrung,* in deren Gefolge unvermeidlicherweise die Häresien der *Leidenschaft,* der *Wahrheit* und der *Moral* erscheinen. Zahllose Menschen sind der Meinung, Ziel und Zweck der Poesie sei irgendeine Art Belehrung, deren Bestimmung es wäre, bald das Gewissen zu kräftigen, bald die Sitten zu vervollkommnen, bald endlich irgendetwas Nützliches zu demonstrieren ... Die Poesie, wenn einer nur ein wenig bereit ist, in sich selbst hinabzusteigen, sein Gemüt zu befragen, sich vergangener Begeisterungen zu entsinnen, hat keinen anderen Zweck als sich selbst; sie kann keinen anderen haben, und kein Gedicht wird je so groß, so edel, so wahrhaft seines Namens würdig sein wie das Gedicht, das einzig um des Vergnügens willen, ein Gedicht zu schreiben, geschrieben wurde.
Ich will damit nicht sagen, daß die Poesie nicht zur Veredelung der Sitten beitrage, man verstehe mich recht, – daß sie letzten Endes den Menschen nicht über den Bereich der niederen Interessen erhebe; das wäre offensichtlich widersinnig. Ich meine, wenn der Dichter sich einen moralischen Zweck vorgesetzt hat, so hat er seine poetische Kraft geschwächt; und man darf getrost eine Wette darauf eingehen, daß sein Werk unzulänglich sein wird. Die Poesie kann es der Wissenschaft oder der Moral nicht gleichtun, sie stirbt daran oder erreicht ihr Ziel nicht; sie hat nicht die Wahrheit zum Gegenstand, sie hat nur Sich Selbst. Wahrheiten werden anders und anderswo dargelegt. Die Wahrheit hat nichts mit den Liedern zu tun. Alles, was die Anmut, den Zauber, die Unwiderstehlichkeit eines Liedes ausmacht, würde die Wahrheit ihres An-

sehens und ihrer Herrschaft berauben. Kalt, gelassen, unerschütterlich, verwirft der Geist der Beweisführung die Diamanten und Blumen der Muse; er ist daher das strikte Gegenteil des poetischen Geistes.

Die Reine Vernunft hat es auf die Wahrheit abgesehen, der Geschmack zeigt uns die Schönheit, und der Moralische Sinn lehrt uns die Pflicht. Allerdings bestehen von dem mittleren Sinn zu den beiden äußeren die innigsten Verbindungen, und zwischen ihm und dem Moralischen Sinn verläuft nur eine so feine Grenzscheide, daß Aristoteles keinen Anstand genommen hat, einige seiner zartesten Verrichtungen unter die Tugenden zu rechnen. Weshalb denn, was den Menschen des Geschmacks beim Anblick des Lasters vor allem zur Verzweiflung reizt, seine Mißgestalt, sein Mißverhältnis ist. Das Laster verletzt das Rechte und Wahre, empört Geist und Gewissen; aber als Beleidigung der Harmonie, als Dissonanz, wird es in noch höherem Grade gewisse poetische Geister verletzen, und ich meine, es habe nichts Anstoß Erregendes, wenn man jedes Vergehen gegen die Moral, gegen das sittlich Schöne, als einen Verstoß gegen den Rhythmus und die Prosodie, die alles durchwalten, betrachtet.

Eben dieser wunderbare, dieser unsterbliche Instinkt für das Schöne läßt uns die Erde und ihre Schauspiele als eine Ahnung, eine *Entsprechung* des Himmels betrachten. Das unstillbare Verlangen nach allem, was jenseits liegt, und was das Leben uns offenbart, ist der lebendigste Beweis unserer Unsterblichkeit. Dank der Poesie und zugleich *durch die Poesie* hindurch, dank der Musik und *durch die Musik hindurch* ahnt die Seele die Herrlichkeiten jenseits des Grabes; und wenn ein köstliches Gedicht uns die Tränen in die Augen treibt, so beweisen diese Tränen nicht etwa ein Übermaß des Genusses, eher sind sie das Zeugnis einer aufgewühlten Schwermut, einer Forderung der Nerven, eines ins Unvollkommene verbannten Wesens, das sich, schon hier auf Erden, eines offenbarten Paradieses alsogleich bemächtigen möchte.

Das Prinzip der Poesie ist demnach, strikt und einfach, die Sehnsucht des Menschen nach einer höheren Schönheit, und dieses Prinzip manifestiert sich in einer Gemütserregung, einer Begeisterung der Seele, – einer Begeisterung, die gänzlich unabhängig ist von der Leidenschaft, an der das Herz sich berauscht[1)], und von der Wahrheit, die der Vernunft zur Nahrung dient. Denn die Leidenschaft ist *natürlich,* allzu natürlich, um in den Bezirk der reinen Schönheit nicht einen verletzenden Mißklang zu bringen, allzu vertraulich und allzu heftig, um nicht Anstoß zu erregen bei den reinen Sehnsüchten, den anmutigen Melancholien und den edlen Verzweiflungen, deren Heimat die übernatürlichen Regionen der Poesie sind.«

Und anderswo sagte ich: »In einem Land, wo die Idee des Nutzens, die entschiedenste Feindin der Idee der Schönheit, Vorrang und Vorherrschaft über alles besitzt, muß der *most honorable critic* als der vollkommene gelten, der Kritiker, heißt das, dessen Neigungen und Wünsche den Neigungen und Wünschen seiner Leserschaft am nächsten kommen, – der Kritiker, der, die Fähigkeiten und Gattungen der Hervorbringung verwechselnd, allen ein einziges Ziel vorschreibt, – der Kritiker, der in einem Gedichtband nach den Mitteln zur Vervollkommnung des Gewissens Ausschau hält.«

Seit einigen Jahren hat in der Tat ein wildes Streben nach Rechtschaffenheit sich des Theaters, der Poesie, des Romans und der Kritik bemächtigt. Ich lasse die Frage beiseite, welche Vorteile die Heuchelei bei dieser Verwechslung der Funktionen finden, welchen Trost das literarische Unvermögen daraus schöpfen mag. Ich begnüge mich damit, den Irrtum, der bis auf weiteres als uneigennützig gelten mag, festzustellen und zu untersuchen. Während der aufgewühlten Epoche der Romantik, der Epoche glühender Ergüsse, bediente man sich gerne der Formel: *Die Poesie des Herzens!* So anerkannte man die volle Berechtigung der Leidenschaft; man schrieb ihr eine Art Unfehlbarkeit zu. Wieviel Widersinn und wie viele Trugschlüsse kann ein ästhetischer Irrtum der französischen

1) Die Nachahmung der Leidenschaft, verbunden mit der Suche nach dem Wahren und ein wenig nach dem Schönen (nicht nach dem Guten), macht die dramatische Mischung aus; aber eben die Leidenschaft setzt das Drama auf eine Stufe zweiten Ranges in der Hierarchie des Schönen herab. Wenn ich die Frage nach dem mehr oder minder hohen Adel der Fähigkeiten vernachlässigt habe, so deshalb, um nicht ins Weite zu geraten; die Annahme jedoch, daß sie alle gleichen Ranges sind, tut der allgemeinen Theorie, die ich zu entwerfen versuche, keinen Abbruch.

Sprache auferlegen! Das Herz enthält die Leidenschaft, das Herz enthält die Hingabe, das Verbrechen; einzig die Einbildungskraft enthält die Poesie. Heutzutage jedoch hat der Irrtum eine andere Bahn eingeschlagen und größere Ausmaße gewonnen. Da ruft zum Beispiel eine Frau, in einem Augenblick begeisterter Dankbarkeit, ihrem Gatten, einem *Advokaten,* zu:

O poète, je t'aime!

Ein Übergriff des Gefühls in die Domäne des Verstandes! So recht die Überlegung eines Weibes, das sich der Worte in ungehöriger Weise bedient! Das soll aber besagen: »Du bist ein rechtschaffener Mann und ein guter Gatte; *also* bist du ein Dichter, und sehr viel mehr Dichter als all diejenigen, welche sich des Metrums und des Reimes bedienen, um schöne Gedanken auszudrücken. Ich gehe sogar so weit, zu behaupten«, – fährt diese umgekehrte Preziöse mutig fort, – »daß jeder rechtschaffene Mann, der seinem Weibe zu gefallen versteht, ein erhabener Dichter ist. Mehr noch, kraft meiner bürgerlichen Unfehlbarkeit erkläre ich, daß wer immer auch sich in bewundernswerter Weise aufs Versemachen versteht, sehr viel weniger Dichter ist als jeder rechtschaffene Mann, dem der Ehestand behagt; denn die Begabung, vollkommene Verse zu machen, ist offenkundig den Fähigkeiten eines Gatten abträglich, *welche die Grundlage jeglicher Poesie sind!«*

Doch der Akademiker, der diesen für die Advokaten so schmeichelhaften Irrtum begangen hat, möge sich trösten. Er befindet sich in zahlreicher und erlauchter Gesellschaft; denn der Wind der Zeit weht in Richtung der Narrheit; das Barometer der modernen Vernunft steht auf Sturm. Haben wir nicht kürzlich einen berühmten und hochgeschätzten Schriftsteller unter allgemeinem Beifall alle Poesie, nicht in die Schönheit, sondern in die Liebe verlegen sehen! in die gewöhnliche, häusliche und krankenpflegerische Liebe! und in seinem Haß auf alle Schönheit ließ er sich zu dem Ausruf hinreißen: *Ein guter Schneider ist mehr wert als drei klassische Bildhauer!* Und wenn Raimundus Lullus Theologe geworden ist, so war das seiner Meinung nach die Strafe Gottes dafür, daß er vor dem Krebsgeschwür zurückschauderte, das den Busen einer Dame zerfraß, deren Galan er war! Hätte er sie wahrhaft geliebt, fügt er hinzu, wie sehr hätte diese Krankheit sie in seinen Augen verschönt! – So ist er denn auch *Theologe* geworden. Und es geschah ihm recht. – Der nämliche Autor rät der ehelichen Vorsehung des Gatten, seine Frau auszupeitschen, wenn sie *flehentlich* nach der *Erleichterung der Sühne* verlangt. Und welche Strafe erlaubt er uns über einen würdelosen, fiebrigen und weibischen Greis zu verhängen, der mit Puppen spielt, Madrigale zu Ehren der Krankheit drechselt und sich mit Wonne in der schmutzigen Wäsche der Menschheit wälzt? Ich meinesteils kenne da nur eine: eine Form der Hinrichtung, die tief sitzt und für die Ewigkeit zeichnet; denn, wie es in dem Lied unserer Väter heißt, jener kräftigen Väter, die unter allen Umständen, selbst den endgültigsten, zu lachen verstanden:

Le ridicule est plus tranchant
Que le fer de la guillotine.

(Die Lächerlichkeit ist ein schärferes Messer als das Eisen der Guillotine.)

Ich verlasse diesen Seitenweg, auf den mich die Empörung geführt hat, und kehre zu unserem Hauptthema zurück. Die Empfindsamkeit des Herzens ist der poetischen Arbeit nicht unbedingt förderlich. Aufs äußerste getrieben, kann sie in diesem Fall sogar schädlich sein. Die Empfindlichkeit der Einbildungskraft ist von anderer Natur, sie weiß zu wählen, zu urteilen, zu vergleichen, dieses zu fliehen, jenes zu suchen, rasch, spontan. Dieser Empfindlichkeit, die gemeinhin *Geschmack* heißt, verdanken wir das Vermögen, in dem, was die Dichtung angeht, das *Schlechte* zu meiden und das *Gute* zu erstreben. Hinsichtlich der Rechtschaffenheit des Herzens nötigt eine gewöhnliche Höflichkeit uns zu der Annahme, daß sie allen Menschen, *selbst den Dichtern,* zu eigen ist. Ob der Dichter glaubt oder nicht glaubt, daß es nötig sei, seine Arbeiten auf dem Unterbau eines reinen und korrekten Lebens zu errichten, das geht nur seinen Beichtvater oder die Gerichte etwas an; worin sein Stand sich von dem all seiner Mitbürger in nichts unterscheidet.

Hieraus ersieht man, den Begriffen nach, auf die ich die Frage gebracht habe, wenn wir den Sinn des Wortes *Schriftsteller* auf die

Arbeiten beschränken, die der Einbildungskraft unterstehen, daß Théophile Gautier der Schriftsteller par excellence ist; weil er der Sklave seiner Aufgabe ist, weil er ohne Unterlaß den Notwendigkeiten seiner Funktion gehorcht, weil das Gefallen am Schönen für ihn ein *fatum* ist, weil er aus seiner Aufgabe eine *fixe Idee* gemacht hat. Mit seinem lichtvollen gesunden Menschenverstand (ich spreche von dem gesunden Menschenverstand des Genies, nicht von dem der kleinen Leute), hat er unverzüglich die rechte Bahn eingeschlagen. Jeder Schriftsteller ist mehr oder minder von seinem Hauptvermögen geprägt. Chateaubriand hat die quälende Herrlichkeit der Schwermut und des Weltschmerzes besungen. Groß, schrecklich, ungeheuer wie eine mythische Schöpfung, zyklopisch sozusagen, stellt Victor Hugo die Naturgewalten und ihren harmonischen Streit dar. Und Balzac, auch er groß, schrecklich, komplex, schildert das Ungeheuer einer Zivilisation, und all ihre Kämpfe, ihre leidenschaftlichen Bestrebungen, ihr Wüten und Rasen. In Gautier haben wir die ausschließliche Liebe zum Schönen, mit allen seinen Unterabteilungen, wie sie sich in der angemessensten Sprache ausspricht. Man beachte jedoch, daß fast sämtliche wichtigen Schriftsteller in jedem Zeitalter, diejenigen, in welchen wir die Höchstgestellten oder die Anführer sehen, unter sich Ähnlich-, wenn nicht Gleichbegabte haben, die sie zu ersetzen imstande sind. So genügt es, wenn eine Zivilisation stirbt, daß ein Gedicht einer besonderen Gattung wiederaufgefunden wird, um eine Vorstellung von den verschwundenen seinesgleichen zu vermitteln, um den kritischen Geist in den Stand zu setzen, die Kette der Herkunft lückenlos wiederherzustellen. Durch seine Liebe zum Schönen, eine unermeßliche, fruchtbare, unaufhörlich sich verjüngende Liebe (man vergleiche nur die letzten Feuilletons über Petersburg und die Newa mit *Italia* oder *Tra los montes*) ist Théophile Gautier jedoch ein Schriftsteller, dem ein zugleich *neues* und einzigartiges Verdienst zukommt. Von diesem darf man sagen, daß er, bis heute, ohne *Double* ist.

Um nach Gebühr von dem Werkzeug zu reden, das dieser Leidenschaft für das Schöne so treffliche Dienste tut, ich meine seinen Stil, müßte ich über ähnliche Ressourcen verfügen, über jene nie versagende Kenntnis der Sprache, über dieses prächtige Wörterbuch, dessen von einem göttlichen Hauch bewegte Blätter sich an der rechten Stelle aufschlagen, um das passende, das einzig richtige Wort hervorspringen zu lassen, kurz, über dieses Gefühl für Ordnung, das jeden Zug, jeden Strich an seine natürliche Stelle setzt und keine Nuance ausläßt. Bedenkt man, daß Gautier mit dieser wunderbaren Fähigkeit ein ihm angeborenes ungeheures Verständnis für die alles durchwaltende *Entsprechung* und Symbolik, dieses Repertoire jeder Metapher, besitzt, so wird man begreifen, daß er unaufhörlich, unermüdlich und unfehlbar die geheimnisvolle Haltung definieren kann, in welcher die Gegenstände der Schöpfung vor dem Blick des Menschen erscheinen. In dem Wort, in dem *verbum* liegt etwas *Heiliges,* das uns verbietet, es auf gut Glück zu gebrauchen. Eine Sprache kunstvoll verwenden, heißt sich einer Art beschwörender Hexerei bedienen. Dann spricht die Farbe, wie eine tiefe, schwingende Stimme; die Bauwerke steigen auf und zeichnen sich vor der Tiefe des Raumes ab; die Tiere und die Pflanzen, in denen das Häßliche und das Böse sich darstellen, schneiden ihre eindeutige Fratze; der Duft weckt die ihm entsprechenden Gedanken und Erinnerungen; die Leidenschaft flüstert oder brüllt ihre immergleiche Sprache. Théophile Gautiers Stil hat eine Rechtheit, die entzückt, die erstaunt, und an jene Wunder erinnert, die ein tiefes mathematisches Wissen im Spiel hervorbringt. Ich erinnere mich, daß, als ich, sehr jung noch, die Werke unseres Dichters zum ersten Mal verkostete, der Eindruck seiner Treffsicherheit, seiner Unfehlbarkeit mich erzittern ließ und daß die Bewunderung eine Art nervöser Erschütterung in mir hervorrief. Nach und nach gewöhnte ich mich an die Vollkommenheit, und ich überließ mich der Bewegung dieses wellenhaften und reichfazettierten Stils, wie ein Mensch, der auf einem sicheren Pferd sitzt, das ihm erlaubt, sich seinen Träumen zu überlassen, oder der ein Schiff bestiegen hat, das kräftig genug ist, um den unvorhergesehenen Wetterschwankungen Widerstand zu leisten, und in Muße die makellosen Prachtgebilde betrachten kann, welche die Natur in ihren genialen Stunden aufführt. Dank dieser so sorgfältig gepflegten eingeborenen Fähigkeiten war Gautier oft imstande (wir alle haben es gesehen), sich an einem alltäglichen Tisch, auf dem Bureau einer Zeitschrift, niederzulassen und, Kritik oder Roman, etwas zu improvisieren, das den Zug untadelhafter Vollendung an sich trug und anderntags bei den Lesern ebenso viel Vergnügen hervorrief, wie es wegen der Raschheit der Ausführung und der Schönheit der Schrift Erstaunen bei den Setzern erregt hatte. Diese Hurtigkeit, mit der er jedes Problem des Stils und der Komposition bewältigt, gemahnt sie nicht an die strenge Maxime, die er einmal in meiner Gegenwart im Gespräch fallengelassen hatte und die er sich gewiß zu einer beständigen Pflicht gemacht hat: »Jeder Mensch, den ein Gedanke, er mag noch so subtil und noch so unvorhergesehen sein, rat- und hilflos läßt, ist kein Schriftsteller. Es gibt nichts, das sich nicht ausdrücken ließe.«

IV

Dieses unaufhörliche, unwillkürliche, weil natürliche Sichbemühen um die Schönheit und das Malerische mußte den Autor dahin bringen, eine Art Roman zu schreiben, der seinem Temperament entsprach. Der Roman und die Novelle haben das Privileg einer wunderbaren Geschmeidigkeit. Sie bequemen sich jeder Natur, umfassen jeden Gegenstand und verfolgen auf ihre Weise verschiedene Ziele. Bald geht es um die Leidenschaft, bald um die Wahrheit; ein Roman wendet sich an die Menge, ein anderer an die Eingeweihten; dieser zeichnet das Leben vergangener Zeiten nach, und jener schildert lautlose Dramen, die sich in einem einzelnen Gehirn abspielen. Der Roman, der neben dem Gedicht und der Geschichtsschreibung einen so bedeutenden Platz einnimmt, ist eine Bastardgattung, deren Bereich wahrhaft grenzenlos ist. Wie viele andere Bastarde ist er ein vom Glück verwöhntes Kind, dem alles gelingt. Er ist keinen anderen Ungelegenheiten ausgesetzt und kennt keine anderen Gefahren als seine unumschränkte Freiheit. Die gerafftere, gedrängtere Novelle erfreut sich der ewigen Vorteile des Zwanges: ihre Wirkung ist intensiver; und da die Zeit, die man der Lektüre einer Novelle widmet, kürzer ist als die, welche die Verdauung eines Romans benötigt, so geht von der Totalität der Wirkung nichts verloren.

Théophile Gautiers Geist, ein poetischer, pittoresker, nachdenklicher Geist, mußte diese Form lieben, sie umschmeicheln und ihr die verschiedenen Kostüme anlegen, die sie am besten kleiden. So hat er denn auch in mehreren Gattungen der Novelle, auf die er sich verlegt hat, einen vollen Erfolg errungen. Das Groteske und Närrische hat er ganz in seiner Gewalt. Da zeigt sich die einsame Fröhlichkeit eines Träumers, der von Zeit zu Zeit die Schleusen öffnet, um einer angestauten Jovialität freien Lauf zu lassen, und immer behält sie diese Anmut *sui generis,* die vor allem sich selbst gefallen möchte. Den höchsten Gipfel hat er jedoch in der Gattung der Novelle erreicht, die ich die poetische Novelle nennen möchte: hier auch hat seine Begabung sich mit dem höchsten Geschick und Ernst entfaltet. Unter den unzähligen Formen des Romans und der Novelle, die den menschlichen Geist beschäftigt oder unterhalten haben, war wohl der Sittenroman diejenige, die sich der größten Beliebtheit erfreut: sie taugt am meisten für die Menge. Wie Paris am liebsten von Paris reden hört, so gefällt sich die Menge in dem Spiegel, in dem sie ihr eigenes Gesicht erblickt. Wenn dem Sittenroman jedoch nicht der natürliche hohe Geschmack des Autors aufhilft, so läuft er Gefahr, ins Platte abzusinken und gar, da in Kunstdingen das Edle den Maßstab für den Nutzen abgeben kann, ins ganz und gar Nutzlose. Balzac ist es nur deshalb gelungen, aus dieser unvornehmen Gattung etwas Bewundernswürdiges, stets Bemerkenswertes und oft Erhabenes zu machen, weil er sein ganzes Sein und Wesen hineinverlegt hat. Es hat mich manches Mal verwundert, daß Balzacs großer Ruhm darauf beruhte, daß er für einen Beobachter galt; mir schien immer, sein Hauptverdienst läge darin, ein Visionär, und gar ein leidenschaftlicher Visionär zu sein. Alle seine Personen sind von der gleichen unbezähmbaren Vitalität erfüllt, die ihn selber beseelte. All seine Erfindungen sind von der gleichen glühenden Farbigkeit wie die Träume. Von dem Gipfel der Aristokratie bis hinab in die Niederungen des Pöbels sind sämtliche Darsteller seiner *Comédie* lebensgieriger, geschäftiger und listiger im Kampf, geduldiger im Unglück, unmäßiger im Genuß, engelhafter in der Aufopferung, als die Komödie der wahren Welt sie uns zeigt. Kurz, bei Balzac hat jeder Genie, selbst die Hausmeisterinnen. Alle Seelen sind Waffen, die bis in die Mündung voll Willen geladen sind. Sie sind wie Balzac selber. Und da alle Wesen der Außenwelt sich dem Auge seines Geistes mit mächtigem Relief und einer packenden Grimasse darboten, hat er seine Gestalten in wilde Zuckungen versetzt; er hatte ihre Schatten geschwärzt und ihren Lichtern noch zusätzlich Licht aufgesetzt. Sein gewaltiges Gefallen am Detail, das in einem maßlosen Verlangen wurzelt, alles zu sehen, alles sehen zu lassen, alles zu erraten, alles erraten zu lassen, nötigte ihn übrigens, die Hauptlinien mit größerem Nachdruck zu markieren, um die Perspektive des Ganzen zu retten. Er gemahnt sich manchmal an jene Aquafortisten, die mit der Ätzung niemals zufrieden sind, und die den Hauptkratzern der Platte mit dem Stichel noch tiefer nachgraben. Dieser erstaunlichen Naturanlage sind wahre Wunder zu verdanken. Doch diese Anlage wird gemeinhin als Balzacs Mängel definiert. Die doch, beim rechten Namen genannt, seine Vorzüge heißen sollten. Wer aber dürfte sich rühmen, so glücklich begabt zu sein und eine Methode anwenden zu können, die es ihm erlaubt, mit sicherer Hand die schiere Alltäglichkeit mit Licht und Purpur zu umkleiden? Wer kann das? Doch wahrlich, wer das nicht tut, bringt nur Belangloses hervor.

Théophile Gautiers Muse bewohnt eine ätherischere Welt. Es kümmert sie wenig, – zu wenig, meinen manche, – wie Monsieur Coquelet, Monsieur Pipelet oder Monsieur Tout-le-monde seinen Tag verbringt, und ob Madame Coquelet die Galanterien des Gerichtsvollziehers, ihres Nachbarn, den Bonbons des Drogisten vorzieht, der seinerzeit einer der muntersten Tänzer des Tivoli war. Diese Mysterien quälen sie nicht. Ihr gefällt es auf Höhen, die weniger besucht sind als die Rue des Lombards: sie liebt die wilden, die rauhen Landschaften, oder jene, die den Reiz der Öde aushauchen; die blauen Gestade Joniens oder den gleißenden Sand der Wüste. Sie wohnt gerne in prächtig ausgeschmückten Gemächern, in denen der Dunst eines erlesenen Parfums kreist. Ihre Personen sind die Götter, die Engel, der Priester, der König, der Liebende, der Reiche, der Arme, usw.... Sie liebt es, verfallene Städte wieder zu beleben und die verjüngten Toten von ihren unterbrochenen Leidenschaften reden zu lassen. Sie entleiht dem Gedicht, nicht Versmaß und Reim, sondern den Prunk oder die

gedrungene Kraft seiner Sprache. Indem sie sich derart der gewöhnlichen Wirrsal der gegenwärtigen Wirklichkeiten entledigt, verfolgt sie freier ihren Traum der Schönheit; wäre sie jedoch nicht so geschmeidig und folgsam, und die Tochter eines Meisters, der alles, was er betrachten will, mit Leben zu begaben versteht, sie liefe große Gefahr, nicht *sichtbar* genug, nicht *greifbar* genug zu sein. Doch um die Metaphern beiseite zu lassen, die Novelle der poetischen Gattung gewinnt ungeheuer an Würde; sie hat einen edleren, einen allgemeineren Ton; einer ernstlichen Gefahr allerdings ist sie ausgesetzt: die Wirklichkeit oder die Magie der Wahrscheinlichkeit sind von großen Einbußen bedroht. Und dennoch, wer erinnert sich nicht des Festmahls des Pharao, des Tanzes der Sklaven und der Heimkehr der siegreichen Armee in *Le Roman de la Momie?* Die Phantasie des Lesers fühlt sich ins Wahre versetzt; sie atmet das Wahre; sie berauscht sich an einer zweiten Wirklichkeit, welche die Hexenkünste der Muse geschaffen hat. Ich habe das Beispiel nicht eigens ausgesucht; ich nahm das erstbeste, das mir einfiel; ich hätte zwanzig andere anführen können.
Wenn man die Werke eines mächtigen, seines Wollens und seiner Hand immer sicheren Meisters durchblättert, fällt die Wahl schwer; alle Stücke bieten sich dem Auge oder dem Gedächtnis mit dem gleichen Gepräge der Bestimmtheit und Vollendung dar. Empfehlen würde ich dennoch gerne, nicht nur als ein Muster in der Kunst des rechten Ausdrucks, sondern auch eines geheimnisvollen Zartgefühls (denn die Klaviatur des Gefühls ist bei unserem Dichter sehr viel ausgedehnter, als man gewöhnlich annimmt), die so bekannte Geschichte des »König Kandaules«. Gewiß, es hätte sich schwerlich ein Thema finden lassen, das noch abgegriffener, ein Drama, dessen Ausgang noch voraussehbarer war; aber die wahren Schriftsteller lieben solche Schwierigkeiten. Das ganze Verdienst (von der Sprache einmal abgesehen) liegt demnach in der Auslegung. Wenn es ein gewöhnliches, abgebrauchtes, jeder Frau zugängliches Gefühl gibt, so ist es gewiß das Schamgefühl. Hier aber hat das Schamgefühl einen überdurchschnittlichen Charakter, der es einer Religion ähnlich macht; hier ist es der Kult der Frau für sich selbst; ein archaisches, asiatisches Schamgefühl, das an dem Ungeheuren der alten Welt teilhat, eine wahre Treibhaus-

blüte des Harems oder Gynäzeums. Das Auge des Profanen besudelt es nicht minder als der Mund oder die Hand. Etwas betrachten, heißt es besitzen. Kandaules hat seinem Freund Gyges die heimlichen Schönheiten der Gemahlin gezeigt; also ist Kandaules schuldig, er muß sterben. Aber hat Kandaules nicht eine Entschuldigung, die ins Gewicht fällt? ist er nicht das Opfer eines ebenso gebieterischen wie wunderlichen Gefühls, das Opfer der Unmöglichkeit für einen nervösen und künstlerischen Menschen, die Last eines ungeheuren Glückes ohne einen Vertrauten zu ertragen? Gewiß, diese Auslegung der Geschichte, diese Untersuchung der Gefühle, die das Geschehen herbeigeführt haben, ist der Sage bei Plato sehr überlegen; bei ihm ist Gyges nur ein Hirte, der einen Talisman besitzt, mit dessen Hilfe es ihm ein leichtes ist, die Gemahlin seines Königs zu verführen.

So zieht sie ihres Weges, in wechselnder Gangart, diese bizarre Muse, bald so, bald so gewandet und herausgeputzt, eine kosmopolitische Muse, mit der Geschmeidigkeit eines Alkibiades begabt; zuweilen die Stirn mit einer orientalischen Mitra geschmückt, großartigen geheiligten Auftretens, mit flatternden Binden; dann wieder wie eine beschwipste Königin von Saba, den kleinen kupfernen Sonnenschirm in der Hand auf dem Porzellanelefanten, der die Kaminsimse des galanten Jahrhunderts schmückt. Vor allem jedoch liebt sie es, an den duftenden Gestaden des Inneren Meeres zu stehen und uns mit ihrem goldenen Wort »jene Herrlichkeit, die Griechenland war, und jene Größe, die Rom war«, zu erzählen; dann ist sie »die wahre Psyche, die aus dem wahren Heiligen Land zurückkehrt«!

Dieser ihm angeborene Sinn für die Form und die Vollkommenheit der Form mußte Théophile Gautier notwendigerweise zu einem kritischen Autor ganz außer der Reihe machen. Niemand hat besser als er das Glück auszudrücken verstanden, das die Einbildungskraft beim Anblick eines schönen Kunstgegenstandes empfindet, und wäre er der schauerlichste und schrecklichste, den man ersinnen könnte. Es ist eines der wunderbaren Vorrechte der Kunst, daß das künstlerisch dargestellte Fürchterliche Schönheit wird und daß der rhythmisch abgemessene *Schmerz* das Gemüt mit einer stillen *Freude* erfüllt. Als Kritiker hat Théophile Gautier, in seinen *Salons* und seinen bewundernswerten Reiseschilderungen jedes gekannt, geliebt, erklärt: das asiatische Schöne, das griechische Schöne, das römische Schöne, das spanische Schöne, das flämische Schöne, das holländische Schöne und das englische Schöne. Als die Werke aller Künstler sich feierlich in der Avenue Montaigne versammelten wie zu einer Art ästhetischem Konzil, wer sprach da als erster und wer sprach da am besten von jener englischen Schule, über welche auch die Unterrichtetsten im Publikum sich nur anhand einiger Erinnerungen an Reynolds und Lawrence ein Urteil bilden konnten? Wer begriff unverzüglich die verschiedenartigen, wesentlich neuen Verdienste eines Leslie, – der beiden Hunt, des Naturalisten und des Anführers der Präraffaeliten, – eines Maclise, der so kühn, so ungestüm, und selbstsicher zu komponieren versteht, – eines Millais, dieses ins kleinste Detail verliebten Dichters, – eines J. Chalon, des Malers nachmittäglicher Feste in den Parks, galant wie Watteau, verträumt wie Claude, – eines Grant, dieses Erben Reynolds', – eines Hook, des Malers der *venezianischen Träume,* – eines Landseer, dessen Tiere mit sinnenden Augen schauen, – dieses seltsamen Paton, der an Füßli denken läßt und der mit der Geduld eines anderen Alters pantheistische Vorstellungen ausgestaltet, – eines Cattermole, dieses Aquarellisten der Historienmalerei, – und jenes anderen, dessen Name mir entfallen ist (Cockerell oder Kendall?), ein verträumter Architekt, der Städte auf dem Papier erbaut, deren Brücken auf Pfeilern ruhen, die Elefanten sind, zwischen deren Beinen riesige Dreimaster mit vollen Segeln dahinziehen? Wer verstand es, sogleich sein Genie zu britannisieren? Wer fand die passenden Worte, um jenen erfrischenden Zauber und jene fliehenden Tiefen des englischen Aquarells zu malen? Überall, wo es ein künstlerisches Gebilde zu beschreiben und zu erklären gilt, ist Gautier anwesend und stets bereit.

Ich bin überzeugt, daß alle jungen Leute (jene, denen das Gefallen am Schönen angeboren ist) dank seiner unzähligen Feuilletons und seiner ausgezeichneten Reiseschilderungen jene Abrundung ihrer Erziehung erhalten haben, die ihnen noch fehlte. Théophile Gautier hat ihnen die Liebe zur Malerei verliehen, wie Victor Hugo ihnen den Geschmack an der Archäologie angeraten hatte. Diese unablässige, mit soviel Geduld fortgesetzte Arbeit war härter und verdienstvoller, als man zuerst glauben möchte; aber vergessen wir doch nicht, daß Frankreich, das französische Publikum meine ich (einige Schriftsteller und einige Künstler einmal ausgenommen), von Natur aus alles andere als Künstler ist; dieses Publikum ist Philosoph, Moralist, Ingenieur, Liebhaber von Berichten und Anekdoten, was man nur will, doch niemals aus eigenem Antrieb Künstler. Es fühlt oder vielmehr es urteilt sukzessiv, analytisch. Andere, begünstigtere Völker fühlen sogleich, alles auf einmal, synthetisch.

Wo es nur das Schöne zu sehen gilt, sucht unser Publikum nur das Wahre. Wo man Maler sein sollte, macht der Franzose sich zum Literaten. Eines Tages sah ich im Salon der jährlichen Kunstausstellung zwei Soldaten, die ratlos das Interieur einer Küche betrachteten: »Aber wo ist denn Napoleon?« sagte der eine (im Katalog war die Nummer verwechselt, und die Küche trug die Zahl, die von Rechts wegen einer berühmten Schlacht zustand). »Dummkopf!« rief der andere, »siehst du denn nicht, daß man ihm die Suppe kocht für seine Rückkehr?« Und zufrieden mit dem Maler und zufrieden mit sich selbst, gingen sie davon. Das ist Frankreich. Ich erzählte diese Anekdote einem General, der darin einen Grund fand, die großartige Intelligenz des französischen Soldaten zu bewundern. Er hätte sagen sollen: die großartige Intelligenz aller Franzosen in Betreff der Malerei! Diese Soldaten selber, Literaten!

V

Aber leider! Dichter ist Frankreich ebensowenig. Wir alle insgesamt, auch die, die kaum als *Chauvinisten* empfinden, haben es verstanden, Frankreich an der Table d'hôte, an fernen Küsten zu verteidigen; hier aber, zu Hause, unter uns, wollen wir die Wahrheit gestehen: Frankreich ist nicht Dichter; es empfindet sogar, um alles zu sagen, einen angeborenen Abscheu vor der Poesie. Unter den Schriftstellern, die sich des Verses bedienen, wird es immer den prosaischsten den Vorzug geben. Ich glaube wirklich, – vergebt es mir, ihr wahren Liebhaber der Muse! – daß ich es zu

Anfang dieser Studie an Mut habe fehlen lassen, als ich sagte, daß Frankreich das Schöne nur leicht verdaulich fände, wenn es mit einer politischen Beigabe gewürzt ist. Ich hätte das Gegenteil sagen sollen: Die Würze mag noch so politisch sein, das Schöne verursacht eine Magenverstimmung, oder vielmehr, der französische Magen verweigert es auf der Stelle. Das hat seinen Grund, glaube ich, nicht nur darin, daß die Vorsehung Frankreich eher für die Suche nach dem Wahren als für die Suche nach dem Schönen erschaffen hat, sondern auch darin, daß das utopische, kommunistische, alchemistische Gepräge all seiner Gehirne ihm nur eine Leidenschaft unter Ausschluß aller übrigen gestattet, die der sozialen Formeln. Hier will jeder aller Welt gleichen, unter der Bedingung jedoch, daß alle Welt ihm gleiche. Dieser widersprüchlichen Tyrannei entspringt ein Kampf, der nur den Formen der Gesellschaft gilt, kurz eine allgemeine Einebnung und Ähnlichkeit. Das erklärt den Verfall und die Unterdrückung jeglicher Originalität des Charakters. Daher erscheinen nicht nur im literarischen Bereich die wahren Dichter als sagenhafte, fremdartige Wesen; vielmehr kann man sagen, daß in jeder Art von Erfindung der große Mann hierzulande ein Monstrum ist. In anderen Ländern hingegen sprießt die Originalität nur so hervor, dicht gedrängt, üppig, wie das Gras auf der Wiese. Die Sitten dort gestatten es.

So wollen wir denn unsere Dichter heimlich und im Verborgenen lieben. Im Ausland dürfen wir uns ihrer rühmen. Unsere Nachbarn sagen: Shakespeare und Goethe! Wir dürfen ihnen antworten: Victor Hugo und Théophile Gautier! Man wird es vielleicht verwunderlich finden, daß ich mich weniger als über andere über die Gattung verbreite, die Gautier am meisten zur Ehre gereicht und seinen vornehmsten Ruhmestitel darstellt. Ich kann hier unmöglich einen vollständigen Kursus über Poetik und Prosodie abhalten. Sollte es in unserer Sprache Ausdrücke in gehöriger Zahl und von gehöriger Feinheit geben, die eine gewisse Poesie zu erklären erlaubten, fände ich sie wohl? Mit den Versen ist es wie mit gewissen schönen Frauen, in denen Originalität und Ebenmaß einander durchdrungen haben; man definiert sie nicht, man *liebt* sie. Théophile Gautier hat *einerseits* die große Schule der Melancholie fortgesetzt, die Chateaubriand begründet hatte. Seine Schwermut ist sogar gründlicher, leibhaftiger, und grenzt bisweilen an die antike Trauer. Es gibt Gedichte, in der *Comédie de la Mort* und unter denen, die ihm sein Aufenthalt in Spanien eingegeben hat, wo der Schwindel und das Grauen des Nichts sich enthüllen. Man lese zum Beispiel die Gedichte über Zurbaran und Valdès-Leal; die wunderbare Paraphrase auf die Sentenz, die man auf dem Zifferblatt der Turmuhr von Urrugne liest: *Vulnerant omnia, ultima necat;* schließlich die wunderbare Symphonie mit dem Titel *Ténèbres*. Ich sage Symphonie, weil dieses Gedicht mich an Beethoven erinnert. Mitunter gar verfällt dieser Dichter, den man der Sinnlichkeit beschuldigt, wenn seine Melancholie den höchsten Grad erreicht, ganz und gar den Schreckbildern des Katholizismus. *Anderseits* hat er ein neues Element in die Dichtung eingeführt, das ich die Tröstung durch die Künste nennen möchte, durch alle malerischen Gegenstände, die das Auge erfreuen und den Geist unterhalten. In diesem Sinne hat er wirklich etwas Neues geschaffen; er hat den französischen Vers mehr zu sagen gelehrt, als er bisher gesagt hatte; er hat ihn mit tausend Einzelheiten verschönt, die ihm Helle und Relief verliehen, ohne das Profil des Ganzen oder den allgemeinen Umriß zu beeinträchtigen. Seine zugleich majestätische und kostbare Poesie schreitet prächtig einher, wie die Personen bei Hofe in großer Toilette. Das ist übrigens ein Merkmal der wahren Poesie, daß sie regelmäßig dahinfließt, wie die großen Ströme, wenn sie sich dem Meer nähern, ihrem Tod und ihrer Unendlichkeit, und daß sie die Überstürzung und alles Ruck- und Stoßhafte vermeidet. Die lyrische Poesie schwingt sich empor, doch stets in einer federnden Wellenbewegung. Alles Jähe und Abgebrochene mißfällt ihr, und sie weist dies dem Drama oder dem Sittenroman zu. Der Dichter, dessen Talent wir so leidenschaftlich lieben, kennt diese großen Fragen von Grund auf, und er hat dies zur Genüge bewiesen, indem er die Hoheit des Alexandriners systematisch und beharrlich in den Achtsilber eingeführt hat *(Émaux et camées)*. Hier vor allem sieht man das volle Ergebnis, das man durch die Verschmelzung zweier Elemente, Malerei und Musik, erzielt, durch die Robustheit der Melodie und durch den regelmäßigen und symmetrischen Zierat eines mehr als genauen Reimes.

Soll ich noch an jene Reihe kleiner Gedichte von einigen Strophen erinnern, die galante oder träumerische Zwischenspiele sind und von denen die einen Skulpturen, die anderen Blumen, wieder andere Juwelen gleichen, alle jedoch von einer Farbe überzogen, feiner und schimmernder als die Farben Indiens und Chinas, und alle von einem Schliff, reiner und schärfer als Dinge aus Marmor oder Kristall? Wer die Poesie liebt, weiß sie auswendig.

VI

Ich habe versucht (ist es mir aber auch gelungen?), die Bewunderung auszudrücken, die mir Théophile Gautiers Werke einflößen, und die Gründe darzulegen, die diese Bewunderung rechtfertigen. Manch einer, selbst unter den Schriftstellern, mag meine Meinung nicht teilen. Alle Welt wird sie bald zu der ihrigen machen. Für das Publikum ist er heute nur ein hinreißender Geist; für die Nachwelt wird er einer der Meisterschriftsteller nicht nur Frankreichs, sondern auch Europas sein. Durch seine Spottlust, seine Fopperei, seinen festen Entschluß, auf nichts hereinzufallen, ist er ein wenig Franzose; wenn er ganz und gar Franzose wäre, so wäre er kein Dichter.

Soll ich etwas von seinem Betragen sagen, das so rein und liebenswürdig ist, von seiner Gefälligkeit, seinem Freimut, wenn er sich ungehindert gehenlassen darf, wenn er sich nicht seinem *Feind,* dem *Philister,* gegenüber befindet, von seiner Pünktlichkeit auf die Minute in der Erfüllung aller seiner Pflichten? Wozu? Alle Schriftsteller haben, bei manch einer Gelegenheit, diese edlen Eigenschaften schätzen gelernt.

Gelegentlich macht man seinem Geist den Vorwurf einer Lücke hinsichtlich der Religion und der Politik. Ich könnte, wenn es mich danach gelüstete, einen weiteren Artikel schreiben, in dem dieser ungerechtfertigte Irrtum siegreich widerlegt würde. Ich weiß, und das genügt mir, daß die Leute von Geist mich verstehen werden, wenn ich sage, daß sein Bedürfnis nach Ordnung, welches seine schöne Intelligenz allenthalben regiert, hinreicht, um ihn vor jedem Irrtum in Sachen der Politik und der Religionen zu bewahren, und daß er, mehr als jeder andere, den Sinn für die universelle Hierarchie besitzt, die der Natur in ihren Höhen und Tiefen, auf allen Stufen des Unendlichen, eingeschrieben ist. Andere haben gelegentlich von einem Anschein von Kälte bei ihm, von seiner mangelnden *Menschlichkeit* gesprochen. Auch dieser Vorwurf zeugt von Leichtfertigkeit, von Unüberlegtheit. Wer in die Menschheit verliebt ist, verfehlt niemals, in gewissen Angelegenheiten, die zu philanthropischer Schönrednerei Anlaß bieten, den berühmten Spruch des Terenz zu zitieren:

Homo sum; nihil humani a me alienum puto.

Ein Dichter wäre wohl berechtigt, dem entgegenzuhalten: »Ich habe mir so hohe Pflichten auferlegt, daß *quidquid humani a me alienum puto.* Meine Aufgabe geht über das Menschliche hinaus!« Doch ohne sein Vorrecht zu mißbrauchen, könnte dieser einfach erwidern (und ich, der ich sein so sanftes, mitfühlendes Herz kenne, weiß, daß er dazu berechtigt ist): »Ihr haltet mich für kalt und seht nicht, daß ich mir eine künstliche Ruhe auferlege, die eure Häßlichkeit und eure Barbarei, o ihr Menschen der Prosa und des Verbrechens, unaufhörlich stören wollen! Was ihr Gleichgültigkeit nennt, ist nur die Resignation der Verzweiflung; der kann sich nur selten der Rührung überlassen, der die Bösewichte und Dummköpfe für unheilbar hält. Um also dem trostlosen Schauspiel eures Wahnsinns und eurer Grausamkeit zu entgehen, bleiben meine Blicke hartnäckig der unbefleckten Muse zugekehrt.« Die gleiche Verzweiflung über die Unmöglichkeit, wen immer zu überzeugen oder von einer falschen Meinung abzubringen, war wohl auch der Grund, weshalb wir Gautier in den letzten Jahren dem Anschein nach bisweilen nachgeben und den Herrn Fortschritt und die hochmächtige Dame Industrie hin und wieder mit einigen lobenden Worten bedenken sahen. In solchen Fällen soll man ihn nicht allzu rasch beim Wort nehmen, und hier ist wohl die Versicherung angebracht, daß *die Verachtung bisweilen eine allzugroße Gutmütigkeit hervorbringt.* Denn dann behält er seinen wahren Gedanken für sich und bekundet nur durch ein leichtes Zugeständnis (das diejenigen recht zu beurteilen wissen, die im Halbdunkeln klar sehen), daß er mit aller Welt in Frieden leben möchte, sogar mit der Industrie und dem Fortschritt, diesen despotischen Feinden jeder Poesie.

Ich habe mehrere Personen ihr Bedauern äußern hören, daß Gautier niemals öffentliche Ämter übernommen hat. Er hätte gewiß in vielen Dingen, insbesondere im Bereich er schönen Künste, Frankreich ausgezeichnete Dienste leisten können. Alles wohl abgewogen, ist es so besser. Das Genie des Mannes mag noch so groß sein, das öffentliche Amt vermindert ihn doch stets ein wenig; bald wird seine Freiheit in Mitleidenschaft gezogen, bald seine Hellsicht. Ich meinesteils ziehe es vor, den Verfasser der *Comédie de la Mort,* einer *Nuit de Cléopâtre,* der *Morte amoureuse,* des Buches *Tra los montes,* der *Italia,* der *Caprices et Zigzags* und so vieler anderer Meisterwerke das bleiben zu sehen, was er bis heute war: ein Ebenbürtiger neben den Größten der Vergangenheit, ein Vorbild für die Kommenden, ein immer seltenerer Diamant in einer von Unwissenheit und Materialismus trunkenen Epoche, das heißt EIN VOLLKOMMENER HOMME DE LETTRES.

Notizen
über
DIE GEFÄHRLICHEN LIEBSCHAFTEN

I
BIOGRAPHIE

BIOGRAPHIE MICHAUD

Pierre-Ambroise-François Choderlos de Laclos, geboren in Amiens, 1741.
Mit 19 Jahren Sous-Lieutenant in dem königlichen Genie-Corps.
Hauptmann 1778, erbaut er eine Festung auf der Ile d'Aix.
Lächerliche Beurteilung der *Liaisons dangéreuses* in der *Biographie Michaud,* gezeichnet Beaulieu, Ausgabe von 1819.
1789 Sekretär des Herzogs von Orléans. Reise nach England mit Philippe d'Orléans.
91 Gesuch, das das Treffen auf dem Marsfeld zur Folge hat.
Rückkehr zum Militärdienst 92, als Maréchal de camp.
Ernennung zum Gouverneur der *Indes françaises,* wohin er nicht geht.
Nach Philippes Sturz Gefangener in Picpus.
(Reformpläne, Versuche mit Geschossen.)
Abermalige Verhaftung, freigelassen am 9. Thermidor.
Ernennung zum Generalsekretär der Hypotheken-Verwaltung.
Wiederaufnahme seiner militärischen Versuche und Rückkehr in den Dienst. Brigadegeneral der Artillerie. Feldzüge an den Rhein und nach Italien, gestorben in Tarent, 5. Oktober 1803.
Ein tugendhafter Mann, »guter Sohn, guter Vater, vortrefflicher Gatte«.
Kleine leichte Dichtungen.
Brief an die *Académie française* 1786, bei Gelegenheit eines Preises, der auf das Lob Vaubans ausgesetzt war (1440 Millionen).

France Littéraire von Quérard, 1828

Die Erstausgabe der *Liaisons dangereuses* erschien 1782.
Causes secrètes de la Révolution du 9 au 10 thermidor, von Vilate, ehemaliger Geschworener am Revolutionstribunal, Paris 1795.
Fortsetzung der *Causes secrètes,* 1795.

Louandre et Bourquelot

Ihrer Meinung nach ist seinen Werken auch *Le Vicomte de Barjac* zuzurechnen.
Ein Irrtum, nach Quérard, der dieses Werk dem Marquis de Luchet zurückerstattet.

Hatin

31. Oktober im Jahr II der Freiheit, Laclos wird ermächtigt, die Korrespondenz der *Société des Amis de la Constitution,* die im Kloster der Jakobiner ihren Sitz hat, zu veröffentlichen.
Journal des Amis de la Constitution.
1791 verläßt Laclos das Journal, das den Feuillants überlassen bleibt.

II
NOTIZEN

Wenn dieses Buch brennt, so kann es nur wie das Eis brennen.

Ein geschichtliches Buch.

Vorbemerkung des Verlegers und Vorwort des Autors (erheuchelte und verstellte Gefühle).

– Briefe meines Vaters (Scherze).

Die Revolution ist von Wollüstigen gemacht worden.

Nerciat (Nutzen seiner Bücher).
In dem Augenblick, als die Revolution ausbrach, war der französische Adel eine physisch herabgeminderte Rasse (de Maistre).

Die sittenlosen Bücher erläutern demnach und erklären die Revolution.
Sagen wir nicht: *Andere Sitten als die unsrigen,* sagen wir: *Größere Hochachtung für die Sitten als heute.*
Hat die Moral seither wieder ein höheres Ansehen gewonnen? Nein, sondern die Energie des Bösen hat abgenommen. – Und die Albernheit ist an die Stelle des Geistes getreten.
Das Ficken und der Ruhm des Fickens, waren sie unmoralischer als diese moderne Art der *Anbetung* und der Vermischung des Heiligen mit dem Profanen?

Man gab sich damals sehr viel Mühe um das, was man eingestandenermaßen für eine Bagatelle hielt, und man überantwortete sich nicht minder der Verdammnis als heutzutage.
Aber die Art und Weise war weniger töricht. Man betrog sich nicht.

George Sand

Unflätigkeiten und Gejammer.
In Wahrheit hat der Satanismus gewonnen. Satan spielt sich als Harmloser auf. Das Böse, das sich selber kannte, war weniger schrecklich und der Heilung näher als das Böse, das sich nicht kannte. G. Sand unterhalb des Marquis de Sade.

Meine Sympathie für das Buch.
Mein schlechter Ruf.
Mein Besuch bei Billault.
Alle Bücher sind unmoralisch.

Buch eines Moralisten, ebenso hochstehend wie die erhabensten, ebenso tief wie die tiefsten.

Im Hinblick auf einen Satz von Valmont (nachschlagen).

Byrons Zeit rückte heran.
Denn Byron war *vorbereitet,* wie Michelangelo.

Der große Mann ist niemals ein Aerolith.

Bald sollte Chateaubriand einer Welt, die kein Recht zu erstaunen hatte, zurufen:
»Ich war immer tugendhaft ohne Vergnügen. Ich wäre ein Verbrecher ohne Reue gewesen.«
Finsterer und satanischer Charakter.
Der scherzende Satanismus.

Wie man sich unter dem Ancien Régime liebte.
Freilich mit größerer Munterkeit.
Das war keine *Ekstase*, wie heutzutage, das war ein *Delirium*.
Das war immer Lüge, aber man betete seinesgleichen nicht an. Man *betrog ihn,* doch man betrog weniger *sich selbst.*

Übrigens wurden die Lügen manchmal so glaubhaft vertreten, daß sie die Komödie in eine Tragödie verwandelten.

Hier wie im Leben behält die Frau die Palme der Verdorbenheit.

(Saufeia). *Foemina simplex* in ihrem kleinen Haus.
Schachzüge der Liebe.
Belleroche. Vergnügungsmaschinen.

Denn Valmont ist vor allem eitel. Im übrigen großherzig, jedes Mal, wenn es nicht um Frauen oder um seinen Ruhm geht.
Die Lösung.
Die Blattern (schwere Strafe).
Der Ruin.

Der finstere Grundzug.
Die abscheuliche Menschheit bereitet sich im voraus eine Hölle.

Die Liebe zum Krieg und der Krieg der Liebe.
Der Ruhm. Die Liebe zum Ruhm. Valmont und die Merteuil sprechen unaufhörlich davon, die Merteuil weniger.
Die Liebe zum Kampf. Die Taktik, die Regeln, die Methoden. Der Ruhm des Sieges.

Die Strategie, um einen höchst frivolen Preis zu erringen.
Sehr viel Sinnlichkeit. Sehr wenig Liebe, außer bei Madame de Tourvel.

Macht der Analyse wie bei Racine.
Abstufung.
Übergang.
Fortgang.
Heutzutage seltenes Talent, außer bei Stendhal, Sainte-Beuve und Balzac.

Ein wesentlich französisches Buch.

Ein Buch der Geselligkeit, schrecklich, doch unter einer Schicht des Scherzenden und Schicklichen.
Ein Buch der Geselligkeit.

Liaisons dangereuses.

»Diese Unbeliebtheit (hinsichtlich der Emigranten und ihrer Unternehmungen) wird diejenigen wenig erstaunen, die der Meinung sind, daß die sittliche Erniedrigung des Adels die Hauptursache der Französischen Revolution ist.«
»Bernardin de Saint-Pierre bemerkt einmal in seinen *Etudes sur la Nature,* daß, wenn man das Gesicht der französischen Adligen mit dem ihrer Vorfahren vergleicht, deren Züge die Malerei und Bildhauerei uns überliefert haben, der Augenschein uns beweist, daß diese Rassen degeneriert sind.«
Considérations sur la France, S. 197 der in London erschienenen Ausgabe, 1897, in Oktav.

III
INTRIGE UND CHARAKTERE

Intrige

Wie es zu dem Zerwürfnis zwischen Valmont und der Merteuil kommt.
Warum es dazu kommen mußte.
Die Merteuil hat die Tourvel getötet.
Es gibt nichts mehr, das sie von Valmont erwarten könnte.
Valmont ist der Betrogene. Im Sterben sagt er, er bedaure die Tourvel, und daß er sie geopfert habe. Er hat sie nur seinem Gott geopfert, seiner Eitelkeit, seinem Ruhm, und die Merteuil sagt ihm das auch unumwunden, nachdem sie dieses Opfer erlangt hat.
Das Zerwürfnis dieser beiden Verbrecher führt die Auflösungen herbei.
Die Kritiken, die man über die Auflösung hinsichtlich der Merteuil gemacht hat.

Charaktere

Madame Rosemonde betreffend, die Stelle nachsehen, wo die Merteuil das Porträt der guten und zärtlichen Alten entwirft.

Cécile der vollkommene Typus des abscheulichen jungen Mädchens, albern und sinnlich.
Ihr Porträt, durch die Merteuil, der vortreffliche Porträts gelingen. (Sie brächte sogar das der Tourvel zustande, wenn sie ihr gegenüber nicht von einer gräßlichen Eifersucht beseelt wäre, wie auf etwas, das ihr überlegen ist.) Brief XXXVIII.

Das junge Mädchen. Albern, töricht und sinnlich. Ganz nahe dem Urschmutz.

Die Merteuil. Ein weiblicher Tartuffe, Tartuffe der Sitten, Tartuffe des 18. Jahrhunderts.
Valmont immer überlegen, und sie beweist es.

Ihr Porträt von ihr selbst. Brief LXXXI. Sie besitzt im übrigen gesunden Menschenverstand und Geist.

Valmont, oder die Suche nach der Macht durch den Dandysmus. Don Juan und die geheuchelte Frömmigkeit.

Die Präsidentin. (Die einzige, die dem Bürgertum angehört. Wichtige Beobachtung.) Einfacher Typus, großartig, ergreifend. Bewundernswerte Schöpfung. Eine natürliche Frau. Eine rührende Eva. – Die Merteuil, eine satanische Eva.

D'Anceny, anfangs ermüdend seiner Albernheit wegen, wird dann interessant. Ein Ehrenmann, Dichter und Schönredner.

Madame de Rosemonde. Altes Pastell, *reizendes* Porträt mit Spitzenhäubchen und einer Tabatiere.
Was die Merteuil von den alten Frauen sagt.

IV

Zitate zur Erläuterung der Charaktere

Was schlagen Sie mir vor? Ein junges Mädchen zu verführen, das nichts gesehen hat, das nichts kennt ... Dazu sind zwanzig andere ebenso imstande wie ich. Das Unternehmen, das mich beschäftigt, ist von anderer Art: hier sichert der Erfolg mir ebensoviel Ruhm wie Vergnügen. Die Liebe, die mir einen Kranz bereitet, schwankt selber noch zwischen der Myrte und dem Lorbeer ...

Brief IV. – Valmont an Madame de Merteuil

Ich muß diese Frau haben, um mich vor der Lächerlichkeit zu retten, in sie verliebt zu sein ... Ich habe, in diesem Augenblick, ein Gefühl der Erkenntlichkeit für die leichtfertigen Frauen, das mich natürlicherweise zu Ihren Füßen zurückführt.

Brief IV. – Valmont an Madame de Merteuil

Erobern ist unser Schicksal: ihm müssen wir folgen.

Brief IV. – Valmont an Madame de Merteuil

(Anmerkung: denn dies ist auch Madame de Merteuils Plan. Sie rivalisieren um den Ruhm.)

So sehen Sie mich denn, seit vier Tagen, als die Beute einer *starken Leidenschaft.*

Brief IV. – Valmont an Madame de Merteuil

Hinweis darauf, daß diese Passage einer Bemerkung Sainte-Beuves über den Geschmack an der Leidenschaft in der Romantischen Schule nahesteht.

Seit seiner frühesten Jugend hat er niemals einen Schritt getan oder ein Wort gesagt, ohne eine Absicht zu haben, und jede seiner Absichten war stets unehrenhaft oder verbrecherisch. So mag denn Valmont, von hitzigen Leidenschaften dahingerissen, wie tausend andere von den Irrtümern seines Alters verführt worden sein, dennoch würde ich, sein Betragen tadelnd, seine Person bedauern, und schweigend würde ich die Zeit abwarten, wo eine glückliche Umkehr ihm die Achtung der anständigen Menschen zurückgewinnen würde. Aber Valmont ist nicht so ... usw.

Brief IX. – Madame de Volanges an die Präsidentin de Tourvel

Diese völlige Hingabe seiner selbst, diese Raserei der Wollust, wo die Lust *sich durch ihr Übermaß reinigt,* diese Güter der Liebe sind ihr unbekannt ... Ihre Präsidentin wird alles für Sie getan zu haben glauben, wenn sie Sie wie ihren Gatten behandelt, und im zärtlichsten ehelichen Tête-à-tête ist man immer *zwei.*

Brief V. – Die Merteuil an Valmont

(Quelle der mystischen Sinnlichkeit und der verliebten Dummheiten des 19. Jahrhunderts.)

Ich werde diese Frau haben. Ich werde sie ihrem Gatten wegnehmen, *der sie entehrt* (G. Sand). Ich werde mich nicht scheuen, sie dem Gott selber zu rauben, den sie anbetet (Valmont Satan, Rivale

Gottes). Welche Wonne, eins ums andere der Gegenstand ihrer Gewissensbisse und der Sieger darüber zu sein! Ferne sei mir der Gedanke, die Vorurteile zu zerstören, die sie bedrängen! Sie werden mein Glück und meinen Ruhm vermehren. Sie glaube an die Tugend, aber sie bringe mir diese Tugend zum Opfer ... Möge sie dann, wenn ich einwillige, mir sagen: »Ich bete dich an!«

Brief VI. – Valmont an die Merteuil

Nach diesen Vorbereitungen, während Victoire sich mit weiteren Einzelheiten beschäftigt, lese ich ein Kapitel in *Le Sopha*, einen *Brief der Héloïse*, und zwei *contes* von La Fontaine, um mir die verschiedenen Töne zurückzurufen, die ich gebrauchen möchte.

Brief X. – Die Merteuil an Valmont

Ich bin empört, ich gestehe es, wenn ich bedenke, daß dieser Mann, ohne *Nachdenken*, ohne sich *die geringste Mühe zu geben*, nur indem er *blindlings dem Instinkt seines Herzens* folgte, eine Glückseligkeit findet, die mir unerreichbar bleibt. Oh! ich werde sie stören!

Brief XV. – Valmont an die Merteuil

Ich will meine Schwäche gestehen. Die Tränen traten mir in die Augen ... Ich war erstaunt über das Vergnügen, das man empfindet, wenn man Gutes tut ...

Brief XXI. – Valmont an die Merteuil

Don Juan, der aus Ehrgeiz zum Tartuffe und zur Nächstenliebe bereit wird.

Dieses Geständnis beweist zugleich Valmonts Heuchelei, seinen Haß auf die Tugend und, zu gleicher Zeit, einen Rest von Empfindung, durch den er der Merteuil unterlegen ist, bei der alles Menschliche verdorrt ist.

Ich vergaß, Ihnen zu sagen, daß ich, um mir alles zunutze zu machen, diese guten Leute gebeten habe, Gott um den Erfolg meiner Pläne zu bitten.

Brief XXI. – Valmont an die Merteuil

Schamlosigkeit und raffinierte Ruchlosigkeit.

Sie ist wahrhaft köstlich ... Das hat weder Charakter noch Grundsätze. Schließen Sie daraus, wie sanft und angenehm ihr Umgang sein wird ... Ohne Geist und ohne Schlauheit, hat sie dennoch eine gewisse natürliche Falschheit ... Wahrhaftig, ich bin fast eifersüchtig auf den, dem dieses Vergnügen vorbehalten ist.

Brief XXXVIII. – Die Merteuil an Valmont

Vortreffliches Porträt Céciles.

Er ist noch so dumm, daß er nicht einmal einen Kuß empfangen hat. Dabei schreibt der Bursche so hübsche Verse! Mein Gott! wie dumm sind doch diese geistreichen Leute!

Brief XXXVIII. – Die Merteuil an Valmont

Beginn von Dancenys Porträt, der seinerseits die Merteuil anziehen wird.

Ich bedaure, daß mir das Talent der Spitzbuben abgeht ... Unsere Eltern denken aber auch an gar nichts.

Fortsetzung des Briefes XL. – Valmont an die Merteuil

Sie will, ich soll *ihr Freund* sein. (So weit hat er das unglückliche Opfer bereits gebracht) ...

Und kann ich eine geringere Rache nehmen an einer stolzen Frau, die sich des Geständnisses, daß sie liebt, zu schämen scheint?

Brief LXX. – Valmont an die Merteuil

Anläßlich der Vicomtesse:

Ich entscheide mich immer für das, was am schwierigsten oder am lustigsten ist: und ich mache mir eine gute Tat nicht zum Vorwurf, wenn sie mir nur eine Übung oder eine Unterhaltung ist.

Brief LXXI. – Valmont an die Merteuil

(Porträt der Merteuil von ihr selbst.)

Wie verächtlich kommen mir Ihre Ängste vor! Wie sehr beweisen sie mir meine Überlegenheit über Sie! ... Stolzes und schwaches Wesen, dir steht es wohl an, meine Mittel berechnen und meine Ressourcen beurteilen zu wollen!

(Die Frau, die immer den Mann spielen will, ein Zeichen großer Verkommenheit.)

. . . .

Die Unvorsichtigen, die in ihrem gegenwärtigen Liebhaber nicht ihren künftigen Feind zu erblicken verstehen ...
Ich sage: meine Grundsätze ... Ich habe sie erschaffen, und ich darf wohl sagen, daß ich mein Werk bin.
Sollte etwas mich bekümmern ... Ich habe den Eifer so weit getrieben, mir vorsätzlich Schmerzen zu bereiten, um währenddessen den Ausdruck der Lust zu suchen. Mit der nämlichen Sorgfalt *habe ich mich bearbeitet,* Bekundungen einer unerwarteten Freude zu unterdrücken.
Ich war noch keine fünfzehn Jahre alt, da besaß ich schon alle Gaben, denen der größte Teil unserer Politiker ihren Ruf verdanken, und ich stand doch noch bei den Anfangsgründen der Wissenschaft, die ich erwerben sollte.
Mein Kopf allein gärte. Ich strebte nicht nach Genuß, *ich wollte* WISSEN. (George Sand und andere.)

Brief LXXXI. – Die Merteuil an Valmont

Noch einen Beitrag der Merteuil zum Porträt der kleinen Volanges:

Während wir damit beschäftigt wären, diese Kleine zur Intrige abzurichten, würden wir nur ein leichtes Frauenzimmer aus ihr machen ... Diese Sorte Frauen sind nichts weiter als Lustmaschinen.

Brief CVI. – Die Merteuil an Valmont

Diese Kleine ist wirklich verführerisch. Dieser Kontrast zwischen der naiven Unschuld und der schamlosen Sprache verfehlt seine Wirkung nicht; und, ich weiß nicht warum, mir gefällt nur noch, was bizarr ist.

Brief CX. – Valmont an die Merteuil

Valmont rühmt sich und singt seinen künftigen Triumph:

Ich werde sie zeigen, sage ich, wie sie ihre Pflichten vergißt … Mehr noch, ich werde sie verlassen … Sehen Sie mein Werk und finden Sie mir seinesgleichen in unserem Jahrhundert!

Brief CXV. – Valmont an die Merteuil

Wichtiges Zitat.

Die Anmerkung und die Ankündigung des Endes.
Champfleury.
Ihm schreiben.

SCHRIFTEN ZUR KUNST

DER SALON 1859

BRIEFE AN DEN HERRN DIREKTOR DER »REVUE FRANÇAISE«

I

DER MODERNE KÜNSTLER

Mein lieber M***, als Sie mir den ehrenvollen Auftrag erteilten, eine Untersuchung über den *Salon* zu schreiben, sagten Sie: »Fassen Sie sich kurz; liefern Sie keinen Katalog, sondern einen allgemeinen Überblick, etwas wie den Bericht eines raschen philosophischen Spaziergangs durch die ausgestellten Bilder.« Nun, Sie sollen nach Wunsch bedient werden; nicht, weil Ihr Programm mit meiner Auffassung von dieser langweiligen Sorte Artikel, die man *Salon* nennt, übereinstimmt (was allerdings der Fall ist); nicht, weil dieses Verfahren etwa leichter wäre als das andere, da die Kürze ja stets höhere Anforderungen stellt als die Weitschweifigkeit; sondern einfach deshalb, weil es, namentlich diesmal, das einzig mögliche ist. Gewiß wäre meine Verlegenheit größer gewesen, wenn ich mich in der Lage eines Wanderers befunden hätte, der sich in einem dichten Wald von lauter originalen Werken verloren sieht, wenn das moderne französische Temperament, mit einem Mal verändert, geläutert und verjüngt, so kräftige Blüten mit jeweils einem anderen, eigenen Duft hervorgetrieben hätte, daß sie unbezwingbares Erstaunen, überschwengliches Lob, eine geschwätzige Bewunderung erregt und die Kritik zur Anwendung neuer Kategorien genötigt hätten. Doch nichts dergleichen, glücklicherweise (für mich). Keine überwältigende Offenbarung; keine unentdeckten Genies. Die Gedanken, die sich beim Anblick dieses Salons einstellen, sind von so einfacher, so herkömmlicher, so klassischer Art, daß mir vermutlich wenige Seiten zu ihrer Darlegung genügen werden. Wundern Sie sich also nicht, daß die Banalität der Maler den, der über sie schreibt, zu *Gemeinplätzen* veranlaßt. Übrigens werden Sie dabei nichts verlieren; gibt es denn (und es freut mich, festzustellen, daß Sie in diesem Punkte meiner Meinung sind) etwas Reizvolleres, Fruchtbareres und seiner Natur nach wahrhaft *Aufregenderes* als den Gemeinplatz?

Erlauben Sie mir, ehe ich beginne, einem Bedauern Ausdruck zu verleihen, das, wie ich glaube, nur selten zum Ausdruck gebracht wird. Man hatte uns angekündigt, daß wir Gäste zu erwarten hätten, nicht gerade unbekannte Gäste; denn die Ausstellung in der Avenue Montaigne hatte das Pariser Publikum bereits mit einigen dieser reizvollen Künstler bekannt gemacht, von denen es allzu lange nichts gewußt hatte. Ich hatte mich also darauf gefreut, die Bekanntschaft mit Leslie zu erneuern, diesem gehaltvollen, naiven und edlen *humorist*, eine der prägnantesten Verkörperungen der britischen Geistesart; mit den beiden Hunt, mit dem hartnäckigen Naturalisten sowohl als auch mit dem glühenden und eigenwilligen Schöpfer des Präraffaelitismus; mit Maclise, dem ebenso schwungvollen wie selbstsicheren Schöpfer kühner Kompositionen; mit Millais, diesem Poeten der Genauigkeit; mit J. Chalon, diesem Claude, dem etwas von Watteau beigemischt ist, dem Schilderer schöner nachmittäglicher Feste in den großen italienischen Parks; mit Grant, diesem natürlichen Erben Reynolds'; mit Hook, der es versteht, seine *Venezianischen Träume* in ein magisches Licht zu tauchen; mit dem merkwürdigen Paton, der einem Füßli in Erinnerung ruft und der mit der Geduld einer vergangenen Zeit ein Gewimmel pantheistischer Götterscharen heraufführt; mit Cattermole, der als *Aquarellist* Historienmaler ist, und mit jenem anderen so erstaunlichen Künstler, dessen Name mir entfallen ist, ein verträumter Architekt, der auf dem Papier Städte erbaut, mit Brückenpfeilern, die Elephanten sind, zwischen deren kolossalen Beinen riesige Dreimaster mit geblähten Segeln dahingleiten! Man hatte diesen Freunden der Phantasie und der ausgefallenen Farbe, diesen Günstlingen der bizarren Muse sogar schon eine Unterkunft vorbereitet; aber diese meine Hoffnung ist, leider! enttäuscht worden, aus Gründen, die ich nicht kenne und für deren Erörterung Ihre Zeitung wohl kaum der rechte Ort wäre. So werdet ihr uns, diesmal zumindest, entzogen bleiben, tragische Gluten, Gebärden à la Kean und à la Macready, intime Liebenswürdigkeiten des *home*, poetische Widerspiegelungen orientalischer Prachtentfaltung in dem englischen Geist, schottisches Grün, zauberhafte Frische, fliehende Tiefen in Aquarellen, die bei aller Kleinheit wie weite Bühnenprospekte wirken. Enthusiasten der Einbildungskraft und Vertreter der kostbarsten Fähigkeiten der Seele, wurdet ihr denn das erste Mal so schlecht empfangen, und erachtet ihr uns nicht für würdig, euch zu verstehen?

So werden wir uns denn, mein lieber M***, gezwungenermaßen an Frankreich halten; und glauben Sie mir, daß es mir einen hohen Genuß bereiten würde, einen lyrischen Ton anzuschlagen, um von den Künstlern meines Landes zu sprechen; unglücklicherweise jedoch spielt der Patriotismus in einem auch nur ein wenig geübten kritischen Geiste nicht die Rolle eines unumschränkten Herrschers, und wir werden uns zu einigen demütigenden Geständnissen bequemen müssen. Als ich das erste Mal den Salon betrat, begegnete mir, auf der Treppe schon, einer unserer feinsten und geschätztesten Kritiker, und auf die erste Frage, wie sie mir ganz natürlich auf die Lippen kam, war seine Antwort: »Platt, mittelmäßig, ich habe selten einen so trübseligen Salon gesehen.« Er hatte Recht und Unrecht in einem. Eine Ausstellung, in der zahlreiche Werke von Delacroix, von Penguilly, von Fromentin zu sehen sind, kann nicht trübselig sein; doch nach einem allgemeinen Überblick sah ich, daß sein Urteil zutraf. Daß die Mittelmäßigkeit zu allen Zeiten herrschte, wer wollte das bestreiten? Aber daß sie heute mehr als jemals herrscht, daß sie allein den Sieg über alles davonträgt und den Weg verstellt, das ist ebenso wahr wie betrüblich. Nachdem ich eine Zeitlang so viele säuberliche Seichtheiten, so viele geleckte Albernheiten, so viele geschickt zugerüstete Torheiten oder Falschheiten an meinen Augen hatte vorbeiziehen lassen, sah ich mich natürlicherweise veranlaßt, dem nachzudenken, was der Künstler einmal war, und es im Geiste zu vergleichen mit dem, was er heute ist; und wieder erhob sich, wie gewöhnlich, am Ausgang solcher entmutigenden Überlegungen unvermeidlicherweise das schreckliche, das ewige »Warum«. Als wären allenthalben, in den schönen Künsten wie in der Literatur, Glut, Adel, strebendes Ungestüm von Kleinlichkeit, Kinderei, Unachtsamkeit verdrängt und von der Windstille der Dünkelhaftigkeit abgelöst worden; und nichts ließe uns für den Augenblick eine ähnliche geistige Blütenfülle erhoffen wie unter der Restauration. Und ich bin, glauben Sie mir, nicht der Einzige, den solche bitteren Überlegungen bedrücken; und ich werde es Ihnen sogleich beweisen. Ich fragte mich also: »Was war ein Künstler früher (Le Brun, oder David, zum Beispiel)? Le Brun, Gelehrsamkeit, Einbildungskraft, Kenntnis der Vergangenheit, Liebe zum Großen. David, dieser von Myrmidonen geschmähte Koloß, hatte auch er nicht die Liebe zur Vergangenheit, die Liebe zum Großen und zur gründlichen Bildung? Und was ist er heute, der Künstler, dieser einstige Bruder des Dichters?« Um auf diese Frage die rechte Antwort zu geben, mein lieber M***, darf man vor allzu großer Strenge nicht zurückscheuen. Eine empörende Günstlingswirtschaft ruft manchmal eine entsprechende Reaktion hervor. Trotz mangelnder Verdienste ist der Künstler heute, und schon seit geraumer Zeit, einfach ein *verwöhntes Kind*. Wieviel Ehren, welche Summen verschwendet man nicht an Männer ohne Seele und ohne Bildung! Ich bin gewiß nicht gesonnen, in der Kunst Mittel zuzulassen, die ihr fremd sind; dennoch kann ich, um ein Beispiel anzuführen, mich einer Empfindung der Sympathie für einen Künstler wie Chenavard nicht enthalten, den immer liebenswürdigen, liebenswürdig wie die Bücher, und voller Anmut bis in seine Schwerfälligkeiten. Mit diesem zumindest (ob der Sudler seine Witze über ihn reißt, was kümmert's mich?) bin ich sicher, mich über Vergil oder Plato unterhalten zu können. Préault hat die bezaubernde Gabe eines instinktiven Geschmacks, der sich auf das Schöne wirft wie der Jagdhund auf seine natürliche Beute. Daumier ist mit solcher Verstandeshelle begabt, daß seine ganze Unterhaltung von Farben sprüht. Trotz seiner Flatterhaftigkeit und dem Sprunghaften seiner Rede läßt Ricard jeden Augenblick erkennen, daß er vieles weiß und daß er viel verglichen hat. Es erübrigt sich, denke ich, von Delacroix' Unterhaltung zu reden, die eine bewundernswürdige Mischung von philosophischer Gründlichkeit, geistvoller Leichtigkeit und glühender Begeisterung ist. Und nach diesem fällt mir niemand mehr ein, der würdig wäre, mit einem Philosophen oder einem Dichter ein Gespräch zu führen. Außerhalb finden Sie meist nur das *verwöhnte Kind*. Ich bitte Sie, ich beschwöre Sie: haben Sie jemals, in einem Salon, in einer Schenke, in großer oder intimer Gesellschaft ein geistreiches Wort von dem *verwöhnten Kind* vernommen, ein tiefes, funkelndes, gewichtiges Wort, das einen nachdenklich stimmt, dem man nachsinnen möchte, kurzum ein suggestives Wort! Sollte ein solches Wort gefallen sein, so kam es vielleicht nicht von einem Politiker oder einem Philosophen, sondern eher von einem Manne mit einem ausgefallenen Beruf, einem Jäger, einem Seemann, einem Ausstopfer; aber von einem Künstler, einem *verwöhnten Kind,* niemals!

Das *verwöhnte Kind* hat die einstmals berechtigten Privilegien seiner Vorgänger geerbt. Von der Begeisterung, die David, Guérin, Girodet, Gros, Delacroix, Bonington entgegengebracht wurde, fällt noch ein gnädiger Abschein auf seine klägliche Person; und während vorzügliche Dichter, kraftvolle Historiker mühsam ihr Leben fristen, zahlt der geistesschwache Finanzmann ansehnliche Summen für die indezenten kleinen Albernheiten des *verwöhnten Kindes*. Beachten Sie wohl, ich wollte mich nicht beklagen, falls diese Gunst verdienten Männern zuteil würde. Ich bin keiner von denen, die einer Sängerin oder Tänzerin, welche den Gipfel ihrer Kunst erklommen hat, ihr in tagtäglicher Mühe und Gefahr erworbenes Vermögen neiden. Ich würde befürchten, in den Fehler des seligen Girardin, sophistischen Angedenkens, zu verfallen, der Théophile Gautier einmal den Vorwurf machte, er lasse sich seine Phantasie teurer bezahlen als die Dienste eines Unterpräfekten. Das war, wenn Sie sich dessen noch erinnern, an jenen Unheilstagen, als das entsetzte Publikum ihn Lateinisch reden hörte; *pecudesque locutae!* Nein, ich will die Ungerechtigkeit nicht so weit treiben; aber es ist wohl angebracht, die Stimme zu erheben und Zeter über die zeitgenössische Dummheit zu schreien, wenn, während ein hinreißendes Bild von Delacroix für tausend Francs kaum einen Käufer fand, die winzigen Figürchen eines Meissonier das Zehn- bis Zwanzigfache erzielten. Doch diese *schönen* Zeiten sind vorbei; wir sind noch tiefer gesunken, und Meissonier, der, allen seinen Verdiensten zum Trotz, das Unglück hatte, das Wohlgefallen am Kleinen aufzubringen und populär zu machen, ist ein wahrer Gigant neben den Herstellern der heutigen Kinkerlitzchen.

Verruf der Einbildungskraft, Verachtung des Großen, Liebe (nein, das Wort ist zu schön), ausschließliche Betätigung des Metiers, dies sind, glaube ich, den Künstler betreffend, die Hauptgründe seines Niedergangs. Je mehr Einbildungskraft man besitzt, desto besser muß man sein Handwerk beherrschen, um jene auf ihren Abenteuern zu begleiten und die Schwierigkeiten zu überwinden, nach denen sie so begierig ist. Und je besser man sein Handwerk beherrscht, desto weniger soll man sich damit brüsten und es hervorkehren, um allein die Einbildungskraft in ihrem vollen Glanz erstrahlen zu lassen. Das rät einem die Weisheit; und die Weisheit sagt auch: Wer nur Geschicklichkeit besitzt, ist ein Tier, und die Einbildungskraft, die ihrer entraten zu können glaubt, ist eine Närrin. Aber so einfach diese Dinge auch sein mögen, für den modernen Künstler sind sie zu hoch oder zu niedrig. Eine Hausmeisterstochter sagt sich: »Ich werde aufs Konservatorium gehen, ich werde an der Comédie-Française debütieren, und ich werde Corneilles Verse so lang aufsagen, bis ich die Rechte derer erhalte, die sie schon seit sehr langer Zeit aufgesagt haben.« Und wie gesagt, so getan. Sie ist von höchst klassischer Eintönigkeit und höchst klassischer Langweiligkeit und Unwissenheit, aber das höchst Leichte ist ihr gelungen: durch Geduld die Vorrechte eines festangestellten Ensemble-Mitglieds zu erwerben. Und das *verwöhnte Kind,* der moderne Maler, sagt sich: »Was ist die Einbildungskraft? Eine Gefahr und eine Lästigkeit. Was ist die Lektüre und das Studium der Vergangenheit? Verlorene Zeit. Ich werde klassisch sein, nicht wie Bertin (denn das Klassische wechselt Ort und Namen), sondern wie ... Troyon, zum Beispiel.« Und wie gesagt, so getan. Er malt, und malt, und er vermauert seine Seele, und malt immer weiter, bis er schließlich dem Künstler gleicht, der gerade in Mode ist, und bis er durch seine Dummheit und Geschicklichkeit den Beifall und das Geld des Publikums verdient. Der Nachahmer des Nachahmers findet seinen Nachahmer, und jeder verfolgt derart seinen Traum von Größe, indem er seine Seele immer dichter vermauert. *Nur ja nichts lesen,* das ist die Hauptsache, nicht einmal den *Parfait Cuisinier,* der ihm doch vielleicht eine zwar weniger einträgliche, aber dafür glorreichere Laufbahn hätte eröffnen können. Verfügt es dann über die Kunst der Saucen, der Patina, der Lasur, der Transparenz, der Brühen und Ragouts (ich rede von Malerei), so wirft sich das *verwöhnte Kind* in die Brust und wiederholt sich unerschütterlicher denn je, alles Übrige sei belanglos.

Es war einmal ein deutscher Bauersmann; der kam zu einem Maler und sprach zu ihm: »Herr Maler, ich wünsche von Ihnen gemalt zu werden. Sie werden mich darstellen, wie ich am Haupteingang meines Hofes sitze, in dem großen Sessel, den ich von meinem Vater geerbt habe. Neben mir malen Sie meine Frau mit ihrer Spindel; hinter uns unsere Töchter, die kommen und gehen, um unsere häusliche Abendmahlzeit zu rüsten. Links auf der großen Zufahrt nähern sich diejenigen meiner Söhne, die von der Feldarbeit heimkehren, nachdem sie die Ochsen in den Stall geführt haben; andere bringen zusammen mit meinen Enkeln die Heuwägen herein. Während ich dieses Schauspiel betrachte, vergessen Sie bitte nicht die Rauchwolken, die aus meiner Pfeife aufsteigen und auf denen ein Schimmer der untergehenden Sonne schwebt. Ich will auch, daß man die Klänge des Angelus *höre,* die von dem benachbarten Kirchturm herübertönen. Dort sind wir alle getraut worden, die Väter und die Söhne. Es ist wichtig, daß Sie das *Behagen* malen, das ich um diese Tageszeit genieße, während ich gleichzeitig *meine Familie und meinen durch die Arbeit des Tages vermehrten Reichtum* betrachte!«

Ein Hoch auf diesen Bauersmann! Ohne es zu ahnen, verstand er die Malerei. Die Liebe zu seinem Beruf hatte seine *Einbildungskraft* erhoben. Wer unter unseren Modemalern wäre würdig, dieses Bildnis auszuführen, und wessen Einbildungskraft dürfte sich dieser gleichschätzen?

II

DAS MODERNE PUBLIKUM UND DIE PHOTOGRAPHIE

Mein lieber M***, wenn ich Zeit hätte, Sie zu erheitern, es wäre mir ein leichtes. Ich brauchte nur den Katalog durchzublättern und einen Auszug aller lächerlichen Titel und aller albernen Sujets herzustellen, denen es darum zu tun ist, die Augen auf sich zu lenken. Ein Tummelplatz des französischen *esprit.* Erstaunen zu erregen durch Mittel des Erstaunens, die der in Frage stehenden Kunst fremd sind, das ist der große Behelf derjenigen, die sich als Maler betätigen, ohne es *von Natur* zu sein. Manchmal gar, aber immer in Frankreich, bemächtigt dieses Laster sich gewisser Menschen, die keineswegs unbegabt sind und die ihre Begabung derart durch unpassendes Beiwerk entehren. Ich könnte sie an Ihnen vorbeidefilieren lassen, den komischen Titel nach Art des Vaudeville, den sentimentalen Titel, bei dem nur das Ausrufungszeichen fehlt, den kalauernden Titel, den tiefsinnigen und philosophischen Titel, den irreführenden oder den Titel, der uns eine Falle stellt, in der Art des *Brutus, lâche César!* »O du ungläubiges und verkehrtes Geschlecht!« spricht Unser Herr, »wie lange soll ich bei euch sein? wie lange soll ich leiden?« Dieses Geschlecht, Künstler wie Publikum, hat in der Tat so wenig Glauben an die Malerei, daß es sie unaufhörlich zu verkleiden und wie eine widrige Medizin mit einer Zuckerschicht zu überziehen sucht; und was für ein Zucker, großer Gott! Zwei Titel möchte ich Ihnen doch nennen, von Bildern, die ich übrigens nicht gesehen habe: *Amour et gibelotte!* Wie hier die Neugier gleich *Appetit* bekommt, nicht wahr? Ich versuche, diese beiden Vorstellungen recht nah miteinander zu verbinden, die der Liebe und die eines abgezogenen, als Ragout angerichteten Kaninchens. Denn so weit will ich doch nicht gehen, der Phantasie des Malers zu unterstellen, sie habe sich dazu verstiegen, den Kadaver eines Haustiers mit einem Köcher, mit Flügeln und einer Binde zu zieren; eine solche Allegorie wäre doch allzu dunkel. Ich vermute vielmehr, der Titel ist nach dem Rezept von *Menschenhaß und Reue* zusammengesetzt worden. Der wahre Titel wäre demnach: *Zwei Verliebte, die ein Kaninchenfrikassee verspeisen.* Sind sie nun jung oder alt, handelt es sich um einen Arbeiter und eine Grisette, oder aber um einen Invaliden und eine Landstreicherin in einer staubigen Laube? Man müßte das Bild gesehen haben. – *Monarchique, catholique et soldat!* Dieser Titel ist von der edlen Sorte, von dem Genre *paladin, Itinéraire de Paris à Jérusalem* (Chateaubriand, vergib! das Edelste kann ein Mittel der Karikatur werden und die politischen Parolen eines Kaisers zu Knatterfürzen eines Sudlers). Dieses Gemälde kann nur eine Persönlichkeit darstellen, die dreierlei *zu gleicher Zeit* tut: sich schlägt, das Abendmahl empfängt und dem kleinen Lever Ludwigs XIV. beiwohnt. Vielleicht ist es ein mit bourbonischen Lilien und Heiligenbildern tätowierter Krieger? Doch wozu lange hin und her raten? Sagen wir, dies sei ein Mittel, ein hinterhältiges und unfruchtbares, den Betrachter zu erstaunen. Das Bedauernswerteste dabei ist, daß das Gemälde, so seltsam das auch scheinen mag, vielleicht gut ist. *Amour et gibelotte* ebenfalls. Ist mir doch eine vortreffliche kleine Plastik, eine Menschengruppe, begegnet, deren Nummer ich mir unglücklicherweise nicht gemerkt hatte, und als ich wissen wollte, was sie darstellte, habe ich viermal, und jedesmal umsonst, den Katalog durchgelesen. Schließlich sind Sie mir zu Hilfe gekommen und haben mich dahin belehrt, daß dieses Werk den Titel *Immer und Niemals* trug. Ich war aufrichtig betrübt, daß ein Mann von echter Begabung sich überflüssigerweise in Bilderrätseln gefiel.

Ich bitte Sie um Vergebung, daß ich mich eine kurze Weile nach Art der kleinen Zeitungen vergnügt habe. Aber so unerheblich das Thema Ihnen vielleicht auch vorkommen mag, bei genauerem Hinsehen werden Sie hier dennoch eine bedauernswerte Erscheinung feststellen. Um das Gesagte in ein Paradox zusammenzufassen, möchte ich Sie fragen – Sie und diejenigen meiner Freunde, die in der Kunstgeschichte bewanderter sind als ich –, ob es das Wohlgefallen am Dummen, das Wohlgefallen am Geistreichen (und beide sind das gleiche) zu allen Zeiten gegeben hat; ob *Wohnung zu vermieten* und andere verschrobene Benennungen in allen Epochen vorgekommen sind und die gleiche Begeisterung erregt haben, ob das Venedig der Veronese und Bassano sich mit ähnlichen Logogryphen hat plagen müssen, ob die Augen eines Giulio Romano, eines Michelangelo oder eines Bandinelli sich über ähnliche Ungeheuerlichkeiten entsetzt haben; ich frage, mit einem Wort, ob Herr Biard ewig und allgegenwärtig ist, wie Gott. Ich glaube es nicht, und ich erblicke in diesen Greueln eine spezielle Gnade, die Frankreich zuteil geworden ist. Daß seine Künstler ihm den Geschmack daran einimpfen, ist nicht zu leugnen; daß es von ihnen die Befriedigung dieses Geschmacks fordert, ist nicht minder wahr; denn wenn der Künstler das Publikum verdummt, so rächt es sich dafür an ihm. Beide stehen in Beziehung zueinander und beeinflussen einander wechselseitig mit gleicher Macht. Bewundern wir denn, mit welcher Geschwindigkeit wir auf der Bahn des Fortschritts dahinfahren (unter Fortschritt verstehe ich die fortschreitende Herrschaft der Materie), und welche wunderbare Verbreitung die allgemeine Geschicklichkeit von Tag zu Tag erfährt, jene, die zu erwerben es lediglich Geduld braucht.

Bei uns ist der natürliche Maler, ebenso wie der natürliche Dichter, fast ein Monstrum. Das ausschließliche Gefallen am Wahren (dessen Adel unbestritten sei, wenn es sich innerhalb seiner ihm angemessenen Anwendungen hält) unterdrückt und erstickt hier das Gefallen am Schönen. Wo nur das Schöne zu sehen sein sollte (ich denke hier an ein schönes Bild, und man wird leicht erraten, was für ein Bild mir vorschwebt), sucht unser Publikum nur das Wahre. Es ist kein Künstler, kein Künstler von Natur: Philosoph vielleicht, Moralist, Ingenieur, ein Freund belehrender Anekdoten, alles was man will, niemals jedoch spontan Künstler. Es empfindet oder vielmehr es urteilt sukzessiv, analytisch. Andere, begünstigtere Völker empfinden sogleich, auf einen Schlag, synthetisch.

Es war da soeben von den Künstlern die Rede, die es darauf anlegen, das Publikum zu erstaunen. Der Wunsch, zu erstaunen und in Staunen versetzt zu werden, ist durchaus berechtigt. *It is a happiness to wonder,* »im Staunen liegt ein Glück«; doch gilt auch, *it is a happiness to dream,* »im Träumen liegt ein Glück«. Alles läuft demnach darauf hinaus, wenn ich Sie für einen Künstler oder einen Liebhaber der schönen Künste halten soll, in Erfahrung zu bringen, durch welches Verfahren Sie das Erstaunen hervorrufen oder empfinden wollen. Weil das Schöne *immer* erstaunt, wäre es töricht, daraus schließen zu wollen, was erstaunt, sei auch *immer* schön. Unser Publikum aber, das in besonderem Grade außerstande ist, das Glück der Träumerei oder der Bewunderung zu empfinden (ein Zeichen kleiner Seelen), will, daß man es durch Mittel erstaune, die der Kunst fremd sind, und seine folgsamen Künstler bequemen sich diesem Geschmack; sie wollen auffallen, verblüffen, es durch unwürdige Kriegslisten überrumpeln, weil sie wissen, daß es unfähig ist, sich an der natürlichen Taktik der wahren Kunst zu entzücken.

In diesen beklagenswerten Tagen ist eine neue Industrie entstanden, die nicht wenig dazu beigetragen hat, die Dummheit in ihren Überzeugungen zu bestärken und das zugrunde zu richten, was an Göttlichem in dem französischen Geist noch übriggeblieben sein mochte. Diese götzendienerische Menge fordert ein ihr würdiges und ihrer Natur entsprechendes Ideal, das versteht sich von selbst. Im Bereich der Malerei und der Bildhauerei lautet das augenblickliche *Credo* der Leute von Welt, vor allem in Frankreich (und niemand wird, denke ich, das Gegenteil zu behaupten wagen), folgendermaßen: »Ich glaube an die Natur, und ich glaube an nichts anderes als die Natur (wofür es gute Gründe gibt). Ich glaube, daß die Kunst die genaue Nachbildung der Natur ist und nichts anderes als diese Nachbildung sein kann (eine Sekte ängstlicher Dissidenten will die abstoßenden Gegenstände, einen Nachttopf etwa oder ein Gerippe, davon ausgeschlossen wissen). Demnach wäre die Industrie, die uns ein mit der Natur identisches Ergebnis lieferte, die absolute Kunst.« Ein rächender Gott hat die Wünsche dieser Menge erhört. Daguerre war sein Messias. Und nun sagt sie sich: »Da die Photographie uns alle wünschenswerten Garantien der Genauigkeit liefert (das glauben sie, die Wahnwitzigen!), so ist die Kunst die Photographie.« Von diesem Augenblick an kam die schmutzige Gesellschaft herbeigelaufen, um, wie ein einziger Narziß, ihr triviales Abbild auf der Metallplatte zu betrachten. Eine Narrheit, ein unerhörter Fanatismus bemächtigte sich all dieser neuen Sonnenanbeter. Seltsame Greuel ereigneten sich. Man versammelte und gruppierte einen Haufen männlicher und weiblicher Spitzbuben, putzte sie wie Metzger oder Wäscherinnen im Karneval heraus, bat diese *Helden,* für die Dauer, welche die Operation in Anspruch nahm, ihre zufällige Grimasse festzuhalten, und schmeichelte sich derart, die tragischen oder anmutigen Szenen der antiken Geschichte wiederzugeben. Irgendein demokratischer Schriftsteller mag darin das Mittel gesehen haben, mit geringen Kosten im Volk den Geschmack an der Geschichte und der Malerei zu verbreiten, und so beging er ein doppeltes Sakrileg, indem er zugleich die göttliche Malerei und die erhabene Kunst des Schauspielers beleidigte. Bald darauf beugten sich Tausende gieriger Augen über die Öffnungen des Stereoskops wie über die Dachfenster der Unendlichkeit. Die Liebe zum Obszönen, die im natürlichen Herzen des Menschen ebenso lebhaft ist wie die Eigenliebe, ließ sich eine so schöne Gelegenheit ihrer Befriedigung nicht entgehen. Und man sage nicht, nur die Kinder, die aus der Schule heimkommen, hätten sich mit solchen Albernheiten vergnügt; alle Welt war ganz versessen darauf. Ich habe gehört, wie eine schöne Dame, eine Dame der schönen Welt, nicht der meinen, denjenigen antwortete, die solche Bilder diskret vor ihr versteckten, um dem mangelnden Schamgefühl der Dame durch das ihrige zu Hilfe zu kommen: »Geben Sie nur her; nichts ist zu stark für mich.« Ich schwöre, das mit eigenen Ohren gehört zu haben; doch wer wird mir glauben? »Sie sehen doch, daß das große Damen sind!« sagt Alexandre Dumas. »Es gibt noch größere!« sagt Cazotte.

Da die photographische Industrie die Zuflucht aller verkrachten Maler war, deren Begabung oder deren Fleiß nicht hinreichten, ihr Studium zu Ende zu führen, so trug diese allgemeine Überschätzung nicht nur das Merkmal der Verblendung und des Schwachsinns, sondern sie hatte auch noch einen Anstrich der Rache. Daß eine derart törichte Verschwörung, in der man, wie in allen übrigen, Böswillige und Betrogene findet, einen völligen Sieg davontragen könne, glaube ich nicht, oder will ich zumindest nicht glauben; ich bin jedoch überzeugt, daß die schlechtangewandten Fortschritte der Photographie, wie übrigens jeder rein materielle Fortschritt, das Ihrige dazu beigetragen haben, das bereits so spärliche künstlerische Genie der Franzosen noch weiter zu verarmen. Die moderne Selbstgefälligkeit mag vor Wut aufschreien, alle Eingeweidegeräusche ihrer feinsten Persönlichkeit hervorrülpsen, alle unverdaulichen Sophismen ausspeien, mit denen eine neuerliche Philosophie sie bis zum Erbrechen gemästet hat, es kann niemandem entgehen, daß die Industrie, wenn sie in die Kunst einbricht, deren schlimmste Todfeindin wird, und daß die Verquickung der Funktionen die gehörige Durchführung jeder einzelnen verhindert. Die Poesie und der Fortschritt sind zwei anspruchsvolle Mächte, die einen instinktiven Abscheu voreinander tragen, und wenn die beiden sich auf dem gleichen Wege begegnen, so muß eine der anderen dienstbar sein. Erlaubt man der Photographie als Stellvertreterin der Kunst in einigen ihrer Funktionen aufzutreten, so wird sie diese bald verdrängt oder gänzlich verdorben haben,

dank der natürlichen Verbündeten, die sie in der Torheit der Menge finden wird. Sie muß demnach zu ihrer wahren Bestimmung zurückgeführt werden, der, eine Dienerin der Wissenschaften und Künste zu sein, eine sehr bescheidene Dienerin jedoch, wie die Druckkunst und die Stenographie, welche die Literatur weder geschaffen noch ersetzt haben. Sie bereichere unverzüglich das Album des Reisenden, und liefere seinem Auge jene Deutlichkeit, deren sein Gedächtnis sich nicht entsinnt; sie ziere die Bibliothek des Naturforschers, vergrößere die mikroskopisch kleinen Tiere, unterstütze gar mit einigen Auskünften die Hypothesen des Astronomen; sie sei schließlich der Sekretär und Notar jedes Menschen, dessen Beruf eine unbedingte materielle Genauigkeit fordert, – bis dahin steht alles zum besten. Sie rette vor dem Untergang die von Einsturz bedrohten Ruinen, die Bücher, die Stiche und die Manuskripte, an denen der Zahn der Zeit nagt, die kostbaren Dinge, deren Gestalt zu schwinden droht und die es danach verlangt, einen Platz in den Archiven unseres Gedächtnisses zu erhalten, – sie wird bedankt sein und Beifall finden. Erlaubt man ihr aber solche Übergriffe in den Bereich des Ungreifbaren und des Imaginären, in alles, was nur deshalb einen Wert besitzt, weil der Mensch etwas von seiner Seele hinzutut, – dann wehe uns!
Ich weiß wohl, daß manch einer mir entgegnen wird: »Die Krankheit, die Sie da erklärt haben, ist die der Dummköpfe. Welcher dieses Namens würdige Künstler und welcher echte Liebhaber hat die Kunst je mit der Industrie verwechselt?« Ich weiß es, und dennoch möchte ich meinerseits Sie fragen, ob Sie an die Ansteckung des Guten und des Bösen glauben, an die Wirkung der Menge auf den Einzelnen und an die unwillkürliche, die unvermeidliche Folgsamkeit des Einzelnen der Menge gegenüber. Daß der Künstler auf das Publikum wirkt, und daß das Publikum auf den Künstler zurückwirkt, ist zweifellos ein Gesetz, dem niemand widersteht; außerdem sind die Fakten leicht zu studieren, und diese legen ein schreckliches Zeugnis ab; die Katastrophe ist bereits eingetreten. Von Tag zu Tag verliert die Kunst an Respekt vor sich selbst, unterwürfig dient sie der äußeren Wirklichkeit, und der Maler neigt immer mehr dazu, nicht das zu malen, was er träumt, sondern das, was er sieht. Und doch, *zu träumen ist ein Glück;*

und es war rühmlich, das auszudrücken, was man träumte; aber was sage ich! kennt er dieses Glück noch?
Wird der wohlmeinende Beobachter etwa behaupten wollen, der Einbruch der Photographie und die große industrielle Narrheit seien an diesem beklagenswerten Ergebnis gänzlich unbeteiligt? Ist die Annahme erlaubt, daß ein Volk, dessen Augen sich daran gewöhnen, die Ergebnisse einer materiellen Wissenschaft für Erzeugnisse des Schönen zu halten, nach einiger Zeit nicht erhebliche Einbußen an der Fähigkeit erlitten hat, das zu beurteilen und zu empfinden, was nun einmal das Ätherischste und Unstofflichste ist?

III
DIE KÖNIGIN DER FÄHIGKEITEN

Auf tausend verschiedene Arten haben wir in letzter Zeit sagen hören: »Kopiert die Natur; und nichts als die Natur. Es gibt keinen höheren Genuß und keinen schöneren Triumph als eine vortreffliche Kopie der Natur.« Und diese kunstfeindliche Doktrin beanspruchte, nicht nur in der Malerei angewendet zu werden, sondern in allen Künsten, sogar im Roman, sogar in der Poesie. Diesen mit der Natur so zufriedenen Doktrinären wäre ein Mann mit Einbildungskraft gewiß berechtigt entgegenzuhalten: »Ich finde es überflüssig und müßig, das, was ist, darzustellen, weil nichts, was ist, mich befriedigt. Die Natur ist häßlich, und ich ziehe die Ungeheuer meiner Phantasie den vorhandenen Trivialitäten vor.« Es wäre jedoch philosophischer gewesen, die betreffenden Doktrinäre zu fragen, einmal, ob sie sich auch so sicher seien, daß diese äußere Natur wirklich existiert, oder, falls diese Frage allzu sehr danach angetan schiene, sie zu beißendem Spott zu reizen, ob sie auch gewiß seien, *die ganze Natur* zu kennen, alles, was in dieser Natur enthalten ist. Ein Ja hierauf wäre die prahlerischste und abgeschmackteste Antwort gewesen. Soweit ich diesen abenteuerlichen und schmählichen Verirrungen zu folgen vermochte, wollte die Doktrin besagen, – ich erweise ihr die Ehre zu glauben, daß sie besagen wollte: Der Künstler, der wahre Künstler, der wahre Dichter, soll in seinen Schilderungen sich an das halten, was er sieht und was er fühlt. Er soll *wirklich* seiner eigenen Natur treu sein. Wie den Tod soll er es scheuen, sich der Augen und Gefühle eines anderen zu bedienen, er mag noch so groß sein; denn dann wären die Hervorbringungen, die er uns gibt, in bezug auf ihn Lügen, und keine *Wirklichkeiten*. Sollten die Pedanten jedoch, von denen ich rede (die Pedanterie herrscht bis in die Niedrigkeit) und die überall ihre Vertreter haben, da diese Theorie dem Unvermögen wie der Faulheit schmeichelt, sich gegen diese Auslegung verwahren, so möge die Annahme genügen, sie wollten lediglich sagen: »Wir haben keine Einbildungskraft, und wir dekretieren, daß niemand welche haben wird.«

Welch seltsame Fähigkeit, diese Königin der Fähigkeiten! Sie steht mit allen anderen in Verbindung; sie spornt sie an, schickt sie in den Streit. Sie gleicht ihnen manchmal so sehr, daß sie mit ihnen verschmilzt, und ist doch immer sie selbst, und die Menschen, die ohne sie auskommen müssen, sind leicht erkennbar an ich weiß nicht welchem Fluch, der ihre Hervorbringungen ausdörrt wie den Feigenbaum im Evangelium.

Sie ist die Analyse, sie ist die Synthese, und dennoch gibt es unter denen, die zur Untersuchung geschickt und auch für die Zusammenfassung hinreichend begabt sind, solche, die der Einbildungskraft beraubt sind. Sie ist dieses, und erschöpft sich doch nicht darin. Sie ist die Sensibilität, und dennoch sind sehr feinfühlige, vielleicht allzu feinfühlige Menschen ihrer manchmal beraubt. Die Einbildungskraft hat den Menschen die sittliche Bedeutung der Farbe, des Umrisses, der Klänge und Düfte gelehrt. Sie hat, am Anfang der Welt, die Analogie und die Metapher geschaffen. Sie zerlegt die ganze Schöpfung, und mit den angehäuften Materialien, die sie nach Regeln anordnet, deren Ursprung in den tiefsten Tiefen der Seele zu suchen ist, schafft sie eine neue Welt, ruft sie die Empfindung des Neuen hervor. Da sie die Welt geschaffen hat (man kann das wohl sagen, glaube ich, sogar in einem religiösen Verstande), so ist es nur gerecht, daß sie die Welt regiert. Was würde man von einem Krieger ohne Einbildungskraft sagen? Daß er einen vorzüglichen Soldaten abgeben mag, daß er jedoch, wenn er Armeen befehligt, keine Eroberungen machen wird. Der Fall wäre etwa dem eines Dichters oder Romanciers zu vergleichen, welcher der Einbildungskraft die Befehlsgewalt über seine Fähigkeiten entreißen würde, um sie etwa der Sprachenkenntnis oder der Beobachtung der Tatsachen zu übergeben. Und was soll man von einem Diplomaten ohne Einbildungskraft halten? Daß er sich sehr gründlich in der Geschichte der Verträge und Bündnisse der Vergangenheit auskennen mag, daß er jedoch nicht imstande sein wird, die künftigen Verträge und Bündnisse zu erraten. Und von einem Gelehrten ohne Einbildungskraft? Daß er alles gelernt hat, was, da es gelehrt worden ist, erlernbar war, daß er jedoch die bisher verborgenen Gesetze nicht entdecken wird. Die Einbildungskraft ist die Königin des Wahren, und das *Mögliche* ist eine der Provinzen des Wahren. Sie ist in der Tat mit dem Unendlichen verwandt.

Ohne sie sind alle Fähigkeiten, sie mögen noch so kräftig oder so geschärft sein, als wären sie nicht, während die Schwäche einiger zweitrangiger Fähigkeiten, wenn eine kraftvolle Imagination ihnen aufhilft, nur ein zweitrangiges Unglück ist. Keine kann ihrer entraten, und sie kann manch eine vertreten. Oft, wenn die anderen Fähigkeiten etwas suchen und es nur nach wiederholten Anwendungen mehrerer ungeeigneter Methoden finden, errät sie stolz und einfach das Rechte. Auch in der Moral spielt sie schließlich eine entscheidende Rolle; denn, erlauben Sie mir, mich so weit vorzuwagen, was ist die Tugend ohne Einbildungskraft? Nichts anderes als die Tugend ohne Erbarmen, die Tugend ohne den Himmel; etwas Hartes, Grausames, Lebentötendes, das in gewissen Ländern die Bigotterie, und in gewissen anderen der Protestantismus, geworden ist.

Trotz aller prächtigen Privilegien, die ich der Einbildungskraft zuerkenne, werde ich Ihren Lesern nicht die Kränkung antun, ihnen darzulegen, daß sie je besser unterstützt, desto mächtiger ist, und daß in dem Ringen mit dem Ideal das Stärkste eine schöne Einbildungskraft ist, die über einen ungeheuren Vorrat an Beobachtungen verfügt. Dennoch, um auf das zurückzukommen, was ich schon hinsichtlich jener ihr verliehenen Stellvertreterschaft sagte, welche die Einbildungskraft ihrem göttlichen Ursprung verdankt, möchte ich Ihnen hier mit einem Beispiel dienen, einem ganz kleinen Beispiel, das Sie hoffentlich nicht verschmähen werden. Glauben Sie, der Verfasser des *Antony,* des *Grafen Hermann,* des *Monte-Cristo* sei ein Gelehrter? Nein, nicht wahr? Glauben Sie, daß er sich auf die praktische Ausübung der Künste versteht, daß er sich in ihnen einem geduldigen Studium unterzogen hat? Ebenso wenig. Das wäre ihm sogar, glaube ich, von Natur aus zuwider. Und gerade er liefert ein Beispiel, welches beweist, daß der Einbildungskraft, auch wenn ihr die Praxis und die Kenntnis der technischen Fachausdrücke nicht zu Hilfe kommen, keine ketzerischen Torheiten unterlaufen in einem Bereich, für den sie größtenteils zuständig ist. Kürzlich befand ich mich in einem Waggon, und ich war in Gedanken mit dem Artikel beschäftigt, den ich gerade schreibe; vor allem beschäftigte mich diese seltsame Verkehrung der Dinge, die in einem Jahrhundert freilich, in welchem dem Menschen, zu seiner Strafe, alles erlaubt wurde, die ehrenhafteste und nützlichste der seelischen Fähigkeiten zu verachten erlaubt hat, als ich auf einem Nachbarsitz eine Nummer der *Indépendance belge* bemerkte, die dort liegen geblieben war. Alexandre Dumas hatte es übernommen, darin über die Werke des *Salons* zu berichten. Die Gelegenheit bot Anlaß zur Neugierde. Sie werden sich meine Freude denken können, als ich meine Träumereien durch ein Beispiel, das mir der Zufall in die Hände spielte, völlig bestätigt fand. Daß dieser Mann, der die allesbelebende Vitalität selber zu verkörpern scheint, sich als der prächtige Lobredner einer Epoche bewies, die voller Leben war, daß der Schöpfer des romantischen Dramas, in einem Ton, dem es, wie ich Ihnen versichern darf, nicht an Größe fehlte, jene glückliche Zeit besang, da, Seite an Seite mit einer neuen literarischen Schule, eine neue Schule der Malerei blühte: Delacroix, die beiden Devéria, Boulanger, Poterlet, Bonington, usw. – was, werden Sie mir entgegenhalten, finden Sie daran so erstaunlich? Das kommt ihm doch wie gerufen! *Laudator temporis acti!* Aber daß er Delacroix sehr geistvoll lobte, daß er die besondere Art der Geistesverwirrung seiner Gegner genau erklärte, und daß er gar noch weiter ging, so weit nämlich, den begabtesten Malern unter den seit kurzem Berühmten nachzuweisen, worin sie sich versündigten; daß er, Alexandre Dumas, der so Lässige, so Flüssige, zum Beispiel so sicher nachwies, daß Troyon kein Genie besitze und was ihm fehle, um Genialität auch nur vorzutäuschen, – sagen Sie mir doch, mein lieber Freund, finden Sie das so selbstverständlich? Gewiß, das alles war mit jener dramatischen *Lässigkeit* hingeschrieben, die ihm schon zur Gewohnheit geworden ist, wenn er mit seiner zahllosen Leserschaft plaudert; und doch, welche Anmut und welche Hurtigkeit im Ausdruck des Wahren! Sie haben bereits meine Schlußfolgerung gezogen: Wenn Alexandre Dumas, der kein Gelehrter ist, nicht glücklicherweise eine reiche Einbildungskraft besäße, er hätte nur Torheiten von sich gegeben; er hat sehr verständige Dinge gesagt, und er hat sie gut gesagt, weil ... (nun, der Schluß ist nicht zu umgehen), weil die Einbildungskraft, dank ihrer supplierenden Natur, den kritischen Geist mit umfaßt.

Meinen Widersprechern bleibt allerdings eine Zuflucht, die Behauptung nämlich, Alexandre Dumas sei gar nicht der Verfasser seines *Salon*. Doch diese Beleidigung ist so abgestanden und diese Ausflucht so banal, daß man sie den Trödelkramsammlern überlassen sollte, den *Kolporteuren* und *Chronisten* unterm Strich. Sollten diese sie noch nicht aufgelesen haben, so werden sie es binnen kurzem nachholen.

Wir wollen uns noch gründlicher auf die Untersuchung der Funktionen dieser *Kardinal*fähigkeit einlassen (erweckt ihr Reichtum nicht die Vorstellung des Purpurs?). Ich werde einfach erzählen, was ich aus dem Munde eines Meisters vernommen habe, und ferner, wie ich damals mit der Freude eines Menschen, der sich unterrichtet, seine so einfachen Vorschriften auf alle Gemälde anwandte, die mir vor Augen kamen, so können wir sie nacheinander, wie einen Prüfstein, auf einige unserer Maler anwenden.

IV

DIE HERRSCHAFT DER EINBILDUNGSKRAFT

Gestern abend, nachdem ich die letzten Seiten meines Briefes abgeschickt hatte, wo ich, nicht ohne eine leichte Bangigkeit, geschrieben hatte: »*Wie die Einbildungskraft die Welt erschaffen hat, so regiert sie diese auch*«, blätterte ich in der »*Nachtseite der Natur*« und stieß dort auf folgende Zeilen, die ich nur deshalb zitiere, weil, was sie umschreiben, die Rechtfertigung des Satzes liefert, der mich beunruhigte: »*By imagination, I do not simply mean to convey the common notion implied by that much abused word, which is only* fancy, *but the* constructive *imagination, which is a much higher function, and which, in as much as man is made in the likeness of God, bears a distant relation to that sublime power by which the Creator projects, creates, and upholds his universe.*« – »Mit *imagination* will ich nicht lediglich die mit diesem so häufig mißbrauchten Wort verbundene Vorstellung ausdrücken, welche einfach *Phantasie* ist, sondern vielmehr die *schöpferische* Einbildungskraft, die eine sehr viel höhere Funktion darstellt, und die, insofern der Mensch nach dem Gleichnis Gottes erschaffen ist, eine entfernte Verbindung mit jener erhabenen Macht behält, durch welche der Schöpfer sein Universum entwirft, erschafft und erhält.« Ich bin keineswegs beschämt, sondern im Gegenteil sehr glücklich, mit dieser vortrefflichen Mrs. Crowe übereinzustimmen, deren Fähigkeit zu glauben ich immer bewundert habe, welche bei ihr so kräftig entwickelt ist wie bei anderen das Mißtrauen.

Ich sagte bereits, daß ich vor längerer Zeit schon einen wahrhaft kenntnisreichen und tiefsinnigen Mann zu diesem Thema die umfassendsten und dennoch einfachsten Ideen habe entwickeln hören. Als ich ihn zum ersten Mal sah, besaß ich keine andere Erfahrung als diejenige, welche eine übermächtige Liebe verleiht, und der Instinkt allein leitete meine Überlegungen. Diese Liebe und dieser Instinkt waren freilich lebhaft genug; denn sehr früh schon hatten meine Augen, die voller Bilder, gemalter oder gestochener, waren, sich nicht ersättigen können, und ich glaube, das Weltende könnte hereinbrechen, *impavidum ferient,* bevor ich zum Bilderstürmer würde. Er wollte sich augenscheinlich nachsichtig und gefällig erweisen, denn wir gerieten alsbald auf Gemeinplätze, das heißt auf die umfassendsten und tiefsten Fragen. Auf die Natur zum Beispiel. »Die Natur ist nur ein Wörterbuch«, wiederholte er häufig. Um die Reichweite dessen, was dieser Satz besagt, zu erfassen, muß man sich die zahlreichen gebräuchlichen Verwendungsweisen eines Wörterbuchs vergegenwärtigen. Man sucht dort die Bedeutung der Wörter, die Entstehung der Wörter, die

Etymologie der Wörter; schließlich entnimmt man ihm alle Elemente, aus denen ein Satz und eine Erzählung sich zusammensetzen; niemand ist aber jemals auf den Gedanken verfallen, das Wörterbuch selber für eine Komposition im dichterischen Verstande des Wortes zu halten. Die Maler, die der Einbildungskraft folgen, entnehmen ihrem Wörterbuch die Elemente, die mit ihrer Vorstellung übereinstimmen; indem sie diese Elemente mit einer gewissen Kunst zurichten, verleihen sie ihnen jedoch eine völlig neue Physiognomie. Diejenigen, denen die Einbildungskraft fehlt, schreiben das Wörterbuch ab. Dem entspringt ein sehr großes Übel: die Banalität, der man unter den Künstlern vor allem bei denen begegnet, die ihrer Besonderheit wegen der äußeren Natur am nächsten stehen, wie etwa die Landschaftsmaler, die es im allgemeinen für einen Triumph halten, wenn es ihnen gelingt, ihre Persönlichkeit auszuschalten. Vor lauter Schauen vergessen sie zu empfinden und zu denken.

Für diesen großen Maler waren, sind, will ich sagen, alle Teile der Kunst, von denen der eine diesen, der andere jenen für das Wichtigste hält, insgesamt nur sehr bescheidene Dienerinnen des einen höheren Vermögens, der Einbildungskraft.

Eine sorgfältige Ausführung ist unerläßlich, weil die Sprache des Traumes genau übersetzt sein will; äußerste Raschheit wird gefordert, damit von dem außerordentlichen Eindruck, der die Erfindung begleitet, nichts verlorengeht; und daß die Aufmerksamkeit des Künstlers sich bis auf die äußerliche Sauberkeit seines Werkzeugs erstreckt, versteht sich fast von selbst, da es darauf ankommt, alle Vorkehrungen zu treffen, daß die Ausführung behende und entschieden erfolgt.

Bei einer solchen Methode, die durch und durch logisch ist, müssen alle Gestalten, ihre Verhältnisse zueinander, die Landschaft oder das Interieur, die ihnen als Hintergrund oder Horizont dienen, kurz, alles den einen Zweck befördern, die zeugende Idee ins vollste Licht zu setzen, und alles muß noch ihre ursprüngliche Farbe, ihre Livree sozusagen, tragen. Wie ein Traum von einer eigenen Atmosphäre umgeben ist, ebenso bedarf eine Komposition gewordene Vorstellung dessen, daß sie sich in einem farblichen Milieu bewege, das ihrer Besonderheit entspricht. Es gibt da offensichtlich an irgendeiner Stelle einen besonderen Ton, der zum Schlüssel wird und die übrigen beherrscht. Jeder weiß, daß Gelb, Orange, Rot Vorstellungen der Freude, des Reichtums, des Ruhmes und der Liebe wecken und darstellen; aber es gibt unzählige gelbe oder rote Atmosphären, und alle übrigen Farben werden logischerweise und in abgestufter Menge von der herrschenden Atmosphäre affiziert werden. Die Kunst des Koloristen hat offenbar in gewisser Hinsicht etwas mit der Mathematik und der Musik zu tun. Ihre zartesten Verrichtungen werden jedoch von einem Gefühl geleitet, dem lange Übung eine unbeschreibliche Sicherheit verliehen hat. Man sieht, daß dieses große Gesetz der allgemeinen Harmonie manches Geflacker und manche Roheit, selbst bei den berühmtesten Künstlern, verurteilt. Es gibt Gemälde von Rubens, die einen nicht nur an ein farbenbuntes Feuerwerk, sondern gleich an mehrere auf einmal abgebrannte Feuerwerke denken lassen. Je größer das Gemälde ist, desto breiter muß der Pinselstrich sein, das versteht sich von selbst; doch empfiehlt es sich, die einzelnen Striche nicht ineinander verlaufen zu lassen; sie verschmelzen schon ganz natürlicherweise aus einer Entfernung, die das Gesetz des Zusammenklangs bestimmt, nach dem sie einander zugeordnet sind. Die Farbe gewinnt dadurch an Kraft und Frische.

Ein gutes Gemälde, das dem Traum, der es erzeugt hat, treu und ebenbürtig ist, soll wie eine Welt hervorgebracht werden. Ebenso wie die Schöpfung, die wir vor Augen haben, das Ergebnis mehrerer Schöpfungsakte ist, wobei jeder folgende die vorausgegangenen ergänzt, ebenso besteht ein harmonisch durchgeführtes Gemälde aus einer Serie von einander überlagernden Gemälden, in denen jede neue Schicht dem Traum eine höhere Wirklichkeit verleiht und ihn um eine Stufe der Vollkommenheit näherbringt. Ganz im Gegensatz dazu erinnere ich mich, in den Ateliers von Paul Delaroche und Horace Vernet riesige Gemälde gesehen zu haben, nicht als Entwürfe, sondern bereits in der Ausmalung, das heißt in gewissen Partien durchaus vollendet, während andere nur durch einen schwarzen Umriß oder eine leere Stelle angedeutet waren. Man könnte derartige Werke mit einer rein manuellen Arbeit vergleichen, bei der eine bestimmte Fläche in einer festgesetzten Zeit zu bedecken ist, oder mit einer langen Straße, die in

eine große Anzahl von Etappen unterteilt ist. Sobald eine Etappe erledigt ist, hat man sie hinter sich, und wenn die ganze Strecke durchlaufen ist, hat der Künstler sich seines Bildes entledigt.
All diese Vorschriften werden offensichtlich mehr oder minder durch das unterschiedliche Temperament des Künstlers abgewandelt. Ich bin jedoch überzeugt, daß dies die sicherste Methode für die Maler mit einer reichen Einbildungskraft ist. Allzu große Abweichungen von dieser Methode dürfen deshalb als ein Zeugnis dafür gelten, daß einem zweitrangigen Teil der Kunst eine normwidrige und ungerechtfertigte Wichtigkeit beigemessen wurde.
Ich fürchte nicht den Einwand, daß es widersinnig sei, eine große Anzahl verschiedenartiger Individuen der gleichen Erziehungsmethode zu unterwerfen. Denn offensichtlich sind keine Rhetorik und keine Prosodie eine willkürlich ersonnene Tyrannei, sondern jede eine Sammlung von Regeln, welche das geistige Wesen seiner Organisation nach fordert. Und noch niemals haben Prosodie und Rhetorik die Originalität verhindert, in ihrer Eigenart hervorzutreten. Das Gegenteil, daß sie nämlich die Entfaltung der Originalität begünstigt haben, wäre unendlich viel zutreffender.
Um mich kurz zu fassen, bin ich genötigt, eine ganze Anzahl von Korollarien zu übergehen, die sich aus der Grundform ergeben, darin sozusagen das ganze Formularium der wahren Ästhetik enthalten ist, das sich folgendermaßen ausdrücken läßt: Das ganze sichtbare Universum ist nur eine Vorratskammer von Bildern und Zeichen, denen die Einbildungskraft eine Stelle anweist und einen relativen Wert verleiht; es ist eine Art Nahrung, welche die Einbildungskraft verdauen und verwandeln muß. Alle Fähigkeiten der menschlichen Seele müssen der Einbildungskraft unterstellt werden, die sich aller insgesamt zu ihren Zwecken bedient. Ebenso wie eine gute Kenntnis des Wörterbuchs nicht notwendigerweise die Kenntnis der künstlerischen Gestaltung in sich schließt, und wie die künstlerische Gestaltung selber nicht die universale Einbildungskraft voraussetzt, ebenso kann der Fall eintreten, daß ein guter Maler kein großer Maler ist. Ein großer Maler aber ist unweigerlich ein guter Maler, weil die universale Einbildungskraft die Einsicht in alle Mittel und das Verlangen nach ihrem Erwerb umschließt.

Es liegt auf der Hand, daß den hier schlecht und recht erläuterten Grundsätzen nach (so vieles wäre noch zu sagen, insbesondere über die Teile, worin die Künste übereinstimmen, und über die Ähnlichkeiten in ihren Methoden!) die ungeheure Klasse der Künstler, das heißt der Menschen, die sich dem Ausdruck der Kunst ergeben haben, sich in zwei deutlich geschiedene Lager verteilen läßt: dieser, der sich selber einen *Realisten* nennt (ein doppeldeutiges Wort von schwankender Bedeutung), und den wir, um seinen Irrtum schärfer zu kennzeichnen, einen *Positivisten* nennen werden, sagt: »Ich will die Dinge so darstellen, wie sie sind, oder wie sie wären, falls es mich nicht gäbe.« Die Welt ohne den Menschen. Und jener, der Mann der Einbildungskraft, sagt: »Ich will die Dinge mit meinem Geist erhellen und den Widerschein davon auf andere Geister fallen lassen.« Obgleich diese einander grundsätzlich widersprechenden Methoden jedes Sujet steigern und mindern können, von der religiösen Szene bis zur bescheidenen Landschaft, so hat sich der Mann der Einbildungskraft doch meist in der religiösen Malerei und in der *Fantaisie* hervorgetan, während die sogenannte Genremalerei und die Landschaft den trägen und matten Geistern ein weites Betätigungsfeld zu bieten schienen.

Außer den Imaginativen und den sogenannten Realisten gibt es noch eine Menschenklasse, schüchterne und folgsame Gemüter, die ihren ganzen Stolz darein setzen, dem Kodex einer falschen Würde zu gehorchen. Während diese die Natur darzustellen glauben und jene ihre Seele malen wollen, bequemen andere sich den Regeln der bloßen Konvention, gänzlich willkürlichen Regeln, die nicht aus der menschlichen Seele entwickelt wurden und die nichts weiter als die Routine einer berühmten Werkstatt ihnen aufgezwungen hat. Zu dieser sehr zahlreichen, doch so wenig interessanten Klasse gehören die falschen Liebhaber des Antiken, die falschen Liebhaber des Stiles, und mit einem Wort alle Menschen, die durch ihr Unvermögen das *Poncif* zur Ehre des Stils erhoben haben.

V
RELIGION, HISTORIE, FANTAISIE

Bei jeder neuen Ausstellung stellen die Kritiker fest, daß es mit der religiösen Malerei mehr und mehr zurückgeht. Ich weiß nicht, ob das hinsichtlich der Menge zutrifft; hinsichtlich der Qualität jedoch täuschen sie sich gewiß nicht. Mehr als ein religiöser Schriftsteller, der, wie die demokratischen Schriftsteller, von Natur aus dazu neigt, das Schöne vom Glauben abhängen zu lassen, hat nicht verfehlt, den Mangel an Glauben dafür verantwortlich zu machen, daß es so schwierig geworden ist, die Gegenstände des Glaubens auszudrücken. Ein Irrtum, der mit philosophischen Gründen nachgewiesen werden könnte, wenn die Tatsachen uns nicht schon das Gegenteil bewiesen, und wenn wir in der Geschichte der Malerei nicht unfrommen und atheistischen Künstlern begegneten, die vorzügliche religiöse Werke hervorgebracht haben. Begnügen wir uns deshalb mit der einfachen Feststellung, daß die Religion als die höchste *Fiktion* des Menschengeistes (ich rede absichtlich, wie ein atheistischer Professor der schönen Künste reden würde, was niemanden berechtigt, meinen Glauben anzuzweifeln) von denen, die sich der Darstellung ihrer Handlungen und Gefühle widmen, die mächtigste Einbildungskraft und die höchsten Anstrengungen verlangt. So fordert die Person des Polyeukt von dem Dichter und dem Schauspieler eine geistige Erhebung und einen sehr viel lebhafteren Enthusiasmus als eine beliebige gewöhnliche Person, die in ein gewöhnliches Geschöpf verliebt ist, oder gar ein nur politischer Held. Das einzige Zugeständnis, das man den Anhängern der Theorie, die den Glauben als die einzige Quelle religiöser Inspiration betrachtet, vernünftigerweise machen kann, ist dieses, daß der Dichter, der Schauspieler und der Künstler in dem Augenblick, in dem sie das betreffende Werk ausführen, an die Wirklichkeit des Dargestellten glauben, weil die Notwendigkeit sie dazu treibt. So ist die Kunst der einzige geistige Bereich, wo der Mensch sagen kann: »Ich werde glauben, wenn ich will, und wenn ich nicht will, werde ich nicht glauben.« Die grausame und demütigende Maxime: *Spiritus flat ubi vult* verliert in künstlerischen Dingen ihre Geltung.

Es entzieht sich meiner Kenntnis, ob Legros und Amand Gautier den Glauben besitzen, so wie ihn die Kirche versteht, aber sie besaßen, als sie jeder ein vortreffliches Werk der Frömmigkeit schufen, mit Sicherheit den für den Gegenstand, den sie sich vorgenommen hatten, hinreichenden Glauben. Sie haben bewiesen, daß der Künstler selbst im 19. Jahrhundert ein gutes religiöses Bild hervorbringen kann, vorausgesetzt, seine Einbildungskraft sei imstande, sich so hoch zu erheben. Obwohl die wichtigeren Gemälde Eugène Delacroix' uns locken und nach uns verlangen, schien es mir angebracht, mein lieber M***, fürs erste zwei unbekannte oder wenig bekannte Namen anzuführen. Die vergessene oder unbekannte Blume fügt ihrem natürlichen Duft den paradoxen Duft ihrer Verborgenheit hinzu, und ihr tatsächlicher Wert wird durch die Freude der Entdeckung noch erhöht. Vielleicht sollte Legros mir nicht ganz unbekannt sein, ich muß jedoch gestehen, daß mir bisher kein Werk begegnet ist, das seinen Namen trug. Als ich sein Gemälde zum ersten Mal bemerkte, war ich in Begleitung unseres gemeinsamen Freundes, Herrn C ..., dessen Blicke ich auf dieses so bescheidene und so ergreifende Werk lenkte. Er konnte dessen besondere Verdienste nicht in Abrede stellen; doch dieses *ländliche* Aussehen, all diese kleinen Leute in Samt, Kattun und Baumwollzeug, die das Angelusläuten abends in unseren großen Städten unter der Wölbung der Kirche versammelt, mit ihren Holzschuhen und Regenschirmen, ganz gekrümmt von der Arbeit, ganz zerfurcht vom Alter, ganz vergilbt vom Brand des Kummers, trübte ihm ein wenig den Blick, der, wie die Augen eines guten Kenners, in die elegante Schönheit mondäner Frauen verliebt war. Er folgte offensichtlich jener französischen Neigung, die nichts so sehr fürchtet, als daß sie auf etwas hereinfallen könnte, und die der französische Schriftsteller so grausam verspottet hat, der von dieser Furcht aufs wunderlichste geplagt war. Der Geist des wahren Kritikers jedoch, wie der Geist des wahren Dichters, muß allem Schönen offenstehen; mit der gleichen Leichtigkeit genießt er Cäsars strahlende Größe als Triumphator und die Größe des armen Vorstadtbewohners, der sich unter den Blicken seines Gottes beugt. Wie sind sie hier *wiedergekehrt* und wiedergefunden, die Empfindungen der Erfrischung, die unter den Wölbungen der katholischen Kirche zu Hause sind, und die Demut, die sich ihrer selbst erfreut, und das Vertrauen des Armen auf den gerechten Gott, und die Hoffnung auf Hilfe, wenn nicht gar das Vergessen des gegenwärtigen Unglücks! Der Beweis, daß Legros ein kraftvoller Geist ist, liegt eben darin, daß die gewöhnliche Aufmachung seines Sujets der moralischen Größe eben dieses Sujets keinen Abbruch tut, sondern daß, im Gegenteil, die Trivialität hier der Barmherzigkeit und Zärtlichkeit so etwas wie eine Würze hinzufügt. Infolge einer geheimnisvollen Gedankenverbindung, die ein zartes Gemüt begreiflich finden wird, mußte ich bei dem grotesk gekleideten kleinen Burschen, der seine Mütze im Tempel Gottes linkisch dreht und windet, an Sternes Esel und seine Makronen denken. Daß ein Esel, der einen Kuchen frißt, einen komischen Anblick bietet, das mindert um nichts die Rührung, die man beim Anblick des armseligen Dorfsklaven empfindet, der sich an dieser Gabe aus der Hand eines Philosophen gütlich tut. So auch kostet das Kind des Armen, das nicht weiß, wie es sich benehmen soll, mit Zittern die himmlischen Konfitüren. Ich vergaß zu sagen, daß dieses fromme Werk mit bemerkenswerter Festigkeit ausgeführt ist; die etwas trübe Farbe und die getreue Wiedergabe der Einzelheiten stimmen mit dem ewig *preziösen* Charakter der Devotion überein. Herr C … wies mich darauf hin, daß der Hintergrund ohne rechte Tiefe sei und daß die Gestalten ein wenig das Ansehen hätten, als wären sie auf die sie umgebende Dekoration aufgeklebt. Ich gestehe jedoch, daß dieser Fehler, da er mich an die innige Einfalt älterer Bilder erinnerte, den Reiz des Werkes für mich erhöhte. In einem weniger intimen und weniger eindringlichen Bild wäre er nicht zu ertragen gewesen.

Amand Gautier ist der Urheber eines Werkes, das vor einigen Jahren schon die Augen der Kritik auf sich gezogen hatte; eines in mancher Hinsicht bemerkenswerten Werkes, das, wenn ich mich nicht irre, die Jury abgelehnt hatte, das man jedoch bei einem der großen Händler des Boulevard im Schaufenster studieren konnte: ich meine den Hof eines *Asyls für Närrinnen;* ein Sujet, das er nicht nach der philosophischen und germanischen Methode, der eines Kaulbach etwa, die an die Kategorien des Aristoteles erinnert, behandelt hatte, sondern mit dem dramatischen Sinn des

Franzosen, im Verein mit einer getreuen und einsichtigen Beobachtung. Die Freunde des Malers sagen, *alles* in diesem Werk sei von einer bis ins Kleinste gehenden Genauigkeit: Köpfe, Bewegungen, Gesichtsausdruck, und nach der Natur kopiert. Ich glaube das nicht, einmal, weil mir in der Anordnung des Bildes Anzeichen für das Gegenteil aufgefallen sind, und zum andern, weil das tatsächlich und allgemein Genaue keiner Bewunderung wert ist. Dieses Jahr hat Amand Gautier ein einziges Werk ausgestellt, das den einfachen Titel *Barmherzige Schwestern* trägt. Es bedarf einer hohen Könnerschaft, um die spürbare Poesie zu vermitteln, die in diesen langen einheitlichen Gewandungen liegt, in diesen starren Hauben und in diesen bescheidenen und ernsten Haltungen, wie sie dem Leben frommer Gottesdienerinnen eigen sind. Alles in Gautiers Bild unterstützt die Entwicklung des Hauptgedankens: die langen weißen Mauern, die säuberlich aufgereihten Bäume, die bis zur Ärmlichkeit einfache Fassade, die gerade Haltung der Schwestern, ohne jede weibliche Koketterie, die völlige Unterwerfung unter die Disziplin wie bei dem Soldaten, die Gesichter, auf denen der rosig-bleiche Wehmutsschimmer der gottgeweihten Jungfräulichkeit liegt, alles dieses weckt das Gefühl des Ewigen, des Unveränderlichen, der in ihrer Eintönigkeit angenehmen Pflichterfüllung. Bei der Betrachtung dieses mit breitem und wie der Gegenstand einfachem Pinselstrich behandelten Bildes überkam mich jene unbestimmte Empfindung, wie gewisse Bilder von Le Sueur und die besten Werke von Philippe de Champagne, welche klösterliche Verrichtungen darstellen, sie in uns erwecken. Wenn unter meinen Lesern jemand diese Gemälde aufsuchen möchte, so halte ich es für angezeigt, ihn darauf aufmerksam zu machen, daß sie am Ende der Galerie zu finden sind, im linken Teil des Gebäudes, an der Rückwand eines weiten viereckigen Saales, wo man eine Unzahl unsäglicher Bilder, vornehmlich solche, die sich religiöse nennen, zusammengepfercht hat. Dieser Saal bietet einen so frostigen Anblick, daß er weniger besucht ist, wie ein Gartenwinkel, den die Sonne meidet. In diesen Stapelraum falscher Exvotos, in diese ungeheure Milchstraße gipserner Albernheiten hat man diese beiden bescheidenen Bilder verbannt.

Delacroix' Einbildungskraft! Niemals hat Furcht diese angewandelt, die steilen Höhen der Religion zu erklimmen; der Himmel gehört ihr, wie die Hölle, wie der Krieg, wie der Olymp, wie die Wollust. Er ist wahrhaft das Muster des Dichter-Malers! Er ist einer der seltenen Auserwählten, und die Weite seines Geistes umfaßt die Religion als einen ihm zugehörigen Bereich. Seine glühende Phantasie gleicht einer Totenkapelle, lodernde Flammen, purpurne Inbrunst allüberall. Alle Leiden der *Passion* wecken seine Leidenschaft; aller Glanz der Kirche erleuchtet ihn. Eins ums andere ergießt er über seine inspirierten Gemälde Blut, Licht und Finsternis. Gerne fügte er, glaube ich, als eine Steigerung den Herrlichkeiten des Evangeliums die ihm natürliche Pracht hinzu. Ich habe von Delacroix eine kleine *Verkündigung* gesehen, wo der Engel, der Maria besucht, nicht allein war, sondern feierlich im Geleit von zwei anderen Engeln erschien, und dieser himmlische Hofstaat tat eine mächtige und zauberhafte Wirkung. Eines seiner frühen Bilder, *Christus am Ölberg* (»Herr, laß diesen Kelch an mir vorübergehen«, in Saint-Paul, Rue Saint-Antoine), strömt über von weiblicher Zärtlichkeit und poetischer Salbung. Der Schmerz und das Gepränge, wie sie in der Religion so stark zum Ausdruck kommen, wecken immer ein Echo in seinem Geiste.

Und dieser außerordentliche Mann, mein lieber Freund, der mit Scott, Byron, Goethe, Shakespeare, Ariost, Tasso, Dante und dem Evangelium gerungen, der die Geschichte mit den Strahlen seiner Palette erhellt und den Reichtum seiner Erfindungen in Strömen in unsere geblendeten Augen ergossen hat, dieser Mann, schon fortgeschritten in der Zahl seiner Tage, doch von hartnäckiger Jugend geprägt, der seit seinen Jünglingsjahren seine ganze Zeit der Vervollkommung seines Handwerks, seines Gedächtnisses und seines Sehens gewidmet hat, um seiner Einbildungskraft die sichersten Waffen zu bereiten, dieses Genie hat kürzlich einen Professor gefunden, es seine Kunst zu lehren, in einem jungen *Chronisten,* dessen weihevolles Tun sich bisher darauf beschränkte, die Robe zu beschreiben, in der Frau Soundso auf dem letzten Ball des Hôtel de Ville erschien. Ah! die Pferde in *Rosa,* ah! die Landschaften in *Lila!,* ah! die *roten* Rauchschwaden (welche Kühnheit, ein roter Rauchschwaden!) bekamen es da zu hören. Delacroix' Werk wurde zu Staub zerstampft und in die vier Winde zerstreut. Diese

Sorte Artikel, deren Art zu reden man übrigens in allen bürgerlichen Salons begegnet, beginnt unweigerlich mit folgenden Worten: »Ich muß gestehen, daß ich mir nicht anmaße, ein Kenner zu sein, die Mysterien der Malerei sind ein verschlossenes Buch für mich, *nichtsdestoweniger,* usw. ...« (warum dann davon reden?), und endet gewöhnlich mit einem säuerlichen Satz, der einem neidischen Blick auf die Glücklichen gleichkommt, die das Unverstehbare verstehen.

Was liegt schon daran, werden Sie mir entgegenhalten, was liegt an der Torheit, wenn das Genie den Sieg behält? Nein, mein Lieber, es erübrigt sich keineswegs, die Gewalt des Widerstandes zu ermessen, die sich dem Genie entgegenstellt, und die ganze Wichtigkeit dieses jungen Chronisten beschränkt sich darauf, doch das genügt auch, die geistige Mittellage der Bourgeoisie zu vertreten. Bedenken Sie doch, daß diese Komödie seit 1822 gegen Delacroix gespielt wird, und seither hat unser Maler, immer pünktlich und verläßlich, uns auf jeder Ausstellung mehrere Bilder geschenkt, unter denen sich mindestens ein Meisterwerk befand; unermüdlich bewies er, um mich des höflichen und nachsichtigen Ausdrucks Herrn Thiers' zu bedienen, »jenen Schwung der Überlegenheit, der die Hoffnungen wiederbelebt, die *das allzubescheidene Verdienst aller übrigen* ein wenig entmutigt hat«. Und etwas später heißt es bei ihm: »Ich weiß nicht, welche Erinnerung an große Künstler mich beim Anblick dieses Bildes *(Dante und Virgil)* ergreift. Ich finde hier jene wilde Mächtigkeit wieder, jene Leidenschaft, die doch immer natürlich bleibt und die der eigenen Hingerissenheit mühelos folgt ... Ich glaube mich nicht zu täuschen: Delacroix *ist ein begnadetes Genie;* er schreite nur vertrauensvoll voran, er leiste die *ungeheuren* Arbeiten, welche die *unerläßliche* Vorbedingung des Talents sind ...« Ich weiß nicht, wie oft in seinem Leben Herr Thiers ein Prophet war, an jenem Tage aber war er es. Delacroix hat die *ungeheuren Arbeiten* geleistet, und er hat die öffentliche Meinung nicht entwaffnet. Sieht man diesen majestätischen Strom, in dem seine Malerei sich unerschöpflich ergießt, so wäre es ein leichtes, den Mann zu erraten, den ich eines Abends sagen hörte: »Wie alle, die mein Alter erreicht haben, habe ich mehrere Leidenschaften gekannt; aber das vollkommene

Gefühl des Glückes habe ich nur in der Arbeit gefunden.« Pascal schreibt, die Togen, der Purpur und der wehende Hauptschmuck seien eine sehr glückliche Erfindung, um sich bei dem gemeinen Mann in Respekt zu setzen, um das, was wahrhaft Respekt verdient, nach außen hin zu verdeutlichen; dennoch haben die öffentlichen Auszeichnungen, die Delacroix zuteil geworden sind, die Unwissenheit nicht zum Schweigen gebracht. Für diejenigen jedoch, die, wie ich, den Standpunkt vertreten, über die Angelegenheiten der Kunst verhandle man nur unter Aristokraten, und die glauben, daß nur die Seltenheit der Auserwählten das Paradies ausmache, steht bei näherem Hinsehen derart alles zum besten. Ein privilegierter Mann! Die Vorsehung hält ihm Feinde in Reserve. Ein Glücklicher unter den Glücklichen! Nicht nur überwindet sein Talent die Hindernisse, es läßt noch weitere entstehen, daß er auch diese überwinde! Er ist so groß wie die Alten, in einem Jahrhundert und einem Land, in denen zu leben den Alten unmöglich gewesen wäre. Denn wenn ich Männer wie Raffael und Veronese in den Himmel heben höre, in der unverkennbaren Absicht, das Verdienst des nach ihnen Entstandenen zu schmälern, so frage ich mich, bei all meiner Begeisterung für diese großen Schatten, die ihrer nicht bedürfen, ob ein Verdienst, das dem ihren *zumindest* gleichwertig ist (räumen wir aus reiner Gefälligkeit einen Augenblick lang ein, daß es geringeren Wertes sei), nicht unendlich *verdienstlicher* ist, weil es sich unter ungünstigen Bedingungen der Atmosphäre und des Erdreichs siegreich entwickelt hat. Die edlen Künstler der Renaissance wären höchst schuldig gewesen, wenn sie nicht groß, fruchtbar und erhaben gewesen wären, ermutigt und angespornt, wie sie waren, durch eine erlauchte Gesellschaft hoher Herren und Prälaten, was sage ich? durch die Menge selbst, die in jenen goldenen Zeiten voller Kunstsinn war! Was aber sollen wir von dem modernen Künstler sagen, der sich seinem Jahrhundert *zum Trotz* sehr hoch hinaufgeschwungen hat? Da bleiben nur gewisse Überzeugungen, die dieses Jahrhundert nicht gelten lassen, und die auszusprechen man künftigen Zeiten überlassen wird.

Um auf die religiösen Gemälde zurückzukommen, sagen Sie mir doch, ob Sie die unerläßliche Feierlichkeit der *Grablegung* jemals besser ausgedrückt gesehen haben. Glauben Sie allen Ernstes, Tizian hätte das erfunden? Er hätte es, er hat es anders aufgefaßt; aber ich gebe Delacroix' Darstellung den Vorzug. Die Szene ist das Grab selber, ein Emblem des unterirdischen Lebens, das zu führen der neuen Religion auf lange Zeit hinaus bestimmt ist. Draußen die Luft und das Licht, das spiralenförmig hereindringt. Die Mutter steht im Begriff, in Ohnmacht zu sinken, kaum hält sie sich noch aufrecht! Bemerken wir im Vorbeigehn, daß Eugène Delacroix, statt die allerheiligste Mutter als ein schmächtiges Weiblein aus einem Bilderalbum darzustellen, ihr immer eine tragische Gebärde und Großartigkeit verleiht, wie sie der Königin der Mütter vollkommen angemessen sind. Es ist unmöglich, daß die Einbildungskraft eines Kunstliebhabers, der für Poesie empfänglich ist, sich nicht getroffen fühlt, nicht von einem historischen Eindruck, sondern von einem poetischen, religiösen, weltumfassenden Eindruck, wenn er diese wenigen Männer betrachtet, die den Leichnam ihres Gottes auf den Grund einer Krypta niederlassen, in dieses Grab, das die Welt anbeten wird, »das einzige«, wie die wunderbaren Worte bei René lauten, »das nichts herauszugeben haben wird am Ende der Zeiten«!

Der *Heilige Sebastian* ist ein Wunderwerk, nicht nur als Malerei, er ist auch von köstlicher Traurigkeit. *Der Aufstieg zum Kalvarienberg* ist eine reichgegliederte, leidenschaftliche und kunstvolle Komposition. »*Das Bild sollte*«, sagt der Künstler, der seine Leute kennt, »*in den großen Flächenausmaßen von Saint-Sulpice ausgeführt werden,* in der Taufkapelle, die nun einer anderen Bestimmung dient.« Obwohl er alle Vorkehrungen getroffen hat, durch diese unmißverständliche Mitteilung an das Publikum: »Ich will euch, im kleinen, den Entwurf einer sehr großen Arbeit zeigen, die mir anvertraut war«, hat es, wie gewöhnlich, nicht an Kritikern gefehlt, die ihm den Vorwurf gemacht haben, was er male, seien immer nur Skizzen!

Da liegt er im wilden Gras, weichlich und traurig hingebettet wie eine Frau, der berühmte Dichter, der die *Kunst zu lieben* lehrte. Wird es seinen hohen Freunden in Rom gelingen, den kaiserlichen Groll zu besänftigen? Wird er eines Tages wieder die üppigen Lüste der wunderbaren Stadt genießen? Nein, aus diesen ruhmlosen Ländern wird der lange schwermütige Strom der *Tristia* sich vergeblich ergießen; hier wird er leben, hier wird er sterben. »Als ich eines Tages den Ister nahe seiner Mündung überquert und mich ein wenig von dem Schwarm der Jäger entfernt hatte, sah ich die Fluten des Pontus Euxinus vor mir liegen. Ich entdeckte ein steinernes Grab, auf dem ein Lorbeerbaum wuchs. Ich raufte die Gräser weg, die einige lateinische Lettern bedeckten, und bald gelang es mir, diesen ersten Vers der Elegien eines unglücklichen Dichters zu lesen: ›Mein Buch, du wirst nach Rom gehen, doch ach! nach Rom ohne deinen Herrn.‹

Ich kann dir nicht schildern, wie es mich bewegte, in dieser abgelegenen Öde das Grab Ovids zu finden. Welche traurigen Betrachtungen stellte ich nicht an über die Leiden der Verbannung, die auch die meinen waren, und über die Nutzlosigkeit der Begabungen für das Glück! Rom, das heute die Schilderungen des geistreichsten unter seinen Dichtern genießt, zwanzig Jahre lang sah es, trockenen Auges, Ovids Tränen fließen! Ach! dankbarer als die Völker Ausoniens, gedenken die wilden Einwohner an den Gestaden des Ister noch dieses Orpheus, der in ihren Wäldern erschien! Sie versammeln sich und tanzen um seine Asche; sogar von seinen Worten haben sie etwas bewahrt; so süß ist ihnen die Erinnerung an diesen Dichter, der sich einen Barbaren schalt, weil das Ohr der Sarmaten ihn nicht verstand!«

Nicht ohne Grund habe ich, anläßlich Ovids, diese Betrachtungen des Eudorus zitiert. Der schwermütige Ton Chateaubriands, des Dichters der *Martyrs,* paßt zu diesem Gemälde, und die sanfte Trauer des christlichen Gefangenen spiegelt sich glücklich darin. Da haben wir den Schwung der Darstellung und der Empfindung, wie er die Feder kennzeichnet, welche *Les Natchez* schrieb; und in Eugène Delacroix' wilder Idylle finde ich eine *vollkommen schöne Geschichte,* weil er *die Blüte der Wildnis, die Armut der ländlichen Hütte und eine Schlichtheit im Bericht des Schmerzes* hineingelegt hat, *die bewahrt zu haben ich mir nicht schmeichle.* Ich werde gewiß nicht versuchen, mit meiner Feder die so schwermütige Wollust zu übersetzen, die dieser grünende Ort der *Verbannung* aushaucht. In dem Katalog, der hier die klare, knappe Sprache von Delacroix' Niederschriften spricht, liest man einfach, und das ist besser: »Die einen betrachten ihn mit Neugier, die andern heißen ihn auf ihre Weise willkommen und reichen ihm wilde Früchte und Stutenmilch hin.« Trotz seiner Niedergeschlagenheit ist der *poeta elegantiarum* nicht unempfindlich für diese Anmut der Barbaren, für den Reiz dieser ländlichen Gastlichkeit. Alle Zartheit, alle Fruchtbarkeit Ovids ist in Delacroix' Malerei eingegangen, und wie die Verbannung dem glanzvollen Dichter die Traurigkeit verlieh, die ihm bisher fehlte, so hat Schwermut die reichlich bewachsene Landschaft des Malers mit ihrem Zauberschimmer überzogen. Es ist mir unmöglich zu sagen: Dieses oder jenes Gemälde Delacroix' ist das beste seiner Gemälde; denn es ist immer Wein vom gleichen Faß, berauschend, köstlich, *sui generis;* von *Ovid bei den Skythen* aber darf man sagen, es sei eines jener erstaunlichen Werke, wie nur Delacroix sie zu ersinnen und auszuführen vermag. Der Künstler, der das hervorgebracht hat, darf sich einen glücklichen Menschen nennen, und glücklich auch darf der sich nennen, der alle Tage seinen Blick daran weiden kann. Der Geist versenkt sich da hinein mit einer langsamen und auskostenden Lust, wie in den Himmel, wie in den Horizont des Meeres, in die Tiefe sinnender Augen, in eine gedankenreiche und träumeschwangere Sentenz. Ich bin überzeugt, dieses Bild besitzt für zartempfindende Gemüter einen sehr besonderen Zauber; fast möchte ich schwören, daß es vielleicht mehr als andere den nervösen und poetischen Temperamenten gefallen hat. Fromentin zum Beispiel, von dem Sie zu unterhalten ich sogleich das Vergnügen haben werde.

Ich zermartere mir den Kopf, um ihm eine Formel zu entreißen, in der Eugène Delacroix' *Spezialität* angemessen zum Ausdruck käme. Ein vorzüglicher Zeichner, ein wunderbarer Kolorist, ein leidenschaftlicher und fruchtbarer Bildgestalter, das alles ist offensichtlich, das alles ist gesagt worden. Woher aber kommt es, daß er die Empfindung der Neuheit hervorruft? Was gibt er uns mehr als die Vergangenheit? Ebenso groß wie die Großen, ebenso geschickt wie die Geschickten, warum gefällt er uns mehr als diese? Man könnte sagen, er sei mit einer reicheren Einbildungskraft begabt und dank dieser drücke er vor allem das Geheime des Geistes, die ungewöhnliche Seite der Dinge aus, so sehr bewahrt sein Werk getreulich den Stempel und die Stimmung seiner Auffassung. Das Unendliche im Endlichen! Der Traum! und ich verstehe unter diesem Wort hier nicht das nächtliche Durcheinander, sondern die Vision, wie sie eine beharrliche Meditation oder, in weniger fruchtbaren Köpfen, ein künstliches Reizmittel hervorbringt. Mit einem Wort, Eugène Delacroix malt vor allem die *Seele* in ihren glücklichen Stunden. Ach! mein lieber Freund, bei diesem Manne kommt mich bisweilen das Verlangen an, so lange zu dauern wie ein Patriarch, oder unerachtet dessen, was für einen Toten an Mut dazugehört, einer Rückkehr ins Leben zuzustimmen (»Gib mich der Unterwelt zurück!« sprach der Unglückliche, den die thessalische Hexe von den Toten heraufgerufen hatte), bei Zeiten wiederbeseelt zu werden, um den Entzückungen und Lobeserhebungen beizuwohnen, die er in künftiger Zeit erregen wird. Doch wozu? Und wenn dieser kindische Wunsch, eine Prophezeiung erfüllt zu sehen, erhört würde, welchen anderen Vorteil zöge ich daraus als die Beschämung, erkennen zu müssen, daß ich eine schwache Seele war, die das Bedürfnis plagte, ihre Überzeugungen anerkannt zu sehen?

Der französische Geist, der ein epigrammatischer Geist ist, in Verbindung mit einem Element der Pedanterie, das seiner natürlichen Leichtfertigkeit durch ein wenig Ernst aufzuhelfen bestimmt war, sollte eine Schule hervorbringen, die Théophile Gautier, in seiner milden Güte, höflich die neugriechische Schule nennt, und die ich, wenn Sie erlauben, die Schule der *Spitzfindigen* nennen möchte. Hier hat die Gelehrsamkeit die Aufgabe, den Mangel an Einbildungskraft zu verbergen. Meist handelt es sich infolgedessen nur darum, das alltägliche und gewöhnliche Leben in einen griechischen oder römischen Rahmen zu übertragen. Dézobry und Barthélemy bieten hier eine große Hilfe, und Nachahmungen der Fresken von Herkulanum, mit ihren bleichen Farbtönen, die durch einen ungreifbar zarten Überzug erzielt werden, erlauben es dem Maler, allen Schwierigkeiten einer reichen und kräftigen Malerei aus dem Weg zu gehen. So werden einerseits der Trödel (der den Ernst liefert) und anderseits die Versetzung der Gewöhnlichkeiten des Lebens in den Bereich der Antike (was überraschend wirkt und Erfolg hat) hinfort statt aller von der guten Malerei geforderten Bedingungen genügen. Wir werden also antike Knirpse antike Bälle werfen und einen antiken Reifen schlagen, mit antiken Puppen und antikem Spielzeug spielen sehen; idyllische Kinderlein werden den Herrn und die Dame agieren *(Ma sœur n'y est pas);* Amoretten, die auf Wassertieren reiten (Dekoration für ein Badezimmer), und *Liebesverkäuferinnen* in Hülle und Fülle, die ihre Ware an den Flügeln hangend feilbieten, wie man einen Hasen bei den Ohren hält, und die man auf die Place de la Morgue zurückschikken sollte, wo man mit natürlicheren Vögeln ausgiebig Handel treibt. Amor, der unvermeidliche Amor, der unsterbliche Cupido der Zuckerbäcker, spielt in dieser Schule die Rolle des allgegenwärtigen Herrschers. Er ist der Präsident dieser Republik der gezierten Galanterie. Ein Fisch, der sich jeder Sauce anbequemt. Sind wir es jedoch nicht nachgerade leid, Farbe und Marmor zugunsten dieses alten Schlingels mit seinen Insekten- oder Entenflügeln verschwendet zu sehen, den Thomas Hood uns als Impotenten zeigt, wie er auf seiner Wolke hockt, die ihm als Kissen dient, das unter der Schwere seines weichlichen Wanstes nachgibt? In der Linken hält er als einen Säbel seinen Bogen, den er auf seinen Schenkel stützt; die Rechte erteilt mit dem Pfeil den Befehl: »Die Waffen über!« Sein Haar ist dichtgelockt wie die Perücke eines Kutschers; seine Pausbacken bedrängen seine Nüstern und Augen; ausgepolstert, röhrenartig und aufgebläht, ist sein Fleisch wie die Fettlappen, die an den Fleischerhaken hängen; daß es so aufgebläht ist, verdankt es gewiß den Seufzern sämtlicher Idyllen der Welt; an seinem bergartigen Rücken sind zwei Schmetterlingsflügel befestigt.

»Ist das der Inkubus, der auf dem Busen der schönen Mädchen lastet? ... Ist diese Person der unförmige Partner, nach dem Pastorella auf dem engsten aller jungfräulichen Lager seufzt? Wenn die platonische Amanda (die ganz Seele ist) sich in gelehrten Erörterungen über den Eros ergeht, meint sie dann dieses allzu greifliche Wesen, das ganz Körper ist? Und glaubt Belinda wirklich, dieser ultrasubstantielle Bogenschütze könnte in ihrem gefährlichen blauen Auge auf der Lauer liegen?

Die Sage erzählt, ein Mädchen der Provence habe sich in ein Standbild des Apoll verliebt und sei daran gestorben. Wird aber je ein leidenschaftliches Fräulein vor dem Piedestal dieser Ausgeburt an Scheußlichkeit in Verzückung geraten und an Auszehrung dahinsiechen? Oder sollte sie nicht vielmehr ein indezentes Emblem sein, die Scheu und die sprichwörtliche Sprödigkeit der Mädchen vor den Annäherungen der Liebe zu erklären?
Ich glaube gerne, daß er *ein ganzes Herz* für sich allein fordert; wenn er sich hineinzwängt, ist es schon übervoll. Ich glaube an sein *Vertrauen;* denn er ist seßhaft und kein rüstiger Wanderer. Daß er zum *Schmelzen* neigt, kommt von seinem Fett, und wenn er sich *vor Glut* verzehrt, so hat er dies mit allen fettigen Substanzen gemeinsam. Er *siecht dahin* wie alle Körper von solcher Tonnage, und es ist nur natürlich, daß ein so großer Blasebalg *seufzt.*
Ich leugne nicht, daß er vor den Damen *aufs Knie fällt,* denn das ist die Haltung der Elefanten; daß er *schwört,* diese Huldigung währe ewiglich; kaum vorstellbar, daß es sich anders verhielte. Daß er *stirbt,* möchte ich nicht in Zweifel ziehen, bei solcher Korpulenz und einem so kurzen Hals! Wenn er *blind* ist, so kommt das daher, daß seine geschwollene Schweinsbacke ihm die Sicht verwehrt. Daß er aber in Belindens blauem Auge wohne, ach! hier fühle ich mich als Ketzer: das glaube ich nimmermehr; denn sie hat noch nie einen Stall* in ihrem Auge gehabt!«
Das zu lesen, tut wohl, nicht wahr? und das rächt uns ein wenig an diesem dicken Pausback mit seinen Grübchen vorn und hinten, wie er der gängigen Vorstellung von dem Liebesgott entspricht. Wenn man mich aufforderte, den Amor darzustellen, würde ich ihn vermutlich in der Gestalt eines wütenden Pferdes malen, das seinen Herrn zerfleischt, oder in der eines Dämons mit dunklen Ringen um die Augen als Folgen der Ausschweifung und der Schlaflosigkeit, an seinen Knöcheln, wie ein Gespenst oder ein Galeerensträfling, rasselnde Ketten hinter sich herschleifend und in der einen Hand ein Giftfläschchen, in der anderen den blutigen Dolch des Verbrechens schüttelnd.

* In einem Stall hausen *mehrere* Schweine, außerdem steckt hier ein Kalauer; nicht schwer zu erraten, was das Wort *sty* im übertragenen Sinne meint.

Die in Frage stehende Schule, deren Hauptmerkmal (in meinen Augen) es ist, daß sie den Betrachter unaufhörlich reizen will, hat gleichzeitig etwas vom Sprichwort, vom Rebus und vom Neu-Alten an sich. Was den Rebus angeht, so ist sie bisher hinter Bildern wie *L'Amour fait passer le Temps* und *Le Temps fait passer l'Amour* zurückgeblieben, die das Verdienst haben, ungescheut ein genaues und untadeliges Bilderrätsel zu sein. Mit ihrer Manie, die Trivialitäten des modernen Lebens in antike Gewänder zu hüllen, begeht sie unaufhörlich das, was ich eine umgekehrte Karikatur nennen möchte. Ich glaube ihr einen großen Dienst zu erweisen, wenn ich ihr, falls sie noch aufreizender zu werden wünscht, das kleine Buch von Edouard Fournier als unerschöpfliche Quelle weiterer Darstellungen empfehle. Die gesamte Geschichte, alle Berufe und alle modernen Industrien in vergangene Kostüme zu stecken, das dürfte wohl für die Malerei ein unfehlbares und unerschöpfliches Mittel zu erstaunen sein. Selbst der ehrenwerte Gelehrte sähe dergleichen nicht ohne Vergnügen.

Es ist unmöglich, bei Gérôme edle Eigenschaften zu verkennen, deren vornehmste die Suche nach dem Neuen und das Gefallen an großen Gegenständen sind; aber seine Originalität (falls eine solche vorliegt) ist oft mühsam errungen und kaum sichtbar. Kalten Herzens heizt er die Sujets an, durch kleine Beigaben und kindische Behelfe. Bei einem Hahnenkampf denkt man unwillkürlich an Manila oder England. Gérôme wird unsere Neugier zu überraschen versuchen, indem er dieses Spiel in eine Art antiker Hirtenwelt überträgt. Ungeachtet mancher großen und edlen Bemühungen – ich denke hier etwa an *Das Zeitalter des Augustus* – das uns abermals ein Beispiel für diese französische Tendenz bei Gérôme bietet, den Erfolg anderswo als allein in der Malerei zu suchen, – war er bis heute nur der erste unter den spitzfindigen Geistern, und wird dies, wie zu befürchten steht, auch bleiben. Daß seine Darstellung dieser römischen Spiele genau, daß das Lokalkolorit sorgfältig gewahrt ist, will ich nicht in Zweifel ziehen; der geringste Verdacht in dieser Richtung liegt mir ferne (doch da ich den Retiarier sehe, wo ist der Mirmillo?), aber ist das nicht ein, wenn nicht unehrenhaftes, so doch zumindest gefährliches Spiel, auf solche Elemente seinen Erfolg zu gründen und bei vielen Leuten einen Widerstand des Mißtrauens zu wecken, die kopfschüttelnd davongehen und sich fragen, ob das alles denn wirklich so und nicht anders stattgefunden hat? Selbst angenommen, eine solche Kritik sei ungerecht (denn ganz allgemein erkennt man bei Gérôme einen Geist, dem es die Vergangenheit angetan hat und der sich zu unterrichten bestrebt ist), so ist sie doch die verdiente Strafe für einen Künstler, der uns statt der Genüsse der reinen Malerei die Unterhaltung eines gelehrten Textes liefert. Gérômes Malweise ist, was leider gesagt werden muß, meist weder sonderlich kräftig noch originell. Unentschieden vielmehr und schwach ausgeprägt, hat sie immer zwischen Ingres und Delaroche geschwankt. Übrigens habe ich gegen das fragliche Bild noch einen schweren Vorwurf zu erheben. Selbst wenn man die Verhärtung des Herzens im Verbrechen und in der Ausschweifung zeigen, selbst wenn man die geheime Niedertracht der Gefräßigkeit ahnen lassen will, so braucht man darum doch noch kein Bündnis mit der Karikatur einzugehen, und ich glaube, die Gewohnheit zu befehlen, vor allem, wenn es darum geht, der Welt zu befehlen, verleiht, auch wo Tugenden fehlen, einen gewissen Adel der Haltung, die diesem vermeintlichen Cäsaren sehr mangelt, diesem Schlächter, diesem schmerbäuchigen Weinhändler, der, wie seine zufriedene und herausfordernde Pose vermuten läßt, allenfalls auf die Rolle eines Zeitungsdirektors der *Dickwänste* und der Selbstzufriedenen Anspruch erheben könnte.

König Kandaules ist abermals eine Falle und eine Ablenkung. Manch einer gerät in Verzückung angesichts des Mobiliars und der Ausstattung des königlichen Bettes; so also sieht ein asiatisches Schlafgemach aus! welch ein Triumph! Aber die schreckliche Königin, die mit solcher Eifersucht über sich selber wachte, die sich durch einen Blick ebenso wie durch eine Hand besudelt fühlte, sollte wirklich dieser kläglichen Marionette geglichen haben? Ein derartiges Sujet birgt übrigens eine große Gefahr, weil es dem Komischen nicht weniger nahesteht als dem Tragischen. Wird die asiatische Anekdote nicht auf asiatische Manier behandelt, umdüstert, blutig, dann gewinnt unweigerlich das Komische die Oberhand; jedesmal fallen einem die Schlüpfrigkeiten der Baudouins und Biards des achtzehnten Jahrhunderts ein, wo eine halboffene

Tür zwei weitaufgerissenen Augen den Blick verstattet auf die üppigen Reize einer Marquise, der man ein Klistier verabreicht. Julius Cäsar! Welchen Glanz einer untergegangenen Sonne verbreitet dieser Name in unserer Einbildungskraft! Wenn je ein Mensch auf Erden der Gottheit geglichen hat, so war es Cäsar. Mächtig und verführerisch! tapfer, weise und großmütig! Alle Kraft, alle Herrlichkeit und alle Eleganz! Der, dessen Größe stets den Sieg überwog, und der zunahm an Größe bis in den Tod; der, dessen Brust, als das Messer sie durchbohrte, nur dem Schrei der väterlichen Liebe Durchlaß gewährte, und der die Verwundung durch das Eisen als weniger grausam empfand denn die Wunde der Undankbarkeit! Diesmal gewiß waren Gérômes Phantasie Flügel gewachsen, die sie hinauftrugen; sie geriet in eine glückliche Krise, als sie seinen Cäsar ersann: *allein,* zu Boden hingestreckt vor seinem umgestürzten Thronsitz, und dieser Leichnam eines Römers, der Pontifex, Krieger, Redner, Geschichtsschreiber und Herr der Welt war, einen ungeheuren, öden Saal füllend. Man hat die Art und Weise, wie der Gegenstand hier behandelt ist, getadelt; man könnte sie nicht genugsam loben. Die Wirkung ist wahrhaft groß. Dieses schreckliche Resümee genügt. Jeder von uns besitzt genügende Kenntnisse der römischen Geschichte, um sich alles, was mitgemeint ist, vorstellen zu können, das vorausgegangene Gewühl und den darauf folgenden Tumult. Wir ahnen Rom hinter dieser Mauer, und wir hören die Schreie des törichten und befreiten Volkes, voll des nämlichen Undanks gegen das Opfer und gegen den Mörder: »Erheben wir Brutus zum Cäsar!« Bleibt hinsichtlich des Bildes selbst etwas Unerklärliches zu erklären. Cäsar kann kein Maghrebiner sein; er hatte eine sehr weiße Haut; es hat durchaus nichts Kindisches, daran zu erinnern, daß der Diktator seine Person mit ebensoviel Sorgfalt pflegte wie ein raffinierter Dandy. Warum demnach dieser erdfarbene Ton, von dem Gesicht und Arme überzogen sind? Ich habe Stimmen gehört, die auf die bräunliche Farbe verwiesen, die der Tod den Gesichtern der Verstorbenen verleiht. In welchem Zeitraum muß man in diesem Falle annehmen, daß der Lebendige sich in einen Leichnam verwandelt hat? Diejenigen, die eine solche Entschuldigung vorbrachten, hätten wohl die Fäulnis gerne schon am Werk gesehen.

Andere begnügen sich mit dem Hinweis, daß Arm und Kopf im Schatten liegen. Diese Entschuldigung würde jedoch voraussetzen, daß Gérôme außerstande ist, eine weiße Haut im Halbschatten darzustellen, was unglaubwürdig ist. So sehe ich mich denn genötigt, auf die Erhellung dieses Mysteriums zu verzichten. So wie dieses Gemälde beschaffen ist, mitsamt all seinen Fehlern, ist es das beste und unzweifelhaft das eindrucksvollste, das er uns seit langem gezeigt hat.

Die französischen Siege erzeugen unaufhörlich eine große Anzahl militärischer Darstellungen. Ich weiß nicht, was Sie, mein lieber M***, von der Militärmalerei als Handwerk und Sondergebiet halten. Ich meinerseits glaube nicht, daß der Patriotismus das Wohlgefallen am Falschen und Unbedeutenden befiehlt. Bei näherer Betrachtung fordert diese Art Malerei geradezu die Verfälschung oder die Bedeutungslosigkeit. Eine *wahre* Schlacht ist kein Gemälde; denn, um als *Schlacht* einsichtig und dadurch interessant zu sein, läßt sie sich anders nicht darstellen als durch weiße, blaue oder schwarze Linien, welche die im Einsatz befindlichen Bataillone bezeichnen. In einer solchen Darstellung wird, wie in der Wirklichkeit, das Gelände wichtiger als die Menschen. Unter solchen Bedingungen kommt jedoch kein Bild zustande, oder allenfalls eine Darstellung der taktischen und topographischen Verhältnisse. Horace Vernet glaubte einmal, mehrmals sogar, der Schwierigkeiten durch eine Serie übereinandergehäufter und kontrastierender Episoden Herr zu werden. Seiner Einheit beraubt, gleicht das Gemälde dann jenen schlechten Dramen, in denen eine Überlast beiläufiger Zwischenfälle einen hindert, den alles tragenden Grundgedanken wahrzunehmen. Handelt es sich demnach nicht um ein Gemälde für Taktiker und Topographen, das in der reinen Kunst nichts zu suchen hat, so ist ein Militärgemälde nur unter der Bedingung einsichtig und interessant, daß es *eine einfache Episode des militärischen Lebens* darstellt. Das hat zum Beispiel Pils sehr wohl begriffen, dessen geistreiche und solide Kompositionen wir oft bewundert haben; so auch, früher, Charlet und Raffet. Doch wie viele Verfälschungen, wie viele Übertreibungen und welche Monotonie hat das Auge des Betrachters selbst bei der einfachen Episode, bei der einfachen Darstellung eines Kampfgetümmels auf beschränktem Raum zu erdulden! Was mich bei dergleichen Szenen am meisten betrübt, sind, ich gestehe es, nicht die unzähligen Wunden, nicht die gräßliche Unzahl der zerhackten Gliedmaße, sondern die reglos gewordene Gewalttätigkeit und die entsetzlich grimassierende Kälte einer erstarrten Wut. Wie viele gerechte Einwände könnte man nicht noch erheben! Diese langen Bänder einfarbiger Truppen, wie die modernen Regierungen sie einkleiden, sind in malerischer Hinsicht kaum sehr ergiebig; und so tun die Künstler sich, in ihren kriegerischen Stunden, lieber in der Vergangenheit um, wie Penguilly in seinem *Kampf der Dreißig,* ein einleuchtender Vorwand, um eine schöne Mannigfaltigkeit an Waffen und Trachten auszubreiten. Es gibt da auch im menschlichen Herzen eine gewisse, bis zur Lüge gesteigerte Liebe zum Sieg, die diesen Bildern oft den Anschein eines Plädoyers verleiht. Das ist dann nicht wenig danach angetan, in einem verständigen Gemüt eine Begeisterung abzukühlen, die sich schon einstellen wollte. Alexandre Dumas hat hinsichtlich dessen kürzlich an La Fontaines Fabel *»Ah! wenn die Löwen Maler wären!«* erinnert. Das hat ihm von einem seiner Mitbrüder eine scharfe Rüge eingetragen. Nun ja, der Augenblick war nicht sehr gücklich gewählt, und er hätte hinzufügen müssen, daß alle Völker dem gleichen Fehler in aller Unbekümmertheit auf ihren Theatern und in ihren Museen frönen. Sehen Sie, mein Lieber, bis zu welcher Narrheit eine ausschließliche und den Künsten fremde Leidenschaft einen patriotischen Schriftsteller treiben kann: ich blätterte eines Tages in einer berühmten Sammlung mit Darstellungen der französischen Siege, deren jede von einem Text begleitet war. Einer der Stiche zeigte den Abschluß eines Friedensvertrags. Die Vertreter Frankreichs, gestiefelt und gespornt, trugen eine hochmütige Miene zur Schau und blickten fast beleidigend auf die unterwürfig verlegenen Diplomaten herab; und im Text wird der Künstler dafür gelobt, daß er es verstanden habe, bei den einen die moralische Stärke durch die kräftigen Muskeln, bei den andern die Feigheit und Schwäche durch eine völlig weibliche Rundung der Formen auszudrücken! Aber lassen wir diese Kindereien beiseite, deren allzu lange Untersuchung uns vom Wesentlichen ablenkt, und entnehmen wir ihnen als Moral nur die Lehre, daß man selbst

beim Ausdruck der edelsten und prächtigsten Gefühle gegen die Gesetze der Scham verstoßen kann.
Die Ausstellung zeigt ein militärisches Gemälde, das nach besten Kräften zu loben wir uns beeifern möchten; aber statt einer Schlacht sehen wir diesmal fast eine Pastorale. Sie werden schon erraten haben, daß ich Tabars Gemälde meine. Im Katalog liest man nur: *Krimkrieg, Fouragierer.* Welche Grüne, und welche schöne Grüne, in sanften Wellen der Bewegung der Hügel folgend! Die Seele atmet hier einen reich gemischten Duft; pflanzliche Frische, stille Schönheit der Natur, die eher zum Träumen als zum Denken einlädt, und gleichzeitig der Anblick dieses glühenden, abenteuerlichen Lebens, in dem jeder Tag andere Anstrengungen fordert. Ein Idyll, durch das sich der Krieg zieht. Die Garben sind geschichtet; der nötige Bedarf ist abgeerntet, und die Arbeit ist wohl zu Ende, denn die Trompete läßt in den Lüften ihren schmetternden Ruf erschallen. Die Soldaten sammeln sich in kleinen Gruppen; in lässiger und gleichmäßiger Ungezwungenheit folgen sie hügelauf hügelab dem welligen Gelände. Es dürfte schwerfallen, ein so einfaches Sujet sich besser zunutze zu machen; alles ist hier voller Poesie, die Natur und der Mensch; alles ist wahr und malerisch, bis auf die Schnur oder den einzigen Riemen, der hier und da die rote Hose hält. Die Uniform verstreut freudige Flecken, wie leuchtender Feldmohn oder Klatschrosen, über einen weiten Ozean begrünter Hänge. Der Gegenstand regt übrigens zu allerlei Vorstellungen an; und obwohl die Szene in der Krim spielt, war ich, ehe ich den Katalog aufschlug, angesichts dieses Heeres von Schnittern in Gedanken zuerst bei unseren Truppen in Afrika, die man sich immer zu allem bereit vorstellt, immer so geschäftig, so wahrhaft *römisch*.
Wundern Sie sich nicht, daß eine scheinbare Unordnung hier über einige Seiten hinweg die methodische Gangart meines Berichtes unterbricht. In der dreifachen Überschrift dieses Kapitels habe ich das Wort *Fantaisie* mit Bedacht gewählt. *Genremalerei* schließt einen gewissen Prosaismus ein, und *peinture romanesque,* was meiner Vorstellung angemessener wäre, schließt den Gedanken an die Phantasie aus. Um in dieser Gattung die rechte Wahl zu treffen, bedarf es vor allem der Strenge; denn die Phantasie ist desto

gefährlicher, je leichter und empfänglicher sie ist; gefährlich wie die Poesie in Prosa, wie der Roman, gleicht sie der Liebe, die man zu einer Prostituierten empfindet und die sehr rasch ins Kindische oder Niedrige absinkt; gefährlich wie jede unbedingte Freiheit. Aber die Phantasie ist unermeßlich wie das Universum in seiner Vervielfältigung durch alle denkenden Wesen, die es bewohnen. Sie ist dieses oder jenes Ding, wie dieser oder jener es auslegt; und wenn der Betreffende nicht die Seele besitzt, die auf die natürliche Dunkelheit der Dinge ein magisches und übernatürliches Licht wirft, ist sie etwas gräßlich Überflüssiges, die von jedem Beliebigen besudelte Beliebigkeit. Keinerlei Analogie demnach, außer der, welche der Zufall stiftet; statt dessen Verwirrung und Kontrast, ein buntscheckiges Durcheinander, wie es sich einstellt, wo geregelte Bildung fehlt.

Im Vorbeigehn können wir einen Blick der Bewunderung und fast des Bedauerns auf die liebenswürdigen Hervorbringungen einiger Männer werfen, die, in der Epoche einer edlen Neugeburt, von der zu Beginn dieser Arbeit die Rede war, das Hübsche, das Kostbare, das Köstliche repräsentieren: Eugène Lami, der uns, durch seine wunderlichen kleinen Gestalten hindurch, eine versunkene Welt und einen verschwundenen Geschmack vor Augen führt, und Wattier, dieser geschickte Künstler, der Watteau so sehr geliebt hat. Jene Zeit war so schön und fruchtbar, daß die Künstler damals kein Bedürfnis des Geistes außer acht ließen. Während Eugène Delacroix und Devéria das Große und das Malerische schufen, gab es andere, die, geistreich und edel im kleinen, Maler des Boudoirs und der leichten Schönheit, unaufhörlich das der Tagesmode dienende Album der idealen Eleganz vermehrten. Diese Renaissance war groß in allem, im heroischen Genre wie in der Vignette. In beträchtlicheren Ausmaßen setzt Chaplin, ein übrigens vorzüglicher Maler, diesen Kult des Hübschen, wenn auch mit einer gewissen Schwerfälligkeit, manchmal fort; man merkt ihm weniger die vornehme Welt und etwas mehr die Werkstatt an. Nanteuil ist einer der edelsten, der eifrigsten Künstler, die der zweiten Phase dieser Epoche zur Ehre gereichen. Er hat eine Spur Wasser in seinen Wein gemischt; doch er malt und komponiert stets mit Energie und Einbildungskraft. Es waltet ein Unstern über den

Kindern jener siegreichen Schule. Die Romantik ist eine Gnade, eine himmlische oder höllische Gnade, die uns mit ewigen Stigmata gezeichnet hat. Niemals kann ich die Sammlung der düsteren und lichten Vignetten betrachten, mit denen Nanteuil die Werke der Autoren, die seine Freunde waren, illustriert hat, ohne so etwas wie einen kleinen frischen Wind zu verspüren, unter dem die Erinnerung aufschaudert. Und Baron, ist das nicht ebenfalls ein seltsam begabter Mann, und ohne sein Verdienst maßlos übertreiben zu wollen, ist es nicht köstlich, so viele Fähigkeiten in launigen und anspruchslosen Werken sich entfalten zu sehen? Er komponiert bewundernswert, gruppiert mit Geist, koloriert mit Leidenschaft, und eine vergnügliche Flamme lodert in jedem seiner Dramen; ja, Dramen, denn seine Komposition ist dramatisch, und es lebt etwas vom Genius der Oper in ihm. Wenn ich ihm zu danken vergäße, wäre ich höchst undankbar; er hat mir eine köstliche Empfindung bereitet. Wenn ein Mensch, der aus einer schmutzigen, düsteren Behausung kommt, sich plötzlich in eine reinliche Wohnung versetzt sieht, die mit erfindungsreichen Möbeln geschmückt und mit liebkosenden Farben ausgestattet ist, so fühlt er, wie sein Geist sich erhellt und wie er mit allen Fasern sich zum Glück rüstet. Derart war das physische Wohlbehagen, das die *Hôtellerie de Saint-Luc* mir bereitete. Mit betrübten Blicken hatte ich ein ganzes bleiches und fahles Chaos des Grauens und der Gewöhnlichkeit durchwandert, und als ich mich diesem reichen und leuchtenden Bild näherte, fühlte ich, wie mein Innerstes aufschrie: Endlich sind wir in der schönen Gesellschaft! Wie frisch sind diese Gewässer, auf denen in kleinen Gruppen diese erlesenen Gäste herbeikommen, zu diesem von Efeu und Rosen rieselnden Portikus! Wie prächtig sind all diese Frauen mit ihren Gefährten, den meisterlichen Malern, die sich auf die Schönheit verstehen; gemeinsam betreten sie diese Unterkunft der Freude, um ihren Schutzpatron zu feiern! Diese so reiche, so fröhliche, und gleichzeitig so vornehme und in den Haltungen so elegante Komposition ist einer der schönsten Träume vom Glück unter denen, welche die Malerei bis heute auszudrücken versucht hat.

Durch ihre Ausmaße bildet Clésingers *Eva* ein natürliches Gegenstück zu all den liebenswürdigen und niedlichen Geschöpfen, von denen soeben die Rede war. Vor der Eröffnung des *Salons* hatte ich dieses Wunderwerk schon weidlich beschwatzen gehört, und als ich es nun vor mir hatte, war ich gegen diese Eva so voreingenommen, daß mein erster Eindruck der war, sie habe soviel Spott doch nicht verdient. Eine ganz natürliche Reaktion, die jedoch noch begünstigt wurde durch meine unverbesserliche Liebe zum *Großen*. Denn ich muß Ihnen, mein Lieber, ein Geständnis machen, das Ihnen vielleicht ein Lächeln entlockt: in der Natur wie in der Kunst ziehe ich, die Gleichheit des Verdienstes vorausgesetzt, die *großen* Dinge allen übrigen vor, die großen Tiere, die großen Landschaften, die großen Schiffe, die großen Männer, die großen Frauen, die großen Kirchen, und, wie mancher andere meinen Geschmack zum Grundsatz erhebend, bin ich der Überzeugung, daß das Ausmaß in den Augen der Muse keine Nebensächlichkeit ist. Im übrigen besitzt, um auf Clésingers *Eva* zurückzukommen, diese Gestalt noch andere Verdienste: eine glückliche Bewegung, die aufgewühlte Eleganz des florentinischen Geschmacks, eine sorgfältige Modellierung, vor allem in den unteren Teilen des Körpers, den Knien, den Schenkeln und dem Bauch, kurzum, wie man sie von einem Bildhauer erwarten durfte, eine Leistung, die mehr Anerkennung verdient hätte, als ihr zuteil geworden ist.

Erinnern Sie sich noch der Anfänge Héberts, glückliche Anfänge, die fast ein wenig Lärm erregten? Sein zweites Bild vor allem lenkte alle Augen auf sich; es war, wenn ich mich nicht täusche, das Porträt einer wellenhaften Frau, die an Bleiche noch den Opal übertraf, so daß sie fast durchsichtig schien; manieriert, doch köstlich, wand und bog sie sich in einer Atmosphäre der Verzauberung. Gewiß, der Erfolg war verdient, und Hébert kündigte sich auf eine Weise an, daß er immer willkommen sein würde, als ein Mann voller Distinktion. Doch leicht könnte der unglückliche Fall eintreten, daß, was ihm einmal zu berechtigter Bekanntheit verhalf, eines Tages seinen Abstieg bedeutet. Diese *Distinktion* beschränkt sich allzu gerne auf die Reize der *morbidezza* und auf das Einerlei der schmachtenden Posen in Taschenbüchern und Keepsakes. Kein Zweifel, er malt sehr gut, doch nicht mit hinreichender Autorität und Energie, um eine Schwäche der Erfindung zu verbergen. Versuche ich dem allen, was ich an Liebenswürdigem bei ihm sehe, auf den Grund zu gehen, so finde ich dort so etwas wie einen mondänen Ehrgeiz, die Entschlossenheit, durch Mittel zu gefallen, die das Publikum von vorneherein gelten läßt, und zuletzt einen gewissen, entsetzlich schwer zu bezeichnenden Fehler, den ich, in Ermangelung eines besseren Ausdrucks, den Fehler aller *Literarisierenden* nennen möchte. Ich wünsche, daß ein Künstler gebildet sei, aber ich leide, wenn ich sehe, wie er die Einbildungskraft gefangenzunehmen sucht durch Hilfsmittel, die an den äußersten Grenzen seiner Kunst liegen, wenn sie nicht gar über diese hinausgehen.

Obwohl es Baudrys Malerei an der nötigen Festigkeit mangelt, ist er auf sehr viel natürlichere Weise Künstler. Seine Werke verraten ein gründliches und liebevolles Studium der italienischen Malerei; und die Gestalt dieses kleinen Mädchens, das, glaube ich, *Guillemette* heißt, hat die Ehre gehabt, mehr als einen Kritiker an die geistvollen und lebensprühenden Porträts eines Velasquez zu erinnern. Dennoch steht zu fürchten, daß Baudry nur ein distinguierter Mann bleibt. Seine *Büßende Magdalena* wirkt ein wenig frivol und leicht hingeworfen, und kurzum, vor seinen Bildern dieses Jahres gebe ich seinem ehrgeizigen, seinem schwierigen und mutigen Bilde der *Vestalin* den Vorzug.

Diaz ist ein merkwürdiges Beispiel dafür, wie man mit einer einzigen Fähigkeit leicht sein Glück machen kann. Die Zeiten sind noch nicht fern von uns, da man in ihn vernarrt war. Die Freudigkeit seiner eher glitzernden als reichen Farbgebung erinnerte an die glückliche Buntheit orientalischer Stoffe. Die Augen fanden dort ein so aufrichtiges Vergnügen, daß sie gerne darüber vergaßen, nach Umriß und Modellierung zu forschen. Nachdem Diaz sich dieser einzigen Fähigkeit, mit der die Natur ihn so freigebig bedacht hatte, wie ein wahrer Verschwender bedient hat, fühlte er einen anspruchsvolleren Ehrgeiz in sich erwachen. Diese ersten Anwandlungen kamen in Gemälden zum Ausdruck, deren Format größer war als das derjenigen, die uns allgemein so viel Vergnügen bereitet hatten. Dieser Ehrgeiz war sein Ruin. Niemandem ist die Epoche entgangen, da ihn das Verlangen plagte, mit Correggio und Prud'hon zu wetteifern. Aber es war, als ob sein Auge, dem die Wahrnehmung einer schillernden Kleinwelt zur Gewohnheit geworden war, in einem weiten Raum keine lebhaften Farben mehr erblickte. Sein sprühendes Kolorit wurde fahl und kreidig; vielleicht auch vergaß er bei seinem Bestreben, hinfort sorgfältig zu modellieren, willentlich die Fähigkeiten, die bis dahin seinen Ruhm ausgemacht hatten. Es ist nicht leicht, die Gründe ausfindig zu machen, welche die Lebendigkeit des persönlichen Ausdrucks bei Diaz so rasch vermindert haben; aber man wird wohl annehmen dürfen, daß diese lobenswürdigen Bestrebungen bei ihm zu spät kamen. Es gibt Erneuerungen, die in einem gewissen Alter unmöglich werden, und nichts ist in der Ausübung der Künste gefährlicher, als die unerläßlichen Studien immer auf morgen zu verschieben. Lange Jahre hindurch verläßt man sich auf einen im allgemeinen glücklichen Instinkt, und wenn man endlich eine zufällige Erziehung korrigieren und die bis dahin vernachlässigten Grundsätze erwerben möchte, ist es zu spät. Das Gehirn hat unverbesserliche Gewohnheiten angenommen, und die Hand, nun widerspenstig und verstört, ist ebensowenig imstande, das auszudrücken, was ihr einstmals zu gut gelang, wie die Neuigkeiten, die man ihr nun abverlangt. Es ist wahrhaft nicht angenehm, dergleichen anläßlich eines Mannes wie Diaz zu sagen, dessen Wert so offenkundig ist. Doch ich bin nur ein Echo; laut oder leise, hämisch oder betrübt, hat jedermann bereits, was ich heute schreibe, geäußert.

Ganz anders Bida: bei ihm hingegen möchte man glauben, ein stoischer Sinn habe die Farbe und ihre ganze Pracht verbannt, um die Besonderheiten, auf deren Ausdruck sein Stift bedacht ist, hervorzuheben und ins rechte Licht zu setzen. Und diesen Ausdruck erreicht er mit bemerkenswerter Intensität und Tiefe. Ein leichter, durchscheinender Farbton, in ein lichtes Feld gesetzt, verleiht bisweilen der Zeichnung eine angenehme Lebhaftigkeit, ohne ihre strenge Einheitlichkeit zu beeinträchtigen. Was Bidas Werke auszeichnet, ist der intime Ausdruck der Gesichter. Es ist unmöglich, sie unterschiedslos dieser oder jener Rasse zuzuschreiben, oder anzunehmen, diese Personen gehörten einer Religion an, die nicht die ihrige ist. Auch ohne die näheren Angaben des Katalogs *(Maronitische Predigt im Libanon, Arnautische Wachmannschaft in Kairo)* würde jeder geübte Geist leicht die Unterschiede erraten.

Chifflart hat den *grand prix de Rome* davongetragen, und, o Wunder! er besitzt Originalität. Seine Geisteskräfte sind während eines Aufenthaltes in der Ewigen Stadt nicht erloschen; was, alles in allem, nur eines beweist, daß nämlich allein die dort sterben, die zu schwach sind, um dort zu leben, und daß die Schule nur die erniedrigt, denen die Niederungen bestimmt sind. Mit Recht hat jedermann an Chifflarts beiden Zeichnungen *(Faust im Kampf, Faust auf dem Hexensabbat)* die allzu große Schwärze und Finsternis gerügt, zumal in Anbetracht der Unübersichtlichkeit dieser Zeichnungen. Aber ihr Stil ist doch wahrhaft schön und grandios. Welch ein chaotischer Traum! Unbesiegbar und unverwundbar durchqueren Mephisto und sein Freund Faust mit geschwungenem Säbel im Galopp das ganze Unwetter des Krieges. Lang, düster, unvergeßlich schwebt Gretchen in den Lüften, und wie ein zur Reue mahnendes Bild zeichnet sie sich vor der ungeheuren Bleichheit der Mondscheibe ab. Ich weiß Chifflart den größten Dank, daß er diese poetischen Sujets in einer heroischen und dramatischen Manier behandelt und alle Seichtheiten einer angelernten Schwermut weit hinter sich gelassen hat.
Dem guten Ary Scheffer, der unermüdlich wieder und wieder einen Christus malte, der seinem Faust glich, und einen Faust, der seinem Christus glich, und beide glichen einem Pianisten, der sich anschickt, seine unverstandenen Traurigkeiten über die Elfenbeintasten zu ergießen, hätte es gut getan, diese beiden kräftigen Zeichnungen zu sehen, um zu begreifen, daß die Dichter zu übersetzen nur dem erlaubt ist, der eine der ihrigen gleiche Kraft in sich spürt. Es scheint mir ausgeschlossen, daß der sichere Stift, der diesen Hexensabbat und dieses Gemetzel gezeichnet hat, jemals der törichten Wehleidigkeit der jungen Damen verfällt.
Unter den jungen Berühmtheiten nimmt Fromentin einen vor allen anderen gesicherten Platz ein. Er ist genaugenommen weder ein Landschaftsmaler noch ein Genremaler. Diese beiden Bereiche sind zu eng, um seine weitausgreifende und geschmeidige Phantasie zu umfassen. Würde ich ihn einen Reiseerzähler nennen, so wäre dies doch zu wenig, denn es gibt viele Reisende ohne Poesie und ohne Seele, und seine Seele ist eine der poetischsten und kostbarsten, die ich kenne. Seine überlegene, ausdrucksstarke und be-

herrschte Malweise kommt unverkennbar von Eugène Delacroix her. Auch bei ihm begegnet man jener wissenden und natürlichen Einsicht in das Wesen der Farbe, die bei uns so selten ist. Licht und Wärme jedoch, die einige Geister in eine Art tropischer Raserei versetzen, sie zu unbezähmbarem Wüten stacheln und zu unerhörten Tänzen antreiben, bewegen seine Seele nur zu einer sanften und ausgeruhten Betrachtung. Hier herrscht die Verzückung eher als der Fanatismus. Vermutlich lebt auch in mir eine Sehnsucht, die mich zur Sonne hinzieht; denn aus diesen leuchtenden Bildern löst sich für mich ein berauschender Dunst, der sich bald zu Wünschen und wehmütigen Erinnerungen verdichtet. Ich überrasche mich dabei, wie ich das Los dieser Menschen beneide, die unter diesen blauen Schatten ruhen und deren Augen, die weder wachen noch schlummern, falls sie überhaupt etwas ausdrücken, nur die Liebe zur Ruhe und das Glücksgefühl ausdrücken, die ein ungeheures Licht einflößt. Fromentins Geist hat etwas Weibliches an sich, genau so viel, wie nötig ist, um der Kraft eine Anmut hinzuzufügen. Eine Fähigkeit jedoch, die gewiß nicht weiblich ist, und die er in hervorragendem Grade besitzt, ist das Vermögen, die über die Erde hin verstreuten Parzellen des Schönen zu erfassen, dem Schönen überall auf der Fährte zu bleiben, wo es sich durch die Erbärmlichkeiten der gefallenen Natur hindurch einen Weg gebahnt hat. So begreift man unschwer, mit welcher Liebe er die edlen Sitten des patriarchalischen Lebens liebt, und mit welcher Teilnahme er jene Männer betrachtet, in denen noch etwas von dem Heldengeist der Frühzeit lebt. Was seine Augen fesselt, sind nicht nur gleißende Stoffe und seltsam verzierte Waffen, sondern vor allem jene ernste Würde und jener patrizische Dandysmus, welche die Führer der mächtigen Stämme kennzeichnen. So erschienen uns, vor etwa vierzehn Jahren, jene nordamerikanischen Wilden, unter der Anführung des Malers Catlin, die uns, selbst in dem Zustand der Entwürdigung, an die Kunst des Phidias und an die Größe der homerischen Helden gemahnten. Doch wozu mich über dieses Thema verbreiten? Warum erklären, was Fromentin selber so gut erklärt hat in seinen beiden liebenswürdigen Büchern: *Ein Sommer in der Sahara* und *Der Sahel?* Alle Welt weiß, daß Fromentin seine Reisen auf zweifache Weise erzählt, und daß er sie ebensogut beschreibt, wie er sie malt, in einem Stil, der nur ihm eigen ist. Die alten Maler liebten es ebenfalls, in mehr als in zwei Gebieten bewandert zu sein und sich dieses oder jenes Werkzeugs zu bedienen, um ihre Gedanken auszudrücken. Fromentin hat als Schriftsteller wie als Künstler Erfolg gehabt, und seine geschriebenen oder gemalten Werke sind so liebenswürdig, daß, falls es erlaubt wäre, einen der Stengel zu brechen und zu kappen, um dem andern mehr Festigkeit, mehr *robur,* zu verleihen, die Wahl wahrhaftig schwerfallen dürfte. Denn es könnte sein, daß man sich um eines möglichen Gewinnes willen mit einem großen Verlust abfinden müßte.

Man erinnert sich, in der Ausstellung von 1855 einige vortreffliche kleine Bilder gesehen zu haben, reich und kräftig in der Farbgebung, doch sehr sorgsam ausgearbeitet, in deren Kostümen und Gestalten eine sonderbare Liebe zur Vergangenheit zum Ausdruck kam; signiert waren diese liebenswürdigen Bilder mit dem Namen Lis. Einige andere, nicht weniger sorgfältig behandelte reizvolle Gemälde in ihrer Nähe, welche die nämlichen Vorzüge und die nämlichen Leidenschaften des Rückblicks bekundeten, trugen den Namen Leys. Fast der gleiche Maler, fast der gleiche Name. Diese Buchstabenverschiebung hat etwas von einem jener klugen Spiele des Zufalls an sich, der bisweilen eine Art menschlichen Witz entfaltet. Der eine ist ein Schüler des andern; dem Vernehmen nach sind sie durch eine herzliche Freundschaft verbunden. Aber wurden Leys und Lis denn zur Würde der Dioskuren erhoben? Müssen wir, um uns des einen zu erfreuen, des anderen entraten? Dieses Jahr hat Lis sich ohne seinen Pollux eingestellt; wird Leys uns ein andermal ohne Castor besuchen? Dieser Vergleich ist um so berechtigter, als Leys, wenn ich nicht irre, der Lehrer seines Freundes gewesen ist, und als auch Pollux es war, der seinem Bruder die Hälfte seiner Unsterblichkeit überlassen wollte. *Das Elend des Krieges!* welch ein Titel! Der besiegte Gefangene, den der brutale Sieger mit der Lanze vor sich hertreibt, das Beutegut in durcheinandergeworfenen Bündeln, die schimpfliche Behandlung der Dirnen des Trosses, ein trostloser Haufen blutüberströmter, unglücklicher Menschen, der mächtige Reiter mit rotem Zottelhaar, die *gouge,* die, glaube ich, nicht da ist, doch sehr wohl dabeisein könnte, diese *bemalte Hure* des Mittelalters, die den Soldaten mit Genehmigung des Fürsten und der Kirche folgte, wie in Kanada die Kurtisane die Krieger im Biberpelz begleitete, die Karren, in denen die Schwachen, die Kleinen und die Kranken hart gerüttelt werden, dies alles mußte notwendigerweise ein ergreifendes, ein wahrhaft poetisches Bild hervorrufen. Als erstes kommt einem der Gedanke an Callot; doch ich entsinne mich nicht, in der langen Reihe seiner Werke ein Blatt gesehen zu haben, dessen Komposition dieses Bild an dramatischer Kraft übertroffen hätte. Dennoch muß ich Lis zweierlei zum Vorwurf machen: das Licht ist allzu gleichmäßig verteilt, oder vielmehr verstreut; die eintönig helle Farbgebung flimmert. Zweitens ist der erste Eindruck, den das Auge empfängt, der unangenehme, beunruhigende Eindruck eines Gitters. Lis hat nicht nur den allgemeinen Umriß seiner Gestalten durch einen schwarzen Strich verdeutlicht, sondern darüber hinaus noch alle einzelnen Teile ihrer Kleidung, derart, daß jede dieser Personen wie ein Stück Glas in einer Bleifassung wirkt. Hinzu kommt, daß diese ärgerliche Vorstellung durch die allgemeine Helle der Farben noch verstärkt wird.

Penguilly ist ebenfalls ein Liebhaber der Vergangenheit. Ein geistreicher, erfinderischer, fleißiger Künstler. Man füge dem nach Belieben die ehrenvollsten und anmutigsten Epitheta hinzu, die sich auf die Poesie zweiten Ranges anwenden lassen, auf das, was nicht ohne Einschränkung groß, nackt und einfach ist. Er besitzt die Sorgfalt, die inbrünstige Geduld und die Säuberlichkeit eines Bibliomanen. Seine Werke sind gearbeitet wie die Waffen und Möbel der alten Zeiten. Seine Malerei hat die Politur des Metalls und die Schärfe eines Rasiermessers. Von seiner Einbildungskraft möchte ich nicht behaupten, sie sei wirklich groß, aber sie ist ungewöhnlich aktiv, beeindruckbar und neugierig. Ich war entzückt von jenem *Kleinen Totentanz,* der einer Bande verspäteter Trunkenbolde gleicht, die halb sich schleppend, halb tanzend daherkommt und die ihr entfleischter Anführer hinter sich herzieht. Betrachten Sie doch, ich bitte Sie, all diese kleinen Grisaillen, die das Bild umrahmen und die Hauptkomposition als Kommentare begleiten. Es ist nicht eine darunter, die nicht ein vortreffliches kleines Gemälde wäre. Die modernen Künstler vernachlässigen diese prächtigen Allegorien des Mittelalters allzu sehr, wo das unsterblich Groteske und das unsterblich Gräßliche einander, wie heutigen Tages, schäkernd umarmen. Vielleicht sind unsere Nerven zu empfindlich geworden, um ein allzu offenkundig fürchterliches Symbol zu ertragen. Vielleicht auch, doch da melden sich bereits Zweifel, ist es die Nächstenliebe, die uns alles zu vermeiden rät, was unsere Mitmenschen betrüben könnte. In den letzten Tagen des vergangenen Jahres hat ein Verleger der Rue Royale ein Meßbuch von höchst erlesenem Geschmack zum Verkauf angeboten, und die von den Zeitungen veröffentlichten Anzeigen unterrichteten uns, daß sämtliche Vignetten, die den Text umrahmten, aus alten Werken der gleichen Epoche kopiert worden seien, wodurch das Ganze eine köstliche Einheit des Stiles gewonnen habe; lediglich hinsichtlich der Totentanzdarstellungen habe man eine Ausnahme gemacht und deren Reproduktion sorgfältig vermieden, *da sie dem Geschmack unseres Jahrhunderts nicht mehr entsprächen,* wie in dem vermutlich vom Verleger aufgesetzten Text zu lesen stand, – unseres so aufgeklärten Jahrhunderts, wie er hätte hinzufügen sollen, um sich dem Geschmack des besagten Jahrhunderts gänzlich anzupassen.

Le mauvais goût du Siècle en cela me fait peur.
(Der schlechte Geschmack des Jahrhunderts in diesen Dingen ängstigt mich.)

Es gibt eine brave Zeitung, wo jeder alles weiß und von allem redet, wo jeder Redakteur, universal und enzyklopädisch gebildet wie die Bürger im alten Rom, eins ums andere Politik, Religion, Ökonomie, schöne Künste, Philosophie und Literatur lehren darf. In diesem ungeheuren Monument der Albernheit, das sich wie der Turm von Pisa der Zukunft entgegenneigt, und wo das Glück des Menschengeschlechts in Arbeit ist, gibt es einen hochehrenwerten Mann, der dagegen ist, daß man Penguilly bewundert. Und warum das, mein lieber M***, warum? – »Weil in seinem Werk eine *ermüdende Monotonie* herrscht.« – Dieser Ausdruck zielt wohl kaum auf Penguillys Einbildungskraft, die ungewöhnlich pittoresk und vielfältig ist. Dieser Denker hat sagen wollen, er liebe einen

Maler nicht, der alle Sujets mit dem gleichen Stil behandle. Bei Gott! es ist der *seine!* Soll er ihn etwa gegen einen anderen vertauschen?

Ich will diesen liebenswürdigen Künstler, dessen Bilder in diesem Jahr alle gleicherweise interessant sind, nicht verlassen, ohne Sie insbesondere auf die *Kleinen Seemöwen* hinzuweisen: das intensive Blau des Himmels und des Wassers, zwei Felsblöcke, zwischen denen man wie durch eine offene Tür in die Unendlichkeit blickt (Sie wissen, daß die Unendlichkeit um so tiefer erscheint, je mehr sie zusammengedrängt ist), eine Wolke, eine Unmenge, eine Lawine, eine *Wunde* von weißen Vögeln, und die Einsamkeit! Betrachten Sie dies, mein lieber Freund, und sagen Sie mir dann, ob Sie glauben, es fehle Penguilly an poetischem Geist.

Ehe ich dieses Kapitel schließe, möchte ich Ihre Augen auch auf das Bild von Leighton lenken, den einzigen englischen Künstler, wie es scheint, der die Vereinbarung eingehalten hat: *Graf Paris begibt sich in das Haus der Capulets, um seine Verlobte Julia abzuholen, und findet sie entseelt.* Ein reiches Gemälde, in heftigen Tönen und sehr sorgfältig ausgeführt, ein eigenwilliges Werk, voller dramatischer Kraft, ja Emphase; denn unsere Freunde jenseits des Kanals stellen die Gegenstände, die sie der Bühne entlehnen, nicht als *wahre* Szenen dar, sondern so, wie sie mit der nötigen Übertreibung *gespielt* werden, und dieser Fehler, wenn es denn einer ist, verleiht diesen Werken ich weiß nicht welche seltsame und paradoxe Schönheit.

Schließlich, wenn Sie noch Zeit haben, in den *Salon* zurückzukehren, vergessen Sie nicht, die Emailmalereien von Marc Baud zu betrachten. In einem undankbaren und nicht nach seinem Wert geschätzten Genre entfaltet dieser Künstler erstaunliche Fähigkeiten, die eines wahren Malers. Um alles in einem Wort zu sagen: wo Andere dürftige Farben in einer dünnen Deckschicht auftragen, hat er einen pastosen Pinselstrich; er erreicht *Größe* im kleinen.

VI
DAS PORTRÄT

Ich glaube nicht, daß die Vögel des Himmels es sich jemals angelegen sein lassen, mir meinen Tisch zu bestellen, noch daß ein Löwe mir die Ehre erweist, mir als Totengräber und Bestatter zu dienen; dennoch, in der Thebais, die mein Gehirn sich geschaffen hat, gleiche ich den knienden Eremiten, die sich wider jenen Totenschädel ereiferten, der noch mit allen schlechten Gründen des hinfälligen sterblichen Fleisches gespickt war, und so disputiere ich denn bisweilen mit grotesken Ungeheuern, Gespenstern, die mir am hellichten Tag erscheinen, auf der Straße, im Salon, im Omnibus. Mir gegenüber erblicke ich die Seele der Bourgeoisie, und glauben Sie mir, wenn ich nicht die Wandbespannung meiner Zelle auf ewig zu besudeln fürchtete, ich schleuderte ihr gerne, und mit einer Kraft, auf die sie nicht gefaßt ist, mein Tintenfaß ins Gesicht. Folgendermaßen spricht sie heute zu mir, diese niederträchtige Seele, die keine Halluzination ist: »Wahrhaftig, die Dichter sind sonderbare Narren, zu behaupten, die Einbildungskraft sei bei jeder Kunstausübung unerläßlich. Was bedarf es schon der Einbildungskraft, zum Beispiel, um ein Porträt zu malen? Um meine Seele zu malen, meine so sichtbare, so offenkundige, so erzbekannte Seele? Ich sitze Modell, und als solches bin recht eigentlich ich es, die den schwersten Teil der Arbeit zu leisten sich herbeiläßt. Ich bin der wahre Lieferant des Künstlers. Ich, ich ganz allein, bin der ganze Stoff.« Ich aber antworte ihr: *Caput mortuum*, schweige! Hyperboreisches Urungetüm, ewiger Eskimo mit dicken Brillengläsern, nein, Schuppen vor den Augen, den zu erleuchten alle aufgerissenen Himmel über Damaskus, alle Donnerschläge und Blitzesstrahlen nicht imstande wären! Je positiver und fester der Stoff dem Anschein nach ist, desto subtiler und mühseliger ist das Geschäft der Einbildungskraft. Ein Porträt! Was wäre einfacher und komplizierter, was einleuchtender und zugleich tiefer? Hätte ein La Bruyère ohne Einbildungskraft seine *Caractères* schreiben können, deren Stoff doch vor aller Augen lag und sich ihm so bereitwillig darbot? Ein beliebiger historischer Gegenstand mag noch so beschränkt sein, welcher Geschichtsschreiber darf sich schmeicheln, ihn ohne Einbildungskraft zu malen und zu *erhellen?*

Das Porträt, dieses dem Anschein nach so bescheidene Genre, fordert eine ungeheure Intelligenz. Gewiß, es verpflichtet den Künstler zu großem Gehorsam, doch darf seine Fähigkeit des Erratens nicht geringer sein. Wenn ich ein gutes Porträt sehe, ahne ich, was es den Künstler gekostet hat, der zuerst das sehen mußte, was sich den Blicken darbot, darüber hinaus jedoch das Verborgene erraten mußte. Ich habe ihn soeben mit dem Geschichtsschreiber verglichen, ich könnte ihn auch mit dem Schauspieler vergleichen, der gehalten ist, jeden Charakter und jedes Kostüm zu übernehmen. Nichts, bei näherer Untersuchung, an einem Porträt ist gleichgültig. Die Bewegung, der Gesichtsausdruck, die Kleidung, ja die Ausschmückung, alles muß der Darstellung eines *Charakters* dienen. Große Maler, und vortreffliche Maler, David, als er nur ein Künstler des 18. Jahrhunderts und nachdem er das Haupt einer Schule geworden war, Holbein, in allen seinen Bildnissen, haben danach getrachtet, den Charakter, den zu malen sie übernommen hatten, mit Zurückhaltung und doch mit Nachdruck wiederzugeben. Andere wollten mehr und anderes. Reynolds und Gérard haben, stets in Übereinstimmung mit dem Naturell des Dargestellten, Elemente des Romanesken hinzugefügt; etwa einen von Wetterwolken zerrissenen Himmel, duftig verschwebende Fernen, einen poetischen Hausrat, eine schmachtende Haltung, einen verwegenen Schwung, usw. ... Das ist ein gefährliches, doch keineswegs zu verurteilendes Verfahren, das leider Genie verlangt. Kurz und gut, welcher Mittel auch immer der Künstler sich ersichtlicherweise bedient hat, ob dieser Künstler nun Holbein, David, Velasquez oder Lawrence war, ein gutes Porträt kommt mir stets wie eine dramatisierte Biographie vor, oder vielmehr wie das jedem Menschen innewohnende natürliche Drama. Andere haben die Mittel einschränken wollen. Geschah dies, weil sie unvermögend waren, sie alle zu verwenden? oder in der Hoffnung, eine größere Intensität des Ausdrucks zu erzielen? Ich weiß es nicht; oder ich wäre vielmehr in dieser wie in so mancher anderen menschlichen Angelegenheit zu glauben geneigt, daß beide Gründe gleichermaßen annehmbar sind. Hier, mein lieber Freund, sehe ich mich zu meinem Leidwesen genötigt, an etwas zu rühren, dem Ihre Bewunderung gilt. Ich meine Ingres' Schule im allgemeinen, und im besonderen sein auf das Porträt angewandtes Verfahren. Nicht alle seine Schüler haben die Vorschriften des Meisters streng und unterwürfig befolgt. Während Amaury-Duval den Asketismus der Schule beherzt aufs äußerste trieb, versuchte Lehmann gelegentlich, für die Herkunft seiner Bilder durch einige ungebührliche Beimischungen Verzeihung zu erlangen. Alles in allem darf man wohl sagen, daß die Lehre despotisch war, und daß sie in der französischen Malerei eine schmerzliche Spur hinterlassen hat. Ein Mann voller Starrsinn, mit einigen kostbaren Fähigkeiten ausgestattet, doch entschlossen, den Nutzen derjenigen zu leugnen, die er nicht besitzt, hat sich diesen Ruhm außer aller Ordnung angemaßt, die Sonne auszulöschen. Einige Reste qualmender Glut, die hie und da vielleicht noch anzutreffen waren, wurden von den beflissenen Schülern des Mannes bald ausgetreten. So wie diese Vereinfacher sie behandelten, erschien die Natur sehr viel verständlicher; das ist unbestreitbar; aber was sie an Schönheit und Reiz dabei eingebüßt hat, ist offenkundig. Ich bin zu dem Geständnis genötigt, daß ich einige von Flandrin und Amaury-Duval gemalte Porträts gesehen habe, die, unter dem trügerischen Anschein der Malerei, bewundernswerte Muster der Modellierung darboten. Ich gestehe sogar, daß der sichtbare Charakter dieser Bildnisse, alles Farbe und Licht Betreffende abgerechnet, kräftig und sorgfältig behandelt war und einen nachhaltigen Eindruck erzielte. Aber ich wüßte doch gerne, ob es denn redlich ist, die Schwierigkeiten einer Kunst dadurch zu vermindern, daß man einige ihrer Bestandteile ausschaltet. Da finde ich Chenavard mutiger und offenherziger. Er hat die Farbe gänzlich verbannt, als einen gefährlichen Aufwand, als ein leidenschaftliches und verdammungswürdiges Element, und hat allein dem Stift vertraut, um den vollen Wert des Gedankens auszudrücken. Chenavard ist außerstande, den ganzen Vorteil zu leugnen, den die Trägheit aus dem Verfahren zieht, das darin besteht, die Form eines Gegenstandes ohne die Farbunterschiede des Lichtes darzustellen, die an jedem seiner Moleküle haften; er behauptet nur, dieses Opfer sei glorreich und nützlich, und Form und Gedanke gewönnen dabei gleichermaßen. Ingres' Schüler haben jedoch höchst überflüssigerweise einen Anschein von Farbe beibehalten. Sie glauben, oder stellen sich doch so, als glaubten sie, das, was sie machen, sei Malerei.

Und hier noch ein weiterer Vorwurf, ein Lob vielleicht in den Augen einiger, der sie noch härter trifft: ihre Porträts sind nicht wirklich ähnlich. Weil ich unaufhörlich die Anwendung der Einbildungskraft, die Einführung der Poesie in alle Kunstausübungen fordere, wird niemand auf den Gedanken verfallen, ich verlangte, schon gar im Porträt, eine bewußte Veränderung des Modells. Holbein kennt Erasmus; er hat ihn so gut gekannt und so gründlich studiert, daß er ihn aufs neue erschafft und uns vor Augen stellt, sichtbar, unsterblich, aufs höchste gesteigert. Ingres findet ein großes, ein malerisches, ein verführerisches Modell. »Das ist ohne Zweifel«, sagt er sich, »ein bemerkenswerter Charakter; Schönheit, oder Größe, ich werde dem sorgfältig Ausdruck verleihen; ich werde nichts fortlassen, aber *ich werde etwas hinzufügen, das unerläßlich ist:* den Stil.« Und wir wissen, was er unter Stil versteht; keineswegs die dem Gegenstand von Natur innewohnende Poesie, die es herauszuziehen gilt, um sie sichtbar zu machen; sondern eine fremde, meist der Vergangenheit entlehnte Poesie. Der Schluß liegt nahe, daß Ingres seinem Modell etwas hinzufügt, weil er außerstande ist, es gleichzeitig groß und wahr erscheinen zu lassen. Was aber berechtigt ihn zu dieser Dreingabe? Man entnehme der Überlieferung nur die Kunst des Malens und bediene sich ihrer nicht zu solchen Verfälschungen. Diese Pariser Dame, ein Muster an Anmut und Leichtsinn, wie es uns in einem französischen Salon entzückt, er stattet sie, ihrem Temperament zuwider, mit einer gewissen Schwerfälligkeit, einer römischen Biederkeit aus. Raffael fordert es. Diese Arme haben ohne jeden Zweifel eine makellose Rundung und einen höchst verführerischen Umriß; aber sie sind ein wenig zu zierlich und, um dem *vorausbestimmten* Stil zu entsprechen, fehlt ihnen eine gewisse Dosis Embonpoint und matronenhaftes Geblüt. Ingres ist das Opfer einer Besessenheit, die ihn unaufhörlich nötigt, das Schöne zu verlagern, zu versetzen und zu verändern. Und so treiben es seine sämtlichen Schüler, deren jeder, wenn er sich ans Werk macht, sich jedesmal anschickt, das Modell nach seinem vorherrschenden Geschmack zu *entstellen*. Halten Sie das für einen leichten Fehler, und scheint dieser Vorwurf Ihnen unverdient?

Unter den Künstlern, die sich mit dem begnügen, was die Natur dem Original an malerischen Reizen verliehen hat, fallen vor allem zwei Maler auf: Bonvin, der seinen Bildnissen eine kräftige und überraschende Vitalität verleiht, und Heim, über den einige oberflächliche Geister sich einstmals mokiert haben, und der uns dieses Jahr wieder, wie schon 1855, in einer größeren Folge von Skizzen ein wunderbares Verständnis für die menschliche Grimasse offenbart hat. Das klingt vielleicht unangenehmer, als es gemeint ist. Aber jedem von uns ist doch eine natürliche und berufliche Grimasse eigentümlich.

Chaplin und Besson verstehen sich auf das Porträt. Der erste hat uns dieses Jahr nichts in diesem Genre gezeigt; doch die Kunstliebhaber, welche die Ausstellungen aufmerksam verfolgen, und die wissen, welche früheren Werke dieses Künstlers ich meine, haben, wie ich, seine Abwesenheit bedauert. Der zweite, der ein sehr guter Maler ist, besitzt darüber hinaus alle literarischen Fähigkeiten und allen Geist, dessen es bedarf, um Schauspielerinnen *würdig* darzustellen. Bei der Betrachtung von Bessons lebendigen und leuchtenden Porträts standen mir im Geist mehr als einmal all die Anmut und all die Sorgfalt vor Augen, mit denen die Künstler des achtzehnten Jahrhunderts die Bildnisse behandelten, die sie uns von ihren Lieblingsdarstellerinnen, den *Sternen* am Theaterhimmel ihrer Zeit, vermacht haben.

Zu verschiedenen Zeiten haben verschiedene Porträtisten die Gunst des Publikums errungen, die einen durch ihre Qualitäten und andere durch ihre Fehler. Das Publikum ist leidenschaftlich in sein eigenes Bild verliebt, ohne Einschränkung liebt es den Künstler, den es vorzugsweise beauftragt, ihm dieses Bild zu liefern. Unter all denen, die es verstanden haben, diese Gunst zu erringen, habe ich Ricard für denjenigen gehalten, der sie am meisten verdient, weil er immer ein aufrichtiger und wahrhafter Künstler geblieben ist. Man hat in seiner Malerei bisweilen einen Mangel an Entschiedenheit sehen wollen; man hat ihm, mit einer gewissen Neigung zur Übertreibung, sein Gefallen an Van Dyck, an Rembrandt und Tizian, seine bald englische, bald italienische Grazie zum Vorwurf gemacht. Ohne ihm hier in allen Punkten Gerechtigkeit widerfahren zu lassen. Denn Lust zur Nachahmung kann die geschmeidigen und glänzenden Geister wie ein Schwindel überkommen, und oft ist sie gar ein Beweis von Überlegenheit. Mit durchaus bemerkenswerten malerischen Instinkten verbindet Ricard eine umfassende Kenntnis der Geschichte seiner Kunst, einen scharfen, kritischen Geist, und unter seinen Werken ist keines, dem man diese sämtlichen Fähigkeiten nicht ansähe. Vielleicht verhübschte er seine Modelle früher allzu sehr; wobei sogleich hinzugefügt sei, daß bei den Porträts, die ich meine, dieser Fehler vielleicht auf eine *Forderung* des Modells zurückzuführen war; doch die männliche Vornehmheit seines Geistes hat sich bald durchgesetzt. Er besitzt wahrhaftig eine Intelligenz, die jederzeit imstande ist, die *Seele,* die er vor sich hat, zu malen. So offenbart das Porträt jener alten Dame, in dem die Züge des Alters nicht feige unterschlagen sind, sogleich einen ausgeruhten Charakter, eine Milde und ein Wohlwollen, die Vertrauen einflößen. Die Schlichtheit des Blickes und der Haltung steht in glücklicher Übereinstimmung mit diesen warmen und weichgoldenen Farbtönen, die mir ganz danach angetan scheinen, die sanften Gedanken des Abends wiederzugeben. Verlangt es Sie nach jugendlicher Kraft, anmutiger Gesundheit, argloser Frische in einem lebensprühenden Gesicht, so betrachten Sie das Porträt von Fräulein L.J. Das ist gewiß ein wahres und großes Porträt. Freilich, ein schönes Modell, ob es gleich kein Talent verleiht, fügt dem Talent zumindest einen Zauber hinzu. Wie wenige Maler aber wären imstande, durch eine angemessenere Ausführung, die Festigkeit einer üppigen und reinen Natur und den so tiefen Himmel dieses Auges mit seinem großen samtenen Stern wiederzugeben! Der Umriß des Gesichtes, das Wellenhafte dieser breiten jugendlichen Stirn unter dem Helm des schweren Haares, die Fülle der Lippen, das zart Gekörnte dieser schimmernden Haut, alles ist hier mit liebevoller Sorgfalt wiedergegeben, und vor allem, was das Reizendste und zu malen das Schwierigste ist, eine unbestimmte Schalkhaftigkeit, die der Unschuld stets beigemischt ist, und dieses edel Verschwärmte und Neugierige im Ausdruck, das, bei Menschen wie bei Tieren, den jugendlichen Physiognomien einen so geheimnisvollen Liebreiz verleiht. Die Anzahl der von Ricard gemalten Bildnisse ist inzwischen sehr beträchtlich; dieses aber ist ein gutes unter den guten, und die Geschäftigkeit dieses bemerkenswerten, immer wachsamen Geistes, der unermüdlich auf der Suche ist, verspricht uns noch manche andere.

Ich habe mich kurz gefaßt, doch dürfte dies genügen, um zu erklären, warum das Porträt, das echte Porträt, dieses dem Anschein nach so bescheidene Genre, in Wahrheit so schwer zu verwirklichen ist. Und so mußte es denn auch bei wenigen Beispielen sein Bewenden haben. Manche anderen Künstler, Madame O'Connell zum Beispiel, verstehen es, den Kopf eines Menschen zu malen; aber anläßlich dieses oder jenes Vorzugs oder Mangels wäre ich zu lästigen Wiederholungen genötigt, und wir waren ja gleich zu Anfang übereingekommen, daß ich mich, soweit irgend möglich, anläßlich jedes Genres auf die Darlegung dessen beschränken würde, was als das Ideal zu gelten hat.

VII
LANDSCHAFTSMALEREI

Wenn eine Zusammenstellung von Bäumen, Gebirgen, Gewässern und Häusern, die wir eine Landschaft nennen, schön ist, so ist sie dies nicht durch sich selbst, sondern durch mich, von meinen Gnaden, dank der Vorstellung oder dem Gefühl, die ich damit verbinde. Damit ist, denke ich, hinreichend gesagt, daß jeder Landschaftsmaler, der sich nicht darauf versteht, ein Gefühl durch eine Zusammenordnung pflanzlicher oder mineralischer Materie zu übersetzen, kein Künstler ist. Ich weiß wohl, daß die menschliche Einbildungskraft imstande ist, durch eine sonderbare Anstrengung, sich einen Augenblick lang die Natur ohne den Menschen vorzustellen, und die ganze eindrucksvolle, in den Raum hinein verstreute Masse ohne einen Betrachter, der ihr den Vergleich, die Metapher und die Allegorie entnimmt. Diese ganze Ordnung und diese ganze Harmonie behalten darum nicht minder das den Geist Begeisternde, womit die Vorsehung sie ausgestattet hat; tritt jedoch der Fall ein, daß die für dieses Begeisternde empfängliche Intelligenz fehlt, so ist es, als wäre es nicht. Die Künstler, welche die Natur ausdrücken wollen und dabei von den Empfindungen, die sie in uns auslöst, absehen, lassen sich auf ein seltsames Geschäft ein, das darin besteht, den denkenden und fühlenden Menschen in ihnen abzutöten, und leider ist, glauben Sie mir, dieses Geschäft für die meisten weder seltsam noch schmerzhaft. Solcherart ist die Schule, die heute, und schon seit langem, das Feld behauptet. Ich gestehe mit jedermann, daß die moderne Schule der Landschaftsmalerei außergewöhnlich kräftig und geschickt ist; aber in diesem Siegeszug und in dieser Vorgeltung einer niederen Gattung, in diesem einfältigen Kult der nicht durch die Einbildungskraft gereinigten und erläuterten Natur, sehe ich ein offenkundiges Zeichen des allgemeinen Niedergangs. Gewiß, die unterschiedlichen Grade der Geschicklichkeit bei diesem oder jenem Landschaftsmaler entgehen uns nicht; doch sind dies sehr geringfügige Unterschiede. Schüler verschiedener Meister, malen sie alle recht gut, und fast alle vergessen, daß ein Gelände in der Natur keinen anderen Wert hat als den des augenblicklichen Gefühls, das der Künstler hineinzulegen versteht. Die meisten verfallen in den Fehler, auf den ich zu Anfang dieser Untersuchung hinwies: sie halten das Wörterbuch für die Kunst selber; sie schreiben ein Wort aus dem Wörterbuch ab, und glauben, ein Gedicht abzuschreiben. Nun wird aber ein Gedicht niemals abgeschrieben: es will komponiert sein. So öffnen sie ein Fenster, und der ganze Raum im Geviert dieses Fensters, Bäume, Himmel und Haus, gewinnt für sie den Wert eines fertigen Gedichts. Einige gehen sogar noch weiter. In ihren Augen ist eine Studie bereits ein Bild. Français zeigt uns einen Baum, freilich einen mächtigen, einen uralten Baum, und wir sollen das für ein Landschaftsgemälde halten. Die Überlegenheit des Könnens, die Anastasi, Le Roux, Breton, Belly, Chintreuil, usw. an den Tag legen, dient nur dazu, die allgemeine Lücke noch trostloser und offenkundiger zu machen. Ich weiß, Daubigny will und kann mehr. Seine Landschaften haben eine Anmut und Frische, die unmittelbar bezaubern. Sie vermitteln der Seele des Betrachters sogleich die ursprüngliche Empfindung, von der sie durchdrungen sind. Dennoch sollte man meinen, Daubigny erziele dies nur auf Kosten der sorgfältigen Ausführung und der Vollkommenheit im Detail. Manchem seiner Bilder fehlt es, bei allem Geist und Zauber, doch an Festigkeit. Es besitzt die Anmut, doch auch die Weichheit und Unbeständigkeit einer Improvisation. Vor allem muß man Daubigny indes diese Gerechtigkeit widerfahren lassen, daß seine Werke durchweg poetisch sind, und mit ihren Mängeln ziehe ich sie dennoch vielen anderen vor, die zwar vollkommener sind, jedoch das entbehren, was ihn auszeichnet.

Millet ist insbesondere auf den Stil aus; er verheimlicht dies nicht, er zeigt es und berühmt sich dessen. Aber ein Teil der Lächerlichkeit, die ich Ingres' Schülern zuschrieb, haftet auch ihm an. Der Stil bringt ihm Unglück. Seine Bauern sind Pedanten, die von sich selber eine allzu hohe Meinung haben. Sie tragen eine Art finsterer und unausweichlicher Verblödung zur Schau, die meinen Abscheu vor ihnen erregt. Ob sie ernten, säen, die Kühe weiden oder ihre Schafe scheren, immer scheinen sie zu sagen: »Arme Enterbte dieser Welt, sind dennoch wir es, denen sie ihre Fruchtbarkeit verdankt! Wir erfüllen eine Mission, wir üben ein priesterliches Amt aus!« Statt einfach die natürliche Poesie seines Sujets zu entfalten, will Millet ihr um jeden Preis noch etwas hinzufügen. In ihrer monotonen Häßlichkeit erheben alle diese kleinen Parias einen philosophischen, melancholischen und raffaelesken Anspruch. Dieses Unglück in Millets Malerei schadet allen schönen Eigenschaften, die zuerst die Blicke anziehen.

Troyon ist das schönste Beispiel für die seelenlose Geschicklichkeit. Demzufolge welche Popularität! Wie er sie verdient hat, bei einem Publikum ohne Seele. Als sehr junger Mensch schon hat Troyon mit der nämlichen Sicherheit, der nämlichen Gewandtheit, der nämlichen Fühllosigkeit gemalt. Vor vielen Jahren bereits erstaunte er uns durch den Aplomb seiner Machart, durch die *Ungezwungenheit* seines Spiels, wie man beim Theater sagt, durch sein unfehlbares, mäßiges und fortgesetztes Verdienst. Er ist eine Seele, ich will es nicht in Abrede stellen, doch allzu sehr in Reichweite aller Seelen. Wenn diese zweitrangigen Talente eine Vormachtstellung einnehmen, kann es nicht ohne Ungerechtigkeiten abgehen. Eignet ein anderes Tier als der Löwe sich den Löwenanteil zu, so gibt es unfehlbar bescheidene Geschöpfe, deren bescheidener Anteil dadurch allzu sehr verringert wird. Ich will damit sagen, daß es unter den zweitrangigen Talenten, die ein untergeordnetes Genre mit Erfolg pflegen, mehrere gibt, die Troyon durchaus gleichwertig sind und die zur Verwunderung Anlaß haben, daß sie, was ihnen gebührt, nicht erlangen, während dieser mehr einstreicht, als ihm zusteht. Ich werde mich hüten, ihre Namen zu nennen; das Opfer könnte sich ebenso beleidigt fühlen wie der Usurpator.

Die beiden Männer, denen die öffentliche Meinung in der Besonderheit der Landschaftsmalerei stets die höchste Bedeutung zuerkannt hat, sind Rousseau und Corot. Solchen Künstlern gegenüber ziemt sich Zurückhaltung und Respekt. Rousseaus Malweise ist von großer Vielfalt, voller Listen und Abwandlungen. Wenige Menschen haben das Licht aufrichtiger geliebt und es besser wiedergegeben. Der allgemeine Umriß der Formen jedoch ist hier häufig schwer zu greifen. Der leuchtende Dunst, ein Funkeln und Wanken läßt das Gerüst der Gestalten verschwimmen. Rousseau hat mich immer entzückt, aber er hat mich mitunter ermüdet. Und auch er verfällt in den berüchtigten modernen Fehler, der aus einer blinden Liebe zur Natur, zu nichts als der Natur entsteht; er hält eine einfache Studie für eine Komposition. Ein spiegelnder Sumpf, von feuchten Kräutern wimmelnd und von hellen Lichtern gefleckt, ein knorriger Baumstumpf, eine Hütte mit einem von Blumen bewachsenen Dach, kurz, ein kleines Stück Natur, werden für seine verliebten Augen ein sich selbst genügendes vollkommenes Bild. Aller Zauber, den er in diesen dem Planeten entrissenen Fetzen zu legen versteht, reicht nicht immer hin, den Mangel an Durchgestaltung vergessen zu machen.

Wenn Rousseau, der oft unvollständig, doch immer voll bebender Unrast ist, einem Menschen gleicht, der, von mehreren Teufeln geplagt, nicht weiß, auf welchen er hören soll, so tritt bei Corot, der in allem sein Widerspiel ist, bisweilen der Fall ein, daß man den Teufel im Leib vermißt. Dieser Ausdruck mag noch so unzulänglich und sogar ungerecht sein, ich wähle ihn dennoch, weil er annähernd den Grund erkennen läßt, der verhindert, daß dieser findige Künstler uns entzückt und erstaunt. Er erstaunt langsam, ich gebe es zu, er bezaubert nach und nach; aber man muß in seine Könnerschaft einzudringen verstehen, denn bei ihm flackert

nichts, überall herrscht eine unfehlbare Strenge der Harmonie. Er ist, darüber hinaus, einer der seltenen Künstler, der einzige vielleicht, der ein tiefes Gefühl für den Aufbau bewahrt hat, dessen Augenmerk dem Verhältnis eines jeden Details zum Ganzen gilt, und der, falls es erlaubt ist, die Komposition einer Landschaft mit dem Bau des menschlichen Körpers zu vergleichen, immer weiß, wo er die Knochen unterbringen soll, und welche Größe ihnen angemessen ist. Man fühlt, man errät, daß Corot als Zeichner abkürzend und weiträumig verfährt, welches das einzige Verfahren ist, um rasch eine große Anzahl kostbarer Materialien zu versammeln. Wenn einer die französische moderne Schule in ihrer ungehörigen und bedrückenden Vorliebe für das Detail hätte aufhalten können, dann war gewiß er es. Wir haben gegen diesen hervorragenden Künstler den Vorwurf erheben hören, seine Farbe sei ein wenig zu sanft und sein Licht fast ein Dämmerlicht. Es ist, als ob für ihn alles Licht, das die Welt überflutet, überall um ein oder zwei Töne gedämpft wäre. Sein zarter und gescheiter Blick erfaßt eher, was die Harmonie bestätigt, als was den Kontrast unterstreicht. Doch angenommen, diesem Vorwurf ließe sich eine gewisse Berechtigung nicht absprechen, so ist doch die Bemerkung angebracht, daß unsere Gemäldeausstellungen der Wirkung der guten Bilder abträglich sind, vor allem derer, die mit Bedacht und Mäßigung ersonnen und ausgeführt sind. In einer Vereinigung betäubender oder schnarrender Schreie geht der helle, doch bescheidene und harmonische Ton einer einzelnen Stimme verloren, und die leuchtendsten Bilder eines Veronese würden oft grau und fahl erscheinen, wenn sie von gewissen modernen Gemälden umgeben wären, die manches bäuerliche Halstuch an greller Buntheit übertreffen.
Zu Corots Verdiensten gehört sein vortrefflicher Unterricht: solide, lichtvoll, methodisch. Von den zahlreichen Schülern, die er ausgebildet, unterstützt und vor den Verführungen durch den Zeitgeist bewahrt hat, ist Lavieille derjenige, welcher mir am angenehmsten aufgefallen ist. Von ihm ist eine sehr schlichte Landschaft zu sehen: eine Hütte am Saum eines Waldes, mit einer Straße, die in ihn hineinführt. Die Weiße des Schnees steht in einem angenehmen Kontrast zu der Feuersbrunst des Abends,

die langsam hinter den unzähligen Masten des entlaubten Waldes erlischt. Seit einigen Jahren haben die Landschaftsmaler sich häufiger den malerischen Schönheiten der traurigen Jahreszeit zugewandt. Niemand aber, glaube ich, empfindet sie besser als Lavieille. Einige Wirkungen, die er oft wiedergegeben hat, kommen mir wie ein Extrakt des Winterglücks vor. In der Traurigkeit dieser Landschaft, welche die dunkel weiße und rosige Livree der schönen Wintertage an ihrem Ausgang trägt, liegt eine unwiderstehliche elegische Lust, die allen Liebhabern einsamer Spaziergänge bekannt ist.
Erlauben Sie mir, mein Lieber, noch einmal auf meine Manie zurückzukommen, darauf, wie sehr ich es bedaure, sehen zu müssen, daß der Anteil der Einbildungskraft in der Landschaftsmalerei nach und nach immer geringer wird. Hier und da, dann und wann gewahrt man eine Spur des Aufbegehrens, ein freies und großes Talent, das dem Geschmack der Zeit abgesagt hat. Paul Huet zum Beispiel, *un vieux de la vieille!* (ich darf wohl auf die Reste einer schon so fernen streitbaren Größe wie die *Romantik* diesen familiären und großartigen Ausdruck anwenden); Paul Huet bleibt dem Geschmack seiner Jugend treu. Die acht Gemälde, Seestücke oder ländliche Szenen, die der Ausschmückung eines Salons dienen sollen, sind echte Gedichte voller Leichtigkeit, Reichtum und Frische. Es scheint mir überflüssig, die Talente eines so hochstehenden Künstlers, der so viel hervorgebracht hat, aufzuzählen; was mir jedoch an ihm das Lobenswerteste und Bemerkenswerteste erscheint, ist der Umstand, daß, während der Geschmack am Kleinlichen allmählich einen Geist nach dem anderen ergreift, er, beständig in seinem Charakter und seiner Methode, allen seinen Kompositionen einen liebevoll poetischen Charakter verleiht.
Indes ist mir dieses Jahr etwas Trost zuteil geworden durch zwei Künstler, von denen ich ihn nicht erwartet hätte. Jadin, der seinen Ruhm bisher allzu bescheidenerweise, wie nun offenkundig ist, auf den Hundezwinger und die Pferdeställe beschränkt hatte, hat eine prächtige Ansicht Roms vom *Arco di Parma* aus eingeschickt. Man begegnet dort zuerst Jadins gewöhnlichen Vorzügen, Kraft und Festigkeit, darüber hinaus empfängt man einen vollkommen erfaßten und wiedergegebenen poetischen Eindruck. Den glorio-

sen und melancholischen Eindruck des Abends, der auf die heilige Stadt herabsinkt, eines feierlichen Abends, von purpurnen Bändern durchzogen, prächtig und glühend wie die römische Religion. Clésinger, dem die Skulptur nicht genügt, gleicht jenen Kindern, die ein ungestümes Blut und eine unbezwingliche Hüpflust antreibt, alle Höhen zu erklimmen, um dort ihren Namen einzuschreiben. Seine beiden Landschaften, *Isola Farnese* und *Castel Fusana,* bieten einen eindringlichen Anblick, von ursprünglicher und strenger Melancholie. Die Gewässer sind dort träger und feierlicher als anderswo, die Einsamkeit schweigender, die Bäume selbst monumentaler. Man hat oft über Clésingers Emphase gespottet; aber er wird sich niemals durch Kleinlichkeit dem Gelächter aussetzen. Laster gegen Laster gehalten, denke ich wie er: in allen Dingen ist Überschwang der armseligen Schwunglosigkeit vorzuziehen.

Ja, die Einbildungskraft flieht die Landschaft. Ich verstehe, daß ein Geist, der damit beschäftigt ist, sie festzuhalten, sich nicht den wunderbaren Träumereien überlassen kann, welche die Natur in ihren Schauspielen vor seinen Augen entfaltet; aber warum flieht die Einbildungskraft das Atelier des Landschaftsmalers? Vielleicht mißtrauen die Künstler, die dieses Genre pflegen, ihrem Gedächtnis allzu sehr und wählen deshalb ein Verfahren der unmittelbaren Abschilderung, das der Trägheit ihres Geistes völlig entspricht. Hätten sie, wie ich vor kurzem, bei Boudin, der, im Vorbeigehn gesagt, ein sehr gutes und verständiges Bild ausgestellt hat *(Die Wallfahrt von Sainte-Anne-la-Palud),* mehrere Hunderte von Pastellstudien gesehen, die er angesichts des Meeres und des Himmels improvisiert hat, sie begriffen, was sie nicht zu begreifen scheinen: den Unterschied nämlich, der eine Studie von einem Gemälde trennt. Boudin jedoch, der sich der Hingabe an seine Kunst rühmen dürfte, zeigt seine merkwürdige Sammlung mit großer Bescheidenheit vor. Er weiß wohl, daß dies alles, um Bild zu werden, des willentlich zurückgerufenen poetischen Eindrucks bedarf; und er maßt sich nicht an, seine Aufzeichnungen für Gemälde auszugeben. Später einmal wird er gewiß die wunderbaren Zauberspiele der Luft und des Wassers in vollendeten Gemälden vor uns ausbreiten. Diese erstaunlichen Studien, so rasch und so getreulich skizziert nach dem in Gestalt und Farbe Unbeständigsten und Ungreifbarsten, nach Wellen und Wolken, tragen an den Rand geschrieben, stets das Datum, die Stunde und den Wind; so zum Beispiel: *8. Oktober, mittags, Wind aus Nord-West.* Wenn Sie gelegentlich die Muße gehabt haben, mit diesen meteorologischen Schönheiten Bekanntschaft zu machen, so können Sie die Genauigkeit von Boudins Beobachtungen mit Hilfe Ihres Gedächtnisses nachprüfen. Verdecken Sie die Beischrift mit der Hand, und Sie werden die Jahreszeit, die Tagesstunde und den Wind erraten. Ich übertreibe nichts. Ich hab's gesehen. All diese phantastisch geformten, leuchtenden Gewölke, diese chaotischen Finsternisse, diese grünen und rosigen Unermeßlichkeiten, die einen an den andern hangend und sie überlagernd, diese gähnenden Feuerschlünde, diese Firmamente aus schwarzem oder violettem Satin, zerknittert, eingerollt oder zerfetzt, diese Horizonte in Trauer oder rieselnd von geschmolzenem Metall, all diese Tiefen, all diese Herrlichkeiten stiegen mir schließlich zu Kopf wie ein berauschendes Getränk oder wie die Überredungskraft des Opiums. Recht seltsamerweise widerfuhr es mir kein einziges Mal, vor diesen flüssigen oder luftigen Zauberspielen die Abwesenheit des Menschen zu beklagen. Aber ich hüte mich wohl, mich von der Fülle meines Genusses zu einem Rat an irgendwen, nicht einmal an Boudin, verleiten zu lassen. Ein solcher Rat wäre zu gefährlich. Er erinnere sich, daß der Mensch, wie Robespierre sagte, der eine sorgfältige *humanistische* Ausbildung genossen hatte, den Menschen niemals ohne Wohlgefallen sieht; und wenn er ein wenig Popularität gewinnen möchte, hüte er sich wohl, zu glauben, das Publikum sei zu einer ähnlichen Begeisterung für die Einsamkeit gelangt.

Nicht nur fehlen die Seegemälde, ein doch so poetisches Genre! (militärische Dramen, die auf dem Wasser spielen, möchte ich nicht als Seegemälde gelten lassen), es fehlt auch ein Genre, das ich gerne die Landschaftsmalerei der großen Städte nennen würde, das heißt, die Versammlung des Großen und Schönen, das aus einer mächtigen Anhäufung von Menschen und Bauwerken entsteht, der nachhaltige und vielgestaltige Zauber einer bejahrten Hauptstadt, die in den Herrlichkeiten und Drangsalen des Lebens gealtert ist.

Vor einigen Jahren hatte ein mächtiger und einzigartiger Mann, dem Vernehmen nach ein Marineoffizier, mit einer Folge von Radierungen begonnen, die Paris unter den malerischsten Blickwinkeln zeigten. Durch die Herbheit, die Feinheit und Festigkeit seiner Zeichnung erinnerte Méryon an die vorzüglichen alten Radierer. Selten habe ich die natürliche Feierlichkeit einer ungeheuren Stadt mit höherer Poesie dargestellt gesehen. Die Majestät der angehäuften Steinmassen, die Glockentürme, *deren Finger gen Himmel weist,* die Obelisken der Industrie, die dem Firmament ihren Rauch in dichten Schwaden entgegenspeien, die erstaunlichen Gerüste der in Ausbesserung befindlichen Bauwerke, die dem festen Körper der Architektur ihre durchbrochene Architektur von so paradoxer Schönheit hinzufügen, der stürmische Himmel, von Zorn und Groll beladen, die Tiefe der Perspektiven, welche die Vorstellung von allen Dramen, die sich dort abspielen, noch erhöht, – keines der vielfältigen Elemente, aus denen der schmerzliche und glorreiche Dekor der Zivilisation sich zusammensetzt, war vergessen. Wenn Victor Hugo diese vorzüglichen Radierungen gesehen hat, so muß er zufrieden gewesen sein; hier wird er sie, würdig dargestellt, wiedergefunden haben, seine

Morne Isis, couverte d'un voile!
Araignée à l'immense toile,
Où se prennent les nations!
Fontaine d'urnes obsédée!
Mamelle sans cesse inondée,
Où, pour se nourrir de l'idée,
Viennent les générations!
. . . .
Ville qu'un orage enveloppe!

(Düstere Isis, von einem Schleier bedeckt! Spinne im ungeheuren Netz, in dem die Völker sich fangen! Brunnen, von Urnen dicht umlagert! Unerschöpfliche Mutterbrust, zu der, um von der Idee sich zu nähren, die Geschlechter kommen! ... Stadt, die ein Gewitter umhüllt!)

Doch ein grausamer Dämon hat Méryons Gehirn berührt; ein geheimnisvoller Wahnsinn hat seine Fähigkeiten verstört, die ebenso kräftig wie glänzend schienen. Sein beginnender Ruhm und seine Arbeiten wurden jäh unterbrochen. Und seither warten wir immer angstvoll auf tröstliche Nachrichten von diesem seltsamen Offizier, der eines Tages ein mächtiger Künstler geworden war, und der den feierlichen Abenteuern des Ozeans Lebewohl gesagt hatte, um die schwarze Majestät der unheimlichsten aller Hauptstädte zu malen.

Ich vermisse ebenfalls, und hier gehorche ich vielleicht unwissentlich den Gewohnheiten meiner Jugend, die romantische Landschaft, ja sogar die romaneske Landschaft, die schon das achtzehnte Jahrhundert kannte. Unsere Landschaftsmaler sind allzu sehr pflanzenfressende Tiere. Sie nähren sich nicht gerne von Ruinen, und mit Ausnahme einer kleinen Anzahl, zu der Fromentin gehört, schrecken sie vor dem Himmel und der Wüste zurück. Mit Wehmut gedenke ich jener großen Seen, welche die Reglosigkeit in der Verzweiflung darstellen, die ungeheuren Gebirge, himmelan führenden Treppen des Planeten, von denen aus alles, was groß schien, klein erscheint, die befestigten Burgen (ja, so weit geht mein Zynismus!), die mit Zinnen versehenen Abteien, die sich in düsteren Teichen spiegeln, die riesigen Brücken, die ninivitischen Bauten, in denen der Schwindel haust, und kurzum alles, was man erfinden müßte, wenn es dies alles nicht gäbe!

Ich muß hier im Vorbeigehen gestehen, daß Hildebrandt, obwohl er sich nicht gerade durch eine ungewöhnliche Originalität auszeichnet, mir durch seine umfangreiche Ausstellung von Aquarellen ein großes Vergnügen bereitet hat. Wenn ich diese unterhaltsamen Reisealben durchgehe, ist es jedesmal wie ein *Wiedersehen,* wie ein Wiedererkennen dessen, was ich niemals gesehen habe. Dank seiner hat meine aufgereizte Einbildungskraft achtunddreißig romantische Landschaften durchwandert, von den dröhnenden Wällen Skandinaviens bis zu den leuchtenden Ländern der Ibisse und Störche, von dem Fjord des Séraphîtus bis zum Pik von Teneriffa. Mond und Sonne haben abwechselnd diese Landschaften erhellt, diese ihr lärmendes Licht verströmend, jener sanftgeduldig sie verzaubernd.

Sie sehen, mein lieber Freund, daß ich die Wahl des Gegenstandes niemals für gleichgültig halten kann, und daß ich, ungeachtet der nötigen Liebe, die den unansehnlichsten Gegenstand befruchten muß, überzeugt bin, daß das Sujet für den Künstler einen Teil seines Genies ausmacht, und für mich, den unverbesserlichen Barbaren, einen Teil des Vergnügens. Kurzum, unter den Landschaftsmalern habe ich nur artige oder kleine Begabungen gefunden, und eine sehr große Trägheit der Einbildungskraft. Bei keinem von ihnen bin ich wenigstens dem natürlichen Zauber begegnet, der in Catlins Savannen und Prärien so schlicht zum Ausdruck kommt (ich wette, sie wissen nicht einmal, wer Catlin ist), oder etwa der übernatürlichen Schönheit in Delacroix' Landschaften, oder jener prächtigen Imagination, die in Victor Hugos Zeichnungen waltet, wie das Geheimnis am Himmel. Ich rede von seinen Tuschzeichnungen, denn es ist allzu offenkundig, daß unser Dichter in der Dichtung der König der Landschaftsmaler ist.

Ich wollte, man führte mich zu jenen Dioramas zurück, deren brutale und überwältigende Magie mir eine förderliche Täuschung aufzudrängen weiß. Und lieber betrachte ich einige Theaterdekorationen, wo ich meine Lieblingsträume kunstvoll ausgedrückt und tragisch vereinigt finde. Weil dergleichen falsch ist, ist es dem Wahren unendlich viel näher; während die meisten unserer Landschaftsmaler Lügner sind, eben weil sie zu lügen versäumt haben.

VIII
SKULPTUR

Am Grunde einer alten Bibliothek, im günstigen Dämmerlicht, wie es der Nachdenklichkeit wohltut und sie hervorruft, steht die feierliche Gestalt des Harpokrates; er hat den Finger auf die Lippen gelegt, und mit der Gehorsam fordernden Gebärde eines pythagoräischen Pädagogen gebietet er Schweigen. Apoll und die Musen, hoheitsvolle Geister, deren göttliche Formen im Halbschatten schimmern, überwachen die Gedanken, gewähren ihren Beistand zu den Werken und ermutigen zum Erhabenen.

Wo der Weg um ein Wäldchen biegt, spiegelt, von schweren

Schatten überwölbt, die ewige Melancholie ihr hoheitsvolles Antlitz in den Wassern eines Beckens, die sich so wenig rühren wie sie selber. Und der Träumer, der vorbeikommt, betrachtet diese große Gestalt mit ihren kräftigen Gliedern, deren Schlaffheit einen geheimen Schmerz verrät; gerührt und verzaubert spricht er: Dies ist meine Schwester!

Ehe Sie sich in den Beichtstuhl werfen, am Grunde jener kleinen Kapelle, die das Getrappel der Omnibusse erschüttert, hält ein entfleischtes und großartiges Gespenst Sie auf, das verstohlen den ungeheuren Deckel seines Grabmals lüftete, um Sie flüchtiges Geschöpf zu ermahnen, der Ewigkeit zu gedenken! Und an der Ecke jener blühenden Allee, die zum Grabe derer führt, die Ihnen noch teuer sind, erscheint Ihnen die wunderbare Gestalt der Trauer, hingeworfen, mit aufgelöstem Haar, von Tränenbächen überströmt, mit ihrer schweren Untröstlichkeit auf den zu Staub zerfallenen Resten eines berühmten Mannes lastend, und sie lehrt Sie, daß Reichtum, Ruhm, ja das Vaterland, nur schierer Plunder sind vor dem Unbekannten, das keiner je bei seinem Namen genannt, noch in seinem Wesen erfaßt hat, das der Mensch durch geheimnisvolle Adverbien auszudrücken versucht, wie: Vielleicht, Niemals, Immer! und das, wie einige hoffen, die unendliche Glückseligkeit, das Ziel aller Wünsche, enthält, oder die endlose Qual, deren Bild die moderne Vernunft mit der zuckenden Gebärde des Sterbenden von sich weist.

Während sprudelnde Gewässer den Geist verzaubern, mit Tönen, sanfter als die Stimme der Ammen, betreten Sie unversehens ein grünes Boudoir, wo Venus oder Hebe, tändelnde Gottheiten, denen in Ihrem Leben manchmal die Lenkung zufiel, unter umlaubten Alkoven die Rundungen ihrer lieblichen Glieder darbieten, die den rosigen Schimmer des Lebens einer glühenden Esse verdanken. Doch diese köstlichen Überraschungen finden Sie fast nur noch in den Gärten der Vergangenheit; denn von den drei vorzüglichen Materien, die sich der Einbildungskraft zur Verwirklichung des plastischen Traumes anbieten, Bronze, Ton und Marmor, erfreut nur letzterer sich höchst ungerechterweise, wie mir scheint, in unserer Zeit einer fast ausschließlichen Beliebtheit.

Sie durchschreiten eine große Stadt mit einer alten kulturellen

Überlieferung, eine von denen, welche die wichtigsten Archive des Landes dieser Erde enthalten, und Ihre Blicke werden hinaufgezogen, *sursum, ad sidera;* denn auf den öffentlichen Plätzen, an den Ecken der Straßenkreuzungen erzählen reglose Personen, größer als diejenigen, die zu ihren Füßen vorbeigehen, Ihnen in einer stummen Sprache die prächtigen Legenden des Ruhmes, des Krieges, der Wissenschaft und des Martyriums. Die einen zeigen gen Himmel, den sie ohne Unterlaß ersehnt haben; die anderen weisen auf den Boden, von dem sie sich abgelöst haben. Sie schwingen oder betrachten, was die Leidenschaft ihres Lebens war und was nun dessen Emblem geworden ist: ein Werkzeug, ein Schwert, ein Buch, eine Fackel, *vitaï lampada!* Und wären Sie der Sorgloseste der Menschen, der Unglücklichste oder der Niedrigste, Bettler oder Bankier, das steinerne Gespenst bemächtigt sich Ihrer auf einige Minuten und befiehlt Ihnen, im Namen der Vergangenheit, der Dinge zu gedenken, die nicht von dieser Erde sind.

Dies ist die göttliche Rolle der Skulptur.

Wer wollte bezweifeln, daß es einer mächtigen Einbildungskraft bedarf, um ein so großartiges Programm zu erfüllen? Eine seltsame Kunst, die in die Finsternisse der Zeiten hinabreicht, und die schon in sehr frühen Epochen Werke hervorgebracht hat, die das Erstaunen des zivilisierten Geistes erregen! Eine Kunst, in der das, was in der Malerei als Qualität zu gelten hat, ein Fehler oder Gebrechen werden kann, bei der die Vollkommenheit um so unerläßlicher ist, als das dem Anschein nach vollständigere, doch barbarischere und kindlichere Mittel selbst den mittelmäßigen Werken stets so etwas wie einen Schein von Abgeschlossenheit und Vollendung verleiht. Vor einem der Natur entnommenen und durch die Skulptur dargestellten Gegenstand, rund also und abgerückt, den man ungehindert umschreiten kann, und wie der natürliche Gegenstand selber von Luft umgeben, empfinden der Bauer, der Wilde, der Primitive keinerlei Verlegenheit; wohingegen ein Gemälde, kraft seines ungeheuren Anspruchs, seiner paradoxen und abstrakten Natur, sie beunruhigt und verwirrt. Hier ist die Bemerkung angezeigt, daß schon das Basrelief eine Lüge ist, das heißt ein Schritt auf eine zivilisiertere Kunst zu, da es sich schon erheblich von der reinen Idee der Skulptur entfernt. Man erinnert sich, daß Catlin beinahe in einen sehr gefährlichen Streit zwischen wilden Häuptlingen hineingezogen worden wäre, als diese einen der Ihrigen, den er im Profil porträtiert hatte, verspotteten und ihm vorwarfen, er habe sich die Hälfte seines Gesichtes stehlen lassen. Von einem magischen Abbild der Natur überrascht, sucht der Affe bisweilen, es umzukehren, um der Rückseite ansichtig zu werden. Aus den barbarischen Bedingungen, denen die Skulptur unterworfen ist, ergibt sich, daß sie eine sehr vollkommene Ausführung und gleichzeitig eine aufs höchste entwickelte Geistigkeit verlangt. Andernfalls wird sie nur den Gegenstand hervorbringen, über welchen Affen und Wilde in Verwunderung geraten können. Das ist auch der Grund, warum selbst das Auge des Kunstliebhabers, ermüdet bisweilen von der monotonen Weiße all dieser großen Puppen, an denen nach Länge und Volumen alle Proportionen auf das genaueste eingehalten sind, seiner Autorität entsagt. Das Mittelmäßige scheint ihm nicht immer verächtlich, und wenn eine Statue nicht gerade von beleidigender Scheußlichkeit ist, kann er sie für gut halten; nimmermehr jedoch eine erhabene Statue für schlecht. Hier mehr noch als in jedem anderen Bereich hinterläßt das Schöne eine unauslöschliche Spur in der Erinnerung. Welche erstaunliche Kraft haben Ägypten, Griechenland, Michelangelo, Coustou und einige andere diesen reglosen Gespenstern verliehen! Welcher Blick in diesen Augen ohne Augäpfel! Ebenso wie die lyrische Dichtung alles veredelt, sogar die Leidenschaft, steigert die Skulptur, die wahre, sogar die Bewegung ins Feierliche; sie verleiht allem Menschlichen etwas Ewiges, das an der Härte des verwendeten Materials teilhat. Der Zorn sänftigt sich, das Zarte wird streng, der wogende, von Glanzlichtern überspielte Traum der Malerei verwandelt sich in eine feste und beharrliche Meditation. Bedenkt man jedoch, wie viele Vollkommenheiten es zu vereinigen gilt, um diese herbe Verzauberung zu erreichen, so werden die Erschöpfung und Entmutigung niemanden erstaunen, die sich unseres Geistes bisweilen bemächtigen, wenn wir die Galerien der modernen Bildwerke durchwandern, wo das göttliche Ziel fast immer verkannt wird und statt des Großen überall das Hübsche, das Kleinliche sich wohlgefällig ausbreitet.

Unser Geschmack ist von leichter Beschaffenheit, und unser Dilettantismus bequemt sich eins ums andere allen Größen und allen Koketterien. Wir wissen die geheimnisvolle priesterliche Kunst Ägyptens und Ninives zu lieben, die zauberhafte und zugleich verstandesklare Kunst Griechenlands, die Kunst eines Michelangelo, präzise wie eine Wissenschaft, überwältigend wie der Traum, die Geschicklichkeit des achtzehnten Jahrhunderts, so schwungvoll in der Wahrheit; doch in diesen verschiedenen Moden der Skulptur finden wir die Kraft des Ausdrucks und den Reichtum des Gefühls, die das unvermeidliche Ergebnis einer tiefen Einbildungskraft sind, an der es bei uns heutzutage allzu oft mangelt. So wird es denn niemanden verwundern, daß ich mich bei der Erörterung der Werke dieses Jahres kurz fasse. Nichts ist süßer als zu bewundern, nichts unangenehmer als zu kritisieren. Die große Fähigkeit, die erste und wichtigste, glänzt nicht wie die Bilder der römischen Patrioten durch Abwesenheit. So sehen wir uns denn veranlaßt, Franceschi für seine *Andromeda* zu danken. Diese Figur, die allgemeines Aufsehen erregt hat, ist der Gegenstand einiger unseres Erachtens allzu leichtfertigen Kritiken geworden. Sie hat das ungeheure Verdienst, poetisch, aufregend und edel zu sein. Man hat behauptet, sie sei ein Plagiat, und Franceschi habe einfach eine liegende Figur Michelangelos aufgerichtet. Das ist nicht wahr. Das Schmachtende dieser bei aller Größe schlanken Formen, die paradoxe Eleganz dieser Glieder bezeugen durchaus einen modernen Urheber. Und selbst gesetzt den Fall, er habe seine Inspiration der Vergangenheit entlehnt, so sähe ich darin doch eher einen Anlaß zum Lob als zur Kritik; es ist nicht jedem gegeben, dem Großen nachzueifern, und wenn diese nachempfundenen Werke von einem jungen Menschen stammen, vor dem sich natürlicherweise ein weiter Lebensraum erstreckt, so ist dies für die Kritik weit eher ein Grund zur Hoffnung als zum Mißtrauen.

Was für ein verteufelter Mensch ist doch dieser Clésinger! Angesichts dieser leichten Hervorbringung so unterschiedlicher Werke läßt sich über ihn schwerlich etwas Schöneres sagen, als daß sie uns in ihrem Schöpfer eine immer wache Intelligenz, oder vielmehr ein immer waches Temperament vermuten lassen, einen Menschen, der die Liebe zur Skulptur im Leibe hat. Man bewundert eine prächtig gelungene Partie; eine andere hingegen verunziert die ganze Statue. Diese Figur ist von einem begeisternd schlanken Schwung beseelt; der Faltenwurf aber, der leicht erscheinen möchte, ist röhrenförmig und gewunden wie Makkaroni. Clésinger gelingt bisweilen die Bewegung, niemals erzielt er die vollkommene Eleganz. Der Schönheit des Stiles und des Charakters, die man an seinen Büsten römischer Damen so sehr gelobt hat, fehlt es an Entschiedenheit und Vollkommenheit. Man hat den Eindruck, in seinem überstürzten Arbeitseifer vergesse er des öfteren den oder jenen Muskel und vernachlässige die so kostbare Bewegung in der Modellierung. Ich will nicht von seinen unglücklichen *Sapphos* reden, ich weiß, daß er so manches Mal sehr viel Besseres geschaffen hat; doch selbst an seinen gelungensten Statuen gewahrt ein geübtes Auge mit Betrübnis dieses abkürzende Verfahren, das den Gliedmaßen und dem menschlichen Gesicht die Glätte und banale Hübschheit des in einen Model gegossenen Wachses verleiht. Wenn Canova zuweilen charmant war, so doch gewiß nicht dank dieses Fehlers. Alle Welt hat sehr gerechterweise seinen *Römischen Stier* gelobt; das ist wirklich ein sehr schönes Werk; wenn ich jedoch Clésinger wäre, ich sähe mich weniger gerne so großartig gelobt, weil ich das Bild eines Tieres geschaffen habe, es mag noch so edel und prächtig sein. Der Ehrgeiz eines Künstlers, wie er einer ist, soll auf anderes gerichtet sein und anderen Bildern als denen von Stieren nachtrachten.

Von Just Becquet, einem Schüler Rudes, sieht man einen *Heiligen Sebastian,* eine geduldige und kräftige Skulptur. Sie erinnert zugleich an die Malerei eines Ribera und an die herbe Bildhauerei der Spanier. Wenn jedoch Rudes Unterricht, der eine so große Wirkung auf die Schule unserer Zeit gehabt hat, bei einigen Nutzen gestiftet hat, bei denjenigen ohne Zweifel, die diesen Unterricht durch ihren natürlichen Geist auszulegen verstanden, so hat er die übrigen, allzu Gelehrigen, in die erstaunlichsten Irrtümer gestürzt. Betrachten Sie etwa diese *Gallia!* Die erste Gestalt, die Gallien in unserem Geist annimmt, ist die einer Person von großartigem Auftreten, frei, machtvoll, robust und ungezwungen, das schlanke und kräftige Mädchen der Wälder, das wilde und kriegerische Weib, dessen Stimme sich Gehör verschaffte in den Ratsversammlungen des Vaterlandes. Bei dem unseligen Geschöpf jedoch,

von dem ich rede, vermißt man alles, was Kraft und Schönheit ausmacht. Brust, Hüften, Schenkel, Beine, alles, was als Relief hervortreten soll, ist eingesunken. Auf den Seziertischen habe ich derartige Leichname gesehen, welche die Krankheit und ein unaufhörliches Elend von vierzig Jahren verwüstet hatten. Hat der Bildhauer die Entkräftung, die Erschöpfung eines Weibes darstellen wollen, dessen einzige Nahrung aus Eicheln bestand, und hat er die kräftige Gallia des Altertums für das abgelebte Weibchen eines Papuas gehalten? Suchen wir eine weniger anspruchsvolle Erklärung, und nehmen wir einfach an, daß er, der immer wiederholten Lehre folgsam, welche die getreue Nachahmung des Modells forderte, und der nötigen Hellsicht ermangelnd, um ein schönes zu wählen, das häßlichste von allen Modellen auf das beflissenste kopiert hat. Diese Statue hat lobende Zustimmung gefunden, vermutlich, weil sie wie die Velleda eines Bilderalbums ins Weite starrt. Das wundert mich nicht.
Wollen Sie noch einmal, doch in anderer Gestalt, das Gegenteil der Skulptur betrachten? So werfen Sie einen Blick auf diese beiden kleinen dramatisch bewegten Welten, die Butté erfunden hat und die, glaube ich, den *Turmbau zu Babel* und *Die Sündflut* darstellen. Doch das Sujet ist im übrigen nicht von Belang, wenn seine Natur oder die Art, wie der Künstler es behandelt hat, danach angetan ist, das Wesen der Kunst selber zu zerstören. Diese Liliputanerwelt, diese Miniaturprozessionen, diese winzigen Scharen, die sich zwischen Felsblöcken einherschlängeln, erinnern gleichzeitig an die Reliefkarten im Marinemuseum, an die Gemälde mit Pendeluhr und Musikwerk und an die Landschaften mit Festung, Zugbrücke und aufziehender Wache, wie man sie bei den Zuckerbäckern und den Spielzeughändlern sieht. Es ist mir äußerst zuwider, dergleichen zu schreiben, zumal, wenn es sich um Werke handelt, wo man im übrigen Einbildungskraft und Einfallsreichtum findet, und wenn ich von ihnen rede, so darum, weil sie mir dienlich sind, und darum allein Gewicht besitzen, eines der größten Laster des Geistes festzustellen: die hartnäckige Weigerung, die Regeln, die einer Kunst zugrunde liegen, zu befolgen. Welche Fähigkeiten, sie mögen so schön sein, wie man will, wären wohl imstande, einem Mangel von solcher Ungeheuerlichkeit die

Waage zu halten? Welches gesunde Gehirn kann sich ohne Grauen eine Malerei *en relief* vorstellen, eine mechanisch bewegte Skulptur, eine Ode ohne Reime, einen versifizierten Roman, usw.? Wenn das natürliche Ziel einer Kunst verkannt wird, ist es natürlich, alle dieser Kunst fremden Mittel zu Hilfe zu rufen. Und was Butté betrifft, der ungeheure Szenen, die eine unzählige Menge von Personen fordern, im kleinen Maßstab hat darstellen wollen, so können wir feststellen, daß die Alten derartige Unternehmungen immer in das Basrelief verlegten, und daß, unter den Modernen, sehr große und sehr geschickte Bildhauer sich niemals ohne Nachteil und Gefahren an dergleichen gewagt haben. Die beiden wesentlichen Bedingungen, die Einheit des Eindrucks und die Totalität der Wirkung, finden sich schmerzhaft beeinträchtigt, und das Talent dessen, der dies alles *in Szene setzt,* mag noch so groß sein, der besorgte Geist fragt sich doch, ob er einen ähnlichen Eindruck nicht schon bei Curtius empfangen hat. Die prächtigen vielgestaltigen Gruppen, die die Gärten von Versailles schmücken, sind keine hinreichende Widerlegung meiner Ansicht; denn, ganz abgesehen davon, daß sie nicht alle gleichermaßen gelungen sind und daß einige ohne jeden inneren Zusammenhalt, vor allem bei denen, deren Figuren alle senkrecht sind, die geäußerte Ansicht vielmehr zu bestärken geeignet wären, möchte ich darüber hinaus noch darauf hinweisen, daß es sich dort um eine sehr besondere Art von Bildwerken handelt, wo die bisweilen sehr absichtsvollen Fehler unter einem flüssigen Feuerwerk, einem leuchtenden Regen verschwinden; kurz, das ist eine Kunst, der die Hydraulik zu Hilfe kommt, eine letztlich inferiore Kunst. Dennoch sind die vollkommensten unter diesen Gruppen dies nur, weil sie der wahren Skulptur näherkommen und weil diese Figuren, durch ihre vorgeneigten Haltungen und die Art, wie sie einander umschlingen, jene allgemeine Arabeske der Komposition hervorbringen, die in der Malerei reglos und feststehend ist und in der Skulptur beweglich und veränderlich wie in gebirgigen Ländern.

Es war bereits, mein lieber M***, von den *spitzfindigen Geistern* zwischen uns die Rede, und wir hatten anerkannt, daß es unter diesen spitzfindigen Geistern, die sich alle mehr oder minder des Ungehorsams gegen die Idee der reinen Kunst schuldig machen, dennoch den einen oder anderen gab, der nicht ohne Interesse war. In der Skulptur verhält es sich damit nicht besser. Gewiß, Frémiet ist ein guter Bildhauer; er ist geschickt, kühn, verschlagen, er sucht die erstaunliche Wirkung, und findet sie manchmal; sein Unglück ist nur, daß er sie meist außerhalb der natürlichen Bahn sucht. Der *Orang-Utan, der eine Frau in den Wald verschleppt* (ein abgelehntes Werk, das ich natürlich nicht gesehen habe), ist so recht der Einfall eines spitzfindigen Geistes. Warum nicht ein Krokodil, ein Tiger oder jedes beliebige Tier, das eine Frau auffressen könnte? Aber nein! bedenken Sie doch, daß es nicht ums Auffressen, sondern ums Vergewaltigen geht. Und nur der Affe, der Riesenaffe, zugleich mehr und weniger als ein Mensch, hat mitunter ein menschliches Gelüst nach dem Weibe an den Tag gelegt. Da haben wir das rechte Mittel, um Erstaunen zu erregen! »*Er* verschleppt sie; wird *sie* ihm widerstehen können?« Diese Frage wird das gesamte weibliche Publikum sich stellen. Ein bizarres, vertracktes, aus Entsetzen und priapischer Neugier gemischtes Gefühl wird den Erfolg erringen. Frémiet ist ein vortrefflicher Arbeiter, das Tier und die Frau werden beide treffend nachgeahmt und modelliert sein. Solche Sujets sind einer reifen Begabung wahrhaftig nicht würdig, und die Jury hat recht daran getan, dieses garstige Drama abzuweisen.

Sollte Frémiet mir sagen, ich sei nicht berechtigt, den Absichten dessen, was ich nicht gesehen habe, nachzugehen und mich darüber zu verbreiten, so beschränke ich mich bescheiden auf sein *Pferd des Gauklers*. Für sich genommen ist das kleine Pferd reizend; seine dichte Mähne, seine breite Schnauze, sein aufgewecktes Aussehen, seine abfallende Kruppe, seine festen und zugleich zierlichen kleinen Beine, alles kennzeichnet es als eines jener bescheidenen Tiere, die Rasse haben. Die auf seinem Rücken hokkende Eule beunruhigt mich (denn ich nehme an, daß ich den Katalog nicht gelesen habe), und ich frage mich, warum man den Vogel der Minerva auf die Schöpfung des Neptun gesetzt hat. Da bemerke ich die Marionetten, die am Sattel hängen. Die durch die Eule dargestellte Idee der Weisheit verleitet mich zu dem Glauben, die Marionetten stellten die Eitelkeiten der Welt dar. Bleibt zu erklären, wozu das Pferd dienen soll, das, in der Sprache der Apokalypse, sehr wohl die Intelligenz, den Willen, das Leben symbolisieren kann. Schließlich habe ich tatsächlich und geduldig entdeckt, daß Frémiets Werk die menschliche Intelligenz darstellt, die überall die Idee der Weisheit und den Geschmack an der Narrheit mit sich führt. Da haben wir denn die unsterbliche philosophische Antithese, den wesentlich menschlichen Widerspruch, um dessen Angel seit dem Beginn der Zeiten die ganze Philosophie und Literatur sich drehen, von den Herrschaftsfehden zwischen Ormuzd und Ahriman bis zu dem Reverend Maturin, von Manes bis Shakespeare! … Doch ein Nachbar, dessen Unmut ich errege, hat die Güte, mir zu versichern, daß ich mich ganz unnötigerweise abplage, und daß dies nicht mehr darstelle als eben das Pferd eines Gauklers … Wie, diese feierliche Eule, diese geheimnisvollen Marionetten fügen der Vorstellung *Pferd* demnach nichts Neues hinzu? Geht es bloß um das Pferd, wodurch erhöhen sie sein Verdienst? Dieses Werk hätte offensichtlich folgenden Titel tragen sollen: *Pferd des Gauklers, in Abwesenheit des Gauklers, der eine in der Nachbarschaft zu vermutende Schenke aufgesucht hat, um dort den Gästen die Karten zu legen und ein Glas zu leeren!* Das ist der wahre Titel!

Carrier, Oliva und Prouha sind bescheidener als Frémiet und ich; sie begnügen sich damit, durch die Geschmeidigkeit und Geschicklichkeit ihrer Kunst zu erstaunen. Alle drei haben, bei mehr oder minder angespannten Fähigkeiten, eine offenkundige Sympathie für die lebendige Bildhauerei des achtzehnten und des siebzehnten Jahrhunderts. Sie haben Caffieri, Puget, Coustou, Houdon, Pigalle und Francin geliebt und studiert. Seit langem schon haben die wahren Kunstliebhaber Olivas kräftig modellierte Büsten bewundert, in denen das Leben atmet und sogar der Blick funkelt. Die, welche den *General Bizot* darstellt, ist eine der *militärischsten* Büsten, die ich je gesehen habe. *M. de Mercey* ist ein Meisterwerk an Feinheit. Jedermann hat kürzlich im Hof des Louvre eine reizende Figur von Prouha bemerkt, die an die edlen und zierlichen Grazien der Renaissance erinnerte. Carrier darf sich zu ihm beglückwünschen und mit ihm zufrieden sein. Wie die Meister, die er schätzt, besitzt er Energie und Geist. Ein wenig allzu viel Décolleté und Nachlässigkeit im Kostüm kontrastiert vielleicht wenig glücklich mit der kräftigen und sorgfältigen Ausführung der Gesichter. Ich halte es keineswegs für einen Fehler, wenn ein Hemd oder eine Krawatte zerknittert ist oder wenn der Aufschlag eines Anzugs sich reizvoll wirft, ich spreche hier nur von einer mangelnden Übereinstimmung hinsichtlich der Idee des Ganzen; und ich will sogar gerne gestehen, daß ich dieser Bemerkung eine allzu große Wichtigkeit beizumessen fürchte: Carriers Büsten haben mir ein so lebhaftes Vergnügen bereitet, daß es diesen überaus flüchtigen kleinen Eindruck bei weitem überwiegt.

Erinnern Sie sich, mein Lieber, daß wir bereits von *Niemals und Immer* gesprochen haben; es ist mir noch nicht gelungen, für diesen Logogryphen als Titel eine Erklärung zu finden. Vielleicht ist es ein jäher Einfall der Verzweiflung, oder eine Laune ohne näheren Beweggrund, wie *Rot und Schwarz*. Vielleicht hat Hébert diesem Geschmack der Herren Commerson und Paul de Kock nachgegeben, der sie veranlaßt, in dem zufälligen Zusammenstoß jeder Antithese bereits einen Gedanken zu erblicken. Wie dem auch sei, er hat eine reizende Skulptur geschaffen, eine *sculpture de chambre*, möchte man sagen (obwohl es zweifelhaft ist, ob Bürger und Bürgerin ihr Boudoir damit schmücken wollen), eine Art Vignette in Gestalt einer Skulptur, die, wenn sie in größeren Proportionen ausgeführt würde, dennoch vielleicht, auf einem Friedhof oder in einer Kapelle, eine vortreffliche Grabdekoration abgeben könnte. Das junge Mädchen von reicher und geschmeidiger Gestalt schwebt und wiegt sich emporgehoben in harmonischer Leichtigkeit; und ihr in einer Ekstase oder im Todeskampf zuckender Körper empfängt ergeben den Kuß des ungeheuren Skeletts. Man glaubt gemeinhin, vielleicht weil die Antike es nicht oder wenig kannte, das Skelett sei aus dem Bereich der Skulptur auszuschließen. Das ist ein großer Irrtum. Wir sehen es im Mittelalter erscheinen, wie es sich mit dem ganzen zynischen Ungeschick und dem ganzen Hochmut der kunstlosen Idee beträgt und darbietet. Seither jedoch bis ins achtzehnte Jahrhundert, dem historischen Klima der Liebe und der Rosen, sehen wir das Skelett allen Sujets zur wohlgelungenen Zierde gereichen, in denen ihm Eingang zu finden verstattet ist. Der Bildhauer begriff sehr rasch, was alles an geheimnisvoller und abstrakter Schönheit in diesem hageren Gerippe liegt, dem das Fleisch als Kleidung dient, und das gleichsam der Plan des menschlichen Gedichts ist. Und diese schmeichelnde, beißende, fast wissenschaftliche Grazie erhob sich ihrerseits, hell und blank, von den Besudelungen durch das Erdreich gesäubert, zwischen den unzähligen Grazien, welche die Kunst aus der unwissenden Natur bereits entwickelt hatte. Héberts Skelett ist, genaugenommen, kein Skelett. Ich glaube jedoch nicht, daß der Künstler, wie man so sagt, der Schwierigkeit aus dem Wege gehen wollte. Wenn diese mächtige Persönlichkeit hier den unbestimmten Charakter der Gespenster, der Larven und Lamien trägt, wenn sie, an gewissen Stellen, noch mit einer pergamentenen Haut bekleidet ist, die an den Gelenken haftet wie die Häute eines Schwimmvogels, wenn sie halb mit einem riesigen Leichentuch umhüllt und drapiert ist, das sich hie und da über den vorspringenden Knochen bauscht, so hat der Künstler wohl vor allem die schwankende Ungeheuerlichkeit des Nichts zum Ausdruck bringen wollen. Es ist ihm gelungen, und sein Gespenst ist *voll von Leere*.

Die angenehme Begegnung mit diesem makabren Sujet hat mich bedauern lassen, daß Christophe nicht zwei seiner Werke ausgestellt hat, deren eines seiner Natur nach dem von Hébert völlig analog ist, das andere hingegen eine anmutigere Allegorie bietet. Letzteres stellt eine nackte Frau dar, von großartiger und kräftiger florentinischer Haltung (denn Christophe ist keiner von jenen schwachen Künstlern, bei denen Rudes positiver und ins einzelne gehender Unterricht die Einbildungskraft zerstört hat), die, von vorne gesehen, dem Betrachter ein zierliches, lächelndes Gesicht, ein Theatergesicht, zukehrt. Ein leichter, geschickt gewundener Überwurf dient als Verbindung zwischen diesem konventionellen Kopf und der kräftigen Brust, auf die er sich zu stützen scheint. Treten Sie jedoch einen Schritt nach links oder rechts, so entdecken Sie das Geheimnis der Allegorie, die Moral der Fabel, nämlich das wahre, zurückgeworfene Haupt, das unter Tränen mit dem Tode kämpft. Was Ihre Blicke zuerst bezaubert hatte, war eine Maske, die überall vorhandene Maske, Ihre Maske, meine Maske, der hübsche Fächer, dessen eine geschickte Hand sich bedient, um den Schmerz oder die Reue vor den Augen der Welt zu verbergen.

In diesem Werk ist alles voll Zauber und Stärke. Der kräftige Körper bietet einen malerischen Kontrast zu dem mystischen Ausdruck einer durch und durch weltlichen Idee, und die Überraschung spielt hier keine wichtigere Rolle, als erlaubt ist. Wenn der Künstler jemals darin einwilligt, diese Erfindung in den Handel zu bringen, in Gestalt einer Bronze kleineren Formats, so mache ich mich keiner Unbesonnenheit schuldig, wenn ich ihm einen großen Erfolg voraussage.

Bei dem anderen Einfall hingegen, so bezaubernd er ist, möchte ich mich nicht dafür verbürgen; und das um so weniger, als dieses Werk, um ihn ganz zum Ausdruck zu bringen, zweier Materien bedarf, einer hellen und stumpfen, um das Skelett wiederzugeben, einer anderen düster glänzenden für das Gewand, was natürlicherweise das Grauen vor dem Dargestellten und seine Unbeliebtheit noch steigern würde. Leider!

Les charmes de l'horreur n'enivrent que les forts!

(Nur die Starken berauschen sich an den Reizen des Grauens!)

Stellen Sie sich ein großes weibliches Gerippe vor, das im Begriff steht, zu einem Fest aufzubrechen. Mit seinem abgeflachten Negergesicht, seinem Lächeln ohne Lippen und Zahnfleisch, und seinem Blick, der nur ein Schattenloch ist, scheint dieses Gräßliche, das einmal eine schöne Frau war, im Weiten gleichsam Ausschau zu halten nach der köstlichen Stunde des Stelldicheins oder der feierlichen Stunde des Hexensabbats auf dem unsichtbaren Zifferblatt der Jahrhunderte. Ihre von der Zeit verwüstete Büste hebt sich kokett aus dem Mieder, wie ein vertrockneter Blumenstrauß aus seiner Hülle, und dieses ganze Grabgespenst reckt sich über dem Sockel einer üppigen Krinoline. Um mich kurz zu fassen, sei es mir erlaubt, den Fetzen eines Gedichtes anzuführen, in welchem ich versucht habe, das subtile Vergnügen, das in dieser Figurine liegt, nicht zu *illustrieren,* sondern zu erklären, ungefähr so wie ein sorgfältiger Leser die Ränder seines Buches mit Bleistiftanmerkungen versieht:

Fière, autant qu'un vivant, de sa noble stature,
Avec son gros bouquet, son mouchoir et ses gants
Elle a la nonchalance et la désinvolture
D'une coquette maigre aux airs extravagants.

Vit-on jamais au bal une taille plus mince?
Sa robe, exagérée en sa royale ampleur,
S'écroule abondamment sur un pied sec que pince
Un soulier pomponné joli comme une fleur.

La ruche qui se joue au bord des clavicules,
Comme un ruisseau lascif qui se frotte au rocher,
Défend pudiquement des lazzi ridicules
Les funèbres appas qu'elle tient à cacher.

Ses yeux profonds sont faits de vide et de ténèbres,
Et son crâne, de fleurs artistement coiffé,
Oscille mollement sur ses frêles vertèbres.
Ô charme du néant follement attifé!

Aucuns t'appelleront une caricature,
Qui ne comprennent pas, amants ivres de chair,
L'élégance sans nom de l'humaine armature!
Tu réponds, grand squelette, à mon goût le plus cher.

Viens-tu troubler, avec ta puissante grimace,
La fête de la vie . . . . ?

(Stolz wie ein Lebender auf ihren edlen Wuchs, mit großem Blumenstrauß, mit Taschentuch und Handschuh, zeigt sie den Gleichmut und das lässige Gehaben einer hageren Koketten, die sich närrisch spreizt.
Sah man im Ballsaal je eine schmalere Taille? Ihr aufgebauschtes Kleid in seiner königlichen Weite fällt üppig auf einen dürren Fuß, den, hübsch wie eine Blume, ein knapper Schuh zwängt, auf dem ein Pompon sitzt.
Die Rüsche, die am Rand der Schlüsselbeine tändelt, wie ein Bach,

der lüstern sich am Felsen reibt, verteidigt schamhaft gegen dumme Späße die düstren Reize, die sie zu verbergen trachtet.
Ihre tiefen Augen sind ganz aus Leere und aus Finsternissen, und ihr Schädel, mit Blumen kunstvoll überkleidet, schwankt sacht auf seinen zarten Wirbeln. – O Zauber eines närrisch aufgeputzten Nichts!
Manche werden dich ein Zerrbild heißen, doch diese in das Fleisch vernarrten Buhler begreifen nicht die namenlose Eleganz des menschlichen Gerüstes! Du bist, großes Gerippe, ganz nach meinem Geschmack!
Kommst du mit deiner mächtigen Grimasse und willst das Fest des Lebens stören ...?)

Ich glaube, mein Lieber, hier können wir einhalten; welche Werke ich auch noch nennen könnte, ich fände darin doch nur weitere überflüssige Beweise für die Hauptidee, die meine Arbeit von Anfang an beherrscht hat, diese nämlich, daß die einfallsreichsten und geduldigsten Talente nicht hinreichen, um das Gefallen am Großen und den heiligen Furor der Einbildungskraft zu ersetzen. Man hat sich seit einigen Jahren damit vergnügt, einen unserer teuersten Freunde, mehr als erlaubt ist, zu kritisieren; nun denn! ich gehöre zu denen, die ohne zu erröten bekennen, daß ich, bei allem Jahr für Jahr entfalteten Geschick unserer Bildhauer in ihren Werken (seit David uns verlassen hat), das immaterielle Vergnügen nicht wiederfinde, das mir, trotz mancher Unvollkommenheit, Auguste Préaults stürmische Träume so oft bereitet haben.

IX
ABSCHIED

Endlich ist es mir erlaubt, das unwiderstehliche *Uff!* auszustoßen, das jedem einfachen Sterblichen mit soviel Glück entfährt, der noch im Besitz seiner Milz und zu einem Gewaltmarsch verurteilt ist, wenn er sich in der langerhofften Oase zur Ruhe betten darf. Von der ersten Zeile an, ich gestehe es gerne, zeichneten in meinem Gehirn die glückseligen Lettern des Wortes ENDE sich ab, in ihre schwarze Haut gekleidet, wie kleine äthiopische Gaukler, welche die liebenswürdigsten *Charakter*tänze tanzen. Die Künstler, ich rede von den wahren Künstlern, von jenen, die wie ich denken, daß alles, was nicht vollkommen ist, sich verstecken sollte, und daß alles, was nicht erhaben ist, überflüssig und vom Übel ist, von jenen, die wissen, daß in dem ersten Einfall eine erschrekkende Tiefe liegt, und daß, unter den unzähligen Arten, ihn auszudrücken, höchstens zwei oder drei vortrefflich sind (ich bin weniger streng als La Bruyère); diese Künstler, sage ich, die, wie eingeschlossene Seelen, immer unzufrieden und ungenügsam sind, werden gewisse Scherze und gewisse Anfälle schlechter Laune mir nicht verargen, unter denen sie ebenso oft leiden wie der Kritiker. Auch sie wissen, daß nichts ermüdender ist als zu erklären, was aller Welt bekannt sein sollte. Dürfen Langeweile und Verachtung als Leidenschaften gelten, so waren Verachtung und Langeweile auch für sie die nächstliegenden, die kaum zu vermeidenden, die unausweichlichsten Leidenschaften. Ich erlege mir selber die harten Bedingungen auf, von denen ich möchte, daß jeder sie sich auferlegt; ich sage mir unaufhörlich: *wozu?* und ich frage mich, vorausgesetzt, es sei mir gelungen, einige gute Gründe vorzubringen: wem und wozu können sie dienlich sein? Bei zahlreichen Werken, die ich nicht berücksichtigt habe, geschah dies mit Bedacht; ich habe eine Menge offensichtlicher Talente vorsätzlich übergangen, da sie sich allzu hoher Anerkennung erfreuen, um eigens gelobt zu werden, und da sie sich, im Guten wie im Schlimmen, allzu wenig auszeichnen, um der Kritik als Thema zu dienen. Ich hatte mir die Aufgabe gestellt, der Einbildungskraft durch den *Salon* hin nachzugehen, und da ich ihr selten begegnet bin, brauchte ich nur von wenigen Künstlern zu sprechen. Was die unbeabsichtigten Auslassungen und Irrtümer betrifft, die mir etwa unterlaufen sind, so wird die Malerei sie mir vergeben, als einem Menschen, der, in Ermangelung ausgedehnter Kenntnisse, bis in die Nerven von der Liebe zur Malerei durchdrungen ist. Überdies werden diejenigen, welche Gründe zur Klage haben können, zahlreiche Rächer oder Tröster finden, ganz abgesehen von demjenigen unserer Freunde, den Sie mit der Untersuchung des nächsten Salons beauftragen und dem Sie die nämlichen Freiheiten einräu-

men werden, die Sie mir liebenswürdigerweise gewährt haben. Ich wünsche von ganzem Herzen, er möge häufiger Veranlassung zum Staunen und zum Entzücken finden, als ich bei gewissenhafter Prüfung gefunden habe. Die edlen und vortrefflichen Künstler, auf die ich mich vorhin berufen habe, werden sprechen wie ich: Aufs Ganze gesehen, viel Fertigkeit und Geschick, doch sehr wenig Genie! Und das sagt alle Welt. Leider bin ich einer Meinung mit aller Welt. Wie Sie sehen, mein lieber M***, war es höchst überflüssig, das zu erklären, worüber jeder von ihnen wie wir denkt. Mein einziger Trost ist, daß es mir vielleicht gelungen ist, in der Erörterung dieser Gemeinplätze zwei oder drei Personen gefallen zu haben, die mich erraten, wenn ich an sie denke, und zu denen sich zu zählen ich Sie herzlich bitte.
Ihr sehr ergebener Mitarbeiter und Freund.

DER MALER DES MODERNEN LEBENS

I

Das Schöne, die Mode und das Glück

Es gibt in der Welt, und sogar in der Welt der Künstler, Leute, die in das Museum des Louvre gehen, dort an einer Menge bemerkenswerter, wenn auch *zweitrangiger* Werke, rasch und ohne ihnen einen Blick zu gönnen, vorbeilaufen, vor einem Tizian oder Raffael in träumerisches Sinnen versinken, einem jener Bilder, die der Kupferstich überallhin verbreitet hat, und endlich befriedigt davongehen, wobei mehr als einer sich sagt: »Ich kenne mein Musem.« Es gibt auch Leute, die, da sie einstmals Racine und Bossuet gelesen haben, sich in der Literaturgeschichte auszukennen glauben.

Zum Glück treten von Zeit zu Zeit andere Leute auf, die begangenes Unrecht wiedergutmachen, Kritiker, Kunstfreunde, neugierige Geister, welche die Ansicht vertreten, daß Raffael, daß Racine nicht alles für sich gepachtet haben, daß auch bei den *poetae minores* sich manches Gute, Tüchtige und Köstliche findet; und daß, unbeschadet aller Liebe zu der allgemeinen Schönheit, wie sie bei den klassischen Dichtern und Künstlern zum Ausdruck kommt, man nichtsdestoweniger unrecht hat, die eigene, besondere Schönheit, die Schönheit des Zufälligen und die Sittenschilderung zu vernachlässigen.

Ich muß freilich zugeben, daß die Welt sich seit einigen Jahren etwas gebessert hat. Die Wertschätzung, welche die Kunstliebhaber heute den liebenswürdigen, farbigen Stichen des letzten Jahrhunderts entgegenbringen, beweist, daß ein Geschmackswandel stattgefunden hat in der Richtung, die der Öffentlichkeit nottat; Debucourt, die Saint-Aubin und manche andere haben in das Verzeichnis der Künstler, die des Studiums würdig sind, Aufnahme gefunden. Doch sie stellen Vergangenes dar, während ich mich heute dem Sittengemälde unserer jetzigen Zeit zuwenden möchte. Die Vergangenheit fesselt uns nicht nur durch die Schönheit, welche die Künstler, für die sie Gegenwart war, ihr zu entlocken wußten, sondern auch als Vergangenheit, ihres geschichtlichen

Wertes wegen. Das gleiche gilt von der Gegenwart. Das Vergnügen, das uns die Darstellung der Gegenwart verschafft, entspringt nicht nur der Schönheit, worein sie sich kleiden mag, sondern auch ihrer wesentlichen Eigenschaft als Gegenwart.

Vor mir liegt eine Serie von Modekupfern, die mit der Revolution beginnen und etwa beim Konsulat endigen. Von diesen Kostümen, welche manche gedankenlose Leute zum Lachen bringen – jene ernsthaften Leute ohne wahren Ernst –, geht ein zweifacher, ein künstlerischer und ein historischer Reiz aus. Sehr oft sind sie schön und geistreich gezeichnet; was mir jedoch ebenso wichtig erscheint und was ich glücklicherweise in allen oder doch fast allen wiederfinde, das ist die Moral und Ästhetik ihrer Zeit. Die Vorstellung, die der Mensch sich von dem Schönen macht, teilt sich seiner ganzen Aufmachung mit, sie knittert oder strafft seinen Anzug, rundet oder streckt seine Gebärde, und bringt auf die Dauer sogar gewisse Veränderungen in seinen Gesichtszügen hervor. Schließlich gleicht der Mensch dem, was er sein möchte. Diese Stiche können nach dem Schönen oder nach dem Häßlichen hin ausgelegt werden; nach dem Häßlichen hin werden sie zu Karikaturen, nach dem Schönen hin zu antiken Statuen.

Die Frauen, die diese Kostüme trugen, glichen bald diesen, bald jenen, je nach dem Grad an Poesie oder Gewöhnlichkeit, der sie kennzeichnete. Was uns allzu starr erscheint, umfloß den lebendigen Körper. Noch heute kann die Einbildungskraft des Betrachters diese *Tunika* oder diesen *Shawl* schwungvoll einherschreiten sehen. Und wer weiß, eines schönen Tages wird auf irgendeinem Theater ein Stück gespielt, in dem wir jene Kostüme wiederauferstehen sehen, darin unsere Väter sich ebenso bezaubernd vorkamen wie wir in unseren armseligen Kleidern (die freilich ebenfalls ihren Reiz haben, wenn auch einen von eher moralischer und geistiger Art), und wenn kluge Schauspieler und Schauspielerinnen sie tragen, werden wir erstaunt sein, daß wir so töricht sein konnten, darüber zu lachen. Ohne die Pikanterie des Gespenstischen einzubüßen, wird die Vergangenheit Licht und Bewegung des Lebens wiedergewinnen und Gegenwart werden.

Würde ein unparteiischer Mensch alle französischen Moden eine um die andere durchblättern, von den Ursprüngen Frankreichs bis zum heutigen Tag, er würde nichts finden, das ihn schockierte oder auch nur überraschte. Allenthalben fände er, wie in der Tierwelt, eine Fülle der Übergänge und Abstufungen. Keine Lücke, also auch keine Überraschung. Und würde er der Vignette, die jede einzelne Epoche darstellt, den philosophischen Gedanken beifügen, der sie am nachhaltigsten beschäftigte und bewegte – welchen Gedanken die Vignette uns unfehlbar ins Gedächtnis zurückruft –, so sähe er, welche tiefe Harmonie sämtliche Glieder der Geschichte regiert und daß, selbst in den Jahrhunderten, die uns von Greueln und Narrheiten zu wimmeln scheinen, das unsterbliche Verlangen nach dem Schönen stets seine Befriedigung gefunden hat.

Hier bietet sich wahrhaftig eine schöne Gelegenheit, eine vernünftige, geschichtliche Theorie des Schönen aufzustellen, im Gegensatz zu der Theorie des einzigen und absoluten Schönen; um darzulegen, daß das Schöne jederzeit unweigerlich ein Doppeltes ist, ob auch der Eindruck, den es hervorruft, einheitlich ist. Denn die Schwierigkeit, die unterschiedlichen Bestandteile des Schönen in der Einheit des Eindrucks zu unterscheiden, vermindert um nichts die Notwendigkeit, daß es sich aus Verschiedenartigem zusammensetzt. Das Schöne besteht aus einem ewigen, unveränderlichen Element, dessen Anteil äußerst schwierig zu bestimmen ist, und einem relativen, von den Umständen abhängigen Element, das, wenn man so will, eins ums andere oder insgesamt, die Epoche, die Mode, die Moral, die Leidenschaft sein wird. Ohne dieses zweite Element, das wie der unterhaltende, den Gaumen kitzelnde und die Speiselust reizende Überzug des göttlichen Kuchens ist, wäre das erste Element unverdaulich, unbestimmbar, der menschlichen Natur unangepaßt und unangemessen. Ich bezweifle, daß sich irgendein Probestück des Schönen auffinden läßt, das nicht diese beiden Elemente enthält.

Ich greife einmal die beiden entgegengesetzten Enden der Geschichte heraus. In der hieratischen Kunst erscheint die Zweiheit auf den ersten Blick; das ewig Schöne offenbart sich nur mit Genehmigung und nach Vorschrift der Religion, welcher der Künstler angehört. Und im frivolsten Werk eines raffinierten Künstlers, der einer jener Epochen angehört, die wir allzu eitel als zivilisierte bezeichnen, kommt diese Zweiheit nicht minder zum Ausdruck; der Anteil des ewig Schönen erscheint hier verhüllt, modifiziert durch den Zeitgeschmack oder das schöpferische Temperament des Künstlers. Die Zweiheit der Kunst ist eine unausweichliche Folge der menschlichen Gespaltenheit. Man betrachte deshalb, wenn man so will, den ewig gleichbleibenden Anteil als die Seele der Kunst, das veränderliche Element aber als ihren Körper. Darum ist Stendhal, ein unverschämter, streitsüchtiger, ja abstoßender Geist, dessen Unverschämtheiten jedoch zu nützlichem Nachdenken anregen, der Wahrheit näher gekommen als viele andere, wenn er sagt, daß *das Schöne nur die Verheißung des Glückes sei.* Gewiß geht diese Definition übers Ziel hinaus; sie unterwirft das Schöne zu sehr dem unendlich veränderlichen Ideal des Glücks; sie beraubt das Schöne allzu leichtfertig seines aristokratischen Charakters; sie hat jedoch das große Verdienst, sich entschieden vom Irrtum der Akademiker zu distanzieren.

Ich habe diese Dinge schon mehr als einmal erklärt; für diejenigen, welche diese Spiele des abstrakten Geistes lieben, sagen diese Zeilen genug. Da ich jedoch weiß, daß die meisten französischen Leser daran keinen Gefallen finden, drängt es mich, zu dem wirklichen, sachlichen Teil meines Vorhabens zu kommen.

II
Das Sittenbild

Für die Schilderung der Sitten, des bürgerlichen Lebens und der Mode in allen ihren Erscheinungsformen ist das rascheste und wohlfeilste Mittel offensichtlich das beste. Je mehr Schönheit der Künstler in sie hineinlegt, desto kostbarer wird das Werk sein; doch im gewöhnlichen Leben, im täglichen Wandel der Außenwelt liegt schon eine derart schnelle Bewegung, daß sie den Künstler zu einer gleich raschen Ausführung nötigt. Die mehrfarbigen Stiche des achtzehnten Jahrhunderts sind, wie ich schon sagte, wieder in Mode gekommen; das Pastell, die Radierung, die Aquatinta haben eine ums andere ihren Beitrag zu jenem ungeheuren Bilderschatz des modernen Lebens geliefert, der in den Bibliotheken, den Mappen der Kunstliebhaber und hinter den Scheiben der ärmlichsten Kramläden verstreut ist. Als die Lithographie erschien, zeigte sie sich alsbald dieser gewaltigen, dem Anschein nach so leichtfertigen Aufgabe gewachsen. Wir besitzen in dieser Gattung wahrhafte Denkmale. Mit Recht hat man Gavarnis und Daumiers Werke als Ergänzungen zu der *Menschlichen Komödie* bezeichnet. Balzac selber wäre, meiner festen Überzeugung nach, wohl geneigt gewesen, dem zuzustimmen, zumal dieser Gedanke um so treffender ist, als das Genie des malenden Sittenschilderers eines von gemischter Art ist, da ihm ein Gutteil literarischer Geist beigegeben ist. Beobachter, Flaneur, Philosoph, wie man ihn auch nennen mag, unweigerlich wird man, um diesen Künstler zu kennzeichnen, sich veranlaßt sehen, ihm ein Epitheton beizulegen, das auf den Maler ewiger, oder zumindest dauerhafterer, heroischer und religiöser Gegenstände nicht anwendbar wäre. Zuweilen ist er Dichter; öfters nähert er sich dem Romancier oder Moralisten; er ist der Maler der Gelegenheit und alles dessen, was sie an Ewigem uns ahnen läßt. Jedes Land hat, zu seinem Vergnügen und seinem Ruhm, einige dieser Männer besessen. In unserer heutigen Zeit sind Daumier und Gavarni die ersten Namen, die einem einfallen; hinzufügen ließen sich Devéria, Maurin, Numa als Schilderer der zweideutigen Reize der Restaurationszeit, ferner Wattier, Tassaert, Eugène Lami, dieser schon beinah Engländer kraft seiner Vorliebe für das aristokratische Gehabe, und sogar Trimolet und Traviès, diese Chronisten der Armut und des kleinbürgerlichen Lebens.

III
Der Künstler
Mann von Welt, Mann der Menge und Kind

Ich möchte das Publikum heute von einem sonderbaren Manne unterhalten, so stark und entschieden in seiner Eigenart, daß sie sich selbst genügt und nicht einmal nach Anerkennung strebt. Keine seiner Zeichnungen ist signiert, wenn man das Signatur nennt: diese leicht nachzuahmenden Buchstaben, die einen Namen darstellen und mit deren Gepränge manch einer seine gleichgültigsten Skizzen versieht. Aber alle seine Werke tragen die Signatur seiner funkelnden Persönlichkeit, und die Kunstliebhaber, die sie gesehen und geschätzt haben, werden sie nach meiner nun folgenden Schilderung leicht wiedererkennen. Ein großer Liebhaber der Menge und des Incognito, treibt M. C. G. die Originalität bis zur Bescheidenheit. Thackeray, der, wie man weiß, sich gerne mit Kunstdingen befaßt, und der die *Illustrationen* zu seinen Romanen selber zeichnet, hat eines Tages in einem kleinen Londoner Blatt von M. G. gesprochen. Dieser war darüber so verärgert, als hätte man sein Schamgefühl verletzt. Kürzlich noch, als er erfuhr, daß ich mich mit der Absicht trug, eine Würdigung seines Geistes und seines Talents zu verfassen, bat er mich, mit höchst gebieterischen Worten, seinen Namen zu unterdrücken und von seinen Werken nur wie von den Werken eines Unbekannten zu sprechen. Ich werde diesem wunderlichen Ansinnen untertänig gehorchen. Der Leser und ich, wir werden uns stellen, als glaubten wir, es gäbe keinen M. G., und wir werden uns mit seinen Zeichnungen und Aquarellen, für die er die Verachtung eines Patriziers bekundet, beschäftigen, als wären wir Gelehrte, welche die Aufgabe hätten, kostbare historische Dokumente zu beurteilen, die der Zufall ihnen in die Hände gespielt hat und deren Autor in alle Ewigkeit unbekannt bleiben wird. Ja, um mein Gewissen gänzlich zu beschwichtigen, soll hier von der Annahme ausgegangen werden, daß alles, was ich über sein so seltsam, so geheimnisvoll funkelndes Wesen zu sagen habe, mehr oder minder zutreffend aus den in Frage stehenden Werken erschlossen ist; reine dichterische Hypothese, Mutmaßung, Hervorbringung der Einbildungskraft.

M. G. ist alt. Von Jean-Jacques heißt es, er habe mit zweiundvierzig zu schreiben begonnen. Vielleicht stand M. G. in eben diesem Alter, als er, besessen von all den Bildern, die er im Kopf trug, verwegen genug war, Tusche und Farbe auf ein weißes Papier zu setzen. Die Wahrheit zu sagen, er zeichnete wie ein Barbar, wie ein Kind, das sich über die Unbeholfenheit seiner Finger und die Widerspenstigkeit seines Werkzeugs ärgert. Ich habe eine große Zahl dieser primitiven Klecksereien gesehen, und ich gestehe, daß es für die meisten von denen, die Kenner sind oder doch auf Kennerschaft Anspruch erheben, keine Schande gewesen wäre, wenn sie das zukünftige Genie, das in diesen wirren Versuchen wohnte, verkannt hätten. Heute ist M. G., der sich ganz allein aller kleinen Schliche des Handwerks bemächtigt und ohne fremde Ratschläge seine eigene Erziehung vollendet hat, ein seine Mittel beherrschender Meister geworden und hat von seiner ersten Unbekümmertheit nur eben soviel beibehalten, als es bedarf, um seinen reichen Fähigkeiten eine unerwartete Würze hinzuzufügen. Trifft er auf einen dieser Versuche aus seinen *Jugendtagen,* so zerreißt oder verbrennt er ihn in einem höchst belustigenden Anfall von Scham oder Empörung.

Zehn Jahre lang war es mein Wunsch, M. G. kennenzulernen, der von Natur aus ein großer Reisender und wirklicher Kosmopolit ist. Ich wußte, daß er lange Zeit für eine englische illustrierte Zeitung gearbeitet und daß man dort Holzstiche nach seinen Reiseskizzen (Spanien, Türkei, Krim) veröffentlicht hatte. Ich habe seither eine beträchtliche Menge dieser an Ort und Stelle hingeworfenen Zeichnungen gesehen und war somit imstande, einen bis ins kleinste gehenden, täglichen Bericht von dem Feldzug auf der Krim zu *lesen,* der jedem anderen vorzuziehen war. Dieselbe Zeitung hatte auch, stets unsigniert, zahlreiche Darstellungen desselben Künstlers nach neuen Ballett- und Opernszenen veröffentlicht. Als ich ihm endlich begegnete, entdeckte ich als erstes, daß ich es nicht eigentlich mit einem *Künstler,* sondern eher mit einem *Mann von Welt* zu tun hatte. Man verstehe das Wort *Künstler* hier bitte in einem sehr engen, das Wort *Mann von Welt* in einem sehr weiten Sinne. *Mann von Welt,* das heißt ein Mann der ganzen Welt, ein Mann, der die Welt versteht und die geheimnisvollen tieferen Gründe all ihrer Sitten und Gebräuche begreift; *Künstler,* das heißt Spezialist, ein Mann, der mit seinen Malutensilien so verhaftet ist wie der Leibeigene mit der Scholle. M. G. hört sich nicht gerne einen Künstler nennen. Mit einem gewissen Recht, scheint mir. Ihn interessiert die ganze Welt; er möchte alles erfahren, verstehen, schätzen, was sich auf der Oberfläche unseres Sphäroids ereignet. Der Künstler lebt kaum, oder auch gar nicht, in der moralischen und politischen Welt. Wer im Bredaviertel wohnt, weiß nicht, was im Faubourg Saint-Germain vor sich geht.

Bis auf zwei oder drei Ausnahmen, die zu nennen sich erübrigt, sind die meisten Künstler, offen gestanden, grobschlächtige Könner, flinke Pfuscher, deren Verstand nicht über den eines Dörflers oder Kätners hinausreicht. Ihr Gespräch, das sich unausweichlich auf einen sehr engen Kreis beschränkt, wird dem *Mann von Welt* und universalen Geist sehr rasch unerträglich.

Wem es darum zu tun ist, M. G. zu verstehen, der beachte deshalb vor allem folgendes: daß die künstlerische *Neugier* als der Punkt gelten kann, von dem sein Genie seinen Ausgang nimmt.

Erinnern Sie sich eines Gemäldes (ja, wahrhaftig, eines Gemäldes!), das wir einer der fähigsten Federn unserer Zeit verdanken und das den Titel führt: *Der Mann der Menge?* Hinter dem Fenster eines Caféhauses sitzt ein Genesender und betrachtet genußvoll die Menge; in Gedanken mischt er sich in alle Gedanken und Vorstellungen, die um ihn her wogen. Vor kurzem erst dem Schattenreich des Todes entronnen, atmet er mit Wonne alle Keime und alle Ausströmungen des Lebens ein; da er im Begriff stand, alles zu vergessen, erinnert er sich und brennt vor Verlangen, sich aller Dinge zu erinnern. Zuletzt stürzt er sich in die Menge, einem Unbekannten nach, dessen flüchtig wahrgenommenes Gesicht ihn unversehens in Bann geschlagen hat. Die Neugier ist zu einer schicksalhaften, unwiderstehlichen Leidenschaft geworden!

Man denke sich einen Künstler, der sich innerlich unablässig im Zustand eines Genesenden befindet, und man hat den Schlüssel zu M. G.'s Charakter.

Nun ist die Genesung aber wie eine Rückkehr in die Kindheit. Der Genesende erfreut sich, wie das Kind, im höchsten Grade der Fähigkeit, selbst an den scheinbar alltäglichsten Dingen den lebhaftesten Anteil zu nehmen. Muten wir, soweit sich dies tun läßt, unserer Einbildungskraft eine Rückwendung zu, lassen wir unsere jugendlichsten, unsere morgendlichsten Eindrücke wieder erwachen, und wir werden erkennen, daß sie eine seltsame Verwandtschaft mit den farbenkräftigen Eindrücken haben, die uns später nach einer körperlichen Erkrankung zuteil wurden, vorausgesetzt, daß diese Krankheit unsere geistigen Fähigkeiten nicht getrübt und beeinträchtigt hatte. Das Kind sieht alles als *Neuheit;* es ist immer *trunken.* Nichts gleicht dem, was man Inspiration nennt, mehr als die Freude, mit der das Kind Form und Farbe einsaugt. Ich wage es, noch weiter zu gehen; ich behaupte, daß die Inspiration eine gewisse Verwandtschaft mit der *Kongestion* hat, und daß jeder erhabene Gedanke von einer mehr oder minder starken Erschütterung der Nerven begleitet ist, die bis in das Kleinhirn nachwirkt. Der geniale Mensch hat kräftige, das Kind hat schwache Nerven. Bei dem einen behauptet die Vernunft einen beträchtlichen Raum; bei dem anderen nimmt das Gefühlsleben fast das ganze Wesen ein. Nun ist aber das Genie nichts anderes als die *wiedergefundene Kindheit,* die jetzt, wenn sie sich ausdrücken will, mit männlichen Organen und einem analytischen Geist ausgestattet ist, der sie befähigt, all das viele unwillkürlich angehäufte Material zu ordnen. Diese tiefe und freudige Neugier verleiht den Kindern den gespannten, animalisch verzückten Blick vor dem *Neuen,* was es auch sein mag, Gesicht oder Landschaft, Licht, Vergoldung, Farben, schillernde Stoffe, Verzauberung der durch ihre Toilette verschönten Schönheit. Einer meiner Freunde erzählte mir eines Tages, daß er, als er noch sehr klein war, einmal der Toilette seines Vaters beigewohnt und daß er damals die Armmuskeln, die Farbabstufungen der vom Rosigen ins Gelbe spielenden Haut und das bläuliche Adernnetz mit wonnevollem Schauder betrachtet habe. Das Bild des äußeren Lebens flößte ihm schon damals Ehrfurcht ein und bemächtigte sich seines Denkens. Schon war er der Form verfallen und von ihr besessen. Die Vorherbestimmung ließ frühzeitig ihre Nasenspitze blicken. Die *Verdammnis* war ausgesprochen. Brauche ich noch zu erwähnen, daß dieses Kind heute ein berühmter Maler ist?

Ich bat Sie soeben, M. G. als jemanden zu betrachten, der sich unaufhörlich im Zustand der Genesung befindet; nehmen Sie ihn, um Ihre Vorstellung zu vervollständigen, auch für einen kindlichen Menschen, einen Mann, der in jeder Minute die Genialität der Kindheit besitzt, das heißt einen Genius, der keiner Erscheinung des Lebens je abgestumpft gegenübertritt.

Ich sagte bereits, es widerstrebe mir, ihn einen reinen Künstler zu nennen, und daß er selber sich gegen diese Bezeichnung mit einer von aristokratischer Scheu getönten Bescheidenheit wehre. Ich würde ihn gerne einen *Dandy* nennen und hätte dafür einige gute

Gründe; denn jemanden als *Dandy* zu bezeichnen, heißt, ihm ein Äußerstes an Charakter und eine hohe Einsicht in das moralische Triebwerk der Welt zuschreiben; anderseits jedoch strebt der Dandy nach Unempfindlichkeit, und hinsichtlich dessen ist M. G., den eine unersättliche Leidenschaft beseelt, die nämlich, zu sehen und zu fühlen, von jedem Dandysmus meilenweit entfernt. *Amabam amare,* sagte der heilige Augustinus. »Ich liebe leidenschaftlich die Leidenschaft«, würde M. G. gerne sagen. Der Dandy ist blasiert, oder stellt sich doch so, aus Politik und Kastengeist. M. G. verabscheut die blasierten Leute. Er beherrscht die so schwere Kunst (die verfeinerten Geister werden mich verstehen), *aufrichtig* zu sein, ohne sich *lächerlich* zu machen. Ich würde ihn gerne mit dem Namen eines Philosophen schmücken, auf den er aus mehr als einem Grund ein Anrecht hat, wenn seine unmäßige Liebe zu den sichtbaren, greifbaren, zur Gestalt verdichteten Dingen ihm nicht einen gewissen Widerwillen gegen jene einflößte, die das unkörperliche Reich des Metaphysikers bilden. Belassen wir es deshalb dabei, ihm das Verhalten eines reinen malerischen Moralisten, wie La Bruyère, zuzuschreiben.

Die Menge ist sein Bereich, wie die Luft der des Vogels, das Wasser der des Fisches ist. Seine Leidenschaft und sein Beruf ist es, *sich mit der Menge zu vermählen.* Für den vollendeten Flaneur, den leidenschaftlichen Beobachter ist es ein ungeheurer Genuß, Aufenthalt zu nehmen in der Vielzahl, in dem Wogenden, in der Bewegung, in dem Flüchtigen und Unendlichen. Draußen zu sein, und sich doch überall zu Hause zu fühlen; die Welt zu sehen, mitten in der Welt zu sein, und doch vor der Welt verborgen zu bleiben, solcherart sind einige der geringsten Vergnügungen dieser unabhängigen, leidenschaftlichen, unparteiischen Geister, die näher zu bezeichnen der rechte Ausdruck fehlt. Der Beobachter ist ein *Fürst,* der überall sein Inkognito genießt. Der Liebhaber des Lebens macht sich die Welt zur Familie, wie der Liebhaber des schönen Geschlechts sich seine Familie aus allen gefundenen, erreichbaren und unerreichbaren Schönheiten bildet; wie der Liebhaber von Bildern in einer Zauberwelt der Träume lebt, die auf Leinwand gemalt sind. So vereinigt der Liebhaber des All-Lebens sich mit der Menge, als träte er mit einem ungeheuren Vorrat an Elektrizität in Verbindung. Auch mit einem Spiegel läßt er sich vergleichen, ebenso unabsehbar wie diese Menge selbst; oder mit einem Kaleidoskop, das mit Bewußtsein ausgestattet wäre und das uns jedes Mal, wenn man es schüttelt, das Leben in seiner Vielfalt und die bewegliche Anmut aller Lebenselemente erblicken läßt. Er ist ein *Ich,* das unersättlich nach dem *Nicht-Ich* verlangt, und dieses in jedem Augenblick wiedergibt, es in Bildern darstellt, die lebendiger sind als das immer unbeständige und flüchtige Leben selbst. »Jeder Mensch«, sagte M. G. eines Tages bei einem jener Gespräche, die er durch seinen scharfen Blick und eine beschwörende Geste erhellt, »jeder Mensch, den nicht ein so schwerer Kummer drückt, daß er alle Fähigkeiten in ihm auslöscht, und *der sich inmitten der Menge langweilt,* ist ein Dummkopf! ein Dummkopf! und ich verachte ihn!«

Wenn M. G. erwachend die Augen aufschlägt und sieht, wie das pralle Sonnenlicht seine Fensterscheiben bestürmt, überkommen ihn Reue und Bedauern: »Welch ein gebieterischer Befehl! welche Fanfare des Lichtes! Licht überall, schon seit mehreren Stunden! Licht, das ich verschlafen habe! Wie viele lichterhellte Dinge hätte ich sehen können, die ich nicht gesehen habe!« Schon ist er unterwegs! und er sieht das strömende Leben in schimmernder Majestät vorüberziehen. Er bewundert die ewige Schönheit und die erstaunliche Harmonie des Großstadtlebens, die, wie von der Vorsehung beschützt, im Tumult der menschlichen Freiheit fortbesteht. Er betrachtet die Landschaften der Großstadt, steinerne Landschaften, die der Nebel liebkost oder die im scharfen Sonnenlicht liegen. Er genießt die schönen Equipagen, die stolzen Pferde, die blendende Sauberkeit der Grooms, die Geschicklichkeit der Lakaien, den wiegenden Gang der Frauen, die schönen Kinder, die sich des Lebens freuen, und daß sie so schön angezogen sind; kurzum das allgemeine Leben. Wenn eine Mode, ein Kleiderschnitt sich leicht geändert hat, wenn die geknüpften Halsmaschen die Tüllschleifen und Schmachtlocken verdrängt haben, wenn das Häubchen breiter geworden und der Haarknoten um einen Zoll abgesunken ist, wenn der Gürtel hinaufgerückt und der Rock noch umfangreicher wurde, so darf man versichert sein, daß sein Adlerblick dies schon aus weiter Ferne erspäht hat. Ein Regiment zieht vorüber, das vielleicht ans Ende der Welt ausrückt; hinreißend und beschwingt wie die Hoffnung erfüllt das Geschmetter seiner Fanfaren die Luft der Boulevards; und schon hat M. G.'s Auge es gesehen, inspiziert, die Waffen, den Schritt und die Physiognomie dieser Truppe in ihrer Besonderheit erfaßt. Geschirr, Gefunkel, Musik, entschlossene Blicke, tüchtige schwere Schnauzbärte, dies alles drängt buntgemischt in ihn ein; und in wenigen Minuten ist das Gedicht, das dem entspringen wird, so gut wie komponiert. Seine Seele lebt mit der Seele dieses Regiments, das wie ein einziges Lebewesen fortschreitet, ein stolzes Bild der Freude im Gehorsam!

Inzwischen ist es Abend geworden. Es beginnt die diesige Dämmerstunde, wo die Vorhänge des Himmels sich schließen, wo die Lichter der Städte sich entzünden. Das Gas wirft seine Tupfen auf den Purpur des Sonnenuntergangs. Die Anständigen wie die Verworfenen, die Vernünftigen wie die Narren, jeder spricht: »Wohlan, der Tag ist vorbei!« Die Weisen und die Ungeratenen, jeder sinnt auf sein Vergnügen, und jeder läuft dem Ort seiner Wahl zu, den Becher des Vergessens zu leeren. M. G. wird überall der Letzte sein, wo das Licht noch leuchtet, die Poesie noch erklingt, das Leben wimmelt, Musik ertönt; überall, wo eine Leidenschaft sein Auge fesseln kann, überall, wo der natürliche Mensch und der Mensch der Konvention sich in bizarrer Schönheit zeigen, überall, wo die Sonne die raschen Freuden des *verderbten Tieres* beleuchtet! »Weiß Gott, ein wohlangewandter Tag«, sagt sich jetzt ein gewisser Leser, dem wir alle schon begegnet sind; »als ob nicht jeder von uns soviel Genie hätte, ihn auf gleiche Weise auszufüllen!« Keineswegs! nur wenige Menschen besitzen die Gabe zu sehen; und noch wenigere besitzen die Fähigkeit zum eigenen Ausdruck. Und wenn nun alle anderen schlafen, sitzt er über seinen Tisch gebeugt, denselben Blick auf das Papier gerichtet, den er soeben auf die Dinge geheftet hielt; er hantiert mit Bleistift, Feder, Pinsel, läßt das Malwasser bis zur Decke spritzen, wischt die Feder an seinem Hemd ab, eilig, heftig, aktiv, als fürchte er, die Bilder könnten ihm entwischen, einsam, doch wie mit sich selbst im Streit liegend und sich selber anfeuernd. Und die Dinge erstehen wieder auf dem Papier, natürlich und mehr als natürlich, schön und mehr als schön, einzigartig und von begeistertem Leben erfüllt wie die Seele ihres Urhebers. Die Phantasmagorie ist der Natur abgewonnen worden. Alle Materialien, die das Gedächtnis gespeichert hatte, ordnen sich, fügen sich, klingen zusammen und gewinnen jene schwer errungene Idealisierung, die das Resultat einer *kindlichen* Wahrnehmung ist, das heißt einer geschärften und aufgrund ihrer Unbefangenheit magischen Wahrnehmung!

IV
Die Modernität

So geht er, läuft er, sucht er. Was sucht er? Dieser Mann, wie ich ihn eben geschildert habe, dieser mit einer tätigen Einbildungskraft begabte Einsame, der *die große Wüste der Menschen* unablässig durchwandert, hat ganz gewiß ein höheres Ziel als das eines bloßen Flaneurs, ein noch allgemeineres Ziel als das augenblickliche Schauvergnügen. Er ist nach etwas auf der Suche, das die *Modernität* zu nennen man mir erlauben möge; da es nun einmal kein besseres Wort gibt für das, was mir vorschwebt. Für ihn geht es darum, der Mode das abzugewinnen, was sie im Vorübergehenden an Poetischem enthält, aus dem Vergänglichen das Ewige herauszuziehen. Wenn wir einen Blick auf unsere Ausstellungen moderner Bilder werfen, so fällt uns die allgemeine Neigung der Künstler auf, alles Dargestellte in alte Kostüme zu stecken. Fast jeder bedient sich der Moden und Möbel der Renaissance, wie David sich der römischen Moden und Möbel bediente. Mit dem Unterschied freilich, daß David, nachdem er sich für griechische oder römische Motive entschieden hatte, nicht umhin konnte, sie in ein antikes Gewand zu hüllen, während die jetzigen Maler, wenn sie ein allgemeines Sujet wählen, das in jeder Epoche unterzubringen wäre, sich darauf versteifen, es mit Kostümen des Mittelalters, der Renaissance oder des Orients aufzuputzen. Das ist offensichtlich ein Zeichen großer Trägheit; denn es ist sehr viel bequemer, alles in der Kleidung einer Epoche für absolut häßlich zu erklären, als sich darum zu bemühen, die in ihr enthaltene geheimnisvolle Schönheit zum Vorschein zu bringen, wie gering und beiläufig sie auch sei. Die Modernität ist das Vergängliche, das Flüchtige, das Zufällige, die eine Hälfte der Kunst, deren andere Hälfte das Ewige und Unwandelbare ist. Für jeden Maler der Vergangenheit hat es eine Moderne gegeben; auf den meisten der schönen Bildnisse, die sich aus früheren Zeiten erhalten haben, tragen die Dargestellten die Kleidung ihrer Zeit. Sie sind völlig harmonisch, weil die Kleidung, die Haartracht, ja selbst die Gebärde, der Blick und das Lächeln (jede Epoche hat ihre Haltung, ihren Blick und ihr Lächeln) ein Ganzes von vollkommener Lebendigkeit bilden. Keiner hat das Recht, dieses vergängliche, flüchtige Element, das einem so häufigen Wandel unterliegt, zu verachten oder beiseite zu schieben. Wenn man es unterschlägt, verfällt man unweigerlich der Leerheit einer nichtssagenden abstrakten Schönheit, ähnlich jener des ersten Weibes vor der Erbsünde. Ersetzt man das Kostüm der Epoche, wie es sich unmittelbar aufdrängt, durch ein anderes, so begeht man einen Widersinn, dessen einzige Entschuldigung darin liegen könnte, daß es sich um eine von der Mode gewollte Maskerade handelt. So sind die Göttinnen, die Nymphen und Sultaninnen des achtzehnten Jahrhunderts Bildnisse, deren Ähnlichkeit ihrem *inneren Wesen* entstammt.

Um malen zu lernen, ist es gewiß sinnvoll, die alten Meister zu studieren; will man jedoch den Charakter des gegenwärtigen Schönen erfassen, so unterzieht man sich damit einer überflüssigen Übung. Die Draperien eines Rubens oder eines Veronese lehren einen nicht, *antiken Moiré, Satin à la Reine* oder irgendeinen anderen Stoff unserer Fabriken darzustellen, der sich über der Krinoline oder den gestärkten Musselinjupons wiegt und bauscht. Die Gewebearten sind nicht mehr die gleichen wie in den alten venezianischen Stoffen oder in jenen, die man am Hofe Katharinas von Rußland trug. Auch der Schnitt des Rockes und der Taille ist gänzlich verschieden, die Falten sind auf neue Weise angeordnet, und schließlich verleihen Haltung und Gebärde der heutigen Frau ihrem Kleid ein Leben und eine Physiognomie, die anders sind als ehedem. Mit einem Wort, damit jede *Modernität* einmal Antike zu werden verdient, muß die geheimnisvolle Schönheit, die das menschliche Leben ihr unwillkürlich verleiht, herausgefiltert worden sein. Und dieser Aufgabe hat M.G. sich vornehmlich gewidmet.

Ich sagte bereits, daß jede Epoche ihre Haltung, ihren Blick und ihre Gebärde habe. Vor allem in einer großen Bildnisgalerie (der von Versailles beispielsweise) ist es ein leichtes, diese Behauptung zu verifizieren. Doch sie läßt sich noch weiter ausdehnen. In der Einheit, die man Nation nennt, bringen die Berufe, die Kasten, die Jahrhunderte eine große Mannigfaltigkeit hervor, nicht nur in den Gebärden und dem Betragen, sondern auch in den ausgeprägten Gesichtszügen. Eine besondere Nase, ein gewisser Mund, eine gewisse Stirne begegnen uns in einem Zeitraum, den zu bestimmen ich mich hier nicht anheischig mache, der sich jedoch sicherlich berechnen läßt. Solche Erwägungen sind den Porträtmalern nicht sehr vertraut; und Ingres' großer Fehler insbesondere ist es, jedem Typus, der ihm Modell steht, eine mehr oder minder despotische Vollkommenheit aufzunötigen, die er dem Repertoire der klassischen Vorstellungen entnimmt.

In dergleichen Dingen wäre es leicht und sogar statthaft, *a priori* zu urteilen. Die stete Wechselbeziehung zwischen dem, was man *Seele,* und dem, was man *Körper* nennt, erklärt zur Genüge, wie alles Materielle oder jeder Ausfluß des Geistigen stets das Geistige darstellt und vertritt, von dem es herstammt. Wenn ein geduldiger und sorgfältiger, doch nur mit mittelmäßiger Phantasie begabter Maler, bei dem Vorhaben, eine Kurtisane unserer Tage zu malen, sich an einer Kurtisane Tizians oder Raffaels *inspiriert* (das ist der geheiligte Ausdruck), so wird er mit höchster Wahrscheinlichkeit ein verfehltes, uneinheitliches und obskures Werk hervorbringen. Das Studium eines Meisterwerks jener Zeit und Gattung wird ihn weder die Haltung, noch den Blick, die freche Fratze oder überhaupt das lebendige Aussehen eines dieser Geschöpfe lehren, die das Wörterbuch der Mode nacheinander unter den groben oder scherzhaften Benennungen als *impures, filles entretenues, lorettes* und *biches* verzeichnet.

Die nämlichen Bedenken gelten genau so von dem Studium des Militärs, des Dandys, ja sogar des Tieres, Hund oder Pferd, und alles dessen, woraus das äußere Leben eines Jahrhunderts besteht. Wehe dem, der an der Antike mehr studieren will als das rein

Künstlerische, die Logik, die allgemeine Methode! Versenkt er sich allzu tief hinein, so entschwindet die Gegenwart seinem Gedächtnis; er verzichtet auf Werte und Vorrechte, die ihm die Umstände bieten; denn fast unsere ganze Originalität rührt von dem Stempel her, den die Zeit unseren Empfindungen aufdrückt. Der Leser wird ohne weiteres einsehen, daß ich meine Behauptungen an zahlreichen anderen Gegenständen als an der Frau erhärten könnte. Was etwa würden Sie von einem Marinemaler sagen (ich treibe die Hypothese aufs äußerste), der, um die strenge und elegante *Schönheit* eines modernen Schiffes wiederzugeben, seine Augen damit ermüdete, die überladenen, gewundenen Formen, das monumentale Heck der früheren Schiffe und das Segelgewirr des sechzehnten Jahrhunderts zu studieren? Und was hielten Sie von einem Künstler, den Sie beauftragt hätten, ein Vollblut zu porträtieren, eine Berühmtheit im Festgetriebe des Turfs, wenn er sich auf Museumsbesuche beschränkte, wenn er es dabei bewenden ließe, das Pferd in den Galerien der Vergangenheit, bei Van Dyck, Bourguignon oder Van der Meulen zu studieren?

Von der Natur geleitet, von den Umständen gedrängt, hat M. G. einen gänzlich anderen Weg eingeschlagen. Er hat damit begonnen, das Leben zu betrachten, und hat sich erst spät darum bemüht, die Mittel zu erlernen, um das Leben wiederzugeben. Das Ergebnis war eine packende Originalität, bei der ein noch verbliebener Rest von Barbarei und Unbedenklichkeit als neuer Beweis seines Gehorsams dem empfangenen Eindruck gegenüber, als ein schmeichelhaftes Kompliment an die Wahrheit erscheint. Für die meisten von uns, vor allem für die Geschäftsleute, in deren Augen die Natur nicht vorhanden ist, es sei denn im Hinblick auf die Nutzbarmachung für ihre Geschäfte, ist die wirkliche Phantastik des Lebens seltsam stumpf und glanzlos geworden. M. G. saugt sie unaufhörlich ein; sein Gedächtnis und seine Augen sind voll davon.

V
Die Gedächtniskunst

Dieses Wort »Barbarei«, das mir vielleicht allzu oft aus der Feder geflossen ist, könnte den oder jenen zu dem Glauben verleiten, daß es sich hier um formlose Zeichnungen handle, die allein durch die Vorstellungskraft des Betrachters sich in etwas Vollkommenes verwandeln. Das hieße mich schlecht verstehen. Was ich meine, ist eine unvermeidliche, synthetische, kindliche Barbarei, die in einer vollkommenen Kunst (wie der mexikanischen, ägyptischen oder ninivitischen) oft deutlich sichtbar bleibt, und die dem Bedürfnis entspringt, die Dinge groß zu sehen, sie vor allem im Hinblick auf ihre Gesamtwirkung zu beachten. Hier ist die Bemerkung angebracht, daß viele Leute alle diejenigen Maler der Barbarei beschuldigt haben, deren Schauen zusammenfassend und vereinfachend ist, beispielsweise Corot, dessen Bestreben vor allem darauf gerichtet ist, die Hauptlinien einer Landschaft, ihr Knochengerüst und ihre Physiognomie festzuhalten. So betont auch M. G., bei der getreuen Umsetzung seiner eigenen Eindrücke, mit instinktiver Kraft die Gipfel- oder Leuchtpunkte eines Gegenstandes (sie mögen markant oder hervorstechend in dramatischer Hinsicht sein), oder dessen Hauptmerkmale, bisweilen sogar mit einer für das menschliche Gedächtnis förderlichen Übertreibung; und indem der Betrachter seinerseits dieser höchst eigenwilligen Gedächtniskunst erliegt, empfängt er in seiner Vorstellung genau den Eindruck, den die Dinge in M. G.'s Gemüt hervorgerufen haben. Der Betrachter ist hier also der Übersetzer einer stets klaren und mitreißenden Übersetzung.

Es gibt da noch etwas, das den lebendigen Schwung dieser *märchenhaften* Übersetzung des äußeren Lebens steigert; ich komme auf M. G.'s Art des Zeichnens zu sprechen. Er zeichnet aus dem Gedächtnis, und nicht nach dem Modell, außer in den Fällen (dem Krimkrieg zum Beispiel), wo die Dringlichkeit ihn nötigt, etwas in aller Eile hinzuwerfen und die Hauptlinien eines Gegenstandes festzuhalten. Tatsächlich zeichnen alle guten und wahren Zeichner nach dem Bild in ihrem Kopf, und nicht nach der Natur. Hält man uns die bewundernswürdigen Skizzen eines Raffael, eines Watteau und so vieler anderer entgegen, so möchten wir behaupten, daß es sich hier zwar um sehr sorgfältig ausgeführte Studien, aber doch um bloße Studien handelt. Wenn ein echter Künstler zur endgültigen Fassung seines Werkes schreitet, wäre das Modell ihm eher ein Hindernis als eine Hilfe. Es kommt sogar vor, daß Männer wie Daumier und M. G., die seit langem gewöhnt sind, ihr Gedächtnis zu üben und es mit Bildern zu füllen, vor dem Modell und angesichts der Vielfalt seiner Details sich in ihrem eigentlichen Können gestört und wie gelähmt fühlen.

Es entsteht dann ein Widerstreit zwischen dem Willen, alles zu sehen, nichts zu vergessen, und dem Vermögen des Gedächtnisses, das sich gewöhnt hat, die vorherrschende Farbe und die Silhouette, die Arabeske des Umrisses lebhaft in sich aufzunehmen. Ein Künstler, der über ein vollkommenes Formgefühl verfügt, jedoch die Gewohnheit angenommen hat, vor allem sein Gedächtnis und seine Vorstellungskraft zu üben, sieht sich dann gleichsam einer aufrührerischen Menge von Details ausgesetzt, die allesamt mit der Wut einer nach absoluter Gleichheit lechzenden Menge ihr Recht fordern. Dabei wird alle Gerechtigkeit unweigerlich verletzt, jede Harmonie zerstört, geopfert; manch eine Trivialität drängt sich ungebührlich in den Vordergrund. Je unparteiischer der Künstler sich der Einzelheiten annimmt, um so mehr wächst die Anarchie. Er mag kurzsichtig oder weitsichtig sein, jede Hierarchie und jede sinnvolle Unterordnung verschwinden. Dergleichen ereignet sich häufig in den Werken eines unserer beliebtesten Maler, dessen Mängel im übrigen den Mängeln der Masse so sehr entsprechen, daß sie seine Popularität ungemein gefördert haben. Ähnliches darf man auch in der Ausübung der Schauspielkunst vermuten, jener so geheimnisvollen, so tiefen Kunst, die heutzutage den Wirrnissen des Verfalls anheimgefallen ist. Frédérick Lemaître komponiert eine Rolle mit der Fülle und Weite des Genies. Sein Spiel mag von noch so vielen leuchtenden Details bestirnt sein, es bleibt einheitlich und stets wie aus einem Guß. Bouffé komponiert die seinen mit der Sorgsamkeit eines Kurzsichtigen und eines Bürokraten. Alles an ihm funkelt, aber nichts gewinnt Gestalt, nichts will sich dem Gedächtnis einprägen.

So kommt in M. G.'s Vorgehen zweierlei zum Ausdruck: einmal

eine Anspannung des beschwörenden, auferweckenden Gedächtnisses, so als spräche dieses Gedächtnis zu jedem Ding: »Lazarus, stehe auf!«; zum andern ein Feuer, eine Trunkenheit des Stiftes, des Pinsels, die fast einer Raserei gleichkommen. Das ist die Angst, nicht rasch genug zu sein, das Phantom entwischen zu lassen, bevor das Wesentliche herausgeholt und ergriffen wurde; das ist jene schreckliche Angst, von der alle großen Künstler besessen sind und die den glühenden Wunsch in ihnen erregt, sich alle Ausdrucksmittel zu eigen zu machen, damit das Zaudern der Hand die Befehle des Geistes nicht verfälscht; damit die Ausführung, die ideale Ausführung, zuletzt so unbewußt, so *mühelos* wird, wie es die Verdauung für das Gehirn eines gesunden Menschen ist, der eben gegessen hat. M. G. beginnt mit leicht andeutenden Bleistiftstrichen, die nur die Stelle angeben, die die Gegenstände im Raum einnehmen sollen. Lavierungen deuten sodann die Staffelung des Raumes an, unbestimmte, leicht getönte Flächen zunächst, die im Verlauf der Arbeit jedoch wieder vorgenommen und nach und nach mit intensiveren Farben angereichert werden. Im letzten Augenblick werden die Gegenstände endgültig mit der Tuschfeder umrissen. Ohne die Blätter gesehen zu haben, könnte man sich die überraschenden Wirkungen nicht vorstellen, die er mittels eines so einfachen und fast primitiven Verfahrens erzielen kann. Es hat den unvergleichlichen Vorteil, daß jede Zeichnung, gleichviel in welchem Zustand ihrer Ausführung, als genügend fertig erscheint. Man mag das eine Skizze nennen, wenn man will, jedoch eine vollkommene Skizze. Alle Farbwerte klingen harmonisch zusammen, und will er sie weitertreiben, so rücken sie der erstrebten Vollkommenheit immer gemeinsam näher. So bereitet er nebeneinander zwanzig Zeichnungen vor, mit einem Ungestüm und einer bezaubernden Freudigkeit, die ihn selber erheitern. Die Zeichnungen stapeln sich und liegen zu Zehnen, zu Hunderten, zu Tausenden übereinander. Von Zeit zu Zeit mustert er sie, blättert sie durch, prüft sie und dann wählt er einige aus, deren Farbtöne er mehr oder weniger verstärkt, deren Schatten er vertieft und denen er nach und nach hellere Lichter aufsetzt.

Eine hohe Wichtigkeit mißt er den Hintergründen bei, die, ob kräftig oder leicht, ihrer Qualität und Natur nach stets auf die

Figuren abgestimmt sind. Die Skala der Töne und der allgemeine Zusammenklang werden streng beachtet, mit einem Genie, das mehr dem Instinkt als der Arbeit entstammt. Denn M. G. besitzt von Natur dieses geheimnisvolle Talent des Koloristen, eine wahre Gabe, die das Studium wohl vermehren kann, die aus sich selber hervorzubringen es jedoch, wie mir scheint, außerstande ist. Um alles in ein Wort zusammenzufassen: unserem einzigartigen Künstler gelingt es, die Gebärde und die feierliche oder groteske Haltung der irdischen Wesen und ihre leuchtende Entfaltung im Raum gleichzeitig zum Ausdruck zu bringen.

VI
Die Annalen des Krieges

Bulgarien, die Türkei, die Krim, Spanien waren große Feste für M. G.'s Augen, oder vielmehr die Augen des imaginären Künstlers, den M. G. zu nennen wir übereingekommen sind; denn von Zeit zu Zeit entsinne ich mich, daß ich, um seiner Bescheidenheit nicht zu nahe zu treten, mir versprochen habe, ihn als nicht vorhanden zu betrachten. Ich habe diese Archive des Orientkrieges aufmerksam durchgesehen (Schlachtfelder, von Trümmern und Leichen übersät, Lastfuhren von Kriegsmaterial, Einschiffungen von Vieh und Pferden), lebendige und erstaunliche Bilder, dem Leben selber abgelauscht, Elemente von höchstem malerischem Wert, die viele namhafte Maler unter gleichen Umständen gedankenlos übersehen hätten. Immerhin, gerne davon ausnehmen möchte ich Horace Vernet, obwohl eher mehr Gazetier als wesentlich Maler, mit dem M. G., ein Künstler von sehr viel mehr Feingefühl, eine offenkundige Verwandtschaft zeigt, sofern man ihn nur als Archivisten des Lebens nehmen will. Man glaube meiner Versicherung: keine Zeitung, kein geschriebener Bericht, kein Buch liefert von dieser großen Epopöe des Krimkrieges eine Vorstellung, die der seinigen in allen schmerzlichen Einzelheiten und dem ganzen Umfang des Grauens, gleichkäme. Das Auge wandert nacheinander die Ufer der Donau, die Gestade des Bosporus entlang, erblickt das Kap Chersones, ergeht sich in der Ebene von

Balaklava, auf dem Schlachtfeld von Inkermann, in den Lagern der Engländer, Franzosen, Türken und Piemontesen, in den Straßen von Konstantinopel, in den Hospitälern, und wohnt allen religiösen und militärischen Feierlichkeiten bei.

Eine der Kompositionen, die sich meinem Geist am nachhaltigsten eingeprägt haben, ist die *Weihe eines Friedhofgeländes in Skutari durch den Bischof von Gibraltar*. Der malerische Charakter des Schauspiels, der auf dem Kontrast zwischen der orientalischen Umgebung und den abendländischen Haltungen und Uniformen der Teilnehmer beruht, ist auf eine packende, suggestive, zum Träumen verführende Weise wiedergegeben. Die Soldaten und Offiziere zeigen das unverwechselbare resolute und diskrete Gehabe von *Gentlemen,* wie sie es bis ans Ende der Welt, bis in die Garnisonen der Kapkolonie und die indischen Niederlassungen zur Schau tragen; die englischen Geistlichen gemahnen ein wenig an Gerichtsvollzieher oder Wechselmakler, denen man ein Barett aufgesetzt und ein Beffchen vorgebunden hätte.

Dann wieder sind wir in Schumla, bei Omer Pascha: türkische Gastfreundschaft, Tabakpfeifen und Kaffee; alle Besucher sitzen auf Divanen und führen Pfeifen an ihre Lippen, so lang wie ein Blasrohr, deren Kopfenden auf einem Tellerchen zu ihren Füßen stehen. Hier sehen wir die *Kurden in Skutari,* höchst seltsame Truppen, deren Anblick an eine Invasion von Barbarenhorden denken läßt; und hier die nicht weniger fremdartigen Baschi-Bosuks mit ihren europäischen, ungarischen oder polnischen Offizieren, deren dandyhaftes Aussehen in bizarrem Gegensatz zum abenteuerlich orientalischen Charakter ihrer Mannschaft steht.

Ich stoße auf eine prächtige Zeichnung: eine einzige Person, breitschultrig, robust, der Gesichtsausdruck gleichzeitig gedankenvoll, sorglos und kühn; große Stiefel reichen ihm bis übers Knie; die Uniform ist von einem schweren, eng geknöpften Mantel verdeckt; durch den Rauch seiner Zigarre hindurch betrachtet er den düster verhangenen Horizont; einer seiner Arme ist verwundet und steckt in einer Schlinge, die er um den Hals gebunden trägt. Darunter lese ich die mit Bleistift hingekritzelten Worte: *Canrobert on the battle-field of Inkermann. Taken on the spot.*

Wer aber ist dieser Reiter mit weißem Schnurrbart und einer so lebhaft gezeichneten Physiognomie, der erhobenen Hauptes aussieht, als atme er die schreckliche Poesie des Schlachtfeldes ein, während sein Pferd, am Boden schnuppernd, sich einen Weg sucht zwischen den übereinandergehäuften Leichen, die in seltsamen Stellungen, die Beine in der Luft, mit verzerrten Gesichtern, daliegen? Am unteren Rand der Zeichnung liest man diese Worte: *Myself at Inkermann.*

Ich erblicke M. Baraguay-d'Hilliers, wie er mit dem Seraskier eine Artillerie-Parade bei Beschichtasch abnimmt. Selten habe ich das Porträt eines Militärs von größerer Ähnlichkeit, von einer kühneren und geistreicheren Hand gestochen gesehen.

Ein seit dem Unglück in Syrien unrühmlich bekannter Name bietet sich meinem Blick: *Achmet Pascha, kommandierender General in Kalafat, vor seiner Hütte stehend mit seinem Stab, läßt sich zwei europäische Offiziere vorstellen.* Trotz des beträchtlichen Umfangs seines türkischen Wanstes trägt Achmet Pascha in Gesicht und Haltung das aristokratisch stolze Gebaren zur Schau, das den Herrscherrassen häufig zu eigen ist.

Die Schlacht bei Balaklava erscheint mehrmals in dieser bemerkenswerten Sammlung, in verschiedenartigen Ansichten. Unter den auffallendsten ist hier der historische Kavallerieangriff, den Alfred Tennyson, der Hofdichter der Königin, mit heroischen Trompetenstößen verherrlicht hat: eine Reitermasse stürmt mit verblüffender Schnelligkeit, zwischen den schweren Rauchwolken der Geschütze, dem Horizont entgegen. Im Hintergrund versperrt eine grüne Hügelkette die Sicht.

Von Zeit zu Zeit bieten religiöse Darstellungen dem Auge einen Ruhepunkt in seiner Bekümmernis über all diesen Pulverwirbel und das mörderische Getümmel. Inmitten englischer Soldaten der verschiedensten Waffengattungen, unter denen die Schotten in ihren pittoresken Röcken auffallen, hält ein anglikanischer Geistlicher den Sonntagsgottesdienst ab; drei Trommeln, deren eine auf den beiden andern steht, dienen ihm als Pult.

Es ist wahrlich kein leichtes Geschäft, allein mit der Feder dieses riesige und gedrängte Gedicht, das aus tausend Zeichnungen besteht, zu übersetzen und das Berauschende zu schildern, das diese malerische Welt in sich birgt: eine oft schmerzliche, doch niemals

rührselige Welt, die sich über einige hundert Blätter erstreckt, deren Flecken und Risse, auf diese Weise, die Verwirrung und das Durcheinander bekunden, in welchem der Künstler seine Erinnerungen an das eben Erlebte aufs Papier warf. Gegen Abend nahm dann ein Kurier diese für London bestimmten Zeichnungen samt ihren Erläuterungen mit, und oftmals vertraute M.G. der Post mehr als zehn eilig auf dünnes Zeichenpapier hingewischte Bildberichte an, auf welche die Xylographen und die Abonennten der Zeitung ungeduldig warteten.
Bald erscheinen ambulante Lazarette, in denen die Atmosphäre selber krank, traurig und lastend zu sein scheint; jedes Bett enthält einen Schmerz; bald ist es das Hospital von Pera, und dort erblicke ich, im Gespräch mit zwei Krankenschwestern, langen, bleichen und aufrechten Gestalten wie von Le Sueur, einen nachlässig gekleideten Besucher, und darunter die seltsame Legende: *My humble self.* Jetzt aber begegnet man, zwischen Überresten früherer Kämpfe, einem bedächtigen Zug von Maultieren, Eseln oder Pferden, die auf ihren Flanken, in zwei unförmigen Sesseln, bleiche, reglose Verwundete tragen. Über weite Schneefelder schleppen Kamele mit mächtigem Brustkorb hocherhobenen Hauptes, von Tataren geführt, Vorräte von Lebensmitteln oder Munitionskisten verschiedenster Art: es ist eine ganze kriegerische, wimmelnde, geschäftige und schweigsame Welt; es sind Lagerplätze, Bazare, wo sich in bunter Fülle alle erdenklichen Gerätschaften ausbreiten, barbarische Städte gewissermaßen, wie die Umstände sie rasch entstehen lassen. Zwischen diesen Baracken, in diesen steinigen oder verschneiten Straßen, in diesen Schluchten streifen die Uniformen mehrerer Nationen umher, alle mehr oder minder vom Krieg beschädigt, oder durch die Hinzufügung von dicken Pelzen und schwerem Schuhwerk entstellt.
Es ist bedauerlich, daß dieses Album, das nun über mehrere Orte hin verstreut ist, und dessen kostbare Vorlagen die Stecher, die sie umzuformen beauftragt waren, oder auch die Redakteure der *Illustrated London News,* zurückgehalten haben, dem Kaiser niemals vor Augen gekommen ist. Ich stelle mir vor, daß er mit Wohlgefallen, und nicht ohne eine gewisse Rührung, das Tun und Treiben seiner Soldaten betrachtet hätte, wie es die so sichere und

geistreiche Hand eines Künstler-Soldaten hier Tag für Tag getreulich abgeschildert hat, von den glanzvollsten Heldentaten bis zu den alltäglichsten Lebensverrichtungen.

VII
Festlichkeiten und Feiern

Auch die Türkei hat unserem liebwerten G. wunderbare Motive zu seinen Kompositionen geliefert: die Beiramfeste mit ihrem Gepränge und ihrem schillernden Glanz, in deren Hintergrund, wie eine blasse Sonne, die ewig gelangweilten Züge des verstorbenen Sultans erscheinen. Zur Linken des Herrschers sämtliche Zivilbeamten; zu seiner Rechten sämtliche hohen Militärs, darunter, als deren erster, der ägyptische Sultan Said Pascha, der sich damals in Konstantinopel aufhielt: lange feierliche Prunkzüge unterwegs zu der kleinen, dem Palast benachbarten Moschee; und in diesem Gewimmel türkische Würdenträger, wahre Karikaturen des Verfalls, von so phantastischem Leibesumfang, daß ihre prächtigen Pferde unter diesem Gewicht fast zusammenbrechen; sodann die schwerfälligen, massiven Wagen, Karossen wie aus der Zeit Ludwigs XIV., vergoldet und nach orientalischem Geschmack verziert, aus denen manchmal neugierige weibliche Blicke durch den schmalen Spalt hervorblitzen, den die ihr Gesicht verhüllenden Musselinbinden freilassen; die frenetischen Tänze der Possenreißer des *dritten Geschlechts* (Balzacs possierlicher Ausdruck war noch nie so angemessen wie hier, denn unter den Zuckungen dieses Schimmerns und Gleißens, unter dem Wogen dieser weiten Gewänder, unter der glänzenden Schminke der Wangen, der Augen und Augenbrauen, in diesen hysterischen und konvulsivischen Bewegungen, diesen langen, bis auf die Hüften herabwallenden Haaren wäre es schwierig, wenn nicht unmöglich, etwas von Männlichkeit zu ahnen); schließlich die galanten Damen (wenn hinsichtlich des Orients von Galanterie überhaupt die Rede sein kann), meist Ungarinnen, Walachinnen, Jüdinnen, Polinnen, Griechinnen und Armenierinnen; denn unter einer despotischen Regierung liefern die unterdrückten Völker, und unter ihnen vor allem jene, die am meisten zu leiden haben, den höchsten Beitrag zur Prostitution. Von diesen Frauen haben die einen ihre Nationaltracht beibehalten: bestickte, kurzärmlige Jacken, herabhängende Schärpen, weite Hosen, aufgestülpte Pantoffeln, gestreifte oder metalldurchwirkte Musseline und allen Flitterstaat ihres Heimatlandes; die anderen, sie sind in der Mehrzahl, haben das Hauptmerkmal der Zivilisation übernommen, welches für eine Frau unweigerlich die Krinoline darstellt, wobei eine Kleinigkeit an ihrer Kleidung doch immer einen leichten orientalischen Anflug bewahrt, so daß sie wie Pariserinnen aussehen, die sich hätten verkleiden wollen.

M. G. ist ein meisterlicher Schilderer der öffentlichen Schaustellungen, des Festgepränges der Nationalfeiern. Er verfährt dabei nicht kalt und belehrend, wie die Maler, die dergleichen Arbeiten nur als einträgliche Plackerei verrichten, sondern mit der Leidenschaftlichkeit eines Mannes, der sich für Raum und Perspektive begeistert und für die Wirkungen des Lichtes, das, ruhig oder hell funkelnd, als Tupfen oder Geflimmer, auf den vielteiligen Uniformen oder den höfischen Galakleidern erscheint. *Das Fest zum Gedenken der Unabhängigkeitserklärung in der Kathedrale von Athen* bietet ein höchst merkwürdiges Beispiel dieser Begabung. All diese kleinen Personen, deren jede ihren richtigen Platz einnimmt, vertiefen den sie umgebenden Raum. Die Kathedrale ist ungeheuer weit und mit Wandbehängen feierlich ausgeschmückt. Auf einer Estrade sieht man König Otto und die Königin stehen; sie haben die Nationaltracht angelegt, die sie mit bewundernswürdigem Anstand tragen, wie um die Aufrichtigkeit ihrer Zugehörigkeit zu Griechenland und die ausgesuchteste hellenische Vaterlandsliebe zu bekunden. Die Taille des Königs ist geschnürt wie die eines auf das koketteste herausgeputzten Palikaren, und sein weißes Röcklein zeigt den übertrieben weiten Schnitt des nationalen Dandysmus. Ihnen gegenüber schreitet der Patriarch heran, ein Greis mit gebeugten Schultern und einem großen weißen Bart; grüne Brillengläser schützen seine kleinen Augen, und sein ganzes Wesen trägt den Ausdruck der vollkommensten orientalischen Trägheit zur Schau. Alle Personen auf diesem Bilde sind Porträts, und eines der merkwürdigsten darunter ist, seines so ganz und gar unhellenischen Gesichtsausdrucks wegen, das einer deutschen Dame, die der Königin zur Seite steht und ihrem Gefolge angehört.

In M. G.'s Bilderfolgen begegnet man des öfteren dem Kaiser der Franzosen, dessen Gesichtszüge er, ohne der Ähnlichkeit Abbruch zu tun, mit unfehlbarem Geschick hinzuwerfen versteht, mit einer Sicherheit, wie man den Schnörkel einer Unterschrift zieht. Manchmal nimmt der Kaiser eine Parade ab, zu Pferd, im Galopp und von Offizieren begleitet, deren Gesichtszüge leicht zu erkennen sind, oder von ausländischen Fürstlichkeiten, europäischen, asiatischen oder afrikanischen, denen er sozusagen die Honneurs von Paris macht. Manchmal sitzt er unbeweglich auf einem Pferd, dessen Beine so fest auf dem Boden stehen wie die vier Füße eines Tisches, zu seiner Linken die Kaiserin im Reitkostüm, und zu seiner Rechten der kleine kaiserliche Prinz, unter einer Bärenfellmütze und auf einem struppigen Pferdchen, ähnlich jenen Ponys, die die englischen Künstler so gerne durch ihre Landschaften traben lassen. Auf anderen Blättern sieht man ihn auf den Alleen des Bois de Boulogne in einem Wirbel von Licht und Staub verschwinden, oder unter den Jubelrufen der Menge langsam durch den Faubourg Saint-Antoine fahren. Eines dieser Aquarelle hat es mir durch seinen Farbenzauber ganz besonders angetan. Über der Brüstung einer mit fürstlicher Pracht ausgestatteten Loge erscheint die Kaiserin in ruhiger, gelassener Haltung; der Kaiser beugt sich leicht vor, wie um das Schauspiel besser zu sehen, darunter zwei Ehrenwachen, aufrecht, in einer militärischen, fast hieratischen Unbeweglichkeit, über deren blanke Uniform die Rampenlichter hinfunkeln. Jenseits des beleuchteten Orchestergrabens, in der idealen Luft der Bühne, deklamieren, singen und wiegen sich die Schauspieler; diesseits erstreckt sich ein in unbestimmtem Licht verschwimmender Abgrund, ein kreisförmiger Raum menschlicher Gesichter in dichtem Gedränge: der angedeutete Kronleuchter und das Publikum!

Die Volksbewegungen, die Klubs und die Feierlichkeiten von 1848 hatten M. G. ebenfalls Motive zu zahlreichen malerischen Kompositionen geliefert, von denen die meisten für die *Illustrated London News* gestochen wurden. Vor einigen Jahren stellte er, nach einem künstlerisch sehr fruchtbaren Aufenthalt in Spanien, ein ähnliches Album zusammen, von dem mir jedoch nur wenige Blätter zu Gesicht gekommen sind. Die Sorglosigkeit, mit der er seine Zeichnungen leiht oder verschenkt, verursacht ihm oft unersetzliche Verluste.

VIII
Das Militär

Um nochmals auf die Gattung der Sujets einzugehen, denen die Vorliebe dieses Künstlers gilt, sei gesagt, daß es jene sind, in denen *die Pracht des Lebens* in den Hauptstädten der zivilisierten Welt sich entfaltet, der Glanz des militärischen, des eleganten, des galanten Lebens. Unser Beobachter ist unentwegt auf seinem Posten, überall da, wo die heftigen Begierden und Leidenschaften strömen, die Orinokos des menschlichen Herzens, der Krieg, die Liebe, das Spiel; überall, wo wirkliches oder eingebildetes Glück und Unglück ihr verwirrendes Spiel treiben. Eine ausgesprochene Vorliebe aber gilt dem Militär, dem Soldaten, und ich glaube, diese Zuneigung entspringt nicht nur den Tugenden und Eigenschaften in der Seele des Kriegers, die sich notwendigerweise seiner Haltung und seinem Gesichtsausdruck mitteilen, sondern ebenso dem auffälligen Schmuck, mit dem sein Beruf ihn ausstattet. Paul de Molènes hat einige ebenso reizvolle wie gescheite Seiten über die militärische Gefallsucht geschrieben, und über die moralische Bedeutung dieser starkfarbigen Uniformen, in die alle Regierungen ihre Truppen zu kleiden lieben. M.G. würde das dort Geäußerte gewiß unterschreiben.

Von der besonderen Art der Schönheit, die jeder Epoche eigen ist, war bereits die Rede, und wir haben festgestellt, daß jedes Jahrhundert sozusagen seine persönliche Anmut hatte. Gleiches kann von den Berufen gelten; jeder empfängt seine äußere Schönheit aus den moralischen Gesetzen, denen er unterworfen ist. Bei einigen wird diese Schönheit ein Ausdruck der Kraft sein, und bei anderen wird sie die sichtbaren Merkmale des Müßiggangs aufweisen. Sie ist gleichsam der sinnbildliche Ausdruck des Charakters, das Gepräge des Schicksals. Der Militär im allgemeinen hat seine Schönheit, wie der Dandy und die galante Frau die ihrige, gänzlich andersartige haben. Man wird es begreiflich finden, daß ich die Berufe übergehe, bei denen eine einseitige heftige Anstrengung die Muskeln deformiert und dem Gesicht den Stempel der Knechtschaft aufdrückt. An Überraschungen gewöhnt, ist der Militär nicht leicht in Erstaunen zu setzen. Das besondere Merkmal der Schönheit wird hier demnach eine martialische Sorglosigkeit, eine eigentümliche Mischung von Gleichmut und Kühnheit sein; eine Schönheit, die der Notwendigkeit entspringt, jederzeit zu sterben bereit zu sein. Das Gesicht des idealen Militärs wird jedoch den Stempel einer großen Einfachheit tragen müssen; denn, da die Soldaten wie die Mönche oder Schüler in Gemeinschaft leben, da sie es gewohnt sind, ihre täglichen Sorgen einer abstrakten Vaterschaft anheimzustellen, sind sie, in vielen Dingen, arglos wie die Kinder, und wie die Kinder sind sie, wenn die Pflicht erfüllt ist, leicht zu unterhalten und zu den ausgelassensten Zerstreuungen geneigt. Ich glaube nicht zu übertreiben, wenn ich versichere, daß all diese moralischen Betrachtungen sich ganz natürlich aus M. G.'s Skizzen und Aquarellen herauslesen lassen. Kein militärischer Typus fehlt dort, und jeder ist mit einer Art von begeisterter Freude erfaßt: der ernste und trübsinnige alte Infanterieoffizier, dessen Beleibtheit seinem Gaul zu schaffen macht; der hübsche Generalstabsoffizier, enggeschnürt, der sich schulterwiegend nachlässig zu den vor ihm sitzenden Damen herabbeugt und der, von hinten gesehen, einem Insekt von ungewöhnlicher Schlankheit und Eleganz gleicht; der Zuave und der Tirailleur, die in ihrer Haltung ein Höchstmaß an Kühnheit und Unabhängigkeit und gleichsam das lebhafteste Gefühl persönlicher Verantwortung zur Schau tragen; die behende und fröhliche Ungezwungenheit der leichten Kavallerie; das ein wenig professorale und akademische Aussehen der Spezialtruppen, der Artillerie- und Genie-Corps, das durch die nicht eben kriegerische Brille oft noch unterstrichen wird: keines dieser Modelle, keine dieser Nuancen ist vernachlässigt, und alle sind mit der gleichen Liebe und gleicher Anteilnahme aufgefaßt und gestaltet.

Vor mir liegt gerade eines dieser Blätter von wahrhaft heroischem Gesamtausdruck, das die Spitze einer Infanteriekolonne wieder-

gibt; vielleicht kommen diese Leute aus Italien zurück und machen hier auf den Boulevards halt, vor einer jubelnden Menge; vielleicht haben sie einen langen Marsch auf den Landstraßen der Lombardei hinter sich; ich weiß es nicht. Sichtbar aber, und für jeden verständlich, ist der entschlossene, selbst in der Ruhestellung noch kühne Charakter all dieser von Sonne, Wind und Regen gebräunten Gesichter.
Man erkennt den einheitlichen Ausdruck, den der Gehorsam und die gemeinsam ertragenen Leiden hervorgerufen haben, die Gelassenheit des durch lange Mühsale erprobten Mutes. Die aufgekrempelten Hosen, die in Gamaschen stecken, die bestaubten und leicht verschossenen Mäntel, kurz die ganze Ausrüstung hat selber das unzerstörbare Aussehen der Menschen angenommen, die von weither zurückkommen und seltsame Abenteuer bestanden haben. Man möchte glauben, all diese Männer hielten sich aufrechter, stünden fester auf ihren Beinen, zuversichtlicher, als dies anderen Menschen möglich ist. Hätte Charlet, der immer nach dieser Art Schönheit auf der Suche war und sie so oft gefunden hat, diese Zeichnung gesehen, sie müßte ihm einen starken Eindruck gemacht haben.

IX
Der Dandy

Der Mann des Reichtums und des Müßiggangs, der, bei aller Blasiertheit, keine andere Beschäftigung hat, als dem Glück nachzujagen; der Mann, der im Luxus aufgewachsen und seit seiner Jugend an den Gehorsam anderer Menschen gewöhnt ist; derjenige endlich, dessen einziger Beruf die Eleganz ist, wird sich stets, zu allen Zeiten, einer ausgeprägten, einer von allen anderen unterschiedenen Physiognomie erfreuen. Der Dandysmus ist eine schwer bestimmbare Einrichtung, ebenso absonderlich wie das Duell; eine sehr alte Einrichtung, denn schon Cäsar, Catilina, Alkibiades liefern uns auffällige Beispiele; sie ist allgemein verbreitet, denn Chateaubriand hat sie in den Wäldern und an den Seegestaden der Neuen Welt entdeckt. Der Dandysmus, der als Einrichtung außerhalb der Gesetze steht, hat seine eigenen strengen Gesetze, denen all seine Untertanen unerbittlich unterworfen sind, ihr Charakter mag noch so ungestüm und auf Unabhängigkeit bedacht sein. Die englischen Romanciers haben mehr als andere den Roman des *high life* ausgebildet, und die Franzosen, die, wie M. de Custine, sich für den Liebesroman entschieden haben, waren, sehr verständigerweise, vor allem darauf bedacht, daß ihre Personen über ein genügend hohes Vermögen verfügten, um sich ungehindert alle Launen leisten zu können; außerdem haben sie ihnen jede Berufstätigkeit erspart. Diese Wesen haben nichts anderes zu tun, als die Idee des Schönen in ihrer Person zu kultivieren, ihre Leidenschaften zu befriedigen, zu empfinden und zu denken. So verfügen sie, nach Belieben und im weitesten Umfang, über Zeit und Geld, ohne welche die Phantasie ein flüchtiger Einfall bleibt und sich kaum in die Tat umsetzen läßt. Es ist leider nur allzu wahr, daß, ohne Muße und Geld, die Liebe nicht mehr sein kann als eine spießbürgerliche Orgie oder die Erfüllung einer ehelichen Pflicht. Statt einer glühenden oder träumerischen Caprice wird sie eine Verrichtung von abstoßender *Zweckhaftigkeit.*

Wenn ich anläßlich des Dandysmus von Liebe rede, so deshalb, weil die Liebe die natürliche Beschäftigung der Müßiggänger ist. Doch die Liebe ist für den Dandy kein Ziel, das er sich eigens vorsetzt. Und von Geld war nur deshalb die Rede, weil es den Leuten unentbehrlich ist, die ihre Leidenschaften zum Kultus erheben. Doch der Dandy trachtet nicht nach Geld als nach etwas Wesentlichem; ein unbeschränkter Kredit würde ihm genügen; diese grobe Besitzgier überläßt er den gewöhnlichen Sterblichen. Der Dandysmus besteht nicht einmal, wie viele Personen von geringem Scharfsinn zu glauben scheinen, in einer maßlosen Vorliebe für gutes Aussehen und äußerliche Eleganz. Dergleichen ist dem vollkommenen Dandy lediglich ein symbolischer Ausdruck für die aristokratische Überlegenheit seines Geistes. Darum auch besteht, in seinen Augen, denen es vor allem um *Distinktion* geht, die Vollkommenheit des Anzugs in der absoluten Einfachheit, die in der Tat immer noch die beste Art ist, sich zu unterscheiden. Worin denn besteht diese Leidenschaft, die, zur Doktrin geworden, so despotische Adepten hervorgerufen, diese nirgends verbriefte Einrichtung, die eine so hochmütige Kaste hervorgebracht hat? Sie ist vor allem das brennende Bedürfnis, sich innerhalb des Schicklichen eine wirkliche Originalität zu schaffen. Sie ist eine Art Kult seiner selbst, der die Suche nach dem Glück zu überdauern vermag, das in einem anderen Menschen, einer Frau zum Beispiel, zu finden wäre; ja der sogar alles, was man Illusionen nennt, zu überdauern vermag. Sie ist die Lust, erstaunen zu machen, und die stolze Genugtuung, niemals erstaunt zu sein. Ein Dandy mag ein blasierter Mensch, vielleicht auch ein leidender Mensch sein; in letzterem Falle jedoch wird er lächeln wie der Lakedämonier unter dem Biß des Fuchses.

Wie man sieht, grenzt der Dandysmus in mancher Hinsicht an den Spiritualismus und an den Stoizismus. Doch ein Dandy kann niemals ein gewöhnlicher Mensch sein. Wenn er ein Verbrechen beginge, so wäre das vielleicht noch keine Einbuße; sollte dieses Verbrechen jedoch einen trivialen Grund haben, so verfiele er auf ewig der Schande. Der Leser möge an dieser ernsthaften Behandlung des Frivolen keinen Anstoß nehmen, er möge sich vielmehr vergegenwärtigen, daß in jeder Narrheit eine Größe und in jeder Übertreibung eine gewisse Kraft steckt. Seltsamer Spiritualismus! Denjenigen, welche sowohl seine Priester wie seine Opfer sind, gelten all die umständlichen materiellen Bedingungen, denen sie sich unterwerfen (von der untadeligen Toilette zu jeder Stunde des Tages und der Nacht bis zu den gefährlichsten sportlichen Bravourakten), nur als eine tägliche Übung zur Stärkung der Willenskraft und zur Zucht der Seele. Ich hatte wahrhaftig nicht ganz unrecht, den Dandysmus als eine Art Religion zu betrachten. Die strengste Klosterregel, der jeden Widerstand ausschließende Befehl des »Alten vom Berge«, der seinen berauschten Jüngern den Selbstmord befahl, waren nicht unerbittlicher und wurden nicht genauer befolgt als diese Doktrin der Eleganz und der Originalität, die, auch sie, ihren ehrgeizigen und demütigen Anhängern, die oft ungestüme Menschen voller Leidenschaft, Mut und verhaltener Kraft sind, die furchtbare Formel auferlegt: *Perinde ac cadaver!*

Ob diese Männer sich *Raffinés, Incroyables, Beaux, Lions* oder *Dandies* nennen, alle haben einen gemeinsamen Ursprung; allen eignet der gleiche Charakter des Widerspruchs und der Auflehnung; alle sind Vertreter dessen, was das Beste am menschlichen Stolz ist, des bei den Heutigen allzu seltenen Bedürfnisses, die Trivialität zu bekämpfen und sie zu vernichten. Dem entspringt, bei den Dandies, diese hochmütige Attitüde einer herausfordernden Kaste, unbeschadet aller Kaltsinnigkeit. Der Dandysmus erscheint vor allem in Übergangszeiten, wenn die Demokratie noch nicht allmächtig, wenn die Aristokratie erst ins Wanken geraten ist und ihre Würde noch nicht gänzlich eingebüßt hat. In der Wirrnis dieser Zeiten können einige aus ihrer Bahn geratene, angewiderte, beschäftigungslose Männer, die doch alle reich sind an ursprünglicher Kraft, auf den Gedanken verfallen, eine neue Art von Adelsherrschaft zu gründen, die um so schwerer zu brechen ist, als sie auf den kostbarsten, den unzerstörbarsten Fähigkeiten ruht, und auf den Himmelsgaben, welche Arbeit und Geld nicht zu verleihen vermögen. Der Dandysmus ist das letzte heroische Sichaufbäumen in Zeiten des Verfalls, und der Typus des Dandy, dem der Reisende in Nordamerika begegnet ist, tut dieser Ansicht keinen Abbruch: denn nichts hindert uns anzunehmen, daß die Völkerstämme, die wir *Wilde* nennen, die Überreste großer verschwundener Kulturen sind. Der Dandysmus ist eine untergehende Sonne; wie das sinkende Gestirn ist er prächtig, ohne Wärme und voller Melancholie. Aber leider ertränkt die steigende Flut der Demokratie, die überall eindringt und alles gleichmacht, Tag um Tag diese letzten Vertreter des menschlichen Stolzes und wälzt Ströme der Vergessenheit über die Spuren dieser erstaunlichen Myrmidonen. Die Dandies werden bei uns immer seltener, während bei unseren Nachbarn in England die sozialen Zustände und die Verfassung (die wahre Verfassung, jene, die in den Sitten zum Ausdruck kommt) den Erben Sheridans, Brummells und Byrons noch lange einen Platz einräumen, falls solche auftreten sollten, die ihrer Vorgänger würdig wären.

Was dem Leser vielleicht als eine Abschweifung erscheinen mochte, ist in Wahrheit keine. Die Betrachtungen und moralischen Träumereien, die durch die Zeichnungen eines Künstlers angeregt werden, sind sehr oft die beste Art von Übersetzungen, die der Kritiker liefern kann; die einzelnen Anregungen, die man von ihnen empfängt, sie gehören einer Hauptvorstellung an, und indem

man eine um die andere entwickelt, kann man diese erraten lassen. Brauche ich noch zu sagen, daß M. G., wenn er einen seiner Dandies aufs Papier wirft, ihn stets mit seinem historischen, ja fast möchte ich sagen, legendären Charakter ausstattet? Mag das Wort legendär hingehen, obwohl es sich um die heutige Zeit handelt und um Dinge, die für wenig ernsthaft gelten! Dies eben ist es, diese Leichtigkeit des Betragens, diese Sicherheit der Manieren, diese Einfachheit in der offenkundigen Überlegenheit, diese Art, einen Frack zu tragen und ein Pferd zu lenken, was uns beim Anblick eines dieser privilegierten Wesen, in denen das Gefällige und das Furchterregende sich so geheimnisvoll durchdringen, auf den Gedanken bringt: »Dies hier ist vielleicht ein reicher Mann, doch noch gewisser ein Herkules ohne Aufgaben.«
Die besondere Schönheit des Dandy liegt vor allem in dem Ausdruck der Kälte, der dem unerschütterlichen Entschluß entstammt, sich nicht rühren zu lassen; als glimme da ein Feuer, das sich höchstens andeutet, das zwar auflodern könnte, sich dessen jedoch enthält. Eben das kommt in diesen Bildern vollkommen zum Ausdruck.

X
Die Frau

Das Wesen, das für die meisten Männer die Quelle der lebhaftesten und sogar, zur Beschämung der philosophischen Wonnen sei es gesagt, der dauerhaftesten Genüsse ist; das Wesen, dem zuliebe oder zunutz sie sich mühen und anstrengen; dieses schreckliche und wie Gott unerreichbare Wesen (mit dem Unterschied, daß das Unendliche unerreichbar bleibt, weil es das Endliche blenden und zermalmen würde, während das hier in Rede stehende Wesen vielleicht nur deshalb unbegreiflich ist, weil es nichts mitzuteilen hat); dieses Wesen, in dem Joseph de Maistre *ein schönes Tier* sah, dessen Reize das ernste Spiel der Politik erheiterten und leichter machten; für das und durch das Vermögen sich bilden und wieder zerrinnen; für das, doch vor allem *durch* das, die Künstler und Dichter ihre zartesten Kleinodien hervorbringen; dem wir die entnervendsten Lüste und die befruchtendsten Qualen verdanken, die Frau mit einem Wort, ist für den Künstler im allgemeinen, und für M. G. im besonderen, nicht nur das Weibchen des Mannes. Sie ist vielmehr eine Gottheit, ein Gestirn, das die Vorstellungswelt des männlichen Gehirns regiert; sie ist ein Gaukelspiel aller Reize der Natur, die sich in einem einzigen Wesen verdichtet haben; sie ist der Gegenstand der Bewunderung und der lebhaftesten Neugier, die das Bild des Lebens dem Betrachter zu bieten hat. Eine Art Götzenbild, geistlos vielleicht, doch blendend, betörend, von dessen Blicken Schicksale und Entschließungen abhängen. Sie ist, sage ich, kein Tier, dessen korrekt versammelte Gliedmaßen ein vollkommenes Beispiel der Harmonie bieten; sie ist auch nicht der Typus der reinen Schönheit, wie der Bildhauer in seinen strengsten Betrachtungen ihn sich erträumen mag; nein, das würde noch nicht hinreichen, ihren geheimnisvollen und vielfältigen Zauber zu erklären. Winckelmann und Raffael gehen uns hier nichts an; und ich bin ganz sicher, daß M. G., bei aller Weite seines Geistes (ohne ihm zu nahe zu treten, sei dies gesagt), eine antike Statue unbeachtet ließe, wenn ihm andernfalls die Gelegenheit entginge, ein Porträt von Reynolds oder Lawrence zu genießen. Alles, was die Frau schmückt, alles, was ihrer Schönheit einen höheren Glanz verleiht, ist ein Teil ihrer selbst; und die Künstler, die sich vornehmlich auf das Studium dieses rätselhaften Wesens verlegt haben, sind in den ganzen *mundus muliebris* ebenso vernarrt wie in die Frau selbst. Die Frau ist gewiß ein Licht, ein Blick, eine Einladung zum Glück, ein Wort manchmal; vor allem aber ist sie ein harmonisches Ganzes, harmonisch nicht nur in ihrer Art sich zu betragen, und in der Bewegung ihrer Glieder, sondern auch in den Musselinen, den Gazen, den weiten und schillernden Gewölken von Stoffen, die sie umhüllen und die gleichsam die Attribute und das Piedestal ihrer Göttlichkeit sind; in dem Metall und Mineral, die sich um ihre Arme und ihren Hals schmiegen, die ihr Funkeln dem Feuer ihrer Blicke hinzufügen, oder leise klingelnd an ihren Ohren schwätzen. Welcher Dichter wagte es, in der Schilderung der Lust, die ihn beim Erscheinen einer Schönheit ergreift, die Frau von ihrer Kleidung und ihrem Putz zu trennen? Wer ist der Mann, der nicht auf der Straße, im Theater, im Bois, auf die selbstloseste Weise, an einer mit Geschick komponierten Toilette seine Freude gehabt und nicht ein von der Schönheit ihrer Trägerin unablösbares Bild mitgenommen hätte, weil sich ihm beides, die Frau und ihr Kleid, zu einer untrennbaren Einheit verband? Dies scheint mir nun die Gelegenheit, auf gewisse Fragen hinsichtlich der Mode und des Putzes zurückzukommen, die ich zu Beginn dieser Studie nur flüchtig gestreift habe, und die Kunst der Toilette gegen alberne Verleumdungen in Schutz zu nehmen, mit denen gewisse höchst zweideutige Verehrer der Natur sie bedenken.

XI
Lobrede auf das Schminken

Es gibt ein altes Lied, das derart abgedroschen und albern ist, daß es eigentlich nicht verdient, in einer Arbeit zitiert zu werden, die einigen Anspruch auf Ernsthaftigkeit erhebt, das jedoch, wie in einem seichten Lustspiel, die Ästhetik der Gedankenlosen vortrefflich zum Ausdruck bringt. *La nature embellit la beauté!* (Die Natur verschönert die Schönheit!) Wäre es dem Dichter gegeben gewesen, Französisch zu reden, er hätte vermutlich gesagt: *La simplicité embellit la beauté!* (Die Einfachheit verschönert die Schönheit!), was dieser gänzlich unerwarteten Wahrheit gleichkommt: Ein *Nichts* verschönert das, was ist.

Die meisten Irrtümer hinsichtlich des Schönen entspringen der falschen Vorstellung des achtzehnten Jahrhunderts hinsichtlich der Moral. Die Natur galt damals als Grundlage, Quelle und Urbild alles möglichen Guten und Schönen. Die Leugnung der Erbsünde hatte nicht wenig zu der allgemeinen Verblendung jener Epoche beigetragen. Entschließen wir uns jedoch, schlechthin den Augenschein gelten zu lassen, die Erfahrung aller Zeiten und die *Gazette des Tribunaux,* so sehen wir, daß die Natur nichts lehrt, oder fast nichts, das heißt, sie *nötigt* den Menschen, zu schlafen, zu trinken, zu essen, und sich, so gut es geht, vor den Unbilden der Witterung zu schützen. Und es ist die Natur, die den Menschen dazu treibt, seinesgleichen zu töten, zu verzehren, einzusperren und zu foltern; denn kaum verlassen wir den Bereich des Notwendigen und der Bedürfnisse, um jenen des Luxus und der Vergnügungen zu betreten, so sehen wir, daß die Natur außerstande ist, uns anderes zu raten als das Verbrechen. Eben diese unfehlbare Natur hat den Vatermord und die Menschenfresserei hervorgebracht, und unzählige andere Greuel, welche zu nennen Scham und Rücksicht uns verbieten. Hingegen ist es die Philosophie (ich meine, die rechte Philosophie), ist es die Religion, die uns unsere armen und gebrechlichen Eltern zu nähren befiehlt. Die Natur (die nichts anderes als die Stimme unseres Vorteils ist) heißt uns, sie totschlagen. Man lasse alles, was natürlich ist, Revue passieren, man untersuche sämtliche Handlungen und Begierden des bloß natürlichen Menschen, und man wird nichts als Scheußlichkeiten finden. Alles Schöne und Edle ist ein Ergebnis der Vernunft und der Überlegung. Das Verbrechen, an dem das Menschentier vom Mutterleib an Gefallen hat, ist natürlichen Ursprungs. Die Tugend hingegen ist *künstlich,* übernatürlich, denn zu allen Zeiten und bei allen Völkern bedurfte es der Götter und Propheten, um sie der vertierten Menschheit beizubringen, weil der Mensch unfähig gewesen wäre, sie *aus Eigenem* zu entdecken. Das Böse geschieht mühelos, *natürlich,* schicksalhaft; das Gute ist immer das Ergebnis einer Kunst. Alles, was ich hier von der Natur als einer schlechten Ratgeberin in Dingen der Moral, und von der Vernunft als der wahren Erlöserin und Heilbringerin sage, läßt sich auf das Gebiet des Schönen übertragen. Das veranlaßt mich, in allem Aufputz so etwas wie ein Kennzeichen des ursprünglichen Adels der menschlichen Seele zu erblicken. Die Rassen, die unsere verworrene und verdorbene Zivilisation mit gänzlich lächerlichem Hochmut und Dünkel gerne als Wilde behandelt, verstehen, ebenso wie das Kind, die hohe Spiritualität der Toilette. Der Wilde und das Baby bezeugen, durch ihr unwillkürliches Verlangen nach allem Glänzenden, nach buntem Federschmuck, schillernden Stoffen, nach der gesteigerten Würde künstlicher Formen, ihren Abscheu vor dem Wirklichen, und beweisen damit, absichtslos, die Immaterialität ihrer Seele. Wehe dem, der, wie Ludwig XV. (der nicht das Produkt einer wahren Zivilisation, sondern eines Rückfalls in die

Barbarei war), die Verderbtheit so weit treibt, daß er nur noch an der *einfachen Natur* Gefallen findet.*)

Die Mode muß deshalb als ein Zeichen für das Streben nach dem Ideal gelten, das im menschlichen Gehirn alles überdauert, was das natürliche Leben dort an Grobem, Irdischem und Schmutzigem anhäuft, als eine erhabene Deformation der Natur, oder vielmehr als ein dauernder und wiederholter Versuch, die Natur zurechtzubringen. So hat man denn auch verständlicherweise darauf hingewiesen (ohne den Grund dafür zu entdecken), daß alle Moden reizvoll sind, das heißt relativ reizvoll, jede als eine mehr oder minder gelungene erneute Anstrengung auf das Schöne hin, eine jeweilige Annäherung an ein Ideal, dem nachzutrachten den unbefriedigten menschlichen Geist ein unaufhörlicher Kitzel treibt. Doch man soll die Moden, wenn man sie recht genießen will, nicht wie abgestorbene Dinge betrachten; ebensogut könnte man den Kleiderplunder bewundern, der schlaff und reglos wie die Haut des heiligen Bartholomäus beim Trödler im Schrank hängt. Man muß sie sich verlebendigt vorstellen, zum Leben erweckt durch die schönen Frauen, die sie einmal trugen. Nur dann wird man begreifen, wozu sie dienten und was sie bedeuteten. Sollte demnach der Aphorismus: *Alle Moden sind reizvoll,* in seiner Unbedingtheit Widerspruch erregen, so sage man, und man wird sicher sein dürfen, sich nicht zu täuschen: Alle Moden waren berechtigterweise einmal bezaubernd.

Die Frau ist durchaus in ihrem Recht, ja sie erfüllt eine Art Pflicht, wenn sie es darauf anlegt, berückend und übernatürlich zu erscheinen; sie soll erstaunen machen, sie soll bezaubern; ein Götzenbild, muß sie sich vergolden, um Anbetung zu wecken. Alle Künste müssen ihr deshalb als Mittel dienen, sich über die Natur zu erheben, um die Herzen besser zu unterjochen und den Geist zu bestricken. Es ist unerheblich, ob die Listen und Kunstgriffe allen bekannt sind, wenn der Erfolg nur gewiß und die Wirkung immer unwiderstehlich ist. In solchen Erwägungen wird der philosophi-

* Man weiß, daß Madame Dubarry Rot auflegte, wenn sie es vermeiden wollte, den König zu empfangen. Das genügte. Damit war ihre Türe für ihn verschlossen. Wenn sie sich verschönte, brachte sie diesen königlichen Jünger der Natur dahin, daß er die Flucht ergriff.

sche Künstler leicht die Rechtfertigung aller Mittel finden, welche die Frauen zu allen Zeiten angewandt haben, um ihre zerbrechliche Schönheit zu festigen und sie gewissermaßen zu vergöttlichen. Sie sämtlich aufzuzählen, käme man an kein Ende; doch, um uns auf das zu beschränken, was unsere Zeit gemeinhin das *Schminken* nennt: wer sähe nicht, daß die Verwendung des Reispuders, den einige einfältige Philosophen so töricht verdammt haben, den Zweck hat und die Wirkung erzielt, alle Flecken, mit denen die Natur den Teint schändlicherweise übersät, zum Verschwinden zu bringen und in der farbigen Oberfläche der Haut eine abstrakte Einheit zu erzeugen, eine Einheit, wie sie das Trikot hervorbringt und die das menschliche Wesen sogleich einer Statue, das heißt einem göttlichen und höheren Wesen, ähnlich macht? Was das künstliche Schwarz rings um das Auge betrifft, und das Rot, das den oberen Teil der Wange markiert, so entstammt deren Gebrauch zwar dem gleichen Bedürfnis, dem nämlich, die Natur zu übertreffen, das Ergebnis jedoch dient der Befriedigung eines völlig entgegengesetzten Bedürfnisses. Das Rot und das Schwarz bringen das Leben zum Ausdruck, ein übernatürliches und überbetontes Leben; diese schwarze Umrahmung macht den Blick tiefer und einzigartiger, verleiht dem Auge entschiedener das Aussehen eines auf das Unendliche hin geöffneten Fensters; das Rot, das die Wange überflammt, steigert noch die Helle des Augapfels und verleiht einem schönen weiblichen Antlitz die geheimnisvolle Leidenschaftlichkeit der Priesterin.

So darf, wenn man mich recht verstanden hat, das Bemalen des Gesichts nicht der gewöhnlichen, uneingestandenen Absicht dienen, die schöne Natur nachzuahmen und mit der Jugend zu wetteifern. Die Erfahrung beweist außerdem, daß Kunstgriffe die Häßlichkeit nicht verschönern und nur der Schönheit dienlich sind. Wer wollte der Kunst die unfruchtbare Aufgabe zuweisen, die Natur nachzuahmen? Die Schminke braucht sich nicht zu verstekken; es schadet nichts, wenn man sie errät. Im Gegenteil, sie darf sich, wenn auch nicht aufdringlich, so doch wenigstens mit einem gewissen Freimut darbieten.

Denjenigen, deren schwerfälliger Ernst sie hindert, dem Schönen bis in seine allergeringfügigsten Erscheinungen nachzugehen, sei es unbenommen, über meine Betrachtungen zu lachen und sie der kindischen Feierlichkeit zu beschuldigen; ihr gestrenges Urteil trifft mich nicht; mir soll es genügen, mich auf die wahren Künstler zu berufen, wie auch auf jene Frauen, die bei ihrer Geburt einen Funken dieses heiligen Feuers empfangen haben, mit dem sie ihr ganzes Wesen zu erleuchten bestrebt sind.

XII
Die Frauen und die Dirnen

Da M. G. es sich zur Aufgabe gemacht hat, die Schönheit in der *Modernität* aufzusuchen und darzulegen, so stellt er gerne reich geschmückte und durch jeden künstlichen Aufwand verschönte Frauen dar, gleichviel welchem Bereich der Gesellschaft sie angehören. Übrigens springen in der Sammlung seiner Werke, wie im Gewimmel des Menschenlebens, die Unterschiede der Kaste und Rasse dem Betrachter unmittelbar in die Augen, in welchem Aufputz auch immer ihre Träger sich zeigen.
Bald erblickt man in der ungewissen Helligkeit eines Theatersaales junge Mädchen der höchsten Kreise. Das Licht empfangend und widerspiegelnd mit ihren Augen, mit ihrem Schmuck, mit ihren Schultern, erscheinen sie, hellstrahlend wie Porträts, in der Loge, die ihnen als Rahmen dient. Die einen ernsthaft und nachdenklich, die anderen blond und leichtsinnig. Die einen stellen mit aristokratischer Unbekümmertheit eine frühreife Büste zur Schau, die andern zeigen arglos ihre knabenhafte Brust. Sie halten den Fächer an die Zähne; ihr Blick geht geradeaus oder verschwimmt; sie sind theatralisch und feierlich wie das Drama oder die Oper, denen zu lauschen sie sich den Anschein geben.
Bald wieder sehen wir in den Alleen der öffentlichen Gärten elegante Familien nachlässig auf und ab wandeln; die Frauen hängen mit ruhiger Miene am Arm ihrer Gatten, deren solides und behagliches Aussehen ein gemachtes Vermögen und Selbstzufriedenheit verraten. Hier ersetzt eine gewisse Stattlichkeit die wirkliche Vornehmheit. Kleine magere Mädchen in weiten Röckchen, die in Bewegung und Haltung kleinen Frauen gleichen, springen Seil,

schlagen den Reifen oder statten einander im Freien Besuche ab und wiederholen so die Komödie, die ihre Eltern zu Hause aufführen.

Aus einer niedrigeren Welt auftauchend, voller Stolz, endlich im Sonnenlicht der Rampe zu erscheinen, sieht man Mädchen, die an kleinen Theatern auftreten. Schmächtig, zerbrechlich, noch im Wachstum begriffen, schultern sie auf ihren jungfräulichen und kränklichen Formen unsinnige Verkleidungen, die keiner Zeit entsprechen und an denen sie ihre Freude haben.

Am Eingang eines Cafés stellt sich, an die von innen und außen beleuchteten Scheiben gelehnt, einer jener Dummköpfe zur Schau, dessen Eleganz von seinem Schneider und dessen Kopf von seinem Friseur stammt. Neben ihm, die Füße auf dem unentbehrlichen Schemel, sitzt seine Geliebte, eine Frauensperson, der fast nichts fehlt (dieses Fastnichts ist fast alles, es ist die Distinktion), um einer großen Dame zu gleichen. Wie bei ihrem hübschen Begleiter ist auch bei ihr die ganze Öffnung ihres kleinen Mundes mit einer mächtigen Zigarre beschäftigt. Diese beiden Wesen denken nicht. Ja wer weiß, ob sie irgendetwas sehen; es sei denn, daß sie, jeder ein Narziß der Geistverlassenheit, die Menge wie einen Fluß betrachten, der ihnen ihr eigenes Bild zurückwirft. Sie sind wirklich mehr zum Vergnügen des Betrachters als zu ihrem eigenen da.

Und jetzt öffnen diese Valentinos, diese Casinos, diese Prados (die früher Tivoli, Idalie, Folie oder Paphos hießen) ihre von Licht und Bewegung durchfluteten Galerien, diese Stätten des Trubels, wo eine müßiggängerische Jugend ihrem Überschwang freien Lauf läßt. Frauen, die die Mode derart übertrieben haben, daß ihre Anmut entstellt und ihre Absichten zerstört werden, fegen in prunkvollem Aufzug das Parkett mit ihren Schleppen und den Zipfeln ihres Schals; sie kommen und gehen, wandeln hin und her, öffnen ein erstauntes Auge wie das der Tiere, sie tun, als sähen sie nichts, und beobachten doch alles.

Auf dem farbigen Grund einer höllen- oder nordlichtartigen Beleuchtung, rot, orange, schwefelgelb, rosa (das Rosa weckt Empfindungen des Entzückens innerhalb des Frivolen), zuweilen auch violett (die Lieblingsfarbe der Stiftsdamen, Glut, die hinter einem azurnen Vorhang erlischt), vor diesen zauberischen Hintergründen, die mit den Farbenspielen des bengalischen Feuers wetteifern, entfaltet sich das gestaltenreiche Bild der verdächtigen Schönheit. Hier hoheitsvoll, dort leicht beweglich, bald schlank, ja schmächtig, bald zyklopisch; bald klein und sprühend, bald wuchtig und monumental. Sie hat sich eine herausfordernde und barbarische Eleganz erfunden, oder sie strebt, mit mehr oder weniger Glück, nach der Schlichtheit, wie sie in einer besseren Welt gebräuchlich ist. Das schreitet, gleitet, tanzt, wälzt sich mit seiner Last gestickter Röcke, die sowohl als fester Sockel wie als locker schwingender Pendel dient; der Blick dringt unter dem Hut hervor, wie der eines Porträts aus seinem Rahmen. Sie vertritt die Wildheit in der Zivilisation. Sie hat ihre Schönheit, die ihr vom Bösen kommt, die jeder Spiritualität beraubt, zuweilen jedoch von einer Müdigkeit getönt ist, die sich als Schwermut ausgibt. Wie der eines Raubtiers geht ihr Blick ins Weite mit der gleichen Verstörtheit, der gleichen lässigen Zerstreutheit, und zuweilen auch der gleichen gespannten Aufmerksamkeit. Sie gehört einer Boheme an, die am Rande einer geordneten Gesellschaft umherschweift, und ihr ganzer aufwendiger Putz kann die Trivialität ihres Lebens, das ein Leben der List und des Kampfes ist, nicht verbergen. Auf sie passen die Worte des unvergleichlichen Meisters, La Bruyère: »Bei manchen Frauen findet man eine künstliche Größe in den Bewegungen der Augen, in einer Kopfhaltung, in der Art des Ganges, aber das ist dann auch schon alles.«

Was für die Kurtisane gilt, gilt bis zu einem gewissen Grad auch für die Schauspielerin; denn auch sie ist ein hergerichtetes Geschöpf, ein Gegenstand des öffentlichen Vergnügens. Doch hier ist die Eroberung, ist die Beute von edlerer, geistigerer Art. Bei ihr geht es darum, die allgemeine Gunst nicht nur durch die bloße körperliche Schönheit zu gewinnen, sondern durch Talente der allerseltensten Gattung. Berührt die Schauspielerin sich einerseits mit der Kurtisane, so grenzt sie anderseits an den Dichter. Vergessen wir nicht, daß alle Wesen außer der natürlichen sowohl als der künstlichen Schönheit eine Berufseigentümlichkeit besitzen, etwas Charakteristisches, das körperlich bald als Häßlichkeit und bald als eine Art beruflicher Schönheit erscheinen kann.

In dieser ungeheuren Galerie des Londoner und des Pariser Lebens

begegnen uns die verschiedenen Typen der unsteten, der aufständischen Frau aus allen Schichten. Das beginnt mit der galanten Frau, in ihrer ersten Blüte, patrizischen Gehabens, stolz zugleich auf ihre Jugend und ihren Luxus, in den sie ihr ganzes Genie und ihre ganze Seele legt; wie sie zart mit zwei Fingern eine Bahn ihres weitwallenden Rockes aus Atlas, Seide oder Samt rafft und einen kleinen spitzen Fuß vorstreckt, dessen allzu geschmückter Schuh schon genügen würde, sie kenntlich zu machen, wenn nicht die Übertriebenheit ihrer Toilette dies bereits besorgte. Die Leiter hinabsteigend gelangen wir zuletzt zu jenen Sklavinnen, die in Spelunken eingesperrt sind, denen man oft den Anschein von Caféhäusern gibt; Unglückliche, die unter der Aufsicht der ärgsten Habgier stehen und die nichts ihr eigen nennen, nicht einmal den ausgefallenen Putz, der ihrer Schönheit als Würze dient.
Unter diesen findet man Vertreterinnen eines einfältigen, ungeheuerlichen Dünkels; hocherhobenen Hauptes und verwegenen Blikkes tragen sie ihre Lust am Dasein offen zur Schau. (Niemand weiß, warum.) Manchmal finden sie ungesucht Haltungen von einer Kühnheit und einem Adel, die den wählerischsten Bildhauer bezaubern würden, wenn der moderne Bildhauer nur Mut und Geist genug hätte, den Adel allerorten zu suchen und aufzulesen, selbst im Schlamm. Dann wieder zeigen sie sich ermattet, in verzweifelten Haltungen der Langeweile, träge wie in einer schlechtgeführten Kneipe, mit männlichem Zynismus Zigaretten rauchend, um die Zeit totzuschlagen, mit orientalischer Gleichgültigkeit in ihr Schicksal ergeben; lang hingestreckt, auf Kanapees sich räkelnd, den Rock hinten und vorne zu einem doppelten Fächer entfaltet, oder auf Schemeln und Stühlen ihr Gleichgewicht sichernd; schwerfällig, stumpfsinnig, extravagant, mit vom Branntwein verglasten Augen und vom Starrsinn vorgewölbten Stirnen. Wir sind bis zur letzten Windung der Spirale hinabgestiegen, bis zu der *femina simplex* des römischen Satirikers. Bald sehen wir auf dem Hintergrund einer von Alkoholdunst und Tabakrauch geschwängerten Atmosphäre die fieberglühende Magerkeit der Schwindsucht sich abzeichnen, oder die Rundungen der Fettsucht, dieser abscheulichen Gesundheit des Nichtstuns. In einem düsteren, goldtonigen Chaos, von dem die darbende Keuschheit nichts

ahnt, wirbeln und zucken gespenstische Nymphen und lebende Puppen, aus deren Kinderaugen eine finstere Helle blitzt; während hinter einer Theke voller Likörflaschen eine dicke Megäre sich spreizt; um den Kopf gewunden trägt sie ein schmutziges Halstuch, dessen Zipfel sich auf der Wand wie der Schatten eines Teufels abzeichnen, als wäre alles, was sich dem Bösen weiht, zum Hörnertragen verurteilt.

Ich habe dergleichen Bilder wahrlich weder zum Gefallen des Lesers noch ihm zum Ärgernis vor seinen Augen ausgebreitet; in beiden Fällen hätte ich es an Respekt ihm gegenüber fehlen lassen. Was diese Kompositionen kostbar macht und ihnen eine gewisse Würde verleiht, sind die unzähligen, meist ernsten und dunklen Gedanken, die sie heraufbeschwören. Sollte jedoch ein Schlechtberatener darauf verfallen, in diesen da und dorthin verstreuten Darstellungen M. G.'s eine Gelegenheit zur Befriedigung einer ungesunden Neugier zu suchen, so sei er aus christlicher Nächstenliebe gewarnt: er wird hier nichts finden, was eine krankhafte Einbildungskraft aufstacheln könnte. Er wird nur dem unausweichlichen Laster begegnen, das heißt dem Blick des im Finstern lauernden Dämons, oder der unter dem Gaslicht schimmernden Schulter Messalinas; nur der reinen Kunst, das heißt der besonderen Schönheit des Bösen, dem Schönen im Gräßlichen. Auch überwiegt, im Vorbeigehn sei es wiederholt, in dem Gesamteindruck, den man von diesem Durcheinander empfängt, die Trauer das possenhaft Unterhaltsame. Die besondere Schönheit dieser Bilder beruht auf ihrer moralischen Ergiebigkeit. Sie sind gesättigt mit Anregungen, die grausame, peinigende Vorstellungen wecken, welche zu vermitteln meiner Feder, bei aller Übung im Kampf mit den künstlerischen Darstellungen, vielleicht nur unvollkommen gelungen ist.

XIII
Die Equipagen

So reihen sie sich aneinander, von zahllosen Variationen unterbrochen, diese langen Bilderfolgen des *high life* und des *low life*. Begeben wir uns für eine Weile in eine, wenn auch nicht reine, so doch wenigstens verfeinerte Welt; atmen wir, wenn auch vielleicht nicht gesündere, so doch zartere Düfte. Ich habe bereits gesagt, daß M. G.'s Pinsel, wie der von Eugène Lami, besonders geeignet sei, die Prachtentfaltung des Dandysmus und die Eleganz der Salonlöwen darzustellen. Das Betragen der Reichen ist ihm vertraut; mit leichtem Federstrich, mit stets unfehlbarer Sicherheit weiß er die Sicherheit des Blicks, der Bewegung und der Haltung darzustellen, welche bei den Bevorrechteten das Ergebnis eines unwandelbaren Glückes ist. In der hier einzuordnenden Reihe seiner Zeichnungen erscheinen in ihrer ganzen Vielfalt die wechselnden Vorkommnisse des Sports, der Rennplätze, der Jagd, der Spaziergänge in den Parkanlagen, die stolzen *Ladies,* die schmächtigen *Misses,* wie sie mit sicherer Hand ihre reinrassigen, bewundernswert edelgeformten Pferde lenken, die selber wie Frauen kokett, glänzend und launenhaft sind. Denn M. G. versteht sich nicht nur auf das Pferd im allgemeinen, er verlegt sich auch mit Glück darauf, die Schönheit des einzelnen Pferdes wiederzugeben. Da sieht man haltende Equipagen, sozusagen Versammlungen vieler Wagen, und auf den Polstern, den Sitzen, dem Verdeck schlanke junge Herren und Damen in abenteuerlichen Toiletten, wie die Jahreszeit sie gestattet; aufmerksam verfolgen sie ein festliches Ereignis, das sich fern auf der Rennbahn abspielt. Dann wieder sieht man einen Reiter, der anmutig neben einer offenen Kalesche galoppiert, und das Pferd, wie es tänzelt und sich verbeugt, scheint die Insassen auf seine Weise zu grüßen. In einer von Licht und Schatten gestreiften Allee trägt der Wagen in raschem Trab die Schönen dahin, die, lässig zurückgelehnt wie in einem Nachen, den Artigkeiten lauschen, welche an ihr Ohr dringen, und träge den Fahrtwind über sich hinstreichen lassen.

Pelzwerk oder Musselin umhüllt sie bis ans Kinn und brandet wie eine Welle über den Kutschenschlag. Die Lakaien sind steif und

1 Charles Baudelaire, Selbstbildnis

2 Eugène Delacroix, Ovide en exil chez les Scythes

3 Octave Penguilly-L'Haridon, Les petites Mouettes

4 Eugène Fromentin, Une Rue à El Aghouat

5 Alfred Rethel, Der Tod als Erwürger

6 Ernest Christophe, La Danse macabre, statuette

7 Amand Gautier, Les Sœurs de charité

8 Georges Rouault, Baudelaire

9 Charles Asselineau

10 Alexandre Bida, Prédication maronite dans le Liban

11 Eugène Delacroix, La Descente au tombeau

12 Joseph Lies, Les Maux de la guerre

13 Théophile Gautier

14 Gustave Flaubert

15 Jean-Léon Gérôme, La Mort de César

16 Wilhelm von Kaulbach, Das Narrenhaus

17 Charles Méryon, La Stryge

18 Charles Méryon, Le Pont Neuf

19 Charles Méryon, Tourelle rue de l'École-de-Médecine

20 Constantin Guys

21 Constantin Guys, Abendgesellschaft

22 Constantin Guys, Spazierfahrt im Bois de Boulogne

23 Constantin Guys, Französische Kavallerie im Krimkrieg

24 Constantin Guys, Zwei Kokotten

25 Constantin Guys, Studienblatt aus der Zeit des Krimkriegs

26 Constantin Guys, Türkische Dame mit Sonnenschirm

27 Constantin Guys, Im Hospital von Pera (»My humble self«)

28 Constantin Guys, Zwei Reiter

lotrecht; wie auf Draht, und einer sieht aus wie der andere: immer das eintönig-flache Bild der pünktlichen, untadeligen Dienstbeflissenheit; was sie kennzeichnet, ist der Mangel an jedem besonderen Kennzeichen. Im Hintergrund grünt oder rötet sich der Wald, die Bäume stehen im Blütenstaub oder versinken im Dämmer, je nach Stunde und Jahreszeit. Seine Tiefen füllen sich mit herbstlichen Nebeln, mit blauen Schatten, gelben Strahlen, rosigen Glanzlichtern oder winzigen Blitzen, welche das Dunkel wie Säbelhiebe durchzucken.

Hätten die zahllosen im Orient entstandenen Aquarelle uns nicht bereits M. G.'s Meisterschaft als Landschaftsmaler gezeigt, so genügten die jetzt vorgeführten, um uns zu überzeugen. Hier aber handelt es sich nicht mehr um das aufgerissene Gelände der Krim, noch um die theatralischen Gestade des Bosporus; wir finden die uns vertrauten, intimen Landschaften wieder, die sich als schmukker Gürtel um eine große Stadt schließen, und wo uns Lichtwirkungen begegnen, die ein wahrhaft romantischer Künstler nicht unbeachtet lassen darf.

Ein anderes Verdienst, auf das hinzuweisen sich hier aufdrängt, ist die bemerkenswerte Kenntnis des Pferdegeschirrs und alles dessen, was zur Wagenausstattung gehört. M. G. zeichnet und malt einen Wagen, und alle Wagentypen, mit der gleichen Sorgfalt und Leichtigkeit, wie ein vollendeter Marinemaler sämtliche Arten von Schiffen. Alles an seinem Wagen zeugt von Kennerschaft; jedes Detail sitzt an seinem Ort, und nirgends bleibt etwas auszusetzen. In welcher Haltung ein Wagen uns vorgeführt wird, in welcher Gangart er sich fortbewegt, immer entlehnt er, wie ein Schiff, der Bewegung eine geheime, komplexe Anmut, die in der raschen Abkürzung festzuhalten nicht leicht ist. Die Lust, die das Auge des Künstlers dabei empfängt, scheint aus der Aufeinanderfolge geometrischer Figuren geschöpft, die dieser an sich schon so vielfältige Gegenstand, Schiff oder Wagen, in raschem Nacheinander im Raum erzeugt.

Wir möchten jede Wette darauf eingehen, daß M. G.'s Zeichnungen in wenigen Jahren wertvolle Archive des zivilisierten Lebens bilden werden. Seine Werke werden von Kunstkennern ebenso gesucht sein wie die eines Debucourt, Moreau, Saint-Aubin, Carle

Vernet, Lami, Devéria, Gavarni und all jener vortrefflichen Künstler, die, obwohl sie nur das Vertraute und Hübsche dargestellt haben, auf ihre Weise dennoch ernsthafte Historiker sind. Mehrere unter ihnen haben vielleicht dem Hübschen allzu eifrig gehuldigt, und in ihre Werke zuweilen einen dem Sujet fremden klassischen *Stil* hineingebracht; andere haben wohlüberlegt die Ecken abgerundet, die Rauheiten des Lebens geglättet, seine Grellheiten gedämpft. Weniger gewandt als sie, kommt M. G. ein hohes, nur ihm allein eigentümliches Verdienst zu: er hat freiwillig eine Aufgabe erfüllt, die andere Künstler verschmähen und die zu erfüllen vor allem einem Weltmann zukam; er hat überall die vergängliche, flüchtige Schönheit des gegenwärtigen Lebens gesucht, das Merkmal dessen, was wir mit Erlaubnis des Lesers die *Modernität* genannt haben. Oft bizarr, gewaltsam, übertrieben, doch stets poetisch, hat er es verstanden, in seinen Zeichnungen die Bitterkeit oder die berauschende Süße des Lebensweines zu keltern und ihnen Dauer zu verleihen.

DIE PHILOSOPHISCHE KUNST

Was ist die reine Kunst der modernen Auffassung nach? Das Erschaffen einer suggestiven Magie, die zugleich den Gegenstand und das Subjekt enthält, die Welt außerhalb des Künstlers und den Künstler selber.

Was ist die philosophische Kunst, so wie Chenavard und die deutsche Schule sie auffassen? Eine darstellende Kunst, die den Anspruch erhebt, das Buch zu ersetzen, das heißt, mit der Druckkunst zu wetteifern, um Geschichte, Moral und Philosophie zu lehren.

Es gibt in der Tat geschichtliche Epochen, in denen die Kunst die Bestimmung hat, die historischen Archive eines Volkes und die Inhalte seiner Religion darzustellen.

Seit mehreren Jahrhunderten jedoch hat sich in der Geschichte der Kunst eine immer schärfere Trennung der Gewalten durchgesetzt, es gibt Gegenstände, die der Malerei angehören, andere gehören der Musik, und wieder andere der Literatur an.

Ist es eine verhängnisvolle Folge des allgemeinen Verfalls, daß jede Kunst heutigen Tages eine Neigung zeigt, in die benachbarte Kunst überzugreifen, daß die Maler musikalische Stufenleitern in die Malerei einführen, die Bildhauer farbige Skulpturen liefern, die Literaten malerische Mittel in der Literatur verwenden, und andere Künstler, diejenigen, mit denen wir es heute zu tun haben, eine Art enzyklopädischer Philosophie in der darstellenden Kunst selber zum Ausdruck bringen?

Jede gute Skulptur, jedes gute Gemälde, jede gute Musik suggeriert die Gefühle und Träumereien, die sie suggerieren möchte.

Vernunftsschlüsse und Beweisführungen jedoch gehören dem Buch an.

So ist die philosophische Kunst ein Rückgriff auf die Bilderwelt, wie sie der Kindheit der Völker angemessen war, und wenn sie sich selber streng die Treue hielte, müßte ihr Verfahren darin bestehen, daß sie ebenso viele Bilder aneinanderreiht, wie in irgendeinem Satz, den sie ausdrücken möchte, enthalten sind.

Wir haben jedoch Gründe, zu bezweifeln, daß der hieroglyphische Satz deutlicher war als der mit Lettern gedruckte Satz.
Bei unserer Untersuchung der philosophischen Kunst werden wir diese demnach als eine Monstrosität behandeln, an der schöne Talente beteiligt sind.
Angemerkt sei noch, daß die philosophische Kunst von einer absurden Voraussetzung ausgeht, um den Grund ihres Vorhandenseins zu rechtfertigen, und zwar von der Voraussetzung eines Verständnisses für die Kunst beim Volke.
Je philosophisch klarer die Kunst zu sein beabsichtigt, desto tiefer sinkt sie und kehrt zur kindlichen Bilderschrift zurück; je mehr hingegen die Kunst sich von der Lehrhaftigkeit löst, desto mehr erhebt sie sich zu der reinen, interesselosen Schönheit.
Wie man weiß und wie leicht zu erraten, wenn man es nicht wüßte, ist Deutschland das Land, das dem Irrtum der philosophischen Kunst am meisten verfallen ist.
Wohlbekannte Beispiele mögen hier beiseite bleiben, so zum Beispiel Overbeck, der das Schöne vergangener Jahrhunderte nur studiert, um die Religion besser zu lehren; Cornelius und Kaulbach, die das gleiche tun, um die Geschichte und Philosophie zu lehren (und hier sei angemerkt, daß Kaulbach, als er sich einen rein malerischen Gegenstand, *das Narrenhaus,* vorgenommen hatte, nicht anders konnte, als ihn nach Kategorien, und gleichsam auf aristotelische Manier, zu behandeln, so unaufhebbar ist der Widerspruch zwischen dem reinen poetischen Gemüt und der didaktischen Gesinnung).
Als ersten Vertreter der philosophischen Kunst wollen wir uns heute einen sehr viel weniger bekannten deutschen Künstler vornehmen, der jedoch, unserer Meinung nach, unter dem Gesichtspunkt der reinen Kunst unendlich viel begabter war, ich meine Alfred Rethel, der im Wahnsinn gestorben ist, kurze Zeit, nachdem er eine Kapelle an den Ufern des Rheins ausgemalt hatte, und der in Paris nur durch acht Holzschnitte bekannt ist, deren beide letzten auf der Weltausstellung zu sehen waren.
Das erste dieser Gedichte (wir sehen uns genötigt, uns dieses Ausdrucks zu bedienen, wo von einer Schule die Rede ist, welche die darstellende Kunst dem geschriebenen Gedanken gleichsetzt), das

erste dieser Gedichte stammt aus dem Jahre 1848 und trägt den Titel *Auch ein Totentanz, aus dem Jahre 1848*.
Das ist ein reaktionäres Gedicht, das den Tod als die verhängnisvolle Gottheit darstellt, die alle Herrschaft an sich reißt und deren Verführung das Volk erliegt.
(Eingehende Beschreibung jedes einzelnen dieser sechs Blätter, die das Gedicht bilden, und genaue Übersetzung der gereimten Beischriften. – Untersuchung der künstlerischen Verdienste Alfred Rethels, was an ihm originell ist (Einfallsreichtum der epischen Allegorie auf die deutsche Manier), was an ihm nachempfunden ist (Nachahmungen der verschiedenen Meister der Vergangenheit, Albrecht Dürer, Holbein, ja sogar modernerer Meister) –, des moralischen Wertes dieses Gedichtes, satanische und byroneske Züge, eine Art Trostlosigkeit.) Was mir an diesem Gedicht wahrhaft originell erscheint, ist der Umstand, daß es in einem Augenblick hervortritt, da fast die gesamte europäische Menschheit gutgläubig für die Albernheiten der Revolution schwärmte.
Zwei Blätter, deren eines das Gegenstück des anderen bildet. Das erste: *Erster Auftritt der Cholera auf einem Maskenball in Paris*. Die Masken steif, am Boden ausgestreckt, widerliches Aussehen einer Pierrette, deren Zipfel in die Luft stehen und deren Maske verrutscht ist; die Musikanten, die sich mit ihren Instrumenten davonmachen; Allegorie der mitleidslosen Plage auf einer Bank; der düstere Charakter des Ganzen. Das zweite Blatt, eine Art *guter Tod* als Kontrast: der Tod überrascht einen tugendhaften, friedlichen Menschen im Schlaf; er befindet sich an einem hochgelegenen Ort, einem Ort vermutlich, wo er lange Jahre gelebt hat; ein Zimmer in einem Glockenturm, von dem aus man auf Felder und eine weite Landschaft hinausblickt; ein Ort, ganz danach angetan, den Geist zu besänftigen; der gute Alte ist in einem plumpen Sessel eingeschlafen, der Tod spielt eine Zauberweise auf seiner Geige. Eine große Sonne, von der Linie des Horizonts durchschnitten, wirft ihre starren Strahlen hinauf. – *Das Ende eines schönen Tages*.
Ein kleiner Vogel sitzt auf der Fensterbank und schaut in das Zimmer herein; kam er, um der Geige des Todes zu lauschen, oder ist er eine Allegorie der Seele, die sich zu ihrem Fluge rüstet?

Will man Werke der philosophischen Kunst wiedergeben, so bedarf es großer Sorgfalt und großer Aufmerksamkeit; alles dort, die Räumlichkeiten, die Ausschmückung, die Möbel, die Gerätschaften (siehe Hogarth), alles ist Allegorie, Anspielung, Hieroglyphe, Rebus.
Herr Michelet hat die *Melancholia* von Albrecht Dürer einer bis ins einzelne gehenden Auslegung unterworfen; seine Auslegung ist verdächtig, vor allem, was die Spritze betrifft.
Im übrigen bietet das Beiwerk, selbst dem Geist eines philosophischen Künstlers, keineswegs einen buchstäblichen und eindeutigen Sinn, vielmehr eignet ihm etwas Poetisches, Unbestimmtes und Vieldeutiges, und die *Absichten,* die der Erklärende zu entdecken glaubt, sind oft seine eigene Erfindung.

Die philosophische Kunst ist der Natur der Franzosen nicht so fremd, wie man glauben sollte. Frankreich liebt den Mythus, die Moral, den Rebus; oder, besser gesagt, als das Land des Räsonnements liebt es die Anstrengung des Geistes.
Vor allem die romantische Schule war es, die sich gegen diese Tendenzen der Verständigung gewandt und der reinen Kunst den höheren Ruhmestitel zuerkannt hat; und gewisse Bestrebungen, insbesondere die Chenavards, eine Rehabilitierung der hieroglyphischen Kunst, sind eine Reaktion auf die Schule des L'art-pour-l'art.
Gibt es philosophische Gegenden, wie es Gegenden der Liebe gibt? Venedig hat die Liebe zur Kunst um der Kunst willen praktiziert; Lyon ist eine philosophische Stadt. Es gibt eine Lyoneser Philosophie, eine Lyoneser Dichterschule, eine Lyoneser Malerschule, und schließlich eine Lyoneser Schule der philosophischen Malerei.
Eine seltsame Stadt, bigott und dem Handel ergeben, katholisch und protestantisch, voller Nebel und Kohlenrauch, die Gedanken haben es dort schwer, zu einiger Klarheit zu gelangen. Alles, was aus Lyon kommt, ist schwerfällig, kleinlich und ängstlich; der Abbé Noireau, Laprade, Soulary, Chenavard, Janmot. Als hätte der Geist dort den Stockschnupfen. Sogar bei Soulary finde ich dieses kategorische Denken, das sich vor allem in Chenavards

Arbeiten hervortut und das auch in Pierre Duponts Chansons zum Ausdruck kommt.

Chenavards Gehirn gleicht der Stadt Lyon; es ist nebelig, rußig, stachelig, wie die Stadt von Glockentürmen und Kaminen starrt. In diesem Kopf spiegeln sich die Dinge nicht deutlich ab, sie müssen erst eine Dunstschicht durchdringen.

Chenavard ist kein Maler; was wir Malerei nennen, verachtet er. Es wäre ungerecht, La Fontaines Fabel auf ihn anzuwenden (für Grobiane sind sie zu grün); denn mir scheint, selbst wenn Chenavard mit eben dem Geschick malen könnte wie irgendeiner, so würde er die Leckereien und Würzen der Kunst dennoch verschmähen.

Sagen wir sogleich, daß Chenavard eine ungeheure Überlegenheit über alle Künstler besitzt: wenn es ihm am Animalischen mangelt, so entraten die übrigen allzusehr des Geistigen.

Chenavard versteht sich aufs Lesen und Nachdenken, und er ist dadurch der Freund all derer geworden, die das Nachdenken lieben; er ist wohlunterrichtet und der Betrachtung ergeben.

Von Jugend an gehört seine Liebe den Bibliotheken; früh gewohnt, mit jeder künstlerischen Form eine Idee zu verbinden, waren ihm die Kästen mit Stichen, die er durchwühlte, die Gemäldesammlungen, die er besuchte, immer nur Repertorien des allgemeinen Menschengeistes. Begierig nach allem, was die Religionen anging, und mit einem enzyklopädischen Geist begabt, mußte er natürlicherweise bei der unparteiischen Vorstellung eines synkretistischen Systems landen.

Obwohl schwerfällig und schwierig zu handhaben, ist sein Geist mit verführerischen Reizen ausgestattet, die er gehörig zu nutzen versteht, und wenn er lange gewartet hat, ehe er eine Rolle spielte, so darf man doch überzeugt sein, daß sein Ehrgeiz, trotz einer zur Schau getragenen Bonhomie, niemals gering war.

(Chenavards erste Gemälde: – *Monsieur de Dreux-Brézé und Mirabeau. – Der Konvent stimmt für den Tod Ludwigs XVI.* Chenavard hat den rechten Moment gewählt, um sein System der Geschichtsphilosophie, mit Hilfe seines Stiftes, darzustellen.)

Teilen wir unsere Arbeit hier in zwei Teile; in dem ersten wollen wir das innerliche Verdienst des Künstlers untersuchen, der mit

einem erstaunlichen Geschick für die Komposition begabt ist, einem sehr viel größeren, als man vermuten sollte, wenn man die Verachtung allzu ernst nähme, die er für die Mittel seiner Kunst an den Tag legt; – das zeichnerische Geschick, mit dem er Frauen darstellt; in dem zweiten wollen wir das Verdienst untersuchen, das ich das äußerliche nenne, nämlich sein philosophisches System. Wie gesagt, hatte er den rechten Augenblick gewählt, die unmittelbar auf die Revolution folgende Epoche.
(Monsieur Ledru-Rollin – allgemeine Verwirrung der Geister, und lebhaftes öffentliches Interesse für die Geschichtsphilosophie.)
Die Menschheit entspricht dem Menschen.
Sie hat ihre Altersstufen und ihre diesen Altersstufen entsprechenden Vergnügungen, Arbeiten, Vorstellungen.
(Untersuchung von Chenavards Emblematischem Kalender. – Daß eine gewisse Kunst einem gewissen Alter der Menschheit zugehört, eine gewisse Leidenschaft einem gewissen Alter des Menschen.
Die Lebenszeit des Menschen gliedert sich in die *Kindheit,* die der Menschheit in der geschichtlichen Periode von Adam bis Babel entspricht; die *Mannheit,* die der Periode von Babel bis Jesus Christus entspricht, welcher als der Zenith des Menschenlebens gelten soll; das *mittlere Alter,* das dem Zeitraum von Jesus Christus bis Napoleon entspricht; und schließlich das *Alter,* das der Periode entspricht, in die wir demnächst eintreten werden und deren Beginn sich in der Vorherrschaft Amerikas und der Industrie abzeichnet.
Die Gesamtlebenszeit der Menschheit wird sich auf achttausendvierhundert Jahre belaufen.
Über einige besondere Ansichten Chenavards. Die absolute Überlegenheit des perikleischen Zeitalters.
Geringwertigkeit der Landschaft, – Zeichen des Verfalls.
Gleichzeitige Vorherrschaft der Musik und der Industrie, – Zeichen des Verfalls.
Untersuchung einiger seiner 1855 ausgestellten Kartons im Hinblick auf die reine Kunst.)
Daß Chenavard selber einen Gipfel der Utopie und der Dekadenz darstellt, kommt darin zum Ausdruck, daß er unter seiner Leitung

andere Künstler als Arbeiter einstellen wollte, um seine Kartons im großen auszuführen und ihnen ein barbarisches Kolorit zu geben.
Chenavard ist ein großer Geist der Dekadenz, und er wird bleiben als ein monströses Zeichen der Zeit.

Herr Janmot ist ebenfalls aus Lyon.
Ein religiöses und elegisches Gemüt; die Lyoneser Frömmelei dürfte ihn früh geprägt haben.
Rethels Gedichte sind als Gedichte trefflich angelegt.
Chenavards Historischer Kalender ist eine Phantasie von unwiderleglicher Symmetrie, doch die *Geschichte einer Seele* ist konfus und verworren.
Der Religiosität wegen, die dort zum Ausdruck kommt, war diese Bilderfolge, als sie in der Passage du Saumon ausgestellt wurde, von großem Wert für die klerikale Presse; als wir sie später auf der Weltausstellung wiedersahen, wurde ihr nur erhabene Verachtung zuteil.
Der Künstler hatte eine Erklärung in Versen geliefert, die nur dazu diente, die mangelnde Bestimmtheit dessen, was er sich gedacht hatte, hervortreten zu lassen und die Verlegenheit im Geiste der philosophischen Betrachter, für die sie bestimmt war, noch zu erhöhen.
Soweit ich diese Bilder verstanden habe, stellten sie die einander ablösenden Zustände der Seele in den verschiedenen Lebensaltern dar; da jedoch immer zwei Wesen zu sehen waren, ein Knabe und ein Mädchen, plagte mein Geist sich ab, herauszufinden, ob das, was dieses Gedicht eigentlich ausdrücken wollte, nicht die gleichzeitig ablaufende Geschichte zweier junger Seelen war, oder etwa die Geschichte des männlichen und weiblichen Anteils einer und derselben menschlichen Seele.
Alle diese Vorwürfe einmal beiseite gesetzt, die nur beweisen, daß Herr Janmot kein kräftiger philosophischer Kopf ist, muß man doch zugeben, daß, unter dem Blickpunkt der reinen Kunst, in der Komposition dieser Szenen, ja selbst in der ihnen eigentümlichen herben Farbgebung ein unendlicher, schwer zu beschreibender Zauber lag, etwas von den sanften Stimmungen der Einsamkeit,

der Sakristei, der Kirche und des Kreuzgangs; eine unbewußte, kindliche Mystik. Ähnliches habe ich vor einigen von Le Sueurs Bildern und einigen spanischen Gemälden empfunden.
(Untersuchung einiger seiner Sujets, insbesondere der *Schlimmen Unterweisung*, des *Albtraums*, aus denen ein bemerkenswerter Sinn für das Phantastische sprach. Eine Art *mystische Wanderung* der beiden jungen Menschen im Gebirge, usw., usw.)

Jeder tiefempfindende und recht eigentlich kunstbegabte Geist (es gilt, die Empfindungen der Einbildungskraft nicht mit der Empfindsamkeit des Herzens zu verwechseln) wird wie ich empfinden, daß die Kunst sich selbst genügen muß und sich zugleich in den ihr von der Vorsehung gesteckten Grenzen halten soll; dennoch bleibt dem Menschen stets das Vorrecht, große Talente in einem falschen Genre zu entfalten, oder indem er gegen die natürliche Beschaffenheit der Kunst verstößt.
Obwohl die philosophischen Künstler in meinen Augen Ketzer sind, bin ich dahin gelangt, ihre Bemühungen nach reiflicher Überlegung oft zu bewundern.
Eine Bestätigung ihres Ketzertums sehe ich vor allem in ihrem Mangel an Folgerichtigkeit; denn sie verstehen sich auf die Zeichnung, sind immer voller Geist, und wenn sie mit ihrer Verwendung der Kunst als eines Lehrmittels wirklich Ernst machten, müßten sie den Mut aufbringen, zu den unzähligen barbarischen Konventionen der hieratischen Kunst zurückzukehren.

(Notizen zur philosophischen Kunst)

I

Didaktische Malerei.
Notiz über Chenavards Utopie.
Zwei Menschen in Chenavard, *der Utopist* und *der Künstler*. Er will seiner Utopien wegen gelobt werden, und ist manchmal Künstler *trotz* seiner Utopien.
Die Malerei wurde im Tempel geboren. Sie hat ihren Ursprung in

der Heiligkeit. Die Revolution ist der moderne Tempel, die moderne Heiligkeit. Errichten wir demnach den *Tempel der Revolution,* und malen wir die Malerei der Revolution. So wird das moderne Pantheon *die Geschichte der Menschheit* enthalten.
Pan soll Gott töten. Pan ist das Volk.
Chimärische Ästhetik, das heißt *a posteriori,* individuell, künstlich, an Stelle der unwillkürlichen, spontanen, unausweichlichen, vitalen Ästhetik des Volkes.
So auch erneuert Wagner die griechische Tragödie, die Griechenland spontan hervorgebracht hat.
Die Revolution ist keine Religion, weil sie weder Propheten noch Heilige, noch Wunder hat, und weil sie darauf hinausläuft, dies alles zu leugnen.
Es liegt etwas Gutes in Chenavards These, das ist einfach die Verachtung der Kinkerlitzchen und die Überzeugung, daß die große Malerei sich auf die großen Ideen stützt.
Im übrigen eine große Naivität, wie bei allen Utopisten.
Er setzt bei allen Menschen eine gleiche Liebe zur *Gerechtigkeit* (Heiligkeit) und eine gleiche Demut voraus. Ein anständiger, ein vorzüglicher Mann!
Ein Einsamer, stolz, lebensfremd.

2

Chenavard ist eine Karikatur der antiken Weisheit, gezeichnet von der modernen Phantasie.
Die Maler, die denken.
Rhetorik des Meeres.
Falsche Rhetorik.
Wahre Rhetorik.
Der Schwindel, der einen in den großen Städten überkommt, ist dem Schwindel gleich, den man in der Natur empfindet. – Wonnen des Chaos und der Unermeßlichkeit. – Empfindung eines gefühlvollen Menschen, der eine unbekannte Stadt besucht.
Der Mann mit dem Skorpion. – Qualen durch Taschenspielerkünste. – Das Paradox des Almosens.

3

Lyoneser

Künstler:	Schriftsteller:
Chenavard	Laprade
Janmot	Ballanche (für den Dunst)
Révoil	A. Pommier
Bonnefonds	Soulary
Orsel	Blanc Saint-Bonnet
Perin	Noirot
Compte-Calix	Pierre Dupont
Flandrin	De Gérando
Saint-Jean	J.-B. Say
Jacquand	Terrasson
Boissieu	

THEATER

DER MARQUIS VON DEN 1. HUSAREN

Das Werk stellt sich die Aufgabe, den Kampf zwischen zwei Prinzipien in dem gleichen Kopf zu zeigen. Der Sohn eines Emigranten dient dem Kaiser mit Beigeisterung; in seiner Umgebung jedoch sind mehrere Personen (eine Frau vor allem, Madame de Timey), die sich unaufhörlich auf seine Kindheitserinnerungen, auf den Stolz seines Geschlechtes berufen, um ihn zu Ludwig XVIII. und dem Grafen von Artois zurückzuführen. Wie in den alten Stücken finden wir hier den *guten* und den *bösen* Engel wieder; der *gute,* durch Graff vertreten, einen Menschen von völliger Einfachheit, Typus des bärbeißigen alten Haudegens und des revolutionären Heldentums, der dem Kaiser anhängt; der *böse* wird durch eine Frau vertreten, Madame de Timey, Typus der großen Intrigantin, in alle Verschwörungen der Emigration und der Verbündeten verwickelt.

Herr Hostein soll sich nicht daran stoßen, daß diese Geschichte gewisse Ähnlichkeiten mit der von Labédoyère besitzt. Das ist unerheblich, wenn nur die Einzelheiten das Werk interessant machen. Es gibt übrigens einen gewaltigen Unterschied: – auch nachdem der König Wolfgang begnadigt hat (der sich *unvermeidlicherweise* wie Ney und Labédoyère verhalten mußte), tötet Wolfgang sich, – er tötet sich aus Liebe, weil er überzeugt ist, daß Madame de Timey *ihn nicht mehr liebt.* So bleibt er zugleich seinem heroischen Charakter und seiner weiblichen Natur treu.

Das Stück läßt sich folgendermaßen aufteilen (für den Augenblick lasse ich die Unterabteilung in Bilder außer Betracht):

1. Akt: Das Schloß von Hermorah, Wohnsitz des Grafen von Cadolles. Verführung des Marquis durch einen Trompeter der französischen Armee. Die Flucht.

2. Akt: Ankunft bei der Armee; der Marquis wird Oberst Herbin vorgestellt. Wagram. Der Marquis wird dem Kaiser vorgestellt.

3. Akt: *(Nach dem Zusammenbruch des Kaiserreichs.)* Die Rückkehr der Emigranten. Unvermutet trifft der Marquis auf seinen Vater. Die Restauration in Paris. Der Salon der Madame de Timey. Liebesbeziehungen zwischen Madame de Timey und dem Marquis Wolfgang.

4. Akt: Rückkehr des Kaisers. Abfall des Regiments und Wolfgangs.

5. Akt: Wird Madame de Timey ihren Geliebten retten? Die *Abbaye.*

Dies alles wird klarer durch die einfache Aufzählung der Personen:

Der Graf von Cadolles, Emigrant.

Sein Sohn, der Marquis Wolfgang de Cadolles, *genannt* der Marquis von den 1. Husaren, anfangs Soldat, dann Oberst des 1. Husarenregiments.

Madame de Timey.

Charles Stown, englischer Offizier.

Der Graf Adrien de Béval, Typus des geschwätzigen monarchistischen Liberalen.

Oberst Herbin, Wolfgangs Vorgänger im 1. Husarenregiment.

Graff, Hauptmann im 1. Husarenregiment.

Robert Triton, Trompeter im 1. Husarenregiment.

Ein Offizier von den Gardes du Corps.

Der Kaiser Napoleon und mehrere Nebenpersonen.

Anmerkung. – Mehrere Partien des Dialogs, insbesondere die auf die Liebesbeziehungen zwischen Madame de Timey und Wolfgang, sowie die auf die Vorstellung Wolfgangs im Lager von Wagram bezüglichen, sind bereits ausgeführt.

ERSTER AKT

Das Schloß von Hermorah,
Aufenthalt des Grafen von Cadolles am Ufer des Rheins

Wolfgang ist der Sohn des Grafen von Cadolles und einer der Mystik ergebenen Deutschen, mit welcher der Graf sich in der Emigration vermählt hat. Wolfgang ist ein romanhafter Charakter, bald träumt er von seiner Mutter *(das Grab seiner Mutter liegt im Park des Schlosses),* bald liest er mit wahrer Besessenheit die Armeeberichte in den französischen Zeitungen, die sein Vater er-

hält. Offensichtlich *verabscheut* er Bonaparte; aber es drängt ihn zu Taten; er dürstet nach Ruhm; er neidet ihn jedem, der ihn besitzt, und er erinnert sich, daß er Franzose ist. – Dies alles kann in einem Monolog ausgedrückt werden.
Szene zwischen dem Grafen von Cadolles (ein echter Typus des angenehmen Franzosen des Ancien Régime) und seinem Sohn, dem Marquis, dem er seinen unheilbaren Trübsinn vorwirft. Gute Nachrichten sind eingetroffen (falsche Nachrichten hinsichtlich der Hoffnungen der Verbündeten und der Emigranten); im Schloß findet ein Festessen statt.
Szene zwischen Madame de Timey und dem Grafen von Cadolles. Der Graf weiß, daß sein Sohn Madame de Timey liebt. Er bittet diese, ihren Einfluß geltend zu machen, um den Charakter seines Sohnes aufzurütteln und anzuspornen. Außerdem bestimmt man Wolfgang für eine geheime politische Mission.
Szene zwischen Madame de Timey und Wolfgang. – (Im dritten Akt, in Paris, wird der Charakter der Madame de Timey sich völlig in den vertraulichen Mitteilungen entfalten, die sie Wolfgang über ihr früheres Leben macht.)
Die Szene des Festessens. Gegenstand der Unterhaltung sind vor allem die Hoffnungen der Partei, die Politik, und Bonaparte. – Einige leichte Ausfälle Wolfgangs, der, obwohl er den Haß seiner Freunde teilt, ihre albernen und törichten Äußerungen nicht kalten Blutes anhören kann, zumal wenn sie darauf hinauslaufen, die Talente des Kaisers zu leugnen.
(Dieses Gespräch ist sehr schwierig zu schreiben, zumal es darauf ankommt, die bei dergleichen üblichen schwerfälligen Karikaturen zu vermeiden; ich werde es mit Stücken aus der reaktionären Literatur der Zeit bestreiten. Ich kenne da zwar manches, doch habe ich vor allem Freunde, die genügend Unterlagen besitzen und die mir Dokumente zur Verfügung stellen werden, – Sainte-Beuve unter anderen; namentlich *Chateaubriands Memoiren* wird man heranziehen müssen.)
Das Essen geht seinem Ende zu, da meldet ein Diener dem Grafen, ein verwundeter französischer Soldat bitte um Aufnahme im Schlosse.
Der Graf, der ein guter Mensch ist, will, daß man ihm die größt-

mögliche Pflege angedeihen lasse, und um der Neugier seines Sohnes zu willfahren, wird Robert Triton, blutend, in Lumpen, hinkend, hereingeführt. (Hier liegt eine kleine Unwahrscheinlichkeit vor, den Gepflogenheiten nach; ich lege jedoch Wert auf den Kontrast, den der Anblick dieser seit so langer Zeit außerhalb Frankreichs lebenden Aristokratie und das Aussehen dieses Soldaten hervorrufen werden.)

Der Trompeter wird auf ein Zimmer geführt, der Graf, der seinen Sohn sucht, bemerkt, daß dieser verschwunden ist. »Ich wette«, sagt er, »Wolfgang, der so gerne von Schlachten erzählen hört, hat sich davongemacht, um bei der Unterbringung unseres seltsamen Gastes nach dem Rechten zu sehen.«

Geheilt, wird Triton die Leitung der Piköre des Grafen übertragen. Wolfgang verbringt sein Leben auf der Jagd mit Triton. *Ohne es darauf anzulegen, korrumpiert, verführt* Triton den Marquis. In seiner Sprache eines Trompeters, in seiner heftigen, pittoresken, rohen und einfältigen Art schildert er, was ein Gefecht, was ein Kavallerieangriff ist, was der Ruhm, was Regimentsfreundschaften sind, usw. Triton hat seit langem, seit sehr langem schon keine Familie mehr; er hat sein Heimatdorf seit den großen Revolutionskriegen nicht wiedergesehen; er weiß nicht, was aus seiner Mutter geworden ist. Das Regiment der 1. Husaren ist seine Familie geworden.

Eines Nachts befiehlt Wolfgang dem Trompeter, zwei Pferde zu satteln.

Und unterwegs sagt er zu ihm: »Errätst du, wohin es geht? Wir wollen zu der Großen Armee stoßen. Ich will nicht mehr, daß man sich schlägt, ohne daß ich dabei bin!«

Enzersdorf und Wagram

Sie kommen im französischen Lager an. Triton, den man für tot hielt, wird von seinen Kameraden wiedererkannt.
Oberst Herbin sitzt gerade mit zwei Offizieren beim Essen. Er umarmt Triton und fragt Wolfgang, wer er sei und was er wünsche. – Dieser weist einige Papiere vor und wird unverzüglich eingestellt.
(Ich übergehe in dem Entwurf eine große Anzahl vertraulicher Einzelheiten, die eine gute Wirkung tun werden.)
Cadolles läßt die Kantinenwirtin kommen und zahlt seiner Eskadron einen Umtrunk zum Willkommen.
Dank seiner Manieren *(die ihn niemals verlassen dürfen, auch wenn er ganz und gar Soldat geworden ist)* erwirbt er sich unter seinen Kameraden den Spitznamen: *der Marquis von den 1. Husaren.*
Die Armee hat die Brücke über die Donau überschritten. *5. Juli. Wagram.* Der Kaiser reitet an den Reihen des 1. Husarenregiments vorüber.
Wolfgang, der vieles *(im Bösen)* über den Kaiser hat reden hören, verhärtet sich gegen die allgemeine Begeisterung und befiehlt sich selbst, nicht *Vive l'empereur!* zu rufen! Er ist noch der Sohn des Dieners der Condés.
Napoleon streckt den rechten Arm aus und zeigt den Soldaten die Hochebene von Wagram, wo die Truppen des Erzherzogs Aufstellung genommen haben. Donnernder Beifall. Wolfgang kommt das Weinen an, *als ob er der hinreißenden Wirkung eines machtvollen Komödianten erlegen wäre.*
– Die Schlacht. *(Ich gestehe, daß ich mir über die Inszenierung noch keine Gedanken gemacht habe.)*
Wolfgang hat drei Gefangene gemacht und eine Wunde am Kopf empfangen.
Ein Adjutant läßt ihn wissen, daß der Kaiser ihn zu sehen wünsche. Napoleon ist von Generälen und Obersten umgeben, darunter Oberst Herbin. Er mustert Wolfgang aufmerksam und sagt zu ihm: *»Man hat mir gesagt, Sie seien Franzose, der Sohn eines*

Emigranten. Was Ihre Familie Schlimmes getan hat, wird durch Sie vergütet, und was sie Gutes getan haben mag, setzen Sie fort. Ich will mich Ihrer erinnern: dies da wird mir helfen, Sie wiederzuerkennen.« – Das Kreuz der Ehrenlegion. – (Es empfiehlt sich, derart den besonders verführerischen Charakter des Kaisers hervorzuheben, den viele Geschichtsschreiber vernachlässigt haben.) Wolfgang ist völlig besiegt und gewonnen. (Mir scheint, dieser Akt, der sich auf dem Papier vielleicht kurz ausnimmt, dürfte bei der Aufführung von erheblicher Länge sein.)

DRITTER AKT

Ende des Kaiserreichs. 1814.
Ein Dorf, – zwei staubbedeckte Offiziere, in zerlumpter Kleidung, treten auf; vor Erschöpfung entkräftet, suchen sie nach einer Unterkunft (*hier schwebt mir das Gemälde von Géricault vor, der verwundete Kürassier, der sich neben seinem Pferd hinschleppt*).
Das sind der Marquis von den 1. Husaren (der nun Oberst ist) und sein alter Kamerad, der Hauptmann Graff (den er einige Tage vor Wagram im Lager kennengelernt hat).
»Schau, da liegt ein Schloß«, sagt Wolfgang, »das mir bekannt vorkommt, weil ich es auf einem Gemälde gesehen habe, das in Hermorah in unserem Speisesaal hing.«
»Mir ist«, sagt Graff, »als hätte ich deinen Namen rufen gehört.«
Im Dorf ist ein Fest. Flintenschüsse. Klänge von Flöten und Geigen.
Der Feldhüter und der Postmeister, beide ehemalige Soldaten, mit Ordenszeichen, halten sich abseits und trinken unter einer Laube.
Cadolles und Graff schirren ihre Pferde ab; auf die Einladung der beiden ehemaligen Soldaten hin stoßen sie mit ihnen an.
Wolfgang, ein Glas ergreifend: »Auf unsern alten Ruhm! Tod den Engländern, den Russen, den Kosaken! Auf die Kanonen, die auf diese Elenden spucken werden! Auf unser schönes Frankreich, wo wir sie eines Tages einscharren werden!«
»Wo sind wir?« fragt Graff, »und wen feiert man hier?«
»Sie sind in Cadolles, und man feiert die Rückkehr des alten Gra-

fen, der, nachdem er dreißig Jahre lang ein Deutscher gewesen ist, sich einbildet, von Gnaden des Auslands wieder Franzose werden zu können.«
Wolfgang eilt zu seinem Vater, den er auf der Freitreppe des Schlosses antrifft, von Landleuten umgeben. Der Vater hatte seinen Sohn für tot gehalten. Umarmungen und Wiedererkennen.
Wolfgang befindet sich bald in einem unsympathischen Salon. Sein Vater stellt ihn Charles Stown, einem englischen Offizier, vor, und dem Grafen von Béval, einem politischen Pedanten, der nur von Charten, Verfassungen und von Versöhnung des Königs mit der Revolution träumt. – Dann Madame de Timey, die mit dem Grafen von Cadolles zurückgekehrt ist und die, immer kokett und der Politik zugetan, sich von Charles Stown und Monsieur de Béval die gröbsten Lobhudeleien gefallen läßt.
Wolfgang verfällt alsbald seiner alten Liebe, was seine Abneigung gegen Monsieur de Béval und den englischen Offizier entsprechend verschärft.

Madame de Timey versucht unverzüglich, ihn durch ihre Koketterie und ihre Ermunterungen für die *gute Sache* zu gewinnen.
Eine Hand legt sich auf seine Schulter, und eine Stimme sagt: »Der Kaiser hat abgedankt! Aber das ist vielleicht nur ein Gerücht, das seine Feinde in Umlauf setzen. Wenn es Verräter gibt, muß man sie erschießen. Fort, dorthin, wo's brennt.«
Es ist Graff. Wolfgang entflieht mit ihm.
(Dieser Akt wird sehr lang werden. Man könnte ihn, trotz der Einteilung am Kopf des Planes, hier enden lassen und den Rest an den Anfang des vierten Aktes stellen, – vor allem in Anbetracht dessen, daß für den 4. und 5. Akt wenig Stoff bleibt.)

Paris. Die Restauration in Paris.
Die 1. Husaren liegen in Paris in Garnison. Häufige Streitereien zwischen deren Offizieren und den Offizieren der verbündeten Armeen. Graff vor allem legt es eifrig darauf an, sie in der Öffentlichkeit zum Duell herauszufordern. (Man könnte die Handlung hier nach Paphos oder in die Gärten des Tivoli verlegen.)

Auch Wolfgang führt, um sich zu betäuben, ein ziemlich ausschweifendes Leben; aber seine Liebe zu Madame de Timey nimmt ständig zu. Diese ist übrigens Charles Stown und Monsieur de Béval inzwischen leid geworden. Wolfgangs Ungestüm, seine Zärtlichkeit und sein Überschwang gefallen ihr; doch möchte sie die Sympathien ihres Liebhabers dem neuen Königtum zulenken. Wolfgang spürt öfters ein Wiedererwachen seines adligen Stolzes und der Gesinnungen seines Standes; doch mindert das keineswegs seine Sympathie und Bewunderung für Bonaparte.

Madame de Timey ist in einer Zeitung beleidigt worden. Während Monsieur de Béval und Charles Stown bei ihr noch darüber hin und her reden, was nun zu tun sei, erscheint Wolfgang, den Arm in einer Binde; wortlos, ohne Vorankündigung, hat er den Urheber des Angriffs gezüchtigt.

Diese Affäre macht die Beziehungen zwischen dem Marquis und Madame de Timey noch enger, und als Wolfgang bei einem vertraulichen Tête-à-tête ihr wegen ihres seltsamen Charakters Vorwürfe macht, erzählt sie ihm ihr früheres Leben.

Der Graf von Timey, der ein sehr intelligenter und sehr verdorbener Mann war, war der Geliebte ihrer Mutter, der Frau eines anderen französischen Emigranten, Madame d'Evré, gewesen. Kurz vor seinem Tode, nach Ablegung der Beichte, hat der Graf von Timey sich mit Mademoiselle d'Evré, die vielleicht, und sogar sehr wahrscheinlich, seine Tochter war, vermählen wollen. – Die Hochzeitsnacht. – Der Sterbende hat seine Hochzeitsnacht dazu benutzt, seine Gemahlin seine moralische und seine politische Verderbtheit zu lehren: *»Mein liebes Kind, ich vermache deiner jungfräulichen Seele die Erfahrung eines alten Wüstlings.«* Dann starb er. So fand sie sich mit einem Mal, und unversehens, *reich, verwitwet, ob auch noch jungfräulich, und bei aller Unschuld reich an Erfahrung.*

Wolfgang, zutiefst erschüttert, schreit laut auf; das Glück läge noch im Bereich des Möglichen, behauptet er; die Seele seiner Geliebten könne sich noch verjüngen; er selber fühle sich voller Jugend und Vertrauen, und es handle sich nur darum, all diese düsteren Eindrücke in dem gegenwärtigen Glücke und einer sofortigen Heirat zu ertränken.

Madame de Timey, ihrer ehrgeizigen Träume eingedenk, macht diese Heirat von einer einzigen Bedingung abhängig: daß Wolfgang den König und den Grafen von Artois aufsuche und daß er das 1. Husarenregiment verlasse, um bei den Gardes du Corps einzutreten. *(Hier, an dieser Stelle, dürfte es ein leichtes sein, den Vater des Marquis, den Grafen von Cadolles, bei Madame de Timey wieder auftauchen zu lassen, der deren Pläne und Anerbietungen natürlich unterstützen wird.)*
Wolfgang, schon wankend geworden, ist nahe daran, nachzugeben, als unversehens Graff mit der Mitteilung eintrifft, daß der Kaiser in Toulon gelandet sei.

VIERTER AKT
ODER ZWEITER TEIL
DES VIERTEN AKTES

Wolfgangs ganze Liebe zu Napoleon erwacht wieder, und in der Kaserne verliest er den Offizieren die königliche Proklamation mit einem Tonfall, der sie seine eigenen Empfindungen erraten läßt *(der offizielle Wortlaut der königlichen Proklamation muß wieder ausfindig gemacht werden)*.
Auf einer Landstraße. – Das Regiment, schweigend, traurig; auf gewisse Anzeichen hin reitet Wolfgang nach vorne. Plötzlich, von allen Seiten, ein lauter Schrei: *»Er ist's!«* und dann: *»Es lebe der Kaiser!«*
(Dank der historischen Unterlagen ist die Inszenierung dieser Szene sehr leicht zu bewerkstelligen.)

Natürlich vermeiden wir es, die Schlacht von Waterloo auf die Bühne zu bringen; das wäre, glaube ich, ein unangenehmes Bild; außerdem wäre das, rein vom szenischen Standpunkt aus, eine Doublette der Schlacht von Wagram.

Bei Madame de Timey

Ein Brief Wolfgangs: »Ich bin angeklagt; man sucht mich; wenn man mich findet, werde ich erschossen ... kommen Sie ... fliehen wir zusammen.«
Madame de Timey zaudert, und zuletzt ist ihre Antwort: *Nein!* – doch läßt sie nicht ab, ihm ihre Liebe zu beteuern, und ermahnt Wolfgang, sich gut versteckt zu halten und abzuwarten.
Zweiter Brief: »Da Sie nicht mit mir fliehen wollen, lieben Sie mich nicht mehr, und ich stelle mich.«

Im Gefängnis

Graff besucht seinen alten Kameraden und sagt ihm, man dürfe den Royalisten nicht das Vergnügen lassen, einen Offizier der Großen Armee zu erschießen. Mit diesen Worten übergibt er ihm eine Pistole.
Wolfgang antwortet, in solchen Angelegenheiten habe jeder die Freiheit, seinen Empfindungen zu folgen; er seinerseits werde sich ruhig erschießen lassen *(denn er will sterben)*.
Ein Offizier der Gardes du Corps überbringt die Nachricht, daß *der König* ihn, *aus freien Stücken,* begnadigt habe.
In dem Augenblick, da Graff ihm voller Freude um den Hals fallen will, bemächtigt Wolfgang sich der Pistole und *tötet sich (denn er will sterben)*.
Der Graf von Cadolles und Madame de Timey kommen.
Wolfgang ist daraufhin des Glaubens, es sei seine Geliebte gewesen, die seine Begnadigung erwirkt habe, und mit sterbender Stimme dankt er ihr.
Graff, der aus einer früheren Äußerung Wolfgangs den wahren Sachverhalt erraten hat, sagt zu Madame de Timey: »Sie sind es, die den tapfersten Offizier der Großen Armee, den Marquis von den 1. Husaren, getötet haben.«
(Ich bitte Sie inständig, lassen wir es bei dieser LOGISCHEN *Entwicklung der Dinge; ein glücklicher Ausgang statt dessen wäre* ABSURD *und aller* MAJESTÄT *beraubt.)*

(Ich vergaß, Sie davon zu unterrichten, daß Robert Triton bei allen Gelegenheiten wieder auftritt, wo man ihn erscheinen lassen kann: zum Beispiel bei der Rückkehr der Emigranten in das Dorf von Cadolles; in den lärmenden Szenen in den Cafés und Casinos; in der Szene des Wiedererkennens zwischen dem von Elba zurückkehrenden Kaiser und dem 1. Husarenregiment; und schließlich in der Schlußszene im Gefängnis.)
(Das Ganze erscheint mir als ein echtes Drama; das heißt, die Szenen hängen untereinander aufs glücklichste zusammen; die Inszenierung bietet lebendige, sehr bewegte Bilder, mit großem militärischem Pomp, da, wo er angebracht ist. Für die Dekorationen mache ich keine näheren Angaben, sie dürfen eine poetische Wirkung tun, ich überlasse sie Ihrer Phantasie.)

Ich habe dieses Manuskript nicht noch einmal abgeschrieben. – Ich werde eine Abschrift anfertigen lassen, bevor ich mich an meine tägliche Arbeit mache.

ANHANG

ZU DIESEM BAND

Diese erste deutsche Gesamtausgabe der Schriften Charles Baudelaires ist chronologisch angeordnet. Der hier vorgelegte fünfte Band enthält Arbeiten zur Literatur und bildenden Kunst aus den Jahren 1857 bis 1863; ferner ausgewählte Briefe Baudelaires aus der Zeit von Januar 1856 bis Mai 1860. Den Texten der Prosaschriften und der Briefe liegen die von Claude Pichois in der Bibliothèque de la Pléiade herausgegebenen kritischen Ausgaben der *Œuvres complètes* von 1975/76 und der *Correspondance* von 1973 zugrunde.

Sämtliche Übersetzungen stammen von Friedhelm Kemp; nur die Übersetzung des *Peintre de la vie moderne* wurde von Friedhelm Kemp und Bruno Streiff schrittweise erarbeitet. In dem Anhang stammen die Anmerkungen zu sämtlichen Kunstschriften (›Der Salon 1859‹, ›Der Maler des modernen Lebens‹, ›Die philosophische Kunst‹), von Wolfgang Drost, in Zusammenarbeit mit Ulrike Riechers.

Der Anmerkungsteil zu den Briefen ist folgendermaßen angelegt: bei jedem Brief werden, soweit erforderlich, die zu seinem Verständnis nützlichen biographischen Fakten, ferner Auskünfte über seine Veranlassung und den Empfänger gegeben; anschließend folgen nähere Angaben und Erklärungen zu einzelnen Stellen, die jeweils unter Beifügung der Seiten- und Zeilenzahl in Stichworten angeführt werden.

Die Erläuterungen ebenso wie die allgemeinen Auskünfte wollen in der Regel nicht mehr als eine unmittelbare Verständnishilfe geben; lediglich bei den Schriften zur Kunst wurde von dieser strengen Enthaltsamkeit abgewichen, da es ratsam schien, Baudelaires kunstkritische und ästhetische Ansichten im Kontext der Zeit schärfer zu profilieren.

Ausgiebig benutzt wurden für den Anmerkungsteil die Werkausgaben von Jacques Crépet, sowie die beiden bereits erwähnten Ausgaben der Bibliothèque de la Pléiade von Claude Pichois, der auch den Text des Anhangs gelesen, überprüft und durch manchen Hinweis verbessert und vervollständigt hat. Ihm und Wolfgang Drost sei auch hier wiederum für ihre unermüdliche Hilfe herzlich gedankt; ebenso Bruno Streiff in Zürich für Auskünfte und Beiträge zu den Anmerkungen über Constantin Guys und sein Werk. Dank sei auch gesagt, für sachkundige Sorgfalt und Geduld bei der Überwachung der Drucklegung und für die Erstellung des Registers, Susanne Schaup in München.

ANMERKUNGEN

BRIEFE
1856-1860

7 AN ALPHONSE TOUSSENEL, 21. JANUAR 1856
Der Empfänger des Briefes, Alphonse Toussenel (1803-1885), war ein leidenschaftlicher Anhänger des Soziologen Charles Fourier (1772-1837), mit dessen Ideen auch der junge Baudelaire vor 1848 sympathisiert hatte. – Über Toussenel siehe Dolf Oehler, ›Ein Höllensturz der Alten Welt‹, Frankfurt 1988, 191-211.

7 2 *das Geschenk:* Toussenel hatte Baudelaire den dritten Teil eines größeren Werkes zugesandt, dessen erster und zweiter Teil 1853 und 1855 erschienen waren: *L'Esprit des bêtes. Le Monde des oiseaux. Ornithologie passionnelle, par A. Toussenel, Auteur des Juifs, roi de l'époque, IIIe partie,* Librairie phalanstérienne 1855. Pommier, 57ff, zitiert die einschlägigen Stellen, die Baudelaire anführt und auf die er sich bezieht. – *32 die das Universum durchwaltende Analogie:* eine Grundvorstellung Fouriers, die Baudelaire seinerseits zeitlebens vertreten und als das Gleiche verstanden hat, was Emanuel Swedenborg (1688-1772) als das sämtliche Bereiche der Schöpfung untereinander verbindende System der *Entsprechungen* begriff. Swedenborgs Name erscheint schon in Baudelaires früher Novelle ›Die Fanfarlo‹ (Bd. II, S. 83ff.); in seinem 1861 erschienenen Artikel über Victor Hugo (siehe Bd. VII) erwähnt er ihn (zusammen mit Fourier) ausdrücklich in diesem Zusammenhang. Siehe auch das Sonett *Correspondances* in den FdM (Bd. III, S. 68). Siehe auch Pommier.

8 *21 Le Siècle:* Tageszeitung zu niedrigem Preis, gegründet 1836 von Armand Dutacq. Unter Napoleon III. ging die Zeitung in andere Hände über; sie vertrat eine fortschrittliche, antiklerikale Gesinnung im Geiste Voltaires. – Joseph comte *de Maistre* (1753-1821), Diplomat des Königreichs Savoyen, politischer Schriftsteller, der gegen die Freiheitslehren der Französischen Revolution den strengen Standpunkt einer kirchlichen und monarchischen Orthodoxie vertrat. Seine Hauptwerke *Du Pape* und *Les Soirées de Saint-Pétersbourg* erschienen 1819 und 1821. Baudelaire schätzte ihn sehr. »De Maistre und Edgar Poe haben mich denken gelehrt«, liest man in den *Journaux intimes* ([Hygiene II], siehe Bd. VI). Siehe auch Daniel Vouga, *Baudelaire et Joseph de Maistre,* Paris 1957.

9 AN CHARLES ASSELINEAU, 13. MÄRZ 1856
Baudelaire war mit Charles Asselineau (1820-1874) seit 1845 befreundet; s. u. zu S. 77. Der hier berichtete Traum hat (begreiflicherweise) mancherlei Auslegungen erfahren; so von Michel Butor (*Histoire extraordinaire,* Paris 1961).
23 Hippolyte *Castille* (1820-1886), Romancier und Publizist, ein Freund Baudelaires, der sich 1846 auf eine Auseinandersetzung mit Balzac eingelassen hatte; siehe Bd. II, S. 186, und die Anm. dazu. 1857 sandte Baudelaire ihm ein Exemplar der FdM mit der Widmung: »*À mon ami Hippolyte Castille.*« Über Castille siehe Dolf Oehler, ›Ein Höllensturz der Alten Welt‹, Frankfurt 1988, 153-191.

11 *8 Le Siècle:* s. o. zu S. 8, 21.

12 *17 Minot:* vermutlich Eugène Minot, der 1865 einen Artikel *Nos Poètes* in *La Parisienne* schrieb, in dem er sich unter anderen über Baudelaire lustig macht (B/Contemporains, 238 f.; B/Urteil, 207 f.).

12 AN MADAME AUPICK, 27. JULI 1856

31 mein dritter und mein zweiter Band: Als zweiter Band der Übersetzungen E. A. Poes erschienen im März 1857 die *Nouvelles Histoires extraordinaires* bei Michel Lévy; im Mai 1858 folgten als dritter Band die *Aventures d'Arthur Gordon Pym,* die zuvor, vom 25. Februar bis 18. April 1857, als Feuilleton in *Le Moniteur universel* erschienen waren.

13 *1* Narcisse-Désiré *Ancelle* (1801-1888), Notar in Neuilly-sur-Seine, in welcher Eigenschaft er im September 1844 durch einen Familienrat zu Baudelaires amtlichem Vormund bestellt wurde, der ihm von den Zinsen und kleineren Einkünften aus seinem Vermögen einen regelmäßigen monatlichen Betrag von 200 Francs zukommen läßt; von 1851 bis 1868 Bürgermeister von Neuilly. Zwischen Ancelle und Baudelaire sowie dessen Mutter findet seit Jahren ein reger Briefwechsel statt, in dem es vornehmlich um Geldangelegenheiten – Vorauszahlungen, Zuschüsse, Darlehen, Schuldentilgung – geht. – *10 Michel Lévy* (1821-1875) gründete mit seinem Vater und seinen Brüdern Calmann und Nathan das Verlagshaus Michel Lévy frères. Dort erschienen nicht nur sämtliche Übersetzungen E. A. Poes, sondern auch die erste Gesamtausgabe der Werke Baudelaires nach dessen Tod. – *13 Hotel:* Hôtel Voltaire, 19, Quai Voltaire. Wenige Häuser entfernt lag die Druckerei des *Moniteur universel.*

14 *6 mit etwas sehr Ausgesuchtem:* Die beiden in folgendem genannten Romanprojekte wurden niemals ausgeführt. – *8 die Heiligkeit der Todesstrafe:* eine der Lieblingsideen Joseph de Maistres (s. o. zu S. 8, *21*). Gleich zu Anfang der *Soirées de Saint-Pétersbourg* entwickelt der Graf (de Maistre selber) seinen beiden Gesprächspartnern als erstes seiner Paradoxa eine Apologie des Henkers. – *17 anstelle von 2500:* In einem Brief vom 5. Juli 1856 hatte Baudelaire seiner Mutter geschrieben, er habe die *Aventures d'Arthur Gordon Pym* für 2500 Francs an den *Moniteur universel* verkauft, wo sie noch im Sommer erscheinen würden.

14 AN MADAME AUPICK, 11. SEPTEMBER 1856

15 *9 dieser Mensch:* der Inhaber des Hôtel Voltaire. – *12 Unterzeichnung unseres dritten Vertrages:* Dieser Vertrag über die *Aventures d'Arthur Gordon Pym* hat sich nicht erhalten; er muß jedoch vor dem März 1857 abgeschlossen worden sein. – *36 Liaison mit Jeanne:* Die Mulattin oder Quarterone Jeanne Duval (auch Lemer, Lemaire oder Prosper) war zuerst eine Art Prostituierte und Schauspielerin an kleinen Theatern. Baudelaire hatte sie vermutlich nach der Rückkehr von der Ile Maurice kennengelernt. Er zieht mit ihr zusammen, bricht mit ihr, »kehrt in das Konkubinat zurück«, bricht abermals mit ihr … Nach dieser Trennung erlitt sie 1859 einen Schlaganfall. Sie hat Baudelaire überlebt, ihr Todesdatum (nach 1870) ist unbekannt. (Siehe auch Bd. III, S. 357 f.)

18 AN MADAME AUPICK, 4. NOVEMBER 1856

3 diesen Tag: Auf den 4. November fällt das Fest des heiligen Karl (Carlo Borromeo, Erzbischof von Mailand und Kardinal, gest. 1584). Er war also

Charles Baudelaires Namenstag und der seiner Mutter Caroline Aupick. – *12 Vorfall:* der Bruch mit Jeanne. (Siehe den Brief an Madame Aupick vom 11. September 1856) – *27 jenes Mädchen:* Jeanne.

19 AN CHARLES ASSELINEAU, 4. NOVEMBER 1856
20 unseres großen Schutzheiligen: der heilige Carolus Borromeus; siehe die Anm. zu dem Brief an Madame Aupick vom 4. November 1856.

20 AN AUGUSTE POULET-MALASSIS, 9. DEZEMBER 1856
5 Michels Bedingungen: Der Verleger Michel Lévy hatte seit langem eine Art Option auf den von Baudelaire geplanten Gedichtband, der dann unter dem Titel *Les Fleurs du Mal* bei Poulet-Malassis herauskam. – *20 unwiderruflich den 8.:* Das erste Feuilleton der *Aventures d'Arthur Gordon Pym* erschien jedoch erst am 25. Februar 1857. – *24 mit der Poesie:* mit den *Fleurs du Mal.* – *26 des Prosabandes:* der Schriften zur Literatur und bildenden Kunst enthalten sollte.

21 *1 beiden Bücher:* die *Fleurs du Mal* und der Prosaband. – *6 beim Ministerium anmelden:* Den strengen Verordnungen des Zweiten Kaiserreichs nach war jeder Drucker verpflichtet, den Titel und Verlag eines geplanten Druckes anzumelden. – *23 Ihrem Schwager:* Eugène De Broise, mit Poulet-Malassis' Schwester Adeline-Henriette verheiratet und seit 1855 Geschäftsteilnehmer des Verlages und der Druckerei. – *29 dieses Elenden:* Voltaire (François-Marie Arouet, 1694-1778), nach dem das Hotel benannt war, in dem Baudelaire seit dem Juli 1856 wohnte. Voltaire war einer der Autoren, die er ingrimmig verabscheute. – *30 Joseph Havin* (1799-1868), politischer Direktor des *Siècle.* – Léon *Plée* (1815-1879), Redaktionssekretär des *Siècle.* – *33 Laclos:* Choderlos de Laclos, über den Baudelaire einen Artikel zu schreiben beabsichtigte. Siehe S. 113-124 und die Anm. dazu.

22 *6 Asinarius:* scherzhafter Spottname für Asselineau; der sich in sein Petschaft einen kleinen Esel (*asinellus*) hatte gravieren lassen.

22 AN MADAME AUPICK, 9. FEBRUAR 1857
13 dies alles: Baudelaire hatte seine Mutter in einem Brief vom Vortag gebeten, sie möge Ancelle veranlassen, ihm für eine Woche 500 Francs vorzuschießen.

24 AN MADAME AUPICK, 3. JUNI 1857
23 Valère: Am 27. April war Baudelaires Stiefvater, der General Aupick, gestorben, der auf dem Friedhof von Montparnasse beigesetzt wurde. Daraufhin hatte Madame Aupick ihre Pariser Wohnung aufgegeben, um für den Rest ihres Lebens nach Honfleur zu ziehen, wo der General 1855 ein Anwesen erworben hatte: die sogenannte *»Maison-joujou«.* Der Diener Valère war beauftragt, den Transport der Möbel dorthin zu überwachen. Den Verkauf des übrigen Mobiliars, der Pferde und Wagen hatte Ancelle überwacht. Der Gesamterlös betrug etwa 30000 Francs. Madame Aupick verfügte nach dem Tode ihres Gatten über ein jährliches Einkommen von 11 000 Francs.

26 *10 den Moniteur durchforscht:* wo Baudelaire eine Auskunft über die Pension seiner Mutter zu finden hoffte. Das Dekret, das ihr eine Jahresrente von 6000 Francs sicherte, war jedoch, wie Baudelaire selber in der Nachschrift zu diesem Brief bemerkt, bereits im *Bulletin des lois* erschienen. – *16 vom Buchbinder:*

der beauftragt worden war, Madame Aupicks Meßbuch aufzufrischen und auszubessern. – *33* Caroline *Archenbaut* Defayis war Madame Aupicks offizieller Name.

27 AN MADAME AUPICK, 27. JULI 1857

7 Lobeserhebungen: ein Artikel von Edouard Thierry (1813-1894) über die *Fleurs du Mal*, die am 21. Juni ausgeliefert worden waren. Baudelaire dankte Thierry für diesen Artikel, aus dem er einen Auszug in seine Broschüre der *Articles justificatifs* (siehe Bd. IV, S. 128-131) aufnahm, am 14. Juli (siehe Bd. III, S. 23). – *8* Jacques-Pierre-Charles *Abbatucci* (1792-1857), der Justizminister. – *9* Achille *Fould* (1800-1867), Minister, von dem der *Moniteur universel* abhing. – *15* Auguste *Billault* (1805-1863), der Innenminister. – *Pays:* In *Le Pays* hätte ein Artikel Barbey d'Aurevillys über die FdM erscheinen sollen, den Baudelaire ebenfalls in die Broschüre der *Articles justificatifs* aufnahm. (Siehe Bd. IV, S. 136-146.) – *21 Pietri:* oder Piétri, der Polizeipräfekt. Das ihm gewidmete Exemplar der FdM hat sich erhalten. – *24 Sainte-Beuve:* Er lieferte Baudelaire eine Liste mit Argumenten und Zitaten für seinen Verteidiger Gustave Chaix d'Est-Ange (siehe Bd. IV, S. 168 f.). – *25* Prosper *Mérimée* (1803-1870), Novellist, Mitglied der Académie Française, Senator, häufiger Gast am Kaiserhof. Baudelaire täuschte sich jedoch über Mérimées Einstellung ihm und seinem Gedichtband gegenüber. Siehe Bd. IV, S. 317 f. – *30 Prinzessin Mathilde:* Mathilde Bonaparte (1820-1904), eine Nichte Napoleons, Tochter des Königs von Westfalen Jérôme Bonaparte aus dessen zweiter Ehe mit Catharina von Württemberg. In ihrem Salon verkehrten u.a. Gautier, Flaubert, Sainte-Beuve und die Brüder Goncourt. – *36 Ihr Exemplar:* Madame Aupicks Exemplar der FdM in tiefblauem *»demi-maroquin janséniste«* trägt die Widmung: *»À ma mère. Charles.«*

28 *2 Meßbuch:* s.o. zu S. 26, *16*. – *8* Jean-Louis *Émon* (1790-1880), ein Freund des Generals Aupick und sein Testamentsvollstrecker, Mitglied des Familienrats, der im August 1844 die Ernennung eines amtlichen Vormunds für Baudelaire beschloß. Das Ehepaar Émon wohnte den Sommer über in Honfleur. Beide übten einen starken Einfluß auf Madame Aupick aus. – *13 dritten Band Edgar Poe:* die *Aventures d'Arthur Gordon Pym*. – *Poèmes nocturnes:* Unter diesem Titel erschienen sechs der PPP am 24. August 1857 in der Zeitschrift *Le Présent*. – *14 Curiosités esthétiques:* der projektierte Band mit Aufsätzen zur Literatur und bildenden Kunst. – *Un Mangeur d'opium:* die Übersetzung und Bearbeitung der *Confessions of an English Opium Eater* (1822; 1856) von Thomas De Quincey (1785-1859), die zuerst im Januar 1860 in der *Revue contemporaine* erschien. – *15 mein Drama:* entweder *L'Ivrogne* (siehe Bd. II, S. 211-217) oder *Le Marquis du I^{er}houzards* (siehe S. 271-281.) – *16 einen Roman:* siehe den Brief an Madame Aupick vom 22. Juli 1856, S. 14,7.

29 AN MADAME AUPICK, 30. DEZEMBER 1857

30 *18 Émon:* s.o. zu S. 28, *8*. – *23 dieses verfluchte Buch: Les Fleurs du Mal.*

31 *4 mein Bruder:* Claude-Alphonse Baudelaire (1805-1862), Baudelaires einziger Halbbruder aus der ersten Ehe seines Vaters. Er war Richter in Fontainebleau. Auch er hatte dem Familienrat, der Baudelaire entmündigte, angehört. – *11 Gemälde meines Vaters:* nicht erhalten.

31 AN MADAME AUPICK, 11. JANUAR 1858

32 *21 Gerichtsgebühren:* für den Prozeß der FdM. – *25 Direktor der Gaîté:* Hostein; s. Anm. zu S. 271.

33 *8 zwei Stücke:* Gedicht XCIX und C in der zweiten Ausgabe der FdM, beide in den *Tableaux parisiens* (Bd. III, S. 258-261). – *14 (Mariette):* Diese nicht näher bekannte Mariette war Baudelaires Kindermädchen (siehe Bd. III, S. 408).

33 AN ANTOINE JAQUOTOT, 20. FEBRUAR 1858

Antoine-Bernard Jaquotot, Rechtsanwalt, Trauzeuge bei der Eheschließung zwischen Baudelaires Mutter und dem General Aupick, war ebenfalls Mitglied des Familienrats gewesen, der Baudelaires Entmündigung beschloß.

36 *1 meine augenblickliche Unterkunft:* immer noch das Hôtel Voltaire.

37 *25 einer meiner Freunde:* Gustave Flaubert, der in Croisset bei Rouen bei seiner Mutter lebte. – *27 ein sehr schönes Werk:* der Roman *Madame Bovary;* siehe Baudelaires Rezension S. 65-76.

38 *27 meinem Projekt zum Erfolg zu verhelfen:* Schon anderntags, den 21. Februar, sandte Jaquotot Baudelaires Brief mit einem empfehlenden Begleitschreiben an Madame Aupick. Diese antwortete ihm am 27. Februar, vermutlich nachdem sie Ancelles Rat eingeholt hatte.

41 AN MADAME AUPICK, 27. FEBRUAR 1858 (GEGEN MITTAG)

24 Monsieur Denneval: der Inhaber des Hôtel Voltaire.

42 AN MADAME AUPICK, 27. FEBRUAR 1858 (4 UHR NACHMITTAGS)

43 *4 500 Francs:* Von dieser Summe ist auch in dem folgenden, vierten Brief von demselben Tag die Rede. Wie sich später herausstellte, hatte Madame Aupick sie am 19. Februar vorgeschossen. Auf diese Flut von Briefen (denen noch einer vom 28. Februar folgte) schrieb Madame Aupick nachstehenden Brief an Ancelle (Corr/Pl I, 968 f.):

1. März 1858

Mein lieber Monsieur Ancelle,

ich bitte Sie flehentlich, dies alles möge ein Ende nehmen; *es macht mich krank!* Mit der gleichen Post erhalte ich bis zu 4 Briefe von Charles, und aus allen spricht eine solche Verzweiflung, daß ich wirklich fürchte, sie könnte ihn in den Wahnsinn treiben. Sein Hotelbesitzer hat ihm den Kopf verdreht mit seinem Geschwätz und törichten Äußerungen. Ich hatte Monsieur Jaquotot geschrieben, er möge die Güte haben, zwischen Charles und Ihnen zu vermitteln. Ich fürchte, er hat sich da heraushalten wollen. Ich bat ihn auch, da Sie ihn in einem Brief an mich genannt hatten, als jemanden, der geeignet sein könnte, die Verteilung der 2400 Francs zu übernehmen, was ich abgelehnt hatte, da ich seine Intervention damals nicht mehr für notwendig hielt, – ich bat ihn also in meinem Brief, sich dieserhalb mit Ihnen zu verständigen. Charles, der gegen Sie sehr aufgebracht ist und befürchtet, Sie könnten zu andern, wie zu dem Hotelinhaber, schlecht von ihm reden, hat auf sein Herkommen verzichtet; er will sich ganz alleine, sagt er, herausarbeiten, und verweigert die Annahme der 2400 Francs, da er glaubt, daß Sie ihm diese Summe vorschießen wollen; ich glaubte recht zu handeln, als ich ihn in diesem Glauben ließ; ich wünschte, daß er niemand anderem als Ihnen verpflichtet wäre. *Das war nicht recht,* ich sehe, das Heimlichtun taugt niemals etwas. In meinem Schreiben an Monsieur Jaquotot habe ich ihm gesagt, daß, wenn Charles erfährt, daß die 2400 Francs ihm gehören, er keinen Grund mehr hat, von seinen Plänen abzustehen.

Ach, wenn ich das alles geahnt hätte, ich hätte Ihnen gleich gesagt, daß uns nichts anderes übrig bliebe, als ihm auf unsere Gefahr das volle und ganze Opfer zu bringen und ihm den Betrag auszuhändigen. Wir stünden nicht da, wo wir jetzt stehen. Dieser Betrag ist all diese Sorgen nicht wert, die er mir bereitet. Zu dieser Stunde liegt Charles vielleicht krank darnieder; er schrieb mir, er habe Fieber, Erbrechen und Neuralgie. Ich meinerseits habe gräßliche Magenschmerzen. Wie soll man verdauen, wenn schlimmste Befürchtungen einen plagen? Und dabei legte ich solchen Wert darauf, daß Sie gut miteinander auskämen! Wenn er hier sein wird, werde ich ihn gewiß beruhigen, und er wird Ihnen seine frühere Zuneigung wieder entgegenbringen, ich hoffe es, ich wünsche es von Herzen. Bei den Abmachungen, die Sie mit oder ohne Monsieur Jaquotot treffen werden, hoffe ich, Sie sind zu sehr mein Freund, um nicht jede Eigenliebe beiseite zu setzen; so wünschte ich zum Beispiel einige Modifikationen, einige Zugeständnisse in Ihrem Plan, falls Sie dem stattzugeben für tunlich erachten, um meinen armen Sohn ein wenig zufriedenzustellen, der sich in einem bemitleidenswerten Zustand befindet. Er scheint den Verdacht zu hegen, ich sei an diesem allen nicht unbeteiligt: wenn Sie meine letzten Briefe jedoch wieder vornähmen, so würden Sie daraus ersehen, daß es meiner Ansicht nach geraten sein könnte, *nach seiner Abreise* einige Maßnahmen zu ergreifen, um die alten Gläubiger zu hindern, ihm hierher nachzusetzen: es ging da nur um die *hohen Schulden von ehemals,* denn die neuerlichen sollten mit Hilfe der zugestandenen Summe beglichen werden. Auch bei diesem schmerzlichen Mißgeschick wage ich es, wie immer auf Ihre Zuneigung und Ihren guten Willen mir gegenüber zu zählen.

C. verw. Aupick

46 AN HIPPOLYTE CARTIER DE VILLEMESSANT, 9. JUNI 1858
14 Figaro: Diese noch heute in Paris erscheinende Zeitung war 1854 von Villemessant übernommen worden, der sie bis zu seinem Tode im Jahre 1879 leitete. – *15 dort lese ich:* in einem Artikel von Jean Rousseau, der Baudelaire zu diesem offenen Brief veranlaßte. – *16 Contemplations:* Diese umfangreiche Gedichtsammlung Victor Hugos war 1856 erschienen. – *24 Jeunes-France:* s. u. zu S. 93, *33*. – *26 Jovard:* Daniel Jovard, der Held in Théophile Gautiers *»romans goguenards«, Les Jeunes-France* (1833).

47 *11 mich zu schützen:* vor solchen Angriffen, wie sie schon bei Erscheinen der FdM im *Figaro* erschienen waren (siehe Bd. IV, S. 124f.), den Baudelaire des geheimen Einverständnisses mit den politischen Machthabern verdächtigte. – *25 Ihr Mitarbeiter:* In seiner Entgegnung, die den Abdruck dieses offenen Briefes im *Figaro* begleitete, präzisierte Rousseau seine Behauptung, er habe Baudelaire vor vier Jahren in aller Öffentlichkeit Angriffe gegen Victor Hugo vorbringen hören.

47 AN SAINTE-BEUVE, 14. JUNI 1858
Baudelaire war mit dem angesehenen Kritiker und Essayisten Charles-Auguste Sainte-Beuve (1804-1869), den er schätzte und als Dichter bewunderte, etwa seit 1846 bekannt.

31 Fanny: Roman von Ernest Feydeau (1821-1873), der soeben erschienen war. (Siehe den folgenden Brief an Ernest Feydeau.) Sainte-Beuve hatte diese *»étude«* am gleichen Tag im *Moniteur universel* besprochen. In dieser Rezension rühmte er die ergreifende Wahrheit der Handlung, die nach dem Leben gezeichnet sei. Das Buch wurde ein Erfolg, es erreichte innerhalb eines Jahres 13 Auflagen.

48 *1 femmelin:* etwa weiberlich. – *3 des Stoikers:* Pierre-Joseph Proudhon (1809-1865), sozialkritischer Denker, der damals in Belgien im Exil lebte. Baudelaire spielt auf das Kapitel *Les Femmelins* an, das sich in dem Werk *De la justice dans la Révolution et dans l'Eglise, no 11 – Amour et mariage (suite)* findet. – *11 Loève-Veimars:* übersetzte in den dreißiger und vierziger Jahren deutsche Romantiker, vor allem E.T.A. Hoffmann. – *17 anfangs selber angeboten:* im März 1856 und im März 1857 beim Erscheinen der *Histoires extraordinaires* und der *Nouvelles Histoires extraordinaires* (Lettres/B, 330, 331). – *23 Monsieur Pelletier:* Jules Pelletier, Staatsrat und Generalsekretär im Staatsministerium, den Baudelaire im Juni 1857 aufgesucht hatte, um ihm ein Exemplar der FdM zu überreichen. – *29 durch die Gosse geschleift:* im *Figaro;* siehe den vorausgehenden Brief vom 9. Juni 1858.

49 AN ERNEST FEYDEAU, 14. JUNI 1858

10 Ihr Buch: der Roman *Fanny;* s.o. zu S. 47, *31*. Baudelaire und Feydeau standen miteinander mehr oder weniger auf Kriegsfuß, doch schonten sie einander, zumindest in der Öffentlichkeit. Feydeau antwortete unverzüglich am 15. Juni 1858 (Lettres/B, 145 f.).

50 *4 Gedichte in Prosa: Les Quatre Saisons* (1858). – *27 George Sand* (eigentlich Aurore Dudevant, geb. Dupin, 1804-1876), die Geliebte Mussets und Chopins, schrieb erfolgreiche Romane mit liberaler, fortschrittlicher und emanzipatorischer Tendenz. Baudelaire verabscheute sie; siehe auch ›Mein entblößtes Herz‹ XVI/XVII (Bd. VI). In seinem Antwortschreiben an Baudelaire zitiert Feydeau einen längeren Passus aus einem Brief von George Sand, in dem sie ihm ihre herzliche Anerkennung ausspricht.

51 AN AUGUSTE POULET-MALASSIS, 29. APRIL 1859

2 Honfleur: Zweimal hält Baudelaire sich 1859 für längere Zeit in Honfleur auf, wo seine Mutter ihm im zweiten Stock ihres Hauses an der Seinemündung zwei Zimmer überlassen hat: Ende Januar bis Anfang März und zweite Hälfte April bis Mitte Juni. Ab Juni 1859 bis zu seiner Reise nach Belgien im April 1864 wohnt er fast ununterbrochen im fünften Stock des Hôtel de Dieppe, 22, rue d'Amsterdam, in Paris. Die beiden Aufenthalte bei seiner Mutter im Winter und Frühjahr 1859 bezeichnen einen Höhepunkt in Baudelaires später Schaffenszeit. Siehe dazu Richard D.E. Burton, *Baudelaire in 1859, A Study in the Sources of Poetic Creativity,* Cambridge 1988. – *4 Théophile Gautier:* die Broschüre des großen Essays über Gautier (siehe S. 83-112). – *neue, zusätzliche Motto:* Dieses zweite, nicht näher bekannte Motto, das vermutlich auf Laprade abzielte (siehe Anm. zu S. 54, *23*), wurde in den Druck nicht aufgenommen. – *9 das Porträt:* von Emile Thérond; siehe S. 301. – *10 Opium abgeschlossen: Le Mangeur d'opium* erschien erst am 15. und 31. Januar 1860 in der *Revue contemporaine,* dann im gleichen Jahr, zusammen mit *Le Poème du haschisch,* unter dem Titel *Les Paradis artificiels.* – *16 Curiosités:* die projektierten *Curiosités esthétiques*, die zu Baudelaires Lebzeiten nicht mehr als Band erschienen. – *20 Peintres espagnols:* Der projektierte Artikel über die vom Staat erworbenen spanischen Gemälde aus der Privatsammlung Louis-Philippes blieb ungeschrieben. – *Peintres idéalistes:* ein anderer Titel für *L'Art philosophique;* siehe S. 259-268. – *29 Geringfügigkeit:* das Hinundher zwischen der Druckerei in Alençon und dem Verlag in Paris, das Poulet-Malassis jeden Augenblick an den Rand des Konkurses brachte.

52 *3 Lamotte-Valois:* ein Buch über die Halsbandaffäre, das soeben bei Poulet-Malassis erschienen war: *Affaire du collier – Mémoires inédits du comte de Lamotte-Valois sur sa vie et sur son époque (1745-1830) publiés d'après le manuscrit autographe avec un historique préliminaire, des pièces justificatives et des notes* von Louis Lacour. Baudelaire fürchtete augenscheinlich, Poulet-Malassis könnte dieses Buches wegen gerichtlich verfolgt werden. – *6 schweres Unglück:* Jeannes Schlaganfall, auf den sich der folgende Absatz des Briefes bezieht.

53 *2 Modekupfer:* von Pierre La Mésangère (1761-1831), auf dessen *Journal des dames et des modes* Baudelaire in seinem Aufsatz über Constantin Guys anspielt: »Vor mir liegt eine Serie von Modekupfern ...« (siehe S. 214, 5). – 7 Alphonse de Bernard, vicomte de *Calonne* (1818-1902), seit 1855 Eigentümer der *Revue contemporaine*. – *8 Le Voyage:* das große Schlußgedicht in der zweiten Ausgabe der FdM; erster Abdruck in der *Revue française*, 10. April 1859 (siehe Bd. III, S. 328ff.). – *seit er sicher ist ...:* weil die staatlichen Zuwendungen, die man ihm entzogen hatte, wieder gezahlt wurden. – *12 sein Opium: Le Mangeur d'opium*, der am 15. und 31. Januar in der *Revue contemporaine* erscheinen wird. – *16 Neue Fleurs du Mal:* vermutlich *Le Cygne, Les Sept Vieillards, Les Petites Vieilles* (Bd. III, S. 216ff., 232ff., 236ff.). – *26 Grandeur et décadence des Romains:* von *Montesquieu* (1689-1755); vollständiger Titel: *Considérations sur les causes de la grandeur des Romains et de leur décadence* (1734). – *27 Discours sur l'histoire universelle:* von Bossuet (1627-1704); das Buch erschien 1681. – *Les Natchez:* Prosaepos von Chateaubriand, erschienen 1826. – *34 verschmäht und vergessen: dédaignés et oubliés;* Anspielung auf ein bei Poulet-Malassis 1857 veröffentlichtes erfolgloses Werk in zwei Bänden von Charles Monselet (1825-1888), *Les Oubliés et les dédaignés de la fin du XVIII*[e] *siècle*.

54 *1 vieux mauvais sujet:* der alte Tunichtgut; Baudelaires Freund Barbey d'Aurevilly, der am 27. April in *Le Pays* das soeben erschienene, in provenzalischer Sprache geschriebene Epos *Mirèio* von Frédéric Mistral (1830-1914) besprochen hatte. – *5 Un nom beau ...:* Ein Name so schön wie ein Beiname! ein Dichter voller Atem, von starkem Atem (wie der provenzalische Mistral).

54 AN AUGUSTE POULET-MALASSIS, 1. MAI 1859

11 das Porträt: siehe Anm. zu S. 51, 9. – *23 die beiden Mottos:* Das (unbekannte) zweite Motto, das vermutlich auf *Laprade* abzielte, wurde nicht aufgenommen. Victor de Laprade (1812-1883), Lyriker im Stil Lamartines, war am 17. März, als Nachfolger Mussets, in die Académie Française aufgenommen worden. In der Lieferung des *Artiste* vom 13. März hatte Baudelaire, in seinem Essay über Gautier, Musset abschätzig einen »Müßiggänger mit anmutigen Herzensergießungen« genannt.

55 *1 Calonne wird sich nach Wunsch verhalten:* Pichois vermutet, Baudelaire

wolle hier durchblicken lassen, daß er sich höheren Orts für Calonne verwendet habe. – 4 *Danse macabre:* in den FdM (Bd. III, S. 252ff.). – 14 *Méthode de composition:* siehe ›Die Entstehung eines Gedichtes‹ (Bd. II, S. 362ff.). – 28 *der Krieg:* der kurze, von Napoleon III. unternommene Feldzug, um die Lombardei von der österreichischen Herrschaft zu befreien.

56 6 *Mistral:* s.o. zu S. 54, 1. – 7 *Adolphe Dumas:* ein leidenschaftlicher Verteidiger der durch Mistral und seine Freunde eingeleiteten Renaissance der Dichtung in provenzalischer Sprache. – 11 *dieser Kauderwelsche: ce charabiaïsant.*

56 AN VICTOR HUGO, 23. SEPTEMBER 1859

Der Brief ist von Baudelaire auf Freitag, den 27. September 1859, datiert. Die Freitage dieses Monats fielen 1859 jedoch auf den 2., 9., 16., 23. und 30. Verschiedene Erwägungen lassen den 23. als das wahrscheinlichste Datum erscheinen. Hugo entsprach Baudelaires Wunsch; den Text seines Briefes siehe S. 301f.

25 *Paul Meurice* (1820-1905), Dramatiker, Freund und Schüler Hugos. Baudelaire war ein gerngesehener Gast im Hause des Ehepaars Meurice. Siehe seine Briefe an Madame Meurice, Bd. VIII, S. 53f., 57ff., 72ff., 86ff. – 26 *einen Brief:* Dieser erste Brief Hugos vom 15. April 1859 ist niemals in Baudelaires Hände gelangt; er hat sich nicht erhalten.

57 2 *vor nun schon fast zwanzig Jahren:* Baudelaire hatte am 25. Februar 1840 an Hugo geschrieben (siehe Bd. I, S. 33f.). Hugos Antwortschreiben ist (sind?) verloren gegangen. Der erste Brief Hugos an Baudelaire, der sich erhalten hat, ist das Dankschreiben vom 30. August 1857 für die Zusendung der FdM (Lettres/B, 186; Bd. IV, S. 319). – 9 *Geistreichigkeit, ja geradezu -spitzigkeit:* Wie Baudelaire hier gegen die Leute mit allzuviel *»esprit pointu«* polemisiert, so in dem ›Salon 1859‹ gegen die *»école des pointus«* (s.u. zu S.160, 24). – 18 *Ihre Vorreden:* zu verschiedenen seiner Werke, namentlich zu dem Drama *Cromwell* (1827).

58 17 *diesen Fahnen:* den beigelegten Fahnen der Broschüre, die bei Poulet-Malassis erscheinen sollte. – 21 *Die Verse:* Dem Brief lagen außerdem die beiden Gedichte *Les Sept Vieillards* und *Les Petites Vieilles* (Bd. III, S. 232ff., 236ff.) bei, die am 15. September unter dem gemeinsamen Obertitel *Fantômes parisiens* in der *Revue contemporaine* erschienen waren. Sie lagen handschriftlich bei, mit den Widmungen an Victor Hugo, die sie in der zweiten Auflage der FdM tragen.

59 1 *seltsames Kompliment:* In seinem Brief vom 30. August 1857, nach dem Prozeß der FdM, hatte Hugo geschrieben: »Erlauben Sie mir, diese wenigen Zeilen mit einem Glückwunsch zu schließen. Eine der seltenen Auszeichnungen, die das herrschende Regime gewähren kann, ist Ihnen zuteil geworden. Was es seine Gerechtigkeit (seine Justiz) nennt, hat sie verurteilt im Namen dessen, was es seine Moral nennt.« (Bd. IV, S. 319) – 9 *Amnestie:* Mit einer Verordnung vom 15. August hatte Napoleon III., nach dem siegreichen Italienfeldzug, seine verbannten Gegner amnestiert. Hugo hatte darauf am 18. August mit folgender Erklärung geantwortet, die Baudelaire sich eigenhändig abschrieb: »Niemand wird erwarten, daß ich, was mich betrifft, dem, was sich Amnestie nennt, einen Augenblick der Aufmerksamkeit gönne. – In der Lage, in der Frankreich sich befindet, ist absoluter, unbeugsamer, ewiger Protest mir Pflicht. – Getreu der Verpflichtung, die ich meinem Gewissen gegenüber einge-

gangen bin, werde ich das Exil der Freiheit bis ans Ende teilen. Wenn die Freiheit heimkehrt, werde auch ich heimkehren.« Victor Hugo hatte sich 1847 als Pair von Frankreich für die Rückkehr des Prinzen Louis-Napoléon eingesetzt. Bei dessen Staatsstreich von 1851 hatte er als Abgeordneter der linken Fraktion angehört. Er floh damals erst nach Belgien, dann auf die unter englischer Herrschaft stehenden Kanalinseln Jersey und Guernesey, woher er 1870 nach Paris zurückkehrte. – *16 Chateaubriand:* Baudelaire spielt auf dessen unbeugsamen Widerstand gegen Napoleon an. – *17 hochgelegene … Behausung:* auf Guernesey.

60 AN AUGUSTE POULET-MALASSIS, 8. JANUAR 1860
4 Charles *Méryon* (1821-1868), bedeutender Radierer, der in geistiger Umnachtung endete. Baudelaire und Gautier gehörten zu seinen frühesten Bewunderern. Siehe die Würdigung Méryons im ›Salon 1859‹ (S. 194 f. und die Anm. dazu). Anfang März 1860 machte Baudelaire seiner Mutter und Madame Sabatier ein Album von Méryon mit zwölf Ansichten von Paris zum Geschenk. Über die Beziehungen zwischen Baudelaire und Méryon siehe den Essay *Le Quartier de Meryon* von P. J. Jouve in *Tombeau de Baudelaire,* 97-137. – *10 einer seiner großen Platten: Le Pont-au-Change et le Palais de Justice,* Blatt V des erwähnten Albums. – *22 Pont-Neuf:* Blatt VII. – *26 Staatsstreich:* durch den Prinz Louis-Napoléon sich im Dezember 1851 zum Kaiser gemacht hatte.
61 *1 Die Rue* MORGUE: Blatt VI. Baudelaires Übersetzung der Detektivgeschichte *The Murders in the Rue Morgue* (die Méryon einen »Roman« nennt) war zuerst im Februar/März 1855 in *Le Pays,* dann 1856 in den *Histoires extraordinaires* erschienen. – *13 Michelets Buch über Jeanne d'Arc:* Band V der *Histoire de France* von Jules Michelet (1798-1874); dieses umfangreiche Hauptwerk des Historikers erschien von 1833 bis 1867. – *24 Danksagungen des Pharisäers:* »Ich danke dir, Gott, daß ich nicht bin wie die andern Leute, Räuber und Ungerechte, Ehebrecher, oder auch wie dieser Zöllner …« (Luk 18, 11). – *26 Guys:* Constantin Guys.

61 AN PAUL DE MOLÈNES, 12. MAI 1860
Paul Gaschon de Molènes (1821-1862) war damals Kapitän in einem Kavallerieregiment, das in Maubeuge in Garnison lag. Baudelaire hatte ihm 1857 ein Exemplar der FdM geschickt. Auf diesen Brief vom 12. Mai antwortete Molènes bereits am 14. Mai (Lettres/B, 274): »Ich brauche Ihnen nicht zu sagen, daß ich mich Ihres Schützlings annehmen werde. Ich fürchte nur, ich werde ihm kaum von Nutzen sein.«
62 *7 Albert Glatigny* (1839-1873), Schauspieler und Lyriker, mit Banville befreundet. – *8 sein Buch:* Glatignys erster Gedichtband *Les Vignes folles,* der 1860 erschien. Er enthält ein Baudelaire gewidmetes Gedicht, *L'Impossible.* – *11 Ihr Sébastopol: Les Commentaires d'un soldat* über den Krimkrieg und die Belagerung von Sebastopol, die im Januar/Februar 1860 in der *Revue des Deux Mondes* erschienen waren. – *13 neues Buch: Les Paradis artificiels.* – *15 ein weiteres:* die geplanten *Opinions littéraires* oder *Notices littéraires,* die einen Essay über den Dandysmus in der Literatur hätten enthalten sollen. Auf dem Umschlag der PA wird dieses Buch angekündigt: »Die Familie der Dandies oder Chateaubriand, de Custine, Paul de Molènes und Barbey d'Aurevilly«. – *24 Marquis du Ier Houzards:* siehe S. 271-281 und die Anm. dazu.

SCHRIFTEN ZUR LITERATUR

MADAME BOVARY
von Gustave Flaubert

18. Oktober 1857, L'Artiste; AR 1868.

Die Übersetzung folgt dem Text in AR, der gegenüber dem Erstdruck nur unerhebliche Varianten aufweist.

Flauberts Roman *Madame Bovary* war 1857 erschienen, nach einem Vorabdruck (mit starken Streichungen »anstößiger Passagen«) in der *Revue de Paris* (1. Oktober bis 15. Dezember 1856). Flaubert (1821-1880) war dieses Buches wegen angeklagt und am 7. Februar 1857 freigesprochen worden. Baudelaire hatte ihm die *Fleurs du Mal* zugeschickt, für die Flaubert sich am 13. Juli 1857 bedankt hatte (Lettres/B, 150f.). Am 21. Oktober bedankte Flaubert sich für Baudelaires Artikel, der in *L'Artiste* die Überschrift *M. Gustave Flaubert, Madame Bovary. – La Tentation de saint Antoine* trug: »Ihr Artikel hat mir das aller*größte* Vergnügen bereitet. Sie sind in die Arcana des Werkes eingedrungen, als ob mein Gehirn das Ihre wäre. Das ist *von Grund auf* verstanden und empfunden.« (Lettres/B, 153) Siehe auch Lloyd, 82-101.

S. 67, 2 *seit Balzac nicht mehr ist:* Honoré de Balzac (geb. 1799 in Tours), der Verfasser der *Comédie humaine,* war am 18. August 1850 in Paris gestorben. – 9 Astolphe marquis de *Custine* (1790-1857), Enkel des 1793 guillotinierten Generals Adam-Philippe de Custine, der das von den Revolutionstruppen eroberte Mainz an die alliierten Reichstruppen verloren hatte; trat schon als junger Mann mit Vertretern der deutschen Romantik in Verbindung (David Ferdinand Koreff, Friedrich Schlegel, Zacharias Werner, Karl August und Rahel Varnhagen). Sein Briefwechsel mit dem Ehepaar Varnhagen erschien 1870 in Brüssel (Reprint Paris/Genf 1979); ausgewählte Briefe von Rahel Varnhagen an ihn in *Rahel, Buch des Andenkens II/III* (Berlin 1834; Reprint in Rahel Varnhagen, *Gesammelte Werke I–X*, München 1983). Baudelaire hatte Custine ein Widmungsexemplar der *FdM* geschickt; dieser hatte sich dafür mit einem Brief vom 15. August 1857 (Lettres/B, 108ff.) bedankt, der 1868 in die postume Ausgabe des Gedichtsbandes als einer der vier »rechtfertigenden Artikel« aufgenommen wurde (siehe Bd. III, S. 365). Als Baudelaires schon im Sommer geschriebener Artikel über *Madame Bovary* erschien, war Custine bereits am 25. September 1857 in Paris gestorben. Über ihn siehe Marquis de Luppé, *Astolphe de Custine,* Monaco 1957. – *Aloys: Aloys ou le Religieux du mont Saint-Bernard,* Custines erster Roman, der 1828 ohne Namen des Verfassers erschien (2. Aufl. 1829; Neudruck, hrsg. von Ph. Sénart, Bibliothèque 10/18, Paris 1971; deutsch von Th. Schlicht, *Aloysius, oder der Mönch von St. Bernhard,* Offenburg 1830). Baudelaire führt anschließend sämtliche übrigen Romane Custines in chronologischer Folge an: *Le Monde comme il est* (1835), *Ethel* (1839), *Romuald ou la Vocation* (1848; deutsch von E. Susemihl, *Romuald oder der Beruf,* Leipzig 1848). Da hier nur von dem Romancier die Rede ist, bleibt Custines erfolgreichstes Werk, der Ertrag einer Reise nach Rußland, unerwähnt: *La Russie en 1839* (1843; fünf weitere Auflagen bis 1854; deutsch von J.A. Diezmann, *Rußland im Jahre 1839,* Leipzig 1843; 2. Aufl. 1844; stark gekürzt unter dem Titel *Russische Schatten, Prophetische Briefe aus dem Jahre 1839*, Nördlingen 1985). – *12 den wahren Mercadet:* Balzacs Schauspiel *Mercadet ou le faiseur* war am 23. August 1851 am Théâtre du Gymnase uraufgeführt worden, in einer Bearbeitung von Ennery. Baudelaire hatte dieser Uraufführung beigewohnt, wie aus einem Brief an seine Mutter vom 30. August 1851 hervorgeht (Corr/Pl I, 178). Hier stellt er den *wahren* Mercadet dem seiner Meinung nach von Ennery entstellten gegenüber. – *23* Jules-Amédée Barbey *d'Aurevilly* (1808-1889), Romancier und Verfasser des Buches *Du Dandysme et de G. Brummel* (Caen, 1845; deutsch von R. Schaukal, München 1909); die beiden hier erwähnten Romane *Une Vieille Maîtresse* (deutsch von H. Moeller-Bruck, *Eine alte Geliebte*, Minden i. W. 1904) und *L'Ensorcelée* (deutsch von Alastair, *Die Gebannte*, Konstanz 1948) waren 1851 und 1854 erschienen. – *28 Ajax:* Ajax der Lokrer, Sohn des Königs Oïleus. Auf der Heimfahrt von Troja erleidet er durch den Haß der Athene Schiffbruch; Poseidon rettet ihn auf den gyräischen Felsen am Südende der Insel Euböa. Als Ajax die frevelhaften Worte spricht, daß er auch ohne Hilfe der Götter dem Tode entgehen werde, zertrümmert Poseidon den Felsen, und Ajax versinkt in den Fluten (Odyssee IV, 499). – *34* Jules Fleury-Husson, genannt *Champfleury* (1821-1889), Erzähler, langjähriger Freund Baudelaires, der 1848 eine Reihe seiner Erzählungen besprochen hatte (siehe Bd. II, S. 163-166). Sein Porträt von Aglaüs Bouvenne (Album, 82), zeigt ihn mit einem Kneifer; seine winzige Schrift ist die eines Kurzsichtigen.

S. 68, *12 Verfasser der Héloïse:* Charles Barbara (1822-1886), Mitarbeiter der Zeitschrift *Le Corsaire*, gehörte dem Kreis um Henri Murger an, der ihn in seinen *Scènes de la vie de bohème* (1851) unter dem Pseudonym Carolus Barbemuche geschildert hat. Barbara hatte 1855 in seinem Roman *L'Assassinat du Pont-Rouge* Baudelaires Sonett *Que diras-tu ce soir …* (Bd. III, S. 136) ohne Nennung des Verfassers aufgenommen. *Héloïse* stammt aus den 1856 erschienenen *Histoires émouvantes*. – *16 Paul Féval* (1817-1887), Verfasser von Abenteuer- und Detektivromanen, die als Feuilletons in Fortsetzungen erschienen; so 1844 *Les Mystères de Londres*, in Konkurrenz zu den *Mystères de Paris* (1842/43), von *Eugène Sue* (1804-1857), und *Le Bossu* (1857). – *19 Frédéric Soulié* (1800-1847), fruchtbarer Romanschriftsteller; sein größter Erfolg waren *Les Mémoires du diable* in acht Bänden (1837/38). – *28* Charles *Dickens* (1812-1870), neben Balzac einer der erfolgreichsten Erzähler seiner Zeit. – George Gordon *Byron* (1788-1824), der unter den englischen Romantikern seiner Werke wie seines Lebenswandels wegen berühmteste Dichter. – Edward George *Bulwer* Lytton (1803-1873), fruchtbarer und erfolgreicher Romanschriftsteller; sein meistgelesener Roman *The Last Days of Pompeii* erschien 1835. – *30* Charles-*Paul de Kock* (1793-1871), Verfasser von Sitten- und Abenteuerromanen. – *31 Popularität … schamlosen Schönen:* wörtliche Anspielung auf eine Strophe aus den *Ïambes* (1831) von Auguste Barbier (1805-1882): »*La popularité! – C'est la grande impudique/ Qui tient dans ses bras l'univers,/ Qui, le ventre au soleil, comme la nymphe antique,/ Livre à qui veut ses flancs ouverts!* – Die Popularität! – Das ist die große Schamlose, die das Universum in ihren Armen hält, die, den Bauch an der Sonne, wie die antike Nymphe, jedem, der will, ihre offenen Flanken ausliefert!« – *33 Realismus:* Das Wort hatte damals einen Beigeschmack des Tadels und der Geringschätzung (vgl. Baudelaires Entwurf *Da es ihn denn schon einmal gibt, den Realismus …*, Bd. II, S. 204-206). Einer der gegen Baudelaire in dem Prozeß der *Fleurs du Mal* erhobenen Vorwürfe galt seinem »groben und das Schamgefühl verletzenden Realismus«. Auch Flaubert war in dem Prozeß gegen *Madame Bovary* wegen seines »vulgären und oft beleidigenden Realismus in der Charakterschilderung« getadelt worden.

S. 71, 29 *Einbildungskraft:* vgl. Baudelaires Ausführungen zu diesem Thema in dem ›Salon 1859‹ (S. 140-149).

S. 72, 11 *Wie die Dichter sich gewissen Frauenzimmern ausliefern:* eine kaum versteckte Selbstbezichtigung.

S. 73, 18 *Die Hysterie:* Auch hier denkt Baudelaire an sich selbst.

S. 74, 6 *Walter Scott* (1771-1832), Verfasser romantischer Epen und historischer Romane. – 9 *Pasiphae:* die Gemahlin des kretischen Königs Minos, die Mutter des gehörnten Minotaurus, den sie mit einem Stier zeugte. – 14 *Lycanthrope:* Werwolf. Gemeint ist Pétrus Borel (1809-1859), der Verfasser romantischer Schauergeschichten, der sich gerne mit diesem Beinamen schmückte. Baudelaire hat ihm 1861 einen Artikel gewidmet, der postum in seine *Betrachtungen über einige meiner Zeitgenossen* (Bd. VII) aufgenommen wurde. Das ungenaue Zitat stammt aus dem Vorwort zu Borels *Rhapsodies* (1831). Dort heißt es: »Glücklicherweise bleiben uns, um uns über alles dieses hinwegzutrösten, der Ehebruch! der Maryland-Tabak! und das papel español por cigaritos.« – 20 *Stein auf die Ehebrecherin:* siehe Joh VIII, 7. – 21 *einige Minotaurisierte:* betrogene Ehegatten (der Hörner wegen, die man ihnen aufgesetzt hat). S. o. Anm. zu *Pasiphae,* S. 74, 9

S. 75, 21 *Die Versuchung des heiligen Antonius:* Eine erste Fassung dieser Prosadichtung Flauberts entstand zwischen 1849 und 1856; Auszüge daraus waren in *L'Artiste* erschienen (21. und 28. Dezember 1856, 11. Januar und 1. Februar 1857). Der vollständige Text dieser ersten Fassung wurde 1908 zum ersten Mal aus dem Nachlaß gedruckt (*La première Tentation de Saint Antoine,* Œuvre inédite publiée par L. Bertrand). Die Auszüge, die Baudelaire gelesen hatte, aus Teil I, II und IV der Ausgabe von 1874, umfassen etwa drei Viertel dieser endgültigen Fassung.

S. 76, 3 *Nebukadnezar:* siehe Daniel IV. – 4 *Königin von Saba:* siehe 1. Kön X, 1-10. Die beiden Episoden aus Teil II folgen in der frühen und in der endgültigen Fassung der *Tentation* unmittelbar aufeinander. – 6 *Apollonius von Tyana:* ein legendärer pythagoräischer Wundertäter und Philosoph, der im ersten Jahrhundert nach Christus gelebt haben soll. Sein romanhaft ausgeschmücktes Leben hat Flavius Philostratos um 200 n. Chr. erzählt. (*Das Leben des Apollonius von Tyana.* Griechisch-deutsch. Hrsg., übersetzt und erläutert von V. Mumprecht, München/Zürich 1983). – 7 *Kornak:* Elephantenführer; hier Damis aus Ninive, der von Philostratos erfundene Jünger und Reisebegleiter des Apollonius.

LA DOUBLE VIE

von Charles Asselineau

9. Januar 1859, L'Artiste; AR 1868.

Die Übersetzung folgt dem Text in AR.

Charles Asselineau (1820-1874) lernte Baudelaire schon 1845 kennen; seit etwa 1850 ist er sein unzertrennlicher Freund. Er hielt ihm die Grabrede, schrieb das erste Buch über ihn und war, zusammen mit Théodore de Banville, der Herausgeber der ersten Gesamtausgabe seiner Werke. Er besprach die *Fleurs du Mal* (*La*

Revue française, 1. September 1857), die *Aventures d'Arthur Gordon Pym* (ebd., Mai 1858), Baudelaires Übersetzungen insgesamt (*L'Intermédiaire des Chercheurs et Curieux,* 15. Juli 1864) und schrieb über die *Petits Poëmes en Prose* (Bulletin du Bibliophile, 1869). Nach Baudelaires Tod erschienen *Charles Baudelaire – Sa vie et son œuvre* (Lemerre, Paris 1869; wiederabgedruckt in B/Asselineau, S. 59-155) und *Baudelairiana* (E.-J. Crépet, Paris, 1906). Siehe auch Pichois/Ziegler und Lloyd, 101-112.

Der von Baudelaire rezensierte Novellenband *La Double Vie* erschien 1858 bei Baudelaires Verleger Poulet-Malassis; er enthält elf Novellen. Neun davon werden in der Rezension erwähnt: *Le Cabaret des Sabliers* (Die Schenke der Sanduhren), *L'Auberge* (Die Herberge), *Les Promesses de Thimothée* (Thimothées Versprechen), *Mon cousin Don Quixote* (Mein Vetter Don Quixote), *Roman d'une dévote* (Roman einer frommen Seele), *Le Mensonge* (Die Lüge), *La Jambe* (Das Bein) *La Seconde Vie* (Das zweite Leben) und *L'Enfer du musicien* (Die Hölle des Musikers). Asselineau hatte Baudelaire die Druckfahnen des Vorworts zu diesem Bande mitgeteilt, die dieser mit kritischen Anmerkungen versehen hat. Diese Fahnen haben sich erhalten (abgedruckt in Œuvres/Pl, 94-102).

S. 77, 7 Georges Louis Leclerc, comte de *Buffon* (1707-1804); schrieb eine umfangreiche *Histoire naturelle, générale et particulière* in 44 Bänden, die von 1749 bis 1804 erschien. Das von Baudelaire erwähnte Kapitel findet sich in dem Werk über die Säugetiere und trägt dort den Titel *Discours sur la nature des animaux.* – *8 Homo duplex:* der Mensch als ein aus zwei Teilen (bei Buffon aus der Seele als dem geistigen Prinzip und einem »animalischen und rein materiellen Prinzip«) zusammengesetztes Wesen. – *15 touched with pensiveness:* nachdenklich gerührt; ein Ausdruck von Thomas De Quincey (1785-1859), den Baudelaire auch im II. Kapitel seines *Mangeur d'opium* (PA; siehe Bd. VI) anführt. – *17 Traum und Wirklichkeit:* vgl. das Prosagedicht *La Chambre double* (Bd. VIII, S. 126-131) und in den FdM das Gedicht *Le Reniement de Saint Pierre: Certes, je sortirai, quant à moi, satisfait d'un monde où l'action n'est pas la sœur du rêve* – Gewiß, ich meinesteils werde zufrieden eine Welt verlassen, in der die Tat nicht des Traumes Schwester ist« (Bd. III, S. 310/311).

S. 78, *16 Jean Paul* Friedrich Richter (1763-1825); Baudelaire kannte seine Schriften nur aus französischen (stark bearbeiteten) Übersetzungen.

S. 79, *5 Begeisterung für die Hellenen:* für die Griechen in ihrem Freiheitskampf gegen die Türken von 1821 bis 1830.

S. 81, *8 E. T. A. Hoffmann* (1776-1822) war in Frankreich durch zahlreiche Übersetzungen der bekannteste der deutschen Romantiker. – *28 Barbarus hic ego ...:* Ovid, *Tristia* V, X, 37: »Ich bin hier (als Verbannter in Tomi am Ufer des Schwarzen Meeres) ein Barbar, weil die Leute (die Sarmaten) mich nicht verstehen.« Siehe auch Baudelaires Ausführungen zu Delacroix' Gemälde *Ovid bei den Skythen* (S. 157f.).

S. 82, *10 Der Stil verrät den Menschen:* in Anlehnung an Buffons sprichwörtlich gewordene Formel: *»Le style, c'est l'homme.«* – *30 Thou art the man:* Der gleiche Satz findet sich, auf französisch, im IV. Kapitel des *Mangeur d'opium* (PA; siehe Bd. VI). Poe verwendet ihn als Überschrift einer seiner Erzählungen (die Baudelaire nicht übersetzt hat).

13. März 1859, L'Artiste; November 1859 als Broschüre unter dem Titel: *Théophile Gautier par Charles Baudelaire. Notice littéraire précédée d'une lettre de Victor Hugo;* AR 1868.

Der Übersetzung liegt der Text der AR zugrunde.

Mit der Niederschrift dieses Artikels hatte Baudelaire schon im September 1858 begonnen. Sein baldiges Erscheinen wurde durch Gautiers Abwesenheit – er reiste damals in Rußland – verhindert, weil die Redaktion des *Artiste* ihm den Text vor dem Druck zur Begutachtung zugänglich machen wollte. Der Artikel war begleitet von einem Porträtstich von Félix Bracquemond, nach einer Photographie von Nadar. Schon im Februar 1859 beschloß Baudelaire, diesen Artikel auch als Broschüre erscheinen zu lassen.

Die bei Poulet-Malassis und De Broise gedruckte Broschüre enthielt als Frontispiz ein Porträt Gautiers von Émile Thérond, das schon für die dritte Auflage der Gedichtsammlung *Émaux et camées* (bei Poulet-Malassis, Januar 1858) verwendet worden war (Ico, 165). Als Vorwort steht diesem Druck das von Baudelaire in seinem Brief vom 23. September 1859 (s. S. 56ff.) erbetene Schreiben Victor Hugos voraus:

Hauteville-House, 6. Oktober 1859

Ihr Artikel über Théophile Gautier, Monsieur, ist eine jener Seiten, die den Geist machtvoll erregen. Ein seltenes Verdienst, Gedanken zu wecken; eine Gabe nur der Erwählten. Sie täuschen sich nicht in Ihrer Voraussicht, daß unsere Überzeugungen auseinandergehen. Ich verstehe Ihre ganze Philosophie (denn wie jeder Dichter enthalten Sie einen Philosophen); ja ich verstehe sie nicht nur, ich lasse sie gelten; doch ich bleibe bei der meinen. Ich habe niemals gesagt: die Kunst um der Kunst willen; ich habe immer gesagt: die Kunst um des Fortschritts willen. Das ist im Grunde das Gleiche, und Sie sind ein zu tiefgründiger Geist, um das nicht zu fühlen. Vorwärts! das ist das Wort des Fortschritts; das ist auch der Schrei der Kunst. Das ganze Wort der Poesie ist darin enthalten. *Ite.*

Was tun Sie, wenn Sie diese packenden Verse schreiben: *Les Sept Vieillards* und *Les Petites Vieilles,* die Sie mir widmen und für die ich Ihnen danke? Was tun Sie? Sie schreiten aus, Sie gehen vorwärts. Sie bereichern den Himmel der Kunst um wer weiß welchen düsteren Strahl. Sie schaffen einen neuen Schauder!

Die Kunst ist nicht zu vervollkommnen, ich habe es, glaube ich, als einer der ersten gesagt, also weiß ich es; niemand wird Äschylus übertreffen, niemand wird Phidias übertreffen; aber man kann es ihnen gleichtun; und um es ihnen gleichzutun, muß man den Horizont der Kunst erweitern, höher steigen, weiter gehen, ausschreiten. Der Dichter kann nicht alleine schreiten, auch der Mensch muß vorankommen. Die Schritte der Menschheit sind demnach eben die Schritte der Kunst. – Also, Ruhm dem Fortschritt.

Für den Fortschritt leide ich in diesem Augenblick, und für ihn bin ich bereit zu sterben.

Théophile Gautier ist ein großer Dichter, und Sie loben ihn wie sein junger Bruder, und Sie sind es. Sie sind, Monsieur, ein edler Geist und ein großmütiges Herz. Sie schreiben tiefe Dinge und oft von großer Heiterkeit. Geben Sie mir die Hand.

Victor Hugo

Und die Verfolgungen? Jede ist eine Größe. – Mut!

Eine zweite kürzere Arbeit Baudelaires über Gautier (siehe Bd. VII) erschien 1861 in der *Revue fantaisiste* und 1862 in der von Eugène Crépet besorgten Anthologie *Les Poëtes français.* Vgl. Charles Baudelaire, *Théophile Gautier.* Deux études. Edition critique, annotée et commentée par Philippe Terrier, Etba XI, Neuchâtel 1985; mit ausführlichen Anmerkungen, die hier dankbar benutzt wurden. Siehe auch Lloyd, 113-143.

S. 83, *5* Charles *Perrault* (1628-1703), Verfasser von Kunstmärchen (*Contes,* 1697), die sich großer Beliebtheit erfreuten. Gautier spielt auf die Erzählung *Les Fées* an, in der eine Fee der jüngsten Tochter einer Witwe die Gabe verleiht, daß ihr bei jedem Wort eine Blume oder ein Edelstein aus dem Munde fällt. Dieselbe Fee verleiht der älteren Schwester die Gabe, daß ihr bei jedem Wort eine Schlange oder eine Kröte aus dem Munde springt. – *13 Caprices et Zigzags:* Baudelaire entnahm den Text seines Mottos dem 1852 unter diesem Titel erschienenen Sammelband, in dem Gautier eine größere Anzahl seiner Zeitungs- und Zeitschriftenartikel zusammengefaßt hatte.

S. 84, *12 Seit langen Jahren:* Gautier in seiner Studie über Baudelaire, die 1868 die dritte Ausgabe der FdM eröffnet, datiert das erste Treffen auf das Jahr 1849; es muß jedoch schon einige Jahre früher stattgefunden haben. – *37 seine Feuilletons:* Seit 1836 schrieb Gautier Theaterkritiken für *La Presse* (gelegentlich gemeinsam oder abwechselnd mit Gérard de Nerval); unter dem Zweiten Kaiserreich war er Mitarbeiter des *Moniteur universel.*

S. 85, *5 Berichte über die Salons:* die seit 1835 fast alljährlich erschienen. – *22 flüssigen Stil:* den Baudelaire verabscheute; siehe seine Bemerkung über George Sand in *Mein entblößtes Herz,* XVI: »Sie hat den berühmten *flüssigen Stil,* der dem Bürger so sehr gefällt.« – *34 Albertus ou l'âme et le péché:* Diese Dichtung erschien zum ersten Mal 1838 in der erweiterten Ausgabe von Gautiers erstem Gedichtband *Poésies* (1830). – *La Comédie de la Mort* erschien 1838. – *35 España:* ein Gedichtzyklus über Spanien, der 1845 zum ersten Mal in den *Poésies complètes* erschien.

S. 86, *7 Faubourg Saint-Germain ... Chaussée d'Antin:* die beiden elegantesten Viertel von Paris. In dem ersteren wohnte der alte Adel, in dem anderen der neue Adel der Handels- und Finanzleute. – *18* Alphonse de *Lamartine* (1790-1869), der erste »Romantiker« der französischen Dichtung; seine Gedichte erschienen in vier Sammelbänden: *Méditations poétiques* (1820), *Nouvelles méditations poétiques* (1823), *Harmonies poétiques et religieuses* (1830) und *Recueillements poétiques* (1839). – *31 Ode à la colonne: Ode à la colonne de la place Vendôme* und *Ode à l'arc de triomphe de l'Étoile,* beide aus Victor Hugos *Odes et ballades* (1828). – *34 Jamben:* Henri-Auguste Barbiers (1805-1883) Gedichtsammlung *Les Ïambes* erschien 1832, *Il Pianto* 1833 und *Lazare* 1837; die beiden letzteren Sammlungen enthalten Gedichte über Italien und England. Zu Barbier siehe auch Baudelaires Artikel über Pierre Dupont (Bd. II, S. 170) und den Aufsatz in den *Betrachtungen über einige meiner Zeitgenossen* (Bd. VII).

S. 87, *4 um wirklich populär zu werden ...:* vgl. Baudelaires Bemerkungen über die Popularität S. 68, *31.* – *25 politischer Schriftsteller:* Théodore Pelloquet hatte Gautier am 16. und 23. Januar 1859 in der *Gazette de Paris* angegriffen, in einer Artikelserie mit dem Titel *Les Réputations surfaites.* Gautiers Name erschien in der Überschrift mit folgenden näheren Kennzeichnungen: »Offizier der Ehrenlegion, Dichter, Romancier und Journalist«. – *31 kleinen Versband:* vielleicht die 1843 erschienenen *Vers* von Prarond, Le Vavasseur und Dozon.

S. 88, *21 freie ... Sonette:* in denen die Vierzeiler sich nicht mit zwei Reimen begnügen. Baudelaire selber hat sich eine Reihe solcher »unorthodoxer« Sonette zuschulden kommen lassen.

S. 89, *12 Es gibt drei Dinge ...:* ungenaues, gerafftes Zitat aus Gautiers Buch *Voyage en Espagne* (1845). – *21 der Weise ... Saufgelage:* wie Sokrates in Platons *Gastmahl.* – *32 Mademoiselle de Maupin:* Dieser Roman, dessen Vorwort eine Art Manifest des l'art-pour-l'art darstellt, erschien 1835/36.

S. 91, *8* Alfred de *Vigny* (1797-1863), neben Lamartine und Hugo der bedeutendste Lyriker der französischen Romantik; seine wichtigsten Gedichtsammlungen sind *Poèmes antiques et modernes* (1826) und *Les Destinées* (1864). – *10 André Chénier* (1762-1794); starb auf dem Schafott; seine Gedichte wurden erst 1819 aus dem Nachlaß veröffentlicht. Victor Hugo nannte ihn den Romantiker unter den Klassikern. Baudelaire schätzte ihn nicht. Ebensowenig wie *Alfred de Musset* (1810-1857), während er *Alexandre Dumas'* (1802-1870) Vitalität bewunderte. – *19 O erloschener Glanz ...: O splendeurs éclipsées! o soleils descendus derrière l'horizon!* Baudelaire zitiert das Gedicht XVI, *Passé,* der Sammlung *Les Voix intérieures* (1837) von Victor Hugo. – *31 Notre-Dame de Paris:* historischer Roman (1831) von Victor Hugo. – *39 Die Jeune-France*: 1830 bis 1832 schieden die Romantiker sich in die *Bouzingots* und die *Jeune-France.* In seinen *»romans goguenards«* (spöttische Romane) *Les Jeunes France,* die 1833 erschienen, karikiert Gautier das exzentrische Verhalten beider Gruppen. Die Jeune-France pflegten eine extravagante Eleganz; die Bouzingots hingegen kleideten sich wie die Mitglieder des Konvents, bewaffneten sich mit enormen Knütteln und trugen Hüte aus gummiertem Leder.

S. 92, *7 Une Larme du Diable:* ein Mysterienspiel in dem gleichnamigen Sammelband (1839). – *21 La Peau de Chagrin ... La Recherche de l'Absolu:* zwei Romane (beide 1831) von Balzac aus dem Romanzyklus *Etudes philosophiques* der *Comédie humaine.*

S. 93, *1 Genf:* die Stadt Calvins und seiner Sittenstrenge. – *Boston:* die Stadt, in der E.A. Poe geboren wurde; steht hier für den amerikanischen Puritanismus insgesamt. – *4 Erfindung der modernen Philosophaster:* Baudelaire denkt vermutlich an Victor Cousin (1792-1867), den markantesten Vertreter eines eklektischen Spiritualismus; seine Abhandlung *Du Vrai, du Beau et du Bien* erschien 1853.

S. 94, *9 Ich wiederhole demnach:* Baudelaire zitiert einen (anfangs leicht gerafften) Auszug aus seinem Essay *Edgar Poe, sein Leben und seine Werke* von 1856 (siehe Bd. II, S. 357-359).

S. 96, *9 Und anderswo sage ich:* Auszug aus demselben Essay (Bd. II, S. 251). – *19 Seit einigen Jahren ...:* In den folgenden Ausführungen nimmt Baudelaire gewisse Gedanken eines früheren Aufsatzes, *Die sittsamen Dramen und Romane* (1851; siehe Bd. II, S. 182-188), wieder auf. Dort auch dasselbe Zitat *(O poète, je t'aime)* aus Émile Augiers (1820-1889) Verskomödie *Gabrielle,* die 1849 an der Comédie-Française uraufgeführt worden war. Jedoch ist hier aus dem Notar ein Advokat geworden.

S. 97, *23 der Akademiker:* Augier war seit 1858 Mitglied der Académie Française. – *28 einen berühmten ... Schriftsteller:* Jules Michelet (1798-1874) in seinem vor kurzem erschienenen Buch *L'Amour* (November 1858). Am 11. Dezember 1859 schreibt Baudelaire an seine Mutter: »Du hast *L'Amour* von Michelet erhalten; ein *immenser Erfolg,* Erfolg bei den Frauen; ich habe es nicht gelesen, und ich glaube ahnen zu können, daß es ein abstoßendes Buch ist.« – 32 *Ein guter Schneider ...:* Wie diese Stelle erkennen läßt, hat Baudelaire Michelets Buch sehr wohl gelesen. Die Stelle, auf die er hier anspielt, lautet dort: »Für einen Schneider, der die Natur fühlt, modelliert und berichtigt, gäbe ich drei klassische Skulpturen hin.« – 33 *Raimundus Lullus* (um 1235-1315), spanischer Dichter, Philosoph und Theologe. Baudelaire resümiert die bei Michelet erzählte Anekdote.

S. 98, 3 *Der nämliche Autor rät ...:* Michelet rät dem *»mari-providence«* nicht, seine Frau auszupeitschen; er räumt lediglich ein, daß eine solche Strafe angebracht sein könnte, wenn die Verzweiflung einer allzugroßen Reue die Frau in Lebensgefahr und um ihren Verstand bringen könnte. – 14 *Le ridicule ...:* offensichtlich allgemein bekannte Verse, doch unbekannter Herkunft.

S. 99, 5 *fatum:* Schicksal, Verhängnis. – 10 *Chateaubriand:* s.u. zu S. 116. – 30 *Italia:* Reiseschilderungen, erschienen 1852. – *Tra los montes:* Reiseschilderungen aus Spanien, 1843. Der Barbarimus *tra* (statt *tras*) geht zu Gautiers Lasten.

S. 100, 7 *Entsprechung:* siehe das Sonett *Correspondances* (Bd. I, S. 68). – 17 *das Böse sich darstellen:* siehe den Brief an Alphonse de Toussenel vom 21. Januar 1856, S. 9.

S. 101, 30 *Die gerafftere ... Novelle:* Wie Poe stellt auch Baudelaire das kurze Gedicht und die Novelle über das lange Gedicht und den Roman, wegen *»the immense force derivable from* totality«.

S. 103, 23 *Coquelet:* eine von Honoré Daumier (1808-1879) erfundene Figur, in seiner Serie *La Journée du célibataire* (Der Tageslauf des Junggesellen, 1839). – *Pipelet:* Figur eines Hausmeisters in Eugène Sues *Mystères de Paris* (1843). – 26 *Tivoli:* s.u. zu S. 252, 24. – 28 *Rue des Lombards:* eine Straße der Händler im Bezirk der Halles.

S. 104, 13 *Roman de la Momie:* Dieser Roman Gautiers war im Frühjahr 1857 im *Moniteur universel* und 1858 als Buch erschienen. – 27 *König Kandaules:* Die Novelle *Le Roi Candaule* erschien zuerst 1844 in *La Presse,* dann in dem Sammelband *Nouvelles* (1845). Die Geschichte von dem König Kandaules und seinem Nachfolger Gyges erzählen Herodot (I, 8-12) und Platon in seinem *Staat* (II, 3); s.u. zu S. 164, 25.

S. 105, 1 *Gynäzeums:* Frauenhaus. – 17 *Alkibiades:* athenischer Staatsmann (um 450-404 v. Chr.), ein Anhänger des Sokrates. – 20 *Königin von Saba:* siehe 1. Kön 10, 1-10. – 24 *jene Herrlichkeit ...: »The glory that was Greece/And the grandeur that was Rome ... Ah, Psyche, from the regions which/ Are Holy Land!«* (aus dem Gedicht *To Helen* von E. A. Poe).

S. 106, 1 *Reiseschilderungen:* über Spanien, England, Italien, Rußland, die Türkei, China, Indien und andere Länder. – 5 *in der Avenue Montaigne:* anläßlich der Weltausstellung 1855. Gautier hatte diese Sonderausstellung im *Moniteur universel* besprochen und seine Artikel darüber noch im gleichen Jahr in den Sammelband *Les Beaux-Arts en Europe* aufgenommen. Die folgenden Ausführungen kehren in leicht abgewandelter Gestalt in dem *Salon 1859* wieder (siehe S. 128 f. und die Anmerkungen dazu). – 18 Sir Edwin Henry *Landseer* (1802-1873) hatte 1855 mehrere Tierbilder ausgestellt, von denen zwei der Königin Viktoria, eines dem Prinzgemahl Albert gehörten. – 23 C.R. *Cockerell* und H.E. *Kendall* Junior werden in dem *Salon 1859* nicht genannt; doch spielt Baudelaire dort auf eine Architekturkomposition von Kendall an (s.u. zu S. 128, 25). – 37 *Geschmack an der Archäologie:* in seinem Roman *Notre-Dame de Paris.*

S. 109, *5 Gedichte über Zurbarán und Valdès-Léal: A Zurbarán* und *Deux Tableaux de Valdès Léal* in *España* (1845). – *7 Turmuhr von Urrugne:* das Gedicht *L'Horloge* in *España* (1845). Das lateinische Sprichwort (»Alle verwunden, die letzte tötet«) steht als Motto über Gautiers Gedicht. – *8 Ténèbres:* aus *La Comédie de la Mort* (1852). – *33 Émaux et camées:* Gautiers bekannteste Gedichtsammlung (1852).

S. 111, *10 Homo sum ...:* »Ich bin ein Mensch, und ich glaube, daß nichts Menschliches mir fremd ist.« Zitat aus der Komödie *Heautontimorumenos* des römischen Dichters Terenz (um 195/90-159 v. Chr.). – *12 quidquid humani ...:* ich glaube, daß jegliches Menschliche mir fremd ist. – *32 die Verachtung ...:* eine Art Selbstzitat aus *Le Poème du hachisch,* das am 30. September 1858 in der *Revue contemporaine,* unter dem Titel *De l'Idéal artificiel – Le Hachisch,* erschienen war. Dort redet der Haschischraucher sich selber an: »Besitzest du nicht jene höchste Verachtung, welche die Seele so gutmütig macht?«

S. 112, *11 Nuit de Cléopâtre: Une Nuit de Cléopâtre,* Novelle, in *Une Larme du Diable* (1839) und *Nouvelles* (1845). – *La Morte amoureuse,* Nouvelle, in denselben Sammlungen.

NOTIZEN
über Die gefährlichen Liebschaften

1903, im Anhang zu Choderlos de Laclos, *De l'Education des femmes,* hrsg. von E. Champion, Paris; 1939, OE P I. Die Übersetzung folgt dem Text von Œuvres/Pl II, ²1985.

Diese Notizen für eine Ausgabe der *Liaisons dangereuses* von Choderlos de Laclos, die bei Poulet-Mallassis hätte erscheinen sollen, stammen aus den Jahren 1856/57 und wurden vermutlich in Belgien wieder vorgenommen. Das heute zu einem Klassiker avancierte Buch war 1823/24 gerichtlich verboten worden und zu Baudelaires Zeiten kaum noch antiquarisch aufzutreiben. Es handelt sich um einen Briefroman, in dem die Marquise de Merteuil ihren früheren Liebhaber, den Vicomte de Valmont, anstiftet, zuerst ein junges Mädchen, Cécile de Volanges, dann die tugendhafte verheiratete Präsidentin de Tourvel zu verführen. Zuletzt wird Valmont in einem Duell tödlich verwundet, die Präsidentin stirbt in geistiger Umnachtung, Cécile geht ins Kloster, die Merteuil büßt bei einem Prozeß ihr Vermögen und durch die Blattern ihre Schönheit ein.

S. 113, *6 Biographie Michaud:* ein Nachschlagewerk aus der Restaurationszeit. – *13 Herzogs von Orléans:* Philippe d'Orléans, *Philippe-Egalité* (1747-1793), der vor dem Konvent für den Tod Ludwigs XVI. stimmte und selber auf dem Schafott endete. – *15 Marsfeld: Champ de Mars,* Manöverfeld vor Paris. – *17 Indes françaises:* franz. Kolonien in Indien. – *19 Picpus:* ehemaliges Franziskanerkloster in Paris, das als Gefängnis diente. – *29* Sébastien Le Prestre, seigneur de *Vauban* (1633-1707), Festungsbaumeister unter Ludwig XIV. – *1440 Millionen:* Auf diesen Betrag schätzte Laclos Vaubans Ausgaben für seine Festungsbauten.

S. 114, *1 France Littéraire von Quérard:* bibliographisches Repertorium der französischen Literatur des 18. Jahrhunderts, das von *Louandre* und *Bourquelot* bis in die Mitte des 19. Jahrhunderts fortgesetzt wurde. – *11* Eugène *Hatin* veröffentlichte bei Poulet-Malassis von 1859 bis 1861 eine *Histoire politique et littéraire de la presse en France* in acht Bänden. – *16 Feuillants:* der Klub der Gemäßigten, der sich 1790 von dem Klub der Jakobiner getrennt und in dem ehemaligen Kloster der Feuillants seinen Sitz hatte.

S. 115, *1* Andréa de *Nerciat* (1739-1800), Verfasser »galanter« Romane. Sein Roman *Félicia ou mes frédaines* erlebte bis 1890 insgesamt 35 Neuausgaben (wiederabgedruckt im zweiten Teil des von G. Apollinaire herausgegebenen *Œuvre du Chevalier Andréa de Nerciat,* Paris 1911; neuere Ausgaben Paris 1933 und 1958). – *3 de Maistre:* s.o. zu S. 8, 21. Die hier geäußerte Ansicht stammt aus seinen S. 117 genannten *Considérations sur la France* (1795). – *18 George Sand:* s.o. zu S. 59, 27. – *23* Donatien-Alphonse-François *marquis de Sade* (1740-1814), Verfasser berüchtigter (und berühmter) »unzüchtiger« Bücher. – *26* Auguste *Billault* (1805-1863), Innenminister unter Napoleon III., den Baudelaire aus Anlaß seines Prozesses aufgesucht hatte. – *29 Byron:* s.o. zu S. 68, 28.

S. 116, *3* François-René vicomte de *Chateaubriand* (1768-1848); das Zitat stammt aus dem Prosaepos *Les Natchez* (1826); siehe Chateaubriand, *Œuvres romanesques et voyages,* Bibl. de la Pléiade, I, 502. – *17 (Saufeia). Foemina simplex:* Verweis auf die VI. Satire des Decimus Junius Juvenalis (etwa 60-140 n.Chr.): »Von sich legt Saufeia den Kranz und fordert der Kuppler/Dirnen heraus und gewinnt den Preis obschwebender Hüfte ... Dann hält's länger die Brunst nicht aus, dann zeigt sich das Weib nur *(tum foemina simplex)*/ Und von der ganzen Höhle zugleich hallt wider der Ausruf: Jetzt ist's Zeit, laß Männer herein! ... (Vers 320-327) – *19 Belleroche:* ein Liebhaber der Merteuil, den sie in Brief CXIII als »Liebeshandwerker« bezeichnet. In Brief CVI erklärt sie, die leichtfertigen Frauen seien nichts weiter als *Vergnügungsmaschinen.*

S. 117, *10 Stendhal* (eigentlich Henri Beyle; 1783-1842); schon der junge Baudelaire schätzte ihn; siehe *Eine Auswahl tröstlicher Maximen über die Liebe* (Bd. I, S. 112). – *Sainte-Beuve:* s.o. zu S. 47. Baudelaire denkt hier an Sainte-Beuves (autobiographischen) Roman *Volupté* (1834). – *17 Diese Unbeliebtheit ...:* Diese beiden Zitate aus Joseph de Maistres *Considérations sur la France* (s.o. zu S. 115, 3) stammen nicht von Baudelaires Hand. – *21* Jacques-Henri *Bernardin de Saint-Pierre* (1737-1814), der Verfasser des berühmten Romans *Paul et Virginie* (1788), der als Band IV seiner *Etudes de la nature* erschien.

S. 118, *19 das Porträt der guten und zärtlichen Alten: Les Liaisons dangereuses,* Brief CXIII. – *26 Ganz nahe dem Urschmutz:* zuerst *»Tout près du péché originel«*/ Ganz nahe der Erbsünde. Vgl. *Mein entblößtes Herz,* XXXIII: »Das junge Mädchen ...« (Bd. VI).

S. 120, *1 starken Leidenschaft:* diese und die folgenden Hervorhebungen von Baudelaire (durch Unterstreichung). – *4 einer Bemerkung Sainte-Beuves:* In einem Artikel vom 11. Mai 1857 (in *Le Moniteur universel*), den Sainte-Beuve später in seine *Causeries du lundi* aufnahm, liest man: »Einer der Dichter dieser Epoche meiner schönen Jugend« – der Romantik (Sainte-Beuve zitiert hier sich selbst) – »hat gesagt: Immer habe ich nichts so sehr ersehnt, mit allen meinen Wünschen herbeigewünscht und vergöttert als die heilige Leidenschaft.« Siehe Raphaël Molho, *L'Automne et le Printemps: Sainte-Beuve juge Musset* (*Revue des sciences humaines,* Okt. 1962, 639f.). – *27 der sie entehrt: qui la profane;* ein bei George Sand häufig wiederkehrendes Thema: die Entwürdigung der Frau, die aus konventionellen Erwägungen mit einem ungeliebten Gatten verheiratet wurde.

S. 121, *5 Le Sopha:* Roman von Claude-Prosper Jolyot de Crébillon (Crébillon fils, 1707-1777), der 1742 erschien. – *6 Héloïse:* Jean-Jacques Rousseaus Briefroman *Julie ou la Nouvelle Héloïse* (1761). – *contes von La Fontaine:* Jean de La

Fontaine (1621-1695), der berühmte Fabeldichter, schrieb *Contes et nouvelles en vers* (1665-1696), die sich ihrer Schlüpfrigkeiten wegen großer Beliebtheit erfreuten.

S. 122, *15 ihr Freund:* diese Hervorhebung von Laclos.

S. 124, *13 Champfleury:* Baudelaires Freund Champfleury (s.o. zu S. 67, 34) war ein guter Kenner des 18. Jahrhunderts.

SCHRIFTEN ZUR KUNST

DER SALON 1859

Über fünfzig Journalisten und Kunstkritiker berichteten 1859 über das große gesellschaftliche Ereignis in Paris, den *Salon de 1859*, der nach zweijähriger Pause wieder einen Querschnitt durch das Kunstschaffen in Frankreich gab. Unter den *salonniers*, wie man die Berichterstatter nannte, befinden sich eine Reihe bedeutender Dichter und Schriftsteller. Baudelaires Freund, Théophile Gautier, veröffentlichte eine sehr umfangreiche Besprechung in dem regierungsfreundlichen *Moniteur universel*. Der Romancier Alexandre Dumas schrieb in der *Indépendance Belge* Artikel, die im selben Jahr noch in Buchform erschienen. Von Maxime Du Camp, einem Freund Flauberts, liegt gleichfalls ein inhaltsreicher Band vor, in dem er seine in den *Chants modernes* 1855 verkündete positive Einstellung zur Industriewelt fortführte und vielerorts eine Gegenposition zu Baudelaire bezog. Daneben erhoben so kompetente Kunstkritiker wie Castagnary, Chesneau, Mantz und der klassizistische Delécluze ihre Stimme. Auch eine Frau ergriff das Wort. Mathilde Stevens schilderte in einem Bändchen, wie sie die zeitgenössische Kunst empfand: *Impressions d'une femme au Salon de 1859*. (Siehe auch A. Tabaran, *La vie artistique au temps de Baudelaire,* Paris 1963, 255-268.)

Baudelaires Ausführungen unterscheiden sich von all diesen Werken durch die Sprache: sein Salonbericht darf als das beste Beispiel einer vollkommenen kunstkritischen Prosa gelten. Der Dichter war zwar nicht vor Irrtümern gefeit – wie es fälschlich immer wieder in den letzten Jahrzehnten behauptet wurde –, aber seine Fehleinschätzungen erklären sich aus seiner temperamentvoll dezidierten Haltung, die bis zur Kompromißlosigkeit gehen kann, und werden durch die Tiefe seiner kunsttheoretischen Reflexionen kompensiert, die er, wie kein anderer seiner Kollegen, mit der Betrachtung der ausgestellten Kunstwerke zu verbinden wußte.

In diesem letzten seiner Salonberichte, in dem er erneut für Delacroix, den großen Repräsentanten der Romantik, Partei ergreift, sieht er, stärker als zuvor, die einzelnen Künstlerpersönlichkeiten innerhalb der Auseinandersetzung mit den damals herrschenden Richtungen. Er bekämpft den Realismus, weil dieser nach seiner Ansicht nur die Kopie der Wirklichkeit erstrebe und der Künstler sich bis zur Selbstverneinung eigener Gefühle vor der Natur enthalte. So verurteilt er eine Reihe von frühen Landschaftsmalern wie Français, Leroux, Chintreuil und formuliert seine Vorbehalte gegenüber Daubigny und Théodore Rousseau. Eigentlich läßt er nur Corot gelten, der noch der klassizistischen Tradition mit ihren mythologischen Motiven verbunden ist. In seinen Gemälden spricht ihn das Idyllische an, dessen Mangel er bei Millet beklagt. Schon 1855 hatte Baudelaire seine Vorbehalte gegenüber Courbet ausgesprochen; 1859 nimmt er noch rigoroser gegen den Realismus Stellung, weil er in ihm einerseits eine seelenlose Reproduktion des äußeren Erscheinungsbildes der Welt zu spüren glaubt und andrerseits die sozialistische Ideologie mancher Werke ihn abstößt. So kommt es, daß er die historische Bedeutung des Realismus in der Malerei nicht erfaßt, die Castagnary in seinem kaum mehr als dreißig Seiten umfassenden Salon fast ausschließlich hervorhebt. Der Stadtmensch Baudelaire ahnt nicht, welche neue Blüte sich in der zeitgenössischen französischen Landschaftsmalerei anbahnt.

Es wäre unsinnig, aus der bequemen historischen Distanz Baudelaire einen Vorwurf daraus zu machen, daß er den Impressionismus nicht voraussah, obwohl andere *salonniers*, wie Chesneau und Mantz, schon damals in einer richtigeren Einschätzung der Fakten den Aufschwung der Landschaftsmalerei und ihre wachsende Bedeutung innerhalb der europäischen Kunst herausstellten. Aber es ist aufschlußreich, aus der Beurteilung einiger Gemälde den historischen Ort Baudelaires und seine ästhetische Einstellung abzulesen. Seine Worte über Paul Huet, den Freund Delacroix', zeigen, wie tief er der Romantik, die der eben genannte Castagnary als endgültig »gestrig« erklärte, verbunden war, wie sehr er ihre Dramatik liebte, ihre Hell-Dunkel-Effekte, ihre stimmungsvollen Bilder. Das bestätigt seine Begeisterung für die schwungvoll lavierten Federzeichnungen Victor Hugos ebenso wie die Freude, die er an den metikulös gemalten melancholischen Sonnenuntergängen des Corot-Schülers Lavieille hatte, an den Aquarellen des Danzigers Eduard Hildebrandt, der seine Einbildungskraft durch die Schilderungen exotischer Landschaften »aufreizt«, oder sein Gefallen an den düsteren orientalischen Phantasien der Lithographien des Engländers John Martin. Es kann kein Zweifel daran bestehen, daß Baudelaire einer in der romantischen Tradition stehenden Landschaftsmalerei den Vorzug gab. So blieb ihm der Reiz der plein-air-Malerei verschlossen, so sehr er auch die Skizzen des Vor-Impressionisten Boudin schätzte, sie aber als unvollkommen ansah. Diese Verschlossenheit ist großenteils in seiner Abneigung gegenüber der Natur begründet. Die grünen Wiesen mit weidenden Kühen vor einem Waldrand, die Baumgruppen der strohbedeckten Bauernhöfe an Tümpeln, wie sie die Schule von Barbizon darstellte, waren für ihn zu arm an Assoziationen. Baudelaire war sich seiner Verbundenheit mit der Romantik sehr wohl bewußt, und in einem provokativen Abschnitt (S. 195) bekennt er sich ebenso zur Romantik wie zur Malerei des 18. Jahrhunderts, zu den Ruinenbildern und überhaupt zur »romanesken« Malerei, die in ihrem imaginären Charakter die Wirklichkeit überbietet. In diesem Zusammenhang gibt er auch eine Schwäche für die Theatermalerei zu, die in der Romantik mit Cicéri einen neuen Aufschwung genommen hatte: die »Lüge« der Kulissenwelt zieht er der »Wahrheit« der Realisten vor. Er läßt das Wort von der »förderlichen Täuschung« *(illusion utile)* fallen (S. 196) und setzt sich somit in einer originellen Wendung ebenso von der platonisierenden klassizistischen Ästhetik, für die das Schöne unauflösbar mit dem Wahren verbunden war, wie von der realistischen Kunstauffassung ab, die jede Ateliermalerei mit ihren Schöpfungen fiktiver Welten überwinden wollte.

Die negative Einstellung zum Realismus bestimmt ebenfalls Baudelaires Verurteilung der Photographie als Unkunst. Auch hier ist Baudelaires Urteil in seiner Absolutheit vom heutigen Standpunkt ungerechtfertigt, vergißt er doch Künstler-Photographen wie Nadar, der bereits 1855 tiefdringende Porträtstudien von ihm gemacht hatte, oder den Landschaftsphotographen Le Gray, der heute neu entdeckt wird. Sein Vorurteil gegenüber dem Konzept der Realisten schloß ihm die Augen vor den Möglichkeiten, die Niepce und Daguerre der bis heute faszinierten Menschheit erschlossen hatten. Andrerseits sah er den Zusammenhang der Photographie mit dem sich ungestüm entwickelnden *»art industriel«* und stempelt sie als mechanische Pseudo-Kunst ab, bei der verkrachte Malerexistenzen Zuflucht gesucht hätten. Er geht von der Ästhetik der Malerei aus, ohne zu berücksichtigen, daß ein neues Medium auch neue Kriterien der Beurteilung verlangt. Viele in der Tat lächerliche Versuche kleiner Photographen, die in ihrem Vertrauen auf die neue Errungenschaft der Technik glaubten, mit der Malerei wetteifern zu können, machten es ihm leicht, den Finger auf unleugbare Schwächen der Photographie zu legen.

Gegenüber dem ›Salon 1846‹, in dem er die Bildhauerkunst als ein »Ärgernis« bezeichnete (Bd. I, S. 273), findet Baudelaire 1859 zu einer positiveren oder doch differenzierteren Einstellung. Die Entdeckung der assyrischen Kunst gegen Ende der 1840er Jahre, die wachsende Kenntnis der ägyptischen Skulptur lenkten seinen Blick auf ihren kultischen Charakter und damit auf den metaphysischen Bezug, der die ihn bedrückende dreidimensionale Gegenständlichkeit vergeistigte. Seine Vorbehalte gegenüber der zeitgenössischen Skulptur blieben zwar bestehen, jedoch wird offenbar, daß seine Ablehnung der klassizistischen Formgebung die Bejahung einer »malerischen« Skulptur nach sich zog, die zwar von zeitgenössischen Kritikern oft als eine Verfallserscheinung gegeißelt wurde, in Wahrheit aber ein Zeichen der Erneuerung war, die der Bildhauerkunst durch die machtvolle Phantasie und die Technik des *non-finito* bei Auguste Rodin bevorstand.

Die ganz persönliche Sicht, die immer wieder Baudelaires Auseinandersetzung mit der zeitgenössischen Kunst bestimmt, läßt den aufmerksamen Leser aufhorchen und den Kenner des 19. Jahrhunderts gelegentlich stutzen. Baudelaire ist angetan von dem neubarocken Gemälde des Henri Baron, der heute zu Recht in Vergessenheit geraten ist. Ungeachtet der zweitrangigen künstlerischen Qualität bereitet die dargestellte gegenständliche Welt ihm ein »physisches Wohlbehagen« (S. 170), eine Empfindung, die er mit dem mondänen bürgerlichen Publikum teilte, das Henri Baron als einen der Seinen feierte. Immer wieder drängt sich in seiner Kunstkritik ein ganz subjektives Empfinden vor, das ihn zu positiven Urteilen bringt, die wir heute nicht teilen können. Aber das, was man als Schwäche und Dilettantismus bezeichnen könnte, gibt dem an Baudelaire Interessierten die Möglichkeit, in die Welt seiner Gefühle und Wunschvorstellungen hineinzuleuchten. Bei der Einschätzung des italienisierenden Klassizisten William Haussoullier im ›Salon 1845‹ (Bd. I, S. 135 ff.) wie der des neubarocken Henri Baron gab ganz offenbar das Verlangen den Ausschlag, in der Kunst die Sublimierung eines Glücks zu genießen, dessen materielle Erfüllung ihm im Leben versagt war.

Der Avantgarde um 1859, insbesondere den Freilichtmalern und künftigen Impressionisten wie den Realisten, die sich an der Wirklichkeit orientierten, mußte Baudelaires Haltung uneinsichtig erscheinen, denn er stellt radikal das alte Prinzip der Kunst als Mimesis in Frage. Er sieht die Welt als ein riesiges Arsenal von Materialien, die dem schöpferischen Menschen zur Verfügung stehen. Der Künstler gibt der Wirklichkeit nicht nur eine seinem Temperament entsprechende Prägung: er gestaltet in einem gottgleichen Akt, kraft der eigenen, »konstruktiven Phantasie«, ein neues Universum. Das sind Gedanken, die aus der Tradition der englischen Romantik stammen, bei Samuel Taylor Coleridge zu finden sind und die zugleich ein Echo der Philosophie des deutschen Idealismus sein mögen. Die Entwertung der Wirklichkeit in ihrer Eigenständigkeit ist die Grundlage für eine neue poetische Funktion, die der Dichter ihr zuweist: die sichtbare Welt besitzt insofern eine höhere Bedeutung, als sie zum Träger eines Gedankens, eines Gefühls wird, das der Künstler ihr verleiht, oder indem sie auf eine andere Welt verweist, wobei also der metaphorische Bezug zugleich auch ein metaphysischer ist. Baudelaires Plädoyer für die Imagination wurde von den symbolischen Dichtern und Künstlern diskutiert und fand in ihren Werken den künstlerischen Niederschlag. Wie Baudelaire verabscheute Maurice Denis den Glauben einer positivistisch und materialistisch eingestellten Gesellschaft an den Fortschritt. Odilon Redon, der Maler von

Visionen und Träumen, verurteilte im Sinne Baudelaires die mechanische Präzision und ungeistige Vollkommenheit der Photographie. Die Symbolisten schöpften aus denselben Quellen wie Baudelaire – der Philosophie Swedenborgs z.B. – und ihr Wollen, Analogien zu schaffen, wie es einmal Gauguin ausdrückte, ist dem Baudelaires vergleichbar. In einem berühmten Aufsatz über den Symbolismus in der bildenden Kunst zitiert Aurier das Sonett *Correspondances* aus den *FdM,* zu dem die Seiten über die Einbildungskraft in dem ›Salon 1859‹ ein kunsttheoretisches Pendant bilden. Vor den Gemälden Gustave Moreaus, der Baudelaire sehr wohl kannte, drängte sich dem Romancier und Kunstkritiker des *fin de siècle,* Huysmans, die Erinnerung an Baudelaires Poesie auf. Die im ›Salon 1859‹ formulierte ästhetische Grundlegung einer Umformung und Überhöhung der Wirklichkeit zu imaginären Welten steht im Zentrum der Kunst und Dichtung des Symbolismus.

Der *Salon* wurde 1859 am 15. April im Palais des Champs-Elysées eröffnet und dauerte mit einer zweimaligen Verlängerung bis zum 15. Juli. Der Ausstellungskatalog, das sog. *Livret,* umfaßt insgesamt 3894 Katalognummern; es waren 3045 Gemälde, 472 Skulpturen, 256 Graphiken sowie 114 Zeichnungen und Graphiken mit architektonischen Projekten ausgestellt.

Erstdruck in der *Revue française,* einer nicht sehr verbreiteten und höchst kurzlebigen Zeitschrift. Dort wurde Baudelaires *Salon* unter dem Titel *Lettre à M. le Directeur de la Revue française sur le Salon de 1859* am 10. und 20. Juni und 1. und 20. Juli 1859 veröffentlicht. Baudelaire schrieb aus Honfleur, wo er sich seit Ende Januar aufhielt, am 14. Mai 1859 an seinen Freund Nadar, daß er den Salon rezensiere, »ohne ihn gesehen zu haben«; er habe sich nur des Katalogs bedient, was im übrigen eine »vortreffliche Methode« sei. »Man scheut sich vor zu großem Lob und vor zu großem Tadel; so kommt man zur Unparteilichkeit« (Corr/Pl I, 575). In einem zwei Tage später abgesandten Brief räumt er dem Freund gegenüber freilich verschmitzt ein, er habe ein wenig gelogen, »doch so wenig nur! Ich habe ihm einen Besuch abgestattet, EINEN EINZIGEN, um die Novitäten ausfindig zu machen« (ebd. 578). Baudelaire muß kurz nach Eröffnung des Salons nach Paris gefahren sein, denn am 24. oder 25. April war er bereits wieder in Honfleur.

Die Übersetzung folgt dem Text von Œuvres/Pl II.

I. DER MODERNE KÜNSTLER

S. 127, *6 mein lieber M ...:* Der damalige Direktor der *Revue française* war der 1826 geborene Jean Morel, Verfasser von kleineren historischen und literarischen Beiträgen für Zeitschriften und Lexika. – *9 philosophischen Spaziergangs:* Baudelaire bezeichnete 1845 die Ausstellungsbesprechungen als dem Bourgeois »so nützliche Eselsbrücken« (Bd. I, S. 127), hatte jedoch bereits seinen Bericht über die ›Weltausstellung 1855‹ als *»promenade philosophique«* konzipiert (Bd. II, S. 417f.). Damit hob sich seine Art der Berichterstattung von der Methode der meisten seiner kunstkritischen Kollegen ab, die eine möglichst große Zahl von Exponaten mit kritischen Anmerkungen Revue passieren ließen. – *31 Gemeinplätzen:* Baudelaires Verachtung für alle diejenigen, die vorgefertigte Ideen in den Mund nehmen, schließt keineswegs seine Bewunderung für den Geist aus, der einen solchen Gemeinplatz kreiert: Er nannte ihn ein »Genie« (*Journaux Intimes, Fusées XIII,* Bd. VI).

S. 128, *5 Gäste:* Für die englischen Maler war ein Raum reserviert worden (siehe S. 128, 29, und Chaalons d'Argé, *Notice sur les principaux tableaux de l'Exposition de 1859. Peintres français,* Paris 1859, 2), doch hatte nur ein Engländer pünktlich seine Werke eingeschickt: Frederic Leighton, auf den Baudelaire mit besonderer Sympathie eingehen wird (S. 179). – 7 In der *Avenue Montaigne* hatte 1855 die Weltausstellung stattgefunden, auf der etwa 20 verschiedene Nationen, darunter auch 148 englische Maler und Aquarellisten, vertreten waren. – *8 reizvollen Künstler:* Baudelaire fand 1855 die Werke der englischen Maler »sehr schön, einzigartig schön, und einer langen, gründlichen Untersuchung wert« (Bd. II, S. 235). Er kam jedoch weder damals noch später dazu, den geplanten Aufsatz über die Engländer mit dem Titel *L'Intime et le féerique* (Œuvres/Pl II, 1384) zu verfassen. Der folgende Abschnitt (bis Zeile 29) war bereits in seiner ursprünglichen Fassung in Baudelaires Aufsatz über Théophile Gautier erschienen (s.o. S. 106), der in seinem Buch *Les Beaux-Arts en Europe 1855* ausführlich auf die im folgenden erwähnten Maler eingegangen war. – *10* Charles Robert *Leslie* (1794-1859), einer der bedeutendsten Meister der viktorianischen Genremalerei, hatte auf der Weltausstellung 1855 fünf Gemälde ausgestellt: ›Onkel Toby und die Witwe Wadman‹ nach dem Roman *Tristram Shandy* von Sterne (1831, London, Tate Gallery), das sehr populär wurde und das Gautier als »eines der hübschesten Bilder des Malers« lobte (1855, II, 65); ferner ›Königin Victoria, das Hl. Sakrament an ihrem Krönungstag empfangend‹ (1838), ›Catherina und Petrucchio‹, eine ›Szene aus dem Vikar von Wakefield‹ (nach dem Roman von Oliver Goldsmith) und ›Sancho Pansa bei der Herzogin‹ (nach dem ›Don Quijote‹ von Cervantes; 1844, London, Tate Gallery). – *11 humorist:* Leslie war ein Vertreter des humoristisch-anekdotischen Genre nach dem Vorbild von David Wilkie und William Mulready, wobei er seine Themen meist aus der Literatur nahm. Baudelaire hatte sich in seinen Aufsätzen ›Vom Wesen des Lachens‹ und über ›Einige ausländische Karikaturisten‹ mit dem gleich erwähnten »englischen Geist« auseinandergesetzt (Bd. I, S. 284ff. und S. 329ff.). – *12 den beiden Hunt:* Von den vier auf der Weltausstellung 1855 ausstellenden Malern namens Hunt kommt für den von Baudelaire als »Naturalisten« bezeichneten Künstler William Henry Hunt (1790-1864) in Betracht, dessen Spezialität unmittelbar nach der Natur gemalte Blumen, Früchte und Vogelnester sowie Genrebilder waren. Er hatte 1855 elf Aquarelle ausgestellt, deren »getreue Darstellung«, genaue »Beobachtung« und »naive Kopie der Natur« Gautier hervorhob (1855, II, 113, 114, 115). Pichois hingegen meint, daß Baudelaire an den *amerikanischen* Maler William Morris Hunt (1824-1879) dachte, der zwischen 1844 und 1855 teils in Düsseldorf, teils in Frankreich gelebt hatte und der der Schule von Barbizon nahestand (Œuvres/Pl II, 1385). Der zweite von Baudelaire erwähnte Hunt ist zweifellos William Holman Hunt (1827-1910), der 1855 ›Das Licht der Welt‹ ausgestellt hatte (1854, Oxford, Keble College; Ausstellungskatalog ›Präraffaeliten‹, Baden-Baden 1973/1974, Nr. 36), ferner ›Verirrte Schafe‹ (1852, London, Tate Gallery), deren ungewöhnliche Ausdruckskraft Delacroix (*Journal,* 30. Juni 1855) und Gautier (1855, II, 43) beeindruckte, und ›Claudio und Isabella‹ (1850, London, Tate Gallery; Ausstellung Baden-Baden 1973/74, Nr. 35). – *14 Präraffaelitismus:* Der Malerdichter Dante Gabriel Rossetti (1828-1882), der eben genannte W.H. Hunt und John E. Millais hatten 1848 die Vereinigung der Präraffaeliten gegründet (vgl. auch G. Metken, ›Die Präraffaeliten‹, Köln 1974). Sie wandten sich gegen den zeitgenössischen Akademismus und suchten eine Reform der Kunst durch Einfachheit, Frömmigkeit, durch eine kompromißlose Darstellung der Wahrheit sowie in der Überhöhung der Wirklichkeit durch einen symbolischen Gehalt. Viele der Pariser Kritiker waren von dem »seltsamen Charakter« ihrer Werke und deren »schockierender Originalität« fasziniert (Gautier 1855, II, 42). Baudelaire hat ähnlich empfunden.

Daniel *Maclise* (1806-1870), Historienmaler und Porträtist, stellte 1855 *Le Manoir du baron; fête de Noël dans le vieux temps* (*Merry Christmas in the Baron's Hall;* 1838, Dublin, National Gallery of Ireland) und *L'Epreuve du toucher. Anciennes coutumes saxonnes* (›Die Berührprobe. Altsächsische Gebräuche‹) aus, das Mantz als »eines der armseligsten Bilder« des Salons bezeichnete (1855, 127). – *16* John Everett *Millais* (1829-1896), Mitbegründer des Präraffaelitismus, stellte 1855 den ›Entlassungsbefehl‹ (1852/53; London, Tate Gallery), ›Die Rückkehr der Taube in die Arche‹ (1851; Oxford, Ashmolean Museum) und seine berühmte ›Ophelia‹ (1851/52; London, Tate Gallery; Farbabb. in: ›Die große Enzyklopädie der Malerei‹, Herder 1978, VI, 1907) aus, die wegen ihrer grellen Farben, der peinlich genauen Darstellung der Details und der ungewöhnlichen Komposition großes Aufsehen erregte. – *Genauigkeit:* Baudelaires ausdrückliche Vorbehalte gegenüber einer stark detaillierten Darstellungsweise, die zum Programm der Präraffaeliten gehört, sind, zu einem Teil jedenfalls, durch die im Kontext der damaligen Malerei überaus ungewöhnliche und gar bizarre Konzeption des Bildgegenstandes aufgehoben. – *17* Der gebürtige Genfer John James *Chalon* (1778-1854) war mit drei Gemälden vertreten: ›Ein Sommertag: Der Morgen‹, ›Der Nachmittag‹ und ›Der Abend‹. – *Claude* Gellée, gen. Claude Lorrain (1600-1682), berühmt durch seine idyllisch verklärten Landschaften. – Antoine *Watteau* (1684-1721), der »Maler der galanten Feste«, dem Baudelaire in seinen *Phares* eine Strophe gewidmet hat (Bd. III, S. 73), und dessen berühmte ›Einschiffung nach Kythera‹ er in seinem ›Salon 1846‹ erwähnt. In seinem Aufsatz über Th. Gautier war Baudelaire noch deutlicher: Chalon sei »galant wie Watteau, verträumt wie Claude« (siehe S. 106). Chalon fand in der Kritik sonst keine Beachtung; nur Delécluze bekundete Interesse (118f.). – *19* Sir Francis *Grant* (1803-1878), schottischer Porträtist, hatte in Paris die Porträts von *Lord John Russell* (London, National Portrait Gallery), *Lady Rodney, Mme Beauclerk* sowie *Le Rendez-vous de chasse d'Ascot* (›Jagdtreffen in Ascot‹) ausgestellt. – Sir Joshua *Reynolds* (1723-1792), der größte Porträtist der englischen Maler seiner Zeit, dem Grant verpflichtet war. Gautier nennt als weiteres Vorbild Sir Thomas Lawrence (1769-1830), gegenüber dem Grants Malweise jedoch »geleckt, minutiös und mehr von dem mondänen Publikum als von den Künstlern geschätzt« sei (1855, II, 47). – *20* James Clarke *Hook* (1819-1907), Historien-, Landschafts- und Marinemaler, dessen Kunst von den venezianischen Koloristen des 16. Jahrhunderts auf seiner italienischen Reise entscheidend geprägt worden war. Baudelaire sah von ihm 1855 *Bayard recevant chevalier le fils du connétable de Bourbon* (›Bayard schlägt den Sohn des Connétable von Bourbon zum Ritter‹) und spielt auf *Venise comme on la rêve* (›Venedig, wie man es sich erträumt‹) an. – *21* Joseph Noël *Paton* (1821-1901), schottischer Maler und Dichter, Vorläufer der präraffaelitischen Bewegung. Baudelaire erinnert sich an den ›Streit zwischen Oberon und Titania‹ (1849, Glasgow, National Galleries of Scotland; A. T. Story, *Sir Noël Paton,* in: *The Art Journal,* 1895, Abb. nach S. 106) nach Shakespeares ›Sommernachtstraum‹. Die Fülle verschlungener Figurengruppen aus der Götter- und Fabelwelt regte Gautier zu einer ausführlichen Beschreibung an und zum Lob der »unerschöpflichen Fruchtbarkeit der Imagination« (1855, II, 58). – *22* Johann Heinrich *Füßli* oder Fuseli (1741-1825), Schweizer

Maler, der seit 1764 mit Unterbrechungen in England lebte und offensichtlich von Paton studiert worden war. Gautier (1855, II, 62f.) verweist ebenfalls auf Füßli und dessen Illustrationen zum ›Sommernachtstraum‹ (vgl. Ausstellungskatalog J.H. Füssli, Hamburg 1974/75, Nr. 71, 86, 87). – *24* George *Cattermole* (1800-1868) fand mit seinen elf auf die Weltausstellung eingesandten Aquarellen großen Anklang. Besonders beachtet wurde *Sir Biorn aux yeux étincelants* (›Sir Biorn mit funkelnden Augen‹). Mantz stellte ihn über Bonington (s.u. zu S. 131, *10*), dem er verpflichtet war (1855, 133). Cattermole hatte überwiegend Aquarelle historischer Themen gemalt, die den Rahmen des für die Aquarelltechnik Gewohnten sprengen. – *25 dessen Namen mir entfallen ist:* Es handelt sich um den Architekten Henry Edward Kendall d.J. (1805-1885) (s.o. zu S. 106, *23*), der 1855 einen *Pavillon de chasse, près Carlisle, construit pour M. Hodgson* (›Jagdpavillon bei Carlisle, erbaut für Mr. Hogdson‹) und eine *Composition architecturale* ausgestellt hatte. Auf letzterer befinden sich die in Zeile 15 erwähnten *riesigen Dreimaster.* Mantz war die »sehr schöne Proportion der Brücke« aufgefallen: man könne »eine Stunde vor der schönen Zeichnung stehenbleiben« (1855, 521; vgl. auch Felix Leakey, *Baudelaire et Kendall,* in: *Revue de littérature comparée,* 1956, 53-63). – *29 Freunden der Phantasie:* ein hohes Lob, dessen ganze Bedeutung aus den Kapiteln III und IV zu ermessen ist, die Baudelaire der Imagination als dem zentralen Begriff seiner Kunsttheorie widmet. – *30 ausgefallenen Farbe:* Die unkonventionell grellen Farben z.B. in Millais' ›Ophelia‹ (s.o. zu S. 128, *16*) hatten 1855 Befremden erregt. Gautier schildert seinen Eindruck von dem Kolorit bei Maclise (s.o. zu S. 128, *14*): die bizarre Farbgebung, ein gar noch seltsamerer Farbauftrag, das alles sei der zeitgenössischen Maltechnik keineswegs zu vergleichen (1855, II, 14). Vgl. auch Baudelaires Bemerkung 1846: »England, das Vaterland fanatischer Koloristen« (Bd. I, S. 199). – *30 bizarren Muse:* Für Baudelaire war das Schöne nicht ohne eine »bizarre« Abweichung von ästhetischen Konventionen denkbar: »Das Schöne ist immer bizarr« (›Weltausstellung 1855‹, Bd. II, S. 231). Auch Gautier spricht von der »bizarren Technik« von Millais und Holman Hunt (1855, II, 34,41). Einen negativen Beigeschmack bekommt der Begriff bei Delécluze, der meint, Millais treibe die Originalität bis zur »Bizarrerie« (96f.) oder bei Mantz, dem Holman Hunts »Bizarrerie« krankhaft erscheint (1855, 126). – *35* Edmund *Kean* (1787-1833) und William Charles *Macready* (1793-1873) gehören zu den größten Schauspielern Englands im 19. Jahrhundert. Kean und Macready waren 1828, Macready nochmals im Winter 1844/1845 unter starker Beachtung der Öffentlichkeit in Paris aufgetreten (B. Juden/J. Richer, *L'Entente Cordiale au Théâtre: Macready et ›Hamlet‹ à Paris en 1844,* in: *La Revue des lettres modernes* 1962-1963, Nr. 74-75, 1-77). Baudelaire denkt möglicherweise an Maclise, dessen Sinn für Physiognomie und Gestik Gautier hervorhob (1855, II, 13). Ernest Gebaüer sieht eben darin einen der größten Vorzüge der englischen Maler (*Les Beaux-Arts à l'Exposition universelle de 1855,* Paris 1855, 194). – *35 home:* Gautier benutzt diesen Begriff 1855 (II, 72) wie auch die Goncourts, die von der »frohen Verherrlichung des ›*home*‹« sprechen und in dem Privaten und Intimen, nicht in dem Dramatischen, das Wesen der englischen Malerei sehen (*Études d'Art. Le Salon de 1852 – La Peinture à l'Exposition de 1855,* Paris 1893, 184). – *orientalischer Prachtentfaltung:* Vielleicht erinnert sich Baudelaire an John Frederick Lewis' »Meisterwerk« *Harem d'un Bey,* das About hervorhebt (1855, 31f.).

S. 129, 4 *schlecht empfangen:* Baudelaires Frage ist mehr rhetorischer Art. Denn obwohl die englischen Künstler oft sehr befremdlich wirkten und Gebaüer sehr zurückhaltend (*Les Beaux-Arts à l'Exposition Universelle de 1855*, Paris 1855, 194f.), die Goncourts recht negativ (*Études d'Art*, Paris 1893, 182ff.), About sehr kritisch urteilten (1855, 4), hatte Théophile Gautier ausführlich ihre Werke gewürdigt und Paul Mantz die »neue Malerei« mit allen ihren »Ekzentrizitäten« als »aufrichtig« und das »Herz berührend« willkommen geheißen (1855, 134). – *10 Patriotismus:* Schon 1846 hat Baudelaire anläßlich von Horace Vernet den ästhetischen Kosmopolitismus gegen den Chauvinismus ausgespielt (Bd. I, 254; s. auch Bd. II, S. 228). – *14 einer unserer feinsten und geschätztesten Kritiker:* Möglicherweise Maxime Du Camp, der zu Beginn seines Salonberichts schreibt: »Schon beim Betreten der Räume des Palais de l'Industrie waren wir schmerzlich durch die unfaßbare Menge mittelmäßiger Gemälde berührt«; zum Schluß nennt er die Ausstellung »durch und durch wertlos« (2, 195). Auch andere Kritiker stimmen Klagelieder an: für Houssaye sind »kaum 200 Ausstellungsstücke einer Diskussion würdig«; man sei erschreckt, von so vielen mittelmäßigen Künstlern die Paläste, die Kirchen und die Salons bedroht zu sehen (263). Die Skulptur des Salons 1859 sei »kränker noch als die Malerei«, meint Astruc (369). – *19 Delacroix:* siehe S. 153ff. – *Penguilly:* s.u. zu S. 167, 10. – *Fromentin* s.u. zu S. 174, *30*. – *37 Restauration:* die Zeit seit der Rückkehr der Bourbonen 1814 bis zu deren Sturz 1830.

S. 130, *3* Charles *Le Brun* (1619-1690), dessen Werk die Kunst im Zeitalter Ludwigs XIV. in ihrer ganzen Größe repräsentiert. – 4 Jacques Louis *David* (1748-1825), Hauptmeister der Malerei des Klassizismus, der das Heldentum der Französischen Revolution unter dem enthusiastischen Beifall der Zeitgenossen darstellte. Baudelaire sah trotz einiger Vorbehalte die Größe seiner Malerei in dem Verzicht auf die »ungesunden Reize und Würzen« der Rokokomalerei (Bd. I, S. 186) und in der Rückkehr zum »Geschmack am Heroischen« (Bd. II, S. 237). – *6 Myrmidonen:* ein thessalisches Volk, im übertragenen Sinn unbedeutende Personen, da ihr Name auch von gr. μύρμηξ, Ameise, abgeleitet wurde. Bei der Besprechung Davids im ›Musée classique des Bazar Bonne-Nouvelle‹ berichtet Baudelaire 1846 von dem »Heiterkeitserfolg«, den die Ausstellung der klassizistischen Maler »bei unseren jungen Künstlern« gehabt hätte (Bd. I, S. 186). – *14 Wieviel Ehren:* Gegen Ende der meist alle zwei Jahre stattfindenden Ausstellungen wurden zahlreiche Preise verliehen und verdiente Künstler mit verschiedenen Graden in die Ehrenlegion aufgenommen. – *16 Mittel ..., die ihr fremd sind:* 1846 hatte Baudelaire den Eklektizismus und insbesondere die Kunst Ary Scheffers verurteilt, der allzu bewußt die Poesie in die Malerei einführen wollte (Bd. I, S. 258f.). – *19* Paul *Chenavard* (1807-1895), Schüler von Ingres und Delacroix, nach Baudelaire ein »philosophischer«, ein – im negativen Sinn – »didaktischer Maler« (Corr/Pl II, 444), auf den er in seinen Aufzeichnungen über ›Die philosophische Kunst‹ kritisch eingehen wird (siehe S. 263ff.). Baudelaire läßt an dieser Stelle seine Vorbehalte dem Maler gegenüber zugunsten des gebildeten Gesprächspartners, als der sich Chenavard bewiesen hatte, beiseite. – *23 Vergil* (71-19 v.Chr.), lateinischer Dichter. – *Plato* (429-347 v.Chr.), griechischer Philosoph. Nicht zufällig nennt Baudelaire diese Namen. Delacroix berichtet mehrfach in seinen Tagebüchern, daß für Chenavard und ihn Kant und Plato »nahezu Götter« waren (*Journal*, 8. Sept. 1854). Die Beschäftigung mit Vergil verrät Chenavards Karton *Temps d'Auguste* (›Das Zeitalter des Augustus‹, Weltausstellung 1855). – Antoine Augustin gen. Auguste *Préault* (1809-1879), Hauptvertreter der romantischen Skulptur (s.u. zu S. 210, *19*). Baudelaire wie Victor Hugo, Lamartine, Vigny und Nerval waren mit ihm befreundet (vgl. Bd. I, S. 273). Seine Zeitgenossen schildern ihn als einen

Mann, der »alles weiß, alles liest und die ganze Welt kennt ..., er erörtert plaudernd die verschiedensten Themen mit einer unglaublichen, unerschöpflichen Verve« (J. Claretie, *Peintres et sculpteurs contemporains,* Paris 1874, 37; zit. nach D. Mower, *Antoine Augustin Préault,* in: *Art Bulletin,* 1981, LXIII, 288-307, hier 288).– *25* Honoré *Daumier* (1808-1879), einer der größten Karikaturisten des 19. Jahrhunderts, den Baudelaire in seinem Aufsatz ›Einige französische Karikaturisten‹ würdigt (Bd. I, S. 311-321). – *28* Louis-Gustave *Ricard:* s.u. zu S. 186, 2. Baudelaire war Ricard bei Madame Sabatier begegnet. – *30 Delacroix' Unterhaltung:* siehe Kap. IV, S. 145 f.

S. 131, *10 David:* s.o. zu S. 130, 4 – Pierre Narcisse *Guérin* (1774-1833) und Anne-Louis *Girodet*-Trioson (1767-1824), geschätzt von Baudelaire (siehe Bd. II, S. 237), stehen in der Nachfolge Davids. Antoine-Jean *Gros* (1771-1835), ebenfalls Schüler Davids und Wegbereiter der Romantik. *Delacroix* war Schüler von Guérin. – *11* Richard Parkes *Bonington* (1802-1828), gebürtiger Engländer, Schüler von Gros, Freund von Delacroix. Er war ein hervorragender Aquarellist und Landschaftsmaler und gilt als Wegbereiter der Schule von Barbizon. – *21* Émile de *Girardin* (1806-1881), Herausgeber der Zeitung *La Presse* bis 1856. Daß Baudelaire ihn totsagt, gehört zu den zahlreichen Sarkasmen, mit denen der Dichter ihn bedachte (›Mein entblößtes Herz‹, II, Bd. VI). – *22 Théophile Gautier* schrieb für Girardins Zeitschrift *La Presse* neben vielem anderen die Salonberichte von 1837 bis 1853. – *26 pecudesque locutae:* »und – Wunder! – dem Vieh war Rede verliehen« (Vergil, *Georgica* I, 478; übersetzt von Rudolf Alexander Schröder). Girardin, der nur spärlichen Unterricht bei einem Dorfpfarrer erhalten hatte, war Autodidakt, so daß ein Mitarbeiter aus den ersten Jahren nach der Gründung der *Presse* sagte, er habe ihn noch »ohne Grammatik und fast ohne Orthographie gekannt« (zitiert nach Alphons Schauseil, ›Emile de Girardin. Studien über die Grundzüge und das Werden eines publizistischen Charakters‹, Diss. Berlin 1960, 102). – *29 für tausend Francs:* Die großen Bilder Delacroix', wie das ›Massaker von Chios‹ und ›Die Gerechtigkeit Trajans‹, wurden 1824 bzw. 1840 für jeweils 6000 Francs, ›Die Löwenjagd‹ 1854 für 10000 Francs verkauft (Maurice Rheims, *La Cote de Delacroix,* in: *Delacroix,* Paris 1963, 246); doch wurden die kleineren Bilder, auf die Baudelaires Bemerkung abzielt, tatsächlich schlecht bezahlt (siehe H. Mireur, *Dictionnaire des ventes d'art,* Paris, 1901-1912, II, 417 ff.). – *31* Ernest *Meissonier* (1815-1891) malte beim Publikum außerordentlich beliebte kleinformatige Genre- und Historienbilder. Baudelaire, dessen Vorliebe für das Große immer wieder zum Ausdruck kommt (siehe S. 171), nennt im ›Salon 1846‹ Meissoniers kleine Figuren »Flöhe« und eine »Geschmacksverirrung« (Bd. I, S. 268; siehe auch Bd. I, S. 165). 1859 war Meissonier nicht vertreten. – *das Zehn- bis Zwanzigfache:* Guyot de Fère berichtet im *Journal des Arts* am 6. Juli 1861, daß Meissonier für sein 1855 ausgestelltes Gemälde *Une Rixe* (›Ein Streit‹) von Napoleon III. 20000 Francs erhalten habe. In den folgenden Jahren stiegen seine Preise nach Mireur noch an. Delacroix' Bewunderung für Meissonier schien Baudelaire übertrieben (siehe Bd. VII, ›Leben und Werk des Eugène Delacroix‹, Kap. VI).

S. 132, 24 Jean-Victor *Bertin* (1767-1842); Schüler von P.-H. Valenciennes und Lehrer von Corot, war für seine klassizistischen Landschaften im italienisierenden Geschmack berühmt. – *25 Troyon:* s.u. zu S. 143, *37* und S. 188. – *33 Parfait Cuisinier:* Charles-Yves Cousin gen. Cousin d'Avallon (1769-1840) hatte ein Kochbuch verfaßt, *Le Parfait Cuisinier ou Le Bréviaire des gourmands* (›Der perfekte Koch oder das Feinschmeckerbrevier‹, Paris 1809, 5. erweiterte Aufl. 1825).

S. 133, 4 *ein deutscher Bauersmann:* Baudelaire hatte eine ähnliche Geschichte in der ›Weltausstellung 1855‹ erzählt (Bd. II, S. 232). Hier denkt er an ein offenbar deutsches Lied mit dem Titel ›Ein Familienporträt‹, das, illustriert von einem Holzstich, im *Magasin pittoresque* (1846, 205) erschienen war (J.-P. Bougnol, *Une Source du Salon de 1859,* in: Buba XII, 1977, 2, 19-21). Die kursiv gedruckten Worte in Zeile 17 und 20ff. heben seine Zufügungen hervor, die die von ihm erstrebte Suggestivität eines Bildes betonen (vgl. Drost 1971, 262-265). Eine vergleichbare Anekdote aus Diderots *Essai sur la peinture* zitiert Pichois in Œuvres/Pl II, 1387.

II. DAS MODERNE PUBLIKUM UND DIE PHOTOGRAPHIE

S. 134, 7 *Vaudeville:* kleines Bühnenstück mit eingelegten Liedern nach bekannten Singweisen. – *11 Brutus, lâche César!:* Brutus, laß Cäsar los: Vaudeville von Joseph-Bernard Rosier (1849). Brutus ist der Name eines Portiers, Cäsar der eines Wachhundes. In seinem Brief vom 16. Dezember 1859 an A. de Calonne mokiert sich Baudelaire noch einmal über die gewollte Doppeldeutigkeit dieses Titels (Corr/Pl I, 637), der auch verstanden werden kann als: Brutus, feiger Cäsar! – *»Oh du ungläubiges und verkehrtes Geschlecht!«:* Matthäus 17.17. – *18 Amour et Gibelotte:* ›Liebe und Kaninchenfricassee‹, verschollenes Gemälde von Ernest Seigneurgens (gest. 1904 oder 1905), einem Schüler von Eugène Isabey. – 27 *Menschenhaß und Reue* (1789) ist der Titel eines in Frankreich sehr bekannten Dramas von August von Kotzebue (1761-1819). – *30 Grisette:* junge, kokette Arbeiterin. – *32 Monarchique, catholique et soldat:* Gemälde von Joseph Gouézou (1821-1880), einem Schüler von Léon Cogniet. Der Titel stammt aus der »Rede von S.M. dem Kaiser in Rennes am 20. August 1858«. Das *Livret* gibt folgende Erläuterung: »Ein junger Bursche aus dem Morbihan hängt die Porträts von Ihren Majestäten dem Kaiser und der Kaiserin, die er gerade auf dem nahen Markt gekauft hat, über seinem Bett auf, wo bereits eine alte englische Muskete, ein Geschenk des Marquis von Puysaie, und ein bescheidenes Weihwassergefäß aus Fayence angebracht sind, in das er jeden Tag seine Finger eintaucht.« Das Bild fiel nur Fouquier auf, der es »von guter Qualität und seltsam« fand (42). – *33 Genre paladin:* Paladin, Ritter aus dem Gefolge Karls des Großen, soviel wie ein tapferer Held. – *Itinéraire de Paris à Jérusalem:* ›Reise von Paris nach Jerusalem‹ (1811), Reisetagebuch von François-René Chateaubriand (1768-1848), den Baudelaire in Kapitel V des längeren zitieren wird (siehe S. 158).

S. 135, *13 Immer und Niemals: Toujours et Jamais,* Skulptur von Emile Hébert (s.u. zu 206, *10*). Baudelaire bat Nadar am 16. Mai 1859, ihm zu helfen, den Namen des Künstlers im Livret zu finden. Er trug die Bitte in einem nicht datierten Brief auch Jean Morel vor (Corr/Pl I, 578, 584). – *15 Bilderrätseln:* Schon im Salon 1846 sprach Baudelaire abschätzig vom »sentimentalen Rebus« anläßlich der Künstler, die sich spitzfindiger, verschlüsselter Titel ohne jeglichen Bezug zum Bildinhalt bedienten (Bd. I, S. 260). – 24 *Wohnung zu vermieten: Appartement à louer,* Gemälde von François Auguste Biard (1798-1882; siehe Bd. I, S. 264, 307, und unten S. 164, *31*), das 1844 großen Erfolg hatte. Nach Théophile Thoré wurde Biard »sonntags mehr bewundert als Ingres und Delacroix die ganze Woche zusammen« (*Salon de 1844,* 13). Biard hatte im Salon 1859 nicht ausgestellt. – 27 Paolo *Veronese* (1528-1588), bedeutender venezianischer Maler der Hochrenaissance; im Louvre durch die ›Hochzeit zu Kana‹ vertreten. – *Bassano* eig. Da Ponte, Name einer Künstlerfamilie des 16. Jahrhunderts aus Bassano, deren Mitglieder z.T. in Venedig lebten oder von der venezianischen Malerei beeinflußt waren. Baudelaire mag an Jacopo Bassano (1517-1592) denken, dem nach einem zeitgenössischen Katalog zehn im Louvre befindliche Werke zugeschrieben waren (Viardot, 60), oder an dessen Sohn Leandro (1557-1622), auf den Baudelaire vermutlich in seinem Aufsatz über ›Einige ausländische Karikaturisten‹ anspielt (siehe Bd. I, zu S. 336, 22). – *28 Logogryphen:* Rätselworte. – *Giulio* Pippi, gen. *Romano* (1499-1546), Schüler und Mitarbeiter Raffaels. Baudelaire erwähnt ihn 1846 im Zusammenhang mit den »erotischen Sujets« (Bd. I, S. 225 und 277). – *29 Michelangelo* Buonarroti (1475-1564). Ihm hatte Baudelaire eine Strophe seiner *Phares* gewidmet (Bd. III, S. 72). – Bartolommeo, gen. Baccio *Bandinelli* (1493-1560), Florentiner Bildhauer in der Nachfolge Michelangelos. Baudelaire kannte von ihm vielleicht die Zeichnungen, die im Museumsführer des Louvre von 1860 aufgeführt sind (Viardot, 300).

S. 136, *3 Fortschritts:* Baudelaire hat in der ›Weltausstellung 1855‹ voller Vehemenz seine Skepsis gegenüber dem materiellen Fortschritt ausgedrückt und die Übertragung des Fortschrittsglaubens auf die bildende Kunst als »Absurdität« verurteilt (Bd. II, S. 234). In seinen ›Tagebüchern‹ sagt er der amerikanisierten Gesellschaft in Europa voraus, daß sie an dem technischen Fortschritt ersticken werde (*Fusées, XV*, Bd. VI; vgl. auch Marc Eigeldinger, *Baudelaire et la problématique du progrès* in: Drost, Hrsg., ›Fortschrittsglauben und Dekadenzbewußtsein im Europa des 19. Jahrhunderts‹, Heidelberg 1986.) – *18 das ausschließliche Gefallen am Wahren:* Baudelaire schlägt hier das Hauptthema dieses Salonberichts an, das er in vielen Variationen aufnehmen wird, nämlich die Überlegenheit der schöpferischen Phantasie gegenüber allen Bestrebungen der realistischen Richtungen, das äußere Erscheinungsbild der Natur so genau wie möglich wiederzugeben. Er nimmt damit dezidiert sowohl gegen die allgemeine These von der Kunst als Mimesis Stellung wie auch gegen die klassizistische Doktrin von der unlösbaren Verbindung zwischen dem Schönen und dem Wahren. Wenige Monate zuvor war er auf diese Fragen schon in seiner Studie über ›Théophile Gautier‹ eingegangen. *11 das Schöne ...:* ein Selbstzitat Baudelaires, aus seinem Essay über Théophile Gautier (S. 107, *11*) – *15 Anekdoten* nahmen in der großen Gemäldeproduktion des 19. Jahrhunderts gegenüber den malerischen Qualitäten, die Baudelaire fordert, manchmal überhand, so daß der Dichter-Maler Fromentin (s. u. zu 14, *30*) im September 1853 notieren konnte: »Was uns zugrunde gerichtet hat (...), ist die Neugier und das Gefallen an Anekdoten« (*Une Année dans le Sahel,* 1859; Ausgabe 1881, 215; s.u. zu S. 175, *36*). – *21 it is a happiness to wonder, ... to dream:* Zitat aus E.A. Poes (1809-1849) *Morella* aus den *Tales of the Grotesque and Arabesque,* die Baudelaire übersetzt hatte: *»Etre étonné, c'est un bonheur; – et rêver, n'est-ce pas un bonheur aussi?«* »Erstaunt zu sein ist ein Glück – und Träumen, ist das nicht auch ein Glück?« Träumen bedeutet für Baudelaire in diesem Zusammenhang die durch die Betrachtung eines Kunstwerks im Beschauer ausgelöste Tätigkeit der Phantasie. – *27 weil das Schöne immer erstaunt:* vgl. Baudelaires Formulierung in der ›Weltausstellung 1855‹: »Das Schöne ist immer bizarr« (Bd. II, S. 231),.– wiederum ein Zitat aus Poes erwähnten Kurzgeschichten, hier aus der Erzählung *Ligeia.* – *37 neue Industrie:* Baudelaire benutzt mit Bedacht den Begriff »Industrie« und greift damit entschieden in eine damals heftig geführte Diskussion ein, ob die Photographie eine Kunst sei oder der Industrie zugerechnet werden müsse. Die Debatte zeigt sehr anschaulich ihre Auswirkung auf die Lokalisierung der photographischen Abteilung innerhalb der Ausstellung. 1855 und 1857 hatte sich die Société Française de Photographie vergebens bemüht, daß ihre Mitglieder als bildende Künstler anerkannt und die Photographien gleichberechtigt neben Gemälden und Radierungen ausgestellt würden. 1859 wagte die Jury nicht mehr, den Photographen einen Platz in der Ausstellung der schönen Künste zu verweigern und verstand sich zu einem Kompromiß: man räumte der Photographie innerhalb der Section des Beaux-Arts einige Räume im ersten Stockwerk ein, zu denen man jedoch nur auf dem Umweg über das Erdgeschoß gelangen konnte. Außerdem mußte zuzüglich zu dem allgemeinen Eintrittspreis von 1 Franc eine weitere Gebühr von 50 Centimes entrichtet werden; die Photographien wurden nicht in den Gesamtkatalog aufgenommen. Der *Catalogue de la troisième exposition de la Société de Photographie,* umfaßte 1318 Exponate französischer und ausländischer Photographen. Die eingehendste Kritik schrieb Louis Figuier, *La Photographie au Salon de 1859;* Paris 1860. – Über Baudelaires Stellung zur Photographie siehe Heinz Buddemeier, ›Panorama, Diorama, Photographie‹, München 1970, und W. Drost, ›Photographie als Unkunst? Historisch-ästhetische Analyse von Baudelaires Verurteilung der Photographie‹, in: *lendemains,* 34, 1984.

S. 137, *16 absolute Kunst:* Zur Verwirklichung des »absoluten Schönen« könne nach Philippe Burty die Photographie durch die Vielfalt und die Genauigkeit der von ihr gelieferten Materialien behilflich sein (*Exposition de la Société Française de Photographie,* in: *Gazette des Beaux-Arts* 1859, 221). Auch Émile Defonds nimmt eine ähnlich versöhnliche Haltung ein (*De la Photographie au point de vue de l'art,* in: *L'Artiste,* 17. April 1859). – *17* Jacques *Daguerre* (1787-1851) setzte die von Nicéphore Niepce 1827 begonnenen Forschungen fort und erfand den nach ihm benannten Daguerreotyp, Vorform der Photographie (s. u. zu Zeile 22). – *19 So ist die Kunst die Photographie: »l'art, c'est la photographie«.* Einer der überzeugten Anhänger dieser These, Edouard de Latreille, schreibt: »Wer würde es heute wagen, Daguerre, Le Gray, Nadar, dem Grafen Aguado, Baldus, Disdéri und so vielen anderen den Titel eines Künstlers zu verweigern, die mit ihrem Talent in der Chemie so viel Geschmack, Geschicklichkeit und Delikatesse in der Ausführung ihrer Abzüge vereinen?« (*Revue des Beaux-Arts,* 1859, 113). Astruc hingegen, einer der wenigen, der in seinem Salonbericht die Photographie erwähnt, gibt seine Antipathie offen zu: »Ich mag die Photographie nicht. Ihre Genauigkeit verwirrt mich – dieses kalte Abbild des Lebens läßt mich erschaudern« (326). Zur Klärung der Frage, ob die Photographie eine Kunst sei, wurden 1862 sogar die Gerichte bemüht, die sich positiv äußerten und damit den empörten Protest von Malern mit Ingres an der Spitze hervorriefen. – *22 Abbild auf der Metallplatte:* Daguerre fixierte seine Bilder auf sehr dünnen Metallplatten, bis 1851 Le Gray diese durch Papier ersetzte und damit das »Negativ-Positiv-Verfahren mit der Möglichkeit der unbeschränkten Vervielfältigung« einführte (Buddemeier, 96; s. o. zu S. 136, 37). – *24 Sonnenanbeter:* Das Bewußtsein, daß das photographische Abbild durch die Einwirkung des Sonnenlichts entsteht, war den Zeitgenossen Baudelaires allgegenwärtig. William H. Fox Talbot (1800-1877), der das erste mit Photographien illustrierte Buch *The Pencil of Nature* herausgegeben hat, ließ 1845 *Sun Pictures of Scotland* erscheinen, also ›Sonnengemälde‹. Noch 1864 spricht Théophile Gautier von der Sonne als »einer Zeichnerin« (in: *Moniteur Universel,* 4. Januar 1864). – *26 Karneval:* Baudelaires Kritik zielt auf die freilich nicht seltenen Auswüchse ab. So photographierte B. Braquehais eine halb verhüllte Frau zusammen mit einem

Mann aus Pappmaché, wobei ein Gipsabguß der Venus von Milo nicht fehlen durfte. Er nannte das ganze eine *Étude académique,* veröffentlichte eine Serie solcher Photographien mit dem Titel *Musée daguérrien,* um so seinen Anspruch auf künstlerische Qualität zu dokumentieren (siehe Drost, ›Photographie als Unkunst?‹ in: *lendemains,* 34, 1984, Abb. S. 29). – *32 Geschmack an ... der Malerei:* »Höchstes Ziel« der Photographie ist nach Adolphe Viollet-Le-Duc, »in den Massen den Geschmack am Schönen durch die getreue Verbreitung der edlen Schöpfungen zu fördern, die die Meister uns vermacht haben« (*L'Athénaeum Français,* 26. Mai 1855, 449). – *36* Das 1838 von Wheatstone erfundene *Stereoskop* bietet zwei aus unterschiedlicher Perspektive aufgenommene Bilder, so daß durch die Überlagerung beider Bilder für den Betrachter ein räumlicher Eindruck entsteht. Viele betrachteten damals das Stereoskop als ein »Spielzeug«, das eines »seriösen Publikums unwürdig« sei. Ernest Lacan hingegen hebt hervor, was Baudelaire im folgenden für Frankreich bestätigt, daß auch aristokratische Schichten von diesem Apparat fasziniert waren (*Esquisses photographiques à propos de l'Exposition Universelle et de la guerre d'Orient,* 1856, 144). Neben dem Comte Aguado hatten Furne junior und Tournier gemeinsam eine große Serie mit stereoskopischen Bildern verschiedener Sujets wie ›Erinnerungen an Cherbourg‹, ›Harlekinaden‹, ›Fabeln von La Fontaine‹, ›Pyrenäenreise‹, ›Kleideralphabet‹ ausgestellt. – *12* In *Alexandre Dumas'* Drama *La Tour de Nesle* (1832; I, 5) sagt der Kapitän Buridan nach einer orgiastischen Nacht mit der – maskiert gebliebenen – Königin und ihren Schwestern: »Es sind sehr große Damen, sehr große Damen, ich wiederhole es!« – Jacques *Cazotte* (1719-1792), Autor der Erzählung *Le Diable amoureux* (›Der verliebte Teufel‹, 1772; siehe Bd. III, S. 381). Das Zitat stammt aus Gérard de Nervals Kapitel über Cazotte in *Les Illuminés* (1852). Angeblich hat Cazotte kurz vor Ausbruch der Revolution einer Herzogin ihr Ende auf der Guillotine vorausgesagt und zugefügt, daß noch größere Damen als sie dieses Schicksal erleiden würden. – *13 verkrachten Maler:* Daguerre (s.o. S. 137, *17*) war Maler, ebenso wie Henri Le Secq (1818-1882), Edouard-Denis Baldus (1813-1882), Gustave Le Gray (1820-1882), Charles Nègre (1820-1880). Eine gute Übersicht gibt der Katalog einer von der Pariser Nationalbibliothek veranstalteten Ausstellung, *Regards sur la photographie en France au XIXe siècle,* Paris 1980.

S. 139, *6 Album des Reisenden:* Die Ausstellung wies einen hohen Anteil an Photographien aus entfernten Ländern und kunsthistorisch wichtigen Stätten auf, wie Theben, Balbek, der Berg Sinai (De Champigneulles) oder Jerusalem (Graham) und Pompeji (De Rumine). Der wohl vornehmste Reisende, der sich 1859 von dem letztgenannten Photographen aus Petersburg begleiten ließ, war der russische Großherzog Konstantin. – *9 mikroskopisch kleinen Tiere:* Bertsch, der 1859 auch mikroskopische Aufnahmen ausstellte, hatte als erster die Mikrophotographie in Frankreich eingeführt. Ernest Lacan rühmt, daß man den Flaum, der die Füße eines Mäuseflohs bedeckt, auf seinen Photos unterscheiden kann oder die verschiedenen Segmente eines Fliegenauges (*Esquisses photographiques* 1856, 37). Louis Figuier weist auf die 1859 ausgestellten mikroskopischen Verkleinerungen hin: es handelt sich um Photographien von der Größe eines Stecknadelkopfes, auf denen erst mit der Lupe Texte, wie der Appell des Kaisers an die Armee, sichtbar werden (*La Photographie au Salon de 1859,* Paris 1860, 77). – *10 Astronomen:* Zum Beispiel hatte E. Liais anläßlich der totalen Sonnenfinsternis am 7. September 1858 zwölf Photos von der progressiven Verdeckung der Sonne gemacht (vgl. *La Photographie et l'astronomie,* in: *La Lumière* vom 29. Januar 1859). – *17 Archiven unseres Gedächtnisses:* Collard stellte 1859 z.B. eine Aufnahme des Pont Saint-Michel vor seiner Zerstörung aus. Ebenso wurden mittelalterliche Skulpturen von Kirchen aus Moissac und Arles (St. Trophime) von Bisson photographiert, wie auch alte Codices.

III. DIE KÖNIGIN DER FÄHIGKEITEN

Die Bezeichnung der Imagination als »Königin aller menschlichen Fähigkeiten« hat Baudelaire bereits in seinem Aufsatz über die ›Weltausstellung 1855‹ benutzt und in seinen ›Neuen Anmerkungen zu Edgar Poe‹ dem amerikanischen Dichter zugeschrieben (Bd. II, S. 238, 352). Sie ist sein Schlagwort im Kampf gegen die Ästhetik der Realisten, für die die Einbildungskraft im künstlerischen Schaffungsprozeß gegenüber der Wirklichkeit eine untergeordnete und kaum erwähnenswerte Rolle spielt, wie es in der von Edmond Duranty gegründeten Zeitschrift *Réalisme* heißt (15. März 1857). Dieses und das folgende Kapitel bilden gemeinsam eine Apotheose der schöpferischen Phantasie des Künstlers und sind eines der bedeutendsten Dokumente in der damals leidenschaftlich geführten Realismus-Diskussion. Zum Begriff der Imagination siehe Gilman, 117ff.; Winfried Kreutzer, ›Die Imagination bei Baudelaire‹, Diss. Würzburg 1970; Peter-Eckhard Knabe, ›Schlüsselbegriffe des kunsttheoretischen Denkens in Frankreich von der Spätklassik bis zum Ende der Aufklärung‹, Düsseldorf 1972.

S. 140, *14 Kopiert die Natur!:* Die vollkommene Kopie war erklärtes Ziel der Realisten und Zentralbegriff der Definition ihrer Kunst; er wurde immer wieder in der Diskussion von Freund und Feind aufgenommen. Auch die Debatte um die Photographie führte Baudelaire auf diesen Kernpunkt zurück (siehe S. 136, 37ff.). – *17 nicht nur in der Malerei:* Die Malerei ist »eine im wesentlichen *konkrete* Kunst, die nur in der Darstellung der *wirklichen* und *existierenden* Dinge bestehen kann«, schreibt Courbet in einem Manifest, das im *Courrier du Dimanche* am 25. Dezember 1861 erschien (zit. nach Ausstellungskatalog ›Courbet und Deutschland‹, Frankfurt 1979, 33). – *18 sogar im Roman, sogar in der Poesie:* Der von Baudelaire besprochene Roman Flauberts *Madame Bovary* (1857; siehe S. 65-76) wurde damals als ein – wenn auch umstrittenes – Beispiel des Realismus betrachtet. Baudelaire selbst beklagte sich, daß er wegen seiner *Fleurs du Mal* von vielen ungerechtfertigt als ein Realist abgestempelt worden sei (Band II, S. 206). – *21 Die Natur ist häßlich:* Die Gegner des Realismus, zu denen Baudelaire gehört, sprachen von einer *»école du laid«* (›Schule des Häßlichen‹; siehe Bernard Weinberg, *French Realism; The Critical Reaction, 1830-1870*, Menasha/Wisconsin 1937, 99). Dem Dichter selbst, der die Natur, sofern sie nicht künstlerisch überhöht war, verabscheute, wurde vom Staatsanwalt der Vorwurf gemacht, in seinen *Fleurs du Mal* die »häßlichen Seiten« der menschlichen Natur zu übertreiben und damit gegen die öffentliche Moral zu verstoßen (Bd. IV, S. 170). – *22 Ungeheuer meiner Phantasie:* Baudelaire war ein Bewunderer der »Monstren« Goyas und der von ihm geschaffenen Welt der Phantastik (Bd. I, S. 334). Er zog aus den Radierungen des spanischen Malers Anregungen für sein dichterisches Schaffen: *Les Phares, Duellum,* Bd. III, S. 73f., 121 (siehe auch W. Drost, ›Zur Phantastik in Baudelaires Dichtung und Kunsttheorie‹, in: Chr. W. Thomsen/J. M. Fischer (Hrsg.), ›Phantastik in Literatur und Kunst‹, Darmstadt 1980, 182-200). – *24 daß diese äußere Natur wirklich existiert:* Baudelaire spielt offenbar auf die Philosophie des deutschen Idealismus (Fichte) an.

S. 141, *1 seiner eigenen Natur treu:* Bereits im ›Salon 1846‹ hatte Baudelaire als Grundbedingung für jede schöpferische Betätigung den individuellen Ausdruck des Künstlers gefordert: »Wer kein Temperament hat, ist nicht würdig, Gemälde zu schaffen« (Bd. I, S. 197). Damals griff er die Eklektiker an, die die Kunst vergangener Zeiten nachahmten. – *19 Sie ist die Analyse, sie ist die Synthese:* Baudelaire nimmt hier, wie im folgenden, Gedanken des englischen Romantikers Samuel Taylor Coleridge (1772-1834) auf, der von der Imagination schreibt: *»It dissolves, diffuses, dissipates, in order to re-create«; Biographia Literaria,* 1817; Kapitel XIII *On the Imagination, or esemplastic power;* zitiert nach Gilman, 130). – *23 Sie ist die Sensibilität:* Baudelaire hat der Feinfühligkeit stets besondere Bedeutung beigemessen – »Die Sensibilität eines jeden ist sein Genie« (*Fusées,* XII, Bd. VI), ihr aber stets einen bewußt rationalen Willen zur Steuerung beigegeben. Er entwickelt diesen Gedanken in dem III. Kapitel seines Essays über Guys (Seite 217-225). – *25 sittliche Bedeutung der Farbe ...:* Die Analogie zwischen Farben, Tönen und Gefühlen und die Synästhesien überhaupt hat Baudelaire im *Salon 1846* behandelt; er zitiert dort anläßlich dieses Problems E.T.A. Hoffmann (Bd. I, S. 204). Siehe auch den Brief an Alphonse Toussenel vom 21. Januar 1856 (S. 7, *32* und die Anm. dazu). – *27 Metapher:* »Ich habe immer Gefallen daran gefunden, in der äußeren und sichtbaren Welt Beispiele und Metaphern zu suchen, die mir dazu dienten, die Genüsse und Eindrücke einer spirituellen Ordnung zu charakterisieren.« (Baudelaire über Marceline Desbordes-Valmore, Œuvres/Pl II, 148)

S. 142, *11 Königin des Wahren, und das Mögliche ...:* Baudelaire führt hier einen Gedanken fort, den er anläßlich Goyas in den Ausführungen über ›Einige ausländische Karikaturisten‹ formuliert hatte (Bd. I, S. 335). – *12 dem Unendlichen:* Das *»infini«* ist ein Grundmerkmal in Baudelaires Definition der Romantik (›Salon 1846‹, Bd. I, S. 199). Er erläutert diesen Begriff in den folgenden Ausführungen (S. 153, 37ff.) über Eugène Delacroix, den romantischen Maler par excellence. – *16 zweitrangiger Fähigkeiten:* Solche sind für Baudelaire die handwerklichen Fähigkeiten, auf die in den Akademien so großer Wert gelegt wurde. Diese Einstellung brachte ihn dazu, Autodidakten wie Catlin (siehe Bd. I, S. 227f.) und Constantin Guys zu seinen Lieblingskünstlern zu erklären und Zeichenfehler bei einem Maler wie Delacroix im Gegensatz zur klassizistischen Kritik zu entschuldigen (Bd. I, S. 222).

S. 143, *1 Antony:* Drama von Alexandre Dumas, das 1831 uraufgeführt wurde; ›Der *Graf Hermann*‹ (Uraufführung 1849); der Roman ›Der Graf von *Monte-Cristo*‹ erschien 1844/45. – *10 in einem Waggon:* Baudelaire war einige Tage nach der Eröffnung des Salons, die am 15. April stattgefunden hatte, wieder nach Honfleur gefahren, das er Anfang März verlassen hatte. – *16* Für die *Indépendance belge* hatte Dumas seine Besprechung des Salons 1859 geschrieben, die am Jahresende in Buchform unter dem Titel *L'Art et les artistes contemporains au Salon de 1859* erschien. Der erste Artikel, von dem Baudelaire behauptet, ihn gelesen zu haben, befindet sich in der Ausgabe vom 23. April, die weiteren kamen am 4., 6., 9. und 19. Mai heraus. Baudelaire gibt die Äußerungen Dumas' z.T. falsch wieder (s.u. zu Zeile *37*). – *24 Epoche ... voller Leben:* In der Tat spricht Dumas in dem Salonbericht mehrfach voller Bewunderung von der Romantik als der »großen Epoche von 1830« (Buchausgabe Paris 1859, 48) mit der »großen Phalanx der Künstler« (122). Er erwähnt drei der im folgenden von Baudelaire aufgezählten romantischen Künstler, Delacroix, Bonington, Boulanger, und darüber hinaus Decamps (144). – Der *Schöpfer des romantischen Dramas* war Victor Hugo 1827 mit der theoretischen Grundlegung in seinem Vorwort zu *Cromwell.* Bevor er aber 1830 mit der Aufführung seines *Hernani* die berühmte Schlacht zwischen den Anhängern der Romantik und des Klassizismus auslöste, hatte er kein spielbares Drama geschrieben. Dumas war dadurch für kurze Zeit mit *Henri III et sa cour* (1829) der Repräsentant des revolutionären, romantischen Theaters. – *28 die beiden Devéria:* Baudelaire hat die Brüder Achille (1800-1857) und Eugène Devéria (1805-1865) im ›Salon 1846‹ (Bd. I, S. 228) als Vorkämpfer der Romantik und Vertreter des Kolorismus erwähnt. Achille trat vor allem als Lithograph hervor und war den romantischen Dichtern und Malern eng verbunden. Eugène war gleichfalls ein begeisterter Verfechter der Romantik und hatte mit seinem Gemälde ›Die Geburt Heinrichs IV.‹ (Louvre) im Salon 1827 allgemeine Bewunderung erregt. Wie Delacroix war auch Eugène Devéria 1859 vertreten. Baudelaire wird ihn in Kapitel V noch einmal erwähnen (S. 169, *25*). Dumas ist in seiner Besprechung der Ausstellung weder auf Achille noch Eugène Devéria mit einem Wort eingegangen. – Louis *Boulanger* (1807-1867), Schüler des eben genannten Achille Devéria, unter dem er sich der romantischen Bewegung anschloß. Als enger Freund Victor Hugos illustrierte er dessen Werke und inspirierte sich immer wieder an ihnen; seine Historiengemälde und Porträts waren hochgeschätzt. Alexandre Dumas, der zu Boulangers Freundeskreis gehörte, pries ihn überschwenglich als »einen Mann, der eines der Häupter der modernen Schule war, ist und bleiben wird« (124). – Pierre Saint-Ange *Poterlet,* gen. Hippolyte Poterlet (1804-1835), war mit Delacroix befreundet und gehörte zu einer romantischen Strömung, die sich vornehmlich an den alten flämischen und holländischen Meistern inspirierte. Dumas erwähnt ihn nicht. – *29 Bonington:* s.o. zu S. 131, *11*. – *31 Laudator temporis acti!:* Lobredner vergangener Zeiten! Horaz, *Ars poetica,* Vers 173. – *daß er Delacroix ... lobte!* Dumas bewunderte Delacroix und verteidigte ihn gegen die Angriffe der Kritik: »Was kümmern mich diese Fehler im Detail, wenn mich das Ganze entzückt« (11). Was Dumas summarisch, wenn auch mit großem Enthusiasmus darlegt, hatte Baudelaire mit großem Ernst im ›Salon 1846‹ vertreten (Bd. I, S. 214f.). – *37 daß Troyon kein Genie besitze:* Dieses ist der eklatanteste Fehler, der Baudelaire in der Wiedergabe von Dumas' Artikel unterlaufen ist. Denn ganz im Gegenteil zu Baudelaire setzte Dumas Troyon auf eine Stufe mit Delacroix und nannte ihn »ein wahres Malertemperament« (20); seine diesjährigen Bilder seien »die schönsten, die er je gemacht hat« (18). Durch seine Unachtsamkeit widerlegt Baudelaire an diesem Punkt seine im folgenden aufgestellte These von der Kraft der Phantasie, die auch den kritischen Geist mit umfaßt.

S. 144, *15 Beleidigung:* Dumas wurde bekanntermaßen bei seinen langen Fortsetzungsromanen und bei einigen Theaterstücken von Mitarbeitern, den sog. »Negern«, unterstützt. Der bekannteste von ihnen war Auguste Maquet. – *23 eines Meisters:* Delacroix, von dem Baudelaire einige Zeilen weiter unten schreibt, daß er viel von ihm gelernt habe.

IV. DIE HERRSCHAFT DER EINBILDUNGSKRAFT

S. 144, *32 Nachtseite der Natur: The Night Side of Nature or Ghosts and Ghost Seers,* ›Die Nachtseite der Natur oder Geister und Geisterseher‹ (London 1848, 3. Auflage 1852), von Catherine Crowe (um 1800-1876). Diese Sammlung übernatürlicher Erzählungen war Baudelaire spätestens seit 1857 bekannt, als er seine

›Neuen Anmerkungen zu Edgar Poe‹ veröffentlichte (Bd. II, S. 341 ff.). Der Einfluß von Mrs. Crowe auf Baudelaire wird ausführlich dargestellt (und etwas überschätzt) von G. T. Clapton, *Baudelaire and Catherine Crowe*, in: *Modern Language Review*, XXV, 1930; 286-305; Randolph Hughes, *Une Étape de l'esthétique de Baudelaire: Catherine Crowe*, in: *Revue de littérature comparée*, Okt.-Dez. 1937, 680-699.

S. 145, *10 schöpferische Einbildungskraft:* Baudelaire ging es nicht um die vieldiskutierte Untescheidung zwischen *fancy* und *imagination:* er war glücklich, in Mrs. Crowe eine Autorität gefunden zu haben (selbst wenn er ihr gegenüber eine gewisse Herablassung durchblicken ließ), die er für seine These vom kreativen Charakter der Phantasie zitieren konnte (siehe auch Gilman, 130 f.). Die Unterscheidung von *fancy* und *imagination*, wie sie auch E. A. Poe vertrat (Bd. II, S. 352), geht bei diesem wie bei Catherine Crowe im wesentlichen auf Coleridge (s. o. zu S. 141, *19*) zurück. (Dazu Michael Shanks, *Coleridge et son influence sur la conception baudelairienne de l'imagination*, in: *L'Imagination créatrice*. Actes mis en forme par Roselyne Chenu. Avant-propos de Pierre Emmanuel, Rencontre internationale, Poigny-la-Forêt, 9.-13. Okt. 1970, 40-48.) Catherine Crowe hatte sich zu einem Teil auch an den Gedanken des Deutschen Philipp Heinrich Werner (1791-1843) inspiriert, der in seiner ›Symbolik der Sprache‹ (1841) zwischen der schöpferischen Phantasie und der nur nachahmenden Einbildungskraft unterschieden hatte (siehe Richard Beilharz, *Fantaisie et imagination chez Baudelaire, Catherine Crowe et leurs prédécesseurs allemands*, in: B/Colloque, 31-40). – *23 zum ersten Mal:* Baudelaire glaubt sich im 3. Kapitel seines Nekrologs über Delacroix zu erinnern, daß er den Maler 1845 kennengelernt habe (siehe Bd. VII). – *29 impavidum ferient*: verkürztes Zitat aus Horaz' *Carmina*, Buch III, 3, Vers 8: »*impavidum ferient ruinae*« (er wird sich unerschreckt von den Trümmern zerschmettern lassen). – *Bilderstürmer:* Baudelaires Dichtung ist voll von Reminiszenzen an Bilder (siehe Jean Prévost, *Baudelaire. Essai sur l'inspiration et la création poétiques*, Paris 1953; Album 1974). Für ihn war der »Kult der Bilder« seine »große, einzige, ursprüngliche Leidenschaft« (›*Mein entblößtes Herz*‹, *XXXVIII*, Bd. VI). – *33 Die Natur ist nur ein Wörterbuch:* siehe Delacroix' damals unveröffentlichte Notizen (*Réalisme et idéalisme*, in: *Œuvres littéraires*, Paris 1923, I, 58). Baudelaire wies auf einen derartigen Ausspruch bereits 1846 hin (Bd. I, S. 214, *1*) und wird ihn sowohl in diesem Salon anhand der Landschaftsmalerei erläutern (S. 187, 22) als auch in dem Nekrolog auf Delacroix verwenden, wo er diese Passage mit der Bemerkung zitiert, sie »fast nach dem Diktat des Meisters« geschrieben zu haben (siehe Bd. VII). Moss hat entsprechende Parallelstellen bei Delacroix nachgewiesen (*Baudelaire et Delacroix*, Paris 1973, 74 ff.).

S. 146, *14 wenn es ihnen gelingt, ihre Persönlichkeit auszuschalten!:* Baudelaire schreibt diese Einstellung vornehmlich den Realisten zu. Aber er bemängelt diesen Fehler auch bei Künstlern wie dem erwähnten Troyon, bei dem die manuelle Geschicklichkeit mit der »Fühllosigkeit« (*insensibilité*) Hand in Hand gehe (siehe S. 188, *29*). – *22 Sprache des Traumes:* Der Begriff des Traumes resümiert für Baudelaire den schöpferischen Akt der Phantasie des wahren Künstlers, der die Nachahmung der Natur hinter sich läßt. Der Kritiker verfolgt hier einen Gedanken konsequent weiter, den er 1846 skizziert hatte (siehe Bd. I, S. 212 f.) – *23 äußerste Raschheit:* Bereits im ›Salon 1846‹ schrieb Baudelaire im Zusammenhang mit Delacroix, daß die Hand des Künstlers gelernt haben müsse, »die göttlichen Befehle des Gehirns mit der Raschheit eines Sklaven ausführen zu können; sonst entschwebt das Ideal« (Bd. I, S. 213). Hier wie dort spricht er von der Sauberkeit des Handwerkzeugs.

S. 147, *2 Gelb, Orange, Rot:* vgl. Bd. I, zu S. 204, 30. – *8 mit der Mathematik und der Musik:* Von der Verbindung zwischen Farbe und Musik war schon im Zusammenhang mit der Korrespondenzenlehre die Rede (s.o. zu 141, *25*). Die Beziehung zur Mathematik führt Baudelaire in ›Wein und Haschisch‹ aus, wo er ebenfalls den »Tönen eine Farbe« und den »Farben eine Musik« zuordnet (siehe Bd. II, S. 136). Über die Entsprechung zwischen dem »poetischen Satz« und Musik bzw. Mathematik siehe seinen dritten Entwurf zum Vorwort der FdM (Bd. IV, S. 117). – *13* Peter Paul *Rubens* (1577-1640) wurde eine Strophe der *Phares* gewidmet (Bd. III, S. 72). Baudelaire stellte ihn als »wahren Maler« auf eine Stufe mit Veronese, Velasquez und Delacroix (Œuvres/Pl II, 134). In einigen Bildern der Galerie der Maria Medici (Louvre) wie in mehreren Landschaftsbildern mochte ihm Rubens' Farbgebung allzu aufdringlich erscheinen. – *17 die einzelnen Striche nicht ineinander verlaufen zu lassen:* Gegen die Technik des verriebenen Farbauftrags hatte sich Baudelaire im ›Salon 1846‹ anläßlich Delacroix' ausgesprochen (Bd. I, zu S. 205, *12*). – *19 aus einer Entfernung:* Auf dieser Tatsache beruht die Technik der Impressionisten und Neo-Impressionisten, Formen und Farbtöne durch einzelne, unverbunden nebeneinandergesetzte Farbtupfer bzw. Pinselstriche wiederzugeben. Delacroix hatte den modernen Richtungen den Weg gebahnt, wie der Maler Paul Signac 1899 in seinem Werk *D'Eugène Delacroix au néo-impressionisme* ausführte. – *31* Hippolyte, gen. *Paul Delaroche* (1797-1856), Schüler von Gros und Schwiegersohn des gleich erwähnten Horace Vernet. Delaroche war ein außerordentlich erfolgreicher Historienmaler (siehe Bd. I, zu S. 191, 7) und bedeutender Lehrer. Baudelaire freilich fand seine 1846 im *Bazar Bonne-Nouvelle* ausgestellten Gemälde lediglich »liebenswürdige Werke aus den mittleren Bereichen des Talents und des guten Geschmacks« (Bd. I, S. 191). – *Horace Vernet* (1789-1863), Militärmaler und Lithograph, 1829-1835 Direktor der Académie de France in Rom. Baudelaire hatte diesen Publikumsliebling als »absolute Antithese des Künstlers« hingestellt und mit Haß verfolgt (Bd. I, S. 135, 253-255; s.u. zu S. 166, *23*). – *riesige Gemälde:* Vernets Gemälde ›Die Einnahme der Smalah des Abd-el-Kader‹ mißt 4,89 × 21,39 m (siehe Bd. I, S. 397)! Ein Gemälde Delaroches wie die ›Einnahme des Trocadero‹ (*Prise du Trocadéro;* Versailles; Salon 1827/28) ist 3,30 × 4,95 m groß. – *33 in gewissen Partien durchaus vollendet:* In der Tat begann Vernet »oft eine Komposition in der Mitte oder von einer Ecke her« und »malte auf Anhieb, ohne sich einer *Untermalung* zu bedienen, wie es die meisten Maler zu tun pflegten« (Amédée Durande, *Joseph, Carle et Horace Vernet. Correspondance et biographies,* Paris 1864, 281 f.).

S. 148, *24 Vorratskammer von Bildern und Zeichen:* Bereits R.L. Gérardin hatte in seinem 1777 erschienenen Werk *De la Composition des paysages* (›Von der Landschaftskomposition‹) die Natur als »*magasin de belles idées*« bezeichnet (64), ohne so weit zu gehen wie Baudelaire in seinem Sonett *Correspondances* (Bd. III, S. 68), mit dem der Dichter zur Entstehung des Symbolismus beitrug (siehe auch Pierre Moreau, *Le Symbolisme de Baudelaire,* in: ›Symposium‹, V, 1951, 89-102, und Lloyd James Austin, *L'Univers poétique de Baudelaire. Symbolisme et symbolique,* Paris 1956).

S. 149, *7 doppeldeutiges Wort:* Mehrfach spricht Baudelaire von dem »vagen und obskuren Begriff« des Realismus (›Werke und Leben Eugène Delacroix'‹, Bd. VII). In seinem Entwurf zu einem Artikel *Puisque Réalisme il y a ...* (›Da es ihn denn schon einmal gibt, den Realismus ...‹) rechnet er mit dieser Richtung ab und distanziert sich sowohl von Courbet als auch von Champfleury; er formuliert dort die Maxime: »Jeder gute Dichter war stets *Realist.*« (Bd. II, S. 205) Baudelaires Rezension von Flauberts *Madame Bovary* (1857) enthält eine scharfsinnige Analyse des literarischen Realismus (siehe S. 69f.). – *9 Positivisten:* In seinem sechsbändigen *Cours de philosophie positive* (1830-1842) hatte August Comte (1798-1857), der Begründer des Positivismus, im Vertrauen auf den Fortschritt ein philosophisches Gebäude errichtet, das ganz auf wissenschaftlichem Geist beruht und jede metaphysische Perspektive ausschließt. – *19 die sogenannte Genremalerei:* Nachdem man zu Zeiten Diderots in Frankreich Bildnis, Landschaft, Seestück, Stilleben, Tierbild, Interieur und Szenen des täglichen Lebens der Genremalerei zuordnete, wurden im 19. Jahrhundert die einzelnen Gattungen getrennt und nur noch die Alltagsszenen als Genremalerei bezeichnet. – *30 die falschen Liebhaber des Antiken:* Anspielung auf die im 19. Jahrhundert bestehenden Akademien und den aus ihrer Lehre erwachsenen Akademismus. – *32 Poncif:* Abklatsch; *poncif,* wörtl. Schablone zum Kopieren von Konturen. Baudelaire widmet dem *poncif* in Zusammenhang mit dem *chic* ein eigenes Kapitel im ›Salon 1846‹ (Bd. I, S. 252f.). – *Stils:* Über Baudelaires Vorbehalte gegenüber dem, was er Stil nennt, siehe seine Ausführungen über Ingres' »fast krankhafte Bemühtheit um Stil« (Bd. II, S. 241; s.u. S. 183). Der Kritiker hatte im Zusammenhang mit diesem Vertreter des Klassizismus von der Einbildungskraft als dem »obersten unserer Vermögen« gesprochen und Ingres in seinem Streit »wider die Einbildungskraft« dem Realisten Courbet an die Seite gestellt (Bd. II, S. 238f.).

V. RELIGION, HISTORIE, FANTAISIE

S. 150, *5 Menge:* Duranty stellte fest, daß »nach den Soldaten die zahlreichste Gruppe die der religiösen Bilder« sei (*Le Courrier de Paris,* 19. April 1859). Religiöse Bildgegenstände gehörten damals immer noch zu den von öffentlichen Auftraggebern bevorzugten Themen (Angrand in: *Gazette des Beaux-Arts,* 6ᵉ pér., LXXI, 1968, 305). – *Qualität:* Fournel sprach von dem »unglückseligen Eindruck« der religiösen Werke (270), Chesneau dekretierte, daß die religiöse Kunst »völlig tot« sei (97). – *18 wie ein atheistischer Professor:* Über Baudelaires Religiosität ist viel diskutiert worden. Obwohl er kein orthodoxer Katholik war, ist er vom Katholizismus in mancher Hinsicht geprägt. Vgl. Friedhelm Kemp, ›Baudelaire und das Christentum‹, Marburger Beiträge zur romanischen Philosophie, Heft XXVII, 1939; Max Milner, *Enfer ou ciel, qu'importe,* Paris 1967. – *22 Polyeukt*: Held des Märtyrerdramas *Polyeucte* (1642) von Pierre Corneille. – *34 Ich werde glauben, wenn ich will:* Baudelaire betont den voluntaristischen Charakter der Kunst auch in den *Fusées* (XI; siehe Bd. VI) wie in dem Vorwort zu *Les Martyrs ridicules* von Léon Cladel (siehe Bd. VII). – *35 Spiritus flat ubi vult:* »Der Geist weht, wo er will« (Joh, III, 8).

S. 151, *1* Alphonse *Legros* (1837-1911), Maler und Radierer, der 1863 wegen mangelnder Anerkennung auf Anraten Whistlers nach London übersiedelte. Sein Frühwerk ist vor allem von Courbet sowie – besonders in seinen zahlreichen religiösen Bildern – von spanischen Malern geprägt. Baudelaire spricht mehrfach voller Bewunderung von diesem Maler, mit dem er freundschaftlich verbunden war (Corr/Pl II, 190, 270). Legros widmete seinerseits dem Dichter die *Esquisses à l'eau-forte* (1861; Expo 1968/69, Nr. 530-533). Legros wurde vor allem durch das Gemälde *L'Ex-Voto* (Dijon, Musée des Beaux-Arts; Salon 1861, Expo 1968/69, Nr. 528) bekannt. Siehe auch Ausstellungskatalog *Alphonse Legros,* Dijon, Musée des Beaux-Arts, 1957; Alexander Seltzer, *A. Legros: The Development of an Archaic Visual Vocabulary in 19th Century Art,* Diss. New York 1980. – *Amand Gautier* (1825-1894), Maler und Lithograph, Schüler von Souchon und Cogniet, gehörte zu Corbets Freunden. Ein großer Teil seiner Werke kreist um Themen des Klosterlebens, dessen Erscheinungsbild ihn faszinierte: *Entrée de couvent* (›Eingang zum Kloster‹), *La Sœur malade* (›Die kranke Schwester‹), *La Lessive au couvent* (›Waschtag im Kloster‹). Er war jedoch ein »Freigeist«, der offen seinen »Atheismus« bekannte (Robert Fernier, *Un Ami de Courbet: Amand Gautier,* in: *Les Amis de Gustave Courbet,* Bulletin 1955, Nr. 16, 1-5). – *10 zwei unbekannte oder wenig bekannte Namen:* Legros war erstmals im Salon 1857 mit einem Porträt seines Vaters (Tours, Museum) vertreten gewesen, das von der Kritik außer von Champfleury kaum beachtet wurde, während Amand Gautier bereits 1853 debütiert hatte; auf sein *Hôpital de folles* (1857) wird Baudelaire im nächsten Absatz eingehen. – *17 sein Gemälde:* Legros, *L'Angelus,* datiert 1858; ehem. Slg. Asa Lingard; Mayne I, Tafel 42; Drost 1971, Abb. 10. Wenn Mantz auch Vorbehalte äußert (288), so bewunderten die Kritiker insgesamt die »vollkommene Aufrichtigkeit« und »untadelige Wahrheit« dieses Bildes (Rousseau 230). Namentlich Astruc schenkte dem »originellen, einfachen, sehenden und in die Realität verliebten« Maler besondere Beachtung (282-284). – *18 Herrn C ...:* Es handelt sich möglicherweise um Henri Cantel, einen Schüler Baudelaires und einen Mitarbeiter der *Revue française,* in der dieser Salon Baudelaires erschien (W. T. Bandy, *Baudelaire et le »jeune chroniqueur«,* in: Buba X, Nr. 1, Sommer 1974, 17), oder um Charles Asselineau, der ebenfalls für diese Zeitschrift zahlreiche Beiträge verfaßt hatte (Œuvres/Pl II, 1395). – *30 französischen Schriftsteller:* Wahrscheinlich der von Baudelaire bewunderte Stendhal (1783-1842). Baudelaire zitiert ihn mehrfach in seinen Schriften, so im ›Salon 1846‹ und kopiert gelegentlich seinen Stil (›Eine Auswahl tröstlicher Maximen über die Liebe‹, Bd. I, S. 108ff.). – *36 Wie sind sie hier wiedergekehrt:* Assoziationen persönlicher Art bestimmen nicht selten das Urteil Baudelaires, der im übrigen die künstlerische Qualität dieses Werkes nicht überschätzt (siehe Drost 1971, 270).

S. 152, 7 *Trivialität:* Théophile Gautier gebrauchte den Begriff des »Trivialen« 1855 ausdrücklich in positivem Sinne für Meister wie Rembrandt, die »mehr dem Wahren als dem Schönen« nachgehen (1855, I, 281). Victor Hugo hatte in seinem Vorwort zu *Cromwell* 1827 dem Trivialen einen Platz in seiner neuen Kunsttheorie unter der Voraussetzung zugestanden, daß es einen besonderen Akzent erhält (Ed. définitive, Charpentier et Pasquelle, Paris o.J., 30) – *12 an Sternes Esel:* Baudelaire spielt auf eine Stelle in Laurence Sternes (1713-1768) *Tristram Shandy* an (1760/69; Buch VII, Kap. XXXII), ähnlich wie in seinem Prosagedicht ›Die guten Hunde‹ (Bd. VIII, S. 301). – *20 etwas trübe Farbe:* Auch Rousseau spricht von der »trüben Farbe, die die dumpfen Halbtöne Courbets widerzuspiegeln scheint« (in: *Figaro,* 31. Mai 1859). Seymour-Haden, der Schwager Whistlers und erster Besitzer des Gemäldes, hatte deshalb auch den Fußboden übermalt, ein Eingriff, den Legros später wieder rückgängig machte (Clément-Janin, *Un Grand Artiste français à l'étranger, Alphonse Legros,* in: *Mercure de France,* CCLXXVI, 1937, 513). – *22 Hintergrund ohne rechte Tiefe:* Seymour-Haden hatte wie Baudelaires Begleiter an der mangelnden perspektivischen Tiefe Anstoß genommen und das Bild »korrigiert«: diese »Verbesserung« beseitigte Legros wieder (E.R. und J. Pennell, *The Life of James McNeill Whistler*, London 1908, I, 77f.). – *26 Einfalt:* Naivität ist ein wesentliches Kriterium Baudelaires für die positive Beurteilung eines Kunstwerks. Sie bedeutet den unmittelbaren, von Akademismus und Routine unverfälschten Ausdruck des Künstlers, schließt jedoch nicht eine geschulte Fertigkeit aus (Drost 1971, 276ff.). Als tadelnswürdigen Gegensatz zu dieser *naïveté* wird Baudelaire Gérôme als Vertreter der *»école des pointus«* aufs Korn nehmen (S. 163ff.) – *alte Bilder:* Astruc assoziiert bei Legros' Malweise ebenfalls die alten Meister: »er ähnelt niemand, es sei denn den alten gotischen Meistern« (283f.). – *34 Asyls für Närrinen: Hôpital de folles (Les Folles de la Salpêtrière)* war im Salon 1857 ausgestellt. Das Gemälde ist verschollen, eine Lithographie A. Gautiers nach dem Gemälde befindet sich im Kupferstichkabinett der Bibliothèque Nationale, Paris (W. Hofmann, ›Entfremdungen‹, in: ›Bruchlinien. Aufsätze zur Kunst des 19. Jahrhunderts‹, München 1979, 223, Abb. 8). Auch Champfleury spricht davon, daß das Werk zurückgewiesen sei, bezieht sich allerdings auf eine *»Exposition de 1856«*, die es nie gegeben hat (*La Gazette*, Nov.-Dez. 1856, Slatkine Reprints, Genf 1968, 122); möglicherweise hat Baudelaire von dem ihm gut bekannten Romancier und Kritiker diese Fehlinformation erhalten. Er hatte das Gemälde nicht im Salon 1857, sondern ein Jahr zuvor in den Schaufenstern der Frères Bisson gesehen (Champfleury, ebd.), auf die er hier anspielt. Théophile Gautier lobte 1857 den »starken Eindruck« (*L'Artiste*, N.S.II, 1857, 67). 1858 wurde das Gemälde erneut in Le Havre mit Erfolg ausgestellt. – *35 philosophischen und germanischen Methode:* siehe Baudelaires Entwurf zu einem Artikel über ›Die philosophische Kunst‹, in dem er das hier erwähnte Werk von Kaulbach bespricht (S. 260). – *36* Wilhelm von *Kaulbach* (1805-1874), Historien- und Porträtmaler, Hofmaler König Ludwigs I. von Bayern. Kaulbach hatte 1834 unter dem Eindruck eines Besuchs in einer Irrenanstalt ein *Narrenhaus* gezeichnet, das im Nachstich auch in Frankreich sehr verbreitet war (W. Hofmann, ›Bruchlinien‹, München 1979, 222 und 224, Abb. 7). – *Kategorien des Aristoteles:* Der griechische Philosoph (384-322 v. Chr.) unterschied in seinem *Organon* zehn Kategorien wie Raum, Zeit, Qualität, Tun, Leiden, etc. 1857 hatte bereits Théophile Gautier auf die gegensätzliche Behandlung des Themas bei Amand Gautier und Kaulbach hingewiesen: »A. Gautier hat nicht wie der deutsche Maler die Ästhetik und Symbolik der Narrheit gestaltet; er hat ganz naiv den Hof der Geistesgestörten *(agitées)* in der Salpêtrière dargestellt« (*L'Artiste*, N.S.II, 1857, 67).

S. 153, 2 *Freunde des Malers:* Zu diesem Freundeskreis gehörten neben Courbet auch Pissarro, Lépine, Duranty, Proudhon und Boudin. Mit letzterem hatte Baudelaire 1859 längere Gespräche geführt (s.u. zu S. 192, 24). – 4 *nach der Natur kopiert:* Du Camp bestätigt diese Aussage: »Er hat aufmerksam die Natur betrachtet und sie, so gut er konnte, übersetzt. Er ist richtig verfahren, und wir, die wir oft durch die Salpêtrière gegangen sind, können bestätigen, daß sein Bild aus dem Leben gegriffen ist« (*Salon de 1857*, Paris 1857, 85). Amand Gautier hatte durch seinen Freund Paul Gachet, der an der Salpêtrière praktizierte, Kontakt mit der Welt der Geisteskranken bekommen. – *9 Barmherzige Schwestern: Les Sœurs de* charité (›Der Spaziergang der Ordensschwestern‹; Lille, Palais des Beaux-Arts; Expo 1968/69, Nr. 487, Abb. S. 113). Im Gegensatz zu Baudelaire hob die Kritik vornehmlich die »Naturtreue« (Louis Jourdan, *Les Peintres français. Salon de 1859*, Paris 1859, 148) und die »Wahrheit der Stimmung« hervor (Astruc 282). – *25* Eustache *Le Sueur* (1616-1655), Schüler von Simon Vouet, stark von Nicolas

Poussin geprägt. Baudelaire denkt wohl insbesondere an die 22 Gemälde über das Leben des Hl. Bruno, die Le Sueur für die Kartäusermönche in der Rue d'Enfer gemalt hatte (1645-1648; Paris, Louvre; W. Weisbach, ›Französische Malerei des 17. Jahrhunderts‹, Berlin 1932, Taf. 17 und Abb. 65, 66). – *Philippe de Champagne* (1602-1674), wie Le Sueur stark von Poussin beeinflußt, malte überwiegend religiöse Themen. Eines seiner bekanntesten Gemälde ist das unter dem Eindruck der Heilung seiner Tochter entstandene Bild ›Oberin Catherine-Agnès Arnauld und Schwester Catherine de Sainte-Suzanne‹ (1662; Paris Louvre; Jacques Thuillier/Albert Châtelet, ›Französische Malerei von Le Nain bis zu Fragonard‹, Genf 1964, Abb. S. 30/31). Zum Vergleich zwischen Amand Gautier und Philippe de Champagne siehe Drost 1971, 270. – *32 Dieser Saal bietet einen so frostigen Anblick:* Viele Kritiker, wie Chesneau, teilen Baudelaires Ansicht: Die in dem sog. Kleriker-Saal (*»salle dite du clergé«*) aufgehängten Gemälde bilden ein »so schlechtes Ensemble, daß es verboten gehörte« (96). – *37 Delacroix' Einbildungskraft:* siehe oben Kap. III und IV; vgl. auch Wolfgang Stolte, ›Zur Imagination im Werk von Eugène Delacroix‹, Diss. Bonn 1978. Eugène Delacroix (1798-1863), Hauptvertreter der französischen Romantik (siehe Bd. I, zu S. 130, 2 und Bd. II, zu S. 244, 5) war mit acht Gemälden vertreten: ›Kreuztragung‹, ›Grablegung Christi‹, ›Hl. Sebastian‹, ›Ovid im Exil‹, ›Erminia unter den Hirten‹, ›Raub der Rebecca‹, ›Hamlet‹ und ›An den Ufern des Sebu‹ (Livret Nr. 819-826). Seit jeher bewunderte Baudelaire den Maler und räumte ihm in jeder seiner Ausstellungskritiken den Vorrang ein. Die Kap. III und IV des vorliegenden Salons zeigen, daß auch der Kunsttheoretiker Delacroix Baudelaire nachhaltig beeinflußt hat. Nach dem großen Erfolg auf der Weltausstellung 1855 und seiner Aufnahme in die Akademie zwei Jahre später, bedeutete der Salon 1859 für Delacroix einen Rückschlag in der allgemeinen Anerkennung. Zwar hielten Männer wie Astruc, Dumas, Gautier, Houssaye dem Maler die Treue und äußerten sich positiv oder gar enthusiastisch, doch stellte ein großer Teil der Kritiker einen erheblichen künstlerischen Abstieg fest und sprach von »*décadence*« (Gabrielis, in: *Le Moniteur des Arts,* 25. Juni 1859). Delacroix sei »offensichtlich ermüdet« (Mantz 1859, 135) und erlege seinen Bewunderern eine »grausame Prüfung« auf (Du Camp, 32). Auch das große Publikum lachte und riß Witze. »In meinem langen Leben als Kritiker kann ich mich nicht eines so schändlichen Skandals erinnern«, schrieb Alfred Robaut (*L'Œuvre complet d'Eugène Delacroix,* Paris 1885, 372). Delacroix fühlte sich »gescholten und verunglimpft« (*»houspillé et vilipendé«*) und dankte Baudelaire für seine Besprechung am 27. Juni 1859 (Lettres/B, 116f.). Er kündigt in diesem Brief seine Entscheidung an, künftig nicht mehr im Salon auszustellen.

S. 154, *1 Höhen der Religion:* Schon 1846 gab Baudelaire seiner Überzeugung Ausdruck, daß »allein Delacroix religiöse Bilder zu malen versteht«, da »die ernste Trauer seines Temperaments vollkommen unserer Religion« entspreche (Bd. I, S. 216). Delacroix schätzte die religiösen Themen, aus Gründen, die Baudelaires hier dargelegten Überzeugungen nahestehen: sie lassen »der Imagination freien Lauf, so daß jeder sein besonderes Gefühl in ihr ausdrücken kann« (Brief an Dutilleux vom 5. Okt. 1850, *Correspondance générale d'Eugène Delacroix,* hrsg. von A. Joubin, Paris, 1936-1938, III, 37; Lucie Horner, *Baudelaire, critique de Delacroix,* Genf 1956, 164). – *3 Dichter-Malers:* Bereits im ›Salon 1846‹ nennt Baudelaire Delacroix einen Dichter (Bd. I, S. 211). Auch Astruc gebraucht dieses Wort (265, 267). – *12 kleine Verkündigung:* Die ›Verkündigung‹, datiert 1841, mißt 30 × 42 cm (Bortolatto Nr. 358). – *16 Christus am Ölberg:* Salon 1827. Das Gemälde befindet sich in der Kirche Saint-Paul-Saint-Louis, Paris (Bortolatto Nr. 136). 1846 zeigte sich Baudelaire von der »Würde« und dem »tiefen Ernst« des Bildes beeindruckt (Bd. I, S. 216). – 22 Walter *Scott* (1771-1832; siehe Bd. II, zu S. 248, 9), Lord *Byron* (1788-1824; siehe Bd. II, zu S. 248, *11* und zu S. 252, *5*) und *Goethe* (1749-1832; siehe Bd. II, zu S. 249, 24) waren in Frankreich während der Romantik höchst populär. Delacroix' Bewunderung für diese Dichter in den zwanziger Jahren ließ später etwas nach, doch nahm er immer noch aus ihren Werken Stoffe für seine Gemälde. Der ›Raub der Rebecca‹ dieses Salons entstand nach Scotts *Ivanhoe*. – *Shakespeare* war insbesondere durch die Aufführungen englischer Schauspielertruppen in den zwanziger Jahren in Paris aktuell gewesen (siehe Bd. II, zu S. 248, *14f.* und 249, 24). Baudelaire hob die Wesensverwandtschaft zwischen dem Dramatiker und Maler hervor und sprach von »wahrhaft shakespearischer Schönheit« der Bilder Delacroix' (Weltausstellung 1855; Bd. II, 248). – Ludovico *Ariosto* (1474-1533) hatte Delacroix weniger häufig zu Darstellungen angeregt als Shakespeare oder Byron (*Journal*, 17. September 1846; siehe Bd. I, zu 243, *25* und Bd. II, zu S. 252, *5*). – *Tasso:* Nach Torquato Tassos (1544-1595) *Befreitem Jerusalem* war das im diesjährigen Salon ausgestellte Gemälde ›Erminia unter den Hirten‹ entstanden. – *Dante* Alighieri (1265-1321) hatte Delacroix zu einem seiner bedeutendsten Gemälde inspiriert, der ›Dantebarke‹ (siehe Bd. I, S. 206ff. und weiter unten zu S. 155, 24). – *28 seines Gedächtnisses:* Das Gedächtnis ist für Baudelaire eine Voraussetzung für die künstlerische Betätigung: es liefert der Phantasie Stoff für den eigentlich schöpferischen Akt (vgl. ›Salon 1846‹, Bd. I, S. 238). – *31 jungen Chronisten:* In der ›Weltausstellung 1855‹ mokiert sich Baudelaire über eine Bemerkung, die Alphonse Karr 1840 über Delacroix' rosafarbenes Pferd in ›Trajans Gerechtigkeit‹ gemacht hatte (Bd. II, S. 247). 1859 ist Karr 51 Jahre alt, so daß die Bemerkung eher auf den dreißigjährigen Schriftsteller und Journalisten François-Victor Fournel zutrifft, der in seinem am 25. Mai erschienenen Artikel über Delacroix' Bilder im Salon 1859 beanstandet, Delacroix' Pferde seien in phantastischen Farben gemalt, die keineswegs der Wirklichkeit entsprächen; bekanntlich sei er imstande, einen Baum blau oder rosa zu malen, wenn er dies für den allgemeinen Eindruck erforderlich halte (Fournel 158; siehe auch Lucie Horner, *Alphonse Karr or Victor Fournel? A Needed Clarification*, in: *Modern Language Notes*, LXXIII, 1958, 432-434). Die Bezeichnung *junger Chronist* paßt auch auf den ebenfalls dreißigjährigen belgischen Journalisten Jean Rousseau, dessen Artikel zu den bissigsten Kritiken über die diesjährigen Bilder Delacroix' gehört (*Le Figaro*, 10. Mai 1859; W.T. Bandy, *Baudelaire et le »jeune chroniqueur«*, in: Buba X, Sommer 1974, 16-27, hier: 21ff.). Pichois sieht in der einer definitiven Deutung entgleitenden Gestalt des *jungen Chronisten* eine aus verschiedenen Porträts zusammengesetzte Gestalt, die Baudelaires Verachtung für das mangelnde Verständnis der jüngeren Generation gegenüber Delacroix resümiert (Œuvres/Pl II, 1396).

S. 155, *5 nichts destoweniger:* Einer ähnlichen Floskel bedient sich Séveriano de Heredia, der sich zwar einen »Ignoranten und starrsinnigen Kerl« nennt, aber dennoch die Bilder Delacroix' als »graue und schmutzige Skizzen« bezeichnet (siehe Bandy, in: Buba X, 1974, 24). – *15 seit 1822:* Delacroix hatte 1822 mit der ›Dantebarke‹ (s.u. Zeile 24) im Pariser Salon debütiert. Die offizielle Kritik verurteilte das Werk, während Maler wie Gros und Gérard sowie der im folgenden zitierte Thiers sich dafür einsetzten. – *17 auf jeder Ausstellung:* Delacroix war nur in wenigen Salons nach 1822 nicht vertreten gewesen, so in den Jahren 1842,

1843, 1844, 1852 und 1857. – *20* Adolphe *Thiers* (1797-1877), französischer Staatsmann, hatte in Paris als Journalist debütiert und eine Besprechung des Salon 1822 im *Constitutionnel* veröffentlicht. Baudelaire zitiert im folgenden den am 11. Mai 1822 erschienenen Artikel, aus dem er bereits in seinem ›Salon 1846‹ längere Auszüge angeführt hatte (Bd. I, S. 206-208). – *24 Dante und Virgil,* die ›Dantebarke‹ (Paris, Louvre; Mayne I, Abb. 33). Baudelaire erwähnt das 1855 wieder ausgestellte Gemälde zweimal in seinem Bericht über die Weltausstellung (Bd. II, S. 244 und 247).

S. 156, *1* Blaise *Pascal* (1623-1662) hatte in seinen *Pensées* geschrieben: »Unsere Richter haben dieses Mysterium sehr wohl gekannt. Ihre roten Roben, ihre Hermelinpelze, in die sie sich einwickeln wie Katzen, um sich das Aussehen von Würdenträgern zu geben, die Paläste, in denen sie Recht sprechen, die Lilien, dieser ganze erhabene Apparat war notwendig« (*Pensées,* Kapitel II, 2 *»L'Imagination«, Œuvres Complètes,* Ausgabe Pléiade, Paris 1960, 1118). – *5 öffentlichen Auszeichnungen:* Trotz allen Schmähungen erhielt Delacroix 1824 eine Medaille 2. Klasse, 1848 eine Medaille 1. Klasse; 1831 wurde er zum Ritter, 1846 zum Offizier und 1855 zum Kommandeur der Ehrenlegion ernannt. Seit 1826 erhielt er außerdem immer wieder Staatsaufträge. Die Akademie nahm ihn freilich erst 1857 nach mehrmaliger Ablehnung als Mitglied auf. – *9 nur unter Aristokraten:* In den *Peintres et aquafortistes* (›Maler und Radierer‹; siehe Bd. VII) spricht Baudelaire von der Radierung als einer Kunst, die »zu *persönlich,* und folglich zu aristokratisch ist, um jemand zu entzücken, der nicht von Natur aus *Künstler* ist«. – *17 Raffael* (1483-1520), Vollender der italienischen Hochrenaissance, Vorbild der klassizistischen französischen Malerei. Schon 1845 fiel ein Vergleich, den Baudelaire zwischen Delacroix und Raffael zog, zugunsten Delacroix' aus, da dessen Zeichnung das »Ungreifbare und Unbeständige der Natur« wiedergeben könne (Bd. I, S. 133), während Raffael, wie er ein Jahr später schrieb, ein »materialistischer Geist« sei, der »unablässig das Solide sucht« (ebd. S. 200); – Paolo *Veronese* (s. o. zu S. 135, *27*) hatte den Koloristen Delacroix entscheidend beeinflußt (vgl. Bd. I, zu S. 134, *12* und 203, *30*), wie auch die Kritik immer wieder betonte. Baudelaire fand einige Gemälde Delacroix' »den besten Werken Veroneses überlegen« (›Salon 1846‹, Bd. I, S. 219). – *36 Grablegung: Le Christ descendu au tombeau,* 1859 datiert; Tokyo, Nationalmuseum der abendländischen Kunst; Expo. 1968/69, Nr. 478; René Huyghe, ›Delacroix‹, München 1967, Abb. 366. Das Gemälde hatte »als einziges vor den strengen Richtern Gnade gefunden« (Perrin 410): »unmöglich, vor dieser großen, von einem derartigen religiösen Schauder geprägten Szene nicht bewegt und aufgewühlt zu verharren« (Stevens 31). – *37 Tizian:* »Tizians Gemälde würden meines Erachtens vor diesem Bild verblassen«, schreibt Astruc (274), der an die im Louvre befindliche ›Grablegung Christi‹ des italienischen Malers gedacht haben wird.

S. 157, *18 René,* die Hauptgestalt der gleichnamigen Erzählung, illustriert innerhalb Chateaubriands *Génie du Christianisme* (1802) einen Weltschmerz, von dem auch die Religion nicht vollständig heilen konnte. – *20 Heilige Sebastian:* Aus der Zeit um 1858/59 existieren mehrere Fassungen (Bortolatto Nr. 757, 767, 768); es ist nicht bekannt, welche 1859 ausgestellt wurde. – *21 Der Aufstieg zum Kalvarienberg: La Montée au Calvaire; Le Christ succombant sous la croix* (datiert 1859; Metz, Musée de la Ville; Expo. 1968/69, Nr. 477; Bortolatto Nr. 769). Mehrere Kritiker gehen mit dem Gemälde ins Gericht. Was Baudelaire als »komplizierte« Komposition lobt, erscheint Dumesnil als »Konfusion« (82) und Saint-

Victor als »Dekomposition einer Komposition« (*La Presse,* 23. April 1859). Du Pays kritisiert die »erloschene« Farbe (339). Gautier fühlt sich hingegen an »Tintoretto in seinen besten Tagen« (1859, 21. Mai), A. de Montaiglon an Rubens (*Revue Universelle des Arts,* IX, 1859, 442 f.) erinnert; Astruc preist überschwenglich alle Details (262 ff.). – *24 in den großen Flächenausmaßen ...:* Zitat aus dem Livret 1859 zu Nr. 819. Das Gemälde wurde 1861 in Metz ausgestellt und anschließend von der Stadt erworben. – *31 Skizzen:* Der skizzenhafte Charakter dieses und der anderen Bilder Delacroix' im Salon verstößt 1859 immer noch gegen die weithin von dem Klassizismus bestimmten ästhetischen Normen; er wird jedoch nicht ausschließlich negativ bewertet. Gautier spricht anläßlich des ›Aufstiegs zum Kalvarienberg‹ von »dieser vollendeten Skizze« (1859, 21. Mai); andere meinen, als Skizzen betrachtet seien die Bilder »prachtvoll« (Louis Jourdan, *Les Peintres français. Salon de 1859,* Paris 1859, 34), doch dürfe ein Maler, der so viele Ehrungen erhalten hat, nicht einfach »Entwürfe und großenteils noch ungestalte« vorzeigen (Guyot de Fère, in: *Journal des Arts,* 14. Juni 1859, 345). – *33 Kunst zu lieben: Ars amatoria,* erotisches Lehrgedicht Ovids (43 v. Chr.-17 n. Chr.). Baudelaire spricht von dem Gemälde ›Ovid im Exil‹ (datiert 1859; London, National Gallery; Bortolatto Nr. 760; Expo. 1968/69, Nr. 479, Abb. S. 111; Mayne I, Abb. 40), das Delacroix für Benoit Fould gemalt hat. Das Gemälde mag Baudelaire Anregungen zu seinem Sonett *Horreur sympathique* gegeben haben (Bd. III, S. 208 f.). Das Gemälde fand große Beachtung. Wenn auch das Pferd unproportioniert groß erschien und fast alle Kritiker zu sarkastischen Bemerkungen, wie Vergleichen mit einem Elefanten oder dem trojanischen Pferd, provozierte (Gautier 1859, 21. Mai), wurde die Landschaft als »eine der schönsten, der poetischsten Landschaften, die Delacroix' Traum verklärt habe«, gelobt (Mantz 1859, 137). – *37 Tristia:* Ovid wurde im Jahr 8 n. Chr. von Augustus nach Tomi am Schwarzen Meer verbannt, wo er ›Klagelieder‹ *(Tristia)* dichtete und mit den *Epistulae ex Ponto* (Briefe vom Schwarzen Meer) seine Freunde in Rom – vergeblich – um Hilfe bat, eine Aufhebung der Verbannung zu erwirken.

S. 158, *2 Ister:* lat. Name für die Donau. – *4 Pontus Euxinus:* das Schwarze Meer. – *15 zwanzig Jahre:* In Wirklichkeit dauerte die Zeit der Verbannung bis zu Ovids Tod nur neun Jahre. – *17 Ausonien:* Italien. – *18 Orpheus:* Der Verbannungsort Tomi liegt im antiken Thrakien, der Heimat des sagenhaften Dichters und Sängers Orpheus. – *22 Sarmaten:* die slawischen Völker, die das nordöstliche Europa und angrenzende Asien bewohnen. Das ganze Zitat stammt aus Chateaubriands *Les Martyrs ou le triomphe de la Religion chrétienne* (›Die Märtyrer oder der Triumph der christlichen Religion‹, 1809), Buch VII. Das Werk war 1857 mit umfangreichen Anmerkungen des Autors neu herausgegeben worden. Der letzte Satz spielt auf Ovids Bemerkung in den *Tristia* (V, X, 37) an, die Baudelaire in ›La Double Vie von Charles Asselineau‹ auf lateinisch zitiert: *»Barbarus hic ego sum, quia non intelligor illis«.* Siehe S. 81. – *24 Eudorus:* Ein junger zum Christentum bekehrter Grieche, Hauptperson in Chateaubriands Prosaepos *Les Martyrs.* – *28 Les Natchez:* ein Frühwerk Chateaubriands (1826), dessen erneute Lektüre sich Baudelaire im April 1859 vorgenommen hatte (siehe S. 53). Delacroix hatte 1835 ein Gemälde dieses Titels ausgestellt. – *29 vollkommen schöne Geschichte ...:* Zitat aus dem Epilog zu *Atala,* einer Erzählung Chateaubriands, die später in *Le Génie du Christianisme* (1802) aufgenommen wurde. – *35 Katalog:* das Livret, in dem das Gemälde unter der Nr. 822 mit dem von Baudelaire zitierten Text aufgeführt ist.

S. 159, *6 Traurigkeit ..., die ihm bisher fehlte:* Ovids in Rom verfaßte Werke waren überwiegend galant-erotischen Charakters. – *7 Schwermut: mélancolie;* für Baudelaire ein wesentlicher Zug von Delacroix' Kunst (siehe ›Salon 1846‹, Bd. I, S. 221). Für die melancholische Stimmung des Bildes zeigen sich Kritiker wie Stevens (32) und Rousseau (*Figaro,* 10. Mai 1859) gleichfalls empfänglich. – *11 sui generis:* Schon 1855 sprach Baudelaire von der »Eigenschaft *sui generis*« bei Delacroix (Bd. II, S. 253). – *23 Fromentin:* s.u. S. 174-176; Fromentin gehörte in der Tat zu Delacroix' Bewunderern. – *27 Spezialität:* Baudelaire verwendet hier einen banalen Begriff in dem besonderen Sinn, den ihm Balzac in dem Roman *Louis Lambert* (1832/33) verliehen hat, nämlich als Fähigkeit, »die Dinge der materiellen wie der spirituellen Welt in ihren ursprünglichen und nachfolgenden Verzweigungen zu sehen. Die feinsten Genies sind die, welche von der Finsternis der Abstraktion ausgegangen sind, um zum Licht der Spezialität zu gelangen (*spécialité, species,* Sicht, spekulieren, alles auf einen Blick sehen; *speculum,* Spiegel oder Mittel, eine Sache zu schätzen, indem man sie ganz sieht).« Balzac geht seinerseits auf Formulierungen von Leibniz und Emanuel Swedenborg zurück (vgl. Suzanne Bérard, *Une Énigme balzacienne: la »spécialité«,* in: *L'Année balzacienne,* 1965, 61-82). – *28 vorzüglicher Zeichner:* Baudelaire, der schon früher Delacroix' Qualitäten als Zeichner gelobt und ausgeführt hatte, daß ein großer Kolorist auch ein großer Zeichner sein könne (Bd. I, S. 132f., 205f.), steht mit dieser Bemerkung 1859 erneut im Widerspruch zur landläufigen Meinung von Delacroix' »notorisch inkorrekter Zeichnung« (Fouquier, 8), die bei ihm »sprichwörtlich« geworden sei (Gabrielis, *Le Moniteur des Arts,* 25. Juni 1859, 254). – *wunderbarer Kolorist:* In diesem Jahr stellten einige andere Kritiker den Koloristen Delacroix in Frage: »Selbst die Farbe ist hin«, fand Du Camp (32), und Saint-Victor spricht von der »Lethargie der Farben« (*La Presse,* 23. April 1859).

S. 160, *1 Das Unendliche im Endlichen:* Pichois zeigt, daß Baudelaire durch Vermittler wie A. Houssaye Kenntnis von Schellings Ästhetik gehabt haben mochte: »Aber das Unendliche endlich dargestellt ist Schönheit.« (*System des transcendentalen Idealismus,* 1800, Kap. VI, § 1) – *11 thessalische Hexe:* Erichtho, deren Greueltaten Lucanus (39-65 n. Chr.) im VI. Buch seiner *Pharsalia* (Vers 507-830) beschrieben hat und auf die Baudelaire in seinem Werk wiederholt anspielt (*Le Tonneau des Danaïdes,* in FdM, Bd. III, S. 196; *Le Désir de peindre,* in *Le Spleen de Paris,* Bd. VIII, S. 258). Baudelaire, der den antiken Dichter bewunderte, hatte sogar beabsichtigt, sein Epos zu übersetzen (Corr/Pl I, 851). – *23 neugriechische Schule:* Die führenden Maler dieser auch neo-pompejanische Schule genannten Strömung der fünfziger Jahre des 19. Jahrhunderts waren Gérôme (s.u. S. 163ff.) und Hamon (s.u. zu S. 161, *6*). Gautier hatte 1855 von der *»école des néo-grecs«* gesprochen und die sich um Gérôme gruppierenden Maler ein *»cénacle* delikater und raffinierter Künstler« genannt (1855, II, 35, 41). – *24 Schule der Spitzfindigen: École des pointus;* nach Crépet (493) scheint diese Bezeichnung von Nadar zu stammen, der damit »pedantische Autoren« bezeichnete. – *28* Louis-Charles *Dezobry* (1798-1871) schrieb ein vierbändiges Werk *Rome au siècle d'Auguste, ou Voyage d'un Gaulois à Rome* (›Rom im Jahrhundert des Augustus oder Reise eines Galliers nach Rom‹, 1835; 1837/38 ins Deutsche übersetzt). – Jean-Jacques *Barthélemy* (1716-1795), Altertumsforscher und Numismatiker, Autor zahlreicher archäologischer Arbeiten. In ganz Europa bekannt wurde er durch den Bildungsroman *Le Voyage du jeune Anacharsis en Grèce* (›Reise des jungen Anacharsis durch Griechenland‹, 1788). – *30 Fresken von Herkulanum:* Möglicherweise denkt Baudelaire an das zweisprachige Werk von Wilhelm Zahn, ›Die schönsten Ornamente und merkwürdigsten Gemälde aus Pompeji, Herkulanum und Stabiae ...‹ (Berlin 1828-1859), das farbige Reproduktionen enthielt. Sicherlich kannte er das siebenbändige Werk von Pierre-Sylvain Maréchal, *Antiquités d'Herculanum* (Paris 1780), das sich in der Bibliothek seines Vaters befand (Expo 1957, 7).

S. 161, *6 Ma sœur n'y est pas:* ›*Meine Schwester ist nicht da*‹. Titel eines damals sehr bekannten Gemäldes von Jean-Louis Hamon (1821-1874), das im Salon 1853 und ein zweites Mal auf der Weltausstellung 1855 ausgestellt war. Napoleon III. erwarb das Bild, das beim Brand der Tuilerien 1871 zerstört wurde. Es existieren mehrere Nachstiche und zeitgenössische Photos (V. Fournel, *Les Artistes français contemporains,* Tours 1884, Abb. S. 401). Mit seinem 1859 ausgestellten Gemälde *Amour en visite* (›Amors Besuch‹) hatte Hamon dagegen keinen Erfolg. – *7 Dekoration für ein Badezimmer*: Nach Pichois (Œuvres/Pl II, 1398) denkt Baudelaire an die 1859 ausgestellten, heute verschollenen sechs zur Dekoration eines Badezimmers bestimmten Tafeln von Antoine Etex (1808-1888): Darstellungen der vier Jahreszeiten sowie ›Europa‹ und ›Afrika‹. Es gab jedoch in der Ausstellung eine weitere *Décoration d'une salle de bain, Les Marécages de Philostrate* (›Die Sümpfe des Philostrat‹), von Henri Pierre Picou (1824-1895), der, im Gegensatz zu Etex, tatsächlich zur *école néo-grecque* gehört. Gautiers Beschreibung vom 16. Juni – »Amoretten, die auf Schwänen reiten« – stimmt mit Baudelaires Worten überein. – *8 Liebesverkäuferinnen: Marchandes d'amour.* Im Salon 1859 waren mehrere Werke unter diesem Titel ausgestellt: eine Marmorgruppe *Amours! amours! marchande d'amours* (›Kauft Liebesgötter‹) von Séraphin Denécheau (1831 - nach 1912), eine Bronzefigur *Jeune fille pesant des amours* (›Junges Mädchen, Liebesgötter wiegend‹) von Eugène-Louis Lequesne (1815-1887) sowie ein Emailbild in Grisaille *La Marchande d'amours; d'après une peinture trouvée à Herculanum* (›Die Liebesgötterverkäuferin, nach einem Gemälde aus Herculanum‹) von Geneviève-Albertine Philip (Daten unbekannt). – *18 Thomas Hood* (1799-1845), dessen Gedicht *The Bridge of Sighs* Baudelaire einige Jahre später übersetzte (*Le Pont des soupirs,* Œuvres/Pl, I, 269-271). Diesem wird er den Titel für sein Prosagedicht *Any where out of the world* entnehmen (Bd. VIII, S. 292f.) – *als Impotenten:* Baudelaire spricht von einer Zeichnung Hoods mit der Legende: »*Tell me, my heart, can this be love?*« (Mayne I, Abb. S. 216), die den Text *On the Popular Cupid* in *Whims and Oddities, in Prose and Verse* (1826) begleitet. Baudelaire wird aus diesem Werk einige Zeilen weiter unten längere Abschnitte in seiner eigenen Übersetzung zitieren (vgl. dazu Margaret Gilman, *Baudelaire and Thomas Hood,* in: *The Romanic Review,* XXVI, No. 3, 1935, 240-244).

S. 162, *Fußnote sty:* Stall; auch Gerstenkorn.

S. 163, *5 L'Amour fait passer le Temps ...:* Die Liebe vertreibt die Zeit ... Die Zeit vertreibt die Liebe. Die beiden Sätze bilden die Schlußverse zweier Strophen in Joseph-Alexandre Comte de Ségurs (1756-1805) Chanson *Le Voyage du temps.* Es gab mehrere durch diese Zeilen inspirierte Stiche, von denen einen doppelseitigen mit der Legende *L'Amour fait passer le Temps, le Temps fait passer les Saisons* auch Baudelaire besessen haben soll (Crépet, 494). – *12 Edouard Fournier* (1819 bis 1880) hatte im Februar 1859 ein zweibändiges Werk *Le Vieux-Neuf. Histoire ancienne des inventions et découvertes modernes* (›Das Neu-Alte. Alte Geschichte der modernen Erfindungen und Entdeckungen‹) veröffentlicht; jeder modernen technischen Errungenschaft stellte er eine antike Vorform gegenüber. – *18 Jean-Léon Gérôme* (1824-1904), Maler und Bildhauer, Schüler von Paul Delaroche (s.o. zu S. 147, *31*) und kurze Zeit von Charles Gleyre (1806-1874), malte Genrebilder, antike Themen und orientalische Kompositionen. Später wurde er zu einem Hauptgegner der Impressionisten. Gérôme war im Salon 1859 mit drei im folgenden erwähnten Gemälden vertreten. – *23 Hahnenkampf:* Titel eines Gemäldes, mit dem Gérôme im Salon 1847 debütierte (datiert 1846; Paris, Louvre; Sterling/Adhémar, II, Abb. 346; Mayne I, Taf. 58). Gautier hatte es damals als »eines der entzückendsten« Gemälde der Ausstellung bezeichnet (*L'Artiste*, 6. Juni 1847, 221). – *24 Manila oder England*: Der Hahnenkampf war im 19. Jahrhundert besonders in England populär, wo er 1849 verboten wurde. Baudelaire weiß offenbar nicht, daß die Griechen seit den Perserkriegen derartige »Spiele« in ihren Theatern veranstaltet hatten. – *27 Das Zeitalter des Augustus:* ›Die Apotheose des Zeitalters des Augustus. Die Geburt Jesu Christi‹ (*L'Apothéose du siècle d'Auguste. Naissance de N.S. Jésus Christ,* 6 × 10,10 m; Amiens, Musée de Picardie, Calvet-Sérullaz, Abb. 7) konnte Baudelaire auf der Weltausstellung 1855 gesehen haben. – *32 Das Lokalkolorit* getreu wiederzugeben, war die Forderung der literarischen Romantik, wie sie Victor Hugo 1827 in seinem Vorwort zu *Cromwell* vertreten hatte. 1859 ist die *couleur locale* in der Malerei Gérômes ein Ziel archäologischer Bestrebungen geworden. – *35 Retiarier … Mirmillo:* Netzfechter und sein Gegner, ein Gladiator, der einen gallischen Helm trug, auf dessen Spitze ein Fisch zu sehen war. Baudelaire spielt vermutlich auf das im Salon ausgestellte Gemälde an: *Ave Caesar imperator, morituri te salutant* (›Heil dir Kaiser, die Todgeweihten grüßen dich‹, 1859 datiert; New Haven, Yale University Art Gallery; Ausstellungskatalog *Gérôme,* Dayton 1972, Abb. S. 15).

S. 164, *7 reinen Malerei:* In seinem Entwurf zu einem Artikel über ›Die philosophische Kunst‹ skizziert Baudelaire sein Konzept der »reinen Kunst« (siehe S. 259). – *11* Jean-Auguste-Dominique *Ingres* (1780-1867; siehe Bd. I, S. 189-191, Bd. II, S. 236–244), Hauptmeister des Klassizismus, wurde mit seinen künstlerisch-archäologischen Rekonstruktionen der antiken Wirklichkeit zum Wegbereiter der neo-griechischen Schule. – *Delaroche:* s.o. zu S. 147, *31*. Gérôme wurde 1841 sein Schüler und bald sein Freund. – *12 das fragliche Bild:* Baudelaire spricht von dem S. 163, *35* erwähnten Gemälde, das beim Publikum und weitgehend auch bei der Kritik großen Anklang fand. – *16 Karikatur:* Baudelaire mißdeutet in Unkenntnis der Fakten die Intention des Malers, denn auch in den von ihm beanstandeten Zügen hat sich Gérôme um historische Treue bemüht. Sueton berichtet, der hier dargestellte Vitellius habe »ein vom Weintrinken rötliches Gesicht« und einen »aufgedunsenen Bauch« (vgl. Pauly-Wissowa, ›Real-Encyclopädie der classischen Altertumswissenschaft‹, Stuttgart 1894ff., Supplement IX, 1962, 1732). – *23 Zeitungsdirektors der Dickwänste:* Als *ventrus* (Dickwänste) wurden die von den Pfründen der Regierung gesättigten Deputierten der Julimonarchie bezeichnet. Möglicherweise mokiert sich Baudelaire auch über den recht dickbäuchigen Direktor des *Constitutionnel,* den Dr. Véron (Œuvres/Pl II, 1400). – *25 König Kandaules: Le Roi Candaule* (datiert 1859; Ponce, Puerto Rico, Museo d'Arte; Ausstellungskatalog *Gérôme,* Dayton 1972, Abb. S. 43). Im Livret wird eine Seite aus Herodot als Vorlage zitiert. König Kandaules preist dem in seiner Leibgarde dienenden Adligen Gyges den vollkommenen Körper seiner Frau und befiehlt ihm, sich in ihrem ehelichen Schlafgemach zu verstecken, um ihre Schönheit unverhüllt zu sehen. Die Königin bemerkt jedoch den sich davonschleichenden Gyges. Empört über den an ihr begangenen Verrat, stellt sie Gyges vor die Wahl, entweder zu sterben oder den König zu töten und ihre Hand und das Reich zu gewinnen. Die

Kritik bezeichnete das Gemälde überwiegend als »mißglückt« (Dumas, 38). – 27 *Ausstattung des königlichen Bettes:* Tatsächlich wird bei aller Kritik an diesem Bild die »exquisite und delikate« Ausführung des Mobiliars gelobt (Du Pays, 269). – 31 *Marionette:* Während die meisten Kritiker wie Baudelaire sich über die »hölzerne Frau« (Fournel, 155) lustig machten und sie als »Grisette« (Perrier, 299) verhöhnten, meint der Gérôme stets wohlgesonnene Gautier, der Maler habe sie »schöner als sie je war« gemalt (*L'Artiste,* 16. Mai 1858, 18). – 36 Pierre-Antoine *Baudouin* (1723-1769), Schüler und Schwiegersohn François Bouchers, bevorzugte die lockeren Sitten seiner Zeit als Gegenstand seiner Gemälde. Diderot sprach 1767 von seinen »armseligen Ideen, frivolen Kompositionen, geeignet für das Boudoir einer Modepuppe« (*Salons,* hrsg. von Jean Seznec und Jean Adhémar, Oxford [2]1975, III, 197). – 37 *Biard:* s. o. zu S. 135, 24.

S. 165, 2 *einer Marquise*: Es handelt sich um eine Gouache Baudouins mit dem Titel *Le Curieux* (›Der Zuschauer‹; E. Bocher, *Les Gravures françaises du XVIIIe siècle ou Catalogue raisonné des estampes, eaux-fortes, pièces en couleur au bistre et au lavis, de 1700 à 1800, 2e fasc., P.-A. Baudouin,* Paris 1875, 20). – 3 *Julius Cäsar:* Das *César* betitelte Gemälde befand sich im Besitz der Corcoran Gallery, Washington; Verbleib unbekannt (Drost 1971, Abb. 6). Das Bild wiederholt einen Ausschnitt aus einer 1858 von Gautier beschriebenen größeren Komposition, welche die fast leeren Bänke der Kurie und die zur Tür drängenden Senatoren zeigt. Dieses Gemälde stellte Gérôme in der Weltausstellung 1867 aus (Baltimore, Walters Art Gallery; Ausstellungskatalog *Gérôme,* Dayton 1972, Abb. S. 63). – 14 *Cäsar ... allein:* Ein Photo von der eben beschriebenen ersten Komposition, in welchem der Leichnam hell hervortrat, während die übrigen Details dunkel und unkenntlich blieben, regte Gérôme dazu an, einen Ausschnitt der Gesamtkomposition zum Gegenstand des 1859 ausgestellten Gemäldes zu machen (Chesneau, 36 f.). Die Kritik betrachtete das Bild einerseits als »eines der Hauptwerke des Salons« (Du Pays, 268) und lobte »vorbehaltlos die Großartigkeit der Konzeption« (Fouquier, 9); andererseits wurde gelegentlich die Ausführung, insbesondere die trüben Farbtöne, beanstandet (Fouquier, 9; Perrier, 298; Fournel, 154). – 17 *Man hat die Art und Weise ... getadelt:* Einige Kritiker sahen in dem Gemälde nur eine »Studie eines Faltenwurfs und eines Sessels« (Rousseau, 228). Doch ein Kenner wie Mantz verteidigte den Maler; er sah in der »willentlich ungeordneten« Komposition einen Vorzug (1859, 199). Du Camp lobte die auf Sueton begründete Darstellung des Augenblicks, in dem die Leiche des großen Mannes alleine war (69). In der Darstellung des Fragmentarischen lag für Baudelaire der suggestive Reiz dieses Werkes (dazu Drost 1971, 266 ff.). – 31 *Dandy:* Im 9. Kapitel seines ›Malers des modernen Lebens‹ wird Baudelaire die Gestalt des Dandys zeichnen (s. u. S. 241-245).

S. 166, 7 *das beste:* Mantz schätzt dieses Bild ebenfalls als »eines der besten, das der Maler bis zum gegenwärtigen Zeitpunkt ausgestellt« habe (1859, 199). – 10 *militärische Darstellungen:* Der für Frankreich erfolgreiche Krimkrieg (1854 bis 1856) hat, wie Gautier in seinem Salonbericht vom 25. Juni feststellt, auch über die offiziellen Auftragswerke hinaus zahlreiche Maler zur Darstellung militärischer Szenen inspiriert. Houssaye bestätigt, daß niemals eine Ausstellung so viele Schlachtenmaler »offenbart« habe (263). – 22 *topographischen Verhältnisse:* Nach Du Pays verleitet das Streben nach »strategischer und topographischer Genauigkeit« die Künstler dazu, mit den »Gazetten zu rivalisieren« (414). Anläßlich des gleich von ihm erwähnten Vernet sprach Baudelaire 1845 von der »feuilletonistischen Methode« (Bd. I, S. 135). – *23 Horace Vernet* (s. o. zu S. 147, *31*) war vor allem durch seine riesigen Schlachtenbilder bekannt, die er im Auftrag des Historischen Museums zu Versailles ausführte. Seine 1846 ausgestellten Gemälde hatten Baudelaire zu einer vernichtenden Kritik und zu einer Verdammung der Militärmalerei überhaupt veranlaßt (Bd. I, S. 253 ff.). 1859 war Vernet nicht vertreten. – *24 Serie übereinandergehäufter ... Episoden:* z. B. ›Die Einnahme der Smalah des Abd-el-Kader‹ im Salon 1845 (siehe Bd. I, S. 135). – *25 Einheit:* Baudelaires Forderung nach einer aufreizenden, Staunen erregenden Komponente in der Schönheit (s. o. zu S. 136, *27*) schließt keineswegs die Forderung nach der einheitlichen Wirkung des Kunstwerks aus (s. u. S. 203, *12*). – *33* Isidore Alexandre A. *Pils* (1813-1875), seit 1848 fast ausschließlich Militärmaler. Baudelaire mag sich an ein Gemälde wie *Une Tranchée devant Sébastopol* erinnern (›Schützengraben vor Sebastopol‹, Bordeaux, Musée des Beaux-Arts; G. P. Weisberg, *The Realist Tradition, French Painting and Drawing 1830-1900,* Ausstellung Cleveland, Museum of Art, 1980/1981, 134 f.). Das Bild war auf der Weltausstellung 1855 zu sehen und stellte in der Tat eine »einfache Episode« ohne Heroentum und Dramatik dar: einige Soldaten schlafen, andere betrachten den Feind durch die Barrikaden hindurch, wieder andere kümmern sich um einen verletzten Kameraden. 1859 stellte Pils außer drei kaum beachteten Porträts ein Gemälde *Défilé des zouaves dans la tranchée – Siège de Sébastopol* (›Vorbeizug der Zuaven im Schützengraben – Belagerung von Sebastopol‹; verschollen) aus. – *34* Nicolas-Toussaint *Charlet* (1792-1845), Schüler von Gros (1771-1835), schildert in Gemälden und Lithographien das Soldatenleben der Kaiserzeit. Berühmt wurde er durch das Gemälde *Episode de la retraite de Russie* (›Episode auf dem Rückzug aus Rußland‹, 1836; Lyon, Musée des Beaux-Arts), das ihm die Bewunderung Mussets im *Salon de 1836* und Delacroix' in der *Revue des Deux Mondes* vom 1. Januar 1862 einbrachte. Baudelaire hat in seinem Aufsatz ›Einige französische Karikaturisten‹ seinen Erfolg und seine Beliebtheit beim Publikum als Irrtum bezeichnet, ihn als »Gelegenheitskünstler« und »ausschließlichen Patrioten« gescholten (Bd. I, S. 308) und sich damit Delacroix' Tadel eingehandelt (*Œuvre et vie d'E. Delacroix,* Kapitel VI; Bd. VII). Die 1859 nunmehr positive Einstellung behält Baudelaire auch noch später in seinem ›Maler des modernen Lebens‹ bei (s. u. S. 241, *17*). – *35* Auguste *Raffet* (1804-1860), Maler und Lithograph, Schüler von Charlet und Gros, galt als der »größte Name in der Originalgraphik des 19. Jahrhunderts« (Henri Béraldi, *Les Graveurs du 19ᵉ siècle,* Paris, 1885-1892, XI, 61). Baudelaire denkt an die Blätter, in denen Raffet die militärischen Unternehmungen der Republik und der Kaiserzeit verherrlichte. Offenbar hat er die sieben im Salon ausgestellten Lithographien aus der zwischen 1850 und 1859 entstandenen Folge *Expédition et Siège de Rome* (›Expedition und Belagerung Roms, 1849‹) nicht zur Kenntnis genommen. Nur wenige Kritiker hatten sie – jeweils mit positivem Urteil – beachtet.

S. 167, *10* Octave *Penguilly*-L'Haridon (1811-1870), Artilleriehauptmann, dann Schüler Charlets und seit 1854 Konservator des Pariser Artilleriemuseums. Von 1835 an nahm er an den Pariser Ausstellungen teil. 1846 erwarb er sich mit seinem *Pierrot* (Poitiers, Musée des Beaux-Arts) Baudelaires Sympathie (Bd. I, S. 233 und hier S. 177). – *Kampf der Dreißig: Le Combat des Trente* war 1857 ausgestellt gewesen (Quimper, Musée Municipal des Beaux-Arts; Calvet-Sérullaz, Abb. 8; Ausstellungskatalog *Second Empire,* Paris 1979, 397 f.). Dargestellt ist der 1350 ausgetragene Kampf zwischen 30 Bretonen und 30 Engländern. Gautier hatte es als »ausgezeichnetes Gemälde und ein Wunder an archäologischer Wissenschaft« bezeichnet (*L'Artiste*, N.S.I, 1857, 192), doch eben diese archäologische Genauigkeit wurde vielfach kritisiert (A.-J. Du Pays, *Salon de 1857*, in: *L'Illustration*, 5. Sept. 1857, 148; E. About, *Nos Artistes au Salon de 1857*, Paris 1858, 196f.; M. Du Camp, *Salon de 1857*, 1857, 75). – *18 Ah! wenn die Löwen Maler wären:* ist der letzte, etwas abgeänderte Vers von La Fontaines Fabel *Le Lion abattu par l'homme* (›Der vom Menschen niedergeworfene Löwe‹, III, 10). Wir wissen nicht, wo Dumas diesen Satz zitiert, jedenfalls nicht in seiner Besprechung des Salons 1859. Die Fabel handelt von einem Löwen, der – vermutlich – eine Darstellung vom Sieg des Herkules über den nemeischen Löwen anschaut und allein durch seine Anwesenheit das betrachtende Publikum verjagt. Er entlarvt die Überzeugung von der Macht des Menschen über den Löwen als pure Fiktion und meint, wenn seinesgleichen malen könnte, würde umgekehrt der Sieg der Löwen verherrlicht. – *20 war nicht sehr glücklich gewählt:* Vermutlich eine Anspielung auf den Krieg gegen Österreich. Die französische Armee siegte bei Magenta am 4. Juni 1859, also mehr als einen Monat vor dem Erscheinen dieser Zeilen. – *26 berühmten Sammlung:* Es handelt sich um eine Folge von 30 Bänden *Victoires, conquêtes, désastres, revers et guerres civiles des Français de 1792 à 1815*, die von einer *Société de militaires et de gens de lettres* herausgegeben wurde; 1854 lag bereits die 5. Auflage dieser überaus erfolgreichen Publikation vor. Baudelaire spricht von dem Blatt *Préliminaires de la paix de Léoben* (›Vorfriede von Leoben‹), einem Stich nach einem Gemälde von Léthiers (Œuvres/Pl II, 1401; vgl. J. Lethève et Cl. Pichois, *Baudelaire et les illustrateurs des fastes napoléoniens*, in: *Bulletin du Bibliophile et du Bibliothécaire*, 1956, Nr. 5, 216-232, Taf. 1).

S. 168, *6* François Germain Léopold *Tabar* (1818-1869), Schüler Delaroches, Historienmaler und Orientalist. Seit der Weltausstellung 1855, auf der er mit seiner *Episode de la campagne d'Egypte* (›Episode aus dem ägyptischen Feldzug‹; Bordeaux, Musée des Beaux-Arts) Gautiers Interesse erregt hatte (Gautier 1855, I, 306), stellte er mehrfach militärische Bilder aus. 1859 bezeugen ihm viele Kritiker ihre Sympathie (Chesneau, 143; Rousseau, 270). Der später in Vergessenheit geratene Künstler war nach den Worten Castagnarys »einer der verdienstvollsten und vom Glück am wenigsten begünstigten Maler, die es je gab« (1869; zitiert nach dem Ausstellungskatalog *Equivoques*, Paris 1973, o.S.). – *7 Krimkrieg, Fouragierer: Guerre de Crimée, Fourrageurs* (verschollen). Chesneau beschreibt das Gemälde folgendermaßen: »In einer riesigen, grünenden Ebene haben diese braven Soldaten die Waffen, Tornister und Mantel abgelegt; hemdsärmelig mähen sie das hohe Gras, bündeln und stapeln es auf große Leiterwagen. Um die Arbeiter herum wird auf dem Kamm der Hügel gekämpft; der Feind nähert sich, denn hier im Vordergrund bläst der Trompeter auf Anweisung des Hauptmanns zum Sammeln« (Chesneau, 144). Dumesnil nannte das Bild »geistreich« (154), und Duplessis lobte die »erstaunliche Wahrheit« (*Revue des Beaux-Arts*, X, 1859, 224). Tabar hat 1859 eine weitere Szene aus dem Krimkrieg ausgestellt: *Guerre de Crimée, Attaque d'avant-poste* (›Krimkrieg, Angriff eines Vorpostens‹), das entweder mit dem Gemälde *Scène de la guerre de Crimée, 1854* im Musée du Second Empire, Château de Compiègne, oder mit der *Episode de la guerre de Crimée* im Museum von Dôle identisch ist. Ein drittes von Tabar ausgestelltes Bild mit dem Titel *La Roche-Fauve (Dauphiné)* ist verschollen. – *24 Ozean begrünter Hänge:* Identische Formulierung bei Chesneau im gleichen Zusammenhang: »die roten Hosen durchlöchern diesen grünen Ozean mit fröhlichen Sternen« (144). Der Farbkontrast von Grün und Rot hat Baudelaire von jeher fasziniert (vgl. Bd. I, S. 204).

S. 169, *19 Eugène Lami* (1800-1890) wandte sich nach anfänglicher Ausbildung in der Militärmalerei bei Vernet (s.o. zu S. 166, *23*) unter dem Einfluß Boningtons dem Aquarell zu, mit dem er sich besonderen Ruf erwarb. Der von Baudelaire schon 1846 erwähnte Künstler (Bd. I, S. 282) stellte 1859 zwanzig Aquarelle nach Werken Alfred de Mussets aus (P.-A. Lemoisne, *L'Œuvre d'Eugène Lami. Essai d'un catalogue raisonné,* Paris 1914, 320-335) sowie zwei Aquarelle für Fächer *Un Bal d'Opéra* (›Ein Opernball‹) und *Offrande à l'Amour* (›Opfergabe für Amor‹), beide verschollen. – *21* Charles *Wattier* (1800-1868) zeigte in seinen seit 1831 ausgestellten Bildern vorwiegend Gesellschaftsszenen im Kostüm der Zeit Ludwigs XV., die Baudelaire 1846 als »Nachäffung Watteaus« abgetan hatte (Bd. I, S. 234f.). 1859 stellt er sechs Zeichnungen *Six sujets tirés de l'histoire de Psyché* (›Sechs Szenen aus der Geschichte der Psyche‹) aus, Skizzen für die Dekoration des Salons des Comte de Crisenoy (verschollen). – *22 Watteau:* s.o. zu S. 128, *17*. In der Romantik war die bis dahin verachtete Malerei des 18. Jahrhunderts wiederentdeckt worden (vgl. S.O. Simches, *Le Romantisme et le goût esthétique du XVIIIe siècle,* Paris 1964). – *25 Devéria:* Baudelaire denkt wahrscheinlich an Eugène Devéria (s.o. zu S. 143, *28*), ohne dessen 1859 ausgestellte Gemälde zu beachten: *Une Scène d'Henri VIII, de Shakespeare* (›Szene aus Heinrich VIII. von Shakespeare‹), *La Mort du fils de la Sunamite* (›Tod des Sohnes der Sunamitin‹) und *Halte de marchands espagnols dans une auberge à Pau* (›Rast spanischer Kaufleute in einer Herberge in Pau‹). – *30* Charles *Chaplin* (1825-1891) malte zunächst stark realistische Landschaften, ehe er sich dem Stil Louis XV zuwandte und den Ruf eines »Boucher des 19. Jahrhunderts« erwarb (Dumas, 169). 1859 erregte Chaplin großes Aufsehen, als die Jury eines seiner Bilder zum Mißfallen des Publikums zurückwies. Ausgestellt waren zwei dekorative Bilder für das Hôtel des Duc d'Hamilton, ›Astronomie‹ und ›Poesie‹, von denen nur Radierungen erhalten sind (Cabinet des Estampes, Bibliothèque Nationale, Paris), sowie eine ›Diana‹. – *33* Célestin *Nanteuil* (1813-1873), nach H. Béraldi der »romantische Illustrator par excellence« (*Les Graveurs du 19e siècle,* Paris 1885-1892, X, 164). Trotz seiner Kritik an dem mangelnden Sinn für Proportionen und Harmonie (Bd. I, S. 236) erwog Baudelaire, sich von ihm ein Frontispiz für die 2. Auflage der FdM radieren zu lassen. 1859 war Nanteuil mit zwei – nur in eigenhändigen Wiederholungen erhaltenen – Ölbildern *Séduction* (›Verführung‹) und *Perdition* (›Verderben‹; Ausstellungskatalog *C. Nanteuil, Peintre-graveur de l'époque romantique,* Dijon 1973, 68f., Taf. 21) sowie einem weiteren Gemälde, *Ivresse* (›Trunkenheit‹), und zwei Lithographien nach den beiden erstgenannten Gemälden vertreten.

S. 170, *1 Die Romantik ist eine Gnade:* In seinen Zeilen zur *Exposition Martinet* (siehe Bd. VII) drückt Baudelaire 1862 anläßlich von Delacroix seine tiefe und andauernde Verbundenheit mit der Romantik aus: »Sardanapal sehen, das heißt, die Jugend wiederfinden.« – *5 Freunde:* Zu ihnen gehörten Victor Hugo (1802 bis 1885), Th. Gautier und Gérard de Nerval (1808-1855). Nanteuil schuf Titelblätter und Vignetten zu Werken wie Hugos *Bug Jargal, Le Dernier Jour d'un condamné* (›Der letzte Tag eines Verurteilten‹), *Notre-Dame de Paris,* Gautiers *Les Jeunes France* und *Albertus.* – *7 Henri Baron* (1816-1885), Genremaler, Schüler von Jean Gigoux (1806-1885); siehe Bd. I, S. 160. – *14 Oper:* Wie auch aus Baudelaires Ausführungen am Ende des VII. Kapitels, über die Landschaftsmalerei, hervorgeht (s.u. S. 196), kann sich der Dichter dem Reiz der Kulissenmalerei nicht entziehen. Ohne hohe Kunst zu sein, stellt sie für ihn eine durch die schöpferische Phantasie gestaltete Gegenwelt zur platten Wirklichkeit dar. – *16 schmutzi-*

gen, düsteren Behausung: Den Gegensatz zwischen einem »Elendsquartier« und einem »traumhaften« Appartement wird Baudelaire in seinem Prosagedicht *La Chambre double* (Bd. VIII, S. 126ff.) noch einmal aufnehmen. – *21 physisches Wohlbehagen:* Das subjektive Glücksgefühl, das Baudelaire bei der Betrachtung des neubarocken Bildes durchströmt, ist eines seiner konstanten Kriterien für die Beurteilung eines Kunstwerks (vgl. Drost 1971, 271ff.); es hatte bereits bei der umstrittenen Einschätzung des freilich klassizistischen William Haussoullier im ›Salon 1845‹ den Ausschlag gegeben (Bd. I, S. 135ff.). – *22 Hôtellerie de Saint-Luc:* ›Das Fest der Lukasgilde‹ *(Entrée d'un cabaret vénitien où les maîtres peintres allaient fêter leur patron saint Luc)* ist nur in einem zeitgenössischen Holzstich erhalten (Drost 1971, Abb. 14). Das überwiegend positiv beurteilte Gemälde wurde 1859 von der Kaiserin Eugenie erworben. Baron stellte außerdem ein Aquarell für einen Fächer aus, *Harlequin et Pierrot.* – *36 Clésingers Eva: Eve dans le paradis terrestre est tentée pendant son sommeil* (›Eva wird im irdischen Paradies im Schlaf in Versuchung geführt‹; verschollen) von Auguste Clésinger (1814-1883). Der von Baudelaire bereits 1845 beachtete Maler und Bildhauer (Bd. I, S. 183) hatte 1847 mit seiner Marmorstatue *Femme piquée par un serpent* (›Frau, von einer Schlange gebissen‹; Musée d'Orsay, Paris) einen ersten großen Erfolg gehabt. Die von Baudelaire verehrte »Präsidentin«, Mme Sabatier, hatte als Modell gedient. Das Gemälde der ›Eva‹ (nach einer Episode in Miltons *Paradise Lost*) gab wohl hauptsächlich aufgrund der offenbar beträchtlichen Dimension Anlaß zu »Erstaunen und Diskussion« (Fouquier, 9). Über die von Clésinger ausgestellten Werke s. u. S. 192 und 200.

S. 171, *1 Vor der Eröffnung des Salons:* Clésinger lebte damals in Rom und hatte dem für ihn arbeitenden Bronzegießer Ferdinand Barbedienne die ›Eva‹ sowie weitere Gemälde und Skulpturen gesandt. Barbedienne hatte sie Anfang 1859 in seinen Verkaufsräumen ausgestellt (Charles Perrier, *M. Clésinger*, in: *Revue européenne,* Jg. 8, Januar-Februar 1859, 606-617). – *6 meine unverbesserliche Liebe zum Großen:* ein konstanter Zug von Baudelaires Ästhetik (s. o. zu S. 131, *31*). Im ›Salon 1846‹ attackierte er Vidals »fanatische Vorliebe für das Kleine und Hübsche« (Bd. I, S. 246), ebenso wie er 1859 die Liliputanerwelt des Bildhauers Butté verurteilt (S. 202, 24). Er protestiert damit auch gegen den Geschmack des »gemeinen Volkes«, »dem in allen Gattungen die Augen nur bei dem Kleinlichen aufgehen« (Bd. I, S. 242). – *11 die großen Frauen:* Das Sonett *La Géante* ist eine dichterische Gestaltung einer solchen Liebe zu dem Großen (Bd. III, S. 92). – *17 florentinischen Geschmacks:* Der Ausdruck meint im damaligen Sprachgebrauch der Kunstkritiker den Stil der Hochrenaissance und des Manierismus bei Künstlern wie Michelangelo (1475-1564), Giovanni da Bologna (1529-1608), Benvenuto Cellini (1500-1571). – 22 Ernest *Hébert* (1817-1908), bekannt durch Porträts und Szenen aus dem italienischen Landleben. 1859 waren von ihm *Les Cervarolles* (›Die Frauen aus Cervarolle‹; Musée d'Orsay, Paris; Expo 1968/69, Nr. 488) ausgestellt, ferner die von der Kritik wegen ihres poetischen Gehalts gelobte ›Rosa Nera am Brunnen‹ (Replik im Musée Hébert, Paris; Du Pays, Abb. S. 276) sowie das ›Porträt der Marquise von L ...‹ (Privatbesitz; Expo 1968/69, Nr. 489). – *glückliche Anfänge:* Hébert debütierte 1839 mit einem ›Tasso im Gefängnis‹ (Grenoble), stellte nach längerer Pause erst wieder ab 1848 aus. Baudelaire spielt vermutlich auf den überwältigenden Erfolg an, den Hébert mit seinem im Salon 1850/51 ausgestellten Gemälde *Malaria* errang (Musée d'Orsay, Paris; Depôt Musée Hébert, La Tronche; Ausstellungskatalog *Le Musée du Luxembourg en 1874,*

Paris, Grand Palais, 1974, Nr. 116 mit Abb.). – *25 Porträt einer ... Frau:* Offenbar meint Baudelaire das im Salon 1852 – also im zweiten Jahr nach dem Erfolg der *Malaria* – ausgestellte ›Porträt der Comtesse Pastré‹ (Paris, Musée Hébert; R.P. d'Uckermann, *Ernest Hébert,* Paris 1982, 65f., Abb. S. 71), das in der Tat »wahre Stürme« entfacht und »unerbittliche Gegner« wie »glühende Bewunderer« gefunden hatte (A. de La Forge, *La Peinture contemporaine en France,* Paris 1856, 236). Die Drehung des Körpers, der blasse Hals, das gelockte Haar, die gespreizte Fingerhaltung, der etwas verschwommene Hintergrund stimmen mit Baudelaires Beschreibung überein. – *30 Distinktion:* Der Begriff hatte schon 1845 einen negativen Beigeschmack, wie aus Baudelaires Analyse von William Haussoullier hervorgeht (Bd. I, S. 137). – *34 Keepsakes:* mit Stichen illustrierte Geschenkalben (siehe Bd. I, zu S. 143, *19*).

S. 172, *6 Literarisierenden:* Baudelaire warnte schon 1846 die Künstler davor, »bei der Konzeption eines Bildes die Poesie im Auge zu haben«, da dies »der sicherste Weg sei, sie zu verfehlen« (Bd. I, S. 258f.). – *11* Paul *Baudry* (1828 bis 1886) malte religiöse und mythologische Themen sowie zahlreiche Porträts. Bekannt sind seine Wandmalereien für das Foyer der Pariser Oper (1866-1872). Außer den im folgenden von Baudelaire erwähnten Gemälden war Baudry 1859 mit der ›Toilette der Venus‹ vertreten (Bordeaux, Musée des Beaux-Arts; J.-P. Crespelle, *Les Maîtres de la belle époque,* Paris 1966, 69; Abb. 94) sowie mit drei – verschollenen – Porträts. – *13 Studium der italienischen Malerei:* Baudry hatte sich zwischen 1850 und 1856 in Rom aufgehalten, um besonders Raffael zu studieren. – *14 Guillemette:* Ehemals im Besitz der Baronin de Lareinty. Baudelaire war gerade von der skizzenhaften Malweise angezogen, an der die Kritik vielfach Anstoß nahm. – *16* Diego de Silva *Velasquez* (1599-1660), von Baudelaire geschätzter Maler des spanischen Barock. Mehr als zehn Kritiker verwiesen auf die Affinität mit Velasquez' Porträts, speziell mit dem der ›Infantin Marguerita‹ im Louvre. – *18 Büßende Magdalena,* gemalt 1858 (Nantes, Musée des Beaux-Arts; Expo 1968/69, Nr. 465, Abb. S. 103). Die Kritik ging mit dem Bild nicht zuletzt wegen des auch von Baudelaire als zu weltlich empfundenen Charakters der Magdalena hart ins Gericht (Stevens, 24; Chesneau, 129). – *21 Vestalin:* ›Die Hinrichtung einer Vestalin‹, 1855/56 in Rom gemalt, 1857 datiert und ausgestellt (Lille, Musée des Beaux-Arts; H. Roujon (Hrsg.), *Baudry,* Paris, o.J., Taf. I). Baudelaire bezieht sich auf die Komposition, die von der Kritik, mit Ausnahme von Gautier, als »konfus« empfunden wurde (L. Auvray, *Exposition des Beaux-Arts. Salon de 1857,* Paris 1857, 15). – 22 Narcisse *Diaz* de la Peña (1807-1876) hatte sich als Bewunderer Delacroix' und Victor Hugos der Romantik angeschlossen und malte orientalische Szenen sowie Landschaften mit mythologischer Staffage. Er gehörte zur Schule von Barbizon (s.u. zu S. 187, *8*). Baudelaire hatte ihn bereits 1845 und 1846 wegen seiner kaleidoskophaften Farbigkeit und der mangelnden Harmonie seiner Komposition kritisiert (Bd. I, S. 159 und 235). 1859 war Diaz mit neun – meist verschollenen – Gemälden vertreten: *N'entrez pas!* (›Nicht eintreten!‹; Paris, Louvre; H. Roujon, Hrsg., *Diaz,* Paris o.J., Taf. VI), *Galathée, L'Education de l'Amour* (›Die Erziehung Amors‹), *Vénus et Adonis, L'Amour puni* (›Der bestrafte Amor‹), *La Fée aux joujoux* (›Die Spielzeugfee‹; Reproduktionsstiche bei Jean Rousseau, *Narcisse Diaz,* in: *L'Art,* VIII, 1877, 53, 54, 55, 56), *La Mare aux vipères* (›Der Otternpfuhl‹), sowie zwei Porträts. – *24 in ihn vernarrt:* Diaz wurde nach den Worten Silvestres von Händlern und Liebhabern, die von ihm Bilder erwerben wollten, geradezu »belagert« (1926, 147f.). – *32 Format:* Die Gemälde von Diaz messen meist nicht mehr als 30×20 cm bis 30×40 cm. – *35* Antonio Allegri gen. *Correggio* (um 1489-1534), einer der Hauptmeister der italienischen Hochrenaissance (vgl. Bd. I, zu S. 134, 6). Diaz wurde nach seinen eigenen Worten von ihm angezogen »wie ein Schmetterling von der Flamme« (zit. nach Silvestre 1926, 149). – *36* Pierre Paul *Prud'hon* (1758-1823), von Baudelaire in seinem *Musée Classique* bewunderter Maler (vgl. Bd. I, zu S. 189, *19*).

S. 173, *2 fahl und kreidig:* Auch andere Kritiker beanstanden, daß etwa die »nackten Göttinnen« aussahen wie »in Mehl gewälzte Fische« (Gautier 1859, 29. Juli). – *22 hat jedermann bereits … geäußert:* Tatsächlich war sich die Kritik einig über das Nachlassen von Diaz' Fähigkeiten, insbesondere seit 1855 (vgl. Mantz 1859, 207; Perrier, 307; Chesneau, 115). – *24* Alexandre *Bida* (1813 bis 1895), Zeichner und Lithograph, zwei Jahre lang Schüler von Delacroix. Seine Themen kreisen meist um den Orient, den er mehrfach bereiste. Die Kritik lobte 1859 vor allem seine genaue Beobachtungsgabe und den lebendigen Ausdruck seiner Figuren. – *35 Maronitische Predigt im Libanon …: Prédication maronite dans le Liban* und *Corps de garde d'Arnautes au Caire* (›Wachraum der Arnauten (Albaneser) in Kairo‹). Beide heute verschollenen Zeichnungen sind in zeitgenössischen Fotos (Cabinet des Estampes, Bibliothèque Nationale Paris) überliefert. Außer diesen beiden von der Kritik bewunderten Blättern zeigte Bida eine Zeichnung *La Prière* (›Das Gebet‹) und einen Stich von Victor-Florence Pollet nach seiner Zeichnung *Les Juifs sous les murs de Salomon* (›Die Juden an der Mauer Salomos‹).

S. 174, *1* François Nicolas *Chifflart* (1825-1901), Maler und Illustrator, dem Kritiker wie Chesneau (103), Du Camp (169) und Perrin (879) eine große Zukunft voraussagten, die ihm aber versagt blieb. Er schuf unter anderem Illustrationen zu Werken Victor Hugos. Baudelaire wählte 1856 Chifflarts Zeichnung nach Dürers ›Melancholie‹ als Titelblatt seiner Übersetzung von Poes *Histoires extraordinaires.* Außer den beiden weiter unten von Baudelaire erwähnten Zeichnungen zeigte Chifflart 1859 zwei Gemälde, *Passage des moutons dans les environs de Tivoli* (›Durchziehende Schafherde in der Umgebung von Tivoli‹) und ein Frauenporträt (beide verschollen). – Der *Grand prix de Rome* wurde Chifflart 1851 im Fach Historienmalerei für sein Gemälde *Periclés au lit de mort de son fils* (›Perikles am Totenbett seines Sohnes‹; Paris, École Nationale supérieure des Beaux-Arts; Ausstellungskatalog *F.-N. Chifflart,* Saint-Omer 1972, Nr. 4, Abb. 4) zugesprochen. – *3 Aufenthalt in der Ewigen Stadt:* Chifflart hielt sich 1851-1856 in Rom auf. – *7 Faust im Kampf, Faust auf dem Hexensabbat:* Von diesen beiden Kohlezeichnungen befindet sich erstere im Besitz der Préfecture de Police von Paris, die andere wurde 1971 dem Louvre übergeben und ist heute verschollen. Beide Zeichnungen wurden von der Kritik lobend aufgenommen. Fotos von Goupil und Lithographien von Bahuet (Arras, Museum, und London, Victoria and Albert Museum) sicherten beiden Blättern große Verbreitung. – *16 Mondscheibe:* In Wirklichkeit erscheint der Mond fern von Margarete. – *20 Ary Scheffer* (1795-1858), holländischer Maler, der mehrmals Szenen aus Goethes Faust dargestellt hat: ›Faust, von Zweifeln geplagt‹; ›Margarete am Spinnrad‹ (Salon 1831); ›Margarete in der Kirche‹ (1832). Während des offiziellen Salons 1859 wurden die Werke des im Vorjahr verstorbenen Künstlers auf dem Boulevard des Italiens ausgestellt. Baudelaire lehnte Scheffer ab (siehe Bd. I, S. 258ff.). – *30* Eugène *Fromentin* (1820-1876), Maler und Schriftsteller, wurde entscheidend durch seine Reisen nach Algerien geprägt, nachdem er sich schon vor 1846 für die orientalischen Themen von Delacroix,

Alexandre Decamps (1803-1860) und Prosper Marilhat (1811-1847) interessiert hatte. Baudelaire war persönlich mit dem Maler bekannt und widmete ihm ein scherzhaftes Gedicht ›Über einen zudringlichen Menschen‹ (Bd. IV, S. 73 ff.). Der Salon 1859 war für Fromentin ein großer Erfolg. Er erhielt einen 1. Preis und wurde von der Kritik gepriesen. Ausgestellt waren *Une Rue à El-Aghouat* (›Straße in El-Aghouat‹; Douai, Museum; Drost 1971, Abb. 12), *Souvenir d'Algérie* (›Erinnerung an Algerien‹; Alger, Musée des Beaux-Arts), *Audience chez un califat* (›Gerichtssitzung in einem Kalifat‹; ehem. Philadelphia, Slg. Widener), *Lisière d'oasis pendant le sirocco* (›Saum einer Oase bei Schirokko‹; verschollen; P. Dorbec, *Fromentin*, Paris 1926, Abb. 12) und *Bateleurs nègres dans les tribus* (›Schwarze Gaukler bei den Nomadenstämmen‹; verschollen; zeitgenössisches Foto im Cabinet des Estampes, Bibliothèque Nationale, Paris).

S. 175, *3 Wesen der Farbe:* Die Kritiker zählten Fromentin 1859 »zu den originellsten und mächtigsten Koloristen« (Perrin, 413). Fromentins Ideal war jedoch eine Synthese von Farbe und Linie (Meyer Schapiro, *Fromentin as a Critic,* in: *Partisan Review*, XVI, 1949, 46). – *13 blauen Schatten:* in der ›Straße in El-Aghouat‹. – *26 Heldengeist der Frühzeit:* Fromentin selbst äußerte mehrfach, daß er in Algerien die Nähe zur Antike empfunden hätte (vgl. P. Dorbec, *L'Hellénisme d'Eugène Fromentin,* in: *Gazette des Beaux-Arts,* 1924, IX, 30-38). Ähnliches schrieb Baudelaire von Delacroix' Erfahrungen in Marokko (Bd. I, S. 209 f.). – *31 Catlin:* 1845 hatte der amerikanische Maler George Catlin (1796-1872) zwölf Iowa-Indianer nach Paris mitgebracht, wo sie Kämpfe und rituelle Tänze vorführten. Baudelaire bewunderte 1846 Catlins Indianerporträts, die ihn die antike Skulptur begreifen ließen (Bd. I, zu S. 227; R. N. Beetem, *George Catlin in France: His Relationship to Delacroix and Baudelaire,* in: *Art Quarterly,* XXIV, 1961, 129-144). – *36 Ein Sommer in der Sahara und Der Sahel: Un Eté dans le Sahara,* 1854 veröffentlicht in der *Revue de Paris,* 1857 auf Veranlassung von Théophile Gautier als Buch herausgegeben; *Une Année dans le Sahel,* 1858 in der *Revue des Deux Mondes* erschienen, 1859 in Buchform. Den Plan, eine illustrierte Ausgabe beider Bücher zu besorgen, konnte Fromentin nicht mehr ausführen. – *37 zweifache Weise:* Einige Kritiker faßten seine Bilder als Illustrationen seiner Bücher auf (Perrin, 411, Aubert, 51, Dumesnil, 58); in der Tat entsprechen sie des öfteren der literarischen Gestaltung: die ›Straße in El-Aghouat‹ (s. o. zu S. 174, *30*) beschreibt er im Juni 1853, als er in El-Aghouat weilt (*Un Eté dans le Sahara, Œuvres complètes,* Bibl. de la Pléiade, 1984, 105 ff.).

S. 176, *5 Schriftsteller:* Fromentin verfaßte außer den erwähnten Reisetagebüchern und einem Salonbericht 1845 den 1862 vollendeten Roman *Dominique* und *Les Maîtres d'autrefois,* 1876 (vgl. A. R. Evans, *The Literary Art of Eugène Fromentin. A Study in Style and Motif,* Baltimore 1964). – *17* Josef Hendrik Hubert *Lies* (1821-1865), ein belgischer Maler und Radierer, hatte auf der Weltausstellung 1855 zwei Gemälde ausgestellt: *La Promenade* (›Der Spaziergang‹; 60 × 57 cm; verschollen) und *Les Plaisirs de l'hiver* (›Winterfreuden‹), eine Schlittschuhszene, in der er an die niederländische Malerei des 17. Jahrhunderts anknüpft. Lies malte mit Vorliebe historische Themen, wie ›Karl VI. in der Schlacht von Roosebeke‹ (1839) oder ›Christoph Columbus‹ (1849). – *20* Hendrik Baron *Leys* (1815-1869), wie Lies ein belgischer Maler und Radierer, der sich intensiv mit alten Handschriften und Stichen befaßte und viel von Dürer, Cranach und Holbein sowie den holländischen und flämischen Meistern übernommen hatte. Von Leys waren 1855 in Paris folgende Bilder zu sehen: *Les Trentaines de Berthal de Haze*

(›Die 30 Messen für Berthal de Haze‹, datiert 1854; Brüssel, Musées Royaux des Beaux-Arts; Lemaitre Abb. nach S. 360), von Edmond About als »eines der Hauptwerke der Ausstellung« bezeichnet (1855, 97), *La Promenade hors des murs* (›Der Spaziergang vor der Stadtmauer‹, 1854, Besitz des belgischen Königshauses; Paul Colin, *La Peinture belge depuis 1830,* Brüssel 1930, Abb. 62), ebenfalls von der Kritik gelobt, sowie *Le Nouvel An en Flandre* (›Neujahr in Flandern‹; ehem. Slg. Schröder, London). – *23 Schüler des anderen:* Lies hatte an der Akademie bei Nicaise de Keyser gelernt, galt aber als Schüler von Leys, mit dem er befreundet war. Viele Kritiker betrachteten 1859 den Jüngeren als »Nachahmer«, *»pasticheur«* (Dumas, 56). – *25 Dioskuren:* Von den Zwillingsbrüdern Kastor und Pollux war nur letzterer unsterblich. Als Kastor getötet wurde, trat ihm sein Bruder die Hälfte seiner Unsterblichkeit ab, so daß sie im Wechsel auf der Erde und in der Unterwelt weilten. – *27 ohne seinen Pollux:* Leys war im Salon 1859 nicht vertreten. – *31 Das Elend des Krieges: Les Maux de la guerre,* datiert 1858 (Brüssel, Musées Royaux des Beaux-Arts; kleinere Replik in Antwerpen; Mayne I, Abb. 44; Drost 1971, Abb. 9). Dargestellt ist eine historische Szene aus dem Jahr 1542, als Martin van Rossum Brabant überfiel. In Antwerpen hatte das Gemälde 1858 ein positives Echo gefunden, während ihm in Paris ein Erfolg versagt blieb. Du Camp spricht pauschal von Lies' »schlechten Bildern« (79). Das Bild war das einzige von Lies 1859 ausgestellte Werk. – *37 gouge:* ein alter, im modernen Französisch nicht mehr üblicher Begriff, den Baudelaire in der *Danse macabre* der FdM (Bd. III, S. 253) gebraucht und dessen Verwendung er in einem an Alphonse de Calonne gerichteten Brief vom 11. Februar 1859 begründet hatte (siehe Bd. III, zu S. 254, Vers 45). Die *gouge* ist die Dirne, die im Mittelalter mit offizieller Genehmigung die Armee begleitete.

S. 177, *1 dabeisein könnte:* In der Tat ist eine *gouge* auf dem Bild nicht dargestellt. Für Baudelaire war der in einem Bild enthaltene Reichtum an Assoziationen ein wichtiges Kriterium für die Beurteilung seiner Qualität (siehe Drost 1971, 269f.). – *3 in Kanada die Kurtisane:* nach Graham Robb von der British Academy, Exeter College, Oxford, möglicherweise eine Reminiszenz an Fenimore Coopers Romane. – *7* Jacques *Callot* (1592-1635), dessen »karnevaleske« Gestalten Baudelaire bewundernd erwähnte (›Vom Wesen des Lachens‹, Bd. I, S. 298 und 337). Baudelaire fühlt sich an die 1633 entstandene Folge von 18 Radierungen *Les Grandes Misères de la guerre* erinnert, die Greueltaten während des Dreißigjährigen Krieges schildert und zu Callots berühmtesten Werken gehört (Th. Schröder, ›J. Callot. Das gesamte Werk‹, München 1971, Nr. 1325-1350 mit Abb.). – *11 allzu gleichmäßig verteilt:* Die im Licht liegenden Partien sind wie in eine recht schöne, aber etwas einförmig goldene Atmosphäre getaucht, deren »gleichmäßige Farbwerte« auch Dumas beanstandet (58). Die belgische Presse hatte hingegen im Vorjahr (s.o. zu S. 176, *31*) das »brillante Kolorit« als das »der großen Meister flämischer Kunst« gepriesen (zitiert nach Emile Lefèvre, *Joseph Lies, sa vie, ses œuvres, ses écrits et ses juges,* Antwerpen 1888, 264, 266). – *17 Bleifassung:* Als überzeugter Vertreter des Kolorismus hat Baudelaire seine Abneigung gegen die Linie bzw. Konturen nie verborgen (›Salon 1846‹, ›Weltausstellung 1855‹; Bd. I, S. 214, Bd. II, S. 251). Auch Gautier meinte, daß die Linienführung bei Lies den Bleirippen eines Kirchenfensters entspräche. »Bei Lies ist die Linie von der Bleirippe eines Schweizer Fensters eingefaßt« (1859, 6. August). Perrier verurteilte gleichfalls die »harten Silhouetten« (323). – *20 Penguilly:* s.o. zu S. 167, *10*, wie auch Bd. I, S. 455f. Abgesehen von den beiden weiter unten von Baudelaire erwähnten

Werken hatte Penguilly 1859 folgende Gemälde ausgestellt: *Train d'artillerie du temps de Louis XIII, en marche vers la fin du jour* (›Artilleriezug zur Zeit Ludwigs XIII., am Tagesende auf dem Marsch‹), *Le Coup de l'étrier* (›Der Abschiedstrunk‹), *Une Ronde d'officiers du temps de Charles-Quint* (›Offiziersronde zur Zeit Karls V.‹), *La Plage; souvenir des environs de Saint-Malo* (›Der Strand; Erinnerung an die Umgebung von Saint-Malo‹), *Les Approches des montagnes; souvenir des Pyrénées, versant espagnol; coucher du soleil* (›Gebirgsgegend; Erinnerung an die Pyrenäen, spanische Seite; Sonnenuntergang‹), *La Plaine de Carnac et ses menhirs, Morbihan* (›Die Ebene von Carnac und ihre Menhire, Morbihan‹). Alle Bilder sind verschollen; bei Gautier knappe Beschreibungen (1859, 6. Juli). – *31 Kleiner Totentanz: Petite Danse macabre; la mort, dans une ronde symbolique, entraîne les quatre âges de la vie humaine* (›Der Tod reißt in symbolischem Rundtanz die vier Lebensalter mit sich fort‹; verschollen). Baudelaire liebte solche »makabren Sujets«, wie sie auch Hébert und Christophe gestaltet hatten (s.u. S. 206 ff.). Die übrigen Kritiker bewunderten gleichfalls in dem Bild das »sehr feine, sehr geistreiche, sehr philosophische Resumé all dessen, was das Mittelalter zu diesem schauerlichen Thema gemalt hat« (Gautier 1859, 6. Juli), sowie die »Zartheit in der Ausführung« (Aubert, 196). – *34 kleinen Grisaillen:* Diese Grisaillen, die in einem »roten Ton, mit schöner Wärme und tiefer Farbenglut« ausgeführt waren, bildeten eine Art gemalten Rahmen mit Symbolen des Todes in den Ecken und mit verschiedenen Episoden in den vier Mittelfeldern (Du Camp, 73 f.). Das Mittelbild war farbig.

S. 178, *1 Allegorien:* Baudelaire, der sich in diesem Sinne noch einmal in *Le Poème du Hachisch* äußern wird (1860, Œuvres/Pl I, 430; siehe Bd. VI), bezeichnete 1845 die Allegorie als »eine der schönsten Kunstgattungen überhaupt« (Bd. I, S. 146). – *9 Meßbuch:* Es könnte sich um das von Bernard Charles Mathieu 1858 veröffentlichte *Livre de prières* handeln, das, wie auf der Titelseite ausdrücklich vermerkt ist, mit Ornamenten mittelalterlicher Handschriften illustriert ist. Die Adresse des Herausgebers ist im Buch freilich mit »rue du Faubourg Saint-Germain« angegeben. – *21 Le mauvais goût ...:* leicht umgeformter Vers aus Molières *Le Misanthrope,* I. Akt, 2. Szene, dem Baudelaire einen zweiten Sinn unterlegt: Den »schlechten Geschmack des Jahrhunderts« bezieht er auf »den schlechten Geschmack des *Siècle*«. *Le Siècle* ist der Titel einer Zeitung, auf die er in der nächsten Zeile anspielt. Louis Jourdan hatte am 17. Juni in dieser Zeitung Penguillys »ermüdende Einförmigkeit« (Baudelaire schreibt *»monotonie«* statt *»uniformité«;* siehe Zeile 34) getadelt. Jourdan bewunderte jedoch durchaus die Ausführung einiger Bilder Penguillys.

S. 179, *6 kleinen Seemöwen: Les petites Mouettes; rivage de Port-Donan en Belle-Isle-en-Mer (Morbihan)* (Rennes, Musée des Beaux-Arts; Expo 1968/69, Nr. 501, Abb. S. 117). Die Kritik lobte dieses Bild besonders. Für Du Camp ist es eines der Gemälde, die am meisten gefallen (75); Gautier bezeichnet es als ein höchst seltsames Werk, das den Betrachter durch seinen mit Genauigkeit verbundenen phantastischen Charakter überrascht (1859, 6. Juli). Es rückt damit in die Nähe surrealistischer Werke, z.B. eines Yves Tanguy (Drost in B/Colloque 1967, 87 mit Abb.). – *8 Unendlichkeit:* Das »Streben nach dem Unendlichen« ist Bestandteil von Baudelaires Definition der Romantik (Bd. I, S. 199; s.o. zu S. 160, 1). In seinem Brief an A. Fraisse vom 18. Februar 1860 stellt Baudelaire den anläßlich Penguillys formulierten Gedanken in den größeren ästhetischen Zusammenhang des Formzwanges, der, wie im Sonett, zu einer gesteigerten Intensität führt (Corr/Pl

I, 676). – *15* Frederick *Leighton* (1830-1896), einer der bedeutendsten Maler Englands in der zweiten Hälfte des 19. Jahrhunderts, der seit 1858 dem Kreis der Präraffaeliten angehörte. 1878 wurde er Präsident der Londoner Royal Academy. – *16 Vereinbarung:* In seinem Eingangskapitel bedauert Baudelaire ausdrücklich das Fehlen der von ihm geschätzten englischen Maler (s.o. S. 128f.). – *16 Graf Paris ...:* Etwas gekürzter Titel gegenüber der Fassung im Livret: *Le Comte Pâris, accompagné du père Laurent et d'un cortège de musiciens, se rend à la maison des Capulets pour chercher Juliette* (Adelaide, The Art Gallery of South Australia; L. und R. Ormond, *Lord Leighton,* London 1975, Kat. Nr. 35, Abb. 60). Das Gemälde wurde mit großer Zurückhaltung aufgenommen. Leighton hatte außer diesem Gemälde noch ein Aquarell *Danse de nègres à Alger* (›Negertanz in Algier‹; verschollen) ausgestellt. – *22 wie sie ... gespielt werden:* Baudelaires Vorliebe für theatralische Effekte in der Malerei kommt in seinen Schriften mehrfach zum Ausdruck, so im Zusammenhang mit Delacroix (Bd. I, S. 222; s.o. zu S. 170, *14* und S. 196, *19*). – *27 Marc Baud* (1828-1907), ein Schweizer Emailmaler, der in Genf, Paris und an der Manufaktur von Sèvres tätig war. 1859 war er mit den Emailmalereien ›Hagar in der Wüste, nach Domenichino‹ (Genf, Musée d'Art et d'Histoire; Calvet-Serullaz, 127, Abb. 5), ›Venus, nach C. Gleyre‹ (Sèvres, Musée Céramique) und einem ›Kinderporträt‹ (verschollen) vertreten. Du Camp, der Baud schon 1857 als »unstreitig besten Emailmaler unserer Zeit« bezeichnet hatte (*Salon de 1857,* Paris 1857, 154), lobt 1859 ›Hagar‹ und ›Venus‹ als »Stücke ersten Ranges« (172).

VI. DAS PORTRÄT

S. 180, *6 Thebais:* Bezeichnung für Oberägypten mit der Hauptstadt Theben. Die ersten christlichen Eremiten zogen sich in das dortige Wüstengebiet zurück. – *12 Bourgeoisie:* Nach mehr oder minder verhüllten, ironischen Äußerungen über das Bürgertum am Ende seines ›Musée Classique des Bazar Bonne-Nouvelle‹ und zu Beginn des den Bürgern gewidmeten ›Salon 1846‹ (siehe Bd. I, S. 185ff. und 193ff.) spricht Baudelaire 1859 mit unverhohlener Abfälligkeit von dem bürgerlichen Publikum (s.o. S. 155, *14*). – *25* caput mortuum: lat. Totenkopf. – *26 Hyperboreisches:* Hyperboreer hießen im Altertum die Angehörigen eines Volkes, das jenseits des kalten Nordwinds (des Boreas) gelebt haben soll. Baudelaire läßt die Bedeutung, daß ihr Land ein Ort lichtvollen Friedens und der Staatsutopien sei, beiseite, um allein die Ferne von jeglicher Zivilisation zu evozieren. – *28 Damaskus:* wo Christus dem Christenverfolger Saulus erschien; aus dem Heiden wurde der Apostel Paulus (Apostelgeschichte Kap. IX). – *33* Jean de *La Bruyère* (1645-1696), von Baudelaire bewunderter und in diesen Jahren gerne zitierter Moralist (s.u. S. 211, *9* sowie S. 222, *19* und 253, *21*). Sein Hauptwerk *Les Caractères de Théophraste, traduits du grec, avec les caractères ou les mœurs de ce siècle* (›Die Charaktere des Theophrast, übersetzt aus dem Griechischen, zusammen mit den Charakteren und Sitten dieses Jahrhunderts‹, 1688-1694) enthält Charakterporträts, in denen er scharfsichtig und prägnant menschliche Verhaltensweisen analysiert.

S. 181, *3 Das Porträt ...:* Viele von Baudelaires Kritikerkollegen betrachten die Porträtmalerei in einem gewissen Sinne als »die schwierigste aller Künste« (Mantz 1859, 297). Dumas fordert vom Porträtisten, daß er den Charakter, das Temperament und die Fähigkeiten des Dargestellten kennen müsse (101), und nach Théophile Gautier hat der Maler »in die Intimität der Gewohnheiten einzudringen und die Gedanken hinter der Maske zu erfassen« (1859, 13. Juli). Keiner von ihnen ordnet jedoch die Ansprüche an die Porträtkunst in eine Theorie der schöpferischen Phantasie ein, wie es Baudelaire tut. – *15 David:* s.o. zu S. 130, 4. Seine zahlreichen Porträts zeigen die von Baudelaire gleich genannte *»sobriété«* (Zurückhaltung) durch den neutral gehaltenen Hintergrund, wie z.B. in dem Porträt der *Marquise d'Orvilliers* (1790, Louvre). – *17* Hans *Holbein* d.J. (1497-1543), einer der bedeutendsten Bildnismaler. Der Louvre besaß »fünf oder sechs Porträts« (Viardot, 109), von denen man damals allerdings nicht wußte, ob vom jüngeren oder älteren Holbein. Holbein verband eine auf Sachlichkeit zielende Darstellung mit subtilem psychologischen Sinn. – *20 Reynolds* (s.o. zu S. 128, *19*) führte in das Porträt das Rembrandtsche Hell-Dunkel ein, das Baudelaire als *»romanesque«* empfand. – *21* François *Gérard* (1770-1837), Schüler von David, Hofmaler Napoleons I. und beliebter Porträtist des hohen Adels. Mit der Fülle seiner Aufträge verfiel er, wie Baudelaire 1846 schrieb, dem »Eklektizismus eines Höflings« (Bd. I, S. 189). – *22 Romanesken:* Baudelaire unterschied 1846 zwei Arten, ein Porträt aufzufassen: »die Historie und der Roman«, wobei er David und Ingres den »Koloristen« Rembrandt, Reynolds und Lawrence gegenüberstellte (Bd. I, S. 247). – *29* Sir Thomas *Lawrence* (1769-1830), von dem Delacroix anläßlich seines Besuchs in London 1825 Anregungen für seine Porträts empfangen hatte, war von Baudelaire 1845 und 1846 bewundert worden (Bd. I, S. 155, 242, 248).

S. 182, 2 *Ingres' Schule:* Zu Ingres s.o. S. 164, *11*. Ingres hatte seit 1829 an der Pariser Ecole des Beaux-Arts zahlreiche Schüler und einen Stil geprägt, der als *»Ingrisme«* bezeichnet wird (siehe Jean Alazard, *Ingres et l'Ingrisme,* Paris 1950, und Daniel Ternois, *Baudelaire et l'ingrisme,* in: Finke, 17-39). Zu seinen bekanntesten Schülern gehören, neben den im folgenden besprochenen Malern Amaury-Duval, Lehmann, Paul und Hippolyte Flandrin, auch Jean-Auguste Bard, Alexandre Desgoffes, die Brüder Leleux, Dominique Papety, Eugène Appert, Verdier, Masson und Simart, von denen Baudelaire einige im ›Salon 1845‹ erwähnt (siehe Bd. I). – Baudelaire hat, bei allen Vorbehalten gegenüber der klassizistischen Malerei Ingres', dessen Leistung auf dem Gebiet des Porträts stets anerkannt (siehe Bd. I, S. 190f., S. 244 und Bd. II, S. 240). Er befand sich damit in Übereinstimmung mit der zeitgenössischen Kritik, die sich anläßlich von Ingres' Retrospektive auf der Weltausstellung 1855 fast einmütig (mit Ausnahme der Brüder Goncourt) begeistert über seine Porträts äußerte. – *5* Eugène Emmanuel Pinieu-Duval, gen. *Amaury-Duval* (1808-1885), war 1825-1828 Schüler von Ingres, über dessen Lehrweise er in seinem *L'Atelier d'Ingres* (1878) aufschlußreich berichtet. Außer zahlreichen Porträts führte Amaury-Duval auch einige Wandmalereien aus (z.B. St. Germain-L'Auxerrois, Paris, 1844-1846). Baudelaire betonte 1846 den »unermeßlichen Abstand« zwischen ihm und seinem Meister (Bd. I, S. 244). 1859 war Amaury-Duval mit fünf Porträts vertreten (alle verschollen), die von der Kritik nur beiläufig erwähnt wurden (Ausstellungskatalog *Amaury-Duval,* Montrouge 1974, mit Abbildungen). – *6* Henri *Lehmann* (1814-1882), Schüler seines Vaters sowie von G. Hardorff und S. Bendixen in Hamburg, bis er 1831 nach Paris zu Ingres ging. Neben religiösen Gemälden und Wandmalereien porträtierte er zahlreiche berühmte Zeitgenossen wie Liszt, Ingres, A. v. Humboldt, Chopin (siehe den Ausstellungskatalog *Henri Lehmann, Portraits et décors parisiens,* Musée Carnavalet, Paris 1983). 1859 war er mit sechs Porträts vertreten, von denen sich eines heute in der Kunsthalle Hamburg befindet, der *Abbé Deguerry* (A. Lichtwark, ›Das Bildnis in Hamburg‹, Hamburg 1898, II, Abb. nach S. 216). Seine weiteren Gemälde religiösen und historischen Inhalts stießen bei der Kritik weitgehend – mit Ausnahme von Gautier (1859, 1. Juli) – auf Ablehnung. 1846 hatte sich Baudelaire sehr negativ über Lehmann geäußert (Bd. I, S. 244f., 248f.). – *8 ungebührliche Beimischungen:* Baudelaire meint wahrscheinlich das Streben Ingres' und seiner Schüler nach Farbigkeit, die im zeitgenössischen Verständnis den Koloristen vorbehalten war (siehe Bd. I, zu S. 201, 1). Im ›Salon 1846‹ geht Baudelaire auf den »unvorstellbaren Eifer« der Zeichner ein, die sich um die Farbe bemühen und das »Widersprüchliche« ihres Tuns nicht erkennen; von Ingres schreibt er bei dieser Gelegenheit, daß der Maler »in die Farbe verliebt sei, wie eine Modistin« (Bd. I, S. 241f.). – *20* Hippolyte *Flandrin* (1809-1864) war im Salon von 1859 mit drei Porträts vertreten, sein Bruder Paul (1811-1902) mit acht Porträts und ebensoviel Landschaften. Obwohl beide gemeinsam bei Ingres gelernt haben, besteht wohl kein Zweifel darüber, daß Baudelaire Hippolyte meint, den er 1846 ebenfalls im Zusammenhang mit Lehmann und Amaury-Duval besprochen hatte (Bd. I, S. 248f.). Hippolyte Flandrin errang 1859 einen überwältigenden Erfolg, insbesondere mit dem *Portrait de Mlle M* ... (Mathilde Maison, Privatbesitz; Ausstellungskatalog *Hippolyte, Auguste et Paul Flandrin,* Paris, Musée du Luxembourg, 1984, Nr. 105, Abb. S. 183), das nicht nur bei Gautier, der es mit Leonardos *Mona Lisa* verglich (1859, 13. Juli), Begeisterung hervorrief. Du Camp sieht in Flandrin den einzigen, der die *»grande peinture«* im Salon 1859 vertritt (19f.). – *28 Chenavard:* s.o. zu S. 130, *19*. Das Vorherrschen des gedanklichen Gehalts auf Kosten der malerischen Darstellung bringt Baudelaire zu der Schlußfolgerung, Chenavard sei »kein Maler« (s.u. ›Die philosophische Kunst‹, S. 263, 7).

S. 183, *2 Anschein von Farbe:* Ingrist sei man »nicht ungestraft«, meint Rousseau und tadelt die »stumme, arme und triste Farbe« der Nachfolger des klassizistischen Meisters (229). Gautier hingegen richtet sich gegen die »Mode«, den Ingristen die Qualitäten des Kolorismus abzusprechen, wo sie doch »wahre« Farben und »delikate Töne« erreicht hätten (1859, 13. Juli). – *6 nicht wirklich ähnlich:* In der Tat stellt sich Fouquier vor Flandrins Porträts die Frage, »ob die Ähnlichkeit vollkommen sei, vom Standpunkt der photographischen Genauigkeit, der ausschließlichen Sorge mittelmäßiger Maler« (13). – *11 Holbein kennt Erasmus:* Holbein (s.o. zu S. 181, *17*) war mit dem Humanisten aus Rotterdam (1466 oder 1469-1536) befreundet. Eines der vielen Porträts, die er von ihm malte, befindet sich im Louvre: ›Erasmus von Rotterdam am Schreibpult‹ (1523). – *18 Stil:* s.o. zu 149, 32. Die in der akademischen Tradition begründete formale und inhaltliche Anlehnung an die Antike war von jeher auf Baudelaires Kritik gestoßen (Bd. I, S. 280ff.).

S. 184, *6* François *Bonvin* (1817-1887) gehörte zum Kreis der Realisten und malte vorzugsweise Genrebilder in der Art der Niederländer des 17. Jahrhunderts. 1859 stellte er neben drei Gemälden genannter Art (Expo 1968/69, Nr. 467) ein Porträt des vom Bürgertum damals viel gelesenen Romancier Octave Feuillet aus. Bonvin setzte sich in jenem Jahr für junge Künstler wie Fantin-Latour, Whistler, Legros und Ribot ein, indem er deren von der Jury zurückgewiesene Bilder in seinem Atelier der Rue Saint-Jacques ausstellte (Gabriel Weisberg, *Bonvin,* Paris 1979, 59). – 7 François *Heim* (1787-1865), klassizistischer Maler in der Nachfolge J.-L. Davids, malte religiöse und historische Themen wie auch Porträts. 1859 zeigte er eine Serie von Zeichnungen, ›64 Porträts von Mitgliedern des Instituts‹, darunter Delacroix, Horace Vernet, Vigny (fast alle im Louvre, Cabinet des Dessins; Expo 1968/69, Nr. 490). Einige Kritiker erheben Einwände gegenüber der Trockenheit und Monotonie der zeichnerischen Darstellung. Astruc bezeichnet die Porträts mit Zurückhaltung als »handgemachte Daguerreotypien« (318). Im übrigen äußern sich die Kritiker ähnlich anerkennend wie Baudelaire. – *8 einstmals mokiert:* Im Salon 1847 war die Kritik über Heims ›Vorlesung Andrieux' im Foyer der Comédie-Française‹ hergezogen. 1853 erlebte er mit dem Gemälde ›Die Niederlage der Cimbern und Teutonen‹, ein vollständiges Fiasko. Erst auf der Weltausstellung 1855 konnte er seinen alten Ruhm wiederherstellen: unter den acht Exponaten befand sich das Gemälde, das ihn 1827 mit einem Schlag berühmt gemacht hatte: ›Karl X. verteilt die Auszeichnungen des Salons 1824 an die Künstler‹ (Versailles). In der nachfolgenden Charakterisierung der 1859 ausgestellten Porträtzeichnungen spielt Baudelaire auch auf dieses Gemälde an, das durch die lebensvolle Komposition und die treffende Charakterisierung der Vielzahl von Einzelpersönlichkeiten ihm den Beinamen eines »David der Restauration« eingebracht hatte. – *14 Chaplin:* s.o. zu S. 169, *30.* – Faustin *Besson* (1821-1882), Schüler von Alexandre Decamps und J. Gigoux, debütierte 1842 als Porträtmaler und stellte auch weiterhin Porträts aus. Sein Hauptinteresse wandte er jedoch religiösen Themen und mondänen Genrebildchen zu, die Baudelaire 1846 kurz erwähnte (Bd. I, S. 236). – *20 Schauspielerinnen:* Neben zwei Bildern, *Mlle J.B. ...* und *Mlle A.B. ...* darstellend, hatte Besson 1859 Porträts zweier Schauspielerinnen der Comédie-Française, *Mlle Devienne* und *Mme Favart,* eingesandt. Beide Gemälde befanden sich im Besitz der Pariser Comédie-Française, ersteres ist jedoch verloren gegangen. Mme Favart ist ganzfigurig in der Rolle der Bastienne dargestellt; eine Treppe in einem Park hinaufschreitend, hält sie hinter ihrem Rücken einen Brief verborgen und erhebt die rechte Hand, um Verschwiegenheit zu empfehlen. Besson ist einer der zahlreichen Künstler, die die Rokokomalerei des vergangenen Jahrhunderts wiederaufleben ließen, für die Baudelaire – wie im Falle Henri Barons (siehe S. 170, 7) – eine überraschende Schwäche zeigte. – *33* Louis-Gustave *Ricard* (1823-1873) studierte zunächst an der École des Beaux-Arts in Marseille, dann in Paris als Schüler von Cogniet. Er malte Stilleben und erlangte große Popularität als Porträtmaler, dem nicht zu Unrecht immer wieder von der Kritik Eklektizismus vorgeworfen wurde: »Er macht Pastiches, keine Gemälde« (Astruc, 301). Zu seinen Modellen gehörte auch Madame Sabatier (Salon 1850/51; Ico Nr. 136). 1859 zeigte er nicht weniger als zehn heute verschollene Porträts. Die Zeitgenossen hatten zwei der Porträtierten identifizieren können, den Senatspräsidenten Troplong und M. Edward Blount. Ein undatiertes ›Porträt eines Mädchens‹ befindet sich in Lyon, Musée des Beaux-Arts (Mayne II, Abb. 60). – *37 Gefallen an Van Dyck:* Ricard kopierte nach seiner Ankunft in Paris 1843 im Louvre Bilder des flämischen Malers Anthonis van Dyck (1599-1641), den Baudelaire 1845 als berühmten Porträtisten erwähnt (Bd. I, S. 155). Gautier bezeichnet van Dyck ebenfalls als eines von Ricards Vorbildern (1859, 13. Juli). – *Rembrandt* (1606-1669); Baudelaire rechnete ihn mit Reynolds und Lawrence zu den »Häuptern der romantischen Schule« (Bd. I, S. 248).

S. 185, 24 *Das Porträt von Fräulein L.J.* war Mantz gleichfalls aufgefallen. Er fand in ihm eine beachtenswerte »unveröffentlichte Kombination« in der mit einem weißen Handschuh bekleideten Hand, die vor dem schwarzen Hintergrund des taillierten Seidenmantels mit der Goldkette des Lorgnons spielt (1859, 277). Duplessis hingegen bemängelt eben dieses Detail, weil es nur skizziert sei (*Revue des Beaux-Arts,* X, 1859, 198). Jean Rousseau zeigt sich, wie Baudelaire, von dem »machtvollen und mysteriösen Charme« dieser Schönheit beeindruckt *Le Figaro,* 2. Juli 1859).

S. 186, *11* Frédérique-Emilie-Auguste *O'Connell,* geb. Miethe (1823-1885), die Pariser Persönlichkeiten wie den Dichter Théophile Gautier, den Schriftsteller Arsène Houssaye, die Schauspielerin Rachel porträtierte, wurde von Baudelaire schon 1846 beachtet (Bd. I, S. 250). 1859 zeigte die aus Berlin stammende Malerin zwei Männerporträts (verschollen), die von der Kritik durchweg gelobt wurden; ein drittes Gemälde, *Eve,* wurde zurückgewiesen.

VII. LANDSCHAFTSMALEREI

S. 186, *32 Metapher:* Baudelaire wendet seine theoretischen Ausführungen aus dem III. Kapitel über die »Königin der Fähigkeiten« auf die Landschaftsmalerei an. Im Mittelpunkt steht der dort formulierte Gedanke, daß ein Gemälde keine Kopie der Wirklichkeit sein darf (s. o. S. 140, *14*), sondern durch einen metaphorischen (s. o. S. 141, *27*) oder allegorischen Gehalt (s. u. S. 207, *22*) überhöht werden muß. Houssaye äußert sich gleichfalls in Baudelaires Sinn, indem er statt einer »sklavischen Kopie« einer der »hunderttausend unwichtigen Seiten« der Natur die »Seele« des Künstlers in dem Landschaftsgemälde finden will (246). Aber ganz im Gegensatz zu dem Dichter fordert er einen Rückgriff auf die Tradition, »auf Ruysdaels Gefühl, Poussins Stil, Paulus Potters Naivität, Berghems *Romanesque,* Watteaus Poesie« (246).

S. 187, *8 Schule, die heute ... das Feld behauptet:* Baudelaire will damit die realistischen Tendenzen der Landschaftsmaler kennzeichnen. Es gab jedoch keine *Schule* im engeren Sinn; die »Schule von Barbizon«, mit Théodore Rousseau an der Spitze, war nur eine Richtung der auf direkte Naturerfassung – ohne mythologische Anklänge – zielenden zeitgenössischen Landschaftsmalerei. – *11 niederen Gattung:* In dem von den Akademien vertretenen Verständnis rangierte die Historienmalerei an erster Stelle in der Werteskala der Gattungen; dann folgte das Porträt und danach erst die Landschaftsmalerei. Baudelaire teilt also in diesem Fall die akademische Lehrmeinung und ist dem konservativen Lager zuzurechnen, was die Hierarchie der Gattungen betrifft. Allerdings wird seine unkonventionelle Haltung an dem Interesse kenntlich, das er der Genremalerei entgegenbringt (s. o. S. 151 f.), die in der klassizistischen Hierarchie ganz an das Ende der Skala nach dem Stilleben gesetzt wird. – *14 allgemeinen Niedergangs:* Baudelaire gelangt zu einer falschen Einschätzung der Bedeutung der damaligen Landschaftsmalerei. Das liegt einmal in der ganz persönlichen Aversion des Großstadtmenschen Baudelaire gegen die Natur, insbesondere der sprießenden grünen Natur, die ihm aufdringlich vital und geistlos erschien, und zum anderen in dem eingangs erwähnten und konsequent durchgehaltenen Ansatzpunkt von der Allmacht und Notwendigkeit der schöpferischen Phantasie, der die Realisten gegenüber der unmittelbaren Beobachtung der Natur eine untergeordnete Funktion zuwiesen. Aber – wie auch wenig später der Impressionismus zeigte – in den Augen der Zeitgenossen schloß die erstrebte Nähe zur Natur durchaus Poesie ein. So schreibt Mantz: »unsere Schule der Landschaftsmalerei besitzt in hohem Grade Sinn für Beobachtung, für die Wahrheit und Kraft der Farbe, für das Geheimnis lichtvoller Transparenz: sie besitzt Charme, Lächeln und sogar Gefühl« (1859, 299). »Die eigentliche Stärke der französischen Schule« liegt für Du Camp in »der Landschaft, die seit mehreren Jahren offensichtlich die Tendenz hat, das zu ersetzen, was man einst die große Malerei nannte« (16). Chesneau spricht apodiktisch aus, was aus heutiger Sicht für jene Zeit bestätigt werden kann: »unsere Landschaftsmalerei ist die größte der Welt« (67). – *22 Wort aus dem Wörterbuch:* s.o. S. 145/146. – *28 Studie (étude)* bedeutete um 1860 im akademischen Sprachgebrauch ein Versuch des Malers zu Übungszwecken (*Dictionnaire Général des Lettres, des Beaux-Arts et des Sciences morales et politiques* von Th. Bachelet und Ch. Dezobry, Paris 1862). Erst gegen Ende des Jahrhunderts, nachdem in den 1870er Jahren die Impressionisten sogar *Impressions* als in sich vollendete Werke ausstellten, ließ das *Dictionnaire de l'Académie des Beaux-Arts* 1896 im V. Band auch die Bedeutung der Studie im Sinne eines eigenständigen Werks zu, das nicht als ein Element für ein künftiges Gemälde konzipiert ist. Diese Entwicklung bahnte sich bereits in der sogenannten Landschaftsmalerei von Barbizon um 1830 an, die in der Spontaneität der *étude* jeglichem Akademismus entgegenwirken wollte. In der Ablehnung der Studie als autonomes Werk stimmte Baudelaire mit der akademischen Lehrmeinung überein, die im übrigen auch ein Romantiker wie Paul Huet (s.u. zu S. 191, *16*) vertrat (Albert Boime, *The Academy and French Painting in the Nineteenth Century,* London 1971, 155). – François-Louis *Français* (1814-1897), Schüler von Gigoux, war von Baudelaire in seinen ›Salons‹ 1845 und 1846 mit großem Lob bedacht worden (Bd. I, S. 168-169, 268, 418). – *29 einen Baum:* Baudelaire spielt auf eines der drei 1859 ausgestellten Werke an: *Les Hêtres de la côte de Grâce, près d'Honfleur, effet d'automne* (›Die Buchen der Côte de Grâce, bei Honfleur, Herbsteindruck‹; Bordeaux, Musée des Beaux-Arts). Im *Magasin pittoresque* (Mai 1859, 221) hatte ein anonymer Kritiker liebevoll die »Physiognomie« dieses Baumes beschrieben und hymnische Verse von Victor de Laprade (s.u. zu S. 262, *33*) zitiert, der die Träume des gottgleichen Baums den Kämpfen und Wirrnissen des menschlichen Lebens gegenüberstellte. – *31* Auguste Paul-Charles *Anastasi* (1820-1889), Schüler von Delacroix, Corot und Delaroche. Unter den sieben Landschaften befand sich, neben dem ›Tegernsee‹ und holländischen Motiven, eine ›Gruppe von Eichen im Herbst‹, auf die Baudelaire anspielt. – Charles *Le Roux* (1814-1895), Schüler von Corot (Bd. I, S. 268). Eine seiner sieben ausgestellten Landschaften befindet sich im Louvre: *Prairies et marais de Corsept au mois d'août, à l'embouchure de la Loire* (›Wiesen und Sumpf von Corsept, im August, an der Mündung der Loire‹; Mayne II, Abb. 51; Expo 1968/69, Nr. 496). – Jules *Breton* (1827-1906), Schüler von Drolling, zeigte 1859 *Le Rappel des Glaneuses; Artois* (›Ährenleserinnen‹; Arras, Museum; Hollister Sturges u.a., *Jules Breton and the French Rural Tradition,* Joslyn Art Museum, Omaha, Nebraska 1982, 14, 42, Abb. 4). Gautier widmete diesem Gemälde, das er als Idylle verstand, eine poetisierende Beschreibung (1859, 7. Juli). Von Breton waren noch drei weitere Gemälde ausgestellt: *Plantation d'un calvaire* (›Die Errichtung einer Kreuzigungsgruppe‹; ebd., Abb. 12), *Le Lundi* (›Montag‹; ebd., Abb. S. 70), *Une Couturière* (›Eine Näherin‹; verschollen). – Léon *Belly* (1827-1877), Schüler von Troyon, zeigte vier ägyptische Motive, Sonnenuntergänge und Nillandschaften. – Antoine *Chintreuil* (1816-1873), Schüler von Corot, stellte *La Mare aux biches* (›Moorlandschaft mit Hirschkühen‹; Mende, Museum) aus, sowie einen ›Sonnenuntergang‹ und ›Regen‹. – *33* Charles *Daubigny* (1817-1878), ab 1843 in Kontakt mit der Schule von Barbizon, später enger Freund von Corot, gehört zu den ersten Malern, die die Freilichtmalerei praktizierten und den Impressionismus vorbereiteten. Er zeigte

1859 fünf Landschaften, u.a. ›Meeresufer‹ (*Les Graves au bord de la mer, à Villerville/Calvados;* Marseille, Musée Cantini, Expo 1968/69, Nr. 475), ›Ufer der Oise‹ (*Les Bords de l'Oise;* Bordeaux, Musée des Beaux-Arts; Mayne II, Abb. 50; s.a. M. Fidell-Beaufort/J. Bailly-Herzberg, *Daubigny,* Paris 1975).

S. 188, *2 fehlt es ... an Festigkeit: Solidité* ist ein von Baudelaire bereits anläßlich Legros' (s.o. S. 152, *19*) und Baudrys (s.o. S. 172, *11*) angewandtes Kriterium. In die gleiche Richtung weist sein Vorbehalt gegenüber der *Improvisation* (Zeile 4), der später in ähnlicher Weise von den Gegnern des Impressionismus vorgebracht wurde. – *9* Jean-François *Millet* (1814-1875), Schüler von Paul Delaroche, malte bis zur Revolution von 1848 Porträts und mythologische Szenen, um danach Themen aus dem Alltag der Bauern darzustellen, denen er eine gewisse archaische Monumentalität verlieh. Viele zeitgenössische Kritiker sahen in Millet einen sozial engagierten Künstler, den sie gemäß ihrer politischen Einstellung überaus gegensätzlich beurteilen (Bowie/Fairlie/Finch, Hrsg., *Baudelaire, Mallarmé, Valéry. New Essays in Honour of Lloyd Austin,* Cambridge 1982, 46-57). Aus Millets Werk spricht jedoch weniger ein sozio-politisches Engagement als Sehnsucht nach vorindustriellen Zeiten, menschliche Anteilnahme und Pessimismus (Robert L. Herbert, *City vs. Country: The Rural Image in French Painting from Millet to Gauguin,* in: *Artforum,* Februar 1970, 44-55). 1859 zeigte Millet eine *Femme faisant paître sa vache* (›Kuhhirtin‹; Bourg-en-Bresse, Musée de l'Ain; Expo 1968/69, Nr. 498; Mayne II, Taf. 54; Ausstellungskatalog *J.-F. Millet,* Paris, Grand Palais 1975, Abb. S. 107), die 1852 vom Staat in Auftrag gegeben und 1857/58 ausgeführt worden war. Ein zweites Gemälde, *La Mort et le bûcheron* (›Der Tod und der Holzfäller‹, nach einer Fabel von La Fontaine; Kopenhagen, Ny Carlsberg Glyptothek) wurde von der Jury zurückgewiesen. – *auf den Stil aus:* Einen ähnlichen Vorwurf hatte Baudelaire dem Klassizisten Ingres gemacht (s.o. S. 183, *18* ff.), den er 1855 mit einem anderern Maler, den man dem Realismus zurechnet, verglich: mit Courbet (Bd. II, S. 239). Die großlinigen Konturen, die Typisierung der Gestalten führte in Millets Werk zu jener Monumentalisierung und damit Aufwertung der Genremalerei, die Baudelaire, darin mit der akademischen Lehrmeinung übereinstimmend, ablehnte. – *13 finsterer und unausweichlicher Verblödung:* Lépinois wirft dem Maler vor, »aus einer Idiotin den absoluten Typ der Kuhhirtin Frankreichs gemacht zu haben« (*L'Art dans la rue et l'art au salon,* Paris 1859, 147); für den sozialistisch engagierten L. de Ronchaud erweckt diese Malerei »Verständnis und Mitgefühl für das Elend« (*Étude d'art contemporain. Salon de 1859,* Brüssel 1859, 19; erschienen auch in: *La Libre Recherche,* 1859, 274-311). Baudelaire wendet sich entschieden gegen jede ideologisch bestimmte Malerei. – *15 ernten ...:* Baudelaire spielt auf verschiedene Gemälde Millets an; *Repas des moissonneurs* (›Die Mahlzeit der Erntearbeiter‹; Boston, Museum of Fine Arts; Ausstellungskatalog *Millet,* Paris 1975, Abb. S. 95) hatte Millet im Salon von 1853 eine Medaille zweiter Klasse eingebracht. – *Le Semeur* (›Der Sämann‹, 1850; Boston, Museum of Fine Arts, und Philadelphia, Provident National Bank; Ausstellungskatalog *Millet,* 1975, Abb. S. 91). – *Tondeuse de mouton* (›Schafschererin‹, Salon 1853; Boston, Museum of Fine Arts; Bowie/Fairlie/Finch, siehe zu S. 188, *9*, Abb. S. 52). – *18 Mission:* Gautier hatte anläßlich Millets 1855 ausgestelltem Gemälde *Un Paysan greffant un arbre* (›Bauer beim Pfropfen eines Baumes‹, München, Neue Pinakothek; Ausstellungskatalog *Millet,* Paris 1975, Abb. S. 99) ähnlich empfunden: »der Mann scheint den Ritus einer ländlichen Gottheit zu vollziehen« (1855, II, 58). Ähnlich, doch mit spöttischem

Beigeschmack, äußert sich Perrier 1859: »Die Kuhhirtin erfüllt offensichtlich ein Priesteramt« und »die Kuh selbst, obwohl sie ziemlich rund und samtweich ist, ist nicht ohne Gefühl für ihre Mission« (311). – *19 natürliche Poesie:* Gegen eine solche Kritik, wie sie Baudelaire formuliert, hat sich Millet in einem Brief gewandt: »Es gibt Leute, die mir sagen, daß ich den Charme des Landlebens leugne. Ich finde darin viel mehr als Charme, ich finde darin unendliche Größe« (zit. nach L. Roger-Milès, *Le Paysan dans l'œuvre de J.-F. Millet,* Paris 1895, 7). Baudelaire suchte eine traditionelle Idylle. – *25* Constant *Troyon* (1810-1865), Landschafts- und Tiermaler, von Baudelaire bereits erwähnt (s.o. S. 132, 143). Troyon stand mit den naturverbundenen Malern der Schule von Barbizon wie Th. Rousseau, Daubigny und Jules Dupré (1811-1889) in Verbindung. Die holländischen Tiermaler des 17. Jahrhunderts, deren Gemälde er auf einer Reise 1847 kennenlernte, beeinflußten sein Werk nachhaltig. 1859 zeigte er u.a. *Le Retour à la ferme* (›Rückkehr zum Bauernhof‹) und *Vue prise des hauteurs de Suresnes, Seine-et-Oise* (›Ansicht von den Höhen von Suresnes‹; beide Paris, Louvre; Sterling/Adhémar IV, Nr. 1807 und 1804). Die fast ausschließlich positiven Kritiken lobten Troyons »Geheimnis, die Konturen in die Atmosphäre zu tauchen« (Dumesnil, 20). – *seelenlose Geschicklichkeit:* Auch Gautier mißbilligt Troyons »übergroße Leichtigkeit« (1859, 15. August). – *26 Popularität:* Bei dem Publikum und der Kritik war Troyon fast ausnahmslos beliebt. – *29 Fühllosigkeit:* siehe den Gegenbegriff *sensibilité* (s.o. zu S. 141, *23*). – *Vor vielen Jahren:* Schon 1845 hatte Baudelaire Troyons »Manier« und 1846 seine »mühsam einstudierten und eintönig triumphierenden Mittel« (Bd. I, S. 169, 268) kritisiert. In seinen Notizen zur *Collection Crabbe* freilich erwähnt er »ausgezeichnete Proben« seines Schaffens (Œuvres/Pl II, 964).

S. 189, *2 untergeordnetes Genre:* s.o. zu S. 187, *11*. – *10* Théodore *Rousseau* (1812-1867), einer der Hauptvertreter der Schule von Barbizon, setzte in seinen vor der Natur gemalten Bildern die Tradition der niederländischen Landschaftsmalerei des 17. Jahrhunderts fort; er war zugleich von John Constables (1776-1837; siehe Bd. I zu S. 203, *26*) unakademischen Darstellungen der englischen Landschaft beeinflußt. Eine positive, dichterische Evokation seines Werkes gab Baudelaire im ›Salon 1846‹ (Bd. I, S. 270f.). Rousseau hatte 1859 einen ›Bauernhof in den Landes‹, ein ›Ufer der Sèvre‹ sowie drei Landschaften aus der Umgegend von Barbizon und Fontainebleau ausgestellt, darunter die ›Schlucht von Apremont‹ (*Gorges d'Apremont;* Sammlung Mather, Princeton; Mayne II, Abb. 52; s.a. Expo 1968/69, Nr. 502), die der Kritiker Jean Rousseau als das einzige der ausgestellten Werke dieses Meisters für »erträglich« hielt. Alle anderen Bilder erschienen ihm von dem monotonsten Pointillismus. »Das sind nicht mehr Pinselstriche, sondern Maschen einer Strickarbeit« (*Figaro,* 12. Juli 1859, 4). Ansonsten wurde jedoch Rousseau als »König der Landschaft« gefeiert (Castagnary, 81); weitere Urteile in Pierre Miquel, *Le Paysage français au 19e siècle, 1824-1874. L'École de la nature,* Maurs-La-Jolie, 1975, III, 465 ff. – Camille *Corot* (1796-1875) lernte an der Pariser Akademie, begann in Italien Landschaften zu malen, entfernte sich jedoch durch seinen Sinn für fein abgestufte, silbrige Töne von dem strengen Akademismus und näherte sich in späteren Jahren dem Impressionismus (siehe Bd. I zu S. 167, *2*). Baudelaire hatte 1846 an Corots Werk den berühmt gewordenen Unterschied gemacht, zwischen einem »seelenvollen Werk«, das hinlänglich »*vollendet*« ist, und einem nur handwerklich »*ausgearbeiteten* Stück«, dem die Seele fehle (Bd. I, S. 167). Er verglich an eben jener Stelle Rousseau mit Corot und gab letzterem wegen seiner »Naivität und Originalität« den Vorzug. Von Corot waren

1850 sieben Landschaften ausgestellt: ›Dante und Virgil‹, ›Macbeth‹ (London, Wallace Collection; Mayne II, Abb. 56), ›Idylle‹ (Lille, Musée des Beaux-Arts), ›Landschaft mit Figuren‹, auch ›Die Toilette‹ genannt (Paris, Sammlung Mme David-Weill; Expo 1968/69, Abb. S. 109), ›Erinnerung an das Limousin‹, ›Italienisches Tirol‹, ›Studie in Ville-d'Avray‹. In seinem Brief an Boudin vom 3. Juni 1859 nannte der Impressionist Claude Monet diese Gemälde »reine Wunderwerke« (Daniel Wildenstein, *Claude Monet, Biographie et catalogue raisonné,* I, Paris/Lausanne 1974, 419). Obschon »immer noch ein wenig umstritten«, nimmt Corot nach Cantrel 1859 »einen der ersten Plätze unter den Malern der zeitgenössischen Schule ein« (*L'Artiste,* 29. Mai 1859, 70). Der Louvre besitzt eine bedeutende Sammlung seiner Bilder (Abb. in Sterling/Adhémar, I), die sich heute im Musée d'Orsay, Paris, befindet.

S. 190, *11 moderne Schule:* s.o. zu S. 187, *8*. Baudelaire meint wiederum die realistischen Strömungen, denen er Corot als Maler von Idyllen und Landschaften mit mythologischen Anklängen entgegensetzt. Auch Rousseau hebt die »Aufrichtigkeit« des Malers, der eine »Auswahl« trifft, von den ihm gröblich erscheinenden, alle Details berücksichtigenden Realisten ab (269). – *15 fast ein Dämmerlicht:* Castagnary spricht von dem »blassen Tageslicht«, von der »farblosen« Beleuchtung, von den »Halbtönen« und der »unwahrscheinlichen Farbe« (87f.). – *33* Eugène *Lavieille* (1820-1889), seit 1841 in Corots Atelier, wurde dessen Lieblingsschüler und Freund. Baudelaire beurteilte ihn voller Wohlwollen seit Beginn seiner Tätigkeit als Kunstkritiker 1845 (siehe Bd. I, S. 172); er war mit dem Maler persönlich bekannt und setzte sich zwischen 1859 und 1861 mit Empfehlungsschreiben für ihn ein (Corr/Pl I, 648; siehe G. Gendreau und Cl. Pichois, *Baudelaire, Lavieille, Asselineau,* in: Buba VIII, no. 2, 9. April 1973, 13-16). Lavieille hat lange im Wald von Fontainebleau gemalt, ohne jedoch zur Schule von Barbizon zu gehören. Seine Arbeit in der freien Natur, seine unmittelbare Darstellung der Natur lassen das Werk dieses Kleinmeisters, trotz seiner sehr akribischen Technik, als der anti-akademischen Richtung zugehörig erscheinen. Lavieille hatte 1855 einen Sonnenuntergang ausgestellt, der die für ihn charakteristische melancholische Note enthält (*Village de Chailly-en-Bière vu du chemin de Barbizon,* Expo 1968/69, Nr. 495). – *34 eine sehr schlichte Landschaft:* ›Der Flecken Buchez an der Straße von La Ferté-Milon nach Longpont (Aisne)‹ (*Le Hameau de Buchez;* verschollen). Castagnary bemängelte den »Mangel an Stil«, würdigte aber Lavieilles Sinn für die »Poesie der Natur« (93).

S. 191, *6 Extrakt des Winterglücks:* Keiner der Kritiker war wie Baudelaire so stark von der melancholischen Stimmung der Landschaften Lavieilles angerührt. Das Glücksgefühl, das ihn bei der Betrachtung eines Kunstwerks durchströmt, wird für ihn zu einem Kriterium für seine Qualität, selbst wenn die peinlich genaue Technik seinen ästhetischen Vorstellungen nicht entspricht (siehe Drost 1971, 271). – *16* Paul *Huet* (1803-1869) war zunächst Schüler von Gros und Guerin (Bd. I, S. 169), befreundete sich dann mit Delacroix und schloß sich den Romantikern an. Er wurde stark von Constable und Bonington, mit dem er 1828 die Bretagne bereiste, beeinflußt. Der Vertreter der literarischen Romantik, Victor Hugo, setzte sich für diesen Maler energisch ein, der durch seinen Sinn für die Natur und ihre Stimmungen Théodore Rousseau und der Schule von Barbizon vorausging. 1859 stellte Huet sechs Landschaften aus, darunter ›Seineufer im Frühling‹, ›Zwischen Regen und Sonne, Ende April‹, ›Sonnenuntergang am Meer (Calvados)‹, daneben ein ›Krankenzimmer, Interieur in der Auvergne‹. Die wenigen Kritiker, die auf Huet eingehen, heben, wie Dumas, voller Anerkennung »die poetische Stimmung« hervor (143). Besondere Aufmerksamkeit erregte die Folge von acht weiteren (verschollenen) Bildern für die Dekoration des Salons von M. Lenormand in Vire, die Baudelaire bespricht und die Delacroix in einem Brief an Huet im Mai 1859 voller Bewunderung erwähnt. Es handelt sich um folgende Motive: *Les Fabriques* (›Gebäude‹), *Le Vieux Château féodal, Normandie légendaire* (›Die alte Feudalburg aus der legendären Normandie‹), *Les Herbages* (›Weideland‹), *Le Gué et la chaumière* (›Die Furt und Hütte mit Strohdach‹), *Le Ruisseau* (›Der Bach‹), *La Manche; rentrée au port* (›Der Ärmelkanal; Rückkehr in den Hafen‹), *La Cathédrale* (›Die Kathedrale‹), *La Vie de château* (›Leben im Schloß‹). Ein Kritiker wie Cantrel betrachtete Huet als »gewiß einen der romantischsten Künstler der Gegenwart«: »Es gibt da eine *Alte Feudalburg* im Mondschein (...), die einen lange Stunden träumen läßt und alle wunderbaren Sagen in Erinnerung ruft, die uns als Zehnjährige begeisterten« (*L'Artiste,* 15. Mai 1859, 34). – *17 Un vieux de la vieille:* etwa: einer von den alten Getreuen. – *19 bleibt dem Geschmack seiner Jugend treu* und entspricht damit Baudelaires ästhetischer Vorliebe. Auch für Gautier ist Huet »der romantische Maler par excellence« (1859, 4. September). Zu Baudelaires Definition der Romantik siehe Bd. I, S. 198ff. – *31* Louis-Godefroy *Jadin* (1805-1882), zunächst Landschaftsmaler, stellte nach 1841 nur noch Tierbilder aus. Er war mit Dumas befreundet, mit dem er mehrere Reisen unternahm. Er war Louis-Philippes Jagdmeister und unter Napoleon III. kaiserlicher Jagdmaler. Seine Hundebilder erfreuten sich großer Beliebtheit, wie seine *Relais de chiens* (›Jagdhunde‹, 1855, Arras, Museum) oder *Hallali du cerf* (›Hirschjagd‹, 1857, Chantilly, Musée Condé). Gautier wie auch andere Kritiker suchten seine einem niederen Rang in der Hierarchie der Bildgattungen zugehörigen Tierdarstellungen aufzuwerten: er spricht von »Hundeporträts« (1859, 29. Juli). 1859 stellt er Hundebilder aus, eine ›Vision des Hl. Hubertus‹ sowie eine *Vue de Rome prise de l'Arco di Parma* (›Ansicht von Rom vom Arco di Parma aus‹). Wie Baudelaire zog Chesneau dieses – verschollene – Gemälde den anderen ausgestellten vor und gab eine enthusiastische Beschreibung der Abendstimmung, aus der sich die von den letzten Sonnenstrahlen vergoldete Kuppel des Petersdoms erhebt (122). Der Sonnenuntergang war ein Lieblingsthema der Romantiker, das Baudelaire 1862 noch einmal aufnahm: *Le Coucher du Soleil romantique* (Bd. IV, S. 6).

S. 192, 4 *Clésinger:* s. o. zu S. 170, *36* und unten zu S. 201, *6* für seine Kunst als Bildhauer. Clésingers Tätigkeit als Maler hatte eine Diskussion ausgelöst, in der Gautier ihn mit dem Hinweis auf die vielseitigen Begabungen etwa eines Michelangelo oder Leonardo verteidigte (1859, 23. Juni). Baudelaire hatte schon 1845 anläßlich des Bildhauers und Malers Etex seine Skepsis gegenüber solchen ihm problematisch erscheinenden Doppelbetätigungen ausgesprochen (Bd. I, S. 154). – *7 seine beiden Landschaften: Isola Farnese und Castel Fusana* (beide verschollen). Eine weitere 1859 gemalte *Campagne de Rome* (›Ansicht der Umgebung von Rom‹) befindet sich im Musée Municipal von Martigues (*Revue du Louvre et des Musées de France,* 1980, 5/6, 306f., Abb. S. 307) und weist die von Baudelaire hervorgehobenen Charakteristika, wie die Schwere und Monumentalität der Natur, auf. Die Landschaftsbilder fanden fast durchweg Anerkennung in der Kritik. – *16 Ja, die Einbildungskraft flieht die Landschaft: »Oui, l'imagination fuit le paysage.«* So lautet der Text im Erstdruck und in den Fahnen, die sich davon erhalten haben. Baudelaire nimmt seine Überlegungen von S. 191, daß der Anteil der Einbildungskraft an der zeitgenössischen Landschaftsmalerei nach und nach immer geringer wird, wieder auf. Die Phantasie der Landschaftsmaler, insbesondere derjenigen, welche im Freien malen, versagt in der künstlerischen Darstellung, weil allzu viele Einzelheiten sie bedrängen und sie daran hindern, sich ihren (allein fruchtbaren) Träumereien zu überlassen. Warum aber, so fährt Baudelaire fort, versagt sie auch im Atelier des Landschaftsmalers, wo er sich ungestört auf sein Vermögen der schöpferischen Evokation konzentrieren kann? Die postumen CE von 1868 bieten eine andere Lesart: *»l'imagination fait le paysage«* (die Einbildungskraft schafft die Landschaft), die auch Pichois in Œuvres/Pl II übernimmt und für die bessere hält. Danach wiederholt Baudelaire hier, was er schon zu Anfang dieses Kapitels sagt, daß die uns umgebende Natur nur von Gnaden unserer Vorstellung oder unseres Gefühls als »Landschaft« erfahren und als solche darstellbar wird. – *21 Gedächtnis:* s.o. zu S. 154, *28*. In seinem Aufsatz über Guys wird Baudelaire ein ganzes Kapitel der *»art mnémotechnique«* widmen (siehe S. 229-232); die Umformung der Wirklichkeit durch die Erinnerung an das Geschehene ist für ihn ein bedeutsamer Schritt zu ihrer schöpferischen Gestaltung. – 24 Eugène *Boudin* (1824-1898) malte vor allem Seestücke und Strandszenen. Dem 1859 erstmals im Salon ausstellenden Maler schenkte die Kritik keine Beachtung: nur drei Kritiker erwähnten ihn. Baudelaires Zeilen sind die erste tiefgehende Würdigung seines Werkes, das er mit allen Mitteln seiner Wortkunst evoziert. Siehe G. Jean-Aubry, *Eugène Boudin,* 1968. – *25 Die Wallfahrt von Sainte-Anne-la-Palud: Le Pardon de Sainte-Anne Palud, au fond de la baie de Douarnenez (Finistère)* (1858; Le Havre, Musée des Beaux-Arts; Expo 1968/69, Abb. S. 105; Ausstellungskatalog *Second Empire,* Paris 1979, 311, Abb. 177) war das einzige Werk, das Boudin ausgestellt hatte und dessen dominierender Blauton von Chesneau beanstandet wurde. Boudin seinerseits fand das Bild »voller Fehler« (Carnet, 25. Januar 1859, zitiert nach G. Jean-Aubry/R. Schmit, *E. Boudin, la Vie et l'œuvre d'après les lettres et les documents inédits,* Neuchâtel 1968, 24). – 27 *angesichts des Meeres:* Baudelaire hatte den aus Honfleur gebürtigen Boudin in Gesellschaft von Courbet getroffen und seine im Freien gemalten Pastellstudien in seinem Atelier in Honfleur bewundert. Boudin suchte die wechselnde Erscheinung der Natur festzuhalten, die flüchtigen, ständig sich wandelnden Lichteffekte auf dem Meer sowie den Himmel mit ziehenden Wolken oder im Licht des Sonnenuntergangs. Boudin, der Claude Monets Lehrer wurde, nahm damit die Bestrebungen der Maler des Impressionismus vorweg, das Momentane in der atmosphärischen Erscheinung der gegenständlichen Welt festzuhalten.

S. 193, 4 *8. Oktober mittags, Wind aus Nord-West:* Solche mit Bleistift gemachten Angaben finden sich häufig (nicht immer!) auf den Pastellen (z.B. im Museum von Honfleur; Ausstellungskatalog *Boudin. Aquarelles et pastels,* Cabinet des Dessins, Louvre, Paris 1965, Nr. 85, 90, 98). – *10 diese phantastisch geformten ... Gewölke:* Das bei den romantischen Dichtern und Malern beliebte Thema der Wolken hat auch Baudelaire angezogen; er wird es des öfteren in den Prosadichtungen einführen: *L'Etranger, Le Port, La Soupe et les nuages* (Bd. VIII, S. 118, 266, 280; siehe Kurt Badt, *Wolkenbilder und Wolkengedichte der Romantik,* Berlin 1960). – *18 Opiums:* Etwa zur selben Zeit, als er diese Zeilen schrieb, arbeitete Baudelaire an dem *Mangeur d'opium* (1858-1859; Œuvres/Pl I, 442-517; siehe Bd. VI.) – *25 den Menschen niemals ohne Wohlgefallen:* freies Zitat nach Robespierre (1758-1794), der am 7. Mai 1794 dem Konvent einen Bericht über die Beziehungen zwischen den religiösen und moralischen Ideen und den republikanischen Prinzipien vorgelegt hatte (*»car les hommes ne se voient pas sans plaisir«;* zit. nach

Œuvres/Pl I, 1387). – Baudelaire wiederholt das Zitat noch einmal im *Mangeur d'opium* (Œuvres/Pl I, 455). – *28 Einsamkeit:* Ab 1862 etwa gilt Boudins Interesse mehr – offenbar auf den Rat Isabeys hin – den Menschen am Strand, wie er auch in einem Brief an Martin vom 3. September 1868 schreibt: »Haben die Bürger, die bei Sonnenuntergang auf dem Hafendamm spazierengehen, nicht auch das Recht, auf einem Bild verewigt zu werden?« (J. Rewald, ›Die Geschichte des Impressionismus‹, Köln 1965, 36, Abb. 7). – *29 Seegemälde* fehlen nicht ganz. Maler wie H.E. Bénard, Louis Dewinter, Auguste Jugelet, Charles-Louis Mozin und Antoine Waldorp hatten Gemälde mit dem Titel *Marine* ausgestellt. – *30 militärische Dramen, die auf dem Wasser spielen:* Félix-Joseph Barrias' ›Landung der französischen Armee in Old-Port (Krim), 14. September 1854‹ *(Débarquement de l'armée française ...)* oder die drei Seegefechte von Pierre-Julien Gilbert. Zu Baudelaires Abneigung gegenüber der Militärmalerei s.o. S. 167. – *35 bejahrten Hauptstadt:* Baudelaire gestaltete den Reiz der Großstadt vor allem in den *Tableaux parisiens* der FdM (Bd. III, S. 219-S. 269).

S. 194, *5* Charles *Méryon* (auch Meryon, 1821-1868) hatte bis 1846 bei der Marine gedient, um sich der Malerei und später der Radierung zuzuwenden. Bei den von Baudelaire erwähnten Blättern handelt es sich um eine Folge von 22 Kaltnadelradierungen, die Méryon in drei Lieferungen 1852-1854 mit dem Titel *Eaux-Fortes sur Paris* herausbrachte und von denen einige in den Salons 1852, 1853 und 1855 ausgestellt waren (Mayne II, Abb. 63; Ausstellungskatalog ›Ch. Meryon, Paris um 1850‹, Frankfurt, Städel 1975, Abb. S. 97-136). 1859 war Méryon nicht im Salon vertreten, doch erhielt Baudelaire offenbar zu eben der Zeit, als er seine Salonkritik schrieb, eine Folge seiner Radierungen, um die er am 20. Februar 1859 gebeten hatte (siehe seinen Brief an Charles Asselineau, Corr/Pl I, 551, und den Brief an Poulet-Malassis vom 8. Januar 1860, S. 60f.). Baudelaire war neben Gautier und Paul Mantz einer der wenigen, die die Kunst des heute hochgeschätzten Radierers würdigten. Über die Beziehung zwischen Baudelaire und Méryon siehe Pierre Jean Jouve, *Le Quartier de Meryon,* in: *Tombeau de Baudelaire,* Paris 1958, sowie Jean Ziegler, *Baudelaire et Meryon,* in: Buba, XI, 1975, 3-14. – *vorzüglichen alten Radierer:* Baudelaire mag an Callot (s.o. zu S. 177, 7) denken und an Piranesi (1720-1778), dessen *Carceri* die Romantiker fasziniert hatten (Luzius Keller, *Piranèse et les romantiques français,* Paris 1966); neben dem holländischen Marinemaler und Stecher Reinier Nooms gen. Zeeman (um 1623- um 1667) gehörten sie zu Méryons Vorbildern. – *8 deren Finger gen Himmel weist:* Zitat aus Théophile Gautiers *Fantaisies*, III: *»Clochers silencieux montrant du doigt le ciel.«* Gautier greift seinerseits auf William Wordsworth (1770-1850), *The Excursion,* Buch VI, Vers 19, zurück. Vgl. auch Baudelaires Gedicht *›Paysage‹*, in dem er aus der Mansarde die Stadt mit »Schornsteinen und Türmen« überschaut (Bd. III, S. 220). Wie in den Zeilen über Boudin wird Baudelaires kritische Auseinandersetzung mit dem Künstler unversehens zu einem Stück eigenständiger, schöpferischer Prosa; er knüpft an das eine oder andere Blatt Méryons direkt an (wie aus den folgenden Anmerkungen hervorgeht), um es in seinem Sinne als Dichter weiterzuführen. Kunstkritik und Dichtung gehen ineinander über, wie er es bereits im ›Salon 1846‹ skizziert hatte (›Wozu Kritik?‹, Bd. I, S. 196). – *9 die Obelisken der Industrie:* Im 6. Zustand des Blattes *Pont-Neuf* (Delteil 33) hatte Méryon im Hintergrund der Pariser Brücke einen langen, hohen Kamin hinzugefügt, Teil einer fiktiven Industrielandschaft (Ausstellungskatalog Meryon, Frankfurt 1975, Abb. S. 117). – *11 die Gerüste:* Baudelaire bezieht sich auf

Méryons Radierung von dem eingerüsteten ›Uhrenturm‹ (*La Tour de l'Horloge;* Delteil 28, Kat. Meryon, Frankfurt 1975, S. 110f.; vgl. Corr/Pl II, 4). – *14 Tiefe der Perspektiven:* Méryon war bestrebt, die Tiefenwirkung seiner Radierungen künstlich zu steigern; er hatte sich, um die Raumwirkung zu studieren, mit der camera obscura und der zeitgenössischen Photographie beschäftigt. – *15 Dramen, die sich dort abspielen:* Baudelaire mag an Méryons Darstellung des Pariser Leichenschauhauses *La Morgue* denken, auf die er in einem Brief an seine Mutter vom 4. März 1860 eingeht (Corr/Pl II, 5). – *18* Victor *Hugo* (1802-1885). Als Baudelaire erfuhr, daß Méryon dem Dichter eine Folge seiner Ansichten von Paris schicken wollte, schrieb er Hugo am 13. Dezember 1859 einen Brief, in dem er den gesamten Abschnitt über Méryon (S. 193, 29-195, 24 und 196, *6-16*) aus seinem Salon wörtlich zitiert (Corr/Pl I, 627-629). Tatsächlich war Hugo von den »herrlichen Radierungen begeistert« *(»ses splendides eaux-fortes m'ont ébloui«),* wie er an Baudelaire am 29. April 1860 schrieb (Lettres/B, 191). Über die nicht immer sehr freundschaftlichen Beziehungen zwischen Baudelaire und Hugo siehe Léon Cellier, *Baudelaire et Hugo,* Paris 1970). – *21 Morne Isis ...:* Zitat aus Victor Hugos Ode *À l'Arc de Triomphe* (›An dem Triumphbogen‹) in der Gedichtsammlung *Les Voix intérieures* (1837).

S. 195, *5 seltsamen Offizier:* Méryon war Kadett, nicht Offizier; er litt an Schizophrenie. Nach einem ersten Aufenthalt in der Irrenanstalt von Charenton, Mai 1858 bis August 1859, hatte seine in den vorangegangenen Jahren verminderte Kreativität tatsächlich wieder zugenommen, wobei er jedoch vornehmlich Kopien und Auftragsarbeiten ausführte. 1866 kam er erneut nach Charenton, wo er bis zu seinem Tod 1868 blieb. Aus dieser Zeit sind keine Werke bekannt. – *7 Abenteuern des Ozeans:* Méryon hatte 1842-1846 an einer Mission, die seine Fregatte zu den französischen Besitzungen im Pazifik, Neuseeland und Neukaledonien führte, teilgenommen. – *11 romantische Landschaft:* 1846 glaubte Baudelaire, daß das exklusive Studium der Natur der romantischen Landschaftsmalerei den Glanz einer modernen Schule gegeben habe (Bd. I, S. 264f.); er meinte offenbar die Schule von Barbizon mit Théodore Rousseau wie auch Paul Huet. 1859 reagiert er empfindlich auf alle realistischen Tendenzen und bekennt sich zu einer phantasievollen, oft theatralischen Landschaft als Ausdrucksträger von Gefühlen, zu einer Romantik, die er im folgenden genauer definiert und die in einem unübersehbaren Gegensatz zu dem anläßlich von Constantin Guys entwickelten Konzept der Modernität steht (siehe S. 225-228) – *12 die romaneske Landschaft,* wie sie Baudelaires großer Vorgänger, der Kunstkritiker, Romanschriftsteller und Philosoph Denis Diderot (1713-1784) definierte, besteht aus hohen Bergmassiven mit Wasserfällen, Holzbrücken über Abgründen, Seen, Höhlen und friedlich arbeitenden oder sich ergehenden Menschen: der Eindruck des Außerordentlichen und Wunderbaren entsteht aus dem vom Künstler bewußt erzeugten Kontrast zwischen dem Idyllischen und dem Furchterregenden (siehe Gisela Rosenthal, ›Bürgerliches Naturgefühl und offizielle Landschaftsmalerei in Frankreich 1753-1824‹, Dissertation Heidelberg 1974, 61-67). Für den Klassizisten Watelet ist die romaneske Landschaft aus einem *»dérèglement de l'imagination«* entstanden (*Essai sur les Jardins,* Paris 1774, 86f.), eben jener Ausschweifung der Phantasie, der Baudelaire die höchste schöpferische Kraft beimißt. Ein Vertreter der romanesken Landschaft, die vornehmlich im 18. Jahrhundert blühte, ist Claude-Joseph Vernet (1714-1789); Baudelaire nennt 1846 Watteau, Rembrandt und Rubens als diejenigen, die ihr »Ich an die Stelle der Natur« setzen und ihren »Träumen« in der »Phantasielandschaft« Ausdruck verleihen (Bd. I, S. 265). – *14 Ruinen:* Hauptvertreter der Ruinenmalerei war Hubert Robert (1733-1808). Diderot rühmte im *Salon de 1767* solche Darstellungen, die als Sinnbild der Vergänglichkeit »erhabene Ideen« in ihm erweckten (›Ästhetische Schriften‹, hrsg. von Friedrich Bassenge, Frankfurt/Main 1968, II, 150). – *18 Gebirge:* Baudelaire könnte an Reproduktionen von Gemälden des ihm wohl bekannten John Martin (1789-1854) denken, wie ›Der Barde‹ (1817) oder ›Manfred auf der Jungfrau‹ (1837; Christopher Jonestone, *John Martin,* London 1974, Abb. S. 33, 81), in denen die romaneske Malerei des 18. Jahrhunderts sich mit der Naturliebe der Romantik verband. Einige Motive solcher phantastischen Landschaften finden sich in den FdM; *Le Goût du Néant, Paysage, La Vie antérieure* (Bd. III, S. 206, 220, 82), vor allem die berühmte Stadtlandschaft *Rêve parisien* (Bd. III, S. 262), und in dem Prosagedicht, *Le Gâteau* (Bd. VIII, S. 162). Vgl. Drost, ›Zur Phantastik in Baudelaires Dichtung und Kunsttheorie‹, in: ›Phantastik in Literatur und Kunst‹, hrsg. von C. W. Thomsen/J.-M. Fischer, Darmstadt 1980. – *20 Burgen:* so auf Huets ausgestelltem Gemälde *Le Vieux Château féodal* (s.o. zu S. 191, *16*). – *22 ninivitische Bauten* finden sich in einigen Radierungen des eben erwähnten John Martin wie dem ›Untergang Babylons‹ (Jean Seznec, *John Martin en France,* London 1964, Abb. 3). Die lavierten Federzeichnungen Victor Hugos, die Baudelaire weiter unten zitiert (S. 196, 13), kommen seinen hier skizzierten Vorstellungen überaus nahe. – *25* Eduard *Hildebrandt* (1818-1869) aus Danzig war Schüler von Eugène Isabey. Von seinen Reisen durch die ganze Welt hatte er zahlreiche Skizzen und Aquarelle mitgebracht, von denen er zwei Gemälde und 36 Aquarelle 1859 ausstellte. Ein großer Teil zeigt Landschaften aus Schweden und Norwegen, insbesondere vom Nordkap. Die Nationalgalerie in Berlin-Ost bewahrt etwa 1800 Zeichnungen und Aquarelle von Hildebrandt auf; K.H. Janda, ›Ed. Hildebrandt, Aquarelle, Zeichnungen aus Beständen der Nationalgalerie‹, Berlin 1959, gibt eine Auswahl von 16 Abbildungen (siehe Drost 1971, 263f., Abb. 3-5). – *34 Fjord des Séraphîtus:* Ein Aquarell trägt den Titel *Un Fjord (cap Nord),* Livret 1476. Baudelaire erinnert sich an Balzacs Roman *Séraphîta* (1835), in dem Séraphîtus sich mit seiner Begleiterin an einem romantischen norwegischen Fjord ausruht. – *Pik von Teneriffa:* Hildebrandt hatte eine ›Ansicht von Santa-Cruz, Teneriffa‹ (Livret 1480) ausgestellt.

S. 196, *1 Wahl des Gegenstandes:* Baudelaire distanziert sich mit einiger Selbstironie von der Theorie des *l'art-pour-l'art,* die vor allem formale Vollkommenheit erstrebte. Die Suggestivität der gegenständlichen Welt mit dem Reichtum an Assoziationen, die sie im Betrachter auslöste, bejaht er ausdrücklich in seinem Essay über Constantin Guys (s.u. S. 223ff.). – *10 Catlin:* s.o. zu S. 175, *31*. – *12 Delacroix' Landschaften:* In den Salons hatte Delacroix bisher keine reinen Landschaftsbilder ausgestellt; Baudelaire mag sie im Atelier des Malers gesehen haben. Er wird aber vor allem an Gemälde denken, in denen sich das Geschehen in der freien Natur abspielt, wie ›Ovid im Exil‹ (siehe S. 157, *32*ff.). In diesem Jahr hatte Delacroix zum ersten Mal ein Landschaftsgemälde ausgestellt, ›Die Ufer des Flusses Sebou‹, das Baudelaire jedoch nicht erwähnt. – *13 Victor Hugos Zeichnungen:* Hugo, der eng mit dem Radierer Célestin Nanteuil befreundet war (s.o. zu S. 169, *33* und 170, *5*), zeichnete mit Gänsekiel und Tusche eine große Zahl von lavierten Zeichnungen, deren Hell-Dunkel-Kontraste oft ins Phantastische gehen (J. Delalande, *V. Hugo, dessinateur génial et halluciné,* Paris 1964). Die Maison Victor Hugo in Paris besitzt eine Sammlung dieser Werke, die zu den bedeutendsten Zeichnungen der französischen Romantik gehören. Siehe V. Hugo, *Œuvre graphi-*

que, 2 Bde., in: *Œuvres complètes,* Le Club Français du livre, Paris 1969. – *16 König der Landschaftsmaler:* Hugo fühlte sich durch diese Zeilen, die Baudelaire in dem oben erwähnten Brief an ihn zitierte (s.o. zu S. 194, *18*), geschmeichelt, war aber auch leicht verärgert, da der Dichterkollege seine Zeichnungen auf Kosten seiner Poesie gelobt hatte (Œuvres/Pl II, 1409; siehe Pierre Georgel, *Le Romantisme des années 1860, Correspondance Victor Hugo – Philippe Burty,* in: *Revue de l'Art,* Nr. 20, 1973, 9-36, 70 Abb.). Er antwortete Baudelaire erst am 29. April 1860 (Lettres/B, 191), in einem von Baudelaire jedoch als »sehr herzlich« empfundenen Brief (Corr/Pl II, 41). Gautier äußerte sich ähnlich wie Baudelaire: »Wenn er nicht Dichter wäre, würde Victor Hugo ein Maler erster Güte sein« (zitiert nach dem oben erwähnten Delalande, 1964, 12). – *17 Dioramas:* Das erste Diorama war 1822 von seinen Erfindern Daguerre (s.o. zu S. 137, *17*) und Bouton in Paris eingerichtet worden, bald vervollkommnet und auch andernorts nachgeahmt. Die auf transparenten Grund gemalten Bilder, deren Kanten verdeckt waren, wurden in einem dunklen Raum von vorne oder von hinten beleuchtet, um Effekte des Sonnen- oder Mondscheins, der feurigen Eruptionen des Vesuvs oder eines lodernden Brandes nachzuahmen. Durch den künstlich gehandhabten Wechsel der Beleuchtung wurde die von Baudelaire erwähnte Illusion der Wirklichkeit erstrebt, die jedoch schon von den Zeitgenossen als unkünstlerisch kritisiert wurde (L. Vitet, *Le Diorama,* in: Vitet, *Études sur les beaux-arts,* I, Paris 1846, 387f.; siehe auch Heinz Buddemeier, ›Panorama, Diorama, Photographie‹, München 1970). – *19 Theaterdekorationen:* Nach der berühmten Bühnendekoration der italienischen Künstlerfamilie Galli-Bibiena des Hochbarocks (Giuseppe Bibiena 1696-1756), erlebt die Bühnenmalerei in der Romantik und den nachfolgenden Jahrzehnten einen neuen, kunsthistorisch bedeutsamen Aufschwung. Neben den eben erwähnten Daguerre und Bouton, deren Werke in dieser Gattung vergessen sind, erlangte Pierre-Luc Cicéri (1782-1868), der damals die Kulissen der Oper von Paris malte, einen bis heute dauernden Ruhm. Baudelaires Bekenntnis zu einer Malerei, die der Phantasie des Betrachters eine Flucht aus dem Alltag erlaubt, ist ein Pol seiner Kunstkritik (s.o. zu S. 170, *14*, und Eileen Souffrin-Le Breton, *Banville et la poétique du décor,* in: Finke 1972, 65-98). Es steht im Zusammenhang mit seiner Ablehnung der auf Wahrheit zielenden realistischen Malerei und der These von der Kunst als Mimesis. Seine Liebe zur Welt des Theaters formuliert Baudelaire auch in dem Gedicht *Irréversibilité* (Bd. III, S. 164).

VIII. SKULPTUR

In seinem Brief vom 4. Dezember 1847 äußerte Baudelaire seiner Mutter gegenüber, eine »Geschichte der Skulptur« schreiben zu wollen (Corr/Pl I, 145). Dieses Projekt kam nicht zur Ausführung. Die allgemeine Einleitung zu dem vorliegenden Kapitel stellt die ausführlichste und gründlichste Auseinandersetzung Baudelaires mit der Skulptur dar, ergänzt das 1846 Gesagte und läßt die Konturen des ursprünglichen Plans ahnen. Im Gegensatz zum ›Salon 1846‹ (Bd. I, S. 273) wendet Baudelaire nunmehr seinen Blick auf die »göttliche Rolle« der Bildhauerkunst, die Straßen, Plätze und Parks in den Großstädten belebt und in Kirchen und Friedhöfen auf die ewigen metaphysischen Fragen der menschlichen Existenz verweist. Die Differenzierung seiner Ansichten über die Skulptur darf in Zusammenhang mit der öffentlichen Diskussion über die Skulptur gesehen werden, die seit 1847 durch die

Entdeckung der assyrischen Kunst und weiterer ägyptischer Kunstschätze ausgelöst worden war. Baudelaires Skepsis gegenüber der zeitgenössischen Bildhauerkunst bleibt jedoch bestehen.

S. 196, *28 Harpokrates:* Name des ägyptischen Gottes Horus als Kind, das mit dem Finger am Mund dargestellt wurde. Dieser Gestus wurde schon von Plutarch als Schweigegestus gedeutet und fand als solcher Eingang in Alciats Emblembuch (1542). – *29 pythagoräischen Pädagogen:* Das Schweigegebot war einer der ethischen Grundsätze dieser griechischen Philosophen des 5.-4. Jahrhunderts v. Chr. – *30 Apoll:* Möglicherweise ist der Anfang dieses Kapitels von der Erinnerung an Baudelaires väterliche Wohnung geprägt, in der sich unter einigen Gipsabgüssen von antiken Statuen auch ein Apoll befand (J. Ziegler, *François Baudelaire (1759-1827), peintre et amateur d'art,* in: *Gazettte des Beaux-Arts,* 1979, XCIII, 121).

S. 197, *9 Gespenst:* Baudelaire erinnert sich möglicherweise an das Grabmal der Julienne Le Bé in der Pariser Kirche Saint-Nicolas-du-Chardonnet (Œuvres/Pl II, 1410). Lebrun hatte für seine 1668 verstorbene Mutter dieses Grabmal entworfen, das von Jean Collignon ausgeführt wurde (Amédée Boinet, *Les Églises parisiennes,* Paris 1958-1964, III, Taf. 3). – *13 Trauer:* Die klagende, sich über das Bildnis des Verstorbenen neigende Frauenfigur war in Frankreich ein beliebter Grabschmuck im 18. und 19. Jahrhundert. Angesichts der Bewunderung Baudelaires für Christophe (s. u. S. 207 ff.) hält es H. W. Janson für möglich, daß hier eine Anspielung auf die 1855 ausgestellte Grabstatue *La Douleur* (›Der Schmerz‹) von Ernest Christophe vorliegt (*Romantics to Rodin,* 295). – *34 Marmor:* das bevorzugte Material der neoklassizistischen Richtung. Im Salon von 1859 standen über 180 Marmorskulpturen 77 Bronzearbeiten und 6 Terrakotten gegenüber. Dazu kamen 175 Werke aus Gips.

S. 198, *3 sursum, ad sidera:* hinauf, zu den Sternen. – *12 vitaï lampada:* Lukrez' *De natura rerum,* Buch II, v. 79: *»et quasi cursores vitaï lampada tradunt«* (wie Läufer übergeben sie die Fackeln des Lebens).

S. 199, *1 Catlin:* s. o. zu S. 175, *31*. Catlin hatte eine ähnliche Episode in seinen *Letters and Notes on the Manners, Customs, and Conditions of the North American Indians* (London 1841, I, 108-110) erzählt. – *21 Ägypten:* Der Louvre besaß schon damals eine bedeutende Sammlung ägyptischer Werke (Viardot, 405-429), deren ästhetische Bedeutung umstritten war, da die Kritik den Maßstab des klassisch-antiken Schönheitsideals anlegte. So meinte Houssaye 1859, daß die Ägypter »eine konfuse Vorstellung vom Ideal hätten und nur Ungeheuerlichkeiten hervorbrächten« (407). Doch wurden auch Stimmen laut, die mit Enthusiasmus die »Verteidigung Ägyptens gegenüber Griechenland« unternahmen und ägyptische Werke aufzählten, die den besten griechischen standhielten (Ernest Feydeau, in: *L'Artiste,* III, 28. Dezember 1856, 43 f.). – *Griechenland:* Zu den herausragenden Werken der griechischen Skulptur im Louvre gehört die 1820 gefundene Venus von Milo. – *22 Coustou:* Vermutlich spielt Baudelaire auf den bekanntesten der drei Brüder Coustou an, Guillaume d. Ä. (1677-1746), den Schöpfer der *Pferde von Marly* (François Souchal, *Les Frères Coustou,* Paris 1980). – *34 modernen Bildwerke:* Baudelaire meint die Skulpturenabteilungen der alljährlichen Salons. Du Camp spricht gleichfalls von »Dekadenz« (177), Mantz bemängelt das Fehlen »ernsthafter Qualitäten« (1859, 363), und Du Pays behauptet lakonisch, die Skulptur sei »keine Kunst unserer Zeit« (*»n'est point un art de notre temps«;* 116). – *36 kleinliche:* Gegen die kleinlichen »Albernheiten« der »Salon- oder Schlafzimmerkunst« hatte Baudelaire schon 1846 Stellung bezogen (siehe Bd. I, S. 274).

S. 200, *3 Ninives:* Die ehemalige Hauptstadt des Assyrerreichs war erst 1846 ausgegraben worden. Baudelaire mag von den ein Jahr später in den Louvre gelangten Objekten aus dem Palast von Khorsabad Kenntnis erhalten haben. Möglicherweise war ihm die fünfbändige Prachtausgabe von P.E. Botta und E. Flandin, *Monuments de Ninive,* Paris, 1849/50, bekannt oder Austen Henry Layards Bericht über die Entdeckung: *Niniveh and its Remains,* London 1849, und *Discoveries among the Ruins of Niniveh and Babylon,* New York 1853. – *6 achtzehnten Jahrhunderts:* Zu den bedeutendsten französischen Bildhauern jener Zeit gehören die Brüder Coustou (s.o. zu S. 199, *22*), Edme Bouchardon (1698-1762), Jean-Baptiste Lemoyne (1704-1778) sowie die weiter unten von Baudelaire erwähnten Caffieri, Houdon, Pigalle und Francin (s.u. zu S. 205, *26, 27*). – *15 Abwesenheit:* Nach römischer Sitte wurden bei einem Leichenzug die Bilder der Verwandten vorausgetragen. Die Bilder der Mörder Cäsars durften allerdings bei öffentlichen Aufzügen nicht gezeigt werden, was Tacitus zu der Bemerkung veranlaßte, daß »Cassius und Brutus gerade dadurch hervorleuchteten, daß man ihre Bildnisse nicht sah« (Annales III, 76). Hieraus entstand die Formulierung Marie-Joseph Chéniers in der Tragödie *Tibère* (1809): *»Brutus et Cassius brillaient par leur absence«.* – *16 Franceschi:* Louis Julien, gen. Jules Franceschi (1825-1893), Sohn eines seit 1829 in Besançon tätigen italienischen Gipsformers, Schüler von Rude. Als seine besten Arbeiten gelten seine Carpeaux nahestehenden Porträtbüsten. – *Andromeda:* Die Steinstatue *Andromeda* (verschollen) war das einzige Werk Franceschis im Salon von 1859 (J. Hargrove, *The Life and Works of Albert Ernest Carrier-Belleuse,* New York–London 1977, Abb. 13). Ein Gipsmodell befindet sich im Museum von Troyes. – *18 einiger ... Kritiken:* Mantz beanstandet die »schreckliche vertikale Linie« (1859, 366), Astruc den »zu langen, zu üppigen, zu aufgeblähten Oberkörper« (346). Im übrigen ist die Kritik durchaus positiv. Cantrel lobt die »straffe, geschmeidige und kraftvolle Modellierung« (*L'Artiste,* 1. August 1859, 205), Chesneau den »sehr schönen Kopf« (155) und Mantz den »eleganten Oberkörper« (1859, 366). – *31 Clésinger:* über Clésinger als Maler s.o. zu S. 170, *36* und 192, *47*.

S. 201, *6 Büsten römischer Damen:* Clésinger hat im Salon von 1859 die Marmorbüste einer *Romaine, Transtévérine* (›Römerin aus Trastevere‹), sowie die Marmorbüsten einer *Napolitaine des montagnes* (›Neapolitanerin aus den Bergen‹, 1858) und einer *Femme d'Albano* (›Frau aus Albano‹, 1857, koloriert) ausgestellt. Die Büsten wurden allgemein gelobt wegen der »glänzenden Qualitäten«, »Leben, Geschicklichkeit, Kraft, Anmut« (Dumas, 94) und ihres »außergewöhnlichen Raffinements« (E. Lépinois, *L'Art dans la rue et l'art au salon,* Paris 1859, 266). – *10 unglücklichen Sapphos:* Im Livret des Salon 1859 sind zwei Statuen der Sappho aufgeführt: *Sapho, terminant son dernier chant* (›Sappho, ihr letztes Lied beendend‹, Marmor, 1857; Alexandre Estignard, *Clésinger, sa vie, ses œuvres,* Paris 1900, Abb. nach S. 136) und *Jeunesse de Sapho* (›Die junge Sappho‹, kolorierte Marmorstatuette). Eine dritte Figur, *Sapho victorieuse dans la lutte de poésie* (›Sappho als Siegerin im Wettstreit der Poesie‹, 1858, polychrome Marmorstatuette) wurde nachträglich zum Salon eingesandt. – *16* Antonio *Canova* (1757-1822), bedeutendster Bildhauer des italienischen Klassizismus. Baudelaire kannte gewiß die Gruppe *Zéphyr enlevant Psyché* (›Zephyr entführt Psyche‹, 1787/93), damals Canovas einziges Werk in Paris (Viardot, 389). – *17 Römischen Stier: Taureau romain,* Marmor, ehem. Musée du Luxembourg; zahlreiche Bronzeabgüsse (Ferdinand Barbediennes, *Romantics to Rodin,* 177, Nr. 60 mit Abb.). Das Werk fand bei den Kritikern wegen seines antiken Charakters, seiner Lebendigkeit und meisterhaften Ausführung Anerkennung. – *20 Bild eines Tieres:* In der Hierarchie der Gattungen nahm die Tierplastik damals den letzten Platz ein. Gautier verhöhnt die »akademischen Löwen«, die »abgedroschenen Tiger«, diese »in Marmor gehauenen Pudel mit Perücken à la Louis XIV« und »fast menschlichen Zügen« (*L'Illustration* 1866, 315). – *24 Just Becquet* (1829-1907) hatte eine Gipsstatue des *Heiligen Sebastian* ausgestellt (verschollen; die im Salon von 1884 ausgestellte Marmorstatue nach dem Gipsmodell befindet sich im Museum von Mans; Calvet-Sérullaz, 133, Abb. 10). – François *Rude* (1784-1855), Schöpfer der berühmten *Marseillaise,* einer Reliefgruppe am Arc de Triomphe in Paris (1835/36). – *26* Jusepe de *Ribera* (1591-1652), einer der bedeutendsten spanischen Barockmaler, der im Musée Espagnol (siehe Bd. I, zu S. 128) mit 30 Werken vertreten war. Baudelaire hatte sich bereits bei David d'Angers an Ribera erinnert gefühlt (›Salon 1845‹, Bd. I, S. 180). – *Bildhauerei der Spanier:* Möglicherweise hat Baudelaire im Louvre Reliefs von Berruguete (um 1486-1501) sowie einige Statuen von Juan Martinez Montanes (1568-1649) oder den ›Hl. Franziskus‹ von Mena (1628-1688) entdeckt (P. Guinard, *Baudelaire, le Musée Espagnol et Goya,* in: *Revue d'Histoire littéraire de la France,* 1967, LXVII, 319). – *28 Schule unserer Zeit:* Rude hatte einen sehr großen Schülerkreis, zu dem auch der oben erwähnte Franceschi und die weiter unten behandelten Bildhauer Fremiet (s.o. zu S. 204, *3*) sowie Christophe (s.u. zu S. 207, *22*), nicht aber der in den nächsten Zeilen gemeinte Baujault, gehörten. Siehe Joseph Calmette, *François Rude,* Paris 1920, 158, 164f. – *31 diese Gallia!: La Gaule* (Gipsstatue, ehem. Museum von Niort; zerstört) war im Salon von 1859 das einzige Werk des in diesem Jahr erstmals ausstellenden Jean-Baptiste Baujault (1828-1899). Er war Schüler von François Jouffroy (1806-1882).

S. 202, *9 Papuas:* Eingeborener von Neu-Guinea. – *15 Velleda:* Tatsächlich meint Mantz, die *Gallia* scheine »sich an die *Velleda* erinnert zu haben« (1859, 368; siehe auch Aubert, 293). Die Velleda, wohl das bedeutendste Werk Hippolyte Maindrons (1801-1884), war 1844 und 1855 ausgestellt (Marmor; Paris, Jardin du Luxembourg; R. Zeitler, ›Die Kunst des 19. Jahrhunderts‹, Berlin 1966, Abb. 343a; Gipsmodell 1839, Museum von Angers). Die Priesterin der Druiden ist eine Gestalt aus Chateaubriands *Les Martyrs* (1809). – *19 Butté:* richtig Stefano Butti (auch Butte), ein wenig bekannter italienischer Bildhauer. – *20 Turmbau zu Babel:* Baudelaire macht möglicherweise nicht ohne Ironie aus der von Butti ausgestellten ›Szene des bethlehemitischen Kindermords‹ *(Scène du massacre des Innocents)* einen »Turmbau zu Babel«, denn Herodes thront »über einem Felsblock von gleichsam runder Form« (M. Mannucci, *Pubblica esposizione di belle arti in Torino e progressi della scultura in Italia,* in: *Il Cimento,* 1852, I, 611f.). Die 1852 in Turin und 1857 in Mailand ausgestellte Marmorgruppe ist heute verschollen. – *Sündflut: Episode du déluge universel* (Marmor, verschollen). Das Werk war wie die eben erwähnte Skulptur bereits 1857 in Mailand ausgestellt, wo beide Gruppen wegen der Komposition und des Ausdrucks gelobt wurden (*Rivista di Firenze,* 1857, I, 148; 1858, III, 475). – *26 Marinemuseum:* Das zu Baudelaires Zeiten im Palais du Louvre untergebrachte Marinemuseum enthielt Modelle der großen Häfen Frankreichs (Viardot, 459).

S. 203, *16 Curtius:* ein deutscher Wachsbildner (1737-1794), der um 1770 in Paris naturgetreu nachgebildete Wachsfiguren in Mode brachte. Er gründete ein Museum mit berühmten Männern im Palais-Royal, ein zweites mit Verbrechern am Boulevard du Temple. Beide wurden offenbar 1849 geschlossen (Jean Adhémar, *Les Musées de cire en France, Curtius, le »Banquet Royal«, les têtes coupées,* in: *Gazette des Beaux-Arts,* XCII, 1978, 210). Schon im Salon 1845 spielte Baudelaire auf Curtius an (Bd. I, S. 157). – *34 spitzfindigen Geistern:* s.o. zu S. 160, 24.

S. 204, *3* Emmanuel *Frémiet* (1824-1910), ein Schüler Rudes, ist für seine mit fast wissenschaftlicher Genauigkeit gestalteten Tierplastiken und Darstellungen verschiedener Soldaten (7 Bronzestatuetten im Salon 1859) bekannt. – *6 Orang-Utan:* Die refüsierte Gipsstatue mit dem Titel *Gorille femelle* (›Weiblicher Gorilla‹) wurde im Salon zwischen zwei Pfeilern hinter einem Stoffbehang aufgestellt, wo die Menge sie entdeckte (Philippe Fauré-Frémiet, *Frémiet,* Paris 1934, Abb. nach S. 82; B/Colloque, Abb. nach S. 84). Die Plastik hatte einen beträchtlichen Skandal hervorgerufen, in welchem Gautier Position bezog und sie als »Meisterwerk« verteidigte (1859, 21. September). Chesneau sieht in ihr einen »Schrei der Entrüstung, einen starken, wiewohl stummen Protest gegen die Brutalität des Mannes« (18), und übersah dabei, wie Baudelaire, daß Frémiets Gorilla ein Weibchen ist. Frémiet hat das Thema später mehrfach variiert (Rheims, Abb. Se 20). – Der um die Mitte des 19. Jahrhunderts entdeckte Gorilla wurde alsbald als ein Symbol tierischer Wollust gedeutet. Reisebücher hatten sensationelle Geschichten über dieses Tier verbreitet, das angeblich Negerinnen und kleine Jungen in den Dschungel verschleppte. Vor diesem Hintergrund ist auch Poes von Baudelaire übersetzte Erzählung vom ›Mord in der Rue Morgue‹ zu sehen. – *26 Pferd des Gauklers:* Gips, verschollen (Fauré-Frémiet, *Frémiet,* Paris 1934, Abb. nach S. 48). Chaalons d'Argé berichtet, man habe über das Werk »beim Vorbeigehen gelacht« (*Revue des Beaux-Arts,* 1859, X, 339). – *32 Katalog:* Das Livret gibt nur den von Baudelaire zitierten Titel an. Die *Eule,* ein Symbol der *Weisheit,* ist Attribut der *Minerva.* – *33 Neptun:* galt in der Antike als Schöpfer des Rosses. – *36 Eitelkeiten der Welt:* Der Kritiker des *Magasin pittoresque* versucht eine ähnliche Interpretation: Die Eule betrachte »auf eine tiefgründige philosophische Weise die Nichtigkeit der menschlichen Marionetten« (1859, XXVII, 213). In einer Wiederholung dieser Skulptur in Bronze (Dijon, Musée des Beaux-Arts) hat Frémiet die Eule durch eine Katze ersetzt.

S. 205, *8 Ormudz und Ahriman:* Ormudz bzw. Ahura Masda, altiranische Bezeichnung für Herr der Weisheit, verkörpert das Prinzip des Guten, dem in Ahriman das Prinzip des Bösen und Verneinenden gegenübersteht. Baudelaire erwähnt das Gegensatzpaar in seiner ›Auswahl tröstlicher Maximen über die Liebe‹ (Bd. I, S. 113). – *9* Charles Robert *Maturin* (1782-1824) schuf eine, wie Baudelaire schrieb, »widersprüchliche Doppelnatur« (Bd. I, S. 291) in dem Titelhelden seines Romans *Melmoth the Wanderer* (1820). – *Manes* (215-276), Gründer des Manichäismus, übernahm von der Religion des Zarathustra das System der sich gegenseitig bedingenden Prinzipien von Gut und Böse, Licht und Schatten. – *20 wahre Titel:* Das Milieu der Gaukler hat Baudelaire fasziniert, wie seine Prosagedichte *Le Vieux Saltimbanque* und *Les Bons Chiens* (Bd. VIII, S. 158ff. und S. 300ff.), wo er die Idee von der Abwesenheit des Gauklers aufnimmt, zeigen. – *21* Albert-Ernest *Carrier*-Belleuse (1824-1887), Schüler von David-d'Angers (s.u. zu S. 210, *23*). Seine bedeutendsten Leistungen liegen auf dem Gebiet der Porträts. 1859 stellte er u.a. ›Jupiter und Hebe‹ (Bronzegruppe, verschollen) aus, sowie den ›Tod des Generals Desaix (Schlacht von Marengo, 14. Juni 1800)‹ (Gips, verschollen; J. Hargrove, *The Life and Works of Albert Ernest Carrier-Belleuse,* New York–London 1977, Abb. 4), eine Gruppe, die von der Kritik wegen ihres »dramatischen Charakters« besonders beachtet wurde (Astruc, 351). – Alexandre-Joseph *Oliva* (1823-1890) war Porträtist; er stellte seit 1849 aus, hatte aber bereits vorher Anerkennung gefunden und 1844 eine Silbermedaille erhalten (E. About, *Nos Artistes au Salon de 1857*, Paris 1858, 237). – Pierre-Bernard *Prouha* (1822-1888) schuf neben Porträts auch mythologische und allegorische Figuren und wurde seit 1851 mit zahlreichen Staatsaufträgen zu Bildwerken für die Fassaden öffentlicher Gebäude (z. B. Rathaus von Paris) bedacht. Im Salon war er neben einem von Baudelaire erwähnten Werk (s. u. Zeile *33*) durch eine ›Ruhende Diana‹ (Marmor), eine ›Medea‹ (Gips) und zwei Marmorbüsten vertreten. – *26 Caffieri:* vermutlich Jean-Jacques Caffieri (1725-1792), zu dessen bekanntesten Werken die Büsten Corneilles (1777) und Voltaires (1778) im Foyer der Comédie-Française gehören. – Pierre *Puget* (1620-1694), Bildhauer, Maler und Architekt, nach Delacroix »einer der größten Namen der Kunstgeschichte«. Baudelaire widmete ihm in seinem Gedicht *Les Phares* einen Vierzeiler (Bd. III, S. 72). – *Coustou:* s. o. zu S. 199, 22. – Jean-Antoine *Houdon* (1741-1828), Hauptmeister des späten Rokoko und beginnenden Klassizismus, dessen Porträts von Voltaire (z. B. die Marmorstatue des sitzenden Philosophen im Théâtre français, 1781) berühmt sind. – Jean-Baptiste *Pigalle* (1714-1785), einer der populärsten Bildhauer der Zeit Ludwigs XVI. Sein Ruhm gründet sich hauptsächlich auf die Marmorstatuette des ›Sandalen bindenden Merkurs‹ (1744; Paris, Louvre). – *27 Francin:* Name einer drei Generationen lang tätigen, wenig bekannten Bildhauerfamilie. – *30 General Bizot:* Marmorbüste 1858; Versailles, Museum (Expo 1968/69, Nr. 499). Auch für H. Delaborde gibt es nichts, was »im Ausdruck schlichter und echter wäre« (RDM, XXI, 1. Juni 1859, 528). – *31 F. de Mercey, Membre de l'Institut, chef de la division des beaux-arts au ministère d'Etat* (Marmorbüste, 1859; Perpignan, Musée Hyacinthe Rigaud; Expo 1968/69, Nr. 500). – *32 reizende Figur von Prouha:* vermutlich die ›Muse der Inspiration‹, deren Marmorausführung 1858 für den Hof des Louvre in Auftrag gegeben worden war. Nach Anne Pingeot befindet sie sich heute in Fontainebleau in der Nische eines Brunnenbeckens. Für Aubert wird sie »eines der schönsten Produkte der zeitgenössischen Bildhauerei bleiben« (279).

S. 206, *10 Niemals und Immer: Jamais et Toujours* ist die Umkehrung des im 2. Kapitel bereits korrekt erwähnten (s. o. zu S. 135, *13*) Titels der Skulptur *Toujours et Jamais* des gleich erwähnten Émile Hébert. Die 1859 ausgestellte Gipsstatue ist verschollen; ein Bronzeabguß – vermutlich identisch mit der im Salon 1863 ausgestellten Fassung – befindet sich im Spencer Museum of Art, Lawrence (*Romantics to Rodin*, 294 ff.; Jeanne Stump, *The Sculpture of Emile Hébert: Themes and Variations*, in: *The Register of the Spencer Museum of Art*. The University of Kansas, Lawrence, 1982, V, Nr. 10, 28-61). – *12 Logogryphen als Titel:* Schon in seinem ›Salon 1846‹ hat Baudelaire den »sentimentalen Affen« vorgeworfen, »daß der Titel des Gemäldes nie das Sujet erkennen läßt«, und vom »sentimentalen Rebus« gesprochen (Bd. I, S. 260). Der Titel der Skulptur beschäftigte auch andere Kritiker. Astruc meint, *Immer* erinnere an »den monotonen und grausamen Refrain des Todes, *Niemals* an das ewige Rätsel seines Nichts« (349). – *14 Rot und Schwarz: Le Rouge et le Noir,* Titel des 1830 erschienenen Romans von Stendhal (1783-1842). – Émile *Hébert* (1828-1893), Schüler seines Vaters Pierre Hébert und J. J. Feuchères, Schöpfer eines Denkmals von Rabelais in Chinon (1882; Félix Frank, *La Statue de Rabelais à Chinon,* in: *L'Art,* 1882, XXVIII, 141-147). – *15* Louis-Auguste *Commerson* (1802-1879), Schriftsteller und Publizist, Gründer der satirischen Zeitschrift *Tintamarre*. – *Paul de Kock* (1793-1871), Verfasser von populären Romanen und Komödien mit Stoffen vornehmlich aus dem Leben des kleinen Bürgertums. Möglicherweise erinnert sich Baudelaire an de Kocks Roman *Ni jamais, ni toujours* (1835). – *21 größeren Proportionen:* Die Bronzefassung der Statue von 1863 ist 1,5 m hoch. H.W. Janson vermutet, daß das Modell knapp halb so groß war und Hébert möglicherweise durch Baudelaire zur Vergrößerung ermutigt worden ist (*Romantics to Rodin,* 295). Auch Aubert meinte, daß »in Marmor und in natürlicher Größe diese poetische Allegorie sich unter die besten Werke unserer Zeit einreihen würde« (290). – *28 Antike:* Skelettdarstellungen waren in der Antike z.B. auf Trinkgefäßen gar nicht so selten (Stephan Kozáky, ›Geschichte der Totentänze‹, Budapest 1936, I, Abb. 17-22). – *30 Mittelalter:* Als Baudelaire sein Gedicht *Danse macabre* (s.u. zu S. 208, *9*) konzipierte, hatte er sich mit dem Thema des Todes beschäftigt (Bd. III, S. 406f.; siehe auch Rudolf Helm, ›Skelett- und Todesdarstellungen bis zum Auftreten der Totentänze‹, Straßburg 1928).

S. 207, *20* Ernest *Christophe* (1827-1892), ein Schüler Rudes (s.o. zu S. 201, *24*), mit Baudelaire seit Anfang der fünfziger Jahre persönlich bekannt. 1859 hatte Christophe kein einziges Werk ausgestellt. Daß Baudelaire dennoch hier so ausführlich auf ihn eingeht, erscheint wie eine späte Erfüllung der 1855 ausgesprochenen Bitte, ihn »bei der Behandlung der Skulptur nicht zu vergessen« (Lettres/B 98). Christophe hatte damals die Skulptur *La Douleur* (›Der Schmerz‹) ausgestellt (s.o. zu S. 197, *13*), die wegen ihres großen Maßstabes auf Kritik gestoßen war. Baudelaire hatte in seinem Bericht über die Weltausstellung die Bildhauerkunst nicht einbezogen. – *21 deren eines:* Es handelt sich um *Danse macabre* (s.u. zu S. 208, *9*) – *22 das andere:* Gemeint ist die Statue *La Comédie humaine* (›Die menschliche Komödie‹), die Baudelaire 1858 im Atelier des Künstlers gesehen hatte und von der er im Februar 1859 ein Probeexemplar erhalten sollte (Lettres/B 99). Die Statue inspirierte Baudelaire zu dem Gedicht *Le Masque* (Bd. II, S. 94ff.), das er Christophe widmete. Christophe führte die Statue später noch einmal im größeren Maßstab unter dem Titel *Die Maske* in Marmor aus (Musée d'Orsay, Paris; P.-G. Castex, *Baudelaire critique d'art. Etude et Album,* Paris 1969, Abb. S. 165). Cl. Pichois verweist auf eine Ähnlichkeit des Gesichts mit dem Mme Sabatiers (Œuvres/Pl II, 1413). Eine kleinere Fassung wird im Musée Lansyer, Loches, aufbewahrt. Die *florentinische Haltung* kann als ein – wenn auch entfernter – Hinweis auf die *»figura serpentinata«* des Manierismus und auf Michelangelos Frauengestalten wie *Die Nacht* (Florenz, San Lorenzo) verstanden werden. – *25 Rudes:* s.o. zu S. 201, 24. Christophe war der Lieblingsschüler von Rude gewesen, in dessen Atelier er als Achtzehnjähriger 1845 eingetreten war.

S. 208, *7 großen Erfolg:* Im Salon 1876 erhielt Christophe – freilich mit der 2,45 m hohen Statue – eine Medaille. – *9 anderen Einfall:* Baudelaire spricht von Christophes Statue *Danse macabre* (›Totentanz‹; ehem. Slg. Comte Robert de Montesquiou; Mayne II, Abb. 62). Diese Figur, von der Baudelaire ebenfalls eine Statuette erhalten sollte (s.o. zu S. 207, 22), hatte ihn zu dem Gedicht *Danse macabre* (Bd. III, S. 252ff.) inspiriert, das ursprünglich den Titel *Le Squelette* hätte tragen sollen; auch dieses Gedicht ist Christophe gewidmet. – *16 Les charmes de l'horreur ...:* Zitat aus dem eben erwähnten Gedicht (Bd. III, S. 254).

S. 209, *1 Fière, autant qu'un vivant ...:* Baudelaire zitiert nur die ersten Strophen dieses Gedichtes.

S. 210, *19 einen unserer teuersten Freunde:* Auguste Préault (s.o. zu S. 130, *23*). Die Kritik hatte sich Préault gegenüber lange Zeit sehr abweisend gezeigt, und die Jury hatte zwischen 1837 und 1848 keines seiner Werke in den Salon aufgenommen. – 23 Pierre-Jean *David,* gen. David d'Angers, war 1856 gestorben. Ihm hatte Baudelaire in seinem ›Salon 1846‹ übergroße Wirklichkeitsnähe vorgeworfen (Bd. I, S. 274). – 25 *Préault* hatte 1859 – wie auch im vorangegangenen Salon – nicht ausgestellt. Bei den *»rêves tumultueux«* mag Baudelaire an das 1834 entstandene Flachrelief *La Tuerie* (›Das Gemetzel‹, Chartres, Museum; Rheims, Abb. 10 S) mit seinem Gewirr ineinander geschlungener Leiber denken oder an den neubarocken ›Christus am Kreuz‹ (1840; Église Saint-Gervais-Saint-Protais, Paris; Rheims, Abb. 25 R), der mit der 5. Strophe aus Baudelaires Gedicht *Le Reniement de saint Pierre* (Bd. III, S. 308) in Verbindung gebracht wurde (Œuvres/Pl I, 1079).

IX. ABSCHIED

S. 211, 2 *Charaktertänze: danses de caractère,* Wortspiel, da *caractère* sowohl Charakter als auch Schriftzeichen bedeutet.

26. und 29. November, 3. Dezember 1863, Figaro; AR; Œuvres/Conard V; Œuvres/Pl II. Die Übersetzung folgt dem Text der AR von 1868.

Baudelaires Essay über den damals fast nur in Künstlerkreisen bekannten Zeichner Constantin Guys beansprucht unter seinen kunstkritischen Schriften ein besonderes Interesse, da er die Analyse des Künstlers mit einer feinsinnigen ästhetischen Betrachtung über seine Zeit verband. An den unzähligen, meist getuschten oder aquarellierten Federzeichnungen fesselten Baudelaire besonders die Darstellungen des Pariser Großstadttreibens, wie man es zu jener Zeit auf den von Haussmann geschaffenen Boulevards, in dem Bois de Boulogne, auf der Rennbahn in Vincennes, in den Kneipen, Bistros, Freuden- und Ballhäusern und üppig ausgestatteten Cafés sehen konnte, wo Arbeiter, Bürger und Aristokraten, Loretten, Kurtisanen und feine Damen sich promenierend, flirtend oder diskutierend, schlicht gekleidet oder in großer Toilette, zeigten. Es war ein Teil der Welt, die auch Baudelaire in seinen *Fleurs du Mal* (1857) geschildert hatte: den dort enthaltenen *Rêve parisien* (Bd. III, S. 262 f.) widmete er 1860 dem Zeichner.

Viele Gedichte der *Tableaux parisiens* in den FdM enthalten Elemente und Motive, über die Baudelaire in den Seiten über Guys reflektiert. Der Essay ist somit ein Zeugnis des Selbstverständnisses des Dichters und eine Art Kommentar, der die ›Blumen des Bösen‹ in vielerlei Brechungen umspielt. Zugleich begleitet die Beschäftigung mit Guys offenbar auch die Abfassung vieler seiner Prosagedichte, (siehe Band VIII), die gleichfalls vornehmlich das Leben in der französischen Hauptstadt zum Gegenstand haben. So ist es kein Zufall, daß streckenweise die kunstkritischen Betrachtungen über Guys zu einem der schönsten Prosagedichte Baudelaires werden und dieser Essay zu den besten Stücken französischer Prosa überhaupt gehört.

Le Peintre de la vie moderne ist eine der pointiertesten avantgardistischen Auseinandersetzungen mit den Problemen, die Künstler und Kunsttheoretiker in den Jahren des sich formenden Impressionismus bewegen. Der Aufsatz bildet ein Seitenstück zu dem ›Salon 1859‹, in dem es um das zentrale Problem der schöpferischen Imagination geht. Hier steht die damals heftig diskutierte Frage des Schönen im Mittelpunkt, die von dem Philosophen Victor Cousin in seiner ästhetisch-ethischen Abhandlung *Du Vrai, du Beau et du Bien* (›Vom Wahren, Schönen und Guten‹) zum ersten Mal 1836 und in erweiterter Form 1853 und 1855 behandelt wurde. Baudelaire löst die Schönheit aus der Verklammerung mit Ethik und Religion und liefert damit auch eine ästhetische Rechtfertigung für seine ›Blumen des Bösen‹. Er opponiert gegen die klassische Perspektive einer absolut gesetzten Schönheit und geht umgekehrt von den ephemeren Erscheinungsformen des menschlichen Lebens aus: in ihnen sieht er ein Streben nach Idealität. Somit erhält die Mode, im weiten Sinn gedeutet, als geistiger Formwille eines jeden und als Kunstwollen einer Epoche eine Beachtung, die ihr bis dahin nicht zuteil geworden war. Wie radikal Baudelaire dabei vorging und wie sehr er die Vertreter der traditionellen Ästhetik provozierte, belegt in den Seiten über Guys sein »Lob des Schminkens«. Den »auf die Ästhetik eingeschworenen modernen Professoren«, wie er sie 1855 mit Heinrich Heine nannte (Bd. II, S. 229), mußte frivol oder gar blasphemisch erscheinen, was sich für den Großstädter Baudelaire als Konsequenz seiner Ablehnung der Natur, der Geringschätzung der Landschaftsmalerei und des Gefallens am Künstlichen ergab. Ohne das in jeder Epoche jeweils Aktuelle – eben das Moderne – ist die Schönheit für Baudelaire ohne Reiz. Damit hat er in prägnanter Form erneut das *Beau idéal* der Klassiker und Klassizisten verworfen, aber auch deren Gegenpol, die Ästhetik des Grotesken, wie sie Victor Hugo in seinem Manifest der Romantik – dem Vorwort zu *Cromwell* (1827) – und anderswo wiederholt aufgestellt hatte.

Die Schönheit lag für Baudelaire in der Impression von den flüchtigen Eindrükken, die von der unsteten Bewegung der modernen Großstadt hervorgebracht werden. Wie sehr auch die Bedeutung, die er den rasch wechselnden optischen Reizen beimaß, auf den Impressionismus hinweist, so ist die dahinterstehende Geistigkeit grundsätzlich anderer Art: die freudige Hinwendung der impressionistischen Maler zur Welt der Erscheinungen ist der pessimistischen oder gar abgründigen Auffassung des Dichters vom Menschen und vom Leben entgegengesetzt. Die Werke des ihm befreundeten Vorläufers des Impressionismus, Edouard Manet, standen ihm noch am nächsten, wie der im Salon 1859 von der Jury zurückgewiesene *Buveur d'absinthe* (›Der Absinthtrinker‹) oder das nach Baudelaires Tod entstandene Gemälde *Nana* (1877, Kunsthalle Hamburg) und *Le Bar des Folies Bergère* (›Die Bar in den Folies Bergère‹; 1881/82, Courtauld Institute Art Galleries, London). Aber so sehr auch Manets gegenständliche Welt Baudelaires Vorstellungen entsprechen mochte, ihre Gestaltung erschien ihm zu kühl, allzu faßbar und vielleicht zu arm an Schwingungen. Er empfand sie als den von ihm bekämpften realistischen Strömungen zu nahe. In einem vertraulichen Brief an den Maler mit vielen hier nicht zu erörternden Vorbehalten nannte er ihn *»le premier dans la décrépitude de votre art«* (›den ersten in dem Verfall Ihrer Kunst‹; 11. Mai 1865, Corr/Pl II, 497). Guys war es, und nicht Manet, der ihm als Maler der Modernität erschien und ihn so tief berührte, daß er Seiten schrieb, die zu dem Genialsten und Tiefsinnigsten gehören, was er je verfaßt hat.

Guys vereinigte in seiner Kunst Charakteristika, die Baudelaires innersten Überzeugungen entgegenkamen. Wie George Catlin, den er aus der Menge der zeitgenössischen Künstler 1846 herausgehoben hatte (siehe Bd. I, S. 227), war Guys Autodidakt, und in seinen Zeichnungen war hin und wieder eine Unbekümmertheit in der Formgebung oder gar Ungeschicklichkeit in der Darstellung des menschlichen Körpers zu erkennen. Aber dieses »Barbarische«, das Baudelaire hervorhob, war für den Kritiker nichts Negatives, weil Guys eben nicht durch eine akademische Bildung verformt war und er die von der Wirklichkeit empfangenen Eindrükke mit großer Unmittelbarkeit wiedergab. Andrerseits richtete Guys seine Aufmerksamkeit ausschließlich auf die Gegenwart, insbesondere auf das, was das Großstadtleben an *Modernität* enthält. Sie zu erfassen halfen Baudelaire jene Zeichnungen, die ihm zugleich erwünschter Ausgangspunkt und Anregung waren, kulturgeschichtliche Betrachtungen zu schreiben, gewissermaßen im Gewand der Kunstkritik eine Sittengeschichte der Mode *in nuce*. Anhand der Blätter von Guys formulierte er einen Grundsatz seiner Ästhetik, der für seine Auseinandersetzung mit der Kunst im allgemeinen und besonders für diesen Essay gültig ist: Der Dichter maß nicht selten die Qualität eines Werkes an der Fülle von Reflexionen, zu denen es den Betrachter anregt. Die Suggestivität also, und nicht die Reinheit der Form, die Korrektheit der Proportionen, gab den Ausschlag bei der Beurteilung. Wie er Delacroix von den Vorwürfen der Kritiker gegen die fehlerhafte Zeichnung in Schutz genommen hatte, so sieht er diese Unzulänglichkeiten auch bei Guys in der Komposition des Ganzen aufgehoben.

Die Suggestivität des Gegenständlichen bei Guys findet ihre Entsprechung in der

Gestaltungsweise der Skizze, der Baudelaire, hierin noch der Tradition verhaftet, nicht den vollen Wert eines Kunstwerks zuerkannte. Aber er war weitsichtig genug, um die genialen Züge des Zeichners zu erkennen und voller Bewunderung seine Technik zu beschreiben. Guys erfüllte Baudelaires Forderungen nach Einheit und Harmonie, indem er seine Personen in eine von Bister oder Aquarellfarben hervorgebrachte Atmosphäre einband und oft durch weinrote, violette, preußischblaue oder hellgelbe Farbakzente einzelne Partien magisch aufleuchten ließ. Wenn er auch, wie Baudelaire betonte, ein Kleinmeister war, so ließ er doch Eugène Lami, die Gebrüder Dévéria oder Monnier weit hinter sich und kam in seinen besten Skizzen Edouard Manet nahe.

Constantin Guys war 1802 in Vlissingen auf der damals von Napoleon besetzten holländischen Insel Walcheren geboren, wo sein Vater als Commissaire im Dienste der kaiserlichen Marine stand. Offenbar erst im fünften Jahrzehnt machte er aus dem Zeichnen, in dem er sich schon als Kind geübt hatte, seinen Hauptberuf. Er stellte in London und Paris die Feierlichkeiten bei Hof und das Leben in der Stadt dar, skizzierte die Pariser Februarrevolution und begleitete die Armee im Auftrag der *Illustrated London News* auf die Kriegsschauplätze des Krimkriegs, den Frankreich, England und die Türkei 1853 bis 1856 gegen Rußland führten. Er war das, was man heute einen Kriegsberichterstatter oder Bildreporter nennt. Die letzten Jahre seines Lebens waren von Armut verdüstert. Guys wurde 1885 von einer Kutsche überfahren und verbrachte die letzten sieben Jahre seines Lebens in einem Pariser Pflegeheim. Von Manet ist ein Porträt des von ihm sehr geschätzten achtzigjährigen Zeichners bekannt.

Baudelaires Essay ist erstmals im *Figaro* in drei Folgen am 26., 29. November und 3. Dezember 1863 erschienen. Die Idee, über Guys eine Abhandlung zu schreiben, wird auf das Jahr 1859 zurückgehen, in dem Guys zum ersten Mal in dem Briefwechsel – am 13. Dezember – auftaucht und Baudelaire voller Begeisterung dem Künstler nicht nur »prachtvolle Zeichnungen« abkaufte, sondern auch, trotz seines notorischen Geldmangels, weitere in Auftrag gab. Bereits knapp ein Jahr später behauptet er, ungefähr hundert Blätter von diesem »*unbekannten* Mann *voller Genie*« zu besitzen (Corr/Pl II, 102). Im August 1860 hatte er seinen Essay über Guys abgeschlossen und dem *Constitutionnel* zur Veröffentlichung übergeben und auch bereits ein Honorar erhalten. Aber die Veröffentlichung verzögerte sich, und Baudelaire wandte sich an *La Presse,* dann an die *Revue contemporaine,* um die Abhandlung unter dem Titel *M. Constantin G. – et généralement des peintres de mœurs* (›M. Constantin G. – und im allgemeinen über die Sittenmaler‹) anzubieten (Brief vom 9. Februar 1861; Corr/Pl II 128f.). In jener Zeit setzte er sich auch persönlich beim Staatsministerium für Guys ein, von dem er Zeichnungen aus dem Krimkrieg einem Herrn Desaux vom Ministère d'État einreichte (die Briefe sind in der *Revue d'Histoire littéraire de la France,* Jahrgang 83, Juli/August 1983, veröffentlicht worden). Auch dieser Bittgang schlug fehl, wie die Bemühungen um die Veröffentlichung seines Aufsatzes. Im Mai 1861 machte er einen neuen Anlauf und sandte das Manuskript an die *Revue Européenne;* im August brachte er dem Redaktionssekretariat eine neue Fassung, nachdem er das Manuskript »zum vierten Mal gelesen und umgearbeitet« hatte (Corr/Pl II, 185). Diese Zeitung ging im Dezember 1861 ein, und Baudelaire versuchte es in seiner Verzweiflung bei der denkbar ungeeigneten *Illustration* (Corr/Pl II, 216). Dort vertröstet man ihn, so daß er erneut zu *La Presse* geht (Corr/Pl II, 246). Im Dezember 1862 liegt das Werk auf der Redaktion von *Le Pays* (Corr/Pl II, 269) und wird sogar gesetzt. Im

Januar 1863 bietet er es Mario Uchard für *Le Nord* an (Corr/Pl II, 283), im August Léon Bérardi für *L'Indépendance belge* (Corr Pl/II, 313 f.), bis schließlich das Manuskript, obwohl es lang war und einen Unbekannten behandelte, wohlwollend von dem *Figaro* aufgenommen wurde.

Das Pariser Musée Carnavalet besitzt eine der größten Sammlungen mit etwa 300 Blättern, die Guys selber dem damaligen Konservator für nur 200 Franken überlassen hatte. Die umfangreichste, alle Perioden seines Schaffens umfassende Sammlung mit einer Reihe seiner besten Werke befindet sich im Besitz von Bruno Streiff, Zürich, dessen Kennerschaft die vorliegenden Ausführungen viel verdanken. Bruno Streiff bereitet eine Monographie vor, die einen Überblick über das gesamte erreichbare Werk enthalten und erstmals eine zuverlässige Biographie geben wird. Gustave Geffroys *Constantin Guys, l'historien du second Empire,* Paris, Crès [2]1920, ist mit 36 Abbildungen versehen. Ein kleines Bändchen mit einer guten Auswahl von 60 Abbildungen hat Claude Roger-Marx herausgegeben: *Constantin Guys,* Paris, Braun, 1949. Jonathan Mayne hat seine Übertragung von Baudelaires Essay ins Englische mit Zeichnungen von Guys illustriert (siehe Bibliographie). Unter den Ausstellungskatalogen über C. Guys sei auf jene von Marlborough Fine Art Ltd., London 1956, sowie des graphischen Kabinetts Wolfgang Werner KG, Bremen 1985/86, verwiesen, beide mit einem Vorwort von Bruno Streiff. Im September/Oktober 1988 veranstaltete die Bibliothèque historique de la Ville de Paris eine Ausstellung *La Modernité de Constantin Guys.* Aus diesem Anlaß erschien, von Pierre Duflo herausgegeben, ein Album *Constantin Guys, fou de dessin, grand reporter* (Editions Armand Seydoux, Paris). Der erste Teil dieses Albums enthält eine Biographie des Malers (mit einem Vorwort von Cl. Pichois), der zweite Teil behandelt Guys' Zeichnungen von den Schauplätzen des Krimkriegs und deren Übertragungen in die Holzschnitte der *Illustrated London News* (mit einem Vorwort von Pierre Salinger).

I. DAS SCHÖNE, DIE MODE UND DAS GLÜCK

S. 213, 7 *Tizian* (nach 1476-1576), glanzvoller Vertreter der venezianischen Koloristen. – *8 Raffael* (1483-1520), Vollender der italienischen Renaissance und Vorbild der Zeichner (siehe Bd. I zu S. 133, *5*). – *11* Jean *Racine* (1639-1699), Vollender der klassischen Tragödie im Zeitalter Ludwig XIV. – *12 Bossuet* (1627-1704), Bischof von Meaux, wortgewaltiger Prediger, dessen *Oraisons funèbres* (Grabreden; 1662-1687) vorbildhaft wurden. – *29* Philibert-Louis *Debucourt* (1755-1832), Hauptmeister des Farbkupferdrucks (Vierplattendruck), der, auch unter Einfluß von Lavaters Studien zur Physiognomik, scharfsichtig und satirisch-humorvoll das mondäne Leben darstellt. In der berühmten *Galerie du Palais-Royal* (1787) schildert er die modebewußte Pariser Menge und gestaltet die Platte fünf Jahre später neu *(La Promenade publique)* mit der inzwischen kreierten Mode der *Incroyables* (siehe unten zu S. 243, *35*) und *Merveilleuses.* Aus dem Jahre 1800 stammte die Folge von 52 Blättern *Modes et manières du jour* (›Moden und Manieren der Gegenwart‹); das *Café Frascati* stellte er 1807 dar. – Ähnlich wie sein Bruder Charles-Germain de *Saint-Aubin* (1721-1786) radierte Gabriel de Saint-Aubin (1724-1780) geistvolle Genreszenen, Menschen im Gedränge des Marktes, auf den Boulevards, in den Tuilerien oder im Louvre vor den Kunstwerken. Augustin de Saint-Aubin (1736-1807) war berühmt für seine Porträts nach dem Zeichner und Radierer Cochin, die dieser als »geistvoll bis in die Perücke der Leute« bezeichnete (Adhémar Abb. S. 92-111).

S. 214, *5 Serie von Modekupfern:* Es handelt sich um den Sittenschilderer Pierre La Mésangère (1761-1831), der im *Journal des dames et des modes* Modestiche veröffentlichte. Poulet-Malassis hatte einige davon Baudelaire zugesandt, der ihn am 16. Februar 1859 darum gebeten hatte: »Sie können sich nicht vorstellen, von welchem Nutzen diese leichten Dinge für mich sein können, nicht nur wegen ihrer *Bilder* sondern auch wegen ihrer *Texte*« (Corr/Pl I, S. 550). – *12 Moral und Ästhetik ihrer Zeit:* Baudelaire führt einen Gedanken fort, den er bereits im ›Salon 1846‹ unter Berufung auf Stendhal formuliert hatte (Bd. I, S. 197f.). – *14 knittert oder strafft seinen Anzug:* Im letzten Kapitel des ›Salon 1846‹, dessen Titel ›Von dem Heroismus des modernen Lebens‹ bereits auf den Essay über den ihm damals noch unbekannten Constantin Guys hinweist, hob Baudelaire die Schönheit des zeitgenössischen Fracks mit seinen »grimassierenden Falten« hervor (Bd. I, S. 281). – *19 Karikaturen:* Der oben von Baudelaire zitierte Debucourt bemühte sich so stark um Expressivität in Gesichtsausdruck und Gestik seiner Figuren, daß er in den Ruf eines Karikaturzeichners geriet (Adhémar 174). – *30 moralischer und geistiger Art:* Der »schwarze Frack und der Gehrock« sind nach Baudelaire »Symbol« einer »leidenden Epoche« und Zeichen der Gleichheit (Bd. I, S. 281).

S. 215, *15* Die *Theorie des einzigen und absoluten Schönen* wurde in Frankreich von jeher durch die *Akademie der Schönen Künste* vertreten, deren Vorbild Raffael und innerhalb der französischen Kunst Nicolas Poussin (1593-1665) waren. Im 18. Jahrhundert orientierten sich die akademischen Künstler an Winckelmann, von dem noch der Kunstkritiker Charles Blanc bewundernd das »profunde Wort« zitiert: »Die vollkommene Schönheit ist wie reines Wasser, das keinen besonderen Geschmack hat« (*Grammaire des arts du dessin,* ›Grammatik der Zeichenkunst‹, 1867, 22; Vorwort von 1860). – *23 einem relativen ... Element:* Die Existenz eines *beau relatif,* eines relativen Schönen, ist bereits in der *Querelle des anciens et des modernes* (Streit der Alten und Modernen) am Ende des 17. Jahrhunderts erkannt worden. In seinem *Dictionnaire philosophique* (1764) schreibt Voltaire in dem Artikel ›Schönheit‹, »daß das Schöne sehr relativ ist, ebenso wie das, was in Japan schicklich, in Rom unschicklich, was modisch in Paris, keineswegs modisch in Peking ist«. Der einst unantastbare Schönheitsbegriff wird damit dem Einfluß von geographischen und nationalen Verschiedenheiten unterworfen. Der Philosoph Victor Cousin (1792-1867) polemisierte gegen Voltaires, wie er meinte, vernunftwidrige Relativierung des Schönen und versuchte sie durch konsequente Weiterführung ad absurdum zu führen, indem er nämlich den Vertretern der *sensibilité,* des auf dem subjektiven Gefühl fundierten Schönheitsbegriffs, unterstellte, daß es für sie zwischen der Schönheit einer Hottentottenvenus und der Venus von Medici keinen Unterschied geben könne (*Du Vrai, du Beau et du Bien;* ›Vom Wahren, Schönen und Guten‹, 5. Auflage Paris 1855, S. 141). – *31 beiden Elemente:* In der Beibehaltung des dualistischen Schönheitsbegriffs, mit der Unterscheidung zwischen dem Wesentlichen und dem Akzidentiellen oder Wechselnden, bleibt Baudelaire, bei aller Verschiebung der Gewichte, dem Platonismus verpflichtet.

S. 216, *5 menschlichen Gespaltenheit:* Victor Hugo führt in seinem Vorwort zu *Cromwell* (1827) die menschliche Gespaltenheit in Körper und Geist auf die christliche Lehre zurück und versucht, durch die Dissonanz von dem Erhabenen und dem Grotesken, der entstehenden Romantik eine Grundlage für eine neue Ästhetik zu schaffen. – *11 Verheißung des Glückes:* Baudelaire zitiert aus dem Gedächtnis Stendhals (1783-1842) *Histoire de la peinture en Italie* (1817; Kap. 110). – *17 mehr als einmal erklärt:* Baudelaire hat den Satz Stendhals bereits im ›Salon 1846‹ zitiert und kommentiert (Bd. I, S. 199).

II. DAS SITTENBILD

S. 217, 2 Die *Lithographie* (Steindruck) ist zwischen 1796 und 1798 von Aloys Senefelder in München erfunden worden und wurde von Senefelder selbst in Paris propagiert (Michael Henker/K. Scherr/E. Stolpe, *De Senefelder à Daumier,* München 1988). – *5 Gavarni,* eigentlich Sulpice-Guillaume Chevalier (1804-1866), wurde von Baudelaire in seinem Aufsatz über ›Einige französische Karikaturisten‹ besprochen (Bd. I, S. 323 ff.), wo er gleichfalls auf Honoré *Daumier* (1808-1879) einging (Bd. I, S. 312 ff.). Beide Künstler haben in ihren Lithographien den Bourgeois karikiert und dabei, ähnlich wie Honoré de *Balzac* (1799-1850) in seinem Romanzyklus *La Comédie humaine,* ein umfassendes Bild von den Tätigkeiten und Mißgeschicken des Bürgers entworfen. – *16 Moralisten:* im französischen Sprachgebrauch Schriftsteller, die menschliche Verhaltensweisen auf ihre tieferen Motive unnachsichtig analysieren und oft in aphoristischer Form darstellen. Der von Baudelaire im ›Salon 1859‹ mehrfach genannte *La Bruyère* (s.o. zu S. 180, *33* und s.u. zu S. 253, *21*) gehört zu den Klassikern dieser Gattung. – *21* Im ›Salon 1845‹ hat Baudelaire bereits Achille *Dévérias* (1800-1857) Lithographien als »getreue Darstellungen jenes eleganten, duftenden Lebens der Restaurationszeit« vorgestellt (Bd. I, S. 143). – Nicolas-Eustache *Maurin* (1799-1850) oder Antoine Maurin (1793-1860), Graphiker. Auf einen von ihnen spielt Baudelaire in seinem Prosagedicht *Mademoiselle Bistouri* an (Bd. VIII, S. 286 ff.). – Pierre-Numa Bassaget, gen. *Numa* (1802-1872), schuf die Folgen *La Jeunesse dorée* und *Le Carnaval à Paris.* – 22 Charles-Émile *Wattier* (1800-1869) und Octave *Tassaert* (1800-1874) wurden von Baudelaire in den ›Salon 1845‹ und ›Salon 1846‹ erwähnt, Eugène *Lami* (1800-1890) im letzteren. Alle drei waren als Maler und Graphiker tätig; Lami war insbesondere durch seine Aquarelle berühmt. – 24 Joseph-Louis *Trimolet* (1812-1843) und Charles-Joseph *Traviès* (1804-1859) hatte Baudelaire in seinem Aufsatz über ›Einige französische Karikaturisten‹ besprochen (Bd. I, S. 325 ff.).

III. DER KÜNSTLER MANN VON WELT, MANN DER MENGE UND KIND

S. 218, *6 M.C.G.:* Hier spricht Baudelaire zum ersten Mal von M(onsieur) C(onstantin) G(uys), weiterhin nur von M.G. – 7 William Makepeace *Thackeray* (1811-1863), verfaßte mit durchdringender psychologischer Beobachtung gesellschaftskritische Romane. – *8 Illustrationen:* Thackeray hatte in Paris und Rom Kunst studiert. In dem berühmten satirischen Wochenblatt *Punch* erschienen Karikaturen von ihm; er hat seine eigenen Romane, wie *Vanity Fair* (›Jahrmarkt der Eitelkeit‹, 1848) illustriert. – *9 Londoner Blatt:* Thackeray hat in der Tat als Journalist nach 1837 unter verschiedenen Pseudonymen Artikel und Kritiken in kleinen Londoner Zeitungen veröffentlicht. – *14 Namen zu unterdrücken:* Am

16. Dezember 1859 schrieb Baudelaire an Poulet-Malassis, daß Guys, dieser »Orkan von Bescheidenheit«, sich mit ihm gestritten habe, als er erfuhr, daß der Dichter über ihn schreiben wolle (Corr/Pl I, 639). Am 12. November 1863 dringt Baudelaire bei dem Direktor des *Figaro* darauf, daß die Identität von Guys auf keinen Fall gelüftet werden dürfe (Corr II, 330). – *29 M. G. ist alt:* Guys war 1802 geboren, also knapp zwanzig Jahre älter als Baudelaire. – *Jean-Jacques* Rousseau (1712-1778) hatte sich zunächst im Komponieren von Opern versucht und wurde als Schriftsteller erst 1750 mit einer von der Akademie in Dijon preisgekrönten Abhandlung berühmt: ›Hat die Wiederherstellung der Wissenschaften und Künste zur Verfeinerung der Sitten beigetragen?‹ – *30 in eben diesem Alter:* Der späte Beginn seines künstlerischen Schaffens wird seit langem angezweifelt. Bruno Streiff wird in seiner Monographie über Guys versuchen, den genauen Sachverhalt zu klären.

S. 219, *14 englische illustrierte Zeitung:* Guys war für *The Illustrated London News* tätig gewesen. Seine lavierten Federskizzen wurden von englischen Spezialisten für den Holzstich umgezeichnet und dabei oft recht willkürlich verändert. Von der Lebendigkeit der Skizzen ist in den Reproduktionen nichts geblieben. – *25 Mann von Welt:* Bereits in seinen Seiten über die Weltausstellung 1855 hat Baudelaire von der »göttlichen Gnade des Kosmopolitismus« geschrieben, die dem Mann von Welt zuteil wird, der frei von akademischen Vorurteilen auch die Schönheit zu schätzen weiß, die nicht der klassischen Ästhetik seines Landes entspricht (Bd. II, S. 228, 230). – *36 Das Bredaviertel* lag im heutigen IX. Arrondissement von Paris, dessen Zentrum Notre-Dame-de-Lorette bildete, und war rechts der Seine das Gegenstück zum Quartier Latin. Eine 1822 erbaute Straße wurde nach dem Besitzer der anliegenden Grundstücke Rue de Bréda genannt und war von den weiter unten genannten Loretten und Biches (siehe Anm. zu S. 227, *32)* bewohnt. Bei der Umgestaltung von Paris durch den Baron Haussmann verschwand die Straße, der Name jedoch, den sie dem Viertel gegeben hatte, blieb noch lange erhalten. – *37 Faubourg Saint-Germain:* s. o. zu S. 86, 7.

S. 220, *3 flinke Pfuscher:* Im ›Salon 1846‹ hatte Baudelaire das XVII. Kapitel den »Arbeitern« unter den Künstlern gewidmet und ihre sich im Technischen erschöpfende Geschicklichkeit angeprangert (Bd. I, S. 278). 1859 verdammte er die »seelenlose Geschicklichkeit« von Troyon (s. o. zu S. 188, 25). – *12 Der Mann der Menge: L'Homme des foules* ist eine der *Histoires extraordinaires* von E. A. Poe, die in Baudelaires Übersetzung 1856 erschien (Edgar Allan Poe, *Œuvres en prose, traduction par Charles Baudelaire,* hrsg. von Le Dantec, Bibliothèque de la Pléiade, Paris, Gallimard, 1951, S. 311 ff.). Baudelaire hat diese Novelle als im Geiste E. T. A. Hoffmanns geschrieben empfunden, dessen Erzählung ›Des Vetters Eckfenster‹ Walter Benjamin zu einer aufschlußreichen vergleichenden Analyse anregte (›Über einige Motive bei Baudelaire‹, in: Walter Benjamin, ›Charles Baudelaire‹, Frankfurt/Main, Suhrkamp 1961, S. 101-150). – *26 Rückkehr in die Kindheit:* Die Vorstellung, daß die unverbildete Sehweise das Genie mit dem Kinde verbindet, bahnte sich zu Beginn des 19. Jahrhunderts an. Arthur Schopenhauer hatte 1819 in seinem Werk ›Die Welt als Wille und Vorstellung‹ das Genie als ein »großes Kind« bezeichnet, »weil es in die Welt hineinschaut als ein Fremdes, ein Schauspiel« und seinem Blick die »trockene Ernsthaftigkeit« abgeht (Buch III, Kap. 31). In den PA stellt Baudelaire, sich auf De Quincey stützend, die These auf, daß Kindheitseindrücke in späteren Jahren für den schöpferischen Menschen zur »Grundlage eines Kunstwerks werden« (Œuvres/Pl I, 498; siehe Bd. VI).

S. 221, *37 Dandy:* Am Ende des ›Salon 1846‹ hatte Baudelaire das »Dandytum« anläßlich von Barbey d'Aurevillys Werk *Du Dandysme et de G. Brummel* von 1845 als etwas »Modernes« bezeichnet (Bd. I, S. 282, 8). In seinem Nachruf auf Delacroix wird er 1863 Züge des Dandys in dem Charakter des Malers herausstellen (Beginn von Kap. V; siehe Band VII).

S. 222, *19 La Bruyère:* s.o. zu S. 180, *33*. – *24 in der Vielzahl:* In Baudelaires *Journaux intimes* heißt es: »Das Vergnügen, sich unter der Menge zu befinden, ist ein geheimnisvoller Ausdruck des Genusses, den die Vervielfältigung der Zahl gewährt.« (*Fusées* I; Bd. VI)

S. 223, *3 Kaleidoskop:* In einem Buch, das Baudelaire zu einigen Stellen seiner Seiten über Guys angeregt haben wird, vergleicht Victor Fournel das Leben in der Pariser Menge mit den Gestalten, die von der *laterna magica* evoziert werden (*Ce qu'on voit dans les Rues de Paris*, Paris 1858, Kap. *Dans la Foule*, ›In der Menge‹). – *6 Nicht-Ich:* Baudelaire bezieht sich auf E.T.A. Hoffmanns *Kreisleriana*, die er im ersten Kapitel der PA zitiert (Œuvres/Pl I, 378f.; Bd. VI).

S. 224, *12 Abend geworden:* Baudelaire nimmt hier den Beginn des Gedichtes *Le Crépuscule du Soir* aus den *Tableaux parisiens* der FdM auf (Bd. III, S. 248f.) und macht aus den Versen eine poetische Prosa. – *24 verderbten Tieres:* In seinem *Discours sur l'origine et les fondements de l'inégalité parmi les hommes* (›Abhandlung über den Ursprung und die Gründe der Ungleichheit unter den Menschen‹ (1754), hatte Jean-Jacques Rousseau, mit dem Baudelaire seine Kritik an dem Fortschrittsglauben und an der Zivilisation teilt, geschrieben: »Ich wage zu sagen, daß der Zustand der Reflexion ein widernatürlicher Zustand ist und daß der Mensch, der nachsinnt, ein verderbtes Tier ist.« (Kap. II)

S. 225, *2 Phantasmagorie:* Der Belgier Etienne-Gaspard Robertson (1763-1837) hatte kurz nach der Französischen Revolution in Paris ein *Théâtre de fantasmagorie* eingerichtet und hat mit seinen Geisterbeschwörungen, die er mittels einer Laterna magica erzeugte, bis in die erste Hälfte des 19. Jahrhunderts großen Erfolg gehabt. (Siehe F.P. Liesegang, ›Die Phantasmagorie, Geistererscheinungen und andere Illusionen‹, in: ›Laterna Magica‹, Bd. XIII, 1897.)

IV. DIE MODERNITÄT

S. 225, *12 Wüste der Menschen:* Metapher für Paris, die sich schon in Balzacs Roman *Les Illusions perdues* (›Verlorene Illusionen‹; 1843) findet (Classiques Garnier, Paris 1961, 242). – *16 Modernität:* Baudelaire hat dazu beigetragen, diesen Neologismus in die französische Sprache einzubürgern. Balzac, dessen Gestalten Baudelaire 1846 als Verkörperungen des »Heroismus des modernen Lebens« bezeichnete (Bd. I, S. 283), hatte den Begriff der *»modernité«* in seiner Novelle *La Dernière Fée* (›Die letzte Fee‹; 1823) gebraucht. – *25* Jacques-Louis *David* (1748-1825), Maler des »Schwurs der Horatier« (1784, Louvre).

S. 226, *25* Peter-Paul *Rubens* (1577-1640). – Paolo *Veronese* (1528-1588). – *30 Katharinas:* die deutschstämmige Zarin Katharina II. (1762-1796), die in Sankt Petersburg im Stile der europäischen Aufklärung Hof hielt.

S. 227, *5 Versailles:* Louis-Philippe hatte in dem Schloß Ludwig XIV. ein Nationalmuseum gegründet. – *14 Ingres:* über dessen Porträtmalerei s.o. S. 183. – *32 impures:* Unreine, Schamlose. – *filles entretenues:* ausgehaltene Mädchen. – *lorettes: Les Lorettes,* eine Folge von 79 Lithographien von Gavarni in *Le Charivari*

(1837/1847; Castex, Abb. S. 145). Der Name kam um 1840 auf, als durch die großen Straßendurchbrüche die neugebaute Rue Notre-Dame-de-Lorette wegen ihrer geringen Mieten die leichtsinnigen Frauen anzog. Nestor Roqueplan soll als erster den Namen der Straße auf ihre Bewohnerinnen übertragen haben. – *33 biches:* biche, Hinde, Hirschkuh; im übertragenen Sinne Dame der Halbwelt.

S. 228, *10 Schönheit eines modernen Schiffes:* In dem Prosagedicht *Le Port* (Bd. VIII, S. 266) erwähnt Baudelaire das Detail des »reichen und vielfachen Takelwerks«, dessen Poesie er in den *Journaux intimes* näher erläutert (*Fusées,* XV; Bd. VI). – *17* Auf Anthonis *van Dycks* (1599-1641) ›Porträt Karls I., König von England‹ (1635, Louvre) führt ein Page das Pferd des Monarchen herbei. – *18* Jacques Courtois, gen. Le *Bourguignon* (1621-1675), malte zahlreiche Schlachtenbilder mit Berittenen (Louvre). – Adam *van der Meulen* (1632-1690), flämischer Schlachten- und Hofmaler Ludwig XIV., stellte mit Vorliebe Pferde dar.

V. DIE GEDÄCHTNISKUNST

S. 229, *15* Camille *Corot* (1796-1875) wurde von Baudelaire 1845 ausführlich behandelt (Bd. I, S. 167 f.). – *30 aus dem Gedächtnis:* Im ›Salon 1846‹ hat Baudelaire die Kunst als »Mnemotechnik des Schönen« bezeichnet (siehe Bd. I, S. 238).

S. 230, *1* Antoine *Watteau* (1684-1721). – *6* Honoré *Daumier* (1808-1879). – *18 absoluter Gleichheit:* Dies war einer der Gründe, warum Baudelaire die Photographie verdammte (s.o. S. 137). – *30 Frédérick Lemaîtres* (1800-1876) Gebärdensprache verglich Baudelaire mit der Gestik von Delacroix' Gestalten (Bd. I, S. 222). – *33 Marie Bouffé* (1800-1888), beliebter Schauspieler des Pariser Boulevardtheaters.

S. 231, *7 alle großen Künstler:* Auch bei Delacroix hatte Baudelaire die Schnelligkeit hervorgehoben, mit der der Maler seine Vorstellungen in Farbe und Form umsetzte (s.o. S. 146, 22). – *25 Skizze:* Baudelaires mit gewissen akademischen Vorbehalten belastete Anerkennung der Skizze findet eine Parallele in seiner Beurteilung Boudins (s.o. S. 192/193).

VI. DIE ANNALEN DES KRIEGES

S. 232, *25 Horace Vernet* (1789-1863), der repräsentative Maler der Juli-Monarchie, den Baudelaire 1846 als »Gegenteil des Künstlers« verrissen hatte (Bd. I, S. 253 f.). 1845 hatte er von seiner »feuilletonistischen Methode« gesprochen (Bd. I, S. 135), womit er seine Freude an Episoden und Details hervorhob und zugleich den Mangel an künstlerischer Einheit brandmarkte. – *34 Kap Chersones:* Die hier und in den folgenden Zeilen genannten Orte beziehen sich auf Zeichnungen, die Baudelaire sogleich besprechen wird.

S. 233, *2 Piemontesen:* Der Premierminister vom Piemont, Cavour, war im Januar 1856 der französisch-englischen Allianz beigetreten und hatte einige Truppen nach Sebastopol gesandt. – *6 Weihe eines Friedhofgeländes:* Die Zeichnung, die Baudelaire vor Augen hatte, war die Vorlage für den in *The Illustrated London News* am 9. Juni 1855 erschienenen Holzstich. – *10 suggestive ... Weise:* Die Suggestivität ist eine der grundlegenden Forderungen, die Baudelaire an das Kunstwerk stellt und die er bei Delacroix, »dem suggestivsten der Künstler«, gefunden hatte (Nachruf auf Delacroix, Kap. I, in Bd. VII.). – *18 Schumla:* Vor der Übermacht der Russen und Preußen ziehen die Türken sich zu Beginn des Krimkrieges unter dem General *Omer Pascha* (1806-1871) auf die Festung Schumla (im heutigen Bulgarien) zurück. Guys' Zeichnung wurde als Holzstich in *The Illustrated London News* vom 4. März 1854 veröffentlicht. – *22 Kurden in Skutari:* in *The Illustrated London News* vom 24. Juni 1854. – *24 Baschi-Bosuks:* (türk. Wirrköpfe, Tollköpfe), unregelmäßige türkische Truppen, die durch Werbung zusammengebracht wurden oder sich freiwillig stellten; eine Art Landsturm. – *35* François *Canrobert* (1809-1895), General und Feldmarschall Napoleons III., wurde am 5. November 1854 von dem russischen Heerführer, dem Prinzen Menchikow, bedrängt. Im April 1855 bittet der General den Kaiser, ihn aus Gesundheitsgründen der Heeresleitung zu entbinden und ihm die Führung einer einzigen Division anzuvertrauen. Siehe auch ›Marschall Canrobert. Erinnerungen eines Jahrhunderts. Nach dem französischen Werke von Germain Bapst‹. Berlin, Karl Sigismund 1912. – *36 Inkermann:* Sieg der Franzosen und Engländer über die Russen am 5. November 1854. – *Taken on the spot:* auf der Stelle, sogleich festgehalten.

S. 234, *7 Myself at Inkermann:* »Ich selbst bei Inkermann.« Guys' Manie, anonym bleiben zu wollen, erstreckt sich nicht auf alle seine Zeichnungen, die gelegentlich ausdrücklich seine Person kennzeichnen. Eines dieser Blätter wurde in London ausgestellt: *Constantin Guys on the Battlefield of Inkermann* (Streiff, 1956, no. 124). – *8* Der Graf Achille *Baraguay-d'Hilliers* hatte an der Spitze eines Expeditionscorps an der Ostseeküste das russische Bomarsund am 16. August 1854 eingenommen. Er wurde dafür zum Feldmarschall ernannt. – *Seraskier:* aus dem persischen *sar,* Haupt, Chef, und dem arabischen *askar,* Armee. Titel des Kriegsministers. – *12 Unglück in Syrien:* Es handelt sich um ein Massaker, das im Juli 1860 an den christlichen Maroniten begangen wurde. – *13 Achmet Pascha* (geb. 1818), dessen Anhänger zusammen mit den Drusen das eben genannte Massaker verursacht hatten, war zu jener Zeit Botschafter der Hohen Pforte in Paris. Seine Haltung zu dem Massaker veranlaßte die französische Regierung, ihn nach Konstantinopel zurückrufen zu lassen. – *14 zwei europäische Offiziere:* Die original lavierte Federzeichnung befindet sich im Pariser Musée des Arts Décoratifs (Expo 1968/69 no. 558). – *19 Schlacht von Balaklava:* Am 25. Oktober 1854, beim Angriff des Prinzen Menchikow, trafen die Engländer die Fehlentscheidung, ihre leichte Kavallerie zu opfern. – *22 Alfred Tennyson* (1809-1892) verherrlichte den heldenmütigen Todesgalopp der englischen Reiter in die feindlichen Kanonen hinein: *The Charge of the Light Brigade* (1854).

S. 235, *10 ambulante Lazarette:* 1956 wurde in der Marlborogh Galerie in London eine Zeichnung ausgestellt, die *Dr. Smith's Hospital Waggon* darstellte. Das Blatt enthält eine umfangreiche Erklärung von Guys in englischer Sprache; es gab sechs Sitzplätze und Raum für vier Bahren mit Schwerverwundeten (Streiff 1956, Abb. 127). – *12 Hospital von Pera:* Vorstadt von Konstantinopel; lavierte Federzeichnung (Musée des Arts Décoratifs, Paris; Mayne II, Abb. Tafel 3). – *14* Eustache *Le Sueur* s.o. zu S. 153, *25*. Baudelaire wird an das Bild *Saint Bruno reçoit un message du pape* (›Der hl. Bruno empfängt eine Botschaft des Papstes‹) gedacht haben, das aus der Folge von zweiundzwanzig Bildern für das kleine Karthäuserkloster in Paris bestimmt war (1645-1648; *Catalogue sommaire illustré des peintures du musée du Louvre et du musée d'Orsay,* Paris, Bd. IV, 1986, Abb. S. 57). – *15 My humble self:* meine bescheidene Person. – *34 Kaiser:* Baudelaire hatte die Absicht, Guys' Skizzen Napoleon III. zu unterbreiten.

VII. FESTLICHKEITEN UND FEIERN

S. 236, 7 *Beiramfeste:* das Fest des Fastenbrechens, das mit dem Ende des Ramadan, des neunten Monats des muslimischen Mondjahres, begangen wurde. ›Ramadan in der Moschee von Tophan, Konstantinopel‹, lavierte und aquarellierte Federzeichnung, British Museum, London (Mayne II, Tafel 7). – *13 feierliche Prunkzüge:* Ein Holzstich mit diesem Thema nach der Skizze von Guys erschien in *The Illustrated London News* am 29. Juli 1854 unter dem Titel *Procession of the Sultan at the Festival of the Bairam, Constantinople* (S. 97; Mayne II, Tafel 6). – *23 dritten Geschlechts:* In dem letzten Teil des Romans *Splendeurs et misères des courtisanes* (›Glanz und Elend der Kurtisanen‹; 1838-1847) hat Balzac (1799-1850) diesen Namen für die im Palais de Justice gefangen Homosexuellen gebraucht (Balzac, *La Comédie humaine*, hrsg. von Marcel Bouteron, Bd. V, Paris 1952, S. 1055).

S. 237, *19 Das Fest ... in der Kathedrale von Athen:* Ein Ausschnitt ist als Holzstich in *The Illustrated London News* am 20. Mai 1854 erschienen. – *25 König Otto* I., Sohn König Ludwigs I. von Bayern, war seit 1832 glückloser König von Griechenland. Er versuchte vergeblich während des Krimkrieges ein großgriechisches Reich zu errichten und wurde 1862 nach einer Rebellion abgesetzt. – *30 Palikaren:* neugriech. palikari, ein junger Mensch, ein Jüngling im kräftigsten Alter, ein junger Held, ein Tapferer; unregelmäßige Truppen, freiwillige Soldaten bei den Neugriechen.

S. 238, *3 Kaiser der Franzosen:* Napoleon III. und sein Gefolge (Streiff 1956, No. 108; Mayne II, Abb. Tafel 20). – *31 Kronleuchter:* Die Faszination, die für Baudelaire von dem Kronleuchter im Theater ausging, beschreibt er in *Mon cœur mis à nu*, X (siehe Bd. VI). – *37 Spanien:* Baudelaire hat anscheinend Zeichnungen gesehen, die während der Reisen von 1856 oder 1857 dort entstanden sind (Bruno Streiff).

VIII. DAS MILITÄR

S. 239, *12 Orinokos:* Der *Orinoko* ist der 2000 km lange, gewaltige Strom Venezuelas. – *20 Paul de Molènes,* für den Baudelaire 1862 einen Nekrolog schrieb (Œuvres/Pl II, 215 f.), hatte am Krimkrieg teilgenommen und war während der Italienkampagne 1859 Ordonanzoffizier des erwähnten Generals Canrobert (s.o. zu S. 233, *35*). Molènes hatte in der *Revue des Deux Mondes* vom 15. Januar, 1. und 15. Februar 1860 *Commentaires d'un soldat sur la guerre de Crimée et le siège de Sébastopol* (›Erläuterungen eines Soldaten zum Krimkrieg und zur Belagerung Sebastopols‹) veröffentlicht, auf die er Baudelaire in einem Brief hinwies (Lettres/B, 274). Diese Artikel erschienen in Buchform 1860 zusammen mit einem weiteren Kapitel über *La Guerre d'Italie en 1859*. Baudelaire mag auch an Molènes' *Histoires sentimentales et militaires* gedacht haben, die 1855 bei Michel Lévy erschienen waren. Siehe auch Baudelaires Brief an Molènes vom 12. Mai 1860, S. 61 f.

S. 240, 4 *Muskeln deformiert:* Auch für Diderot *(Salon de 1767)* »deformiert« der Beruf die Menschen und entfernt ihn von dem *»modèle idéal«*, dem klassischen Begriff des Idealschönen (*Salons*, hrsg. von Jean Seznec/Jean Adhémar, Bd. III, Oxford 1963, S. 60). Aber so sehr Baudelaire hier noch Vorstellungen der klassischen Ästhetik anzuerkennen scheint, vollzieht er doch mit großer Entschiedenheit eine Wende, indem er jedem Beruf, also einer akzidentellen Tätigkeit im Sinne der platonischen Philosophie, eine eigene Schönheit zuspricht. – *26 Zuave:* Die Zuaven bildeten eine französische Infanterieeinheit, die 1830 in Algerien geschaffen wurde. Der Name stammt von einer Konfederation von Berber-Stämmen des Djurdjura. 1852 gab es drei der in Frankreich ausgesprochen beliebten Zuavenregimenter.

S. 241, *1 aus Italien zurück:* Der Italienfeldzug, an dem Napoleon III. persönlich teilgenommen hatte, wurde nach den siegreichen Schlachten von Magenta und Solferino im November 1859 durch den Frieden zu Zürich beendet. – *17* Nicolas-Toussaint *Charlet* (1792-1845) war von Baudelaire in seinem Essay über ›Einige französische Karikaturisten‹ mit viel Kritik bedacht worden (Bd. I, S. 307-311). Pichois glaubt, daß diese Zeilen eine Art Wiedergutmachung sind auf die Vorwürfe hin, die Delacroix ihm wegen dieser Verurteilung gemacht hatte (siehe Baudelaires Nekrolog auf Delacroix in Bd. VII).

IX. DER DANDY

S. 241, *29 Dandysmus:* Baudelaire hatte am 4. Februar 1860 an den Verleger Auguste Poulet-Malassis von seinem Essay über *»Le Dandysme littéraire* ou *la grandeur sans convictions«* (›Der literarische Dandysmus oder die Größe ohne Überzeugung‹) geschrieben (Corr/Pl I, 664), und in seiner Korrespondenz ist von diesem Projekt und seinen Änderungen immer wieder die Rede. Er knüpft an Barbey d'Aurevillys Buch *Du Dandysme et de G. Brummel* (Paris 1845; ›Vom Dandytum und von G. Brummell‹, deutsch von Richard Schaukal, München/Leipzig 1909) an und führt dessen These fort, daß die Entstehung des Dandysmus mit dem gesellschaftlichen Wandel vom Ancien Régime zur beginnenden Demokratisierung des Industriezeitalters verbunden sei. Baudelaire nimmt dabei auf, was er 1846 über die Situation der zeitgenössischen französischen Kunst gesagt hatte, daß durch den übertriebenen Individualismus eine Anarchie entstanden sei, aus der nur wenige Begnadete, wie Ingres und Delacroix, herausragen (Bd. I, S. 279). August Buck analysiert ›Baudelaire und das Problem des Dandysmus‹ (›Archiv für Kulturgeschichte‹, Band XXXVI, Köln/Graz 1954, S. 231-249); von Michel Lemaire stammt eine Geschichte des Dandysmus (*Le Dandysme de Baudelaire à Mallarmé*, Paris 1978). – *31* Lucius *Catilina* (um 108-62 vor Christus), röm. Patrizier, berühmt durch die nach ihm benannte Verschwörung. Baudelaire läßt seinen Schatten in dem dramatischen Entwurf *La Fin de Don Juan* (›Don Juans Ende‹; siehe Bd. II, S. 210) auftreten. – *Alkibiades* (um 450-404 vor Christus), den Barbey d'Aurevilly »den hübschesten der guten Generäle« nannte (*»le plus joli des bons généraux«;* Beginn von Kapitel X seines Buches *Du Dandysme*). – *32 Chateaubriand:* Baudelaire denkt an die Beschreibung, die Chateaubriand in *Les Natchez* (1826) von den Eingeborenen Amerikas gibt. Er beabsichtigte, den Dichter in seine Studie über den literarischen Dandysmus einzuschließen. Aufgrund seiner Lektüre von Sainte-Beuves *Chateaubriand et son groupe littéraire sous l'Empire* (Paris 1860) wollte er ihn als *»le père du Dandysme«* (›den Vater des Dandysmus‹) darstellen (Brief an Alphonse de Calonne vom 3. Dezember 1860; Corr/Pl II, 108). Außerdem sollten die gleich erwähnten Custine, Molènes (s.o. zu S. 239, *20*) und Barbey d'Aurevilly behandelt werden.

S. 242, *5 Custine:* s.o. zu S. 67, 9. – *19 Zweckhaftigkeit:* In der Ablehnung jeder Zweckhaftigkeit hat der Dandysmus einen Berührungspunkt mit der Ästhetik des *l'art-pour-l'art.*

S. 243, *10 der Lakedämonier unter dem Biß des Fuchses:* Plutarch berichtet in seiner Lebensbeschreibung des Lykurg, daß man in Sparta die Knaben, um sie zur Kühnheit und Geschicklichkeit zu erziehen, zum Stehlen nötigte. Sie fürchteten sich so sehr, dabei ertappt zu werden, daß man von einem Knaben, der einen kleinen Fuchs gestohlen hatte und ihn unter seinem Gewand versteckt hielt, erzählt, er habe sich, ohne einen Laut von sich zu geben, den Leib von diesem Tier zerfleischen lassen, bis er auf der Stelle tot umfiel. Montaigne erörtert dieses Beispiel der Selbstbeherrschung in seinen *Essais* (II, 32). – *13 Stoizismus:* eine von dem Griechen Zenon um 300 vor Christus begründete und von Seneca verbreitete Philosophie; sie lehrte das Ideal der Ataraxia, eine durch keine Emotionen aus dem Gleichgewicht zu bringende Seelenruhe. – *28 Alten vom Berge:* Ein Zweig des im 11. Jahrhundert gegründeten islamischen Geheimbunds der Assassinen oder Haschischgenießer bedrohte vom syrischen Bergland aus unter Leitung des Alten vom Berge die Kreuzfahrer. – *34 Perinde ac cadaver:* lat. »ebenso wie ein Leichnam«. Mit diesen Worten verlangte der Begründer des Jesuitenordens, Ignatius von Loyola (gegen 1491-1556), in der von ihm entworfenen Regel der *Societas Jesu* von allen Mitgliedern den sogenannten »Kadavergehorsam«. – *35 Raffinés:* Männer mit einem ausgesuchten, verfeinerten Geschmack in der Kleidung. – *Incroyables:* die »Unglaublichen«, übertrieben modisch gekleidete junge Herren unter dem Directoire; sie trugen die Haare tief in die Stirn hineinfallend. – *Beaux:* gutaussehende, gutgekleidete Männer. Sprichwörtlich geworden war *der Beau Brummell:* George Bryan Brummell (geb. 1778 in Westminster; gest. 1840 in Caen), das bewunderte, beneidete und unerreichte Vorbild des Dandysmus. Schon 1844 erschien in London in zwei umfangreichen Bänden eine erste Biographie, *The Life of George Brummell, Esq., commonly called Beau Brummell,* von William Jesse. – *Lions:* Salonlöwen. *Les Raffinés et Les Dandies* war einer der Titel, den Baudelaire seinen geplanten Ausführungen über den literarischen Dandysmus geben sollte (in einem Brief an den Herausgeber des *Pays* vom 2. Dezember 1863; Corr/Pl II, 335). – *36 Dandies:* »Nichts mehr lebt von jener schönen Gesellschaft, deren Idol Brummell gewesen ist, weil er ihr Ausdruck war in allen Dingen des gesellschaftlichen Herkommens, den Verhältnissen, die bloß die Annehmlichkeit zum Ziel haben. Nie wieder wird man einen Dandy vom Schlage Brummells sehen, aber sicherlich wird es jederzeit, selbst in England, Menschen seinesgleichen geben, mögen sie, je nach dem Geheiß der Welt, welche Livree immer tragen. Sie bestätigen die großartige Mannigfaltigkeit des göttlichen Werkes: sie sind ewig wie die Laune. Die Menschheit bedarf ihrer und ihres anziehenden Anblicks ebenso sehr, wie sie großer Helden und erhabener Mächte bedarf. Sie gewähren verständigen Geschöpfen das Vergnügen, worauf sie kraft ihrer intellektuellen Bedürfnisse ein Recht haben. Sie gehören zum Glück der Gesellschaft, wie andre zu ihrer Moralität gehören. Es sind zwiespältige und vielfältige Naturen, von unbestimmbarem geistigen Geschlecht, deren Anmut noch anmutiger wirkt in ihrer Stärke, und bei denen noch in der Anmut Stärke ist; Zwitter der Geschichte, nicht der Mythe: Alkibiades ist beim schönsten aller Völker ihr schönster Ausdruck gewesen.« (Barbey d'Aurevilly, Schluß seines Buches *Du Dandysme,* in der Übersetzung von R. Schaukal.)

S. 244, *17 der Reisende in Nordamerika:* Baudelaire spielt hier abermals auf Chateaubriand an, der nach dem Ausbruch der Französischen Revolution, ursprünglich um auszuwandern, enttäuscht nach Nordamerika fuhr. – *26 Myrmidonen:* in der Antike Völkerschaft aus dem südlichen Thessalien; in Homers *Ilias* die streitbaren Krieger des Achill. – *29* Richard *Sheridan* (1751-1816), Politiker und Verfasser von geistreichen Lustspielen, in denen er die Sitten und Heucheleien der eleganten englischen Gesellschaft satirisch darstellt. Barbey d'Aurevilly zitiert Sheridan am Ende des IV. Kapitels seines Werkes *Du Dandysme.* – *Brummell:* s.o. zu S. 241, 29. – *Byron:* Barbey d'Aurevilly zitiert Lord Byron als einen Dandy, der nie eine Krawatte getragen habe, weil er »einen so schönen Hals« besaß. – *33 moralischen Träumereien:* Baudelaire formuliert ein Prinzip seiner Kunstkritik, das im Gegensatz zur klassischen Ästhetik die Vollendung des Kunstwerks in der weiterführenden, schöpferischen Imagination des Betrachters fordert (siehe Drost 1975, S. 262f.).

X. DIE FRAU

S. 245, *30 Joseph de Maistre* (1753-1821) hat offenbar nichts derartiges geschrieben. Für den royalistischen Staatsphilosophen ist die Frau zwar dem Mann untergeordnet, erhält jedoch durch die Aufgabe des Kindergebärens und der Erziehung ihre auch durch das Evangelium geheiligte Würde. Baudelaire hat die Frau als Mutter ausdrücklich von seiner Verurteilung ausgenommen (Brief an seine Mutter vom 5. Dezember 1863; Corr/Pl II, 336).

S. 246, *20* Sir Joshua *Reynolds* (1723-1792) und Sir Thomas *Lawrence* (1769-1830) hat Baudelaire 1846 als »Häupter der romantischen Schule« bezeichnet (Bd. I, S. 248), die den klassizistischen Kult der Antike verurteilte.

XI. LOBREDE AUF DAS SCHMINKEN

S. 247, *16 La nature embellit la beauté:* Baudelaire zitiert aus E. de Planards Libretto für die komische Oper *Marie* (1826) von Hérold. Er hat diese Verse in ähnlicher Form in einem Vierzeiler verwandt, der an eine unbekannte Dame gerichtet war (Œuvres/Pl I, 209). – *29 Gazette des Tribunaux;* täglich erscheinende juristische Zeitung (gegründet 1825), mit dem Untertitel: *Journal de jurisprudence et des débats judiciaires.*

S. 248,*5 Verbrechen:* Baudelaire führt hier Gedanken des Marquis de Sade (1740-1814) fort, wie dieser sie unter anderem in seinem Roman *La Nouvelle Justine ou les malheurs de la vertu* (›Die neue Justine oder Das Unglück der Tugend‹; 1797) entwickelt hatte. – *16 Menschentier:* »Ob der Mensch sein genarrtes Opfer auf den Straßen der Großstadt einfängt oder seine Beute in unerforschten Wäldern durchbohrt, bleibt er nicht ewig der Mensch, das heißt das vollkommenste Raubtier?« (*Journaux intimes, Fusées,* XIV; siehe Bd. VI) – *21 Das Böse geschieht ... natürlich:* »Der Mensch, das heißt jedermann, ist *seiner Natur nach* so verderbt, daß er weniger unter dem allgemeinen Niedergang leidet, als unter der Aufrichtung einer vernünftigen Hierarchie.« (*Fusées,* XV.)

S. 249, *17* Der *Apostel Bartholomäus* wurde lebendig geschunden; er wird häufig mit seiner abgezogenen Haut abgebildet. – *28 vergolden ... Anbetung: elle doit se dorer pour être adorée;* Baudelaire wiederholt hier das Wortspiel aus seinem Gedicht *Bénédiction* (Bd. III, S. 62), wo die Frau des Dichters auf dem Markt schreit, daß sie, um ihm anbetungswürdig zu erscheinen, sich wie die alten Götzenbilder vergolden lassen wolle. – *Fußnote: Madame Dubarry* (1743-1793), eine der Mätressen Ludwigs XV.; sie starb auf dem Schaffott.

S. 250, *22 auf das Unendliche hin geöffneten Fensters:* Wie sehr Baudelaires Betrachtungen über die Mode und das Schminken mit seiner Kunstkritik im engeren Sinne zusammenhängen, zeigt dieser Satz, den er in etwas anderer Form (statt des »geöffneten Fensters« dort: »offene Tür«) anläßlich Penguilly-L'Haridons *Petites Mouettes* benutzt hat (s. o. S. 179, *8*).

XII. DIE FRAUEN UND DIE DIRNEN

S. 251, *elegante Familien:* Mayne II, Abb. Tafel 14.

S. 252, *2 die Komödie, die ihre Eltern zu Hause aufführen:* Baudelaire drückt den gleichen Gedanken in ›Die Moral des Spielzeugs‹ aus (siehe Bd. II, S. 198). – *23* Der Bal *Valentino,* rue Saint-Honoré 355, verdankt seinen Namen dem französischen Musiker Valentino (1787-1865), der dort seit 1837 Konzerte gab, bis das Gebäude zum öffentlichen Ballhaus umfunktioniert wurde. – Nach Paul Mahalin, *Au Bal masqué* (1869), war Baudelaire lange Zeit ein Habitué der Maskenbälle des *Casino* Cadet, das 1859 in der Rue Cadet 18 gegründet worden war. – Der *Prado* befand sich auf der Place du Palais de Justice. Seit 1838 gab es einen Sommer-Prado in der Avenue de l'Observatoire. Baudelaire hat die drei hauptsächlichen Vergnügungsstätten des Second Empire genannt, um nunmehr die der Restauration und der Juli-Monarchie aufzuzählen. – *24* Paris besaß drei *Tivoli* und ein *Nouveau Tivoli.* Das *Tivoli,* das Baudelaire gekannt haben mag, befand sich 1844 bis 1882 in der Rue de Clignancourt 42-52. – *Le Jardin d'Idalie* (›Der Garten Idaliens‹; Idalia ist der Name einer der Venus geweihten Stadt in Zypern) befand sich zu Beginn der Restauration in der Passage de l'Opéra (heute Passage des Italiens). – *Folies,* ursprünglich private Lusthäuser mit Gärten, dann öffentliche Vergnügungsstätten, in denen getanzt wurde. – Neben einem *Paphos* (Name einer zypriotischen Stadt, vermeintlicher Geburtsort der Venus) in der Pariser Vorstadt Clichy gab es eine Rotonde de Paphos im Boulevard du Temple. Dieses Etablissement bestand aus einem Ballsaal, einem Haus für Vergnügungen und Spiele.

S. 253, *11 Porträts aus seinem Rahmen:* Das gleiche Detail findet sich in dem Gedicht *L'Amour du Mensonge,* das gleichfalls ein Loblied auf den Kult des Scheins enthält (Bd. III, S. 256). – *17 Boheme:* Baudelaire bekundet in einem Brief an Champfleury vom 15. März 1853 (Corr/Pl I, 208) sein Interesse für Henri Murgers in 2. Auflage erschienene *Scènes de la vie de bohème* sowie für einen Roman von Champfleury selbst, der mit der Theorie des literarischen Realismus die Pariser Welt der Künstler und Dichter darstellt, *Les Aventures de Mlle Mariette* (›Fräulein Mariettas Abenteuer‹; 1853). – *21 La Bruyère:* s. o. zu S. 180, *33*; Baudelaire zitiert *Les Caractères,* aus dem Kapitel *Des Femmes* (›Über die Frauen‹).

S. 254, *1 verschiedenen Typen:* Abbildungen bei Mayne II. Tafel 17-19. – *32 femina simplex:* s. o. zu S. 116, *17*.

S. 255, *21* Valeria *Messalina* (um 25-um 48), dritte Frau des Kaisers Claudius, berüchtigt durch ihre Ausschweifungen, auf die Juvenal in seiner VI. Satire anspielt.

XIII. DIE EQUIPAGEN

S. 256, *8 Eugène Lami:* s.o. zu S. 217, 22. – *16 Rennplätze:* Katalog Guys, Vlissingen 1954, Nr. 79. – *17 Ladies:* Streiff 1956, Abb. 41-43 – *23 haltende Equipagen:* Streiff 1986, Abb. 22, 23, 30.

S. 257, *15 intimen Landschaften:* im Gegensatz zu den heroischen Landschaften mit mythologischen Themen aus der Antike Szenen des gesellschaftlichen Pariser Lebens, zum Beispiel im Bois de Boulogne. – *22 alle Wagentypen:* Roger-Marx Abb. 52-60; Streiff 1956, Abb. 43, 56; Streiff 1986, Abb. 21-30. Erläuterungen über verschiedene Wagentypen gehörten zu den Themen, die in Modezeitungen abgehandelt wurden, wie zum Beispiel im *Cabinet des Modes* vom 15. August 1786 (siehe Annemarie Kleinert, ›Die frühen Modejournale in Frankreich‹, Berlin 1980, S. 265 und Abb. auf S. 268). – *30 Aufeinanderfolge geometrischer Figuren:* Baudelaire beweist ein für seine Zeit ungewöhnliches Auge für abstrakte, vom Gegenständlichen gelöste Formen, wie sie Étienne Marey in seinen Chronophotographien (1882), Marcel Duchamp in seinem Ölbild ›Akt eine Treppe hinuntergehend‹ (1912, Museum of Art, Philadelphia) und die Futuristen darstellten. In den *Journaux intimes* beschreibt er die Poesie, die sich für ihn aus der Multiplikation imaginärer Figuren und Kurven anläßlich der Betrachtung eines in Bewegung befindlichen Schiffes ergibt (*Fusées,* XV; siehe Bd. VI). – *37 Debucourt:* s.o. S. 213, 29. – Jean Michel *Moreau* der Jüngere (1741-1814), mit achtzehn Jahren Professor für Zeichnen an der Moskauer Akademie der bildenden Künste, gab die Malerei 1760 auf, um Zeichner und Kupferstecher des königlichen Kabinetts in der Nachfolge von Cochin zu werden. Er war berühmt für die Darstellungen von Festen (›Königssalbung Ludwigs XVI.‹; 1774) und seine Illustrationen zeitgenössischer Bücher (Jean-Jacques Rousseaus Werke 1774-1783). Baudelaire denkt vornehmlich an die 24 Platten zum *Monument du Costume* (2. und 3. Folge 1783). Diese Stiche, die auch dazu bestimmt waren, die Wände reicher Bürgerwohnungen zu schmücken, stellen das Leben einer eleganten Frau und eines Stutzers beim Rennen, in der Oper, im Bois de Boulogne dar und halten laut Vorwort den »Codex der Moden und Manieren« fest. Sie waren ein großer Erfolg und wurden 1789 mit einem Text von Restif de la Bretonne neu aufgelegt (Adhémar 163-171, 6 Abbildungen). – *Saint-Aubin:* s.o. zu S. 213, 29. – *Carle Vernet* wurde von Baudelaire recht ausführlich in dem Aufsatz ›Einige französische Karikaturisten‹ behandelt (Bd. I, S. 306 f.).

S. 258, *1 Lami:* s.o. zu S. 217, 22 – *Devéria:* s.o. zu S. 217, 21. – *Gavarni:* s.o. zu S. 217, 5.

DIE PHILOSOPHISCHE KUNST

Die hier übersetzten Blätter wurden von Asselineau und Banville in Baudelaires Nachlaß gefunden und in *L'Art Romantique* bei Michel Lévy 1868 erstmalig mit der Bemerkung veröffentlicht, daß sie trotz mancher Lücken »vollendet genug« wären, um ihren Platz in der Gesamtausgabe von Baudelaires Schriften zu finden. »Diese Seiten runden Baudelaires Ausführungen über die zeitgenössische Kunst ab; denn sie legen seine Gedanken über ein Thema dar, das ihn lange Zeit beschäftigte und das oft in seinen Gesprächen wiederkehrte.« Es geht um das Problem der Grenzziehung zwischen gedanklichem Gehalt und künstlerischem Ausdruck. Schon 1846 erinnerte er Ary Scheffer daran, daß die Malerei »nur durch Farbe und Form« wirke, und war der Überzeugung, daß »die Einführung von Poesie, Geist und Gemüt« in die Malerei »moderne Jämmerlichkeiten« und »die spezifischen Laster der Eklektiker« seien (Bd. I, S. 258f.). Ebenso verurteilte er zu jener Zeit die »Kunstphilosophen«, die mit archäologischer Genauigkeit sich der traditionellen Symbolik bedienen, »um die religiöse Saite zu berühren und zum Klingen zu bringen« (Bd. I, S. 215). In den ›Neuen Anmerkungen zu Edgar Poe‹ von 1857 spricht er von der *»hérésie de l'enseignement«*, der »Häresie der Belehrung«: auch die Dichtung kann kein anderes Ziel haben, als eben Dichtung sein zu wollen (Bd. II, S. 357). Doch so sehr sich Baudelaire auch gegen jede Kunst aussprach, die mit Philosophie, Weltanschauung oder Moral beladen war, und er sich immer wieder vornahm, die philosophischen Maler vom Standpunkt »reiner Kunst« zu beurteilen, so war er diesem »falschen Genre« (s.u. S. 266, *13*) nicht ganz so abgeneigt, wie es zunächst den Anschein haben mag. Einmal war er nicht unempfänglich für den gedanklichen Gehalt. Das beweist seine Liebe zur Allegorie, die er als »eine der schönsten Kunstgattungen überhaupt« schätzte (›Salon 1845‹, Bd. I, S. 146). Zum anderen konnte er sich weder dem Reiz der Holzschnitte Rethels noch dem eigentümlichen malerischen Zauber von Janmots mystischen Visionen entziehen, dieses eigenartigen Präraffaeliten und Geistesverwandten von Blake, der auf seine Weise aus der Enge der akademischen Tradition hinausdrängte und dem wir heute wieder aufgeschlossen gegenüberstehen. In seiner Korrespondenz der Jahre 1857 bis 1863 erwähnt Baudelaire des öfteren das Projekt dieser Abhandlung über die philosophische Kunst, an der er vornehmlich zwischen 1858 und 1860 arbeitete. Er hatte die Absicht, den Artikel in der *Revue contemporaine* bzw. in *La Presse* zu veröffentlichen. Den Titel formulierte er unterschiedlich: »Die Maler, die denken« (10. Nov. 1858), »Die idealistischen Maler« (8. Januar 1859), »Die didaktische Malerei« (2. Dezember 1863). Den letztgenannten Titel führt er in einer Aufstellung seiner gesammelten Werke für Julien Lemer am 3. Februar 1865 auf (Corr/Pl II, 444).

S. 259, 2 *der modernen Auffassung nach:* Baudelaire mag sich an Formulierungen von Schelling in seinem ›System des transzendentalen Idealismus‹ erinnert haben, ein Werk, das er in der Übersetzung von Paul Grimblot (Paris 1842) gelesen haben kann (Œuvres/Pl II, 1378). In seinen Seiten über ›Die Herrschaft der Einbildungskraft‹ im ›Salon 1859‹ hat Baudelaire den Schöpfungsakt des Künstlers nach diesem damals modernen Konzept beschrieben und ihn von der realistischen Kunst abgehoben (s.o. S. 149). In der ›Weltausstellung 1855‹ bezeichnete er die Malerei als »eine Beschwörung, eine magische Handlung« (Bd. II, S. 232). – 6 Paul *Chenavard* (1807-1895) wurde in Lyon geboren, jedoch in Paris bei Ingres und Delacroix ausgebildet. Von entscheidendem Einfluß waren die Wandmalereien Raffaels, die Begegnung mit den Nazarenern in Rom 1827 und die Philosophie Hegels. 1848 wurde ihm die unvollendet gebliebene Ausmalung des Pariser Pantheons mit der Geschichte der Menschheit anvertraut. Baudelaire war mit Chenavard bekannt und hatte ihn 1846 schonend zu den »Zweiflern« gezählt (Bd. I, S. 263). Im ›Salon 1859‹ (s.o. S. 182) und vor allem im 6. Kapitel über ›Werk und Leben von Eugène Delacroix‹ (Bd. VII) ging er mit Chenavard härter ins Gericht. Immerhin liest man in Baudelaires *Journaux intimes,* daß Chenavard »einen Typus des Übermenschen« geschaffen habe (*Fusées,* IV; Bd. VI). Baudelaire geht weiter unten auf Chenavard ein. Zwei für diesen bestimmte (ironisch gemeinte) Zeichnungen finden sich in Album, 173, 174. – *die deutsche Schule:* Zur »deutschen Schule« oder auch »neuen deutschen Schule« gehören die Nazarener mit Johann Friedrich Overbeck (s.u. zu S. 260, *18*), Peter Cornelius (s.o. zu S. 216, *19*), Philipp Veit (1793-1877), Heinrich Maria von Heß (1798-1863), Friedrich Wilhelm Schadow (1788-1862), Julius Schnorr von Carolsfeld (1794-1872); Wilhelm von Kaulbach steht den Nazarenern nahe (s.u. zu S. 260, *19*). Oft unterscheidet man auch zwei deutsche Schulen, die von München und die von Düsseldorf, wobei »die einzig wahre deutsche Schule« diejenige von München sei, mit Cornelius als Akademiedirektor an der Spitze. Die Münchner Maler sind »sehr viel mehr geborene Philosophen als Maler ... Was die Originalität und die Kraft dieser gelehrten Schule ausmacht, ist das von ihr nachdrücklich bekannte und stets verfolgte Ziel: die Manifestation der Idee« (Perrier in: *L'Artiste,* 29. Juli 1855, 169f.). Die Franzosen hatten bei der Weltausstellung 1855 Gelegenheit, die deutsche Malerei kennenzulernen. Kritiker wie Planche, Delécluze, Théophile Gautier widmeten ihr große Aufmerksamkeit. Zahlreiche Artikel und einige Bücher informierten über die aktuelle Kunst und ihre Tradition in Deutschland: Hippolyte Fortoul, *De L'Art en Allemagne,* Brüssel 1844 (Bd. I-III); Adolphe Stahr, *Lettre sur les arts en Allemagne* (*L'Athenaeum français,* 23. Dezember 1854, 6. Januar 1855); F.B. de Mercey, *Etudes sur les Beaux-Arts depuis leur origine jusqu'à nos jours,* Paris 1855. Einige französische Maler wie Victor Orsel, Hippolyte Flandrin und Janmot gerieten in den Bann der Nazarener (Henri Dorra, ›Die französischen Nazarener‹, in dem Ausstellungskatalog ›Die Nazarener‹, Frankfurt 1977, 337-354). Chenavard, der den Nazarenern zum ersten Mal 1827 in Rom begegnete, wurde von ihnen entscheidend beeinflußt. – *8 das Buch zu ersetzen:* Gautier rechnet Peter Cornelius z.B. zu »diesen gelehrten Malern, für die Kunst fast immer eine Schrift ist, derer sie sich bedienen, um Ideen zu übersetzen« (*L'Art moderne,* Paris 1856, 236). – *18 Verfalls:* Baudelaire führt einen Gedanken fort, den er bereits im ›Salon 1846‹, z.T. mit denselben Worten, ausgedrückt hatte (Bd. I, S. 258). Über die Fragwürdigkeit des Fortschrittsglaubens und den Begriff des »Verfalls« hat er in der Einleitung zur ›Weltausstellung 1855‹ geschrieben (Bd. II, S. 232ff.). – *21 farbige Skulpturen:* Auguste Clésinger hatte einige seiner 1859 ausgestellten Skulpturen koloriert (s.o. zu S. 201, *10*). Delécluze erörterte im *Journal des Débats* vom 30. Juni 1859 in seiner Kritik an Clésinger das Problem der Polychromierung von Skulpturen. Gérôme (s.o. zu S. 163, *18*) und Charles-Henri Cordier (1827-1905) in Frankreich, Max Klinger (1857-1920) in Deutschland versuchten, die antike Polychromie wiederzubeleben. – 22 *malerische Mittel in der Literatur:* Gautier nannte die Einbindung der Kunst in die Dichtung ein »charakteristisches Zeichen« der Romantik (*Histoire du romantisme,* Paris 1874, 18). – 27 *die sie suggerieren möchte:* In seiner Abhandlung über ›Richard Wagner und Tannhäuser in Paris‹ von 1861 (siehe Bd. VII) drückt Baudelaire die Überzeugung aus, daß »wirkliche Musik« fähig sei, verschiedenen Zuhörern »analoge Vorstellungen zu suggerieren«. Die Musik und die Malerei seien jedoch »ungeeignet, um Ideen zu übertragen«.

S. 260, 4 *schöne Talente:* Wie weiter unten ersichtlich wird, rechnet Baudelaire Chenavard zu den schönen, aber »monströsen« Talenten. – *13 reinen, interesselosen Schönheit:* Bereits Mme de Staël hatte in ihrem Werk *De l'Allemagne* (1810) auf Kants Trennung zwischen dem Schönen und dem Nützlichen hingewiesen: Kant »beweist klar und deutlich, daß es keineswegs in der Natur der Kunst liegt, Lektionen zu erteilen« (Teil III, Kap. 9). – *18* Johann Friedrich *Overbeck* (1789-1869) gründete 1809 in Wien den Lukasbund nach dem Vorbild religiöser Bruderschaften. Nach Rom übergesiedelt, lebten die Künstler, die nunmehr spöttisch »Nazarener« genannt wurden, zusammen mit Schnorr von Carolsfeld, Cornelius, Schadow in klösterlicher Stille und Abgeschiedenheit, ganz der Neuerweckung der »alten heiligen Kunst«. Ursprünglich protestantische Mitglieder konvertierten zum Katholizismus. Fresken in der Casa Bartholdi und im Casino Massimo in Rom sind noch heute erhaltene Gemeinschaftsarbeiten. Overbeck, seit 1834 korrespondierendes Mitglied der Académie des Beaux-Arts, war in Paris durch Stiche und Lithographien bekannt; Planche und Delécluze hatten bedauert, daß auf der Weltausstellung 1855 seine Werke nicht zu sehen waren (Planche, in: RDM 1855, 811f.; Delécluze, 154f.). – *19* Peter Joseph von *Cornelius* (1783-1867), an der Düsseldorfer Akademie ausgebildet, schloß sich 1811 den Nazarenern an und wurde 1824 Akademiedirektor in München. Im Auftrag des bayerischen Königs Ludwig I. malte er Fresken in der Alten Pinakothek zu München und stellte die Entwicklung der Kunst im Sinne von Friedrich Schlegels Philosophie dar: nach Raffael habe die Kunst ihre Bindung an die christliche Kirche zugunsten einer Dienstleistung an feudalen Höfen aufgegeben und damit ihren Verfall eingeleitet (Katalog ›Nazarener‹, Frankfurt 1977, 261). Cornelius wurde 1838 von der Pariser Académie des Beaux-Arts offiziell geehrt und in die Ehrenlegion aufgenommen (siehe Bd. I, Anm. zu S. 255, *14*). Baudelaire erwähnt ihn in seinen ersten beiden ›Salons‹ (Bd. I, S. 152, 255). Auf der Weltausstellung 1855 waren seine Kartons für die – nie ausgeführten – Fresken des Campo Santo in Berlin zu sehen. Planche und Delécluze schenkten ihm große Beachtung, man beklagte jedoch den »völligen Mangel an der Bewegung des Herzens« (Mantz 1855, 71). – Wilhelm von *Kaulbach* gehört nicht eigentlich zum Lukasbund, doch war er als Schüler von Cornelius stark von den Nazarenern beeinflußt. Als er 1855 auf der Weltausstellung einige seiner Kartons für die Wandgemälde im Neuen Museum zu Berlin zeigte, wie den ›Turmbau zu Babel‹, ›Moses‹, ›Solon‹, war er in Frankreich schon länger durch einen Nachstich seines von Baudelaire im folgenden erwähnten Werkes bekannt (Fritz von Ostini, ›W. von Kaulbach‹, Bielefeld und Leipzig 1906, Abb. 73, 79). – *22* Baudelaire hatte ›Das Narrenhaus‹ im ›Salon 1859‹ anläßlich von Amand Gautiers *Hôpital de folles,* ebenfalls der typisierenden Darstellung wegen kritisiert (s.o. zu S. 152, *34*). – *31* Alfred *Rethel,* geb. 1816, verfiel 1852 in Geisteskrankheit und starb in Düsseldorf am 1. Dezember 1859, woraus sich zumindest für diese Passage des Artikels eine Datierung post quem ergibt. Rethel war seit 1829 Schüler an der Düsseldorfer Akademie und malte zunächst im Stil der Nazarener. Baudelaire bat am 14. Mai 1859 Nadar um biographische Angaben über den Künstler (Corr/Pl I, 575). Zwei Tage später schrieb er nochmals an Nadar: »Einige haben mir gesagt, Rethel habe eine Kirche (vielleicht in Köln) ausgemalt; andere haben mir erzählt, er sei tot; andere, er sei in einem Irrenhaus. Ich besitze die oben zitierten Werke, [d.h. ›Den Totentanz‹, ›Den Tod als Würger‹,

›Den Tod als Freund‹], und ich würde, abgesehen von den biographischen Auskünften, gerne wissen, ob noch andere Werke von ihm gedruckt sind« (Corr/Pl I, 576). – *32 Kapelle an den Ufern des Rheins:* Die im Brief an Nadar in Köln vermutete Kirche ist in Wirklichkeit der Krönungssaal im Aachener Rathaus. Rethel hatte 1839 den Wettbewerb um die Ausmalung gewonnen, doch erst 1847-1852 kam es zur Verwirklichung des Vorhabens; er führte jedoch nur vier von acht Fresken eigenhändig aus. Sein Auftrag war, »bedeutende Momente aus dem Leben Karls des Großen in historischer und symbolischer Auffassung« darzustellen (H. von Einem, ›Die Tragödie der Karlsfresken Alfred Rethels‹, Köln/Opladen 1968). – *34 Weltausstellung:* Ausgestellt waren ›Der Tod als Würger‹ (1847/48; *Première Invasion du choléra à Paris, au bal de l'Opéra*) und ›Der Tod als Freund‹ (1851; Mayne I, Taf. 49, 50). Beide Blätter stehen der von Baudelaire nachstehend erwähnten Folge des Totentanzes nahe. Rethel blieb von der Kritik völlig unbeachtet, was u.a. daran gelegen haben mag, daß die Druckgraphik insgesamt wenig Aufmerksamkeit erregte. – *35 dieser Gedichte:* Baudelaire hat den Begriff »Gedicht« verschiedentlich in lobendem Sinn für Delacroix' Werke gebraucht (›Salon 1846‹, Bd. I, S. 211, 221).

S. 261, 2 *Der Totentanz von 1848* ist eine Folge von sechs Holzschnitten mit Texten von Robert Reinick. Er war unter dem Eindruck der Revolution entstanden und erschien 1849 in Leipzig unter verschiedenen Titeln wie ›Auch ein Totentanz‹, ›Ein Totentanz aus dem Jahre 1848‹. Letzterer ist eine Volksausgabe der gesamten Folge der Holzschnitte auf einem Blatt (Karl Koetschau, ›Alfred Rethels Kunst‹, Düsseldorf 1929, 220-245; Mayne I, Taf. 48-50). Diese Folge wurde am 28. Juli 1849 in *L'Illustration* abgedruckt; 1869 nahm Champfleury sie in seine *Histoire de l'imagerie populaire* auf. Champfleury hatte außerdem einen Artikel über den Totentanz in *L'Artiste* vom 15. September 1849 veröffentlicht (Ulrich Finke, ›Charles Baudelaire und Alfred Rethel‹, in: ›Gießener Beiträge zur Kunstgeschichte‹, I, 1970, 137-144). Baudelaire schreibt Nadar am 16. Mai 1859, daß die sechs Blätter des Totentanzes für 1 Franc sowie die beiden auf der Weltausstellung gezeigten Blätter für 7 Francs bei einem deutschen Händler in der Rue de Rivoli verkauft wurden (Corr/Pl I, 576). 1859 besaß Baudelaire alle acht Blätter (Corr/Pl I, 576); nach einer 1864/65 erstellten Liste waren zu jenem Zeitpunkt noch zwei Holzschnitte Rethels in seinem Besitz. – *12 Albrecht Dürer* (1471-1528), einer der Großmeister des deutschen Holzschnitts, war eingehend von Rethel studiert worden. – Hans *Holbein* d.J. (1497/98-1543) schuf mit seinem berühmten Totentanz in 51 Blättern (erschienen 1538) ein Hauptwerk des deutschen Holzschnitts. Rethel knüpfte in seiner Neugestaltung des Totentanzes an Holbein an. T.J. Clark vergleicht Rethels Folge mit Holbeins Werk (*The Absolute Bourgeois. Artists and Politics in France 1848-1851*, London 1973, 26f.). – *13 Satanische und byroneske Züge:* In Lord Byrons *Cain. A Mystery* (1821) wird der Brudermörder Kain von Luzifer (der Ähnlichkeiten mit der von Baudelaire geschätzten Figur Satans aus Miltons *Paradise Lost*, 1667, aufweist) zur Infragestellung und Auflehnung gegen die religiösen und humanitären Werte geführt. – *19 Erster Auftritt ...:* Diesen Titel führte Baudelaire als Projekt eines zu schreibenden Prosagedichts auf (Bd. VIII, S. 313, 317). – *25 guter Tod:* ›Der Tod als Freund‹. Die Beschreibung Baudelaires entspricht genau dem Holzschnitt, mit der gewichtigen Ausnahme, daß der Tod nicht auf zwei Knochen fiedelt – das tut er auf dem eben genannten ›Ersten Auftritt der Cholera‹ –, sondern freundlich die Aufgabe des eben dahingegangenen Greises übernimmt und die Glocken läutet.

S. 262, 4 William *Hogarth'* (1697-1764) Stichfolgen waren von Baudelaire in ›Einigen ausländischen Karikaturisten‹ besprochen worden. Die »allegorischen Einzelheiten« und »allerlei Anspielungen« verzögern das Verständnis der Blätter oder »verwirren« gar den Betrachter (Bd. I, S. 329). – *Allegorie, Anspielung, Hieroglyphe, Rebus:* Baudelaire liebte Allegorien mehr, als es in diesem Zusammenhang den Anschein hat. 1859 spricht er von den »prächtigen Allegorien des Mittelalters« (S. 178, 1) und lobt Christophe wegen des allegorischen Gehalts seiner *Comédie humaine* (s.o. zu S. 207, 22). – Während Baudelaire, wie man aus seiner Interpretation eines Blattes von Daumier entnehmen kann, der Technik der Anspielung sehr geneigt war (Bd. I, S. 313), hat er immer wieder seiner Ablehnung gegenüber dem Bilderrätsel Ausdruck gegeben (Bd. I, S. 260, 339; in diesem Bd. S. 135, *15*, 163, 4). – *6* Jules *Michelet* (1798-1874) interpretierte Dürers berühmten Kupferstich ›Melencolia‹ in seiner *Histoire de France* (1855; im 5., der Reformation gewidmeten Kapitel) als »wahrhaftes Bild der Entmutigung«. Der Stich hatte in der französischen Romantik eine Art Dürer-Renaissance ausgelöst: Théophile Gautier verfaßte in den 1830er Jahren ein Gedicht *Melancholia,* und auch Baudelaire plante ein Prosagedicht *Melencholia,* das sich offenbar auf das Werk des Deutschen bezieht (Bd. VIII, S. 312). – *21 Chenavards:* s.o. zu S. 259, *6*. – *22 L'art-pour-l'art: Kunst um der Kunst willen,* war eine von Théophile Gautier vertretene Richtung, die alles Utilitaristische und damit auch jegliche philosophische, didaktische oder moralische Tendenz als die Reinheit der Kunst störend verbannte. Vgl. A. Cassagne, *La Théorie de l'art pour l'art en France,* Paris 1906. – *25 Venedig,* wo Tizian (1476/77-1576), Tintoretto (1518-1594), Veronese (1528-1588) tätig waren, ist von Baudelaire als Vaterland der Koloristen und der schöpferischen Phantasie bezeichnet worden (Bd. I, S. 199f.), während die persönliche Kenntnis *Lyons* in ihm die Vorstellung der höchst aktiven Stadt, die in der Renaissance Frankreich italienisches Geistesgut vermittelte, verblassen ließ. In den folgenden Zeilen führt er zeitgenössische Lyoneser Dichter auf. Baudelaire hatte zwischen 1832 und 1836 das Collège Royal in Lyon besucht und seine Aversion gegenüber dieser Stadt sein Leben lang bewahrt. Er beschimpfte sie als »Stadt der Rechnungsstuben, bigott und übergewissenhaft«, als »Zuchthaus der Malerei« (Bd. I, S. 245, 172). – *33* Der *Abbé Noirot,* ein berühmter Pädagoge am Collège Royal von Lyon, auch der »christliche Sokrates« genannt, vertrat eine spiritualistische Philosophie und übte eine nachhaltige Wirkung auf seine Schüler aus, zu denen Baudelaire jedoch nicht zählte. Der gleich von Baudelaire erwähnte Janmot porträtierte ihn in seinem *Poème de l'âme* (Hardouin-Fugier, Abb. 9). – Victor-Richard de *Laprade* (1812-1883), Dichter und Professor für französische Literatur in Lyon, dessen *Essai de critique idéaliste* 1882 in Paris erschien. Baudelaire spricht in einem Brief an Malassis vom *»vertueux et pédant Laprade«* (1. Mai 1859, Corr/Pl I, 569). – Joséphin *Soulary* (1815-1891), Lyoneser Dichter, dessen *Sonnets humouristiques* Baudelaire »ein charmantes Buch« nannte (Corr/Pl I, 532; siehe auch seine Briefe an Soulary vom 23. und 28. Februar 1860, Corr/Pl I, 679f., 682). – *Janmot:* s.u. zu S. 265, *6*.

S. 263, *1 Pierre Dupont* (Lyon 1821-1870), Chansonnier, Verfasser und Komponist politisch-satirischer Lieder. Baudelaire war mit dem Gleichaltrigen seit seiner Kindheit befreundet und verfaßte ein ausführliches Vorwort zu seinen *Chants et Chansons* (1851; siehe Bd. II, S. 169-180). Später schrieb Baudelaire noch einen weniger enthusiastischen, aber immer noch freundschaftlichen Artikel über Dupont in der *Revue fantaisiste* vom 15. August 1861 (Œuvres/Pl II, 169-175;

Bd. VII); dort sprach er von seiner »allzu lebhaften Neigung für die didaktischen Kategorien und Aufteilungen«. – *8 La Fontaines Fabel: Der Fuchs und die Trauben: »Ils sont trop verts, dit-il, et bons pour des goujats«* (III, 11). – *16 Nachdenken: raisonnement;* Champfleury berichtet von den ästhetischen Diskussionen zwischen Baudelaire und Chenavard (*Souvenirs et portraits de jeunesse,* Paris 1872, 188). – *21 Stichen:* Silvestre erzählt, daß Chenavard in Museen und Bibliotheken »Riesenwerke mit einem Happen verschlang und in vier Stunden Dutzende von Stichen vertilgte« (1878, 303). – *25 synkretistischen Systems:* Chenavard vertrat die Ansicht, daß »alle Religionen gleich« seien (zit. nach Silvestre 1878, 333), und konzipierte seine Universalgeschichte in einem unorthodoxen, religiöse Mythen verschmelzenden, kosmopolitischen Geist – sehr zum Mißfallen der katholischen Kirche, die nach dem Staatsstreich 1851 und dem Beginn des Zweiten Kaiserreichs die Freigabe des Pantheons zum Gottesdienst erwirkte. Die bereits ausgeführten Gemälde gelangten in das Musée des Beaux-Arts in Lyon. – *32 Monsieur de Dreux-Brézé und Mirabeau:* ›Mirabeau sich an den Marquis de Dreux-Brézé wendend‹, Skizze (Lyon, Musée des Beaux-Arts; Sloane, Abb. 30), die Chenavard anläßlich des 1832 vom Innenminister ausgeschriebenen Wettbewerbs für die Dekoration des Sitzungssaals im Palais Bourbon eingesandt hatte und mit der er bei den Künstlern und beim Publikum großes Aufsehen erregte. Nach Delacroix hätte er den Preis verdient (Ch. Blanc, *Les Artistes de mon temps,* Paris 1876, 199). – *33 Der Konvent stimmt für den Tod Ludwigs XVI.: La Convention votant la mort de Louis XVI* (Lyon, Musée des Beaux-Arts; Sloane, Abb. 31). Diese Zeichnung von 2 m Breite war zum Salon 1833 zugelassen worden, doch Louis-Philippe mißfiel es, seinen »Vater Egalité im Gespräch mit Marat zu sehen« (Silvestre 1878, 308); so ließ er sie aus der Ausstellung entfernen. Sie fand einen Platz in den Tuilerien und einige Monate später im Kabinett des Innenministers.

S. 264, 4 *Geschick, mit dem er Frauen darstellt:* Ein sehr hübsches Frauenporträt von ca. 1856 bildet Sloane, Abb. 34, ab. – *9* Alexandre-Auguste *Ledru-Rollin* (1807-1874), Vertreter der radikalen Linken und 1848 kurze Zeit Innenminister, gab unmittelbar nach der Revolution Chenavard den Auftrag zur Ausmalung des Pariser Pantheons. – *14 Emblematischem Kalender:* Chenavards *Calendrier d'une philosophie de l'Histoire* (Mayne II, Abb. S. 212; Sloane, Abb. 22) ist ein Schaubild, auf dem die 8400 Jahre Menschheitsgeschichte als ein Kreis mit vier Segmenten, die die vier von Baudelaire beschriebenen Lebensalter kennzeichnen, dargestellt ist. Dieses System bildet die Grundidee für die Ausmalung des Pantheons und insbesondere für das Kuppelmosaik mit der Darstellung der *»Palingénésie Sociale«,* auch »Philosophie der Geschichte« genannt. Chenavards Weltbild ist den Theorien des positivistischen Philosophen Auguste Comte (1798-1857; s.o. zu S. 149, 9) verwandt. Auch der Einfluß Hegels (mit seinen Vorlesungen über ›Die Philosophie der Geschichte‹) ist bemerkbar. – *30 perikleischen Zeitalters:* Perikles (ca. 500-429 v. Chr.), bedeutender Staatsmann, der fünfzehn Jahre lang Athen regierte. Er gewährte allen Schichten des Volkes Zugang zu Staatsämtern, stellte große Arbeitsprogramme auf, um den Reichtum möglichst gleichmäßig zu verteilen und scharte bedeutende Künstler um sich, unter denen sich der ihm befreundete Bildhauer Phidias befand. – *31 Geringwertigkeit der Landschaft:* Nach Silvestre war Chenavard der Überzeugung, daß die Kunst, »nachdem sie der Gedanke verlassen hat, sich in ihrem letzten und unbedeutendsten Ausdruck erschöpft: in der Landschaftsmalerei« (1878, 308). Baudelaire stand dieser Auffassung nicht fern (s.o. zu S. 187, 14). – *32 der Musik und der Industrie:* Für Chenavard war die

Musik »von allen Künsten diejenige, die den Verfall am deutlichsten anzeigte« (Sloane, 163), ebenso wie die industrielle Fertigung mit der Auflösung der menschlichen Gesellschaft Hand in Hand ging. – *Zeichen des Verfalls:* Delacroix berichtet von seinen Gesprächen mit dem ihm befreundeten Chenavard über dessen »trostlose Doktrin von der Unausweichlichkeit der Dekadenz der Künste«, die vielleicht wahr sei, an die zu denken man sich aber verbieten müsse (*Journal,* 7. September 1854). – *34 seiner 1855 ausgestellten Kartons:* Die auf der Weltausstellung gezeigten Grisaillen wurden fälschlicherweise als Kartons angesehen, dabei handelte es sich um die Originale, die auf die Wände aufgeleimt und mit einem Firnis überzogen werden sollten (Charles Blanc, *Les Artistes de mon temps,* 1876, 208). Die ursprünglich 53 auf Leinwand gemalten Bilder befinden sich heute im Musée des Beaux-Arts, Lyon, zwei davon im Louvre (Mayne I, Abb. 52; Katalog ›Die Nazarener‹, Frankfurt 1977, Abb. S. 348-352). Die Kritik hatte 1855 Chenavard ausführlich und mit Sympathie für die Konzeption besprochen (Mantz 1855, 513 f.).

S. 265, *1 andere Künstler als Arbeiter:* Es war vorgesehen, daß Chenavard Kompositionen zeichnete, die in größerem Maßstab von Künstlern unter seiner Leitung ausgeführt werden sollten. Gautier verfaßte 1848 eine ausführliche Würdigung der Ausmalung des Pantheon (*L'Art Moderne,* 1856, 1-94). – *6* Louis *Janmot* (1814-1892), Maler-Dichter und Kunsttheoretiker (er schrieb *Opinion d'un artiste sur l'art;* 1887). Er besuchte in Lyon die École des Beaux-Arts, war in Paris Schüler Ingres', wurde 1835/1836 in Rom durch die Nazarener beeinflußt. Baudelaire sprach 1845 mit Bewunderung von Janmots Gemälde ›Feldblumen‹ (Lyon, Musée des Beaux-Arts; Bd. I, S. 153; Mayne I, Abb. 1), zeigte sich aber bereits 1846 enttäuscht von der ehemals als »geheimnisvoll oder vielmehr mystisch« empfundenen Farbgebung, die nun allzu leicht erraten ließe, daß Janmot aus Lyon stamme (Bd. I, S. 245). Später revidierte er jedoch wieder sein Urteil, und er wollte Janmot wissen lassen, daß er »seit langem danach trachte, ihm Gerechtigkeit widerfahren zu lassen« (Brief an Laprade vom 23. Dezember 1861; Corr/Pl II, 199 f.). – *9 Rethels Gedichte:* s. o. zu S. 260, *36*. – *11 Geschichte einer Seele: Le Poème de l'Âme* ist ein Zyklus von zunächst achtzehn, 1854 datierten Gemälden; Konzept und erste Arbeiten gehen bis 1835 zurück. Er beginnt mit der »göttlichen Zeugung« der Seele, die man auf Gottes Schoß sieht. Ein Engel bringt die Seele vom Himmel herab zur Mutter. Zu dem männlichen Kind gesellt sich ein weiß gekleidetes Mädchen und seit Bild IV, dem »Frühling«, durchschreiten beide Kinder gemeinsam den Kreis des Lebens unter dem »Väterlichen Dach« (VI), erfahren die »Erste Kommunion« (X), ihre keusche Liebe. Auf dem »Flug der Seele« (XVI) zu dem »Ideal« (XVII) wird der Heranwachsende von seiner Beatrice geleitet. Abrupt und pessimistisch bricht der erste Zyklus ab; nachdem sich die junge Frau auf ihrem Höhenflug von ihrem Begleiter mit den Worten verabschiedet hat (»Lebwohl, denn dort, wohin ich gehe, kannst du mir nicht folgen«), sieht man den Jüngling in der freien Natur vor einem Kreuz mit einem Kranz weißer Rosen knien: »Wirklichkeit« (XVIII, *Réalité*). Später erweiterte Janmot den Zyklus um 16 Bilder, von denen er acht im Salon 1861, zwei im Salon 1868 ausstellte; die letzten entstanden in den 1870er Jahren (Elisabeth Hardouin-Fugier, *Le Poème de l'Âme. Étude iconologique,* Lyon 1977; mit Abb.). – *konfus und verworren:* Auch Janmots Freund, der Kunstkritiker Claudius Lavergne, bedauert, daß der Maler sich »in den nebulösen und abstrakten Vorstellungen des Idealismus verirrt« habe (*Exposition Universelle de 1855,* Paris 1855, 99). Chenavard, der 1854 lange mit Janmot bei einem Abendessen diskutierte, schrieb unmittelbar nach seinem Besuch der Ausstellung, daß ihm die »Grundidee recht obskur« erschienen sei, er aber von der »Poesie mancher Figuren« und der Keuschheit, Erhabenheit und Delikatesse des Ganzen angetan sei (zit. nach Hardouin-Fugier, 261). – *14 Passage du Saumon:* Nachdem zunächst die achtzehn Bilder mit Erfolg in Janmots Lyoneser Atelier den Freunden und Bekannten zugänglich gemacht waren, wurde in der Pariser Passage du Saumon unterhalb Montmartre am 22. April 1854 eine Ausstellung dieses Zyklus eröffnet. Ein Jahr später war er auf der Weltausstellung zu sehen. – *15 klerikale Presse:* Baudelaire spielt möglicherweise unter anderem auf einen positiven Artikel des Jesuiten Arthur Martin in *L'Univers* vom 4. und 9. Juni 1854 an. – *16 erhabene Verachtung:* Das sehr ungünstig gehängte Werk wurde wenig beachtet. Immerhin fand der Neoklassizist Delécluze die Kompositionen reizvoll: »sie lassen einen angenehm träumen, geben den Gedanken Nahrung« (257). Vorbehalte drückte er gegenüber der Ausführung aus und war sich darin mit Delacroix einig, der sie »barbarisch« nannte, obwohl er »bei Janmot einen bemerkenswerten Hauch Dantes« fand (*»parfum dantesque remarquable«; Journal*, 17. Juni 1855). – 18 Erklärung in Versen: 1854 veröffentlichte Janmot eine Broschüre mit Versen zu den einzelnen Gemälden. 1881 stellte er den Abbildungen des nunmehr erweiterten Gemäldezyklus die Texte direkt gegenüber. Der gesamte Text ist bei Hardouin-Fugier abgedruckt. Gautier, der den ersten Zyklus eingehend in *Le Moniteur universel* am 26. und 27. Mai 1854 besprach, notierte, daß »die Poesie nicht klarer ist als das Gemälde in seinen sibyllinischen Strophen«. Delécluze hingegen glaubte, »mehr aus den Versen des Dichters als aus der Betrachtung der Bilder zu lernen« (257). Die philosophischen Künstler insgesamt gaben gerne Erklärungen zu ihren Werken ab; so veröffentlichte Overbeck eine Broschüre zu seinem ›Triumph der Religion‹ und Cornelius zu seinen Fresken in Berlin. Janmot hob sich jedoch von ihnen durch seine Ambitionen als Dichter ab. – *26 plagte mein Geist sich ab:* Die weibliche Seele, die Janmot der männlichen zugesellte, ist, wie Dantes Beatrice, eine heilbringende Seelenführerin. In dem letzten Gedicht des zu Baudelaires Zeit noch nicht geschaffenen zweiten Teils tritt sie, nunmehr unmißverständlich Beatrix genannt, als Fürsprecherin in den himmlischen Gefilden auf und überbringt ihrem einstigen Gefährten, der heidnischen Versuchungen erlegen war, die göttliche Vergebung (XVI, *Sursum Corda*).

S. 266, 2 *Le Sueur:* An ihn erinnert sich Baudelaire anläßlich Amand Gautiers *Sœurs de charité* (s.o. zu S. 153, 25). – *3 spanischen Gemälden:* Baudelaire liebt die spanische Malerei, die er aus dem 1838 eröffneten Musée Espagnol kannte, und läßt seine Bewunderung immer wieder anklingen (siehe Bd. I, zu S. 128, 25; S. 259; s.o. S. 172, 14; 201, 26). – *4 schlimmen Unterweisung: Mauvaise instruction.* Der genaue Titel lautet *Le Mauvais Sentier* (Hardouin-Fugier, Abb. 7) und bezieht sich auf die an der Universität verbreiteten Lehren, die sich in einem gottlosen Rationalismus erschöpfen. Eng umschlungen schreiten die beiden jungen Menschen einen langen, durch die perspektivische Verengung unheimlich wirkenden Treppengang hinauf, vorbei an den in Nischen stehenden Professoren, die Schriften in den Händen halten. – *5 Alptraum: Cauchemar* ist das VIII. Gemälde, das dem eben erwähnten folgt (Hardouin-Fugier, Abb. 8). In einer piranesihaften Architektur, wie Gautier schrieb, flüchtet der Jüngling am Rande eines unvermittelt sich in die Tiefe öffnenden Fußbodens vor einer dunkel gekleideten Frau, die im vorausgehenden Gemälde figuriert und hier seine Gefährtin leblos in den Armen hält: sie verkörpert die Wissenschaft, die den Idealismus und den christlichen Glauben als Illusion entlarven und zerstören will. – *6 mystische Wanderung:* In dem XIV. Gemälde *Sur la Montagne* steigen die beiden jungen Menschen eine Bergschräge hinauf. Ihre Konturen heben sich von der Unendlichkeit des blauen Himmels ab, so daß der Eindruck mystischer, von der irdischen Welt entfernter Gefilde evoziert wird. Gautier erinnert an Balzacs »Séraphitus, der Minna 2000 Fuß oberhalb der Kälte Norwegens führt« (*Le Moniteur universel* 26./27. Mai 1854; s.o. zu S. 195, *34*).

NOTIZEN ZUR PHILOSOPHISCHEN KUNST

Die Manuskripte von Teil 1 und 2 befinden sich in der Pariser Bibliothèque Jacques Doucet. Der Aufbewahrungsort von Teil 3 ist unbekannt. Teil 1, 3 und der Anfang von Teil 2 wurden erstmals 1925 von Jacques Crépet in seiner Ausgabe von *L'Art romantique* veröffentlicht. Die Übersetzung folgt dem Text von Œ/Pléiade II.

S. 267, 4 *Geschichte der Menschheit:* Baudelaire resümiert Chenavards Projekt der Ausmalung des Pantheons (s.o. zu S. 264, *14*). – *5 Pan:* antiker Gott der Hirten, Naturgottheit, den Baudelaire offenbar mit der spontanen Lebenskraft eines Volkes verbindet, von der er zu Beginn seiner Rezension der Weltausstellung von 1855 spricht (Bd. II, S. 230, 5 f.). – *6 chimärische Ästhetik:* Baudelaire greift auf Gedanken zurück, die er 1846 von der »anarchischen Freiheit« des Individuums formuliert hatte: sie sei der Kraft der Gemeinschaft abträglich (Bd. I, S. 279, 9). – *9* Richard *Wagner* (1813-1883). Baudelaire drückte seine Begeisterung für Wagners Musik in einem langen Brief vom 17. Februar 1860 aus und in seinem Esssay ›Richard Wagner und *Tannhäuser* in Paris‹, der am 1. April 1861 in der *Revue européenne* erschien (siehe Bd. VII). – *11* Über Baudelaires Einstellung zur *Revolution* siehe Bd. II, S. 371, 396. – *17 Naivität:* Der Begriff besitzt bei Baudelaire eine positive Nuance (s.o. zu S. 152, *26*). – *24 Die Maler, die denken:* Diese Formulierung benutzte Baudelaire in seinem Brief an Calonne vom 10. November 1858; sie findet sich auch in einem Brief an Laprade vom 23. Dezember 1861. – *32 Der Mann mit dem Skorpion ...:* vermutlich die Titel dreier projektierter Prosagedichte; mit *Le Paradoxe de l'aumône* dürfte das Prosagedichte *La Fausse Monnaie* gemeint sein (Bd. VIII, S. 220).

S. 268, 2 *Lyoneser:* Einige der hier aufgezählten Namen finden sich bereits in dem vorausgehenden Entwurf über ›Die philosophische Kunst‹. – *6 Pierre-H. Révoil* (1776-1842), Schüler von Jacques-Louis David, Historienmaler, einer der führenden Künstler der sog. »Troubadour-Bewegung«. – *7* Jean-Claude *Bonnefonds* (1796-1860), Schüler von Révoil. – *8* Victor *Orsel* (1795-1850), zunächst ebenfalls Schüler von Révoil an der École des Beaux-Arts in Lyon; später studierte er bei Guérin in Paris, 1822-1830 in Rom, wo er von den Nazarenern beeinflußt wurde. – *9* Alphonse *Perin* (geb. 1798), Freund von Orsel. – *10* François-Claudius *Compte-Calix* (1813-1880), dessen »sentimentale Bilder« Baudelaire 1846 erwähnte (Bd. I, S. 261 und 465). – *11* Hippolyte *Flandrin:* s.o. zu S. 182, *20*. – *12* Simon *Saint-Jean* (1803-1860). Baudelaire hatte 1845 vom »äußerst widrigen Anblick« seines damals ausgestellten Gemäldes und 1846 von dessen »unerträglicher Pedanterie« gesprochen (Bd. I, S. 173, 272). – *13* Claudius *Jacquand* (1805-1878). Baudelaire tat 1845 seine Bilder ab als »Delaroches, zwanzigste Wahl« (Bd. I, S. 165). – *14 Boissieu:* Jean-Jacques Boissieu (1736-1810), Maler und Radierer. – *4 Laprade:* s.o. zu S. 262, *33*. – *5* Pierre-Simon *Ballanche* (1776-1847), Verfasser der *Essais de Palingénésie sociale* (1827). – *6* Amédée *Pommier*

(1804-1877), Verfasser von *Océanides et fantaisies* (1839) und von Gedichten auf Bildern aus dem Salon 1851 (in *L'Artiste* vom 1. Mai 1851). – *7 Soulary:* s.o. zu S. 262, *33*. – *8 Blanc Saint-Bonnet* (1815-1880), Schüler des eben erwähnten Ballanche, Verfasser eines Werkes *De l'Union spirituelle* (1841), in dem er die Gesetze der Konstituierung der menschlichen Gesellschaft und deren künftiger Entwicklung skizziert. Als überzeugter Katholik, der die Französische Revolution als Satanswerk ansah, stellt er die Kirche als Heilsbringerin der sonst dem Untergang geweihten Nation dar. Saint-Bonnet war einer der Redaktoren der *Revue des Deux Mondes*. – *9 Noirot:* s.o. zu S. 262, *33*. – *10 Pierre Dupont:* s.o. zu S. 263, *1*. – *11 De Gérando* (1772-1842), Philosoph. – *12* Jean-Baptiste *Say* (1767-1832), Nationalökonom, seit 1819 Professor in Paris – *13 Terrasson:* Name einer Lyoneser Familie. Baudelaire denkt vermutlich an den Abbé Jean Terrasson (1670-1750), der einen philosophischen Roman über das alte Ägypten, *Séthos* (1731), veröffentlicht hatte.

THEATER

DER MARQUIS VON DEN 1. HUSAREN

1887 Œuvres posthumes, hrsg. von Jacques Crépet; 1939 Œ P I, 89-100; Œuvres/Pl I.

Dieses Exposé war für Hippolyte Hostein, den Direktor des Théâtre du Cirque (des späteren Théâtre du Châtelet), bestimmt, dem es etwa im September/Oktober 1860 eingereicht wurde. Hostein bestätigte den Empfang in einem verlorengegangenen Brief, der offensichtlich keinerlei Aufmunterung zur Ausarbeitung des Stückes enthielt. Das Sujet entnahm Baudelaire einer Novelle seines Freundes Paul Gaschon de Molènes (1821-1862), aus dessen 1853 erschienenen *Caractères et récits du temps*. Die Novelle trägt dort den Titel *Les souffrances d'un houzard*. Da Baudelaires Bemühungen zu keinem Erfolg führten, stellte Molènes selber eine Bühnenfassung seiner Novelle her, die postum erschien, in dem Band *Les Caprices d'un régulier*. Nach dem frühen Tod von Molènes, der an den Folgen eines Reitunfalls starb, schrieb Baudelaire einen Nekrolog, der im März 1862 in der *Revue anecdotique* erschien (Bd. VII). – Pichois verzeichnet die Abweichungen Baudelaires von seiner Vorlage (Œuvres/Pl, I, 1664-1666).

S. 271, *8 Grafen von Artois:* der jüngste Bruder Ludwigs XVI. – *17* Charles de *Labédoyère* (geb. 1786), der 1815 als Verräter erschossen wurde. – *21* Michel *Ney* (1769-1815), Marschall Napoleons, der ebenfalls 1815 erschossen wurde, weil er sich, wie Labédoyère, nach Napoleons Rückkehr von Elba auf dessen Seite geschlagen hatte. – *31 Wagram:* In der Schlacht bei Wagram, am 6. Juli 1809, trug Napoleon einen entscheidenden Sieg über die Österreicher unter Erzherzog Karl davon.

S. 272, *1 Rückkehr des Kaisers:* von der Insel Elba, am 20. Februar 1815.

S. 273, *32 Chateaubriands Memoiren:* die 1849 erschienenen *Mémoires d'outre-tombe*.

S. 275, *22 Condés:* die Nachkommen Louis de Bourbons (1530-1569). Louis-Joseph prince de Condé emigrierte 1792 und bildete in Koblenz eine Emigrantenarmee.

S. 276, *14* Théodore *Géricault* (1791-1824), vor allem bekannt durch sein Gemälde *Das Floß der Medusa;* der von Baudelaire erwähnte *verwundete Kürassier (Cuirassier blessé, marchant à côté de son cheval),* ausgestellt im Salon von 1814, befindet sich heute im Louvre.

S. 277, *10 Charten:* Charte war die Bezeichnung für die neue Verfassung Frankreichs, die am 4. Juni 1814 in der feierlichen Sitzung bei der Eröffnung der Kammern bekannt gegeben wurde. – *34 Paphos ... Tivoli:* s. o. zu S. 252, 24.

S. 279, *4 Gardes du Corps:* die unmittelbar dem König unterstellten Leibwächterkompanien; jeder *garde du corps* hatte Hauptmannsrang. – *11 in Toulon gelandet:* von Elba aus.

Unter Baudelaires nachgelassenen Papieren haben sich noch folgende Aufzeichnungen über Theaterpläne erhalten:

I

THEATER

Der Katholik als Dandy.
Gegenstück zu Tartuffe.
Der vollkommene, liebenswürdige Katholik, der jedermanns Angelegenheiten zurechtbringt, nach der Art Hardouins (in Diderots Theaterstück).
Episodische Person oder Hauptperson?
D'Aurevilly lädt einen ein, mit ihm zur Kommunion zu gehn, wie ein anderer einen zum Abendessen einlädt.
– Wir werden zusammen zur Kommunion gehen, und wir werden zusammen niederknien, demütig, die Faust in die Seite gestemmt.
– Warum schauen Sie diesen Mädchen nach?
– Ich werde es bereuen.
– Anekdoten über d'Aurevilly und die Klosterfrau.

II

DRAMEN

Der Trunkenbold.
Der Marquis von den 1. Husaren.
Falkland (Caleb Williams).
Die ohne ihr Wissen ausgehaltene Frau.
Die klugen und die törichten Jungfrauen.
Geschichte der Räuber, während des Directoire.
Ein römisches Drama (der Republik oder der Kaiserzeit).
Ein Stück mit Frauen, doch ein wahrhaft dichterisches Stück.
Der Klub der Hahnreie.
Cäsars Jugend.
Ein Schauspiel über die Zigeuner.
Der Versprecher ohne Kredit.

III

Die ohne ihr Wissen ausgehaltene Frau.
Auch an ein romanhaftes Drama denken, an die verschiedenen Gebräuche der Völker, die Sklaverei, usw.

IV

Für die Milieus, Ausschmückungen und Dekorationen.
Unbestimmte dichterische Färbung.

Dennoch: Revolution.
Directoire.
Empire.
Restauration.

Ich bin einer von den Alten:
Mein Geschmack, was Bekleidungen,
Moden,
Möbel,
Frauen angeht.

Erster Druck 15. Februar 1936 und 15. Juli 1938 im Mercure de France, durch J. Crépet.

Hardouin: der Protagonist in Diderots (1713-1784) Komödie *Est-il bon? est-il méchant?*, für die Baudelaire sich 1854 bei Hostein, damals Direktor des Théâtre de la Gaîté, eingesetzt hatte. – Barbey *d'Aurevilly* liebte es, seinen Katholizismus ebenso wie seinen Dandysmus zur Schau zu stellen. – *Falkland:* der Held eines berühmten Romans von William Godwin (1756-1836), *Things as they are; or, the Adventures of Caleb Williams* (1794), eine leidenschaftliche Anklage gegen die bürgerlichen Institutionen, vor allem gegen die Strafgesetzgebung in England. – *IV:* Hier könnte es sich auch um Aufzeichnungen handeln, die sich auf geplante Romane und Novellen beziehen.

LITERATUR ZU DIESEM BAND

Verzeichnis der Siglen und Abkürzungen

I. Allgemein

Album	*Album Baudelaire,* Iconographie réunie et commentée par Claude Pichois, Bibliothèque de la Pléiade, Gallimard, Paris 1974.
AR	*L'Art romantique.*
B/Asselineau	*Baudelaire et Asselineau.* Textes recueillis et commentés par Jacques Crépet et Claude Pichois, Nizet, Paris 1953.
B/Contemporains	*Baudelaire devant ses Contemporains.* Témoignages rassemblés et présentés par W.T. Bandy et Claude Pichois, Coll. 10-18, Union Générale d'Édition, Paris 1967.
B/Crépet	*Baudelaire.* Étude biographique d'Eugène Crépet, revue et mise à jour par Jacques Crépet, Léon Vanier, Paris 1906; mehrere spätere Auflagen bei Messein.
B/Etudes	Claude Pichois, *Baudelaire.* Etudes et Témoignages, La Baconnière, Neuchâtel 1967.
B/Paris	Claude Pichois, *Baudelaire à Paris.* Photographies de Maurice Rué, »Albums littéraires de la France«, Hachette, Paris 1967.
B/Souvenirs	*Charles Baudelaire – Souvenirs, Correspondance, Bibliographie,* hrsg. von René Pincebourde, Pincebourde, Paris 1872.
B/Urteil	*Baudelaire im Urteil seiner Zeitgenossen.* Auswahl und Anordnung der Texte von W.T. Bandy und Claude Pichois, Übersetzung und Bibliographie von Felix Philipp Ingold und Robert Kopp, Insel Verlag, Frankfurt 1969 (deutsche Ausgabe von B/Contemporains).
Buba	*Bulletin baudelairien* publié par le Centre d'Études baudelairiennes, Vanderbilt University, Nashville/Tenn., U.S.A. Herausgeber: W.T. Bandy, James S. Patty, Raymond Poggenburg und, seit 1971, Claude Pichois.
CE	*Curiosités esthétiques.*
Corr/Conard	Charles Baudelaire, *Correspondance générale* Bd. I-VI, in: Œuvres complètes, Louis Conard, Paris 1947-1953.
Corr/Pl	Charles Baudelaire, *Correspondance,* texte établi, présenté et annoté par Claude Pichois, avec la collaboration de Jean Ziegler, Bd. I/II, Bibliothèque de la Pléiade, Gallimard, Paris 1973.
Etba	*Études baudelairiennes,* publiées sous la direction de Marc Eigeldinger, Robert Kopp et Claude Pichois, La Baconnière, Neuchâtel.
Expo 1957	Katalog der Ausstellung in der Bibliothèque Nationale, Paris 1957, aus Anlaß der Jahrhundertfeier des Erscheinens der *Fleurs du Mal.*

Expo 1968/69	Katalog der Baudelaire-Ausstellung im Petit Palais, Paris, November 1968-März 1969.
Ico	*Iconographie de Charles Baudelaire,* recueillie et commentée par Claude Pichois et François Ruchon, Pierre Cailler, Genf 1960.
Lemaitre	*Curiosités esthétiques. L'Art romantique et autres Œuvres critiques.* Textes établis avec introduction, relevé de variantes, notes et bibliographie par Henri Lemaitre, Garnier, Paris 1962.
Lettres/B	*Lettres à Baudelaire,* publiées par Claude Pichois avec la collaboration de Vincenette Pichois, La Baconnière, Neuchâtel 1973 (Etba IV/V).
Lloyd	Rosemary Lloyd, *Baudelaire's Literary Criticism,* Cambridge University Press 1981.
ŒP	*Œuvres posthumes et correspondances inédites,* hrsg. von Eugène Crépet, Paris 1887.
Œuvres/Conard	*Œuvres complètes* de Charles Baudelaire, hrsg. von Jacques Crépet (und Claude Pichois), Bd. I-XIX, Conard, Paris 1922-1953.
Œuvres/Pl	Baudelaire, *Œuvres complètes.* Texte établi, présenté et annoté par Claude Pichois, Bd. I/II, »Bibliothèque de la Pléiade«, Gallimard, Paris 1975/76.
PA	*Les Paradis artificiels.*
Pichois/Ziegler	Claude Pichois/Jean Ziegler, *Baudelaire, Biographie,* Julliard, Paris 1987.
PPP	*Petits Poëmes en prose.*
RDM	*Revue des Deux Mondes.*

In den Anmerkungen finden folgende Siglen Verwendung: *Dr* (Druck), s.o./s.u. (Verweis auf den Anmerkungsteil dieses Bandes), *T* (Titel), *Var* (Variante).
Bandangaben in römischen Ziffern verweisen auf die übrigen Bände dieser Ausgabe.

II. Zur bildenden Kunst

About 1855	Edmond About, *Voyage à travers l'Exposition des Beaux-Arts. Peinture et sculpture,* Paris, Hachette, 1855.
Adhémar	Jean Adhémar, *Europäische Graphik im 18. Jahrhundert,* Bertelsmann, Gütersloh o.J. (ca. 1963).
Astruc	Zacharie Astruc, *Les 14 Stations du Salon 1859, suivies d'un récit douloureux,* Paris 1859.
Aubert	Maurice Aubert, *Souvenirs du Salon de 1859 (...) et un résumé sommaire des critiques contradictoires extraites des journaux et revues,* Paris 1859.
B/Colloque	*Baudelaire. Actes du Colloque de Nice, 25-27 mai 1967.* (Annales de la Faculté des Lettres et Sciences Humaines de Nice, n°s 4-5), Paris, Minard, 1968, 79-88.

Bortolatto — Luigina Rossi Bortolatto, *Das gemalte Gesamtwerk von Delacroix,* Luzern–Wien–Freudenstadt 1975.

Calvet-Sérullaz — Arlette Calvet-Sérullaz, *À Propos de l'Exposition Baudelaire: L'Exposition du Bazar Bonne-Nouvelle de 1846 et le Salon de 1859,* in: Bulletin de la Société de l'histoire de l'art français, Jg. 1969, Paris 1971, 123-134 (9 Abb.).

Castagnary — Jules Antoine Castagnary, *Salon de 1859,* in: Castagnary, *Salons (1857-1870),* Paris 1892, 66-99.

Castex — Pierre-Georges Castex, *Baudelaire critique d'art, Étude et album,* Paris 1969 (52 Abb.).

Chesneau — Ernest Chesneau, *Libre Étude sur l'art contemporain. Salon de 1859,* in: Revue des races latines, XIV, 1859, 11-168.

Delacroix — *Journal d'Eugène Delacroix,* hrsg. von André Joubin, Avant-propos von Jean-Louis Vaudoyer. Paris ²1960, I-III.

Delécluze — Étienne-Jean Delécluze, *Les Beaux-Arts dans les deux mondes en 1855,* Paris, Charpentier, 1856.

Drost 1971 — Wolfgang Drost, *Kriterien der Kunstkritik Baudelaires,* in: Beiträge zur Theorie der Künste im 19. Jh.; hrsg. von H. Koopmann und J.A. Schmoll gen. Eisenwerth, Frankfurt 1971, 256-85 (22 Abb.). (Erweiterter Nachdruck in: Baudelaire, hrsg. von A. Noyer-Weidner, Darmstadt 1976, 410-442).

Du Camp — Maxime Du Camp, *Le Salon de 1859,* Paris 1859.

Dumas — Alexandre Dumas, *L'Art et les artistes contemporains au Salon de 1859,* Paris 1859.

Dumesnil — Henri Dumesnil, *Le Salon de 1859,* Paris 1859.

Du Pays — Augustin-Joseph Du Pays, *Salon de 1859,* in: L'Illustration, Paris, XXXIII, 1859, 246, 267-270, 275-278, 299-302, 339-342, 387-390, 413-414, 435-438, 459-462; XXXIV, 19-22, 59-62, 75-78, 92-94, 115-118, 134.

Finke — *French 19th Century Painting and Literature,* hrsg. von Ulrich Finke, Manchester 1972.

Fouquier — Henry Fouquier, *Lettres sur le Salon de 1859. Les Artistes Marseillais au Salon de 1859,* in: Henry Fouquier, *Études artistiques,* Marseille 1859, 1-79.

Fournel — Victor Fournel, *Le Salon de 1859,* in: Le Correspondant, XLVII, 1859, 145-166, 266-282.

Gautier 1855 — Théophile Gautier, *Les Beaux-Arts en Europe 1855,* 2 Bde., Paris 1856.

Gautier 1859 — Théophile Gautier, *Exposition de 1859,* in: Le Moniteur universel, 18., 23. und 30. April; 7., 21. und 23. Mai; 3., 11., 16., 18., 23., 25. und 29. Juni; 1., 6., 7., 13., 20. und 29. Juli; 3., 6., 15. und 23. August; 4. und 21. September; 10. Oktober 1859.

Gilman — Margaret Gilman, *Baudelaire the Critic,* New York 1943 (Reprint 1971).

Hardouin-Fugier	Elisabeth Hardouin-Fugier, *Le Poème de l'âme par Janmot.* Étude iconologique, Lyon 1977.
Houssaye	Arsène Houssaye, *Salon de 1859,* in: Le Monde Illustré, 16., 23. und 30. April; 7., 14., 21. und 28 Mai; 4., 11., 18. und 25. Juni; 23. Juli 1859, IV, 246–247, 263-265, 279-282, 294-295, 311-314, 327-330, 343-346, 359-362, 375-378, 391-394, 406-416; V, 54-58.
Mantz 1855	Paul Mantz, *Salon de 1855,* in: Revue Française, Jg. 1, II, 1855, 21-29, 69-80, 122-134, 165-177, 219-229, 257-268, 358-371, 457-466, 510-521, 565-567, 598-608.
Mantz 1859	Paul Mantz, *Salon de 1859,* in: Gazette des Beaux-Arts, I, 1859, 129–141, 193-208, 271-299, 350-371; II, 1859, 21-39.
Mayne I	*Art in Paris 1845-1862, Salons and other Exhibitions Reviewed by Charles Baudelaire,* übers. u. hrsg. von Jonathan Mayne, London, Phaidon Press, ^{2}1965 (72 Abb.).
Mayne II	*The Painter of Modern Life and other Essays by Charles Baudelaire,* übers. u. hrsg. von Jonathan Mayne, London, Phaidon Press, 1964.
Perrier	Charles Perrier, *Le Salon de 1859,* in: Revue Contemporaine, IX, 1859, 287-324.
Perrin	Émile Perrin, *Salon de 1859,* in: Revue Européenne, 1859, II, 860-878; III, 408-415, 650-657, 869-880; IV, 166-176.
RDM	Revue des Deux Mondes.
Rheims	Maurice Rheims, *La Sculpture au XIXe siècle,* Arts et métiers graphiques, Paris 1972.
Roger-Marx	Claude Roger-Marx, *Constantin Guys, 1802-1892,* Paris, Editions Braun 1949.
Romantics to Rodin	*The Romantics to Rodin. French Nineteenth-Century Sculpture from North American Collections,* hrsg. von Peter Fusco und H.W. Janson. Ausstellung Los Angeles, County Museum, 1980.
Rousseau	Jean Rousseau, *Le Salon à vol d'oiseau,* in: Revue des Beaux-Arts, 29e année, X, 1859, 227-230, 269-274.
Silvestre 1878	Théophile Silvestre, *Les Artistes français. Études d'après nature,* Paris 1878.
Silvestre 1926	*Les Artistes français; I, Romantiques; II, Éclectiques et réalistes,* Paris ^{7}1926 (1. Aufl. Paris 1856).
Sloane	Joseph C. Sloane, *Paul-Marc-Joseph Chenavard, Artist of 1848,* Chapel Hill, N.C. 1962.
Sterling/Adhémar	Charles Sterling/Hélène Adhémar. *Musée National du Louvre. Peintures. École française du XIXe siècle, Bd. I-IV,* Paris 1958-61.
Stevens	Mathilde Stevens, *Impressions d'une femme au Salon de 1859,* Paris 1859.
Streiff 1956	Bruno Streiff, *Constantin Guys, 1802-1892,* Ausstel-

lungskatalog der Marlborough Fine Art Ltd, London 1956.

Streiff 1985 — Bruno Streiff, *Constantin Guys, Zeichnungen und Aquarelle,* Ausstellungskatalog des Graphischen Kabinetts Wolfgang Werner KG, Bremen 1985/86. (Der Band enthält auch Abbildungen und Angaben zu Toulouse-Lautrec.)

Viardot — Louis Viardot, *Les Musées de France,* Paris, Hachette, ²1860 (1. Aufl. Paris, L. Maison 1855).

PERSONENREGISTER

Abbatucci, Jacques-Pierre-Charles 27, 290
Achmet Pascha 234
Amaury-Duval (E. E. Pinieu-Duval) 182, 347
Anastasi, Auguste Paul-Charles 187, 351
Ancelle, Narcisse Désiré 13, 14 f., 17, 22, 24, 35, 37, 39 f., 42 f., 44, 45, 288 f.
Ariosto, Ludovico 154
Aristoteles 152, 328
Asselineau, Charles 9, 19, 77-82, 287, 289, 299 f., 327, 332
Augier, Émile 303
Aupick, Caroline (Dufaÿs) 12, 14, 18, 22, 24, 27, 29, 31, 33 ff., 39, 41, 43, 45, 52, 62, 288 ff.
Aupick, James 25, 30, 33 f., 291

Ballanche, Pierre-Simon 268, 392
Balzac, Honoré de 32, 67, 87, 91 f., 99, 102 f., 217, 287, 297 f., 303, 373
Bandinelli, Baccio 135, 318
Baraguay-d'Hilliers, Achille 234, 377
Barbara, Charles 68, 298
Barbey d'Aurevilly, Jules 67, 290, 294, 297, 375, 379, 381, 396
Barbier, Henri-Auguste 86, 91, 298, 302
Baron, Henri 170, 310, 339
Barthélemy, Jean-Jacques 160, 333
Bassano, Jacopo (?) 135, 318
Baud, Jean-Marc 179, 346
Baudelaire, Claude-Alphonse 31, 290
Baudouin, Pierre-Antoine 164, 336
Baudry, Paul 172, 341
Becquet, Just 201, 363
Belly, Léon 187, 351
Bernardin de Saint-Pierre, Jacques-Henri 117, 306
Bertin, Jean-Victor 132, 316
Besson, Faustin 184, 349
Biard, François 135, 164, 317
Bida, Alexandre 173, 342
Billault, Auguste 27, 115, 290, 306
Blanc Saint-Bonnet 268, 393
Boissieu, Jean-Jacques 268, 392
Bonaparte, Prinzessin Mathilde 27, 290
Bonington, Richard Parkes 131, 143, 316
Bonnefonds, Jean-Claude 268, 392
Bonvin, François 184, 348
Borel, Petrus 299
Bossuet, Jacques-Bénigne 213, 294, 371
Boudin, Eugène 192 f., 309, 356 f.
Bouffé, Marie 230, 376
Boulanger, Louis 143, 323
Breton, Jules 187, 351
De Broise, Eugène 54, 289
Brummell, George Bryan 244, 380
Buffon, Georges Louis Leclerc de 77, 300
Bulwer Lytton, Edward George 68, 298
Butté (Stefano Butti) 202, 363
Byron, James Gordon Lord 68, 115 f., 154, 244, 298, 330, 381

Caffieri, Jean-Jacques 205, 365
Callot, Jacques 177, 344
Calonne, Alphonse de 53, 55, 294 f., 317
Canova, Antonio 201, 362
Canrobert, François 233, 377
Cantel, Henri 151 f., 327
Carrier-Belleuse, Albert-Ernest 205, 364
Castille, Hippolyte 9 f., 287
Catlin, George 175, 196, 199, 322, 343, 361, 369
Cattermole, George 106, 128, 314
Cazotte, Jacques 138, 320
Chalon, John James 106, 128, 313
Champagne, Philippe de 153, 329
Champfleury (Jules Fleury-Husson) 124, 298, 307, 328, 382, 387, 389
Chaplin, Charles 169, 184, 339

Charlet, Nicolas-Toussaint 166, 241, 337, 379
Chateaubriand, François-René de 59, 87, 91, 99, 108, 116, 158, 241, 294, 296, 306, 317, 331 f., 379 f.
Chenavard, Paul 130, 182, 259, 262 f., 264 ff., 315, 348, 384, 389 f.
Chénier, André 91, 303
Chesneau, Ernest 309, 326
Chifflart, François Nicolas 174, 342
Chintreuil, Antoine 187, 308, 351
Choderlos de Laclos, Pierre-Ambroise-François 21, 113, 289, 305
Christophe, Ernest 207, 361, 366
Cladel, Léon 326
Claude, s. Lorrain, Claude
Clésinger, Auguste 170 f., 192, 200 f., 340, 355, 385
Cockerell, C. R. 106, 304
Coleridge, Samuel Taylor 310, 322, 324
Commerson, Louis-Auguste 206, 365
Compte-Calix, François-Claudius 268, 392
Comte, Auguste 326
Condé (Familie der) 275, 394
Corneille, Pierre 91, 326
Cornelius, Peter 260, 386
Corot, Camille 189 f., 376
Correggio (Antonio Allegri) 172, 342
Cousin, Victor 303, 372
Coustou, Guillaume 199, 205, 361
Crébillon, Claude-Prosper Jolyot de 306
Crowe, Catherine 145, 323 f.
Curtius 203, 363
Custine, Astolphe marquis de 67, 242, 297

Daguerre, Jacques 319 f., 360
Dante, Alighieri 154, 330
Daubigny, Charles 187 f., 308, 351
Daumier, Honoré 130, 217, 230, 304, 316, 376
David, Jacques Louis 130 f., 181, 210, 315, 347
David d'Angers (Pierre-Jean David) 210, 367
Debucourt, Philibert-Louis 213, 257, 371
Delacroix, Eugène 129 f., 131, 143, 151, 153 f., 155 ff., 160, 169, 175, 196, 308, 312, 322, 324, 329 f., 331 f., 359, 369, 376, 390
Delaroche, Paul 164, 325
Denis, Maurice 310
Denneval (Hotelbesitzer) 41, 42, 291
De Quincey, Thomas 28, 290, 300, 374
Devéria, Achille 143, 217, 258, 323, 373
Devéria, Eugène 143, 169, 323, 339
Dézobry, Louis-Charles 160, 333
Diaz de la Pena, Narcisse 172 f., 341
Dickens, Charles 68, 298
Dubarry, Madame 249, 382
Dürer, Albrecht 261 f., 387
Dumas, Adolphe 56, 295
Dumas, Alexandre 138, 143 f., 167, 303, 308, 320, 322 f.
Dumas, Alphonse 56
Dupont, Pierre 263, 268, 302, 388
Duranty, Edmond 321, 326
Duval, Jeanne 15 f., 18, 52, 288 f., 294

Émon, Jean-Louis 28, 30 f., 290
Erasmus 183, 348

Féval, Paul 68, 298
Feydeau, Ernest 49, 293
Flandrin, Hippolyte 182, 268, 348
Flaubert, Gustave 65-76, 291, 297 f.
Fould, Achille 27, 290
Fourier, Charles 8, 287
Fournier, Edouard 163, 334
Français, François-Louis 187, 308
Franceschi, Jules (Louis Julien) 200, 362
Francin, Claude 205
Frémiet, Emmanuel 204 f., 364
Fromentin, Eugène 129, 175 f., 195, 318, 333, 342 f.
Füßli, Johann Heinrich 106, 128, 313

Gautier, Amand 152 f., 327 f., 391
Gautier, Théophile 51, 54, 56, 58, 83-112, 131, 160, 293 f., 301 ff.,

308, 316, 318, 327 f., 333 f., 388, 391
Gavarni, Sulpice-Guillaume Chevalier 217, 258, 373
Gérando, Joseph-Marie de 268, 393
Gérard, François 181, 347
Géricault, Théodore 276, 394
Gérôme, Jean-Léon 163 f., 165, 328, 334 f.
Girardin, Émile de 131, 316
Girodet-Trioson, Anne-Louis 131, 316
Glatigny, Albert 62, 296
Goethe, Johann Wolfgang v. 108, 154, 330
Grant, Francis 106, 128, 313
Gros, Antoine-Jean 131, 316
Guérin, Pierre Narcisse 131, 316
Gouézou, Joseph 317
Guys, Constantin (»M. G.«) 61, 218-258, 322, 368 ff., 373 ff.

Hamon, Jean-Louis 334
Hatin, Eugène 114, 305
Havin, Joseph 21, 289
Hébert, Émile 206 f., 317, 365
Hébert, Ernest 171, 340
Heim, François 184, 348
Hildebrandt, Eduard 195, 309, 359
Hoffmann, E.T.A. 81, 293, 300, 322
Hogarth, William 262, 388
Holbein, Hans d. J. 181, 183, 261, 347 f., 387
Hood, Thomas 161, 334
Hook, James Clarke 106, 128, 313
Hostein, Hippolyte 271, 394
Houdon, Jean-Antoine 205, 365
Houssaye, Arsène 315, 361
Huet, Paul 191, 309, 354
Hugo, Victor 46, 56, 86 f., 91, 99, 106, 108, 194, 196, 287, 292, 294 f., 301, 309, 322, 327, 335, 354, 358 ff., 369, 372
Hunt, William Henry 312
Hunt, William Holman 106, 128, 312, 314
Hunt, William Morris 106, 128, 312

Ingres, Jean-Auguste-Dominique 164, 182 f., 227, 335

Jacquand, Claudius 268, 392
Jaquotot, Antoine 33, 45 f., 291 f.
Jadin, Louis-Godefroy 191, 355
Janmot, Louis 262, 265, 268, 390 f.
Jean Paul Friedrich Richter 78, 300

Kaulbach, Wilhelm von 152, 260, 328, 385 f.
Kean, Edmund 128, 314
Kendall, Henry Edward 106, 304, 314
Kock, Charles-Paul de 68, 206, 298, 365 f.

Labédoyère, Charles de 271, 394
La Bruyère, Jean de 180, 211, 222, 253, 346, 372 f.
Lacour, Louis 294
La Fontaine, Jean de 167, 263, 306 f.
Lamartine, Alphonse de 86, 302
La Mésangère, Pierre 294, 372
Lami, Eugène 169, 217, 256, 258, 339, 373
Landseer, Edwin Henry 106, 304
Laprade, Victor de 54, 262, 268, 293 f., 388
Lavieille, Eugène 191, 309, 354
Lawrence, Thomas 106, 181, 246, 313, 347, 381
Le Bourgignon, Jacques Courtois 228, 376
Le Brun, Charles 130, 315
Ledru-Rollin, Alexandre-Auguste 264, 389
Legros, Alphonse 152, 326 f.
Lehmann, Henri 182, 347
Leighton, Frederick 179, 312, 346
Lemaître, Frédérick 230, 376
Le Roux, Charles 187, 308, 351
Leslie, Charles Robert 106, 128
Le Sueur, Eustache 153, 235, 266, 328 f., 377, 391
Lévy, Michel 13, 15, 20, 288 f.
Leys, Hendrik 176, 343
Lies, Josef Hendrik Hubert 176, 343
Loève-Veimars 48, 293
Lorrain, Claude (Claude Gellée) 106, 128, 313
Louis-Philippe 69, 389
Ludwig XV. 248
Lullus, Raimundus 97, 304

Maclise, Daniel 106, 128, 313 f.
Macready, William Charles 128, 314
Maistre, Joseph de 8, 115, 245, 287 f., 306, 381
Manes 205, 364
Manet, Edouard 369 f.
Mariette (Kindermädchen) 33, 291
Martin, John 309
Maturin, Charles Robert 205, 364
Maurin, Nicolas-Eustache bzw. Antoine 217, 373
Meissonier, Ernest 131, 316
Mérimée, Prosper 27, 290
Méryon, Charles 60, 194 f., 294, 357
Meurice, Paul 56, 294
Michelangelo Buonarroti 116, 135, 199 f., 318
Michelet, Jules 61, 262, 296, 303 f., 388
Millais, John Everett 106, 128, 312 ff.
Millet, Jean-François 188, 308, 352
Minot, Eugène 17, 288
Mistral, Frédéric 54, 56, 294
Molènes, Paul de 61, 296, 378, 394
Monselet, Charles 294
Moreau, Gustave 310
Moreau, Jean Michel 257, 383
Morel, Jean 311, 317
Murger, Henri 298, 382
Musset, Afred de 91, 294, 303

Nadar (Félix Tournachon) 309, 311, 333
Nanteuil, Célestin 169, 339
Napoleon III. 238, 287, 334, 377 f.
Nerciat, Andréa de 115, 306
Nerval, Gérard de 320
Ney, Michel 271, 394
Niepce, Nicéphore 319
Noirot, Abbé 262, 268, 388
Numa (Pierre-Numa Bassaget) 217, 373

O'Connell, Frédérique-Emilie-Auguste 186, 350
Oliva, Alexandre-Joseph 205, 365
Omer Pascha 233, 377
Orsel, Victor 268, 392
Otto, König 237, 378
Overbeck, Johann Friedrich 260, 386, 391
Ovid 332 f.

Pascal, Blaise 156, 331
Paton, Joseph Noël 106, 128, 313
Pelletier, Jules 48, 293
Pelloquet, Théodore 302
Penguilly-L'Haridon, Octave 129, 167, 177 ff., 337, 345
Perin, Alphonse 268, 392
Perrault, Charles 83, 302
Philippe d'Orleans 305
Pietri (Polizeipräfekt) 27, 290
Pigalle, Jean-Baptiste 205, 365
Pils, Isidore Alexandre A. 166, 337
Plée, Léon 21, 289
Poe, Edgar Allan 17, 28, 48, 55, 60 f., 287 f., 290, 300, 303 f., 318, 324, 374
Pommier, Amédée 268, 392
Poterlet, Hippolyte 323
Poulet-Malassis, Paul-Emmanuel-Auguste 20, 51, 54, 60, 289, 293 ff., 300 f.
Préault, Auguste (Antoine Augustin) 130, 210, 315, 366
Proudhon, Pierre-Joseph 293
Prouha, Pierre-Bernard 205, 365
Prud'hon, Pierre Paul 172, 342
Puget, Pierre 205, 365

Racine, Jean Baptiste 88, 117, 213, 371
Raffael 156, 183, 213, 227, 331, 371
Raffet, Auguste 166, 337
Redon, Odilon 310
Rembrandt 184 f., 349
Rethel, Alfred 260, 265, 386
Révoil, Pierre-H. 268, 392
Reynolds, Joshua 106, 128, 181, 246, 313, 347, 381
Ribera, Jusepe de 201, 363
Ricard, Louis-Gustave 130, 184 ff.
Robespierre, Maximilien de 193
Romano, Guilio (Pippi) 135, 318
Rossetti, Dante Gabriel 312
Rousseau, Jean 292, 330
Rousseau, Jean-Jacques 218, 306, 374 f.

Rousseau, Théodore 189, 308, 350, 353
Rubens, Peter Paul 147, 325, 375
Rude, François 201, 207, 363

Sabatier, Aglaé-Apolonie 316, 340, 349
Sade, Donatien-Alphonse-François marquis de 115, 306, 381
Said Pascha, Sultan 236
Saint-Aubin, Charles-Germain de 213, 257, 371
Sainte-Beuve, Charles-Augustin 27, 47, 91, 120, 290, 292 f., 306
Saint-Jean, Simon 268, 392
Sand, George 115, 123, 293
Say, Jean-Baptiste 268, 393
Scheffer, Ary 174, 315, 342
Scott, Walter 74, 154, 299, 330
Seigneurgens, Ernest 317
Shakespeare, William 108, 154, 205, 330
Sheridan, Richard 244, 381
Sue, Eugène 68
Soulary, Joséphin 262, 268, 388
Soulié, Frédéric 68, 298
Stendhal (Henri Beyle) 117, 216, 306, 327
Sterne, Laurence 327
Sue, Eugène 304
Swedenborg, Emanuel 287, 311

Tabar, François Germain Léopold 168, 338
Talbot, William H. Fox 319
Tassaert, Octave 217, 373
Tasso, Torquato 154, 330
Tennyson, Alfred 234, 377
Terrasson, Abbé Jean 268
Thackeray, William Makepeace 218, 373
Thérond, Emile 293, 301
Thierry, Edouard 290
Thiers, Adolphe 155, 331
Thoré, Théophile 317
Tizian 185, 213, 217, 331, 371
Toussenel, Alphonse 7, 287
Traviès, Charles-Joseph 217, 373
Trimolet, Joseph-Louis 217, 373
Troyon, Constant 132, 143, 188 f., 323 f., 353

Valdès-Leal, Juan de 109, 305
Valère (Diener) 24, 289
Van der Meulen, Adam 228, 376
Van Dyck, Anthonis 184, 228, 349, 376
Vauban, Sébastien Le Prestre de 113, 305
Velasquez, Diego de Silva 172, 181, 341
Vergil 130, 315
Vernet, Carle 257 f., 383
Vernet, Horace 166, 232, 315, 325, 337, 376
Veronese, Paolo 135, 156, 317, 331, 375
Vigny, Alfred de 91, 303
Villemessant, Hippolyte Cartier de 46, 292
Voltaire 287, 289

Wagner, Richard 267, 392
Watteau, Antoine 106, 128, 169, 230, 313, 376
Wattier, Charles 169, 217, 339, 373
Winckelmann, Johann Joachim 246

Zurbarán, Francisco de 109, 305

ABBILDUNGEN

1 Baudelaire par lui-même, Federzeichnung mit Rötel (um 1860); Sammlung Armand Godoy, Lausanne
2 Eugène Delacroix, Ovide en exil chez les Scythes, Öl (1859); National Gallery, London; S. 158 f.
3 Octave Penguilly-l'Haridon, Les petites Mouettes; rivage de Belle-Isle-en-mer, Port Donan, Öl (Salon 1859); Musée des Beaux-Arts, Rennes; S. 159
4 Eugène Fromentin, Une Rue à El Aghouat, Öl (Salon 1859); Musée de Douai
5 Alfred Rethel, Der Tod als Erwürger. Erster Auftritt der Cholera auf einem Maskenball in Paris 1831, Holzschnitt, aus: »Auch ein Todtentanz aus dem Jahre 1848« (1852); S. 261
6 Ernest Christophe, La Danse macabre, statuette (um 1859); S. 208 ff.
7 Amand Gautier, Les Sœurs de charité, Öl (1859); Palais des Beaux-Arts, Lille; S. 153
8 Georges Rouault, Baudelaire, Lithographie (1926); Privatbesitz, Paris
9 Charles Asselineau, Photographie von Nadar; Archives photographiques, Paris
10 Alexandre Bida, Prédication maronite dans le Liban, Öl; Bibliothèque nationale, Paris; S. 173
11 Eugène Delacroix, La Descente au tombeau, Öl; Nationalmuseum der abendländischen Kunst, Tokyo; S. 157
12 Joseph Lies, Les Maux de la guerre, Öl (1858); Musées Royaux des Beaux-Arts, Brüssel; S. 176 f.
13 Théophile Gautier, Porträtstich von Félix Bracquemond (1859); Bibliothèque nationale, Paris
14 Gustave Flaubert, Photographie von Nadar (um 1860); Bibliothèque nationale, Paris
15 Jean-Léon Gérôme, La Mort de César, Öl; Walters Art Gallery, Baltimore; S. 165
16 Wilhelm von Kaulbach, Das Narrenhaus, Stahlstich von Caspar Heinrich Merz; Stadtmuseum, München; S. 260
17 Charles Méryon, La Stryge, Radierung; S. 194 f.
18 Charles Méryon, Le Pont Neuf, Radierung; S. 194 f.
19 Charles Méryon, Tourelle rue de l'École-de-Médecine, Radierung; S. 194 f.
20 Der sechzigjährige Constantin Guys, Photographie von Nadar, Paris
21 Constantin Guys, Abendgesellschaft, aquarellierte Federzeichnung; Privatbesitz; S. 251
22 Constantin Guys, Spazierfahrt im Bois de Boulogne, aquarellierte Federzeichnung; Privatbesitz; S. 256-258
23 Constantin Guys, Französische Kavallerie im Krimkrieg; aquarellierte Federzeichnung; Privatbesitz; S. 232-236
24 Constantin Guys, Zwei Koketten; aquarellierte Federzeichnung; Musée Carnavalet, Paris; S. 251 ff.
25 Constantin Guys, Studienblatt aus der Zeit des Krimkriegs, grau getönte und aquarellierte Federzeichnung; Privatbesitz; S. 232-236

26 Constantin Guys, Türkische Dame mit Sonnenschirm, aquarellierte Federzeichnung; Privatbesitz

27 Constantin Guys, Der Künstler im Gespräch mit Barmherzigen Schwestern im Hospital von Pera (»My humble self«), aquarellierte Federzeichnung; Musée des Arts Décoratifs, Paris; S. 225

28 Constantin Guys, Zwei Reiter, aquarellierte Federzeichnung; Musée du Petit Palais, Paris; S. 236f.

INHALTSVERZEICHNIS

BRIEFE 5

SCHRIFTEN ZUR LITERATUR

»Madame Bovary« von Gustave Flaubert 65
»La Double Vie« von Charles Asselineau 77
Théophile Gautier 83
Notizen über »Die gefährlichen Liebschaften« 113

SCHRIFTEN ZUR KUNST

Der Salon 1859 127
Der Maler des modernen Lebens 213
Die philosophische Kunst 259

THEATER

Der Marquis von den 1. Husaren 271

ANHANG

Zu diesem Band 285
Anmerkungen zu den Briefen 287
Anmerkungen zu den Schriften zur Literatur
- »Madame Bovary« 297
- »La Double Vie« 299
- Théophile Gautier 301
- Notizen über »Die gefährlichen Liebschaften« 305

Anmerkungen zu den Schriften zur Kunst
- Der Salon 1859 308
- Der Maler des modernen Lebens 368
- Die philosophische Kunst 384

Anmerkungen zum Theater
- Der Marquis von den 1. Husaren 394

Literatur zu diesem Band 397
Personenregister 402
Verzeichnis der Abbildungen 407

Charles Baudelaire
Sämtliche Werke/Briefe

Band 6

Charles Baudelaire
Sämtliche Werke/Briefe

In acht Bänden

Herausgegeben von
Friedhelm Kemp und Claude Pichois
in Zusammenarbeit mit
Wolfgang Drost

Band 6

Zweitausendeins

Les Paradis artificiels
Die künstlichen Paradiese

Übersetzung und Kommentar von Friedhelm Kemp.

Lizenzausgabe mit freundlicher Genehmigung
des Carl Hanser Verlages.

Herstellung der Lizenzausgabe:
Dieter Kohler & Bernd Leberfinger, Nördlingen.
Druck: Brönner & Daentler, Eichstätt.
Einband: G. Lachenmaier, Reutlingen.
Umschlag: Angelo Marabese.

Diese Ausgabe gibt es nur bei Zweitausendeins im Versand (Postfach, D-60381 Frankfurt am Main) oder in den Zweitausendeins-Läden in Berlin, Essen, Frankfurt, Freiburg, Hamburg, Köln, München, Nürnberg, Saarbrücken, Stuttgart.

In der Schweiz über buch 2000,
Postfach 89, CH-8910 Affoltern a. A.

ISBN 3-86150-094-9

BRIEFE
1858-1860

AN MADAME AUPICK

[Paris,] Donnerstag, 13. Mai 1858

Noch nie ist mir eine solche Begabung vorgekommen, sich in Aufregung zu versetzen. Und was für eine wunderliche Anwandlung, mir zu predigen, daß es in meinem Interesse läge, zu Dir zu ziehen! Ich weiß das sehr wohl; doch mich leitet ein höheres Gefühl.

Meine Absicht ist also immer noch die gleiche. Es besteht also kein Anlaß, Deine Briefe mit *Deine arme Mutter* zu unterschreiben und mir Vorwürfe zu machen, ich hätte Dir viel geschrieben, als ich so unruhig war, und ich schriebe Dir nicht mehr, seit ich es nicht mehr bin. Das alles, liebe Mama, ist gleicherweise ungerecht.

Ich lebe immer noch in Unruhe, und ich habe meinen Vorsatz niemals aufgegeben.

Es war nicht recht von mir, Dich nicht laufend über meine Angelegenheiten zu unterrichten, und es war vor allem verkehrt, nicht gleich nach meiner Rückkehr aus Corbeil nach Honfleur aufzubrechen. Ich wäre freilich genötigt gewesen, anläßlich der Veröffentlichung meines Buches für drei oder vier Tage nach Paris zurückzukehren; dafür hätte ich aber bereits jenes so ruhige Leben begonnen, wonach mich von ganzem Herzen verlangt.

Hier in zwei Worten die Erklärung meines Aufschubs:

Als dieses Buch ausgeliefert wurde, hat es mich natürlich noch einige Tage festgehalten. – Danach habe ich mir in den Kopf gesetzt, meinen *Mangeur d'Opium* in Paris abzuschließen, vor allem, um den Erlös dafür vor meiner Abfahrt zu erhalten. 1000 Francs beim *Moniteur* (doch beim *Moniteur* zaudert man, die Bizarrerie des Werkes erschreckt sie) oder aber 600, vielleicht nur 500 in einer kleinen Zeitschrift; da ich noch einige Kleinigkeiten bezahlen möchte, habe ich mir dies, wie gesagt, in den Kopf gesetzt. – Um das Maß voll zu machen, war Monsieur Mérimée, auf den ich für diese Angelegenheit (und für eine andere, sehr viel gewichtigere) gezählt hatte, nicht in Paris; er ist erst gestern morgen aus England zurückgekehrt.

Mein Vorsatz ist nach wie vor unveränderlich der gleiche. Wie konntest Du nur auf so was verfallen? – Was jene andere, noch sehr viel gewichtigere Angelegenheit betrifft, so bitte ich Dich um Erlaubnis, mein Geheimnis noch ein paar Tage hüten zu dürfen; in vielen Fällen möchte ich mir Deine Ratschläge ersparen; ich möchte mich verhalten, wie es mir behagt; zu meiner Entlastung werde ich Dir meinen Fehlschlag erzählen, wenn die Sache schiefgeht.

Sobald also über das *Opium* eine Vereinbarung zustande gekommen ist, werde ich Dir schreiben und Dir den Tag nennen, an dem ich endgültig zu Dir ziehen werde.

Um Dir ein Zeichen zu geben, daß ich an Dich dachte, habe ich Dir vor zwei Tagen einige englische Bücher geschickt, von denen viel die Rede war, zumindest unter den Leuten, die ich kenne.

Du hast also gefunden, man habe mich in dieser *Revue contemporaine* sehr schlecht behandelt; diese Leute, meine liebe Mutter, sind nur schwachsinnige Tölpel, hirnlose Burschen; die übrigens keine Ahnung haben von der Welt an Projekten und Plänen, die ich in meinem Kopf wälze.

In Klammern sei hier gesagt, daß die *Revue contemporaine* eine meiner augenblicklichen Plagen ist. Man schickt immer wieder zu mir, weil man den Artikel haben möchte, für den ich an der Kasse bereits 300 Francs Vorschuß erhalten habe. Ich hätte besser daran getan, 1000 Francs Vorschuß zu nehmen; die Belästigung wäre nicht ärger gewesen.

Seit drei oder vier Jahren bin ich mit Beleidigungen völlig vertraut. – Ich schicke sie Dir manchmal zu Deiner Unterhaltung; aber Du nimmst sie nicht wie ich. – Die Wahrheit zu sagen, muß ich gestehen, daß all diese Leute, die mich mit Beschuldigungen überhäufen, nicht gehalten sind zu ahnen, wie fest und gesund mein Gehirn ist. Ich habe schließlich noch kaum gezeigt, was alles zu leisten ich imstande bin. Die grausame Trägheit! Die schreckliche Verträumtheit! Ich selber empfinde die Festigkeit meines Denkens als einen schmerzlichen Kontrast, wenn ich bedenke, wie ich meine Zeit vertrödele, sobald es um die Ausführung geht. – Und eben darum muß ich mich nach Honfleur begeben.

Dieser Gustave Flaubert, um dessen Werk Du mich gebeten hast, und dem der Ruhm so seltsamer Weise auf den ersten Schlag zuteil geworden ist, ist einer meiner guten Freunde. In den Zeitungen werden wir gewöhnlich gemeinsam beschimpft, obwohl keinerlei

Beziehung zwischen uns beiden besteht. – Er kennt Dich sehr gut, und er hat mir oft erzählt, wie reizend man ihn in Konstantinopel empfangen habe.

AN AUGUSTE POULET-MALASSIS

[Paris,] Mittwoch, 19. Mai 1858

Mein lieber Freund, ich danke Ihnen für Ihr Versprechen, und *ich werde es mir zunutze machen.* In wenigen Tagen werden Sie die Vollmacht erhalten. – Ich war genötigt, das *Opium* für einige Tage zugunsten des *Haschisch* beiseite zu legen; dieses wird am 22. abgegeben, und das ist der Grund, warum ich, da Sie meinen Wechsel in Alençon nicht diskontieren können, Sie bat, mir Ihrerseits einen auszustellen, den ich in Paris diskontieren kann. Ich habe also gegen Ihre Vorsicht nichts einzuwenden. – Eine einzige Bemerkung: – Sie sprechen von einem *gebrannten* Kind. Ich weiß, worauf Sie anspielen; aber das geht mich nichts an. Für die Dummheiten der andern muß ich nicht aufkommen.

Ich war früher einmal mit einem Vergolder befreundet, der, als ich ihm seine Ungeniertheit und Zwanglosigkeit im Umgang mit mir vorwarf, entgegnete: ›*Warum sollte ich mir Zwang auferlegen, da Sie doch mein Freund sind?*‹ Mir hingegen schien, eben weil ich sein Freund war, schulde er mir mehr Höflichkeit und Rücksicht als seinen gewöhnlichen Kunden. Ich möchte Sie gewiß nicht mit einem Vergolder vergleichen; Ihre Freundschaft für mich veranlaßt Sie jedoch bisweilen, *mich ein bißchen schlecht zu behandeln,* wie im vorliegenden Falle, wo *ein Bündel von Vorwürfen auf mir lastet, die mich nicht betreffen.*

Bitte, schicken Sie mir den auf Honfleur ausgestellten Wechsel von 600 Francs zurück.

Ja, die *Curiosités* werden am 15. Juni abgeschlossen sein, und ein Vorfall, der sich kürzlich ereignet hat, gibt mir Veranlassung zu glauben, daß sie sich gut verkaufen werden.

Noch einmal, was hat man Ihnen bei der STAATSANWALTSCHAFT *gesagt, und was haben Sie beschlossen – sollen die Bogen bei*

Ihnen oder in Paris gedruckt werden? – An wen zum Teufel soll ich mich wenden, um das zu erfahren, wenn nicht an Sie?
Das *Opium* wird Ende dieses Winters abgeschlossen sein, und die *Curiosités* am 15.
Ganz der Ihrige, meine Empfehlungen an Ihre Mutter.

Ch. Baudelaire

AN MADAME AUPICK

[Paris,] 9. Juni 1858

Meine liebe Mutter, man wird morgen zu Dir kommen, um 600 Francs *von mir* zu fordern. So lange schon stelle ich mir vor, daß ich bei Dir wohnen werde, – immer schon in der nächsten Woche! Ich müßte also eigentlich heute abend 600 Francs für Dich auf die Post bringen. Bitte, sage demjenigen, der Dich morgen aufsuchen wird: *Monsieur Baudelaire wird hier in der Tat erwartet, aber bis zu seinem Eintreffen werden wohl noch etwa zwanzig Tage vergehen. Er hält sich augenblicklich in Paris auf, 19, Quai Voltaire.* Und dann frage ihn, *ob es nötig sei, daß ich das Geld nach Honfleur schicke, oder ob ich in Paris zahlen kann, das heißt, wenn man die Forderung in Paris erneuert.* Das wird Dich keine große Mühe kosten, und das ist leicht zu begreifen.
Mußt Du im Laufe des Tages aus dem Haus, so kopiere die unterstrichenen Zeilen auf einem Stück Papier, und gib dieses Papier Deiner Bedienerin, damit sie es dem Betreffenden vorzeige.
In wenigen Tagen werde ich einen Vertrag mit der *Revue contemporaine* unterzeichnen, einen Vertrag, in dem die Zeitschrift sich dazu verpflichtet, mir 3000 Francs pro Jahr gegen zwölf Druckbogen (als Minimum) zu zahlen. Selbstverständlich wird man mir unverzüglich einen bedeutenden Vorschuß aushändigen. Statt mich zu erfreuen, betrübt diese Verpflichtung mich fast, da ich diesen Vertrag als ein Zerwürfnis (oder fast) mit der *Revue des Deux Mondes* betrachte.
Am 15. oder 30. wirst Du meinen einleitenden Artikel lesen, der mich unendliche Mühe gekostet hat. Daß mir das Arbeiten so

schwerfiel, war meine große Betrübnis, meine gewaltige Sorge in dieser letzten Zeit. Ich glaubte, ich sei verloren. Ich trieb die Kinderei so weit, zu Abführmitteln meine Zuflucht zu nehmen.
Ich habe sehr unrecht daran getan, mich nicht sogleich zu Dir zu retten nach meiner Rückkehr aus Corbeil. Ich wäre schon voller Freude und Gesundheit.
Endlich habe ich die Vollmacht, kostenlos nach Honfleur und nach Paris zurück zu fahren, wann es mir gefällt. Es scheint jedoch, man müsse das Gesuch jedesmal erneuern, wenn man dieser Ermächtigung bedarf, und daß es sich empfiehlt, mit solchen Gesuchen sehr zurückhaltend zu sein. Ich habe gräßliche Scherereien, von denen ich Dir nichts geschrieben habe. Ein Schriftsteller, bei dem ich auf dergleichen nicht gefaßt war, hat mich mit äußerster Heftigkeit angegriffen. Dann habe ich mich mit einem anderen (einem Freund) fast überworfen, eines neuen Artikels wegen, den er über Poe geschrieben hat. Endlich hat man mich am vergangenen Sonntag im *Figaro* abermals schmählich behandelt. Ich habe soeben mit ein paar Zeilen darauf geantwortet. – Aber das reut mich schon. – Ich hätte wie gewöhnlich hoheitsvoll darüber hinwegsehen und mich mit jenen Leuten überhaupt nicht einlassen sollen.
Wahrhaftig eine seltsame Vorstellung von Dir, zu glauben, ich dächte nicht an Dich. Ich denke *oft* an Dich, ich darf sogar sagen: *unaufhörlich*. Manchmal auch überdenke ich, was Du mir von Monsieur Émon geschrieben hast, und das versetzt mich dann jedesmal in eine leichte Unruhe. Was für eine Marter wäre es für mich, wenn er, die Vertraulichkeit vorschützend, welche die Nachbarschaft gestattet, sich einfallen ließe, mir einen Rat zu erteilen oder eine kränkende Meinung kundzutun. Aber ich übertreibe da offensichtlich, meiner unglücklichen Gewohnheit nach, und sollte ich auch, Dir zu Gefallen, genötigt sein, wie man sagt, ein wenig Wasser in meinen Wein zu tun, das heißt, mich zu mäßigen, so würde mir das nicht schwerfallen, und Du weißt, daß ich dessen sehr wohl fähig bin.
Schreibe mir ein Wort morgen abend, den 10., noch vor 5 Uhr.
Wie glücklich Ihr alle da unten sein müßt, wo die Hitze durch das Meer gemildert wird! Es ist wahrhaftig ein Wunder, wenn einem

hier zu arbeiten gelingt. Tagsüber fühlt man sich erschöpft, und die Nacht gewährt nicht die geringste Erleichterung.
Ich umarme Dich von ganzem Herzen.

Charles

Ich habe abermals einen Verdruß gehabt im Hinblick auf etwas, das ich mir in den Kopf gesetzt hatte. Aber das werde ich Dir selber erzählen, auf dem Papier würde das zu lang ausfallen.

AN MADAME AUPICK

[Paris,] 29. Okt[ober 18]58

Meine liebe Mutter, wie ich Dir schon schrieb, bin ich voller Bewunderung für die Aktivität und die Sorgfalt, die Du für mich entfaltest. Aber, bitte, treibe den Eifer nicht bis zum *Abzugsventil.* Ich fürchte, das ist eine klägliche moderne Erfindung. Wenn man den Rauch aus einem Zimmer vertreiben will, öffnet man das Fenster. Übrigens werde ich möglicherweise nur im Garten und nach den Mahlzeiten rauchen. Ich bin eben dabei, eine neue Kiste zu packen, und ich umarme Dich.

Charles

Unnütze Ausgabe, um womöglich eine Decke zu ruinieren.

AN ALPHONSE DE CALONNE

[Paris,] Mittwoch, 10. Nov[ember 18]58

Cher Monsieur,

Obwohl ich Sie noch einmal allzu lange habe warten lassen, bin ich doch nicht ganz unzufrieden mit mir. Ich werde morgen abend oder übermorgen vormittags bei Ihnen sein.
Das *Opium* kann am 30. erscheinen.

Ich versichere Ihnen, daß es kein leichtes Stück war, die Beschreibung eines sehr komplizierten Buches auf so WENIG Raum zusammenzudrängen, ohne eine einzige Nuance einzubüßen. Sie werden sehen, wie sich das ausnimmt; der Ton ist ein anderer als in dem *Haschisch;* das ist *lässiger* geschrieben (dem Anschein nach) und sprunghafter. Die biographischen Details nehmen einen gehörigen Raum ein; aber, abgesehen davon, daß sie unterhaltsam sind, waren sie unerläßlich, weil sie als Schlüssel für die sehr persönliche Phantasmagorie des *Opium* dienen. Hoffen wir, daß Herr De Quincey ein schönes Dankschreiben an Ihre Zeitung richten wird.

Ch. Baudelaire

Mit Ihren Malern habe ich begonnen; ich werde das, mit Ihrem Einverständnis, *die Maler, die denken* nennen; darin läge ein wenig Ironie, die dem Titel seine Würze verliehe. Hinsichtlich Ihres Freundes Janmot würde ich mich *geschickt* aus der Affäre ziehen (das heißt, mit Hilfe meines Gedächtnisses und mit seinem Büchlein in Versen), und wenn wir dann nachher feststellen, es wäre da einiges nachzuprüfen, will ich nach Lyon fahren.

Die *poèmes nocturnes* sind begonnen.

Die neuen *Fleurs du Mal* sind begonnen; Verse werde ich Ihnen jedoch erst dann geben, wenn deren genug vorhanden sind, um EINEN BOGEN damit zu füllen. Das Gericht verlangt nur, daß sechs Stücke durch andere ersetzt werden. Ich werde deren vielleicht *zwanzig* verfertigen. Die protestantischen Professoren werden mit Schmerzen feststellen, daß ich ein unverbesserlicher Katholik bin. Ich werde es so einrichten, daß man mich recht versteht; – bald sehr niedrig, dann wieder sehr hoch. Dank dieser Methode werde ich mich bis zu den unwürdigsten Leidenschaften herablassen können. Nur wer unbedingt bösen Willens ist, wird die vorsätzliche Unpersönlichkeit meiner Gedichte nicht begreifen.

Machen Sie sich keine Sorge des Herumstrolchens wegen, mit dem ich drei Dinge auf einmal betrieben habe; das geschieht mit Absicht.

Ganz der Ihrige.

Ch. Baudelaire

Vielleicht werde ich Sie um Erlaubnis bitten, in die *Maler, die denken* eine Würdigung der *Sonnets humouristiques* mit einzuschließen. Alle diese Lyoneser hängen untereinander zusammen. Ich habe Lyon gekannt. Maler, Dichter, Philosophen, sie gleichen sich alle.

C.B.

AN ALPHONSE DE CALONNE

[Paris,] Samstag, 8. Januar 1859

Cher Monsieur,

Ich muß Sie um einen großen, großen Dienst bitten; glauben Sie mir, daß mich das nicht in Verlegenheit setzt; wir kennen uns inzwischen gut genug.

Der erste Vorschuß, den Sie mir gewährt haben, ist durch das *Haschisch* mehr als abgegolten worden. Der zweite ist nunmehr fast abgegolten durch das, was Sie von dem Manuskript des *Opium* haben, das als Pendant zu dem ersteren dienen soll, – und mehr als abgegolten, wenn Sie das Honorar für die Gedichte, die ich Ihnen übergeben habe, hinzurechnen. Ich bin also zu dem Glauben berechtigt, daß Sie genügend Vertrauen zu mir haben, um mir zu erlauben, Sie um einen dritten zu bitten, einen gewaltigen aber diesmal, *monstrum ingens:* 1000 Francs, die vielleicht genügen, um mir meine Flucht aus Paris zu ermöglichen. Wissen Sie auch, daß ich seit nunmehr einem Jahr diesen Plan hartnäckig in die Tat umzusetzen versuche? Ich langweile mich gräßlich; all meine Zeit wird an eine Unmenge fruchtloser Laufereien vergeudet, derart daß ich fürchte, die letzten Seiten des *Mangeur d'Opium* nur dort unten zu Papier bringen zu können, in jenem abgelegenen Winkel, von dem ich Ihnen erzählt habe.

Ich weiß, daß es eine einigermaßen unbequeme Angewohnheit ist, derart Geld im voraus zu nehmen, und dann zu arbeiten, um es abzuverdienen; aber ich habe es immer so gemacht; bei Malassis, bei Michel Lévy, und bei allen Zeitungen. Auch bin ich wahrhaf-

tig voller Ungeduld, mich davonzumachen. Madame Aupick erwartet mich, und da es sehr ungehörig wäre, eine einsame alte Frau zu beunruhigen, lasse ich sie meine Schwierigkeiten und die Gründe, die mich hier festhalten, nicht wissen.
Nach dem *Opium* dann, wie Sie wissen, die *Idealistischen Maler.* Sie kennen die These im voraus. *Unsere Zeit ist verrückt und redet deshalb dummes Zeug über alles und jedes, vor allem aber in Sachen der Kunst,* wegen der HÄRETISCHEN *Verwechslung des Guten mit dem Schönen.* Jeder, der in der Kunst nach reiner Idealität trachtet, ist ein Häretiker in den Augen der Muse und der Kunst. Ich werde also von den *idealistischen Malern* wie von Kranken reden; sie lassen manchmal Genie erkennen, doch ein krankes Genie, usw. ..., usw. ...
Nach den *Malern* keine *vermischten* Artikel mehr, niemals, niemals, weder für Gold noch für Silber. Nur noch Romane, oder Gedichte. Und da ich Ihnen so völlig rückhaltlos schreibe, erlauben Sie mir hinsichtlich der Romane einige Anmerkungen. Ich könnte hier meine ewige These wiederholen: Die *Moral* trachtet nach dem *Guten,* die Wissenschaft nach dem *Wahren,* die *Poesie* und mitunter der Roman trachten nur nach dem *Schönen.* Jeder, der die Fähigkeiten nicht auf die ihnen entsprechenden Ziele abzustimmen versteht, ist weder Philosoph noch Künstler; *und nun sehe ich, daß Sie bisweilen etwas ängstlich sind, und das kühlt mich ab.* Wenn ich sähe, daß sie *kühner* wären, und *dem Neuen ergebener,* wenn ich mich von Ihnen stärker getragen und unterstützt fühlte, könnte ich Ihnen eine Reihe *Novellen* voller Überraschungen liefern, die weder wie die von Balzac, noch wie die von Hoffmann oder Gautier, noch wie die von Poe wären, der von allen der Gewaltigste ist.
Wenn wir so weit sind, davon möchte ich Sie hier schon in Kenntnis setzen, werde ich Sie um die Erneuerung unseres Vertrages ersuchen. 250 Francs, das reicht nicht für ein Gehirn, das nur mit Hilfe der Geburtszange niederkommt. Der Geist der Verknüpfung und der Unterscheidung ist der langsamste von allen, und immer unzufrieden mit sich selbst. Ich bin einer von denen (und wir sind sehr selten), die da glauben, jede literarische, und sogar jede kritische Arbeit müsse im Hinblick auf eine Lösung geleistet und

durchgeführt werden. Alles, sogar ein Sonett; erwägen Sie, was das für eine Mühe kostet!
Ich glaube, ich habe Ihnen alles gesagt; ich werde niemals reich werden, und mein ganzes Talent werde ich nur in der Einsamkeit haben. Bevor ich mich an Sie wandte *(des Vorschusses wegen, der vielleicht Ihre Berechnungen durcheinanderbringt)*, hatte ich erwogen, mich an einen der Minister zu wenden, die über einen Literaturfonds verfügen. Doch obwohl ich in dieser Richtung sehr zurückhaltend gewesen bin (nur in den letzten Jahren habe ich zwei- oder dreimal davon Gebrauch gemacht), möchte ich Sie doch darauf hinweisen, daß es erstens Schriftsteller gibt, die noch ärmer als ich sind, und daß es da zum andern *Verzögerungen* gibt, und daß schließlich, um es geradeheraus zu sagen, die Minister arm sind.
Wenn man einen Freund um einen Dienst bittet, gehört es sich, ihm für die früher geleisteten Dienste zu danken. Das ist für mich eine schöne Gelegenheit, Ihnen zu danken, nicht nur für Ihre Hilfsbereitschaft, sondern auch für all die guten literarischen Beziehungen, die Sie mit mir unterhalten haben. Als ich auf den Gedanken kam, an die *Revue contemporaine* zu schreiben, zur gleichen Zeit, da Sie mich dazu aufforderten, sagten mehrere Personen mir zahlreiche Scherereien und vielen Ärger voraus. Es entbehrt freilich nicht der Komik, daß eben der Autor der *Fleurs du Mal* sich in einer kaiserlichen Zeitschrift einer größeren Freiheit des Ausdrucks erfreut hat als überall anderswo. Und Sie werden mir eine noch größere gewähren, nicht wahr?
Uff! Das ist ein langer Brief geworden. – Der mich ein Manuskript gekostet hat. – Von Herzen ganz der Ihrige, und empfehlen Sie mich Madame de Calonne.

Ch. Baudelaire

AN NADAR

14. Mai 1859,
Honfleur

1

Mein guter Nadar, ich bin wie eine arme Seele. Ich habe die Unbesonnenheit begangen, meine Mutter eine kleine Reise antreten zu lassen, ohne sie um Geld zu bitten, und ich bin hier allein; es fehlt mir zwar weder an Fleisch vom Metzger noch an Brot usw., aber ich habe keinen Pfennig, und das ist eine Plage, die mich lauter Unannehmlichkeiten aussetzt. So bin ich auf den Gedanken verfallen, ob Du, wenn es Dir keine allzu große Ungelegenheit bereitet, die Güte hättest, mir (unverzüglich, leider!) eine Postanweisung auf 20 Francs zu schicken, die ich Dir am 1. des Monats zurückerstatten würde, wenn Dir dieses Versprechen nicht allzu lächerlich vorkommt. Um diese Zeit muß ich nämlich nach Paris fahren. Ich kann Deine Antwort übermorgen vormittags erhalten, wenn Du die Güte hast, meiner vor 5 Uhr zu gedenken. *Ch. Baudelaire, Honfleur, Calvados;* diese Adresse genügt völlig.

Um Dir eine Vorstellung von meiner Verlegenheit zu geben, die allein eine solche lächerliche Bitte entschuldigen kann, stelle Dir vor, daß ich *genötigt* bin, mich für einige Stunden nach Le Havre zu begeben (und stelle Dir, bitte, nicht vor, ich wollte mich dort der Ausschweifung ergeben), und daß mir dies unmöglich ist, weil Besagtes fehlt.

2

Es gibt hier ein Café, das merkwürdigerweise *Deine* Zeitung erhält, so daß ich das Vergnügen habe, die Narrheiten, die Ungerechtigkeiten, die den Dummköpfen erwiesenen Liebenswürdigkeiten, kurzum alle Bizarrerien, aus denen Nadars ungewöhnliche Natur sich zusammensetzt, vor meinen Augen vorbeidefilieren zu sehen. Letztlich hast Du Dich über die Leute mokiert, denen es die Katzen angetan hatten oder haben, und Du hast dabei Poe und Hoffmann verwechselt. So wisse denn, daß bei Poe keine KATZE vorkommt, mit Ausnahme einer einzigen, der ein Auge ausgestochen und die dann erhängt wird, und deren ebenfalls einäugige

Nachfolgerin dazu dient, ein Verbrechen an den Tag zu bringen. Kürzlich, ich weiß nicht warum, hat es Dich angewandelt, anläßlich eines belgischen oder polnischen Dichters, mir ein widriges Wort ins Gesicht zu schleudern. Es ist mir peinlich, für den *Prince des Charognes* zu gelten. Du hast vermutlich eine Menge Dinge von mir nicht gelesen, die nur Moschus und Rosen sind. Vielleicht aber bist Du verrückt genug, um Dir gesagt zu haben: Das wird ihm Vergnügen machen!

3

Wenn Du ein Engel wärest, gingest Du hin und machtest einem gewissen Moreau den Hof, einem Bilderhändler, Rue Lafitte, Hôtel Lafitte. (Ich werde ihn selber aufsuchen müssen, einer größeren Studie wegen, die ich über die spanische Malerei vorbereite.) Und Du erhieltest von diesem Manne die Erlaubnis, zwei schöne photographische Aufnahmen von der *Herzogin von Alba* von Goya zu machen (Erz-Goya, erz-authentisch). Die Doubletten (in natürlicher Größe) befinden sich in Spanien, wo Gautier sie gesehen hat. Auf einem der Bilder ist die Herzogin in Nationaltracht, auf dem Pendant ist sie nackt und in der gleichen Haltung, flach auf dem Rücken liegend. Die Trivialität der Haltung erhöht noch den Reiz der Bilder. Wenn ich mich je dazu herabließe, mich Deines abscheulichen Argots zu bedienen, so sagte ich, die Herzogin sei eine *bizarre fouterie;* ein böser Gesichtsausdruck, die Haare wie Silvestre, und die Brust, die die Achselhöhle verbirgt, schielt gleichsam *sursum* und in die Schräge zugleich. Wenn Du ein sehr reicher Engel wärest, riete ich Dir, sie beide zu kaufen; eine niewiederkehrende Gelegenheit. Stelle Dir so etwas wie einen galanten und grimmigen Bonington oder Devéria vor. Der, dem sie gehören, verlangt dafür 2400 Francs. Das ist vermutlich wenig für einen Liebhaber, der auf die spanische Malerei versessen ist, aber eine ungeheure Summe im Vergleich zu dem, was er wohl dafür bezahlt hat. Denn er hat mir gestanden, er habe sie von Goyas Sohn gekauft, der sich in großen Geldnöten befand. – Wenn Du diesem Manne sagst, daß Du mehrere Aufnahmen machen möchtest, wird er Dir das nicht gestatten wollen, eben wegen der Bekanntheit Deines Namens. Und da Goyas Schönheit im allgemeinen wenig

begriffen wird, tätest Du gut daran, nur zwei Abzüge zu machen, einen für Dich, den anderen für mich. Wenn Du Dich dazu entschließt, gib acht, daß Du keine zu kleinen Aufnahmen machst. Das würde das Eigentümliche der Bilder beeinträchtigen.
Was mir besonders unangenehm ist, während ich Dir dies schreibe, ist die Vorstellung, daß Du bei der Lektüre all dieser Empfehlungen wie ein Narr lachen wirst. – Doch ich bin noch nicht am Ende.

4

Was hat es mit einem gewissen deutschen Künstler auf sich, der eine gewisse wunderbare oder phantastische Jagd gezeichnet hat, die bei Goupil zu kaufen ist? Alle Welt rät mir, mich an ihn zu wenden. Ich benötige mehr als ein Frontspiz – für meine Artikel über Poe (ein von Emblemen umranktes Porträt), für mein *Opium et Haschisch,* meine neuen *Fleurs,* und meine *Curiosités* –, und ich mag Malassis' ewigen Freund Duveau nicht.
Du würdest mich vollkommen glücklich machen, wenn Du unter Deinen zahlreichen Bekannten biographische Nachrichten über Alfred Rethel ausfindig machen könntest; von ihm gibt es drei Werke: ›Totentanz von 1848‹, und ›Der Tod als Freund‹, ein Pendant zu dem ›Ersten Auftreten der Cholera in der Oper‹. Kennst Du Knaus? Er müßte darüber Näheres wissen.

Ich bin wirklich in großer Bedrängnis; bevor ich meine *Curiosités* veröffentliche, schreibe ich noch einige Artikel über Malerei (die letzten!), und augenblicklich beschreibe ich einen *Salon,* ohne ihn gesehen zu haben. *Aber ich habe einen Ausstellungskatalog.* Abgesehen davon, daß es einige Mühe kostet, sich die Bilder vorzustellen, ist dies eine vortreffliche Methode, die ich Dir empfehle. Man scheut sich vor zu großem Lob und vor zu großem Tadel; so kommt man zur Unparteilichkeit.
Brauche ich Dir eigens zu sagen, daß von all diesen Aufträgen die *Überweisung* der eiligste ist?

5

Ich bitte Dich inständig, mein lieber Freund, schreibe keine Unziemlichkeiten, nach Deiner hergebrachten Manier, auf den Briefumschlag.

Ganz der Deine, und verzeih mir, Dich in Deinem gräßlichen Schlendrian zu behelligen.

Ch. Baudelaire

AN NADAR

16. Mai 1859,
Honfleur

Mein lieber Freund, weil Du nicht zu denen gehörst, die sich über lange Briefe lustig machen, sollst Du hier einen für Dein Geld bekommen; ich habe nämlich zwei freie Stunden vor mir. Als erstes danke ich Dir, nicht nur für die 20 Francs, sondern vor allem für *einen vortrefflichen und reizenden Satz in Deinem Brief*. Das ist eine echte und solide Freundschaftserklärung. Solche Zärtlichkeiten erfahre ich nur selten.

Die Komplimente, die Du mir machst, bewegen meine Eitelkeit, Dir einige Stücke zu lesen zu geben, die Du vermutlich nicht gelesen hast, und die zusammen mit einigen anderen ungedruckten mein geschändetes Buch vielleicht verjüngen werden. Du kannst dabei feststellen, daß ich der Kritik nur wenig Beachtung schenke, und daß ich hartnäckig immer tiefer in meiner *indécrottabilité* versinke.

Und nun kehre ich zu Deinem Brief zurück.

Wenn die Verse von Monsieur Karski (heißt er so?) wirklich schön sind, solltest Du mir ein Exemplar verschaffen; soweit ich jedoch verstanden habe, werden sie nicht in Paris verkauft.

– Ja, ich wünsche um meinetwillen, daß Du bei Moreau Erfolg hast, aber ich bin auch überzeugt, daß es Dir gleichfalls angenehm wäre, gute Aufnahmen von diesen einzigartigen Bildern zu haben. So kennst Du diese Holzschnitte nach RETHEL nicht? Der ›Totentanz von 1848‹ ist augenblicklich für 1 Franc (6 Blätter) zu haben.

›Der Tod als Freund‹ und ›Der Ausbruch der Cholera‹ kosten, glaube ich, 7 Francs. Alles bei einem deutschen Buchhändler, der auch deutsche Graphik verkauft, Rue de Rivoli, in der Nähe des Palais Royal. Man hat mir verschiedentlich gesagt, Rethel habe eine Kirche (in Köln vielleicht) ausgemalt; die einen sagen, er sei gestorben, andere, man habe ihn in ein Irrenhaus gesperrt. Ich besitze die oben erwähnten Werke und wüßte gerne, ob es noch andere Arbeiten von ihm gibt; auch hätte ich gerne nähere biographische Auskünfte.

Auf den deutschen Künstler, dessen Namen ich nicht kenne, hat mich Ricard hingewiesen; seiner Meinung nach ist er ein vorzüglicher Illustrator und besitzt die rechte Begabung für Frontispize. Man müßte diese *Jagd* sehen.

Ja gewiß, ich hatte an Doré gedacht; und ich weiß nicht mehr recht, ob ich es war, der ihn nach reiflicher Überlegung verworfen hat, der Kindereien wegen, in die er bei aller Genialität bisweilen verfällt, oder der Abneigung wegen, die er Malassis einflößt. Des letzteren bin ich mir freilich nicht einmal ganz sicher.

Die verschiedenen Bücher und Broschüren, die ich demnächst zu veröffentlichen habe, sind: *die Gesamtheit der kritischen Beiträge über Poe* ((hier gehört ein Porträt hin (was dazu im einzelnen benötigt wird, werde ich liefern), umrahmt von allegorischen Darstellungen, die seine Hauptgedanken verbildlichen, – etwa so wie das Haupt Christi umgeben von den Leidenswerkzeugen)) – alles von wilder Romantik, wenn möglich.

– *Opium und Haschisch:* allegorisches Frontispiz, in dem die hauptsächlichen Wonnen und Leiden zum Ausdruck kommen, die ich geschildert habe.

– *Die Gesamtheit meiner kritischen Aufsätze über bildende Kunst und Literatur.* Ich glaube, Malassis will hier kein Frontispiz.

– Die zweite Ausgabe der *Fleurs.* Hier ein baumartig gestaltetes Gerippe, dessen Beine und Rippen den Stamm bilden; die ins Kreuz gereckten Arme tragen Blätter und Knospen und breiten sich schützend über mehrere Reihen giftiger Pflanzen in kleinen Töpfen, die wie in einem Gewächshaus gestaffelt stehen. – Auf diesen Gedanken bin ich verfallen, als ich die Geschichte der *Totentänze* von Hyacinthe Langlois durchblätterte.

Ich komme noch einmal auf Doré zurück. Er besitzt eine außerordentliche Begabung, um Wolken, Landschaften und Häusern ein wahrhaft übernatürliches Aussehen zu verleihen: das wäre das, was ich brauche; aber die Gestalten! Immer etwas Kindisches, selbst in seinen besten Zeichnungen. Und bei dem, was Du über die *Göttliche Komödie* sagst, komme ich aus dem Staunen gar nicht heraus. Wie nur hat er den ernstesten und traurigsten Dichter wählen können? Übrigens möchte ich, wie Du siehst, zu dem Frontispiz nach alter Art zurückkehren, nur die Behandlung soll ultra-romantisch sein.
Um schließlich alles zu sagen: unter den Künstlern, die ich Revue passieren ließ, hatte ich vor allem Penguilly und Nanteuil in nähere Erwägung gezogen. Aber ich weiß nicht, ob Penguilly für so etwas zu haben wäre, und Nanteuil hat, fürchte ich, sehr viel Wasser in seinen Wein getan, und es wird ihm kaum gelingen, jene Wildheit wiederzufinden, mit der er früher einmal Victor Hugo zu Diensten war. Diese beiden Namen hatten indes für mich den großen Vorteil, daß sie eine romantische Vorstellung weckten, die meinem Geschmack vollständig entspricht und die der Undankbarkeit und Nachlässigkeit dieses Jahrhunderts eine gewisse grandiose Manier entgegensetzt.
Vor allem aber widerstrebt es mir, einem vorzüglichen Künstler einen Besuch zu machen und ihn um eine kleine Arbeit zu bitten, an die ich Ansprüche stellen würde, bevor ich nicht gewiß bin, *daß er anständig bezahlt wird*.
Wenn Du, diese Vorbehalte vorausgesetzt, mich näher unterrichten kannst, ohne daß daraus für mich Verbindlichkeiten entstehen, so sei im voraus meiner Dankbarkeit versichert.
Was ach! den Salon betrifft, so habe ich Dich ein wenig belogen, doch so wenig nur! Ich habe ihm einen Besuch abgestattet, EINEN EINZIGEN, um die Novitäten ausfindig zu machen, aber ich habe deren nur sehr wenige entdeckt; und hinsichtlich der alten Namen, oder der einfach bekannten Namen, verlasse ich mich auf mein altes Gedächtnis und die Erinnerungen, die der Katalog in mir weckt. Diese Methode ist, ich wiederhole es, nicht schlecht, vorausgesetzt man überblickt und beherrscht *sein Personal*.
Unter anderen wirklich vortrefflichen Dingen, die unbemerkt blei-

ben werden, versäume nicht in einem weiten viereckigen Saal, hinten links, wo man ganze Haufen unbezahlbarer religiöser Darstellungen aufgestapelt hat, zwei kleine Bilder:
Eines: 1215, *Die Barmherzigen Schwestern,* von *Amand Gautier.*
Das andere: 1894, *Angelus,* von *Alphonse Legros.* – Das ist nichts sonderlich Erhabenes; aber es ist sehr ergreifend.
Unter den Skulpturen habe ich ebenfalls (in einer der Alleen des Gartens, nicht weit von einem Ausgang) etwas sehr Hübsches entdeckt, das man eine Art *sculpture-vignette-romantique* nennen könnte: ein junges Mädchen und ein Skelett wie in einer gemeinsamen Himmelfahrt; das Skelett hält das Mädchen umarmt. Das Skelett ist allerdings zum Teil dem Blick entzogen und gleichsam von einem Leichentuch umhüllt, unter dem man seine Formen ahnt. – Wirst Du mir glauben, daß ich das ganze Verzeichnis der Skulpturen *schon dreimal, Zeile für Zeile, durchgelesen habe,* und daß es mir unmöglich ist, den Titel ausfindig zu machen, der sich auf dieses Werk bezieht? Der Kerl, der dieses hübsche Stück geschaffen hat, hat es womöglich *Amour et gibelotte* betitelt oder sonstwie *à la Compte-Calix,* da ich es in dem Buch nirgends entdecken kann. Versuche doch, das herauszubekommen: das Sujet, und den Namen des Künstlers.
Hinsichtlich der Herzoginnen von Alba möchte ich wiederholen, daß Du, wenn Du nicht gerade besonders knapp bei Kasse wärest, gut daran tätest, sie zu einem bescheidenen Preis an Dich zu bringen.
Weil Du es für angebracht gehalten hast, ein wenig Politik in den Schluß Deines Briefes zu mengen, will ich ein Gleiches tun. Zwanzigmal habe ich mir eingeredet, daß ich mich nicht mehr für Politik interessiere, und bei jeder ernsteren Gelegenheit verfalle ich wieder der Neugier und der Leidenschaft. Seit langem schon habe ich diese italienische Frage beobachtet und kommen sehn. Lange vor Orsinis Attentat. Und hinsichtlich dessen wäre es ungerecht, zu sagen, Napoleon vollstrecke Orsinis Testament. Der war ein anständiger Mann, nur ein wenig zu hitzig. Der Kaiser aber hatte Italien schon lange im Sinn, und er hatte allen Italienern, die nach Paris kamen, zahllose Versprechen gemacht. Ich bin voller Bewunderung dafür, wie fügsam er sich dem Schicksal unterwirft;

aber dieses Schicksal rettet ihn; wer heute denkt noch an Morny, an den Grand-Central, an Beaumont-Vassy, und an die vierzigtausend Schmutzereien, die uns vor kurzem beschäftigten? Das reinigt den Kaiser von seiner Schuld. Du wirst sehen, mein Lieber, daß man die Dezembergreuel vergessen wird. Kurzum, er stiehlt der Republik die Ehre eines großen Krieges. – Hast du Jules Favres' bewundernswürdige Rede vor der Gesetzgebenden Versammlung in den letzten Tagen des vergangenen Monats, oder in den ersten Maitagen, gelesen? Er hat klipp und klar auf die Notwendigkeit, die Unausweichlichkeit einer Revolution hingewiesen. Der Präsident und die Minister haben ihn nicht unterbrochen. Es war, als spräche er im Namen des Kaisers. Und als hinsichtlich Garibaldis ein Vicomte de La Tour, ein bigotter und alberner Bretone, sagte, Frankreich hoffe sich nicht durch derartige Bündnisse zu beflekken, hat der Präsident (Schneider) ihm Einhalt geboten, mit den Worten, ein Abgeordneter habe nicht das Recht, die Verbündeten Frankreichs zu diffamieren, *gleichviel, woher sie kämen*.

Die Politik, mein Lieber, ist eine herzlose Wissenschaft. Das willst Du nicht zugeben. Wenn Du Jesuit und Revolutionär wärest, wie jeder wahre Politiker es sein soll, oder unvermeidlicherweise ist, würdest Du den abgeschobenen Freunden nicht so sehr nachtrauern. Ich weiß, Du findest mich abscheulich; aber sag mir, ist es Dir auch nur aufgefallen, wie sehr im rechten Augenblick *Joseph de Maistres diplomatische Briefe* erschienen sind, die Cavour veröffentlicht hat, Briefe, in denen, im Vorbeigehn gesagt, der Papst als Hanswurst behandelt wird? Was für eine Anklageschrift gegen Österreich! Das Piemont hatte diese Briefe zurückgehalten und sie im rechten Augenblick lanciert.

Ich glaube nur, daß, wenn alles gut geht, wenn der Kaiser sich mit Ruhm bedeckt und den Segen aller Welt empfangen haben wird, alles davon abhängt, wie man mit dem Sieg fertig wird.

Für alle persönlichen Kümmernisse, mein Freund, Ergebung, Ergebung.

Wenn ich Dich besuchen werde, will ich Dir die meinen schildern, die sich häufen, und Du wirst mich bedauern. Ich glaube aufrichtig, mit Ausnahme einer kleinen Anzahl junger, intelligenter und reicher Leute *(und ohne Familie!)*, die nicht wissen, was sie mit

ihrem Glück anfangen sollen, muß das Leben für jeden ein beständiger Schmerz sein.
Ganz der Deinige.

C.B.

Wenn Du jetzt lachen willst, so lies, wie ich, Limayrac, Vitu, und Granier de Cassagnac. Wir gehen, scheint es, nach Italien, um dort die Hydra der Revolution zu ersticken. Eine Heuchelei, die man sich, im Ernst, hätte ersparen können.

AN NADAR

[1859?]

CLERGEON IN DER UNTERWELT

(Er tritt mit entschlossener Miene herein, wie die schüchternen Leute.)
Er verlangt bald, die *Hausordnung* der Hölle zu sehen, und versucht die Teufel bei einem Verstoß zu ertappen.
Gleich in der ersten großen Versammlung beschwert er sich lebhaft und behauptet, man habe das Feuer *verändert*.
Erschreckliches Getöse aller Verdammten, die finden, es sei schon heiß genug.
ABER NEIN! sagte Clergeon.
Er beschwert sich, *gewisse Leute, die nicht von hier sind,* hätten sich in die *Hölle* eingeschlichen, die höchstens das *Fegefeuer* verdienten. Wir wollen nur solche, die uns gleich sind, sagt er; jeder soll beweisen, daß er durch und durch ein Verbrecher ist!
Ich kann mich ausweisen: hier meine Papiere; zeige jeder die seinen!
Da er aller Welt auf die Nerven geht, expediert man ihn in einen unauslotbaren Abgrund, dem er alsbald mit unvergleichlicher Behendigkeit wieder entsteigt. Denn die Hoffnung, Proserpina könnte ein Auge auf ihn geworfen haben, verleiht ihm Kräfte, die der Schwierigkeit des Unternehmens proportional sind.

Er schlüpft durch *ihm allein* bekanntes *Geklüft,* um der Königin der Unterwelt aufzulauern, wenn sie das *Örtchen* verläßt.

Er steigt ihr über die Geheimtreppe nach, und kaum hat er das Zimmer betreten, wirft er fünfzehn Francs auf die Kommode, welche die Teufel, die ihn bei seinem Eintritt durchsucht haben, ihm abzunehmen vergessen haben.

Da, Kleine, das ist für dich! schreit er mit einer Stentorstimme. So weiß ein Verdammter wie ICH eine Königin zu demütigen, die ihren Gatten betrügt!

Proserpina, der seit sechstausend Jahren noch kein solcher Kerl vorgekommen ist, will sich auf den Klingelzug stürzen.

Aber Clergeon verliert keine Zeit; er nutzt die letzten Sekunden; er schändet Proserpina; er fährt ihr durchs Öhr, wo er schlapp macht. Er wirft sich auf sie und pflanzt ihr seinen Schwanz ins Auge.

Proserpina stößt einen gellenden Schrei aus!!!!!

In allen Höllenkreisen geht es drunter und drüber. Selig über dieses Durcheinander, das sein Werk ist, stemmt Clergeon die Faust in die Hüfte, und schreit mit einer unnachahmlichen Kopfstimme: *Ha! ha!*

Pluto, der im Grunde ein guter Kerl ist, fragt ihn unterdessen, warum er solche Dummheiten begangen habe, und Clergeon antwortet, die Hand in die Weste geschoben:

Ich glaubte, die Hölle sei der rechte Ort, seinen Adel zu beweisen; ha! ha! – Sollte ich mich getäuscht haben *(entsagungs- und würdevoll),* so bin ich bereit, alle Strafen zu erdulden, die Sie für den bereit halten, dessen Verwegenheit Ihre Erwartungen übertroffen hat.

Pluto reicht ihm gutmütig die Brille, die ihm im Getümmel von der Nase gefallen ist.

Obwohl niemand ihm etwas nachträgt, und obwohl die nun einäugige Proserpina sich mit einem *Kurioser Bursche!* begnügt hat, hält Clergeon es für ratsam, die Flucht zu ergreifen.

Bei jedem Schritt erschüttert er die Gebirge. Er flieht! er flieht!

In einer glühenden Ebene entdeckt er Nadar, der dort Salamander sammelt; im Vorbeilaufen ruft er ihm zu:

Häng dich auf, Wackrer Nadar! Wir haben ohne dich gesiegt!

Denn er ist überzeugt, daß er Proserpina gefickt hat!
Wie Du siehst, ist die Inspiration nach fünfzehn Jahren noch nicht versiegt!

AN MADAME AUPICK

[Paris,] Montagabend, 4. Juli [1859]

Ich weiß nicht, wie ich mich ausdrücken soll. Ich Märtyrer habe kein Recht, mich zu beklagen.
Mein Unglück ist grauenhaft, und nur ein tiefer Grund, den Du nicht kennst, bewegt mich, weiterzuleben.
Zu welchem *Schacher* habe ich Dich verurteilt? Dein Becker ist wahrscheinlich ein Dieb, ein alter Wucherer, ein Kupferstichhändler, ein Aufkäufer alter Schuldverschreibungen, der niemals einer Deiner Lieferanten gewesen sein kann.
Soeben habe ich Marin 500 Francs bezahlt. Heute abend breche ich nach Alençon auf. Ich arbeite, wo es sich gerade einrichten läßt, an den Herbergstischen.
Ich werde erst am 10. oder 15. nach Honfleur zurückkehren, wenn ich über das Schauspiel eine Klärung herbeigeführt habe. Doch was kümmert das Dich? was kümmert das Dich?

Charles

Sei dennoch umarmt.

AN MADAME AUPICK

[Paris,] Mittwoch, 20. Juli 1859

Ich schreibe Dir in aller Kürze. Deine beiden Briefe habe ich auf der *Revue française* gefunden, und ich habe Dir nur deshalb nicht früher geantwortet, weil manchmal drei bis vier Tage vergehen, ehe ich dort hinkomme.
Meine Angelegenheiten lassen sich leidlich an. – Bleibt nur das schreckliche Problem der Ausgaben. – Ich habe *tausend Francs*

dringende Schulden bezahlt, aber ich habe sehr viel mehr eingenommen, und da ich nun ein Provinzler geworden bin, leide ich entsetzlich unter dieser Zwangslage, täglich 20 bis 30 Francs ausgeben zu müssen. Ich werde Paris nicht eher verlassen, als bis ich über das Schauspiel eine Klärung herbeigeführt habe, ich werde Dir darüber wieder schreiben. – Wenn ich nicht wirklich gezwungen gewesen wäre, nach Paris zu kommen, wäre ich nicht hierher gekommen. Nicht nur die Ausgaben verstimmen mich, sondern, was noch schwerer wiegt, die Unmöglichkeit, hier einen klaren Gedanken zu fassen und sich zu konzentrieren. Ich bin benommen, abgestumpft, verdummt; Du weißt, wie sehr ich mich an ein langsames, geduldiges Denken, an glückliche Tage gewöhnt hatte.

Ich kann Dir nicht, wie Du leicht begreifen wirst, eins ums andere erzählen, wie ich meine Tage verbringe. Gestehen muß ich Dir freilich, daß man in dieser verfluchten Stadt, wo man von Hitze, Licht und Staub überflutet ist, jede Person, deren man bedarf, mehrmals aufsuchen muß, um sie anzutreffen. So ist die Arbeit verschwunden, und mein Verlangen, zu Dir zurückzukehren, ist übermächtig geworden – denn, wenn die ungeheuerlichen Ausgaben mich quälen, so gibt es doch etwas, das mich noch mehr quält: wie die sinnlos vergeudeten Tage im Fluge vergehen.

Dein zweiter Brief hat mich tief bewegt. Du weißt, ich bin nicht sehr gefühlvoll (wenigstens dem Anschein nach); so darfst Du, was ich Dir hier schreibe, für aufrichtig halten. Es tut dem Herzen wohl, inmitten so viel wirklichen Kummers, so vieler Entmutigungen die Nähe einer wachsamen Güte und Liebe zu fühlen. Alle mütterlichen Narrheiten, die Du mir geschrieben hast, selbst Dein Apfelwein *(mit dem es doch nicht eilt)*, haben mich gerührt. Woher nur kommt es, daß Du, mit einem so guten und feinfühlenden Herzen, manchmal so ungeschickt bist?

Die zehn letzten Tage (denn ich will es so einrichten, daß ich Anfang August zurückkehre, und ich werde Dich vier oder drei Tage vorher benachrichtigen) sollen darauf verwendet werden, mir zum dritten Mal eine große Geldsumme zu verschaffen, und neue Verpflichtungen mit einer *Schweizer Zeitschrift, in Genf*, einzugehen. Der künftige Leiter des *Cirque* ist leider in der Nor-

mandie. Du ahnst, welche unausweichlichen Verzögerungen das bewirkt. Es geht um eine wichtige Angelegenheit.
Um das Unglück voll zu machen, steht das politische Barometer auf Sturm, alle sind ängstlich, besorgt. Du kannst Dir keine Vorstellung machen, welches Durcheinander in allen Köpfen der Kaiser verursacht hat und was der Friedensschluß für verhängnisvolle Folgen hat.
Die *Revue française* hat Schwierigkeiten gehabt; Du wirst rasch hintereinander zwei Nummern erhalten, von denen eine *den ganzen letzten Teil meines Salons* enthalten wird.
Ich liebe Dich und umarme Dich, und ich danke Dir nochmals für Deinen letzten Brief.
Ich wohne bis zum Ende des Monats im *Hôtel de Dieppe, rue d'Amsterdam;* schlechter könnte man nicht untergebracht sein.

Ch. Baudelaire

AN ALPHONSE DE CALONNE

[14. Dezember 1859 (?)]

Mein lieber de Calonne, zum ersten Mal muß ich mich Ihnen widersetzen, weil ich überzeugt bin, daß ich in literarischer Hinsicht recht habe. Dabei ist die Verlegenheit, die Sie mir bereiten, weniger groß als meine *Verwunderung*.
Die fraglichen Zitate sind von unsterblicher und einzigartiger Schönheit. Außerdem bilden diese Zitate *(souffrances)* ein *unentbehrliches Gegenstück* zu den vorausgehenden Zitaten *(jouissances)*.
Die einzige Art, glaube ich, eine Übereinstimmung zwischen uns zu erzielen, ist die Verpflichtung meinerseits, durch kürzere Auszüge aus den *Suspiria* einen Ausgleich zu schaffen.
Ganz der Ihrige

C. B.

AN ALPHONSE DE CALONNE

[Paris, 15. Dezember 1859]

Mein lieber Freund,

Unsere Briefe haben sich gekreuzt. Soeben erhalte ich jenen, der mir eine große Umordnung ankündigt; ich werde Sie heute abend aufsuchen, *aber ich habe einen schweren Kopf vor lauter Arbeit.*
Ich ahne, was Sie wünschen. Das Einzige, worum ich Sie dringend bitte: sorgen Sie dafür, daß, falls Sie Streichungen vornehmen, diese derart markiert werden, daß ich meinesteils mein ungekürztes Manuskript wiederfinde.
Zwei Worte noch: Ihr Brief enthält einen Irrtum; Sie haben *niemals* etwas anderes als zwei oder drei Fragmente sehen können.
Dann habe ich Ihnen gesagt, daß es da, nach den *krankhaften* Visionen, und der paradoxen Methode einer Heilung, einen sehr verschatteten, sehr geheimnisvollen zweiten Teil gäbe, wo Erinnerungen nicht an die Jugend, sondern an die Kindheit, natürlicherweise *opiatisiert* sind durch die Phantasie eines Sechzigjährigen, der sich dieser seltsamen Hygiene unterzogen hat.
Dieser Teil ist niemals auch nur bruchstückweise übersetzt worden, aus dem einfachen Grunde, weil er unübersetzbar ist. Ich allein kann mit solchen Schwierigkeiten fertig werden.
Zwischen den beiden Teilen besteht ein proportionaler Unterschied wie zwischen dem Ersten und dem Zweiten *Faust*.
Ganz der Ihrige

Ch. Baudelaire

AN JEANNE DUVAL

Honfleur, den 17. Dez[ember] 1859

Mein liebes Kind, Du mußt es mir nicht übel nehmen, daß ich Paris so plötzlich verlassen habe, ohne vorher zu Dir gekommen zu sein, um Dich ein wenig zu zerstreuen. Du weißt, wie die Unruhe mich plagte. Hinzu kam, daß meine Mutter mich heftig drängte, da sie wußte, daß von meinem schrecklichen Wechsel über 5000 Francs 2000 in Honfleur zu zahlen waren. Außerdem langweilt sie sich. Alles ist dann noch gut abgelaufen; aber stell Dir vor, am Tag zuvor fehlten 1600 Francs. De Calonne hat sich sehr großzügig betragen und uns aus der Klemme geholfen. – Ich verspreche Dir, daß ich in wenigen Tagen zurückkehren werde; ich habe da noch einiges mit Malassis zu regeln, und außerdem habe ich all meine Kartons im Hotel zurückgelassen. In Zukunft will ich nicht mehr so unendlich lange in Paris bleiben; das kostet mich zuviel Geld. Für mich ist es besser, *ich komme öfter und bleibe dann nur ein paar Tage*. Inzwischen, da es eine Woche dauern kann, bis ich wiederkomme, und da ich nicht möchte, daß Du in Deinem Zustand auch nur einen Tag ohne Geld bist, wende Dich an Monsieur Ancelle. Ich weiß, daß ich schon ein wenig auf das nächste Jahr vorgegriffen habe, aber Du weißt ja, daß er, bei allem Zaudern, recht großzügig ist. Diese kleine Summe wird Dir genügen, um auf mich zu warten, und um Neujahr kommt wieder Geld herein. Stecke also diesen Brief in einen Umschlag, und da Du dich scheust, mit der Linken zu schreiben, laß die Adresse durch Deine Bedienerin schreiben. Vergiß nicht, darauf zu setzen: *Avenue de la Révolte, gegenüber der Kapelle des Duc d'Orléans*. Du weißt ja, daß er unaufhörlich unterwegs ist. Es ist also zwecklos, daß Du zu ihm schickst, es sei denn *sehr früh am Tag*. – Dies hier wird am Sonntag bei Dir eintreffen, aber es empfiehlt sich, erst am *Montag* zu ihm zu schicken, des Hochamts wegen, und weil er sonntags mit seiner Familie ausgeht. – Ich weiß, daß Malassis Mittwoch in Paris sein wird. Ich habe es also eilig. – Ich habe meine Unterkunft verändert vorgefunden. Meine Mutter, die es immer umtreibt, hat die Möbel umgestellt und meine Zimmer verschönert (zu verschönern geglaubt). – Ich werde also wiederkommen, und wenn ich dann, wie ich glaube, über etwas Geld verfüge, werde ich versuchen, Dich zu amüsieren. – Weil mir das Papier ausgeht, füge ich hier ein Wort hinzu, das direkt für *Ancelle* bestimmt ist. - *Ich habe die Ausstellungskataloge durchblättert und die Adresse* SEINES MALERS *immer noch nicht gefunden*. Wenn es Dir unangenehm ist, daß er dies alles liest, reiß die eine Hälfte ab und schick ihm nur die *Quittung*. – Mir ist das egal. –

Da alle Wege jetzt so glatt sind, geh niemals ohne Begleitung aus. Verliere meine Verse und meine Artikel nicht.

Von Monsieur Ancelle erhalten den Betrag von vierzig Francs für Madame Duval.

Ch. Baudelaire
17. Dezember 1859

AN MADAME AUPICK

[Paris, um den 20. Januar 1860]

Was soll ich Dir schreiben außer meinen Danksagungen, und dem aufrichtigen Ausdruck meines Bedauerns (so aufrichtig, wie Du ihn Dir denken magst) für alle die Aufregung und die Umstände, die ich Dir verursacht habe.

Aber ich möchte bemerken, daß dies das erste Mal ist, daß dergleichen sich ereignet, und daß ich in Honfleur doch bereits Wechsel für mehrere tausend Francs beglichen habe.

Was das Versprechen angeht, das Du von mir forderst, so wünsche ich nichts mehr, als es zu geben und es zu halten. Erfüllen kann ich dieses Versprechen jedoch erst von diesem heutigen Tag an. Es gibt da noch einige Wechsel. – *Ich werde immer acht Tage im voraus bereit sein.* Du bemühst Dich, mir begreiflich zu machen, daß Deine Gesundheit mir kostbar sein soll. Ach, mein Gott! ich weiß es nur allzu gut! Ich schaudre manchmal vor Entsetzen, wenn ich an das Alleinsein denke, das eines Tages mein Los sein wird. Und sollte ich dann berühmt geworden sein, so wird doch nichts mir dieses Leben der regelmäßigen häuslichen Zuneigung ersetzen, nach dem mich so sehr verlangt hat und das ich niemals gekannt habe.

Wie dem auch sei, und wie unordentlich ich Dir auch vorkommen mag, so wisse doch, daß ich zu dem in der Jugend so schwer begreiflichen Punkt gelangt bin, wo man einsieht, daß man, um in einem Beruf etwas zu leisten, ihm alles opfern muß, Leidenschaften und Vergnügungen. Was diese angeht, habe ich völlig entsagt.

Schließlich hast Du mir *zwei Jahre* zugestanden, um meine Schulden abzubezahlen. Davon bleibt freilich nur noch ein Jahr, aber ich spüre, daß dieses Jahr sich gut anläßt; ich fühle mich Herr meines Werkzeugs, Herr meines Denkens, und in meinem Kopf herrscht Ordnung. Wenn es mir gelänge, alle Tage *den Teufel im Leib* zu haben, wäre ich der erste der Menschen.
In Deinem Zorn hast Du vergessen, mir zu sagen, ob das *Opium* den rechten Schwung hat (für Dich) und verständlich ist.
Du täuschst Dich gründlich in dem, was Du mir über die für mich unerläßliche Hygiene sagst. Es handelt sich nicht um Magenverstimmungen. Das Gehirn war betroffen. Obwohl ich das alles nur sehr unzulänglich begreife, bin ich der Überzeugung, daß mir eines Tages durch die Galle oder das Herz ein Unglück zustoßen wird. – Lebwohl, ich umarme Dich zärtlich. – Ich sitze über meinem *Opium* wie über einem *pensum*.

C. B.

AN POULET-MALASSIS

[Paris,] 16. Februar 1860

Taugt die nachgesandte Verschreibung über 1500 Francs, die unter meine fälligen Zahlungen aufgenommen wurde, in unser Geschäft? Sollte dies der Fall sein, so würde ich Duranty nur um einen Wechsel über 300 und einige Francs bitten. Ich fürchte mich nicht, diese ganze Verantwortung allein zu übernehmen, weil ich sicher bin, daß Sie mir im Notfall helfen werden, und weil ich im übrigen entschlossen bin, alles zu tun, um soviel wie möglich selber zu zahlen. Im übrigen widerstrebt es mir sehr, Boyer und diesen Trottel von Christophe abermals um eine Gefälligkeit zu bitten.
Von den 2000 meinerseits bleiben Ihnen

1. 500, abzüglich der Anzahlung;
2. Sie haben eine solche in Höhe von
   1500, plus
3. 80; macht zusammen
   2080

Zu zahlen bleiben uns noch (am 25. und 28.) 2350.
Da Sie nach Paris kommen werden, werde ich Ihnen selber das Paket mit den *Notices* übergeben.
Schreiben Sie mir sofort, an welchem Tag Sie ankommen, damit ich unser Essen bestellen kann.
Ich teile keineswegs Ihre Illusion über die Leichtigkeit, mit den drei Beiträgen der *Revue contemporaine* auf 350 Seiten zu kommen. Ich erinnere Sie daran, daß Sie schon Broschüren mit einem sehr viel ansehnlicheren Material gemacht haben.
In Klammern sage ich Ihnen, daß es mir lieb gewesen wäre, Ihre Ansicht über den Eindruck zu erfahren, den das Buch im allgemeinen und das *Opium* im besonderen auf Sie gemacht hat. De Quincey ist ein Autor, der allzu gern ins Plaudern gerät und sich in Abschweifungen gefällt, und so war es kein leichtes, diesem Resümee eine dramatische Gestalt zu geben und ein wenig Ordnung hineinzubringen. Außerdem ging es darum, meine persönlichen Empfindungen mit den Ansichten des Autors zu verschmelzen und so ein Amalgam zustande zu bringen, dessen Bestandteile nicht zu unterscheiden waren. Ist mir das gelungen? Meine Frage entspringt nicht kindischer Eitelkeit; schuld daran ist die Einsamkeit, in der ich lebe, weil ich derart empfindlich geworden bin, daß die Unterhaltung fast aller Menschen mir unerträglich geworden ist, und anderseits gestehe ich, daß ich gerne erfahren möchte, ob diese Arbeiten, mit denen ich nur langsam vorwärtskomme, bald aus eigener Schuld, bald weil die Umstände mich aufhalten, auch gediegen genug sind, um dem Publikum angeboten zu werden.
Meine Beziehungen zu Calonne haben sich abgekühlt. Ich schulde ihm, alles in allem, 2 oder 300 Francs; aber er hat noch einen ganzen Packen Verse, die bei ihm erscheinen sollen. Auch habe ich ihm in aller Seelenruhe erklärt, daß die versprochenen Sachen in *La Presse* erscheinen werden, daß ich, in meinem Alter und mit meinem Namen, eine ermüdende und überflüssige Pädagogik nicht länger über mich ergehen lassen könnte und daß, schließlich und endlich, der Herausgeber eines literarischen Sammelunternehmens kein Recht zu einem Eingriff hätte, es sei denn, er liefe Gefahr, durch eine politische oder religiöse Maxime kompromittiert zu werden. –

Drei Passagen meines ursprünglichen Textes habe ich für unseren Neudruck aufgehoben.
Lauter Verdrießlichkeiten! Ich habe keinen roten Heller, und auch mit meiner Mutter stehe ich nicht besonders. Die Zudringlichkeit der Leute, die mir schöne Versprechungen schulden oder machen, ohne sie zu halten, hat dazu geführt, daß meine Mutter auf Honfleur ausgestellte Schuldverschreibungen bezahlen mußte. Das ist beschämend. Ich schulde meiner Mutter 10000 Francs, die ich zur Zeit ihres Reichtums von ihr entliehen habe, und es ist ungehörig, daß ich sie nun, da sie arm ist, mit dergleichen plage. Vielleicht werde ich zu Ihnen meine Zuflucht nehmen, um die Affäre *De Rode* zu beenden. Wenn man sich mit den Leuten überwirft, zahlt man sie. Mich aber zahlt man nicht; man schuldet mir noch 400 Francs, die ich gerne an Madame Aupick schicken würde. Und – vergessen Sie dabei nicht, daß ich *beschimpft* worden bin! BESCHIMPFT von diesen Halunken, die nicht einmal orthographisch richtig schreiben gelernt haben. Wenn ich nicht tausenderlei zu erledigen hätte, ich wäre hingegangen, um diesen Pedanten in seinem Büro zu ohrfeigen. Ich fürchte sehr, Monsieur Zacharie Astruc, der meine unbesonnenen Äußerungen im Bahnhofscafé vernommen hat, ist an diesem Streit nicht unbeteiligt. Darüber hinaus hat man, abscheulicherweise, die Bogen meines Manuskripts verloren, und ich muß sie neu setzen lassen. (Behalten Sie meinen Verdacht bezüglich Monsieur Astrucs für sich.)
Nichts wie Unannehmlichkeiten! Und nun kommt Guys daher, der wohl ein wunderlicher Mensch ist, und will eine Arbeit über die *Venus von Milo* verfassen! Er schreibt mir aus London, ich möchte ihm doch eine Aufstellung aller Arbeiten und Hypothesen schicken, die sich mit dieser Statue beschäftigen. Ich habe ihm Champfleury und Duranty vorgestellt; aber sie haben mir erklärt, das sei ein unerträglicher alter Mann. Die *Realisten* sind entschieden keine *Beobachter;* sie wissen nicht, wie man sich amüsiert. Sie haben nicht die nötige philosophische Geduld.
Und dann Méryon! Oh! das ist nicht zum Aushalten. Delâtre bittet mich, einen Text für das Album zu verfassen. Gut! eine Gelegenheit, einige Träumereien von zehn, zwanzig oder dreißig Zeilen zu schreiben, über schöne Stiche, die philosophischen Träu-

mereien eines Pariser Flaneurs. Da mischt sich Monsieur Méryon ein, der seine eigenen Vorstellungen hat: Da soll stehen: rechts sieht man dieses, links jenes. Nähere Auskünfte müssen in alten Schwarten ausfindig gemacht werden. Da soll stehen: hier waren ursprünglich zwölf Fenster, die der Künstler auf zehn reduziert hat, und zuletzt muß man sich aufs Hôtel de Ville begeben, um genaue Angaben über den Zeitpunkt zu finden, wann dieses oder jenes Gebäude niedergerissen wurde. Wenn Monsieur Méryon spricht, hält er die Augen zur Zimmerdecke gerichtet und hört auf nichts, was man geltend macht.

Lachen Sie ein bißchen, aber behalten Sie es für sich: auf meine Vorwürfe, daß er, der doch etwas von Musik versteht, die Wagner-Konzerte nicht besucht habe, hat unser guter, unser bewundernswerter Asselineau mir geantwortet: *das sei,* 1., *so weit, so weit von seiner Wohnung abgelegen* (die Salle des Italiens)! und außerdem *habe man ihm,* 2., *gesagt, Wagner sei* REPUBLIKANER!

Meine Antwort war, daß ich selbst dann hingegangen wäre, wenn er ein Royalist gewesen wäre; dabei könnte man ebenso gut ein Dummkopf wie ein Genie sein. – Ich wage nicht mehr, von Wagner zu sprechen; was ich da nicht alles habe über mich ergehen lassen müssen! Weniges in meinem ganzen Leben hat mir einen solchen Genuß bereitet wie diese Musik; seit fünfzehn Jahren hat nichts mich derart mitgerissen.

Die Syphilis: Sie sind vermutlich außerstande zu begreifen, wie sehr Sie sich täuschen. Das grenzt schon ans Alberne. Die Syphilis ist für jeden da, und Sie machen da keine Ausnahme. Sie reden mir von Aphten, von schmerzhaften Krämpfen in der Kehle, die Ihnen bei jedem Bissen Schmerzen bereiten, von überraschenden *Erschöpfungszuständen,* von Appetitlosigkeit; ja oder nein, sind das bekannte Symptome? Wenn Sie keine Schwächeanfälle gehabt haben, keine Versteifungen in den Waden und in den Ellbogen, dazu Geschwulste, sogar am Halsansatz, nahe am Kopf, was beweist das, außer dem Umstand, daß die heilsame Behandlung (Stechwinde, Kaliumjodid) diese Erscheinungen vielleicht verhindert hat? Die innere Verletzung war nicht syphilitisch, sagen Sie. Und der Beweis? Die äußere Geschwürbildung habe ich ja gesehen, und Sie wissen auch, was ich sogleich gesagt habe. Vergessen Sie nicht,

ganz allgemein, daß jede anti-syphilitische Behandlung ihrer Natur nach vorzüglich und verjüngend ist, und daß es keine antisyphilitische Behandlung ohne Quecksilber gibt.
Ganz der Ihrige.

Ch. B.

Zu welchem Zeitpunkt, spätestens, wollen Sie die *Fleurs du Mal* auf Ihrer Industrie-Ausstellung zeigen?
Von den *Fleurs* war wieder einmal die Rede, im *Salut public,* anläßlich der *Sonnets humouristiques*. Ich habe den Artikel nicht gesehen.

—

Sie haben eine schöne Versteigerung von Farbstichen versäumt. Ein großer La Fayette von Debucourt war dabei, schön wie ein Reynolds.

AN JOSÉPHIN SOULARY

[Paris.] Den 23. Februar 1860

Lieber Herr und Freund (Sie werden mir diese Anrede erlauben, die ich mir von Ihnen erbeten hatte), ich hätte gewiß nicht gewartet, bis ein Brief von Ihnen kam, um Ihnen für Ihren Band zu danken, wenn ich gewußt hätte, wo meine Danksagungen Sie erreichen würden. Ich habe ihn zum dritten Mal gelesen, denn ich brauche Ihnen nicht zu sagen, daß Sie für mich ein alter Bekannter sind und daß ich, sobald Ihr Werk heraus war, mir seine ganz besondere Würze, seinen kräftigen Gehalt auf der Zunge zergehen ließ.
Zu meinem größten Vergnügen fand ich in dieser neuen Ausgabe Stücke, die ich noch nicht kannte, unter anderem das Sonett an einen Korrekturleser, das ich für ein Wunder halte. Erlauben Sie mir jedoch (da Sie nun einmal der Freund eines Pedanten sein wollen, haben Sie sich dieses Unglück selber zuzuschreiben) hierzu folgende Anmerkung:

Sie geben einem das Vorgefühl und den Geschmack der Vollkommenheit; Sie sind einer der Auserwählten, die geschaffen sind, die *Kunst* in ihren höchsten Bestrebungen zu empfinden; Sie sind demnach nicht berechtigt, unser Vergnügen durch Stöße und Unebenheiten zu beeinträchtigen. – Am Schluß dieses Sonetts jedoch findet sich folgender Satz (den ich in Prosa übersetze): »*Du mußt in einer anderen Welt eine sehr große Sünde der Hoffart begangen haben, pour que Dieu te condamne ici à*« usw. Das *pour* ist in der poetischen Übersetzung fortgefallen. Das ist vielleicht, genaugenommen, kein Verstoß gegen die französische Sprache; aber es ist ein Französisch, das Monsieur Soulary, dem das Metrum keine Schwierigkeiten bereiten kann, sich nicht erlauben darf.

Weil ich so sorgfältig lese, verübeln Sie mir dies nicht, nicht wahr? Übrigens hätte ich Ihnen so viel Schmeichelhaftes zu sagen. Sie verstehen sich darauf, die Höhenflüge der Seele, die Musik der Meditation nachzubilden; *Sie lieben die Ordnung;* Sie geben dem Sonett einen dramatischen Verlauf und führen es einer Lösung entgegen; Sie kennen die Macht der Zurückhaltung, usw. All dieser schönen Fähigkeiten wegen werden all jene Sie schätzen, die *zu meditieren* oder *zu träumen verstehen;* aber da Sie Wert darauf zu legen scheinen, daß ich Ihnen gegenüber meinem Freimut keine Zügel anlege, so sage ich Ihnen, daß Sie (wie ich) der Popularität *entsagen* müssen. Ein unpassender Ausdruck, da man ja nur dem entsagen kann, was man besessen hat. Freilich können wir, um UNS zu trösten, mit Sicherheit behaupten, daß *alle großen Männer dumm sind;* alle repräsentativen Männer, die Stellvertreter der Menge. Das ist eine Strafe, die Gott über sie verhängt. Wir beide, Sie und ich, sind nicht *dumm* genug, um die allgemeine Zustimmung zu verdienen. Noch zwei andere, bewundernswert begabte Männer sind in dem gleichen Fall: Théophile Gautier und Leconte de Lisle. Von uns gilt aber auch, daß wir sehr kräftige und sehr subtile Genüsse haben werden, die der Menge unbekannt sind.

Seien Sie überzeugt, daß ich von ganzem Herzen bin

Ihr sehr ergebener Ch. Baudelaire.

[Paris,] 4. März 1860

Meine liebe Mutter, ich kann mir Deine Verwunderung vorstellen, daß ich Dir nicht sogleich gedankt habe. Der Grund war folgender. Doch mußt Du zuerst etwas erfahren, das Dir wahrscheinlich immer verborgen geblieben ist. Dies nämlich: daß Du mir große Furcht einjagst. Nun hatte ich Dich doch gebeten, Dich so zu verhalten, daß hier in Paris, in meinem Hotel, alles zu meinen Lasten ginge; und, um mich in Deinen Briefen auszuschelten, erst ein paar Tage verstreichen zu lassen, bis sich die Lage gebessert hätte. Male Dir meine Verwunderung und meine Befürchtungen aus, als Schlag auf Schlag zwei Briefe hier eintrafen. Sie haben mir lange in der Tasche gebrannt, und erst sehr spät fand ich den Mut, sie zu lesen. Mein erstes Gefühl war ein *ungeheures Erstaunen,* und das zweite eine große *Beschämung.* Die Dankbarkeit für soviel Großzügigkeit und Aufopferung kam erst hinterher. Das soll nicht heißen, daß der krankhafte Hochmut, mit dem mein klägliches Dasein mich erfüllt hat, bei mir immer vor dem Herzen spräche; es kommt bloß daher, daß ich wie vor den Kopf geschlagen war. Hier nun die Aufstellung der Beträge, die ich Dir zurücksenden oder, auf einmal oder teilweise, überbringen möchte:

60	
200 Neujahr	eines ungeheuren Rückstandes
337	nicht zu gedenken
200	
—	
797	

Nun sind schon vier Tage verstrichen, und nichts von dem, was ich erwartete, ist eingetroffen. Das geht einem auf die Nerven, und ich arbeite überhaupt nicht mehr. Ich bin wütend; ich gehe nicht aus dem Haus, und ich langweile mich. Ich weiß wohl, der Mut bestünde darin, von der Annahme auszugehen, die erwarteten Beträge blieben gänzlich aus, und mich hinzusetzen, um den ganzen Tag für *La Presse* zu arbeiten; aber das überlange Warten hat mich fast krank gemacht.

Was die Radierungen betrifft (von denen ich drei Exemplare erhalten habe, und von welchen ich Dir *eines* geschickt habe, *von dem ich glaube, daß es gut ausgewählt ist,* mit Ausnahme eines Abzugs, der, wie ich glaube, einen Fleck im Papier aufweist), mußt Du wissen, daß ich sie seit mehreren Jahren zu erwerben wünschte und ihnen nachgeforscht habe. Als ich sie zum ersten Mal sah, stand mein Urteil fest: der Mann hatte Genie. Er hat Charenton verlassen und ist nicht geheilt. Ich habe ihm versprochen, einen Text zu seinen Radierungen zu verfassen. Wenn Du Dir alles vergegenwärtigst, was die Unterhaltung und Auseinandersetzung mit einem Verrückten unerträglich macht, so wirst Du meiner Ansicht beipflichten, daß ich meine Alben teuer genug bezahlt habe.
Du irrst, wenn Du dies das *alte Paris* nennst. Es sind poetische Ansichten von Paris, so wie es vor den ungeheuren Abbruch- und Wiederaufbauarbeiten war, die der Kaiser angeordnet hat. An einigen Stellen (zum Beispiel bei dem Uhrturm des *Palais de Justice*) wirst Du sogar Gebäude sehen, die von einem Netz von Gerüsten umgeben sind.
Die Galerie von *Notre-Dame,* mit den ein- und ausfliegenden Vögeln, befindet sich, glaube ich, über dem Portal.
Das Türmchen in der *Rue de la Tixeranderie* wurde abgerissen.
Die häßliche Kolossalgestalt, die als Frontispiz dient, ist eine der Gestalten, die das Äußere von *Notre-Dame* schmücken. Im Hintergrund Paris, von hoch oben gesehen. Wie zum Teufel dieser Mann es fertig bringt, hoch über einem Abgrund in aller Gemütsruhe zu zeichnen, bleibt mir ein Rätsel.
Die Kirche, die man zwischen einer Mauer des Pantheon und der Bibliothèque Sainte-Geneviève erblickt, ist *Saint-Étienne-du-Mont.*
Doch Du hast dies alles vielleicht vergessen.

Hier die Liste dessen, was man auf den einzelnen Blättern sieht; ohne Rücksicht auf die Reihenfolge:
I) Das *Ungeheuer* (im Hintergrund die *Tour Saint-Jacques-de-la-Boucherie*).
II) Das *Türmchen* in der Rue de la Tixeranderie.
III) Die Rückseite von *Notre-Dame,* der Quai de la Tournelle.

IV) *Der Uhrturm und die Türme des Palais de Justice. Der Pont-au-Change.*
V) Noch einmal der *Pont-au-Change und das Palais de Justice.* Eine andere Ansicht.
VI) Die *Morgue.* Man hat einen Leichnam aus der Seine gefischt. Jammernde Frauen. Ein Stadtsergeant. Allerlei Leute.
VII) Der *Pont-Neuf* von unten gesehen.
VIII) Ein Bogen des *Pont Notre-Dame.*
IX) Der *Petit-Pont,* hinter dem *Hôtel-Dieu.* Türme von Notre-Dame.
X) *Galerie von Notre-Dame.*
XI) Die heute verschwundene *Pompe.* Notre-Dame.
XII) *Saint-Étienne-du-Mont.*

Ich habe Méryons Talent in dem *Salon 1859* gewürdigt, in der vierten Nummer der *Revue française,* Seite 522 und 523.
Hast Du das *Opium* ganz gelesen?
Ich weiß nicht, warum ich zu den kommenden Wochen Vertrauen habe.
Trotz Deinen Zornanfällen hast Du mir viel Gutes erwiesen. Es tut wohl, zu fühlen, daß man nicht gänzlich *allein* ist gegen alle.
Ich umarme Dich von ganzem Herzen.

Charles

AN MADAME SABATIER

[Paris, 4. März 1860]

Liebste Freundin, das nennt man Pech haben; ich habe Ihnen gestern nicht geantwortet, weil ich sicher zu sein glaubte, daß ich heute abend zu Ihnen käme, und heute, wie an vielen anderen Sonntagen, hat sich so vieles wider mich verschworen, daß ich mich wie ein wildes Tier einsperren werde. Bald ist es die Erschöpfung, das Bedürfnis, mich sogleich hinzulegen, bald eine Arbeit. Letzten Sonntag war es (lachen Sie nicht, und behalten Sie für sich, was ich Ihnen ins Ohr sage) eine gräßliche Angst, ich könnte genötigt sein, mit Feydeau über seinen letzten Roman zu sprechen.

Wenn Sie meinten, ich dächte niemals an Sie, so täuschten Sie sich sehr. Und ich würde es Ihnen auch öfter sagen, wenn Sie sich nicht einen so garstigen Blick für mich angewöhnt hätten. Gestern wollte ich Ihnen ein Album bringen, das ich für Sie auf die Seite legen ließ; aber dann zog ich es vor, noch ein wenig zuzuwarten und andere Abzüge zu erbitten. *Ich fand, sie waren nicht schön genug.* Man wird eine neue Serie abziehen, oder in einer früheren Auflage bessere Abzüge ausfindig machen.

Erweisen Sie mir den großen Dienst, Christophe heute abend zu sagen, *daß er morgen, Montagabend, unbedingt zum Essen zu mir ins Hôtel de Dieppe kommen soll. Unbedingt.*

Wußten Sie, daß die unglückliche Señora Martinez sich in den *cafés lyriques* hören ließ, und daß sie vor einigen Tagen im Alcazar gesungen hat?

Ich bin so unglücklich, und so geplagt, daß ich mich jeder Zerstreuung entziehe. Kürzlich habe ich sogar, trotz meines Verlangens, ihn kennenzulernen, eine liebenswürdige Einladung Wagners abgelehnt. Was das alles bedeutet, werde ich Ihnen später erzählen.

Ich umarme Sie, mit Verlaub, sehr herzlich.

C. B.

AN MADAME SABATIER

[Paris,] 4. März 1860

Wenn ich Ihnen sage, daß ich von Verdrießlichkeiten umlagert bin; daß sich noch niemals ein solches Unwetter über meinem Haupt zusammengebraut hat; daß ich der Einsamkeit bedarf, so werden Sie mir nicht glauben. Doch wenn ich Ihnen sage, ich hätte eine dicke Knollennase, rot wie ein Apfel, und mit so was ginge ich nicht einmal unter Männer (geschweige denn unter Frauen), so bin ich sicher, Sie glauben mir.

Die große Schwierigkeit war behoben. Denn ich habe Feydeau getroffen, der eine so schöne Gelegenheit, von sich reden zu hören und selber von sich zu reden, nicht vorbeigehn ließ. Zum Glück hatte ich mich, in weiser Voraussicht, im stillen vorbereitet. Ich habe meine ganze Kühnheit aufgeboten, und ich habe zu ihm gesagt: Ihr Werk ist erhaben, usw.; aber, usw. Er gab mir deutlich zu verstehen, daß die *aber* bei ihm kein geneigtes Ohr finden. Wissen Sie, ich rede aufrichtig, daß er mich mehr als Victor Hugo einschüchtert, und daß ich weniger verlegen wäre, zu Hugo zu sagen: *Sie sind dumm,* als zu Feydeau zu sagen: *Sie sind nicht immer erhaben?* – Und abends dann (ein weiterer Unglücksfall) hat sich in einer Menge, wo ich mich recht in Sicherheit wähnte, *ein Jude* aus Ihrer Bekanntschaft, Monsieur Heilbuth, an mich geklammert und mir mit seinem Ateliergerede derart zugesetzt, daß ich nahe daran war, in Ohnmacht zu fallen oder ihm an die Gurgel zu springen.

Sie sehen, mit Ihnen gerate ich gerne ins Klatschen. Wenn es stimmt, daß man seine Mitwisser immer schonen soll, würde ich Ihnen gerne allzu viel Böses über alle Welt sagen, *um mich nicht mehr von Ihnen trennen zu können.*

Mit Vergnügen stelle ich fest, daß der Satz über Ihren Blick Ihnen nicht entgangen ist. Sie haben wirklich einen sehr häßlichen Blick (wenn Ihre Augen es wollen).

Ich glaube ernstlich, daß sich erfreulichere Horizonte vor mir auftun, und daß ich in der Woche, die morgen beginnt, selber zu Ihnen kommen werde, um Sie um Verzeihung zu bitten, *daß ich so getan habe, als vergäße ich Sie.* Gewiß werde ich dann auch das Album haben.

Ganz der Ihre, von ganzem Herzen.

C. B.

Diese 8 Francs hatte ich allzu lange vergessen: für den Wagen.

AN MADAME AUPICK

[Paris,] 26. März 1860

Leider! meine liebe Mutter, muß ich Dich abermals betrüben. Morgen, den 27., und am 1. April werden in Honfleur wieder zwei Schuldscheine eintreffen. (DIE LETZTEN. Seit Du es mir untersagt hast, habe ich keine weiteren unterschrieben.) ICH WILL NICHT, selbst wenn Du es wolltest, daß Du Dich für mich schröpfst. Das ist eine *ganz und gar aufrichtige Bitte,* die ich hiermit an Dich richte. *Ich will nicht,* ich kann nicht ohne Schaudern an das denken, was Du mir vor kurzem geschrieben hast: *Charles, obwohl Du ein guter Mensch bist und Geld verdienen kannst, fürchte ich, Du richtest mich noch zugrunde.* – Du weißt jetzt, daß, wenn man das Datum des Verfallstages nur um drei oder vier Tage überschreitet, dies noch keine ärgerlichen Folgen hat. *Ich gebe Dir mein Ehrenwort, daß ich weder die 400 noch die 500 Francs angegriffen habe, auf die ich seit zwei Monaten warte.* Diesmal aber wird das Geld von einer zuverlässigeren Stelle kommen, von *La Presse.* Ich werde Dir ganz bestimmt übermorgen schreiben, um Dich zu beruhigen. Notiere Dir sorgfältig den Namen und die Adresse des Gerichtsdieners, oder der Person, die das betreffende Papier in Händen hat. – Es besteht eine Vereinbarung mit der *Presse,* daß mir mein Honorar immer vor dem Druck ausbezahlt wird.

Ich flehe Dich allerinständigst an, habe Nachsicht mit mir, bedenke, daß ich heftige Schmerzen leide, und daß mein Geist nicht gesund ist. Schicke mir keinen dieser Sturzbäche von Vorwürfen, die mir so weh tun, mir, den Du für gefühllos hältst; und ich will auch nicht, daß Du Magenschmerzen hast und nicht schlafen kannst. Denn dieser Sturmwind, der seit drei Monaten herbraust, wird einmal nachlassen. Du kannst Dir nicht vorstellen, in welche Unruhe Du mich versetzt, wenn Du mir dergleichen schreibst. Ein Zittern befällt mich dann, und bald aus Furcht vor Deinen Vorwürfen, bald aus Angst, es könnten betrübliche Nachrichten über Deinen Gesundheitszustand eintreffen, wage ich Deine Briefe nicht zu erbrechen. Vor einem Brief bin ich nicht tapfer.

Wenn Du wüßtest, von welchen Gedanken ich mich ernähre: die Furcht, ich könnte sterben, bevor, was ich zu tun habe, getan ist; die Furcht, Du könntest sterben, bevor ich Dich ganz und gar glücklich gemacht habe, Dich, das einzige Wesen, mit dem mir ein sanftes Leben, ohne Listen, ohne Lüge, möglich wäre; der Abscheu vor meinem Vormundschaftsrat (das Wort muß hier fallen), der mich Tag und Nacht martert; endlich, und dies ist vielleicht noch trauriger als das übrige, die Furcht, mich niemals von meinen Lastern heilen zu können. Das sind so gewöhnlich meine Gedanken. Und mein Erwachen, in der Frühe! angesichts dieser kläglichen Wirklichkeiten: mein Name, meine Armut, usw. …!

Ich habe einen unumstößlichen Entschluß gefaßt: nach der ersten Aprilwoche, das heißt zu Ostern, oder nach Ostern, ob ich dann das, was noch zu tun ist, abgeschlossen habe oder nicht, ob über das Schauspiel (denn da bin ich hartnäckig) eine Entscheidung gefallen ist oder nicht, ob ich Deine 800 Francs in meiner Tasche habe oder nicht, ich breche auf. Und so werde ich denn endlich, wenn auch nicht glücklich sein, das ist unmöglich, so doch genügend Ruhe haben, um meinen ganzen Tag der Arbeit widmen und meinen ganzen Abend damit hinbringen zu können, Dich zu zerstreuen und Dir den Hof zu machen.

Hast Du einen (sehr kurzen) Brief von mir erhalten, wo von Deinem Schal die Rede war, und im Laufe des gleichen Tages ein Paket mit Tee, *die Sorte,* die Du, glaube ich, zu erhalten wünschtest? Über Deinen Schal war ich so bewegt, so gerührt, daß ich mich niemals damit hätte abfinden können, ihn zu verkaufen; ich habe ihn aufs Pfandhaus gebracht, in der Hoffnung, ihn später wieder auslösen zu können, und mit dem Geld, das mir dafür geliehen wurde (250), habe ich mich von Kopf bis Fuß neu angezogen.

Dies hier ist der Anfang einer Reihe von Artikeln, die *alle abgeschlossen* sind und die später in meinen vierten Band für den Verlag Malassis aufgenommen werden. Du wirst hintereinander acht Fahnenabzüge wie diesen erhalten.

Am 1. April werden vermutlich neue Gedichte von mir in der *Revue contemporaine* zu lesen sein. In *La Presse* werden eines nach dem andern neun oder zehn Feuilletons über bildende Kunst erscheinen.

Lebwohl. Nicht ohne Betrübnis werde ich morgen früh um 9 Uhr daran denken, daß Du meinen Brief liest.

Charles

Die *Paradis* sind im Druck. Und dann kommen die *Fleurs*.

[Paris, 23. April 1860]

Das ist ein betrüblicher Brief. Nicht einmal die *Revue internationale* hat mich mit *ihren* Dummheiten so sehr gedemütigt wie Sie mit den *meinigen*. Ich nehme Ihren Brief wieder vor, um ihn Punkt für Punkt durchzugehen.

1. *Du monde féminin, mundi muliebri.* – Wie können Sie es wagen, mir diesen seltsamen Genitiv zur Last zu legen? Erinnern Sie sich des *sultan,* der dazu diente, die Bewunderung für eine *femme adorablement mince* und von einem *genre de beauté florentine* auszudrücken. – Wie sind Sie nicht darauf gekommen, daß Calonne, *der ein Pedant ist,* als der druckreife Abzug vor ihm lag, sich gesagt haben muß: »So was von Unwissenheit, dieser Baudelaire! Er verwechselt die Endung des Ablativus pluralis *(bonis)* mit der des Genitivus singularis, der immer ein *i* ist.« – Was das Weitere Ihrer Kritik betrifft, so verweise ich auf die Arbeit der Einbildungskraft, die bei mir stattgefunden hat, und die der *intelligente* Leser nachzuvollziehen hat: was denn liebt ein Kind so leidenschaftlich an seiner Mutter, an seiner Bonne, seiner älteren Schwester? Ist es nur die Person, die es nährt, es kämmt, es wäscht und wiegt? Es liebt doch auch die Liebkosung, die sinnliche Lust. Diese Liebkosung erfährt das Kind ohne Wissen der Frau, durch alle weiblichen Reize. Es liebt also seine Mutter, seine Schwester, seine Amme, weil Satin und Pelzwerk es so angenehm kitzeln, des Duftes wegen, den ihr Busen und ihr Haar verströmen, des klirrenden Schmuckes, der flatternden Bänder wegen, usw., kurz dieses ganzen *mundus muliebris* wegen, der mit dem Hemd beginnt und sich sogar auf die Möbel erstreckt, in deren Formen die Besonderheiten des *weiblichen Geschlechtes* zum Ausdruck kommen. *Folglich* habe ich recht. *Folglich* habe ich in meinem Latein keinen Fehler begangen. – »Aber«, werden Sie sagen, »Sie begehen einen französischen Fehler in Ihrem *monde* féminin.« Das ist wahr, und um zu zeigen, daß ich es bewußt und absichtlich tue, hebe ich dies *monde* hervor. Da an Ihrer Kritik jedoch in Wahrheit etwas dran ist, versuche ich Sie durch eine Änderung zufriedenzustellen, und ich bitte Sie, mir zu sagen, *ob Sie damit zufrieden sind.*

(Ich bitte um einen zweiten Abzug, um mit Sasanoff, Fowler oder wem immer in Muße nachprüfen zu können, ob in meinem kleinen Nekrolog auf De Quincey auch alles stimmt. Morgen werde ich die pharmazeutische Fußnote schreiben, und Ihnen mitteilen, wie sich die Angelegenheit mit den abzunehmenden Exemplaren entschieden hat.)
Um auf diesen angeblichen Fehler zurückzukommen, so betrifft er nicht *mundi,* das in den vorausgehenden Zeilen sehr zutreffend wiedergegeben wird durch *atmosphère, odeur, sein, genoux, chevelure, vêtements, balneum unguentatum;* er betrifft, meine ich, nicht ein *mundus* als Übersetzung von *monde,* sondern *monde* als Auslegung von *mundus.*
2. Das übrige ist wirklich schwerwiegend. Es ist mir sehr hart, daß ich gesagt habe, eine *pâture pouvait éteindre une soif,* und *que je suis un Dieu qui a.* Das wird, fürchte ich, niemandem entgehen, und für den *Figaro* wird das ein gefundenes *Fressen* sein, und ich werde das Buch niemals aufschlagen können, ohne unfehlbar auf diese Ungeheuerlichkeiten zu stoßen. Lieben Sie mich genug, um zwei Kartons herzustellen? Und wenn Sie dem zustimmen, geben Sie acht, daß sich keine neuen Fehler auf den vier Seiten einschleichen, die diese Kartons bilden.
Hier der Umschlag.
Ich schreibe an Guys, um ihn um die Anmerkung über die englischen Zeitungen zu bitten, die von französischer Literatur sprechen.
Eine kurze Antwort, bitte. Ganz der Ihre.

Charles Baudelaire

Also: *Dieu qui ai,* und *implacable appétit,* wenn das mit dem Übrigen des Satzes übereinkommt.
Auf den Rücken des Umschlags: *Charles* oder wenigstens *Ch.*
Diese beiden Kartons, nicht wahr, wenn Sie damit einverstanden sind, und diese neuerlichen Korrekturfahnen sollten das Erscheinen unseres Buches nicht hinauszögern.
Es muß *teinture* heißen, und nicht *teinte.*

AN ALPHONSE DE CALONNE

[Paris, 28. April 1860]

Cher Monsieur,

Ich bedaure unendlich, Sie zum zehnten Mal darauf hinweisen zu müssen, *daß man sich an* MEINEN *Versen nicht vergreift*. So bitte ich Sie, den Abdruck zu unterlassen.
Sie kennen mich genug, um zu wissen, daß ich Ihnen den noch nicht abgeleisteten Vorschuß durch eine Novelle oder eine Arbeit über bildende Kunst vergüten werde.

Hochachtungsvoll
Ch. Baudelaire

AN ALPHONSE DE CALONNE

[Paris,] 28. April 1860

Monsieur,

Der Brief, den ich heute von Ihnen erhalte und der den ihm vorausgegangenen noch verschlimmert, wird unseren Beziehungen sehr abträglich sein, die jedoch, wie ich glaube, nicht völlig und sogleich aufhören können, es sei denn, Sie äußerten einen diesbezüglichen Wunsch. Ich empfinde nicht einmal das Bedürfnis, Sie dahin zu bringen, daß Sie Ihr unangemessenes Verhalten in dieser Angelegenheit einsehen. Ob Sie es nun einräumen oder nicht, daß ich in einer Frage der Kunst und der Dichtung mehr Erfahrung habe als Sie, das ist nicht von Belang. Alle Ausdrücke, deren Sie sich in Ihrem Brief bedienen, wende ich gegen Sie. Es gefällt Ihnen, Beziehungen zu zerstören, die mir oft angenehm waren, *um so schlimmer für Sie. Dieser Brief hätte, sagen Sie, von mir weniger als von irgend jemand anderem kommen dürfen*. Und warum dies? Habe Ihnen jemals verheimlicht, daß, wenn ich Sie *hilfsbereit* fand, ich auch Fehler an Ihnen bemerkte, die, bei dem *literarischen* Direktor einer Zeitschrift, die gefügigsten Geister verärgern konnten? Wie oft habe ich Ihnen nicht nachgegeben und wie oft auch habe ich Sie angefleht, dieses direktoriale Gehabe zu mäßigen! *Ich kenne mich, und ich kenne Sie;* ich werde Sie also nicht aufsuchen. Es gefällt Ihnen gegenwärtig, Verse, die ich nicht noch einmal gelesen habe, wider meinen Willen einer Druckerei hinzuwerfen. Ich werde mich morgen in die Rue Coq-Héron begeben, um das zu überarbeiten, was, wie ich weiß, einer Überarbeitung bedarf. Ich wünsche von ganzem Herzen, diese Veränderungen möchten mit denen übereinstimmen, die Sie selbst hätten vornehmen wollen. – Ihr Brief hat mich eher betrübt als verärgert. Aber ich werde ihn sorgfältig aufbewahren. Und ich lege Wert darauf, daß Sie diesen hier aufheben. Er kann, selbst Ihnen, als Beweisstück dienen, daß ich ein Mensch bin, der sich zu beherrschen weiß!

Ihr Diener
Charles Baudelaire

AN JULES BARBEY D'AUREVILLY

[Paris, 9. Juli (1860?)]

Lieber *Alter Taugenichts,*

Denken Sie an Mich! *Remember, Esto memor!*
Meine metallne Kehle spricht alle Sprachen;
das heißt, ich gleiche, wenn ich einen Wunsch habe, einer Pendeluhr. – Mir scheint, mein Ticktack spricht alle Sprachen. – Doch Scherz beiseite, ich bedarf Ihrer. Es geht um ein wohlgeratenes Buch (Sie wissen, was ich darunter verstehe), gegen das man ungerecht ist. Sie haben eine Dichterstimme, reden Sie. – Die *Débats* und die *Revue européenne* sagen, es sei zweifelhaft, ob *meine moralische Gesundheit sich gebessert habe, trotz der zur Schau gestellten Anwandlungen einer strengen Moral,* in denen ich mir auf dem Papier gefalle. In das Gewissen eines Autors eindringen zu wollen, ist eine Rolle, die der Kritiker sich noch nicht angemaßt hatte. Doch nichts wundert mich in einer Zeit, in der ein Minister

erklärt, es sei die Aufgabe des Romans, das *Gewissen der Massen* zu vervollkommnen, und in der die Polizei (die sich für die Moral hält) die allzu gut angezogenen Dirnen aus den Cafés verweist.

Man sagt mir (aber ist das auch wahr?), Ihre gewagten Ausführungen anläßlich der Herren Aubryet und A. Pommier hätten Granier zu der Bitte veranlaßt, Sie möchten die neuere Literatur für eine Weile ruhen lassen.

Anderseits muß ich bekennen, daß Ihr Artikel über den Père Lacordaire (mit Ausnahme des ersten Kapitels, in dem ein schreckliches Durcheinander herrscht) etwas sehr Schönes ist. Dort spricht ein echter Stolz, ein christlicher Adel, vor dem auch ich mich beuge. Was mich freilich wundert, ist der Umstand, daß Sie nicht darauf verfallen sind, in Entsprechung zu Ihrem Thema, einen Vergleich zu ziehen zwischen der sogenannten religiösen Malerei unserer Zeit (nichts als erbaulicher Schund) und der ehemaligen religiösen Malerei (Michelangelo selber), deren Erhabenheit einen erdrückt. Eine solche Beigabe bot sich doch von selber an.

Ich habe zwei Abende mit dem niederträchtigen Veuillot verbracht. Er hat mich durch seine Dummheit entwaffnet. Ich verzichte darauf, mich an ihm zu rächen. Immer noch der gleiche Utilitarist, wie ein Demokrat. – Ich wollte ihn in einige Tanzkneipen schleppen, aber er scheut jede Gefährdung seiner Jungfernschaft.

Ich werde mich demnächst aus diesem Hotel davonmachen: *Hôtel de Dieppe, 22, rue d'Amsterdam,* wo ich zwischen 11 und 5 Uhr immer anzutreffen bin.

Kommen Sie also, Elender. – Ich werde Ihnen schöne Sachen zeigen (nichts Literarisches).

Charles Baudelaire

AN JOSEPHIN SOULARY

[Paris,] 12. Juli 1860

Mein lieber Soulary, ich habe mich mancher Unterlassungen Ihnen gegenüber schuldig gemacht; aber alle großen Dichter sind gute

Kinder, und ich bin sicher, in Ihrem Herzen haben Sie mich entschuldigt. Immer kommt einem etwas in die Quere! Ich habe Ihre reizenden Verse gelesen, und in dem Plan Ihres Gedichtes habe ich die Ordnungsliebe Ihres Geistes (die dem wahren Dichter unentbehrlich ist) bewundert und Ihre tiefe Einsicht in das Wesen der Allegorie.

Erlauben Sie mir, daß ich Sie wie einen alten Freund behandle, und Ihnen zwei Aufträge erteile:

1. Versichern Sie Monsieur Armand Fraisse meiner aufrichtigen Freundschaft und bedrängen Sie ihn ein bißchen, daß er mir die Ehre einer Besprechung der *Paradis* erweist.

2. Suchen Sie in Erfahrung zu bringen, was ein Bogen (Großoktav) bei Monsieur Perrin kostet, und wieviel Zeit er benötigt, um 800 Seiten zu drucken. Man sagt mir, er ließe mich ein Martyrium erdulden, wenn ich mich in seine Hände begebe.

Ihr sehr ergebener

Ch. Baudelaire

Ich habe Ihre Adresse vergessen.

AN ARMAND FRAISSE

[Paris, um den 12. August 1860]

Mißtrauen Sie jedem Reizmittel ... Ich kenne eine schreckliche Anekdote, bei der es sich allerdings nicht um Opium handelt. Eine Frau von Welt war in einen Zustand unerklärlicher Schlaffheit und Schwermut versunken, nur weil sie, Jahre hindurch, zusammen mit ihrem Gatten, zum Mittag- und Abendessen als Tischwein Champagner getrunken hatte. Sie erraten das Ergebnis: fortan war es ihr unmöglich, ohne Champagner in ihren normalen Zustand zurückzufinden. Dabei ist der Champagner noch ein verhältnismäßig unschuldiger Verderber, verglichen mit dem indischen Hanf, dem Laudanum und dem Morphium.

Alle Reizmittel sind mir ein Greuel geworden, weil sie die Zeit ausdehnen, und des Charakters der Ungeheuerlichkeit wegen, die ein beliebiges Reizmittel jedem Ding verleiht. Es ist unmöglich, nicht nur ein Geschäftsmann, sondern auch ein Mann der Literatur zu sein, wenn man sich einer fortgesetzten geistigen Ausschweifung ergibt.

[. . . .]

Ich zähle darauf, daß Sie meine Vertraulichkeiten niemandem anvertrauen. Man darf der Kanaille nichts Persönliches ausliefern.

DIE KÜNSTLICHEN PARADIESE

Opium und Haschisch

FÜR J. G. F.

MEINE LIEBE FREUNDIN,

Der gesunde Menschenverstand sagt uns, daß die Dinge dieser Erde kein rechtes Dasein haben, und daß die wahre Wirklichkeit nur in den Träumen liegt. Um das natürliche – wie das künstliche – Glück zu verdauen, muß man zuvor den Mut haben, es hinunterzuschlucken; und diejenigen, welche das Glück vielleicht verdient hätten, sind eben jene, denen die Glückseligkeit, so wie die Sterblichen sie verstehen, stets einen Brechreiz verursacht hat.

Den Dummköpfen wird es seltsam und sogar impertinent vorkommen, daß eine Schilderung künstlicher Lüste einer Frau, der gewöhnlichsten Quelle der allernatürlichsten Lüste, gewidmet ist. Es ist jedoch offenkundig, daß, da die natürliche Welt in die geistige reicht, ihr als Nährboden dient, und so ihren Beitrag zu jener nicht näher bestimmbaren Mischung liefert, die wir unsere Individualität nennen, die Frau das Wesen ist, das den größten Schatten oder das größte Licht in unsere Träume wirft. Die Frau wirkt unausweichlich auf unser Gemüt; sie lebt ein anderes Leben als ihr eigenes; sie lebt geistig in unserer Einbildungskraft, die sie bedrängt und befruchtet.

Es ist übrigens kaum von Belang, ob der Grund dieser Widmung verstanden wird. Ist es denn zur Zufriedenheit des Autors unerläßlich, daß ein Buch verstanden werde, außer von dem- oder derjenigen, für die es geschrieben wurde? Ja, um alles herauszusagen: muß es überhaupt für jemanden *geschrieben worden sein? Ich meinesteils finde an der Welt der Lebenden so wenig Gefallen, daß ich, gleich jenen gefühlvollen und unbeschäftigten Frauen, die, dem Vernehmen nach, der Post ihre Herzensergießungen an erdachte Freundinnen anvertrauen, gerne nur für die Toten schriebe.*

Doch keiner Toten widme ich dieses kleine Buch; ich widme es einer, die, ob sie auch krank ist, in mir immerfort lebt und handelt, und die nun alle ihre Blicke dem Himmel zukehrt, dieser Stätte aller Verwandlungen und Verklärungen. Denn ebenso wie der Mensch einer gefährlichen Droge neue, verfeinerte Genüsse verdankt, so besitzt er auch das Vorrecht, ähnliche Genüsse selbst aus dem Schmerz, dem Unheil und dem Verderben zu ziehen.

In dieser Schilderung wirst du einen düsteren einsamen Spaziergänger sehen, der in der beweglichen Flut der Menge dahintreibt, und der sein Herz und seine Gedanken einer fernen Elektra sendet, die ihm einst die schweißgebadete Stirne trocknete und seine vom Fieber ausgedörrten Lippen erfrischte; *und du wirst die Dankbarkeit eines anderen Orest erraten, bei dem du oft gewacht hast, wenn böse Träume ihn verfolgten, und dem du mit leichter, mütterlicher Hand den gräßlichen Schlaf verscheuchtest.*

C. B.

DAS GEDICHT VOM HASCHISCH

I
Das Verlangen nach dem Unendlichen

Wer sich selbst zu beobachten weiß und eine Erinnerung an seine Eindrücke bewahrt, wer wie E. T. A. Hoffmann es verstanden hat, ein Barometer seiner Gemütszustände zu konstruieren, hat bisweilen auf dem Observatorium seines Geistes schöne Jahreszeiten, glückliche Tage, köstliche Minuten zu verzeichnen. Es gibt Tage, an denen der Mensch mit einem jugendlichen, kräftigen Genius erwacht. Kaum hat er den Schlaf, der seine Lider versiegelt hielt, abgeschüttelt, so bietet die äußere Welt sich ihm mit einem mächtigen Relief, einer Reinheit der Umrisse, einem Reichtum wunderbarer Farben dar. Die sittliche Welt eröffnet ihre weiten Ausblikke, voll neuer Klarheiten. Der Mensch, dem die Gnade dieser – leider so seltenen und flüchtigen – Seligkeit zuteil wird, fühlt sich zugleich künstlerischer und gerechter, er fühlt sich edler, um alles mit einem Wort zu sagen. Das Seltsamste aber an diesem außergewöhnlichen Zustand des Geistes und der Sinne, den ich ohne Übertreibung paradiesisch nennen darf, wenn ich ihn mit dem lastenden Düster des gemeinen Alltagslebens vergleiche, ist der Umstand, daß er durch keine ersichtliche und leicht bestimmbare Ursache hervorgerufen wurde. Ist er das Ergebnis einer guten Hygiene und der Lebensführung eines Weisen? Dies ist die erste Erklärung, die sich dem Geist anbietet; wir müssen jedoch zugeben, daß diese ganze Herrlichkeit, dieses Wunder, als verdankten wir es der Einwirkung einer unsichtbaren, außerhalb des Menschen gelegenen höheren Macht, sich oft nach einer Periode einstellt, in welcher der Mensch seine physischen Kräfte mißbraucht hat. Sollen wir es den Lohn für das anhaltende Gebet und inständige Glühen des Geistes nennen? Gewiß, eine beharrliche Erhebung des Verlangens, eine Anspannung der geistigen Kräfte himmelwärts wäre wohl das geeignetste Verhalten, um diese so strahlende und so rühmliche seelische Gesundheit hervorzurufen; doch kraft welchen widersinnigen Gesetzes tritt sie bisweilen nach strafbaren

Ausschweifungen der Einbildungskraft ein, nach einem sophistischen Mißbrauch der Vernunft, der sich zu deren redlichem und verständigem Gebrauch verhält wie Verrenkungen zu einer gesunden Gymnastik? Deshalb will ich dieses ungewöhnliche Befinden des Geistes lieber für eine wirkliche *Gnade* halten, für einen Zauberspiegel, der den Menschen einlädt, sich in Schönheit zu sehen, das heißt so, wie er sein sollte und könnte; eine Art Ermahnung, wie von einem Engel, ein Ruf zur Ordnung in Gestalt eines Kompliments. Ebenso wie eine gewisse spiritualistische Schule, die ihre Vertreter in England und Amerika hat, die übernatürlichen Erscheinungen, die Geister, die Gespenster, usw. als Manifestationen des göttlichen Willens betrachtet, der immer darauf bedacht ist, im Geist des Menschen die Erinnerung an die unsichtbaren Wirklichkeiten zu wecken.

Dieser wunderbare, unvergleichliche Zustand, in dem alle Kräfte sich das Gleichgewicht halten, in dem die Einbildungskraft, bei all ihrer ungewöhnlichen Mächtigkeit, den moralischen Sinn nicht in gefährliche Abenteuer verlockt, in dem eine verfeinerte Sensibilität nicht mehr von kranken Nerven, diesen gewöhnlichen Ratgebern des Verbrechens oder der Verzweiflung, gemartert wird, dieser wunderbare Zustand, sage ich, kündigt sich durch keinerlei vorauslaufende Symptome an. Er erscheint wie ein Geist, ohne daß man auf ihn gefaßt war. Etwas besucht uns, etwas kommt und geht, aus dem wir, wenn wir weise wären, auf die Gewißheit eines besseren Daseins schließen und uns zu der Hoffnung bewegen lassen sollten, dieses durch die tägliche Übung unseres Willens zu erreichen. Diese Schärfe des Gedankens, diese freudige Begeisterung der Sinne und des Gemüts müssen dem Menschen zu allen Zeiten als das erste aller Güter erschienen sein; darum hat er, nur auf die unmittelbare Lust bedacht und unbesorgt, ob er damit nicht die Gesetze seiner Konstitution verletze, in der Physik, in der Pharmazeutik, in den gröbsten Getränken, in den feinsten Gerüchen, unter jedem Himmelsstrich und zu allen Zeiten, die Mittel gesucht, um, und wäre es nur für wenige Stunden, seiner schmutzigen Behausung zu entfliehen, und wie der Dichter des *Lazare* sagt: »das Paradies auf einen Streich zu gewinnen.« Ach! die Laster des Menschen mögen noch so grauenvoll sein, dennoch liefern sie uns (und wäre es nur durch ihre unendliche Verbreitung!) den Beweis für sein Verlangen nach dem Unendlichen; nur ist dies leider ein Verlangen, das oft den rechten Weg verfehlt. Man könnte das geläufige Sprichwort: *Alle Wege führen nach Rom* im übertragenen Sinne brauchen und es auf die sittliche Welt anwenden; alles führt zur Belohnung oder zur Strafe, zwei Formen der Ewigkeit. Der Geist des Menschen strotzt von Leidenschaften; er kann *davon noch abgeben*, um mich einer anderen landläufigen Redensart zu bedienen; aber dieser unglückliche Geist, dessen natürliche Verdorbenheit ebenso groß ist wie seine fast paradoxe, plötzliche Fähigkeit zur Nächstenliebe und zu den strengsten Tugenden, ist fruchtbar an Widersprüchen, die ihm erlauben, das Zuviel dieser überschäumenden Leidenschaft zum Bösen zu gebrauchen. Niemals glaubt er, sich ganz und gar zu verkaufen. In seiner Verblendung vergißt er, daß er sich gegen einen Klügeren und Stärkeren aufs Spiel setzt, und daß der Geist des Bösen, wenn man ihm auch nur ein Haar überläßt, sich bald des ganzen Kopfes bemächtigen wird. Durch Apothekerkünste, mittels gegorener Getränke hat dieser sichtbare Herr über die sichtbare Natur (ich rede von dem Menschen) das Paradies erschaffen wollen, wie ein Wahnsinniger, der auf den Einfall käme, solide Möbel und wirkliche Gärten durch Kulissen zu ersetzen, die man auf Leinwand gemalt und an Gestellen befestigt hätte. In dieser Verderbtheit des Verlangens nach dem Unendlichen liegt meiner Meinung nach die Ursache aller schuldhaften Ausschweifungen, von dem einsamen, in sich versammelten Rausch des Literaten, der, als er sich genötigt sah, im Opium die Linderung eines körperlichen Schmerzes zu suchen, und derart eine Quelle krankhafter Genüsse entdeckte, es nach und nach zu seinem einzigen Heilmittel und gleichsam zur Sonne seines geistigen Lebens gemacht hat, bis zu der abstoßendsten Trunksucht der Vorstädte, die sich, das Hirn voll Feuer und Ruhm, lächerlich im Kot der Straße wälzt.

Sehe ich einmal von den Getränken ab, die rasch zur tätlichen Wut treiben und alle geistigen Kräfte lähmen, und von den Düften, deren übertriebene Verwendung, während sie die Einbildungskraft des Menschen verfeinern, seine körperlichen Kräfte mehr und mehr schwächt, so sind unter den Drogen, die das, was ich das *künstliche Ideal* nenne, zu erzeugen imstande sind, Haschisch und Opium die beiden wirksamsten Substanzen, die bequem zu handhaben und leicht zu beschaffen sind. Die Untersuchung der geheimnisvollen Wirkungen und der krankhaften Genüsse, welche diese Drogen hervorrufen können, der unausweichlichen Strafen, die ihr fortgesetzter Gebrauch nach sich zieht, und schließlich der sittlichen Verfehlung selbst, die in dieser Jagd nach einem falschen Ideal liegt, bildet den Gegenstand dieser Studie.

Die Arbeit über das Opium ist bereits geschrieben worden, und zwar auf derart hervorragende Weise, in medizinischer nicht minder als in poetischer Hinsicht, daß ich es nicht wagen möchte, dem etwas hinzuzufügen. Ich werde mich also, in einer anderen Studie, damit begnügen, eine Analyse dieses unvergleichlichen Buches zu liefern, das noch niemals als Ganzes ins Französische übersetzt wurde. Der Verfasser, ein berühmter Mann, von machtvoller und köstlicher Einbildungskraft, der heute still und zurückgezogen lebt, hat es gewagt, mit geradezu tragischer Aufrichtigkeit von den Freuden und Qualen zu berichten, die er vordem im Opium gefunden hat; und der dramatischste Teil seines Buches ist der, wo er von den übermenschlichen Willensanstrengungen spricht, die zu entfalten er sich genötigt sah, um der Verdammnis zu entrinnen, der er sich unbedachtsamerweise selber ausgeliefert hatte.

Heute will ich nur vom Haschisch reden, und ich werde mich dabei der zahlreichen, umständlichen Auskünfte bedienen, wie ich sie den Aufzeichnungen oder vertraulichen Berichten intelligenter Männer entnehme, die dem Haschisch lange Zeit ergeben waren. Nur werde ich diese verschiedenartigen Dokumente zu einer Art Monographie verschmelzen, indem ich eine im übrigen leicht zu erklärende und zu bestimmende Seele als den für derartige Erfahrungen geeigneten Typus auswähle.

II
Was ist das Haschisch?

Die Berichte Marco Polos, über den man, wie über einige andere ältere Reisende, sich zu Unrecht lustig gemacht hat, sind von den Gelehrten bestätigt worden und verdienen unser Vertrauen. Ich will ihm nicht nacherzählen, wie der Alte vom Berge diejenigen seiner jüngsten Anhänger, welche er mit Haschisch berauscht hatte – daher der Name Haschischinen oder Assassinen –, in einem Garten voller Wonnen einschloß, um ihnen, als verheißenen Lohn gleichsam für einen passiven und bedenkenlosen Gehorsam, eine Vorstellung des Paradieses zu vermitteln. Hinsichtlich der geheimen Gesellschaft der Haschischinen kann der Leser sich aus dem Werk von Hammer-Purgstall unterrichten, oder aus der in den *Mémoires de l'Académie des Inscriptions et Belles-Lettres* veröffentlichten Denkschrift von Sylvestre de Sacy, und hinsichtlich der Etymologie des Wortes *assassin* seinen Brief an den Redakteur des *Moniteur* (in Nr. 359 des Jahrgangs 1809) nachlesen. Herodot erzählt, daß die Skythen Hanfkörner aufhäuften, auf die sie rotglühende Steine warfen. Das war für sie gleichsam ein Dampfbad, wohlriechender als in einer griechischen Badestube; das Vergnügen, das sie dabei empfanden, war so lebhaft, daß es ihnen Freudenschreie entriß.

Das Haschisch kommt in der Tat aus dem Orient; die erregenden Eigenschaften des Hanfs waren im alten Ägypten wohlbekannt, und sein Gebrauch ist, unter verschiedenen Bezeichnungen, in Indien, in Algerien und dem Glücklichen Arabien sehr verbreitet. Doch wir finden auch bei uns, unter unseren Augen, merkwürdige Beispiele eines durch pflanzliche Ausdünstungen hervorgerufenen Rausches. Nicht zu reden von den Kindern, die, wenn sie in frischgemähter Luzerne sich getummelt und gewälzt haben, plötzlich seltsamen Schwindelanfällen erliegen, weiß man, daß während der Hanfernte die männlichen und weiblichen Arbeiter ähnlichen Einwirkungen ausgesetzt sind; von der Ernte scheint ein Miasma aufzusteigen, das ihr Gehirn tückischerweise verstört. Der Kopf des Mähers ist voller Wirbel und manchmal von Träumen bedrängt. In gewissen Augenblicken werden die Glieder schwach und versagen den Dienst. Wir haben von ziemlich häufigen Anfällen von Somnambulismus bei den russischen Bauern gehört, deren Ursache im Gebrauch des Hanföls bei der Zubereitung von Speisen zu suchen sei. Wer kennt nicht das närrische Betragen der Hühner, wenn sie Hanfkörner gefressen haben, und das feurige Ungestüm der Pferde, welche die Bauern, auf Hochzeiten und den Patronatsfesten, zu einem Wettrennen zum Kirchturm vorbereiten, indem sie ihnen Hanfsamen vorwerfen, der bisweilen mit Wein getränkt ist?

Der französische Hanf ist jedoch zur Verarbeitung in Haschisch ungeeignet, oder zumindest, wiederholten Erfahrungen nach, nicht geeignet, eine Droge zu ergeben, die dem Haschisch an Wirksamkeit gleichkäme. Haschisch oder indischer Hanf *(cannabis indica)* gehört zu der Familie der Nesselgewächse und sieht dem Hanf in unseren Klimaten völlig gleich, bis auf den Umstand, daß er nicht dieselbe Höhe erreicht. Er besitzt außergewöhnlich berauschende Eigenschaften, die seit einigen Jahren in Frankreich die Aufmerksamkeit der Gelehrten und der Weltleute auf sich gelenkt haben. Er wird mehr oder weniger geschätzt, je nach seinem Herkunftsland; die Liebhaber bevorzugen den aus Bengalien; doch die aus Ägypten, aus Konstantinopel, aus Persien und Algerien stammenden Sorten besitzen die nämlichen Eigenschaften, wenn auch in geringerem Grade.

Das Haschisch – oder Kraut, sozusagen das Kraut par excellence, als hätten die Araber mit einem Wort *das Kraut,* die Quelle aller immateriellen Wonnen, bezeichnen wollen – trägt verschiedene Namen, je nach seiner Zusammensetzung und je nach der Zubereitungsart, der man es in dem Lande unterwirft, wo es geerntet wurde: in Indien *bangie;* in Afrika *teriaki;* in Algerien und in dem Glücklichen Arabien *madjound,* usw. Es ist nicht gleichgültig, in welcher Jahreszeit man es erntet; wenn es in Blüte steht, ist es am kräftigsten; die blühenden Spitzen sind infolgedessen die einzigen Teile, die bei den verschiedenen Zubereitungen verwendet werden, über die noch einiges zu sagen ist.

Der *fette Extrakt* des Haschisch, wie ihn die Araber bereiten, wird durch das Einkochen der frischen Pflanzenspitzen in Butter mit ein wenig Wasser gewonnen. Nach vollständiger Verdampfung aller

Feuchtigkeit gibt man ihn durch ein Sieb und erhält so eine Masse, die wie eine grünlich-gelbe Pomade aussieht, und die einen unangenehmen Geruch nach Haschisch und ranziger Butter behält. In dieser Gestalt verwendet man den fetten Extrakt in kleinen Kügelchen von zwei bis vier Gramm; seines widerlichen Geruchs wegen jedoch, der mit der Zeit zunimmt, verarbeiten die Araber ihn zu einer Art Konfitüre.

Die gebräuchlichste dieser Konfitüren ist der *dawamesk,* eine Mischung aus fettem Extrakt mit Zucker und verschiedenen Aromaten, wie Vanille, Zimt, Pistazien, Mandeln, Moschus. Mitunter fügt man sogar etwas Kanthariden hinzu, einem Zweck zuliebe, der mit den üblichen Wirkungen des Haschisch nichts gemein hat. In dieser neuen Gestalt hat das Haschisch nichts Widerwärtiges, und man kann es in Dosen von 15, 20 und 30 Gramm nehmen, sei es in einer Oblate, sei es in einer Tasse Kaffee.

Die von Smith, Gastinel und Decourtive unternommenen Versuche zielten darauf ab, die Ursache der Wirkkraft des Haschisch zu entdecken. Trotz ihrer Bemühungen ist seine chemische Zusammensetzung noch wenig bekannt; doch schreibt man seine Eigenschaften für gewöhnlich einem harzigen Stoff zu, der sich in ziemlicher Menge darin findet (etwa im Verhältnis von 10 zu 100). Um dieses Harz zu gewinnen, zerstampft man die getrocknete Pflanze zu grobem Pulver und wäscht dieses mehrmals mit Alkohol, den man anschließend destilliert und dadurch teilweise auszieht; dann läßt man soviel verdampfen, bis ein zäher Extrakt übrig bleibt; diesen Extrakt behandelt man mit Wasser, das die klebrigen Fremdstoffe auflöst, und erhält so zuletzt das völlig gereinigte Harz.

Dieses Produkt ist weich, von tiefgrüner Farbe und besitzt in hohem Grade den eigentümlichen Geruch des Haschisch. 5, 10, 15 Zentigramm genügen, um erstaunliche Wirkungen hervorzurufen. Das Haschischin jedoch, das man in Form von Schokoladepastillen oder kleinen Ingwerpillen einnehmen kann, hat, wie der *dawamesk* oder der fette Extrakt, mehr oder weniger heftige Wirkungen, die je nach dem Temperament des Einzelnen und seiner nervösen Reizbarkeit sehr verschieden sein können. Ja, mehr noch, die Wirkung wechselt auch bei derselben Person. Bald löst es eine unmäßige und unwiderstehliche Heiterkeit aus, bald ein Gefühl des Wohlbefindens und der Lebensfülle, dann wieder versenkt es den Betreffenden in einen von Träumen durchzogenen Halbschlaf. Es gibt jedoch Phänomene, die sich ziemlich regelmäßig wiederholen, vor allem bei Personen, die nach Temperament und Erziehung verwandt sind; es gibt eine Art Einheit in der Mannigfaltigkeit, und diese wird es mir ermöglichen, ohne allzu große Mühe diese Monographie des Rausches zu schreiben, von der soeben die Rede war.

In Konstantinopel, in Algerien und selbst in Frankreich rauchen manche das Haschisch mit Tabak untermischt; dann aber treten die besagten Phänomene nur in sehr gemilderter und sozusagen lässiger Form auf. Ich habe sagen hören, man habe kürzlich auf dem Wege der Destillation aus dem Haschisch ein kondensiertes Öl ausgezogen, das an Wirksamkeit alle bisher bekannten Präparate weit hinter sich läßt; aber man hat es noch nicht genügend erprobt, als daß ich mit Gewißheit von den Ergebnissen sprechen könnte. Es erübrigt sich wohl, hinzuzufügen, daß Tee, Kaffee und Liköre kräftige Hilfsmittel sind, welche die Entfaltung dieses geheimnisvollen Rausches mehr oder minder beschleunigen.

III
Das Théâtre de Séraphin

Was empfindet man? was sieht man? Wunderdinge, nicht wahr? außerordentliche Schauspiele? Ist es herrlich? und schrecklich? und sehr gefährlich? – Solche Fragen stellen die Unwissenden, in deren Neugier sich Furcht mischt, gewöhnlich an die Adepten. Als treibe sie eine kindliche Wißbegierde, wie sie bei Leuten auftritt, die niemals hinterm Ofen hervorgekommen sind, wenn sie auf einen Menschen treffen, der aus fernen unbekannten Ländern heimkehrt. Sie stellen sich den Haschischrausch wie ein Wunderland vor, ein ungeheures Theater voller Zauber- und Gauklerkünste, wo alles unerhört und unvorhergesehen ist. Das ist ein Vorurteil, eine vollkommene Verkennung. Und da nun für gewöhnlich die Leser und Frager mit dem Wort Haschisch die Vorstellung einer seltsamen Welt verbinden, in der alles auf den Kopf gestellt ist und wunderbare Träume sie erwarten (oder besser gesagt: Halluzinationen, die übrigens weniger häufig sind, als man annimmt), so will ich hier sogleich den wesentlichen Unterschied hervorheben, der die Wirkungen des Haschisch von den Phänomenen des Schlafes trennt. Im Schlaf, diesem allnächtlichen Abenteuer, liegt etwas entschieden Wunderbares; es ist dies ein Wunder, dessen regelmäßiges Eintreffen uns für sein Mysterium abgestumpft hat. Die Träume des Menschen sind von zweierlei Art: die einen sind erfüllt von seinem Alltagsleben, seinen Sorgen, seinen Wünschen und Lastern; sie verbinden sich auf eine mehr oder minder wunderliche Weise mit den tagsüber wahrgenommenen Dingen, die auf der weiten Leinwand seines Gedächtnisses aufdringliche Spuren hinterlassen haben. Das ist der natürliche Traum; er ist der Mensch selber. Aber die andere Art von Traum! der absurde, der unvorhergesehene Traum, ohne Beziehung noch Verknüpfung mit dem Charakter, dem Leben und den Leidenschaften des Schläfers! dieser Traum, den ich hieroglyphisch nennen möchte, verweist offensichtlich auf die übernatürliche Seite des Lebens, und eben weil er absurd ist, hielten die Alten ihn für göttlich. Da er sich aus den natürlichen Ursachen nicht erklären läßt, haben sie ihm eine dem Menschen äußerliche Ursache zugeschrieben; und noch heute gibt es – von den Traumdeutern nicht zu reden – eine philosophische Schule, die in Träumen dieser Art bald einen Vorwurf, bald einen Rat erblickt; kurz, ein symbolisches und moralisches Gemälde, das im Geist des schlummernden Menschen entsteht. Das ist ein Wörterbuch, das es zu studieren gilt, eine Sprache, zu der die Weisen den Schlüssel finden können.

Nichts dergleichen im Haschischrausch. Nirgends verlassen wir den natürlichen Traum. Freilich wird der Rausch, solange er dauert, dank der Intensität der Farben und der Schnelligkeit der Vorstellungen ein ungeheurer Traum sein; aber er wird immer die dem Betreffenden eigentümliche Stimmung behalten. Der Mensch hat träumen wollen, der Traum wird den Menschen beherrschen; aber dieser Traum wird in allem der Sohn seines Vaters sein. Der Müßiggänger ist darauf verfallen, dem Übernatürlichen auf einem künstlichen Wege Einlaß in sein Leben und in sein Gemüt zu

gewähren; aber er bleibt doch schließlich, trotz der gelegentlichen Stärke seiner Empfindungen, auch gesteigert derselbe Mensch, dieselbe zu sehr hoher Potenz erhobene Zahl. Er ist bezwungen; zu seinem Unglück jedoch nur durch sich selbst, das heißt durch den ihn selber schon beherrschenden Teil; *er hat zum Engel werden wollen, und er ist ein Tier geworden,* ein im Augenblick sehr mächtiges, wenn anders eine übersteigerte Empfänglichkeit, die durch nichts zu mäßigen ist, aus der nichts einen Gewinn zieht, Macht genannt zu werden verdient.
Möchten die Weltleute und die Unwissenden, die nach außergewöhnlichen Wonnen lüstern sind, es sich doch gesagt sein lassen, daß sie im Haschisch nichts Wunderbares finden werden, durchaus nichts anderes als die gesteigerte Natur. Auch unter der Einwirkung des Haschisch auf das Gehirn und den gesamten Organismus werden sich nur die bei dem Einzelnen gewöhnlichen Phänomene einstellen, häufiger freilich und kräftiger, doch stets ihrem Ursprung getreu. Der Mensch wird der Bestimmung seines körperlichen und seelischen Temperaments nicht entrinnen: das Haschisch wird für die dem Menschen vertrauten Eindrücke und Gedanken ein Vergrößerungsspiegel sein, doch nur ein Spiegel.
Da haben wir die Droge vor uns: ein kleines Stück grüne Konfitüre, von der Größe einer Nuß, mit einem merkwürdigen Geruch, der so stark ist, daß er einen gewissen Abscheu und Anwandlungen von Brechreiz erregt, wie ihn übrigens jeder feine und sogar angenehme Geruch erregen würde, den man aufs äußerste verstärkt und gleichsam verdichtet hätte. Im Vorbeigehn sei mir hier die Anmerkung erlaubt, daß dieser Satz sich auch umkehren läßt: der widerlichste, der abstoßendste Geruch würde vielleicht eine Lust, wenn man ihn an Menge und Ausdehnung auf ein Minimum reduzierte. – Da haben wir also das Glück! es füllt einen kleinen Löffel! das Glück mit all seinen Trunkenheiten, all seinen Narrheiten und Kindereien! Ihr könnt es furchtlos herunterschlucken; man stirbt nicht daran. Eure körperlichen Organe erfahren keine ernstliche Beeinträchtigung dadurch. Später vielleicht wird eine allzu häufige Anwendung dieses Zaubers eure Willenskraft schwächen, vielleicht werdet ihr einmal weniger Mann sein, als ihr es heute seid; aber die Strafe liegt in so weiter Ferne, und das künfti-

ge Unheil ist von so schwerbestimmbarer Art! Was wird schon geschehen? Ihr werdet ein wenig abgespannt sein morgen. Setzt ihr euch nicht täglich größeren Strafen für geringere Belohnungen aus? Also: ihr habt eure Dosis fetten Extrakt, um seine Wirkung zu verstärken und auszudehnen, sogar in einer Tasse schwarzen Kaffees aufgelöst; ihr habt Sorge getragen, daß der Magen frei ist, und ihr habt die Hauptmahlzeit auf neun oder zehn Uhr abends verschoben, um das Gift durch nichts zu beeinträchtigen; höchstens, daß ihr in einer Stunde eine leichte Suppe zu euch nehmt. So seid ihr nun wohlversehen für eine lange, seltsame Reise. Der Dampf hat gepfiffen, die Segel sind gehißt, und ihr habt über die gewöhnlichen Reisenden einen sonderbaren Vorzug: ihr wißt nicht, wohin die Reise geht. Ihr habt es gewollt; es lebe das Verhängnis!

Ich nehme an, ihr habt euch vorgesehen und den rechten Augenblick für eure abenteuerliche Expedition gewählt. Jede vollkommene Ausschweifung bedarf einer vollkommenen Muße. Ihr wißt zudem, daß das Haschisch nicht nur eine Steigerung des Individuums, sondern auch der Umstände und der Umgebung bewirkt; ihr habt keine Pflichten zu erfüllen, die Pünktlichkeit und Genauigkeit verlangen; keine Familiensorgen; keine Liebesschmerzen. Das ist wichtig. Diese Sorge, diese Unruhe, diese Erinnerung an eine Pflicht, die euren Willen und eure Aufmerksamkeit zu einer bestimmten Minute erfordert, würden wie ein Totengeläute in eure Trunkenheit erschallen und euch die Lust vergällen. Die Unruhe würde Beklemmung, die Sorge Marter. Habt ihr all diese Vorbedingungen beachtet, ist das Wetter schön, befindet ihr euch in einer günstigen Umgebung, einer malerischen Landschaft etwa oder einem poetisch ausgeschmückten Raum, dürft ihr überdies auf ein wenig Musik hoffen, so steht alles zum besten.

Im Haschischrausch lassen sich gewöhnlich drei Phasen leicht unterscheiden, und es ist sehr unterhaltsam, bei den Neulingen die ersten Symptome der ersten Phase zu beobachten. Man hat euch schon dieses oder jenes von den wunderbaren Wirkungen des Haschisch erzählt; ihr habt euch im voraus eine Vorstellung von etwas ganz Besonderem gebildet, von einem Ideal des Rausches; nun drängt es euch, zu erfahren, ob die Wirklichkeit auch in allem euren Erwartungen entspricht. Das genügt, um euch von Anfang an in einen ängstlichen Zustand zu versetzen, der sehr geeignet ist, die Überwältigung durch das Gift zu fördern. Die meisten Neulinge beschweren sich, bei dem ersten Grad ihrer Einweihung, über die Langsamkeit, mit der die Wirkungen eintreten; sie erwarten sie mit kindischer Ungeduld, und da die Droge sich ihres Bedünkens nicht schnell genug bemerkbar macht, ergehen sie sich in prahlerischen Bekundungen ihrer Ungläubigkeit, was diejenigen sehr belustigt, die wissen, wie das Haschisch sich verhält. Die ersten Anzeichen, wie die Vorläufer eines lange unentschiedenen Gewitters, erscheinen und vervielfältigen sich, während diese Ungläubigkeit noch fortdauert. Als erstes überkommt einen eine unwiderstehliche, völlig unangebrachte Heiterkeit. Diese Anfälle von unmotivierter Fröhlichkeit, deren man sich fast schämt, kehren häufig wieder, nach Zwischenzeiten der Verblüffung, während derer man sich vergeblich zu sammeln sucht. Die einfachsten Worte, die alltäglichsten Gedanken gewinnen ein seltsames, fremdartiges Ansehen; und man ist ganz erstaunt, daß sie einem bisher so einfach erschienen. Ungereimte, unvorhersehbare Ähnlichkeiten und Beziehungen, unaufhörliche Wortspiele, komische Verzerrungen entsprudeln beständig eurem Gehirn. Der Dämon hat sich eurer bemächtigt; es ist nutzlos, sich dieser Heiterkeit zu widersetzen, die wie ein Kitzel schmerzt. Von Zeit zu Zeit lacht man über sich selbst, über seine Albernheit und Torheit, und die Gefährten, wenn ihr deren habt, lachen ebenfalls über euren Zustand und den ihren; aber da es ohne Bosheit geschieht, tragt ihr es ihnen nicht nach.

Diese bald schleppende, bald aufreizende Lustigkeit, diese unbehagliche Vergnügtheit, diese Unsicherheit, diese Unentschiedenheit der Erkrankung dauern meist nur kurze Zeit. Bald hängen die Gedanken nur noch so lose zusammen, der Leitfaden, der die einzelnen Begriffe zusammenhält, wird so dünn, daß allein eure Mitgesellen noch imstande sind, euch zu verstehen. Und auch das läßt sich nicht nachweisen; vielleicht glauben sie nur, euch zu verstehen, und die Täuschung ist gegenseitig. Diese Ausgelassenheit, dieses schallende Gelächter, die Explosionen gleichen, kommen jedem anderen Menschen, der sich nicht in dem nämlichen

Zustand befindet, wie eine wirkliche Verrücktheit, zumindest wie die Albernheiten eines Geistesgestörten vor. Ebenso erheitern und unterhalten euch die Weisheit und der gesunde Menschenverstand, die regelrechte Ordnung der Gedanken bei dem behutsamen Zeugen, der sich nicht berauscht hat, wie eine besondere Art von Wahnsinn. Die Rollen sind vertauscht. Seine Kaltblütigkeit treibt euch bis an die äußersten Grenzen der Ironie. Befindet ein Mensch, der sich einer unbegreiflichen Heiterkeit erfreut, sich nicht in einer Situation von geheimnisvoller Komik für den, der sich nicht in die gleiche Lage versetzt hat? Der Narr bemitleidet den Weisen, und damit beginnt die Vorstellung von seiner Überlegenheit an seinem geistigen Horizont emporzusteigen. Bald wird sie wachsen, anschwellen und platzen wie ein Meteor.

Ich war einmal Zeuge einer solchen Szene, die sehr weit getrieben wurde, und wie grotesk sie war, werden nur diejenigen begreifen, denen, und sei es nur aus der Beobachtung anderer, die Wirkungen dieses Stoffes bekannt sind, und der gewaltige Unterschied der Stimmung, die er bei zwei Geistern hervorruft, die man für gleichartig halten möchte. Ein berühmter Musiker, dem die Eigenschaften des Haschisch unbekannt waren, der davon vielleicht noch niemals hatte reden hören, gerät in eine Gesellschaft, wo mehrere der Anwesenden es eingenommen hatten. Man versucht, ihm die wundervollen Wirkungen zu erklären! Bei diesen seltsamen Berichten lächelt er liebenswürdig, aus Gefälligkeit, wie einer, der bereit ist, einige Minuten lang *mitzuspielen*. Bald durchschauen diese Geister, die das Gift geschärft hat, seinen Irrtum, und ihr Lachen verletzt ihn. Diese Freudenausbrüche, diese Wortspiele, diese erregten Gesichter, diese ganze ungesunde Atmosphäre reizt ihn, früher als er vielleicht gewollt hätte, zu der Erklärung, *das sei eine schlechte Kunst, so zu chargieren, und die, welche sich darauf verlegt hätten, würden ihrer bald überdrüssig sein*. Wie ein Blitz erleuchtete die Komik alle Geister. Die Fröhlichkeit verdoppelte sich. »Sie mögen diese *Charge* vergnüglich finden«, sagte er, »ich bin anderer Ansicht.« – »Es genügt, daß sie uns Vergnügen macht«, läßt einer der Kranken sich ichsüchtig vernehmen. Da er nicht weiß, ob er es mit wirklichen Narren zu tun hat, oder mit Leuten, die sich nur närrisch stellen, hält unser Mann es für das

Klügste, sich zurückzuziehen; doch da verschließt einer die Türe und versteckt den Schlüssel. Ein anderer fällt vor ihm auf die Knie, bittet ihn im Namen der Gesellschaft um Vergebung und erklärt ihm mit frechen Worten, wenn auch unter Tränen, daß, unbeschadet seiner geistigen Inferiorität, die wohl ein wenig Mitleid erregt, sie alle von einem tiefen Gefühl der Freundschaft für ihn durchdrungen sind. Er entschließt sich zu bleiben, und auf inständige Bitten hin läßt er sich sogar dazu herab, ein wenig Musik zu machen. Kaum aber haben die Geigenklänge wie eine neue Ansteckung sich durch die Räume verbreitet, da *packen* sie schon (das Wort ist nicht zu stark) bald einen Kranken, bald den anderen. Ringsum vernimmt man rauhe und tiefe Seufzer, jähes Aufschluchzen, Bäche von stillen Tränen. Entsetzt hält der Musiker inne, er nähert sich demjenigen, dessen Glückseligkeit den größten Lärm vollführte, und fragt ihn, ob er sehr leide und wodurch man ihm eine Erleichterung verschaffen könne. Einer der Anwesenden, *ein praktischer Mensch,* schlägt Limonade und etwas Saures vor. Der Kranke jedoch läßt aus verzückten Augen einen Blick unsäglicher Verachtung auf die beiden fallen. Einen, der krank ist vor Lebensfülle, krank vor Wonne, heilen zu wollen!

Wie aus dieser Anekdote hervorgeht, nimmt unter den Empfindungen, die das Haschisch hervorruft, das Wohlwollen einen großen Raum ein; ein mattes, träges, stummes Wohlwollen, das in der Rührung der Nerven seinen Grund hat. Diese Beobachtung zu stützen, hat jemand mir ein Abenteuer erzählt, das ihm in diesem Zustand des Rausches begegnet ist; und da er eine sehr genaue Erinnerung an seine Empfindungen bewahrt hatte, begriff ich völlig, in welche groteske, unentwirrbare Bestürzung diese Verschiedenheit der Stimmung und des Niveaus, von der schon die Rede war, ihn versetzt hatte. Ich entsinne mich nicht mehr, ob der Betreffende zum ersten oder zum zweiten Mal Haschisch genommen hatte. Vielleicht war die Dosis zu stark gewesen, oder die Droge hatte, ohne ersichtliche Ursache (was häufig vorkommt), eine sehr viel heftigere Wirkung gehabt. Er erzählte mir: durch seinen Genuß hindurch – diesen höchsten Genuß, sich ganz von Leben erfüllt zu fühlen und ganz von Genie erfüllt zu glauben – sei ihm plötzlich etwas Schreckliches begegnet. Anfangs geblendet von der Schönheit seiner Empfindungen, überfiel ihn nun ein jähes Entsetzen. Er hatte sich gefragt, was aus seiner Intelligenz und seinen Organen werden würde, wenn dieser Zustand, den er für einen übernatürlichen hielt, sich weiter verschlimmerte, wenn seine Nerven nach und nach immer reizbarer würden. Dank der Fähigkeit zur Vergrößerung, die das geistige Auge des Patienten besitzt, muß diese Furcht eine unsägliche Marter sein. »Ich war«, sagte er, »wie ein Pferd, das durchgeht und auf einen Abgrund zustürzt; es läuft, will innehalten und kann es doch nicht. Es war in der Tat ein schrecklicher Galopp, und mein Geist, ein Sklave der Umstände, der Umgebung, der Gelegenheit und alles dessen, was das Wort *Zufall* umschließt, war in eine ganz und gar rhapsodische Bewegung geraten. Es ist zu spät! wiederholte ich mir unaufhörlich voller Verzweiflung. Als diese Empfindung nachließ, die mir eine unendliche Zeit zu dauern schien und die vielleicht nur einige Minuten in Anspruch nahm, als ich mich endlich der den Orientalen so teuren Glückseligkeit überlassen zu können glaubte, die auf diesen Zustand der Raserei folgt, kam ein neues *Unglück* über mich. Eine neue, höchst triviale und kindische Unruhe bemächtigte sich meiner. Plötzlich fiel mir ein, daß ich zu einem Abendessen eingeladen war, in Gesellschaft ernsthafter Männer. Schon im voraus sah ich mich inmitten einer Menge artiger und unauffälliger Leute, wo jeder Herr seiner selbst ist, genötigt, im Glanze zahlreicher Lampen meinen Geisteszustand sorgfältig zu verbergen. Ich glaubte wohl, daß mir das gelingen würde, aber ich fühlte mich der Ohnmacht nahe, wenn ich bedachte, welche Willensanstrengungen ich dazu aufbieten müßte. Ich weiß nicht, was mich auf die Worte des Evangeliums brachte: ›Wehe dem, durch welchen Ärgernis kommt!‹ und während ich sie vergessen wollte, während ich mich sie zu vergessen bemühte, wiederholte ich sie unaufhörlich in meinem Geiste. Mein Unglück (denn es war ein wirkliches Unglück) nahm nun wahrhaft grandiose Ausmaße an. Trotz meiner Schwäche beschloß ich, mich zu einer Tat aufzuraffen und einen Apotheker zu konsultieren; denn ich kannte die Gegenmittel nicht und wollte freien, unbeschwerten Geistes unter Menschen gehen, wohin mich meine Pflicht rief. Auf der Schwelle zur Apotheke jedoch überfiel mich ein plötzlicher

Gedanke, der mich einige Augenblicke anhielt und zum Nachdenken nötigte. Im Vorbeigehn hatte ich mich in der Scheibe eines Schaufensters erblickt, und mein Gesicht hatte mich erstaunt. Diese Blässe, diese verkniffenen Lippen, diese vergrößerten Augen! ›Ich werde diesen braven Menschen erschrecken‹, sagte ich mir, ›und das wegen einer solchen Lappalie!‹ Bedenken Sie auch, daß ich mich nicht lächerlich machen wollte und daß ich fürchtete, die Apotheke wäre voller Leute. Doch mein plötzliches Wohlwollen für diesen unbekannten Apotheker trug über alle anderen Gefühle den Sieg davon. In meiner Vorstellung war dieser Mann so feinfühlig wie ich in diesem unheilvollen Augenblick, und da ich mir zugleich vorstellte, sein Ohr und seine Seele müßten wie die meinigen beim leisesten Geräusch erzittern, beschloß ich, auf Fußspitzen bei ihm einzutreten. Ich könnte, sagt ich mir, gar nicht rücksichtsvoll genug vorgehen bei einem Menschen, dessen Fürsorge ich in Anspruch nehmen wollte. Auch war ich darauf bedacht, den Ton meiner Stimme ebenso wie das Geräusch meiner Schritte zu dämpfen; Sie kennen sie ja, die Haschischstimme! ernst, tief, kehlig, denen der alten Opiumesser ähnlich. Entschlossen, den Apotheker zu beruhigen, erschreckte ich ihn erst recht. Diese *Krankheit* war ihm gänzlich unbekannt, er hatte niemals von ihr reden hören. Hielt er mich für einen Verrückten, für einen Gauner oder einen Bettler? Weder für dieses, noch für jenes vermutlich; aber all diese absurden Vorstellungen gingen mir durch den Kopf. Ich war genötigt, ihm umständlich (welche Mühsal!) zu erklären, was die Hanfkonfitüre wäre und wozu sie diente, wobei ich unaufhörlich wiederholte, daß keine Gefahr bestünde, daß, *für ihn,* kein Grund vorläge, sich Sorgen zu machen, und daß ich ihn nur um ein linderndes oder die Wirkung des Haschisch aufhebendes Mittel bäte. Und immer wieder versicherte ich ihm, wie aufrichtig ich es bedaure, ihm solche Ungelegenheiten zu bereiten. Schließlich – vergegenwärtigen Sie sich, welche ungeheure Demütigung für mich in diesen Worten lag – bat er mich einfach, die Apotheke *zu verlassen.* Das war der Lohn für meine Menschenfreundlichkeit und mein übertriebenes Wohlwollen. Ich ging in meine Gesellschaft; ich erregte nicht das geringste Ärgernis. Niemand ahnte die übermenschlichen Anstrengungen, die es mich kostete, nicht aufzufallen. Niemals aber werde ich die Martern einer überpoetischen Verzückung vergessen, die sich widerwillig dem Anstand bequemen und einer Pflicht genügen mußte!«

Obgleich von Natur aus veranlagt, mit allen Schmerzen, die der Einbildungskraft entspringen, zu sympathisieren, konnte ich mich nicht enthalten, über diesen Bericht zu lachen. Der Mann, dem ich ihn verdanke, ist immer noch der Alte. Er hat nicht aufgehört, der verfluchten Konfitüre jene erregende Steigerung seiner Gemütskräfte abzuverlangen, die man aus sich selber entwickeln soll; aber da er ein behutsamer, *gesetzter* Mensch ist, *ein Mann von Welt*, hat er die Dosen verringert, was ihm erlaubte, sie häufiger einzunehmen. Welche faulen Früchte diese Hygiene zeitigt, wird er erst später gewahr werden.

Ich kehre zu der gewöhnlichen Entwicklung des Rausches zurück. Nach dieser ersten Phase kindlicher Fröhlichkeit tritt für kurze Zeit eine Art Beruhigung ein. Bald jedoch kündigen sich neue Ereignisse an, durch eine Empfindung der Kühle in Händen und Füßen (die sich bei einigen sogar bis zu einem intensiven Kältegefühl steigern kann) und eine große Schwäche in allen Gliedern; die Hände sind wie aus Butter, eine quälende Dumpfheit und Benommenheit bemächtigt sich des Kopfes und des ganzen Wesens. Die Augen weiten sich; in einer unerbittlichen Verzückung irren die Blicke bald hierhin, bald dorthin. Blässe bedeckt das Gesicht. Die Lippen werden schmal und ziehen sich mit jener keuchenden Bewegung zurück, die den Ehrgeiz eines Menschen charakterisiert, den große Pläne bedrängen, den ungeheure Gedanken bestürmen und der den Atem anhält, um sich zum Absprung zu sammeln. Die Kehle verschließt sich gleichsam. Den Gaumen trocknet ein Durst aus, den zu stillen ein köstlicher Genuß wäre, wenn die Wonnen der Trägheit nicht noch größer wären und der geringsten Veränderung unseres Körpers nicht ihren Widerstand entgegensetzten. Rauhe und tiefe Seufzer entringen sich der Brust, als könnte unser *alter* Körper die Wünsche und den Tatendrang unserer *neuen* Seele nicht ertragen. Von Zeit zu Zeit durchfährt uns ein Schauder und löst eine unwillkürliche Bewegung aus, wie jenes Aufschrekken, das am Ende eines arbeitsreichen Tages oder in einer Gewitternacht dem endlich sich einstellenden Schlummer vorausgeht.

Ehe ich fortfahre, will ich hinsichtlich jener oben erwähnten Empfindung der Kühle noch eine Anekdote erzählen, der man entnehmen kann, wie verschieden die Wirkungen, selbst die rein körperlichen, je nach der Person, bei der sie auftreten, sein können. Diesmal spricht ein Literat, und in einigen Passagen seines Berichtes wird man, denke ich, die Kennzeichen eines literarischen Temperaments entdecken.

»Ich hatte«, erzählte dieser, »eine mäßige Dosis des fetten Extrakts genommen, und alles verlief nach Wunsch. Der Anfall krankhafter Fröhlichkeit war von kurzer Dauer, und ich befand mich in einem Zustand der Ermattung und Verwunderung, der dem Glück nahekam. Ich versprach mir demnach einen ruhigen, sorglosen Abend. Unglücklicherweise nötigte mich der Zufall, jemanden ins Schauspiel zu begleiten. Heldenhaft entschloß ich mich, mein unermeßliches Verlangen nach Faulheit und Reglosigkeit zu verbergen. Da alle Droschken meines Viertels, wie sich bald herausstellte, schon unterwegs waren, mußte ich mich damit abfinden, eine lange Strecke zu Fuß zurückzulegen, mitten durch das mißtönige Rasseln der Wagen, durch das törichte Geschwätz der Passanten, einen ganzen Ozean von Trivialitäten. Eine leichte Kühle hatte sich schon in meinen Fingerspitzen bemerkbar gemacht; bald verwandelte diese sich in ein sehr heftiges Kältegefühl, als hätte ich beide Hände in einen Kübel eiskalten Wassers getaucht. Doch das war nicht schmerzhaft; diese fast schneidende Empfindung durchdrang mich vielmehr wie eine Lust. Unterdessen kam es mir vor, als überwältigte diese Kälte mich mehr und mehr, je länger diese endlose Wanderung sich hinzog. Zwei- oder dreimal fragte ich die Person, die ich begleitete, ob es wirklich sehr kalt wäre; die Antwort lautete, im Gegenteil, die Temperatur wäre mehr als mild. Endlich im Zuschauerraum untergebracht, in der Loge eingeschlossen, die mir bestimmt war, drei oder vier Stunden Ruhe vor mir, glaubte ich, das Gelobte Land erreicht zu haben. Die Empfindungen, die ich unterwegs mit all der schwachen Kraft, die mir zur Verfügung stand, zurückgedrängt hatte, brachen also hervor, und ungehemmt überließ ich mich meiner stummen Raserei. Die Kälte nahm immer noch zu, und dennoch erblickte ich leichtgekleidete Leute oder gar solche, die sich mit erschöpfter

Miene die Stirne wischten. Mich überkam die erfreuliche Vorstellung, ich wäre ein Ausnahmemensch, der allein das Vorrecht genoß, mitten im Sommer unter den Zuschauern eines Theaters in der Kälte zu sitzen. Diese Kälte nahm derart zu, daß sie beunruhigend wurde; mich aber beherrschte vor allem die Neugier, zu erfahren, bis zu welchem Grad sie wohl herabsinken könnte. Schließlich wurde sie so stark, so vollständig, so allgemein, daß alle meine Gedanken gleichsam einfroren; ich war ein denkender Eisklotz; ich kam mir vor wie eine Statue, die man aus einem Eisblock ausgehauen hatte; und diese närrische Halluzination machte mich stolz, erregte in mir ein unbeschreibliches Wohlgefühl des Geistes und der Seele. Was mein abscheuliches Vergnügen noch erhöhte, war die Gewißheit, daß keiner der Anwesenden etwas von dieser meiner Beschaffenheit und meiner Überlegenheit über sie alle wußte; und dann das Glück, zu denken, daß mein Gefährte keinen Augenblick lang geahnt hatte, von welchen seltsamen Empfindungen ich besessen war! Meine Verstellung fand sich belohnt, und meine ungewöhnliche Lust war ein wirkliches Geheimnis.

Kaum übrigens hatte ich meine Loge betreten, als sich meinen Augen ein Eindruck von Finsternis aufdrängte, der mir eine gewisse Verwandtschaft zu haben scheint mit der Vorstellung der Kälte. Es mag wohl sein, daß diese beiden Vorstellungen sich wechselseitig verstärkt haben. Das Haschisch ruft bekanntlich immer überwältigende Lichterscheinungen, ein starkes Leuchten und Glänzen, Kaskaden flüssigen Goldes hervor; jedes Licht ist ihm recht, jenes, das sich rieselnder Fülle ergießt, und jenes, das wie Flitter an Spitzen und Unebenheiten hängen bleibt, die Kandelaber eines Salons, die Kerzen des Marienmonats, die rosigen Lawinen in den Sonnenuntergängen. Es muß wohl so gewesen sein, daß dieser elende Lüster für meinen unstillbaren Durst nach Helligkeit nur ein sehr ungenügendes Licht verbreitete; ich glaubte, wie gesagt, eine düstere Welt zu betreten, deren Finsternisse sich mehr und mehr verdichteten, während ich von Polarnacht und ewigem Winter träumte. Nur die Bühne (die eines Lustspielhauses) war hell erleuchtet, unendlich klein und weit, sehr weit entfernt, wie am Ende eines ungeheuren Stereoskops. Ich will nicht behaupten, daß ich den Schauspielern zuhörte, Sie wissen ja, daß das unmöglich

ist; von Zeit zu Zeit fing mein Gedanke einen Satzfetzen, und wie eine geschickte Tänzerin bediente er sich seiner als eines Sprungbretts, um sich in ferne Traumgefilde aufzuschwingen. Man sollte meinen, ein Schauspiel, das derart vernommen wird, ermangle der Logik und des Zusammenhangs. Weit gefehlt! ich entdeckte einen sehr subtilen Sinn in dem Schauspiel, das meine Zerstreutheit schuf. Nichts störte mich, und ich glich ein wenig jenem Dichter, der, als er ›Esther‹ zum ersten Mal spielen sah, es ganz natürlich fand, daß Haman der Königin eine Liebeserklärung machte. Und zwar, man errät es, in dem Augenblick, als dieser sich Esther zu Füßen wirft, um für seine Verbrechen ihre Vergebung zu erflehen. Würde man sich dieser Methode bedienen, wenn man einem Schauspiel beiwohnt, so würden alle Dramen dabei große Schönheiten gewinnen, selbst die von Racine.
Die Schauspieler kamen mir ungewöhnlich klein vor, mit scharfen, genauen Konturen, wie die Gestalten Meissoniers. Ganz deutlich sah ich nicht nur die allergeringsten Einzelheiten ihres Kostüms, wie Stoffmuster, Nähte, Knöpfe, usw., sondern auch die Trennungslinie zwischen der Stirn und dem Ansatz der Perücke, das Weiß, Blau und Rot, und alle Mittel der Schminkkunst. Und diese Liliputaner waren von einer kalten magischen Klarheit umgeben, wie ein sehr helles Glas sie einem Ölgemälde verleiht. Als ich diese Höhle eisiger Finsternisse endlich verlassen konnte und, während die innere Phantasmagorie zerstob, mir selbst zurückgegeben war, empfand ich eine größere Erschöpfung als jemals nach einer schweren, angespannten Arbeit.«
In der Tat erwerben in diesem Stadium des Rausches alle Sinne sich eine neue Feinheit, eine überlegene Schärfe der Wahrnehmung. Geruch, Gesicht, Gehör, Gefühl nehmen gleicherweise an diesem Fortschritt teil. Die Augen zielen ins Unendliche. Das Ohr vernimmt fast nichtwahrnehmbare Töne inmitten des größten Tumultes. Und hier beginnen dann die Halluzinationen. Die Gegenstände der Außenwelt nehmen langsam und einer um den anderen seltsame Gestalten an; sie verformen, sie verwandeln sich. Dann stellen sich Zweideutigkeiten ein, Verwechslungen und verschobene Vorstellungen. Die Töne bekleiden sich mit Farben, und die Farben enthalten Musik. Dies, wird man sagen, ist nur allzu

natürlich, und jedes dichterische Gehirn nimmt in seinem gesunden und normalen Zustand diese Analogien leicht wahr. Aber ich habe den Leser ja bereits darauf aufmerksam gemacht, daß man im Haschischrausch nichts wirklich Übernatürliches erfährt; nur gewinnen diese Analogien dann eine ungewöhnliche Lebendigkeit; sie durchdringen, überwältigen und bedrängen den Geist mit despotischer Gewalt. Die Musiknoten werden Zahlen, und wenn euer Geist mit einigem mathematischem Vermögen begabt ist, verwandelt sich die Melodie, die Harmonie, die das Ohr vernimmt, ohne etwas von ihrer sinnlichen Wollust einzubüßen, in eine ungeheure arithmetische Operation, in der die Zahlen Zahlen erzeugen, und deren Phasen und Erzeugung ihr mit unerklärlicher Leichtigkeit und mit einer Behendigkeit verfolgt, die der des Spielenden gleicht.
Mitunter verschwindet das Bewußtsein der Persönlichkeit, und jene Objektivität, wie sie den pantheistischen Dichtern eigen ist, entwickelt sich in so anormalem Maße, daß ihr über der Betrachtung der Außendinge euer eigenes Dasein vergeßt und alsbald in sie hineinverschwindet. Euer Blick fällt auf einen schöngewachsenen Baum, der sich im Winde biegt; in wenigen Sekunden wird, was im Geist eines Dichters nur ein sehr natürlicher Vergleich wäre, in eurem Gemüt eine Wirklichkeit. Zuerst schreibt ihr dem Baum eure Leidenschaften zu, eure Sehnsucht oder eure Melancholie; sein Ächzen und Schwanken wird das eure, und bald seid ihr der Baum. Ebenso ist der Vogel, der hoch im Blauen schwebt, euch zuerst ein *Zeichen* für das unsterbliche Verlangen, über den menschlichen Dingen zu schweben; schon aber seid ihr der Vogel selber. Nehmen wir einmal an, ihr sitzt und raucht. Eure Aufmerksamkeit verweilt ein wenig zu lang bei den bläulichen Wolken, die eurer Pfeife entsteigen. Die Vorstellung eines langsamen, stetigen, unaufhörlichen Zu-Dunst-Werdens wird sich eures Geistes bemächtigen, und eure eigenen Gedanken, eure denkende Materie wird euch dem verwandt erscheinen. In wunderlicher Vertauschung, in einer Art geistiger Übertragung oder Verwechslung werdet ihr euch zu Rauch werden fühlen und eurer Pfeife (in der ihr euch wie der Tabak zusammengeduckt hocken fühlt) die seltsame Fähigkeit zuschreiben, *euch zu rauchen*.

Zum Glück hat dieser entgrenzende Wahn nur eine Minute gedauert, denn ein mühsam errungener Moment der Klarheit hat euch erlaubt, nach der Standuhr hinüberzublicken. Aber schon tragen andere Gedanken euch in ihrer Strömung dahin; auch sie wird euch eine Minute in ihrem lebendigen Wirbel umtreiben, und diese Minute wird eine andere Ewigkeit währen. Denn die Menge und die Intensität der Vorstellungen und Gedanken sind so groß, daß die Proportionen der Zeit und des Daseins völlig durcheinander geraten. Es ist, als lebe man mehrere Menschenleben innerhalb einer Stunde. Seid ihr dann nicht gleich einem phantastischen Roman, der selber lebt, statt geschrieben zu werden? Das Verhältnis zwischen unseren Organen und den Wonnen, die uns zuteil werden, ist gestört; und vor allem in Anbetracht dessen fühlt man sich gedrängt, dieses gefährliche Treiben zu verurteilen, bei dem die Freiheit abhanden kommt.

Wenn ich von Halluzinationen spreche, so darf man dieses Wort nicht in seinem strengsten Verstande nehmen. Ein sehr wichtiger Faktor unterscheidet die reine Halluzination, wie die Ärzte sie zu studieren oft Gelegenheit haben, von der Halluzination oder vielmehr der Sinnestäuschung bei der Gemütsverfassung, die das Haschisch hervorruft. Im ersten Falle ist die Halluzination jäh überwältigend, vollständig und unwiderstehlich; und nichts unter den Gegenständen der äußeren Welt kann ihr als Vorwand oder Entschuldigung dienen. Der Kranke sieht eine Gestalt, hört Laute, wo nichts dergleichen vorhanden ist. Im zweiten Falle entwickelt sich die Halluzination nach und nach, fast von unserem Willen gesteuert, und die Einbildungskraft muß in Tätigkeit treten, um sie zur vollen Reife zu bringen. Und schließlich hat sie einen Vorwand. Der Ton wird sprechen, wird deutlich vernehmbare Dinge sagen, aber es war doch ein Ton da. Das trunkene Auge des Menschen im Haschischrausch wird seltsame Formen erblicken; aber bevor diese Formen sich seltsam und ungeheuerlich verzerrten, waren sie einfach und natürlich. Die Energie, die wahrhaft sprechende Lebhaftigkeit der Halluzination im Rausch tun dieser grundsätzlichen Verschiedenheit keinen Abbruch. Diese hat eine Wurzel in dem, was sie umgibt und was gerade stattfindet, jene nicht.

Um dieses Brodeln und Aufwallen der Einbildungskraft, dieses

Ausreifen des Traumes und diese poetischen Ausgeburten, zu denen ein vom Haschisch vergiftetes Gehirn verurteilt ist, besser begreiflich zu machen, will ich noch eine Anekdote erzählen. Diesmal ist der Sprechende kein junger Müßiggänger, und auch kein Literat; sondern eine Frau, schon in reiferen Jahren, neugierig, Erregungen nicht abgeneigt, welche, nachdem sie dem Verlangen, das Gift kennenzulernen, nachgegeben hat, einer anderen Dame die wichtigste ihrer Visionen folgendermaßen beschreibt. Ich zitiere wörtlich:

»Wie seltsam und neuartig die Empfindungen auch sein mögen, die ich meiner Narrheit von zwölf Stunden verdanke (zwölf oder zwanzig Stunden? wahrhaftig, ich weiß es nicht), ich werde mich ihnen nicht noch einmal aussetzen. Die Erregung des Geistes ist zu lebhaft, die Erschöpfung, die sie hervorruft, zu groß; und geradeheraus gesagt: ich finde, diese Kinderei hat etwas Verbrecherisches. Nun, ich habe der Neugier nachgegeben; und wenn es eine Narrheit war, so ergab man sich ihr gemeinsam, bei alten Freunden, wo ich nichts Schlimmes darin sah, es einmal ein wenig an Würde fehlen zu lassen. Vor allem muß ich Ihnen sagen, daß dieses verfluchte Haschisch eine sehr heimtückische Substanz ist; manchmal glaubt man, des Rausches schon entledigt zu sein, aber diese Stille trügt. Das setzt aus, dann beginnt es von neuem. So befand ich mich gegen zehn Uhr abends in einem jener vorübergehenden Zustände; ich glaubte mich befreit von diesem Überreichtum an Lebendigkeit, der mir, ich leugne es nicht, solche Wonnen bereitet hatte, der mich aber auch beunruhigte und ängstigte. Vergnüglich begann ich ein Nachtmahl einzunehmen, wie ermattet von einer langen Reise. Denn bis dahin hatte ich mich vorsorglich des Essens enthalten. Aber ich hatte mich noch nicht von der Tafel erhoben, als mein Wahnsinn mich schon wieder erwischt hatte, wie eine Katze die Maus, und abermals begann das Gift mit meinem armen Hirn sein Spiel zu treiben. Obwohl mein Haus von dem Schloß unserer Freunde nicht weit entfernt liegt und ein Wagen zu meiner Verfügung stand, war das Bedürfnis zu träumen und mich dieser unwiderstehlichen Narrheit hinzugeben, so stark, daß ich mit Freuden ihrem Anerbieten Folge leistete, über Nacht bei ihnen zu bleiben. Sie kennen das Schloß; Sie wissen, daß man den ganzen von der Herrschaft bewohnten Teil hergerichtet und nach dem modernsten Geschmack herausstaffiert hat, daß jedoch der meist unbewohnte Teil so belassen wurde, wie er war, im alten Stil und mit seiner alten Ausstattung. Man beschloß, in diesem Teil des Schlosses ein Schlafzimmer für mich zu improvisieren, und wählte zu diesem Zweck das kleinste Gemach aus, eine Art Boudoir, das schon etwas welk und angestaubt, doch darum nicht minder reizend war. Ich muß es Ihnen beschreiben, so gut es mir gelingt, damit Sie die einzigartige Vision verstehen, deren Opfer ich gewesen bin, eine Vision, die mich eine ganze Nacht hindurch beschäftigte, ohne daß ich die Muße gehabt hätte, die Flucht der Stunden zu bemerken.

Dieses Boudoir ist sehr klein, sehr eng. In der Höhe des Kranzgesimses rundet der Plafond sich zu einer Wölbung; die Wände sind mit schmalen, länglichen Spiegeln bedeckt, die Holztäfelung dazwischen mit locker gemalten Landschaften ausdekoriert. In Höhe des Gesimses sind auf den vier Wänden verschiedene allegorische Figuren zu sehen, die einen in ruhender Stellung, die anderen laufend oder springend. Über ihnen buntschillernde Vögel und Blumen. Hinter diesen Figuren erhebt sich ein täuschend gemaltes Gitterwerk, das der Wölbung des Plafonds in natürlicher Beugung folgt. Dieser Plafond ist vergoldet. Sämtliche Zwischenräume zwischen den Leisten und den Figuren sind demnach mit Gold bedeckt, und in der Mitte wird das Gold nur von dem geometrischen Netzwerk des vorgetäuschten Gitters unterbrochen. Sie sehen, das gleicht ein wenig einem sehr vornehmen Käfig, einem sehr schönen Bauer für einen sehr großen Vogel. Ich muß hinzufügen, daß die Nacht sehr schön, sehr licht war, daß der Mond sehr hell schien, derart, daß auch nachdem ich die Kerze gelöscht hatte, diese ganze Ausschmückung sichtbar blieb, nicht von dem Auge meines Geistes illuminiert, wie Sie glauben könnten, sondern von dieser schönen Nacht erhellt, deren Schimmer sich da und dort in diesem Goldgewirk, diesen Spiegeln und diesem Farbengewimmel verfing.

Anfangs war ich sehr erstaunt, weite Räume vor mir, neben mir, auf allen Seiten sich erstrecken zu sehen; klare Flüsse wanderten da durch grünende Landschaften, die sich in stillen Gewässern spiegelten. (Sie erraten es: das waren die gemalten Landschaften, wie die Spiegel sie zurückwarfen.) Wenn ich die Augen hob, sah ich eine untergehende Sonne, gleich flüssigem Metall, das erkaltet. Das war das Gold des Plafonds; das Gitterwerk jedoch brachte mich auf den Gedanken, ich sei in einer Art Käfig oder in einem nach allen Seiten hin offenen Haus, und von all diesen Wunderdingen sei ich nur durch die Stäbe meines prächtigen Gefängnisses getrennt. Anfangs lachte ich über meine Täuschung; doch je länger ich hinsah, desto stärker wurde der Zauber, desto lebendiger, durchscheinender wurde er in seiner despotischen Wirklichkeit. Von nun an beherrschte eine Vorstellung des Eingeschlossenseins meinen Geist, ohne, wie ich gestehen muß, den unterschiedlichen Vergnügen sonderlich Abbruch zu tun, die mir das Schauspiel bereitete, das mich rings umfing. Für eine lange Zeit mochte ich hier eingeschlossen sein, für Tausende von Jahren vielleicht, in diesem prächtigen Bauer, inmitten dieser feenhaften Landschaften, zwischen diesen wunderbaren Horizonten. Ich träumte, ich wäre Dornröschen, ich müßte hier ein Vergehen sühnen, bis dereinst mein Befreier käme. Über meinem Haupte flatterten schillernde Tropenvögel, und da mein Ohr die Schellen am Hals der Pferde vernahm, die fern auf der Landstraße trabten, verschmolzen die Eindrücke dieser beiden Sinne zu einer einzigen Vorstellung; ich schrieb den Vögeln diesen geheimnisvollen Gesang des Kupfers zu und glaubte, sie sängen mit metallener Kehle. Offenbar plauderten sie von mir und feierten meine Gefangenschaft. Hüpfenden Affen, possierlichen Satyrn schien diese hingebettete, zur Reglosigkeit verurteilte Gefangene ein Gegenstand der Belustigung zu sein. Doch alle mythologischen Gottheiten betrachteten mich mit einem reizenden Lächeln, als wollten sie mich ermutigen, den über mich verhängten Zauber geduldig zu ertragen, und alle Augäpfel glitten in den Winkel der Lider, wie um sich an meinen Blick zu heften. Ich schloß daraus, daß, wenn alte Verfehlungen, mir selber unbekannte Sünden diese zeitweilige Bestrafung erfordert hatten, ich dennoch auf eine höhere Güte zählen durfte, die, indem sie mich zur Vorsicht verurteilte, doch ernstere Vergnügungen für mich bereithielt als die Zierpuppenvergnügungen, die unsere Jugend ausfüllten. Auch an moralischen Betrachtungen fehlte es, wie Sie sehen, in meinem Traum nicht; doch muß ich gestehen, daß die Lust an der Betrachtung dieser schimmernden Formen und Farben, und daran, daß ich mich für den Mittelpunkt eines phantastischen Dramas hielt, häufig all meine anderen Gedanken aufschluckte. Dieser Zustand währte lange, sehr lange ... Währte er bis zum Morgen? Ich weiß es nicht. Mit einem Mal war mein Zimmer ganz von morgendlichem Sonnenschein erfüllt; ich empfand ein lebhaftes Erstaunen, und trotz aller Anstrengungen, mich zu erinnern, gelang es mir doch nicht, festzustellen, ob ich geschlafen oder ob ich geduldig eine köstliche Schlaflosigkeit ertragen hatte. Eben war noch Nacht, und nun ist es Tag! Und unterdessen hatte ich lange, oh! sehr lange gelebt! ... Das Bewußtsein der Zeit oder vielmehr das Gefühl für die Zeiteinteilung war aufgehoben gewesen, und so war die ganze Nacht für mich nur meßbar durch die Menge meiner Gedanken! So lang sie mir in dieser Hinsicht vorkommen mochte, schien es mir doch, als hätte sie nur wenige Sekunden gedauert, ja daß für sie in der Ewigkeit gar kein Platz war.

Von meiner Erschöpfung will ich nicht reden ..., sie war ungeheuer. Man sagt, der Enthusiasmus der Dichter und der Schaffenden gleiche dem, was ich empfunden habe, obwohl ich immer der Meinung war, die Menschen, die berufen sind, unser Gemüt zu bewegen, müßten mit einer großen Gelassenheit begabt sein; wenn aber der poetische Wahnsinn demjenigen gleicht, den ein kleiner Löffel voll Konfitüre mir verschafft hat, so kommen, meines Erachtens, die Ergötzungen des Publikums die Dichter sehr teuer zu stehen, und nicht ohne ein gewisses Wohlgefühl, eine prosaische Genugtuung, fand ich endlich *zu mir nach Hause*, in mein geistiges Zuhause, das heißt, in das wirkliche Leben zurück.«

Man sieht: eine sehr verständige Frau; wir aber wollen uns ihres Berichtes nur bedienen, um einige zweckdienliche Folgerungen daraus zu ziehen, die uns behilflich sein sollen, diese sehr summarische Beschreibung der hauptsächlichen durch das Haschisch verursachten Empfindungen zu vervollständigen.

Es war da von dem Nachtmahl die Rede, als von einem Genuß, der eben im rechten Augenblick sich einstellte, da eine kurze, freilich endgültig erscheinende Aufheiterung ihr erlaubte, ins wirkliche

Leben zurückzukehren. Es gibt da in der Tat, wie ich schon sagte, trügerische Unterbrechungen und Ruhepausen, und oft weckt das Haschisch einen unglaublichen Heißhunger, fast immer aber einen ungeheuren Durst. Statt jedoch eine endgültige Ruhe zu bewirken, erzeugt das Abend- oder Nachtmahl jene neuerliche Verstärkung, jenen schwindelartigen Anfall, dem diese Dame erlag und auf den eine Reihe bezaubernder Visionen folgte, in welche sich freilich ein leichtes Grauen mischte, was sie nicht hinderte, sich ihnen gutwillig und ohne Vorbehalte hinzugeben. Das tyrannische Hunger- und Durstgefühl, von dem hier die Rede ist, ist nur mit einer gewissen Mühe zufriedenzustellen. Denn der Mensch fühlt sich derart erhaben über alles Materielle, oder er ist vielmehr derart von seinem Rausch benommen, daß es großer Anstrengungen bedarf, um eine Flasche oder eine Gabel zu bewegen.

Der durch die Verdauung der Speisen ausgelöste endgültige Anfall ist in der Tat sehr heftig: ihn zu bekämpfen ist unmöglich; und ein solcher Zustand wäre unerträglich, wenn er allzu lange währte und wenn er nicht bald einer anderen Phase des Rausches weichen müßte, die im vorerwähnten Fall sanft schreckende und zugleich tröstliche Visionen von ungeahnter Schönheit auslöste. Dieser neue Zustand ist das, was die Orientalen das *Kief* nennen. Alles Wirbelnde und Tumultuarische ist nun vorüber: nichts als eine stille, reglose Glückseligkeit, eine strahlende Ergebung. Seit langem schon hat man die Herrschaft über sich selbst verloren, aber es betrübt einen nicht mehr. Der Schmerz und die Vorstellung der Zeit sind verschwunden, oder wenn sie manchmal noch sich zu zeigen wagen, so hat die herrschende Empfindung sie doch verklärt; und im Verhältnis zu ihrem gewöhnlichen Auftreten sind sie nur noch, was die poetische Melancholie im Vergleich zu dem wirklichen Schmerz ist.

Vor allem aber gilt es festzuhalten, daß es sich in dem Bericht dieser Dame (zu diesem Zweck habe ich ihn zitiert) nur um eine Art von Halluzination handelt, die sich aus dem entwickelt, was sie umgibt; der Geist ist hier nur ein Spiegel, in dem die Umgebung sich in aberwitzig verformten Gebilden reproduziert. Dann sehen wir das erscheinen, was ich gerne die moralische Halluzination nennen möchte: die Betreffende glaubt, sie müsse eine Schuld abbüßen, doch das weibliche Temperament, das zur Analyse wenig geschaffen ist, gestattet ihr nicht, den eigentümlich optimistischen Charakter der besagten Halluzination wahrzunehmen. Der wohlwollende Blick der olympischen Gottheiten wird durch einen Firnis poetisiert, der wesentlich *haschischitisch* ist. Ich will nicht gerade behaupten, der Gedanke der Reue habe diese Dame gestreift; aber ihre für eine Weile der Schwermut und dem Bedauern nachhängenden Gedanken haben sich rasch mit der Farbe der Hoffnung überzogen. Das ist eine Beobachtung, die zu überprüfen wir noch Gelegenheit haben werden.

Sie hat von der Erschöpfung gesprochen, die man anderntags verspürt; diese Erschöpfung ist freilich groß, aber sie macht sich nicht sogleich bemerkbar, und man ist ein wenig verwundert, wenn man sie sich schließlich eingestehen muß. Denn das, was man zunächst empfindet, sobald man erst einmal festgestellt hat, daß das Licht eines neuen Tages den Horizont unseres Lebens erhellt hat, ist ein erstaunliches Wohlgefühl; man glaubt sich einer wunderbaren Leichtigkeit des Geistes zu erfreuen. Kaum aber seid ihr aufgestanden, so folgt euch ein alter Rest des Rausches und hemmt euch, als schleiftet ihr noch die Kugel eurer eben vergangenen Knechtschaft nach. Eure schwachen Beine suchen sich ängstlich ihren Weg, und alle Augenblicke glaubt ihr wie ein zerbrechlicher Gegenstand anzustoßen und auseinanderzufallen. Eine große Mattigkeit (von der manche behaupten, daß sie nicht ohne Reiz sei) bemächtigt sich eures Geistes und legt sich auf eure Fähigkeiten wie der Nebel in einer Landschaft. Für einige Stunden noch seid ihr unfähig zur Arbeit, zum Handeln und zu jeder Anstrengung. Das ist die Strafe für die ruchlose Vergeudung eures Nervensaftes. Ihr habt eure Persönlichkeit in alle vier Winde ausgestreut, und welche Mühe kostet es euch nun, sie wieder einzusammeln und aufs neue zu verfestigen!

IV
Der Gott-Mensch

Es ist Zeit, all diese Gaukelstücke und diese großen Marionetten beiseite zu lassen, wie sie als Dunstgebilde aus kindlichen Gehirnen entstehen. Haben wir doch von ernsteren Dingen zu reden: von den Veränderungen der menschlichen Gefühle und, mit einem Wort, von der *Moral* des Haschisch!

Bis hierher habe ich nur eine geraffte Monographie des Rausches geliefert; ich habe mich darauf beschränkt, seine Hauptmerkmale, vor allem die körperlich feststellbaren, hervorzuheben. Für den geistigen Menschen jedoch ist es, glaube ich, sehr viel wichtiger, zu erfahren, wie das Gift auf den geistigen Teil des Menschen wirkt, das heißt, wie es seine gewöhnlichen Gefühle und seine moralischen Wahrnehmungen vergrößert, entstellt und übertreibt, derart daß diese uns nun, in einer ungewöhnlichen Atmosphäre, in der Tat ein höchst merkwürdiges Phänomen der Strahlenbrechung liefern.

Ein Mensch, der sich lange dem Opium oder Haschisch ergeben hat und dem es nun, geschwächt wie er war durch die Gewohnheit seiner Knechtschaft, gelungen ist, die notwendige Energie zu finden, um sich zu befreien, kommt mir wie ein entsprungener Häftling vor. Er flößt mir eine größere Bewunderung ein als der Vorsichtige, der niemals gefehlt hat, weil er der Versuchung stets behutsam aus dem Wege gegangen ist. Die Engländer bedienen sich hinsichtlich der Opiumesser häufig gewisser Ausdrücke, die den Ahnungslosen, denen die Greuel eines solchen Verfallenseins unbekannt sind, übertrieben vorkommen mögen: *enchained, fettered, enslaved!* Fesseln in der Tat, mit denen verglichen alle andern, die Fesseln der Pflicht, die Fesseln einer ungesetzlichen Liebschaft, nur Gazefäden und Spinngewebe sind! Welch entsetzliche Vermählung des Menschen mit sich selbst! »Ich war ein Sklave des Opiums geworden; es hielt mich umstrickt, und all meine Arbeiten und Pläne hatten die Farbe meiner Träume angenommen«, sagt der Gemahl Ligeias; doch an wieviel wunderbaren Stellen finden sich nicht bei Edgar Poe, diesem unvergleichlichen Dichter, diesem niemals widerlegten Philosophen, der, wo es um die geheimnisvollen Krankheiten des Geistes geht, stets zitiert zu werden verdient, meisterhafte Schilderungen der düster-lockenden Herrlichkeiten des Opiums! Der Liebhaber der fahl leuchtenden Berenice, der Metaphysiker Egœus, spricht von einer Störung seiner Fähigkeiten, die ihn nötigt, in die einfachsten Erscheinungen eine ungewöhnliche, eine ungeheuerliche Bedeutung hineinzulegen: »Stundenlang saß ich in unermüdliches Nachdenken versunken über einem kindischen Zitat am Rande oder im Text eines Buches, das mich nicht losließ; – oder ich betrachtete geistesabwesend lange Sommerstunden hindurch einen seltsamen Schatten, der sich schräg über die Wandbespannung oder den Fußboden schob; – eine ganze Nacht hindurch starrte ich in die aufrechte Flamme einer Lampe oder in die Glut des Kamins; – ganze Tage verträumte ich über dem Duft einer Blume; – eintönig wiederholte ich mir irgend ein gewöhnliches Wort, bis sein Klang, aber- und abermals wiederholt, aufhörte, dem Geist noch etwas, das auch nur von ferne einem Sinn glich, zu bieten; – solcherart waren einige der gewöhnlichsten und noch einigermaßen ungefährlichen Verirrungen meiner geistigen Fähigkeiten; Verirrungen, die vermutlich nicht ganz ohne Beispiel sind, die jedoch mit Sicherheit jeder Erklärung und jeder Analyse spotten.« Oder der nervöse August Bedloe, der jeden Morgen vor seinem Spaziergang eine Dosis Opium schluckt, gesteht uns, das Beste, was er dieser täglichen Vergiftung verdanke, sei die übertriebene Anteilnahme, die er allem, selbst den trivialsten Dingen, entgegenbringe: »Indessen hatte das Opium seine gewöhnliche Wirkung hervorgerufen, die darin besteht, die ganze Außenwelt im höchsten Grade interessant zu machen. Das Zittern eines Blattes, – die Farbe eines Grashalms, – die Form eines Kleeblatts, – das Summen einer Biene, – das Funkeln eines Tautropfens, – ein Seufzer des Windes, – die unbestimmten Gerüche, die einem Wald entströmen, – alles und jedes setzte eine Welt von Eingebungen in Bewegung, eine farbenprächtige Prozession rhapsodischer Gedanken, die in wilder Unordnung daherkamen.«

So spricht, durch den Mund der von ihm erfundenen Gestalten, der Meister des Grauens, der Fürst des Mysteriums. Diese beiden Kennzeichnungen des Opiums lassen sich in allen Punkten auf das

Haschisch übertragen; in dem einen wie in dem andern Fall wird die einstmals freie Intelligenz zur Sklavin; das Wort *rhapsodisch* jedoch, das so vortrefflich geeignet ist, eine Gedankenentwicklung zu kennzeichnen, die von der äußeren Welt und den jeweiligen Umständen ausgelöst und gelenkt wird, ist, wo es um das Haschisch geht, auf eine schreckliche Weise zutreffender und wahrer. Die vernünftige Überlegung ist hier nur noch ein Wrack, das jeder Strömung preisgegeben ist, und die Gedankenentwicklung von einer *unendlich* viel größeren Beschleunigung und sehr viel *rhapsodischer.* Was, scheint mir, mit genügender Deutlichkeit besagt, daß das Haschisch in seiner augenblicklichen Wirkung sehr viel heftiger als das Opium ist, ein sehr viel größerer Feind eines geregelten Lebens, mit einem Wort, sehr viel verheerender. Ich weiß nicht, ob zehn Jahre der Vergiftung durch Haschisch die nämlichen schweren Beeinträchtigungen zur Folge haben wie zehn Jahre des Opiumgenusses; ich behaupte lediglich, daß, im gegenwärtigen Augenblick und für den Tag hernach, das Haschisch sich unheilvoller auswirkt; das eine ist ein friedlicher Verführer, das andere ein zügelloser Dämon.

Ich will in diesem letzten Teil die moralische Verwüstung näher bestimmen und untersuchen, die diese gefährlichen und köstlichen Turnkünste anrichten, eine so gründliche Verwüstung, eine so bedrohliche Gefahr, daß diejenigen, welche aus dem Kampf nur leicht beschädigt heimkehren, mir wie Helden vorkommen, die der Höhle eines vielgestaltigen Proteus entronnen sind, wie ein Orpheus, der den Hades besiegt hat. Man mag diese Art zu reden für eine übertreibende Metapher halten; ich muß jedoch gestehen, daß ich die berauschenden Gifte nicht nur für eines der schrecklichsten und sichersten Mittel halte, über die der Geist der Finsternis verfügt, um die bedauernswerte Menschheit zu umgarnen und zu knechten, sondern sogar für eine seiner vollkommensten Verkörperungen.

Um meine Aufgabe abzukürzen und meiner Untersuchung eine höhere Klarheit zu verleihen, will ich diesmal, statt verstreute Anekdoten zusammenzustellen, eine große Masse von Beobachtungen auf eine einzige Person häufen. Ich muß hier also eine Seele meiner Wahl voraussetzen. De Quincey behauptet in seinen *Con-*

fessions zu Recht, daß das Opium, statt den Menschen einzuschläfern, ihn erregt, daß diese Erregungen jedoch seiner Natur entsprechend verlaufen; daß es infolgedessen, falls man sich über die Wunder des Opiums eine Meinung bilden wollte, absurd wäre, bei einem Ochsenhändler Erkundigungen einzuziehen; denn dieser würde nur von Ochsen und fettem Weideland träumen. So darf ich es mir ersparen, hier die plumpen Phantasien eines Viehzüchters im Haschischrausch zu beschreiben; wer läse sie mit Vergnügen? wer würde sie überhaupt lesen wollen? Um meine Versuchsperson zu idealisieren, muß ich alle Strahlen in einem einzigen Kreis zusammenfassen und sie polarisieren; und der tragische Kreis, in dem ich sie versammeln werde, wird, wie gesagt, eine Seele meiner Wahl sein, etwas, das dem gleichkommt, was das 18. Jahrhundert den *empfindsamen Menschen,* was die romantische Schule den *unverstandenen Menschen* nannte, und was die Familie und die bürgerlichen Massen gerne abschätzig als ein *Original* abstempeln.

Damit ein solcher Rausch sich gehörig entfalte, ist ein halb nervöses, halb galliges Temperament das förderlichste; verleihen wir ihm dazu einen kultivierten Geist, der im Studium von Formen und Farben geübt ist; ein zärtliches Herz, von vielem Unglück müde, doch der Verjüngung noch fähig. Wenn es dem Leser recht ist, wollen wir so weit gehen, ehemalige Verfehlungen einzuräumen und dementsprechend das, was in einer leicht erregbaren Natur daraus entspringt: wenn auch nicht gerade ernsthafte Reue, so doch wenigstens ein wehmütiges Bedauern der entweihten und schlecht ausgefüllten Zeit. Das Gefallen an metaphysischen Fragen, die Bekanntschaft mit den verschiedenen Hypothesen der Philosophie über das menschliche Schicksal sind gewiß keine unnützen Zutaten, – ebensowenig wie jene Liebe zur Tugend, einer abstrakten, stoischen oder mystischen Tugend, die in allen Büchern, aus denen ein Kind heutzutage seine Nahrung zieht, als der höchste Gipfel vorgestellt wird, zu dem eine auserwählte Seele aufsteigen kann. Fügt man zu alledem noch eine große Feinheit der Sinne, die ich als zusätzliche Bedingung beiseite gelassen habe, so glaube ich die gewöhnlichsten Hauptelemente des modernen Empfindsamen, dessen, was man die *banale Form der Originalität* nennen könnte, versammelt zu haben. Sehen wir nun zu, was aus dieser Persönlichkeit wird, wenn das Haschisch sie aufs äußerste treibt. Folgen wir dieser Prozession der menschlichen Einbildungskraft bis zu ihrem letzten und prächtigsten Altar, bis zu dem Glauben des Individuums an seine eigene Göttlichkeit.

Wenn mein Leser eine dieser Seelen ist, so wird seine angeborene Liebe zu Formen und Farben in den ersten Stadien des Rausches sogleich Nahrung in Fülle finden. Die Farben gewinnen einen ungewöhnlichen Glanz und überwältigen das Gemüt mit ihrer Intensität. Gleichviel ob anmutig, mittelmäßig oder gar schlecht, werden die Deckengemälde eine erschreckende Lebendigkeit gewinnen; die gröbsten Tapeten, mit denen die Wände eines Herbergszimmers beklebt sind, werden sich wie herrliche Dioramen höhlen. Die Nymphen in leuchtenden Fleischtönen betrachten einen mit großen Augen voll tieferer Klarheit als Himmel und Flut; durch den bloßen Blick vertrauen die Gestalten der Antike in ihren Priestergewändern oder Rüstungen uns seltsame Geheimnisse an. Die Krümmungen der Umrisse sprechen eine hinfort unmißverständliche Sprache, die alles ausdrückt, was die Seelen an Wünschen und Leidenschaften bewegt. Unterdessen entwickelt sich jener geheimnisvolle zeitweilige Geisteszustand, in welchem die Tiefe des Lebens, von vielfältigen Problemen starrend, sich gänzlich enthüllt in dem Schauspiel, es mag noch so natürlich und trivial sein, das man vor Augen hat, – in welchem der erstbeste Gegenstand ein sprechendes Symbol wird. Fourier und Swedenborg, der eine mit seinen *analogies,* der andere mit seinen *correspondentia,* haben sich in der Pflanze oder dem Tier, das einem in den Blick fällt, verkörpert, und statt mit ihrer Stimme belehren sie uns durch Form und Farbe. Wir verstehen die Allegorien in einem bisher unbekannten Ausmaße. Im Vorbeigehn sei angemerkt, daß die Allegorie, dieses so *geistreiche* Genre, das unbeholfene Maler uns zu verachten gewöhnt haben, das aber in Wahrheit eine der ursprünglichsten, natürlichsten Formen der Poesie ist, in der vom Rausch erleuchteten Intelligenz ihre rechtmäßige Herrschaft zurückgewinnt. Das Haschisch überzieht dann das ganze Leben wie mit einem magischen Firnis; er verleiht ihm feierliche Farben und erhellt es in seiner ganzen Tiefe. Landschaften mit steil aufstrebenden Gipfeln, fliehende Horizonte, Ausblicke auf Städte im leichenfahlen Licht eines Gewitterhimmels oder von der gesammelten Glut der Sonnenuntergänge überstrahlt, – Tiefen des Raumes, eine Allegorie der Tiefe der Zeit, – der Tanz, die Gebärde oder die Deklamation der Schauspieler, wenn man sich in einem Theater befindet, – der erstbeste Satz, wenn man ein Buch vor sich hat, – kurz, alles und jedes, die Gesamtheit aller Wesen zeigt sich in einem neuen, bisher ungeahnten Glanze. Die Grammatik, selbst die trockene Grammatik, wird eine Art beschwörender Zauberkunst; die Worte erstehen von den Toten mit Fleisch und Bein bekleidet, das Substantiv in seiner substantiellen Majestät, das Adjektiv, ein durchscheinendes Gewand, das die Dinge wie eine Glasur umhüllt und färbt, und das Verbum, der Engel der Bewegung, der den Satz vorantreibt. Die Musik, diese andere, den Müssiggängern oder den tiefen Geistern, die in der Vielfalt der Arbeit Erholung suchen, so teure Sprache, spricht uns von uns selbst und erzählt uns das Gedicht unseres Lebens: sie verkörpert sich in uns, und wir verschmelzen mit ihr. Sie spricht unsere Leidenschaft, nicht vage und unbestimmt, wie an sorglosen Abenden im Opernhaus, sondern ausführlich, genau: jede Bewegung des Rhythmus bezeichnet eine vertraute Bewegung unserer Seele, jede Note verwandelt sich in ein Wort, und das ganze Gedicht entfaltet sich in deinem Kopf wie ein zum Leben erwachtes Wörterbuch.

Man soll nicht glauben, dies alles fände in einem geistigen Durcheinander statt, mit dem aufdringlichen Akzent des Wirklichen, ungeordnet wie das äußere Leben. Das innere Auge verwandelt alles und verleiht jedem Ding das an Schönheit, was ihm mangelt, um wirklich ein Gegenstand des Wohlgefallens zu sein. In diese wesentlich wollüstige und sinnliche Phase gehört auch die Liebe zu klaren Gewässern, fließenden oder stehenden, die sich bei einigen Künstlern, wenn der Rausch sich ihres Gehirns bemächtigt hat, so seltsam entwickelt. Die Spiegel werden dann ein Vorwand für diese Träumerei, die einem geistigen Durst gleicht, der zusammen mit jenem körperlichen, die Kehle austrocknenden Durst auftritt, von dem schon die Rede war; die fliehenden Gewässer, die Wasser*spiele,* die lieblich rauschenden Kaskaden, die blaue Unermeßlichkeit des Meeres wogen, singen, schlummern in unaussprechlicher Anmut. Das glatte Wasser übt eine wahre Zauberkraft aus, und obwohl ich nicht recht an den Wahnsinn glaube, den das Haschisch verursachen soll, so möchte ich mich doch nicht dafür verbürgen, daß die Betrachtung einer Wassertiefe ganz ungefährlich wäre für einen in die Weite und den Kristall verliebten Geist, und daß die alte Sage von der Undine für den Verzückten nicht zu einer tragischen Wirklichkeit werden könnte.

Ich glaube, ich habe schon zur Genüge gesprochen von der ungeheuerlichen Art, wie Raum und Zeit sich ausdehnen, diese beiden stets verbundenen Vorstellungen, denen der Geist sich nun furchtlos und ohne Trauer überläßt. Mit einer gewissen schwermütigen Wonne schweift der Blick zurück in die Tiefe der Jahre, und verliert sich kühn in unendlichen Perspektiven. Man hat auch wohl erraten, nehme ich an, daß diese anormale und tyrannische Aufschwellung sich gleicherweise aller Gefühle und Vorstellungen bemächtigt: so der Menschenfreundlichkeit; wovon ich, wie mir scheint, bereits ein recht schönes Beispiel geliefert habe; so der Idee der Schönheit; so der Liebe. Die Idee der Schönheit muß natürlicherweise einen bedeutenden Raum einnehmen in einem geistigen Temperament, wie ich es vorausgesetzt habe. Die Harmonie, das Sich-Wiegen der Linien, die Eurhythmie in den Bewegungen erscheinen dem Träumer als Notwendigkeiten, als *Pflichten* geradezu, nicht nur für alle Wesen der Schöpfung, sondern für ihn, den Träumer selber, der sich in dieser Phase seines Anfalls wunderbar begabt vorkommt, um den unsterblichen Rhythmus des Alls zu erfassen. Und wenn unser Fanatiker der persönlichen Schönheit ermangelt, so glaube man nur nicht, dies eingestehen zu müssen, bereite ihm ein langes Leiden, oder er empfinde sich als eine mißtönende Note in der Welt von Harmonie und Schönheit, die seine Einbildungskraft improvisiert hat. Die Sophismen des Haschisch sind zahlreich und bewundernswürdig, sie neigen meist dem Optimismus zu, und unter den häufigsten besteht der wirksamste darin, daß er den Wunsch schon für die Wirklichkeit hält. Gewiß, das geschieht auch in manchen Fällen des gewöhnlichen Lebens, doch wieviel größer sind hier der Eifer und die Verschlagenheit des Selbstbetrugs! Wie auch könnte ein für das Verständnis der Harmonie so hochbegabtes Wesen, eine Art Priester der

Schönheit, sich als Ausnahme und als einen Flecken in seiner eigenen Theorie gelten lassen? Die sittliche Schönheit und ihre Macht, die Begnadung und alles, wozu sie verführt, die Beredsamkeit und ihre schwungvollen Verwegenheiten, alles dieses stellt sich alsbald ein, als Ausgleich für eine aufdringliche Häßlichkeit, dann als Tröster, und zuletzt als ergebene Schmeichler eines eingebildeten Szepters.

Was die Liebe angeht, so habe ich manch einen, den eine pennälerhafte Neugier beseelte, sich danach bei jenen erkundigen hören, denen der Gebrauch des Haschisch vertraut war. Was vermag der Liebesrausch, der schon in seinem natürlichen Zustand so mächtig ist, wenn er von diesem anderen Rausch umschlossen ist, wie eine Sonne von einer anderen Sonne? Das ist die Frage, die sich bei einer ganzen Schar von Geistern erheben wird, die ich die Gaffer unter den Intellektuellen nennen möchte. Um der verschwiegenen Lüsternheit Genüge zu tun, jenem Teil der Frage, der sich nicht recht hervorwagt, sei der Leser auf Plinius verwiesen, der irgendwo von den Eigenschaften des Hanfs in einer Weise spricht, die hinsichtlich dieses Gegenstandes manche Illusionen zu zerstreuen geeignet ist. Man weiß überdies, daß Schlaffheit gemeinhin die Folge des Mißbrauchs ist, den die Menschen mit ihren Nerven und den die Nerven aufreizenden Substanzen treiben. Da es sich hier jedoch nicht um wirkliche Potenz handelt, sondern um Empfindung oder Empfänglichkeit, so bitte ich den Leser nur zu bedenken, daß die Einbildungskraft eines nervösen Menschen im Haschischrausch einen erstaunlichen Grad erreichen kann, der sich ebensowenig bestimmen läßt wie die höchstmögliche Windstärke in einem Orkan, und daß seine Sinne ebenfalls bis zu einem kaum feststellbaren Punkt verfeiert sind. Man darf demnach annehmen, daß die allerunschuldigste leichte Liebkosung, zum Beispiel ein Händedruck, aufgrund der augenblicklichen Befindlichkeit der Seele und der Sinne einen verhundertfachten Wert haben kann, so daß, sehr rasch vielleicht schon, jene Synkope eintritt, die für die gewöhnlichen Sterblichen das *summum* des Glücks darstellt. Daß das Haschisch allerdings in einer oft mit Liebesdingen beschäftigten Einbildungskraft zärtliche Erinnerungen wachruft, denen Schmerz und Unglück sogar einen neuen Glanz verleihen, ist unbezweifelbar. Nicht weniger gewiß ist, daß eine starke Dosis Sinnlichkeit sich in diese geistigen Erregungen mischt; und es ist hier keineswegs unangebracht, darauf hinzuweisen – was genügen würde, die Unsittlichkeit des Haschisch in dieser Hinsicht festzustellen –, daß man in einer Sekte der Ismaeliten (aus diesen Ismaeliten sind die Assassinen hervorgegangen) sich über die Anbetung des unparteiischen Lingam weit hinaus verstieg, bis zu dem unbedingten und ausschließlichen Kult der weiblichen Hälfte dieses Symbols. Da sich in jedem Menschen die ganze Geschichte der Menschheit darstellt, so wäre es nur allzu natürlich, eine obszöne Ketzerei, eine religiöse Ungeheuerlichkeit entstehen zu sehen in einem feigen Geist, der sich einer infernalischen Droge auf Gnade oder Ungnade ergeben hat, und der sich lächelnd zusieht, wie er seine Fähigkeiten verschleudert.

Da wir im Haschischrausch ein seltsames Wohlwollen sich kundtun sahen, das auch Unbekannte keineswegs ausschließt, eine eher dem Mitleid als der Liebe entstammende Philanthropie (und hier zeigt sich der erste Keim jenes satanischen Geistes, der sich außerordentlich entwickeln wird), welche so weit geht, nur ja niemanden betrüben zu wollen, so ahnt man bereits, wohin es mit dieser Empfindsamkeit kommen kann, wenn sie sich ausschließlich auf eine geliebte Person richtet, die in dem seelischen Leben des Kranken eine bedeutsame Rolle spielt oder gespielt hat. Die göttliche Verehrung, die Anbetung, das Gebet, die Träume von Glück erheben sich und fahren blitzend mit dem ehrgeizigen Tosen eines Feuerwerks empor; wie das Pulver und die Farbenspiele des Feuers blenden sie und verlöschen in die Finsternis. Es gibt keine Mischung und Verknüpfung von Empfindungen, denen ein verliebter Sklave des Haschisch nicht nachgeben könnte. Eine Art Beschützerlust, eine Empfindung innig-ergebener Väterlichkeit können sich mit einer sträflichen Sinnlichkeit vermischen, welche das Haschisch stets entschuldigen und freisprechen wird. Er geht sogar noch weiter. Ich nehme einmal an, es gäbe da Verfehlungen, die man begangen hat und die in der Seele bittere Spuren zurückgelassen haben, ein Gatte oder ein Liebhaber, die (in ihrem normalen Zustand) auf eine stürmische Vergangenheit mit Betrübnis zurückblicken; diese Bitternisse können sich nun in Annehmlichkeiten verwandeln; das Bedürfnis nach Vergebung macht die Einbildungskraft gewitzter und flehentlicher, und selbst die Reue kann, in diesem teuflischen Drama, das aus einem einzigen langen Monolog besteht, aufreizend wirken und die Begeisterung des Herzens gewaltig anheizen. Ja, die Reue! Hatte ich unrecht, als ich die Behauptung aufstellte, das Haschisch erscheine einem wahrhaft philosophischen Kopf als ein vollkommenes Werkzeug des Satans? Die Reue, ein seltsames Ingredienz der Lust, wird bald ertränkt in der genießerischen Betrachtung der Reue, in einer Art wollüstiger Zergliederung; und diese Zergliederung geht so schnell vor sich, daß der Mensch, dieser natürliche Teufel, um wie die Swedenborgianer zu reden, nicht gewahr wird, wie sehr sie seinem Willen entzogen bleibt und mit welcher Geschwindigkeit er sich, von Sekunde zu Sekunde, der vollkommenen Teufelei nähert. Er *bewundert* seine Gewissensbisse, und er preist sich, während er im Begriff steht, seine Freiheit zu verlieren.

Damit hat die von mir vorausgesetzte Person, der Geist meiner Wahl, jenen Grad der Freudigkeit und Heiterkeit erreicht, wo er *gezwungen* ist, sich selbst zu bewundern. Jeder Widerspruch verschwindet, sämtliche philosophischen Probleme werden klar, oder scheinen zumindest so. Alles ist nur noch Genuß. Der Reichtum seines gegenwärtigen Lebens erfüllt ihn mit maßlosem Stolz. Eine Stimme in ihm (ach! es ist seine eigene) spricht zu ihm: »Du hast jetzt das Recht, dich allen Menschen überlegen zu fühlen; niemand kennt und könnte begreifen, was du alles denkst und empfindest; sie wären nicht einmal fähig, das Wohlwollen zu schätzen, das sie dir einflößen. Du bist ein König, den die Vorübergehenden verkennen und der in der Einsamkeit seiner Überzeugung lebt: doch was kümmert dich das? Besitzest du nicht jene höchste Verachtung, welche die Seele so gut macht?«

Wir dürfen jedoch annehmen, daß von Zeit zu Zeit eine quälende Erinnerung in ihm aufsteigt und dieses Glück verdirbt. Ein äußerlicher Anlaß genügt vielleicht, um eine Vergangenheit zu beleben, der man ungern ins Gesicht sieht. Wie viele törichte oder niedrige Handlungen hat man nicht begangen, die dieses Königs des Geistes wahrhaft unwürdig sind und seine ideale Würde beflecken! Man darf jedoch gewiß sein, daß der Mensch im Haschischrausch diesen vorwurfsvollen Gespenstern mutig entgegentritt, ja daß es ihm gelingen wird, aus diesen häßlichen Erinnerungen neue Elemente der Lust und des Stolzes zu filtern. Folgendermaßen werden seine Überlegungen verlaufen: sobald die erste schmerzliche Empfindung vorüber ist, wird er diese Handlung oder dieses Gefühl neugierig zergliedern, deren Erinnerung seine augenblickliche Herrlichkeit trübte, seine damaligen Beweggründe, die näheren Umstände, und wenn er in diesen Umständen nichts findet, das hinreichte, nicht ihn freizusprechen, doch zumindest seine Schuld abzuschwächen, so wird er sich deswegen, allen Erwartungen zuwider, keineswegs geschlagen geben! Ich verfolge seine Überlegungen wie das Ineinandergreifen eines Räderwerks unter einer Glasscheibe: »Diese lächerliche, feige oder niedrige Tat, deren Erinnerung mich einen Augenblick beunruhigt hat, steht in einem vollkommenen Widerspruch zu meiner wahren Natur, meiner gegenwärtigen Natur, und eben die Entschiedenheit, mit der ich sie verurteile, die inquisitorische Strenge, mit der ich sie untersuche und Gericht über sie halte, bezeugen meine hohen und göttlichen Fähigkeiten zur Tugend. Wie viele Menschen fände man wohl in der Welt, die imstande wären, ebenso Gericht zu halten über sich und ein ebenso strenges Urteil zu fällen?« Und er verurteilt sich nicht nur, sondern er rühmt und verherrlicht sich. Hat die gräßliche Erinnerung sich derart in der Betrachtung einer idealen Tugend, einer idealen Nächstenliebe, einer idealen Genialität aufgelöst, so überläßt er sich arglos der triumphalen Ausschweifung seines Geistes. Wir sahen ihn, auf lästerliche Weise das Sakrament der Buße nachäffend, Beichtkind und Beichtvater in einem, sich leichten Herzens die Absolution erteilen, oder, schlimmer noch, aus seiner Verdammnis neue Nahrung für seinen Stolz saugen. Nunmehr schließt er von der Betrachtung seiner Träume und seiner tugendhaften Vorsätze auf seine praktische Befähigung zur Tugend; die heftige Verliebtheit, mit der er dieses Phantom der Tugend umarmt, scheint ihm ein hinreichender, ein zwingender Beweis der männlichen Energie, deren es bedarf, um sein Ideal in die Wirklichkeit umzusetzen. Er unterscheidet nicht zwischen Traum und Tat, und während seine Einbildungskraft sich mehr und mehr erhitzt angesichts des verführerischen Schauspiels seiner eigenen zurechtgebrachten und erhöhten Natur, und indem er derart, anstelle seines wirklichen Individuums, so arm an Willenskraft, so reich an Eitelkeit, dieses faszinierende Bild seiner selbst aufrichtet, dekretiert er schließlich seine Verherrlichung mit folgenden klaren und einfachen Worten, die für ihn eine ganze Welt erbärmlicher Freuden in sich schließen: *»Ich bin der tugendhafteste aller Menschen!«*

Erinnert das nicht an Jean-Jacques, der ebenfalls, nachdem er, nicht ohne Genüßlichkeit, vor aller Welt seine Beichte abgelegt hatte, den gleichen Schrei des Triumphes auszustoßen wagte (oder zumindest ist der Unterschied nicht sehr groß), mit der gleichen Aufrichtigkeit und der gleichen Überzeugung? Der Enthusiasmus, mit dem er die Tugend bewunderte, die nervöse Rührung, die seine Augen mit Tränen füllte, beim Anblick einer schönen Tat oder bei dem Gedanken an all die schönen Taten, die er gerne vollbracht hätte, genügten, eine alles übertreffende Vorstellung seines sittlichen Wertes in ihm zu wecken. Jean-Jacques hatte sich ohne Haschisch berauscht.

Soll ich die Untersuchung dieser siegreichen Monomanie noch weiter verfolgen? Soll ich erklären, wie meine Versuchsperson, von dem Gift überwältigt, sich bald als Mittelpunkt des Universums fühlt? wie dieser Mensch zu einem lebendigen und aufs äußerste getriebenen Exempel für das Sprichwort wird: *La passion rapporte tout à elle.* Er glaubt an seine Tugend und an sein Genie; man ahnt schon, worauf das hinausläuft. Alles und jedes, was ihn umgibt, regt ihn an und weckt in ihm eine Welt von Gedanken, alle farbiger, lebendiger, subtiler als sonst, und mit einem magischen Firnis überzogen. »Diese prächtigen Städte«, sagt er zu sich, »deren stolze Gebäude sich wie Kulissen staffeln, – diese schönen Schiffe, die sich auf den Wassern des Hafens sehnsuchtsvoll-untätig wiegen und die unseren Gedanken auszudrücken scheinen: Wann brechen wir auf nach dem Glück? – diese Museen mit ihrem Überfluß schöner Formen und berauschender Farben, – diese Bibliotheken, in denen die Werke der Wissenschaft und die Träume der Muse aufgehäuft sind, – diese versammelten Instrumente, die mit einer einzigen Stimme sprechen, – diese bezaubernden Frauen, deren Reize noch erhöht werden durch das Geschick, mit dem sie sich herausputzen, und durch die Sparsamkeit ihrer Blicke, – alles dieses wurde *für mich* geschaffen, *für mich, für mich!* Für mich hat die Menschheit gearbeitet, für mich wurde sie gemartert, hingeschlachtet, – um meinem unersättlichen Hunger nach Erregung, nach Erkenntnis und Schönheit als Weide, als *pabulum,* zu dienen.« Ich überspringe nun einiges und kürze ab. Niemanden wird es erstaunen, daß ein letzter, äußerster Gedanke dem Gehirn des Träumers entspringt: *»Ich bin Gott geworden!«,* daß ein wilder, inbrünstiger Schrei sich seiner Brust mit solcher Gewalt, mit einem solchen Schwung entringt, daß, wenn das Wollen und Glauben eines trunkenen Menschen die Kraft der Verwirklichung besäße, die auf den Pfaden des Himmels wandelnden Engel kopfüber hinabstürzen würden bei diesem Schrei: »Ich bin ein Gott!« Bald aber verwandelt dieser Sturm des Hochmuts sich in eine wohltemperierte, stille, stumme und ausgeruhte Glückseligkeit, und die Gesamtheit aller Wesen erscheint in ihrer Farbenpracht und wie verklärt von einem schwefeligen Morgenrot. Sollte zufällig noch eine schwache Erinnerung in der Seele dieses bedauernswerten Glücklichen sich melden: Gibt es da nicht noch einen anderen Gott?, so wird er sich unfehlbar vor *jenem* aufrecken, über seinen Willen mit ihm rechten und ihm furchtlos die Stirne bieten. Wer war doch der französische Philosoph, der um die modernen deutschen Doktrinen zu verspotten, gesagt hat: »Ich bin ein Gott, der schlecht zu Mittag gegessen hat?« Diese Ironie würde einen vom Haschisch entrückten Geist nicht anfechten; er würde in aller Seelenruhe erwidern: »Mag sein, daß ich schlecht zu Mittag gegessen habe, aber ich bin ein Gott.«

V
Moral

Aber der Morgen! der schreckliche Morgen des anderen Tages! wenn alle Organe erschöpft und erschlafft, die Nerven abgespannt sind. Dann belehren das juckende Bedürfnis zu weinen, die Unmöglichkeit, sich einer folgerechten Arbeit zu widmen, uns grausam, daß wir ein verbotenes Spiel gespielt haben. Ihres gestrigen

Glanzes beraubt, gleicht die häßliche Natur den traurigen Überresten eines Festes. Die Willenskraft vor allem ist angegriffen, von allen Fähigkeiten die kostbarste. Man sagt, und das stimmt auch fast, das Haschisch verursache keinerlei körperliche Schäden, zumindest keine schweren. Aber kann man behaupten, ein Mensch, der zur Untätigkeit verurteilt ist und der nur noch zum Träumen taugt, sei wirklich gesund, auch wenn keines seiner Glieder beschädigt ist? Nun kennen wir die menschliche Natur gut genug, um zu wissen, daß ein Mensch, der sich mit einem Löffel voll Konfitüre augenblicklich alle Güter des Himmels und der Erde verschaffen kann, kein Tausendstel dessen je durch Arbeit verdienen wird. Man stelle sich einen Staat vor, dessen sämtliche Bürger sich an Haschisch berauschen würden! Welche Bürger! welche Krieger! welche Gesetzgeber! Sogar im Orient, wo sein Gebrauch so verbreitet ist, gibt es Regierungen, welche die Notwendigkeit eingesehen haben, es zu ächten. Wahrhaftig, es ist dem Menschen, bei Strafe des sittlichen Verfalls und des geistigen Todes, verboten, die Grundbedingungen seines Daseins durcheinanderzubringen und das Gleichgewicht zwischen seinen Fähigkeiten und den Umgebungen, in denen zu wirken ihnen bestimmt ist, zu stören, mit einem Wort, sein Geschick zu verrücken, um ein anderes Fatum über sich zu verhängen. Man denke nur an Melmoth, dieses bewundernswürdige Sinnbild. Sein fürchterliches Leiden besteht in dem Mißverhältnis zwischen seinen wunderbaren Fähigkeiten, die er im Augenblick durch einen Teufelspakt erworben hat, und der Umgebung, in der er, als ein Geschöpf Gottes, zu leben verdammt ist. Und keiner von denen, die er dazu verführen will, findet sich bereit, ihm zu den gleichen Bedingungen sein furchtbares Vorrecht abzukaufen. In der Tat, jeder Mensch, der die Bedingungen des Lebens nicht annimmt, verkauft seine Seele. Es ist nicht schwer, die Beziehung zwischen den satanischen Erfindungen der Dichter und den lebenden Geschöpfen herzustellen, die sich den Stimulanzien ergeben haben. Der Mensch hat Gott sein wollen, und siehe, kraft eines seinem Zugriff entzogenen moralischen Gesetzes, ist er alsbald tief unter seine wahre Natur hinabgestürzt. Er ist eine Seele, die sich im kleinen verkauft.

Balzac war gewiß der Ansicht, es gebe für den Menschen keine größere Schande und kein heftigeres Leiden, als dem eigenen Willen zu entsagen. Ich habe ihn einmal in einer Gesellschaft gesehen, wo von den wunderbaren Wirkungen des Haschisch die Rede war. Er lauschte und fragte, mit ergötzlicher Aufmerksamkeit und Lebhaftigkeit. Wer ihn gekannt hat, errät, daß der Gegenstand ihn interessierte. Doch die Vorstellung, wider seinen Willen zu denken, war ihm zutiefst zuwider. Man bot ihm Dawamesk an; prüfend betrachtete er es, roch daran, dann gab er es zurück, ohne davon zu nehmen. Der Widerstreit zwischen seiner fast kindlichen Neugier und dem Abscheu vor der Abdankung seines Willens verriet sich höchst ausdrucksvoll in dem lebhaften Mienenspiel seines Gesichtes. Die Liebe zur Würde trug den Sieg davon. Es fällt einem in der Tat nicht leicht, sich vorzustellen, der Theoretiker des *Willens*, dieser geistige Zwillingsbruder Louis Lamberts, könnte seine Zustimmung dazu geben, auch nur ein kleines Teilchen dieser kostbaren *Substanz* einzubüßen.

Trotz der wunderbaren Dienste, die Äther und Chloroform geleistet haben, bin ich vom Standpunkt einer spiritualistischen Philosophie aus der Meinung, der nämliche moralische Makel hafte allen modernen Erfindungen an, die danach trachten, die menschliche Freiheit und den unerläßlichen Schmerz zu verringern. Nicht ohne eine gewisse Bewunderung vernahm ich einmal das Paradox eines Offiziers, der mir die grausame Operation erzählte, die an einem französischen General zu El-Agouath vorgenommen wurde, und an der dieser trotz des Chloroforms starb. Dieser General war ein sehr tapferer Mann, und sogar etwas mehr, eine jener Seelen, auf die ihrer Natur nach das Wort ritterlich paßt. »Was er gebraucht hätte«, sagte der Offizier, »war nicht das Chloroform, sondern die Blicke der ganzen Armee und die Musik sämtlicher Regimenter. Damit hätte er vielleicht gerettet werden können!« Der Chirurg war nicht dieser Ansicht; aber der Feldgeistliche hätte solche Gefühle gewiß bewundert.

Es erübrigt sich wahrhaftig, nach all diesen Betrachtungen das sittlich Verwerfliche des Haschisch noch eigens zu unterstreichen. Wenn ich es mit dem Selbstmord, einem langsamen Selbstmord, einer immer blutigen und immer geschärften Waffe vergleiche, so wird kein vernünftiger Geist etwas dagegen einzuwenden haben.

Wenn ich es der Hexerei, der Magie gleichsetze, welche, durch Geheimmittel, deren Falschheit durch nichts zu beweisen ist, ebensowenig wie ihre Wirksamkeit, die Materie zu beeinflussen suchen und derart eine Herrschaft anstreben, die dem Menschen untersagt oder nur dem erlaubt ist, den man dessen würdig erachtet, so wird keine philosophische Seele an diesem Vergleich etwas zu tadeln finden. Die Kirche verurteilt alle Zauberkunst und Hexerei, weil sie den Absichten Gottes widerstreiten; sie setzen die Zeit außer Kraft und wollen die Forderungen nach Reinheit und Moralität überflüssig machen. Als rechtmäßige, als wahre Schätze betrachtet die Kirche nur die durch den beharrlichen guten Vorsatz erworbenen. Gauner nennen wir den Spieler, der es so einzurichten weiß, daß er auf jeden Fall gewinnt; und wie wollen wir den Menschen nennen, der um ein wenig Geld sich Glück und Genie erkaufen will? Eben in der Unfehlbarkeit des Mittels liegt seine Unsittlichkeit, wie die der Magie zugeschriebene Unfehlbarkeit ihr ein höllisches Siegel aufprägt. Muß ich noch hinzufügen, daß das Haschisch, wie alle einsamen Freuden, den Einzelnen untauglich für die Menschheit und die Gesellschaft überflüssig für den Einzelnen macht, da es ihn veranlaßt, sich unaufhörlich selbst zu bewundern, und ihn Tag für Tag dem leuchtenden Abgrund zutreibt, wo er wie Narziß sein Antlitz bewundert?
Wie aber, wenn es dem Menschen, auf Kosten seiner Würde, seines Ansehens und seines freien Willens, gelänge, sich mit Hilfe des Haschisch großer geistiger Vorteile zu versichern, ihn in eine Art Denkmaschine, ein ergiebiges Werkzeug zu verwandeln? Das ist eine Frage, die man mir oft gestellt hat, und ich will sie beantworten. Zunächst: wie ich bereits des längeren dargelegt habe, offenbart das Haschisch dem Einzelnen nichts als ihn selber. Dieser Einzelne wird allerdings sozusagen in die dritte Potenz erhoben und aufs äußerste gesteigert, und da es ebenfalls keinem Zweifel unterliegt, daß die Erinnerung an die während der Orgie empfangenen Eindrücke diese überlebt, so scheint die Hoffnung dieser *Utilitarier* auf den ersten Blick nicht ganz sinnlos. Ich möchte sie jedoch bitten, nicht außer acht zu lassen, daß die Gedanken, aus denen sie so großen Nutzen zu ziehen hoffen, in Wahrheit nicht so schön sind, wie sie in ihrer augenblicklichen Verkleidung und mit

magischem Flitter umhängt erscheinen. Sie sind der Erde näher als dem Himmel und verdanken einen großen Teil ihrer Schönheit der nervösen Erregung und der Gier, mit welcher der Geist sich auf sie stürzt. Ferner: diese Hoffnung beschreibt einen *circulus vitiosus*. Nehmen wir einmal für einen Augenblick an, das Haschisch verleihe Genie, oder erhöhe es zumindest; so vergessen die eben Genannten doch, daß es in der Natur des Haschisch liegt, den Willen zu schwächen, und daß es derart mit der einen Hand gewährt, was es mit der anderen entzieht: es steigert die Einbildungskraft und lähmt zugleich das Vermögen, sich dies zunutze zu machen. Und gesetzt selbst, ein Mensch wäre geschickt und kräftig genug, sich dieser Alternative zu entziehen, so bleibt doch als letztes eine andere Gefahr von schrecklicher Unausweichlichkeit zu bedenken: die der Gewöhnung. Jede Gewöhnung verwandelt sich alsbald in einen Zwang. Wer zu einem Gift seine Zuflucht nimmt, *um* zu denken, wird bald *ohne* Gift nicht mehr denken können. Man stelle sich das schreckliche Schicksal eines Menschen vor, dessen gelähmte Einbildungskraft zu keiner Tätigkeit mehr imstande ist ohne den Beistand des Haschisch oder des Opiums!

In philosophischen Untersuchungen soll der menschliche Geist nach dem Vorbild der Gestirne eine Bahn durchlaufen, die ihn zu seinem Ausgangspunkt zurückführt. Zum Schluß kommen, heißt einen Kreis schließen. Zu Anfang war von jenem wunderbaren Zustand die Rede, in den der Geist des Menschen sich bisweilen wie durch eine besondere Gnade versetzt findet; ich sagte, unablässig bestrebt, seine Hoffnungen nicht erkalten zu lassen und sich zum Unendlichen aufzuschwingen, habe er, zu allen Zeiten und in allen Ländern, ein heftiges Verlangen kundgetan nach allen, selbst den gefährlichen Substanzen, die, seine Persönlichkeit steigernd, vor seinen Augen dieses Gelegenheits-Paradies, das Ziel all seiner Wünsche, für eine kurze Weile aufleuchten lassen, und ich fügte hinzu, indem dieser kühne Geist sich, ohne es zu ahnen, bis an den Rand der Hölle vorwagte, habe er derart ein Zeugnis abgelegt für seine ursprüngliche Größe. Aber der Mensch ist nicht so verlassen, so aller redlichen Mittel beraubt, um den Himmel zu gewinnen, daß ihm nichts anderes übrig bliebe, als sich der Pharmazie und der Hexenkunst zu verschreiben; er muß nicht seine Seele verkaufen, um die berauschenden Liebkosungen und die Freundschaft der Huris zu bezahlen. Was ist das für ein Paradies, das man um den Preis seines ewigen Heils erkauft? Ich stelle mir einen Menschen vor (soll ich sagen: einen Brahmanen, einen Dichter, oder einen christlichen Philosophen?), der seinen Sitz auf dem steilsten Olymp des Geistes hat; umgeben von den Musen Raffaels oder Mantegnas, die, um ihm sein langes Fasten und seine inständigen Gebete zu vergüten, ihn mit edlen Gebärden tanzend umringen, ihm die sanftesten Blicke senden und aus strahlenden Gesichtern zulächeln; der göttliche Apoll, dieser Herr und Meister alles Wissens (ob es nun der von Francavilla, von Albrecht Dürer, von Goltzius oder von jedem beliebigen anderen ist, gleichviel – hat nicht jeder, der es verdient, seinen Apoll?), führt schmeichelnd seinen Bogen über die bebendsten Saiten. Unterhalb seiner, am Fuß des Gebirges, in dornigem Gestrüpp, im Schmutz, schneidet das Menschenpack, die Bande der Heloten, seine lustverzückten Grimassen und stößt ein Geheul aus, das der Biß des Giftes ihm entreißt; und in seiner Betrübnis spricht der Dichter: »Diese Unglücklichen, die niemals gefastet, die niemals gebetet, die die Erlösung durch die Arbeit von sich gewiesen haben, wollen mit Hilfe der schwarzen Magie die Mittel erlangen, sich mit einem Schlag über die Natur hinauszuversetzen. Die Magie aber täuscht sie, sie spiegelt ihnen ein falsches Glück vor und entzündet ein falsches Licht; während wir Dichter und Philosophen unsere Seelen zu einem neuen Leben erweckt haben durch anhaltende Arbeit und Betrachtung; durch die beharrliche Übung des Willens und den steten Adel der Gesinnung haben wir uns einen Garten der wahren Schönheit erschaffen. Im Vertrauen auf das Wort, welches da sagt, daß der Glaube Berge versetzt, haben wir das einzige Wunder vollbracht, zu dem Gott uns ermächtigt hat!«

EIN OPIUMESSER

I
Der Autor verwahrt sich

»O gerechtes, subtiles und mächtiges Opium! Du, das dem Herzen des Armen wie des Reichen, für jene Wunden, die nie vernarben, und für jene Ängste, die den Geist in Aufruhr setzen, einen lindernden Balsam bereitet; beredtes Opium! du, das mit seiner machtvollen Rhetorik die Entschließungen der Wut entwaffnet, und das, für eine Nacht, dem schuldigen Menschen die Hoffnungen seiner Jugend wiederbringt und seine von Blut einst unbefleckten Hände ihm zurückerstattet; das dem Stolzen ein flüchtiges Vergessen schenkt

Des ungetilgten Unrechts und der nicht gerächten Schmach;

das die falschen Zeugen vor das Tribunal der Träume fordert, zum Triumph der hingeopferten Unschuld; das den Meineidigen überführt; das die Sprüche der ungerechten Richter tilgt; – auf dem Schoß des Dunkels errichtest du, aus den phantastischen Baustoffen des Gehirns und mit einer höheren Kunst als Phidias und Praxiteles, Städte und Tempel, die Babylon und Hekatompylos an Pracht übertreffen; und aus dem Chaos eines Schlafes voller Träume rufst du ans Sonnenlicht die Gesichter längst begrabener Schönheiten, und so manches vertraute und gesegnete Antlitz, von den Kränkungen der Gruft gereinigt. Du allein verleihst dem Menschen diese Schätze, und du besitzest die Schlüssel zum Paradies, o gerechtes, subtiles und mächtiges Opium!« – Doch ehe der Autor den Mut gefunden hat, zu Ehren seines geliebten Opiums in diese heftige Anrufung (so heftig wie die Danksagungen der Liebe) auszubrechen, wie viele Verschlagenheiten, wie viele rednerische Umschweife und Verwahrungen! Als erstes der ewige Vorwand jener, die kompromittierende Geständnisse zu machen haben, die jedoch schon gesonnen sind, dem, was sie treibt, nicht zu widerstreben: »Dank der Sorgfalt, die ich darauf verwendet habe, hoffe ich zuversichtlich, daß diese Aufzeichnungen nicht bloß interessant, sondern auch, und zwar in beträchtlichem Grade, nützlich und lehrreich sein werden. Eben in dieser Hoffnung habe ich sie zu Papier gebracht, und dies wird auch meine Entschuldigung dafür sein, daß ich jene zarte und ehrenwerte Zurückhaltung aufgegeben habe, welche die meisten von uns hindert, unsere eigenen Irrtümer und Schwächen öffentlich zur Schau zu stellen. Nichts ist in der Tat geeigneter, den Sinn des Engländers für das Schickliche zu verletzen, als der Anblick eines Menschen, der unserer Aufmerksamkeit seine sittlichen Narben und Schwären aufdrängt und jene schamhafte Hülle wegreißt, mit welcher die Zeit oder die Nachsicht mit der menschlichen Gebrechlichkeit sie zu bekleiden sich bereit gefunden hatte.«

Allerdings, fährt er fort, meiden gewöhnlich das Verbrechen und das Elend den Blick der Öffentlichkeit, und selbst auf dem Kirchhof halten sie sich abseits von der ihn bevölkernden Gemeinschaft, als täten sie demütig Verzicht auf jeden Anspruch, Mitgenossen der großen menschlichen Familie zu sein. Im Fall des *Opiumessers* aber liegt kein Verbrechen vor, sondern nur Schwäche, eine so leicht entschuldbare Schwäche zudem! wie er das in einer vorausgeschickten Lebensbeschreibung beweisen wird; der Vorteil schließlich, der anderen aus den Aufzeichnungen einer Erfahrung erwächst, die um einen so teuren Preis erkauft wurde, ist wohl danach angetan, die Vergewaltigung des Schamgefühls aufzuwiegen und einen Ausnahmefall zu rechtfertigen.

In diesem Vortext an den Leser finden wir einige Auskünfte über das geheimnisvolle Volk der Opiumesser, diese kontemplative Nation, die in der tätigen Nation verstreut ist. Sie sind zahlreich, und zahlreicher, als man denkt. Es sind Professoren darunter, Philosophen, ein Lord, der eines der höchsten Staatsämter bekleidet, ein Unterstaatssekretär; wenn so zahlreiche Fälle in der höchsten Schicht der Gesellschaft zur Kenntnis eines Einzelnen gelangt sind, ohne daß er sich eigens danach auf die Suche gemacht hätte, welche schreckliche Statistik ließe sich da nicht in Bezug auf die Gesamtbevölkerung Englands aufstellen! Drei Londoner Apotheker, noch dazu in abgelegenen Vierteln, versichern 1821, daß die Zahl der ›Opium-Liebhaber‹ sehr beträchtlich sei, und daß die Schwierigkeit einer Unterscheidung zwischen denen, die das Opium aus gesundheitlichen Gründen einnehmen, und denen, die es sich zu einem unerlaubten Zweck zu verschaffen suchen, sie täglich in Verlegenheit setze. Doch das Opium ist auch in die Randbezirke der Gesellschaft hinabgestiegen, und am Samstag sind in Manchester die Theken der Drogisten nachmittags mit Pillen bedeckt, die man vorsorglich für die abendliche Nachfrage bereitet hat. Für die Arbeiter der Manufakturen ist das Opium eine wohlfeile Lust; denn bei sinkenden Löhnen können Orgien in Ale und Spirituosen teuer zu stehen kommen. Man glaube jedoch nicht, der englische Arbeiter würde, wenn die Löhne wieder stiegen, zu den gröberen Genüssen des Alkohols zurückkehren. Der Zauber hat gewirkt; der Wille ist bezwungen; die Erinnerung an die genossenen Wonnen wird ihre ewige Tyrannei ausüben.

Wenn grobe und durch eine tägliche reizlose Arbeit abgestumpfte Naturen im Opium mächtige Tröstungen finden können, wie erst wird seine Wirkung auf einen feinen, gebildeten Geist sein, auf eine glühende, geübte Einbildungskraft, vor allem, wenn der befruchtende Schmerz sie frühzeitig beackert hat, – auf ein Gehirn, das der Macht des Sinnens und Träumens verfallen ist, *touched with pensiveness,* um mich des erstaunlichen Ausdrucks meines Autors zu bedienen? Dies ist der Gegenstand des wunderbaren Buches, das ich wie eine phantastische Tapisserie vor den Augen des Lesers entrollen will. Freilich werde ich oftmals raffen müssen; De Quincey ergeht sich gerne und häufig in Abschweifungen; mehr als jeden anderen darf man ihn zu Recht einen *humourist* nennen; er vergleicht sein Denken einmal mit einem Thyrsus, einem einfachen Stecken, der sein besonderes Aussehen und seinen ganzen Reiz dem reichen Spiel des ihn umrankenden Laubwerks verdankt. Damit der Leser nichts von den rührenden Bildern verliert, aus denen sein Buch sich zusammensetzt, werde ich, in Anbetracht des mir zur Verfügung stehenden knappen Raumes, zu meinem großen Bedauern genötigt sein, manches sehr unterhaltsame Beiwerk fortzulassen, ebenso manche köstlichen Abhandlungen, die sich nicht unmittelbar auf das Opium beziehen, sondern nur dazu dienen, uns mit dem Charakter des Opiumessers näher bekannt zu machen. Das Buch ist jedoch kräftig genug, um, selbst

derart zusammengedrängt, auf einen bloßen Extrakt reduziert, seine unverkennbare Eigenart zu behaupten.
Das Werk *(Confessions of an English Opium-Eater, being an extract from the life of a scholar)* besteht aus zwei Teilen: den *Confessions* einerseits, und den sie ergänzenden *Suspiria de profundis.* Jeder Teil hat mehrere Unterabteilungen, von denen ich einige übergehen werde, die wie Korollarien oder Anhänge sind. Die Gliederung des ersten Teiles ist durchaus einfach und logisch, da sie sich aus dem Gegenstand selbst ergibt: *Einleitende Bekenntnisse; Wonnen des Opiums; Qualen des Opiums.* Die *Einleitenden Bekenntnisse,* bei denen ich notwendigerweise etwas länger verweilen werde, haben eine leicht zu erratende Bestimmung. Der Leser soll die Person des Autors kennenlernen, er soll ihn schätzen und lieben lernen. Da der Verfasser sich darauf eingelassen hat, die Aufmerksamkeit nachdrücklich für einen scheinbar so eintönigen Gegenstand wie die Beschreibung eines Rausches in Anspruch zu nehmen, legt er großen Wert darauf, uns erkennen zu lassen, bis zu welchem Grade er entschuldbar ist; er will für seine Person eine Sympathie wecken, die dem ganzen Werk zugute kommen wird. Schließlich, und das ist sehr wichtig, wird die Schilderung gewisser Vorkommnisse – an sich keineswegs ungewöhnlicher, doch gewichtiger und bedeutungsvoller Vorkommnisse im Hinblick auf das Gemüt dessen, dem sie widerfahren sind –, uns sozusagen den Schlüssel zu den ungewöhnlichen Gefühlen und Gesichten liefern, die späterhin sein Gehirn bedrängen werden. Mancher Greis, der über einen Wirtshaustisch gebeugt dasitzt, sieht sich im Geiste wieder, wie er in einer entschwundenen Umgebung lebte; seine verblichene Jugend gewinnt in seinem Rausch ihre Farben zurück. Ebenso haben die in den *Confessions* erzählten Ereignisse einen bestimmenden Einfluß auf die späteren Gesichte. Sie werden darin wiederkehren wie jene Träume, die nur entstellte oder umgestaltete Erinnerungen an die Bedrängnisse eines mühseligen Tages sind.

II
Einleitende Bekenntnisse

Nein, nicht auf der Suche nach einer sündigen und trägen Lust begann er, Opium zu nehmen, sondern aus keinem anderen Grunde, als um quälende Magenschmerzen zu lindern, die der zu einer grausamen Gewohnheit gewordene Hunger verursachte. Diese Ängste vor dem Hunger gehen bis in seine früheste Jugend zurück, und in seinem neunundzwanzigsten Lebensjahr treten das Übel und das Heilmittel zum ersten Mal in Erscheinung, nach einer längeren Zeit des Glückes, der Sicherheit und des Wohlergehens. Unter welchen Umständen diese verhängnisvollen Ängste sich einstellten, wird man alsbald erfahren.

Der künftige *Opiumesser* war sieben Jahre alt, als sein Vater starb; die ›Wächter‹, die ihm zum Vormund bestellt worden waren, schickten ihn als Zögling auf mehrere Schulen. Sehr früh schon zeichnete er sich durch seine literarischen Fähigkeiten aus, vor allem durch eine frühzeitige Kenntnis der griechischen Sprache. Mit dreizehn schrieb er griechisch; mit fünfzehn war er nicht nur imstande, griechische Verse in lyrischen Metren abzufassen, er besaß auch eine große Gewandtheit, sich fließend und ungezwungen auf griechisch zu unterhalten, eine Fähigkeit, die er der täglichen Gewohnheit verdankte, eine griechische Übersetzung der englischen Zeitungen zu improvisieren. Die Notwendigkeit, in seinem Gedächtnis und seiner Einbildungskraft eine große Anzahl von Umschreibungen zu finden, um in einer toten Sprache völlig moderne Gedanken und Bilder auszudrücken, hatte ihm ein immer bereites Wörterbuch zur Verfügung gestellt, das sehr viel komplexer und umfangreicher war als der Wortschatz, den man bei der gewöhnlichen geduldigen Beschäftigung mit rein literarischen Themen erwirbt. »Dieser Knabe«, sagte einer seiner Lehrer, der einen Fremden auf ihn aufmerksam machte, »hätte weniger Schwierigkeiten, vor einer athenischen Menge als Redner aufzutreten, als Sie oder ich vor einer englischen Menge.« Unglücklicherweise wurde unser frühreifer Hellenist diesem ausgezeichneten Lehrer fortgenommen; und nachdem er durch die Hände eines plumpen Schulmeisters gegangen war, der in beständiger Furcht lebte, das Kind könnte ihn seiner Unwissenheit überführen, wurde er der Sorgfalt eines guten und rechtschaffenen Professors anvertraut, dessen Stärke auch nicht gerade die *elegantia* war und bei dem nichts an die glühende und funkelnde Gelehrsamkeit des ersten erinnerte. Es tut nicht gut, wenn ein Kind sich zum Richter über seine Lehrer aufzuwerfen vermag. Man übersetzte Sophokles, und vor Beginn der Stunde präparierte sich der eifrige Professor, der *archididascalus,* mit Hilfe einer Grammatik und eines Lexikons auf die Lektüre der Chöre, um während des Unterrichts nirgends zu stocken oder auf Schwierigkeiten zu stoßen. Der junge Mann indes (er war nun fast siebzehn Jahre alt) brannte darauf, eine Universität zu besuchen, und vergeblich setzte er dieserhalb den Männern zu, die man zum Vormund über ihn bestellt hatte. Einer von ihnen, ein guter, verständiger Mann, lebte sehr weit entfernt. Von den drei andern hatten zwei ihre ganze Autorität in die Hände des vierten gelegt, und dieser wird uns als der starrsinnigste und ganz in seinen eigenen Willen vernarrte Mentor vorgestellt. Unser abenteuerlicher Jüngling faßt einen großen Entschluß: er wird der Anstalt entfliehen. Er schreibt an eine liebenswürdige, ausgezeichnete Frau, offensichtlich eine Freundin seiner Familie, die ihn als Kind auf ihren Knien gewiegt hat, und bittet sie um fünf Guineen. Eine mütterlich liebevolle Antwort trifft bald ein, mit dem Doppelten der erbetenen Summe. Seine Schülerbörse enthielt noch zwei Guineen, und zwölf Guineen bedeuten ein ungeheures Vermögen für ein Kind, dem die täglichen Erfordernisse des Lebens unbekannt sind. Nun geht es nur noch darum, die Flucht ins Werk zu setzen. Das folgende Stück ist eines von denen, die zu kürzen ich mich nicht entschließen kann. Es ist auch angebracht, daß der Leser von Zeit zu Zeit selber etwas von der eindringlichen und *weiblichen* Manier des Autors verspürt.

»Doktor Johnson macht einmal die treffende Bemerkung (die zudem noch voller Empfindung ist, was man leider nicht von allen seinen Bemerkungen sagen kann), daß wir niemals etwas wissentlich ohne Herzensbetrübnis zum letzten Male tun, das zu tun wir seit langem gewohnt sind. Tief empfand ich diese Wahrheit, als ich mich anschickte, einen Ort zu verlassen, den ich nicht liebte und wo ich nicht glücklich gewesen war. Am Vorabend des Tages, an dem ich ihm für immer entfliehen sollte, hörte ich mit Betrübnis das Abendgebet in dem alten, hohen Klassenraum widerhallen; denn ich hörte es zum letzten Male; und als man uns bei angebrochener Nacht aufrief und mein Name, wie gewöhnlich, als erster gerufen worden war, trat ich vor, und wie ich vor dem anwesenden Rektor vorüberging, grüßte ich ihn; neugierig blickte ich ihm ins Gesicht und dachte bei mir: Er ist alt und gebrechlich, ich werde ihn in dieser Welt nicht wiedersehen! Ich hatte recht, denn ich habe ihn nicht wiedergesehen, und ich werde ihn niemals wiedersehen. Er sah mich freundlich an, mit einem gutmütigen Lächeln, erwiderte meinen Gruß, oder vielmehr mein Lebewohl, und wir schieden, ohne daß er es ahnte, für immer. Ich konnte keine tiefe Achtung für seine Intelligenz empfinden; aber er hatte sich mir gegenüber stets gütig erwiesen; er hatte mir manche Vergünstigung gewährt, und ich litt bei dem Gedanken an die Kränkung, die ihm zu bereiten ich im Begriff stand.

Der Morgen kam, an dem ich mich auf das Meer des Lebens hinauswagen sollte, ein Morgen, von dem mein ganzes weiteres Leben großenteils seine Farbe empfangen hat. Ich war im Hause des Rektors untergebracht, und gleich bei meinem Eintreffen hatte ich für mich die Vergünstigung eines Einzelzimmers erwirkt, das mir zugleich als Schlafzimmer und Arbeitsraum diente. Um halb vier erhob ich mich, und mit tiefer Bewegung betrachtete ich die alten Türme von …, die sich, vom Frühlicht übergossen, im strahlenden Glanz eines wolkenlosen Junimorgens zu röten begannen. Mein Entschluß stand unerschütterlich fest, aber eine Ahnung von unbestimmten Schwierigkeiten und Gefahren beschlich mich, und hätte ich den Sturm, den wahren Hagelschlag von Bedrängnissen, der bald über mich niedergehen sollte, voraussehen können, ich wäre wohl mit Recht noch unruhiger gewesen. Der tiefe Friede des Morgens bildete einen ergreifenden Kontrast zu dieser Aufgewühltheit meines Gemüts und diente ihr fast als Heilmittel. Das Schweigen war noch tiefer als um Mitternacht; und das Schweigen eines Sommermorgens rührte mich von jeher tiefer als jedes andere Schweigen, weil das Licht zwar weit und kräftig ist, wie das des Mittags in den anderen Jahreszeiten, von dem des hohen Tages jedoch sich dadurch unterscheidet, daß noch keine Menschen unterwegs sind; und so scheint der Friede der Natur und der unschuldigen Geschöpfe Gottes tief und ungefährdet, solange der Mensch mit seiner Unrast und seinem unsteten Sinn diese heilige Stille nicht stört. Ich kleidete mich an, nahm Hut und Handschuhe und zögerte noch einige Zeit in meinem Zimmer. Seit anderthalb Jahren war dieses Zimmer die Zitadelle meiner Gedanken gewesen; hier hatte ich lange nächtliche Stunden hindurch gelesen und studiert; und obwohl es zutraf, daß ich, der ich für die Liebe und die sanften Gefühle geschaffen war, in letzter Zeit alles Glück und alle Fröhlichkeit in dem fieberhaften Kampf gegen meinen Vormund eingebüßt hatte, so konnte es doch nicht ausbleiben, daß ein junger Mensch wie ich, der die Bücher liebte, der geistigen Zielen nachstrebte, bei aller Niedergeschlagenheit nicht auch einige gute Stunden gehabt hätte. Tränen standen mir in den Augen, als ich um mich blickte und den Sessel sah, den Kamin, den Schreibtisch und andere vertraute Gegenstände, die nicht wiederzusehen ich nur allzu gewiß war. Seit damals bis zu der Stunde, da ich dies niederschreibe, sind achtzehn Jahre verflossen, und dennoch sehe ich deutlich, als wäre es gestern, den Umriß und den Ausdruck des Gegenstandes vor mir, dem ich scheidend einen Blick zuwarf: ein Porträt der verführerischen ...*, das über dem Kamin hing; ihre Augen und ihr Mund waren so schön, aus ihren Zügen sprach eine so strahlende Güte und göttliche Heiterkeit, daß ich tausendmal meine Feder oder mein Buch hatte sinken lassen, um Trost bei ihrem Bilde zu suchen, wie ein Frommer bei seinem Schutzheiligen. Während ich noch in Betrachtung verloren dastand, verkündete die tiefe Stimme der Turmuhr die vierte Stunde. Ich reckte mich zu dem Bild hinauf, ich küßte es, dann trat ich leise hinaus und schloß die Türe für immer!

Die Gelegenheiten zum Lachen und zum Weinen vermengen und verflechten sich derart in diesem Leben, daß ich mich nicht ohne Lächeln eines Vorfalls erinnern kann, der sich damals ereignete und der um ein Haar die sofortige Verwirklichung meines Planes verhindert hätte. Ich hatte einen Reisekoffer von enormem Gewicht; denn außer meinen Kleidungsstücken enthielt er fast meine

* Vielleicht die Dame mit den zehn Guineen.

ganze Bibliothek. Die Schwierigkeit bestand darin, ihn zu einem Fuhrmann schaffen zu lassen. Mein Zimmer lag in luftiger Höhe, und schlimmer noch, am Fuß der Treppe, die zu diesem Winkel des Gebäudes führte, erstreckte sich ein Flur, der an der Zimmertüre des Rektors vorbeiführte. Ich war der Liebling der ganzen Dienerschaft, und da ich wußte, daß jeder mir gerne einen heimlichen Dienst erweisen würde, zog ich einen Kammerdiener des Rektors ins Vertrauen. Er schwor mir, alles nach meinen Wünschen zu besorgen; und als es so weit war, stieg er die Treppe hinauf, um den Koffer fortzutragen. Ich fürchtete sehr, die Kräfte eines einzelnen Mannes würden dazu nicht ausreichen; doch dieser Groom war ein kräftiger Bursche

Mit Atlas-Schultern, wie geschaffen,
Die Last zu stemmen der größten Monarchien,

und er hatte einen Rücken so breit wie die Ebenen von Salisbury. Er war demnach störrisch genug, den Koffer alleine tragen zu wollen, während ich ihn auf der untersten Etage angstvoll erwartete. Eine Zeitlang hörte ich ihn sicheren und langsamen Schrittes herabsteigen; als er sich jedoch dem gefährlichen Ort näherte, wuchs seine Unruhe und noch einige Stufen von dem Flur entfernt strauchelte er so unglücklich, daß die mächtige Last von seinen Schultern glitt und mit erhöhter Geschwindigkeit die Treppe hinunterpolterte; unten angekommen rollte oder vielmehr sprang sie mit einem Höllenlärm geradewegs gegen die Schlafzimmertüre des *archididascalus*. Mein erster Gedanke war, nun sei alles verloren, und wenn ich mich noch retten wollte, müßte ich wohl auf den Koffer Verzicht tun. Nach einem kurzen Augenblick der Überlegung beschloß ich jedoch, den Ausgang des Abenteuers abzuwarten. Dem Groom war der Schreck in die Glieder gefahren, seinet- und meinetwegen; dennoch hatte, dessen ungeachtet, das Gefühl für die Komik dieses ärgerlichen Zwischenfalls sich seines Geistes so unwiderstehlich bemächtigt, daß er in ein Gelächter ausbrach – ein schallendes, langhin dröhnendes Gelächter, das die *Siebenschläfer* aufzuwecken genügt hätte. Bei den Klängen dieses Heiterkeitsausbruchs, der in Hörweite der beleidigten Autorität erschallte, konnte ich nicht anders, ich mußte mit einstimmen, nicht so sehr der unglückseligen *étourderie* des Koffers wegen, als der Wirkung wegen, die diese bei dem Groom ausgelöst hatte. Wie zu erwarten, waren wir alle beide darauf gefaßt, den Doktor aus seinem Zimmer stürzen zu sehen; denn für gewöhnlich, sobald er nur eine Maus sich rühren hörte, sprang er wie ein Hofhund aus seiner Hütte. Diesmal aber, seltsamerweise, sobald unser Gelächter verstummt war, kein Laut; nicht einmal das leiseste Rascheln war aus dem Zimmer zu vernehmen. Von einem schmerzhaften Leiden geplagt, lag der Doktor oft lange wach; vielleicht aber versenkte eben dieses, wenn ihm zu entschlummern gelang, in einen um so tieferen Schlaf. Von dieser Stille ermutigt, lud der Groom sich seine Last wieder auf die Schultern und vollendete seinen Abstieg ohne weiteren Zwischenfall. Ich wartete noch, bis ich meinen Koffer auf einen Schubkarren verladen und zum Fuhrmann unterwegs sah. Dann brach ich zu Fuß auf, ohne einen anderen Führer als die Vorsehung; unterm Arm trug ich ein kleines Paket mit einigen Toilettegegenständen, in einer Tasche einen englischen Lieblingsdichter, und in der andern einen kleinen Duodezband, der etwa neun Stücke des Euripides enthielt.«

Unser Schüler hatte sich vorgenommen, nach Westmoreland zu gehen; ein Zwischenfall jedoch, den er nicht näher erläutert, änderte seine Route und verschlug ihn nach Nord-Wales. Nachdem er einige Zeit in Denbighshire, Merionethshire und Caernavonshire umhergeirrt war, mietete er sich in einem kleinen, sauberen Hause in B... ein. Bald jedoch wurde er hier durch einen Vorfall vertrieben, bei dem sein junger Stolz sich auf das komischste verletzt fand. Seine Vermieterin hatte bei einem Bischof gedient, sei es als Gouvernante, sei es als Kindermädchen. Der ungeheure Dünkel der englischen Geistlichkeit überträgt sich im allgemeinen nicht nur auf die Kinder der Würdenträger, sondern sogar auf ihre Dienerschaft. In einer kleinen Stadt wie B... genügte es augenscheinlich, in der Familie eines Bischofs gelebt zu haben, um einem eine gewisse Distinktion zu verleihen; derart daß die gute Dame unaufhörlich Sätze im Munde führte wie: »Mylord tat dies, Mylord tat das; Mylord war unentbehrlich im Parlament, unentbehrlich in Oxford ...« Vielleicht fand sie, der junge Mann lausche ihren

Reden nicht mit der gehörigen Ehrerbietung. Eines Tages war sie ausgegangen, um dem Bischof und seiner Familie ihre Aufwartung zu machen, und dieser hatte sich nach ihren häuslichen Angelegenheiten erkundigt. Als er erfuhr, daß sie ihre Wohnung vermietet habe, ließ der würdige Prälat es sich angelegen sein, ihr große Behutsamkeit in der Wahl ihrer Mieter zu empfehlen. »Betty«, sagte er, »bedenken Sie, daß dieser Ort an der großen Straße liegt, die zur Hauptstadt führt, so daß hier vermutlich mancher irische Gauner, der vor seinen englischen Gläubigern flieht, Station macht, und mancher englische Gauner, der Schulden auf der Isle of Man hinterlassen hat.« Und als die gute Dame mir stolzgeschwellt ihre Unterhaltung mit dem Bischof berichtete, versäumte sie nicht, ihre Antwort hinzuzufügen: »O! Mylord, ich bin überzeugt, dieser Gentleman ist kein Gauner, da er ...« – »Sie halten mich nicht für einen Gauner!« erwidert ihr der junge Schüler außer sich; »so werde ich Ihnen hinfort die Mühe ersparen, über dergleichen nachzudenken.« Und er rüstet sich zum Aufbruch. Die arme Vermieterin hätte gerne klein beigegeben; aber aufgebracht, wie er war, waren ihm einige wenig respektvolle Bemerkungen über den Bischof entschlüpft, was jede Versöhnung unmöglich machte. »Ich war«, schreibt er, »wirklich empört über diese Leichtfertigkeit, mit welcher der Bischof jemanden verleumdete, den er niemals gesehen hatte, und ich war gesonnen, ihm meine diesbezügliche Meinung auf griechisch mitzuteilen. Das hätte ihn vermutlich zugunsten meiner Ehrenhaftigkeit auf andere Gedanken gebracht und ihn zugleich (wenigstens hoffte ich dies) genötigt, mir in derselben Sprache zu antworten; wo es denn (daran zweifelte ich nicht) offenkundig werden mußte, daß ich, obzwar weniger reich als Seine Lordschaft, doch bei weitem der bessere Hellenist war. Vernünftigere Gedanken vertrieben dieses kindische Vorhaben ...«

Er nimmt sein Wanderleben wieder auf; doch, von Wirtshaus zu Wirtshaus ziehend, geht ihm bald das Geld aus. Vierzehn Tage lang muß er sich mit einer einzigen Mahlzeit täglich begnügen. Die kräftige Bewegung und die Gebirgsluft, die einem jungen Magen heftig zusetzen, machen ihm die schmale Kost bald zur Qual; denn diese einzige Mahlzeit besteht nur aus Tee oder Kaffee.

Schließlich werden Tee und Kaffee ein unmöglicher Luxus, und während der ganzen Dauer seines Aufenthalts in Wales ernährt er sich ausschließlich von Brombeeren und Hagebutten. Gelegentlich findet er da oder dort eine gastliche Aufnahme, die sein Anachoretenleben unterbricht; das ist dann jedesmal ein Fest, und für diese Gastfreundschaft zeigt er sich regelmäßig durch kleine Dienste als öffentlicher Schreiber erkenntlich. Den Bauern, die in London oder Liverpool Verwandte haben, dient er als Sekretär. Noch öfter sind es Liebesbriefe, die er für die Mädchen aufsetzt, die in Shrewsbury oder einer anderen englischen Küstenstadt in Stellung gewesen waren, Briefe an den Liebsten, den sie dort zurückgelassen haben. Es gibt da sogar eine Episode, die etwas Rührendes hat. In einem entlegenen Teil von Merionetshire, in Llan-y-Stindwr, logiert er etwas über drei Tage bei jungen Leuten, die ihn mit einer reizenden Herzlichkeit behandeln; vier Schwestern und drei Brüder, alle sprechen englisch, und allen ist eine ungewöhnliche Schönheit und Anmut des Betragens angeboren. Er verfaßt einen Brief für einen der Brüder, der auf einem Kriegsschiff gedient hat und seine Prisengelder anfordern möchte, und mehr im geheimen zwei Liebesbriefe für zwei der Schwestern. Wenn sie ihm ihre Anweisungen erteilen, gemahnen diese naiven Geschöpfe mit ihrer Unschuld, ihrer natürlichen Distinktion und ihrem schamhaften Erröten an die lichte, zarte Anmut der Keepsakes. Er entledigt sich seines Auftrags so gut, daß die weißen Mädchen ganz entzückt sind über sein Geschick, die Forderungen ihrer stolzen Schamhaftigkeit in Übereinstimmung zu bringen mit ihrem geheimen Verlangen, die allerliebenswürdigsten Dinge zu sagen. Eines Morgens jedoch bemerkt er eine gewisse Verstörtheit, ja fast Betrübnis: die betagten Eltern treffen wieder ein, mürrische und strenge Leute, die verreist waren, um einem jährlichen Methodisten-Treffen in Caernarvon beizuwohnen. Auf jeden Satz, den der junge Mann an sie richtet, erhält er nur die eine Antwort: *»Dym Sassenach« (no English)*. »Was die jungen Leute auch zu meinen Gunsten sagen mochten, ich begriff rasch, daß meine Talente als Liebesbriefsteller bei diesen ernsten sechzigjährigen Methodisten eine ebenso kümmerliche Empfehlung sein würden wie meine sapphischen oder alkäischen Verse.« Und aus Furcht, die anmutige Gastlichkeit, die ihm die Jugend gewährte, möchte sich in der Hand dieser rauhen Greise in ein grausames Almosen verkehren, nimmt er seine wunderliche Pilgerschaft wieder auf.

Der Autor sagt uns nicht, mit Hilfe welcher sinnreichen Mittel es ihm trotz seines Elends gelingt, sich nach London durchzuschlagen. Hier aber wird das bisher schon harte Elend wahrhaft grimmig, fast ein täglicher Todeskampf. Man stelle sich sechzehn qualvolle Wochen vor, die Martern eines unaufhörlichen Hungers, der kaum durch einige Brotreste gelindert wird, heimlich entwendete Reste vom Tisch eines Mannes, von dem bald noch die Rede sein wird; zwei Monate, die er allnächtlich unter freiem Himmel verbringt; und schließlich einen von Ängsten zerfressenen und von schreckhaften Anfällen unterbrochenen Schlaf. Gewiß, sein unbesonnener Schülerstreich kam ihm teuer zu stehen. Als die rauhe Jahreszeit anbrach, wie um seine Leiden noch zu vermehren, die doch keiner Steigerung fähig schienen, hatte er das Glück, eine Unterkunft zu finden, aber was für eine Unterkunft! Der Mann, von dessen Frühstückstisch er einige Brotkrusten entwendete – dieser hielt ihn für krank und wußte nicht, daß er von allem gänzlich entblößt war –, erlaubte ihm, in einem großen unbewohnten Haus zu nächtigen, dessen Mieter er war. Keine Möbel, außer einem Tisch und einigen Stühlen; eine staubige Wüste, voller Ratten. In dieser Trostlosigkeit wohnte jedoch ein armes kleines Mädchen, nicht gerade schwachsinnig, doch mehr als einfältig, gewiß nicht hübsch, und etwa zehn Jahre alt, es sei denn, der Hunger, der an ihr nagte, hätte ihr Gesicht vor der Zeit gealtert. War sie nur eine Magd oder eine natürliche Tochter des erwähnten Mannes? Der Autor hat es nie erfahren. Diese arme Verlassene war überglücklich, als sie vernahm, daß sie fortan für die schwarzen nächtlichen Stunden einen Gefährten haben würde. Das Haus war weiträumig, und das Fehlen von Möbeln und Tapisserien verstärkte jedes Geräusch; es wimmelte von Ratten, die man in den Zimmern und auf der Treppe laufen hörte. Zu den körperlichen Schmerzen der Kälte und des Hungers hatte die unglückliche Kleine sich noch ein eingebildetes Leiden zu schaffen verstanden: sie fürchtete sich vor Gespenstern. Der junge Mann versprach ihr, sie vor diesen zu schützen, und »das war auch«, wie er wunderlicherweise hinzusetzt, »die einzige Hilfe, die ich ihr gewähren konnte«. Diese beiden armen Wesen, mager, ausgehungert und frierend, schliefen auf dem Fußboden, Bündel von Gerichtsakten dienten ihnen als Kopfkissen, und ihre einzige Decke war ein alter Reitermantel. Später jedoch entdeckten sie auf dem Speicher einen alten Sofa-Überzug, ein Stück Teppich und anderen Plunder, unter denen sie ein wenig mehr Wärme fanden. Das arme Kind preßte sich an ihn, um sich zu wärmen und um sicher zu sein vor seinen Feinden aus dem Jenseits. Wenn er nicht kränker als gewöhnlich war, schloß er sie in die Arme, und von dieser brüderlichen Berührung erwärmt, fand die Kleine oft den Schlaf, während er lange wach lag. Denn in diesen beiden letzten Leidensmonaten schlief er oft bei Tag, oder es überkamen ihn vielmehr plötzliche Schläfrigkeiten; ein böser Schlaf, von wilden Träumen durchzogen; unaufhörlich erwachte er, und unaufhörlich schlief er wieder ein; Schmerz und Angst schreckten ihn aus dem Schlaf, die Erschöpfung ließ ihn unwiderstehlich in ihn zurücksinken. Welcher nervöse Mensch kennt ihn nicht, diesen »Hundeschlaf«, wie die englische Sprache mit ihrer Begabung zur kurzen Formel ihn nennt? Denn die seelischen Schmerzen erzeugen ähnliche Wirkungen wie die körperlichen Leiden, der Hunger zum Beispiel. Man hört sich selber ächzen; bisweilen weckt einen die eigene Stimme; der Magen höhlt sich unaufhörlich und zieht sich zusammen wie ein Schwamm, den eine kräftige Hand preßt; das Zwerchfell spannt sich und drückt nach oben; man glaubt zu ersticken, und die Beklemmung nimmt ständig zu, bis die menschliche Natur eben in der Heftigkeit des Schmerzes ein Heilmittel findet und einen lauten Schrei ausstößt; der ganze Körper wirft sich herum und findet so endlich eine heftige Befreiung.

Manchmal jedoch tauchte der Herr des Hauses plötzlich auf, und dann meist in aller Frühe; manchmal kam er überhaupt nicht. Er war beständig auf der Hut, der Gerichtsdiener wegen, und er verfeinerte Cromwells Verfahren noch dadurch, daß er jede Nacht in einem anderen Viertel schlief; durch einen Schalter prüfte er die Gesichter der Leute, die an seine Türe klopften. Er frühstückte allein, zu seinem Tee aß er ein Brötchen oder ein paar Biskuits, die er unterwegs gekauft hatte; niemals lud er jemanden dazu ein. Der junge Mann war einfallsreich genug, während dieses bewundernswürdig frugalen Frühstücks einen Vorwand zu finden, um im Zimmer zu bleiben und ein Gespräch anzuknüpfen; mit der gleichgültigsten Miene von der Welt bemächtigte er sich dabei der letzten Reste des Brotes, die auf dem Tisch verstreut lagen; bisweilen jedoch blieb nicht der geringste Krümel für ihn übrig. Alles war verschlungen worden. Das kleine Mädchen hingegen fand niemals Zutritt zu dem Arbeitsraum dieses Menschen, wenn man ein wüstes Durcheinander von Papieren und Pergamenten so nennen kann. Um sechs Uhr machte diese geheimnisvolle Persönlichkeit sich davon und verschloß das Zimmer. Kaum war er morgens eingetroffen, begab die Kleine sich hinab, um ihre Dienste zu verrichten. Wenn dann für den Mann die Stunde der Arbeit und der Geschäfte gekommen war, verließ der junge Landstreicher das Haus und vertrieb sich die Zeit spazierengehender- oder sitzenderweise in den Parks oder anderswo. Abends kehrte er zu seinem trostlosen Lager zurück, und sobald sie den Türklopfer vernahm, kam die Kleine mit zitternden Schritten herbeigeeilt, um das Haustor zu öffnen.

In seinen reiferen Jahren, an einem 15. August, seinem Geburtstag, wollte der Autor eines Abends um zehn Uhr einen Blick auf diese Zufluchtsstätte seines ehemaligen Elends werfen. Im Kerzenschimmer eines schönen Salons sah er Leute beim Tee, die so glücklich aussahen wie nur möglich; ein seltsamer Kontrast zu der Dunkelheit, der Kälte, dem Schweigen und der Trostlosigkeit des gleichen Gebäudes, als es, achtzehn Jahre früher, einen ausgehungerten Schüler und ein verlassenes kleines Mädchen beherbergte. Einige Jahre später bemühte er sich, eine Spur des armen Kindes ausfindig zu machen. War sie am Leben geblieben? war sie Mutter geworden? Keine Auskunft. Er liebte sie als seine Gefährtin im Elend; denn sie war weder hübsch noch angenehm und kaum sonderlich gescheit. Keine andere Verführung als ein menschliches Gesicht, das nur Menschliche, auf seinen ärmlichsten Ausdruck reduziert. Aber, wie, glaube ich, Robespierre gesagt hat, in seinem Stil aus glühendem Eis, ausgekühlt und gefroren wie die Abstraktion: *»L'homme ne voit jamais l'homme sans plaisir!«*

Wer aber war und was tat dieser Mann, dieser Mieter mit den so geheimnisvollen Gewohnheiten? Er war einer jener Geschäftsleute, wie es sie in allen Großstädten gibt; in komplizierte Machenschaften verwickelt, in juristischen Kniffen erfahren, haben sie sich ihres Gewissens für einige Zeit entledigt, in Erwartung glücklicherer Vermögensumstände, die es ihnen erlauben, sich diesen beschwerlichen Luxus wieder zu leisten. Wenn er wollte, könnte der Autor, wie er schreibt, uns auf Kosten dieses Unglücklichen lebhaft unterhalten und uns seltsame Szenen, unbezahlbare Episoden erzählen; aber er hat alles vergessen und sich nur des einen Umstands erinnern wollen, daß dieser in mancher anderen Hinsicht so verächtliche Mensch sich ihm gegenüber immer dienstbereit, und sogar großzügig, erwiesen hatte, zumindest soweit das in seiner Macht stand. Mit Ausnahme des Sanktuariums, in dem er seinen Papierkram aufbewahrte, standen den beiden Kindern alle Räume des Hauses zur Verfügung, so daß sie jeden Abend eine große Auswahl hatten, wo sie sich aufhalten wollten, und für die Nacht ihr Zelt ganz nach Belieben aufschlagen konnten.

Doch der junge Mann hatte noch eine andere Freundin, und es ist Zeit, daß wir uns ihr zuwenden. Um diese Episode würdig zu erzählen, wollte ich gleichsam einen Engel um eine Feder aus seinem Flügel bitten, so keusch, so voller Reinheit, Anmut und Herzensgüte erscheint mir dieses Bild. »Jederzeit«, sagt der Autor, »war ich stolz darauf gewesen, mit allen menschlichen Wesen, Männern, Frauen und Kindern, die der Zufall mir in den Weg führte, vertraulich, *more socratico,* umzugehen; eine Gewohnheit, welche die Erkenntnis der menschlichen Natur, die guten Gefühle und das ungezwungene Betragen begünstigt, die sich für den schicken, der den Namen eines Philosophen verdienen möchte. Denn der Philosoph darf nicht mit den Augen jenes jämmerlichen, beschränkten Geschöpfes sehen, das sich selber als *Weltmann* bezeichnet, ein Ausbund engstirniger, ichsüchtiger Vorurteile, er soll sich im Gegenteil als ein wahrhaft *katholisches* Wesen betrachten, gleicherweise verbunden und im Umgang mit allem, was hoch und was niedrig steht, mit den Gebildeten wie den Ungebildeten, den Schuldbeladenen wie den Unschuldigen.« Später, wenn das großzügige Opium ihm seine Wonnen auferlegt, werden wir diese Gesinnung der allgemeinen Nächstenliebe und Brüderlichkeit wieder erscheinen sehen, nun jedoch gekräftigt und verstärkt durch die besondere Genialität des Rausches. Auf den Straßen Londons, mehr noch als in Wales, war der entlaufene Schüler demnach eine Art Peripatetiker, ein Philosoph auf der Gasse, der im Wirbel der Großstadt seinen Gedanken nachhängt. Die fragliche Episode mag in einem englischen Buch vielleicht ein wenig seltsam erscheinen, denn man weiß ja, daß die britische Literatur die Keuschheit bis zur Prüderie treibt; unter einer französischen Feder jedoch würde das nämliche Sujet, wenn sie es nur streifte, unzweifelhaft rasch dahin geraten, daß man es als *shocking* empfände, während es hier nur anmutig ist und die Grenzen der Schicklichkeit nirgends verletzt werden. Um alles in zwei Worten zu sagen: unser Vagabund hatte mit einer *Peripatetikerin* der Liebe einen platonischen Freundschaftsbund geschlossen. Ann ist keine jener herausfordernden, blendenden Schönheiten, deren dämonische Blicke durch den Nebel leuchten und die sich mit ihrer Frechheit wie mit einem Heiligenschein umgeben. Ann ist ein ganz einfaches, ganz alltägliches Geschöpf, beraubt, verlassen wie so viele andere, und durch Verrat in die Verworfenheit geraten. Doch sie ist von jener unnennbaren Anmut umkleidet, von jener Anmut der Schwachheit und Güte, die Goethe über alle weiblichen Gestalten seines Geistes auszugießen verstanden hat, und die aus seinem Gretchen mit den roten Händen ein unsterbliches Geschöpf gemacht hat. Wie oft, auf ihren eintönigen Wanderungen in der endlosen Oxford Street, durch das Gewühl und die Betriebsamkeit der Großstadt, hat der vom Hunger gepeinigte Schüler seine unglückliche Freundin ermahnt, ein Gericht um Hilfe anzurufen gegen den Elenden, der sie um ihr Eigentum gebracht hatte; gerne wolle er ihr Beistand leisten durch sein Zeugnis und durch seine Beredsamkeit! Ann war noch jünger als er, nur sechzehn Jahre alt. Wie manches Mal schützte sie ihn vor den Polizeioffizieren, die ihn von den Türen vertreiben wollten, wo er ein Obdach suchte! Und einmal tat sie noch mehr, die arme Verlassene: sie und ihr Freund hatten sich am Soho Square niedergelassen, auf den Stufen eines Hauses, an dem er seither, wie er gesteht, niemals vorübergehen konnte, ohne daß die Krallen der Erinnerung sich ihm ins Herz gruben, und ohne einen inneren Akt der Danksagung in der Erinnerung an jenes bejammernswerte und hochherzige Mädchen. An diesem Tage fühlte er sich noch schwächer und kränker als gewöhnlich; kaum jedoch hatte er sich niedergesetzt, als sein Übel sich zu verschlimmern schien. Er hatte seinen Kopf an den Busen seiner Schwester im Unglück gelehnt, und plötzlich glitt er aus ihren Armen und fiel rücklings auf die Stufen vor der Tür. Ohne ein starkes Kräftigungsmittel wäre es um ihn geschehen gewesen, oder er wäre zumindest für immer einem unheilbaren Erschöpfungszustand verfallen. An diesem kritischen Punkt seines Schicksals war es das verlorene Geschöpf, das ihm die Hand der Rettung reichte, sie, die doch selber in der Welt nur Kränkungen und Ungerechtigkeiten erfahren hatte. Sie stieß einen Schrei des Entsetzens aus, und ohne einen Augenblick zu verlieren, lief sie in die Oxford Street, woher sie in kürzester Zeit mit einem Glas gewürzten Portweins zurückkehrte, das auf einen leeren Magen, der im übrigen jede feste Nahrung verweigert hätte, wie ein heilender Wundertrank wirkte. »O meine junge Wohltäterin! wie manches Mal in den späteren Jahren, an einsame Orte verschlagen, wenn ich deiner mit einem Herzen voll Trauer und voll wahrer Liebe gedachte, wie manches Mal habe ich gewünscht, daß der Segen eines Herzens unter der Überlast der Dankbarkeit jenes Vorrecht und jene übernatürliche Macht besäße, welche die Alten dem Fluch eines Vaters zuschrieben, der sein Opfer mit der unerbittlichen Strenge eines Verhängnisses verfolgt! – Ach, daß der Himmel auch meiner Dankbarkeit das Vermögen verliehe, dir nachzusetzen, dich zu umschweben, dir aufzulauern, dich zu entdecken, dir nahe zu sein bis in das dichte Dunkel einer Londoner Spelunke, oder gar, wenn es möglich wäre, bis in das Dunkel des Grabes, um dich aufzuwekken mit einer wahren Botschaft des Friedens, der Vergebung und endlicher Versöhnung!«

Um so zu empfinden, muß man viel gelitten haben, muß man eines jener Herzen sein, die das Unglück öffnet und erweicht, im Gegensatz zu denen, die es verschließt und verhärtet. Dem Beduinen der Zivilisation begegnet in der Sahara der großen Städte manches Schauspiel, das sein Mitgefühl erregt und das dem Menschen immer unbekannt bleiben wird, dessen Gemüt ganz von dem *home* und der Familie eingenommen ist. Es gibt da etwas in dem *bara-*

thrum der Großstädte, wie in der Wüste, das das Menschenherz kräftigt und formt, das es auf eine andere Weise kräftigt, wenn es dieses Herz nicht verdirbt und schwächt bis zur Verworfenheit und bis zum Selbstmord.

Eines Tages, kurz nach diesem Vorkommnis, traf er auf der Albemarle Street einen alten Freund seines Vaters, der ihn an seiner Familienähnlichkeit erkannte; ungescheut beantwortet er alle Fragen, verbirgt ihm nichts, fordert aber sein Wort, daß er ihn seinen Vormündern nicht ausliefern werde. Endlich gibt er ihm seine Adresse, die seines Mietsherrn, des seltsamen Rechtsanwalts. Anderntags empfängt er in einem Brief, den dieser ihm gewissenhaft aushändigt, eine Banknote von zehn Pfund.

Der Leser mag sich wundern, daß der junge Mann nicht von Anfang an ein Heilmittel gegen das Elend gesucht hatte, sei es in einer regelmäßigen Arbeit, sei es dadurch, daß er die alten Freunde seiner Familie um Unterstützung gebeten hätte. Hinsichtlich dieser letzten Hilfsquelle war es offensichtlich gefährlich, sich ihrer zu bedienen. Die Vormünder hätten benachrichtigt werden können, und das Gesetz verlieh ihnen jede Macht, den jungen Mann gewaltsam in die Schule zurückzubringen, der er entflohen war. Eine Kraft, wie man sie häufig bei den weiblichsten und empfindsamsten Gemütern antrifft, verlieh ihm jedoch den Mut, lieber alle Entbehrungen und alle Gefahren zu erdulden, als sich womöglich einer solchen Demütigung auszusetzen. Und wo auch hätte er sie finden sollen, diese Freunde seines vor zehn Jahren gestorbenen Vaters, zumal er sogar den Namen der meisten vergessen hatte? Arbeit und einen leidlichen Lohn hätte er gewiß als Korrektor griechischer Druckfahnen finden können, und er durfte auf seine Fähigkeit vertrauen, bei einer solchen Tätigkeit allen Ansprüchen zu genügen; wie aber hätte er es anstellen sollen, einem redlichen Verleger empfohlen zu werden? Schließlich, um nichts zu verschweigen, gesteht er, daß es ihm niemals in den Sinn gekommen sei, aus literarischer Arbeit irgendeinen Gewinn zu ziehen. Um seiner beklagenswerten Lage ein Ende zu machen, schwebte ihm immer nur ein einziger Ausweg vor, der nämlich, auf das Vermögen, das er zu erwarten hatte, Geld zu leihen. Endlich war es ihm gelungen, die Bekanntschaft einiger Juden zu machen, denen der bereits erwähnte Rechtsanwalt in ihren finsteren Geschäften behilflich war. Ihnen zu beweisen, daß er ernste Aussichten hatte, war nicht schwierig, da seine Versicherungen anhand des väterlichen Testaments bei den *Doctors' Commons* überprüft werden konnten. Offen blieb jedoch eine für ihn völlig unvorhergesehene Frage, die nach seiner Identität. Er wies daraufhin einige Briefe vor, die junge Freunde, darunter der Graf von ..., und sogar dessen Vater, der Marquess von ..., ihm geschrieben hatten, während er sich in Wales aufhielt, und die er immer in der Tasche trug. Die Juden ließen sich endlich herbei, ihm zwei- oder dreihundert Pfund zu versprechen, unter der Bedingung, daß der junge Graf von ... (der, nebenbei bemerkt, kaum älter als er war) sich für die Rückzahlung dieser Summe, wenn sie beide majorenn geworden wären, verbürgte. Man errät, daß der Verleiher nicht nur darauf aus war, einen alles in allem ja nur geringfügigen Gewinn aus diesem Geschäft zu schlagen, sondern mit dem jungen Grafen in Verbindung zu treten, der, wie er wußte, ein immenses Vermögen zu erwarten hatte. Kaum hat unser junger Vagabund seine zehn Pfund erhalten, so rüstet er sich, nach Eton aufzubrechen. Etwa drei Pfund überläßt er dem künftigen Verleiher, um die Ausfertigung der nötigen Akten zu bestreiten; auch der Rechtsanwalt bekommt etwas Geld, als Entschädigung für die gastfreundliche Überlassung seiner unmöblierten Räume; fünfzehn Schilling werden ausgegeben, um ein wenig Toilette zu machen (was für eine Toilette!); und endlich erhält auch die gute Ann ihren Anteil von diesem unerwarteten Segen. An einem düsteren Winterabend nimmt er seinen Weg nach Piccadilly, in der Absicht, mit der Post von Bristol bis nach Salt Hill hinunterzufahren; das arme Mädchen begleitet ihn. Da sie noch Zeit vor sich haben, betreten sie Golden Square und lassen sich an der Ecke der Sherrard Street nieder, um dem Tumult und den Lichtern von Piccadilly auszuweichen. Er hatte ihr fest versprochen, sie nicht zu vergessen und ihr zu Hilfe zu kommen, sobald dies irgend möglich wäre. Das war in der Tat eine Pflicht, und sogar eine gebieterische Pflicht, und er fühlte in diesem Augenblick, wie das Mitleid, das ihre äußerste Niedergeschlagenheit ihm einflößte, sein zärtliches Gefühl für diese Schwester, die er dem Zufall verdankte, vervielfachte. Trotz aller Beeinträchtigungen, die seine Gesundheit erlitten hatte, war *er* vergleichsweise fröhlich und voller Hoffnung, während Ann todtraurig war. Als es ans Abschiednehmen ging, warf sie die Arme um seinen Hals, und begann zu weinen, ohne ein einziges Wort herauszubringen. Er hoffte, spätestens in einer Woche zurückzukehren, und sie vereinbarten, daß sie ihn vom fünften Abend an, und jeden darauf folgenden Abend, um sechs Uhr am Ende der Great Titchfield Street erwarten würde, wo in dem großen Mittelmeer der Oxford Street gleichsam ihr gewohnter Hafen und Ruheplatz war. Er glaubte derart alle nötigen Vorkehrungen getroffen zu haben, um sie wiederzufinden; nur eines hatte er vergessen: Ann hatte ihm niemals ihren Familiennamen gesagt, oder falls sie ihn ihm gesagt hatte, hatte er ihn wie etwas Nebensächliches vergessen. Die galanten Frauen mit großen Ansprüchen, große Romanleserinnen, lassen sich gerne *Miss Douglas, Miss Montague,* usw. nennen, die unansehnlicheren aber unter diesen armen Mädchen machen sich nur durch ihren Taufnamen bekannt: *Mary, Jane, Frances,* usw. Ann war in diesem Augenblick von einer heftigen Erkältung mit Husten und Heiserkeit befallen, und nur damit beschäftigt, sie in diesem letzten Augenblick mit guten Worten zu trösten und sie zu ermahnen, ihre Erkältung zu pflegen, vergaß er ganz, sie nach ihrem zweiten Namen zu fragen, der doch das sicherste Mittel war, sie ausfindig zu machen, falls man sich verfehlen oder eine längere Unterbrechung in ihren Beziehungen eintreten sollte.

Über die Einzelheiten der Reise gehe ich rasch hinweg; das Beste daran sind die Fürsorglichkeit und Gutherzigkeit eines dicken Küfers, an dessen Brust und in dessen Armen unser Held, von seiner Schwäche schläfrig und von dem Rollen des Wagens, wie an dem Busen einer Amme entschlummert, – und ein langer Schlaf im Freien zwischen Slough und Eton; denn er war genötigt gewesen, einen Teil seines Weges zurückzuwandern, da er in den Armen seines Nachbarn aus dem Schlaf aufschreckte, als er schon, ohne es gewahr zu werden, sechs oder sieben Meilen über Salt Hill hinaus war. Am Ziel seiner Reise angelangt, erfährt er, daß der junge Lord nicht mehr in Eton ist. Aus Verzweiflung darüber bittet er um ein Frühstück bei Lord D…, einem andern alten

Kameraden, dem er jedoch weniger nah verbunden war. Das war seit Monaten der erste wohlbestellte Tisch, an dem sich niederzulassen ihm vergönnt war, und dennoch konnte er nichts anrühren. In London schon hatte er an dem Tag, an dem er seine Banknote empfangen hatte, zwei Brötchen in dem Laden eines Bäckers gekauft, und diesen Laden verschlang er schon seit zwei Monaten oder sechs Wochen mit so gierigen Blicken, daß die Erinnerung daran fast eine Demütigung war. Doch das so heißbegehrte Brot hatte ihn krank gemacht, und noch mehrere Wochen lang war es ihm unmöglich, irgendein Gericht gefahrlos anzurühren. Inmitten des Luxus und des *comfort* war der Appetit mit einem Mal verschwunden. Als er Lord D... die klägliche Verfassung seines Magens erklärt hatte, ließ dieser Wein herbeibringen, was eine große Freude war. – Hinsichtlich dessen, was ihn hergeführt hatte, des Dienstes nämlich, um den er den Grafen von ... bitten wollte und um den er nun statt seiner Lord D... bittet, so kommt er damit nicht ganz zum Ziel, insofern als dieser, um ihn nicht durch eine völlige Weigerung zu kränken, sich zwar bereit erklärt, seine Garantie zu leisten, doch nur unter gewissen vertraglichen Bedingungen. Getröstet durch diesen halben Erfolg, kehrt er nach London zurück, das er vor drei Tagen verlassen hat, und sucht seine Freunde, die Juden, wieder auf. Unglücklicherweise weigern die Geldverleiher sich, Lord D...s Bedingungen anzuerkennen, und er wäre, gefährdeter noch als vorher, in sein entsetzliches Dasein zurückgesunken, wenn ihm nicht, durch einen Zufall, den er uns nicht erklärt, zu Beginn dieser neuen Krise von Seiten seiner Vormünder ein Angebot gemacht worden wäre und wenn eine völlige Versöhnung sein Leben nicht verändert hätte. Er verläßt London in aller Eile, und nach einiger Zeit begibt er sich endlich auf die Universität. Erst mehrere Monate später konnte er den Schauplatz seiner jugendlichen Leiden wieder aufsuchen.

Aber was ist aus der armen Ann geworden? Jeden Abend hat er sie gesucht; jeden Abend hat er an der Ecke von Titchfield Street auf sie gewartet. Er hat sich bei allen nach ihr erkundigt, denen sie bekannt sein konnte; während der letzten Stunden seines Aufenthalts in London hat er alle ihm verfügbaren Mittel ins Werk gesetzt, um sie wiederzufinden. Er kannte die Straße, wo sie wohnte, nicht aber das Haus; auch glaubte er sich undeutlich zu erinnern, daß sie damals, ehe sie Abschied voneinander nahmen, genötigt gewesen war, sich den Rohheiten ihres Hauswirts zu entziehen. Unter denen, an die er sich wandte, verdächtigten die einen den zudringlichen Frager und Sucher unehrenhafter Motive; ihre einzige Antwort war ein Lachen; andere glaubten, er forsche einem Mädchen nach, das ihm einen wertlosen Gegenstand gestohlen hatte, und waren deshalb begreiflicherweise wenig geneigt, ihm als Angeber zu dienen. Bevor er London dann endgültig verließ, übergab er seine künftige Adresse einer Person, die Ann dem Aussehen nach kannte, und dennoch blieb er seither ohne jede Nachricht von ihr. Unter den Beschwernissen seines Lebens war dies sein größter Kummer. Man beachte, daß der Mann, der so spricht, ein ernster Mann ist, den die Lauterkeit seiner Sitten uns ebenso empfehlenswert macht wie die geistige Höhe seiner Schriften.

»Wenn sie noch lebte, so müssen wir beide oft auf der Suche nacheinander gewesen sein, in diesem ungeheuren Londoner Labyrinth; vielleicht nur einige Schritte voneinander entfernt, ein Abstand, der in einer Londoner Straße genügt, um eine ewige Trennung zu bewirken! Einige Jahre lang hoffte ich, sie lebte, und bei meinen verschiedenen Aufenthalten in London habe ich wohl mehrere tausend weiblicher Gesichter gemustert, in der Hoffnung, dem ihren zu begegnen. Wenn ich sie nur kurz erblickt hätte, eine Sekunde nur, ich hätte sie unter Tausenden wiedererkannt; denn obwohl sie nicht hübsch war, hatte sie einen sanften Gesichtsausdruck und eine besonders anmutige Kopfhaltung. Ich habe sie, sage ich, voller Hoffnung gesucht. Ja, Jahre hindurch! Jetzt aber würde ich mich fürchten, ihr zu begegnen; und jene heftige Erkältung, die mich so sehr erschreckte, als wir uns trennten, ist heute mein Trost. Ich wünsche sie nicht mehr zu sehen, aber ich träume von ihr, und nicht ohne Freudigkeit, wie von einem Menschen, der schon seit langem im Grabe ruht, – in dem Grab einer Maria Magdalena, möchte ich gerne glauben, – aus dieser Welt entrückt, bevor Kränkung und Grausamkeit ihr argloses Gemüt befleckt und entstellt oder die Rohheiten der Gauner sie gänzlich zugrunde gerichtet hätten, nachdem sie ihr schon die ersten Schläge versetzt hatten.

So denn, Oxford Street, du Stiefmutter mit dem steinernen Herzen, die du die Seufzer der Waisen vernommen und die Tränen der Kinder getrunken hast, endlich war ich von dir befreit! Die Zeit war gekommen, wo ich nicht länger dazu verurteilt war, angstvoll deine endlosen Trottoirs entlangzuwandern, mich in gräßlichen Träumen zu wälzen oder in einer vom Hunger gequälten Schlaflosigkeit! Ann und ich, wir haben unsere allzu zahlreichen Nachfolger gehabt, die in unsere Fußstapfen getreten sind; Erben unseres Elends, haben andere Waisen geseufzt; Tränen sind von anderen Kindern vergossen worden; und von deinen Mauern, Oxford Street, haben unzählige Herzen den Widerhall ihres Ächzens vernommen. Für mich aber schien der Sturm, den ich überlebt hatte, die Bürgschaft für eine lange Zeit schönen Wetters gewesen zu sein ...«

Ist Ann denn nun ganz verschwunden? Oh nein! in den Welten des Opiums werden wir ihr wiederbegegnen; in ein seltsames Phantom verwandelt, wird sie langsam im Dunst der Erinnerung emporschweben, wie der Geist in *Tausend und einer Nacht* in den Dämpfen der Flasche. Bei ihm, dem *Opium-Esser,* haben die Schmerzen der Kindheit tiefe Wurzeln hinabgesenkt, aus denen Bäume hervorwachsen werden, und diese Bäume werden auf alle Gegenstände des Lebens ihren düsteren Schatten werfen. Doch diese neuen Schmerzen, welche die letzten Seiten des biographischen Teils uns schon ahnen lassen, werden mutig ertragen, mit der Festigkeit eines reifen Geistes, und sie werden erleichtert werden durch ein tiefes, zärtliches Mitgefühl. Diese Seiten enthalten die edelste Anrufung und die zärtlichsten Danksagungen an eine mutige Gefährtin, die stets neben dem Lager saß, wo dieses von den Eumeniden gequälte Haupt ruhte. Der Orest des Opiums hat seine Elektra gefunden, die lange Jahre hindurch den Angstschweiß von seiner Stirne gewischt und seine fiebertrockenen Lippen erfrischt hat. »Denn du warst meine Elektra, teure Gefährtin meiner späteren Jahre! und du wolltest nicht, daß die englische Gattin von der griechischen Schwester an Geistesadel und an liebevoller Geduld übertroffen würde!« Ehemals, im Elend seiner Jünglingszeit, wenn er, in den Vollmondnächten auf der Oxford Street streifte, ließ er seine Blicke oft (und dies war sein kläglicher

Trost) die Promenaden entlangwandern, die mitten durch Marylebone ins freie Land hinausführen; und in Gedanken diesen langen Perspektiven folgend, die bald im Licht und bald im Schatten lagen, sagte er sich: »Das ist die Straße nach Norden, das ist die Straße nach ..., und wenn ich die Flügel der Taube hätte, dorthin würde ich meinen Flug lenken, daß ich Trost fände!« Ein Mensch, wie alle Menschen, blind in seinen Wünschen! Denn dort, im Norden, in dieser selben Gegend, in demselben Tal, in jenem so sehr ersehnten Haus sollte er seine neuen Leiden erfahren und einer ganzen Gesellschaft grausamer Phantome begegnen. Dort aber wohnt auch seine Elektra, die hilfreiche und gütige, und auch heute noch, wenn er einsam sinnend das ungeheure London durchstreift, das Herz von unnennbarem Kummer gepreßt, der nach dem sanften Balsam häuslicher Liebe verlangt, während er die Straßen betrachtet, die sich von der Oxford Street nach Norden hinziehen, und an die geliebte Elektra denkt, die ihn in eben diesem Tal, in eben diesem Haus erwartet, so ruft der Mann, wie einst der Knabe: »Oh, wenn ich die Flügel der Taube hätte, dorthin würde ich meinen Flug lenken, dort fände ich Trost!«

Damit ist der Prolog zu Ende, und ich werde nicht als Lügner dastehen, wenn ich dem Leser versichere, daß der Vorhang sich nur über der erstaunlichsten, der vielfältigsten und prächtigsten Vision wieder heben wird, die das zerbrechliche Werkzeug des Schriftstellers jemals auf dem Schnee des Papiers entzündet hat.

III
Wonnen des Opiums

Wie ich schon sagte, war es der Drang, die Schmerzen eines durch diese bejammernswürdigen Abenteuer seiner Jugend geschwächten Organismus zu lindern, der bei dem Verfasser dieser Aufzeichnungen zu dem ersten häufigen, dann täglichen Gebrauch des Opiums führte. Er leugnet nicht, er gesteht es sogar freimütig, daß das unwiderstehliche Verlangen, diese gleich anfangs entdeckten geheimnisvollen Wonnen zu erneuern, ihn dazu verführte, seine Versuche häufig zu wiederholen; er bittet nur, man möge seine

Schwachheit wohlwollend entschuldigen. Das erste Mal jedoch, als er und das Opium Bekanntschaft miteinander machten, geschah dies aus einem alltäglichen Anlaß. Als er eines Tages Zahnschmerzen hatte, schrieb er diese einer vernachlässigten Körperpflege zu, und da er seit Kindertagen die Gewohnheit hatte, seinen Kopf jeden Tag in kaltes Wasser zu tauchen, nahm er unvorsichtigerweise zu dieser im vorliegenden Falle gefährlichen Praktik seine Zuflucht. Dann legte er sich mit triefendem Haar wieder ins Bett. Die Folgen waren heftige rheumatische Kopf- und Gesichtsschmerzen, die nicht weniger als zwanzig Tage dauerten. Als er am einundzwanzigsten Tag, einem regnerischen Sonntag im Herbst des Jahres 1804, durch die Londoner Straßen irrte, um sich von seinem Leiden abzulenken (es war das erste Mal, daß er London seit dem Beginn seines Universitätsstudiums wiedersah), traf er einen früheren Schulkameraden, der ihm das Opium empfahl. Eine Stunde, nachdem er die Opiumtinktur in der vom Apotheker vorgeschriebenen Menge eingenommen hatte, war aller Schmerz verschwunden. Doch diese Wohltat, die ihm im Augenblick so groß erschienen war, war nichts im Vergleich zu den neuen Freuden, die ihm derart plötzlich offenbart wurden. Welch ein Aufflug des Geistes! Welche inneren Welten! War dies also die Panazee, das *pharmakon nepenthes* für alle menschlichen Schmerzen?
»Das große Geheimnis des Glückes, über das die Philosophen so viele Jahrhunderte hindurch gestritten hatten, war also zweifelsfrei entdeckt! Man konnte das Glück für einen Penny kaufen und es in seiner Westentasche nach Hause tragen; die Ekstase ließ sich in eine Flasche einschließen und der Seelenfriede sich in einer Postkutsche verfrachten! Der Leser wird vielleicht denken, ich wollte scherzen, aber es ist eine meiner alten Gewohnheiten, mir, wenn ich leide, mit einem Spaß weiterzuhelfen, und ich darf versichern, daß dem, der längere Zeit mit dem Opium umgegangen ist, das Lachen bald vergehen wird. Sogar seine Freuden sind ernster und feierlicher Natur, und auch in seinem glücklichsten Zustand wird der Opiumesser nicht die Merkmale des *Allegro* zeigen; selbst dann spricht und denkt er, wie es dem *Penseroso* ansteht.«
Der Autor will vor allem gewissen Verleumdungen entgegentreten, die man gegen das Opium erhoben hat: das Opium hat keine

einschläfernde Wirkung, der Geist zumindest bleibt wach; es berauscht nicht; wenn das Laudanum, in allzu großer Menge eingenommen, eine Art Rausch hervorruft, so ist daran nicht das Opium schuld, sondern der im Laudanum enthaltene Alkohol. Anschließend vergleicht er die Wirkungen alkoholischer Getränke und die des Opiums, und beschreibt sehr gründlich, was sie unterscheidet: so verläuft die Lust, die der Wein hervorruft, in einer aufsteigenden Kurve, die, wenn sie ihren Höhepunkt erreicht hat, absinkt, während die Wirkung des Opiums, sobald sie einmal eingetreten ist, acht bis zehn Stunden gleichmäßig fortwährt; das eine ist eine augenblicklich heftige, das andere eine hingedehnte Lust; hier ein Aufflammen, dort eine gleichmäßig unterhaltene Glut. Der große Unterschied jedoch besteht vor allem darin, daß der Wein die geistigen Fähigkeiten verwirrt, während das Opium dort die höchste Ordnung und Harmonie verbreitet. Der Wein beraubt den Menschen der Herrschaft über sich selbst, und das Opium macht diese Herrschaft sanfter und ruhiger. Jedermann weiß, daß der Wein die Verachtung wie die Bewunderung, die Liebe wie den Haß in ungewöhnlichem Grade steigert, doch nur für kurze Zeit. Das Opium hingegen verleiht allen Fähigkeiten die tiefe Empfindung der Beherrschung und eine Art göttlicher Gesundheit. Im Weinrausch schwören die Menschen sich ewige Freundschaft, drücken sich die Hände und vergießen Tränen, ohne daß jemand begreifen könnte, warum; der sinnliche Teil des Menschen hat offensichtlich seinen Gipfel erklommen. Aber die Bekundung wohlwollender Gefühle, die das Opium veranlaßt, ist kein Fieberanfall; hier haben wir vielmehr den ursprünglich guten und gerechten Menschen, seiner Mängel entledigt, zurückversetzt in seinen Naturzustand, von allen Bitternissen befreit, die sein edles Temperament zeitweilig verdorben hatten. Kurzum, wie groß auch immer die Wohltaten des Weines sein mögen, so wird man doch nicht bestreiten, daß er oft die Narrheit streift, oder zumindest dem Unsinn verfällt, und daß er dort, wo der Rausch eine gewisse Grenze überschreitet, die geistigen Kräfte gleichsam verflüchtigt und zerstreut; während das Opium immer jede Aufregung zu beruhigen und das Zerstreute wieder zu sammeln scheint. Mit einem Wort, was mit Hilfe des Weines sich die Oberherrschaft anmaßt, ist das Nur-Menschliche, allzu oft sogar die rohe Tierheit des Menschen, indes den Opiumesser die Empfindung durchdringt, daß der geläuterte Teil seines Wesens und seine moralischen Gemütsbewegungen sich ihres Maximums an Regsamkeit erfreuen, und vor allem, daß seine Intelligenz eine wolkenlose und tröstliche Klarsicht gewinnt.

Der Autor bestreitet gleichfalls, daß auf die geistige Erregung, die das Opium hervorruft, notwendigerweise eine ihr entsprechende Ermattung folgen müsse, und daß es bei dem Gebrauch dieser Droge, als natürliche Folge und unverzüglich, auf eine Lähmung und Erschlaffung unserer Fähigkeiten hinauslaufe. Er versichert, daß er während eines Zeitraums von zehn Jahren an dem Tag, der seiner Ausschweifung folgte, sich immer einer bemerkenswerten geistigen Gesundheit erfreut habe. Und was jene Erschlaffung betrifft, von der bei so vielen, die über das Opium geschrieben haben, die Rede ist – und hier hat der Stumpfsinn der Türken wohl das Seinige dazu beigetragen, diese Vorstellung zu wecken –, so versichert er, sie niemals erfahren zu haben. Daß das Opium, seiner Kennzeichnung entsprechend, auf die Dauer als Narkotikum wirkt, ist wohl möglich; seine ersten Wirkungen jedoch sind immer, daß es den Menschen anregt und steigert, und diese geistige Gehobenheit währt niemals weniger als acht Stunden; so daß der Opiumesser es sich selber zuzuschreiben hat, wenn er das Einnehmen der Droge nicht derart regelt, daß das volle Gewicht ihres narkotischen Einflusses sich in seinem natürlichen Schlaf auswirkt. Damit der Leser sich ein Urteil bilden kann, ob das Opium danach angetan ist, die Fähigkeiten eines englischen Kopfes zu betäuben, liefert De Quincey uns zwei Beispiele seiner Genüsse und, die Frage eher durch *Schilderungen* als mit Argumenten behandelnd, erzählt er uns, wie er, in der Zeit zwischen 1804 und 1812, in London seine *Opium-Abende* oft zubrachte. Er mußte damals hart arbeiten, und da ein strenges Studium seine ganze Zeit in Anspruch nahm, glaubte er wohl, das Recht zu haben, wie alle Menschen von Zeit zu Zeit sich die Erleichterung und Erholung zu verschaffen, die ihm am meisten zusagte.

»Nächsten Freitag, so Gott will, werde ich mir einen Rausch antrinken«, sagte der verstorbene Herzog von …, und wie dieser setzte auch unser Autor im voraus fest, wann und wie oft in einer gegebenen Zeit er sich der Ausschweifung, die ihm von allen die liebste war, ergeben wollte. Alle drei Wochen ein Mal, selten häufiger, gewöhnlich Dienstag- oder Samstagabends, wenn die damals berühmte Grassini in der Oper sang. Die Musik erklang seinen Ohren dann nicht wie eine einfache logische Folge angenehmer Töne, sondern wie eine Reihe von *Memoranda*, wie die Klänge einer Hexenkunst, die sein ganzes vergangenes Leben vor seinem inneren Blick heraufrief. Musik, wie das Opium sie auslegte und illuminierte, das war jene geistige Ausschweifung, deren Größe und Intensität jeder nur etwas verfeinerte Geist sich leicht vorstellen kann. Viele Leute können es nicht lassen, zu fragen, was die Klänge denn an positiven Gedanken enthielten; sie vergessen, oder vielmehr wissen nicht, daß die Musik – und in dieser Hinsicht ist sie der Dichtung verwandt – eher Empfindungen als Gedanken darstellt; wohl suggeriert sie uns Gedanken, doch sie selber enthält keine. Sein ganzes vergangenes Leben, sagt er, lebte in ihm, nicht dadurch, daß die Erinnerung sich bemühte, es zurückzurufen, sondern gleichsam gegenwärtig in der Musik und wie verkörpert in ihr; es war nicht mehr schmerzlich zu betrachten; alles Triviale und Rohe, wie es den menschlichen Dingen anhaftet, war von dieser geheimnisvollen Auferstehung ausgeschlossen, oder es zerschmolz und ertrank in einem idealen Nebel, und alles, was ihn früher leidenschaftlich bewegt hatte, war nun veredelt, vergeistigt, über sich hinausgehoben. Wie oft mag er auf dieser zweiten Bühne, wie das Opium und die Musik sie in seinem Geist erhellten, die Landstraßen und die Gebirge wiedergesehen haben, die er als entlaufener Schüler durchstreift hatte, und seine liebenswürdigen Gastgeber in Wales, und die von Blitzen durchzuckten Finsternisse der ungeheuren Londoner Straßen, und seine schwermütigen Freundschaften, und all sein langes Elend, in dem Ann und die Hoffnung auf eine bessere Zukunft ihn getröstet hatten! Und in den Pausen zwischen den Akten erhöhten die Unterhaltungen in italienischer Sprache und die Musik eines fremden Idioms von weiblichen Lippen noch den Zauber dieser Abendstunden; denn man weiß ja, wer eine Sprache nicht versteht, dessen Ohr ist um so empfänglicher für ihren Wohllaut. Ebenso wie niemand fähiger ist, eine Landschaft zu genießen, als derjenige, der sie zum ersten Mal betrachtet, weil die Natur sich ihm dann in ihrer ganzen Fremdartigkeit darbietet, bevor ein allzuhäufiger Anblick das Auge abgestumpft hat.

Bisweilen aber trug an diesen Samstagabenden eine andere Versuchung sehr besonderer Art, die ihn nicht minder verzauberte, über seine Liebe zur italienischen Oper den Sieg davon. Man könnte dieses Vergnügen, das verlockend genug war, um mit der Musik zu rivalisieren, den Dilettantismus in der Nächstenliebe nennen. Der Autor ist unglücklich gewesen und harten Prüfungen ausgesetzt, als er sich in früher Jugend dem teilnahmslosen Wirbel einer großen Weltstadt ausgeliefert sah. Selbst wenn sein Gemüt nicht, wie der Leser bemerkt haben wird, wohlgesonnen, zarten und herzlichen Empfindungen aufgeschlossen gewesen wäre, läge die Vermutung doch nahe, daß er an seinen langen Tagen des Herumstreifens und in seinen noch längeren angstvollen Nächten die Armen zu lieben und zu beklagen gelernt haben dürfte. Der ehemalige Schüler will dieses Leben der Erniedrigten wiedersehen; er will untertauchen in dieser Menge der Enterbten, und wie der Schwimmer das Meer umarmt und derart unmittelbarer mit der Natur in Berührung tritt, so sehnt er sich danach, sozusagen ein Bad in der Menge zu nehmen. Hier gewinnt der Ton des Buches eine solche Höhe, daß ich es mir zur Pflicht mache, dem Autor selber das Wort zu lassen:

»Dieses Vergnügen war, wie ich schon sagte, nur am Samstagabend zu haben. Wodurch unterschied der Samstagabend sich von jedem anderen Abend? Von welcher mühseligen Arbeit denn wollte ich ausruhen? welche Löhnung hatte ich zu empfangen? Wonach hätte mir an einem Samstagabend der Sinn stehen sollen als danach, die Grassini singen zu hören? Gewiß, deine höchst logischen Folgerungen, mein lieber Leser, sind unwiderleglich. Aber die Gefühle der Menschen nehmen einen sehr unterschiedlichen Verlauf, und während die meisten ihre Anteilnahme an dem Geschick der Armen durch die eine oder andere Art des Mitgefühls mit ihrem Elend und ihren Kümmernissen bekunden, fühlte ich damals mich getrieben, ihnen in ihren Vergnügungen nahe zu sein. Erst kürzlich hatte ich die Leiden der Armut gesehen; ich hatte sie nur allzudeutlich gesehen, und es war mir zuwider, die Erinnerung daran wieder aufleben zu lassen; doch die Vergnügungen des Armen, die Tröstungen seines Geistes, die Erquickungen seines erschöpften Körpers können dem Betrachter niemals einen schmerzlichen Anblick bieten. Am Ende jeder Woche bezeichnet der Samstagabend dem Armen die Wiederkehr der Ruhe; die feindlichsten Sekten sind sich in diesem Punkte einig und anerkennen dieses gemeinsame Band der Brüderlichkeit; an diesem Abend ruht fast die ganze Christenheit von ihrer Arbeit. Es ist eine Ruhe, die zu einer anderen Ruhe hinüberleitet; ein ganzer Tag und zwei Nächte trennen ihn von der nächsten Mühsal. Deshalb habe ich samstagabends immer das Gefühl, als sei ich selber einem Arbeitsjoch entronnen, als hätte ich selber einen Lohn zu empfangen, und als könne ich mich nun des Luxus der Ruhe erfreuen. Um demnach, in größtmöglichem Umfang, Zeuge eines Schauspiels zu sein, für das ich eine so tiefe Sympathie empfand, hatte ich mir angewöhnt, samstagabends, nachdem ich mein Opium eingenommen, jene fernen Märkte aufzusuchen, gleichviel in welcher Richtung, wie weit abgelegen sie auch sein mochten, wo die Armen sich versammeln, um ihren Wochenlohn auszugeben. Mehr als eine Familie, die aus einem Mann, seiner Frau und ein oder zwei Kindern bestand, habe ich ausgespäht und belauscht, während sie ihre Pläne, ihre Mittel, die Stärke ihres Budgets oder den Preis der Haushaltsgegenstände beredeten. Nach und nach wurde ich mit ihren Wünschen, ihren Schwierigkeiten oder ihren Meinungen vertraut. Manchmal kam es mir vor, als hörte ich sie unzufrieden aufbegehren, meist jedoch lag in ihren Gesichtern und ihren Worten ein Ausdruck der Geduld, der Hoffnung und der Heiterkeit. Und ich muß hier sagen, daß der Arme, im allgemeinen, das Leben sehr viel philosophischer nimmt als der Reiche, weil er sich in das, was er als ein unheilbares Übel oder einen unersetzbaren Verlust betrachtet, rascher und unbekümmerter ergibt. Immer, wenn es die Gelegenheit erlaubte oder wenn es, ohne zudringlich zu erscheinen, geschehen konnte, mischte ich mich unter sie und gab hinsichtlich des in Rede stehenden Gegenstandes meine Meinung kund, die, wenn sie auch nicht jeweils das Rechte traf, doch jeweils wohlwollend aufgenommen wurde. Wenn die Löhne ein wenig gestiegen waren, oder wenn man hoffen durfte, daß sie demnächst steigen würden, wenn das Pfund Brot ein wenig billiger war, oder wenn das Gerücht umging, Zwiebeln und Butter würden bald im Preis sinken, so fühlte ich mich glücklich; traf jedoch das Gegenteil ein, so tröstete mein Opium mich darüber hinweg. Denn gleich der Biene, die, was sie benötigt, unterschiedslos der Rose und dem Ruß der Kamine entnimmt, besitzt auch das Opium die Kunst, alle Empfindungen sich zu unterwerfen und sie nach seinem Hauptschlüssel zu stimmen. Einige dieser Wanderungen führten mich in weit abgelegene Viertel; denn ein Opiumesser ist zu glücklich, um der Flucht der Stunden zu achten. Manchmal kostete es einige Mühe, wieder Kurs auf meine Unterkunft zu nehmen; nach seemännischen Grundsätzen heftete ich meine Augen auf den Polarstern und setzte meinen Ehrgeiz darein, *meine Nordwest-Passage* zu finden, um nicht abermals sämtliche Kaps und Vorgebirge zu umschiffen, an denen ich bei meiner Ausfahrt vorbeigekommen war. Unversehens geriet ich dabei in Labyrinthe von Gäßchen, in Rätsel von Sackgassen, in Probleme von Straßen ohne Durchfahrt, alle danach angetan, die Entschlossenheit der Lastträger zu äffen und die Gewitztheit der Fiakerkutscher zu beschämen. Ich hätte manchmal glauben können, ich hätte als erster einige dieser *terrae incognitae* entdeckt, und ich bezweifelte, daß sie auf den modernen Karten Londons verzeichnet stünden. Einige Jahre später jedoch habe ich all diese Phantasien grausam bezahlt, *damals, als das menschliche Gesicht meine Träume zu tyrannisieren begann,* und als meine verschlungenen Wanderungen durch das unermeßliche London sich in meinem Schlaf wiederholten, mit einem Gefühl seelischer und geistiger Verstörtheit, die meine Vernunft verwirrte und mein Gewissen mit Angst und Reue erfüllte …«

Das Opium erzeugt also nicht notwendigerweise Tatenlosigkeit oder Dumpfheit, da es unseren Träumer vielmehr häufig antrieb, jene Stätten aufzusuchen, wo das gewöhnliche Leben eine wimmelnde Menschenmenge versammelt. Dennoch sind Theater und Märkte im allgemeinen nicht die Orte, die ein Opiumesser am liebsten aufsucht, vor allem dann, wenn die Wonnen seines Rausches den höchsten Grad erreicht haben. Die Menge gewinnt dann für ihn etwas Bedrückendes; selbst die Musik wirkt sinnlich und grob. Er sucht vielmehr Einsamkeit und Stille, als unerläßliche Bedingungen für seine Ekstasen und tiefversunkenen Träumereien. Wenn der Verfasser dieser *confessions* sich anfangs in die Menge warf und dem Strom der Menschen folgte, so geschah dies, um einem allzu lebhaften Hang zur Träumerei und zu einer düsteren Schwermut entgegenzuwirken, welche die Leiden seiner Jugend in ihm entwickelt hatten. In seinen wissenschaftlichen Untersuchungen wie in der Gesellschaft der Menschen entfloh er einer Art Hypochondrie. Später, als seine wahre Natur wiederhergestellt war und die Finsternisse der ehemaligen Stürme sich zerstreut hatten, glaubte er, seiner Neigung zu einem Leben in der Einsamkeit gefahrlos nachgeben zu können. Mehr als einmal geschah es ihm, daß er eine ganze schöne Sommernacht am Fenster sitzend verbrachte, reglos, ohne den leisesten Wunsch, sich von der Stelle zu rühren, von Sonnenuntergang bis Sonnenaufgang; vor seinen Augen die Weite des Meeres und fernhin die Häuser einer großen Stadt, während sein Geist sich in langen und köstlichen Betrachtungen an diesem Schauspiel weidete. Eine große natürliche Allegorie erstreckte sich dort vor ihm:

»Die im Dunst und im weichen Schimmer der Nacht verschwimmende Stadt stellte die Erde dar, mit ihren Sorgen und ihren Gräbern, den abgelegten und abgelegenen, doch meinem Blick nicht entzogenen, nicht gänzlich vergessenen. Der Ozean, ewig auf- und abschwellend, über dem jedoch eine weite Stille brütete, personifizierte meinen Geist und den Einfluß, der ihn damals regierte. Mir war, als wäre ich dem Tumult des Lebens zum ersten Mal entrückt; das Tosen, das Fieber, der Kampf hatten ausgesetzt; den geheimen Bedrückungen meines Herzens war ein Aufschub gewährt; ein Sabbat der Ruhe; eine Erlösung von aller menschlichen Mühsal. Die Hoffnung, die auf den Pfaden des Lebens blüht, widersprach nicht mehr dem Frieden, der in den Gräbern wohnt; die Bewegungen meines Geistes schienen mir so unermüdlich wie der Himmel, doch hatte eine halkyonische Ruhe alle Unrast geschlichtet; es war eine Gelassenheit, die das Ergebnis, nicht der Tatenlosigkeit, sondern des majestätischen Widerstreits gleichgewaltiger Kräfte zu sein schien; unendliches Tun und Wirken, unendliche Ruhe!

O gerechtes, subtiles und mächtiges Opium! … du besitzest die Schlüssel zum Paradies! …«

Und hier beginnen nun jene seltsamen Danksagungen, jene überschwenglichen Bezeugungen der Erkenntlichkeit, die ich eingangs wörtlich wiedergegeben habe und die dieser Arbeit als Epigraph dienen könnten. Sie sind wie das Schlußfeuerwerk, das das Fest beschließt. Denn bald verdunkelt sich die Szene, und die Unwetter brauen sich zusammen in der Nacht.

IV
Qualen des Opiums

De Quinceys erste Bekanntschaft mit dem Opium fällt in das Jahr 1804. Acht Jahre sind seither vergangen, glückliche Jahre eines würdigen Studiums. Nun sind wir im Jahre 1812. Weit, sehr weit von Oxford entfernt – zweihundertfünfzig Meilen – tief in den Bergen, eingeschlossen an einem Ort, wo er Zuflucht gefunden hat, was tut nun unser Held dort (der diesen Namen wahrlich verdient)? Je nun: er nimmt Opium! Und was noch? Er studiert die deutschen Metaphysiker; er liest Kant, Fichte, Schelling. In einem kleinen Landhaus begraben, mit einer einzigen Dienerin, sieht er die Stunden ernst und ungestört verfließen. Und nicht verheiratet? Noch nicht. Und immer Opium? Jeden Samstagabend. Und davon ist er all die Jahre hindurch schamloserweise niemals abgewichen seit jenem denkwürdigen Regensonntag im Jahre 1804? Leider nein! Aber wie steht es um seine Gesundheit, nach dieser langen und regelmäßig fortgesetzten Ausschweifung? Niemals, sagt er, hat er sich wohler befunden als im Frühjahr 1812. Stellen wir jedoch fest, daß er bisher als Opiumesser nur ein *dilettante* gewesen und daß es ihm noch nicht zu einer täglichen Hygiene geworden ist. Die Dosis war stets bescheiden, und bevor er die nächste einnahm, ließ er behutsam immer einige Tage verstreichen. Vielleicht waren diese Vorsicht und dieses Maßhalten der Grund, daß die rächenden Schrecken sich so spät erst einstellten. Mit dem Jahr 1813 beginnt eine neue Ära. Während des vorausgegangenen Sommers hatte ein schmerzliches Ereignis, über das er sich nicht näher ausspricht, seinen Geist so heftig erschüttert, daß es auch seine körperliche Gesundheit beeinträchtigte; seit 1813 machte sich eine quälende Reizbarkeit des Magens bemerkbar, die in erstaunlichem Maße jener glich, unter welcher er in seinen angsterfüllten Nächten tief im Hause des Rechtsanwalts so heftig gelitten hatte, und die von all seinen alten krankhaften Träumen begleitet war. Dies also war endlich die große Sühne! Wozu bei dieser Krise länger verweilen und alles, was sich dabei ereignete, im einzelnen ausführen? Der Kampf war langwierig, die Schmerzen lastend und unerträglich, und die Erleichterung war immer zuhanden, immer in Reichweite. Ich möchte gerne allen, die es nach einem Balsam, einem Nepenthes verlangte zur Erleichterung ihrer tagtäglichen Schmerzen, welche ihre regelmäßige Lebensführung störten und jede Anstrengung ihres Willens vereitelten, – all diesen, krank am Geiste, krank am Leibe, möchte ich wohl sagen: Wer unter euch ohne Sünde ist – in Taten oder in Gedanken –, der werfe den ersten Stein auf unseren Kranken! Darüber also kein Wort mehr. Im übrigen bittet er selber uns inständig, ihm zu glauben: alles drängte, nötigte, zwang ihn, als er anfing, täglich Opium zu nehmen; anders zu leben war nicht möglich. Und sind sie denn so zahlreich, jene Wackeren, die sich mit Geduld zu wappnen verstehen, um mit einer von Augenblick zu Augenblick erneuerten Kraft dem Schmerz, der ständig erneuerten, niemals ermüdenden Marter standzuhalten, in Erwartung einer fernen, ungewissen Vergütung? Manch einer, der uns so mutig und geduldig erscheint, hat nur geringes Verdienst an seinem Sieg, und manch einer, der nur kurze Zeit Widerstand leistete, hat in dieser kurzen Zeit einen großen Aufwand verkannter Kraft entfaltet. Sind die menschlichen Temperamente nicht ebenfalls so unendlich verschieden wie die chemischen Dosierungen? »In dem nervösen Zustand, in dem ich mich befinde, kann ich *einen unmenschlichen Moralisten* ebensowenig ertragen wie *Opium, das man nicht aufgekocht hat!*« Eine schöne Sentenz, eine unwiderlegliche Sentenz! Es handelt sich nicht mehr um mildernde Umstände, sondern um solche, die einen Freispruch bewirken.

Aus dieser Krise von 1813 fand sich endlich ein Ausweg, und diesen Ausweg ahnt man. Unseren Einsiedler hinfort zu fragen, ob er an dem oder jenem Tag Opium genommen habe, wäre nicht sinnvoller, als sich danach zu erkundigen, *ob seine Lungen an jenem Tag geatmet* oder *ob sein Herz seine Funktionen erfüllt hätte.* Keine Fastenzeit mehr, kein Ramadan, keine Enthaltsamkeit! Das Opium gehört nun zum Leben! Kurz vor 1816, dem schönsten, dem lichtesten Jahr seines Daseins, war es ihm, wie er berichtet, gelungen, unversehens und fast mühelos von dreihundertzwanzig Körnern Opium, das heißt achttausend Tropfen Laudanum, täglich, auf vierzig Körner herunterzugehen und seine seltsame Nahrung derart um sieben Achtel zu vermindern. Das Gewölk einer tiefen Melancholie, das sich auf sein Gehirn herabgesenkt hatte, zerstreute sich wie durch Magie im Laufe eines Tages, die geistige Beweglichkeit stellte sich wieder ein, und er vermochte wieder an das Glück zu glauben. Er nahm nur noch tausend Tropfen Laudanum täglich (welche Mäßigung!). Das war wie ein Sankt-Martins-Sommer des Geistes. Und er las wieder Kant, und er verstand ihn oder glaubte ihn zu verstehen. Wieder regte sich und erfüllte ihn jene Leichtigkeit, jene Freudigkeit des Geistes – klägliche Worte, um das Unaussprechliche auszusprechen –, die gleicherweise die Arbeit wie die tätige Brüderlichkeit begünstigen. Dieser Geist des Wohlwollens und der Gefälligkeit gegen den Nächsten, mehr noch, der Erbarmung, der ein wenig (dies sei hier angemerkt, ohne gegen den einem so ernsthaften Autor geschuldeten Respekt verstoßen zu wollen) der Menschenliebe der Trunkenbolde gleicht, kam eines schönen Tages, ohne Vorbedacht, auf die wunderlichste Weise einem Malaien zugute. – Man merke sich diesen Malaien; wir werden ihm später wieder begegnen; auf schreckliche Weise verhundertfacht wird er wiederum auftauchen. Denn wer kann die Kraft ermessen, mit der irgendein Zufall im Leben eines Träumers einen Widerschein oder Rückstoß auslöst? Wer kann ohne Schaudern an die unendlich sich erweiternden Kreise denken, die ein zufällig hineingeworfener Stein in den Gewässern des Geistes aufstört? – Eines Tages also klopft ein Malaie an die Tür jenes stillen, abgelegenen Hauses. Was hatte ein Malaie in den Bergen Englands zu schaffen? Vielleicht war er zu einem Hafen unterwegs, der vierzig Meilen entfernt lag. Die Dienerin, aus den Bergen gebürtig, die des Malaiischen ebensowenig mächtig war wie des Englischen, und die in ihrem Leben noch niemals einen Turban gesehen hatte, erschrak heftig. Aber da sie sich entsann, daß ihr Herr ein Gelehrter war, der womöglich alle Sprachen der Erde, und wer weiß vielleicht die des Mondes, sprach, lief sie, ihn herbeizuholen, damit er den Dämon austreibe, der sich in der Küche niedergelassen hatte. Das war ein seltsamer und belustigender Kontrast, diese beiden Gesichter, die da einander betrachteten: das eine von angelsächsischem Stolz gezeichnet, das andere von asiatischer Unterwürfigkeit; das eine frisch und rosig, das andere gallig und gelb, mit flinken, verängstigt blickenden kleinen Augen. Um seine Ehre in den Augen seiner Dienerin und seiner Nachbarn zu retten, sprach der Gelehrte ihn auf griechisch an; der Malaie antwortete zweifellos auf malaiisch; sie verstanden einander nicht, und alles verlief aufs beste. Der Malaie streckte sich auf dem Küchenboden aus und ruhte dort eine Stunde; dann schickte er sich an, seine Reise fortzusetzen. Wenn der arme Asiate zu Fuß von London gekommen war, so hatte er seit drei Wochen mit keinem menschlichen Geschöpf einen Gedanken austauschen können. Um ihn über die vermutlichen Kümmernisse dieses einsamen Lebens hinwegzutrösten, machte unser Autor, in der Annahme, ein Mann aus jenen Gegenden müsse das Opium kennen, ihm vor seinem Aufbruch ein ansehnliches Stück dieser kostbaren Substanz zum Geschenk. Kann man seine gastfreundliche Gesinnung auf eine edlere Art bezeigen? An dem Gesicht, das der Malaie machte, war abzulesen, daß ihm das Opium wohlbekannt war, und er stopfte sich gleich ein Stück davon in den Mund, das mehrere Personen hätte töten können. Grund genug, wahrhaftig, für einen Menschenfreund, sich Sorgen zu machen; da man jedoch in der Gegend nichts davon vernahm, daß der Leichnam eines Malaien auf der großen Überlandstraße gefunden worden sei, mußte dieser seltsame Reisende mit dem Gift hinreichend vertraut sein, und die Gabe der Nächstenliebe hatte ihren Zweck erfüllt.

Damals, sagte ich, war der Opiumesser noch glücklich. Er genoß das wahre Glück eines Gelehrten, der in seiner Einsamkeit von allem wünschenswerten *comfort* umgeben war: ein reizendes Cottage, eine schöne Bibliothek, die geduldig und mit auserlesenem

Geschmack zusammengetragen worden war, und draußen der Winter, der im Gebirge tobt. Macht eine hübsche Behausung den Winter nicht poetischer, und erhöht der Winter nicht die Poesie der Behausung? Das weiße Landhaus befand sich am Grunde eines kleinen Tales, das von ziemlich hohen Bergen eingeschlossen war; es war wie umwunden von allerlei Strauchwerk, das die Mauern mit einem Blütenteppich überzog und die Fenster in einen duftenden Rahmen faßte, den ganzen Frühling, Sommer und Herbst hindurch; das begann mit dem Weißdorn, und das endete mit dem Jasmin. Doch die schöne Jahreszeit, die Jahreszeit des Glücks für einen Menschen wie ihn, der gerne seinen Träumen und Gedanken nachhängt, ist der Winter, und zwar der Winter in seiner rauhesten Gestalt. Es gibt Menschen, die sich beglückwünschen, wenn der Himmel ihnen einen milden Winter gewährt, und die froh sind, wenn sie ihn scheiden sehen. Er aber, er erbittet vom Himmel jährlich soviel Schnee, Hagel und Reif, wie dort nur vorhanden sein mag. Er bedarf eines kanadischen, eines russischen Winters; den hat er sich verdient. Um so wärmer und behaglicher wird sein Nest sein, um so mehr wird er es lieben: um vier Uhr zündet man die Kerzen an, ein Feuer im Kamin, dicke Teppiche, tief herabfallende schwere Vorhänge, eine schöne Hand bereitet den Tee, und Tee gibt es von acht Uhr abends bis vier Uhr früh. Keine dieser Freuden ist ohne den Winter möglich; *aller Komfort* fordert eine rauhe Temperatur; das ist auch nicht wohlfeil; und so erwartet unser Träumer wohl mit Recht, daß der Winter ihm ehrlich seine Schuld entrichtet, wie er ihm die seine. Der Salon ist klein und dient zweierlei Zwecken. Man sollte ihn eher die Bibliothek nennen: fünftausend Bände sind dort versammelt, einer um den andern erworben, eine wahre Eroberung der Geduld. Das große Feuer im Kamin brennt hell; auf einem Tablett stehen zwei Tassen und zwei Untertassen; denn die wohlwollende Elektra, von der andeutungsweise schon die Rede war, verschönt das Landhaus mit dem ganzen Zauber ihres engelgleichen Lächelns. Wozu ihre Schönheit beschreiben? Der Leser könnte glauben, dieses Leuchten sei ein rein körperliches und mit einem irdischen Pinsel zu malen. Und dann, nicht zu vergessen, die Phiole mit Laudanum, eine mächtige Karaffe, wahrhaftig! denn wir sind allzu weit von

Londons Apotheken entfernt, um unseren Vorrat häufig erneuern zu können; das Buch eines deutschen Metaphysikers liegt auf dem Tisch und zeugt von dem unablässigen intellektuellen Ehrgeiz des Besitzers. – Eine gebirgige Landschaft, Abgeschiedenheit und Stille, Luxus oder vielmehr gesichertes Behagen, lange Tage der nachdenklichen Muße, ein strenger Winter, so recht danach angetan, die geistigen Fähigkeiten zu sammeln, ja, das war wohl das Glück, oder vielmehr der letzte Schimmer des Glückes, ein Aufschub des Verhängnisses, ein Ablaßjahr im Unglück; denn schon nähern wir uns der unseligen Epoche, da »es Abschied nehmen heißt von dieser sanften Glückseligkeit, Abschied vom Winter wie vom Sommer, Abschied vom Lachen und Lächeln, Abschied vom Frieden des Geistes, Abschied von der Hoffnung und den friedlichen Träumen, Abschied von den gesegneten Tröstungen des Schlafes!« Mehr als drei Jahre lang wird unser Träumer wie ein Verbannter sein, vertrieben von der Erde des allgemeinen Glücks, denn nun ist er angelangt bei *»einer Iliade des Unheils und Mißgeschicks, angelangt bei den Qualen des Opiums«*. Eine düstere Epoche, ein weites Netz von Finsternissen, das dann und wann zerrissen wird von reichen und bedrückenden Gesichten:

Das war, als hätte
Ein großer Maler seinen Pinsel in die Schwärze
Des Erdebebens und der Sonnenfinsternis getaucht.

Diese feierlichen Verse Shelleys, von einer wahrhaft Milton'schen Prägung, vermitteln etwas von der Atmosphäre, die über einer Landschaft des Opiums, wenn man mir diesen Ausdruck einmal durchgehen läßt, lagert; so düstert der Himmel über einem vom Opium geknechteten Gehirn, so umschließt es ein undurchdringlicher Horizont. Die Unendlichkeit im Grauen und in der Schwermut, und, trübseliger als alles, das Unvermögen, sich selber der Marter zu entreißen!

Bevor unser Büßer nun fortfährt (von Zeit zu Zeit könnten wir ihn bei diesem Namen nennen, obwohl er, allem Anschein nach, einer Klasse von Büßern angehört, die immer bereit sind, ihrer Sünde aufs neue zu verfallen), läßt er uns wissen, daß wir in diesem Teil seines Buches keine sehr strenge Ordnung, zumindest in der zeitlichen Aufeinanderfolge, erwarten dürfen. Als er ihn schrieb, war er allein in London, außerstande, von einer wüsten Menge lastender und widriger Erinnerungen in übersichtlicher Reihe Bericht zu erstatten, und in dieser Entfernung ohne jede Möglichkeit, zu den Freundeshänden seine Zuflucht zu nehmen, die seine Papiere zu ordnen verstanden und es gewohnt waren, ihm alle Dienste eines Sekretärs zu leisten. Er schreibt hinfort ohne Vorbedacht, fast ohne Scham, wobei er sich einen nachsichtigen Leser vorstellt, der ihn fünfzehn oder zwanzig Jahre später lesen wird; und da ihm vor allem daran liegt, eine unheilvolle Periode in der Erinnerung festzuhalten, wendet er alle Mühe auf, deren er im Augenblick fähig ist, weil er nicht weiß, ob er dazu jemals wieder die Kraft oder die Gelegenheit finden wird.

Aber warum, wird man ihm entgegenhalten, haben Sie sich von den Schrecken und Greueln des Opiums nicht freigemacht, sei es dadurch, daß Sie es aufgaben, oder dadurch, daß Sie die Dosis verminderten? – Er hat lange, schmerzhafte Anstrengungen unternommen, um die Menge zu verringern; aber diejenigen, welche die Zeugen dieser kläglichen Kämpfe, dieses wiederholten Hinsterbens waren, waren die ersten, die ihn baten, davon abzulassen. Warum dann verminderte er die Dosis nicht jeden Tag um einen Tropfen, warum schwächte er ihre Wirkung nicht durch eine Beimischung von Wasser ab? Seiner Rechnung nach hätte es mehrerer Jahre bedurft, um vermittels dessen einen ungewissen Sieg zu erringen. Übrigens wissen alle Liebhaber des Opiums, daß man, solange ein gewisser Grad noch nicht erreicht ist, die Dosis ohne große Mühe, ja sogar mit einem gewissen Vergnügen, herabsetzen kann, daß, wenn diese Dosis jedoch einmal überschritten ist, jede Reduktion heftige Schmerzen verursacht. Aber warum dann nicht für einige Tage in eine vorübergehende Abgespanntheit einwilligen? Es gibt da keine Abgespanntheit; nicht darin besteht der Schmerz. Die Verringerung des Opiums erhöht vielmehr die Vitalität; der Puls ist besser; die Gesundheit vervollkommnet sich; aber dies erzeugt eine schreckliche Reizbarkeit des Magens, begleitet von übermäßigen Schweißausbrüchen und einer Empfindung des allgemeinen Unwohlseins, die dem mangelnden Gleichgewicht zwischen körperlicher Energie und geistiger Gesundheit entspringt. Es ist in der Tat leicht begreiflich, daß der Körper, als der irdische Teil des Menschen, den das Opium siegreich gedämpft und zu einer völligen Unterwerfung gebracht hatte, nun seine Rechte zurückverlangt, während die Herrschaft des Geistes, der bisher der allein Begünstigte war, sich dementsprechend vermindert findet. Ein gestörtes Gleichgewicht möchte sich wiederherstellen, und dabei geht es nicht ohne Krisen ab. Selbst wenn man die Reizbarkeit des Magens und die übermäßigen Schweißausbrüche einmal außer acht läßt, kann man sich die Beklemmung eines nervösen Menschen unschwer vorstellen, dessen Vitalität auf außerordentliche Weise erregt und dessen Geist dabei unruhig und untätig wäre. In dieser schrecklichen Lage zieht der Kranke fast immer das Übel der Heilung vor, und ergibt sich gesenkten Hauptes in sein Schicksal.

Der Opiumesser hatte seit langem seine Studien unterbrochen. Zuweilen, wenn seine Frau oder eine Besucherin, die zum Tee kam, ihn darum bat, fand er sich bereit, ihnen mit lauter Stimme Wordsworth' Gedichte vorzulesen. Hin und wieder ließ er sich noch für kurze Zeit auf einen großen Dichter ein; seine wahre Berufung jedoch, die Philosophie, wurde völlig vernachlässigt. Die Philosophie und die Mathematik erfordern einen beharrlichen Fleiß und eine nicht erlahmende Aufmerksamkeit, und sein Geist suchte sich dieser täglichen Pflicht jetzt mit einem geheimen, trostlosen Bewußtsein seiner Schwäche zu entziehen. Ein großes Werk, an welches alle seine Kräfte zu setzen er geschworen hatte, und dessen Titel ihm Spinozas *reliquiae* geliefert hatten: *De emendatione humani intellectus,* blieb unvollendet, ins Leere überhängend, mit dem trostlosen Gehabe jener gewaltigen Bauten, die verschwenderische Regierungen oder unkluge Architekten in Angriff genommen hatten. Was der Nachwelt den Beweis seiner Kraft und seiner Hingabe an die Sache der Menschheit hätte liefern sollen, würde so nur zu einem Zeugnis seiner Schwäche und seiner Anmaßung dienen. Glücklicherweise blieb ihm, zu seiner Unterhaltung, noch die politische Ökonomie. Obgleich sie als eine Wissenschaft, das heißt als ein organisches Ganzes, zu betrachten ist, so lassen doch einige ihrer integrierenden Bestandteile sich ablösen und getrennt untersuchen. Seine Frau las ihm gelegentlich die Parlamentsdebatten über die politische Ökonomie oder aus buchhändlerischen Neuerscheinungen zu diesem Thema vor; doch für einen tiefsinnigen und gelehrten Schriftsteller war dies eine klägliche Nahrung; für jeden, der sich auf logische Operationen versteht, ist dies nur der Abfall des menschlichen Geistes. Unterdes schickte ein Freund in Edinburgh ihm 1819 ein Buch von Ricardo, und in Erinnerung dessen, daß er selber das Kommen eines Gesetzgebers in dieser Wissenschaft vorausgesagt hatte, rief er, noch ehe er das erste Kapitel zu Ende gelesen hatte: »Da ist er, der rechte Mann!« Staunen und Neugier waren wieder erwacht. Seine größte, seine köstlichste Überraschung jedoch war der Umstand, daß er sich überhaupt noch für irgendeine Lektüre zu interessieren vermochte. Natürlich steigerte dies seine Bewunderung für Ricardo. War ein so tiefes Werk wirklich im England des 19. Jahrhunderts entstanden? Denn er war seit langem der Überzeugung, in England sei jedes Denken erloschen. Ricardo hatte auf einen Schlag das Gesetz gefunden, die Grundlagen geschaffen; er hatte einen Lichtstrahl in dieses ganze finstere Chaos von Materialien geworfen, in dem seine Vorgänger sich verloren hatten. Ganz Feuer und Flamme, ganz verjüngt, dem Denken und der Arbeit zurückgegeben, macht unser Träumer sich ans Schreiben, oder vielmehr: er diktiert seiner Gefährtin. Es schien ihm, als wären Ricardos prüfendem Blick einige wichtige Wahrheiten entgangen, deren Untersuchung, durch rechnerische Verfahren verkürzt, den Stoff für einen interessanten kleinen Band abgeben könnte. Aus diesen Bemühungen des Kranken entstanden die *Prolegomena für alle künftigen Systeme der politischen Ökonomie.** Er hatte Verabredungen mit einem Provinzdrucker getroffen, der achtzehn Meilen von ihm entfernt wohnte; man hatte sogar, um das Werk rascher setzen zu können, einen weiteren Setzer eingestellt; das Buch war zweimal angekündigt worden; aber, ach! es blieb ein Vorwort zu schreiben (welche zusätzliche Anstrengung!), und eine

* Unbeschadet dessen, was De Quincey hier von seinem geistigen Unvermögen berichtet, ist dieses Buch oder doch etwas Ähnliches, das auf Ricardo Bezug nimmt, später erschienen. Man sehe das Verzeichnis seiner sämtlichen Werke.

prächtige Widmung an Ricardo; welche Mühsal für ein Gehirn, das die Wonnen einer unaufhörlichen Orgie geschwächt hatten! O diese Demütigung für einen nervösen Autor, der den Stimmungen seiner inneren Atmosphäre ausgeliefert war! Die Ohnmacht reckte sich auf, furchtbar, unüberwindlich, wie die Eisgebirge des Nordpols; sämtliche bereits getroffenen Anordnungen wurden widerrufen, der Setzer entlassen, und die *Prolegomena* verkrochen sich; lange Jahre schliefen sie dort, wo auch ihr älterer Bruder, das besagte, von Spinoza eingegebene Buch, schlief.
Schreckliche Lage!: der Geist wimmelt von Ideen, und man ist nicht mehr imstande, die Brücke zu überschreiten, welche die imaginären Felder der Träumerei von den wirklich eingebrachten Ernten der Tat trennt! Wenn dem, der mich jetzt liest, die unerläßlichen Vorbedingungen des Hervorbringens bekannt sind, so brauche ich ihm die Verzweiflung eines klarsehenden, wendigen edlen Geistes nicht zu beschreiben, der sich dieser Verdammnis von so besonderer Art zu erwehren versucht. Welche abscheuliche Verzauberung! Alles, was ich in meiner Studie über das Haschisch von der Verminderung der Willenskraft gesagt habe, gilt auch vom Opium. Briefe beantworten? Eine Riesenarbeit, die man von Stunde zu Stunde, von Tag zu Tag, von Monat zu Monat hinausschiebt. Geldgeschäfte? Ermüdende Kindereien. Die häusliche Ökonomie wird dann noch mehr vernachlässigt als die politische Ökonomie. Wenn ein durch das Opium geschwächtes Gehirn gänzlich geschwächt, wenn es, um mich einer schmählichen Ausdrucksweise zu bedienen, ganz und gar verblödet wäre, so wäre das Übel offenbar weniger groß, oder zumindest erträglicher. Ein Opiumesser geht jedoch keiner seiner sittlichen Bestrebungen verlustig; er sieht die Pflicht, er liebt sie; er will alle Bedingungen des Möglichen erfüllen; doch seine Fähigkeit zur Ausführung entspricht nicht mehr der Höhe seiner Vorstellung. Etwas ausführen! was sage ich? es nur zu versuchen, mißlingt ihm schon. Sein ganzer Wille erliegt unter einem zermalmenden Albdruck. Der Unglückliche wird dann eine Art Tantalus, voll glühender Liebe zu dem, was seine Pflicht ist, und unfähig, es zu vollbringen; ein Geist, *ein reiner Geist,* ach! das zu begehren verdammt, was er nicht erlangen kann; ein tapferer Krieger, der sein Liebstes ge-

schmäht sieht und den ein Verhängnis auf sein Lager bannt, wo er sich in ohnmächtiger Wut verzehrt!
So war die Strafe gekommen, langsam, aber fürchterlich. Ach! und nicht nur in dieser geistigen Ohnmacht sollte sie sich kundtun, sondern durch andere Gräßlichkeiten noch, grausamere und mächtigere. Das erste Symptom, das sich in der körperlichen Ökonomie des Opiumessers bemerkbar machte, ist merkwürdig genug. Es ist der Ausgangspunkt, der Keim einer ganzen Folge von Schmerzen. Die Kinder sind, in der Regel, mit dem seltsamen Vermögen begabt, die fruchtbare Tiefe des Dunkels mit einer ganzen Welt wunderlicher Gestalten zu bevölkern, die sie dort erblikken oder vielmehr hervorbringen. Bei einigen betätigt dieses Vermögen sich mitunter ohne ihren Willen. Einige andere wiederum haben die Macht, diese Gesichte nach Belieben hervorzurufen oder zu verabschieden. An einem ähnlichen Vorkommnis bemerkte unser Erzähler, daß er wieder zum Kind wurde. Schon um die Mitte des Jahres 1817 bereitete dieses gefährliche Vermögen ihm grausame Qualen. Ausgestreckt in seinem Bette, doch noch wach, sah er prächtige Leichenzüge vor seinen Augen vorbeiziehen; unabsehbare Gebäude erhoben sich, von feierlich antikem Aussehen. Bald aber eiferten die Träume des Schlafenden seinen Wachträumen nach, und alles, womit sein Auge das Dunkel bevölkerte, wiederholte sich in seinem Schlaf, bedrohlich in unerträglichem Glanze. Midas verwandelte alles, was er berührte, in Gold, und dieses höhnisch gewährte Vorrecht wurde ihm zum Martyrium. Ebenso verwandelte der Opiumesser alles, was er sich erträumt, in unausweichliche Wirklichkeiten. Diese ganze dem Anschein nach so schöne und so poetische Phantasmagorie war von tiefer Angst und schwarzer Melancholie begleitet. Jede Nacht war ihm, als stiege er ohne Aufhören in lichtlose Abgründe hinab, tiefer als jede bekannte Tiefe, ohne Hoffnung, je wieder heraufsteigen zu können. Und selbst nach dem Erwachen dauerte eine Traurigkeit, eine Hoffnungslosigkeit fort, die der Vernichtung nahekam, ein Phänomen, das einigen verwandt ist, die der Haschischrausch hervorbringt: die Empfindung des Raumes und, später, das Gefühl für die zeitliche Dauer wurden seltsam in Mitleidenschaft gezogen. Bauten und Landschaften nahmen derart ungeheure Formen an,

daß ihr Anblick dem menschlichen Auge einen schier unerträglichen Schmerz bereitete. Der Raum blähte sich gleichsam ins Unendliche. Aber die Ausdehnung der Zeit wuchs zu einer noch bedrohlicheren Angst an; Empfindungen und Vorstellungen, welche die Dauer einer Nacht ausfüllten, stellten sich ihm dar, als währten sie ein Jahrhundert. Hinzu kam, daß die allergewöhnlichsten Vorkommnisse seiner Kindheit, längst vergessene Szenen, sich in seinem Gehirn wiederholten und dort ein neues Leben lebten. Im wachen Zustand hätte er sich ihrer vielleicht nicht erinnert; im Schlaf jedoch *erkannte* er sie unverzüglich *wieder*. Wie ein Ertrinkender, in der letzten Minute seines Todeskampfes, sein ganzes Leben gleichsam im Spiegel erblickt; wie der Verdammte, in einer Sekunde, den schrecklichen Bericht aller seiner irdischen Gedanken liest; wie die vom Licht des Tages verschleierten Sterne bei Nacht wiedererscheinen, ebenso erschienen auch alle dem Gedächtnis des Unbewußten eingegrabenen Inschriften wieder, als wären sie mit sympathetischer Tinte geschrieben.

Der Autor *illustriert* die Hauptmerkmale seiner Träume durch einige Beispiele von beklemmender Fremdartigkeit; eines, unter anderen, wo die besondere *Logik,* welche die Ereignisse des Schlafes lenkt, sich dadurch bemerkbar macht, daß zwei weitauseinanderliegende historische Elemente in seinem Gehirn auf die wunderlichste Weise zusammentreten. So wird für das kindliche Gemüt eines Bauern eine Tragödie bisweilen zur Auflösung der Komödie, die das Schauspiel eröffnete:

»In meiner Jugend, und auch seither, bin ich immer ein großer Leser des Livius gewesen; er war immer eine der Vergnügungen, bei denen ich mich am liebsten erholte; ich gestehe, daß ich ihn, hinsichtlich des Stoffes und des Stiles, jedem anderen römischen Geschichtsschreiber vorziehe, und die beiden Worte, die in seinen Berichten so oft wiederkehren: *Consul Romanus,* vermittelten mir, in der ganzen Fülle ihres feierlich-schrecklichen Klanges, die kräftigste Vorstellung von der Majestät des römischen Volkes; vor allem dort, wo der Konsul als militärischer Befehlshaber im Kriege auftritt. Ich möchte damit sagen, daß die Worte: König, Sultan, Regent, oder alle anderen Titel von Männern, die in ihrer Person die Majestät eines großen Volkes verkörpern, nicht mächtig genug waren, mir den gleichen Respekt einzuflößen. Obwohl ich kein großer Leser historischer Bücher bin, hatte ich mich doch gleichfalls, eingehend und kritisch, mit einer gewissen Periode der englischen Geschichte vertraut gemacht, nämlich mit der Periode des Parlamentskrieges, deren Anziehungskraft für mich in der sittlichen Größe derer bestand, die dabei eine Rolle gespielt hatten, und in den zahlreichen interessanten Memoiren, die aus diesen verworrenen Zeiten auf uns gekommen sind. Diese beiden Bereiche der Lektüre in meinen Mußestunden, über die ich häufig meine Betrachtungen angestellt hatte, lieferten nun eine Nahrung für meine Träume. Oft widerfuhr es mir im wachen Zustand, daß ich eine Art Theateraufführung vor mir sah, die sich später wie ein Gemälde auf dem gefälligen Grund des Dunkels wiederholte, – eine Versammlung von Damen –, ein Fest vielleicht, auf dem sie tanzten. Und ich hörte, wie man mir sagte, oder ich sagte es zu mir selbst: ›Dies sind die Frauen und Töchter derer, die im Frieden zusammenkamen, die sich an den gleichen Tischen niederließen, und die durch Blutsbande oder durch Heirat miteinander verbündet waren; und dennoch, seit einem gewissen Tag im August 1642, hat keiner dem andern je wieder freundlich zugelächelt, und sie sind einander hinfort nur noch auf dem Schlachtfeld begegnet; und bei Marston-Moor, bei Newbury oder bei Naseby haben sie alle Bande der Liebe mit dem grausamen Säbel zerhauen, und das Gedächtnis der alten Freundschaften mit Blut ausgelöscht.‹ Die Damen tanzten, und sie schienen ebenso verführerisch wie am Hofe Georgs IV. Dabei wußte ich doch, selbst im Traum, daß sie seit fast zwei Jahrhunderten in ihren Gräbern lagen. Plötzlich aber zerstob diese ganze Pracht; jemand klatschte in die Hände, und ich vernahm jene Worte, deren Klang mir ans Herz griff: *Consul Romanus!* und sogleich erschien, alles vor sich her niederfegend, prächtig in seinem Feldherrenmantel, Paullus Aemilius oder Marius; umgeben von einer Schar von Centurionen, ließ er die rote Tunika an einer Lanzenspitze hissen, und hinter ihm erscholl das schreckliche Hurra der römischen Legionen.«

Erstaunliche und ungeheuerliche Architekturen erhoben sich in seinem Gehirn, jenen beweglichen Gebilden ähnlich, wie das Auge des Dichters sie in den farbigen Gewölken des Sonnenuntergangs erblickt. Auf diese Träume von Terrassen, Türmen und Befestigungswällen, die sich zu unbekannter Höhe aufreckten und in unermeßliche Tiefen hinabsenkten, folgten jedoch bald schon große Seen und weite Wasserflächen. Das Wasser wurde zum bedrohlichen Element. Schon in unserer Arbeit über das Haschisch haben wir auf diese erstaunliche Vorliebe des Gehirns für das flüssige Element und seine geheimnisvollen Verlockungen hingewiesen. Soll man daraus nicht auf eine besondere Verwandtschaft zwischen diesen beiden Rauschmitteln schließen, zumindest was ihre Wirkung auf die Einbildungskraft betrifft, oder, falls man diese Erklärung vorzieht, dem menschlichen Gehirn die Eigenschaft zuschreiben, daß es, unter dem Einfluß eines Rauschmittels, mit Vorliebe gewissen Bildern zuneigt? Bald verwandelten diese Gewässer sich, und die spiegelblanken, lichten Seen wurden Meere und Ozeane. Und in einer weiteren Metamorphose dann wurde der Anblick dieser prächtigen Gewässer, die nur durch ihre Häufigkeit und ihre Erstreckung etwas Beängstigendes hatten, ihm zu einer gräßlichen Qual. Unser Autor hatte die Menge zu sehr geliebt, hatte allzu gerne ein köstliches Bad in ihren Fluten genommen, als daß das menschliche Antlitz jetzt nicht in seinen Träumen eine despotische Macht gewonnen hätte. Und nun zeigte sich das, was er, glaube ich, an anderer Stelle schon *die Tyrannei des menschlichen Gesichtes* genannt hat. »Auf den bewegten Fluten des Ozeans begann nun das Menschengesicht sich zu zeigen; das ganze Meer schien mir gepflastert mit unzähligen Köpfen, die alle dem Himmel zugekehrt waren; wutverzerrte, flehende, verzweifelte Gesichter begannen auf der Oberfläche zu tanzen, zu Tausenden, zu Myriaden, ganze Geschlechterfolgen Jahrhunderte hindurch; meine Erregung wuchs ins Unendliche, und mein Geist wogte und wallte wie die Fluten des Ozeans.«

Der Leser hat schon bemerkt, daß der Mann seit langem die Bilder nicht mehr heraufruft, sondern daß die Bilder sich ihm ungerufen despotisch aufdrängen. Er kann sie nicht abweisen; denn der Wille hat keine Kraft mehr, die übrigen Fähigkeiten zu lenken und zu beherrschen. Das poetische Gedächtnis, einst eine unendliche Quelle freudiger Vorstellungen, ist zu einem unerschöpflichen Arsenal von Folterwerkzeugen geworden.

Im Jahre 1818 tauchte der Malaie auf, von dem schon die Rede war, um ihn grausam zu quälen: ein unerträglicher Besucher. Wie der Raum, wie die Zeit hatte der Malaie sich vervielfältigt. Der Malaie war Asien selbst geworden; das alte Asien, feierlich, verwirrend und voller Ungeheuer wie seine Tempel und seine Religionen; wo alles, von den gewöhnlichsten Dingen des Alltags bis zu den klassischen und grandiosen Erinnerungen, die es heraufruft, danach angetan ist, den Geist eines Europäers zu bestürzen und zu verblüffen. Und nicht nur das bizarr künstliche, wie ein Feenmärchen von ältlichem Zierat überladene China bedrängte sein Gehirn. Dieses Bild rief natürlicherweise das benachbarte Bild Indiens herbei, dieses geheimnisvollen und für einen westlichen Geist so beunruhigenden Landes; und dann bildeten China und Indien bald zusammen mit Ägypten eine drohende Trimurti, einen vielgestaltigen Albtraum, mit wechselnden Ängsten. Kurz, der Malaie hatte den ganzen ungeheuren und sagenhaften Orient beschworen. Die folgenden Seiten sind zu schön, als daß ich mich mit einem Auszug begnügen könnte:

»Jede Nacht wurde ich durch diesen Menschen in eine asiatische Umwelt versetzt. Ich weiß nicht, ob andere meine Gefühle in dieser Hinsicht teilen: aber ich habe oft gedacht, wenn ich gezwungen wäre, England zu verlassen und unter Chinesen zu leben, und sehen müßte, wie sie sich kleiden, sich betragen, wie sie ihre Häuser und Tempel schmücken, ich würde verrückt werden. Die Ursachen meines Grauens liegen tief, und einige mag ich mit anderen Menschen gemein haben. Denkt man an Südasien, so stellen sich im allgemeinen schreckliche Bilder und furchtbare Gedankenassoziationen ein; schon als Wiege des Menschengeschlechts ist es von einem unbestimmten Gefühl des Schauders und der Ehrfurcht umgeben. Aber es gibt noch andere Gründe. Niemand wird behaupten, die seltsamen, barbarischen und wunderlichen Kulte Afrikas, oder der wilden Völkerstämme jeder anderen Gegend, könnten seinen Geist ebenso beschäftigen wie die alten, monumentalen, grausamen und gestaltenwimmelnden Religionen Hindostaniens. Das asiatische Altertum, das Altüberlieferte seiner Einrichtungen, seiner Annalen und seiner verschiedenen Formen des Glaubens hat für mich etwas so Eindrucksvolles, das Alter der Rasse und der

Namen etwas so Übermächtiges, daß es genügt, die Jugend eines Einzelnen auszulöschen. Ein junger Chinese kommt mir vor, als hätte ich in ihm in erneuerter Gestalt einen Menschen vor mir, der schon vor der Sintflut gelebt hat. Sogar die Engländer, obwohl sie nicht in der Kenntnis solcher Einrichtungen aufgewachsen sind, können sich eines Schauders nicht erwehren angesichts der mystischen Erhabenheit dieser Kasten, deren jede ihren eigenen Weg verfolgt und unvordenkliche Zeiten hindurch die Vermischung mit den anderen abgelehnt hat. Ehrfurcht ergreift jeden, wenn er die Namen des Ganges und des Euphrats hört. Was derartige Empfindungen noch steigert, ist der Umstand, daß Südasien der am dichtesten bevölkerte Teil der Erde, die große *officina gentium,* ist und seit Tausenden von Jahren gewesen ist. In diesen Gegenden wächst der Mensch wie das Gras. Die riesigen Reiche, in denen die ungeheure Bevölkerung Asiens immer wieder umgeschmolzen worden ist, steigern die Gefühle der Erhabenheit noch, die mit orientalischen Bildern und Namen verbunden sind. In China vor allem, wenn ich einmal beiseite lasse, was es mit dem übrigen südlichen Asien gemein hat, erschrecken mich die Lebensweise, die Sitten und Gebräuche, als erhöbe sich da ein unwiderstehlicher Abscheu, eine Schranke von Gefühlen, die uns von diesem Lande trennen und die sich jeder näheren Untersuchung entziehen. Es fiele mir leichter, mit Mondsüchtigen oder mit wilden Tieren zusammen zu leben. Der Leser muß sich all diese Vorstellungen und noch manche anderen vergegenwärtigen, die sich nicht mitteilen lassen oder die zu entwickeln mir die Zeit fehlt, um das ganze Grauen zu ermessen, mit dem diese Träume voller orientalischer Bilder und mythologischer Torturen meinen Geist erfüllten.
Unter den beiden miteinander verknüpften Bedingungen der tropischen Hitze und des senkrechten Lichtes versammelte ich alle Geschöpfe, Vögel, Tiere, Reptilien, Bäume und Pflanzen, Gebräuche und Erscheinungen des öffentlichen Lebens, wie man sie gemeinhin überall in den Tropen findet, und versetzte sie in wildem Durcheinander nach China oder Hindostanien. In einer ähnlichen Anwandlung bemächtigte ich mich Ägyptens und all seiner Gottheiten, und unterwarf sie dem gleichen Gesetz. Affen, Papageien, Kakadus blickten mich aus starren Augen an, zischten mich aus,

schnitten mir Grimassen oder unterhielten sich plappernd über meine Person. Ich rettete mich in Pagoden, und für Jahrhunderte war ich an ihre Spitze festgebunden oder lag in heimlichen Gemächern gefangen. Ich war das Götzenbild; ich war der Priester; ich wurde angebetet; ich wurde geopfert. Ich floh vor Brahmas Zorn durch alle Wälder Asiens; Vischnu haßte mich; Schiwa suchte mich in einen Hinterhalt zu locken. Unversehens stand ich vor Isis und Osiris; ich hatte, hieß es, eine Tat, ein Verbrechen begangen, vor dem der Ibis und das Krokodil erschauderten. Ein Jahrtausend lang lag ich in steinernen Truhen begraben, mit Mumien und Sphinxen, in den engen Kammern im Herzen der ewigen Pyramiden. Krokodile küßten mich mit krebszerfressenen Lippen; und mit lauter unaussprechlichen schleimigen Dingen lag ich im Schlamm und Röhricht des Nils.

Ich liefere dem Leser hier einen leichten Auszug meiner orientalischen Träume, deren ungeheuerliches Schauspiel mich immer derart überwältigte und in Staunen versetzte, daß das Grauen selber für eine Zeit davon wie aufgesogen war. Über kurz oder lang jedoch kehrten andere Empfindungen zurück, in denen nun das Erstaunen unterging, und dieser Wechsel weckte in mir nicht so sehr das Grauen als eine Art Haß und Abscheu für alles, was ich erblickte. Über jedem Wesen, jeder Form, jeder Drohung, Bestrafung, finsteren Kerkerhaft brütete eine Empfindung der Ewigkeit und Unendlichkeit, die mich wie Wahnsinn ängstigte und bedrückte. Nur in diesen Träumen, ein oder zwei leichte Ausnahmen abgerechnet, griff das Entsetzen auch auf den Körper über. Bis dahin waren die Schrecknisse nur seelischer oder geistiger Natur gewesen. Hier aber traten nun scheußliche Vögel in Aktion, Schlangen oder Krokodile, vor allem letztere. Das verwünschte Krokodil wurde für mich ein größerer Gegenstand des Grauens als fast alle übrigen. Ich war gezwungen, mit ihm zu leben, und zwar (wie dies in meinen Träumen immer der Fall war) Jahrhunderte hindurch! Manchmal entwischte ich ihm, und dann befand ich mich in chinesischen Häusern, die mit Rohrtischen ausgestattet waren. Alle Füße der Tische und Kanapees schienen belebt; überall, auf allen Seiten, unzählig vervielfacht, lauerte der abscheuliche Kopf des Krokodils mit seinen schrägen Äuglein; und vor Grauen festgebannt, konnte ich mich nicht regen. Und dieses gräßliche Reptil verfolgte mich so oft im Schlaf, daß manches Mal der gleiche Traum auf die gleiche Weise unterbrochen wurde: ich vernahm sanfte Stimmen, die zu mir redeten (ich höre alles, selbst wenn ich schlafe), und unverzüglich erwachte ich. Es war heller Tag, um die Mittagsstunde, und meine Kinder standen, Hand in Hand, neben meinem Bett; sie waren gekommen, um mir ihre bunten Schuhe, ihre neuen Kleider zu zeigen; ich sollte bewundern, wie hübsch sie für ihren Spaziergang herausgeputzt waren. Ich muß gestehen, der Übergang von dem verfluchten Krokodil und den übrigen Monstren und unaussprechlichen Mißgeburten meiner Träume zu diesen unschuldigen Geschöpfen, zu diesem Anblick einfacher *menschlicher* Kindlichkeit war so furchtbar, der jähe Umschwung in meinem Geiste so übermächtig, daß ich mich, als ich ihre Gesichter küßte, der Tränen nicht enthalten konnte.«

Der Leser erwartet vielleicht, in dieser Galerie alter Eindrücke, die im Schlafe wiederkehrten, der schwermütigen Gestalt der armen Ann zu begegnen. Und hier ist sie auch schon. Der Autor hat bereits erwähnt, daß der Tod derer, die uns teuer sind, und überhaupt die Betrachtung des Todes, unser Gemüt im Sommer heftiger bewegt als in den übrigen Jahreszeiten. Der Himmel erscheint dann höher, ferner, unendlicher. Die Wolken, an denen das Auge die Entfernung des Himmelszeltes ermißt, sind dann mächtiger und in größeren, dichteren Massen übereinandergehäuft; das Licht und das Schauspiel der sinkenden Sonne haben in höherem Grade etwas Unendliches an sich. Der Hauptgrund aber liegt in dem heftigeren Kontrast zwischen der verschwenderischen Fülle des sommerlichen Lebens und der eisigen Unfruchtbarkeit des Grabes. Wenn zwei Vorstellungen einander widersprechen, rufen sie einander wechselseitig, und hinter der einen steigt die andere herauf. So gesteht uns der Autor, daß es ihm schwerfällt, an den endlosen Sommertagen nicht des Todes zu gedenken; und die Vorstellung vom Tod einer bekannten oder geliebten Person bedrängt sein Gemüt hartnäckiger im Glanz dieser Jahreszeit. Eines Tages war ihm, er stünde in der Türe seines Landhauses; in seinem Traum war dies ein Sonntagmorgen im Mai, ein Ostermorgen (was im Almanach der Träume keinen Widerspruch bildet). Vor ihm erstreckte sich die bekannte Landschaft, doch weiträumiger, und durch die Magie des Schlummers mit feierlichem Glanz übergossen. Die Berge reckten sich höher als die Alpen, die Wiesen und Wälder an ihrem Fuß dehnten sich ins Unendliche; die Hecken waren mit weißen Rosen geschmückt. Da es sehr früh am Morgen war, ließ kein lebendiges Geschöpf sich erblicken, außer einigem Vieh, das im Kirchhof auf den begrünten Gräbern lagerte, und vor allem rings um das Grabmal eines Kindes, das er zärtlich geliebt hatte. (Dieses Kind war wirklich in eben jenem Sommer bestattet worden; und eines Morgens, vor Sonnenaufgang, hatte der Autor diese Tiere wirklich gesehen, wie sie bei diesem Grab ruhten.) Und er sprach bei sich: »Es wird noch etwas dauern, bis die Sonne aufgeht; heute ist Ostersonntag; der Tag, an dem man die Erstlinge der Auferstehung feiert. Ich will draußen spazierengehen; heute will ich meine alten Sorgen vergessen; die Luft ist frisch und ruhig; die Berge sind hoch und reichen fern in den Himmel; die Lichtungen des Waldes sind so friedlich wie der Kirchhof; der Tau wird mir das Fieber von der Stirne waschen, und so werde ich endlich aufhören, unglücklich zu sein.« Und er ging hin, die Gartenpforte zu öffnen, als die Landschaft zu seiner Linken sich verwandelte. Es war zwar immer noch ein Ostersonntag und früher Morgen; doch alles bot nun einen orientalischen Anblick. Die Kuppeln und Dome einer großen Stadt zeichneten sich undeutlich am Himmelsrand ab (vielleicht die Erinnerung an ein Bild in einer Bibel, die er in seiner Kindheit betrachtet hatte). Nicht fern von ihm, auf einem Stein, und von Palmen Judäas überschattet, saß eine Frau. Es war Ann!

»Sie hielt ihre Augen mit einem durchdringenden Blick auf mich geheftet, und schließlich sagte ich zu ihr: ›So habe ich dich denn endlich wiedergefunden!‹ Ich wartete; doch sie antwortete mir mit keinem Wort. Ihr Gesicht war das gleiche wie damals, als ich sie zum letzten Mal sah, und dennoch, wie verschieden war es nun! Siebzehn Jahre davor, als der Schein der Straßenlaterne auf ihr Gesicht fiel, als ich ihre Lippen zum letzten Mal küßte (deine Lippen, Ann! die für mich ohne Makel waren), flossen ihre Augen von Tränen über; jetzt aber waren ihre Tränen getrocknet; sie sah schöner aus, als sie damals war, im übrigen aber schien sie in allem die gleiche, und sie war nicht gealtert. Ihre Blicke waren ruhig, aber ein sonderbar feierlicher Ausdruck lag darin, und ich betrachtete sie nun mit einiger Furcht. Plötzlich verdunkelte ihr Gesicht sich; und als ich mich den Bergen zuwandte, sah ich dunstige Gewölke, die sich zwischen uns wälzten; alles erlosch; dichte Finsternisse kamen heran; und in einem Augenblick fand ich mich weit, weit entfernt von den Bergen, und wieder ging ich mit Ann im Schein der Laternen auf der Oxford Street, – genauso, wie wir vor siebzehn Jahren dort gingen, als wir beide noch Kinder waren.«

Der Autor führt noch ein Beispiel seiner krankhaften Einbildungen an, und dieser letzte Traum (aus dem Jahr 1820) ist um so schrecklicher, weil er unbestimmter ist, weil nichts sich recht fassen läßt, und weil er sich, ganz durchdrungen von einem ergreifenden Gefühl, in einer beweglich veränderlichen Undeutlichkeit entfaltet. Es wird mir dabei, fürchte ich, kaum gelingen, den Zauber des englischen Stiles angemessen wiederzugeben:

»Der Traum begann mit einer Musik, die ich in meinen Träumen oft vernehme, eine vorbereitende Musik, die das Gemüt weckt und in Spannung versetzt; eine Musik gleich der Ouvertüre bei einem Krönungsamt, und die, wie diese, den Eindruck machte, als höre man etwas, das breit heranzieht, unendliche Kavalkaden und den Vorbeimarsch unzähliger Armeen. Der Morgen eines feierlichen Tages war angebrochen, – eines Tages der Entscheidung und der endlich erfüllten Hoffnung für die menschliche Natur, die eine geheimnisvolle Verfinsterung erduldete und in fürchterlichen Ängsten sich mühte. Irgendwo, ich wußte nicht wo, – irgendwie, ich wußte nicht wie, – waren da Wesen, die ich nicht kannte –, sie lagen im Streit miteinander, sie lieferten sich eine Schlacht, – sie erlitten ein Sterben, – und das entwickelte sich wie ein großes Drama oder ein Musikstück; – und das Mitgefühl, das ich dabei empfand, wurde mir zu einer Marter, weil ich nicht wußte, wo ich war, was da vor sich ging und warum, und was das Ende sein mochte. Wie es gewöhnlich im Traum geschieht, wo wir unweigerlich uns selber in den Mittelpunkt jeder Bewegung versetzen, hatte ich die Macht, und hatte sie doch nicht, hier die Entscheidung herbeizuführen; ich hatte die Macht, vorausgesetzt, es gelang mir, meinen Willen aufzubieten, und dennoch hatte ich diese Macht nicht, weil die Last von zwanzig atlantischen Kontinenten auf mir lag, oder weil ein durch nichts zu sühnendes Vergehen mich niederdrückte. *Tiefer, als je ein Senkblei hinabreichte,* lag ich reglos, untätig. Dann, einem Chor gleich, vertiefte sich das Leiden. Es ging um einen sehr hohen Einsatz, um eine höhere Sache, als je ein Schwert sie verfochten oder eine Trompete sie verkündet hatte. Dann plötzlich Warnrufe; hastige Schritte da und dort; Entsetzen verbreitete sich, unzählige Flüchtlinge stoben davon. Ich wußte nicht, siegte die gute oder die böse Sache; – Finsternisse und Lichter; – ein Sturm und menschliche Gesichter; – und zuletzt, als wäre alles verloren, erschienen weibliche Gestalten, Gesichter, die ich um alles in der Welt hätte erkennen wollen, und die doch nur flüchtig vorüberglitten; – und dann Hände, die sich umklammerten, herzzerreißende Trennungen; – dann: Lebe wohl auf ewig! und mit einem Seufzer wie der, den die Tiefen der Hölle aushauchten, als die blutschänderische Mutter den verhaßten Namen des Todes aussprach, hallte der Klang nach: Lebe wohl auf ewig! und wieder, und wieder, Echo um Echo, nachhallend: – Auf ewig! auf ewig!

Aufzuckend erwachte ich, und rief laut: Nein! ich will nicht mehr schlafen!«

V
Eine falsche Lösung

De Quincey hat den Schluß seines Buches ungewöhnlich verkürzt, in der Gestalt wenigstens, in der es ursprünglich erschien. Ich erinnere mich, daß ich, während ich es zum ersten Mal las, und das ist nun schon manches Jahr her (damals kannte ich den zweiten Teil, *Suspiria de profundis,* noch nicht, der ja unveröffentlicht war), mich von Zeit zu Zeit fragte: Wie wird ein solches Buch ausgehen? was wird die Lösung sein? Der Tod? der Wahnsinn? Der Autor jedoch, der beständig in seinem eigenen Namen spricht, hat sich augenscheinlich einen Gesundheitszustand bewahrt, der, wenn er auch nicht völlig normal und ausgezeichnet ist, ihm nichtsdestoweniger erlaubt, sich einer literarischen Arbeit zu widmen. Was mir das Wahrscheinlichste schien, war der *status quo:* er würde sich an seine Schmerzen gewöhnen; er würde sich mit den verhängnisvollen Wirkungen seiner wunderlichen Hygiene abfinden; und schließlich sagte ich mir: Robinson kann zuletzt seine Insel verlassen; ein Gestade mag noch so unbekannt sein, ein Schiff kann dort landen und den einsamen Verbannten in die Heimat zurückbringen; aber welcher Mensch kann sich der Herrschaft des Opiums entziehen? Ob dieses einzigartige Buch nun ein wahres Bekenntnis ist oder reine Erfindung (letzteres entbehrt jeder Wahrscheinlichkeit, da eine solche Atmosphäre der Wahrheit über dem Ganzen schwebt und ein unvergleichlicher Ton der Aufrichtigkeit jede Einzelheit begleitet), jedenfalls, so schloß ich bei mir selbst, hat es keine Lösung. Es gibt offensichtlich Bücher, wie auch Abenteuer, ohne Lösung. Es gibt ewige Situationen; und alles, was unheilbar ist, was nicht wieder zurechtgebracht werden kann, fällt unter diese Kategorie. Dennoch entsann ich mich, daß der *Opiumesser* anfangs irgendwo verkündet hatte, daß es ihm zuletzt gelungen sei, *die verfluchte Kette, die sein ganzes Wesen fesselte, Glied um Glied abzustreifen.* Die Lösung kam mir demnach gänzlich unerwartet, und ich gestehe freimütig, daß ich ihr, als sie zu meiner Kenntnis gelangte, instinktiv mißtraute, trotz des ganzen Aufwands kleinster Details, die für sie bürgen sollten. Ich weiß nicht, ob der Leser meinen Eindruck in dieser Hinsicht teilen wird; die geist- und einfallsreiche Art, mit welcher der Unglückliche sich dem Zauberlabyrinth entwindet, in dem er sich aus eigener Schuld verloren hat, will mir wie eine Erfindung vorkommen zugunsten eines gewissen britischen *cant,* wie ein Opfer, wo die Wahrheit dem Schamgefühl und den Vorurteilen der Öffentlichkeit zu Ehren geschlachtet wurde. Man erinnere sich, welche Vorsichtsmaßregeln er getroffen hat, ehe er den Bericht seiner *Iliad of woes* begann, und mit welcher Sorgfalt, er seine Berechtigung nachwies, *Bekenntnisse,* ja sogar für andere *nutzbringende,* abzulegen. Das eine Volk will, die Geschichte möge einen *moralischen,* das andere, sie möge einen *tröstlichen* Ausgang nehmen. Die Frauen zum Beispiel wollen nicht, daß die Bösewichte belohnt werden. Was würde das Publikum unserer Theater sagen, wenn ihm nicht

am Ende des fünften Aktes die Katastrophe geboten würde, nach der die Gerechtigkeit verlangt und die das normale, oder vielmehr das utopische, Gleichgewicht zwischen allen Parteien wiederherstellt, – diese vier lange Akte hindurch geduldig erwartete Katastrophe der ausgleichenden Gerechtigkeit? Kurzum, ich glaube, das Publikum liebt die *Unbußfertigen* nicht, und legt ihr Verhalten gerne als *Unverschämtheit* aus. Vielleicht war De Quincey der gleichen Meinung, und so fügte er sich. Wären diese Seiten ihm, früher geschrieben, zufällig vor Augen gekommen, er hätte mein vorzeitiges, begründetes Mißtrauen, denke ich, wohl mit einem beifälligen Lächeln aufgenommen; jedenfalls stütze ich mich auf seinen bei jeder anderen Gelegenheit so aufrichtigen und scharfsinnigen Text, und ich könnte hier bereits einen gewissen *dritten Fußfall vor dem schwarzen Götzen* ankündigen (was einen zweiten voraussetzt), von dem später noch die Rede sein soll.
Wie dem auch sei: dies also war die Lösung. Seit langem machte die Herrschaft des Opiums sich nicht mehr durch Bezauberungen, sondern durch Qualen bemerkbar, und diese Qualen (was durchaus glaubwürdig ist und im Einklang steht mit allen Erfahrungen hinsichtlich der Schwierigkeiten, mit alten Gewohnheiten zu brechen, welcher Art sie auch seien) hatten ihren Anfang genommen mit den ersten Anstrengungen, diesen täglichen Tyrannen abzuschütteln. Vor die Wahl gestellt, am fortgesetzten Gebrauch des Opiums oder an der Entwöhnung eines langsamen Todes zu sterben, entschloß der Autor sich, seinen eigenen Worten nach, dem Verhalten den Vorzug zu geben, das eine Aussicht auf Befreiung in sich schloß. »Wieviel Opium ich in dieser Zeit einnahm, wüßte ich nicht zu sagen; denn einer meiner Freunde hatte dieses Opium gekauft, der, was er dafür ausgegeben hatte, später nicht erstattet haben wollte; derart daß ich nicht angeben kann, welche Menge ich im Laufe eines Jahres einnahm. Ich glaube jedoch, daß ich es sehr unregelmäßig nahm, und daß die tägliche Dosis zwischen fünfzig bis sechzig und hundertfünfzig Körnern täglich schwankte. Als erstes ließ ich es mir angelegen sein, sie auf vierzig, auf dreißig und schließlich, so oft ich nur konnte, auf zwölf Körner zu vermindern.« Er fügt hinzu, daß unter verschiedenen spezifischen Mitteln, die er versuchte, einzig die ammoniakalische Baldrian-

tinktur ihm von einigem Nutzen war. Doch wozu – so schreibt er selbst – in diesem Bericht der Konvaleszenz und der Heilung fortfahren? Der Zweck seines Buches war es, zu zeigen, welche wunderbare Macht das Opium besitzt, Lust und Schmerzen zu bereiten; das Buch ist demnach zu Ende. Die Moral des Berichtes wendet sich allein an die Opiumesser. Mögen sie das Fürchten und Zittern lernen, und aus diesem ungewöhnlichen Beispiel den Schluß ziehen, daß man nach siebzehn Jahren des Gebrauchs und acht Jahren des Mißbrauchs, auf das Opium verzichten kann. Möchten sie doch, fügt er hinzu, ihre Bemühungen beharrlicher fortsetzen und endlich den gleichen Erfolg erringen!
»Jeremy Taylor vermutet, daß es vielleicht ebenso schmerzhaft ist, geboren zu werden, wie zu sterben. Ich halte dies für sehr wahrscheinlich; und während der langen Zeit, in der die Dosis täglich herabgesetzt wurde, litt ich alle Qualen eines Menschen, der aus einem Dasein in ein anderes hinübergeht. Das Ergebnis war nicht der Tod, sondern eine Art körperlicher Wiedergeburt ... Zurückgeblieben ist eine Art Erinnerung an meinen früheren Zustand; meine Träume sind noch nicht vollkommen ruhig; das fürchterliche Anschwellen und Tosen des Sturmes hat sich noch nicht gänzlich gelegt; die Legionen, von denen meine Träume bevölkert waren, ziehen sich zurück, haben jedoch noch nicht alle das Feld geräumt; mein Schlaf ist aufgewühlt, und gleich den Pforten des Paradieses, als unsere ersten Eltern nach ihnen zurückblickten, ist er stets, wie es in einem schrecklichen Bilde bei Milton heißt, umlagert

Von drohenden Gesichtern und feuersprühenden Waffen.«

Der Anhang (aus dem Jahr 1822) ist dazu bestimmt, die Wahrscheinlichkeit dieser Lösung eingehender zu bekräftigen, ihr gleichsam ein strenges medizinisches Aussehen zu geben. Von achttausend Tropfen zu einer gemäßigten Dosis, die zwischen dreihundert und hundertsechzig Tropfen schwankte, herabgestiegen zu sein, war gewiß ein ansehnlicher Triumph. Die noch zu leistende Anstrengung aber verlangte mehr Energie, als der Autor erwartet hatte, und wie notwendig diese Anstrengung war, zeigte sich immer deutlicher. Insbesondere stellte er eine gewisse Verhärtung, eine Unempfindlichkeit des Magens fest, die als Vorstufe einer Zirrhose zu deuten sein mochte. Der Arzt versicherte, die fortgesetzte Einnahme des Opiums, wenn auch in verminderten Dosen, könne eine solche Erkrankung zur Folge haben. So leistete er denn einen Eid, dem Opium abzuschwören, ihm abzuschwören ganz und gar und für immer! Den Bericht seiner Anstrengungen, seines Zauderns und Schwankens, der körperlichen Schmerzen nach den ersten Siegen, die sein Wille davongetragen hat, liest man mit großer Anteilnahme. Die Dosen werden mehr und mehr herabgesetzt; zweimal erreichte er den Nullpunkt; dann erfolgen Rückfälle, Rückfälle, bei denen die frühere Enthaltsamkeit reichlich wieder wettgemacht wird. Alles in allem war das Ergebnis der Erfahrungen während der ersten sechs Wochen eine schreckliche Reizbarkeit des gesamten Organismus, insbesondere des Magens, der manchmal seine normalen Funktionen wieder erfüllte, dann wieder heftige Schmerzen litt; unaufhörliche Unrast Tag und Nacht; ein Schlaf (was für ein Schlaf!) von höchstens drei Stunden innerhalb vierundzwanzig Stunden, und so leicht, daß er die geringsten Geräusche in seiner Nähe vernahm; der Unterkiefer beständig geschwollen; Mundgeschwüre und, unter anderen mehr oder weniger quälenden Symptomen, ein heftiges Niesen, dessen Anfälle sich übrigens jedesmal einstellten, wenn er sich gegen das Opium aufzulehnen versuchte (dieses neue Leiden währte manchmal zwei Stunden und kehrte zwei- oder dreimal am Tage wieder); hinzu kam ein Kältegefühl, und schließlich ein schrecklicher Husten, wie er ihm unter der Herrschaft des Opiums gänzlich unbekannt gewesen war. Mit Bittermitteln gelang es ihm, die Magenstörungen zu beseitigen, das heißt, dahin zu kommen, daß er sich, wie andere Menschen, der Tätigkeit seiner Verdauungsorgane nicht bewußt war. Am zweiundvierzigsten Tag verschwanden all diese beunruhigenden Symptome endlich, um anderen Platz zu machen; er weiß jedoch nicht, ob diese nun die Folgen des ehemaligen Mißbrauchs oder der Unterdrückung des Opiums sind. So hatte die übermäßige Schweißabsonderung, die selbst um Weihnachten jede tägliche Verminderung der Dosis begleitete, in der heißesten Jahreszeit völlig aufgehört. Andere körperliche Leiden

hingegen wird man dem regnerischen Juliwetter in jenem Teil Englands zuschreiben dürfen, wo er sich damals aufhielt.
Immer darauf bedacht, den Unglücklichen behilflich zu sein, die sich im gleichen Fall wie er befinden möchten, treibt der Autor die Sorgfalt so weit, uns eine synoptische Tabelle – Daten und eingenommene Mengen einander gegenübergestellt – der ersten fünf Wochen zu liefern, während derer er sich anschickte, sein rühmliches Unternehmen zu einem guten Ende zu führen. Man sieht dort schreckliche Rückfälle, so von Null auf 200, 300, 350. Vielleicht aber erfolgte der Abstieg allzu rasch, ungeschickt abgestuft, was überflüssige Leiden verursachte, die ihn bisweilen nötigten, seine Zuflucht zu der Quelle des Übels selbst zu nehmen.
Was mich immer in dem Gedanken bestärkt hat, daß diese Lösung, wenigstens teilweise, *künstlich* war, ist ein gewisser Ton des Spottes, des leichtfertigen Dahinredens, ja der Persiflage, der sich in diesem Anhang an mehreren Stellen bemerkbar macht. Endlich, um uns zu zeigen, daß er seinem elenden Körper nicht jene fanatische Aufmerksamkeit der ewig kränkelnden Personen zuwendet, die ihre Zeit damit verbringen, sich selbst zu beobachten, ruft er auf diesen Körper, auf dieses verächtliche »Lumpenbündel« – und sei es nur, um ihn für alle Qualen, die dieser ihm bereitet hat, zu strafen – das entehrende Traktament herab, welches das Gesetz über die ärgsten Missetäter verhängt; und wenn die Ärzte Londons sich für die Wissenschaft einen Vorteil davon versprechen, daß man ihnen den Leichnam eines Opiumessers zur Zergliederung überläßt, so vermacht er ihnen gerne den seinen. Gewisse reiche Personen im alten Rom begingen die Unvorsichtigkeit, nachdem sie dem Kaiser ein Legat ausgesetzt hatten, *hartnäckig weiterzuleben,* wie Sueton sich scherzhaft ausdrückt, und der Cäsar, der das Legat anzunehmen geruht hatte, empfand das so ungehörig verlängerte Leben der Betreffenden als eine schwere Beleidigung. Der Opiumesser allerdings befürchtet von seiten der Ärzte keine kränkenden Zeichen der Ungeduld. Er weiß, daß er von ihnen nur Gefühle zu erwarten hat, die, wie die seinigen, jener reinen Liebe zur Wissenschaft entsprechen, die ihn selber veranlaßt, ihnen seine kostbare Hülle zum Geschenk zu machen. Möge dieses Legat ihnen erst in einer noch weit entfernten Zukunft er-

stattet werden; möge dieser scharfsinnige Schriftsteller, dieser bis in seine Spottreden liebenswürdige Kranke uns noch länger erhalten bleiben als der gebrechliche Voltaire, von dem man gesagt hat, daß er vierundachtzig Jahre lang starb.

Während wir diese Zeilen niederschrieben, traf die Nachricht in Paris ein, daß Thomas De Quincey gestorben ist. Unsere Segenswünsche galten der Fortdauer dieses ruhmreichen Schicksals, das nun so plötzlich sein Ende fand. Er war mit Wordsworth, Coleridge, Southey, Charles Lamb, Hazlitt und Wilson befreundet und ihr würdiger Gefährte. Von seinen zahlreichen Werken sind die wichtigsten: *Confessions on an English Opium-Eater; Suspiria de profundis; The Caesars; Literary Reminiscences; Essays on the Poets; Autobiographic Sketches; Memorials; The Note-Book; Theological Essays; Letters to a Young Man; Classic Records, Reviewed and Deciphered; Speculations, Literary and Philosophic, with German Tales and Other Narrative Papers; Klosterheim, or the Masque; Logic of Political Economy (1844); Essays Sceptical and Anti-Sceptical, on Problems Neglected or Misconceived,* etc. Er hinterläßt nicht allein den Ruf eines der originellsten, der im echtesten Sinne humoristischen Geister des alten England, sondern auch den eines Charakters von seltener Liebenswürdigkeit und Menschenliebe, welcher der Geschichte der Literatur zur Ehre gereicht, ein Charakter, wie er ihn in den *Suspiria de profundis* offenherzig geschildert hat. Mit diesem Werk, dessen Titel durch dieses schmerzliche Ereignis einen doppelt schwermütigen Klang gewinnt, werden wir uns noch etwas näher beschäftigen. – Thomas De Quincey ist in Edinburgh gestorben, im Alter von fünfundsiebzig Jahren.
Vor mir liegt ein Nekrolog, ein Artikel mit dem Datum des 17. Dezembers 1859, der zu einigen betrüblichen Betrachtungen Anlaß bietet. Vom einen Ende der Welt zum andern hat die große Narrheit der Moral in allen Auseinandersetzungen über Literatur sich des Platzes bemächtigt, der der reinen Literatur zusteht. Die Pontmartins und andere Salonprediger machen sich in den amerikanischen und englischen Zeitungen nicht minder breit als in den unsrigen. Schon anläßlich der seltsamen Leichsermone, die nach Edgar Allan Poes Tod erschienen, hatte ich Gelegenheit, zu bemerken, daß das Totengefilde der Literatur weniger respektiert wird als der gewöhnliche Kirchhof, wo eine polizeiliche Verordnung die Gräber vor den *unschuldigen* Besudelungen der Tiere schützt.

Der unparteiische Leser soll selber Richter sein. Was kümmert es uns, ob *der Opiumesser der Menschheit positive Dienste* geleistet hat? Wenn sein Buch *schön* ist, sind wir ihm zu Dank verpflichtet. War Buffon, der in dergleichen Fragen unverdächtig ist, nicht der Ansicht, eine glückliche Redewendung, ein neuer gelungener Ausdruck seien für den wahrhaft geistigen Menschen von größerem Nutzen als die Entdeckungen der Wissenschaft; mit anderen Worten, daß das Schöne edler sei als das Wahre?
Daß De Quinceys Urteil über seine Freunde bisweilen seltsam streng ausfiel, welcher Autor, der von einer heftigen Leidenschaft für die Literatur beseelt ist, hätte ein Recht, darüber zu erstaunen? Er hat sich selber keineswegs verschont; überdies, wie er irgendwo gesagt hat, und wie schon Coleridge vor ihm gesagt hat: *»Bosheit kommt nicht immer aus dem Herzen; es gibt auch eine Bosheit der Intelligenz und der Einbildungskraft.«*
Hier aber nun das Meisterstück der Kritik. De Quincey hatte in seiner Jugend Coleridge einen beträchtlichen Teil seines Erbes zum Geschenk gemacht: »Das war gewiß edel und lobenswert, *wenn auch unklug«*, sagt der englische Biograph; »aber es kam bekanntlich eine Zeit, da er, ein Opfer seines Opiums, bei zerrütteter Gesundheit und in bedrängten Vermögensverhältnissen durchaus nichts dagegen einzuwenden hatte, wenn seine Freunde ihn mildherzig unterstützten.« Wenn wir das recht übersetzen, besagt das, man brauche ihm seiner Hochherzigkeit wegen keinerlei Dank zu wissen, da er später die der anderen in Anspruch genommen habe. Einen solchen Fund zu machen, genügt das Genie nicht. Um sich so hoch aufzuschwingen, muß man schon mit dem neidischen und mürrischen Geist des Sittenrichters begabt sein. – C.B.

VI
Der kindliche Genius

Die *Confessions* stammen aus dem Jahr 1822, und die *Suspiria*, die ihre Fortsetzung bilden und sie ergänzen, wurden 1845 geschrieben. So ist denn ihr Ton auch, wenn nicht gänzlich verschieden, zumindest ernster, trauriger, resignierter. So manches Mal, wenn ich dieses Buch wieder und wieder durchlas, konnte ich nicht umhin, den verschiedenen Gleichnissen nachzusinnen, deren die Dichter sich bedienen, um den Menschen zu schildern, der die Kämpfe des Lebens überstanden hat: der alte Seemann, der mit gekrümmtem Rücken, das Gesicht von einem unentwirrbaren Faltennetz durchzogen, am Herde sitzt und sein tausend Abenteuern glücklich entronnenes heldenhaftes Gerippe wärmt; der Wanderer, der abends zurückblickt in die Weiten, die er am Morgen hinter sich ließ, und gerührt den tausend Phantasien nachtrauert, die seinen Geist beschäftigten, während er diese jetzt im Dunst des Horizonts verschwimmenden Gegenden durchstreifte. Ich möchte diesen Ton, ganz allgemein, gerne den Ton des *revenant* nennen; es ist dieser, nicht übernatürliche, doch der Menschheit fast fremde, halb irdische und halb außer-irdische Klang, dem wir manchmal in den *Mémoires d'outre-tombe* begegnen, wenn der Zorn oder der verletzte Stolz verstummt und die Verachtung des großen René für die Dinge der Erde alle Eigensucht von sich abstreift.

Aus der *Einleitung* der *Suspiria* erfahren wir, daß der Opiumesser, trotz aller heldenhaften Anstrengungen seines beharrlichen Willens, sich zu heilen, einen zweiten und einen dritten Rückfall erlitt. Er nennt das *a third prostration before the dark idol.* Auch abgesehen von den physiologischen Gründen, die er zu seiner Entschuldigung anführt, wie den, daß er bei seiner Entziehungskur nicht mit der nötigen Behutsamkeit vorgegangen sei, glaube ich, daß dieses Unglück leicht vorauszusehen war. Doch diesmal ist von Kampf und Auflehnung nicht mehr die Rede. Kampf und Auflehnung setzen stets ein gewisses Maß an Hoffnung voraus, indes die Verzweiflung stumm ist. Wo es kein Heilmittel gibt, resignieren die größten Leiden. Die Pforten, die einst für den Umkehrenden sich aufgetan hatten, haben sich wieder geschlossen, und der Mensch ergibt sich in sein Geschick. *Suspiria de profundis!* Das ist der rechte Titel für ein solches Buch.

Der Autor besteht nicht mehr darauf, uns zu bereden, er habe seine *Bekenntnisse,* zum Teil wenigstens, dem öffentlichen Gesundheitswesen zuliebe geschrieben. Ihr Gegenstand war vielmehr, wie er mit größerem Freimut bekennt, zu beschreiben, welche Macht das Opium besitzt, die natürliche Begabung zum Träumen in uns zu steigern. Prächtige Träume zu haben, ist eine Gabe, die nicht allen Menschen gewährt ist, und selbst bei denen, die sie besitzen, besteht in hohem Grade die Gefahr, daß die ständig wachsende moderne Zerstreuung und die Turbulenz des materiellen Fortschritts sie mehr und mehr abschwächen. Das Vermögen zu träumen ist ein göttliches und geheimnisvolles Vermögen; denn durch den Traum nimmt der Mensch an der düsteren Welt teil, die ihn umgibt. Aber dieses Vermögen bedarf der Einsamkeit, um sich frei zu entwickeln; je mehr der Mensch sich sammelt, desto fähiger ist er, weit und tief zu träumen. Und welche Einsamkeit wäre größer, stiller, der Anteilnahme an allen irdischen Dingen entrückter als jene, in die uns das Opium versetzt?

In den *Confessions* hat der Autor uns die Vorkommnisse seiner Jugend erzählt, die den Gebrauch des Opiums rechtfertigen mochten. Es bleiben dort jedoch bis heute zwei bedeutende Lücken: einmal der Bericht der Träume, die das Opium hervorrief, als der Autor die Universität besuchte (seine *Oxford Visions*); zum andern der seiner Kindheitseindrücke. So wird die Lebensbeschreibung, im zweiten wie in ihrem ersten Teil, dazu dienen, die geheimnisvollen Abenteuer des Gehirns zu erklären und gewissermaßen zu *verifizieren*. In den Aufzeichnungen, die sich auf die Kindheit beziehen, werden wir den Keim zu den seltsamen Träumereien des Erwachsenen, ja zu dem, was recht eigentlich sein Genie ausmacht, finden. Alle Biographen haben, mehr oder minder gründlich, die Bedeutsamkeit der Anekdoten begriffen, die sich auf die Kindheit eines Schriftstellers oder Künstlers beziehen. Wie bedeutsam diese Anekdoten sind, ist jedoch, scheint mir, niemals nachdrücklich genug hervorgehoben worden. Oftmals, wenn ich ein Kunstwerk betrachtete, nicht in seiner leicht faßlichen *Materialität,* in den allzu verständlichen Hieroglyphen seiner Konturen oder in der offenkundigen Bedeutung seines Gegenstandes, sondern in dem, was es als Seele durchwaltet, in der Stimmung, die von ihm ausgeht, in dem geistigen Licht oder dem geistigen Dunkel, das es über unsere Seelen verbreitet, war mir, als sähe ich die Kindheit dessen, der es geschaffen hatte, vor meinem inneren Auge. Ein kleiner Kummer, eine kleine Freude des Kindes, durch eine hohe Empfindlichkeit maßlos gesteigert, sind später in dem Erwachsenen, auch ohne daß er sich dessen bewußt ist, das, woraus ein Kunstwerk hervorgeht. Wäre es, um mich genauer auszudrükken, am Ende nicht ein leichtes, durch einen philosophischen Vergleich zwischen den Werken eines reifen Künstlers und dem Zustand seines Gemüts, als er ein Kind war, zu beweisen, daß das Genie nichts anderes ist als die deutlich ausformulierte Kindheit, die nun, um sich auszudrücken, mit männlich kräftigen Organen ausgestattet ist? Ich maße mir freilich nicht an, diesen Gedanken den Physiologen gegenüber für mehr als eine bloße Konjektur auszugeben.

So werden wir denn die hauptsächlichen Kindheitseindrücke des Opiumessers rasch untersuchen, um die Träumereien verständlicher zu machen, die sein Gemüt in Oxford gewöhnlich beschäftigten. Der Leser darf dabei nicht außer acht lassen, daß hier ein alter Mann seine Kindheit erzählt, ein alter Mann, der, indem er sich in seine Kindheit zurückversetzt, scharfsinnige Betrachtungen über sie anstellt, und daß schließlich diese Kindheit, als der Ursprung späterer Träumereien, durch den magischen Schimmer eben dieser Traumwelt hindurch wieder erblickt und betrachtet wird, das heißt, durch das transparente Gewölk des Opiums hindurch.

VII
Betrübnisse der Kindheit

Er und seine drei Schwestern waren noch sehr jung, als ihr Vater starb. Er hinterließ ihrer Mutter ein reichliches Vermögen, das angemessene Vermögen eines englischen Kaufmanns. Luxus, Wohlstand, ein behagliches und prächtiges Leben sind sehr günstige Bedingungen, um die natürliche Sensibilität eines Kindes zu entwickeln. »Da ich keine anderen Gespielen hatte als drei unschuldige kleine Schwestern, mit denen ich auch zusammen schlief, da ein schöner, stiller Garten uns umschloß, der jeden Anblick der Armut, der Unterdrückung und der Ungerechtigkeit von uns fernhielt, so konnte ich«, sagt er, »nicht erraten, wie die Welt wirklich beschaffen war.« Mehr als einmal hat er der Vorsehung für dieses unvergleichliche Vorrecht gedankt, nicht nur auf dem Lande und in der Einsamkeit aufgewachsen zu sein, »sondern auch dafür, daß die sanftesten Schwestern meine ersten Gefühle bildeten, und nicht schreckliche Brüder, die einen bei jeder Gelegenheit gleich mit Faustschlägen traktieren, *horrid pugilistic brothers*«. Ein Mann, der von Frauen und unter Frauen aufgezogen worden ist, unterscheidet sich in der Tat von anderen Männern, mögen das Temperament und die geistigen Anlagen im übrigen auch die gleichen sein. Die Ammen, die ihn in ihren Armen wiegen, die Mutter, die ihn liebkost, die Schwestern, namentlich die älteren Schwestern, diese kleineren Mütterchen, die ihn wie Kätzchen umschmeicheln, all dieses formt, sozusagen, indem es ihn durchknetet, den männlichen Teig um. Der Mann, den von früh an die weiche Atmosphäre der Frau lange wie ein Bad umfangen hat, der aufwuchs im Duft ihrer Hände, ihres Busens, ihrer Kniee, ihres Haares, ihrer schmiegsamen, fließenden Gewänder,

Dulce balneum suavibus
Unguentatum odoribus,

hat dadurch eine Zartheit der Haut und eine Distinktion des Tonfalls, eine Art Androgynie gewonnen, ohne welche das rauheste und männlichste Genie, hinsichtlich der Vervollkommnung in der Kunst, ein unvollständiges Wesen bleibt. Kurzum, ich möchte sagen, daß das frühreife Wohlgefallen an der Welt des Weibes, an dem *mundus muliebris,* an diesem ganzen wogenden, funkelnden und durchdufteten Beiwerk den höheren Genius hervorbringt; und ich bin überzeugt, meine hochverständige Leserin vergibt mir die beinahe sinnliche Form meiner Ausdrücke, wie sie die Reinheit meines Gedankens billigt und versteht.

Jane starb als erste. Doch für ihren kleinen Bruder war der Tod noch etwas Unbegreifliches. Jane war nur fortgegangen; gewiß würde sie wiederkommen. Eine Dienerin, die beauftragt gewesen war, sich in ihrer Krankheit um sie zu kümmern, hatte sie zwei Tage vor ihrem Tod ein wenig hart behandelt. Das sprach sich in der Familie herum, und fortan war es dem Knaben unmöglich, diesem Mädchen jemals ins Gesicht zu sehen. Sobald es erschien, schlug er die Augen nieder und blickte zu Boden. Das geschah nicht, weil er zornig war, weil er sich insgeheim hätte rächen wollen; es war schieres Entsetzen; die Mimose, die bei einer rohen Berührung zurückschaudert; eine Mischung von Grauen und bösen Vorgefühlen, hervorgerufen durch diese schreckliche Wahrheit, die sich ihm zum ersten Mal enthüllte: daß diese Welt eine Welt des Unglücks, des Kampfes und der Verbannung ist.

Doch die zweite Wunde, die sein kindliches Herz empfing, vernarbte nicht so leicht. Nach einem Zeitraum von einigen glücklichen Jahren starb nun auch die teure, die edle Elisabeth, ein Wesen von einem solchen Adel der frühreifen Intelligenz, daß er, wenn er ihr sanftes Phantom im Dunkeln heraufbeschwört, über ihrer hohen Stirne immer eine Aureole oder eine Tiara aus Licht zu erblikken glaubt. Elisabeth, die über seinen Geist bereits eine solche Herrschaft gewonnen hatte, war zwei Jahre älter als er. Die Ankündigung, daß das nahe Ende dieses teuren Geschöpfes bevorstand, erfüllte ihn mit unbeschreiblicher Verzweiflung. Als sie gestorben war, und noch bevor die Neugier der Wissenschaft sich an dieser kostbaren Hülle vergriff, entschloß er sich anderntags, seine Schwester noch einmal zu sehen. »Der Kummer eines Kindes scheut das Licht und flieht die menschlichen Blicke.« So sollte dieser letzte Besuch geheim bleiben und ohne Zeugen. Es war Mittag, und als er das Zimmer betrat, sah er zuerst nur ein großes Fenster, das weit offenstand und durch das eine glühende Sommersonne all ihren Glanz ergoß. »Das Wetter war trocken, der Himmel wolkenlos; die blauen Himmelstiefen erschienen als ein vollkommenes Bild der Unendlichkeit; ein ergreifenderes Symbol des Lebens und der Herrlichkeit des Lebens hätte keines Menschen Auge erblicken noch sein Herz ersinnen können.«

Ein großes Unglück, ein unersetzlicher Verlust, der uns in der schönen Jahreszeit trifft, rührt uns, möchte man sagen, düsterer, finsterer an. Der Tod – davon war, als wir uns mit den *Confessions* beschäftigten, glaube ich, schon die Rede – erschüttert uns tiefer, wenn der Sommer seine ganze Pracht entfaltet. »Ein schrecklicher Widerspruch erhebt sich alsdann zwischen dem tropischen Überfluß des äußeren Lebens und der schwarzen Unfruchtbarkeit des Grabes. Unsere Augen sehen den Sommer, und unser Sinn ist bei den Toten unter der Erde; um uns ist heller Glanz, und in uns ist Dunkel. Und indem diese beiden Bilder einander widerstreiten, steigern sie sich wechselseitig aufs äußerste.« Für das Kind aber, das später einmal ein Gelehrter voll Geist und Einbildungskraft sein wird, für den Autor der *Confessions* und der *Suspiria,* hatte schon eine andere Gedankenverbindung als dieser Widerstreit das Bild des Sommers innig mit der Vorstellung des Todes verknüpft, – eine Gedankenverbindung, die aus den nahen Beziehungen zwischen den in der Heiligen Schrift geschilderten Landschaften und Ereignissen entstanden war. »Die meisten unserer tiefen Gedanken und Gefühle bilden sich in uns nicht unmittelbar, nicht nackt und beziehungslos, sondern vermittels unentwirrbar ineinander verschobener konkreter Gegenstände.« So hatte die Bibel, aus der eine junge Dienerin den Kindern an den langen, feierlichen Winterabenden vorlas, wesentlich dazu beigetragen, diese beiden Vorstellungen in seiner Phantasie zu vereinigen. Dieses junge Mädchen, das den Orient kannte, erklärte ihnen, welches Klima dort herrschte und aus wie vielen verschiedenen Sommern es bestand. Unter einem orientalischen Klima, in einem dieser Länder, denen ein ewiger Sommer vergönnt scheint, hatte ein Gerechter, der mehr war als ein Mensch, seine *Passion* erlitten. Ganz offensichtlich war es Sommer, als die Jünger die Ähren ausrauften. Und der Palmsonntag, *Palm Sunday,* bot er dieser Träumerei nicht gleichfalls Nahrung? *Sunday,* dieser Tag der Ruhe, Bild einer tieferen Ruhe, die dem Herzen des Menschen unerreichbar blieb; *palm,* Palme, mit welchem Wort zugleich die Pracht des Lebens und die der sommerlichen Natur verbunden ist. Das größte Ereignis Jerusalems stand nahe bevor, als der Palmsonntag kam; und was an dem Tag geschah, an den dieses Fest erinnert, geschah vor den Toren Jerusalems. Jerusalem, das einmal, wie Delphi, als der Nabel oder Mittelpunkt der Erde gegolten hat, darf zumindest als der Mittelpunkt der Sterblichkeit gelten. Denn wenn dort der Tod unter die Füße getreten worden war, so hatte er dort auch seinen düstersten Schlund aufgetan.

Angesichts also eines grausam hereinbrechenden prächtigen Sommers trat er in das Totenzimmer, um zum letzten Mal die Züge der teuren Verblichenen zu betrachten. Er hatte im Hause sagen hören, daß der Tod ihre Züge nicht verändert hätte. Die Stirne war wohl die gleiche, doch die eisigen Lider, die fahlen Lippen, die starren Hände waren gräßlich anzusehen; und während er sie reglos betrachtete, erhob sich ein feierlicher Wind und begann heftig zu wehen, »der schwermütigste Wind«, sagt er, »den ich je vernommen habe«. Oftmals seitdem hat er an sommerlichen Tagen, wenn die Sonne am heißesten scheint, den gleichen Wind sich erheben gehört, »anschwellend mit der gleichen tiefen, feierlichen, frommen Memnons-Stimme«. Dies ist, fügt er hinzu, das einzige Symbol der Ewigkeit, das dem menschlichen Ohr zu vernehmen vergönnt ist. Und dreimal in seinem Leben hat er den gleichen Ton, unter den gleichen Umständen, zwischen einem offenen Fenster und einem Toten an einem Sommertag vernommen.

Plötzlich hatten seine Augen, geblendet von dem Glanz des äußeren Lebens, als sie die Herrlichkeit und die Pracht des Himmels mit der eisigen Kälte auf dem Gesicht der Toten verglichen, eine seltsame Vision. Eine Galerie, eine Wölbung schien sich durch den Azur hin aufzutun, – ein Weg, der ins Unendliche führte. Und sein Geist erhob sich auf den blauen Wogen; und diese Wogen und sein Geist eilten auf den Thron Gottes zu; doch der Thron wich unaufhörlich vor seinem inbrünstigen Andrängen zurück. So über sich hinaus entrückt, schlief er ein; und als er wieder zu sich kam, saß er wieder wie zuvor am Bett seiner Schwester. So war das einsame Kind, von seinem ersten Kummer überwältigt, zu Gott, dem Einsamsten aller Einsamen, aufgeflogen. So hatte der jeder Philosophie überlegene Instinkt in einem himmlischen Traum ihm einen Augenblick der Erleichterung verschafft. Da glaubte er einen Schritt auf der Treppe zu hören, und weil er fürchtete, wenn man ihn in diesem Zimmer überraschte, würde man ihn hindern wollen, dorthin zurückzukehren, berührte er die Lippen seiner Schwester in einem raschen Kuß und schlich verstohlen davon. Anderntags kamen die Ärzte, um das Gehirn zu obduzieren; er wußte nicht, warum sie kamen, und als sie nach einigen Stunden sich zurückgezogen hatten, versuchte er, noch einmal in das Zimmer zu schlüpfen; aber die Türe war verschlossen und der Schlüssel abgezogen. Es blieb ihm also erspart, das teure Antlitz von den Eingriffen der Wissenschaft verwüstet zu sehen; unangetastet durfte er ihr Bild bewahren, friedlich, reglos und rein wie Marmor oder Eis.

Und dann das Begräbnis, abermals eine Marter; die qualvolle Fahrt im Wagen, zusammen mit Unbekannten, die über Dinge schwatzten, die nichts mit seinem Schmerz zu tun hatten; die schrecklichen Klänge der Orgel und diese ganze christliche Liturgie, deren Feierlichkeit ein Kind überwältigte, dem die Verheißungen einer Religion, die seine Schwester in den Himmel erhob, keinen Trost dafür boten, daß er sie auf Erden verloren hatte. In der Kirche ermahnte man ihn, ein Taschentuch vor die Augen zu halten. Als ob er es nötig gehabt hätte, eine Trauermiene aufzusetzen und Tränen zu heucheln, er, der sich kaum auf den Beinen zu halten vermochte! Das Licht drang durch die farbigen Kirchenfenster, wo die Apostel und die Heiligen funkelten; und wenn man ihn an den folgenden Tagen zum Gottesdienst führte, sahen seine Augen in dem hellen Mittelfeld der Fenster die flockigen Wolken des Himmels sich unaufhörlich in Vorhänge und weiße Kopfkissen verwandeln, auf denen die Köpfe von leidenden, weinenden, sterbenden Kindern lagen. Diese Betten schwebten langsam gen Himmel, als kehrten sie zu dem Gott zurück, der die Kinder so sehr geliebt hat. Später, lange Zeit hernach, entsann er sich deutlich dreier Stellen des Totenamtes mit ihrer tiefen, geheimnisvollen Bedeutung; sie waren gewiß an sein Ohr gedrungen, aber er hatte sie vielleicht nicht beachtet, oder sie hatten seinen Schmerz durch ihre allzu rauhen Tröstungen empört; von Erlösung, Auferstehung und Ewigkeit war dort die Rede, und diese wurden ihm ein häufiger Gegenstand seines Nachsinnens. Sehr viel früher jedoch schon ergriff ihn jenes heftige Verlangen nach Einsamkeit, das allen tiefen Leidenschaften eigen ist, denen vor allem, die nicht getröstet sein wollen. Das weite Schweigen der Felder, die drückende Hitze des sommerlich flimmernden Lichtes, die dunstigen Nachmittage erfüllten ihn mit einer gefährlichen Wollust. Sein Auge verlor sich in den Himmel und in den Nebel auf der Suche nach etwas Unauffindbarem, und unablässig durchforschte er die blauen Tiefen, ob er dort nicht ein teures Bild entdeckte, dem es, dank eines besonderen Vorrechts, vergönnt gewesen wäre, sich noch einmal zu zeigen. Nur mit dem größten Bedauern kürze ich die überlange Schilderung dieses tiefen Schmerzes, der sich wie in einem Labyrinth durch gewundene Gänge tastet und keinen Ausgang findet.

Alles in der Natur wird dabei angerufen, und jedes Ding vertritt auf seine Weise den einzigen Gegenstand, mit dem das Gemüt beschäftigt ist. Von Zeit zu Zeit treibt dieser Schmerz düstere und zierliche Blüten, traurig und üppig zugleich; die Schauderklänge seiner Liebe verwandeln sich oft in *concetti*. Putzt nicht auch die Trauer sich auf ihre Weise heraus? Nicht nur die Aufrichtigkeit dieses klagenden Sich-Versenkens rührt das Gemüt; der aufmerksame Leser findet auch einen seltsamen neuen Genuß darin, wie hier jene glühende und zarte Mystik sich entfaltet, die sonst nur im Garten der römischen Kirche erblüht. – Schließlich kam eine Zeit, da diese krankhafte Sensibilität, die all ihre Nahrung ausschließlich aus einer Erinnerung sog, und dieser unmäßige Hang zur Einsamkeit sich in eine ernstliche Bedrohung verwandeln konnten; eine jener entscheidenden, kritischen Epochen, da die trostlose Seele sich sagt: »Wenn unsere Lieben nicht mehr zu uns kommen können, wer hindert uns, daß wir uns zu ihnen auf den Weg machen?«, wo die Einbildungskraft, wie besessen, wie verhext, sich genußvoll *den erhabenen Lockungen des Grabes* preisgibt. Zum Glück war das Alter der Arbeit und der erzwungenen Ablenkungen gekommen. Er mußte den ersten Harnisch des Lebens anlegen und sich auf die klassischen Studien vorbereiten.

Auf den folgenden, freilich von einem freudigeren Licht erhellten Seiten begegnet uns noch der nämliche Geist weiblicher Zärtlichkeit, der sich nun den Tieren zuwendet, diesen Sklaven des Menschen, die uns so viel angehen, den Katzen, den Hunden, allen Geschöpfen, die so leicht belästigt, unterdrückt, an die Kette gelegt werden können. Und stellt denn das Tier in seiner sorglosen Freude, seiner Einfalt dem Menschen nicht so etwas wie ein Bild seiner Kindheit dar? So blieb hier die Zärtlichkeit des jungen Träumers, obgleich sie sich an neue Gegenstände verlor, ihrem ursprünglichen Charakter doch getreu. Immer liebte er noch, in mehr oder minder ausgeprägter Gestalt, die Schwachheit, die Unschuld und Einfalt. Unter den vornehmsten Charakterzügen, die das Schicksal ihm aufgeprägt hatte, fällt auch eine überentwickelte Zartheit des Gewissens auf, die, zusammen mit seiner krankhaften Empfindsamkeit, geeignet war, die allergewöhnlichsten Vorkommnisse maßlos zu vergrößern, und über die leichtesten, ja nur eingebildeten Vergehen in Ängste zu geraten, die leider nur allzu wirklich waren. Kurzum, der Leser stelle sich ein Kind von solchen Anlagen vor, wie es, des Gegenstandes seiner ersten und innigsten Neigung beraubt, in die Einsamkeit verliebt, ohne einen Vertrauten aufwächst, und er wird leicht begreifen, daß in mehreren der Phänomene, die sich auf dem Theater der Träume einstellten, die Prüfungen seiner frühen Jahre sich wiederholten. Das Schicksal hatte den Samen ausgestreut; das Opium ließ ihn Frucht tragen und eine seltsame, überreiche Vegetation aus ihm hervorsprießen. Die Erfahrungen seiner Kindheit wurden, um mich einer Metapher zu bedienen, die dem Autor selber angehört, der natürliche Koeffizient des Opiums. Diese lange in der Einsamkeit gepflegte und früh entwickelte Anlage, die ihm erlaubte, alles zu idealisieren und ihm übernatürliche Ausmaße zu verleihen, mußte nun in Oxford, durch das Opium über die Maßen angeregt, großartige und selbst bei den meisten jungen Leuten seines Alters ungewöhnliche Resultate hervorbringen.

Der Leser erinnert sich der Abenteuer unseres Helden in Wales, seiner Leiden in London und der Versöhnung mit seinen Vormündern. Jetzt sehen wir ihn auf der Universität; er liegt seinem Studium ob, hängt jedoch auch mehr als je seinen Träumen nach und bedient sich der Substanz, mit der er, wie geschildert, in London anläßlich neuralgischer Schmerzen Bekanntschaft gemacht hatte, als eines mächtigen und gefährlichen Helfers, um seiner früherwachten Neigung zum Träumen zu frönen. Seither drang das Einst in das Jetzt und verschmolz mit ihm zu einem allem gewöhnlichen Begreifen entrückten, unauflöslichen Ganzen. Er brachte sein neues Leben damit hin, das frühere noch einmal zu durchleben. Wie oft in seinen freien Stunden sah er das Zimmer wieder, wo der Leichnam seiner Schwester ruhte, das Licht des Sommers und das Eis des Todes, den Weg, der sich seiner Verzückung auftat durch die azurblaue Wölbung des Himmels; und dann den Geistlichen im weißen Chorhemd neben einem offenen Grab; den Sarg, der in die Erde hinabsank, und den *Staub, der wieder zu Staub ward;* schließlich die Heiligen, die Apostel und Märtyrer in dem Kirchenfenster, wie sie, vom Sonnenlicht glühend, einen prächtigen Rahmen um diese weißen Betten, diese anmutigen Kinderwiegen bildeten, die, von ernsten Orgelklängen geleitet, gen Himmel fuhren! All dieses sah er wieder, aber er sah es mit Variationen, Fiorituren, in leuchtenderen oder nebelhafteren Farben; die ganze Welt seiner Kindheit sah er wieder, doch mit dem poetischen Reichtum, den ein schon verfeinerter und kultivierter Geist dem jetzt hinzufügte, ein Geist, der es gewöhnt war, seine höchsten Genüsse der Einsamkeit und der Erinnerung zu entlocken.

VIII
Visionen in Oxford

Das Palimpsest

»Was ist das Menschengehirn anderes als ein ungeheures natürliches Palimpsest? Mein Gehirn ist ein Palimpsest, und das deinige ebenfalls, lieber Leser. Unzählige Schichten von Gedanken, Bildern, Gefühlen haben sich, unmerklich wie das Licht, nach und nach in deinem Gehirn abgelagert. Jede neue Schicht schien die vorhergehende zu begraben. In Wahrheit aber ging keine zugrunde.« Dennoch, zwischen dem Palimpsest, auf welchem, eines über dem andern, eine griechische Tragödie, eine Mönchslegende und ein Ritterroman geschrieben wurden, und dem von Gott erschaffenen göttlichen Palimpsest, das unser unermeßliches Gedächtnis darstellt, besteht dieser Unterschied, daß auf dem ersten eine Art phantastisches, groteskes Chaos herrscht, ein Gegen- und Durcheinander von heterogenen Elementen; während bei dem zweiten das vorherrschende Temperament notwendigerweise einen Zusammenklang zwischen den widerstreitendsten Elementen stiftet. Ein Leben mag noch so sehr jedes Zusammenhangs entbehren, die Einheit des Menschen wird dadurch nicht gestört. Könnte man jedes Echo der Erinnerung gleichzeitig mit allen anderen heraufrufen, sie würden zusammen ein Konzert bilden, ein angenehmes oder ein schmerzhaftes, jedenfalls ein logisches und ohne Dissonanzen.

Von einem plötzlichen Unfall überrascht, vom Wasser jäh erstickt und in Todesgefahr, haben Menschen oft das ganze Theater ihres vergangenen Lebens sich erhellen gesehen. Die Zeit war vernichtet, und einige Sekunden hatten genügt, eine Fülle von Gefühlen und Bildern, die Jahren gleichkam, zu enthalten. Das Seltsamste an dieser Erfahrung, die der Zufall mehr als einmal hervorgerufen hat, ist nicht die Gleichzeitigkeit so vieler Erlebnisse, die nacheinander stattgefunden hatten, sondern das Wiedererscheinen alles dessen, von dem der Mensch selber nichts mehr wußte, das er jedoch genötigt war als ihm eigentümlich *wiederzuerkennen*. Das Vergessen ist also nur eine Sache des Augenblicks; und bei solchen feierlichen Anlässen, im Tode vielleicht, und gewöhnlich in den Zuständen hoher Erregtheit, wie das Opium sie hervorruft, entrollt das ganze ungeheure und schwer zu entziffernde Palimpsest des Gedächtnisses sich auf einen Schlag, mit all seinen sich überlagernden Schichten erstorbener Gefühle, die dort geheimnisvoll einbalsamiert liegen in dem, was wir Vergessen nennen.

Ein genialer Mensch, ein Melancholiker, ein Misanthrop, wirft eines Tages, um sich an der Ungerechtigkeit seiner Zeit zu rächen, die Manuskripte all seiner noch ungedruckten Werke ins Feuer. Und als man ihn dieses dem Haß dargebrachten schrecklichen Brandopfers wegen tadelte, in dem er zugleich all seine Hoffnungen dahingab, erwiderte er: »Was tut's? Wichtig war doch nur, daß diese Dinge *geschaffen* wurden; als geschaffene aber *sind* sie.« Er schrieb jedem einmal erschaffenen Ding den Charakter der Unzerstörbarkeit zu. Wieviel offenkundiger noch gilt dies von all unseren Gedanken, all unseren Taten, guten oder bösen! Und wenn in diesem Glauben etwas unendlich Tröstliches liegt, sobald unser Geist sich dem Teil unserer selbst zuwendet, auf dem unser Blick mit Wohlgefallen ruhen kann, liegt darin nicht auch etwas unendlich Schreckliches, in dem künftigen Fall, dem unausweichlichen, wo unser Geist sich dem Teil unserer selbst zuwenden wird, dem wir uns nur mit Entsetzen zu stellen vermögen? Nichts geht verloren, im Geistigen ebensowenig wie im Stofflichen. Wie jede Handlung, in den Wirbel des unaufhörlich tätigen Alls geschleudert, in sich unwiderruflich und nicht wieder gutzumachen ist, ganz abgesehen von ihren möglichen Wirkungen, so ist ebenso jeder Gedanke unauslöschlich. Das Palimpsest des Gedächtnisses ist unzerstörbar.

»Ja, mein Leser, unzählig sind die Gedichte der Freude oder des Grams, die sich dem Palimpsest deines Gehirns eines um das andere eingeprägt haben, und wie die Blätter des Urwalds, wie der nie schmelzende Schnee des Himalaya, wie Licht, das auf Licht fällt, haben ihre unaufhörlichen Schichten sich aufgehäuft, und über jede hat sich Vergessen gebreitet. In der Todesstunde aber, oder im Fieber, oder wenn das Opium sich auf die Suche macht, können all diese Gedichte wieder zum Leben erstarken. Sie sind nicht tot, sie schlafen. Man glaubt, die Mönchslegende habe die griechische Tragödie, der Ritterroman die Mönchslegende vertrieben und ersetzt; doch dem ist nicht so. Je mehr der Mensch im Leben fortschreitet, desto mehr welkt und verdunkelt sich von selbst die märchenhafte Legende, die ihn als Kind verführte, der Roman, der ihn als Jüngling blendete. – Die tiefen Tragödien der Kindheit aber – Kinderarme, auf ewig dem Hals ihrer Mütter entrissen, Kinderlippen, auf ewig die Küsse ihrer Schwestern vermissend, – leben immer verborgen fort, unter den übrigen Texten des Palimpsests. Keine Alchemie der Leidenschaft oder der Krankheit ist mächtig genug, diese unsterblichen Abdrücke wegzubrennen.«

Levana und Unsere Lieben Frauen von den Traurigkeiten

»Oftmals in Oxford habe ich Levana in meinen Träumen gesehen. Ich erkannte sie an ihren römischen Symbolen.« Aber wer ist Levana? Sie war bei den Römern die Göttin, deren Einfluß die ersten Stunden des Kindes unterstanden, die ihm sozusagen die Würde eines Menschen verlieh. »Im Augenblick der Geburt, wenn das Kind zum ersten Mal die trübe Atmosphäre unseres Planeten verspürte, legte man es nieder, daß es die Erde berührte. Alsbald aber, aus Furcht, ein so hohes Geschöpf könnte länger als einen Augenblick am Boden kriechen, hob der Vater, als Stellvertreter der Göttin Levana, oder ein naher Verwandter, als Stellvertreter des Vaters, das Kind hoch in die Luft und hieß es hinaufblicken, als sei es der König dieser Welt; er reckte die Stirn des Kindes gegen die Sterne, und sprach dabei vielleicht in seinem Herzen: ›Seht hier, was größer ist als ihr!‹ In diesem symbolischen Akt bestand die Funktion der Levana. Und diese geheimnisvolle Göttin, die niemandem je ihre Züge enthüllt hat (außer mir, in meinen Träumen), und die stets durch einen Stellvertreter handelte, leitet ihren Namen von dem lateinischen Verbum *levare,* hinaufheben, ab.«

Natürlich hat der oder jener unter der Levana die schützende Macht verstanden, welche die Erziehung der Kinder überwacht und lenkt. Doch um diese Pädagogik, die nur durch ABC-Bücher und Grammatiken herrscht, geht es hier nicht; man denke vielmehr »an jenes mächtige System von Zentralkräften, das tief im Schoß des menschlichen Lebens verborgen ist und unaufhörlich in den Kindern sein Werk verrichtet, indem es sie eins ums andere die Leidenschaft, den Kampf, die Versuchung, die Macht des Widerstandes lehrt«. Levana adelt den Menschen, den sie überwacht, doch durch grausame Mittel. Sie ist hart und streng, diese gute Amme, und unter den Verfahren, deren sie sich am liebsten bedient, um das menschliche Geschöpf zu vervollkommnen, ist der Schmerz dasjenige, welches sie allen andern vorzieht. Drei Göttinnen unterstehen ihr, deren sie sich für ihre geheimnisvollen Zwekke bedient. Wie es drei Grazien, drei Parzen, drei Furien gibt, wie es ursprünglich drei Musen gab, so gibt es drei Göttinnen der Traurigkeit. Sie sind *Our Ladies of Sorrow.*

»Ich habe oft gesehen, wie sie sich mit Levana unterhielten, und auch mit mir unterhielten sie sich manchmal. So sprechen sie denn? O nein. Diese mächtigen Phantome verschmähen die Unzulänglichkeiten der Rede. Doch können sie Worte hervorbringen durch die Organe der Menschen, wenn sie in einem Menschenherzen wohnen; untereinander jedoch bedienen sie sich nicht der Stimme; kein Laut ist zu hören; ewiges Schweigen herrscht in ihren Reichen ... Die älteste der drei Schwestern heißt *Mater Lachrymarum* oder Unsere Liebe Frau von den Tränen. Tag und Nacht jammert und ächzt sie, und ruft entschwundenen Gesichtern nach. Sie war es, die man zu Rama vernahm, als da viel Klagens und Heulens war, als Rahel ihre Kinder beweinte und wollte sich nicht trösten lassen. Sie war auch zu Bethlehem, in jener Nacht, als das Schwert des Herodes die unschuldigen Kindlein aus ihren Kammern fegte ... Ihre Augen sind abwechselnd sanft und stechend, verstört oder schläfrig, oft sieht sie den Wolken nach, oft richtet sie ihre Blicke anklagend gen Himmel. Ein Diadem umstrahlt ihr Haupt. Und ich weiß aus Kindheitserinnerungen, daß sie auf den Winden dahinfahren kann, wenn sie das Schluchzen der Litaneien hört oder den Donner der Orgel, oder wenn sie die Sommerwolken sich sammeln sieht. Diese älteste Schwester trägt an ihrem Gürtel mächtigere Schlüssel als die Schlüssel des Papstes, mit denen sie alle Hütten und alle Paläste öffnet. Sie war es, ich weiß es, die den ganzen letzten Sommer hindurch am Bett des blinden Bettlers saß, mit dem ich so gerne plauderte, und dessen fromme Tochter, ein achtjähriges Mädchen, von dessen Gesicht immer ein Leuchten ausging, der Versuchung widerstand, sich unter die lustige Dorfjugend zu mischen, um ihren betrübten Vater den ganzen Tag lang auf staubigen Straßen zu begleiten. Einen herrlichen Lohn hat sie dafür von Gott empfangen! Im Frühling des Jahres, und als sie selber zu blühen begann, hat er sie zu sich gerufen. Ihr blinder Vater beweint sie unaufhörlich, und immer um Mitternacht träumt er, er hielte noch die kleine Hand seiner Führerin in der seinen, und immer wieder erwacht er in der *Finsternis,* die nun eine neue und tiefere Finsternis ist ... Mit Hilfe ihrer Schlüssel stiehlt Unsere Liebe Frau von den Tränen, ein finsteres Phantom, sich in die Kammern der schlaflosen Männer, der schlaflosen Frauen, der schlaflosen Kinder, vom Ganges bis zum Nil, vom Nil bis zum Mississippi. Und da sie die Erstgeborene ist, und da ihr das weiteste Reich gehört, wollen wir ihr den Ehrentitel Madonna geben.

Die zweite Schwester heißt *Mater Suspiriorum,* Unsere Liebe Frau von den Seufzern. Sie erklimmt niemals die Wolken und fährt nicht auf den Winden dahin. Kein Diadem auf ihrer Stirne. Ihre Augen, wenn man sie sehen könnte, blickten weder sanft noch stechend; keine Geschichte könnte man in ihnen lesen; man fände dort nur ein Wirrsal halb erloschener Träume und Überreste eines vergessenen Wahnsinns. Niemals hebt sie die Augen; unter einem zerfetzten Turban hängt ihr Haupt immer vornüber, und immer blickt sie zur Erde. Sie weint nicht, sie stöhnt nicht. Von Zeit zu Zeit stößt sie unhörbare Seufzer aus. Ihre Schwester, die Madonna, stürmt und rast mitunter, sie wütet zum Himmel auf und fordert ihre Lieblinge zurück. Unsere Liebe Frau von den Seufzern jedoch schreit niemals, klagt niemanden an, sie kennt kein Aufbegehren. Demütig ist sie, bis zur Verworfenheit. Ihre Sanftheit ist die der Hoffnungslosen ... Wenn sie bisweilen murrt, so doch nur an öden Orten, trostlosen wie sie, in verwüsteten Städten, und wenn die Sonne sich zur Rast begeben hat. Diese Schwester ist es, die den Paria, den Juden, den Rudersklaven auf den Galeeren besucht; ... die das Weib besucht, das im Finstern sitzt, ohne Liebe, die beschirmt, ohne Hoffnung, die ihre Einsamkeit erhellt; ... jeden Gefangenen in seinem Kerker besucht sie; alle Verratenen und Ausgestoßenen, alle, die das überlieferte Gesetz geächtet hat, und die Kinder, deren Erbteil das Elend ist. Sie alle begleitet Unsere Liebe Frau von den Seufzern. Auch sie trägt einen Schlüssel, doch sie bedarf seiner nicht. Denn ihr Reich ist vor allem unter den Zelten Sems und bei den Fahrenden unter allen Himmelsstrichen. Doch auch in den höchsten Rängen der Menschheit findet sie ihre Altäre, und selbst in dem glorreichen England gibt es Menschen, die ihr Haupt vor der Welt so stolz erhoben tragen wie ein Rentier, und die doch heimlich ihr Mal auf ihre Stirne empfangen haben.

Die dritte Schwester jedoch, die auch die jüngste ist! ... Still! nur flüsternd darf von ihr gesprochen werden. Ihr Reich ist nicht groß; sonst müßte alles Fleisch vergehen; aber über dieses Reich herrscht sie mit unumschränkter Macht ... Trotz des dreifachen Trauerflors, der ihr Haupt verhüllt, kann man, so hoch es auch hinaufragt, dennoch das wilde Licht erkennen, das aus ihren Augen bricht, ein immer flammendes Licht der Verzweiflung, allabendlich und allmorgendlich, um Mittag wie um Mitternacht, wenn die Flut steigt und wenn die Ebbe zurückweicht. Diese fordert Gott heraus. Sie ist auch die Mutter des Wahnsinns und die Ratgeberin des Selbstmords ... Die Madonna geht unsicheren Schrittes, schnell oder langsam, doch immer voll tragischer Anmut. Unsere Liebe Frau von den Seufzern gleitet ängstlich und behutsam dahin. Aber die Bewegungen dieser jüngsten Schwester sind unberechenbar; sie springt, mit den Sätzen des Tigers. Sie trägt keinen Schlüssel; selten nur besucht sie die Menschen, aber wenn es ihr erlaubt ist, einer Tür zu nahen, so bemächtigt sie sich

dieser im Sturm und sprengt sie. Und ihr Name ist *Mater Tenebrarum,* Unsere Liebe Frau von den Finsternissen.
Solcherart waren die Eumeniden oder die *Wohlwollenden* (mit welchem Schmeichelnamen das Altertum diese furchtbaren Göttinnen zu versöhnen suchte), die mich zu Oxford in meinen Träumen heimsuchten. Die Madonna sprach mit ihrer geheimnisvollen Hand. Sie berührte mein Haupt; mit dem Finger winkte sie Unserer Lieben Frau von den Seufzern, und diese Zeichen, die niemand lesen kann, außer im Traum, hätten sich wohl folgendermaßen übersetzen lassen: ›Sieh! da ist er, den ich als Kind schon meinen Altären weihte. Ihn erwählte ich mir zum Liebling. Ich habe ihn vom Wege gelockt, ich habe ihn verführt, und von der Höhe des Himmels habe ich sein Herz an meines hinaufgezogen. Durch mich ist er zum Götzendiener geworden; ich habe sein Herz mit süchtigen Begierden erfüllt, daß es den Wurm der Erde anrief, daß er seine Gebete richtete an das von Würmern durchkrochene Grab. Geweiht war ihm das Grab; lieblich erschienen ihm seine Finsternisse, und heilig seine Verwesung. Diesen jungen Götzendiener habe ich dir zubereitet, teure und sanfte Schwester von den Seufzern! Nimm ihn nun an dein Herz, und bereite du ihn für unsere schreckliche Schwester. Und du‹ – hier wandte sie sich der *Mater Tenebrarum* zu – ›empfange ihn alsdann von ihr. Laß dein Szepter schwer auf seinem Haupte ruhen. Dulde nicht, daß ein Weib mit seiner Zärtlichkeit sich zu ihm setze in seiner Nacht. Verjage alle Schwachheiten der Hoffnung, laß den Balsam der Liebe vertrocknen, versenge den Quell der Tränen, verfluche ihn, wie nur du zu verfluchen verstehst. So soll er vervollkommnet werden in der Glut; so soll er Dinge sehen, die zu sehen nicht erlaubt ist, Schauspiele, die abscheulich, und Geheimnisse, die unaussprechlich sind. So soll er die ältesten Wahrheiten lesen, die traurigen Wahrheiten, die großen, die furchtbaren Wahrheiten. So soll er auferstehen, ehe er gestorben ist. Und so wird unser Auftrag erfüllt sein, den Gott uns erteilt hat: dieses Herz zu quälen, bis wir die Fähigkeiten seines Geistes entfaltet hätten.‹«

Laßt uns an einem schönen Pfingstsonntag den Brocken besteigen. Eine strahlende, wolkenlose Frühe! Doch unternimmt der April bisweilen noch letzte Streifzüge in die erwärmte Jahreszeit und läßt launenhaft seine Schauer auf sie niedergehen. Erklimmen wir den Gipfel des Gebirges; ein solcher Morgen bietet größere Aussichten, das berühmte Brockengespenst zu erblicken. Dieser Gesell hat so lange mit den heidnischen Hexenmeistern gelebt, er hat so vielen schwarzen Götzendiensten beigewohnt, daß sein Herz vielleicht verdorben und sein Glaube erschüttert wurde. So schlagt zunächst einmal ein Kreuz, und achtet darauf, ob er bereit ist, es euch nachzutun. Ja, auch er schlägt ein Kreuz; doch die niedergehenden Schauer trüben den Anblick der Gegenstände, und er sieht aus wie jemand, der seiner Pflicht nur widerwillig oder flüchtig nachkommt. Macht also eine zweite Probe, »pflückt eine dieser Anemonen, die ehemals *Hexenkraut* hießen, und die vielleicht in jenen entsetzlichen Riten der Furcht ihre Rolle spielten. Tragt sie zu jenem Stein, der einem heidnischen Altar ähnlich sieht; kniet nieder, hebt die rechte Hand und sprecht: Vater unser, der du bist im Himmel! ... ich, dein Diener, und dieser dunkle Gesell, den ich an diesem Pfingsttag für eine Stunde zu meinem Diener gemacht habe, wir bringen dir gemeinsam unsere Huldigungen dar auf diesem Altar, der dem wahren Kult zurückerstattet wurde! – Seht! die Erscheinung pflückt eine Anemone und legt sie auf einen Altar; sie kniet nieder, sie hebt die rechte Hand zu Gott auf. Sie ist freilich stumm; doch auch der Gottesdienst der Stummen kann ihm angenehm sein.«

Aber ihr denkt vielleicht, dieses seit alters an blinde Unterwerfung gewöhnte Gespenst sei bereit, sich jedem Kult zu fügen, und sein ihm angeborener Knechtssinn mache seine Gebärden bedeutungslos. Versuchen wir es denn mit einem weiteren Mittel, um die wahre Natur dieses seltsamen Wesens zu erkunden. Ich nehme an, ihr habt in eurer Kindheit einen unsäglichen Schmerz erfahren, einen unheilbaren Gram durchlitten, eine jener stummen Verzweiflungen, die hinter einem Schleier weinen, wie Judäa auf den römischen Münzen, in ihrer Betrübnis unter einem Palmbaum sitzend. Verhüllt euer Haupt zum Gedenken an jenen großen Schmerz. Schon hat auch das Brockengespenst sein Haupt verhüllt, als habe es ein menschliches Herz und als wolle es durch ein stummes Zeichen ausdrücken, daß es sich eines Schmerzes erinnere, den auszudrücken Worte nicht hinreichen. »Diese Probe ist entscheidend. Ihr wißt jetzt, daß die Erscheinung nur euer eigener Widerschein ist, und indem ihr ihm eure geheimen Gefühle äußert, macht ihr das Gespenst zu dem symbolischen Spiegel, darin sich bei Tageshelle zeigt, was sonst ewig verborgen geblieben wäre.« Auch der Opiumesser hat einen solchen Düsteren Ausleger zum Gefährten, der zu seinem Gemüt in der gleichen Beziehung steht wie das Brockengespenst zu dem Wanderer. Sturm, Nebel und Regen machen dieses bisweilen unkenntlich; ebenso mischen sich zuweilen fremde Elemente in das Wesen des Geheimnisvollen Gefährten. »Was er gemeinhin sagt, ist nichts anderes, als was ich mir im wachen Zustand gesagt habe, in nachdenklichen Betrachtungen, die tief genug waren, um sich meinem Herzen einzuprägen. Manchmal aber verändern seine Worte sich wie sein Gesicht, und sie scheinen nicht mehr jene zu sein, deren ich mich wohl bedient hätte. Niemand kann über alles, was ihm im Traum widerfährt, Rechenschaft ablegen. Ich glaube, dieses Phantom ist meist ein getreues Abbild meiner selbst; von Zeit zu Zeit jedoch ist es dem Einfluß des guten Phantasus unterworfen, der über die Träume herrscht.« Man könnte auch sagen, es verrichte das Amt des Chores in der griechischen Tragödie, der oft die geheimen Gedanken der Hauptperson ausdrückt, Gedanken, die ihr selber geheim oder noch halb verdeckt geblieben sind. Der Chor liefert ihr prophetische oder auf die Vergangenheit bezügliche Auslegungen, die geeignet sind, die Vorsehung zu rechtfertigen oder die Heftigkeit ihrer Angst zu dämpfen, Erwägungen, die der Unglückliche selber hätte anstellen können, wenn sein Herz ihm Zeit gelassen hätte, sich zu besinnen.

Dieser schwermütigen Galerie mächtiger Bilder, wandelnder Allegorien der Traurigkeit, in denen für mich (ich weiß nicht, ob der Leser, der sie nur im Abriß kennenlernt, das gleiche empfinden kann) ein ebenso hoher musikalischer wie malerischer Reiz liegt, fügt sich ein Stück an, das als das Finale einer großen Symphonie gelten kann.

»Gott hat Savannah-la-Mar geschlagen, und hat es in einer Nacht, mit allen seinen noch ragenden Bauten und seiner schlafenden Bevölkerung, von dem festen Mauerwerk seiner Ufer hinabversenkt auf das Korallenbett des Ozeans. Gott sprach: Ich habe Pompeji begraben, und ich habe es den Menschen siebzehn Jahrhunderte hindurch verborgen; ich will diese Stadt begraben, doch sie soll unverborgen sein. Sie soll den Menschen ein Denkmal meines geheimnisvollen Zornes sein, künftigen Geschlechtern in einem azurnen Lichte lagernd; denn ich will sie einschließen in der kristallenen Wölbung meiner tropischen Meere.« Und oft, wenn die Winde sich legen und die Fluten sich glätten, schauen die Seeleute, wenn sie über ihr dahingleiten, diese schweigende Stadt, die da, wie unter einer Glocke, am Grunde der durchsichtigen Gewässer ruht; ihr Blick durchwandert die Plätze und Terrassen, er zählt die Tore und die Türme ihrer Kirchen: »Ein weiter Friedhof, der das Auge bezaubert als eine feenhafte Offenbarung des menschlichen Lebens, fortdauernd in seiner Geborgenheit am Grunde des Meeres, den Stürmen entrückt, die unseren Luftbereich durchwühlen.« Viele Male hat er mit seinem Dunklen Gefährten, sehr viele Male im Traum Savannah-la-Mar in seiner ungestörten Einsamkeit besucht. Zusammen haben sie die Türme betrachtet, in denen die Glocken regungslos hingen, und vergeblich darauf warteten, eine Hochzeit einzuläuten; sie traten zu den Orgeln, die nicht mehr die Freuden des Himmels feierten, noch die Sorgen und Ängste des Menschenherzens; gemeinsam besuchten sie die schweigenden Schlafsäle, in denen alle Kinder seit fünf Generationen schlummerten.

»›Sie erwarten das himmlische Morgenrot‹, sprach leise der Dunkle Gefährte zu sich selbst, ›und wenn dieser Morgen heraufkommt, werden die Glocken und Orgeln ausbrechen in ein *Jubilate,* das aus dem Paradies widerhallen wird.‹ – Und dann, sich zu mir wendend, sprach er: ›Dies ist wohl ein trauriger und kläglicher Anblick; doch ein geringeres Unheil hätte Gottes Absichten nicht genügt. Bedenke dies … Die Gegenwart schrumpft zu einem mathematischen Punkt zusammen, und noch dieser mathematische Punkt vergeht tausendmal, ehe wir sein Entstehen behaupten können. In der Gegenwart ist alles endlich, und dieses Endliche ist zugleich unendlich in seiner Flucht dem Tod zu. In Gott aber gibt es nichts Endliches; in Gott gibt es nichts Vergängliches; in Gott gibt es nichts, das dem Tod unterworfen wäre. Das besagt: für Gott gibt es keine Gegenwart. Für Gott ist Gegenwart Zukunft, und der Zukunft opfert er die Gegenwart des Menschen. Darum läßt er die Erde erbeben. Darum verrichtet er sein Werk durch den Schmerz. Oh! tief durchpflügt das Erdbeben den Grund! Oh! tief (und hier schwoll seine Stimme an wie ein *Sanctus,* das sich aus dem Chor einer Kathedrale erbebt), tief ist die Furche des Schmerzes! Aber wo Gott den Acker baut, wäre weniger oft nicht genug. Auf eine Nacht des Erdbebens baut er dem Menschen anmutige Wohnungen für tausend Jahre. Aus dem Schmerz eines Kindes erntet er geistige Trauben in herrlicher Fülle, die anders nicht hätten reifen können. Eine weniger grausame Pflugschar hätte den widerspenstigen Grund nicht lockern können. Die Erde, unser Planet, die Wohnstatt des Menschen, bedarf der Erschütterung; und häufiger noch braucht Gott den Schmerz als sein mächtigstes Werkzeug; – ja (und hier sah er mich feierlich an), unerläßlich ist der Schmerz den geheimnisvollen Kindern der Erde!‹«

IX
Beschluß

Trotz ihres durchgehend symbolischen Charakters sind diese langen Träumereien, diese poetischen Gemälde besser geeignet, einem intelligenten Leser die Geistesart unseres Autors zu verdeutlichen, als Anekdoten oder weitere Nachrichten aus seinem Leben. In dem letzten Teil der *Suspiria* ruft er sich noch einmal, wie mit Wohlgefallen, jene Jahre zurück, die nun schon in weiter Ferne liegen, und was diese Erinnerungen so kostbar macht, hier wie anderswo, sind nicht die Fakten, sondern der Kommentar, der oft so schwarz und bitter und trostlos ist; ein einsames Sinnen, das sich gerne aufschwänge fern hinweg von diesem Boden und dem Schauplatz menschlicher Kämpfe; Aufflüge mächtiger Schwingen dem Himmel zu; der Monolog einer immer allzu leicht verletzlichen Seele. Hier wie in den bereits näher geschilderten Teilen, ist der Gedanke der *Thyrsos,* von dem er so unterhaltsam gesprochen hat, mit dem Freimut eines Vagabunden, der über sich selbst Bescheid weiß. Der Stoff hat keinen anderen Wert als den eines dürren, nackten Steckens; die Bänder aber, die Weinranken und Blüten, wie sie sich scherzend verschlingen, können den Augen einen köstlichen Reichtum bieten. De Quinceys Denken ist nicht allein gewunden; das Wort ist noch nicht stark genug: es bewegt sich von Natur aus in Spiralen. Diese Kommentare und Betrachtungen näher zu untersuchen wäre ein langwieriges Geschäft, und ich muß mich des Zieles erinnern, das ich mir bei dieser Arbeit vorgesetzt hatte, dieses nämlich, zu zeigen, welche Wirkungen das Opium bei einem nachdenklichen Geist, der zum Träumen neigt, hervorruft. Dieses Ziel glaube ich erreicht zu haben.

So genügt hier der Hinweis, daß der einsame Denker gerne auf jene frühreife Sensibilität zurückkommt, die für ihn die Quelle so vieler Schrecken und so vieler Genüsse war; auf seine schrankenlose Liebe zur Freiheit, und auf den Schauder, den das Gefühl der Verantwortung ihm einflößte. »Schon in meiner frühesten Jugend vermischte das Grauen vor dem Leben sich mit der himmlischen Süße des Lebens.« Auf diesen letzten Seiten der *Suspiria* begegnet uns eine Düsternis, etwas Zerfressenes und ein Sehnen hinweg von allem Irdischen. Hie und da, wenn er auf seine Jugendabenteuer zu sprechen kommt, stößt man noch auf Spuren der Munterkeit und guten Laune, des anmutigen Spottes, mit dem er das eigene Betragen und Verhalten so oft bedacht hat; auffälliger aber und in die Augen springend sind die lyrischen Ausbrüche einer unheilbaren Melancholie. Anläßlich der Menschen, die uns in unserer Freiheit einengen, die unsere Gefühle kränken und die selbstverständlichsten Rechte der Jugend verletzen, ruft er einmal aus: »Oh! wie nur können diejenigen sich die *Freunde* dieses Mannes oder dieser Frau nennen, die eben jene sind, welche dieser Mann oder diese Frau, mehr als alle anderen, auf dem Totenbett mit diesem letzten Lebewohl grüßen wird: Wollte der Himmel, ich hätte niemals euer Antlitz erblickt!« Oder es entfährt ihm dieses zynische Geständnis, das für mich, ich gestehe es mit dem gleichen Freimut, einen fast brüderlichen Zauber hat: »Die seltenen Individuen, die in dieser Welt meinen Abscheu erregt haben, waren gemeinhin Leute, deren Geschäfte florierten und die sich eines guten Rufes erfreuten. An die Schelme und Schurken jedoch, die ich in nicht geringer Zahl gekannt habe, denke ich ausnahmslos mit Vergnügen und Wohlwollen zurück.« Im Vorbeigehn sei hier angemerkt, daß im Zusammenhang mit dieser trefflichen Bemerkung noch einmal von dem Rechtsanwalt und dessen zweideutigen Geschäften die Rede ist. Andernorts wiederum versichert er, wenn das Leben wie durch einen Zauber sich vor uns auftun könnte, wenn unser noch jugendliches Auge die Korridore durcheilen, die Säle und Zimmer dieser Hotellerie erforschen könnte, die Schauplätze der künftigen Tragödien und der Züchtigungen, die uns erwarten, wir und unsere Freunde, wir alle insgesamt würden von Grauen geschüttelt zurückweichen! Nachdem er uns, mit unvergleichlicher Anmut und in überschwenglichen Farben, ein Bild der Unschuld, des häuslichen Glanzes und Behagens entworfen hat – Schönheit und Güte im Rahmen des Reichtums –, schildert er uns der Reihe nach die anmutigen Heldinnen der Familie, wie sie alle, nach der Mutter die Töchter, eine um die andere durch schwere Wolken des Unglücks hindurchmüssen; und er schließt mit den Worten: »Wir können dem Tod ins Gesicht schauen; wer aber, der weiß, wie einige unter uns es heute wissen, was das Menschenleben ist, könnte (vorausgesetzt, er wäre davon unterrichtet) der Stunde seiner Geburt ins Gesicht sehen?«

Auf einer Seite finde ich unten eine Anmerkung, die, in Verbindung mit dem kürzlich erfolgten Tode De Quinceys, eine düstere Bedeutsamkeit gewinnt. Die *Suspiria de profundis* hätten, der Vorstellung des Autors nach, erheblich vergrößert und erweitert werden sollen. Die Anmerkung besagt, daß die Sage von den drei

Schwestern der Trauer ihm eine natürliche Einteilung für künftige Veröffentlichungen liefern werde. Wie der erste Teil (Elisabeths Tod und sein brüderliches Vermissen) sich logischerweise auf die Madonna oder Unsere Liebe Frau von den Tränen bezieht, ebenso sollte ein weiterer Teil, *Die Welten der Parias,* unter die Anrufung Unserer Lieben Frau von den Seufzern gestellt werden; und Unsere Liebe Frau von den Finsternissen endlich sollte als *Schutzherrin* über das *Reich der Finsternisse* herrschen. Aber der Tod, den wir über unsere Pläne nicht befragen und dessen Zustimmung wir nicht erbitten können, der Tod, der uns von Glück und Ansehen träumen läßt und der weder ja noch nein sagt, bricht jäh aus seinem Hinterhalt hervor, und fegt mit einem einzigen Flügelschlag unsere Pläne, unsere Träume und die prächtigen Bauten hinweg, die wir dem Ruhm unserer letzten Tage zu einer idealen Wohnstatt erkoren hatten!

[Einführung und Anmerkungen zu den 1864 in Brüssel veranstalteten Lesungen]

Meine Herren, es schien mir müßig, Ihnen eine vollständige Abhandlung über die Reizmittel zu liefern, deren allgemeines Kennzeichen es ist, eine der Aufreizung entsprechende Schwächung zu verursachen und eine Strafe nach sich zu ziehen, deren Grausamkeit der Heftigkeit des Genusses entspricht. Es wäre müßig, von den gewöhnlichen Reizmitteln zu sprechen, als da sind Tee, Kaffee, Absinth, der Quinquina-Wein oder gar die Cola, oder Erythroxylon, jene seltsame Pflanze, deren Blätter, wenn man sie zerkaut, die Vitalität steigern, indem sie das Schlafbedürfnis vermindern und den Hunger ausschalten, oder der isländische Schierling, der das vergiftete Gehirn dessen, der ihn eingenommen hat, vorsintflutliche Ungeheuer erblicken läßt.

Vieles diese Mittel Betreffende ist Angelegenheit der Ärzte. Was mir vorschwebt, ist ein Buch, in dem es nicht nur um physiologische, sondern vor allem um moralische Fragen geht. Ich möchte beweisen, daß die Sucher nach einem Paradies sich ihre Hölle erschaffen, und daß es sie vielleicht entsetzen würde, wenn sie sähen, wie erfolgreich sie diese Hölle sich zubereiten und ausschürfen.

Der erste Teil dieses Buches stammt ausschließlich von mir; er trägt den Titel *Das Gedicht vom Haschisch*. Dieser ist in mehrere Kapitel unterteilt, deren Überschriften ich Ihnen jeweils ankündigen werde. Der zweite und dritte Teil enthalten die Darstellung und Untersuchung eines höchst bemerkenswerten englischen Buches (*Der Opiumesser* von De Quincey), doch habe ich dem, hie und da, persönliche Betrachtungen hinzugefügt. Was in diesem Gemenge mir und was dem englischen Autor angehört, das auseinanderzuhalten, würde mir heute schwerfallen. Ich habe beides so gründlich amalgamiert, daß ich meinen Anteil nicht mehr zu unterscheiden wüßte, der im übrigen nicht sehr beträchtlich sein dürfte.

[S. 156]
Meine Herren, so weit die quälenden Gesichte, die den Opiumesser wider seinen Willen heimsuchen. Die Lesung hat jedoch bereits so lange gedauert, daß ich die Erzählung seiner falschen Heilung auf heute abend verschieben mußte ...

[S. 163]
... *Bosheit* – ein Ausspruch, über den die Fanatiker aller Parteien nachdenken sollten (die im allgemeinen Dummköpfe, doch gefährliche Dummköpfe sind).

[S. 166]
Kindliche Betrübnis, Ursprung des Kunstwerks.
Die Unterbringung des Kindes, ein Baum, Blumen, eine düstere Kammer. Das in einer solchen Behausung geborene geniale Kind wird niemals dem genialen Manne gleichen, der in einer anderen Umgebung geboren wurde.

[S. 167]
Das Wohlgefallen an der Welt des Weibes bringt den höheren Genius hervor. Ich bin überzeugt, die klugen Damen, die mir zuhören, werden mir die beinahe sinnliche Form meiner Ausdrükke vergeben, wie sie die Reinheit meiner Gedanken billigen ...

[Schluß]
Es bleibt mir noch, meine Herren, Ihnen herzlich zu danken für Ihre liebenswürdige Gastlichkeit und die wunderbare Aufmerksamkeit, mit der Sie diesen bisweilen etwas langen Lesungen gefolgt sind ...

TAGEBÜCHER

RAKETEN

I

Selbst wenn es keinen Gott gäbe, die Religion wäre dennoch Heilig und *Göttlich*.

Gott ist das einzige Wesen, das, um zu herrschen, nicht einmal des Daseins bedarf.

Das Geisterschaffene ist lebendiger als die Materie.

Die Liebe ist der Hang zur Prostitution. Ja es gibt gar keinen edlen Genuß, der sich nicht auf die Prostitution zurückführen ließe.

Bei einem Schauspiel, auf einem Ball genießt jeder Anwesende alle andern.

Was ist die Kunst? Prostitution.

Das Vergnügen, sich unter der Menge zu befinden, ist ein geheimnisvoller Ausdruck des Genusses, den die Vervielfältigung der Zahl gewährt.

Alles ist Zahl. Die Zahl ist in *allem*. Die Zahl ist im Einzelnen. Der Rausch ist eine Zahl.

Bei einem reifen Menschen soll der Geschmack an der schöpferischen Konzentration an die Stelle des Geschmacks am schleuderhaften Sichverausgeben treten.

Die Liebe mag ihren Ursprung in einer großmütigen Regung haben: in der Lust an der Prostitution; aber alsbald wird sie durch die Lust am Besitz verdorben.

Die Liebe will aus sich herausgehen, sich mit ihrem Opfer vermischen, wie der Sieger mit dem Besiegten, und dennoch Vorrechte des Eroberers bewahren.

Die Wollust des Zuhälters hat zugleich etwas vom Engel und vom Eigentümer an sich. Erbarmende Liebe und tierische Grausamkeit. Ja, sie ist sogar unabhängig vom Geschlecht, von der Schönheit und der Gattung des betreffenden Wesens.

Die grünen Dämmerungen an den feuchten Abenden der schönen Jahreszeit.

Unermeßliche Tiefe des Gedankens in den alltäglichen Redensarten, Löcher, die zahllose Geschlechter von Ameisen ausgehöhlt haben.

Die Anekdote vom Jäger, mit Bezug auf die enge Verwandtschaft von tierischer Wildheit und Liebe.

II

RAKETEN 2

Über den weiblichen Charakter der Kirche, als Grund ihrer All-Macht.

Über die violette Farbe (verhaltene, geheimnisvolle, verschleierte Liebe, Farbe der Stiftsdamen).

Der Priester ist ungeheuer, weil er eine Unzahl erstaunlicher Dinge glauben macht.
Daß die Kirche alles tun und alles sein will, ist ein Gesetz des menschlichen Geistes.
Die Völker beten die Autorität an.
Die Priester sind die Diener und Sektierer der Einbildungskraft.

Thron und Altar, ein revolutionärer Wahlspruch.

E. G. oder die VERFÜHRERISCHE ABENTEURERIN.

Religiöser Rausch der großen Städte. – Pantheismus. Ich, das sind alle; Alle sind ich.
Wirbel.

III

Ich glaube, ich habe in meinen Aufzeichnungen schon geschrieben, daß die Liebe der Folter oder einer chirurgischen Operation sehr ähnlich sehe. Aber dieser Gedanke kann auf die bitterste Art entwickelt werden. Selbst wenn die beiden Liebenden voll äußerster Leidenschaft und voll wechselseitigen Verlangens wären, einer von beiden wird doch immer ruhiger oder weniger besessen sein als der andere. Dieser oder diese ist dann der operierende Arzt, oder der Henker; der andere ist der Patient, das Opfer. Vernehmt ihr diese Seufzer, diese Vorboten einer Tragödie der Entehrung, dieses Ächzen, diese Schreie, dieses Röcheln? Wer hat sie nicht ausgestoßen, wer hat sie nicht unwiderstehlich dem andern entpreßt? Und was findet ihr Schlimmeres in dem peinlichen Verhör der Folterknechte? Diese verdrehten Augen eines Somnambulen, diese Glieder, deren Muskeln herausspringen und sich straffen wie unter der Einwirkung einer galvanischen Kette – gewiß, die Trunkenheit, der Wahnsinn, das Opium in ihren heftigsten Auswirkungen vermöchten nicht so abstoßende und seltsame Beispiele zu bieten. Und das menschliche Antlitz, das nach Ovid geschaffen ist, um das Licht der Gestirne widerzustrahlen, seht, wie es nur noch den Ausdruck rasender Wildheit trägt, oder sich in einer totenähnlichen Erschlaffung entspannt. Denn es erschiene mir in der Tat lästerlich, das Wort »Ekstase« auf eine derartige Zersetzung anzuwenden.

– Welch entsetzliches Spiel, bei welchem einer der Spieler die Herrschaft über sich selbst verlieren muß!

Einmal wurde in meiner Gegenwart die Frage gestellt, worin der höchste Genuß der Liebe bestände. Jemand antwortete natürlich: im Empfangen, – und ein anderer: in der Hingabe. – Dieser sagte: Lust des Stolzes! – und jener: Wollust der Erniedrigung! All diese Schmutzfinken sprachen wie die *Nachfolge Christi*. – Schließlich fand sich ein unverschämter Utopist, der behauptete, die größte Lust der Liebe sei: dem Vaterlande Bürger zu schenken.

Ich aber sage: die einzige und höchste Wollust der Liebe liegt in der Gewißheit, das *Böse* zu tun. – Und Mann und Weib wissen von Geburt an, daß das Böse alle Wollust enthält.

IV

PLÄNE, RAKETEN, ENTWÜRFE 4

– Die Komödie à la Silvestre.
Barbara und das Schaf.
– Chenavard hat einen Typus des Übermenschen erfunden.
– Mein Wunsch für Levaillant.
– Vorwort, Mischung von Mystizismus und Lustigkeit.
Träume und Theorie des Traumes nach Swedenborg.

Der Gedanke Campbells *(the Conduct of Life)*.
Konzentration.
Macht der fixen Idee.
– Die schrankenlose Offenheit, ein Mittel zur Originalität.
– Mit erhabener Feierlichkeit komische Dinge erzählen.

RAKETEN, EINFÄLLE 5

Wenn ein Mensch sich ins Bett legt, haben fast alle seine Freunde den heimlichen Wunsch, ihn sterben zu sehen; die einen um festzustellen, daß seine Gesundheit schwächer war als die ihrige; die andern in der uneigennützigen Hoffnung, eine Agonie zu studieren.

Die Arabeske ist die vergeistigste aller Zeichnungen.

V

RAKETEN, EINFÄLLE 6

Der Schriftsteller bringt Kapitalien in Umlauf und weckt die Lust an der geistigen Gymnastik.

Die Arabeske ist von allen Zeichnungen die idealste.

Wir lieben die Frauen um so mehr, je fremder sie uns sind. Die Liebe zu einer intelligenten Frau ist das Vergnügen eines Päderasten. So schließt die tierische Liebe die Päderastie aus.

Es mag vorkommen, daß der Geist der Possenhaftigkeit die Nächstenliebe nicht ausschließt, aber das ist selten.

Die Begeisterung, die sich auf etwas anderes als Abstraktionen richtet, ist ein Zeichen von Schwäche und Krankheit.

Die Magerkeit ist nackter, unanständiger als die Fettleibigkeit.

VI

7

– *Tragischer Himmel.* Ein abstraktes Beiwort auf einen stofflichen Gegenstand angewandt.

– Der Mensch trinkt das Licht mit der Atmosphäre. So hat das Volk recht, wenn es behauptet, die Nachtluft sei ungesund für die Arbeit.

– Das Volk ist ein geborener Feueranbeter.
Feuerwerke, Brände, Brandstifter.
Wenn man einen geborenen Feueranbeter, einen *geborenen Parsen,* annimmt, so hat man den Stoff zu einer Novelle.

8

Daß man mitunter Gesichter verwechselt, hat seinen Grund darin, daß das wirkliche Bild verdunkelt wird von dem geistigen Bild, das ihm entspringt.

Kenne also die Freuden eines harten Lebens; und bete, bete ohne Unterlaß. Das Gebet ist ein Vorrat an Kraft. *(Altar des Willens. Moralische Dynamik. Der Zauber der Sakramente. Hygiene der Seele.)*

Die Musik höhlt den Himmel.

Jean-Jacques sagte, er betrete ein Caféhaus stets in einer gewissen Erregung. Auf einen Schüchternen wirkt schon die Theaterkontrolle ein wenig wie das Gericht der Unterwelt.

Das Leben hat nur einen wirklichen Reiz; das ist der Reiz des *Spieles*. Aber wenn es uns gleichgültig ist, ob wir gewinnen oder verlieren?

VII

EINFÄLLE, RAKETEN

9

Große Männer entstehen nur wider den Willen der Nation, – wie der Familie. Beide tun ihr möglichstes, daß sie nicht entstehen. Infolgedessen bedarf der große Mann zu seiner Existenz einer Angriffskraft, die der von Millionen Einzelner entwickelten Widerstandskraft überlegen ist.

Hinsichtlich des Schlafes, dieses finsteren Abenteuers, das sich jeden Abend wiederholt, kann man sagen, daß die Menschen täglich mit einer Kühnheit einschlafen, die unbegreiflich wäre, wüßten wir nicht, daß sie der Unkenntnis der Gefahr entspringt.

10

Es gibt Menschen von einer solchen Dickfelligkeit, daß ihnen gegenüber selbst die Verachtung keine Rache mehr ist.

Viele Freunde, viele Handschuhe. Die mich geliebt haben, waren verachtete Leute; ich würde selbst verächtliche sagen, wenn mir daran gelegen wäre, den anständigen Leuten zu schmeicheln.

Girardin spricht Latein! *Pecudesque locutæ.*

Es blieb einer ungläubigen Gesellschaft vorbehalten, Robert Houdin zu den Arabern zu schicken, um ihnen den Wunderglauben abzugewöhnen.

VIII

11

Diese schönen, großen Schiffe, die sich unmerklich wiegen (schaukeln) auf den stillen Gewässern; diese festgebauten Schiffe in ihrer Ungeschäftigkeit und ihrem Fernweh, sprechen sie nicht in einer stummen Sprache zu uns: Wann fahren wir aus nach dem Glück?

Im Drama nicht die Darstellung des Wunderbaren vergessen, das Hexen- und Zauberwesen, das Romanhafte und Abenteuerliche.

Die Umgebung, die Atmosphäre, in die eine Erzählung völlig eingetaucht sein muß. (Siehe *Usher*, und daraus Rückschlüsse ziehen auf die tiefen Empfindungen des Haschisch und Opiums.)

Gibt es Formen des mathematischen Wahnsinns und Narren, welche glauben, zwei und zwei ergebe drei? Mit anderen Worten – kann die Halluzination, wenn diese Worte sich nicht sträuben, auf die reinen Verstandesbegriffe übergreifen? Gesetzt den Fall, ein Mensch habe sich derart an die Trägheit, die Träumerei, das Nichtstun gewöhnt, daß er alles Wichtige immer auf den nächsten Tag verschiebt, und ein anderer Mensch wecke ihn eines Morgens mit kräftigen Peitschenhieben und peitsche ihn erbarmungslos so lange, bis er, der nicht aus Lust zur Arbeit fähig ist, aus Furcht zu arbeiten anfinge, wäre jener – der mit der Peitsche – nicht wahrhaft sein Freund und Wohltäter? Übrigens kann man ruhig behaupten, daß die Lust sich auch noch einstellen wird, und mit weit mehr Recht, als man behauptet: die Liebe kommt nach der Heirat. Auch in der Politik ist der wahre Heilige derjenige, der das Volk peitscht und tötet zum Wohle des Volkes.

Dienstag, 13. Mai 1856

Exemplare bei Michel holen.
An Mann schreiben,
an [Willis]
an *Maria Clemm.*
Zu Madame Dumay schicken
– um zu erfahren, ob Mirès …

Was nicht unmerklich entstellt ist, wirkt kühl und empfindungslos; – hieraus ergibt sich, daß das Unregelmäßige, das heißt das Unerwartete, die Überraschung, das Erstaunen ein wesentliches und charakteristisches Merkmal des Schönen sind.

IX

NOTIZEN, RAKETEN 13

Théodore de Banville ist nicht eigentlich ein Materialist; er leuchtet.
In seiner Dichtung liegt die Stimmung glücklicher Stunden.

Auf jeden Brief eines Gläubigers schreibe fünfzig Zeilen über einen außer-irdischen Gegenstand, und du bist gerettet.

Großes Lächeln auf dem schönen Antlitz eines Riesen.

14

Der Selbstmord und der Selbstmordwahn, betrachtet im Hinblick auf Statistik, Medizin und Philosophie.

Brierre de Boismont

Die Stelle suchen:
Mit einem Wesen zusammenzuleben, das nur Abscheu vor einem empfindet …
Das Porträt des *Serenus* von *Seneca,* das des *Stagirus* von *Sankt Johannes Chrysostomus.*
Die *Acedia,* Krankheit der Mönche.
Das *Tædium vitæ.*

RAKETEN 15

Auslegung und Erläuterung des Wortes: *Die Leidenschaft setzt alles zu sich selbst in Bezug.*
Geistige Freuden, körperliches Wohlbefinden, ausgelöst durch Gewitter, Elektrizität und den Blitz; Sturmgeläut dunkler, liebender Erinnerungen langvergangener Jahre.

X

RAKETEN 16

Ich habe die Definition des Schönen gefunden – meinen Schönheitsbegriff. Etwas zugleich voller Trauer und voll verhaltener Glut, etwas schwebend Ungenaues, das der Vermutung Spielraum läßt. Ich werde, wenn man will, diese meine Vorstellungen an einem sinnlichen Gegenstand erläutern, zum Beispiel an dem interessantesten Gegenstand, den die menschliche Gesellschaft bietet, an einem Frauenantlitz. Ein schönes, verführerisches Haupt, will sagen das Haupt einer Frau, ist ein Haupt, das gleichzeitig – aber auf eine eigentümlich vermischte Art – Träume von Wollust und Trauer erregt; Vorstellungen von Melancholie, Mattigkeit, ja Übersättigung weckt – oder auch entgegengesetzte Vorstellungen von inbrünstiger Lebensgier, untermischt mit Fluten der Bitternis, die Entbehrung oder Hoffnungslosigkeit zurückgelassen haben. Das Rätselhafte und die Wehmut des Bedauerns gehören gleichfalls zu den wesentlichen Merkmalen des Schönen.

Ein schöner Männerkopf hingegen braucht nicht, in den Augen eines Mannes – wohl aber in den Augen einer Frau vielleicht – jene Vorstellung des Wollüstigen hervorzurufen, die im Antlitz einer Frau um so aufreizender wirkt, je stärker dieses Antlitz von Melancholie umdüstert ist. Aber auch ein solches Haupt wird zugleich Trauer und verhaltene Glut ausdrücken – geistige Bedürfnisse ins Dunkle, verdrängte Bestrebungen des Ehrgeizes – die Vorstellung von grollenden Kräften ohne Verwendung – mitunter die Vorstellung rächender Fühllosigkeit (denn der ideale Typus des Dandy darf hierbei nicht vernachlässigt werden) – mitunter auch – und dies ist eines der interessantesten Merkmale des Schönen – das Rätsel des Geheimnisses, und endlich (daß ich den Mut zu dem Geständnis finde, bis zu welchem Grade ich mich als einen Menschen der Moderne auf dem Gebiet der Ästhetik empfinde), *das Unglück*. – Ich will nicht behaupten, daß nicht auch die Freude sich mit der Schönheit verbinden könne, aber ich bin der Meinung, daß die Freude ein sehr gewöhnlicher Schmuck der Schönheit ist; – wohingegen die Melancholie sozusagen ihre erlauchte Gefährtin ist, und dies in einem solchen Grade, daß ich kaum imstande bin (als ob mein Hirn ein verzauberter Spiegel wäre!), mir einen Typus des Schönen vorzustellen, in dem nicht auch das *Unglück* zum Ausdruck käme. – Gestützt auf – andere würden sagen: besessen von – solchen Vorstellungen, wird man begreifen, daß es mir fast unmöglich wäre, aus all diesem nicht den Schluß zu ziehen, daß der vollkommenste Typus männlicher Schönheit niemand anders ist als *Satan* – wie Milton ihn geschildert hat.

RAKETEN 17

AUTO-IDOLATRIE

Politische Harmonie des Charakters.
Eurhythmie des Charakters und der Fähigkeiten.
Alle Fähigkeiten erhöhen.
Alle Fähigkeiten bewahren.
Ein Kult (Religion der Magier, Beschwörungszauber).
Opfer und Gelübde sind die höchsten Formeln und die Symbole des Austauschs.

Zwei grundsätzliche Eigenschaften der literarischen Arbeit: Supranaturalismus und Ironie.
Persönliche Betrachtungsweise, Anblick, den die Dinge dem Schriftsteller bieten, dann Wendung des Geistes ins Satanische.
Das Übernatürliche umfaßt die Grundfarbe und den besonderen Tonfall, das heißt Eindringlichkeit, Klangfülle, Durchsichtigkeit, Schwingungsvermögen, Tiefe und Widerhall in Raum und Zeit.
Es gibt Augenblicke unseres Daseins, in denen Zeit und Ausdehnung sich vertiefen, und das Gefühl unseres Daseins eine Erhöhung ins Unermeßliche erfährt.
Angewandte Magie, zur Beschwörung der großen Toten, zur Wiederherstellung und Vervollkommnung der Gesundheit.
Die Inspiration kommt immer, wenn der Mensch es *will,* aber sie verläßt ihn nicht immer, wenn er will.
Sprache und Schrift, als magische Verrichtungen betrachtet, Beschwörungszauber.

Wesenszüge des Weibes.

Was am Weibe anziehend wirkt und seine Schönheit ausmacht:

Blasiertheit,	Herrschsucht,
Gelangweiltsein,	Willensstärke,

Leichtfertigkeit,	Bösartigkeit,
Schamlosigkeit,	Kränklichkeit,
Kühle,	Katzenhaftes Benehmen, Mischung von Kinderei,
Versonnenheit,	Lässigkeit und Spottsucht.

In gewissen, fast übernatürlichen seelischen Zuständen enthüllt die ganze Tiefe des Lebens sich im Schauspiel auch des gewöhnlichsten Gegenstandes, der sich dem Auge darbietet. Dieser wird dann zum Gleichnis der Lebenstiefe.

Wie ich den Boulevard überquerte, und da ich ein wenig hastig versuchte, den Wagen auszuweichen, glitt mir meine Aureole herab und fiel in den Schmutz des Fahrdamms. Glücklicherweise fand ich gerade noch Zeit, sie wieder aufzuheben; aber einen Augenblick später beschlich mich die unglückliche Vorstellung, dies möchte ein Zeichen von schlimmer Vorbedeutung sein; und diese Vorstellung ließ mich nicht mehr los; den ganzen Tag über verfolgte sie mich und gönnte mir keine Ruhe.

Kult des eigenen Selbst in der Liebe, im Hinblick auf Gesundheit, Hygiene, Körperpflege, Kleidung, geistige Vornehmheit und Beredsamkeit.

Self-purification and anti-humanity.

Der Liebesakt hat eine große Ähnlichkeit mit der Folter oder einer chirurgischen Operation.

Im Gebet vollzieht sich eine magische Verrichtung. Das Gebet ist eine der großen Kräfte der geistigen Dynamik. Es löst so etwas wie einen elektrischen Rückschlag aus.

Der Rosenkranz ist ein Medium, ein Vehikel; die allen mögliche und zugängliche Form des Gebets.

Die Arbeit, eine fortschreitende und anhäufende Kraft, die Zinsen trägt wie das Kapital, sowohl hinsichtlich der Fähigkeiten als auch der Ergebnisse.

Selbst das durch die Wissenschaft, die auch versagen kann, gelenkte Spiel wird stets, und sei es noch so ertragreich, von der Arbeit besiegt werden, sei die Leistung auch noch so gering, wenn sie nur eine fortgesetzte Tätigkeit ist.

Wenn ein Dichter vom Staat das Recht verlangte, einige Bürger in seinem Stall halten zu dürfen, würde das große Verwunderung erregen; wenn jedoch ein Bürger ein Stück gebratenen Dichter verlangte, würde man das ganz natürlich finden.

Dieses Buch wird weder meinen Frauen und Töchtern, noch meinen Schwestern ein Ärgernis sein.

Bald bat er sie um Erlaubnis, ihr Bein küssen zu dürfen, und er benützte die Gelegenheit, dieses schöne Bein in einer solchen Stellung zu küssen, daß sein Umriß sich deutlich gegen die untergehende Sonne abzeichnete.

Minchen, Miminchen, Mimilinchen, mein Kätzchen, mein Wolf, mein Äffchen, mein Affe, meine große Schlange, mein kleiner melancholischer Esel.
Solche allzuoft wiederholten Koseformen, solche allzuhäufigen tierischen Rufnamen sind ein deutlicher Hinweis auf die satanische Seite der Liebe; erscheinen die Teufel nicht in tierischer Gestalt? Siehe das Kamel bei Cazotte – Kamel, Teufel und Weib.
Ein Mann in Begleitung seiner Frau tritt an eine Schießbude. – Er legt auf eine Schießfigur an und sagt zu seiner Frau: Ich stelle mir vor, das seiest du. – Er schließt die Augen und schießt die Figur um. – Dann küßt er seiner Begleiterin die Hand und spricht: Mein Engel, wie danke ich dir für meine Geschicklichkeit!
Wenn ich einmal aller Welt Abscheu und Entsetzen vor mir eingeflößt haben werde, werde ich die Einsamkeit erobert haben.
Dieses Buch ist nicht für meine Frauen, meine Töchter und meine Schwestern gemacht. – Von der Art habe ich wenig.
Es gibt Menschen von solcher Dickfelligkeit, daß selbst die Verachtung kein Vergnügen mehr bereitet.
Viele Freunde, viele Handschuhe – aus Angst vor der Krätze.

Die mich geliebt haben, waren verachtete Leute; ich würde sogar verächtliche sagen, wenn ich darauf Wert legte, *den anständigen Leuten* zu schmeicheln.
Gott ist ein Ärgernis, – ein Ärgernis, das etwas einbringt.

XII

RAKETEN 18

Verachtet niemandes Empfindlichkeit. Das Empfindungsvermögen eines Menschen ist sein Genie.
Es gibt nur zwei Orte, wo man bezahlen muß, um das Recht zu haben, etwas fortzugeben, die öffentlichen Bedürfnisanstalten und die Weiber.
Ein leidenschaftliches Konkubinat vermag einen Begriff von den Wonnen einer jungen Ehe zu vermitteln.
Das frühreife Gefallen an den Frauen. Der Duft des Pelzwerks vermischte sich mir mit dem Duft des Weibes. Ich erinnere mich ... Schließlich liebte ich meine Mutter wegen ihrer Eleganz. Demnach war ich ein frühreifer Dandy.
Meine Vorfahren, Schwachsinnige oder Irre, in feierlichen Gemächern, und alle Opfer schrecklicher Leidenschaften.
In protestantischen Ländern fehlt es an zwei Dingen, die zum Glück eines wohlerzogenen Mannes unerläßlich sind: Galanterie und Frömmigkeit.
Die Mischung des Grotesken und des Tragischen ist dem Geiste angenehm, so wie ein übersättigtes Ohr an Mißtönen Gefallen findet.
Es liegt etwas Berauschendes im schlechten Geschmack, nämlich das aristokratische Vergnügen, zu mißfallen.
Der Deutsche gibt der Träumerei durch die Linie, der Engländer durch die Perspektive Ausdruck.
Die Erzeugung jedes erhabenen Gedankens löst eine nervöse Erschütterung aus, die man im Kleinhirn verspürt.
Der Spanier überträgt die natürliche Wildheit der Liebe auf die Religion.

Stil.
Die Note des Ewigen, der ewige und kosmopolitische Stil. Chateaubriand, Alph. Rabbe, Edgar Poe.

XIII

RAKETEN 19
EINFÄLLE

Es ist leicht zu erraten, warum die Demokraten die Katzen nicht lieben. Die Katze ist schön; sie weckt Vorstellungen von Luxus, Reinlichkeit, Wollust, usw. …

RAKETEN 20

Ein wenig Arbeit, dreihundertfünfundsechzigmal wiederholt, bringt dreihundertfünfundsechzigmal einen kleinen Betrag, d.h. schließlich eine ungeheure Summe, ein. Und gleichzeitig hat man *die Berühmtheit erlangt*.
Ebenso besteht das Glück aus einer Menge kleiner Freuden.

—

Einen Gemeinplatz erfinden, das ist das Genie.
Ich muß einen Gemeinplatz erfinden.

Das Concetto ist ein Meisterwerk.

Der Ton Alphonse Rabbe.
Der Ton des ausgehaltenen Mädchens. *(Meine Allerschönste! Du Flatterhafte!)*
Der *ewige* Ton.
Grelle Farbgebung, tief eingegrabener Umriß.
Die Primadonna und der Metzgerbursche.

Meine Mutter ist unberechenbar; man muß sie fürchten und ihr gefallen.

Der hochmütige Hildebrand.
Cäsarismus Napoleons III. (Brief an Edgar Ney.) Papst und Kaiser.

XIV

RAKETEN, EINFÄLLE 21

Sich Satan verschreiben, was heißt das?

Welcher Begriff wäre törichter als der des Fortschritts, da doch der Mensch, wie jeder Tag aufs neue beweist, immer dem Menschen ähnlich und gleich, das heißt immer ein Wilder bleibt. Was bedeuten die Gefahren des Waldes und der Steppe neben den täglich sich wiederholenden Zusammenstößen und Auseinandersetzungen der Zivilisation? Ob der Mensch sein genarrtes Opfer auf den Straßen der Großstadt einfängt oder seine Beute in unerforschten Wäldern durchbohrt, bleibt er nicht ewig der Mensch, das heißt das vollkommenste Raubtier?
– Man sagt, ich sei dreißig Jahre alt; wenn ich aber drei Minuten in einer gelebt habe ... bin ich dann nicht neunzig Jahre alt?
... Ist nicht die Arbeit das Salz, das die mumifizierten Seelen erhält?
Romananfang, irgendwo einsetzen und, damit einen die Lust packt, ihn auch zu Ende zu schreiben, mit ein paar sehr schönen Sätzen beginnen.

XV

RAKETEN 22

Ich glaube, der unendliche, geheimnisvolle Reiz, den der Anblick eines Schiffes, und vor allem eines Schiffes in Fahrt, erregt, entspringt, im ersten Fall, der Regelmäßigkeit und Symmetrie, die eines der ursprünglichsten Bedürfnisse des menschlichen Geistes

sind, ebenso wie Vielfalt und Harmonie – und, im zweiten Fall, dem reichen Wechselspiel all der Kurven und Figuren, welche die wirklichen Teile des Gegenstandes für unser geistiges Auge in den Raum hinein beschreiben.
Die poetische Vorstellung, die diese tätige Bewegung in den Linien auslöst, ist die Hypothese eines riesigen, unermeßlichen, ungeheuer vielfältigen, dennoch schön bewegten Wesens, eines genialisch begabten Tieres, das alle menschlichen Seufzer und Sehnsüchte mitleidet und verhaucht.

Ihr zivilisierten Völker, die ihr immer so dünkelhaft von *Wilden* und *Barbaren* redet, sehr bald schon werdet ihr, wie d'Aurevilly sagt, *unter das Niveau von Götzendienern herabgesunken* sein.

Der Stoizismus, eine Religion, die nur ein einziges Sakrament besitzt – den Selbstmord!

Den Plan zu einer lyrischen oder märchenhaften Hanswurstiade entwerfen, zu einer Pantomime, und dies dann in die Form eines ernsthaften Romans übertragen. Das Ganze in eine absonderliche und traumhafte Atmosphäre tauchen – in die Atmosphäre der *hohen Tage*. – Es soll sanft einwiegend wirken – und auch in der Leidenschaft noch heiter und schwebend. – Bezirke der reinen Poesie.

Solche Rührung überkam ihn, als der Schauder jener Lüste ihn anrührte, die wie Erinnerungen waren, so zärtliche Trauer erfaßte ihn, als er der ganzen schlechtgenutzten Vergangenheit gedachte, voller Verfehlungen, voller Zwistigkeiten und voll von Dingen, die sie voreinander versteckten, daß er zu weinen begann; und diese heißen Tränen flossen im Finstern über die nackte Schulter seiner immer noch geliebten, immer noch anziehenden Freundin. Sie schauderte; auch sie überkam ein Gefühl der Wehmut und Rührung. Die vollkommene Finsternis beschwichtigte ihre Eitelkeit und ihren Dandysmus des kalten Weibes. Und einer plötzlichen gemeinsamen Regung gehorchend, umfaßten sich diese beiden gefallenen Wesen, die doch an einem Rest ihres Adels noch litten, und vermischten unter dem Regen der Tränen und Küsse die Trauer ihres vergangenen Lebens mit den ungewissen Hoffnungen auf die Zukunft. Und die Vermutung drängt sich auf, daß sie niemals so sanfte Wollust genossen als in dieser Nacht der Wehmut und des Erbarmens; – eine Wollust, gesättigt von Schmerz und Reue. Durch die Schwärze der Nacht hatte er hinter sich geblickt in die Tiefe der Jahre, dann hatte er sich in die Arme seiner schuldigen Freundin gestürzt, um in ihnen die Vergebung zu empfangen, die er ihr gewährte.

– Hugo denkt oft an Prometheus. Er heftet sich einen eingebildeten Geier auf eine Brust, die nur von den Zugpflastern der Eitelkeit verbrannt wird. Dann verändert und bereichert sich diese Wahnvorstellung, steigert sich nach jenem Verlauf, den die Ärzte beschrieben haben, und endlich glaubt er, daß die Insel Jersey sich durch ein Fiat der Vorsehung in die Insel Sankt-Helena verwandelt habe.

Dieser Mensch ist so wenig zu echter elegischer Wehmut gestimmt, so wenig vom Ätherhauch des Geistes berührt, daß er selbst einem Notar Entsetzen einflößen würde.

Der Hohepriester Hugo hält immer die Stirne gesenkt; – allzu gesenkt, um etwas anderes als seinen Nabel zu sehen.

Was ist heutzutage nicht alles ein Priestertum? Die Jugend selber ist ein Priestertum, – wenigstens behauptet das die Jugend.

Und was ist nicht alles ein Gebet? – Scheißen ist ein Gebet, wenigstens behaupten dies die Demokraten, wenn sie scheißen.

Herr von Pontmartin – ein Mann, der immer aussieht, als käme er eben aus seiner Provinz an …

Der Mensch, das heißt jedermann, ist *seiner Natur nach* so verkommen, daß er weniger unter dem allgemeinen Niedergang leidet, als unter der Aufrichtung einer vernünftigen Hierarchie.

Die Welt geht ihrem Untergang entgegen. Der einzige Grund für ihren weiteren Bestand ist ihr tatsächliches Vorhandensein. Wie schwach ist dieser Grund im Vergleich zu all denen, die das Gegenteil ankündigen, insbesondere zu diesem; was hat die Welt in Zukunft noch unter dem Himmel zu schaffen? – Denn, gesetzt selbst, sie würde in ihrer materiellen Existenz fortdauern, wäre das noch eine Existenz, die dieses Namens und des historischen Wörterbuches würdig wäre? Ich will nicht behaupten, daß die Welt der äußersten Ratlosigkeit und dem possenhaften Durcheinander der südamerikanischen Republiken verfallen wird – daß wir vielleicht auf die Stufe der Wilden zurücksinken und, das Gewehr in der Hand, durch die überwucherten Trümmer unserer Zivilisation unserer Nahrung nachgehen werden. Nein; – denn ein solches Schicksal, solche Abenteuer würden immer noch eine gewisse vitale Energie, einen Nachhall der Urzeit, voraussetzen. Als neues Beispiel und neuerliches Opfer der unerbittlichen Gesetze der Moral werden wir an dem zugrunde gehen, von dem wir uns Leben versprachen. Die Mechanik wird uns derart amerikanisiert haben, der Fortschritt die Verkümmerung unseres geistigen Teiles so vollkommen gemacht haben, daß auch der blutrünstigste, ruchloseste und widernatürlichste aller Träume der Utopisten harmlos erscheinen wird im Vergleich zu solchen positiven Ergebnissen. Ich fordere jeden denkenden Menschen auf, mir zu zeigen, was denn vom Leben noch übriggeblieben ist. Was die Religion angeht, so halte ich es für überflüssig, sie auch nur zu erwähnen und nach ihren Überresten zu forschen, denn daß sich einer noch die Mühe macht, Gott zu leugnen, ist das einzige Ärgernis auf diesem Gebiet. Das Eigentum war im Grunde schon mit der Aufhebung des Majoratsrechtes verschwunden; aber es wird eine Zeit kommen, wo die Menschheit, wie ein rächender Oger, denen ihr letztes Stück entreißen wird, die sich für die rechtmäßigen Erben der Revolutionen halten. Immerhin, das wäre nicht einmal das Schlimmste.

Die menschliche Einbildungskraft kann sich ohne große Mühe Republiken oder andere Gemeinwesen vorstellen, die einiges Ruhmes würdig sind, wenn sie von geweihten Männern, von gewissen Aristokraten, gelenkt werden. Aber nicht eigentlich die politischen Einrichtungen werden den allgemeinen Verfall offenbaren, oder den allgemeinen Fortschritt – denn die Benennung ist mir gleichgültig. Dieser wird vielmehr deutlich werden durch die Erniedrigung des menschlichen Herzens. Brauche ich noch hinzuzufügen, daß nur noch kümmerliche Reste eines politischen Lebens in der ansteigenden Flut bloßer tierischer Begierden übrigbleiben werden, und daß die Regierenden, um sich an der Macht zu erhalten und auch nur einen Schein von Ordnung zu schaffen, zu Mitteln ihre Zuflucht nehmen werden, vor denen die heutige Menschheit, die doch schon abgebrüht genug ist, zurückschaudern würde? – Dann wird der Sohn seiner Familie nicht erst mit achtzehn, sondern schon mit zwölf Jahren entfliehen; frühreife Gier wird ihn hinaustreiben, nicht um heldenhafte Abenteuer zu bestehen, nicht um eine gefangene Schöne aus ihrem Turmverlies zu befreien, nicht um eine armselige Dachkammer durch erhabene Gedanken unsterblich zu machen, vielmehr um ein Geschäft zu gründen, um sich zu bereichern und seinem schändlichen Vater Konkurrenz zu machen, – dem Gründer und Aktionär einer Zeitung, welche dann das Licht der Aufklärung verbreiten und mit der verglichen das *Siècle* dann als ein Pfuhl des Aberglaubens erscheinen wird. – Dann werden die Schweifenden, die Erniedrigten, die einmal ein paar Liebhaber hatten und die man mitunter »Mein Engel« nennt, zum Dank für jene Unbesonnenheit, die als ein zufälliges Leuchten in ihrem Dasein von der Folgerichtigkeit des Bösen aufglänzt, – diese, sage ich, werden dann nichts anderes mehr kennen als erbarmungslose Klugheit, eine Klugheit, die alles außer dem Gelde verurteilt, alles, selbst *die Verirrungen der Sinne!* – Was dann noch der Tugend ähnlich sieht – was sage ich, – alles, was nicht ausschließlich Gier nach dem Golde ist, wird einer grenzenlosen Lächerlichkeit anheimfallen. Die Justiz, wenn es in diesen glückseligen Zeiten überhaupt noch so etwas wie eine Justiz geben sollte, wird diejenigen Bürger, die sich nicht auf den Vermögenserwerb verstehen, ihres Amtes entheben. – Deine Gattin, o Bürger! deine keusche Ehehälfte, der gesetzlich verbunden zu sein dein Herz mit dichterischer Wonne erfüllt, wird künftig in diesen gesetzlichen Bund eine Verworfenheit einführen, die über jeden Vorwurf erhaben ist; als wachsame und verliebte Hüterin deines Geldschranks ist sie nur noch das vollkommene Ideal der ausgehaltenen Frau. Deine Tochter wird mit kindlicher Frühreife schon in der Wiege davon träumen, daß sie sich für eine Million verkauft. Und du selbst, o Bürger! – noch weniger poetisch gestimmt, als du es heute schon bist – wirst nichts dagegen einzuwenden finden; und du wirst nichts bedauern. Denn es gibt Dinge im Menschen, die an Kraft gewinnen und gedeihen in dem Maße, wie andere schrumpfen und schwinden, und dank dem Fortschritt jener Zeiten werden die Organe deines Innern nur noch ihre rein körperlichen Funktionen erfüllen! – Diese Zeiten stehen vielleicht schon unmittelbar bevor; wer weiß, ob sie nicht gar schon angebrochen sind und ob die Abstumpfung unserer Natur nicht das einzige Hindernis ist, das uns verwehrt, die Umwelt, in der wir atmen, richtig einzuschätzen!

Was mich betrifft, der ich manchmal die lächerlichen Anwandlungen zum Propheten in mir verspüre, ich weiß, daß ich keine Anlagen zur Menschenfreundlichkeit des Arztes habe. Verloren in dieser erbärmlichen Welt, umhergestoßen von der Menge, bin ich wie einer, der erschöpft ist, und dessen Blick hinter sich, in der Tiefe der Jahre, nur Enttäuschung und Bitternis wahrnimmt, und vor sich nichts als ein drohendes Unwetter, das ihm nichts Neues bringen wird, weder Erfahrungen, noch Schmerzen. Und hat dieser Mann eines Abends dem Geschick einige Stunden des Vergnügens abgelistet, so läßt er sich wiegen von seiner Verdauung, versucht – soweit das möglich ist – das Vergangene zu vergessen, mit der Gegenwart zufrieden zu sein und im voraus auf die Zukunft zu verzichten; dann spricht er vielleicht zu sich selbst, im Vollgefühl seiner Kaltblütigkeit und seines Dandysmus, stolz, nicht ebenso niedrig zu sein wie die, die unter ihm vorbeigehn – spricht, indem er sinnend dem Rauch seiner Zigarre nachblickt: Was kümmert mich ihr Gewissen und wohin es sie treibt!

Ich glaube, ich bin da abgeschweift in etwas, was die Leute vom Fach als Beiwerk bezeichnen. Doch ich will diese Seiten lassen – als ein Zeugnis meines Zornes.

meiner Traurigkeit

[HYGIENE]

[I]

RAKETEN. HYGIENE. PLÄNE 86

Je mehr man will, desto besser will man.
Je mehr man arbeitet, desto besser arbeitet man und desto mehr will man arbeiten. Je mehr man hervorbringt, desto fruchtbarer wird man.

Nach einer Ausschweifung fühlt man sich stets noch einsamer, noch verlassener.

Im Seelischen wie im Körperlichen habe ich immer die Empfindung des Abgrunds gehabt, nicht allein des Abgrundes des Schlafes, sondern auch des Abgrundes der Tat, des Traumes, der Erinnerung, der Begierde, des Bedauerns, der Reue, des Schönen, der Zahl, usw. …
Ich habe meine Hysterie mit Entzücken und Entsetzen gepflegt. Jetzt bin ich immer dem Schwindel ausgeliefert, und heute, den 23. Januar 1862, ist mir ein seltsam vorbedeutendes Zeichen zuteil geworden; ich spürte, wie *ein Wehen von den Flügeln der Verblödung* über mich hinstrich.

HYGIENE. MORAL 87

Nach Honfleur! So bald wie möglich, bevor ich noch tiefer sinke.
Wieviel innere Warnungen, wieviel Zeichen hat mir Gott nicht schon gesandt, daß es *höchste Zeit* ist, zu handeln, daß es nun heißt, die gegenwärtige Minute als die wichtigste aller Minuten zu betrachten, und es darum geht, in der ständigen Qual, die mir das Arbeiten bereitet, meinen *dauernden Genuß* zu finden!

[II]

HYGIENE. LEBENSFÜHRUNG. MORAL 88

In jeder Minute zermalmt uns die Vorstellung und die Empfindung der Zeit. Es gibt nur zwei Mittel, diesem Albdruck zu entrinnen, – ihn zu vergessen: das Vergnügen und die Arbeit. Das Vergnügen verbraucht uns. Die Arbeit kräftigt uns. Wähle.
Je mehr wir uns des einen dieser Mittel bedienen, um so stärker widert das andere uns an.

Nur indem man sich ihrer bedient, kann man die Zeit vergessen.
Alles geschieht nur nach und nach.

RAKETEN

De Maistre und Edgar Poe haben mich denken gelehrt.

Nur das eine Werk, das man nicht zu beginnen wagt, wirkt unerträglich lang. Es wird zum Albdruck.

HYGIENE 89

Indem man die notwendige Arbeit verschiebt, läuft man Gefahr, sie niemals erledigen zu können. Indem man sich nicht sofort bekehrt, setzt man sich der Verdammnis aus.

Um von allem geheilt zu werden, von Elend, Krankheit und Trübsinn, fehlt einzig die *Lust an der Arbeit*.

[III]

WICHTIGE NOTIZEN 90

Tue alle Tage, was Pflicht und Klugheit fordern.
Wenn du alle Tage arbeitetest, wäre dir dein Leben erträglicher.

Arbeite *sechs* Tage ohne Unterbrechung.

Um einen Stoff zu finden, γνωϑί σεαυτον ... (Aufstellung meiner Neigungen).
Sei immer Dichter, selbst in Prosa. Großer Stil (nichts ist schöner als der Gemeinplatz).
Fange erst einmal an, dann bediene dich der Logik und Analyse.
Jede beliebige Hypothese fordert eine Schlußfolgerung.
Finde die tägliche Arbeitswut.

[IV]

HYGIENE. LEBENSFÜHRUNG. MORAL 91

ZWEI TEILE:
Schulden (Ancelle).
Freunde *(meine Mutter, Freunde, ich).*
1000 Francs müssen also in zwei Hälften zu je 500 Francs geteilt und die zweite in *drei* Teile geteilt werden.

Nach Honfleur.
All meine *Briefe* sichten und ordnen (zwei Tage).
Und alle meine Schulden (zwei Tage). (Vier Unterabteilungen: *Wechsel, große Schulden, kleine Schulden, Freunde.)*
Die Stiche ordnen (zwei Tage).
Meine Aufzeichnungen ordnen (zwei Tage).

[V]

HYGIENE. MORAL. LEBENSFÜHRUNG

Zu spät vielleicht! – Meine Mutter und Jeanne. – Meine Gesundheit aus Erbarmen, um der Aufgabe willen! – Jeannes Krankheiten. Gebrechlichkeit, Einsamkeit meiner Mutter.

– Alle Tage seine Pflicht erfüllen und für den kommenden Tag sich Gott anvertrauen.
– Die einzige Möglichkeit, zu Geld zu kommen, liegt in einer Arbeit, die um ihrer selbst willen getan wird.
– Kurze Regeln des Verhaltens. Waschen und Anziehen, Gebet, Arbeit.
– Gebet: Nächstenliebe, Weisheit und Kraft.
– Ohne die Liebe bin ich nur ein tönendes Erz.
– Meine Demütigungen waren Gnadenerweise Gottes.
– Ist die Zeit meiner Selbstsucht vorüber?
– Die Fähigkeit, der Notwendigkeit jeder Minute zu entsprechen, die Pünktlichkeit mit einem Wort, muß unfehlbar ihren Lohn empfangen.

»Fortwährendes Unglück übt auf die Seele die gleiche Wirkung aus wie das Alter auf den Körper; man wird ungelenk; man streckt sich nieder …
Andrerseits ist man in früher Jugend leicht geneigt, allerlei Gründe des Abwartens zu finden; wenn man noch viel Zeit zu verschwenden hat, bildet man sich ein, man könne noch warten und seine Jahre verspielen.« Chateaubriand

[VI]

HYGIENE. LEBENSFÜHRUNG. METHODE 92

Jeanne 300, meine Mutter 200, ich 300, – 800 Francs im Monat. 6 Stunden nüchtern arbeiten von morgens bis mittags. Blindlings arbeiten, ohne unmittelbares Ziel, wie ein Verrückter. Wir werden sehen, was das bringt.
Ich will einmal annehmen, daß mein Schicksal von einer ununterbrochenen Arbeit von mehreren Stunden abhängt.
Alles läßt sich wiedergutmachen. Noch ist es Zeit. Wer weiß, ob nicht sogar neue Vergnügungen …?
Berühmtheit, Bezahlung meiner Schulden. *Reichtum* für Jeanne und meine Mutter.

Bisher ist mir die Freude an einem verwirklichten Vorhaben versagt geblieben. Macht der fixen Idee. Macht der Hoffnung.

Die Gewöhnung, seine Pflicht zu erfüllen, verjagt die Furcht. Man muß träumen wollen und zu träumen verstehen. Beschwörung der Inspiration. Magie. Sofort anfangen zu schreiben. Ich grüble zuviel.

Sofortige Arbeit, selbst schlechte, ist besser als bloßes Träumen.

Eine Folge von kleinen Willensakten liefert ein bedeutendes Ergebnis.

Jedes Nachlassen der Willenskraft ist ein Teilchen verlorene Substanz. Wie verschwenderisch ist doch die Unschlüssigkeit! Und nun bedenke man die ungeheure Summe von Anstrengungen, wenn man zuletzt all diese Verluste wiedergutmachen will!

Der Mensch, der abends sein Gebet verrichtet, ist ein Feldhauptmann, der Wachtposten aufstellt. Er kann schlafen.

Träume vom Tod und Vorwarnungen.

Bisher habe ich meine Erinnerungen nur für mich allein genossen. Man muß sie zu zweien genießen. Die Freuden des Herzens in Leidenschaft verwandeln.

Weil ich ein ruhmreiches Dasein begreife, fühle ich mich fähig, es zu verwirklichen. O Jean-Jacques!

Die Arbeit erzeugt notwendigerweise einen sittlichen Lebenswandel, Mäßigkeit und Keuschheit, und infolgedessen Gesundheit, Reichtum, sich steigernde Begabung und Nächstenliebe. *Age quod agis.*

Fisch, kalte Bäder, Duschen, isländisch Moos, Pastillen, je nach Umständen; alle Reizmittel vermeiden.

Isländisch Moos	125 Gramm
Weißer Zucker	250 Gramm

Das Moos während 12 bis 15 Stunden in genügender Menge kalten Wassers aufweichen lassen; dann Wasser abgießen.

Das Moos in 2 Liter Wasser auf ständig mäßig brennendem Feuer kochen lassen, bis die zwei Liter sich auf ein Liter reduziert haben; nur einmal abschäumen; dann die 250 Gramm Zucker hinzugeben und dicken lassen, bis die Flüssigkeit sirupartige Konsistenz gewinnt.

Abkühlen lassen. Täglich *drei* sehr große Eßlöffel voll einnehmen, morgens, mittags und abends. Die Dosis ruhig erhöhen, wenn die Anfälle zu häufig werden.

[VII]

HYGIENE. LEBENSFÜHRUNG. METHODE 93

Ich schwöre mir selbst, daß ich die folgenden Regeln als ewige Regeln meines Lebens beobachten will:
Jeden Morgen mein *Gebet* verrichten, *zu Gott, dem Urquell aller Kraft und aller Gerechtigkeit,* zu *meinem Vater,* zu *Mariette und* zu *Poe,* als Fürsprecher; sie bitten, mir *die nötige Kraft* zu verleihen, alle meine Pflichten zu erfüllen, und meiner Mutter *ein so langes Leben* zu gewähren, daß sie sich meiner Umwandlung noch erfreuen kann; den ganzen Tag arbeiten, oder wenigstens *solange meine Kräfte es mir erlauben;* Gott, das heißt der Gerechtigkeit selber, das Gelingen meiner Pläne anvertrauen und anheimstellen; alle Abende ein neues Gebet verrichten, um von Gott Leben und Kraft für meine Mutter und für mich zu erbitten; alle meine Einnahmen in vier Teile teilen – einen für das tägliche Leben, einen für meine Gläubiger, einen für meine Freunde, und einen für meine Mutter; – die Grundsätze der strengsten Mäßigkeit beobachten, deren erster die Vermeidung aller Reizmittel, gleichviel welcher Art, ist.

[VIII]

HYGIENE. LEBENSFÜHRUNG. METHODE
(Auszüge aus *The Conduct of Life,* von Emerson.)

Great men ... have not been boasters and buffoons, but perceivers of *the terror of life,* and have manned themselves to face it.

»Fate is nothing but the deeds committed in a prior state of existence.«

»What we wish for in youth comes in heaps on us in old age«, too often cursed with the granting of our prayer; and hence the high caution, that since we are sure of having what we wish we beware to ask only for high things.

The one prudence of life is concentration; the one evil is dissipation.

The poet Campbell said that »a man accustomed to work was equal to any achievement he resolved on, and that, for himself necessity, not inspiration, was the prompter of his muse«.

In our flowing affairs a decision must be made, – the best, if you can; but any is better than none.

The second substitute for temperament is drill, the power of use and routine.

»More are made good by exercitation than by nature«, said Democritus.

Mirabeau said: »Why should we feel ourselves to be men, unless it be to succeed in everything, everywhere. You must say of nothing: *That is beneath me,* nor feel that anything can be out of your power. Nothing is impossible to the man who can will. *Is that necessary? That shall be.* This is the only *Law of success.*«

We acquire the strength we have overcome.

The hero is he who is immovably centred.

The main difference between people seems to be that one man can come under obligations on which you can rely; and another is not. *As he has not a law within him, there's nothing to tie him to.*

If you would be powerful, pretend to be powerful.

Seeketh thou great things? seek them not.

[IX]

Conduct of life

– Great men have not been [...] for high things.

– His heart (was) the throne of will.

– Life is search after power.

– No honest seeking goes unrewarded.

– We must reckon success a constitutional trait.

– The one prudence [...] of his muse.

– A decision [...] said Democritus.

– *Pecunia alter sanguis.*

– Mirabeau said [...] immovably centred.

– Your theories and plans of life are fair and commendable; – but will you stick?

– If you [...] powerful.

MEIN ENTBLÖSSTES HERZ

I

MEIN ENTBLÖSSTES HERZ 1

Verflüchtigung, Verdunstung und Einwärtsfassung, Sammlung des *Ichs*. Hierin ist alles enthalten.

Es liegt ein gewisser sinnlicher Genuß im Umgang mit Sonderlingen.
(Ich kann *Mein entblößtes Herz* irgendwo und irgendwie beginnen und es dann Tag um Tag fortsetzen, indem ich mich von der Inspiration des Tages und der Gelegenheit leiten lasse, vorausgesetzt daß die Inspiration lebhaft genug ist.)

2

Der erste beste, vorausgesetzt daß er zu unterhalten versteht, hat das Recht, von sich selbst zu sprechen.

MEIN ENTBLÖSSTES HERZ 3

Ich begreife, daß man einer Sache abtrünnig wird, um zu erfahren, was man im Dienste einer anderen empfinden wird.

Es wäre vielleicht reizvoll, abwechselnd Opfer und Henker zu sein.

II

MEIN ENTBLÖSSTES HERZ 4

Girardins Albernheiten.
Es ist unsere Gewohnheit, den Stier *bei den Hörnern* zu packen. Packen wir also diese Rede *an ihrem Schlußteil* (7. November 1863).

Girardin scheint demnach zu glauben, die Hörner der Stiere befänden sich auf dem Hinterteil. Er verwechselt die Hörner mit dem Schwanz.

Ehe sie die Ptolemäer des französischen Journalismus kopieren, mögen die belgischen Journalisten sich die Mühe machen, über die Frage nachzudenken, die ich seit dreißig Jahren unter jedem ihrer Aspekte studiere, wie es das Werk beweisen wird, das demnächst unter dem Titel QUESTIONS DE PRESSE erscheinen wird; sie mögen sich hüten, eine Ansicht als *im höchsten Grade lächerlich** zu behandeln, die ebenso wahr ist, wie daß die Erde sich dreht und daß die Sonne sich nicht dreht.

Émile de Girardin

* »*Es gibt Leute, die behaupten, nichts hindere uns zu glauben, da der Himmel unbeweglich sei, so sei es die Erde, die sich um ihre Achse drehe. Aber diese Leute fühlen nicht, wie sehr, angesichts dessen, was um uns herum vorgeht, ihre Ansicht* im höchsten Grade lächerlich (πάνυ γελοιότατον) ist.«

Ptolemäus, *Almagest,* Buch I, Kap. 4

Et habet mea mentrita (sic) *meatum.*

Girardin

III

FÜR

MEIN ENTBLÖSSTES HERZ 5

Das Weib ist das Gegenteil des Dandy.
Daher muß es Abscheu erregen.
Das Weib hat Hunger, und es will essen; Durst, und es will trinken.
Es ist brünstig, und es will gefickt werden.
Das ist was Rechtes!
Das Weib ist *natürlich,* das heißt abscheulich.
Und immer ist es gewöhnlich, das heißt das Gegenteil des Dandy.

—

Bezüglich der Ehren-Legion.
Wer sich um das Kreuz der Ehren-Legion bewirbt, scheint zu sagen: Wenn man mir für meine Pflichterfüllung keinen Orden verleiht, werde ich es in Zukunft bleiben lassen.
– Hat ein Mensch sich Verdienste erworben, wozu ihn dann noch auszeichnen? Hat er keine, mag man ihm einen Orden verleihen; das wird ihm ein wenig Ansehen geben.
Einzuwilligen, daß man einen Orden erhält, heißt dem Staat oder dem Fürsten das Recht zuerkennen, einen zu beurteilen, einem Ansehen zu verleihen, usw.

—

Im übrigen, wenn schon nicht der Stolz, so verbietet doch die christliche Demut, das Kreuz anzunehmen.

Überlegung zugunsten Gottes.
Nichts existiert ohne Ziel.
Also hat auch mein Dasein ein Ziel. Welches Ziel? Das ist mir unbekannt.
Also habe nicht ich es vorausbestimmt.
Also hat dies jemand getan, der weiser ist als ich.
Es gilt also, diesen Jemand zu bitten, daß er mich erleuchte. Das ist das Klügste, was man wählen kann.

Der Dandy muß sein ganzes Streben darauf richten, ohne Unterbrechung erhaben zu sein; er muß leben und schlafen vor einem Spiegel.

IV

MEIN ENTBLÖSSTES HERZ 6

Analyse der Gegen-Religionen, Beispiel: die Tempel-Prostitution.
Was ist das Wesen der Tempel-Prostitution?
Nervöse Erregtheit.
Mystischer Charakter des Heidentums.

Der Mystizismus, Mittelglied zwischen Heidentum und Christentum.
Heidentum und Christentum beweisen sich gegenseitig.
Die Revolution und der Kult der Vernunft beweisen die Idee des Opfers.
Der Aberglaube ist Born und Sammelbecken aller Wahrheiten.

MEIN ENTBLÖSSTES HERZ 7

In jedem Wechsel liegt zugleich etwas Niederträchtiges und etwas Angenehmes, etwas von Untreue und Umzug. Dies genügt, um die französische Revolution zu erklären.

V

MEIN ENTBLÖSSTES HERZ 8

Mein Begeisterungstaumel 1848.
Welcher Art war dieser Taumel?
Rachegelüste. *Natürliches* Vergnügen an der Zertrümmerung.
Literarische Begeisterung; Erinnerungen an Gelesenes.
Der 15. Mai. – Immer wieder die Lust an der Zerstörung. Ein berechtigtes Gelüst, wenn alles, was natürlich ist, auch berechtigt ist.

—

Die Juni-Greuel. Das Volk war verrückt, das Bürgertum war verrückt. Natürliche Liebe zum Verbrechen.

—

Meine Wut beim Staatsstreich! Wieviel Schüssen war ich nicht ausgesetzt! Wieder ein Bonaparte! Welche Schmach!
Und dennoch hat sich alles beruhigt. Hat der Präsident nicht ein Recht, den Himmel anzurufen?
Kaiser Napoleon III., was ist er? Was ist er wert? Sein Wesen ist zu deuten, und seine Rolle im Plan der Vorsehung.

VI

MEIN ENTBLÖSSTES HERZ 9

Ein nützlicher Mensch zu sein, ist mir immer als etwas sehr Häßliches erschienen.

—

1848 war nur deshalb ergötzlich, weil jedermann Utopien wie Luftschlösser errichtete.
1848 war nur darum so köstlich, weil alles über die Maßen lächerlich war.

—

Robespierre verdient nur Wertschätzung, weil er ein paar schöne Sätze gebildet hat.

MEIN ENTBLÖSSTES HERZ 10

Durch das Opfer bestätigt die Revolution den Aberglauben.

VII

MEIN ENTBLÖSSTES HERZ 11

POLITIK
Ich habe keine Überzeugungen, wenigstens nicht im Sinne meiner Zeitgenossen, weil ich ohne Ehrgeiz bin.
Mir fehlt jegliche Voraussetzung für eine Überzeugung.
Den anständigen Leuten ist eine gewisse Feigheit oder vielmehr eine gewisse Schlaffheit eigentümlich.
Nur die Straßenräuber sind überzeugt – wovon? –, daß ihr Unternehmen gelingen muß. Und darum gelingt es ihnen auch.
Warum sollte ich Erfolg haben, da ich nicht einmal Lust habe, es zu versuchen?

Man kann ruhmvolle Reiche auf das Verbrechen und ehrwürdige Religionen auf Heuchelei und Betrug gründen.

—

Trotzdem habe ich einige Überzeugungen, in einem höheren Sinne, den meine Zeitgenossen nicht begreifen können.

—

MEIN ENTBLÖSSTES HERZ 12

Gefühl der *Einsamkeit,* seit meiner Kindheit. Trotz der Familie, – und vor allem inmitten der Gefährten, – immer das Gefühl eines in alle Ewigkeit einsamen Schicksals.
Dennoch ein heftiger Drang nach Leben und Genuß.

VIII

MEIN ENTBLÖSSTES HERZ 13

Fast unser ganzes Leben lang beschäftigt sich unsere Neugierde mit den albernsten Dingen. Und andrerseits gibt es Dinge, welche die Neugier der Menschen im höchsten Grade reizen sollten, und die ihnen, nach ihrer gewöhnlichen Lebensweise zu urteilen, überhaupt keine Neugier einflößen.
Wo sind unsere toten Freunde?
Warum sind wir hier?
Kommen wir irgendwoher?
Was ist die Freiheit?
Kann sie mit dem Gesetz der Vorsehung zusammen bestehen?
Ist die Zahl der Seelen begrenzt oder unendlich?
Und die Zahl der bewohnbaren Erden?
Usw., usw.

MEIN ENTBLÖSSTES HERZ 14

Die Nationen haben große Männer nur gegen ihren Willen. Der große Mann ist demnach ein Überwinder seiner ganzen Nation.

Die lächerlichen modernen Religionen.
Molière.
Béranger.
Garibaldi.

IX

MEIN ENTBLÖSSTES HERZ 15

Der Glaube an den Fortschritt ist eine Doktrin der Faulen, eine *belgische* Doktrin. Der Einzelne verläßt sich auf seinen Nebenmenschen, daß der seine Arbeit verrichte.
Wahrer, das heißt sittlicher Fortschritt kann nur im Einzelnen und durch den Einzelnen statthaben.
Aber die Welt besteht aus Leuten, die nur gemeinsam, nur als Herde, denken können. So auch die *Belgischen Gesellschaften.*
Ebenso gibt es Leute, die sich nur in Scharen vergnügen können. Der wahre Held vergnügt sich ganz allein.

MEIN ENTBLÖSSTES HERZ 16

Ewige Überlegenheit des Dandy.
Was ist der Dandy?

X

MEIN ENTBLÖSSTES HERZ 17

Meine Ansichten über das Theater. Was ich in einem Theater immer am schönsten fand, in meiner Kindheit und auch heute noch, das ist der *Lüster* – ein schöner, leuchtender, kristallener, reichverzierter, kreisförmiger und regelmäßiger Gegenstand.

Immerhin, ich will der dramatischen Literatur nicht jeglichen Wert absprechen. Nur folgendes sähe ich gerne verändert: die Schauspieler müßten auf hohen Kothurnen gehen, sie müßten Masken tragen, die ausdrucksvoller wären als das menschliche Gesicht, und durch Schalltrichter sprechen; und endlich sollten die Frauenrollen von Männern gespielt werden.
Alles in allem schien mir aber der Lüster immer der Hauptdarsteller zu sein, wenn man ihn durch das vergrößernde oder verkleinernde Ende des Opernglases betrachtet.

—

MEIN ENTBLÖSSTES HERZ 18

Man muß arbeiten, wenn nicht aus Lust an der Arbeit, dann aus Verzweiflung, denn, wenn man es recht bedenkt, ist die Arbeit doch schließlich weniger langweilig als das Vergnügen.

XI

MEIN ENTBLÖSSTES HERZ 19

Jeder Mensch wird zu jeder Stunde gleichzeitig von zwei Forderungen bewegt: die eine führt ihn zu Gott, die andere zu Satan hin. Die Anrufung Gottes, oder das Streben des Geistes, ist die Sehnsucht des Emporsteigens; die Anrufung Satans, oder die tierische Lust, ist eine Wonne des Hinabsteigens. Letzterer müssen der Hang zum Weibe und die vertraulichen Unterredungen mit den Tieren, Hunden, Katzen, usw. zugeordnet werden.
Die Lustempfindungen, die diese beiden Arten der Liebe auslösen, entsprechen ihrer jeweiligen Natur.

MEIN ENTBLÖSSTES HERZ 20

Rausch der Menschlichkeit.
Stoff zu einem großen Gemälde:
Im Hinblick auf die Nächstenliebe.
Im Hinblick auf die Ausschweifung.
Im Hinblick auf die Literatur, oder den Schauspieler.

XII

MEIN ENTBLÖSSTES HERZ 21

Als eine Kunst zur Entdeckung der Wahrheit ist das Verhör (die Folter) eine alberne Barbarei; es ist die Anwendung eines materiellen Mittels zur Erreichung eines geistigen Zweckes.

Die Todesstrafe entspringt einer heutzutage gänzlich unverstandenen mystischen Idee. Es ist nicht etwa der Sinn der Todesstrafe, die Gesellschaft in ihrem bloß materiellen Bestande zu *retten,* sondern ihr Sinn ist, die Gesellschaft und den Schuldigen im geistigen Verstande zu *retten.* Damit das Opfer vollkommen sei, wird auf seiten des Geopferten freudige Zustimmung gefordert. Einem zum Tode Verurteilten Chloroform zu geben, wäre eine Ruchlosigkeit, denn dies hieße, ihn des Bewußtseins seiner Größe als Opfer berauben und seine Aussichten, das Himmelreich zu erwerben, vernichten.

Die Folter ihrerseits ist eine Ausgeburt der Niedertracht des menschlichen Herzens, das nach Wollust dürstet. Grausamkeit und Wollust, gleichartige Empfindungen, wie äußerste Hitze und äußerste Kälte.

XIII

MEIN ENTBLÖSSTES HERZ 22

Was ich von der Abstimmung und vom Wahlrecht halte. Von den Menschenrechten.
Wie doch der Ausübung eines Amtes immer etwas Niedriges anhaftet.
Ein Dandy tut nichts.
Man stelle sich einen Dandy vor, der zum Volke spricht, es sei denn, um es zu verhöhnen.

—

Es gibt nur eine vernünftige und gesicherte Regierungsform: die Aristokratie.
Monarchie oder Republik, die sich auf die Demokratie gründen, sind beide gleicherweise absurd und schwach.

—

Ungeheurer Ekel vor allen Anschlagzetteln und Plakaten.

—

Es gibt nur drei Kategorien achtbarer Wesen:
Der Priester, der Krieger, der Dichter. Wissen, töten und schaffen.
Die übrigen sollen Steuern entrichten und Frondienste leisten; sie sind für den Stall bestimmt, das heißt zur Ausübung dessen, was man einen *Beruf* nennt.

XIV

MEIN ENTBLÖSSTES HERZ 23

Man soll nicht außer acht lassen, daß diejenigen, welche die Abschaffung der Todesstrafe fordern, wahrscheinlich an dieser Abschaffung mehr oder weniger *interessiert* sind.
Sehr oft sind es Scharfrichter. Ihre Erwägungen sind etwa: »Ich

will dir den Kopf abhacken können; aber du sollst mir nicht an meinen rühren.«
Diejenigen, welche die Seele abschaffen wollen (die *Materialisten*), wollen notwendigerweise auch die *Hölle* abschaffen; sie sind ganz gewiß daran *interessiert*.
Zumindest sind das Leute, die sich vor *einem Weiterleben fürchten,* – also Faulpelze.

MEIN ENTBLÖSSTES HERZ 24

Frau von Metternich, obwohl eine Fürstin, hat vergessen, mir auf das, was ich über sie und Wagner gesagt habe, zu antworten.
Sitten des 19. Jahrhunderts.

XV

MEIN ENTBLÖSSTES HERZ 25

Geschichte meiner Übersetzung *Edgar Poes*.
Geschichte der *Fleurs du Mal*. Demütigung durch das Mißverständnis, und mein Prozeß.

Geschichte meiner Beziehungen zu allen berühmten Männern dieser Zeit.

Hübsche Porträts einiger Einfaltspinsel:
Clément de Ris.
Castagnary.
Porträts der Obrigkeiten, Beamten, Zeitungsleiter, usw.

Porträt des Künstlers, im allgemeinen.

Über den Chefredakteur und die Schulfuchserei. Ungeheure Vorliebe des gesamten französischen Volkes für die Schulfuchserei, und für die Diktatur. Das ist das: *»Si j'étais roi!«*

Porträts und Anekdoten.
François – Buloz – Houssaye – der berüchtigte Rouy – de Calonne – Charpentier – der seine Autoren verbessert, kraft des Rechtes auf Gleichheit, das die unsterblichen Prinzipien von 1789 allen Menschen verleihen; – Chevalier, der echte Chefredakteur im Geschmack des Kaiserreichs.

XVI

MEIN ENTBLÖSSTES HERZ 26

Über *George Sand.*
Die Sand ist der Philister der Unmoral. Sie war immer Moralistin.
Nur machte sie früher in Gegen-Moral. – Infolgedessen war sie niemals Künstler.
Sie hat den berühmten *flüssigen Stil,* der dem Bürger so sehr gefällt.
Sie ist dumm, sie ist plump, sie ist geschwätzig; ihre moralischen Begriffe sind von der gleichen Tiefe des Urteils und von dem gleichen Zartgefühl wie die der Hausmeister und der ausgehaltenen Mädchen.
Was sie über ihre Mutter sagt.
Was sie über die Dichtung sagt.
Ihre Liebe zu den Arbeitern.
Daß einige Männer sich in diese Kloake vernarren konnten, ist wohl ein Beweis für den Tiefstand der Männer unseres Jahrhunderts.
Man sehe das Vorwort zu *Mademoiselle La Quintinie,* wo sie behauptet, die wahren Christen glaubten nicht an die Hölle. Die Sand ist für den *Gott der braven Leute,* den Gott der Hausmeister und der diebischen Domestiken. Sie hat gute Gründe, die Hölle abschaffen zu wollen.

MEIN ENTBLÖSSTES HERZ 27

Der Teufel und George Sand.
Man soll nicht glauben, der Teufel versuche nur die Genies. Ohne Zweifel verachtet er die Dummköpfe, aber er verschmäht nicht ihre Hilfe. Im Gegenteil gründet er auf diese seine höchsten Hoffnungen.
Man sehe George Sand. Sie ist vor allem, und mehr als alles andere, ein *großes Schaf;* aber sie ist *besessen.* Niemand anders als der Teufel hat ihr eingeredet, *ihrem guten Herzen* und *ihrem gesunden Menschenverstand* zu vertrauen, damit sie auch alle übrigen Schafsköpfe überrede, ihrem guten Herzen und ihrem gesunden Menschenverstand zu vertrauen.
Ich kann an diese blöde Kreatur nicht ohne einen gewissen Schauder des Entsetzens denken. Wenn ich ihr begegnete, könnte ich mich nicht enthalten, ihr einen Weihwasserkessel an den Kopf zu werfen.

MEIN ENTBLÖSSTES HERZ 28

George Sand ist eine von jenen alten »Naiven«, die niemals von den Brettern abtreten wollen.
Ich las kürzlich ein Vorwort (das Vorwort zu *Mademoiselle La Quintinie*), wo sie behauptet, daß ein wahrer Christ nicht an die Hölle glauben könne.
Sie hat gute Gründe, die Hölle abschaffen zu wollen.

[ohne Nummer]

Die Religion der Sand. Vorwort zu *Mlle La Quintinie.* Die Sand ist daran interessiert zu glauben, daß es die Hölle nicht gibt.

XVIII

MEIN ENTBLÖSSTES HERZ 29

Ich langweile mich in Frankreich, vor allem weil alle Welt dort Ähnlichkeit mit Voltaire hat.
Emerson hat Voltaire in seinen *Repräsentanten des Menschengeschlechts* vergessen. Er hätte ein hübsches Kapitel schreiben können, unter dem Titel: *Voltaire,* oder *der Anti-Poet,* der König der Faselhänse, der Fürst der Oberflächlichen, der Anti-Künstler, der Prediger für Hausmeister, der Père Gigogne unter den Redakteuren des *Siècle.*

MEIN ENTBLÖSSTES HERZ 30

In den *Ohren des Grafen Chesterfield* witzelt Voltaire über jene unsterbliche Seele, die neun Monate lang zwischen Exkrementen und Urin gehaust habe. Wie alle trägen Geister haßte Voltaire das Mysterium.
[Am Rande] Zumindest hätte er in der Unterbringung an diesem Ort einen Streich oder eine Satire der Vorsehung gegen die Liebe vermuten und im Akt der Zeugung ein Zeichen der Erbsünde erraten können. In der Tat können wir den Liebesakt nur mit den Organen der Ausscheidung verrichten.

Da die Kirche die Liebe nicht unterdrücken konnte, hat sie sie zumindest desinfizieren wollen, und darum die Ehe eingesetzt.

XIX

MEIN ENTBLÖSSTES HERZ 31

Porträt der literarischen Kanaille.
Doctor Estaminetus Crapulosus Pedantissimus. Sein Porträt in der Art des Praxiteles.
Seine Pfeife.

Seine Meinungen.
Sein Hegelianismus.
Seine Schmierigkeit.
Seine Kunstanschauungen.
Seine Galle.
Seine Eifersucht.
Ein hübsches Bild der modernen Jugend.

MEIN ENTBLÖSSTES HERZ 32

Φαρμακοτρίβης ἀνὴρ καὶ τῶν τοὺς ὄφεις ἐς τὰ θαύματα τρεφόντων.

AELIANUS (?)

XX

MEIN ENTBLÖSSTES HERZ 33

Die Theologie.
Was ist der Sündenfall?
Heißt das, daß die Einheit Zweiheit geworden ist, so ist Gott von sich selber abgefallen.
Mit anderen Worten: Ist die Schöpfung nicht vielleicht der Sündenfall Gottes?

Dandysmus.
Was ist der höhere Mensch?
Nicht der Spezialist.
Sondern der Mann der Muße und der allseitigen Bildung.
Reich sein und die Arbeit lieben.

MEIN ENTBLÖSSTES HERZ 34

Warum zieht ein Mann von Geist die Straßendirnen den Frauen von Welt vor, obwohl beide gleich dumm sind? – Zu untersuchen.

XXI

MEIN ENTBLÖSSTES HERZ 35

Es gibt gewisse Frauen, die dem Bändchen der Ehrenlegion gleichen. Man legt keinen Wert mehr darauf, weil sie sich an gewissen Männern beschmutzt haben.
Aus dem gleichen Grunde würde ich die Hosen eines Krätzigen nicht anziehen.
Was die Liebe so lästig macht, ist der Umstand, daß sie ein Verbrechen ist, das man nicht ohne Komplizen begehen kann.

MEIN ENTBLÖSSTES HERZ 36

Untersuchung der großen Krankheit des Abscheus vor ständigem Wohnsitz. Gründe dieser Krankheit. Ihr fortschreitendes Anwachsen.

—

Entrüstung über die allgemeine Eingebildetheit, aller Klassen, aller Wesen, bei beiden Geschlechtern, auf jeder Altersstufe.

—

Der Mensch ist derart in den Menschen verliebt, daß er, wenn er der Stadt entflieht, doch wieder die Menge sucht, d.h. er will die Stadt auch auf dem Lande wiederherstellen.

XXII

MEIN ENTBLÖSSTES HERZ 37

Durandeaus Rede über die Japaner (Ich bin vor allem Franzose!).
Die Japaner sind Affen. Das hat mir Darjou verraten.

—

Rede des Arztes, Mathieus Freund, über die Kunst, keine Kinder zu zeugen, über Moses und über die Unsterblichkeit der Seele.

—

Die Kunst ist ein zivilisierendes Agens (Castagnary).

MEIN ENTBLÖSSTES HERZ 38

Physiognomie eines Weisen und seiner Familie, im fünften Stock, beim Milchkaffee.

—

Der Herr Nacquart Vater und der Herr Nacquart Sohn.
Wie der Nacquart Sohn Rat beim Berufungsgericht geworden ist.

XXIII

MEIN ENTBLÖSSTES HERZ 39

Von der Liebe, der Vorliebe der Franzosen für militärische Metaphern. Bei uns trägt jede Metapher einen Schnurrbart.

Kämpferische Literatur.
In die Bresche springen.
Die Fahne hochhalten.
Sich ins Kampfgewühl stürzen.
Einer der Veteranen.

All diese ruhmredigen, hochtönenden Phrasen beziehen sich in der Regel auf alte Schulmeister und Wirtshauslungerer.

—

MEIN ENTBLÖSSTES HERZ 40

Französische Metaphern
Soldat der Gerichtspresse (Bertin).
Die kämpferische Presse.

—

41

Weitere militärische Metaphern:
Die kämpferischen Dichter.
Die Literatur der Avant-Garde.
Diese Gewohnheit der militärischen Metapher verrät eine Art von Geistern, die nicht kämpferisch, sondern für die Disziplin geschaffen sind, das heißt für die Gleichförmigkeit, geborene Domestikenseelen, belgische Gemüter, die nur in Gesellschaft zu denken imstande sind.

XXIV

MEIN ENTBLÖSSTES HERZ 42

Unser Verlangen nach Lust verknüpft uns der Gegenwart. Die Sorge um unser Heil macht uns von der Zukunft abhängig.
Wer sich der Lust, dem Vergnügen, d.h. der Gegenwart, hingibt, macht auf mich den Eindruck eines Menschen, der einen Abhang hinabrollt und das Strauchwerk, daran er sich festklammern möchte, ausreißt und in seinem Sturz mit hinabführt.
Vor allem, Ein großer Mensch sein, und *ein Heiliger* um seiner selbst willen.

MEIN ENTBLÖSSTES HERZ 43

Vom Haß des Volkes auf die Schönheit.
Beispiele.
Jeanne und Madame Müller.

XXV

MEIN ENTBLÖSSTES HERZ 44

POLITIK

Alles in allem wird der große Ruhm Napoleons III. vor der Geschichte und vor dem französischen Volk in dem Beweis liegen, daß der erste beste, indem er sich des Telegraphen und der Nationaldruckerei bemächtigt, eine große Nation regieren kann.

Diejenigen sind Tröpfe, die da glauben, dergleichen Dinge könnten sich ohne die Zustimmung des Volkes ereignen – und ebenso die da glauben, daß der Ruhm stets auf wahrem Wert beruhe.

Die Diktatoren sind die Domestiken des Volkes – und nichts weiter – eine beschissene Rolle übrigens –, und der Ruhm ist das Ergebnis der Geschicklichkeit, mit der ein Geist sich der nationalen Dummheit anzupassen versteht.

MEIN ENTBLÖSSTES HERZ 45

Was ist die Liebe?
Das Bedürfnis, aus sich selbst herauszugehen.
Der Mensch ist ein anbetendes Tier.
Anbeten heißt sich opfern, sich prostituieren.
Daher ist jede Liebe Prostitution.

MEIN ENTBLÖSSTES HERZ [ohne Nummer]

Das allerprostituierteste Wesen ist das Wesen aller Wesen, das heißt Gott, denn er ist der höchste Freund jedes einzelnen Menschen, denn er ist der allen gemeinsame unerschöpfliche Brunnquell der Liebe.

GEBET [ohne Nummer]

Strafe mich nicht an meiner Mutter und strafe meine Mutter nicht um meinetwillen. – In deine Hände empfehle ich die Seelen meines

Vaters und Mariettes. – Gib mir die Kraft, alle Tage unverzüglich meine Pflicht zu erfüllen und so ein Held und ein Heiliger zu werden.

XXVI

MEIN ENTBLÖSSTES HERZ 46

Ein Kapitel über die unzerstörbare, ewige, allgemeine, erfindungs- und listenreiche menschliche Wildheit.
Die Freude am Blute.
Der Blutrausch.
Der Rausch der Massen.
Der Rausch des Gemarterten (Damiens).

MEIN ENTBLÖSSTES HERZ 47

Groß unter den Menschen sind nur der Dichter, der Priester und der Soldat,
der singende Mensch, der segnende Mensch, der opfernde und der sich opfernde Mensch.
Der Rest ist für die Peitsche bestimmt.

—

Mißtrauen wir dem Volke, dem gesunden Menschenverstand, dem Herzen, der Inspiration, und dem Augenschein.

XXVII

MEIN ENTBLÖSSTES HERZ 48

Es hat mich immer erstaunt, daß man den Frauen Einlaß in die Kirchen gestattete. Was für Unterhaltungen mögen sie mit Gott führen?

—

Die ewige Venus (Laune, Hysterie, Phantasie) ist eine der verführerischen Formen des Teufels.

—

An dem Tage, an dem der junge Schriftsteller seinen ersten Korrekturbogen verbessert, ist er stolz wie ein Schüler, der sich den ersten Tripper geholt hat.

—

Nicht zu vergessen ein großes Kapitel über die Kunst des Wahrsagens aus dem Wasser, den Karten, der Hand, usw.

MEIN ENTBLÖSSTES HERZ 49

Das Weib versteht nicht die Seele vom Körper zu trennen. Es ist simplistisch, wie das Tier. – Ein Satiriker würde sagen, dies käme daher, daß es nur den Körper besitze.

—

Ein Kapitel über
La Toilette
Moralität der Körperpflege.
Die Freuden des Waschens und Ankleidens.

XXVIII

MEIN ENTBLÖSSTES HERZ 50

Die Schulfuchserei
der Professoren,
der Richter,
der Priester,
und der Minister.

—

Die netten großen Männer des Tages.
Renan,
Feydeau,
Octave Feuillet,
Scholl.

—

Die Leiter der Zeitungen, François, Buloz, Houssaye, Rouy, Girardin, Texier, de Calonne, Solar, Turgan, Dalloz.
– Liste der Kanaillen. Solar an der Spitze.

MEIN ENTBLÖSSTES HERZ 51

Ein großer Mensch und ein Heiliger *um seiner selbst willen* sein, das ist das einzig Wichtige.

XXIX

MEIN ENTBLÖSSTES HERZ 52

Nadar ist der erstaunlichste Ausdruck von Vitalität. Adrien sagte mir, sein Bruder Félix habe alle Organe doppelt. Ich war eifersüchtig auf ihn, da ich sah, daß er in allem, was nicht das Abstrakte betrifft, von Erfolg zu Erfolg schritt.

—

Veuillot ist so ungeschlacht und ein so eingeschworener Feind der Kunst, daß man glauben möchte, alle *Demokratie* der Welt habe sich in seinen Busen geflüchtet.
Durchführung seines Porträts.
Oberste Geltung der reinen Idee, bei dem Christen wie dem Babeufschen Kommunisten.
Fanatismus der Demut. Nicht einmal danach trachten, die Religion zu begreifen.

MEIN ENTBLÖSSTES HERZ 53

Musik.
Über die Sklaverei.
Die Frauen von Welt.
Die Dirnen.
Die Obrigkeiten.
Die Sakramente.
Der Schriftsteller ist der Feind der Gesellschaft.
Über die Bürokraten.

XXX

MEIN ENTBLÖSSTES HERZ 54

In der Liebe, wie in fast allen menschlichen Angelegenheiten, ist das herzliche Einvernehmen das Ergebnis eines Mißverständnisses. Dieses Mißverständnis ist die Lust. Der Mann ruft: »O mein Engel!« Das Weib girrt: »Mama, Mama!« Und diese beiden Tröpfe sind überzeugt, daß ihre Gedanken zusammenstimmen. – Der unüberschreitbare Abgrund, der der grundsätzlichen und völligen Unvereinbarkeit, bleibt unüberschritten.

MEIN ENTBLÖSSTES HERZ 55

Warum gewährt der Anblick des Meeres ein so unendliches und ewiges Entzücken?
Weil das Meer gleichzeitig die Vorstellung der Unermeßlichkeit und die der Bewegung weckt. Sechs oder sieben Meilen bieten dem Menschen den Radius des Unendlichen. Also eine verkleinerte Unendlichkeit! Was tut's, wenn sie genügt, die Vorstellung von der ganzen Fülle der Unendlichkeit zu erregen? Zwölf oder vierzehn Meilen (im Durchmesser), zwölf oder vierzehn Meilen Flüssigkeit in Bewegung genügen, um dem Menschen den höchsten Inbegriff der Schönheit zu vermitteln, der ihm auf dieser flüchtigen Stätte seines Verweilens beschieden ist.

XXXI

MEIN ENTBLÖSSTES HERZ 56

Das einzig Interessante auf Erden sind die Religionen.
Was ist die Universal-Religion? (Chateaubriand, de Maistre, die Alexandriner, Capé.)
Es gibt eine Universal-Religion, eine Religion für die Alchimisten des Gedankens, eine Religion, die dem Menschen als einem göttlichen Memento entspringt.

MEIN ENTBLÖSSTES HERZ 57

Saint-Marc Girardin hat ein Wort gesprochen, das bleiben wird: *Seien wir mittelmäßig!*
Halten wir dies zusammen mit dem Ausspruch Robespierres: Diejenigen, die nicht an die Unsterblichkeit ihres Wesens glauben, lassen sich selbst Gerechtigkeit widerfahren.

Dieser Ausspruch Saint-Marc Girardins schließt einen ungeheuren Haß auf das Erhabene in sich.
Wer jemals Saint-Marc Girardin auf der Straße gesehen hat, hat alsobald die Vorstellung einer großen, von ihrer eigenen Wichtigkeit überzeugten Gans gehabt, welche aufgescheucht auf der Landstraße vor der Postkutsche einherwatschelt.

XXXII

MEIN ENTBLÖSSTES HERZ 58

Theorie der wahren Zivilisation.
Sie liegt weder im Gas, noch im Dampf, noch im Tischrücken, sondern einzig und allein in der Verminderung der Spuren der Erbsünde.
Nomadenvölker, Hirten, Jäger und Ackerbauer, selbst die Menschenfresser, *alle* können an ursprünglicher Kraft, an persönlicher

Würde unseren Rassen des Westens überlegen sein.
Letztere werden vielleicht zerstört werden.
Theokratie und Kommunismus.

MEIN ENTBLÖSSTES HERZ 59

Was mich groß gemacht hat, war zum Teil der Müßiggang.
Zu meinem großen Nachteil; denn ohne Vermögen vermehrt der Müßiggang die Schulden und die Schmählichkeiten, die das Schuldenmachen mit sich bringt.
Zu meinem großen Vorteil jedoch, was die Reizbarkeit der Empfindung, die Meditation und die Begabung zum Dandy und Dilettanten betrifft.
Die anderen Schriftsteller sind zum größten Teil sehr unwissende Lumpen und Streber.

XXXIII

MEIN ENTBLÖSSTES HERZ 60

Das junge Mädchen der Verleger.
Das junge Mädchen der Chefredakteure.
Das junge Mädchen, Vogelscheuche, Ungeheuer, Mörderin der Kunst.
Was ist das junge Mädchen in Wirklichkeit?

Eine kleine dumme Gans und eine kleine Schlumpe; das höchste Maß von Hirnlosigkeit im Bunde mit der tiefsten Verderbtheit.
Man findet in dem jungen Mädchen die ganze Verworfenheit des Gassenjungen und des Schulbengels.

MEIN ENTBLÖSSTES HERZ 61

Wink für Nicht-Kommunisten:
Alles ist gemeinsam, selbst Gott.

XXXIV

MEIN ENTBLÖSSTES HERZ 62

Der Franzose ist ein so gut gezähmtes Hinterhoftier, daß er keinen Zaun zu überklettern wagt. Siehe seinen Geschmack in Kunst und Literatur.

Er ist ein Tier von lateinischer Rasse; der Schmutz in seinem Hause mißfällt ihm nicht, und in der Literatur ist er ein Kotfresser. Er ist ganz versessen auf Exkremente. Die Schankstubenliteraten nennen dies das *gallische Salz.*
Ein schönes Beispiel der französischen Niedrigkeit, der Nation, die sich vor allen anderen ihrer Unabhängigkeit rühmt.

Der folgende Auszug aus dem schönen Buch von Monsieur de Vaulabelle mag genügen, um eine Vorstellung von dem Eindruck zu vermitteln, den Lavalettes Entweichen bei dem beschränktesten Teil der royalistischen Partei hervorrief:
»Der glühende Royalismus in diesem Augenblick der zweiten Restauration ging sozusagen bis zur Narrheit. Die junge Joséphine de Lavalette wurde in einem der vornehmsten Klöster von Paris (der Abbaye-au-Bois) erzogen; sie hatte es nur verlassen, um ihren Vater zu umarmen. Als sie nach dessen Entweichen in das Kloster zurückkehrte und man erfuhr, welche sehr bescheidene Rolle sie dabei gespielt hatte, erhob sich ein ungeheures Zetergeschrei gegen dieses Kind; die Klosterfrauen und seine Mitschülerinnen mieden es, und eine gehörige Anzahl der Eltern erklärte, sie würden ihre Töchter aus der Anstalt nehmen, wenn man es behielte. Sie wollten, sagten sie, ihre Kinder nicht der Berührung mit einer jungen Person aussetzen, die sich derart aufgeführt und ein solches Beispiel gegeben hatte. Als Madame de Lavalette, sechs Wochen später, die Freiheit wiedererlangte, sah sie sich genötigt, ihre Tochter zu sich zu nehmen.«

XXXV

MEIN ENTBLÖSSTES HERZ 63

Fürsten und Generationen

Man tut den regierenden Fürsten Unrecht, wenn man ihnen die Verdienste und die Laster des Volkes zuschreibt, das sie beherrschen.
Diese Verdienste und diese Laster sind, wie Statistik und Logik leicht darlegen könnten, fast immer der Atmosphäre der vorhergehenden Regierung zuzuschreiben.
Ludwig XIV. erbt von den Männern Ludwigs XIII. Ruhm.
Napoleon I. erbt von den Männern der Republik. Ruhm.
Louis-Philippe erbt von den Männern Karls X. Ruhm.
Napoleon III. erbt von den Männern Louis-Philippes. Schande.

Immer ist die vorhergehende Regierung für die Sitten der folgenden verantwortlich, soweit überhaupt eine Regierung für irgend etwas verantwortlich sein kann.

Die plötzlichen Einschnitte, die gewisse Ereignisse hervorrufen, gestatten nicht, daß dieses Gesetz hinsichtlich der Zeit ganz zuverlässig ist. Man kann nicht genau angeben, wo ein Einfluß zu wirken aufhört – aber dieser Einfluß wird für die ganze Generation, die ihm in ihrer Jugend unterworfen war, fortbestehen.

XXXVI

MEIN ENTBLÖSSTES HERZ 64

Über den Haß der Jugend auf diejenigen, die es lieben zu zitieren. Sie betrachten diese als ihre persönlichen Feinde.

Selbst unter der Hand des Henkers will ich noch die Rechtschreibung einhalten. (Th. Gautier)

—

Ein schönes Gemälde zu entwerfen: Die Literarische Kanaille.

Nicht zu vergessen ein Porträt von Forgues, dem Piraten, der andere Schriftsteller ausplündert.

Unüberwindliche Neigung zur Prostitution im Herzen des Menschen, der sein Abscheu vor der Einsamkeit entspringt. – Er will *zwei* sein. Der geniale Mensch will *einer,* also einsam sein.
Der Ruhm, das bedeutet, *einer* zu bleiben, und sich auf eine besondere Weise zu prostituieren.
Und diesen Abscheu vor der Einsamkeit, dieses Bedürfnis, sein *Ich* im äußeren Fleisch zu vergessen, hat der Mensch mit dem edlen Namen des *Bedürfnisses nach Liebe* geschmückt.

Zwei herrliche Religionen, unsterblich auf allen Mauern und Zäunen, ewige Besessenheiten des Volkes: ein Schwanz (der antike Phallus) – und »Hoch Barbès!« oder »Nieder mit Philippe!« oder »Es lebe die Republik!«

XXXVII

65

In allen seinen Erscheinungsformen, in den Schöpfungen der Natur wie in den Werken des Menschen, das allgemeine und ewige Gesetz der Steigerung studieren, wie *nach und nach Kleinstes zu Kleinstem* kommt, bei fortschreitender Zunahme der Kräfte, wie die Gesamtverzinsung im Geldverkehr.

Ebenso verhält es sich mit der *künstlerischen und literarischen Fertigkeit,* ebenso mit dem wechselnden Vorrat an *Willenskraft.*

MEIN ENTBLÖSSTES HERZ 66

Wie es auf Begräbnissen von kleinen Literaten wimmelt, die allen die Hand drücken und sich dem Gedächtnis der Reporter anempfehlen.
Von der Beerdigung berühmter Männer.

MEIN ENTBLÖSSTES HERZ 67

Molière. Meiner Ansicht nach ist der *Tartuffe* keine Komödie, sondern ein Pamphlet. Ein Atheist, wenn er nur ein Mann von guter Erziehung ist, wird, in Hinsicht auf dieses Stück, der Meinung sein, daß man gewisse ernste Fragen nie der Kanaille ausliefern soll.

XXXVIII

MEIN ENTBLÖSSTES HERZ 68

Den Kult der Bilder verherrlichen (meine große, meine einzige, meine ursprünglichste Leidenschaft).

Die Landstreicherei verherrlichen und was man Zigeunertum nennen könnte, Kult der vervielfältigten Empfindung, die ihren Ausdruck in der Musik findet. Sich auf Liszt beziehen.

Von der Notwendigkeit, die Frauen zu schlagen.
Man kann ein geliebtes Wesen züchtigen. So zum Beispiel die Kinder. Aber dies schließt den Schmerz ein, das geliebte Wesen zu verachten.

Über die Hahnreischaft und die betrogenen Gatten.
Der Schmerz des Betrogenen.
Er entspringt seinem Dünkel, falschen Begriffen von Ehre und

Glück und einer Liebe, die albern genug Gott entzogen und auf die Geschöpfe übertragen wird.
Immer das anbetende Tier, das sich im Gegenstand der Anbetung irrt.

MEIN ENTBLÖSSTES HERZ 69

Untersuchung des unverschämten Schwachsinns, Clément de Ris und Paul Pérignon.

XXXIX

MEIN ENTBLÖSSTES HERZ 70

Je mehr der Mensch die Künste pflegt, je weniger steht er ihm.
Es vollzieht sich eine immer fühlbarere Trennung zwischen Geistigem und Tierischem.
Nur dem tierischen Lümmel steht er gehörig, und das Ficken ist der Lyrismus des Volkes.

—

Ficken, das heißt danach streben, in einen andern einzudringen; der Künstler hingegen geht niemals aus sich selbst heraus.

—

Ich habe den Namen dieser Schlumpe vergessen ... Macht nichts! Beim Jüngsten Gericht wird er mir wieder einfallen.

—

Die Musik weckt die Vorstellung des Raumes.
Alle Künste mehr oder weniger; da sie *Zahl* sind, und die Zahl eine Übersetzung des Raumes ist.

—

Alle Tage der größte der Menschen sein wollen!!!

MEIN ENTBLÖSSTES HERZ 71

Als Kind wollte ich bald Papst – aber militärischer Papst –, bald Schauspieler sein.
Genüsse, die ich aus diesen beiden Einbildungen schöpfte.

XL

MEIN ENTBLÖSSTES HERZ 72

Als Kind schon spürte ich in meinem Herzen zwei sich widerstreitende Empfindungen: Grauen vor dem Leben und Lebensüberschwang.
Dies entspricht durchaus dem Charakter eines nervösen Faulpelzes.

MEIN ENTBLÖSSTES HERZ 73

Die Nationen haben große Männer nur gegen ihren Willen.

—

Bezüglich des Schauspielers und meiner Kinderträume ein Kapitel über das, was in der menschlichen Seele die Berufung zum Schauspieler begründet, seine Berühmtheit, sein Leben und seine Stellung in der Gesellschaft.
Legouvés Theorie. Ist Legouvé ein frostiger Spaßmacher, ein Swift, der sehen wollte, ob Frankreich eine neue Absurdität schlucken könnte?
Seine Wahl. Gut, in dem Sinne, als Samson kein Schauspieler ist.
Über die wahre Größe der Parias.

—

Es könnte sogar sein, daß die Tugend den Begabungen des Parias abträglich wäre.

XLI

MEIN ENTBLÖSSTES HERZ 74

Der Handel ist, seinem Wesen nach, *satanisch*.
– Der Handel ist ein Geben und Nehmen, ein Darlehen unter der stillschweigenden Voraussetzung: *Gib mir mehr zurück, als ich dir gebe.*
– Der Geist jedes Händlers ist völlig verlastert.
– Der Handel ist *natürlich, also* ist er *verabscheuungswürdig*.
– Den geringsten Abscheu unter allen Händlern erregt noch derjenige, der sagt: Laßt uns tugendhaft sein, um sehr viel mehr Geld zu verdienen als die lasterhaften Dummköpfe.
– Für den Händler ist selbst die Ehrbarkeit noch eine Spekulation auf Gewinn.
– Der Handel ist satanisch, weil er eine Form des Egoismus ist, und zwar die niedrigste und gemeinste.

MEIN ENTBLÖSSTES HERZ 75

Wenn Jesus Christus sagt:
»Glücklich sind die Hungrigen, denn sie werden gesättigt werden«, so stellt er eine Wahrscheinlichkeitsrechnung auf.

XLII

MEIN ENTBLÖSSTES HERZ 76

Das Mißverständnis lenkt den Lauf der Welt.
– Nur auf Grund des Allgemeinen Mißverständnisses ist alle Welt sich einig.
– Denn wollte es das Unglück, daß man sich verstünde, wäre es um jede Möglichkeit der Übereinstimmung geschehen.

—

Der geistige Mensch, derjenige nämlich, der nie mit einem andern übereinstimmt, muß sich bemühen, an der Unterhaltung der

Dummköpfe und der Lektüre schlechter Bücher Gefallen zu finden. Dies wird ihm einen bitteren Genuß bereiten, der ihn reichlich für seine Anstrengungen entschädigt.

MEIN ENTBLÖSSTES HERZ 77

Irgendein Beamter, ein Minister, ein Theaterdirektor oder Zeitungsbesitzer mögen mitunter achtbare Leute sein, sie sind jedoch niemals göttlich. Das sind Leute ohne Persönlichkeit, Wesen ohne Originalität, für die Beamtenlaufbahn geboren, das heißt für den öffentlichen Bedientenstand.

XLIII

MEIN ENTBLÖSSTES HERZ 78

Gott und seine Tiefe.
Man kann ein Mann von Geist sein und in Gott den Komplizen und den Freund suchen, die einem immer fehlen. Gott ist der ewige Vertraute in diesem Trauerspiel, dessen Held jeder Einzelne ist. Vielleicht gibt es Wucherer und Mörder, die zu Gott sprechen: »Herr, gib, daß mein nächstes Unternehmen gelingt!« Aber das Gebet dieser verworfenen Menschen verdirbt nicht die Ehre und das Vergnügen meines eigenen.

MEIN ENTBLÖSSTES HERZ 79

Jeder Gedanke ist durch sich selbst mit unsterblichem Leben begabt, wie ein lebendiges Wesen.
Jede, auch von Menschen geschaffene Form ist unsterblich. Denn die Form ist unabhängig vom Stoff, und nicht die Moleküle bilden die Form.

—

Anekdoten über Émile Douay und Constantin Guys, die ihre Werke vernichten, oder vielmehr sie zu vernichten glauben.

XLIV

MEIN ENTBLÖSSTES HERZ 80

Es ist unmöglich, irgend eine Zeitung, gleichviel von welchem Tage, aus welchem Monat oder Jahr, zu durchblättern, ohne in jeder Zeile die Zeichen der grauenerregendsten menschlichen Perversität und gleichzeitig die erstaunlichsten *Großsprechereien* über Rechtschaffenheit, Güte, Nächstenliebe und die schamlosesten Beteuerungen hinsichtlich des Fortschritts und der Zivilisation zu finden.
Jede Zeitung ist von der ersten bis zur letzten Zeile ein einziges Gewebe von Greueln. Kriege, Verbrechen, Diebstähle, Sittlichkeitsdelikte, Folterungen, Verbrechen der Fürsten, Verbrechen der Völker, Verbrechen der Einzelnen, ein Rausch von allgemeiner Gräßlichkeit.
Und dieses widerliche Gemisch genießt der zivilisierte Mensch jeden Tag zu seiner Morgenmahlzeit. Alles in dieser Welt schwitzt das Verbrechen aus: die Zeitung, die Mauern und das menschliche Antlitz.
Ich begreife nicht, daß eine reine Hand eine Zeitung berühren kann, ohne Krämpfe von Ekel zu bekommen.

XLV

MEIN ENTBLÖSSTES HERZ 81

Die Kraft des Amuletts, von der Philosophie bewiesen. Durchlöcherte Münzen, Talismane, private Andenken.

Traktat über die moralische Dynamik.
Von der Wirkungskraft der Sakramente.

Seit meiner Kindheit Neigung zu allem mystischen Wesen. Meine Gespräche mit Gott.

MEIN ENTBLÖSSTES HERZ 82

Von der Zwangsvorstellung, dem Besessensein, dem Gebet und dem Glauben.
Moralische Dynamik Jesu.
(Renan findet es lächerlich, daß Jesus an die auch materielle All-Macht des Gebetes und des Glaubens glaubt.)

Die Sakramente sind die Mittel, die Werkzeuge dieser Dynamik.

—

Niederträchtigkeit der Buchdruckerkunst, großes Hindernis, daß sich das Schöne entwickle.

—

Eine schöne Verschwörung zu organisieren zur Vernichtung der Jüdischen Rasse.
Die Juden, *Bibliothekare* und Zeugen der *Erlösung*.

XLVI

MEIN ENTBLÖSSTES HERZ 83

All die bürgerlichen Faselhänse, die ohne Unterlaß die Worte »unmoralisch, Unmoral, moralische Wirkung der Kunst« und ähnliche Dummheiten im Munde führen, erinnern mich an Louise Villedieu, eine Fünffranken-Dirne, die, als sie mich einmal in den Louvre begleitete, den sie noch nie betreten hatte, fortwährend errötete, ihr Gesicht mit den Händen bedeckte, mich alle Augenblicke am Ärmel zupfte und mich vor den unsterblichen Gemälden und Statuen fragte, wie man nur solche Unanständigkeiten öffentlich ausstellen könne.

—

Die Weinblätter des Herrn Nieuwerkerke.

XLVII

MEIN ENTBLÖSSTES HERZ 84

Damit das Gesetz des Fortschritts eine Wirklichkeit wäre, müßte jeder Einzelne es erschaffen wollen; das heißt, wenn alle Einzelnen fortzuschreiten bemüht sind, dann, und nur dann, wird die Menschheit sich auf der Bahn des Fortschritts befinden.
Diese Hypothese kann dazu dienen, die Übereinstimmung zweier entgegengesetzter Ideen zu erklären: Freiheit und Notwendigkeit. – Aber nicht erst im Falle des Fortschritts würden Freiheit und Notwendigkeit zusammenfallen, sondern diese Übereinstimmung hat von jeher bestanden. Sie ist *die Geschichte,* die Geschichte der Völker und der Einzelnen.

XLVIII

MEIN ENTBLÖSSTES HERZ 85

Zu zitierendes Sonett, für *Mein entblößtes Herz.*
Ebenfalls das Gedicht über *Roland* zitieren.

Im Traume jüngst erschien mir meine Phyllis wieder,
Schön, wie im Licht des Tags sie mir voreinst gefiel;
Als übte noch ihr Geist der Liebe süßes Spiel,
Griff ich, wie Ixion, aus Dunst geformte Glieder.

Und wie ihr Schatten sich nackt auf mein Lager bettet:
»Geliebter Damon, sieh«, trifft mich ihr zärtlich Wort,
»Ich kehre schöner dir zurück vom düstren Ort,
Wo mich des Schicksals Macht seit meinem Hingang kettet.

Den schönsten Liebenden komm ich aufs neu zu küssen,
In deinem Arm aufs neu sanft sterbend zu zerfließen!«
Drauf, als zu wilder Lust ihr Spuk mich so entzückt:

»Lebwohl!« sprach sie, »mich ruft das Tal der Toten nieder.
Du rühmtest dich vordem, nun rühme du dich wieder,
Daß du die Seele auch, wie einst den Leib, gefickt!«

Parnasse satyrique

Ich glaube, dies Sonett ist von Maynard.
Malassis behauptet, es sei von Racan.

NOTIZEN

[EINTRAGUNGEN FÜR FREUNDE]

[PHILOXÈNE BOYER INS ALBUM:]

Unter den Rechten, von denen in diesen letzten Zeiten die Rede war, hat man eines vergessen, an dessen Bekundung *jedermann* interessiert ist, – das Recht, sich zu widersprechen.

[NADAR INS ALBUM;
unter dem Wahlspruch: *Vitam impendere vero,* mit der Signatur von Louis Blanc:]

Drei, soweit mir bekannt ist, haben diesen strengen Wahlspruch zu dem ihren gemacht: Jean-Jacques, Louis Blanc und George Sand. Joseph de Maistre sagt irgendwo (in den *Considérations sur la France,* glaube ich): »Wenn ein Schriftsteller den Wahlspruch: *Vitam impendere vero,* zu dem seinen macht, darf man eine Wette darauf eingehn, daß er ein Lügner ist.«

[ÉDOUARD GARDET INS ALBUM:]

Nicht wahr, mein lieber Gardet, das Rouge ist an sich eine angenehme Sache, insofern es die Natur verwandelt und übertreibt, doch auch deshalb, weil es uns nötigt, die Damen anderswohin zu küssen als ins Gesicht? – Ich bin sicher, Ihnen nicht zu mißfallen, Ihnen, mein Freund, der Sie wie ich der Meinung sind, daß man es niemals an Würde fehlen lassen soll, außer bei dem Weibchen unseres Herzens.

Ch. Baudelaire

[IN ASSELINEAUS MERKBUCH:]

Wenn ein Kaufmann kein Schurke ist, ist er ein Wilder. Die Päderastie ist das einzige Band, das den Richterstand mit der Menschheit verbindet.
Der Stoizismus ist eine Religion, die nur ein Sakrament kannte: *den Selbstmord.*
Die Nüchternheit ist die Mutter der Gefräßigkeit: sie ist deren Unterstützung und ihr *Ratgeber.*
Eine Katze ist ein zuckriger Vampir.
Das Absurde ist die Anmut der Leute, die ermüdet sind.
Wenn Jesus Christus ein zweites Mal auf die Erde herabstiege, würde Monsieur Frank-Carré sagen: Er ist rückfällig geworden.
Wenn man About auf die Nase furzte, würde er das für einen Gedanken halten.
Wenn die Religion aus der Welt verschwände, würde man sie im Herzen eines Atheisten wiederfinden.
Nichts läßt mich die Nichtigkeit der Tugend besser begreifen als La Madelène.
Lernen heißt sich widersprechen – es gibt einen Grad der Folgerichtigkeit, den nur die Lüge erreicht (Custine); ein von Bodler bewunderter Satz.

[AUF DER SKIZZE EINER KARIKATUR VON NADAR:]

Jede Revolution ist von einem Bethlehemitischen Kindermord begleitet.

BILDTEIL

1 Baudelaire, Porträt von Alexandre Lafond, 1860

2 Baudelaire, Selbstbildnis, 1857/58

3 Baudelaire, Karikatur von Eugène Giraud

4 Baudelaire, Foto von Carjat, 1861/62

5 Thomas De Quincey, 1846

6 Thomas De Quincey, 1850

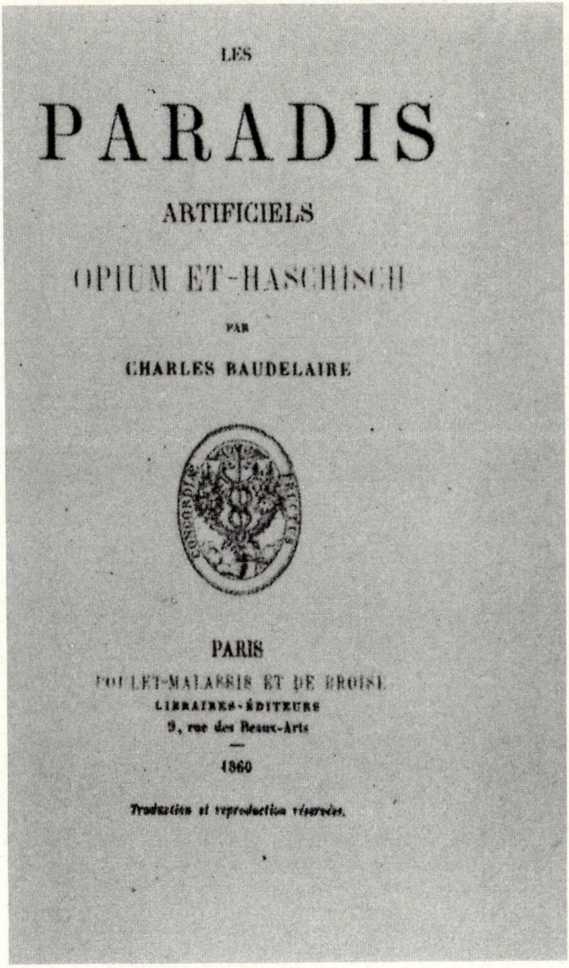

LES

PARADIS

ARTIFICIELS

OPIUM ET HASCHISCH

PAR

CHARLES BAUDELAIRE

PARIS

POULET-MALASSIS ET DE BROISE

LIBRAIRES-ÉDITEURS

9, rue des Beaux-Arts

—

1860

Traduction et reproduction réservées.

7 Titelblatt der »Paradis artificiels«

8 Ralph Waldo Emerson, 1854

9 Nadar

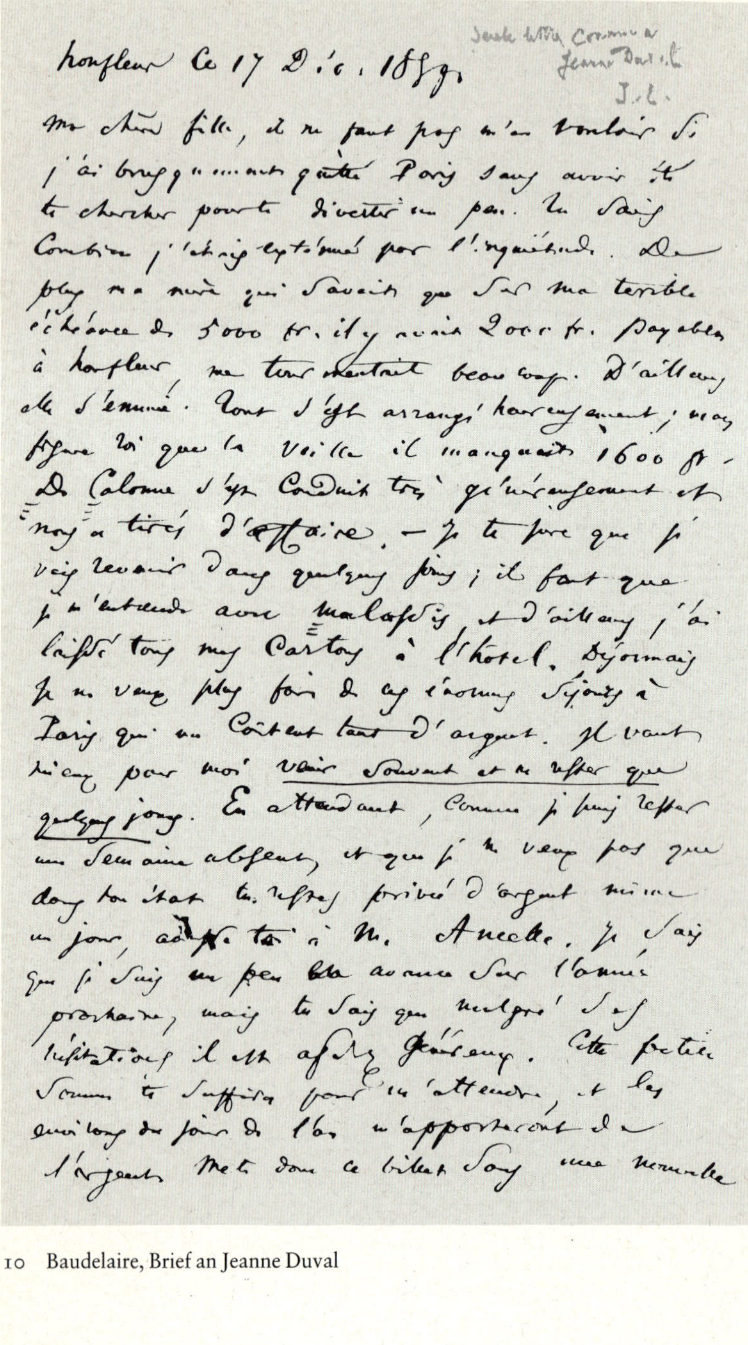
Seule lettre connue à Jeanne Duval J.L.

Honfleur ce 17 Déc. 1859.

Ma chère fille, il ne faut pas m'en vouloir si j'ai brusquement quitté Paris sans avoir été te chercher pour te divertir un peu. Tu sais combien j'étais exténué par l'inquiétude. De plus ma mère qui savait que sur ma terrible échéance de 5000 fr. il y avait 2000 fr. payables à Honfleur, me tourmentait beaucoup. D'ailleurs elle s'ennuie. Tout s'est arrangé heureusement; mais figure-toi que la veille il manquait 1600 fr. De Calonne s'est conduit très généreusement et nous a tirés d'affaire. — Je te jure que je vais revenir dans quelques jours; il faut que je m'entende avec Malassis, et d'ailleurs, j'ai laissé tous mes cartons à l'hôtel. Désormais je ne veux plus faire de ces énormes séjours à Paris qui me coûtent tant d'argent. Il vaut mieux pour moi venir souvent et ne rester que quelques jours. En attendant, comme je peux rester une semaine absent, et que je ne veux pas que dans ton état tu restes privée d'argent même un jour, adresse-toi à M. Ancelle. Je sais que je suis un peu bien avancé sur l'année prochaine, mais tu sais que malgré ses hésitations il est assez généreux. Cette petite somme te suffira pour m'attendre, et les quittances du jour de l'an m'apporteront de l'argent. Mets donc ce billet sous une enveloppe

10 Baudelaire, Brief an Jeanne Duval

11 Hôtel Pimodan

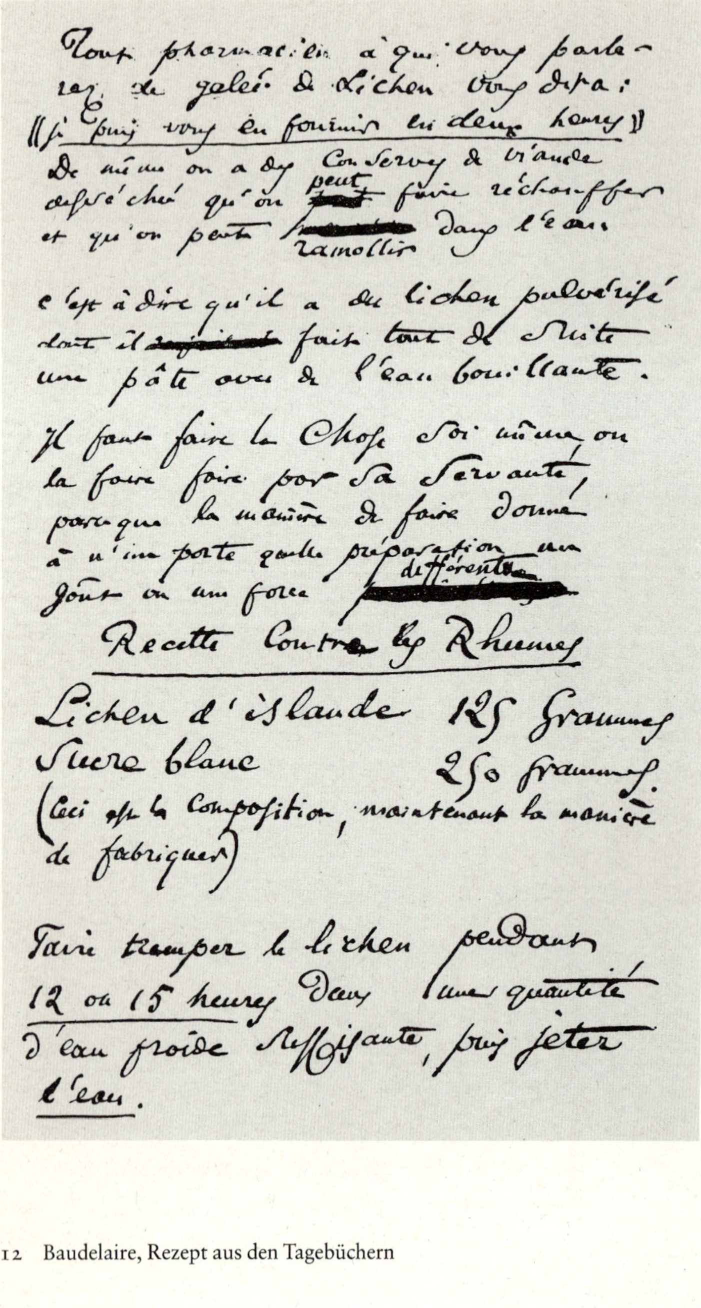

Tout pharmacien à qui vous parlerez de gelée de Lichen vous dira: «Je puis vous en fournir en deux heures»

De même on a des conserves de viande desséchée qu'on peut faire réchauffer et qu'on peut ramollir dans l'eau.

c'est à dire qu'il a du lichen pulvérisé dont il fait tout de suite une pâte avec de l'eau bouillante.

Il faut faire la chose soi même ou la faire faire par sa servante, parceque la manière de faire donne à n'importe quelle préparation un goût ou une force différente

Recette contre les Rhumes

Lichen d'islande 125 grammes
Sucre blanc 250 grammes.
(Ceci est la composition, maintenant la manière de fabriquer)

Faire tremper le lichen pendant 12 ou 15 heures dans une quantité d'eau froide suffisante, puis jeter l'eau.

12 Baudelaire, Rezept aus den Tagebüchern

Faire bouillir le lichen dans 2 litres d'eau sur un feu doux et soutenu, jusqu'à ce que ces 2 litres se réduisent à 1 seul litre ; Ecumer une seule fois ; ajouter alors les 250 grammes de sucre et laisser épaissir jusqu'à consistance de sirop.

Laisser refroidir.

Prendre par jour <u>trois</u> très-grandes cuillerées ~~à bouche~~, le matin, à midi et le soir.

Ne pas craindre de <u>forcer</u> les doses si les crises étaient trop fréquentes.

—

Quant à l'autre action mystérieuse que Paul Desplessis attribuait à la gelée de Lichen, il faudrait évidemment s'en servir plus longtemps que je ne l'ai fait pour vérifier. Je n'en connais que l'action <u>officielle</u> et non ~~[illegible]~~

C. D. <u>l'autre</u>.

13 Alphonse de Calonne

14 Émile de Girardin

15 François Buloz

16 Abel-François Villemain

17/18 Maison »Joujou« in Honfleur

[BRIEFE EINES GRIESGRAMS]

Villemain. Warum mir das Wort Griesgram gefällt.
Der Ballon.
Villemain. Über die akademische Dummheit. Sie nimmt sämtliche Formen an. Man sehe Duruy. Zuviel Eifer, Gefallen an der Volkstümlichkeit. Die Meinungen, denen das *Siècle* beipflichtet; eine Wahrheit pro Tag.
Duruy und Girardin.
Das Warum und das Wie von Villemains Erfolgen.

Le Siècle, meine Leidenschaft für die Dummheit.
Nutzen der schlechten Lektüre, Balzac. Die Zeitungen und das Tischrücken. Erleuchtungen der Tische. Erleuchtungen der Zeitungen.
Le Siècle. Balzac, kein Schöngeist, sondern etwas Besseres.
Das Waschen. Die Tänze, sich rasieren.

Das Gebet, Ich, *Le Siècle.*

Unersetzlicher Verlust; ein dickes Buch zu schreiben. Einteilung der Tiere. Aufzählung der Tiere des *Siècle,* als erstes der Mann mit den schönen Stiefeln.
Die Romane des *Siècle.* Paul de Kock, anmaßend. Phrasen des *Siècle.* Die Bienen. Die Japaner.
Das schöne Zuchttier (Liebe zum Volk).
Der sittenstrenge Fabrikant.
Einheit des *Siècle.*
Rom, eine ungeheure Sakristei. Kann einem Künstler nicht die fruchtbaren Aufregungen unserer großen Hauptstädte bieten.

Eine Zeitung für Weinhändler. Die bescheidene Mahlzeit der Proletarier.
Ich habe festgestellt, daß einige dieser Leute das, was sie schrieben, auch glaubten.
Der Benediktiner des *Siècle.*

Die Autoren, die das *Siècle* bevorzugt.
Molière, Béranger, usw.

Die Chefredakteure.

Girardin
Girardin und die Wahrheit
Die Schnecken
Der Mond
Die Ballons
Abschaffung des Krieges
Ptolemäus
Girardins Latein und Griechisch

Pecudesque locutae
Der blumige Stil der Quacksalber
Girardins Lieblingsautoren
Montesquieu
Mohammed
Jesus Christus
Jacotot

– Die Haltung, welche Monsieur Guéroult mit dem roten Eisen seiner Feder gebrandmarkt hat.
– Lotse, den man an Bord des Schiffes genommen hat, dessen Kapitän Monsieur Rouy ist, sondiere ich vergeblich, um seine Tiefe auszuloten, den Grund der schwierigen Durchfahrt, die es zu passieren gilt, ohne dabei zu zerschellen.
Gott macht die Possenreißer, die Lügner und die Scharlatane leichtgläubig.

[BIO-BIBLIOGRAPHISCHE AUFZEICHNUNGEN]

[I]

CHARLES BAUDELAIRE (hat auch BAUDELAIRE DUFAŸS unterzeichnet), geboren 1821 in Paris; – Verfasser verschiedener Artikel über die Kunst, schrieb zwei *Salons* (1845 und 1846), Gedichte, Novellen und unter der Rubrik *Variétés* Artikel in *Le Corsaire-Satan, L'Artiste, L'Esprit public, Le Messager de l'Assemblée, L'Illustration,* der *Revue de Paris;* – hat seit langem eine *Physiologie du Rire et de la Caricature,* sowie einen Gedichtband, *Les Limbes,* und die Übersetzung der *Histoires extraordinaires* von Edgar Poe in Aussicht gestellt, über dessen Leben er in der *Revue de Paris* einen merkwürdigen apologetischen Aufsatz veröffentlicht hat.

[II]

[BRIEF AN ANTONIO WATRIPON]

[Paris, um den 10. Mai 1852]

Sie bringen mich, mein lieber Watripon, in die größte Verlegenheit. Wie sollen biographische Angaben aussehen? – Wollen Sie schreiben, daß ich 1821 in Paris geboren wurde, daß ich, noch sehr jung, mehrere Reisen in den indischen Meeren unternommen habe? Dergleichen paßt doch wohl nicht dahin. – Und meine *Werke!* – es gibt da kaum mehr als Artikel. – *Baudelaire (Charles Pierre)* hat auch mit anderen Namen unterzeichnet: *Baudelaire Dufaÿs, Pierre Dufaÿs* und *Charles DeFayis.* – Hat kritische Artikel über Kunst und Literatur und Novellen geschrieben, in *Le Corsaire-Satan, L'Esprit public, L'Artiste, La Liberté de penser, Le Messager de l'Assemblée, Le Magasin des familles,* in der *Revue de Paris, Edgar Allan Poe, sa vie et ses ouvrages,* in *L'Illustration.*

1. *Salon de 1845*, bei Labitte

2. *Salon de 1846,* bei Michel Lévy
3. *La Fanfarlo;* Roman, zu 4 Groschen, bei Bry
4. *Ein Vorwort zu den Werken von Pierre Dupont,* bei Alexandre Houssiaux.

Und in einigen Zeitungen Gedichte in einem meist sehr schmerzlichen Tonfall. (Verändern oder streichen Sie.)
Hinzufügen können Sie: *Physiologie du rire,* das demnächst, wahrscheinlich in der *Revue de Paris,* erscheinen wird, ferner *Salon des caricaturistes,* und einen Gedichtband, *Les Limbes,* bei Michel Lévy. Das wird keine Lüge sein, weil das sehr bald erscheinen wird, vermutlich noch vor dem Band mit den Biographien. Doch das alles kommt mir sehr eitel vor. *Verändern Sie, streichen Sie;* tun Sie, was Sie wollen. Wenn ich etwas vergessen habe, um so schlimmer.
Soweit das Erbetene – schlecht und recht.

C. B.

[III]

KINDHEIT: altes Mobiliar, Louis XVI, Antiken, Konsulat, Pastellgemälde, Gesellschaft des achtzehnten Jahrhunderts.
Nach 1830 das Collège in Lyon, Schläge, Schlachten mit den Lehrern und Mitschülern, schwere Anfälle von Melancholie.
Rückkehr nach Paris, Collèges und Erziehung durch meinen Stiefvater.
Vertreibung aus dem Collège Louis-le-Grand. Geschichte meines Bakkalaureats.
Reisen mit meinem Stiefvater (Pyrenäen). Freies Leben in Paris. Erste literarische Verbindungen.
(Ourliac, Gérard, Balzac, Levavasseur, Delatouche.) Veuillot.
Reisen in Indien (in gemeinsamem Einverständnis).
Erstes Abenteuer (das Schiff verliert seinen Mast). (Der Kapitän Adam.) (Maurice, Ile Bourbon, Malabar, Ceylon, Hindostan, Kap; glückliche Wanderungen.)
Zweites Abenteuer. (Rückkehr auf einem Schiff ohne Lebensmittel, das untergeht.)

Rückkehr nach Paris. Weitere literarische Verbindungen (Sainte-Beuve, Hugo, Gautier, Esquiros). Delacroix.
Langwierige Schwierigkeiten, mich dem Direktor gleichviel welcher Zeitung verständlich zu machen.
Dauerndes Wohlgefallen, seit der Kindheit, an allen Bildern und allen plastischen Darstellungen.
Gleichzeitige Beschäftigung mit der Philosophie wie mit der Schönheit in Prosa und Poesie.
Was ist die Prosa? was ist die Poesie?
Von der dauernden, simultanen Beziehung zwischen Ideal und Leben.

[IV]

(Baudelaire schreibt sich ohne *e* in der ersten Silbe.)
Charles Baudelaire, geboren 1821, in Paris.
Salons 1845 und 1846 – 2 Broschüren –
Zahlreiche Artikel über Kunst in Zeitungen und Zeitschriften, die unter dem Titel *Curiosités esthétiques* angekündigt sind.
Werke von EDGAR POE, übersetzt unter den Titeln:
Histoires extraordinaires
Nouvelles Histoires extraordinaires } 3 Bände
Aventures d'Arthur Gordon Pym
zusammen mit biographischen und kritischen Texten.
Les Fleurs du Mal, Gedichte (sechs Stücke wurden durch ein Gerichtsurteil vom 20. August 1857 verboten). – Eine Neuausgabe ist im Druck, mit neuen Gedichten, die bestimmt sind, die gerichtlich unterdrückten Stücke zu ersetzen. –
(Die höchst seltene Erstausgabe kostete pro Exemplar bis zu 40 Francs.)

[V]

Bibliographie Ch. Baudelaire

Salon de 1845
Salon de 1846

La Fanfarlo, Novelle
Histoires extraordinaires d'Edgar Poe
Nouvelles Histoires extraordinaires d'Edgar Poe
Aventures d'Arthur Gordon Pym
Les Fleurs du Mal, 1. Ausgabe (6 verbotene Gedichte)
Les Fleurs du Mal, 2. Ausgabe (um 35 neue Gedichte vermehrt)
Les Paradis artificiels (Opium und Haschisch)
Théophile Gautier
Richard Wagner et Tannhäuser à Paris

In Zeitschriften

Delacroix à l'Exposition universelle
Ingres à l'Exposition universelle
Méthode de critique
Caricaturistes étrangers
De l'Essence du rire
Morale du Joujou
Salon de 1859
La genèse d'un poème (*Le Corbeau*, mit dem Kommentar)
Eleonora (Edgar Poe)
Un Événement à Jérusalem (Edgar Poe)
Philosophie de l'Ameublement (Edgar Poe)
Philibert Rouvière
Victor Hugo
Théophile Gautier (2)
Marceline Desbordes-Valmore
Pétrus Borel
Auguste Barbier
Leconte de Lisle
Pierre Dupont (1)
Pierre Dupont (2)
Théodore de Banville
Peintures murales d'Eugène Delacroix
Poèmes en prose
Gustave Flaubert

[TITEL UND ENTWÜRFE ZU ROMANEN UND NOVELLEN]

[I]

ROMANE UND NOVELLEN

Der unsichtbare Marquis?
Das verhängnisvolle Porträt?
Die Liebe als Vatermörder
Der Almanach
Das Ende der Welt
Der isländische Schierling
Zahl oder Gesicht
Der Triumph des jungen Bonifazius
Das Einhorn
Die Mätresse des Schwachsinnigen
Der Handel mit den Weißen
Ein räudiges Schaf?
Eine angebetete Niederträchtige
Das freiwillige Brandopfer

[II]

ROMANE

Der Automat	*Der prophetische Traum*	
Die Negerin mit den blauen Augen	*Ein Ausgehungerter*	Verschwörung
Die Lehren eines Ungeheuers	*Zahl oder Gesicht*	
Eine angebetete Niederträchtige	Der madegassische Bewerber	
Die jungfräuliche Mätresse	*Der vernünftige Narr und die schöne Abenteurerin*	
Die frühreifen Kinder	Spekulation mit der Post	
EIN RÄUDIGES SCHAF	*Der Deserteur*	

Das Verbrechen auf dem Collège
Der Handel mit den Weißen
Die Mätresse des Schwachsinnigen –
Das Einhorn

Der Katechismus der geliebten Frau
Der Gatte als Verderber
Die Ungeheuer
Die Glücklichen der Welt
Die Tribaden
Der Freund des Rouge

Die Welt unter dem Meer
Eine Stadt in einer Stadt
Die Grubenarbeiter
Die Glaser
Das Brandopfer
Der Altar des Willens
Die jungfräuliche Mätresse
Der Triumph des jungen Bonifazius

Das verhängnisvolle Porträt

Die Boa

Der isländische Schierling
Ein Groll

Der Almanach (eine Spekulation anstellen nach einer Wahrscheinlichkeitsrechnung hinsichtlich der eingeschriebenen Briefe, die nicht ankommen, und der daraus resultierenden Entschädigungen).

Das Ende der Welt

[III]

NOVELLEN

Ein befriedigter Groll
(mein Abenteuer mit Feuchères)
Der Vater, der immer wartet
Der Warntraum
Der madegassische Bewerber
Die Boa
Der Wind schlägt um
Der unverbesserliche Deserteur

[IV]

Novellen

Ein Mann, der verlost wird
Der unsichtbare Marquis
Das unmögliche Porträt
(eine Folge der Antipathie)
Das verhängnisvolle Porträt

[V]

Romane

Der unsichtbare Marquis
Sehr wichtig

[VI]

Romane

Ein Groll (Feuchères)
Seine Tochter
Die Stute
Die Besuche bei dem Hausmeister

[VII]

Romane

Der isländische Schierling
(siehe die Mystik von Görres)

[VIII]

Siehe die Frage der Sultanin Alida. – *Der Markt der schmückenden Titel*. – *Gazette des tribunaux*. – 30. September 1858.
Monsieur Ducreux, Vertreter der Staatsanwaltschaft.

Eine Serie von Szenen aus der Zeit des Direktoriums und des Konsulats.

Moden dieser Epochen.
Unanständige Stiche dieser Epoche.

Montesquieus Stil.

Die Wonnen der Kirche. Unzüchtige Anwandlungen verspürt in Saint-Paul.

Eine kleine Alte, der man nachgeht.

Die Galerie der Statuen oder Bilder für den neuen Don Juan.

Theorie des Glaubens.

[IX]

Weder Gewissensbisse, noch Bedauern

Was schert es einen, viel zu leiden, wenn man viel genossen hat?
Das ist ein Gesetz, ein Gleichgewicht.
Die moralische Algebra finden, die in dieser Redensart zum Ausdruck kommt.
Abwechslungen im Refrain.

Der Zuhälter

Die Schöne Abenteurerin (eher ein Roman als ein Gedicht).

[X]

Mit der Freude, dem *Sich-leben-fühlen*, die Vorstellung der Überschärfe der Sinne verbinden, wie Poe sie mit dem Schmerz verbindet. Etwas aus der bloßen Logik des Gegenteils erschaffen. Der Weg ist vorgezeichnet, im Gegensinn.

[XI]

ROMANE

Der madegassische Bewerber
(Eine Nummer des *Monde illustré* wiederfinden.
Die Herren Reynaud, Potey und Delvau, *9 rue Véron*, aufsuchen.)

[XII]

PLÄNE, PROJEKTE

Der Selbstmord in einer Badewanne

DAS VERHÄNGNISVOLLE PORTRÄT
Analytische Methode, das Wunder zu verifizieren. Porträt des Verstorbenen. Entdeckung des Testaments. Schilderung einer von unheilvoller Trauer gezeichneten Familie.
– Der Deserteur, Militär oder Komödiant.
Armand Baschet.

Ein Mann, der in ein altes Weib verliebt ist.
Verbot, um an Gespenster zu glauben.

Die *Sortes Biblicae*.

Der Betrunkene, der einen anderen Betrunkenen ausspäht und studiert.
Der vollkommene Mann: das Höchstmaß des Schicklichen, die Krawatte, die Uhr.
Von der Macht des Zaubertranks und der Magie in der Liebe, wie auch von dem bösen Blick.

Göttliches Wesen des *circulus vitiosus (Raketen).*
DER TRUNKENBOLD. – Nicht vergessen, daß die Trunkenheit, wie jeder andere heftige Gemütszustand, die Zeit aufhebt, und daß infolgedessen alles, was aus dem Verlust der Zeit resultiert, an dem Auge des Trunkenbolds vorüberziehen muß, ohne in ihm die Gewohnheit zu zerstören, seine Bekehrung auf den nächsten Tag zu verschieben, bis zur gänzlichen Perversion all seiner Gefühle und seinem endgültigen Zusammenbruch.

Die Verschwörung. Ich gehöre einer Rasse an, die ... Die Lust zum Tode hat in mir immer verbunden mit der Lust zu leben geherrscht. Ich habe das Leben mit Bitterkeit genossen.
Ich bin mehrere Jahrhunderte alt, weil es mir vorkommt, als hätte ich zu verschiedenen Epochen gehandelt, gedacht. Und wer könnte mich widerlegen?
Wer denn will das Recht auf den Selbstmord leugnen? Dennoch habe ich, so kritisch und bescheiden ist mein Geist, alles lesen wollen, was über den Selbstmord geschrieben worden ist. Jean-Jacques' Maxime ist nachweislich absurd.
– Wenn die Verschwörer aufgeben, verliert das Leben jeden Reiz. Ich bin also daran interessiert, der Verschwörung neues Leben einzuhauchen.
(Porträt des Fürsten. Narrheiten. Diese Narrheiten machen ihn mir interessant: *Inde* welche Laster und welche Fähigkeiten?)
(Das Leben ist ein Spiel, an dem drei Milliarden Spieler teilnehmen. Die Gewinnaussichten. *Die Minute,* auf Wer wagt, gewinnt.)

Es gibt da von Robespierre, glaube ich, diesen Ausspruch in seinem sentenziösen Stil, an dem ich mich in meiner Jugend berauschte ... Seit wieviel Jahren ist dieser Satz mir unverständlich geworden? Hat es denn je anderswo einen ähnlichen Abscheu vor dem Menschen gegeben als bei mir? ... Von der Stunde des Aufstehens bis zur gesegneten und gefürchteten Stunde, wo ich in Schlaf sinke, gibt es keine Funktion des Lebens, in der ich nicht der Gegenwart und Hilfe des Menschen bedarf ...
Kaum also habe ich an der Verschwörung teil, kehrt alle Jugend-

lichkeit zurück. Das Schauspiel des Lebens beschäftigt uns. Die Erinnerungen bedrücken uns nicht länger. (Ein Nachtmahl bei den Armen. Es gibt doch noch Tugend unter den Menschen. Demut, Dienstwilligkeit, Großherzigkeit). – Kaum erlischt die Verschwörung, kehrt die Lust zum Nichts zurück.
Jean-Jacques Rousseaus törichte Äußerungen hinsichtlich des Mittels, den Selbstmord abzuwenden.

[XIII]

ROMANE

An Malassis schreiben, um ihn um Bücher über die Chauffeurs, die Räuber, die Hexenmeister, vor allem in der Zeit nach der Revolution, zu bitten.

Vendée.
Schinderhannes.

Ein Roman
über die *Letzten Menschen*
Die gleichen Laster wie früher
Ungeheure Entfernungen

Über den Krieg, die Ehen, die Politik, usw. … bei den letzten Menschen.

ROMANE

Räuber
Hexenkünste
Sequestrationen
Paläste und (unterirdische) Verliese
Und Foltern und Verfahren, die Gefangenen zu erschrecken!

[XIV]

In frühester Jugend die Unterröcke, die Seide, die Parfums, die Kniee der Frauen.
Die Liebe zur Vollkommenheit. Er zerstört alles, woran er die Lust verliert.
Er findet eine Entschuldigung.
Die Endlösung durch ein analytisches Verfahren finden.

Den (unbestimmten und allgemeinen) Sinn der Farben erkunden.
Abteilungen und Unterabteilungen.

[XV]

Jeanne und der Automat

Alter Zuhälter.
Alle Ausschweifungen.

—

Der Tanz der Grammatik
Die Stimme des Adjektivs drang mir bis ins Mark.

—

A. ist ausschweifend.
a. ist es noch nicht
Der tote A. ist es nicht mehr.
a. wird ausschweifend
Die kühle Gemahlin wird die heiße Geliebte eines Toten.

—

In einigen Augenblicken der Raserei habe ich ihn wohl mit sehr heftigen Zärtlichkeiten überschüttet; denn mehrmals sagte er mir, auf soviel diabolische Verirrungen in der Liebe sei er bei einer anständigen Frau, und vor allem bei einer Philosophin, nicht gefaßt gewesen.

—

Stimme aus dem Paradies
Der dramatische Knoten liegt darin, wie er sich ihr und was er ihr offenbart.

—

Eine desto höhere Dezenz des Stiles, je indezenter die Vorstellungen sind.

—

Das Geheimnisvolle, das über dem Ganzen liegen soll.

—

In der Magerkeit liegt eine Indezenz, die sie reizend macht.

[XVI]

Romane und Novellen

Angenommen, ein armer verhungerter Mensch möchte auf einem öffentlichen Fest bei einer Lebensmittelverteilung etwas zu essen ergattern.
Er wird zu Boden geworfen und von der Menge erschlagen.

—

Eine Verschwörung entdeckt zu haben.
Das ist fast, als hätte man etwas erschaffen.
Das ist ein Roman, dessen Ausgang von mir abhängt.
Das Reich ist in meinen Händen.
Vor die Wahl gestellt, zaudere ich.
Warum das Reich retten?
Warum es zerstören?
Also Zahl oder Gesicht

Vielleicht ein Lustspiel

[XVII]

ROMANE

Der vernünftige Narr und die schöne Abenteurerin

Sinnlicher Genuß in der Gesellschaft der Extravaganten.
Welches Grauen und welcher Genuß in der Liebe zu einer Spionin, einer Diebin, usw. ...!
Der seelische Beweggrund dieser Lust.
Man muß immer zu De Sade zurückkehren, das heißt zu dem *Natürlichen Menschen*, um das Böse zu erklären.
Zu Beginn eine Unterhaltung, über die Liebe zwischen anspruchsvollen Leuten.
Monströse Empfindungen der Freundschaft oder der Bewunderung für eine lasterhafte Frau.
Die ganze Sisina.
Gräßliche, seltsame Abenteuer in den großen Städten ausfindig machen.

[XVIII]

Der Mensch, der seinen Hund oder seine Katze für den Teufel hält, oder für einen in diesen Tieren eingesperrten Geist.
Der Mann, der an seiner Geliebten einen Fehler, ein eingebildetes (körperliches?) Laster sieht. Besessenheit.
Der Mann, der sich für häßlich hält, – oder der an sich selbst ein eingebildetes (körperliches?) Laster sieht. Besessenheit.

Ein Mensch träumt, er befände sich in einer gewissen Umgebung, vor ihm gewisse Gegenstände, und wegen einer unerklärlichen Gedankenverbindung bleibt ihm nichts anderes übrig, als sich zu töten –
Eines Tages befindet er sich in dieser Umgebung, vor ihm diese Gegenstände – er tötet sich.

[XIX]

ROMANE

Ein Mann ist verzweifelt darüber, nicht so schön zu sein wie seine Frau.
Wer nicht schön ist, kann die Liebe nicht genießen.

Ursache der unmittelbaren [ ]:
Ein Hund oder eine Katze.

[XX]

DER AUTOMAT

Wie Er ist, als Liebhaber.
Ein Hexenmeister, will er, um das vorhersehbare Unglück abzuwenden, gegen die Naturgesetze ankämpfen.
Sein Testament. (»Wenn du mich wirklich liebst ...«)
Und er lebt als Automat wieder auf.
Seine Geliebte fragt sich, welche der beiden Existenzen ein Traum ist.
Die Seele, die den Automaten belebt, überredet sie, *früher habe sie geträumt,* und diesmal lebe er wirklich.
Doch da die Seele Beschämung überkommt, das Glück durch eine Lüge zu erschaffen, zieht sie es vor, einen Mord zu begehen, und erweckt ihre Freundin durch den Tod, um ihr alles im Paradies zu erzählen.
Was ist das Paradies?

[XXI]

DIE JUNGFRÄULICHE GELIEBTE

Die Frau, die nicht genießt, ist die Frau, die man liebt.
Die Frau, die man nicht genießt, ist die Frau, die man liebt.

Ästhetisches Zartgefühl, götzendienerischer Kult der Blasierten.
Was die Geliebte uns lieber macht, ist die Ausschweifung mit anderen Frauen. Was sie an sinnlicher Lust einbüßt, gewinnt sie an Anbetung.
Das Bewußtsein, der Vergebung zu bedürfen, macht den Mann liebenswürdiger.
Von der Keuschheit in der Liebe.

[XXII]

Romane und Novellen — Die vatermörderische Liebe

Schilderung der Herberge.
Die Frau, der Gatte, der Vater des Gatten.
Die Liebenden, die ganze Stadt, einschließlich des kaiserlichen Prokurators und der Gendarmen.
Warum die Frau seinen Vater haßt.
Eifersucht des Gatten.
Der Mord.
Der Prozeß.
Die Hinrichtung.

[XXIII]

Für den, der in das Schöne verliebt ist,
Eine angebetete Niederträchtige
oder der Gatte als Verderber:
mein Schloß
meine Frau
Die Kaskade

—

Ich bin ein echter Wüstling. Ich liebe die Ausschweifung, und ich füge ihr die Würze der Ironie hinzu.

[XXIV]

Die Verteidigung des Deserteurs vor dem Kriegsgericht.

Das Gegenstück zu Claude Gueux. Theorie des Opfers. Rechtfertigung der Todesstrafe. Das Opfer ist nur dann vollständig, wenn es von seiten des Geopferten *sponte sua* erfolgt.

—

Nach langem Schwanken findet der Lüstling aus der Roheit zur Nächstenliebe. Welche Art Unglück kann seine Bekehrung bewirken? Die Krankheit seiner langjährigen Komplizin. Kampf gegen den Egoismus, Erbarmen und Reue. Durch seine Geliebte (nun seine Tochter geworden) lernt er väterliche Gefühle kennen. – Gewissensbiß: Wer weiß, ob nicht er der Urheber ihrer Krankheit ist?

[XXV]

Ein zum Tode Verurteilter, der, vom Henker verfehlt, vom Volk befreit, zum Henker zurückkehren würde. – Neue Rechtfertigung der Todesstrafe.

[XXV]

ROMANE

Die letzten Zuckungen der Welt
Die letzten Menschen
Kämpfe, Rivalitäten. Der Haß, die Lust an der Zerstörung und am Wohlstand.
Wie man lieben wird, wenn die Menschheit an Altersschwäche zugrunde geht.

(Zu vermeiden *der letzte Mensch*)

Ungeheure Entfernungen.
Jeder Souverän hat nur noch 50 Bewaffnete.

ANHANG

ZU DIESEM BAND

Diese erste deutsche Gesamtausgabe der Schriften Charles Baudelaires ist chronologisch angeordnet. Der hier vorgelegte sechste Band enthält die Übersetzung der *Paradis artificiels,* der sogenannten *Journaux intimes* und verwandter Aufzeichnungen; ferner ausgewählte Briefe Baudelaires aus der Zeit von Mai 1858 bis August 1860. Den Texten der Prosaschriften und der Briefe liegen die von Claude Pichois in der Bibliothèque de la Pléiade herausgegebenen kritischen Ausgaben der *Œuvres complètes* von 1975/76 (Band I, [5]1990; Band II, [3]1990) und der *Correspondance* von 1973 zugrunde.

Sämtliche Übersetzungen stammen von Friedhelm Kemp.

Der Anmerkungsteil zu den Briefen ist folgendermaßen angeordnet: bei jedem Brief werden, soweit erforderlich, die zu seinem Verständnis nützlichen biographischen Fakten, ferner Auskünfte über seine Veranlassung und den Empfänger gegeben; anschließend folgen nähere Angaben und Erklärungen zu einzelnen Stellen, die jeweils unter Beifügung der Seiten- und Zeilenzahl in Stichworten angeführt werden.

Die Erläuterungen ebenso wie die allgemeinen Auskünfte wollen in der Regel nicht mehr als eine unmittelbare Verständnishilfe geben. Bei folgenden Personen wurde auf allgemeine biographische Angaben, die leicht aus jedem Lexikon zu holen sind, in der Regel verzichtet: bei Charles Asselineau, Honoré de Balzac, Théodore de Banville, Jules Barbey d'Aurevilly, Jules Champfleury, François-René de Chateaubriand, Gustave Flaubert, Théophile Gautier, Victor Hugo, Joseph de Maistre, Prosper Mérimée, George Sand, Charles-Auguste Sainte-Beuve; ferner bei Edgar Allan Poe, Eugène Delacroix und Richard Wagner.

Ausgiebig benutzt wurden für den Anmerkungsteil die Werkausgaben von Jacques Crépet, die Parallelausgabe des *Mangeur d'opium* von Michèle Stäuble, sowie die beiden bereits erwähnten Ausgaben der Bibliothèque de la Pléiade von Claude Pichois, der auch den Text des Anhangs gelesen, überprüft und durch manchen Hinweis verbessert und vervollständigt hat. Dafür sei ihm an dieser Stelle sehr herzlich gedankt. Dank auch sei gesagt Susanne Schaup, München, für sachkundige Sorgfalt und Geduld bei der Überwachung der Drucklegung und die Erstellung des Registers.

ANMERKUNGEN

BRIEFE

1858-1860

Nach dem Tode ihres Gatten, des Generals Aupick, am 27. April 1857, hatte Baudelaires Mutter Paris verlassen und sich für den Rest ihres Lebens nach Honfleur zurückgezogen, wo sie auf einem kleinen Anwesen eine »Maison Joujou« besaß. Seit dem Ende des gleichen Jahres trägt Baudelaire sich mit dem Gedanken, für einige Zeit (oder für immer) bei seiner Mutter zu leben. Er schafft einen Teil seiner Papiere und seiner Bücher nach Honfleur, hält sich jedoch nur zweimal etwas länger dort auf: von Ende Januar bis Anfang März und in den Monaten Mai/Juni 1859, und einige Tage im Dezember des gleichen Jahres. Ende Sommer 1856 hatte er seine vierzehnjährige Liaison mit Jeanne Duval aufgelöst (siehe den Brief an Madame Aupick vom 11. September 1856, Bd. V, S. 14-17), was ihn nicht hinderte, im November 1858 wieder zu ihr zu ziehen. Am 5. April 1859 wird die durch einen Schlaganfall gelähmte Jeanne in eine Klinik eingeliefert, wo sie bis zum 19. Mai bleibt. Baudelaire selber erleidet am 13. Januar 1860 einen ersten Gehirnschlag.

Die Mehrzahl der folgenden Briefe ist an Madame Aupick, an Baudelaires Verleger und Freund Auguste Poulet-Malassis, bei dem 1857 die *Fleurs du Mal* erschienen waren, und an Alphonse de Calonne, den Eigentümer der *Revue contemporaine,* gerichtet. – In allen seinen Geldangelegenheiten blieb Baudelaire zeitlebens von seinem Vormund Narcisse-Désiré Ancelle (1801-1888) abhängig, der seit 1851 Bürgermeister von Neuilly war.

7 AN MADAME AUPICK, 13. MAI 1958

17 Corbeil: Dort hatte Baudelaire sich vom 20. März bis etwa 5. April aufgehalten, um die Drucklegung der *Aventures d'Arthur Gordon Pym* von E. A. Poe zu überwachen, die am 13. Mai ausgeliefert wurden. – *27 Moniteur:* Dort hätte Baudelaire den *Mangeur d'Opium* zuerst gerne untergebracht. – *31* Prosper *Mérimée,* Mitglied der Académie française, Senator, häufiger Gast am Kaiserhof, war eine einflußreiche Persönlichkeit, um die Baudelaire sich verschiedentlich bemühte (siehe Bd. IV, S. 317f.). Bei der *anderen, sehr viel gewichtigeren Angelegenheit* handelt es sich entweder um Baudelaires Versuch, das Kreuz der Ehrenlegion zu erhalten, oder um Schritte, die er als Bewerber um die Leitung eines größeren Theater unternommen hatte.

8 *12 Revue contemporaine:* Dort war am 15. Januar 1858 ein grober Artikel über Baudelaire von Jean-Jacques Weiss erschienen, den dieser 1865 in seine *Essais sur l'histoire de la littérature française* aufnahm. Da es sich bei der *Revue contemporaine* um ein mehr oder minder offizielles Organ handelte, hatte Baudelaire sich dazu hinreißen lassen, bei einem Staatsminister Beschwerde einzulegen. Siehe seinen Brief an Madame Aupick vom 19. Februar 1858 (Bd. III, S. 32). – *19 den Artikel:* über das Haschisch. – *34 Gustave Flaubert:* Baudelaire hatte im Oktober 1857 seinen Roman *Madame Bovary* besprochen (siehe Bd. V, S. 65-76).

9 2 *in Konstantinopel:* Auf ihrer gemeinsamen Orientreise 1849-1851 waren Flaubert und sein Freund Maxime Du Camp im November 1850 von dem General Aupick in Konstantinopel empfangen worden, wo dieser seit April 1848 als außerordentlicher Gesandter und Botschafter der Republik weilte.

9 AN AUGUSTE POULET-MALASSIS, 19. MAI 1858

9 *15 die Dummheiten der anderen:* Es handelt sich um geschäftliche Abmachungen Poulet-Malassis' mit einigen seiner Autoren, die ihn Baudelaire gegenüber in Verlegenheit brachten. – *29 Curiosités:* Die *Curiosités esthétiques,* die Baudelaires gesammelte Arbeiten zur bildenden Kunst enthalten sollten, erschienen erst postum 1868. – *32 Staatsanwaltschaft:* wohl die Zensurbehörde, der die Druckbogen neu erscheinender Werke vorgelegt werden mußten.

10 AN MADAME AUPICK, 9. JUNI 1858

12 600 Francs: Siehe den Brief vom 19. Mai an Poulet-Malassis (S. 9, 27). – *24 einen Vertrag:* Dieser Vertrag wurde erst am 12. Oktober 1858 unterzeichnet. – *32 einleitenden Artikel:* Es sollten noch drei Monate vergehen, bis die Arbeit über das Haschisch am 30. September 1858 in der *Revue contemporaine* erschien.

11 *18 mit ein paar Zeilen darauf geantwortet:* Siehe den Brief an Hippolyte Cartier de Villemessant, Bd. V, S. 46f. und die Anmerkungen dazu. – *25 Monsieur Émon:* Jean-Louis Émon (1790-1880), ein Freund des Generals Aupick und dessen Testamentsvollstrecker. Die Émons, die einen starken Einfluß auf Madame Aupick hatten, verbrachten den Sommer meist in Honfleur.

12 *5 abermals einen Verdruß:* wohl hinsichtlich der in dem Brief an die Mutter vom 13. Mai erwähnten gewichtigen Angelegenheit; s.o. zu. S. 7, 27.

12 AN MADAME AUPICK, 29. OKTOBER 1858

12 Abzugsventil: In Erwartung ihres Sohnes hatte Madame Aupick in der Einrichtung ihrer Wohnung einige Veränderungen vorgenommen und dabei unter anderem offensichtlich auch eine Vorrichtung vorgesehen, um den Pfeifen- oder Zigarrenrauch (aus Baudelaires Arbeitszimmer?) abzuleiten.

12 AN ALPHONSE DE CALONNE, 10. NOVEMBER 1858

20 Alphonse de Bernard, vicomte *de Calonne* (1818-1902) war seit 1855 der Eigentümer der *Revue contemporaine,* zu deren Mitarbeitern auch eine Anzahl höherer Beamter zählte. – *26 kann am 30. erscheinen:* Es erschien erst im Januar 1860.

13 *13 die Maler, die denken:* Es handelt sich um einen Aufsatz, der unvollendet bleiben sollte. Die ausführlichen Niederschriften dazu erschienen zum ersten Mal 1868 in AR unter dem Titel *L'Art philosophique.* Siehe »Die philosophische Kunst«, Bd. V, S. 259-268, und die Anmerkungen dazu. – *15* Louis *Janmot* (1814-1892), Maler-Dichter und Kunsttheoretiker; über ihn siehe Bd. V, S. 265f. – *16 Büchlein in Versen:* die Gedichte zu Janmots Zyklus *Le Poème de l'Ame.* – *19 poèmes nocturnes:* Unter diesem Titel waren bereits im August 1857 sechs Prosagedichte von Baudelaire in *Le Présent* erschienen. – *24 Die protestantischen Professoren:* Das richtet sich vermutlich gegen Jean-Jacques Weiss und dessen Verriß der FdM in Calonnes Zeitschrift vom 15. Januar 1858; s.o. zu S. 8, *12.*

14 2 *Sonnets humouristiques:* von dem Lyoner Dichter Joséphin Soulary (1815-1891). Baudelaire nannte sie ein »charmantes Buch«; siehe auch seinen Brief an Soulary vom 23. Februar 1860, S. 37f.

14 AN ALPHONSE DE CALONNE, 8. JANUAR 1859

14 21 *monstrum ingens:* ein gewaltiges Ungeheuer. – 32 *Michel Lévy* (1821-1875); gründete 1836 mit seinen beiden Brüdern Calmann und Nathan eines der größten und bedeutendsten französischen Verlagshäuser; bei ihm erschienen sämtliche Übersetzungen Baudelaires nach E.A. Poe und von 1868 bis 1870 die postume Gesamtausgabe der Werke Baudelaires.

15 5 *die idealistischen Maler:* ein anderer Titel der geplanten Arbeit über *die Maler, die denken;* s.o. zu S. 13, *13*. – 28 *Hoffmann:* Gemeint ist der deutsche Erzähler E.T.A. Hoffmann (1776-1822), der sich in Frankreich großer Beliebtheit erfreute. – *32 250 Francs:* pro Druckbogen.

17 AN NADAR, 14. MAI 1859

Félix Tournachon (genannt Nadar, 1820-1910), Journalist, Photograph und Aeronaut, den Baudelaire schon seit 1844 kannte. Baudelaire bewunderte seine Vitalität (siehe S. 243, 14). Wir verdanken Nadar ein paar der schönsten Photos von Baudelaire; nach dessen Tod er am 10. September 1867 einen freundschaftlich gescheiten Nekrolog veröffentlichte. Siehe auch seinen Erinnerungsband *Charles Baudelaire intime – le Poète vierge,* den Jacques Crépet 1911 veröffentlichte. – *26 Deine Zeitung:* das *Journal pour rire.* – *33 keine KATZE …, mit Ausnahme einer einzigen:* in der Erzählung *The Black Cat,* deren Übersetzung von Baudelaire zuerst 1853 in *Paris* und 1854 in *Le Pays* erschien und 1857 in die *Nouvelles Histoires extraordinaires* aufgenommen wurde.

18 2 *anläßlich eines belgischen oder polnischen Dichters:* anläßlich des Gedichtbandes *La Crise* von Ceslaw Karski, der in Brüssel erschienen war. Als 1860 *Les Vignes folles,* ein Gedichtband von Joseph-Albert-Alexandre Glatigny (1839-1873), erschien (siehe Bd. V, S. 61f.), rückte im Mai 1861 ein Journalist in der *Revue anecdotique* Karski und Glatigny in Baudelaires Nähe: diese drei materialistischen Dichter hätten »die brutalsten Theorien, die gewagtesten Bilder« gemein. – 4 *Prince des Charognes:* Fürst der Äser; eine etwa 1859 entstandene Karikatur Nadars zeigt Baudelaire vor einem Aas (Ico, Nr. 106). In dem *Journal amusant* hatte er am 10. Juli 1858 eine Zeichnung veröffentlicht, die einen entsetzten Vater darstellt, der die *Fleurs du Mal* in den Händen seiner kleinen Tochter entdeckt. (Ico, Nr. 105) – *15 Herzogin von Alba:* Es handelt sich um die weibliche Gestalt, die Goya zweimal, angezogen und nackt, in der gleichen liegenden Haltung, die Hände hinter dem Kopf verschränkt, gemalt hat. Diese *Maja vestida* und *Maja desnuda* stellt jedoch, mit größter Wahrscheinlichkeit, nicht die Herzogin von Alba, sondern eine Dirne dar. – *23 fouterie:* wörtlich etwa: ein Fickstück. – Théophile *Silvestre:* (1823-1876), Kunstkritiker, ein großer Bewunderer Delacroix' und ein Freund Baudelaires. – *24 sursum:* nach oben. – 27 Richard Parkes *Bonington* (1802-1828), gebürtiger Engländer, ebenfalls ein Freund Delacroix'; hervorragender Aquarellist und Landschaftsmaler. – Achille *Devéria* (1800-1857), bekannt als Illustrator romantischer Dichter.

19 *10 einem gewissen deutschen Künstler:* vielleicht Johann David Passavant

(1787-1861) oder Ludwig Richter (1803-1884). Baudelaire denkt offensichtlich an eine Darstellung des Wilden Jägers und seines Gefolges. – *12 Goupil:* ein Pariser Händler, der Kupferstiche und andere Graphik verkaufte. – *16* Louis *Duveau* (1818-1867), bei dem Poulet-Malassis ein Frontispiz für die Neuausgabe der FdM in Auftrag geben wollte. – *19* Alfred *Rethel* (1816 bis 1859); Baudelaire besaß die drei hier erwähnten Holzschnitte Rethels, die er sich auch als Sujets für Prosagedichte vermerkte. – *22* Ludwig *Knaus* (1829 bis 1910), deutscher Maler, der zwischen 1852 und 1859 häufig in Paris lebte. – *25 einen Salon:* den *Salon de 1859;* siehe Bd. V, S. 127-212.

20 AN NADAR, 16. MAI 1859
18 einige Stücke: vermutlich das Gedicht *Danse macabre* (Bd. III, S. 252f.), das am 15. März 1859 in der *Revue contemporaine,* und die Gedichte *Sisina, Le Voyage, Albatros* (Bd. III, 174, 328ff., 64f.), die am 10. April in der *Revue française* erschienen. – *22 indécrottabilité:* Unentschmutzbarkeit. – *25 Karski:* s. o. zu S. 18, 2. – *Moreau:* s. o. S. 18, *11*. – *Rethel:* s. o. zu S. 19, *19*.

21 *2 bei einem deutschen Buchhändler:* A. Bohne et Schultz, 170, rue de Rivoli. – *10 deutschen Künstler:* s. o. zu S. 19, *10*. – *11* Louis-Gustave *Ricard* (1823 bis 1873), erlangte einige Popularität als Porträtmaler. Zu seinen Modellen gehörte Madame Sabatier, bei der Baudelaire ihn kennengelernt haben dürfte; siehe Bd. V, S. 349, Anm. zu S. 184, 33. – *14* Gustave *Doré* (1833-1883), fruchtbarer und berühmter Illustrator. – *20 Gesamtheit der kritischen Beiträge über Poe:* siehe Bd. II, S. 255-365. Baudelaires Plan, seine Aufsätze über Poe in einen Band zusammenzufassen, wurde niemals verwirklicht. Das Gleiche gilt von der Gesamtheit seiner *kritischen Aufsätze über bildende Kunst und Literatur*. – *26 allegorisches Frontispiz:* Die *Paradis artificiels* erschienen ohne Frontispiz. – *31 ein baumartig gestaltetes Gerippe ...:* über dieses Frontispiz von Félix Bracquemond (Ico, Nr. 109, 110, 112; Album, 205f.) siehe Bd. III, S. 363. – *37 Hyacinthe Langlois: Essai ... sur les danses des morts,* von Eustache-Hyacinthe Langlois, Rouen 1851, in 2 Bänden. Dort findet sich ein Holzschnitt aus der zweiten Hälfte des 16. Jahrhunderts (vielleicht von Hans Sebald Beham), auf dem Adam und Eva unter einem als Gerippe gestalteten Baum der Erkenntnis zu sehen sind (Ico, Nr. 108; Album, 203).

22 *1 noch einmal auf Doré zurück:* Nadar dürfte Baudelaire geschrieben haben, daß Doré mit einer Illustration von Dantes »Göttlicher Komödie« beschäftigt war; der von ihm illustrierte erste Teil dieser Dichtung, *L'Enfer,* erschien 1861. – *12* Octave *Penguilly*-L'Haridon (1811-1870), Historien- und Landschaftsmaler; Baudelaire erwähnt ihn in seinen beiden Salons von 1846 (Bd. I, S. 233) und von 1859 (Bd. V, S. 177f.). – Célestin *Nanteuil* (1813-1873), beliebter Illustrator romantischer Dichter; über ihn schreibt Baudelaire ebenfalls in seinem Salon von 1846 (Bd. I, S. 160) und von 1859 (Bd. V, S. 169); auch dort heißt es, er habe eine Spur Wasser in seinen Wein gemischt.

23 *4 Die Barmherzigen Schwestern, von Amand Gautier* (1825-1894); siehe Bd. V, S. 152f. und 327f. – *5 Angelus, von Alphonse Legros* (1837-1911); siehe Bd. V, S. 152 und 326f. – *7 in einer der Alleen des Gartens:* Der Salon von 1859 wurde im Palais des Champs-Elysées gezeigt. – *10 ein junges Mädchen und ein Skelett: Jamais et Toujours* (Niemals und Immer), Skulptur von Émile Hébert (1828-1893); siehe Bd. V, S. 206f. und 365f. – *18 Amour et gibelotte:* Über den gleichen Bildtitel spottet Baudelaire in seinem »Salon 1859«; siehe

Bd. V, S. 135. – *19* François-Claudius *Compte-Calix* (1830-1880), Lyoner Maler, dessen »sentimentale Bilder« Baudelaire in seinem »Salon 1846« erwähnt (Bd. I, S. 261 und 465). – *22 Herzoginnen von Alba:* s. o. zu S. 17 *15*. – *31 diese italienische Frage:* Im Juli 1858 hatte Napoleon III. mit Cavour ein franco-sardisches Abkommen über die künftige Aufteilung Italiens getroffen. Am 30. Januar 1859 fand in Turin die Hochzeit zwischen dem Prinzen Napoléon und Clotilde, der Tochter Victor-Emmanuels II., Königs von Sardinien, statt. Am 23. April stellte Österreich diesem ein Ultimatum. Napoleon III. erklärt Österreich den Krieg und bricht am 10. Mai nach Italien auf. – *32 Orsinis Attentat:* Am 14. Januar 1858 hatte ein italienischer Verschwörer, Felix Orsini, ein Attentat auf Napoleon III. verübt, bei dem der Kaiser und die Kaiserin unbeschädigt blieben, jedoch über 150 Personen verletzt wurden, von denen acht an den Folgen dieser Verletzungen starben. Orsini wurde zum Tode verurteilt und hingerichtet.

24 *1* Charles duc de *Morny* (1811-1865); spielte eine entscheidende Rolle beim Staatsstreich vom Dezember 1851; war später Präsident des Corps législatif; war in den Finanzskandal einer Eisenbahngesellschaft, des *Grand-Central,* verwickelt. – *2 Beaumont-Vassy:* Der Vicomte de Beaumont-Vassy, von 1852 bis 1855 Beamter des Staatsrats, war 1859 gewisser dunkler Geschäfte wegen zu zwei Jahren Gefängnis verurteilt worden. – *5 Dezembergreuel:* des Staatsstreichs vom 2. Dezember 1851. – *6* Jules *Favre* (1809-1880), berühmter Rechtsanwalt und Politiker; er war der Verteidiger Orsinis (s. o. zu S. 23, *32*) gewesen und wurde danach im gleichen Jahr Deputierter von Paris. Er gehörte der Partei der Republikaner an und war einer der fünf überzeugten Gegner des kaiserlichen Regimes. Am 30. April hatte er eine Rede gehalten, in der er für die Befreiung Italiens eintrat. – *12* Giuseppe *Garibaldi* (1807-1882), italienischer Freiheitskämpfer gegen Österreich und das Königreich Neapel. – *13* Gustave comte *de la Tour,* ehemals Teilnehmer an dem Aufstand der Vendée (1832), war Deputierter der Bretagne. – *15* Eugène *Schneider* (1805-1875), Industrieller und Politiker, einer der Schöpfer der großen Stahlwerke und Rüstungsfabriken in Le Creusot; damals Präsident des Corps législatif. – *23 Joseph de Maistres diplomatische Briefe:* Albert Blanc, Rechtsanwalt in Chambéry, hatte 1858 (als Piemont und Savoyen noch vereinigt waren), mit Billigung Cavours, de Maistres auf die Jahre 1803-1810 bezüglich *Mémoires politiques et correspondance diplomatique* veröffentlicht. Der theokratische Diplomat in savoyischen Diensten erscheint dort als ein italienischer Patriot, ein Feind Österreichs und Verfechter einer konstitutionellen Monarchie. – *24* Camillo Benso, conte di *Cavour* (1810-1864), italienischer Staatsmann, Minister Victor-Emmanuels II. – *31 wie man mit dem Sieg fertig wird:* Nach den beiden Siegen bei Magenta (4. Juni) und Solferino (24. Juni) wurde am 11. Juli in Villafranca ein Waffenstillstand zwischen Frankreich und Österreich geschlossen, der jedoch neue Schwierigkeiten heraufbeschwor. Napoleons III. italienische Politik wurde ein schwer belastender Faktor für seine weitere Regierungszeit; unter anderem deshalb, weil die Katholiken der Regierung ihr Vertrauen entzogen.

25 *5* Paulin *Limayrac,* Mitarbeiter des *Constitutionnel,* Auguste *Vitu,* Mitarbeiter des *Pays,* und Adolphe *Granier de Cassagnac,* der 1858 einer der Mitbegründer der Zeitschrift *Le Réveil* war, waren alle drei Anhänger der kaiserlichen Politik.

25 AN NADAR, [1859]
Ohne Unterschrift. Trägt am Ende den handschriftlichen Vermerk Nadars: »*Folie*, die mir mein Freund Baudelaire schickte, über unseren Freund S...« Es handelt sich um Lucius-Nestor Songeon (1818-1889), der Baudelaires Mitschüler in Lyon gewesen war. Sohn eines unter der Restauration geächteten Generals des Kaiserreichs, Republikaner, Teilnehmer an der Februarrevolution, ging er ins Exil und kehrte erst 1861 nach Frankreich zurück. Nadar beschreibt ihn in seinem *Charles Baudelaire intime:* »Ein maskenhaftes Gesicht, wie das eines Kalmücken oder Malaien, die Nase plattgedrückt, stark hervorstehende Jochbeine, gelber Teint, Haarwuchs spärlich, statt der Augen zwei horizontale Schlitze: kurzsichtig bis zur Blindheit durch seinen Kneifer.« Nadar schenkte ihm ein Exemplar seines Buches *Le Droit au vol,* mit der Widmung: »*À mon brave, bon et cher Songeon,* sein undankbarer Nadar.«

27 AN MADAME AUPICK 4. JULI 1859
10 Becker: einer der alten Gläubiger Baudelaires. – *14* Hippolyte *Marin* (1817 bis 1903), ein Freund von Ancelle, der im August 1844, als Baudelaires Entmündigung beschlossen wurde, Madame Aupick im Familienrat vertreten hatte. – *17 Ich werde ... zurückkehren:* Baudelaire blieb weiterhin in Paris. – *18 Schauspiel:* »Der Marquis von den I. Husaren«; siehe Bd. V, S. 271-281 und S. 394.

27 AN MADAME AUPICK, 20. JULI 1859
28 *5 Schauspiel:* abermals »Der Marquis von den I. Husaren«, die »wichtige Angelegenheit«, von der etwas später die Rede ist. – *36 Schweizer Zeitschrift:* die *Revue internationale* in Genf. – *37 Der künftige Leiter des Cirque:* Hippolyte Hostein (1814-1879), der von 1849 bis 1859 das Théâtre de la Gaîté leitete und anschließend die Leitung des Théâtre du Cirque (seit 1862 Théâtre du Châtelet) übernahm. Baudelaire kannte ihn schon seit langem; siehe den Brief an ihn vom 8. November 1854 (Bd. II, S. 66-68).
29 *6 der Friedensschluß:* der Waffenstillstand von Villafranca vom 17. Juli 1859. – *8 Revue française:* Die Zeitschrift verschwand, nachdem sie in ihrer letzten Nummer vom 20. Juli den Schluß von Baudelaires »Salon 1859« gebracht hatte.

29 AN ALPHONSE DE CALONNE, 14. DEZEMBER 1859
23 (*souffrances*): Baudelaire hatte Calonne den ersten Teil seiner Bearbeitung von De Quinceys *Confessions* übergeben, der am 15. Januar 1860 in der *Revue contemporaine* unter dem Titel *Enchantements et tortures d'un mangeur d'opium* erschien. Die Einwände, die Calonne erhob, beziehen sich auf Kapitel IV, »Qualen des Opiums«, das in zwei Stücken am 15. und 31. Januar erschien.

30 AN ALPHONSE DE CALONNE, 15. DEZEMBER 1859
15 zweiten Teil: die *Suspiria.*

30 AN JEANNE DUVAL, 17. DEZEMBER 1859
Der einzige Brief Baudelaires an Jeanne, der auf uns gekommen ist, und zwar vermutlich nur deshalb, weil sie der Aufforderung, ihn von der Quittung am Ende abzureißen, nicht nachgekommen ist.

28 Mein liebes Kind: Ma chère fille; seit einiger Zeit schon betrachtete Baudelaire sich Jeanne gegenüber nur noch als deren *»papa«*, Vormund und Krankenpfleger.

31 *4 De Calonne:* s.o. zu S. 12, 20. – *6 in wenigen Tagen:* Baudelaire war am 19. Dezember wieder in Paris.

31 *14 Ancelle:* Baudelaires Vormund in Neuilly.

32 AN MADAME AUPICK, UM DEN 20. JANUAR 1860

11 alle die Aufregungen und die Umstände: Baudelaire hatte seiner Mutter am 15. Januar berichtet, daß er zwei Tage zuvor eine Art Schlaganfall erlitten habe; mit anschließenden Übelkeits-, Schwäche- und Schwindelanfällen. Außerdem hatte er Madame Aupick abermals in Geldangelegenheiten behelligt.

33 *8 das Opium:* die erste Hälfte von Kap. IV des »Opiumessers«, das am 15. und 31. Januar 1860 unter dem Titel *Enchantements et tortures d'un mangeur d'opium* in Calonnes *Revue européene* erschien.

33 AN POULET-MALASSIS, 16. FEBRUAR 1860

22 Louis-Émile *Duranty* (1833-1880), Schriftsteller und Kunstkritiker, von dem Poulet-Malassis einen größeren Aufsatz über Champfleury in dessen Buch *Les Amis de la nature* veröffentlicht hatte. – 27 Philoxène *Boyer:* (1827-1867), ein nicht unvermögender Kenner und brillianter Improvisator; schrieb Verse (*Les deux Saisons,* 1867) und zwei Schauspiele (*Sapho,* 1850; *L'Engagement,* 1851). Über ihn siehe *B/Asselineau.* – *28 Ernest Christophe* (1827-1892), Bildhauer, dem Baudelaire zwei seiner Gedichte widmete: *Le Masque* (Bd. I, S. 94 f.) und *Danse macabre* (Bd. I, S. 252 ff.).

34 *3 Notices:* die für Eugène Crépet geschriebenen *Notices sur quelques-uns de mes contemporains,* die in dessen Anthologie *Les Poètes français 1862* erschienen (siehe Bd. VII).

35 *1 Drei Passagen:* nicht näher bekannt. – Carlos *de Rode* (oder Derode), Eigentümer und Leiter der *Revue internationale* in Genf. – *19 Zacharie Astruc* (1835-1907), Kunstkritiker und Musikkritiker an der *Revue internationale.* Poulet-Malassis hatte von ihm 1859 *Les 14 Stations du Salon,* mit einem Vorwort von George Sand, veröffentlicht. – 25 Constantin *Guys* (1805-1892), über den Baudelaire seinen großen Essay »Der Maler des modernen Lebens« schrieb; siehe Bd. V, S. 213-258. – *30 Duranty:* s.o. zu S. 33, 22. – 34 Charles *Méryon* (auch Meryon, 1821-1868) hatte bis 1846 bei der Marine gedient, bevor er sich der Malerei und später der Radierung zuwandte. 1852-1854 erschienen von ihm in drei Lieferungen 22 Kaltnadelradierungen unter dem Titel *Eaux-Fortes sur Paris,* von denen einige in den Salons von 1852, 1853 und 1855 ausgestellt waren. Baudelaire war einer der wenigen, der diesen verkannten und vom Wahnsinn bedrohten Radierer schätzte; siehe Bd. V, S. 194 f. und die Briefe an Madame Aupick und an Madame Sabatier vom 4. März 1860 (S. 40 f. und 43). – Über Baudelaire und Méryon siehe Pierre Jean Jouve, *Le Quartier de Meryon,* in: *Tombeau de Baudelaire,* Paris 1958, sowie Jean Ziegler, *Baudelaire et Meryon,* in: Buba, XI, 1975, 3-14. – *Delâtre:* der Drucker und Verleger, der eine neue Ausgabe von Méryons *Eaux-Fortes sur Paris* vorbereitete.

36 *15 die Salle des Italiens:* auf dem rechten Seineufer, Rue Monsigny; Asselineau wohnte auf der anderen Seite der Seine, Rue du Four.

37 *9 auf Ihrer Industrie-Ausstellung:* eine für den Mai 1860 vorgesehene Ausstellung. – *11 Sonnets humouristiques:* s.o. zu S. 14, 2 und S. 37f. – *14* Marie-Joseph marquis de *La Fayette* (1757-1834), General und Politiker, aktiver Teilnehmer an der amerikanischen und an den beiden französischen Revolutionen von 1789 und 1830. – Philibert-Louis *Debucourt* (1755-1832), Hauptmeister des Kupferfarbdrucks; Baudelaire erwähnt ihn in seinem Essay »Der Maler des modernen Lebens« (Bd. V, S. 213 und S. 371). – *15* Sir Joshua *Reynolds* (1723-1792), der größte Porträtist der englischen Malerei seiner Zeit.

37 AN JOSÉPHIN SOULARY, 23. FEBRUAR 1860

Joséphin Soulary (s.o. zu S. 14, 2) hatte 1858 einen Band *Sonnets humouristiques* veröffentlicht. Eine zweite, vermehrte Ausgabe war 1859 erschienen, und Soulary hatte sie Baudelaire zugesandt, der sich in einem Brief an Armand Fraisse (s.u. zu S. 51, 9) lobend darüber äußerte. Fraisse hatte die betreffenden Zeilen Soulary mitgeteilt, der sich am 22. Februar 1860 dafür bei Baudelaire bedankte (siehe Lettres/B, 357). – *28 Sonett an einen Korrekturleser: »À M. Pierre Bourgine«*, dessen letztes Terzett lautet: *»Ah! sans doute, jadis, pur esprit d'harmonie, / Ton orgueil fut bien grand, que Dieu t'ait condamné / A lustrer ici-bas les plumes du Génie!«* (Ach! du harmonischer Geist, dein Hochmut muß sehr groß gewesen sein, daß Gott dich dazu verurteilt hat, hienieden die Federn des Genies zu glätten!) Soulary dankte Baudelaire am 24. Februar: »Monsieur und lieber Freund, Ihr Freimut entzückt mich, und Ihr Lob mundet darum nur um so köstlicher. Die Fehler, auf die mich aufmerksam zu machen Sie die Freundschaft haben ..., werden verschwinden, wenn ich mich entschließe, eine weitere Ausgabe herauszubringen.« (Lettres/B, 358)

38 *26 alle repräsentativen Männer:* möglicherweise eine ferne Anspielung auf Emersons Essayband *Representative Men,* der 1850 erschienen war und auf den Baudelaire auch in »Mein entblößtes Herz« anspielt (siehe S. 235). – *30* Charles-Marie-René *Leconte de Lisle* (1818-1894, der Verfasser dreier Verssammlungen, *Poèmes antiques* (1852), *Poésies barbares* (1862) und *Poèmes tragiques* (1884); Baudelaire schrieb einen Aufsatz über ihn (siehe Bd. VII).

39 AN MADAME AUPICK, 4. MÄRZ 1860

14 Erstaunen ... Beschämung ... Dankbartkeit: Madame Aupick hatte einen Wechsel von 200 Francs, der am 1. März in Honfleur fällig wurde, beglichen. – *35 La Presse:* Dort erschienen im August/September 20 *Petits Poëmes en prose;* siehe Bd. VIII, S. 349f.

40 *1 die Radierungen:* die *Eaux-Fortes sur Paris* von Méryon; s.o. zu S. 35, *34*. – *7 Charenton:* Dort befand sich eine öffentliche Anstalt für Geisteskranke, in der Méryon sich aufgehalten hatte.

41 AN MADAME SABATIER, 4. MÄRZ 1860

Apollonie-Aglaé Sabatier (Aglaé-Joséphine Savatier, 1822-1890) war die Mätresse des belgischen Bankiers Alfred Mosselman, der ihr in der Rue Frochot eine Wohnung eingerichtet hatte, in der sie sonntagabends ihre Freunde, die ihr den Ehrentitel *La Présidente* verliehen hatten, zum Essen empfing; darunter Gustave Flaubert, Sainte-Beuve, Alexandre Dumas, Ernest Feydeau und Théophile Gautier. Über ihr Verhältnis zu und mit Baudelaire, sowie über die an sie gerichteten Gedichte der FM, siehe Bd. III, S. 12ff. und die Anmerkungen dazu. – Ausführliche Angaben und weiteres Material in François Porché, *Baudelaire et la Présidente,* Genf 1941, und André Billy, *La Présidente et ses amis,* Paris 1945. – *33* Ernest *Feydeau* (1821-1873), erfolgreicher Romanschriftsteller. Baudelaire las 1858 seinen Roman *Fanny* und beglückwünschte ihn dazu (siehe Bd. V, S. 49 f.); an seine Mutter jedoch schrieb Baudelaire am 11. Dezember 1858: »*Fanny, ein ungeheurer Erfolg,* ein widerwärtiges, ein erz-widerwärtiges Buch.« 1860 schickte Baudelaire die *Paradis artificiels* an Feydeau, der sich in einem süffisanten Billet dafür bedankte. (Lettres/B, 147) – Bei seinem *letzten Roman* dürfte es sich um die 1860 erschienene *Catherine d'Overmeire* handeln.

42 *4 ein Album:* Méryons *Eaux-Fortes sur Paris;* s.o. zu S. 35, *34* – *9 Christophe:* s.o. zu S. 33, *28.* Dieser hatte für Baudelaire einen Gefälligkeitswechsel unterschrieben, der am 28. Februar verfallen war. – *12* Maria del Loreto *Martinez,* geb. 1820 auf Havanna, von schwarzen Eltern; sie traf 1850 in Paris ein und trat dort ein Jahrzehnt lang als erfolgreiche Sängerin auf. Gautier dürfte sie seinerzeit bei Madame Sabatier eingeführt haben. – *13 Alcazar:* ein Vergnügungslokal, das vor kurzem in der Rue du Faubourg-Poissonnière eröffnet worden war. Die *Revue anecdotique* hatte im Februar 1860 berichtet, daß »dieser heruntergekommene Star« (*cette étoile déchue*), »dessen Gitarre seine Gläubiger sogar kürzlich beschlagnahmen wollten«, dort auftrat. – *17 eine liebenswürdige Einladung Wagners:* als Antwort auf einen Brief Baudelaires vom 17. Februar (siehe Bd. VII). Baudelaire war damals damit beschäftigt, über Wagner zu schreiben. In derselben Nummer der *Revue anecdotique,* in der die Notiz über die Señora Martinez erschien, las man: »Der Dichter Charles Baudelaire bereitet einige Gedichte zu Ehren des Verfassers von *Lohengrin* vor.«

42 AN MADAME SABATIER, 4. MÄRZ 1860

Wie der erste Brief vom 4. März wurde auch dieser durch einen Boten zugestellt, als Antwort auf ein Billett Madame Sabatiers.

31 Feydeau: s.o. zu S. 41, *33.*

43 *10 Heilbuth* (1828-1889), Sohn eines Hamburger Rabbiners, ein Maler, der auch im Salon von 1859 ausgestellt war. Madame Sabatiers Freund und Gönner, der belgische Bankier Alfred Mosselman, der ihr in der Rue Froschot eine Wohnung eingerichtet hatte, war vermutlich Jude; was Baudelaires »antisemitischen« Ausfall erklären dürfte. Weitere nähere Auskünfte über Madame Sabatier siehe Bd. III, S. 348 f.

43 AN MADAME AUPICK, 26. MÄRZ 1860

45 *9 das Schauspiel:* »Der Marquis von den I. Husaren«; siehe Bd. V, S. 271-281 und S. 394. – *25 Dies hier:* eine der für Eugène Crépets Anthologie geschriebenen *notices* (s.o zu S. 34, *3*); entweder die über Théophile Gautier oder über Auguste Barbier (siehe Bd. VII). – *29 neue Gedichte von mir: Rêve parisien, L'Amour du mensonge, Le Rêve d'un curieux, Semper eadem, Obsession* (Bd. I, S. 262 ff., 256 f., 326 f., 132, 204 f.); die Gedichte erschienen jedoch erst am 15. Mai. – *31 Feuilletons über bildende Kunst:* »Der Maler des modernen Lebens« (siehe Bd. V, S. 213-258).

46 AN AUGUSTE POULET-MALASSIS, 23. APRIL 1860
7 Du monde féminin, mundi muliebri: Diesen falschen Genitiv las man in der *Revue contemporaine.* Ausführliches hierzu s.u. S. 167, *21.* – *9 sultan:* Siehe das Gedicht *Le Masque* (Bd. III, S. 94): *»Contemplons ce trésor de grâces florentines; … Cette femme … adorablement mince. Est faite … pour charmer les loisirs d'un pontife ou d'un prince.«* (Laß uns diesen Schatz voll florentinischer Reize betrachten! … Dies Weib …, so anbetungswürdig schlank, ist geschaffen, … die Muße eines Kirchenfürsten oder Prinzen zu erheitern.) Calonne scheint den Dichter vor dem Druck der *Revue contemporaine,* am 30. November 1859, gebeten zu haben, das Wort *pontife* durch *sultan* zu ersetzen. – *35 Änderung:* s.u. S. 47, *28.*

47 *1 Sasanoff:* Nikolai Iwanowitsch Sasonow (1815-1862), Mitarbeiter der russischen Zeitschrift *Annales de la Patrie,* dem Baudelaire 1857 ein Exemplar der FM zugesandt hatte. – George *Fowler,* englischer Buchhändler im Palais-Royal. – *3 Nekrolog auf De Quincey:* siehe S. 162f. – *4 pharmazeutische Fußnote:* s.u. zu S. 64, *20.* – *13 Das übrige …:* Bisher war von dem »Opiumesser« die Rede. Die folgenden Ausführungen beziehen sich auf »Das Gedicht vom Haschisch«; s.u. zu S. 97, *4.* – *16 für den Figaro wird das ein gefundenes Fressen sein: le Figaro en fera sa pâture;* mit wörtlichem Bezug auf Baudelaires stilistische Entgleisung. – *19 zwei Kartons:* zwei Ersatzblätter für die fehlerhaften Blätter.

48 AN ALPHONSE DE CALONNE, 28. APRIL 1860
6 den Abdruck zu unterlassen: Die fünf Gedichte (s.o. zu S. 45, *29*), an denen Calonne einiges auszusetzen hatte, erschienen ohne Änderungen am 15. Mai in der *Revue contemporaine.* Calonne antwortete Baudelaire am gleichen Tag: »Monsieur, Ich finde Ihren Brief sehr impertinent, und ein solcher Brief hätte mir von Ihnen weniger als von irgend jemand anderem kommen dürfen. Wenn Sie sich die Mühe gemacht hätten, auf meinen höflichen Brief höflich zu antworten, so hätte ich Ihnen in Ihren Versen gewisse Füllsel zeigen können, die Sie widerrufen hätten. Sie haben es nicht gewollt: ich werde sie, so wie sie sind, veröffentlichen; um so schlimmer für Sie. Sie werden mir jedoch gestatten, festzustellen, daß Sie zumindest zum zehnten Mal einen Dünkel an den Tag legen, der fehl am Platz ist. – Ihr Diener, De Calonne.«

48 AN ALPHONSE DE CALONNE, 28. APRIL 1860
15 den ihm vorausgegangenen: Dieser Brief Calonnes hat sich nicht erhalten.

49 *6 Rue Coq-Héron:* Dort befand sich die Druckerei Dubuisson et Cie, bei der die *Revue contemporaine* gedruckt wurde.

49 AN JULES BARBEY D'AUREVILLY, 9. JULI 1860 (?)
19 Alter Taugenichts: Vieux Mauvais Sujet. Auch in zwei Briefen an Asselineau (vom 20. Februar 1859) und an Sainte-Beuve (vom 21. Februar 1859) bedient Baudelaire sich im Hinblick auf Barbey d'Aurevilly dieser freundschaftlich ironischen Bezeichnung. – *20 Remember, Esto memor!:* Baudelaire zitiert den 13. Vers seines eben entstandenen Gedichtes *L'Horloge* (Bd. I, S. 216): *»Remember! Souviens-toi, prodigue! Esto memor!«* Das Gedicht erschien am 15. Oktober 1860 in *L'Artiste.* – *24 ich bedarf Ihrer:* Barbey d'Aurevilly besprach die *PA* am 28. August 1860 in *Le Pays.* – *26 Débats:* In dem *Journal de*

Débats hatte Émile Deschanel den *Excitants* drei Feuilletons (am 14. und 28. Juni, und am 12. Juli 1860) gewidmet. – *27 meine moralische Gesundheit ...:* Dieses Zitat stammt aus der anonymen Besprechung in der *Revue européenne* vom 1. Juli 1860.

50 4 *Ihre gewagten Ausführungen ...:* Barbey d'Aurevilly hatte den Schriftsteller Xavier Aubryet und den Dichter Amédée Pommier in *Le Pays,* am 18. April und am 19. Juni, verrissen und dadurch einiges Aufsehen erregt. In einem Brief Baudelaires an Sainte-Beuve, der etwa Anfang Juli 1860 geschrieben sein dürfte, heißt es, Barbey d'Aurevilly habe anläßlich Pommiers und Aubryets soviel Dummheiten geschrieben, daß man sich über ihn lustig gemacht habe (Corr/Pl II, 57), – Adolphe *Granier* de Cassagnac war der Herausgeber des *Pays.* – *8 Père Lacordaire:* Barbey d'Aurevilly hatte am 3. Juli 1816 in *Le Pays* das Buch über *Sainte Marie-Madeleine* des Dominikanerpaters Henri Lacordaire (1802 bis 1861) besprochen. Er hatte dort dem Verfasser den Vorwurf gemacht, er habe die Heilige zu sehr von einem modernen Standpunkt aus geschildert und sie des Geheimnisses beraubt. – *18* Louis-François *Veuillot* (1813-1883), ultramontaner Schriftsteller und Publizist. – *20 an ihm zu rächen:* in dem geplanten Vorwort zu der zweiten Ausgabe der FdM. – *27 schöne Sachen:* vielleicht Aquarelle von Constantin Guys oder Graphik von Méryon.

50 AN JOSEPHIN SOULARY, 12. JULI 1860

32 Unterlassungen Ihnen gegenüber: Soulary (s. o. zu S. 14, 2) hatte Baudelaire am 5. Juni ein Gedicht über das Haschisch, *Le Rève du chanvre,* zugeschickt; zusammen mit einem Brief, um ihm für die Zusendung der *PA* zu danken (Letttres B, 363F.).

51 *9* Armand *Fraisse* (1830-1877), Literaturkritiker, der wie Soulary in Lyon lebte; seine Besprechung der *PA* erschien am 8. August in der Lyoner Zeitung *Le Salut public.* – *13 Perrin:* ein Drucker in Lyon.

51 AN ARMAND FRAISSE, 12. AUGUST 1860

Fragment eines Briefes, das Fraisse in einem Artikel des *Salut public* (4. Mai 1869) über Asselineaus *Charles Baudelaire* zitiert. (Siehe Cl. und V. Pichois, *Armand Fraisse, Sur Baudelaire,* Gembloux 1973, 50-52). Fraisse hatte Baudelaire am 9. August seine Besprechung der *PA* in *Le Salut public* vom 8. August geschickt. In dem Begleitbrief heißt es: »Ich habe eines Tages Haschisch zu rauchen versucht; ich habe nur heftige Kopfschmerzen empfunden und sonst nichts. Wo findet man jenen *fetten Extrakt,* von dem bei Ihnen die Rede ist? Ich hätte nichts dagegen, einmal einen Versuch damit zu machen und meinerseits Gott zu werden.« (Lettres/B, 161 f.) Über den *fetten Extrakt* siehe S. 62, 35.

DIE KÜNSTLICHEN PARADIESE

Die *Paradis artificiels* erschienen im Mai 1860 im Verlag Poulet-Malassis et de Broise in Paris, mit dem Untertitel *Haschisch et opium.* Sie umfassen, in gelegentlich leicht überarbeiteter Gestalt, die beiden seit Dezember 1858 in der *Revue contemporaine* erschienenen Arbeiten *Le Poëme du Haschisch* und *Un Mangeur d'Opium,* zusammen mit der eigens für diesen Druck geschriebenen Widmung. Diesen Text übernahmen 1869 Asselineau und Banville in Band IV der postumen *Œuvres complètes,* J. Crépet 1928 in Œuvres/Conard, Cl. Pichois 1975 in Œuvres/Pl I.

Bald nach Erscheinen des Buches war in der *Revue anecdotique* im Juli 1860 ein kleiner, als Hinweis wie als Abschirmung gedachter Text, wohl aus der Feder Poulet-Malassis', zu lesen: »M. Baudelaire hat in seinem Buch die geheimnisvollen Wirkungen und die krankhaften Genüsse, die Haschisch und Opium hervorrufen können, analysieren und die unvermeidlichen Schädigungen feststellen wollen, die ein längerer Gebrauch als Strafen nach sich zieht. Das Gedicht vom *Haschisch* und der *Opiumesser* haben kein anderes Ziel. Inmitten der Theorien, die alle eine idealistische Tendenz verfolgen, findet man eine größere Anzahl wunderbarer Anekdoten. Die auf die Wirkungen des Haschisch bezüglichen Stellen sind sehr schön; der Stil des Autors ist, bei aller hohen Farbigkeit, von ungewöhnlicher Klarheit.«

Noch im Sommer 1860 erschienen einige Rezensionen; von Albert Glatigny, in *L'Orphéon,* 1. Juni; von Émile Deschanel, in dem *Journal des Débats,* 14., 28. Juni und 12. Juli; von M. de Lescure, in der *Gazette de France,* 17. Juli; von Gustave Claudin, in *Le Moniteur universel,* 1. August; von Barbey d'Aurevilly, in *Le Pays,* 28. August.

Die Übersetzung folgt dem Text in Œuvres/Pl I. Die dort verzeichneten Varianten der beiden Erstdrucke werden nur ausnahmsweise berücksichtigt. Das gleiche gilt für die nicht seltenen Fälle, wo sich in den »Raketen« und in »Mein entblößtes Herz« Stellen finden, die eine gewisse Übereinstimmung mit der Thematik der PA erkennen lassen.

Das Haschisch dürfte Baudelaire breits 1841/42 durch seinen Freund Louis Ménard kennengelernt haben, kurz vor oder nach seiner großen Seereise. Aus den Jahren 1842-46 stammt sein farbiges Aquarell, das ihn im Haschischrausch darstellt (Ico, Nr. 40). Beigewohnt hat er mit Sicherheit der einen oder anderen *fantasia,* wie sie der Maler Boissard de Boisdenier, in Anwesenheit des Arztes Moreau de Tours, im Hôtel Pimodan veranstaltete, wo Baudelaire etwa vom Mai 1843 bis Juni 1845 wohnte. Im März 1851 veröffentlichte er in dem *Messager de l'Assemblée* seinen Essay *Du vin et du hachisch, comparés comme moyens de multiplication de l'individualité* (siehe Bd. II, S. 119-142), aus dessen zweiter Hälfte er einige Stellen in *Le Poëme du haschisch* übernahm. Zur Gewohnheit scheint die Einnahme von Haschisch bei ihm niemals geworden zu sein.

Anders verhält es sich mit dem Opium, das er seit 1847 als Beruhigungs- und schmerzstillendes Mittel einnahm, vermutlich gegen Magenstörungen, die mit der einige Jahre zuvor erworbenen Syphilis zusammenhingen. Laudanum wurde bald zu einem unentbehrlichen Tröster. »Nur ein einziger Gegenstand, in dieser engen, doch von Ekel erfüllten Welt«, liest man in dem 1862 zum ersten Mal veröffentlichten Prosagedicht *La Chambre double,* »lächelt mir zu: die Laudanum-Flasche;

eine alte, schreckliche Geliebte, wie alle Geliebten, ach! fruchtbar an Liebkosungen und Treulosigkeiten.« (Bd. VIII, S. 129) Dabei war Baudelaires Dosis, verglichen mit den Mengen, die De Quincey zeitweise genommen hatte, sehr bescheiden: ein Maximum von 150 Tropfen täglich, deren Kapazität allerdings bei dem Präparat, das ihm zur Verfügung stand, das Doppelte betrug von dem des Engländers. Nach 1858 scheint Baudelaire sich, bis zu seinem Aufenthalt in Belgien, des Opiums enthalten zu haben; eben in den Jahren, in denen sein *Mangeur d'opium* ausgearbeitet wurde.

DAS GEDICHT VOM HASCHISCH

E *De l'Idéal artificiel – Le Haschisch,* 30. September 1858, Revue contemporaine; PA 1860; Œuvres/Pl I, 401-441.

Widmung. – Sie erschien zum ersten Mal in dem Band von 1860. Einen Entwurf zu dieser Widmung veröffentlichte E. Crépet 1887 in den Œ P (7):

»Um das Glück kennenzulernen, muß man den Mut haben, es hinunterzuschlukken. Das Brechmittel-Glück.
Orest und Elektra. Ängste.
Vom Nutzen des Schmerzes.
Die Frau natürlich.
Die Wollust künstlich.
Ich wünsche, diese Widmung möchte unverständlich sein.«

Für J. G. F.: Die gleiche Widmung – *À J. G. F.* – liest man 1861 in der zweiten Ausgabe der FdM über dem Gedicht *L'Héautontimoroumenos* (Bd. III, S. 210f.). In der ersten Ausgabe von 1857 las man statt dessen: *à M ... J ...* Diese Widmung hat den Auslegern manches Rätsel aufgegeben, das bisher nicht gelöst werden konnte. Am nächsten liegt es, an Jeanne Duval zu denken, die schon seit längerem krank war und für die Baudelaire mehr und mehr brüderliche oder väterliche Gefühle empfand. Andererseits sieht man Jeanne nicht recht ihre Blicke dem Himmel zukehren. Sollte demnach Marie Daubrun gemeint sein? oder eine uns unbekannt gebliebene Frau?

S. 56, *8 einer fernen Elektra:* Siehe S. 126; dort auch die Worte, auf die hier angespielt wird. Elektra, die Schwester des Orest, wartete im Hause ihres von seiner Gattin Klytemnestra ermordeten Vaters Agamemnon, bis der Bruder zurückkehrte, um diesen Mord an der Mutter zu rächen.

S. 57, *5 E.T.A. Hoffmann:* Von Hoffmanns *baromètre psychologique* oder *baromètre spirituel* ist in seinen »Kreisleriana« die Rede. Baudelaire spricht davon ausführlicher in seinem frühen Essay »Wein und Haschisch« (1851); siehe Bd. II, S. 120f. und 393.

S. 58, *9 eine gewisse spiritualistische Schule:* Zu dieser gehört auch die »vortreffliche Mrs. Crowe«, die Verfasserin eines Buches *The Night Side of Nature or Ghosts and Ghost Seers,* das 1848 zum ersten Mal in London erschien und das Baudelaire im IV. Kapitel seines »Salons 1859« zitiert; siehe Bd. V, S. 144f. und 323f. – *35 der Dichter des Lazare:* Auguste Barbier (1805-1882); seine Gedichtsammlung *Lazare* war 1837 erschienen; Baudelaires Zitat stammt aus einem Gedicht, das den Titel *Le Gin* trägt. Eine *notice* Baudelaires über Barbier, vom 15. Juni 1861, in AR: *Reflexions sur quelques-uns de mes-contemporains* (siehe Bd. VII).

S. 60, *14 noch niemals als Ganzes ins Französische übersetzt worden:* Anspielung auf Mussets freie Bearbeitung der *Confessions of an English Opium Eater* von 1828; s. u. S. 306.

S. 61, *3 Marco Polo:* Der Venezianer Marco Polo (1254-1323) hatte ganz Asien durchquert und sich etwa siebzehn Jahre in China aufgehalten; nach einer Seereise über Java, Sumatra, Ceylon kehrte er 1295 nach Venedig zurück. Sein Reisebericht erschien zum ersten Mal in deutscher Übersetzung im Druck (Nürnberg 1477). Text und Druckgeschichte siehe *Il Milione di Marco Polo,* hrsg. von Ranieri Allulli, Mailand 1928. – *14 Hammer-Purgstall:* »Die Geschichte der Assassinen, aus morgenländischen Quellen« des österreichischen Orientalisten Joseph von Hammer-Purgstall (1774-1856) war 1818 in Tübingen erschienen. Baudelaire kannte wohl die französische Übersetzung des Buches von 1833; ob er sie wirklich zu Rate gezogen hat, ist zweifelhaft. – *16* Antoine-Isaac-*Silvestre de Sacy* (1758-1838), berühmter Orientalist, der Begründer der Arabistik. Seine Denkschrift *Histoire de la dynastie des Assassins* erschien 1818 im IV. Bande der *Mémoires de l'Académie des Inscriptions et Belles-Lettres*. Den größten Teil der in diesem Kapitel enthaltenen Auskünfte entnahm Baudelaire jedoch einem Werk des Apothekers Dorvault, *L'Officine ou répertoire général de pharmacie pratique,* Paris 1844 (mehrere erweiterte Ausgaben 1847, 1850, 1855 und 1858). – *18 Herodot:* Herodotos von Halikarnas (ca. 485-425), der früheste griech. Historiker. – *26 Glücklichen Arabien:* Arabia Felix, der fruchtbare südliche Teil Arabiens zwischen dem Roten Meer und dem persischen Meerbusen.

S. 63, *11 Kanthariden:* spanische Fliegen, die als blasenziehendes Mittel, jedoch auch als Aphrodisiakum angewendet wurden. – *16 Smith, Gastinel, Decourtive:* Pharmakologen, die Baudelaire nach Dorvault zitiert.

S. 64, *20 mehr oder minder beschleunigen:* Hierzu las man in der *Revue contemporaine* folgende Fußnote: »Der größeren Sicherheit zuliebe habe ich diese geraffte Dokumentation von dem gegenwärtigen Leiter der Pharmacie Dorvault überprüfen lassen, der seit mehreren Jahren die verschiedenen Haschischpräparate auf der Basis des bengalischen Hanfs führt.« – Diese Fußnote hatte Baudelaire für die Buchausgabe erweitern wollen, als Reklame zugleich für die Pharmacie Dorvault, die sich in diesem Fall verpflichtet hätte, eine größere Anzahl von Exemplaren fest zu übernehmen. – Über diese *note parmaceutique* kam es im April/Mai 1860 zwischen Baudelaire und seinem Verleger Poulet-Malassis zu einer längeren Auseinandersetzung, die schließlich dazu führte, daß die erweiterte Fußnote nicht in die Buchausgabe aufgenommen wurde. – *21 Das Théâtre de Séraphin:* ein Marionetten- und Schattenspieltheater für Kinder im Palais-Royal, später im Bazar européen, Boulevard Montmartre.

S. 65, *27 eine Sprache, zu der die Weisen den Schlüssel finden können:* Cl. Pichois verweist in diesem Zusammenhang auf Gotthilf Heinrich von Schuberts (1780-1860) Werk »Die Symbolik des Traumes« (1814, 1821 und 1840); siehe Œuvres/Pl I, 1376f. Baudelaire war des Deutschen unkundig; eine gewisse Kenntnis von Schuberts Ideen könnte ihm durch seinen Freund Gérard de Nerval oder über englische Autoren (Coleridge, De Quincey) vermittelt worden sein.

S. 66, *5 er hat zum Engel werden wollen …:* wörtliche Anspielung auf Pascals *pensée: »L'homme est ni ange ni bête, et le malheur veut que qui veut faire l'ange fait la bête.«* (Der Mensch ist weder Engel noch Tier, und das Unglück will es, daß wer den Engel spielen will, zum Tier wird.)

S. 69, *14 Ich war einmal Zeuge …:* Der ganze folgende Absatz wurde nahezu wörtlich aus »Wein und Haschisch« übernommen (siehe II, S. 134f.).

S. 74, *5 spricht ein Literat:* Cl. Pichois vermutet, es könnte sich um Théophile Gautier handeln.

S. 76, *9 Esther:* Tragödie von Racine; Uraufführung 1689 durch die Fräulein von Saint-Cyr, in Anwesenheit Ludwigs XIV. und des Hofes. – *10 Haman,* der Günstling des Perserkönigs Assuerus, betreibt die Verfolgung und Ausrottung des jüdischen Volkes, dem auch die Königin Esther ihrer Herkunft nach angehört. In der 5. Szene des III. Aktes wirft er sich Esther zu Füßen, um ihre Vergebung und ihre Fürsprache bei dem König zu erflehen. – *16* Ernest *Meissonier* (1815-1891), malte Historienbilder meist kleineren Formats, die vom größeren Publikum sehr geschätzt wurden. Baudelaire verabscheute seinen photographischen Realismus (siehe Bd. I, 165, 173, 254, 268, 416).

S. 81, *18 Dornröschen:* im Original *La Belle au bois dormant,* das dem Grimmschen Märchen entsprechende in den *Contes de fées* (1697 und 1698) der Madame d'Aulnoy (1650-1705).

S. 85, *27 enchained, fettered, enslaved!:* angekettet, gefesselt, versklavt! – *34 der Gemahl Ligeias:* in E. A. Poes Erzählung *Ligeia,* deren Übersetzung Baudelaire in die *Histoires extraordinaires* (1856) aufgenommen hatte.

S. 86, *3 Berenice:* Erzählung von E. A. Poe; Baudelaires Übersetzung erschien 1857 in den *Nouvelles Histoires extraordinaires.* – *21 August Bedloe:* in Poes Erzählung *An Adventure in the Rocky Mountains,* die Baudelaire unter dem Titel *Les Souvenirs de M. Auguste Bedloe* in die *Nouvelles Histoires extraordinaires aufnahm.* Die ersten Veröffentlichungen dieser Übersetzung trugen die Überschrift *Une aventure dans les Montagnes Rocheuses* (1852) und *Une aventure dans les Montagnes Rugueuses* (1854).

S. 87, *25 Proteus:* ein Meergreis, der sich in jede beliebige Gestalt verwandeln konnte. – *26 Orpheus:* der thrakische Sänger, der in die Unterwelt hinabstieg, um seine Gemahlin Eurydike von Pluto freizubitten. – *29 der Geist der Finsternis:* Cl. Pichois verweist auf einen Brief Flauberts vom 18. (oder 25.) Juni 1860, in dem dieser sich für die Übersendung der PA bedankt. Es heißt dort: »... Ich hätte allerdings ... einen einzigen Einwand. Mir scheint, Sie haben bei einem von so hoher Warte aus behandelten Gegenstand, in einem Werk, mit dem eine Wissenschaft beginnt, in einem Werk der Naturbeobachtung und der Induktion, einen allzu großen (?) Nachdruck (und zwar zu wiederholten Malen) auf den *Geist des Bösen* gelegt. Hie und da spürt man so etwas wie einen unterschwelligen Katholizismus. Mir wäre es lieber gewesen, Sie hätten das Haschisch, das Opium, den Exzeß *nicht getadelt.* Wissen Sie auch, wo das hinführt?« (Lettres B, 155 f. und Bd. III, S. 356f.). Baudelaire antwortete darauf am 26. Juni 1860: »Mein lieber Flaubert, ... Ihre Bemerkung hat mich stutzig gemacht, und nachdem ich sehr streng in die Erinnerung meiner Phantasien hinabgestiegen bin, habe ich entdeckt, daß ich seit jeher von der Unmöglichkeit besessen war, mir gewisse plötzliche Handlungen oder Gedanken des Menschen zu erklären, ohne anzunehmen, daß eine böse, von ihm unabhängige Macht dabei die Hand im Spiel hat. – Das ist ein krasses Geständnis, dessen ich mich nicht schäme, auch wenn das ganze 19. Jahrhundert sich gegen mich verschwört. – Bedenken Sie freilich, daß ich keineswegs auf das Vergnügen verzichte, meine Meinung zu ändern oder mir zu widersprechen.« (Corr/Pl II, 53 und Bd. III, S. 40)

S. 89, *25* Charles *Fourier* (1772-1837), sozialistischer Gesellschaftstheoretiker. Über seine *analogies* und *Swedenborgs correspondentia* siehe das Gedicht *Correspondances* (Bd. III, S. 68 und die Anm. dazu S. 371).

S. 92, *17 Plinius* der Ältere (23-79 n. Chr.), in seiner *Naturalis historia* (Buch XX, XCVII): »Der Same des Hanfs soll die Zeugungskraft der Männer zerstören *(extinguere genituram virorum dicitur).«*

S. 93, *5 Ismaeliten:* eine mohammedanische Sekte in Persien und Syrien im 11. und 12. Jahrhundert, deren Anhänger behaupteten, von dem Kalifen Ali und namentlich dessen Enkel Ismael abzustammen und deshalb die rechtmäßigen Erben des Kalifats zu sein. – *22 eine geliebte Person:* Baudelaire hat hier offensichtlich die gleiche Frau im Sinne, der er die PA gewidmet hat.

S. 94, *11 dieser natürliche Teufel:* Dieser Ausdruck findet sich nicht bei Swedenborg; es bleibt unklar, an welche Swedenborgianer Baudelaire hier denkt.

S. 96, *8 Jean-Jacques* Rousseau (1712-1778). Baudelaire spielt auf dessen postum erschienene *Confessions* an. – *23 La passion rapporte tout à elle:* Die Leidenschaft setzt alles zu sich selbst in Bezug. (Siehe auch »Raketen« IX, S. 201.)

S. 97, 4 *meinem unersättlichen Hunger nach Erregung: mon implacable appétit d'émotion.* In der *Revue contemporaine* las man: *mon inextinguible soif d'émotion* (mein unlöschbares Dürsten nach Erregung). Siehe Baudelaires Brief an Poulet-Malassis vom 23. April 1860 (S. 47). – In demselben Brief beklagt Baudelaire den von ihm einige Zeilen später begangenen grammatischen Verstoß: *je suis un dieu qui a* (statt: *qui ai*). – 22 *die modernen deutschen Doktrinen:* Baudelaire denkt wohl an gewisse Junghegelianer wie Ludwig Feuerbach und Max Stirner, die dem französischen Publikum nicht unbekannt geblieben waren.

S. 98, 22 *Melmoth:* der Roman *Melmoth the Wanderer,* von Charles Robert Maturin (1782-1824), der 1820 erschien und den Baudelaire häufiger erwähnt. Melmoth ist eine Art Ewiger Jude; er hat dem Teufel seine Seele für ein auf Jahrhunderte hinaus verlängertes Leben verkauft.

S. 99, 2 *in einer Gesellschaft:* im Hôtel Pimodan, wo Baudelaire 1843/45 wohnte (siehe Cl. Pichois, *Baudelaire à Paris,* 1967, 16ff.). Balzac nahm dort im Dezember 1845 zweimal an einer abendlichen *partie de haschisch* teil (Œuvres/Pl I, 1382f.). Nach der zweiten schrieb er an Madame Hanska: »Ich habe dem Haschisch widerstanden und nicht alle seine Wirkungen verspürt; mein Gehirn ist so kräftig, daß es einer stärkeren Dosis bedurft hätte als jener, die ich eingenommen hatte.« Gautier, der dabei war, zitiert Baudelaires Schilderung in seinem Vorwort zu der dritten Ausgabe der FdM von 1868. – *14 Louis Lambert:* Roman von Balzac, der 1832 erschien; Balzac nimmt dort Gedanken des *»philosophe inconnu«* Louis-Claude de Saint-Martin (1743-1803) auf. – 22 *Paradox eines Offiziers:* Baudelaire verdankt diesen Bericht über die Operation des Generals Bouscaren nach der Schlacht bei El-Aghouat mit Sicherheit Paul de Molènes (1821-1862), der als Offizier am Krimkrieg und an dem italienischen Feldzug teilnahm. Er erwähnt diese Operation in seinen *Voyages et pensées militaires* (*Revue des Deux Mondes,* 1. Juli 1853) Ein Brief Baudelaires an Molènes hat sich erhalten (siehe Bd. V, S. 61f.).

S. 102, *11 Francavilla:* Pierre Francheville (auch Franqueville oder Francqueville, 1548-ca. 1615), Bildhauer und Architekt, ein Schüler des Giovanni da Bologna. – *12* Hendrik *Goltzius* (1558-1616), holländischer Maler und Kupferstecher.

E *Enchantements et tortures d'un mangeur d'opium,* 15. und 31. Januar 1860, Revue contemporaine; *Un Mangeur d'opium,* PA 1860; Œuvres/Pl I, 1975, 442-517.

In dem Erstdruck der *Revue contemporaine* wurde der Titel durch folgenden bibliographischen Hinweis ergänzt: *Confessions of an English opium eater, being an extract from the life of a scholar, and Suspiria de profundis, being a sequel to the Confessions, by* THOMAS DE QUINCEY.

Baudelaire hat sich mehrfach als Übersetzer und Bearbeiter englischer und amerikanischer Autoren betätigt. Das erste Mal, als er am 20., 21. und 22. Februar 1846 in *L'Esprit public* unter seinem eigenen Namen die Novelle *Le Jeune Enchanteur* veröffentlichte, von der W.T. Bandy im *Mercure de France* (1. Februar 1950) nachwies, daß es sich um eine Übersetzung handelt. Der Originaltext *The Young Enchanter – From a Papyrus of Herculaneum,* vermutlich von einem sonst nicht näher bekannten Reverend Croly, war in einem sehr verbreiteten Taschenbuch erschienen: *Forget me not: A Christmas, New Year's, and Birthday Present, for MDCCCXXXVI,* London. (Krit. Text, zweisprachig, hrsg. von W. T. Bandy, Center für Baudelaire Studies, Vanderbilt University, Nashville 1990.)

Baudelaires Übersetzungen nach E.A. Poe erschienen von 1848 bis 1865 in Zeitschriften, und von 1856 bis 1865 in fünf Bänden: *Histoires extraordinaires,* 1856 (4 weitere Auflagen zu Lebzeiten); *Nouvelles Histoires extraordinaires,* 1857 (3 weitere Auflagen); *Aventures d'Arthur Gordon Pym,* 1858; *Eureka,* 1864; *Histoires grotesques et sérieuses,* 1865.

Bei Thomas De Quinceys *Confessions of an English Opium-Eater* hatte Baudelaire zuerst ebenfalls an eine Übersetzung dieses Textes (in seiner ersten Fassung) gedacht. Daraus wurde dann in Übersetzung, Bearbeitung und Analyse *Un Mangeur d'opium.*

Im November 1860 trat der Komponist Robert August Stoepel (1821-1887) an Baudelaire heran und bat ihn, für seine »romantische Phantasie« nach der Dichtung *The Song of Hiawatha* (1855) von Heny Wadsworth Longfellow (1807-1882) eine Anzahl von Texten zu übersetzen; das Unternehmen blieb stecken; Baudelaires Texte, in Versen und Prosa, wurden 1951 zum ersten Mal vollständig in eine Ausgabe seiner Werke aufgenommen (siehe Œuvres/Pl I, 243-268).

Außerdem übersetzte Baudelaire ein Gedicht von Robert Hood (1799-1845), *The Bridge of Sighs* (*Le Pont des soupirs;* Œuvres/Pl I, 269-271).

Thomas De Quincey wurde am 15. August 1785 in Manchester als Sohn eines vermögenden Kaufmanns geboren; er starb am 8. Dezember 1859 in Edinburgh. Er besuchte die Grammar School in Manchester, von der er 1802 davonlief, und nach einigen Jahren des Vagabundierens das Worcester College in Oxford. Er gehörte früh zu dem engeren Mitarbeiterkreis des 1817 von William Blackwood gegründeten *Blackwood's Edinburgh Magazine.* Sein Werk besteht größtenteils aus Gelegenheitsarbeiten, unter denen sich auch die Bearbeitung – und zugleich sozusagen »Rückübersetzung« – eines in deutscher Sprache erschienenen Romans *(Walladmor)* befindet, der 1824 in Leipzig in drei stattlichen Bänden als die Übersetzung eines Romans von Walter Scott herausgekommen war. (Der Verfasser war Willibald Alexis, alias G.W.H. Häring.) De Quincey heiratete 1817 und hatte acht Kinder; seine Frau starb 1837. Seit 1821 lebte er meist in Edinburgh, Glasgow und Lasswade.

Eine kritische Ausgabe seiner Schriften, hrsg. von D. Masson, erschien 1889/90 in 14 Bänden in Edingburgh: *The Collected Writings of Thomas De Quincey, New and Enlarged Edition*. Sämtliche Originaltexte der *Confessions* vereinigt der von M. Elwin mit einer Einführung und einer Biographie herausgegebene Band: Thomas De Quincey, *Confessions of an English Opium-Eater, in Both the Revised and the Original Texts, with its Sequels, Suspiria de Profundis and The English Mail-Coach*, London 1956. – Für diese deutsche Übersetzung und deren Kommentar wurde neben Œuvres/Pl I, 442-517, 1384-1402, die von Michèle Stäuble besorgte kritische und kommentierte Ausgabe, Etba IV/VII, Neuchâtel 1976, herangezogen und dankbar benutzt: *Un Mangeur d'Opium. Avec le texte parallèle des Confessions of an English Opium-Eater et des Suspiria de profundis de Thomas De Quincey.*

Über de Quincey und Opium siehe: H.A. Page (A.H. Japp), *Thomas De Quincey, His Life and Writings, with Unpublished Correspondence*, 2 Bde., London 1877; 1 Bd. 1890. – D. Masson, *Thomas De Quincey*, London 1881. – M. Elwin, *Thomas De Quincey*, London 1935. – H.A. Eaton, *Thomas De Quincey: A Biography*, London/Oxford 1936 (mit Bibliographie); New York 1972. – E. Sackville-West, *A Flame in Sunlight: The Life and Work of Thomas De Quincey*, London/Toronto/Melbourne/Sydney 1936. – F. Moreux, *De Quincey, La vie, l'homme, l'œuvre*, Paris 1964. – A. Hayter, *Opium and the Romantic Imagination*, London 1968. – G. Lindop, *The Opium-Eater. A Life of Thomas De Quincey*, New York 1981.

De Quincey war vor allem mit den Lake Poets William Wordsworth (1770-1850), Samuel Taylor Coleridge (1772-1834) und Robert Southey (1774-1843) befreundet. Nach einer zusammen mit Coleridge unternommenen langen Reise durch Frankreich und Deutschland hatte Wordsworth sich 1799 mit seiner Familie in einem Landhaus in Grasmere niedergelassen, wo De Quincey, der ihn seit langem bewunderte, ihn im November 1807 zum ersten Mal besuchte. Die Bekanntschaft wurde durch Coleridge vermittelt, den De Quincey im Sommer desselben Jahres kennengelernt hatte. Auch mit Southey wurde er 1807 bekannt. Er ließ sich dann bald in der Nähe dieser drei Freunde in der Gegend der englischen Seen von Cumberland und Westmoreland nieder. 1809 überließ Wordsworth ihm sein Landhaus Dove Cottage in Grasmere. Über die Dichter der Lake School verfaßte De Quincey eine größere Anzahl umfangreicher Essays, die 1851 in Band VI und VII der amerikanischen Werkausgabe (s.u.) zum ersten Mal gesammelt erschienen: *Literary Reminiscences; from the Autobiography of an English Opium-Eater.* Wie De Quincey war auch Coleridge lange Jahre hindurch dem Opium verfallen. Gegen Gilmans Coleridge-Biographie (1844) veröffentlichte De Quincey 1845 in *Blackwood's Magazine* einen vehementen Artikel unter der Überschrift *Coleridge and Opium-Eating*. Zum näheren Freundeskreis von De Quincey gehörten vor allem die beiden Essayisten Charles Lamb (1775-1834) und William Hazlitt (1778-1830), und nicht zuletzt John Wilson (1785-1854), Professor in Edinburgh und einer der Hauptmitarbeiter von *Blackwood's Magazine*.

De Quinceys Erstling *Confessions of an English Opium-Eater*, dem er seinen Ruhm und seinen Beinamen verdankt, ist, neben dem Roman *Klosterheim* (1832) und *The Logic of Political Economy* (1844), das einzige seiner Werke, das zu seinen Lebzeiten als Buch erschien: London 1822; ohne Nennung des Verfassers, der aber bald genug bekannt war. Dieser Buchausgabe war im September/Oktober 1821 ein Abdruck in dem *London Magazine* vorausgegangen: *Confessions of an English Opium-Eater: Being an Extract from the Life of a Scholar.* Weitere Buchausgaben folgten: London 1823, [2]1823; Philadelphia 1823; London 1826; Boston 1841; London 1845. Die *Suspiria de Profundis. Being a Sequel to the Confessions of an English Opium-Eater* erschienen von März bis Juli 1845 in *Blackwood's Edinburgh Magazine;* dann beide Werke zusammen in Band I der dreiundzwanzigbändigen amerikanischen Sammelausgabe von *De Quincey's Writings* (Boston 1851-1859). Die *Confessions* erschienen abermals allein, wieder ohne Nennung des Verfassers, in zwei verschiedenen Londoner Drucken, 1853. Ab etwa 1850 hatte De Quincey begonnen, diese Aufzeichnungen und Betrachtungen umzuarbeiten; diese neue Fassung, die gegenüber den bisherigen Drucken etwa das Dreifache an Text umfaßt, brachte er 1856 in Band V der von ihm selber veranstalteten vierzehnbändigen Werkausgabe, *Selections Grave and Gay: from Writings published and unpublished* (Edinburgh 1853-1860) heraus; allerdings ohne die *Suspiria,* die er inzwischen bis auf geringe Reste (einige Träume) in die *Autobiographic Sketches* eingegliedert hatte, die zuerst 1853 in Band XII der amerikanischen Ausgabe erschienen.

Einige Auszüge aus den *Confessions* brachte am 29./30. September 1827, ohne Nennung des Übersetzers, die Zeitschrift *La Pandore.* 1828 erschien in Paris *L'Anglais mangeur d'opium par A.D.M.*, eine romanhafte Bearbeitung der englischen Vorlage. Der Verfasser war Alfred de Musset. Diese Bearbeitung ist Baudelaire vermutlich nicht fremd geblieben, ohne daß er jedoch aus den Initialen deren Urheber erraten hätte. (Siehe Cl. Pichois, *Autour des ›Paradis artificiels‹, Baudelaire, Musset et De Quincey,* in B/Études, 141–144). Benutzt und teilweise auch zitiert wurde Mussets Bearbeitung von J.-J. Moreau (de Tours) in seinem Buch *Du Haschisch et de l'aliénation mentale, Études psychologiques,* Paris 1845, und von A.J.F. Brierre de Boismont in *Des Hallucinations ou histoire raisonnée des apparitions, des visions, des songes, de l'extase, du magnétisme et du somnambulisme,* Paris 1845; [3]1862. – Zwei neuere Übersetzungen der *Confessions* erschienen 1962 (von Pierre Leyris) und 1964 (von François Moreux).

Über die Rezeptionsgeschichte der *Confessions* in Frankreich siehe: P. Peltier, *Musset et Baudelaire. À propos des Confessions d'un mangeur d'opium,* in: *Mercure de France,* Bd. 130, 16.Dezember 1918, 637-647. – C.T. Clapton, *Baudelaire et De Quincey,* Paris [1931]. – C.A. Astré, *H. de Balzac et L'Anglais mangeur d'opium,* in: *Revue de littérature comparée,* 15.Jg., Dezember 1935, 755-772. – R. Hughes, *Vers la contrée du rêve. Balzac, Gautier et Baudelaire, disciples de Quincey,* in: *Mercure de France,* Bd. 293, 1. August 1939, 545-593. – G.A. Astre, *A propos de Quincey, Gautier et Baudelaire,* in: *Mercure de France,* Bd. 294, 15.September 1939, 755-757. – J. Crépet, *A propos de l'Anglais mangeur d'opium* (Erwiderung auf den Artikel von R. Hughes), in: *Mercure de France,* Bd. 295, 1.November 1939, 210-215. – R. Hughes, *Vers la contrée du rêve: Réponse à M. Astre et à M. Crépet,* in: *Mercure de France,* Bd. 297, 1.April 1940, 238-248. – L. Keller, *Piranèse et les romantiques français: le mythe des escaliers en spirale,* Paris 1966. – Cl. Pichois/R. Kopp, *Baudelaire et l'opium. Une enquête à reprendre,* in: *Europe,* Bd. 45, April/Mai 1967, 61-79. – E.J. Mickel, jr., *The Artificial Paradises in French Literature, I. The Influence of Opium and Hashish on the Literature of French Romanticism and Les Fleurs du Mal,* Chapel Hill [1969].

Seit wann Baudelaire die *Confessions of an English Opium-Eater* kannte, ist nicht genau festzustellen; vielleicht schon um 1845. In einem Brief an Poulet-Malassis vom 18. März 1857 spricht er zum ersten Mal von seiner Absicht, einen Artikel über das Opium zu schreiben. Am 9. Juli des gleichen Jahres teilt er seiner Mutter mit, er wolle für den *Moniteur* unter dem Titel *Confessions d'un mangeur d'opium* eine »neue Übersetzung eines großartigen Autors, der in Paris unbekannt ist«, in Angriff nehmen (siehe Bd. III, S. 20f.). Bis dahin kannte Baudelaire offensichtlich nur einen der englischen oder amerikanischen Einzeldrucke der *Confessions* von 1821/22. Den ersten Hinweis, daß er inzwischen auch die *Suspiria* entdeckt hatte, findet sich im Januar 1859 in Baudelaires Rezension des Erzählungsbandes *La Double Vie* von Charles Asselineau, wo er sich (Bd. V, S. 77) als eines offenkundigen Zitats der Wendung *touched with pensiveness* (s.u. S. 105, 20) bedient. Baudelaire dürfte demnach unterdessen in den Besitz der amerikanischen, die *Confessions* und die *Suspiria* vereinigenden Buchausgabe gelangt sein und die *Suspiria* zwischen November 1858 und Januar 1859 gelesen haben. Bestand bis in den Sommer 1858 der Plan einer Übersetzung für den *Moniteur*, so mußte Baudelaire sich für die *Revue contemporaine* zu Auszügen entschließen; und am 17. Dezember 1859 ist dann auch in einem Brief an Calonne ausdrücklich von den beiden Teilen – *Confessions* und *Suspiria* – die Rede.

Baudelaire bezeichnet seine Bearbeitung der *Confessions* wiederholt als *analyse*, nennt das Ergebnis jedoch auch ein Amalgam (von Übernommenem und Eigenem). Victor Hugo, dem er den Band zugesandt hatte, bedankte sich mit einem Brief vom 19. Juli 1860; dort liest man: »... was für ein kraftvolles Werk Ihr Buch über die *Künstlichen Paradiese!* Das *Gedicht vom Haschisch* ist eine erstaunliche Studie, wahr und phantastisch ... Das Kapitel *Moral* ist prächtig. So habe ich ihn denn endlich, dank Ihrer, diesen berüchtigten Opiumesser. Sie erwecken dieses Werk mit Macht zu neuem Leben. So analysieren, heißt erschaffen.« (Lettres/B, 192)

Baudelaires Verfahren ist vielfältig: er übersetzt, er resümiert, kommentiert und paraphrasiert; er nimmt Umstellungen vor, er rafft, er dramatisiert; doch dämpft er auch, beschneidet De Quinceys lyrische, pathetische oder humoristische Abschweifungen und Wucherungen. Immer wieder schaltet er sich ein und entwickelt eigene Gedanken, die das von De Quincey Gesagte in seinem, des Bearbeiters Sinne ergänzen und weiterführen. Durch die Art, wie er auswählt, umstellt, strafft und zusammenfaßt, selber das Wort ergreift und so ein Gespräch in Gang bringt (mit De Quincey, mit dem Leser), verleiht Baudelaire der Darstellung, bei aller Lockerheit, eine höhere Einheit, als sie je in De Quinceys Absicht und Vermögen gelegen hatte. Seine Version gewinnt dadurch etwas »Klassisches«, im französischen Sinne des Wortes. Daß dies mit Einbußen erkauft wurde, ist nicht zu übersehen. Vermutlich lag es jedoch gänzlich außerhalb der Möglichkeiten der Epoche, und Baudelaires insbesondere, ein Äquivalent für eine Prosa zu finden, zu deren Vorvätern und Modellen ein Autor wie Sir Thomas Browne gehörte.

M. Stäuble in ihren umfangreichen Erläuterungen und Cl. Pichois in seinen Anmerkungen haben im einzelnen nachgewiesen, wie Baudelaire mit dem Original umgegangen ist, wo er mehr oder minder De Quincey folgt, wo er entschieden im eigenen Namen und aus eigenen Erfahrungen spricht. Eben um der von Baudelaire erstrebten und erreichten Einheitlichkeit seines Textes willen wurde hier darauf verzichtet, diese detaillierten Nachweise, die nur im Zusammenhang der Originaltexte ihre volle Relevanz entfalten, zu übernehmen.

Baudelaires *Mangeur d'opium* liegt der Text der *Confessions* und der *Suspiria* im fünften Bande der amerikanischen Ausgabe zugrunde, die er jedoch keineswegs vollständig besessen und gelesen hat. Andernfalls hätte ihm die Verwendung umfangreicher Auszüge aus den *Suspiria* in den *Autobiographic Sketches* von 1853 im zwölften Band dieser Ausgabe auffallen müssen. Dieser Band enthielt auch bereits De Quinceys Vorwort zu der in Vorbereitung befindlichen englischen Werkausgabe der *Selections Grave and Gay* und einen Auszug aus einem Brief an den amerikanischen Verleger, in dem De Quincey auf deren baldiges Erscheinen hinweist. Diese englische Werkausgabe, mit dem bedeutend erweiterten Text der *Confessions,* ist Baudelaire demnach unbekannt geblieben. Dies und die unzulängliche Kenntnis der amerikanischen Werkausgabe erklären auch das wunderliche Durcheinander des Verzeichnisses von De Quinceys Schriften in der *note nécrologique* (siehe S. 162 und die Anmerkungen dazu), sowie den Umstand, daß Baudelaire offensichtlich einer der berühmtesten Texte De Quinceys niemals vor Augen gekommen ist (er hätte ihn sonst mit Sicherheit erwähnt!): *On Murder Considered as one of the Fine Arts* (1827/1839/1854; erste deutsche Übersetzung: »Der Mord als eine der schönen Künste betrachtet«, von Alfred Peuker, Minden/Westf. [1913]).

Der ersten deutschen Übersetzung (und häufig raffenden Bearbeitung) der *Confessions,* »Bekenntnisse eines Opiumessers«, übertragen und herausgegeben von Hedda und Arthur Moeller-Bruck (später Moeller van den Bruck, 1876-1925), Berlin 1902, liegt die erste Ausgabe von 1822 zugrunde. (»De Quincey selbst hielt sie für die beste – was sie auch ist.«) Als »Fortsetzung« werden zwei Auszüge mitgeteilt: »Über das Träumen, Ein letztes Bekenntnis De Quinceys« (aus der *Introductory Notice* der *Suspiria*) und »Die Postkutsche, Ein Erlebnis und seine Traumvarianten« (die zweite und dritte Sektion aus *The English Mail-Coach: The Vision of Sudden Death, Dream-Fugue*).

I. DER AUTOR VERWAHRT SICH

S. 103, 4 *O gerechtes, subtiles und mächtiges Opium: Oh! just, subtle, and mighty opium!* In diesem »Gebet« an das Opium folgt De Quincey einer Anrufung des Todes am Ende von Sir Walter Raleighs *A History of the World: »O eloquent, just, and mighty Death!«* – *6 jene Ängste, die den Geist in Aufruhr setzen: The pangs that tempt the Spirit to rebel:* Bei De Quincey als Zitat kenntlich gemacht. Er zitiert hier, wie öfters, seinen Freund William Wordsworth; diesmal einen Vers aus der Widmung seines Gedichtes *The White Doe of Rylstone.* – *13 Des ungetilgten Unrechts …: »Wrongs unredressed, or insults unavenged«;* abermals ein Vers von Wordsworth, aus *The Excursion* (Buch IV, v. 87). – *19 Hekatompylos:* das »hunderttortige« Theben in Ägypten.

S. 105, *20 touched with pensiveness:* zum Ernst, zur Nachdenklichkeit, zur Schwermut neigend; auf Englisch im Original; das Zitat stammt aus den *Suspiria.*

II. EINLEITENDE BEKENNTNISSE

S. 108, *8 archididascalus:* Erzdidaktiker, als welcher dieser Lehrer sich gerne selber bezeichnete. –*20 eine liebenswürdige, ausgezeichnete Frau:* bei De Quincey *a woman of high rank,* Lady Carbery, die, zehn Jahre älter als er, eine Art Schwester für ihn war. – *31 Doktor Johnson macht einmal die treffende Bemerkung:* Samuel Johnson (1709-1784), in dem letzten Essay seiner Wochenschrift *The Idler.*

S. 110 *Fußnote:* Baudelaires Vermutung trifft nicht zu. Aus der Ausgabe der *Confessions* von 1856, die ihm unbekannt geblieben war, erfährt man, daß es sich um das etwa vor zweihundert Jahren gemalte Porträt einer Wohltäterin der Schule handelt.

S. 111, *13 mit Atlas-Schultern ...:* aus der Beschreibung Satans in Miltons *Paradise Lost* (II, 306/7): »*With atlantean shoulders fit to bear / The weight of mightiest monarchies ...*« – *15 Ebenen von Salisbury:* die sich weithin erstrecken. – *34 Siebenschläfer:* Anspielung auf die christliche (und islamische) Legende von den sieben Knaben, die sich vor der Verfolgung des Kaisers Decius im dritten Jahrhundert in eine Höhle bei Ephesus flüchteten und dort so lange schliefen, bis sie nach dreihundert Jahren wieder erwachten. Siehe Goethes Gedicht »Siebenschläfer« im letzten Buch seines »West-östlichen Divan«.

S. 112, *2 étourderie:* Unbesonnenheit; auf französisch auch im englischen Original. – *26 in B ...:* in Bangor.

S. 113, *9 der vor seinen englischen Gläubigern flieht ...:* eine von Baudelaire mißverstandene Stelle. Der englische Text besagt: der vor seinen Gläubigern nach England flieht ... und mancher englische Gauner, der vor seinen Gläubigern auf die Isle of Man flieht. – *33 Vierzehn Tage lang mußte er sich mit einer einzigen Mahlzeit täglich:* richtig: Nach vierzehn Tagen mußte ich mich (für eine längere Zeit) mit einer einzigen Mahlzeit täglich begnügen.

S. 114, *10 englische Küstenstadt:* ein Irrtum Baudelaires; es handelt sich um Städte an der Grenze zwischen Wales und England.

S. 115, 4 *Der Autor sagt uns nicht ...:* In der Ausgabe der *Confessions* von 1856 berichtet De Quincey ausführlich, wie er sich weiterhin in Wales aufgehalten hat und auf wie abenteuerlichen Wegen er zuletzt nach London gelangte.

S. 116, *33 Cromwells Verfahren:* Nachdem Cromwell im Februar 1658 das Parlament aufgelöst hatte, fürchtete er für sein Leben, was ihn veranlaßte, nie länger als zwei Nächte in dem gleichen Zimmer zu schlafen und jeweils einen anderen Weg zu wählen, wenn er das betreffende Haus aufsuchte oder es verließ.

S. 117, *36 L'homme ne voit jamais l'homme sans plaisir!:* Der Mensch sieht den Menschen niemals ohne Vergnügen! – Baudelaire spielt auf eine Rede Robespierres an, die er am 7. Mai 1794 im Namen des Comité de Salut public vor dem Konvent gehalten hat: »Versammelt die Menschen, und ihr werdet sie besser machen, denn die versammelten Menschen werden sich zu gefallen suchen, und sie können einander nur gefallen durch Dinge, die sie schätzenswert machen. Verleiht ihrer Vereinigung ein hohes moralisches und politisches Motiv, und die Liebe zur Redlichkeit wird mit dem Vergnügen in die Herzen einziehen, denn die Menschen sehen einander nicht ohne Vergnügen.« (Siehe Œuvres/Pl I, 1387f.) Baudelaire zitiert diesen Ausspruch Robespierres mehrfach: in seinem »Salon 1859« (Bd. V, S. 193); siehe auch »Mein entblößtes Herz« VI (S. 226) und »Pläne, Projekte« (S. 274).

S. 118, *25 more socratico:* nach der Art und Weise des Sokrates; in unschuldigem Umgang mich mit ihnen unterhaltend. – *32 katholisches Wesen: a Catholic creature;* im englischen Sinne des Wortes *catholic.*

S. 119, 4 *Peripatetiker:* Anhänger der Lehre des Aristoteles, der es liebte, seine Schüler im Lykeion zu Athen umherwandelnd zu unterrichten. Eine *Peripatetike-*

rin der Liebe ist demnach ein Straßenmädchen. De Quincey spricht von *those female peripatetics who are technically called street-walkers.*

S. 120, *37 barathrum:* Schlund, Abgrund.

S. 122, *4 Doctors' Commons:* eine Londoner Vereinigung, der Doktoren des Zivilrechts, des kanonischen Rechts und des Seerechts angehörten. – *7 Der Graf von ...:* Lord Altamont (auch Lord Westport), Sohn des Marquess of Sligo. De Quincey nennt beide Namen in seiner Ausgabe der *Confessions* von 1856.

S. 123, *35 der junge Lord:* Lord Altamont. – *37 bittet er um ein Frühstück:* ein Irrtum Baudelaires. »*I called, was received kindly, and asked to breakfast.*« (Ich suchte ihn auf, wurde freundlich empfangen und zum Frühstück eingeladen.) – *Lord D ...:* Lord Desart.

S. 126, *29 Eumeniden:* die Erynnien oder Furien, die dem Muttermörder Orest nachstellen. S. o. zu S. 56, 8. – *32 teure Gefährtin meiner späteren Jahre:* Margaret Simpson, die De Quincey am 15. Februar 1817, einige Monate nach der Geburt ihres ersten Sohnes, geheiratet hatte. Um die Mitte des Jahres 1817 begann De Quincey seine Opiumrationen zu erhöhen, bis er zuletzt täglich 12000 Tropfen nahm.

S. 127, *5 wenn ich die Flügel der Taube hätte ...:* siehe Psalm 55: »Oh, hätte ich die Flügel der Taube! Ich wollte davonfliegen und Ruhe finden.«

III. WONNEN DES OPIUMS

S. 128, *21 Panazee:* Wundermittel, Allheilmittel. – *22 pharmakon nepenthes:* beide Worte bei De Quincey in griechischen Buchstaben; ein Zaubertrank, der die Traurigkeit vertreibt. Baudelaire gebraucht das Wort *népenthès* in seinem Gesicht *Le Léthé* (Bd. IV, S. 22); es findet sich jedoch schon im 16. Jahrhundert bei den Dichtern der Pléiade. – *34 Allegro ... Penseroso: L'Allegro* und *Il Penseroso* (Der Fröhliche und Der Nachdenkliche, Schwermütige), zwei kontrastierend zusammengehörige Gedichte von Milton.

S. 130, *30 zwischen 1804 und 1812:* Im Jahre 1804 hatte De Quincey zum ersten Mal Opium genommen. Damals war er Student in Oxford, wo er bis 1810 eingeschrieben blieb. In diesen Jahren führte er ein auskömmliches Leben der Muße und des literarischen Umgangs.

S. 131, 5 Guiseppina *Grassini* (1773-1850), einer der gefeiertsten Altistinnen ihrer Zeit. Zwischen 1804 und 1806 trat sie in London auf. – *7 Memoranda:* Denk- und Gedenkenswürdigkeiten.

S. 132, *21 ein Bad in der Menge zu nehmen:* Die Formel *un bain de multitude* kehrt in dem Prosagedicht *Les Foules* (Bd. VIII, S. 148) wieder, und in einem Brief an Sainte-Beuve (Bd. VIII, S. 80).

S. 134, *21 terrae incognitae:* unerforschte Länder. – *24 als das menschliche Gesicht meine Träume zu tyrannisieren begann: »when the human face tyrannized over my dreams«*. Baudelaire wiederholt die Wendung von der *»tyrannie de la face humaine«* in dem Prosagedichte *A une heure du matin* (Bd. VIII, S. 142) und in den Aufzeichnungen zu dem Pamphlet *Pauvre Belgique!* (Blatt 120; siehe Bd. VII).

S. 135, *6 die Leiden seiner Jugend:* Bei De Quincey handelt es sich nicht um die eigenen Leiden, sondern *»the sufferings that I had witnessed in London«* (die Leiden, deren Zeuge ich in London gewesen war). – *16 Häuser einer großen Stadt:* Liverpool, wo De Quincey sich in den Sommermonaten häufig aufhielt. – *28 ein*

Sabbat der Ruhe: a sabbath of repose: Baudelaire übersetzt: *un repos férié* (eine Feiertagsruhe); offensichtlich deshalb, weil das Wort *sabbat* in der französischen Alltagssprache soviel wie Hexensabbat bedeutet und mit den Vorstellungen von wildem Tanz und Lärm verbunden ist.

IV. QUALEN DES OPIUMS

S. 136, *18 In einem kleinen Landhaus vergraben:* Dove Cottage in Grasmere. De Quincey lebte damals, zwischen 1809 und 1812, in täglichem Umgang mit Wordsworth und Coleridge. – *23 seit jenem denkwürdigen Regensonntag im Jahre 1804:* s.o. S. 128. – *34 ein schmerzliches Ereignis:* der Tod der dreieinhalbjährigen Kate, einer Tochter des Dichters Wordsworth, am 4. Juni 1812, der De Quincey an den Tod seiner Schwester Elisabeth (siehe S. 168 f.) erinnerte.

S. 137, *12 Nepenthes:* s.o. zu S. 128, 22.

S. 138, 4 *Ramadan:* der Fastenmonat der Mohammedaner (Ende Februar/ März). – *27 ihm später wiederbegegnen:* s.u. S. 150. – *37 die des Malaiischen ebensowenig mächtig war wie des Englischen:* eine Fehlübersetzung Baudelaires. Der englische Text besagt, daß seine (des Malaien) Kenntnisse im Englischen genauso groß waren wie die ihrigen im Malaiischen.

S. 139, 27 *das mehrere Personen hätte töten können:* Im Englischen liest man: *»The quantity was enough to kill three dragoons and their horses«* (Die Menge war groß genug, um drei Dragoner und ihre Pferde zu töten). – *36 ein reizendes Cottage:* wie bereits erwähnt, Dove Cottage in Grasmere, wo De Quincey bis 1821 mit seiner Familie lebte.

S. 140, *31 die wohlwollende Elektra:* s.o. S. 126 und zu S. 56, 8.

S. 141, *15 Mehr als drei Jahre:* vom Herbst 1817 bis 1820. Einen ersten Entwöhnungsversuch hatte De Quincey 1816/17 unternommen. – *21 als hätte ein großer Maler …: »as when some great painter dips / His pencil in the gloom of earthquake and eclipse«;* aus Shelleys 1817 geschriebenen Gedicht *The Revolt of Islam.* De Quincey hatte diese Verse als Motto über das Kapitel *The Pains of Opium* gesetzt.

S. 143, 27 Benedictus (Baruch) *Spinoza* (1632-1677); schrieb eine *Ethica* (1677); bei den *reliquiae* handelt es sich um unvollendete Werke. – *De emendatione humani intellectus:* Von der Verbesserung, der Vervollkommnung des menschlichen Geistes.

S. 144, *8* David *Ricardo* (1772-1823), einer der großen Klassiker der politischen Ökonomie; sein Werk *The Principles of Political Economy and Taxation* erschien 1817 (2. Aufl. 1819). – *Fußnote:* 1842 veröffentlichte De Quincey *The Logic of Political Economy.* Es ist jedoch zweifelhaft, ob es sich bei diesem Werk um die *Prolegomena* von 1819 oder deren endgültige Fassung handelt. Zwei weitere von Ricardo angeregte Arbeiten sind die *Dialogues of Three Templars on Political Economy* (1824) und ein Artikel *Malthus on Population.*

S. 147, *18 Der Autor illustriert …:* Von diesem Absatz und der Hälfte des folgenden bietet der Abdruck in der *Revue contemporaine* einen kürzeren Text (Œuvres/Pl I, 1395); vielleicht handelt es sich um eine der Kürzungen, die Calonne gefordert hatte. – 27 Titus *Livius* (59 v. Chr.-17 n. Chr.), verfaßte eine nur teilweise erhaltene Darstellung der römischen Geschichte *Ab urbe condita libri.*

S. 148, 4 *Periode des Parlamentskrieges:* der Brügerkrieg von 1642 bis 1649, in dem den Truppen des Königs, Charles I., ein Parlamentsheer entgegentrat, das ihn bei *Marston-Moor,* bei *Newbury* und *Naseby* besiegte. Nachdem Cromwell als Führer der Independenten die dem König geneigten Presbyterianer 1648 aus dem Parlament verjagt hatte, setzte das Rumpfparlament Charles I. ab und ließ ihn durch ein Gericht zum Tode verurteilen. – *26 Georg* IV., Regent seit 1810, von 1820 bis 1830 König von England. – *31 Paullus Aemilius:* entweder der in der Schlacht bei Cannae gefallene Konsul oder sein Sohn Paullus Aemilius Macedonicus, der den mazedonischen König Perseus im Jahre 168 v. Chr. in der Schlacht bei Pydna besiegte. – *32* Cajus *Marius* (156-86. v. Chr.), der Sieger über die Zimbern und Teutonen, der Gegner Sullas. – *35 Erstaunliche und ungeheuerliche Architekturen ...:* In diesem und dem folgenden Satz resümiert Baudelaire eine längere Ausführung De Quinceys über ein Gespräch mit Coleridge, in dem dieser ihm Piranesis *Carceri* schilderte. Anschließend zitiert De Quincey eine Passage über Wolkenarchitekturen aus Wordsworth' Dichtung *The Excursion* (II, *The Solitary,* v. 834-851).

S. 149, *22 die Tyrannei des menschlichen Gesichtes:* s. o. S. 143, 25.

S. 150, *1 der Malaie:* siehe S. 138 f.

S. 150, *14 Trimurti:* göttliche Dreigestalt. – *17 Die folgenden Seiten ...:* Dieser Satz und der folgende Absatz fehlen in dem Druck der *Revue contemporaine.* – *34 Hindostanien:* Vorderindien.

S. 151, *12 officina gentium:* aus dem englischen Text übernommen; soviel wie Werkstatt der Völker.

S. 152, *5 Brahmas Zorn ...:* Brahma, der Schöpfer, *Vischnu,* der Erhalter, und *Schiwa,* der Zerstörer der Welt, die indische Trimurti. – *7 Isis und Osiris:* Isis war bei den Ägyptern die Schwester und Gattin des Osiris, des Herrschers der Unterwelt. – *9 Ibis:* Der Ibis war eine Verkörperung des Gottes Thot; auch das Krokodil genoß in Ägypten göttliche Ehren.

S. 156, *4 tiefer, als je ein Senkblei hinabreichte: »Deeper than ever plummet sounded«;* ein Zitat aus Shakespeares *The Tempest* (V, 1, v. 56). – *17 die blutschänderische Mutter:* in Miltons *Paradise lost* ein hexenhaftes Scheusal am Tor zur Hölle, in dem Satan seine eigene Tochter erkennen muß, mit der er den Tod zeugte (II, v. 777-789).

V. EINE FALSCHE LÖSUNG

S. 157, *31 Iliad of woes: Iliade de maux,* auch bei Baudelaire hervorgehoben. De Quinceys »Bekenntnisse« sind ein ebenso schmerzlicher Bericht wie Homers Ilias.

S. 158, *35 so oft ich nur konnte:* Im Original liest man: »so schnell ich konnte«.

S. 159, *12 Jeremy Taylor* (1613-1667), berühmter Prediger und Verfasser beliebter erbaulicher Schriften. Der von De Quincey zitierte Ausspruch stammt jedoch nicht von ihm, sondern, wie De Quincey selber 1856 berichtigte, von Francis Bacon (1561-1626), aus dessen *Essays* (1597): *»It is as natural to die as to be born; and to a little infant perhaps the one is as painful as the other.« (On Death)* – *27 Von drohenden Gesichtern und feuersprühenden Waffen: »With dreadful faces throng'd and fiery arms«* (Milton, *Paradise Lost,* XII, v. 644) Als Adam und Eva, aus dem Paradies verjagt, sich umwandten, sahen sie dort die drohenden Gesichter und feurigen Waffen der Engel. Dieser Vers beschließt bei De Quincey das letzte

Kapitel seines Buches in dessen erster Fassung. Baudelaire übersetzt: »*Encombré de faces menaçantes et de bras flamboyants.*«

S. 161, 28 *hartnäckig weiterzuleben:* im englischen Text: »*si vivere perseverarent*«; ein Zitat aus Suetons (75-150 n. Chr.) Biographien der römischen Herrscher (*De viris illustribus,* IV *Caligula,* 38, 5).

S. 162, 4 *Während wir diese Zeilen ...:* De Quincey starb am 8. Dezember 1859 in Edinburgh. Zur Abfassung seiner *note nécrologique* benutzte Baudelaire einen anonymen Nachruf in *The Athenaeum* (Nr. 1677, 17. Dezember 1859, 814f.) Da Baudelaire weder die amerikanische noch die englische Ausgabe von De Quinceys Werken besaß, zog er darüber Erkundigungen bei dem Buchhändler Fowler (s. o. zu S. 47, *1*) ein. In der *Revue contemporaine* reichte diese, offensichtlich anhand von Exemplaren der amerikanischen Ausgabe erstellte Liste nur bis zu dem Titel *Theological Essays;* die restlichen Titel wurden für die Buchausgabe der PA anhand von Exemplaren der englischen Ausgabe hinzugefügt. – *8 Er war mit Wordsworth:* s. o. S. 305. – *11 The Caesars,* zuerst 1832/33 in *Blackwood's Magazine;* Bd. IV der amerikanischen Ausgabe. – *Literary Reminiscences,* Bd. V/VI der amerikanischen Ausgabe. – *Essays on the Poets and other English Writers,* Bd. IX der amerikanischen Ausgabe. – *Autobiographic Sketches,* Bd. I/II der englischen, Bd. XII der amerikanischen Ausgabe. – *Memorials and other Papers,* Bd. XIX/XX der amerikanischen Ausgabe. – *The Note-Book of an English Opium-Eater,* zuerst in *The London Magazine;* Bd. XVIII der amerikanischen Ausgabe. – *Theological Essays and other Papers,* Bd. XVI/XVII der amerikanischen Ausgabe. – *Letters to a Young Man whose Education has been Neglected,* zuerst in *The London Magazine* 1823; Bd. XV der amerikanischen Ausgabe. – *Classic Records, Reviewed and Deciphered,* Bd. X der englischen Ausgabe (darin enthalten *The Caesars*). – *Speculations, Literary and Philosophic, with German Tales,* Bd. XII/XIII der englischen Ausgabe. – *Essays Sceptical and Anti-Sceptical, on Problems Neglected or Misconceived, Bd. VIII der englischen Ausgabe.* – *32 Die Pontmartins:* Armand de Pontmartin (1811-1890), Kritiker, katholischer Legitimist, Mitarbeiter der *Revue des Deux Mondes* und der *Revue contemporaine.* Baudelaire verabscheute ihn und versäumte selten eine Gelegenheit, seiner Verachtung, öffentlich oder privat, Ausdruck zu verleihen. – *34 anläßlich der seltsamen Leichsermone:* siehe Bd. II, S. 325ff.

S. 163, 2 *der Menschheit positive Dienste ...:* In dem Nekrolog des *Athenaeum* las man: »*Death has brought a close to the sad and almost profitless career of ›the English Opium-Eater‹, removing from the world an intellect that remained active to the last, but had never at any time been of much service to his fellow men.*« (Der Tod hat der traurigen und fast nutzlosen Laufbahn des »Englischen Opiumessers« ein Ende gesetzt, indem er einen Geist aus der Welt nahm, der bis zuletzt tätig blieb, doch seinen Mitmenschen niemals einen großen Dienst geleistet hat.) – 4 Georges-Louis Leclerc de *Buffon* (1707-1788), der große französische Naturforscher. Baudelaire spielt auf seinen *Discours sur le style* (1753) an. – *13 Bosheit kommt nicht immer ...:* Kein Ausspruch Coleridges, wie der Nekrologist des *Athenaeum,* und mit ihm Baudelaire, annimmt, sondern ein Satz De Quinceys in einem Artikel *Coleridge and Opium-Eating* (1845), in dem er für diesen Partei nahm: »*For our own part, we side with Coleridge. Malice is not always of the heart. There is a malice of the understanding and the fancy.*« – *17 einen beträchtlichen Teil seines Erbes:* De Quincey hatte Coleridge 1807 300 Pfund zum Geschenk gemacht (von den 2600 Pfund seines Gesamterbes). – *16 das Meisterstück der*

Kritik: Baudelaire verschärft die hämischen Anmerkungen und Unterstellungen des Nekrologisten.

VI. DER KINDLICHE GENIUS

S. 163, *30 Der kindliche Genius: Le Génie enfant;* dieser Zwischentitel stammt von Baudelaire. – *31 Die Confessions stammen* ...: Über die Entstehung und die Veröffentlichung der verschiedenen Fassungen der *Confessions* und der *Suspiria de Profundis* siehe S. 305 f.

S. 164, *10 revenant:* im normalen Sprachgebrauch das Gespenst (mit Morgenstern: der »Widergänger«); hier wörtlich zu verstehen: der, der wiederkommt; der Zurückkehrende. – *13 Mémoires d'outre-tombe:* Chateaubriands Memoiren (1849). – *18 einen zweiten und einen dritten Rückfall:* Der erste Rückfall ist auf die Jahre 1813 bis 1815, der zweite auf die Jahre 1817 bis 1820 und der dritte endlich auf das Jahr 1837, in dem De Quinceys Frau starb, zu datieren. – *19 a third prostration before the dark idol:* auf Englisch im französischen Text: der dritte Fußfall, das dritte Sichniederwerfen vor dem dunklen Götzen. – *29 Suspiria de Profundis:* Seufzer aus der Tiefe; mit bewußter Anspielung auf den ersten Vers des 130. Psalms: »De profundis clamavi ad te, Domine« (Aus der Tiefe, Herr, rief ich zu dir).

S. 165, *15 Oxford visions:* kein eigener Titel bei De Quincey. – *16 Kindheitseindrücke:* in *The Afflictions of Childhood.*

S. 166, *3 daß das Genie nichts anderes ist* ...: »Das Genie ist nichts anderes als die *wiedergefundene Kindheit.*« (»Der Maler des modernen Lebens«, Bd. V., S. 221)

VII. BETRÜBNISSE DER KINDHEIT

S. 166, *22 seine drei Schwestern:* Elisabeth (1782-2. Juni 1792), Mary (1784-1827) und Jane (18. September 1786-18. März 1790). Als De Quinceys Vater am 18. Juli 1793 starb, waren da noch ein älterer und ein jüngerer Bruder: William (1781-ca. 1797) und Richard (1789-1815); ein dritter Bruder wurde postum geboren: Henry (1793-1820). Zwei der Schwestern, Elisabeth und Jane, waren bei dem Tode des Vaters bereits gestorben. Trotzdem liest man bei De Quincey, sein Vater habe bei seinem Tode *»a wife and six children«* zurückgelassen.

S. 167, *3 horrid pugilistic brothers:* auf Englisch im französischen Text. – *15 Dulce balneum* ...: Süßes, von köstlichen Salben durchduftetes Bad; zwei Verse aus dem einzigen lateinischen Gedicht der FdM, *Franciscae meae laudes* (Bd. III, S. 176 f.). – *21 das frühreife Wohlgefallen an der Welt des Weibes, an dem mundus muliebris: »le goût précoce du monde féminin,* mundi muliebris«. Siehe hierzu Baudelaires Anmerkungen in seinem Brief an Poulet-Malassis vom 23. April 1860, S. 46, und in B/Etudes Claude Pichois Aufsatz *Baudelaire et le »mundus muliebris«.* Das Wort *mundus* bezeichnet, wie das griechische *kosmos,* »das zur Sauberkeit, Nettigkeit des Körpers beitragende Toilettengerät, die Toilette, den Putz der Frauen«. Der Ausdruck findet sich bei Titus Livius (*Ab urbe condita,* XXXIV, 7, 9). Baudelaire verwendet ihn ebenfalls in seinem Essay über Constantin Guys, »Der Maler des modernen Lebens« (Bd. VII, S. 246, 24). Er versteht das Wort *mundus* jedoch zugleich in dem allgemeineren Sinn von Welt, Atmosphäre, als die Einheit von Leib, Kleidung, Schmuck, Duft.

S. 168, 7 *Zeitraum von einigen glücklichen Jahren:* vom 18. März 1790 bis zum 2. Juni 1792. – 31 *schon die Rede:* siehe S. 153.

S. 170, 6 *»anschwellend mit der gleichen tiefen, feierlichen, frommen Memnons-Stimme«: »enflant sa même voix profonde, solenelle, memnonienne, religieuse«.* Baudelaire markiert, daß es sich um ein wörtliches Zitat handelt; vor allem wohl, um das seltsame Adjektiv *memnonien* zu rechtfertigen. Bei De Quincey liest man: *» ... the same wind arising and uttering the same hollow, solemn, Memnonian, but saintly swell«.* – Memnon war der Sage nach ein Sohn der Eos, der Morgenröte. Eine nach ihm benannte Säule bei dem ägyptischen Theben hatte die Eigenschaft, daß sie, von den ersten Strahlen der aufgehenden Sonne getroffen, einen Ton von sich gab, der wie eine zerspringende Saite klang.

S. 172, 18 *erhabenen Lockungen des Grabes: »the sublime attractions of the grave«* (Wordsworth, *The Excursion,* IV *Despondency corrected,* v. 238).

VIII. VISIONEN IN OXFORD

S. 174, 10 *Palimpsest:* eine nach Tilgung der früheren Schrift wieder beschriebene Handschrift.

S. 176, 20 *Levana und Unsere Lieben Frauen von den Traurigkeiten: Levana and our Ladies of Sorrow, Levana et nos Notre-Dame des Tristesses.* Erwähnt sei in diesem Zusammenhang Jean Pauls Werk »Levana oder Erziehlehre«, das 1807 in erster und 1813 in zweiter, vermehrter Auflage erschien.

S. 177, 33 *die man zu Rama vernahm:* Anspielung auf Matth Kap. 2, V. 16-18: »Als nun Herodes sah, daß er von den Weisen hintergangen war, ward er sehr zornig, und schickte aus, und ließ alle Kinder zu Bethlehem töten und an ihren ganzen Grenzen, die da zweijährig und darunter waren, nach der Zeit, die er mit Fleiß von den Weisen erlernt hatte. Da ist erfüllet, das gesagt ist von dem Propheten Jeremias, der da spricht: Eine Stimme wird gehöret zu Rama, viel Klagens, Weinens und Heulens; Rahel beweinte ihre Kinder, und wollte sich nicht trösten lassen; denn es war aus mit ihnen.«

S. 183, 1 *Savannah-la-Mar:* kleine Stadt an der Südküste Jamaikas; dort starb 1815 De Quinceys Bruder Richard.

IX. BESCHLUSS

S. 185, 27 *Schon in meiner frühesten Jugend ...:* ein wörtliches Zitat. Vgl. hierzu »Mein entblößtes Herz« (XI, S. 229).

S. 186, 8 *Die seltenen Individuen ...: »Generally speaking, the few people whom I have disliked in this world were flourishing people, of good repute. Whereas the knaves whom I have known, one and all, and by no means few, I think of with pleasure and kindness.«*

EINFÜHRUNG UND ANMERKUNGEN ZU DEN 1864 IN BRÜSSEL VERANSTALTETEN LESUNGEN

E *Une page inédite de Baudelaire,* von Émile Henriot, in *Le Temps,* 27. Februar 1923 (unvollständig und in verkehrter Reihenfolge); Œuvres/Conard, *Les Paradis artificiels,* 1928, 319f. (vollständig, doch ebenfalls in verkehrter Reihenfolge); Œuvres/Pl I, 319f.

Auf Einladung des *Cercle artistique et littéraire* war Baudelaire am 24. April 1864 nach Brüssel gereist, um dort Verträge zu halten oder vielmehr aus seinen Werken zu lesen. Am 2. Mai sprach er über Delacroix, am 11. Mai über Gautier, am 12. Mai, 23. Mai und 3. Juni las er aus den *Paradis artificiels.* Diese Lesungen, über deren Verlauf im einzelnen wir nicht unterrichtet sind, waren kein Erfolg. Den Berichten eines Augenzeugen nach war Baudelaire »sehr aufgeregt«; er las so schlecht, daß er oft kaum zu verstehen war. (Siehe M. Kunel, *Baudelaire en Belgique,* Paris/Mons 1912; überarbeitet und erweitert, Lüttich 1944.)

Das Exemplar seines 1860 erschienenen Buches, das Baudelaire für diese Lesungen benützte, hat sich erhalten, ebenso wie die Niederschriften seines einleitenden Textes und einiger Veränderungen oder Zwischenbemerkungen. Auf den einleitenden Text folgten Auszüge aus dem »Gedicht vom Haschisch«, dann aus den ersten vier Kapiteln des »Opiumessers«. Die beiden Zwischenbemerkungen nach den abschließenden Worten (»Meine Herren, so weit ...«) sind wohl als Einschübe zu verstehen (nach S. 163, *15* und 166), während es sich bei dem vorletzten Text (zu S. 167, *21*) um eine durch die Gelegenheit verursachte Änderung handelt.

E 30. August 1880, *Le Figaro;* 10. September 1884, *Le Livre;* 1886, *Nos amis les livres* (jeweils Auszüge, veröffentlicht von Octave Uzanne); Œ P, 1887; *Journaux intimes,* 1909 (Vorwort von Gustave Kahn); *Journaux intimes,* 1919 (Vorwort von Adolphe Van Bever); *Écrits intimes,* 1930 (Einführung von Charles Du Bos); *Journaux intimes* (zusammen mit dem *Carnet,* hrsg. von Jacques Crépet), 1938; *Journaux intimes* (hrsg. von Jacques Crépet und Georges Blin), 1949; Œuvres/Conard, *Œuvres posthumes* II, 1952; *Œuvres complètes* (hrsg. von Yves-Gérard Le Dantec und Cl. Pichois), Bibl. de la Pléiade, 1961; Œuvres/Pl I, 1975; [5]1990.

Nach dem Tode Baudelaires erhielt Charles Asselineau, als einer der Nachlaßverwalter und künftigen Herausgeber des Dichters, von Madame Aupick neben anderen Papieren auch ein Bündel mehr oder minder privater Aufzeichnungen, aus denen er 1868 in seinem *Charles Baudelaire* einige Auszüge zitierte. Dieses gesamte Material – Notizen auf losen Blättern verschiedenen Formats, einige vom Umfang mehrerer Seiten, andere nur wenige Zeilen umfassend, mit Tinte geschrieben, oder mit einem schwarzen, roten oder blauen Stift – ging dann in den Besitz Poulet-Malassis' über, der die Blätter und Zettel, den darauf vermerkten Leitworten folgend, in zwei Gruppen, *Fusées* und *Mon cœur mis à nu,* ordnete, sie einzeln durchnumerierte und auf größeren Blättern befestigte, die er ihrerseits wieder numerierte und zusammenheftete.

In den früheren Ausgaben dieser sogenannten *Journaux intimes,* die diesen Titel zu Unrecht führen, umfassen die *Fusées* 19, *Mon cœur mis à nu* 54 der größeren Blätter, sowie ein loses Blatt (*Fusées* XIXbis der Œ P). Erst Cl. Pichois hat 1955 die sechs ursprünglich den Beschluß der zweiten Gruppe bildenden Blätter XLIX-LIV (in Poulet-Malassis' Zählung), der abweichenden Merkworte wegen, mit guten Gründen dort abgelöst und als eigene Gruppe hinter die *Fusées* gestellt. Nach 1963 konnte er dieser Gruppe zwei inzwischen aufgetauchte Blätter mit Auszügen aus Emersons *Conduct of Life* hinzufügen.

Aufs Ganze gesehen erstrecken diese »Tagebücher« sich von 1855 bis 1866 über das letzte Lebensjahrzehnt des Dichters. Manche von diesen Notizen und Aufzeichnungen wurden, wie sich nachweisen läßt, verwertet; andere lassen geplante Aufsätze, Essays oder Bücher ahnen, die ungeschrieben blieben; manche wiederum gehören offensichtlich in die Nachbarschaft der Vorarbeiten zu dem in den letzten Brüsseler Jahren geplanten Pamphlet *Pauvre Belgique!* Will man ihren dokumentarischen Wert nicht verkennen, das Überpointierte und Forcierte mancher Äußerungen gerecht beurteilen, so muß man die seelische Verfassung, in der ihr Schreiber sich befand, als den Zustand einer unaufhörlich sich verschärfenden Dauerkrise begreifen. Körperliche Leiden haben Baudelaire zerrüttet, der Gebrauch von Opium und Haschisch seine Konstitution geschwächt, ständige Schulden und Geldnöte begleiten seine unruhvollen Tage und Nächte; die Jugend ist vertan, die Kraft zu genießen erlahmt; Jeanne Duval, die dunkle *reine des adorées,* dem Trunk ergeben und von früher Krankheit gealtert, ist nur noch ein Gegenstand der Schmach und des Erbarmens; der Prozeß um die *Fleurs du Mal* hat den Dichter im Gefühl seiner Würde verletzt; und schließlich unternimmt er, um einer verhaßten Umwelt zu entfliehen und in der Hoffnung auf einigen literarischen Erfolg und wirtschaftlichen Gewinn, 1864 eine Vortragstournee durch Belgien: die zweite Reise seines Lebens. Die erste, die er wider Willen auf Geheiß der Eltern unternahm, hatte ihn 1841 nach den Inseln Maurice und La Réunion geführt. Diese zweite Flucht aus einer unerträglich gewordenen Wirklichkeit sollte ihn nur in eine ärgere, ausweglosere Verlassenheit führen und an die Schwelle des Todes. Der Baudelaire der Brüsseler Jahre ist im Alter von fünfundvierzig Jahren an Leib und Seele ein Greis. Bis er schließlich im März 1866 jenen Zusammenbruch erleidet, der ihn halbseitig lähmt und fast völlig des Gebrauchs der Sprache beraubt.

Außer den Blättern der »Tagebücher« hat sich ein *Carnet* von mehreren, zum Teil verstümmelten Duodezheften erhalten, die Baudelaire als Notizbücher benutzte (Œuvres/Pl I, 711-780). Sie enthalten auf 112 Seiten Namenslisten, Adressen, Verabredungen, Abrechnungen, Aufstellungen über zu erwartende Einkünfte, zu zahlende Schulden, Projekte, Werktitel, Entwürfe. Auszüge aus diesen Notizbüchern hat als erster Félix Gautier im *Mercure de France* (16. Dezember 1910) veröffentlicht. Dann wurden 1911 und 1920 je eine Faksimile-Ausgabe in 100 und 120 Exemplaren veranstaltet. Eine von Jacques Crépet besorgte Transkription findet sich in den beiden Ausgaben der *Journaux intimes* von 1938 und 1949. Das *Carnet* befindet sich in Privatbesitz; Cl. Pichois hatte jedoch Gelegenheit, seinen Text in Œuvres/Pl I anhand von Photokopien einzurichten.

An wichtigen Texten enthält das *Carnet* den Entwurf zu dem Widmungsbrief an Arsène Houssaye, der im August 1862 in *La Presse* den dort veröffentlichten *Petits poëmes en prose* vorausgeht (siehe Bd. VIII, S. 352), ferner einige Lebensregeln und Einfälle, wie sie auch in den »Tagebüchern« stehen könnten:

»Das Heil liegt in der guten Minute. Das Heil ist: das Geld, die Berühmtheit, die Sicherheit, die Aufhebung der Vormundschaft, das Leben Jeannes.« (Œuvres/Pl I, 720) »Der Größte der Menschen sein. Sich das jeden Tag sagen. Stoff haben heißt, Geld haben.« (I, 733) »AGATHE. Kindliche Frisur, gelockt und über den Rücken herabhängend. Das Gesicht geschminkt. Wimpern, Lider, Lippen. Ohrringe, Halsketten, Armbänder, Ringe. Tief ausgeschnittene Kleider, die Arme nackt. Keine Krinoline. Sehr feine Seidenstrümpfe, durchbrochen, schwarz, wenn das Kleid schwarz oder braun ist. Rosa, wenn das Kleid hell ist. Sehr offene Schuhe. Galante Strumpfbänder. Ein Bad. Füße und Hände sehr gepflegt. Durchaus parfümiert. Der Frisur wegen ein Abendmantel, mit Kapuze, wenn wir ausgehen. *Weiße Laken. Mein Brief.*« (I, 758) *»Als erstes, vor dem Waschen und Anziehen, ein Gebet,* und *gleich an die Arbeit, vor dem Waschen und Anziehen.*« (I, 777)

Die erste deutsche Übersetzung der *Journaux intimes* erschien als zweiter Teil des V. Bandes der »Werke in deutscher Ausgabe. Von Max Bruns«. Im Verlage von J. C. C. Bruns, Minden (Westf.) 1907(-1910); dann einzeln »als der zweite Band von Charles Baudelaires Werken in deutscher Ausgabe« in dem Sammelband »Die künstlichen Paradiese. Tagebücher«, Minden 1922. Als zweite Übersetzung erschien »Raketen. Die beiden Tagebücher nebst autobiographischem Entwurf. Hrsg. und eingel. von Erich Oesterheld«, Oesterheld Verlag, Berlin 1909. Es folgten »Intime Tagebücher, Zeichnungen und Bildnisse«, hrsg. von Franz Blei, Georg Müller, München 1920; der gleiche Text, zusammen mit anderen Arbeiten unter dem irreführenden Zwischentitel »Aphoristisches«, in dem dritten Band »Kritische und nachgelassene Schriften« der von Franz Blei herausgegebenen »Ausgewählten Werke«, Georg Müller, München 1925. – Die vorliegende, zum zweiten Mal durchgesehene und überarbeitete Übersetzung erschien zum ersten Mal unter dem Sammeltitel »Mein entblößtes Herz« (mit einer Einleitung) im Kurt Desch Verlag, München 1946; dann (ohne diese Einleitung) im Insel Verlag, Frankfurt 1966; [2]1986. – Der Text folgt in allem Œuvres/Pl I.

Die Aufzeichnungen der *Fusées* oder *Fusées. Suggestions* überschriebenen Papiere stammen etwa aus den Jahren 1855 bis 1862. In dieses letzte Jahr fällt auch die einzige Erwähnung der beiden Stichworte in Baudelaires Korrespondenz: »Ich habe zwei neue Titel gefunden: *Fusées et Suggestions / Soixante-six Suggestions.*« (An Arsène Houssaye, 18. August 1862; Corr/Pl II, 256.) Zu diesem Titel *Fusées* scheint Baudelaire durch eine Anmerkung aus den *Marginalia* E. A. Poes angeregt worden zu sein. Es bietet sich jedoch keinerlei Anhaltspunkt, daß wir hier wirklich die Fragmente eines einigermaßen geschlossenen Werkes vor uns haben. Vielmehr handelt es sich ganz augenscheinlich um eine bunte Folge von Aphorismen, Entwürfen, privaten Aufzeichnungen, Anmerkungen zu Gelesenem und Notizen zu geplanten Arbeiten der gleichen Epoche. Ton und Stil der Aufzeichnungen sind im allgemeinen die des bewußten, als Künstler gestaltenden und zum Andern sprechenden Schriftstellers, und es fehlt ihnen, von wenigen Stellen abgesehen, jegliche Note des »Intimen«.

S. 193, I Ein auf der Vorder- und Rückseite beschriebenes Blatt aus dem Anfang der sechziger Jahre; vermutlich hier ins reine geschriebene Notizen. – *17 Alles ist Zahl:* Baudelaire kannte die pythagoräische Zahlenlehre, wie sie durch Reuchlin, Saint-Martin und andere überliefert und weiterentwickelt worden war.

S. 194, 4 *Die Wollust des Zuhälters:* Unter Baudelaires Titeln für künftige Romane und Novellen findet sich auch *L'Entreteneur,* der *Vieil Entreteneur.* – *14 unter der Menge:* siehe das Prosagedicht *Les Foules* (Bd. VIII, S. 148 ff.).

S. 194, II Ein nur einseitig in einer feineren, rascheren Schrift bechriebenes Blatt. – *19 Die violette Farbe ...:* so auch in dem »Maler des modernen Lebens«: »violett (die Lieblingsfarbe der Stiftsdamen, Glut, die hinter einem azurnen Vorhang erlischt)« (Bd. V, S. 252).

S. 195, 2 *E. G. oder die verführerische Abenteuerin:* Baudelaire plante einen Roman unter dem Titel »Der vernünftige Narr und die schöne Abenteuerin«. Mit E. G. ist Elisa Neri, eine Freundin der Madame Sabatier, gemeint, welche Baudelaire das Gedicht *Sisina* (Bd. III, S. 174) eingab. – Über Elisa Neri siehe Jean Ziegler, *Gautier, Baudelaire, un carré de dames,* Paris 1978.

S. 195, III Zwei (auf beiden und auf einer Seite) mit Bleistift beschriebene Blätter. – *24 das menschliche Antlitz, das nach Ovid geschaffen ist, um das Licht der Gestirne widerzustrahlen: Os homini sublime dedit coelumque tueri / Jussit et erectos ad sidera tollere vultus* (Met. I, 85). Auf diese beiden Verse spielt Baudelaire in seinem Gedicht *Le Cygne* an (siehe Bd. III, S. 228).

S. 196, 7 *Nachfolge Christi: De imitatione Christi,* ein Traktat des Thomas a Kempis (1379/80-1471), seit dem 15. Jahrhundert das beliebteste und bedeutendste Erbauungsbuch der katholischen Gläubigen, das wieder und wieder übersetzt wurde. Siehe die von F. Eichler besorgte Ausgabe (lateinisch und deutsch), München 1966.

S. 196, IV Zwei Blätter verschiedenen Formats, auf jeden Fall nach 1860, dem Erscheinungsjahr von Emersons *Conduct of Life,* niedergeschrieben. – *15 Silvestre:* Théophile Silvestre, Kunstkritiker und Zeitgenosse Baudelaires; die beiden kannten sich und unterhielten gute Beziehungen miteinander. Um was für eine »Komödie« es sich handeln könnte, ist unbekannt. – *16 Barbara:* Charles Barbara, Schriftsteller und Freund Baudelaires, Verfasser der »Mordtat auf dem Pont-Rouge« (1855). – *17 Chenavard:* Paul-Joseph Chenavard (1808-1895), französischer Historienmaler. Baudelaire befaßt sich mit seinen Bildern in dem Aufsatz »Die philosophische Kunst« (Bd. V, S. 259ff.). – *18 Levaillant:* vermutlich Jean-Jacques Levaillant, der Sohn des mit Baudelaire entfernt verwandten François Levaillant (1753-1824), den er in einem Brief an Poulet-Malassis aus dem August 1860 einen *»philosophe naturaliste«* nennt. – *19 Vorwort:* Es handelt sich augenscheinlich um das Vorwort zu den »Künstlichen Paradiesen«. – *21 Der Gedanke Campbells ...:* In seinem Essayband *The Conduct of Life* erwähnt Ralph Waldo Emerson (1803-1882) in dem Kapitel *Power* den englischen Lyriker Thomas Campbell (1777-1844): »Der Dichter Campbell pflegte zu sagen: ein Mensch, der an die Arbeit gewöhnt sei, sei imstande, jede sich gesetzte Aufgabe zu erfüllen, und was ihn beträfe, so sei die Notwendigkeit, nicht die Inspiration, die Triebkraft seiner Muse.« Siehe hierzu auch die beiden Blätter mit Auszügen aus diesem Buch des amerikanischen Philosophen (S. 219ff.). – *27 Wenn ein Mensch ...:* Auch dieser Gedanke stammt aus Emersons *Conduct of Life.*

S. 197, V Ein einziges Blatt. – *12 Es mag vorkommen ...:* Siehe hierzu »Vom Wesen des Lachens« (Bd. I, S. 284-305). – *16 Die Magerkeit:* vgl. »Eine Auswahl tröstlicher Maximen über die Liebe« (1846): »Wenn die fette Frau bisweilen eine reizende Laune ist, so ist die Magere ein Brunnen düsterer Lüste!« (Bd. I, S. 110)

S. 197, VI Notizen auf zwei Zetteln.

S. 198, *13 Jean-Jacques:* Jean-Jacques Rousseau (1712-1778), der sich selbst in seinen »Bekenntnissen« als den »schüchternsten Menschen, den vielleicht die Natur hervorgebracht hat«, bezeichnet. Vgl. hierzu das Prosagedicht *Le Mauvais Vitrier* (Bd. VIII, S. 136ff. und die Anmerkung dazu). Wie das Prosagedicht ist diese Notiz vermutlich in das Jahr 1862 zu datieren.

S. 198, VII Zwei Zettel, in unterschiedlicher Schrift.

S. 199, *1 Hinsichtlich des Schlafes ...:* In dem »Gedicht vom Haschisch« nennt Baudelaire den Schlaf ein »allnächtliches Abenteuer« (s.o. S. 65). – *10 Girardin:* Émile de Girardin (1806-1881), französischer Publizist; gründete 1836 *La Presse,* die er unter dem Kaiserreich abtrat und von Ende 1862 bis 1866 abermals leitete. – *Pecudesque locutae:* »die Tiere reden«; ein Zitat aus Vergils *Georgica* (I, 478). Siehe auch die »Briefe eines Griesgrams« (S. 264). – *11 Robert Houdin:* bekannter Zauberkünstler, der 1856 von der französischen Regierung nach Algerien geschickt wurde, um dort den Einfluß der eingeborenen Zauberer zu bekämpfen.

S. 199, VIII Zwei Zettel. – *15 Diese schönen, großen Schiffe ...:* Vgl. dazu das Prosagedicht *Le Port* (Bd. VIII, S. 266), das Gedicht und das Prosagedicht *Invitation au voyage* (Bd. III, S. 158f. und Bd. VIII, S. 172f.) und das Gedicht *Mœsta et errabunda* (Bd. III, S. 180f.). – *22 Siehe Usher:* »Der Untergang des Hauses Usher«, Erzählung von E.A. Poe, 1855 von Baudelaire übersetzt.

S. 200, *3 wenn diese Worte sich nicht sträuben:* Vermutlich ist zu ergänzen: miteinander verbunden zu werden. – *17 Exemplare bei Michel holen:* Es dürfte sich um Exemplare der *Histoires extraordinaires* von E.A. Poe handeln, die im März 1856 bei Michel Lévy erschienen waren. – *18 An Mann schreiben:* William Wilberforce Mann, ein Amerikaner, der Baudelaire für seine Arbeiten über Poe verschiedene Nummern des *Southern Literary Messenger* geliehen hatte. – *19 Willis:* schwer zu entziffernder Name; es dürfte sich jedoch um den amerikanischen Kritiker und Verleger Nathaniel Parker Willis (1806-1867) handeln, bei dem Werke von Poe erschienen waren. – *20 Maria Clemm:* die Tante und Schwiegermutter E.A. Poes, der Baudelaire seine Übersetzung der *Histoires extraordinaires* gewidmet hatte. – *21 Madame Dumay:* eine Modistin, deren Geschäft neben der Bank des Finanzmanns Jules-Isaac *Mirès* (1809-1871) lag. – *23 Was nicht unmerklich entstellt ist ...: »Le beau est toujours bizarre« – »Das Schöne ist immer bizarr«* (»Die Weltausstellung 1855«, Bd. II, S. 231). Eine der ästhetischen Grundanschauungen Baudelaires, die sich in seinen Schriften vielfach ausgedrückt und erläutert findet. Sie knüpft an eine auch von Poe wiederholt zitierte Stelle aus den *Essays* von Francis Bacon (1561-1626) an: *There is no exquisite beauty without some strangeness in the proportions.* (*Esssays,* XLVIII *On Beauty*)

S. 200, IX Drei Zettel. – *29 Théodore de Banville* (1823-1891), französischer Dichter, einer der nächsten Freunde Baudelaires, der ihn im August 1861 in der *Revue fantaisiste* gegen den Vorwurf des Materialismus verteidigte. Dieser Artikel erschien dann 1862 in den von Eugène Crépet herausgegebenen *Poètes français.* Man liest dort: »Ich habe einmal, ich weiß nicht mehr wo, gesagt, Banvilles Poesie stellt die schönen Stunden des Lebens dar, das heißt die Stunden, da man sich glücklich fühlt, zu denken und zu leben.« (Siehe Band VII) Diese Aufzeichnung ist demnach vor den August 1861 zu datieren.

S. 201, *3 Antlitz eines Riesen:* Damit ist Hugo gemeint, über den Baudelaire um die gleiche Zeit wie über Banville für Crépet einen Artikel schrieb. – *4 Der Selbstmord ...:* Titel eines Werkes des Arztes und Psychologen Brierre de Boismont, das 1856 erschien. Der zitierte Passus entstammt dem Brief eines Selbstmörders, der darin die Qualen schildert, welche die Frau ihm bereitete, mit der er zusammenlebte. Eine ähnliche Wendung, mit Bezug auf Jeanne Duval, findet sich in einem Brief Baudelaires an seine Mutter vom 27. März 1852 (siehe Bd. II, S. 36). Auch die folgenden Notizen beziehen sich auf die Studie Brierre de Boismonts. – *10 Serenus:* Siehe Seneca *De tranquillitate animi.* – *Stagirus:* siehe *Sankt Johannes Chrysostomus* »Drei Ermahnungen an Stagirus, einen vom Teufel geplanten Asketen«. – *14 Acedia, Taedium vitae:* die Entsprechungen des modernen *ennui* oder *spleen.* – *15 Auslegung und Erläuterung ...:* Notiz zu »Das Gedicht vom Haschisch«; s. o. S. 96, *23.* – *19 langvergangener Jahre:* s. o. S. 91, *12.*

S. 201, X Ein beidseitig beschriebenes Blatt.

S. 202, *15 von Melancholie umdüstert:* Man vergleiche Baudelaires Charakterisierung der Frauen auf Delacroix' Gemälden in seinem Aufsatz über »Die Weltausstellung 1855« (Bd. II, S. 249). – *37 wie ihn Milton geschildert hat:* siehe *Paradise Lost* I, 58 ff.

S. 203, XI Zwei beidseitig beschriebene Blätter.

S. 204, *9 Wie ich den Boulevard überquerte ...:* Vorstufe zu dem Prosagedicht *Perte d'auréole* (Bd. VIII, S. 284), das wahrscheinlich in Belgien entstand und das Baudelaire 1865 an die *Revue nationale et étrangère* sandte, die es ablehnte.

S. 205, *9 Dies Buch ...:* Dieser unten noch einmal wiederholte Satz kehrt in leicht abgewandelter Gestalt in zwei Entwürfen zu einem Vorwort für die zweite Ausgabe der FdM wieder (siehe Bd. IV, S. 115 und 116). – *21 das Kamel bei Cazotte:* Anspielung auf Jacques Cazottes (1719-1792) Erzählung *Le Diable amoureux.* (1776). – *22 Ein Mann in Begleitung ...:* der Keim des Prosagedichtes *Le Galant Tireur* (Bd. VIII, S. 278), dem es wie dem Prosagedicht *Perte d'Auréole* (s. o. zu S. 204, *9)* erging.

S. 206, XII Vermutlich eine Sammelabschrift einzelner Notizen. – *30 Die Erzeugung jedes erhabenen Gedankens ...:* Der gleiche Gedanke nahezu wörtlich in dem III. Kapitel des Essays »Der Maler des modernen Lebens« (Bd. VI, S. 221).

S. 207, *2 Chateaubriand, Alph. Rabbe:* François-René de Chateaubriand (1768-

1848), der große Vorläufer der französischen Romantik, den Baudelaire sehr hoch schätzte. Er plante einen Aufsatz über »Die Dandys der Literatur seit Chateaubriand«. Alphonse Rabbe (1784-1830), französischer Schriftsteller; ein postumer Sammelband seiner Schriften erschien 1835 unter dem Titel *Album d'un Pessimiste*.

S. 207, XIII Zwei Zettel. – 24 *Die Primadonna und der Metzgerbursche:* ein 1831 anonym erschienener Roman von Clément und Édouard Burat-Gurgy.

S. 208, *1 Der hochmütige Hildebrand:* Papst Gregor VII., der Gegenspieler des deutschen Kaisers Heinrich IV., den er bei Canossa demütigte. – *2 (Brief an Edgar Ney):* Louis Bonaparte hatte am 18. August 1849 einen Brief an den Sohn des 1815 zum Tode verurteilten und fusilierten Marschalls Ney gerichtet, in dem er ihn bat, von Pius IX., dem er als Gegenleistung seinen Beistand versprach, einige liberale Reformen im Kirchenstaat zu erwirken.

S. 208, XIV Ein Blatt.

S. 208, XV Drei Blätter.

S. 209, *11* Jules Barbey *d'Aurevilly* (1808-1889), französischer Schriftsteller und Freund Baudelaires; Verfasser der *Diaboliques* (1874) und eines umfangreicheren Essays *Du Dandysme et de G. Brummel* (1845). – Baudelaire zitiert d'Aurevillys Ausspruch 1857 in seinen »Neuen Anmerkungen zu Edgar Poe« (siehe Bd. II, S. 349 f.).

S. 210, *6 in die Tiefe der Jahre: dans les années profondes;* vgl. hierzu S. 91, *12* und 201, *19*. – *10 Hugo denkt oft an Prometheus:* Victor Hugo (1802-1885), dessen beispiellose Fruchtbarkeit Baudelaire ebenso bewunderte, wie er seine demokratisch-humanitären Ideen verabscheute. Hugo lebte seit dem Staatsstreich von 1851 auf den Kanalinseln Jersey und Guernesey und kehrte erst 1870 nach der Gefangennahme Napoleons III. nach Paris zurück. – *17 Dieser Mensch:* Vermutlich ist auch hier Victor Hugo gemeint. – *26 Herr von Pontmartin:* Armand de Pontmartin (s.o. zu S. 162, *32*), war ein Gegner Sainte-Beuves, der ihn einen *»provincial«* nannte. Pontmartin hatte 1856 die *Histoires extraordinaires* in *L'Assemblée nationale* rezensiert.

S. 211, *1 Die Welt geht ihrem Untergang entgegen:* Baudelaire plante einen Roman über »Das Ende der Welt«; ebenso erwähnt er einmal ein Prosagedicht des gleichen Titels, das er als schon geschrieben bezeichnet.

S. 212, *19 das Siècle: Le Siècle* war der Prototyp der liberalistischen Zeitungen, deren Vorstellungen von der natürlichen Güte des Menschen, dem unendlichen Fortschritt und der alleinseligmachenden Demokratie usw. Baudelaire, als Schüler de Maistres, aus seinem pessimistischen Katholizismus heraus verabscheute.

S. 213, *34 meiner Traurigkeit:* Im Originalmanuskript wurde das Wort *tristesse* nachträglich oberhalb des Wortes *colère* eingesetzt.

Diese nun offensichtlich strikt privaten Aufzeichnungen, die von den früheren Herausgebern an *Mon coeur mis à nu* angehängt worden waren und die in den Erörterungen über Baudelaires Christentum eine nicht unerhebliche Rolle gespielt haben, dürften insgesamt in die Zeit um das Jahr 1862 zu datieren sein: Dokumente einer Krise, die es wohl überanstrengen hieße, wollte man sie als Zeugnisse einer Bekehrung in extremis interpretieren.

S. 214, [I] Zwei Blätter. – *10 immer die Empfindung des Abgrunds:* Siehe das im März 1862 zum ersten Mal veröffentlichte Gedicht *Le Gouffre* (Bd. IV, S. 94 f.). – *21 Nach Honfleur:* Endgültig zu seiner Mutter nach Honfleur zu ziehen, war eine der Lieblingsvorstellungen Baudelaires, auf die er in seinen Briefen bis zuletzt häufig zu sprechen kommt.

S. 215 [II] Zwei Blätter. – *12* Joseph *de Maistre:* »diesen vom Heiligen Geist beseelten Streiter« nennt Baudelaire den von ihm immer wieder zitierten de Maistre, der ihn, wie E. A. Poe, in seiner Abkehr von den demokratischen Ideen seiner Zeitgenossen bestärkt hat.

S. 215 [III] Ein Blatt, mit Bleistift beschrieben.

S. 216 2 γνωϑί σεαυτον: die sokratische Maxime: Erkenne dich selbst!

S. 216 [IV] Ein Blatt. – *16 Nach Honfleur:* Als Baudelaire Paris im April 1864 verließ, hatte er seine Papiere und Sammlungen, soweit sie nicht schon vorher dorthin expediert worden waren, nach Honfleur geschickt.

S. 216 [V] Ein Einzelblatt aus dem Nachlaß Poulet-Malassis'.

S. 217 *8 Ohne die Liebe ...:* »Wenn ich mit Menschen- und mit Engelzungen redete, und hätte der Liebe nicht, so wäre ich ein tönend Erz oder eine klingende Schelle.« (1. Kor 13,1) – *14 Fortwährendes Unglück ...:* Das Zitat entnahm Baudelaire Chateaubriands autobiographischen *Mémoires d'outre-tombe,* die 1849 postum erschienen.

S. 217 [VI] Ein Blatt.

S. 218 *24 Age quod agis:* Tu, was du zu tun hast. – *26 isländisch Moos:* Der derart zubereitete Sirup aus isländischem Moos wurde als Beruhigungsmittel gegen Erkältungen, doch auch gegen Anfälle von nervösem Brechreiz eingenommen.

S. 219 [VII] Ein Blatt. – *9 Gerechtigkeit: justice,* geändert aus *bonté,* Güte. – *zu meinem Vater, zu Mariette:* Baudelaire hegte eine große Verehrung für seinen Vater Joseph-François Baudelaire (1760–1827), den er schon im Alter von sechs Jahren verloren hatte. Mariette war Dienstmagd oder Kindermädchen im Vaterhause Baudelaires; ihrem Andenken ist das Gedicht *La servante au grand cœur ...* (Bd. III, S. 258 f.) gewidmet.

S. 219 [VIII] und [IX] Diese beiden Blätter mit Auszügen aus Emersons 1860 erschienenem Essayband *The Conduct of Life* sind erst seit 1963 bekannt. Sie wurden zum ersten Mal von Cl. Pichois veröffentlicht (Etba II, S. 73 ff.) Hierzu siehe Margaret Gilmann, *Baudelaire and Emerson,* in: *The Romanic Review,* XXXIV, Oktober 1943, S. 211-222. – *26 Great men ...:* »Die großen Männer ... waren keine Prahlhänse und Narren, sie haben den Schrecken des Lebens wahrgenommen, und haben sich ermannt, ihm standzuhalten.« – Dieses und die beiden folgenden Zitate sind dem ersten der neun Kapitel des Buches entnommen, das den Titel *Fate* trägt. Sämtliche Hervorhebungen, wenn nicht anders vermerkt, von Baudelaire. – *28 Fate is nothing ...:* »Das Schicksal ist nichts anderes als die in einem früheren Leben begangenen Taten.« – Emerson zitiert diesen Satz als eine Grundüberzeugung des indischen Denkens.

S. 220 1 *What we wish ...:* »Was man in der Jugend wünscht, hat man im Alter die Fülle« (Zitat aus Goethes »Dichtung und Wahrheit«, II, 6). »Wonach wir in der Jugend begehren, damit überschüttet und das Alter, dem diese Erfüllung unserer Wünsche oft zum Fluch gereicht; da wir gewiß sind, das Gewünschte zu erhalten, soll uns dies eine feierliche Warnung sein, nur nach Großem zu trachten.« – 5 *The one prudence ...:* »Die einzige Regel der Klugheit im Leben ist Konzentration; das einzige Übel Verschwendung.« – Dieses und die folgenden vier Zitate aus dem zweiten Kapitel des Buches *(Power)*. – 7 *The poet Campbell ...:* s.o. zu S. 196, 21. – 10 *In our flowing affairs ...:* »In unseren laufenden Geschäften muß eine Entscheidung getroffen werden – womöglich die beste; doch jeder Entschluß ist der Entschlußlosigkeit vorzuziehen.« – 12 *The second substitute ...:* »Wenn das Temperament versagt, hilft als zweites die Zucht, die Macht der Gewohnheit und der Routine.« – 14 *More are made good ...:* »Demokrit sagte: »Die Tugend der meisten ist ein Ergebnis von Übung und Fleiß, und nicht der Natur.« – 16 *Mirabeau said ...:* »Mirabeau sagte: ›Warum sollten wir uns als Menschen fühlen, wenn uns nicht alles, und überall, gelingt? Von nichts sollst du sagen: *das ist unter meiner Würde;* oder denken, es sei deinem Willen entzogen. Dem, der wollen kann, ist kein Ding unmöglich. *Ist das nötig? Es muß sein!* Das ist das einzige Gesetz des Erfolges.‹« Hier sind die Hervorhebungen von Emerson. Dieses und sämtliche folgenden Zitate aus dem siebten Kapitel des Buches *(Considerations by the Way)*. – 21 *We acquire ...:* »Die Stärke, die wir uns erworben haben, wird unser Besitz.« – 22 *The hero ...:* »Der Held ist unverrückbar in sich gesammelt.« – Baudelaire zitiert diesen Satz Emersons im Wortlaut des Originals im IV. Kapitel seines späten Essays »Delacroix' Leben und Werk«; siehe Bd. VII. – 23 *The main difference ...:* »Der Hauptunterschied zwischen den Menschen scheint darin zu liegen, daß der eine Verpflichtungen eingeht, auf deren Einhaltung man sich verlassen kann; während dies bei einem anderen nicht der Fall ist. Wer kein Gesetz in sich hat, für den gibt es keine strengen Verbindlichkeiten.« – 26 *If you would ...:* »Wenn du mächtig sein willst, so stelle dich, als wärest du es.« – Emerson führt dies in Klammern als ein Zitat von John Horne Tooke (1736-1812) an. – 27 *Seeketh thou ...:* »Suchest du große Dinge? Suche sie nicht.« – Emerson zitiert hier den »alten Propheten« Jeremias (45,5).

S. 221 3 *Great men ...:* Überall, wo das Zeichen [...] eingesetzt ist, wiederholt Baudelaire auf diesem Blatt Zitate, die sich schon unter (VIII) finden. – 4 *His heart ...:* »Sein Herz (war) der Thron des Willens«; der letzte Vers des Vierzeilers, der dem Kapitel *Power* voraussteht. Aus diesem Kapitel auch alle folgenden neuen Zitate, bis auf das letzte. – 5 *Life is a search ...:* »Das Leben ist das Streben nach Macht.« – 6 *No honest seeking ...:* »Kein redliches Streben bleibt ohne seinen Lohn.« – 7 *We must reckon ...:* »Erfolg haben zu wollen, darf als ein Grundzug des Charakters gelten.« – 10 *Pecunia alter sanguis:* Das Geld ist eine andere Art Blut; mit anderen Worten, wie es bei Emerson heißt, was ein Mensch an Gütern besitzt, ist eine Art größerer Leib und läßt sich wie dessen Kreislauf behandeln. – 12 *Your theories ...:* »Eure Ansichten vom Leben und eure Pläne sind recht und lobenswert; – aber werdet ihr auch dabei bleiben?« – Ein letztes Zitat aus den *Considerations by the Way*.

MEIN ENTBLÖSSTES HERZ

Seit der von Jacques Crépet und Georges Blin veranstalteten Ausgabe der *Journaux intimes* von 1949 sind unter diesem Titel nur diejenigen Aufzeichnungen vereinigt, deren Blätter ausdrücklich den Vermerk *Mon cœur mis à nu* tragen. Im Unterschied zu den *Fusées* haben wir hier eine Sammlung von Notizen vor uns, die als Material für eine Art Autobiographie dienen sollten, die Baudelaire seit 1859 plante. Diese Notizen sind alles, was davon auf uns gekommen ist. Auch zu diesem Buch wurde Baudelaire durch die *Marginalia* E.A. Poes angeregt. Die Stelle dort lautet:

»Sollte einen ehrgeizigen Menschen das Gelüst anwandeln, mit einem Schlage das ganze Reich menschlichen Denkens, menschlicher Meinung und menschlichen Fühlens zu revolutionieren, so bietet sich ihm dazu die günstige Gelegenheit – die Bahn zu unsterblichem Ruhm liegt offen und unversperrt vor ihm. Seine einzige Aufgabe wäre, ein kleines schmales Buch zu schreiben und zu veröffentlichen. Der Titel müßte einfach sein – ein paar schlichte Worte – *My Heart Laid Bare*. Aber – dieser kleine Band müßte auch halten, was sein Titel verspricht.

Ist es nun in der Tat nicht höchst seltsam, daß sich, trotz der rasenden Ruhmbegierde, die so viele Vertreter des menschlichen Geschlechts kennzeichnet, – so viele auch, die sich keinen Deut darum scheren; was die Welt nach ihrem Tode von ihnen denken mag –, daß sich nicht ein einziger finden sollte, der kühn genug wäre, dieses kleine Buch zu schreiben? Es zu *schreiben,* sage ich. Zehntausende würden, wäre dieses Buch einmal geschrieben, den Gedanken, daß seine Veröffentlichung zu ihren Lebzeiten ihnen Ungelegenheiten bereiten könnte, höchst lächerlich finden und sich nicht einmal vorstellen können, aus welchem Grunde sie eine Veröffentlichung nach ihrem Tode untersagen sollten. Aber es zu schreiben – da steckt der Haken. Kein Mensch wagt es zu schreiben. Kein Mensch wird es jemals zu schreiben wagen. Kein Mensch *vermöchte* es zu schreiben, selbst wenn er es wagte. Das Papier würde sich unter der geringsten Berührung seiner Feder kräuseln und glühend verzehren.«

Poe seinerseits scheint sich hierbei der *Confessions* Jean-Jacques Rousseaus erinnert zu haben, den auch Baudelaire mehrfach zum Vergleich heranzieht; so wenn er am 1. April 1861 an seine Mutter schreibt: »Was mich vor allem vor dem Selbstmord bewahrt hat, waren zwei Gedanken, die Dir sehr kindisch vorkommen mögen. Einmal, daß es meine Pflicht sei, Dir ins einzelne gehende Aufzeichnungen für die Zahlung all meiner Schulden zu liefern, und daß ich demnach zuerst nach Honfleur gehen müßte, wo alle meine, nur für mich allein verständlichen, Dokumente geordnet sind. Mein zweiter Gedanke war, soll ich es Dir gestehen? daß es sehr hart sei, ein Ende zu machen, ehe ich nicht wenigstens meine kritischen Werke veröffentlicht hätte, wenn ich auf die Dramen verzichtete, auf die Romane, und schließlich auf ein großes Buch, von dem ich seit zwei Jahren träume: *Mon cœur mis à nu,* darin ich all meinen Zorn und all meine Wut aufhäufen werde. Ah! wenn dieses Buch jemals das Licht der Welt erblickt, so werden die *Bekenntnisse* Jean-Jacques' farblos daneben erscheinen. Du siehst, ich träume immer noch.« (Corr/Pl II, 182) Im Januar 1863 schließt Baudelaire mit dem Verleger Pierre-Jules Hetzel einen Vertrag über die *Poèmes en prose* und über eine Neuauflage der *Fleurs du Mal* ab, in dem auch über *Mon cœur mis à nu* als ein künftiges Werk von mehreren Bänden eine Abmachung getroffen wird (Corr/Pl II, 290). In einem Brief an die Mutter vom 3. Juni 1863 spricht Baudelaire abermals von diesem Buch, *»qui est devenu la vraie passion de mon cerveau«*, und wieder vergleicht er es mit Rousseaus *Confessions* (Corr/Pl II, 303). Als Antwort auf offensichtlich von seiten der Mutter geäußerte Befürchtungen heißt es dann am 5. Juni 1863: »Was du mir über *Mon cœur mis à nu* schreibst, ist mir ebenso unangenehm wie Dein Abscheu davor, mich ein größeres Vermögen verwalten zu sehen. – Nun denn, ja! dieses Buch, das ich so sehr erträume, wird ein Buch des Grolls sein. Gewiß, meine Mutter und sogar mein Stiefvater werden darin geschont werden. Aber indem ich erzähle, wie ich aufwuchs, wie meine Ideen und Gefühle sich gebildet haben, will ich, man soll unausgesetzt spüren, daß ich mich der Welt und allem, was sie verehrt, gegenüber als ein Fremder empfinde. Ich werde gegen *ganz Frankreich* mein wirkliches Talent zur Unverschämtheit hervorkehren. Ich habe ein Bedürfnis nach Rache, wie ein ermüdeter Mensch eines Bades bedarf.« (Corr/Pl II, 305) Und noch im Februar 1865 erwähnt er dem Verleger Julien Lemer gegenüber dieses *»gros monstre*, das *de omni re* handelt, und das den Titel trägt: *Mon cœur mis à nu.*« (Corr/Pl II, 443) Das Buch sollte jedoch, gleichsam zur Bestätigung der Poe'schen Behauptung, ungeschrieben bleiben. Was wir davon besitzen, sind Bruchstücke; weniger noch: Stichworte, Andeutungen.

S. 222 I Drei Zettel; auf dem dritten der Briefkopf des Hôtel du Grand Miroir, in dem Baudelaire in Brüssel abgestiegen war. – *4 Verflüchtigung ... Sammlung: De la vaporisation et de la centralisation du Moi.* Emersons *concentration* und *dissipation;* s.o. S. 220, *5*. – *6 sinnlicher Genuß im Umgang mit Sonderlingen: jouissance sensuelle dans la société des extravagants;* s.u. S. 278, 4. – *17 abwechselnd Opfer und Henker:* Vgl. das Gedicht *L'Héautontimorouménos* (Bd. III, S. 212, Vers 24).

S. 222 II Ein Blatt, mit Tinte und Bleistift beschrieben; zwei Zeitungsausschnitte. – *21 Girardins Albernheiten:* Der schon in den »Raketen« (s.o. S. 199, *10*) erwähnte Émile de Girardin hatte am 8. November 1863 in *La Presse* einen Artikel über den »Weltfrieden« veröffentlicht, aus dem der von Baudelaire zitierte Satz stammt.

S. 223 4 *Ehe sie die Ptolemäer ...:* Dieser und der folgende Ausschnitt aus *La Presse* vom 8. Oktober 1863. – *19 Et habet mea metrita meatum:* Anspielung auf einen im Hinblick auf den Gott Priapus gesprochenen Satz in dem Prolog des *Quart Livre* von Rabelais' *Pantagruel: Et habet tua mentula mentem* (Und dein Schwanz hat Geist). Das Unwort *mentrita* ist entweder ein Versehen Baudelaires oder ein (Giradin untergeschobener?) Druckfehler. *meatus*, Gang, Kanal, ist hier anatomisch zu verstehen. Baudelaires Meinung ist wohl, Girardin sei einer, der das Wasser (die Tinte) nicht halten kann.

S. 223 III Ein beidseitig beschriebenes Blatt.

S. 224 2 *Wer sich um das Kreuz der Ehrenlegion bewirbt:* Baudelaire selber hatte sich im Sommer 1858, vielleicht um seine Niederlage im Prozeß der FdM wettzumachen, um das Kreuz der Ehrenlegion beworben. In einem Brief an die Mutter vom 11. Oktober 1860 liest man dann: »Es war wieder die Rede von dem lächerlichen Ehrenkreuz. Ich hoffe sehr, daß das Vorwort zu den *Fleurs du Mal* dieses Vorhaben endlich vereiteln wird. Übrigens habe ich dem Freund, der mir diese Eröffnung machte, mutig geantwortet:« ... Heute will ich eine *Ausnahme* sein. Sie sollen alle Franzosen auszeichnen, *nur mich nicht* ... Statt des Kreuzes soll man mir *Geld* geben, *Geld* und nichts als *Geld* ...« (Bd. III, S. 45)

S. 224 IV Zwei Zettel.

S. 225 4 *Kult der Vernunft:* Der *Culte de la Raison* wurde 1793 eingeführt. Dieser und der folgende Satz wiederholen Gedanken de Maistres.

S. 225 V Ein Blatt. – *13 Mein Begeisterungstaumel 1848:* Über Baudelaires »Teilnahme« an der Februarrevolution siehe die Anmerkungen zu *»Le Salut public«*, Bd. II, S. 396. – *17 Der 15. Mai:* An diesem Tag hatten die linken Republikaner die Nationalversammlung bedrängt, den Polen zu Hilfe zu kommen, die neuen Verfolgungen von seiten der Russen ausgesetzt waren. Diese Manifestationen hätten leicht zu einem Sturz der provisorischen Regierung führen können. – *19 Die Juni-Greuel:* Die Schließung der Nationalwerkstätten *(Ateliers nationaux)*, in denen im Laufe des Frühjahrs über hunderttauend Arbeitslose zusammengekommen waren, rief einen Aufstand hervor, der unter dem General Cavaignac in vier Tagen blutig niedergeschlagen wurde. – *21 Staatsstreich:* durch den *prince-président* Louis-Napoléon, der im Dezember 1851 die Nationalversammlung auflöste und sich durch ein Plebiszit zum Präsidenten auf zehn Jahre wählen ließ. Ein Jahr später läßt er sich zum Kaiser ausrufen. Siehe A. Dansette, *Du 2 dècembre au 4 septembre, La Second Empire*, Paris 1972, S. 11-41.

S. 226, VI Zwei Zettel, mit Bleistift beschrieben.

S. 226, VII Zwei Zettel.

S. 227, VIII Zwei Zettel.

S. 228, 4 *Die lächerlichen modernen Religionen:* Sowohl *Molière,* dem Baudelaire auf einem der nächsten Blätter den *Tartuffe* zum Vorwurf macht, wie auch Pierre-Jean de *Béranger* (1780-1857), der Verfasser bekannter und beliebter Volkslieder, dem Napoleon III. 1857 ein Staatsbegräbnis gewährte, werden in einem Entwurf zu dem Vorwort für die zweite Ausgabe der FdM (siehe Bd. IV, S. 115) als Beförderer der französischen Dummheit und Vulgarität denunziert. – 7 Giuseppe *Garibaldi* (1807-1882), der italienische Freiheitskämpfer gegen Österreich, gegen das Königreich Neapel und gegen den Kirchenstaat.

S. 228, IX Zwei Zettel, der erste in Belgien beschrieben, wohin Baudelaire im April 1864 gekommen war, um literarische Vortragsreisen zu unternehmen. Der finanzielle Mißerfolg, Krankheit, Einsamkeit und Verbitterung der letzten Jahre flößten ihm einen solchen Abscheu vor diesem Lande ein, daß er ein bösartiges Pamplet *Pauvre Belgique!* plante, zu dem sich ein umfangreiches Konvolut von Notizen und Materialien erhalten hat (siehe Bd. VII).

S. 228, X Zwei Zettel.

S. 229, XI Zwei Zettel.

S. 230, XII Ein Blatt. – *12 Die Todesstrafe entspringt ... einer mystischen Idee:* die de Maistre in seinen *Soirées de Saint-Pétersbourg* (1821) begründet und ausführlich entwickelt.

S. 231, XIII Ein Blatt, mit Bleistift beschrieben.

S. 231, XIV Ein Blatt und ein Zettel.

S. 232, *9 Frau von Metternich:* Unter der Protektion der Fürstin Pauline Metternich war 1861 der »Tannhäuser« von Richard Wagner in Paris aufgeführt worden. In einer begeisterten Verteidigungsschrift »Richard Wagner und *Tannhäuser* in Paris« (siehe Bd. VII) hatte Baudelaire der Fürstin und ihrer schmerzlichen Empörung über die Verunglimpfung der Oper durch das französische Publikum Erwähnung getan. Nadar hatte der Fürstin auf ihre Bitte hin die Schrift zugesandt, die er nach einigen Wochen unaufgeschnitten, von ein paar liebenswürdigen Zeilen begleitet, zurückerhielt.

S. 232, XV Ein Blatt. – *14 Geschichte meiner Übersetzung Edgar Poes:* wurde ebenso wie die *Geschichte der Fleurs du Mal* nicht geschrieben. – *15 Mißverständnis:* Dieses bestand nach Meinung Baudelaires in der unstatthaften Vermengung der Kategorien des Ästhetischen und der praktischen Moral. »Alle Verbrechen, die ich schilderte, hat man mir selber zugeschrieben.« – *20* Athanase-Louis *Clément de Ris* (1820-1882), französischer Kunstkritiker, der 1862 in einem Band *Critiques d'art et de littérature* eine gewisse Gattung der modernen Literatur angegriffen hatte, »die sich in der Beschreibung von Schinderstätten und Kloaken gefällt«; dieser Angriff richtete sich augenscheinlich gegen Baudelaire. – *21* Jules-Antoine *Castagnary* (1830-1888), ebenfalls Kunstkritiker. Von ihm erschien 1857 bei Poulet-Malassis eine *Philosophie du Salon de 1857.* Auch er plädierte für die »Moralität der Kunst« und für die »Erziehung der Massen«. – *26 Si j'étais roi!:* »Wenn ich König wär!«; ein bekanntes französisches Volkslied.

S. 233, 2 Ferdinand *François* (1806-1868), Mediziner, Saint-Simonist, leitete von 1842 bis 1847 die *Revue indépendante.* – François *Buloz* (1803-1877), Herausgeber der *Revue des Deux Mondes.* – Arsène *Houssaye* (1814-1896), Schriftsteller und Chefredakteur von *L'Artiste* und *La Presse,* in der er 1862, mit einem an ihn gerichteten Widmungsvorwort, 26 *Petits Poëmes en prose* veröffentlichte. – Claude-Ernst-Henry *Rouy* (1826-1878), Geschäftsführer und mitverantwortlicher Herausgeber von *La Presse. – de Calonne:* s.o. zu 12, *20.* – *3* Gervais *Charpentier* (1805-1871), Herausgeber der *Revue nationale et étrangère,* der 1863 an zwei von Baudelaires Prosagedichten (*Les Tentations* und *La Belle Dorothée*) redaktionelle Veränderungen vorgenommen hatte, die Baudelaires Zorn erregten. Siehe Baudelaires Brief an Charpentier vom 20. Juni 1863 (Bd. VIII, S. 29f.). – *5* Guillaume-Auguste *Chevalier* (1809-1868), politischer und literarischer Leiter des *Constitutionnel* und des *Pays,* wo Baudelaires Essay über Constantin Guys, *Le Peintre de la vie moderne,* zuerst hätte erscheinen sollen und sogar bereits gesetzt worden war (siehe Bd. V, S. 370f.).

S. 233, XVI Ein Blatt. – *9 George Sand* (Aurore Dudevant, geb. Dupin; 1804-1876), erfolgreiche Romanschriftstellerin, die sich auch eingehend mit sozialen Fragen beschäftigte. – *13 flüssigen Stil:* Schon in seinem 1859 als Broschüre erschienenen Essay über Théophile Gautier hatte Baudelaire den »flüssigen Stil« ironisiert (siehe Bd. V, S. 85). – *19 ihre Mutter:* Von ihrer Mutter spricht George Sand in ihrer *Histoire de ma vie* (1854) und in den Vorworten zu den *Poésies* (1846) von Ch. Poncy und den *Conteurs ouvriers* (1849) von Gilland. – *22 einige Männer:* vor allem Alfred de Musset, Frédéric Chopin. – *25 Mademoiselle La Quintinie:* Dieser Roman George Sands erschien 1863, als Entgegnung auf einen Roman von Octave Feuillet, *L'Histoire de Sibylle* (1862). Der Roman erregte großes Aufsehen und den Widerspruch der katholischen Jugend. Baudelaire scheint kaum mehr als das Vorwort gelesen zu haben, in dem die Verfasserin die von ihm beanstandeten Überzeugungen vorträgt. – *27 Gott der braven Leute: Le Dieu des bonnes gens,* Titel eines berühmten Liedes des von Baudelaire verabscheuten Béranger (s.o. zu 228, 4).

S. 234, XVIII Drei Zettel. – *3 Der Teufel und George Sand:* In diesen Zusammenhang gehört auch eine Notiz Baudelaires zu den »Gefährlichen Liebschaften« von Choderlos de Laclos: »George Sand – Unflätigkeiten und Gejammer. In Wahrheit hat der Satanismus gewonnen. Satan spielt sich als Harmloser auf. Das Böse, das sich selber kannte, war weniger schrecklich und der Heilung näher als das Böse, das sich nicht kennt. G. Sand unterhalb des Marquis de Sade.« (Bd. V, S. 115)

S. 235, XVIII Ein Zettel und ein Blatt, mit Bleistift beschrieben. – *5 Emerson:*

Emersons Essaysammlung *Representative Men* war 1850 erschienen. – *9 Père Gigogne:* Die Mère Gigogne war eine burleske Figur des Marionettenspiels, ein weiblicher Koloß mit einer zahllosen Kinderschar. – *10 Siècle:* s.o. zu 212, *19.* – *12 Ohren des Grafen Chesterfield:* Voltaires Erzählung *Les Oreilles du comte de Chesterfield et du chapelain Goudman* erschien 1775. – *22 desinfizieren:* Baudelaire erinnert sich eines Gedankens, den der ultramontane Autor Louis Veuillot (1813-1883) in seinem Buch *Les libres penseurs* (1848) geäußert hatte: »*Le mariage est un désinfectant.*«

S. 235, XIX Zwei Blätter, mit Bleistift beschrieben – *26 Doctor Estaminetus ...:* der Doktor Wirtshaushocker, Lump und Erzpedant.

S. 236, *9* Φαρμακοτριβης ...: In Baudelaires Entwurf zu einem »Brief an Jules Janin« (siehe Bd. VII) wird dieser Satz folgendermaßen paraphrasierend übersetzt: »Warum sollte der Dichter nicht ebenso gut ein Giftezermahler als ein Konditor, ein Schlangenzüchter für Mirakel und Spektakel sein?« Das Zitat stammt in der Tat aus dem IX. Buch der Erzählungen aus dem Tierleben des Claudius Aelianus (ca. 170-240 n. Chr.).

S. 236, XX Ein mit Bleistift und ein mit Tinte beschriebener Zettel.

S. 237, XXI Zwei Zettel.

S. 237, XXII Zwei Zettel. – *21* Émile *Durandeau* und Alfred *Darjou,* beide Karikaturisten und Mitarbeiter des *Boulevard,* an dem Baudelaire selber Mitarbeiter war. Von Durandeau stammt die bekannte lithographierte Karikatur *Les Nuits de M. Baudelaire* (Album, 164) die am 1. Dezember 1861 in einer Spezialnummer des *Boulevard* erschien.

S. 238, *1* Gustave *Mathieu* war der Herausgeber einer kleinen Zeitschrift *Le Raisin, Revue joyeuse et vinicole,* in der 1854 ein Abdruck von Baudelaires Gedicht *Le Vin des chiffonniers* (siehe Bd. III, S. 274f.) erschien. – *3 Castagnary:* s.o. zu 232, *21.* – *7 Nacquart Vater* war der Arzt Balzacs; sein Sohn war 1857 einer der Richter in dem Prozeß gegen Baudelaire.

S. 239, XXIII Drei Zettel, der erste und dritte mit Bleistift beschrieben. – *3* Henri *Bertin,* Jurist, leitete die Zeitschrift *Le Droit.*

S. 239, XXIV Zwei Zettel, mit Bleistift und blauer Tinte beschrieben. – *26 Jeanne:* Jeanne Duval. – *Madame Müller:* vermutlich die Frau des belgischen Zeitungsredakteurs Clément Müller, den Baudelaire 1865 in Lüttich kennenlernte. In diesen Zusammenhang gehört auch eine Notiz zu dem Buch *Pauvre Belgique!:* »Wirkung, die eine schöne Frau in Brüssel hervorriefe. Analyse des Hasses oder der Erheiterung, verursacht durch den Anblick der Schönheit. Die Schönheit ist selten. Geschichte der Madame Müller.«

S. 240, XXV Zwei Zettel.

S. 241, *1 Mariettes:* s.o. zu 219, *9.*

S. 241, XXVI Zwei Zettel mit Bleistift beschrieben. – *11 Damiens:* Robert-François Damiens (1714-1757) verletzte am 5. Januar 1757 Ludwig XV. durch einen Messerstich; er wurde auf gräßliche Weise hingerichtet und zuletzt gevierteilt: eine »Volksbelustigung«, der auch Casanova beiwohnte (siehe Buch V, Kap. 4 seiner *Histoire de ma vie,* Wiesbaden/Paris 1960, S. 54ff.).

S. 241, XXVII Zwei Zettel.

S. 242, XVIII Zwei Zettel, der erste mit Bleistift beschrieben.

S. 243, 2 Ernest *Renan* (1823-1892), Orientalist, Religionshistoriker und Literaturkritiker, Mitglied der Académie française; 1864 erschien sein berühmtestes Buch *La Vie de Jésus,* das ihn seinen Lehrstuhl am Collège de France kostete; siehe auch Nr. XLV, S. 256. – *3 Feydeau:* s.o. zu S. 41, *32*. – *4 Octave Feuillet* (1821-1890), Verfasser erfolgreicher Trivialromane und Unterhaltungsdramen; er war ein Mitschüler Baudelaires am Collège Louis-le-Grand. – *5* Aurélien *Scholl* (1833-1902), Journalist, seit Mai 1863 Hauptschriftleiter des *Nain jaune,* wo er Gelegenheit gehabt hätte, Baudelaires *Peintre de la vie moderne* zu veröffentlichen. – *6 François, Buloz, Houssaye, Rouy:* s.o. zu S. 233, *2*. – *Girardin:* s.o. zu S. 199, *10*. – *7* Edmond *Texier* (1815-1887) Chefredakteur der Illustration. – *de Calonne:* s.o. zu 12, *20*. – Aaron Euryale, genannt Félix *Solar* (1811-1870), Journalist und Finanzmann. – Julien *Turgan* (1824-1887) und Paul *Dalloz* (1820-1887), Herausgeber des *Moniteur universel,* in dem 1857 Baudelaires Übersetzung der »Abenteuer Arthur Gordon Pyms« von E.A. Poe erschienen war. In seinem *Carnet* bezeichnet Baudelaire die drei Vorgenannten als *»vilaines canailles«*.

S. 243, XXIX Zwei Zettel, mit Gänsefeder, Eisenfeder und Bleistift beschrieben. – *14 Nadar:* s.o. zu S. 17. – *Veuillot:* s.o. zu S. 235, *22* – *22 Babeufschen Kommunisten:* François-Émile Babeuf (1760-1797), Begründer einer kommunistischen Lehre unbeschränkter Gleichheit; wurde nach einer von ihm angezettelten Verschwörung gegen das Direktorium hingerichtet.

S. 244, XXX Zwei Zettel.

S. 245, XXXI Zwei Zettel. – *4 Chateaubriand:* Daniel Vouga in seinem Buch *Baudelaire et Joseph de Maistre,* 1957, 166f., verweist in diesem Zusammenhang auf Chateaubriands Werk *Le Génie du christianisme* (I, Buch III, Kap. 1). – *die Alexandriner:* Plotin und seine Schüler. – *5 Capé:* Vielleicht ist ein damals sehr bekannter Buchbinder gemeint, dessen Kunde Baudelaire war; obwohl er kaum in diesen Zusammenhang zu passen scheint. – *10 Girardin:* s.o. zu S. 199, *10*. Hippolyte Babou, einer der Freunde Baudelaires, berichtet (in seinem Buch *Les Sensations d'un juré,* 1875, 234), Girardin habe in der Sorbonne vom Katheder herab gesagt: »Meine Herren, wenn Sie in dieser Welt glücklich sein wollen, besser noch, wenn wir anständige Menschen sein wollen, seien wir unverzagt ... nun was? ... Genies, Reformatoren, Erneuerer, Propheten, erstaunliche Erscheinungen? ... Nein, meine Herren ... SEIEN WIR MITTELMÄSSIG!!!« *(Frenetischer Beifall).*

S. 245, XXXII Zwei Blätter, das erste mit Bleistift beschrieben. – *24 Tischrükken:* zur Beschwörung der Geister; eine schon damals beliebte spiritistische Praxis, der man sich vor allem um Victor Hugo hingab. Siehe Gustave Simon, *Chez Victor Hugo. Les Tables tournantes de Jersey. Procès-verbaux des séances* 1923; ^{7}1973.

S. 246, XXXIII Zwei Zettel, mit Rotstift beschrieben. – *16 Das junge Mädchen ...* Immerhin ist ein sehr schöner Brief Baudelaires an ein junges Mädchen überliefert; an Théophile Gautiers Tochter, die damals siebzehnjährige Judith Gautier, die Baudelaires Übersetzung von E.A. Poes »Eureka« besprochen hatte, wofür er sich am 9. April 1864 bei ihr bedankte (Corr/Pl II, 352f.; Bd. VIII, S. 36f.).

S. 247, XXXIV Ein Blatt. – *12* Achille *de Vaulabelle* schrieb eine *Histoire des deux Restaurations,* die von 1844 bis 1854 in sieben Bänden erschien; das Werk wurde mehrfach neu aufgelegt; eine achtbändige Ausgabe erschien 1855/56. – *14* Der General Antoine-Marie *comte de La Valette* (1769-1830) war nach den Hundert Tagen zum Tode verurteilt worden. Dank einer List seiner Frau, die bei einem Besuch im Gefängnis mit ihm die Kleidung tauschte, gelang es ihm, zu entfliehen und Frankreich zu verlassen.

S. 248, XXXV Ein Blatt.

S. 248, XXXVI Ein Blatt.

S. 249, 2 Émile Darand *Forgues* war Lamennais' Testamentsvollstrecker. 1846 hatte er in der Zeitung *Le Commerce* eine Bearbeitung von E. A. Poes Erzählung *The Murders in the Rue Morgue* veröffentlicht, ohne den Verfasser zu nennen. – *14 Hoch Barbès!:* Armand Barbès (1809-1870), französischer Politiker, Vertreter des Volkes nach dem Sturz des »Bürgerkönigs« Louis-Philippe (1848), der »Bayard der Demokratie«.

S. 249, XXXVII Drei Zettel.

S. 250, *3 Reporter:* im Original: *faiseur de courriers,* Berichterstatter über gesellschaftliche Ereignisse. – *5 Von der Beerdigung berühmter Männer:* In den 1865 niedergeschriebenen Notizen zu einem offenen Brief an Jules Janin (siehe Bd. VII), der die Gleichgültigkeit der Öffentlichkeit beim Tode Heinrich Heines im Gegensatz zu den prächtigen Nationalfeierlichkeiten bei der Bestattung Bérangers (s. o. zu S. 228, 4) gerügt hatte, schreibt Baudelaire: »Sind Sie auch ganz sicher, daß eine schöne Trauerfeierlichkeit ein Beweis für das Genie oder die Ehrbarkeit des Verstorbenen ist? (Ich meinesteils glaube das Gegenteil, ich meine, nur die Spitzbuben und Dummköpfe werden mit großem öffentlichen Leichenprunk begraben.)« – *16 Die Landstreicherei verherrlichen:* Vielleicht der erste Keim zu dem Prosagedicht *Le Thyrse* (Bd. VIII, S. 248), das 1863 erschien und Franz Liszt gewidmet ist. Dieser hatte Baudelaire sein Werk *Des Bohémiens* (1859) geschenkt, mit der handschriftlichen Widmung: *»à Charles Baudelaire, sympathie admirative et dévouée. F. Liszt.«*

S. 251, *6 Clément de Ris:* s. o. zu S. 232, 20. – *7 Paul Pérignon* (1800-1855), ein Mitschüler von Baudelaires Vater, Advokat, Deputierter, Mitglied des 1844 eingesetzten Familienrats, der Ancelle zum Vormund über Baudelaire ernannte.

S. 251, XXXIX Ein Zettel.

S. 252, XL Zwei Zettel. – *18* Ernest *Legouvé* (1807-1903), Dramatiker, Mitarbeiter von Scribe und Labiche. In seinem Buch *La Croix d'honneur et les comédiens* (1863) bedauert er, daß *Samson,* ein Verfasser von Lustspielen, Gründer der Société des artistes dramatiques und Professor am Conservatoire, nicht mit dem Kreuz der Ehrenlegion ausgezeichnet wurde. Als Professor wurde ihm dies jedoch im folgenden Jahr zuteil.

S. 253, XLI Zwei Zettel.

S. 253, XLII Zwei Zettel.

S. 254, XLIII Zwei Zettel. – *26 Émile Douay* (geb. 1802), französischer Komponist. – *Constantin Guys:* In dem VIII. Kapitel seines »Opiumessers« erwähnt Baudelaire einen »genialen Menschen«, der eines Tages die Manuskripte all seiner ungedruckten Werke ins Feuer wirft und dieses Brandopfer für nichts achtet, weil er allem einmal Erschaffenen eine immaterielle Unzerstörbarkeit zuschreibt. (Siehe S. 175) Guys pflegte, wie Baudelaire berichtet (siehe Bd. V, S. 219), »Versuche aus seinen *Jugendtagen*«, wenn sie ihm mißfielen, zu zerreißen oder zu verbrennen.

S. 255, XLIV Ein Blatt.

S. 255, XLV Zwei Zettel.

S. 256, *4 Renan:* s. o. zu S. 243, 2.

S. 256, XLVI Ein Blatt. – *23* Alfred-Emilien, comte de *Nieuwerkerke,* war seit 1850 *surintendant des Beaux-Arts.* Als solcher hatte er, wie der schamhafte Graf Sosthène de La Rochefoucauld, sein Vorgänger unter der Restauration, die Aufgabe, für die unerläßliche »Bekleidung« der nackten Statuen zu sorgen.

S. 257, XLVII Ein Blatt.

S. 257, XLVIII Ein Blatt. – *15 Zu zitierendes Sonett:* Baudelaire entnahm das

Sonett einer in Belgien gedruckten Neuausgabe des *Parnasse satyrique, Recueil des plus excellents vers satyriques de ce temps,* einer Anthologie schlüpfriger und obszöner Gedichte aus dem ersten Viertel des 17. Jahrhunderts. Das Sonett ist jedoch weder von François Maynard (1582-1646) noch von Racan (1589-1670), sondern von niemand anderem als Théophile de Viau (1590-1626). – *16 Gedicht über Roland:* aller Wahrscheinlichkeit nach ein Gedicht von Napoléon Peyrat, das dieser unter dem Pseudonym Napol le Pyrénéen veröffentlicht und das Asselineau in den vierten Band der bei Eugène Crépet erschienenen *Poètes Français* aufgenommen hatte.

NOTIZEN

[EINTRAGUNGEN FÜR FREUNDE]

S. 261, 2 *[Philoxène Boyer ins Album].* Zuerst veröffentlicht von Catulle Mendès in einem Artikel über Philoxène Boyers Album, in: *Revue des lettres et des arts,* 1. Dezember 1867; dann *Œuvres posthumes,* 1908. – *Philoxène Boyer:* s.o. zu S. 33, 27. – In dem großen Essay »Edgar Poe, sein Leben und seine Werke«, der 1852 in der *Revue de Paris* erschien, kehrt derselbe Gedanke wieder: »Unter den zahlreichen Menschenrechten, zu deren Aufzählung die Weisheit des 19. Jahrhunderts sich so häufig und so selbstgefällig anschickt, hat man zwei von erheblicher Wichtigkeit vergessen: das Recht, sich zu widersprechen, und das Recht, *auf- und davonzugehen.*« (Bd. II. S. 326) – *6 [Nadar ins Album].* E Œuvres/Conard, *Œuvres posthumes* II, 1952, 139f. – Über *Nadar* s.o. zu S. 17. – *7 Vitam impendere vero:* Zitat aus den Satiren (IV, 91) des römischen Dichters Juvenal (ca. 60-140 n. Chr.): »sein Leben von der Wahrheit abhängen lassen, sein Leben der Wahrheit opfern«; *Jean-Jacques* Rousseaus Wahlspruch, den er seinen *Lettres écrites sur la montagne* als Motto vorausstellte. – *10 Louis Blanc* (1811-1882), französischer Sozialist. – *11 Joseph de Maistre:* In dessen *Essai sur le principe générateur des constitutions politiques* liest man: »Wenn ein Mann unter sein eigenes Bildnis schreibt: *Vitam impendere vero,* so dürft ihr, ohne nähere Erkundung, wetten, daß dies das Bildnis eines Lügners ist; und er selbst wird es euch eines Tages gestehen, wenn ihn die Lust anwandelt, die Wahrheit zu sagen.« – Im August 1855 legt Baudelaire einem Brief an Poulet-Malassis ein Billett *George Sands* bei, ihre Anwort auf ein Schreiben, in dem er sie gebeten hatte, sich für die Schauspielerin Marie Daubrun zu verwenden. Er schreibt dazu: »Das Siegel trug den Wahlspruch: *Vitam impendere vero.* Madame Sand hat mich getäuscht und hat ihr Versprechen nicht gehalten. Man lese hierzu nach, was de Maistre in seinem *Essai sur le principe générateur des révolutions* von den Schriftstellern denkt, die diesen Wahlspruch zu dem ihrigen machen.« – *15 [Édouard Gardet ins Album].* E Œuvres/Pl I, 1514. Oberhalb dieser Eintragung auf einem länglichen Blatt eine Zeichnung, die einen Hund oder vielmehr eine Hyäne mit aufgerissenem Rachen und gesträubtem Fell zeigt: das Weibchen. Auf der Rückseite ein Fragment aus dem Lustspiel *Le Beau Léandre* von Banville und Siraudin, das am 27. September 1856 am Théâtre du Vaudeville aufgeführt und im gleichen Jahr gedruckt wurde. – *Édouard Gardet,* dem Asselineau 1858 seinen Novellenband *La Double Vie* widmete (siehe Bd. V, S. 77-82 und die Anm. dazu S. 299f.), war ein Freund Baudelaires und Asselineaus Testamentsvollstrecker.

[APHORISMEN]

Aus *Asselineaus Merkbuch,* in das er selber sie eingetragen hat; unter der Überschrift *Aphorismes de Ch. Baudelaire.* Erstveröffentlichung durch Cl. Pichois in: *Quaderni francesi,* 1. Jg., Neapel 1970; dann Œuvres/Pl I, 710.

S, 262, *3 Wenn ein Kaufmann …:* Vgl. »Mein entblößtes Herz«, Nr. XLI, S. 253. – *Die Päderastie ist …:* Anspielung auf einen Richter im Prozeß der FdM. – *6 Der Stoizismus …:* Vgl. »Raketen«, Nr. XV, S. 209, 13. – *10 ein zuckriger*

Vampir: un vampire sucré; vielleicht ist, nach Georges Blins Konjektur, zu lesen: *un vampire sacré,* ein heiliger Vampir. – *13 Frank-Carré:* Erster Präsident des Gerichtshofes in Rouen in dem Prozeß gegen die Aufständischen vom April 1848, den Baudelaire vermutlich schon in »Einige französische Karikaturisten« aufs Korn nimmt (siehe Bd. I, S. 315, 6). – *14 Edmond About* (1828-1885), erfolgreicher Journalist und Romancier. – *19* Jules de *La Madelène* (gest. 1859), schrieb einen Roman *Le Marquis des Saffras;* bekehrte sich zum Katholizismus. – *21* Astolphe marquis de *Custine* (1790-1857), schrieb Romane und einen kritischen Reisebericht über das damalige Rußland, der einiges Aufsehen erregte (ausführlichere Auskünfte über ihn in Bd. V, S. 297f.). – *Bodler:* So liebte Asselineau es, den Namen Baudelaires zu schreiben. – *23 [Auf der Skizze einer Karikatur von Nadar]* – Die Karikatur stellt Baudelaire dar (Album, Nr. 185); sie stammt aus dem Jahr 1854. Der Ausspruch geschah wohl, während Nadar Baudelaire zeichnete. Adrien Marx berichtet (*L'Événement,* 14. Juni 1866): »Baudelaires politische Devise war: *Der Papst und der Henker;* er leugnete, daß die Revolutionen etwas erreicht hätten, die, wie er sagte, *von einem Bethlehemitischen Kindermord begleitet gewesen seien.*«

BRIEFE EINES GRIESGRAMS

E 1. Juli 1937, Mercure de France, von J. Crépet, der diese in vielen Punkten mit den »Tagebüchern« übereinstimmenden Niederschriften auf das Jahr 1862 datiert.

S. 263, 2 Abel-François *Villemain* (1790-1870), Literaturkritiker, Professor für Rhetorik an der Sorbonne, während der Julimonarchie zweimal Erziehungsminister. – *das Wort Griesgram: atrabilaire;* eigentlich der, den seine schwarze Galle plagt, der vor Wut kocht und schäumt. – *3 Der Ballon:* s.u. zu S. 264, *8*. – *5* Victor *Duruy* (1811-1894), Historiker, von Juni 1863 bis Juli 1869 Erziehungsminister. – *6 Siècle:* s.o. zu S. 212, *19*. – *20* Charles-*Paul de Kock* (1793-1871), höchst fruchtbarer Verfasser kleinbürgerlich rührseliger Romane und Vaudevilles. – *21 Die Japaner:* siehe S. 237, *21*.

S. 264, 4 Girardin: s.o. zu S. 199, *10*. – *6 Schnecken:* In seinem Pamphlet zu »Shakespeares Geburtstag« (April 1864; siehe Bd. VII) nennt Baudelaire Girardin den »Erfinder des Schneckenkompaß«. – *8 Die Ballons:* In einem Brief vom 18. Februar 1860 an Armand Fraisse mokiert Baudelaire sich über die »komischen *abergläubischen* Überzeugungen« Victor Hugos, darunter »der Fortschrittsglaube, das Heil des Menschengeschlechts durch die Ballons« (Bd. III, S. 35). Émile de Girardin teilte diesen Aberglauben. Die Comtesse d'Agoult, die Geliebte Liszts und die Mutter Cosima Wagners, notiert unter dem 13. August 1862 in ihrem Tagebuch als einen seiner Aussprüche: »Wenn die Lenkbarkeit der Ballons erfunden wäre, würde sie den Krieg unterdrücken.« Ob *Der Ballon* zu Anfang dieser Notizen auf das Gleiche anspielt, ist ungewiß, Pichois vermutet, dies könne sich auch auf den »Monster-Ballon der unendlichen Vervollkommnung und des unendlichen Fortschritts« beziehen, von dem in dem Aufsatz »Delacroix' Leben und Werk« (siehe Bd. VII) die Rede ist. – *11* Jean-Joseph *Jacotot* (1776-1840), der Erfinder einer »Methode des allgemeinen Unterrichts«. Einer seiner Grundsätze war: »Alle Menschen sind gleicherweise lernfähig.« – *12* Adolphe *Guéroult* (1810-1872), Journalist. – *15 Rouy:* s.o. zu S. 233, 2. – Bei den beiden Zitaten dürfte es sich abermals um Stilblüten Girardins handeln.

[BIO-BIBLIOGRAPHISCHE AUFZEICHNUNGEN]

[I] E in einem Versteigerungskatalog des Hôtel Drouot vom 6. November 1934 (dort faksimiliert); dann Œuvres/Pl I, 783. Offensichtlich die Vorstufe der folgenden Notiz für Watripon.

S. 265, *5 Salons:* 1845 und 1846; siehe Bd. I. – *8 Physiologie du Rire ...:* »Vom Wesen des Lachens«, Bd. I. – *9 Les Limbes:* der ursprüngliche Titel der FdM seit 1848; siehe Bd. III, S. 360. – *10 Histoires extraordinaires:* Sie erschienen 1856 bei Michel Lévy; siehe Bd. II, S. 432. Der »merkwürdige apologetische Aufsatz« war im März/April 1852 erschienen.

[II] Lettres/Pl I, 199. Antonio Watripon (1822-1864) war Mitarbeiter an der von F. Hoefer herausgegebenen *Nouvelle Biographie générale,* die ab März 1852 bei Firmin Didot frères erschien. Siehe Pierre Enckell, *Baudelaire, Watripon et Levallois,* in *Bulletin Baudelairien,* Sommer 1973, Bd. 13, Nr. 1, 10-13. Watripon hatte Baudelaire um diese Auskünfte gebeten, die dann doch nicht verwendet wurden.

S. 265, *19 mehrere Reisen in den indischen Meeren:* eine einzige Meerfahrt 1841/1842, die Baudelaire nur bis zu den Inseln Maurice und La Réunion führte. Hierzu und zu Baudelaires Angaben insgesamt siehe die Lebenstafel, Bd. I, S. 359-370.

S. 266, *2 La Fanfarlo ... Ein Vorwort zu ... Pierre Dupont:* siehe Bd. II, S. 83-116 und 169-180. – *7 Physiologie du rire: De l'Essence du rire,* »Vom Wesen des Lachens«, siehe Bd. I, S. 284-305. – *8 Salon des caricaturistes:* die beiden Aufsätze über einige französische und ausländische Karikaturisten, Bd. I, S. 306-340.

[III] E durch Albert de La Fizelière, in *La Chronique de Paris,* 4. September 1867; anhand des Manuskriptes verbesserter Text in Œuvres/Pl I ([5]1990), 784 f. – Um 1862 niedergeschrieben; vermutlich für Edmond Duranty, der Baudelaire um diese Angaben für einen (nicht geschriebenen) Artikel gebeten hatte.

S. 266, *26 Reisen ... (Pyrenäen):* 1838. – *28* Édouard *Ourliac* (1813-1848), Novellist und Essayist, einer von Baudelaires frühesten literarischen Bekannten. – *Gérard* de Nerval (Gérard Labrunie, 1808-1855); übersetzte mit achtzehn Jahren Goethes »Faust«; Verfasser einer *Voyage en Orient* (1852), der *Filles du Feu* (1854), der aus Erinnerungen und Träumen komponierten *Aurélia* (1855) und des vielkommentierten Sonettenzyklus *Les Chimères* (1854). Deutsche Übersetzungen dieser und anderer Werke erschienen in einer dreibändigen Ausgabe von Nervals ausgewählten Werken, hrsg. von Norbert Miller und F. Kemp, 1986-1989 in München. Nerval war mit Victor Hugo, Heinrich Heine, Alexandre Dumas u. a. befreundet. In seinem Aufsatz über Victor Hugo, der im Juni 1861 in der *Revue fantaisiste* erschien (siehe Bd. VII), berichtet Baudelaire, er habe Hugo bisweilen in der Gesellschaft von Ourliac getroffen, und durch ihn auch Pétrus Borel und Gérard de Nerval kennengelernt. – Gustave *Le Vavasseur* (1819-1896), ein Jugendfreund Baudelaires; Mitarbeiter an *Le Corsaire;* seine *Œuvres complètes* erschienen 1888-1896. – Henri *de Latouche* (1785-1851), Dichter und Romancier; schrieb einen Roman *Fragoletta* (1829), in dem ein Hermaphrodit auftritt. – *Veuillot:* s. o. zu S. 50, *18.* – *29 Reisen in Indien:* s. o. zu S. 265, *19.*

S. 267, 2 Alphonse *Esquiros* (1814-1876), Anhänger des christlich-demokratischen Abbé Félicité de Lamennais. Er veröffentlichte eine sozialistische Auslegung biblischer Texte unter dem Titel *L'Évangile du Peuple.* Baudelaire hatte ihn 1843/44 kennengelernt. Über ihn siehe J. van der Linden, *Alphonse Esquiros. De la Bohème romantique à la République sociale,* 1948.

[IV] E 1929, *Bulletin du Bibliophile.* 38 (Faksimile); Œuvres/Pl I, 785. – Vor Februar 1861 geschrieben.

[V] E Januar 1862, *Revue anecdotique;* Œuvres/Pl I, 785f. – Baudelaire hat diese Liste angelegt, als er sich im Dezember 1861 um einen Sitz in der Académie française bewarb, und zwar als Nachfolger des Dominikanerpredigers Henri Lacordaire (1802-1861). Der Abdruck in der *Revue anecdotique* war von einem kleinen Text begleitet, der aller Wahrscheinlichkeit nach von Poulet-Malassis stammt: »Monsieur Baudelaires leicht dominikanisches Profil hört nicht auf, alle akademischen Sitze erzittern zu lassen. Die Mehrzahl ihrer friedlichen Inhaber fragt sich, was ein Bewerber wohl hervorgebracht haben mag, der verwegen genug ist, sich auf Balzac und Gautier zu berufen. Heilige Unwissenheit! Beweist sie, daß man zuviel schreibt oder daß man nicht mehr genug liest? Immerhin kann der *ihnen Unbekannte* mit einer langen Liste von Werken aufwarten. Hier ist sie, für die ein Quérard unter unseren Freunden sich verbürgt. – Der Bibliograph Joseph-Marie *Quérard* (1797-1865) war der erste Herausgeber der monumentalen *France littéraire.*

[TITEL UND ENTWÜRFE ZU ROMANEN UND NOVELLEN]

E vollständig zum ersten Mal in Œuvres/Pl I, 588-599. Dort auch S. 1432ff. jeweils der Nachweis, wann die einzelnen Autographen – größtenteils auf Versteigerungen seit 1963 – zum Vorschein kamen und wo sie dann abgedruckt wurden.

Folgende der hier aufgeführten Titel finden sich auch in den drei Listen mit Titeln noch zu schreibender Prosagedichte (siehe Bd. VIII, S. 309-314): *La fin du Monde* (I, 5, II, 53, III, 4), *Les deux ivrognes* (I, 10, II, 61), *Le vieil entreteneur* (I, 23, II, 59), *Distribution de vivres* (I, 27, II, 33), *Ni remords ni regrets* (I, 51); ferner folgende Titel, hinter denen man den Vermerk »Novelle« oder »Vielleicht eine Novelle« liest: *Le prétendant malgache* (II, 73), *Le Boa* (II, 74), *Une saute de vent* (II, 77), *Une rancune satisfaite* (II, 78), *Le père qui attend* (II, 79), *Le rêve avertisseur* (II, 83). In seinen Briefen erwähnt Baudelaire noch folgende Titel zu Romanen oder Novellen: *L'homme aux Ruysdaëls, La Vie militaire, L'idéal de l'Amour conjugal, Le regard voilé, Le Bain, Les Femmes nues, Les Glaces, Une maîtresse au bordel, Le Cordonnier* oder *La Cordonnerie pour dames.*

S. 269, *5 Der unsichtbare Marquis: Le Marquis invisible;* siehe auch [IV], [V]. – *6 Das verhängnisvolle Porträt: Le Portrait fatal;* siehe auch [II], [IV] und ausführlicher [XII]. – *7 Die Liebe als Vatermörder: L'amour parricide;* Näheres dazu siehe unter [XII]. – *8 Der Almanach:* Siehe auch [II]. – *9 Das Ende der Welt: La Fin du Monde:* Hierzu siehe vor allem die letzte Eintragung der »Raketen«, XV (S. 211ff.), ferner [II] und die *letzten Menschen* [XIII] und [XXV]. – *10 Der isländische Schierling: La Ciguë irlandaise;* siehe auch [II] und [VII]. Baudelaire erwähnt ihn als *excitant* in der Vorbemerkung zu seinen Lesungen aus den *Paradis artificiels* in Brüssel im Mai 1864. – *11 Zahl oder Gesicht: Pile ou face:* Wenn man unentschlossen schwankt und eine Angelegenheit durch das Los entscheiden möchte, wirft man eine Münze in die Luft und läßt sie zu Boden fallen: die obere Seite der Münze, Zahl oder Gesicht, bedeutet dann Ja oder Nein. Siehe ferner [II]. Dieser Titel gehört zu *Eine Verschwörung* [XII] und [XVI]. – *12 Der Triumph des jungen Bonifazius: Le Triomphe du jeune Boniface;* siehe auch [II]. – *13 Das Einhorn: La Licorne:* siehe auch [II]. – *14 Die Mätresse des Schwachsinnigen: La*

Maîtresse de l'idiot; siehe auch [II]. – *15 Der Handel mit den Weißen: La Traite des Blancs;* siehe auch [II]. – *16 Ein räudiges Schaf: Une brebis galeuse;* siehe auch [II]. – *17 Eine angebetete Niederträchtige: Une infâme adorée;* siehe auch [II] und ausführlicher [XXII]. – *18 Das freiwillige Brandopfer: L'Holocauste volontaire;* siehe auch [II]; vgl. die Anmerkung zu »Mein entblößtes Herz« XLIII, S. 331. – *21 Der Automat: L'Automate;* siehe auch [II]; ausführlicher [XX] *Jeanne und der Automat. – Der prophetische Traum: Le Rêve prophétique;* siehe auch [II]. Vermutlich gleichzusetzen mit dem *Warntraum, Le Rêve avertisseur* [III] und [XX]. – *22 Ein Ausgehungerter: Un affamé;* siehe [XVI]. – *25 Der madegassische Bewerber: Le Prétendant malgache;* siehe auch [III]. Einer der ältesten Pläne zu einer Novelle, den Baudelaire schon in einem Brief aus den vierziger Jahren an das Comité der Société des Gens de Lettres erwähnt; siehe Bd. II, S. 7. Siehe ferner die Anm. zu [XI]. – *27 Die jungfräuliche Mätresse: La Maîtresse vierge;* siehe auch [XXI]. – *Der vernünftige Narr und die schöne Abenteuerin: Le fou raisonnable et la belle aventurière;* siehe auch [XVII]. – *30 Der Deserteur: Le Déserteur,* auch [III] *Le Déserteur incorrigible;* siehe ferner [XII] und [XXIV].

S. 270, *1 Das Verbrechen auf dem Collège: Le Crime au collège.* Hier entsinnt sich Baudelaire vermutlich der Unbotmäßigkeit, deretwegen er im April 1839 das Collège Louis-le-Grand verlassen mußte. – *4 Die Boa: La Boa;* siehe auch [III]. Vielleicht eine Erinnerung Baudelaires an ein Erlebnis auf den Inseln Maurice oder La Réunion. – *7 Ein Groll: Une rancune;* siehe auch [III] und [VI]. Bei dem dort genannten Feuchère handelt es sich wahrscheinlich um den Bildhauer Jean-Jacques Feuchère (1807-1852), den Baudelaire in den beiden *Salons* von 1845 und 1846 erwähnt (siehe Bd. I, S. 181, 274, 426f., 469). Über Baudelaires näheres Verhältnis zu Feuchère und über das »Abenteuer« mit ihm ist nichts bekannt. – *10 Der Gatte als Verderber: La Mari corrupteur;* siehe auch [XXIII]. – *33 Der Wind springt um: Une saute de vent.* Vermutlich handelt es sich um den ungewöhnlich heftigen Seesturm, der das Schiff, auf dem Baudelaire sich befand, auf der Fahrt nach der Ile Maurice überfiel. Siehe hierzu B/Crépet, 221 ff.

S. 271, *21 die Mystik von Görres:* »Die christliche Mystik« (1836-1842) von Joseph von Görres (1776-1848), von der 1854/55 eine von Charles Saint-Foi besorgte französische Übersetzung unter dem Titel *Mystique divine, naturelle et diabolique* erschienen war. Im dritten Kapitel »Der physische Grund aller dämonischen Mystik« des Sechsten Buches (»Die historische, sagenhafte, physische und psychische Begründung der dämonischen Mystik«) spricht Görres von den »mystischen Bezügen zum Pflanzenreiche« und erwähnt dort auch den Schierling.

S. 272, *2 Sultanin Alida:* Baudelaire war ein leidenschaftlicher Leser der *Gazette des tribunaux.* Diese berichtete am 1. Oktober 1858 von dem Prozeß gegen eine Kurpfuscherin, namens Alida Deldir, die sich für eine Sultanin ausgab. Dies erklärt vielleicht den Titel, den Baudelaire für seine Novelle in Erwägung zog: *Der Markt der schmückenden Titel, La Foire aux décorations.* Siehe hierzu J. Crépet, *Propos sur Baudelaire,* 168-175. – *5 Eine Serie von Szenen:* Siehe hierzu »Der Maler des modernen Lebens« (Bd. V, S. 214). – *11 Saint-Paul:* Kirche in Brüssel. – *12 Eine kleine Alte ...:* Eine ähnliche Eintragung findet sich unter den Papieren zu *Pauvre Belgique!* (Blatt 211): »Gelöbnis, hinzugehen, um zu sehen, ob die kleine Alte am Ufer des Kanals ist.«

S. 173, *2 Poe:* In *The Fall of the House of Usher* berichtet der Erzähler von seinem Freund Roderick Usher unter anderem: »Er litt unter einer krankhaften Verfeinerung der Sinne; nur die fadesten Speisen waren eben noch erträglich; er konnte nur noch Gewänder aus ganz bestimmten Stoffen tragen; jegliche Art Blumenduft wirkte bedrückend; selbst schwaches Licht marterte seine Augen; und es gab nur ganz spezielle Sorten von Klängen und auch die lediglich von Saiteninstrumenten, die ihn nicht mit Entsetzen erfüllten.« (Übersetzung von Arno Schmidt, in E. A. Poe, »Das gesamte Werk«, Bd. I, Olten 1966, 643 f.) – *9 Monde illustré:* In den Jahren 1861 bis 1863 widmete *Le Monde illustré* sechs Artikel den Ereignissen auf Madagakar. Der erste dieser Artikel war von Alfred *Delvau,* einem Bekannten Baudelaires unterzeichnet. Nach dem Tod der Königin Ranavalo-Manjaka hatten sich die Anwärter auf den Thron gegenseitig getötet. – *10* Jean *Reynaud,* ein Mitarbeiter des *Magasin pittoresque* und des *Tour du monde.* – Charles *Potey* war Mitarbeiter des *Monde illustré.* – In der *rue Véron* wohnte Pierre Véron, einer der Redakteure des *Monde illustré.* – *19 Armand Baschet* war Anfang der fünfziger Jahre neben Baudelaire Mitarbeiter an der *Semaine théatrale* gewesen. – *22 Sortes Biblicae:* Orakel, Weissagungen, die man dadurch erhielt, daß man eine Bibel aufschlug und ohne hinzusehen den Finger auf einen Vers legte. – *22 Der Betrunkene ...:* vermutlich Aufzeichnungen im Hinblick auf das geplante Theaterstück »Der Trunkenbold« (siehe Bd. I, S. 211-217).

S. 274, *9 Die Verschwörung: La conspiration.* Es besteht eine gewisse Verwandtschaft zwischen diesem Projekt und dem Prosagedicht *Une Mort héroïque* (Bd. VIII, S. 212-222). Auch dort handelt es sich um eine Verschwörung gegen einen Fürsten, der als extravagant und »wahrhaft unersättlich im Genuß« geschildert wird. Die Hauptperson dort ist jedoch der in die Verschwörung verwickelte Hofnarr Fanciullo, der bei seinem letzten Auftreten als genialer *bouffon* an einem jähen Pfiff stirbt. Hier geht es darum, daß man, um der Versuchung zum Selbstmord nicht zu erliegen, an einer Sache, Spiel oder Verschwörung, teilnehmen muß, die einen in Spannung hält und einen der menschenfeindlichen Einsamkeit entreißt. Siehe auch [XVI], S. 277. – *17 Jean-Jacques' Maxime:* »Wenn unser Leben ein Übel für uns ist, und für niemanden ein Gut, dann ist es erlaubt, sich seiner zu entledigen. Wenn es in der Welt eine einleuchtende und gewisse Maxime gibt, so diese, denke ich.« Saint-Preux an Mylord Édouard in Rousseaus *Julie ou La Nouvelle Héloïse* (III, 21. Brief). – *23 Inde:* daher. – *27 Robespierre:* s. o. zu S. 117, 36.

S. 275, *6 törichte Äußerungen:* in dem Antwortbrief Mylord Édouards (*Julie ou La Nouvelle Héloïse,* III, 23. Brief). – *10 die Chauffeurs:* eine Räuberbande, welche 1797 das Departement Eure-et-Loire und die umliegenden Departements in Schrecken versetzte. Sie drangen nachts in abgelegene Häuser ein und »heizten« den Bewohnern ein, indem sie ihnen glühende Kohlen unter die Sohlen legten, bis sie den Ort verrieten, wo sie ihr Geld verwahrten. – *13 Vendée:* Im August 1792 hatten die Bauern der Vendée sich gegen den Konvent erhoben; der Aufstand wurde blutig niedergeschlagen. – *14 Schinderhannes:* der deutsche Räuberhauptmann Johannes Bückler, der am 21. November 1803 mit 23 seiner Gesellen in Mainz enthauptet wurde. Er hatte Charles Nodier 1818 als Vorbild für den Haupthelden seines Romans *Jean Slogar* gedient.

S. 277, *7 In der Magerkeit:* siehe »Raketen« V, S. 197.

S. 278, *8 de Sade:* vgl. Baudelaires Aufzeichnungen zu Choderlos de Laclos' *Liaisons dangereuses,* Bd. V, S. 115. – *10 Unterhaltung über die Liebe:* siehe das Prosagedicht *Portraits de maîtresses,* Bd. VIII, S. 130, 268-276. – *14 Sisina:* s. o. zu S. 195, 2.

S. 279, 6 [ ]: ein unlesbares Wort.

S. 281, *3 Claude Gueux:* der Titel einer Schrift von Victor Hugo (1834) zugunsten der Arbeiter, die immer der Gefahr ausgesetzt sind, ins Elend zu geraten oder ein Verbrechen zu begehen. Claude Gueux begeht einen Diebstahl, wird verhaftet und zu einer Gefängnisstrafe verurteilt. In einem Anfall von Empörung über die ungerechte Behandlung durch den Gefängnisdirektor tötet er diesen vor seinen Mitgefangenen. Baudelaire setzt Hugos sozialen Argumenten den providentiellen Standpunkt Joseph de Maistres entgegen. – *5 sponte sua:* aus eigenem freien Willen. – *18 Die letzten Zuckungen der Welt:* Vgl. »Raketen« XV. – *24 der letzte Mensch: Le dernier Homme:* ein 1805 erschienenes Epos von Jean-Baptiste Cousin de Grainville (1746-1805), das Nodier 1811 neu herausgab. Siehe Bd. VIII, S. 381, Anm. zu S. 309, *10*.

BIBLIOGRAPHIE

I. Postume Ausgaben

Charles Baudelaire, *Œuvres complètes* IV. *Petits Poëmes en prose. Les Paradis artificiels,* Michel Lévy frères, Paris 1869.

Charles Baudelaire, *Œuvres complètes* III, *Les Paradis artificiels,* Notice, notes et éclaircissements de Jacques Crépet, Louis Conard, Paris 1928.

Charles Baudelaire, *Œuvres complètes* I, Texte établi, présenté et annoté par Claude Pichois, »Bibliothèque de la Pléiade«, Gallimard, Paris 1975; [5]1990.

Charles Baudelaire, *Un Mangeur d'opium,* Avec le texte parallèle des *Confessions of an English Opium-Eater* et des *Suspiria de profundis* de Thomas De Quincey. Édition critique et commentée par Michèle Stäuble, Études baudelairiennes VI-VII, La Baconnière, Neuchâtel 1976.

II. Deutsche Übersetzungen

Werke in deutscher Ausgabe. Von Max Bruns, Band 2, *Die künstlichen Paradiese,* Bruns, Minden 1901; Band 5, 2, *Tagebücher,* ebd. 1907; beide Titel zusammen als Band 2, ebd. 1922.

Ausgewählte Werke, hrsg. von Franz Blei, Band II, *Die künstlichen Paradiese,* übertragen von Erik-Ernst Schwabach, Georg Müller, München 1925; Band IV, *Kritische und nachgelassene Schriften,* darin *Aphoristisches (Raketen, Mein entblößtes Herz),* deutsch von Franz Blei, ebd. 1925.

Raketen. Die beiden Tagebücher nebst autobiographischem Entwurf. Hrsg. und eingel. von Erich Oesterheld, Oesterheld, Berlin 1909.

Intime Tagebücher. Zeichnungen und Bildnisse, hrsg. von Franz Blei, Georg Müller, München 1920.

Mein entblößtes Herz. Die beiden Tagebücher nebst Bildnissen und Zeichnungen. Übers. und eingel. von Friedhelm Kemp, Desch, München 1946; ohne die Einleitung, Insel Verlag, Frankfurt 1966; [2]1986.

Die künstlichen Paradiese. Wein und Rausch. Drogen und Verhängnis. Übers. und hrsg. von Hannelise Hinderberger (enthält die Übersetzungen von *Du vin et du hachisch* und *Le Poëme du hachisch*), Jakob Hegner, Köln 1972.

Verzeichnis der Siglen und Abkürzungen

Album	*Album Baudelaire,* Iconographie réunie et commentée par Claude Pichois, Bibliothèque de la Pléiade, Gallimard, Paris 1974.
AR	*L'Art romantique.*
B/Asselineau	*Baudelaire et Asselineau.* Textes recueillis et commentés par Jacques Crépet et Claude Pichois, Nizet, Paris 1953.
B/Contemporains	*Baudelaire devant ses contemporains.* Témoignages rassemblés et présentés par W.T. Bandy et Claude Pichois, Coll. 10-18, Union Générale d'Édition, Paris 1967.
B/Crépet	*Baudelaire.* Étude biographique d'Eugène Crépet, revue et mise à jour par Jacques Crépet, Léon Vannier, Paris 1906; mehrere spätere Ausgaben bei Messein.

B/Études	Claude Pichois, *Baudelaire*. Études et Témoignages, La Baconnière, Neuchâtel 1967.
B/Paris	Claude Pichois, *Baudelaire à Paris*. Photographies de Maurice Rué, »Albums littéraires de la France«, Hachette, Paris 1967.
B/Urteil	*Baudelaire im Urteil seiner Zeitgenossen*. Auswahl und Anordnung der Texte von W.T. Bandy und Claude Pichois. Übersetzung und Bibliographie von Felix Philipp Ingold und Robert Kopp, Insel Verlag, Frankfurt 1969 (deutsche Ausgabe von B/Contemporains).
Buba	Bulletin baudelairien publié par le Centre d'Études baudelairiennes, Vanderbilt University, Nashville/Tenn., U.S.A. Herausgeber W.T. Bandy, James S. Patty, Raymond Poggenburg und, seit 1971, Claude Pichois.
CE	*Curiosités esthétiques.*
Corr/Pl	Baudelaire, *Correspondance,* texte établi, présenté et annoté par Claude Pichois, avec la collaboration de Jean Ziegler, Bd. I/II, Bibliothèque de la Pléiade, Gallimard, Paris 1973.
Etba	*Études baudelairiennes,* publiées sous la direction de Marc Eigeldinger, Robert Kopp et Claude Pichois, La Baconnière, Neuchâtel.
FM	*Les Fleurs du Mal.*
Ico	*Iconographie de Charles Baudelaire,* recueillie et commentée par Claude Pichois et François Ruchon, Pierre Cailler, Genève 1960.
Lettres/B	*Lettres à Baudelaire,* publiées par Claude Pichois et Vincenette Pichois, La Baconnière, Neuchâtel 1973 (Etba IV/V).
Œuvres/Conard	*Œuvres complètes* de Charles Baudelaire, hrsg. von Jacques Crépet (und Claude Pichois), Bd. I-XIX, Louis Conard, Paris 1922-1953.
Œ/P	Œuvres posthumes et correspondances inédites, hrsg. von Eugène Crépet, Paris 1887.
Œuvres/Pl	Baudelaire, *Œuvres complètes* par Claude Pichois, Bd. I/II, Bibliothèque de la Pléiade, Gallimard, Paris ^{5}1990, ^{3}1990.
PA	*Les Paradis artificiels.*

In den Anmerkungen finden folgende Siglen Verwendung: *Dr* (Druck), *E* (Erstdruck), *M* (Manuskript), *N* (Fußnote), s.o./s.u. (siehe oben/siehe unten; Verweis auf den Anmerkungsteil des betreffenden Bandes), *T* (Titel, Überschrift), *W* (Widmung).

Bandangaben in römischen Ziffern verweisen auf die übrigen Bände dieser Ausgabe.

PERSONENREGISTER

About, Edmond 262, 334
Aelianus, Claudius 236, 329
d'Agoult, Marie Catherine Sophie 334
Alba, Herzogin von 289
Ancelle, Narcisse-Désiré 31f., 216, 287, 292f.
Asselineau, Charles 262, 293, 296f., 307, 317, 334
Astruc, Zacharie 35, 293
Aubryet, Xavier 50, 297
Aupick, Caroline (Dufaÿs) 15, 17, 30f., 35, 216ff., 287f., 293f., 317, 323, 325f.
Aupick, James 287f.

Babeuf, François-Émile 243, 330
Babou, Hippolyte 330
Bacon, Francis 312
Balzac, Honoré de 15, 98f., 303
Banville, Théodore de 200, 268, 321
Barbara, Charles 196, 319
Barbès, Armand 249, 331
Barbey d'Aurevilly, Jules 209, 296f., 298, 322
Barbier, Auguste 268, 295, 300
Baschet, Armand 273, 338
Baudelaire, Joseph-François 219, 323
Beaumont-Vassy, Vicomte de 24, 291
Beham, Hans Sebald 290
Béranger, Pierre-Jean de 228, 264, 327f., 331
Bertin, Henri 239, 329
Blackwood, William 304
Blanc, Albert 291
Blanc, Louis 261, 333
Bohne, A. et Schultz, Buchhändler 290
Boissard de Boisdenier, Maler 298
Bonaparte, Louis s. Napoleon III.
Bonington, Richard Parkes 18, 289
Borel, Pétrus 268, 335
Boyer, Philoxène 33, 261, 293, 333
Bracquemond, Félix 290
Brierre de Boismont, A. J. F. 201, 306, 321
Buffon, Georges-Louis Leclerc de 163, 313
Buloz, François 233, 243, 328
Burat-Gurgy, Clément und Édouard 322

Calonne, Alphonse de 31, 34, 46, 233, 243, 287f., 292, 296, 307, 311
Campbell, Thomas 220, 320
Capé, Buchbinder (?) 245, 330
Castagnary, Jules-Antoine 232, 238, 328
Cavour, Camillo Benso conte di 24, 291
Cazotte, Jaques 321
Champfleury (Jules Fleury-Husson) 35
Charpentier, Gervais 233, 328
Chateaubriand, François-René vicomte de 207, 217, 245, 314, 321, 323, 330
Chenavard, Paul-Joseph 196, 320
Chevalier, Guillaume-Auguste 233, 328
Choderlos de Laclos, Pierre-Ambroise-François 328, 338
Chopin, Frédéric 328
Christophe, Ernest 33, 42, 293
Claudin, Gustave 298
Clément de Ris, Athanase-Louis 232, 251, 328
Clemm, Maria 200, 320
Coleridge, Samuel Taylor 162f., 301, 305, 313
Compte-Calix, François-Claudius 23, 291
Cousin de Grainville, Jean-Baptiste 339
Crépet, Eugène 293, 295, 300
Croly, Reverend 304
Cromwell, Oliver 116, 309, 312
Crowe, Mrs. 300
Custine, Astolphe de 262, 334

Dalloz, Paul 243, 330
Damiens, Robert-François 241, 329
Darjou, Alfred 237, 329
Daubrun, Marie 300, 333
Debucourt, Philibert-Louis 37, 294

Delacroix, Eugène 267f., 316
Delatouche, s. Latouche
Delâtre, Verleger 35, 293
Deldir, Alida 272, 337
Delvau, Alfred 273, 338
Desbordes-Valmore, Marceline 268
Deschanel, Émile 297f.
De Quincey, Thomas 13, 34, 47, 103-187, 188, 299, 301, 304f., 307f., 309, 310, 311, 312, 313, 314
Devéria, Achille 18, 289
Doré, Gustave 21f., 290
Dorvault, Apotheker 301
Douay, Émile 254, 331
Du Camp, Maxime 288
Dürer, Albrecht 303
Dumas, Alexandre 294, 335
Dumay, Madame 200, 321
Dupont, Pierre 268
Durandeau, Émile 237, 329
Duranty, Louis-Émile 33, 35, 293, 335
Duruy, Victor 263, 334
Duval, Jeanne 216f., 239, 287, 292f., 300, 317f., 329
Duveau, Louis 19, 290

Emerson, Ralph Waldo 219, 235, 294, 317, 319f., 323f., 326, 328f.
Émon, Jean-Louis 11, 288
Esquiros, Alphonse 267, 335

Favre, Jules 24, 291
Feuchère, Jean-Jacques 271, 337
Feuerbach, Ludwig 303
Feuillet, Octave 243, 328, 330
Feydeau, Ernest 41, 243, 294f.
Fichte, Johann Gottlieb 310
Flaubert, Gustave 268, 287f., 294, 302
Forgues, Émile Darand 249, 331
Fourier, Charles 89, 302
Fowler, George 47, 296
Fraisse, Armand 51, 294, 297, 334
Francavilla, s. Francheville
Francheville, Pierre 102, 303
François, Ferdinand 233, 243, 328
Frank-Carré 262, 334

Gardet, Édouard 261, 333
Garibaldi, Guiseppe 24, 228, 291, 327
Gautier, Amand 23
Gautier, Judith 330
Gautier, Théophile 15, 38, 248, 267f., 294f., 301, 303, 316, 328
Georg IV. 312
Girardin, Émile de 199, 222f., 243, 245, 263f., 320, 326, 334
Glatigny, Joseph-Albert-Alexandre 289, 298
Görres, Joseph von 271, 337
Goltzius, Hendrik 102, 303
Guéroult, Adolphe 264, 334
Goupil, Kunsthändler 19, 290
Goya, Francisco de 18
Gragnier de Cassagnac, Adolphe 25, 291
Grassini, Guiseppina 131, 310
Guys, Constantin 35, 254, 293, 297, 314

Hammer-Purgstall, Joseph von 61, 300f.
Hanska, Madame 303
Hazlitt, William 162, 305
Hébert, Émile 290
Heilbuth, Maler 43, 295
Heine, Heinrich 331, 335
Henriot, Émile 316
Hetzel, Pierre-Jules 325
Hoffmann, E.T.A. 15, 57, 289, 300
Hood, Robert 304
Hostein, Hippolyte 292
Houdin, Robert 199, 320
Houssaye, Arsène 243, 318
Hugo, Victor 22, 43, 210, 267f., 307, 321, 330, 334f., 339

Jacotot, Jean-Joseph 264, 334
Janin, Jules 331
Janmot, Louis 13, 288
Johnson, Dr. Samuel 108, 309

Kant, Immanuel 310
Karl X. 248
Karski, Ceslaw 20, 289
Knaus, Ludwig 19, 290
Kock, Charles-Paul de 263, 334

Lacordaire, Henri 50, 297, 336
Lamennais, Félicité de 335

Langlois, Eustache-Hyacinthe 21, 290
La Fayette, Marie-Joseph de 37, 294
La Madelène, Jules de 262, 334
Lamb, Charles 162, 305
La Rochefoucauld, Sosthène de 331
Latouche, Henri de 266, 335
La Tour, Gustave de 24, 291
La Valette, Antoine-Marie de 247, 330
La Valette, Joséphine de 247
La Valette, Madame de 247
Leconte de Lisle, Charles-Marie-René 38, 268, 294
Legouvé, Ernest 252, 331
Legros, Alphonse 23, 290
Lemer, Julien 326
Lescure, M. de 298
Levaillant, François 196, 320
Le Vavasseur, Gustave 266, 335
Lévy, Calmann 289
Lévy, Michel 14, 200, 289, 320
Lévy, Nathan 289
Limayrac, Paulin 25, 291
Liszt, Franz 250, 331, 334
Longfellow, Henry Wadsworth 304
Louis-Philippe, der »Bürgerkönig« 248 f., 331
Ludwig XIII. 248
Ludwig XIV. 248

Maistre, Joseph de 24, 215, 245, 261, 291, 323, 327, 333, 339
Malassis, s. Poulet-Malassis
Mann, William Wilberforce 200, 320
Mariette, Dienstmagd 219, 323
Marin, Hippolyte 27, 292
Martinez, Maria del Loreto 42, 295
Mathieu, Gustave 238, 329
Maturin, Charles Robert 303
Maynard, François 258
Meissonier, Ernest 76, 301
Ménard, Louis 298
Mérimée, Prosper 7, 287
Méryon, Charles 35 f., 40 f., 293 ff., 297
Metternich, Fürstin Pauline 232, 327
Milton, John 202, 321
Mirabeau, Gabriel de 220 f., 324
Molènes, Paul de 303
Molière (Jean-Baptiste Poquelin) 228, 250, 264, 327
Montesquieu 264
Moreau, Kunsthändler 18, 20
Moreau de Tours, J.-J. 298, 306
Morny, Charles duc de 24, 291
Mosselman, Alfred 294 f.
Müller, Clément 329
Müller, Madame 239, 329
Musset, Alfred de 300, 306, 328

Nacquart, Sohn 238, 329
Nacquart, Vater 238, 329
Nadar (Félix Tournachon) 243, 261, 289, 292, 327
Nanteuil, Célestin 22, 290
Napoleon I. 248
Napoleon III. (Louis-Napoléon) 23, 208, 225, 248, 291, 322, 327
Neri, Elisa 319
Nerval, Gérard de 266, 301, 335
Ney, Edgar 208, 322
Ney, Marschall 322
Nieuwerkerke, Alfred-Émilien de 256, 331
Nodier, Charles 338

Orsini, Felix 23, 291
Ourliac, Édouard 266, 335

Passavant, Johann David 289
Penguilly-L'Haridon, Octave 22, 290
Pérignon, Paul 251, 331
Perrin, Drucker 51, 297
Peyrat, Napoléon 332
Plinius, der Ältere 92, 302
Poe, Edgar Allan 15, 17, 85, 162, 207, 215, 219, 243, 267 f., 273, 287, 289 f., 302, 304, 319 f., 323, 325, 330 f., 337
Polo, Marco 61, 300
Pommier, Amédée 50, 297
Pontmartin, Armand de 162, 210, 313
Potey, Charles 273, 338
Poulet-Malassis, Paul-Emmanuel-Auguste 14, 19, 21, 31, 258, 287 f., 290, 293, 298, 301, 307, 314, 317, 320, 328, 336

Quérard, Joseph-Marie 336

Rabbe, Alphonse 207, 322
Racan, Honorat de Bueil, Seigneur de 258
Racine, Jean 301
Renan, Ernest 241, 329
Rethel, Alfred 19 ff., 290
Reynaud, Jean 273, 338
Reynolds, Sir Joshua 37, 294
Ricard, Louis-Gustave 21, 290
Ricardo, David 144 f., 311
Richter, Ludwig 290
Robespierre, Maximilien de 117, 226, 245, 309
Rode, Carlos de 35, 293
Rousseau, Jean-Jacques 96, 198, 218, 261, 274 f., 303, 320, 325, 333, 338
Rouvière, Philibert 268
Rouy, Claude-Ernst-Henry 233, 243, 264, 328

Sabatier, Apollonie-Aglaé 290, 294, 319
Sacy, Silvestre de 61, 301
Sade, Marquis de 278, 338
Saint-Martin, Louis-Claude de 303
Sainte-Beuve, Charles-Augustin 267, 294, 296, 322
Sand, George 233 f., 261, 293, 328, 333
Sasonof, Nikolai Iwanowitsch 47, 296
Schelling, Friedrich Wilhelm Joseph von 310
Schinderhannes (Johannes Bückler) 275, 338
Schneider, Eugène 24, 291
Scholl, Aurélien 243, 330
Shelley, Percy Bysshe 141, 311
Silvestre, Théophile 18, 196, 289, 319
Simpson, Margaret 310
Solar, Félix (Aaron Euryale) 243, 330
Songeon, Lucius-Nestor 292
Soulary, Joséphin 289, 294
Southey, Robert 162, 305
Spinoza, Baruch 311
Stirner, Max 303
Stoepel, Robert August 304
Swedenborg, Emanuel 89, 196, 302 f.

Taylor, Jeremy 159, 312
Texier, Edmond 243, 330
Turgan, Julien 243, 330

Vaulabelle, Achille de 247, 330
Veuillot, Louis-François 50, 297, 329, 243, 266
Viau, Théophile de 332
Villedieu, Louise 256
Villemain, Abel-François 263, 334
Vitu, Auguste 25, 291
Voltaire 235

Wagner, Richard 36, 42, 268, 295, 327
Watripon, Antonio 265, 335
Weiss, Jean-Jacques 287 f.
Willis, Nathaniel Parker 200, 320
Wilson, John 162, 305
Wordsworth, William 162, 305, 308, 311 f., 315

ABBILDUNGEN

1 Baudelaire, Porträt von Alexandre Lafond, Öl auf Karton (Ende 1860); Privatbesitz

2 Baudelaire, Selbstbildnis, Federzeichnung (1857/58), mit geflügeltem Geldsack und Porträts seiner Freunde: Champfleury (links), Asselineau (rechts)

3 Baudelaire, Karikatur von Eugène Giraud nach Carjat, aquarellierte Bleistiftzeichnung; Sammlung Ronald Davis

4 Baudelaire, Foto von Carjat (1861/62); Archives Photographiques, Paris

5 Thomas De Quincey, Porträt von Sir John Watson Gordon, Öl (1846); Scottisch National Portrait Gallery, Edinburgh

6 Thomas De Quincey, Porträt von Frank Croll, Stahlstich (1850); Frontispiz in *Confession of an English Opium-Eater,* Edinburgh 1860

7 Titelblatt der »Paradis artificiels« (1860); Bibliothèque Nationale, Paris

8 Ralph Waldo Emerson, Daguerreotypie (1854); R.W. Emerson House, Concord, Massachusetts, USA

9 Nadar, von ihm selbst, Photographie; Archives Photographiques, Paris

10 Baudelaire, Brief an Jeanne Duval (Dezember 1859); siehe S. 30ff.

11 Hôtel Pimodan, Suite in der 2. Etage, Quai d'Anjou, Paris; Archiv der Librairie Hachette, Paris

12 Baudelaire, Rezept aus den Tagebüchern; siehe S. 218f.

13 Alphonse de Calonne, Photographie; Sammlung Mlle de Calonne, Paris

14 Émile de Girardin, Photographie; Bibliothèque Nationale, Paris

15 François Buloz, Photographie; Sammlung Viollet, Paris

16 Abel-François Villemain, Photographie; Bibliothèque Nationale, Paris

17/18 Zwei Ansichten der Maison »Joujou« in Honfleur, Wohnsitz der Mutter Baudelaires; auf der Treppe das einzige erhaltene Foto von Madame Aupick

INHALTSVERZEICHNIS

BRIEFE 5

DIE KÜNSTLICHEN PARADIESE

Opium und Haschisch

Für J. G. F. 55

Das Gedicht vom Haschisch

I Das Verlangen nach dem Unendlichen 57

II Was ist das Haschisch? 61

III Das Théâtre de Séraphin 64

IV Der Gott-Mensch 85

V Moral 97

Der Opiumesser

I Der Autor verwahrt sich 103

II Einleitende Bekenntnisse 107

III Wonnen des Opiums 127

IV Qualen des Opiums 136

V Eine falsche Lösung 156

VI Der kindliche Genius 163

VII Betrübnisse der Kindheit 166

VIII Visionen in Oxford

Das Palimpsest 174

Levana und Unsere Lieben Frauen von den Traurigkeiten 176

Das Gespenst auf dem Brocken 181

Savannah-la-Mar 183

IX Beschluß 184

Einführung und Anmerkungen zu den 1864 in Brüssel veranstalteten Lesungen 188

TAGEBÜCHER

Raketen 193

Hygiene 214

Mein entblößtes Herz 222

NOTIZEN

Eintragungen für Freunde 261

Aphorismen 262

Briefe eines Griesgrams 263

Bio-bibliographische Aufzeichnungen 265

Titel und Entwürfe zu Romanen und Novellen 269

ANHANG

Zu diesem Band 285
Anmerkungen zu den Briefen 287
Anmerkungen zu den Künstlichen Paradiesen 298
Für F. J. G. 300
Das Gedicht vom Haschisch 300
Ein Opiumesser 304
Anmerkungen zu den Tagebüchern 317
Raketen 319
Hygiene 323
Mein entblößtes Herz 325
Anmerkungen zu den Notizen 333
Eintragungen für Freunde 333
Aphorismen 333
Briefe eines Griesgrams 334
Bio-bibliographische Aufzeichnungen 335
Titel und Entwürfe zu Romanen und Novellen 336
Bibliographie 340
Verzeichnis der Siglen und Abkürzungen 340
Personenregister 342
Verzeichnis der Abbildungen 346

Dieses Buch wurde auf Recyclingpapier gedruckt.
Es besteht zu 100% aus bedrucktem Altpapier.
Das Papier des Schutzumschlages und das Vor- und Nachsatzpapier
des Buches wurden zu 75% aus Altpapier gefertigt.
Das Einbandleinen, das Kapitalband und das Leseband sind
aus 100% ungefärbter und ungebleichter Baumwolle.